Jack Cavanaugh

Rebekka

Während sie schliefen

FRANCKE
Verlag der Francke-Buchhandlung GmbH

All den Gläubigen von den ersten Tagen der Christenheit an, die sich nicht scheuten, den hohen Preis zu zahlen, den es kostet, seinen Glauben zu leben – mögen wir in unserer Generation ebenso treu sein, wie sie es in den ihren waren!

Bibliografische Information Der Deutschen Bibliothek
Die Deutsche Bibliothek verzeichnet diese Publikation in der Deutschen Nationalbibliografie; detaillierte bibliografische Daten sind im Internet über http://dnb.ddb.de abrufbar.

ISBN 3-86122-624-3

Originaltitel: While Mortals Sleep

Published by Bethany House Publishers, Minnesota, USA

35037 Marburg an der Lahn
Deutsch von Reimer Dietze
Umschlaggestaltung: Henri Oetjen, Design Studio Lemgo
Satz: Verlag der Francke-Buchhandlung GmbH
Druck: Clausen & Bosse, Leck

Francke-Lesereise

Prolog

Sonntag, 12. November 1989

Der Nachtwind war so kalt, dass Edith Scott sogar in ihrem Wollmantel fröstelte. Dennoch kam ihre Gänsehaut nicht von der Kälte, sondern von atemloser Spannung. Sie fühlte sich elektrisiert, genau wie all die Leute um sie herum auch.

So weit ihr Blick auch reichte, überall sah sie Menschen in Trauben beisammenstehen. Alles redete aufgeregt durcheinander. Man hörte französische, deutsche, italienische, englische und holländische Wortfetzen. Genau wie sie hatten die Leute ihre Autos stehen lassen und waren zu Fuß weitergegangen. Jetzt umfloss die Menschenmenge die dunklen Karossen wie Wasser die Felsblöcke in einem Strom. So wie sie selbst zog es die Leute zu dem milchigen Lichtschein, der in einiger Entfernung zu erkennen war. So wie sie waren auch die anderen hergekommen, um mit eigenen Augen zu sehen, was geschah. Um zu sehen, ob die Berichte tatsächlich stimmten.

Alle Welt hatte Radioempfänger dabei. Aus winzigen Lautsprechern quäkten Musik, Sonderberichte und Reklame. Die Menschen erklommen die Bäume, kletterten auf Verkehrsschilder oder stellten sich auf Autodächer, um besser sehen zu können oder einfach die Arme zu schwenken und ihrer Begeisterung freien Lauf zu lassen.

Auf allen Gesichtern lag eine unbeschreibliche Freude.

Edith konnte nicht so richtig mit einstimmen. Neunundvierzig Jahre Lügenpropaganda hatten sie unempfänglich gemacht. Ihre frühesten Erinnerungen kreisten um gewaltige Inszenierungen, um Nazi-Massenversammlungen und große Aufzüge anlässlich von Hitler-Besuchen. Es war eine Zeit gewesen, in der die Herzen der Menschen vor Patriotismus schier geplatzt waren. Diese Gefühle waren so stark gewesen, dass sie schier den Blutzufluss zum Gehirn blockiert hatten, sodass die Menschen keinen klaren Kopf mehr hatten.

Solche Kurzsichtigkeit hatte ihren Preis gefordert: Den Leuten war alles genommen worden – Häuser, Ländereien, Würde, Auskommen, ja ihre Söhne und ihr Erbe, ihre ganze Identität. Sie wurden in ihren eigenen Städten zu Bettlern, und die übrige Welt goss hemmungslos ihre Häme über sie aus.

Unter den Kommunisten, die den Leuten eine Lüge nach der anderen auftischten, ging es dem deutschen Volk kein bisschen besser. Falsche Versprechungen, mit Zynismus hinuntergespült, waren sein tägliches Brot. Offiziellen Verlautbarungen gegenüber war Edith so verhärtet, dass sie noch nicht einmal dann daran geglaubt hätte, wenn man kundtäte, morgen würde wieder die Sonne aufgehen – mochte sich der Osthimmel hundertmal rot färben!

Und das hier heute Abend war auch nichts anderes. Ein Sprecher der Kommunisten hatte ein offizielles Kommuniqué verlesen – und? Sie würde dem ganzen Rummel erst dann glauben, wenn sie ihre Mutter in Freiheit die Grenze überqueren sehen würde.

„Da – ein Trabi!"

Edith sah in die Richtung.

Tatsächlich, da bewegte sich ein kleines Auto auf sie zu. Der Motor spuckte, während sich das Fahrzeug gegen den Strom durch die Menschenmenge kämpfte. Seine typischen Heckflossen waren stumpf und angegammelt. Der Zweitakter klang mehr nach Rasenmähermotor als nach dem Triebwerk eines Autos.

Rund um den Trabant jubelte und klatschte die Menge. Die Insassen des Wagens, eine Frau und ein Mann in mittleren Jahren, sahen ganz benommen aus, versuchten aber tapfer zu lächeln und winkten in Hunderte von Objektiven.

„Da muss schon noch was anderes kommen als bloß ein ostdeutsches Auto, um mich zu überzeugen", sagte Edith zu dem Mann, der neben ihr stand. Es klang wie eingeübt, die Betonung ihrer Wörter wirkte irgendwie künstlich.

Zur Antwort sah sie sich aus blauen Augen angestrahlt, Augen voller Mitgefühl. Doch der ältere Mann sagte nichts. Das war auch nicht nötig. Die beiden verstanden sich auch ohne Worte. Es mochte ja sein, dass die Hoffnung sie hergetrieben hatte, aber der Zweifel ging stets einen Schritt hinter ihnen.

Gemeinsam schoben Edith und Park sich weiter auf den fernen Lichtnebel zu.

Am Rinnstein hatte eine Frau einen Tapeziertisch aufgebaut und bot ihnen einen Plastikbecher dampfenden Kaffees an. Edith griff gern zu und reichte den Becher an Park weiter, der ihn mit dankbarem Lächeln nahm. Schon bekam Edith einen neuen.

„Sind Sie Amerikaner?“, fragte die Frau.

Edith drehte ihr linkes Ohr in Richtung der Sprecherin.

„Ob Sie Amerikaner sind?“, wiederholte die Frau ihre Frage.

„Ich bin in Deutschland geboren.“

„In *Ost*deutschland?“

Edith wollte ihrem Gegenüber schon erklären, dass es zur Zeit ihrer Geburt nur ein einziges Deutschland gegeben hatte. Aber sie nickte bloß.

Die Frau hinter dem Kaffeetisch fing Feuer. Mit einem Mal war sie wie trunken vor Freude, und die Wörter strömten nur so von ihren Lippen. „Was für ein besonderer Tag für Sie! Wer hätte gedacht, dass wir das noch erleben würden? Haben Sie Familie im Osten? Mein Mann und mein Sohn sind rübergegangen, um seinen Bruder wiederzusehen – zum ersten Mal seit neunundzwanzig Jahren! Zwei Tage sind sie jetzt schon weg ... Aber sie haben angerufen, und Papa klang ja so glücklich! So viele Menschen – da ist es ja ein Wunder, dass die Leute sich überhaupt finden ... Und dann diese vielen Reporter – ein ungehobeltes Pack alle miteinander! Mir ist ja egal, was das alles für Leute sind, aber es gibt keine Entschuldigung dafür, wenn –“

„Dankeschön für den Kaffee“, unterbrach Edith den Redefluss, „wir müssen jetzt wirklich ...“ Der Rest ihres Satzes ging im allgemeinen Lärm unter, und während die Frau immer noch ohne Punkt und Komma redete, wandte sie sich ab und tauchte wieder in den Strom der Pilger ein.

Sie hatte alle Mühe, den immer noch heißen Kaffeebecher so zu balancieren, dass die Flüssigkeit nicht herausschwappte und ihr die Hand verbrühte. Sie machte sich Vorwürfe, so grob mit der Frau umgesprungen zu sein, die sie jetzt sicher mit den Journalisten in einen Topf warf. Aber es nützte nichts, sie waren schon spät dran.

Aus ihrem Schuldgefühl heraus sah Edith über die Schulter zu der Frau mit dem Kaffee zurück. Wenn ihr Verhalten diese verletzt hatte, ließ sie es sich nicht anmerken. Längst schüttete sie ihren Wortschwall über jemand anderen aus.

Park neben ihr grinste vor sich hin.

„Was ist?“, fragte Edith.

Er hörte keineswegs auf zu grinsen, zuckte lediglich mit den Schultern. „Ich hab nichts gesagt!“, versuchte er den Lärm zu übertönen.

Das Gedränge wurde immer dichter. Mehrmals fühlte Edith, wie Park sie am Arm packte, damit sie nicht auseinander gerissen wurden.

„Da sind noch mehr Trabis“, sagte er.

Die spielzeughaften Autos krochen jetzt Stoßstange an Stoßstange vorwärts. Genau wie bei dem Fahrzeug, das sie vorhin gesehen hatten, aalten die Insassen sich regelrecht im Blitzlichtgewitter und unter den grellen Scheinwerfern der Fernsehkameras. Am Straßenrand spielte eine Combo mit Violinen und Schifferklavieren auf, was etliche der Umstehenden sofort zum Tanzen animierte. Edith erkannte die Melodie auf der Stelle: Beethovens Neunte.

In der Luft lag der Mief der stinkenden Zweitakterabgase und der typischen Braunkohlefeuerungen, ein schwerer, giftiger Geruch, der Edith an Berlin-Mitte erinnerte. Sie mussten jetzt fast da sein.

Rechts von ihnen hatte man ein wahres Dorf von Fernseh-Übertragungswagen aufgebaut. Gigantische Satellitenantennen ragten in die Luft, während am Boden unentwirrbarer Kabelsalat herrschte. Die Kabel verbanden die Ü-Wagen mit einer langen Reihe von Kameraleuten, die ihre Linsen auf eine nicht minder lang gezogene Phalanx von Fernsehreportern richteten. Im grellen Licht der Scheinwerfer redeten die Reporter in einem Dutzend verschiedener Sprachen. Die Augen der Welt waren auf Deutschland gerichtet.

Edith drängelte sich an einer einzigartigen Wiedersehensgala vorbei. Da waren Männer, Frauen und Kinder, die sich alle irgendwie ähnlich sahen. Sie lachten, küssten sich ab, stießen miteinander an, schwatzten und hüpften vor Freude. Vor allem aber umarmten sie sich so fest, als wollten sie sich nie wieder loslassen. Edith brachte es nicht fertig, sich durch den Pulk zu drängeln, ohne zweimal umarmt und einmal geküsst worden zu sein. Sie sah sich nicht um, um festzustellen, wie Park sich geschlagen hatte. Sie konnte nicht. Der Anblick der einander in den Armen liegenden Verwandten hatte ihren Hoffnungspegel beträchtlich steigen lassen. Und genau das wollte sie nicht.

In diesem Augenblick sah sie sie. Die Menge teilte sich, und da stand sie, hinter all den Kameraleuten und Fernsehreportern. Düster wie eh und je, auch wenn man dort, wo die Kameras sich am dichtesten drängelten, jede Menge grellbunte Graffiti erkennen konnte.

Die Berliner Mauer.

Ein Stich ging ihr durchs Herz – Furcht? Schrecken? Beides auf einmal. Für Edith bedeutete diese Mauer Trennung und Tod, und daran würde noch so viel Begeisterung nichts ändern können, ebenso wenig wie Tausende erhobener Gläser und Hunderte gleißender Scheinwerfer.

Wenn man sich die Geschichte der Mauer vergegenwärtigte, wirkte ihr heutiger Anblick sonderbar genug. Ohne Angst standen die Menschen oben auf ihrer Krone, singend und tanzend. Und unten am Boden drängten sich die Menschen, um wie Spechte mit allen möglichen Werkzeugen an ihr herumzukratzen oder ganze Zementbrocken aus ihr herauszuhacken. Ganze Mauerteile bröselten zu Boden, und das Bauwerk sah aus, als wäre es von einer heftigen Pockeninfektion befallen worden.

„Und – glaubst du jetzt, was berichtet wurde?“, fragte Park.

Edith schwieg. Sie würde es erst glauben, wenn sie ihrer Mutter ins Angesicht sah.

Ein paar Schritte vor ihnen erhob sich eine schindelgedeckte Wachbude. Sie waren an der Nahtstelle zwischen zwei Staaten, am Checkpoint Charlie. Über dem Häuschen wehte die amerikanische Flagge. Aufgereiht sahen die Wachsoldaten zu, wie sich eine schiere Springflut von Trabis und Fußgängern an ihnen vorbei Richtung Westberlin ergoss.

Die Wachtürme im Osten der Mauer waren verlassen. Stacheldrahtverhaue waren zu großen Haufen zusammengeschoben worden. Die

Gegenspieler der amerikanischen Wachsoldaten beobachteten den Exodus mit allen Schattierungen von Verwirrung. Es war nur zwei Tage her, dass diese Soldaten jeden, der den Versuch gewagt hätte, an ihnen vorbei die Grenze zu passieren, kurzerhand erschossen hätten.

Edith und Park fanden einen guten Standort, von dem aus sie die Menschenströme überschauen konnten.

„Wie spät hast du's?", fragte Edith.

Park streifte seinen Mantelärmel zurück. „Fast Mitternacht."

„Wir sind zwei Stunden zu spät."

„Ließ sich nicht ändern."

„Und wenn wir sie verpasst haben?"

„Die Chancen stehen ja nicht schlecht, dass sie sich auch verspätet haben."

„Meinst du?"

Park antwortete nicht.

Edith musterte die vielen Gesichter, die den Grenzübergang passierten. Allmählich konnte auch sie sich der unaufhörlichen Musik, dem Lachen und Rufen, der Festbeleuchtung und der Atmosphäre spontaner Wiedersehensfeiern nicht mehr entziehen. Sie konnte sich nicht helfen – ihre Hoffnung wuchs.

„Vielleicht sollten wir nach drüben gehen", schlug Park vor.

„Nein!"

Die Antwort kam messerscharf und laut.

Park wusste, dass es keinen Sinn hatte, sie überreden zu wollen. Schweigend beobachteten sie weiter das Geschehen.

Nach einer Weile sagte Park: „Es ist jetzt Viertel nach eins."

„Wart noch ein bisschen", erwiderte Edith.

Ihre Augen brannten, nachdem sie stundenlang nichts anderes getan hatte, als die Gesichter fremder Menschen zu mustern, eins ums andere. Aber sie kniff die Lider zusammen und zwang sich weiterzumachen. Zu Hunderten drängten die Menschen an ihnen vorbei.

Nach einer Weile kam von Park: „Edith, es ist schon zwei."

„Aber da kommen immer noch Menschen über die Grenze."

„Wir haben doch keinerlei Bestätigung. Wer weiß, ob sie unsere Nachricht überhaupt je bekommen haben!"

„Sie haben."

Es war nicht Hoffnung, was sie weitermachen ließ, sondern Verzweiflung. Soweit sie wusste, war ihre letzte Kommunikationsverbindung nicht aufgeflogen. Kam ihre Mutter nicht, so bedeutete das, dass sie nicht kommen konnte. Und diesen Gedanken konnte sie nicht zulassen.

Edith fühlte eine Hand auf ihrer Schulter und hörte, wie jemand sie beim Namen nannte. Sie drehte sich um.

„Ursel!"

Das freundliche Gesicht im Schatten der Hutkrempe hatte mehr Runzeln, als Edith erinnern konnte, aber die Frau, die vor ihr stand, war unverkennbar.

Edith vergrub ihr Gesicht am Hals der anderen, schloss die Augen und verlor sich in der Umarmung. Ursels Mantel roch nach Braunkohle und Fliederaroma.

„Lass dich doch mal anschauen!", sagte Ursel mit lauter Stimme und so, dass ihre Worte Edith ins linke Ohr drangen. Behandschuhte Finger strichen über Ediths Wangen und wischten ihr die Tränen fort. Sanfte blaue Augen begegneten ihrem Blick und gaben eine tiefe Liebe zwischen den beiden Frauen preis, eine Liebe, die die schweren Jahrzehnte unbeschadet überstanden hatte. „Gott ist gut zu dir gewesen", sagte Ursel. Dann wandte sie sich Park zu.

Widerstrebend ließ Edith sie los.

„Park, du siehst gut aus wie immer."

„Nach all diesen Jahren sollte man meinen, du hättest dir einen besseren Geschmack zugelegt, was Männer betrifft", antwortete Park.

Als die beiden sich in die Arme fielen, drückte Ursel ihren Kopf an seine Brust.

„Tut mir Leid, dass wir so spät kommen", sagte Park. „Hast du uns schon lange gesucht?"

„Ich bin erst vor ein paar Minuten rübergekommen."

„Aber wie denn ... Wir haben doch die ganze Zeit nach dir Ausschau gehalten!", wandte Edith ein.

Ursel ließ ihre Blicke über das Menschengewühl schweifen und sagte: „Es ist ein Wunder, dass wir uns überhaupt gefunden haben!"

„Hast du die andern mitgebracht?", fragte Park.

Das Lächeln verschwand aus Ursels Gesicht. Edith stockte das Herz, als sie es sah. „Wo ist Mutter?", rief sie.

„Es tut mir so Leid, meine Liebe", sagte Ursel. „Vor zwei Wochen hab ich den Kontakt zu ihr verloren. Ich hatte gehofft, sie hier zu sehen."

„Die Dittmer'sche Mission", sagte Park.

Ursel nickte.

„Das war auch für uns das Letzte, was wir von ihr hörten", sagte Park.

Aber es gab da noch was, das konnte Edith an der Art erkennen, wie Ursel ihren Blicken auswich. „Sag mir alles, was du weißt!", drängte sie.

Ursel biss sich auf die Unterlippe. „Vielleicht ... ist sie zugeführt worden."

Das durfte nicht wahr sein – es war zu schrecklich. Es konnte doch nicht sein, dass ihre Mutter den Krieg und die ganzen Jahre der kommunistischen Unterdrückung überlebt hatte, bloß um verhaftet zu werden, wenige Wochen ehe in Berlin die Mauer fiel!

Ursel nahm Edith in den Arm und drückte sie an sich. „Bis hierher hat der Herr uns sicher geleitet", flüsterte sie. „Wir müssen ihm einfach nur zutrauen, dass er vollendet, was er angefangen hat!"

Um sie herum nahmen Lachen und Rufen, Musik und Tanz kein Ende.

„Ach, ich hab ja noch was für euch!", rief Ursel.

Aus ihrer Manteltasche brachte sie ein kleines Medaillon zum Vorschein, das an einem purpurnen Band baumelte. Sie gab es Edith. Das Medaillon war mit einer goldenen Girlande eingefasst. In der Mitte hatte es ein weißes Feld, auf dem ein schwarzes Hakenkreuz prangte.

„Was ist denn das?", fragte Edith.

„Das Medaillon, das Willi deinem Vater im Jahre '39 an den Weihnachtsbaum hängte", sagte Ursel, „an dem Abend, an dem dein Vater uns allen die Münzen mit den Bibelstellen schenkte und an dem wir erfuhren, dass du zur Welt kommen solltest."

1

Sonnabend, 23. Dezember 1939

Der Anhänger mit dem Hakenkreuz baumelte an dem Tannenbaumzweig.

Weihnachten und Hitler – irgendwie war das eine unnatürliche Paarung, wie Öl und Wasser oder Schokolade und Pampelmusensaft.

Welche Gemeinschaft hat Christus mit Belial?

Sieben Jahre lang ging es jetzt schon so, dass zum Weihnachtsfest in Deutschland, Josefs Geburtsland, sowohl Tannenbaum als auch Hakenkreuz gehörten. Und von Jahr zu Jahr gefiel es ihm weniger, mit anzusehen, wie das Dritte Reich es fertig brachte, sich in immer mehr Bereiche hineinzudrängen, die es nichts angingen.

„Pastor Schumacher, macht es Ihnen was aus, wenn wir das Radio andrehen?“

Ursel Janssens jugendfrische blaue Augen sahen fragend zu ihm auf. Hinter ihr wuselte ein halbes Dutzend junger Leute in der Wohnstube herum. Die einen dekorierten, die anderen entrollten gerade eine Lichterkette.

Ein wenig abseits vom Zentrum des Geschehens saß Monika in ihrem Lehnstuhl und beobachtete die Jugendlichen, auf dem Schoß ein aufgescheuchtes Kätzchen, das sich trotz ihrer beruhigend streichelnden Hand ängstlich zusammenkauerte. Der weißgrau getigerte Kater war ein etwas verfrühtes Weihnachtsgeschenk Josefs an seine Frau. Sie hatte ihn „Kaiser“ genannt.

„Sucht nach einem Sender mit Weihnachtsmusik“, sagte Josef.

„*Guter* Weihnachtsmusik!“, rief Konrad, der sich hinter dem Baum zu schaffen machte.

Ursel und Karin rannten zum Rundfunkapparat und schalteten ihn ein. Ungeduldig warteten sie, bis die Röhre warm geworden war.

„Wer hat das hier bloß weggeräumt?“, zeterte Ernst. Der schlaksige

Jüngling und sein Freund Hartmut hatten sich hoffnungslos in einem Gewirr elektrischer Christbaumkerzen verheddert.

Plötzlich geriet der Baum ins Schwanken.

„He, du Blödmann, pass doch auf!“

„Ich war hier als Erster zugange!“

„Konrad! Willi!“ Josef bedachte die Jungen mit seinem typischen, väterlich mahnenden Pastorenblick, damit sie Ruhe gaben.

Der in Purpur gefasste Hakenkreuz-Anhänger an der Tannenzweigspitze schaukelte wild hin und her. Josef irritierte dieses Ding. Es war wie ein Steinchen im Schuh, das mehr und mehr drückte.

Willi hatte den Anhänger da hingehängt. Josef hatte gesehen, wie der Zwölfjährige ihn aus seiner Tasche zog – zusammen mit Zigaretten-Sammelbildern deutscher Sportler, zwei Streichhölzchen und einem Stück Seil – und an dem Zweig befestigte.

Der Junge wusste es ja nicht besser. Für ihn bedeutete das Dritte Reich Lieder, Spiele, Fahrten, bunte Fahnen und Zeltlager. Noch war er unschuldig genug. Was aber, wenn er zu einem zweiten Norbert Brettschneider würde?

* * *

Als einige Stunden zuvor am Nachmittag desselben Tages das Telefon geklingelt hatte, geschah dies in einem Moment, der ungünstiger nicht hätte sein können.

„Pastor Schumacher ... bitte kommen Sie schnell! Sie nehmen Klaus mit ... beeilen Sie sich bitte – wie sollen wir denn bloß leben?“

Josef war auf dem Dachboden beschäftigt gewesen. Obwohl Winter war, hatte er sein Hemd durchgeschwitzt, und er hatte so lange vornüber gebeugt gearbeitet, dass ihm das Kreuz wehtat. Man hatte ihm bis heute Zeit gegeben, alles vom Dachboden fortzuschaffen, was brennbar war. Die Luftschutzvorschriften verlangten, dass Löschwasser und Sand bereitgestellt wurden, damit im Luftschutzfall ein entstehender Dachstuhlbrand sofort erstickt werden konnte.

Fräulein Baeck, eine neunundsechzigjährige alte Jungfer, die mit ihrer ihr zum Verwechseln ähnlichen Zwillingsschwester drei Häuser weiter wohnte und es zur Luftschutzwartin gebracht hatte, hatte ihm zu verstehen gegeben, er täte gut daran, den Luftschutzvorschriften diesmal zu ihrer Zufriedenheit Genüge zu tun. Die alte Schnepfe! Kaum hatte sie eine Armbinde um, schon führte sie sich auf, als wäre sie die Gestapo.

Für vier Uhr hatte die Frau Luftschutzwartin ihr Erscheinen angekündigt. Um fünf sollte die Weihnachtsfeier der Gemeindejugend stattfinden. Als Frau Brettschneider anrief, war es halb vier.

Als Josef Monika sagte, er müsse aus dem Haus und sie würde sich allein mit Fräulein Wirbelwind herumzuschlagen haben, wurde sie böse. Und ihr Zorn stieg noch, als er ihr nicht zusichern konnte, rechtzeitig zur Jugendweihnachtsfeier zurück zu sein. Sein Hinweis, sie als Tochter eines Geistlichen müsse doch nun wirklich wissen, dass es Tage wie diesen gebe, vermochte die Lage auch nicht zu entschärfen.

Jetzt spürte Josef im Kreuz die Unebenheiten des Pankower Kopfsteinpflasters, als er mit seinem kleinen Wagen zu dem kleinen Bekleidungsgeschäft der Brettschneiders fuhr. Die Wohnung der Familie lag über dem Laden. Josefs zehn Jahre alter Opel schüttelte sich, als wollte er jeden Augenblick auseinander fallen. Zu sagen, das Fahrzeug habe schon bessere Tage gesehen, wäre eine höfliche Untertreibung gewesen. Von außen war es grauweiß, die Karosserie über und über mit rotbraunen Rostflecken bedeckt. Der Motor hustete und keuchte wie ein hinfälliger Greis, und alle paar hundert Meter sprang der Gang heraus. Richtig voran kam man mit diesem Wagen nur noch, wenn man mit einer Hand ständig den Ganghebel festhielt, während man mit der anderen steuerte.

Normalerweise hätte Josef eine solch kurze Fahrt mit dem Rad angetreten, überhaupt bei solch trockenem Winterwetter, wie es heute herrschte. Aber irgendwie schienen Autofahren und geistliche Amtspflichten zusammenzugehören. Es wäre kaum der Würde des Amtes gerecht geworden, wenn er zu Frau Brettschneider gesagt hätte, er müsse nur rasch in den Sattel springen und rüberradeln – obwohl er mit dem Rad am Ende wohl noch schneller da gewesen wäre.

Er schaltete runter, bog um eine Ecke und sah den

Brettschneider'schen Laden. Der Himmel über ihm sah aus wie eine Schieferplatte. Es ging ein eisiger Wind, der einen daran erinnerte, dass ungeachtet der trockenen Straßen Winter war.

Mitten auf der Straße hatte sich eine Anzahl Braunhemden aufgebaut, Nazischergen, die sich dazu hergaben, unauffällige Deutsche zu terrorisieren und auszuspionieren – Leute, die immer wieder auch zu Foltermethoden griffen, etwa indem sie ihren Opfern große Mengen Rizinusöl einflößten oder sie zwangen, alte Socken zu verspeisen. Nachdem die siegreiche SS ihnen ein Gutteil ihrer Macht genommen hatte, hielten sie sich mit schierer Grausamkeit schadlos.

Die SA-Schergen umstanden einen zitternden Mann in Hemdsärmeln. Der Mann lag auf den Knien und sah zu seinen Peinigern auf. Es war Klaus. Seine Frau, eine kräftige, mittelgroße Person, war schluchzend im Eingang des Textilgeschäfts zusammengesunken. Ein wenig abseits stand der Sohn der beiden, Norbert. Zwei Braunhemden hatten ihn in die Mitte genommen und schienen ihn streng im Auge zu halten. Norbert hatte die untersetzte Statur seiner Mutter, nur dass er um die Körpermitte vielleicht noch ein wenig fülliger war als sie. Er gehörte zur kirchlichen Jugend und damit zum eingeladenen Teilnehmerkreis der heutigen Weihnachtsfeier in Josefs Pastorat.

Der Anblick, der sich ihm bot, war Josef nur allzu vertraut. Die gleiche Szene hatte er schon einmal gesehen: einen Mann, der mitten auf der Straße auf den Knien lag. Damals war es Nacht gewesen. Und der Mann war sein Vater.

Drei SS-Männer hatten Wilhelm Schumacher aus dem Bett gezerrt. Josef war seinerzeit einundzwanzig gewesen und verbrachte als Theologiestudent gerade seine Semesterferien daheim. Immatrikuliert war er an der Universität Tübingen, einer ob ihres fortschrittlichen Denkens renommierten Universität, aus der Berühmtheiten wie Philipp Melanchthon und Johannes Kepler hervorgegangen waren.

Josef war davon wach geworden, dass die Haustür zu Bruch ging. Wie sie es zuvor abgesprochen hatten, stieg er rasch auf den Boden hinauf, wo sein jüngerer Bruder schlief. Während er den Kopf des Jungen gegen seine Brust presste, damit der Kleine nicht mitbekam, was vor sich ging, schielte Josef durch ein kleines rundes Dachbodenfenster auf die Straße hinaus. Abwechselnd traktierten die SS-Leute seinen Vater mit Fußtritten. Auch wenn er sie nicht sehen konnte, hörte Josef die flehende Stimme seiner Mutter, die auf die Männer einredete, sie sollten doch bitte innehalten.

Was dann geschah, spielte sich in einem Augenblick ab.

Jemand zog eine Luger. Ein Schuss krachte.

Josef machte einen Satz, als hätte die Kugel ihn getroffen. Die Klageschreie seiner Mutter hallten durch die ganze Straße. Sein Bruder wimmerte in seinen Armen, von dem Schuss völlig verängstigt. Josef drückte ihn fest an sich, während er sich fest auf die Unterlippe beißen musste, um nicht selbst in Tränen auszubrechen.

Operation Kolibri – so nannten sie es. Oder auch „die Nacht der langen Messer": im Rückgriff auf jene Nacht, in der Adolf Hitler seine Macht sicherte, indem er rivalisierende Führer der Bewegung, die er als Bedrohung wahrnahm, ermorden ließ. Eines der Opfer war ein enger Freund Hitlers gewesen, Ernst Röhm.

Doch die Ermordung von Josefs Vater war ein Irrtum gewesen. Eigentlich hatte das SS-Rollkommando Befehl gehabt, Dr. Wilhelm Schumann zu eliminieren und nicht etwa den treuen Nazi Wilhelm Schumacher.

Josefs Vater starb, ohne zu begreifen, was ihm da widerfuhr. Seine letzten Worte waren: „Heil Hitler! Heil Hitler! Heil Hitler!"

Drei Tage später stattete der „Stellvertreter des Führers", Rudolf Hess, seiner Mutter einen Besuch ab und befahl ihr, über den tragischen Irrtum striktes Stillschweigen zu wahren. Ihr Schweigen erkaufte er mit einer stattlichen Witwenpension. Freilich wollte sie kein Geld. Sie wollte ihren Mann zurück.

Durch die Windschutzscheibe seines Opels starrte Josef zu Norbert Brettschneider hinüber. Der Junge bereitete ihm tiefen Kummer. Nur zu genau wusste er, wie Norbert sich jetzt fühlen musste.

Josef stieg aus seinem Auto, besser gesagt, er faltete sich heraus. Für Leute seiner Länge war dieses kleine Fahrzeug wahrhaftig nicht konstruiert.

Eine kalte Bö fuhr ihm ins Gesicht, aber die Luft war warm im

Vergleich zu den Mienen, die die Braunhemden in dem Moment aufsetzten, als sie ihn kommen sahen.

Zwei der Männer lösten sich von den anderen, um ihn in Empfang zu nehmen. Ihre Blicke musterten Josef von oben bis unten. Ihre Augen waren hart wie Stein. Mit durchgedrücktem Kreuz stolzierten sie auf ihn zu.

Im selben Augenblick bemerkte Frau Brettschneider ihn. „Gott sei Dank!“, entfuhr es ihr. „Herr Pfarrer, bitte tun Sie etwas! Lassen Sie nicht zu, dass die mir meinen Klaus wegnehmen!“

Der Größere der beiden Braunhemden drehte sich auf dem Absatz um. „Ich sagte, Sie sollen im Laden bleiben!“, brüllte er. „Oder wollen Sie, dass ich Ihnen die Klitsche dichtmache? Überlegen Sie sich's gut! So schnell können Sie gar nicht gucken, wie ich Ihnen die Bude sperre!“

Frau Brettschneider zuckte zusammen und zog sich ohne ein weiteres Wort zurück.

„Was geht hier vor?“, fragte Josef.

Erst nachdem der hoch gewachsene SA-Scherge sich vergewissert hatte, dass Frau Brettschneider durch ihre Ladentür verschwunden war, wandte er seine Aufmerksamkeit wieder Josef zu. Beide Männer kamen bis auf wenige Schritte an ihn heran.

„Heil Hitler!“, sagten sie wie aus einem Munde, wobei ihre rechten Arme zum Nazigruß emporschnellten. Die beiden Männer sahen wie blau gepauste Kopien voneinander aus: schwarzhaarig, hohlwangig, starren Blicks. Ihre Uniformen waren bis zum letzten Abzeichen identisch. Josef konnte nur zwei Unterschiede zwischen den beiden wahrnehmen: Der Größere schien schlechtere Laune zu haben als sein Kumpan, während dieser offenbar irgendeinen Fimmel mit seiner Nase hatte. Jedenfalls rieb er alle paar Sekunden nervös an seiner Nasenspitze herum oder kniff mit der Hand die Nasenflügel zusammen.

„Ich fragte, was hier vorgehe.“

Der große SA-Mann musterte ihn finsteren Blickes.

„Was hat Klaus sich zuschulden kommen lassen?“

„Werden Sie wohl anständig grüßen!“, herrschte der Große ihn an.

„Wer sind Sie überhaupt?", begehrte der Kleinere zu wissen.

„Ich bin Pfarrer Josef Schumacher. Und jetzt sind Sie an der Reihe. Was soll das alles hier?" Den rechten Arm ließ er wohlweislich schlaff herabhängen.

Wer das braune Hemd überzog, war häufig aus der sozialen Unterschicht. Viele SA-Schergen waren tief unsichere Männer, die ihre Komplexe mit Uniformen, Abzeichen und Waffen zu kompensieren suchten. Man kannte dieses Gesindel als Grobiane, die sich bloß darauf verstanden, andere einzuschüchtern.

„Halt's Maul!", schnarrte der Hochgewachsene, wobei sein Antlitz rascher anlief, als Josef je zuvor einen Mann hatte erröten sehen. „Maul halten, verstanden? Wir stellen hier die Fragen, klar?"

Aus dem Schlund des Mannes stank es nach in ranzigem Fett gebratenen Zwiebeln und Knoblauch. Josef ließ sich nicht beirren. Ohne etwas zu erwidern, wartete er ab.

Der Kleinere der beiden Männer trug ein ewiges Grinsen zur Schau. Er lagerte sein Gewicht auf einen Fuß, hatte den Daumen der einen Hand lässig in seinen Gürtel gesteckt und rieb sich mit der anderen die Nase.

„Was haben Sie hier verloren?", fragte er.

„Frau Brettschneider hat mich angerufen."

„Na ja, und denn sind Sie ja gekommen. Und jetzt gehen Sie schön wieder nach Hause."

„Nicht, bis Sie mir gesagt haben, was hier vorgeht."

Es war nicht das erste Mal, dass Josef mit dieser Art von Gesindel zu tun hatte, und so wusste er, dass man eine gute Chance hatte, mit solchen Gestalten fertig zu werden, wenn man sich nur nicht von ihnen einschüchtern ließ. Und wenn nicht –

Klatsch!

Die Ohrfeige ließ Josefs Kopf nach rechts kippen. Als er rückwärts taumelte, knackte es in seinem Kiefer.

„Ich sag das nicht noch mal", ließ sich der kleinere SA-Mann vernehmen. „Sehen Sie zu, dass Sie in Ihr Auto kommen und von hier verschwinden!"

In diesem Augenblick trat ein weiteres Braunhemd aus dem

Brettschneider'schen Laden. Der Mann hatte einen Radioapparat in der Hand. „Hab ich im Hinterzimmer gefunden!“, grölte er. „Eingestellt auf BBC!“

Das irritierende Grinsen im Gesicht des kleineren SA-Mannes wurde noch breiter.

Klaus ließ schuldbewusst den Kopf hängen. Josef begriff, dass er auf verlorenem Posten kämpfte. Aber er musste noch einen Versuch machen – um Norberts willen.

„Schauen Sie“, versuchte er seine Gegner zu überreden, „Sie können ja das Radio zerstören, aber lassen Sie Klaus hier. Seine Familie braucht ihn.“

„Seine Familie ist ohne ihn besser dran“, erwiderte der Kurze.

Frau Brettschneider begann zu schluchzen.

„Seien Sie doch vernünftig“, bat Josef. „Die Zeiten sind schwierig. Könnten Sie denn nicht dieses eine Mal –“

„Könnten wir was?“, brüllte der Kurze und kam bis auf ein paar Zentimeter an Josef heran. „Was sollten wir können? Etwa das Gesetz mit Füßen treten? Wollen Sie uns das nahe legen? Den Kopf in den Sand stecken, während fremde Mächte unseren Volksgenossen das Hirn mit miesen Lügen über den Führer voll blasen? Ignorieren, dass diese Sender Revolution und Anarchie ausrufen? Das wollen Sie uns also vorschlagen, ja?“

Trotz der Schärfe dieses Angriffs gab Josef sich alle Mühe, nicht zusammenzuzucken. Aber er konnte nicht verhehlen, dass die Aggressivität des Mannes ihre Wirkung auf ihn hatte: Er fühlte Angst in sich hochsteigen, schluckte sie jedoch runter, fest entschlossen, den SA-Leuten diesen Triumph nicht zu gönnen. Immerhin waren dies hier keine Gestapo-Beamte.

Als er antwortete, schlug er einen leisen Tonfall an. „Ich wollte lediglich vorschlagen, dass Sie dieses eine Mal ein wenig Mitleid zeigen. Denken Sie doch an den Jungen: Was würde es für ihn bedeuten, wenn Sie ihm den Vater wegnähmen?“

Der Kurze starrte ihn ungläubig an. Seine Augen wurden schmal, in seinem Mundwinkel zuckte es. Dann brach er in schallendes Gelächter aus, wandte sich den anderen Braunhemden zu und rief: „Der

Pfaffe ist in Sorge, was es für den Jungen bedeuten würde, wenn wir den Vater in Haft nähmen!"

Auch die anderen Braunen hielten sich die Bäuche vor Lachen.

Der Kurze wandte sich wieder Josef zu und sagte: „Sie dürfen gewiss sein, dass der Junge in guten Händen ist. Jetzt ist die NSDAP ihm Mutter und Vater."

„Aber der Junge braucht –"

Mit erhobener Hand unterbrach der Kurze Josef mitten im Satz. „Der Junge, um den Sie so in Sorge sind, ist ein Held des Dritten Reiches. Was glauben Sie denn, wer uns davon in Kenntnis gesetzt hat, dass sein Vater ausländische Lügenpropaganda abhörte?"

Josef war vom Donner gerührt. Aus dem Augenwinkel sah er zu Norbert hinüber, der dort zwischen den beiden Braunhemden stand, dann zu seiner Mutter. Frau Brettschneiders Miene verriet ihm, dass es stimmte.

Die beiden Braunhemden, die Norbert flankierten, klopften ihm anerkennend auf die Schultern.

Norbert streckte sich, um schlanker zu wirken. Auf seiner Brust glänzten die Abzeichen der Hitlerjugend. Offensichtlich genoss er es, einmal im Mittelpunkt zu stehen.

Der Kurze machte eine Handbewegung und befahl: „Auf den Wagen mit dem Gefangenen!"

„Wohin bringen Sie ihn?", fragte Josef.

Der Kurze würdigte ihn keiner Antwort. Stattdessen sagte er zu seinem höher gewachsenen Kumpanen: „Und nimm auch den Pfaffen mit."

„Was soll das?", schrie Josef.

„Nur für ein paar Fragen", sagte der Kurze. Sein Grinsen saß wieder wie angegossen. „Sofern Sie ein loyaler Staatsbürger sind, haben Sie nichts zu befürchten, oder?"

Freudig packte der lange SA-Mann Josef am Arm. Rasch sprangen ihm drei seiner Spießgesellen bei.

In diesem Moment ging Josef auf, dass die ganze Straße menschenleer war. Es gab nur Augen, die hinter halb zugezogenen Vorhängen oder aus Türspalten hervorlugten. Ihm sollte es recht sein. Die umstehenden Häuser waren weit genug weg, dass die Augenzeugen nicht wahrnehmen konnten, wie sehr seine Hände zitterten.

Zum hundertsten Mal sah Monika nach der Küchenuhr. Das letzte Mal war vor zwei Minuten gewesen.

Wo steckte er bloß?

Aus reiner Nervosität sah sie schon wieder auf die Uhr. Ohne sonderliche Eile ruckte der große Zeiger soeben ein Stückchen weiter zur Acht hinauf.

Josef war jetzt fast drei Stunden fort. Um zu den Brettschneiders zu kommen, brauchte man weniger als zehn Minuten. Das sah Josef ähnlich, sie so sitzen zu lassen. Sie hätte am liebsten laut geschrien.

Aber sie zog sich nur eine Haarsträhne heran und begann darauf herumzukauen. Im Kopf hörte sie die Stimme ihrer Mutter: *„Kaust du immer noch auf deinen Haaren herum? Du bist jetzt eine erwachsene Frau und eine Frau Pastor noch dazu! Ein schönes Beispiel, das du den jungen Mädchen in der Gemeinde abgibst!"*

Monika kaute weiter.

Wieder ein Blick zur Uhr. Seit dem letzten Mal hatte der große Zeiger noch nicht mal eine Runde hinter sich gebracht.

Sie konnte machen, was sie wollte – ihrer wachsenden Angst wurde sie nicht Herr. Bis vor einer halben Stunde war sie bloß genervt gewesen, aber jetzt war es schiere Sorge, die sie beherrschte.

Sie war es gewesen, die Frau Brettschneiders Anruf entgegengenommen hatte. Der Verbindung war schlecht gewesen, aber nicht so schlecht, dass sie die Furcht in der Stimme der Frau am anderen Ende der Leitung hätte überhören können. Trotzdem hatten die Gefühle der Brettschneider Monika vor ein paar Stunden kaum berührt. Jetzt teilte sie sie.

Was hält ihn nur auf?

Es war ihr gelungen, Fräulein Baeck zu besänftigen, die einen Riesenaufstand darüber gemacht hatte, dass Josef anlässlich ihrer hochamtlichen Luftschutzinspektion nicht selbst zugegen war. Es ließ sich nicht sicher sagen, was die alte Schnepfe mit der Armbinde mehr aufregte: seine Abwesenheit oder der Umstand, dass sie partout keinen Anlass finden konnte, seine Maßnahmen auf dem Dachboden zu kritisieren.

Fräulein Baeck war soeben gegangen und Monika wollte sich eigentlich einen Augenblick hinsetzen, um sich wieder zu sammeln, da begannen schon die jungen Leute einzutreffen, die Josef zur Weihnachtsfeier eingeladen hatte.

„Lass mich nur machen. Ich kümmere mich um alles.“

Genau das waren seine Worte gewesen. Und jetzt – was sollte sie wohl jetzt mit sechs gelangweilten Halbwüchsigen anfangen, die in ihrem Wohnzimmer herumsaßen? Wie viel länger würde sie sich noch in der Küche vor ihnen verstecken können?

2

Das Getuschel im Wohnzimmer ging ihr auf die Nerven. Als Monika es definitiv nicht länger ertragen konnte, schob sie die Jungen in Josefs Werkzeugschuppen, gab ihnen eine Axt und schickte sie in den Wald, um einen Tannenbaum zu schlagen.

Das war jetzt beinah eine Stunde her.

Immer noch auf ihrer Haarsträhne herumkauend, zog Monika den Vorhang vorm Küchenfenster ein Stückchen zurück. Nach den Spuren auf dem trockenen Winterrasen zu schließen, war eine ganze Horde von Jungs Richtung Wald abgezogen. Sehen konnte sie sie nicht, aber von Zeit zu Zeit hörte man einen von ihnen grölen.

Mädchen gab es nur zwei: die hoch aufgeschossene, blonde Ursel mit den etwas altmodischen Bändern im hochgesteckten Haar und die kleinere Karin mit ihren braunen Zöpfen. Die beiden saßen immer noch in der Wohnstube und tuschelten.

Monika ließ den Küchenvorhang zurückfallen.

Josef – warum tust du mir das an?

Die Haustür wurde geöffnet. Monika rannte in den Flur, um zu sehen, ob er es war.

Aber da waren nur Ursel und Karin, die unter der Tür standen und ihre Mäntel und Handschuhe überstreiften.

Beiläufig strich Monika sich die feuchte Haarsträhne zurück.

„Wir wollten nur mal gucken, was die Jungs da eigentlich so lange treiben", sagte Ursel. „Das geht doch in Ordnung, oder, Frau Pastor?"

Monika nickte wortlos.

Im selben Moment, in dem die Tür hinter den Mädels ins Schloss fiel, hörte sie das unverkennbare Klappern des weißen Opels, der sich auf der staubigen Kopfsteinstraße dem Pfarrhaus näherte.

Monika hielt sich nicht damit auf, ihren Mantel überzuziehen. Noch ehe das Motörchen seinen letzten Schnaufer getan hatte, riss sie schon die Fahrertür auf.

„Wo warst du so lange?" Ihre Stimme war gerade noch leise genug, dass die Mädchen sie nicht hören konnten. Josef freilich konnte nicht entgehen, wie ärgerlich sie war.

Stöhnend stieg Josef aus dem Auto.

„Ich sehe, die jungen Leute sind schon da", sagte er mit einem Blick hinter den Mädchen her, die auf das Gehölz zuschlenderten.

„Und ob sie schon da sind. Fräulein Baeck war auch schon da."

„Und – hat der Dachboden ihrem Urteil standgehalten?"

„Ich hab schier den Verstand verloren! Wo bist du gewesen?"

Josef bewegte sich schleppender als sonst. Seine Augenlider waren halb geschlossen, und sein Mund bildete nur noch einen dünnen Strich.

„Im SA-Hauptquartier", sagte er.

„In Berlin?"

Josef sah zu ihr herunter. Sein Gesicht war jetzt regelrecht eingefallen, längst nicht mehr so ansehnlich wie in ihrer Verlobungszeit. Seine dunklen Locken fielen bis auf die Brauen herab. Es gab nur eines, was noch tiefer war als seine brauen Augen, nämlich seine Stimme, die im Moment ein wenig knarrte, wie sie es immer dann tat, wenn er müde war.

„Da waren ein paar Braunhemden, denen für heute noch Spielgefährten fehlten. Also haben sie mich mitgenommen."

Was das hieß, entging ihr nicht.

„Haben sie dich etwa ..."

Den Hut in der Hand, schlug er die Autotür zu und ging zum Haus hinüber.

„Es passte ihnen nicht, dass ich zugegen war, als sie Klaus Brettschneider verschleppten", sagte er mit Bestimmtheit. „Sie haben sich ein bisschen wichtig gemacht ... mehr war nicht."

Monika suchte in seinem Gesicht und an seinen Händen nach Kratzern oder sonstigen Spuren. Ob er es ihr sagen würde, wenn sie ihm wehgetan hätten?

„Was hat Klaus sich denn zuschulden kommen lassen?", fragte sie.

„Sie haben ihn dabei erwischt, wie er den verkehrten Radiosender abhörte."

„Und wie haben sie das rausgekriegt?"

„Durch Norbert."

„Norbert hat seinen eigenen Vater denunziert?"

„So liegen die Dinge jetzt in diesem Land, Monika."

Auf der Schwelle des Hauses blieb Josef stehen. Irgendetwas fiel ihm an seiner Frau auf. Seine Finger berührten ihre feuchten Haarspitzen.

Monika spürte, wie sie errötete.

* * *

Mit verschränkten Armen stand Josef an den Türrahmen gelehnt da und sah den Jungen beim Tannenbaumschmücken zu. Ursel und Karin waren über den gelblichen Schimmer der Senderskala des Radiogeräts gebeugt und suchten den Äther nach weihnachtlicher Musik ab. Eigentlich hätte er sich unter die jungen Leute mischen und sie ins Gespräch ziehen sollen. Dazu waren sie schließlich hier. Und er würde sich auch mit ihnen abgeben – sobald seine Hände nicht mehr zitterten.

Über eine Stunde hatte er die „Befragung" durch die Herren der Sturmabteilung über sich ergehen lassen: rot aufgedunsene Gesichter, feiste Leiber, Kraftausdrücke, bei denen ihm der Speichel der Repräsentanten des Dritten Reiches um die Ohren flog. Er für seinen Teil hatte starr auf die Hakenkreuz-Abzeichen und das sonstige Lametta an ihren braunen Hemden geblickt. Soweit man aus den immer lauter werdenden Stimmen der Herrschaften seine Schlüsse ziehen konnte, musste es ihm irgendwie geglückt sein, seine Befrager dahingehend hinters Licht zu führen, dass ihn die Springflut ihrer Drohungen völlig kalt lasse. Und jetzt glaubte er, dass auch Monika ihm nichts angemerkt hatte.

Wenn doch bloß das Zittern endlich mal aufhören würde!

„Du machst mir nichts vor."

Die Stimme, so vertraut sie auch war, ließ ihn aufschrecken. Da stand Monika mit Kaiser auf dem Arm.

„Du bist überhaupt nicht in Berlin gewesen", sagte sie mit unsicherem Lächeln. „So wie ich dich kenne, hast du dich in deinem

Arbeitszimmer in der Kirche versteckt gehalten, bis Fräulein Baeck wieder fort war.“

Es war lange her, dass sie ihn zum letzten Mal so angesehen hatte. „Erwischt. Indessen bin ich sicher, dass du Fräulein Baeck taktvoll und diplomatisch behandelt hast.“

„Nee, nee, so leicht kommst du mir nicht davon! Du schuldest mir einen Gefallen.“

Er achtete darauf, dass sein Ton heiter klang. „Frau Schumacher, ich erkenne an, in Ihrer Schuld zu stehen!“

„Irgendwer muss den Ofen anmachen.“

Josef verzog das Gesicht. Sie hatte seinen schwachen Punkt getroffen. Wenn es irgendwas gab, das ihn noch mehr nervte als Speichel verspritzende Nazivernehmer, war es das Anzünden des Ofens. An manchen Tagen war das eine derartige Unternehmung, dass er das Gefühl hatte, von morgens bis abends nichts anderes zuwege gebracht zu haben als das Feuer im Ofen. Für ihn bestand das Leben nur noch aus zwei Dingen: Feuer im Ofen zu machen und allem anderen.

Er schickte sich an, Protest einzulegen, aber ein erhobener Zeigefinger ließ ihn innehalten.

„Du stehst in meiner Schuld!“

„Also schön – wo hast du die Streichhölzer?“

Schicksalsergeben schlurfte Josef in die Küche. Hoffentlich zitterte seine Hand nicht so sehr, dass er das ganze Haus in Brand steckte.

* * *

In einem hatte Adolf Hitler Recht: Der Schlüssel zur Zukunft Deutschlands war die Jugend des Landes. Noch keine deutsche Regierung hatte jemals so viel Geld in Jugendorganisationen gesteckt, wie es die der Nazis in Hitlerjugend und Bund Deutscher Mädel investierte. Das war Beweis genug, dass die Jugend auf der Prioritätenliste des Dritten Reiches ganz oben stand. Wie hätte man den Erfolg von Hitlers viel berufenem Tausendjährigen Reich besser sichern sollen?

Selbst in einem Nazi-Elternhaus groß geworden, kannte Josef die

Lehren Hitlers aus dem Effeff. Ihm war wohl bewusst, dass die Nazis alles schwarz-weiß malten: hier Deutschland, dort der Rest der Welt. Wer nicht für Deutschland war, war gegen Deutschland. Letzten Endes rückte die Nazi-Ideologie alles andere ins Abseits. Sogar Gott.

Aber nicht in Josefs Haus. Und, so Gott wollte, bei diesen sechs jungen Leuten hier auch nicht.

Die Jungs, die Lebkuchen, Lametta und Kugeln in den Baum hängten, trugen einer wie der andere die Winterkluft der Hitlerjugend: marineblaue Hemden und Hosen, lederne Schulterriemen und Gürtel mit Hakenkreuzschließen. Leere Pappschachteln und achtlos hingeworfene Mäntel und Halstücher lagen im Zimmer verstreut.

Nach Monikas Gesichtsausdruck zu schließen, gefiel ihr die lässige Art und Weise, in der die Jungen sich ihrer Oberbekleidung entledigt hatte, ganz und gar nicht. Für Josef bedurfte es keiner Phantasie, sich auszumalen, dass nach dem Verschwinden der Jugendlichen keine fünf Minuten vergehen würden, ehe sie mit dem Aufräumen begänne.

Vergnügt dachte er daran, dass es noch keine drei Jahre zurücklag, dass Monika selbst zur kirchlichen Jugend gehört hatte. Jetzt, wie sie entspannt auf ihrem Sessel saß, wirkte sie um so vieles reifer als damals. Sie trug einen knöchellangen schwarzen Rock zur festlich langärmligen, dezent mit roten und grünen Streifen auf dunklem Grund gemusterten Bluse. Ihr welliges kurzes Haar entsprach der gegenwärtigen Mode. Freilich, so kurz, dass sie die Spitzen nicht mehr in den Mund gekriegt hätte, sobald sie sich aufregte, war es auch wieder nicht.

Aus dem Radio erscholl jetzt die getragene Melodie von „Stille Nacht". Ursel und Karin waren stolz auf ihren Erfolg.

Konrad, der größte und kräftigste der Jungen, hänselte sie: „Ihr glaubt wohl, ihr habt 'nen Orden verdient, bloß weil ihr 'nen Radiosender gefunden habt?"

Ursel wusste ihm mit gleicher Münze heimzuzahlen. „Immerhin haben wir keine geschlagene Stunde gebraucht, um so'n mickrigen Tannenbaum anzuschleppen. Ihr habt wohl den Wald vor Bäumen nicht gesehen, oder, Konrad?"

Konrads jüngerer Bruder Willi schien Ursels Kommentar äußerst amüsant zu finden; jedenfalls lachte er aus vollem Hals.

„Sieh dich vor, Kleiner!“, zischte Konrad, wobei er seinen Bruder mit einem Rippenstoß bedachte, der Willi ein paar Schritte nach hinten taumeln ließ. Dabei verfing er sich mit dem Fuß in einem der am Boden herumliegenden Mäntel, verlor das Gleichgewicht und fiel rücklings in den Tannenbaum, der wild hin und her schwankte.

„Mann, pass doch auf!“, brüllte Hartmut.

Ernst, ein hoch aufgeschossener dürrer Brillenträger, versuchte den Baum zu halten – vergeblich.

Gänzlich unfeierlich kippte die Tanne zur Seite, knapp an den beiden Mädels vorbei, die an der Rundfunktruhe lehnten. Die Spitze kam nur wenige Zentimeter vor Monikas Füßen zu liegen.

Kaiser witschte in Panik Richtung Schlafzimmer davon. Ein paar Sekunden lang blieb es still im Zimmer.

Willi machte sich von den Tannenzweigen frei und rappelte sich hoch. Natürlich hatte er sich nichts getan, dennoch war sein Gesicht eine einzige schuldbewusste Leichenbittermiene.

Josef wurde gewahr, dass aller Augen plötzlich auf ihn gerichtet waren: sechs junge Leute, die sich auf ein markerschütterndes Donnerwetter aus seinem Munde gefasst machten. Selbst Monika, die sich über eine von dem flüchtenden Kater hinterlassene frische Schramme auf ihrem Handrücken strich, bildete da keine Ausnahme.

Josef bedachte den umgestürzten Baum mit einem feierlichen Blick, während aus dem Radio passenderweise „O Tannenbaum“ erscholl. Dann sah er den Jugendlichen der Reihe nach ins Gesicht. Konrad, Hartmut und Ernst hielten seinem Blick stand. Ursel wollte es ihnen gleichtun, schlug aber rasch die Augen nieder. Willi und Karin hoben gar nicht erst die Köpfe.

Was Josef an ihnen sah, machte ihm das Herz schwer: Furcht. Furcht vor Strafe und Vergeltung. Furcht, ihre Sache nicht gut genug gemacht zu haben.

Denselben Ausdruck nahm er tagtäglich in den Mienen zahlloser Deutscher wahr. Furcht war in diesem Lande zum alles überlagernden Gefühl geworden.

Am verängstigsten war Willi. Seine Unterlippe zitterte. Rasch wischte er sich die Tränen aus den Augenwinkeln.

Josef senkte den Kopf und sagte leise: „Armer Kaiser."

In den Mienen der Jugendlichen machte das Entsetzen einem fragenden Ausdruck Platz.

„Armer Kaiser", wiederholte Josef. „Seht doch nur, was er gemacht hat!"

„Aber ... Herr Pastor", sagte Ursel, „es war doch nicht Kaiser, der den Baum umgeschmissen hat."

„Da bin ich mir nicht so sicher. Habt ihr nicht gesehen, wie er rausgerannt ist? Wenn das man kein Schuldeingeständnis war!"

„Aber Kaiser war's nicht!", beharrte Ursel. „Konrad und Willi –"

„Kaiser weiß ja nicht", wurde sie von Josef unterbrochen, „dass es überhaupt nicht drauf ankommt, wer was gemacht hat. So was passiert nun mal. Da hat niemand die Schuld dran. Wirklich, man kann keinem die Schuld in die Schuhe schieben. Aber der arme Kaiser, er fühlt sich absolut schuldig. Er weiß es eben nicht besser."

„Armer Kaiser", spielte Monika sein Spiel mit.

Die nächsten Augenblicke sagte keiner etwas. Josef musste sich zusammenreißen, um nicht weiterzusprechen und seine Botschaft noch deutlicher zu machen. Besser war es, die Stille das Werk vollbringen zu lassen.

Gerade als er diesen Gedanken zu Ende gedacht hatte, traf sein Blick den von Ursel. Sie grinste, er auch. Dann sagte sie: „Armer Kaiser."

Der Nächste, der's begriff, war Hartmut. Kopfschüttelnd pflichtete er bei: „Armer Kaiser!"

„Armer Kaiser!", kam es wie ein Echo von Ernst.

Dann Konrad: „Armer Kaiser."

Karin: „Ah, jetzt verstehe ich. Armer Kaiser!"

Nur Willi sagte nichts. Seine Unterlippe zitterte noch immer. Alle sahen ihn erwartungsvoll an.

„Komm schon, Willi, spuck's aus!", drängte Hartmut.

Auch die anderen machten ihm Mut.

Willi starrte immer noch auf seine Stiefelspitzen.

„Los jetzt, Willi, sag's auch!" Es klang wie ein Sprechgesang.

Da endlich zeigte sich auf dem Gesicht des Jungen ein unsicheres Lächeln. „Armer Kaiser ...", sagte nun auch er.

Alle klatschten Beifall. Dann richteten sie mit vereinten Kräften den Baum wieder auf. Es war kein nennenswerter Schaden entstanden: ein paar abgefallene Nadeln und Christbaumkugeln, aber kaputt war nichts.

Während Monika nach hinten ging, um nach Kaiser zu sehen, half Josef den anderen, die Kugeln wieder einzusammeln.

Da sah er es: das Amulett mit dem Hakenkreuz, das Willi in den Baum gehängt hatte.

Josef passte eine Gelegenheit ab. Als er sie gekommen sah, kniete er sich unauffällig hin, streckte die Hand nach dem unpassenden Baumschmuck aus und ließ ihn in seine Rocktasche rutschen. Als er sich wieder erhoben hatte, blickte er verstohlen in die Runde, um festzustellen, ob er von irgendjemandem beobachtet worden war.

Es war Ursel, die ihn unverwandt angesehen hatte und sich nun lächelnd abwandte.

„Die Lichter funktionieren nicht", sagte jemand.

„Das ist alle Jahre wieder so." Josef untersuchte die Lichterkette, ohne zu wissen, wonach er eigentlich schauen sollte. „Hartmut ... verstehst du dich nicht auf elektrische Christbaumkerzen?"

Hartmut schaute verständnislos drein. Er warf seinem größeren Freund einen unsicheren Seitenblick zu und sah dann Josef an. „Wenn's um Technik geht, ist doch Ernst das Genie. Der weiß alles über Elektrizität und Chemie und das ganze Zeug."

„Genie, sagst du?" Zwischen den Tannenbaumzweigen hindurch sah Josef Ernst an. „Glaubst du wirklich, du kriegst die Dinger hier zum Brennen?"

Ernst hatte die Sache schon in die Hand genommen. Ohne den Blick von dem Kabel in seiner Hand zu wenden, erwiderte er: „Geben Sie mir nur ein paar Minuten Zeit."

„Hartmut kann gut fotografieren."

„Was sagst du, Karin?"

Etwas verunsichert antwortete das Mädchen: „Na ja, Ernst versteht sich auf technisches Zeug. Aber Hartmut kann gut fotografieren."

„Fotos!", rief Monika aus. „Wir müssen unbedingt ein paar Fotos machen!"

Eilends ging sie ins Nebenzimmer und kam ein paar Minuten später mit einer Kameratasche in der Hand zurück. Sie gab Hartmut die Tasche und sagte: „Der Apparat meines Vaters. Um der Wahrheit die Ehre zu geben, ich weiß nicht mal, wie er funktioniert. 'ne ziemlich komplizierte Angelegenheit."

Hartmut untersuchte den Inhalt der Tasche, mit dem er genauso vertraut zu sein schien wie mit dem seiner eigenen Sockenschublade. Schließlich brachte er die Kamera ans Licht.

„Kannst du damit wirklich umgehen?", fragte Monika.

„'ne Ikoflex 850 Spiegelreflex. Nicht so gut wie 'ne Rolleiflex, aber ich krieg das schon gebacken." Mit Fingern, die zu wissen schienen, was sie taten, spannte er einen Film in den Apparat ein.

Als Hartmut die Kamera schussbereit hatte, war Ernst auch mit den Christbaumkerzen fertig. Mit amüsiertem Grinsen sah Josef zu, wie Monika die beiden herausgeputzten Mädchen für ein Gruppenbild an sich zog. Die Jungs ließen das nicht so ohne weiteres mit sich machen. Es bedurfte gehörigen Ärmelzupfens, Schiebens und Überredens, bis sie endlich neben den Mädchen aufgereiht standen. Zwar zeigten sie es nicht, aber Josef war sich sicher, dass die Jungs das ganze Theater insgeheim ebenso genossen hatten wie Monika.

„Du auch!", sagte diese und zog Josef am Ärmel.

Josef zierte sich. „Nein, nein, ich mache das Bild."

„Das mache *ich*!" Monikas Ton ließ keinen Widerspruch zu.

Kichernd sah die versammelte Jugendgruppe zu, wie Monika ihren Gatten ebenso in Positur manövrierte, wie sie es mit ihnen allen getan hatte.

Schließlich fand Josef sich hinter Willi wieder. Kaum hatte er dem Jungen die Hände auf die Schultern gelegt, da blitzte es auch schon.

Der Augenblick war verewigt. Sogleich strebten die Jugendlichen auseinander, als trügen sie Magneten an sich, die sich gegenseitig abstießen, bis sie wieder ihren gewohnten Sicherheitsabstand innehatten.

„Und, was meinst du, wie's läuft?“, flüsterte Josef seiner Frau zu.

„Nachdem wir das mit dem Baum gemeistert haben, ganz gut, denke ich. Ich glaub sogar, was Besseres hätte uns gar nicht passieren können. Das hat sie erst richtig zusammengebracht.“

Im Radio erklangen soeben die letzten dramatischen Akkorde von Händels „Halleluja“. Danach hörte man die Stimme des Ansagers.

Indessen waren es keine deutschen Worte, die dem Rundfunkempfänger entströmten. Die wohl modulierende Stimme des Mannes am Mikrophon war unverkennbar die eines Briten.

Was der Ansager da von sich gab, verstand Josef zwar nicht, umso besser aber drei Buchstaben, die auch jedem anderen im Zimmer vertraut waren: „BBC.“

Die Hitlerjugend erstarrte.

3

„Ausmachen, ausmachen, ausmachen!“

Mit jeder englischen Silbe, die der Apparat von sich gab, wurde die Aufforderung drängender.

„Bitte, schalten Sie das aus!“, schluchzte Karin und hielt sich die Ohren zu.

Die anderen Jugendlichen starrten mit weit aufgerissenen Mündern das Radio an.

Beherrscht ging Josef zum Gerät und schaltete es ab.

Die Stille, die dann kam, war nicht minder erschreckend als die englische Stimme, die gerade noch den Raum erfüllt hatte. Furchtsame Blicke wurden ausgetauscht.

Die Erste, die die Sprache wiederfand, war Ursel. „Das wusste ich nicht, ehrlich! Ich wusste es nicht!“

„Kommen wir jetzt ins Gefängnis?“, fragte Willi.

„Keiner kommt ins Gefängnis“, versicherte Josef ihm.

Konrad war anderer Meinung. „In Danzig haben sie ’ne ganze Familie zu zweieinhalb Jahren verurteilt, weil sie Feindsender gehört hat“, sagte er. „In Württemberg und im Rheinland haben Leute fünfzehn Monate gekriegt.“

Das Bild des knienden, von SA-Leuten umringten Klaus Brettschneider nur allzu lebendig vor Augen, gestikulierte Josef mit den Händen, als wollte er so die zunehmende Angst unterdrücken. „Wir haben keine Feindpropaganda abgehört. Es war nur weihnachtliche Musik.“

„Aber auf BBC!“, rief Karin.

„Orchestermusik, sonst nichts“, beharrte Josef. „Wie hättet ihr denn wissen sollen, dass es ein britischer Sender war?“

„Was machen Sie überhaupt mit so einem Radio?“, fragte Konrad. „Das bringt Sie doch nur in Schwierigkeiten! Hätten Sie einen Volksempfänger, so wäre das überhaupt nicht passiert.“

„So ist es“, stimmte Ernst zu. „Ein Volksempfänger ist extra so konstruiert, dass solche Fehler gar nicht erst passieren können. Er kann nur deutsche Sender empfangen, außer man lebt in Grenznähe, dann freilich –"

„Vielen Dank, Ernst", schnitt Josef ihm das Wort ab. „Ich weiß über die Vorzüge des Volksempfängers Bescheid."

„Und warum haben Sie dann keinen?" Konrad ließ nicht locker.

„Das ist genauso, wie wenn man Bücher mit Feind ... äh, -pro-paganda" – der Ausdruck machte Willi einige Mühe – „bei sich zu Hause hat. Wieso soll man sie denn haben, wenn man sie nicht auch lesen will?" Ganz offenbar plapperte er etwas nach, das er irgendwo aufgeschnappt hatte.

Josef spürte, wie ihm die Hitze den Nacken heraufkroch. Es gefiel ihm ganz und gar nicht, in seinem eigenen Haus ins Kreuzverhör genommen zu werden, aber er wusste nur zu gut, dass eine einzige Denunziation durch einen dieser Jugendlichen genügen würde, um ihm einen Besuch der Braunhemden einzutragen – oder, schlimmer noch, der Gestapo.

„Ich sag es euch ein für alle Mal", begann er. „Meine Frau und ich hören keine ausländischen Radiosender ab. Wir tun das nicht, wenn wir für uns sind, und ganz sicher nicht, wenn wir Gäste haben. Was heute Abend geschehen ist, ist bedauerlich, aber niemand hat es beabsichtigt."

„Ich werde diesen Vorfall meinem Vater melden müssen", sagte Konrad.

Josef seufzte. Rupert Reimann war fanatischer Nazi. „Tu, was du tun musst", sagte er. „Aber jetzt wollen wir mit unserer Feier fortfahren."

Der Abend ging weiter, aber alle Heiterkeit war dahin. Mit Lebkuchen in der einen Hand und einer Tasse heißer Schokolade in der anderen standen die Jugendlichen bedrückt herum.

* * *

„Ehe ihr geht, habe ich für jeden von euch noch etwas", sagte Josef.

„Ein Weihnachtsgeschenk?", rief Willi.

„Sei doch nicht blöd“, fuhr Konrad ihn an. „Geistliche verdienen nicht genug, um aller Welt Weihnachtsgeschenke zu machen.“

„Aber sie haben uns heißen Kakao gegeben!“, insistierte Willi.

„Danke, dass du das bemerkt hast, Willi“, mischte Monika sich ein. „Ich hab monatelang Lebensmittelkarten gehortet, um genug Kakao für euch alle zu haben.“

Auch wenn die Stimmung der Feier dahin war, wollte Josef sich seinen letzten Programmpunkt auf keinen Fall nehmen lassen. Vielleicht würde er damit den Abend doch noch retten können. Jedenfalls war das, was jetzt kommen sollte, der Hauptgrund für seine Einladung an die Jugendlichen gewesen. Er hob die Stimme, sodass alle ihn hören konnten. „Bitte setzt euch alle hin!“

Die jungen Leute setzten sich auf den Boden, wo sie gerade gestanden hatten. Ursel und Karin saßen natürlich Seite an Seite, ließen aber einen nicht zu übersehenden Abstand zwischen sich und den Jungen. Monika setzte sich wieder in den Lehnstuhl wie zuvor, nur dass diesmal der Kater fehlte. Kaiser schien den Zwischenfall mit dem Weihnachtsbaum nach wie vor nicht verwunden zu haben.

Josef brachte einen Schuhkarton zum Vorschein.

„Für mich 43, normale Weite“, witzelte Hartmut und fing sich von Ursel einen Klaps auf die Schulter ein.

Josef lächelte. Wenigstens einer von ihnen machte schon wieder Witze. Das war ein gutes Zeichen. „Ich geb jetzt jedem von euch ein kleines Päckchen“, sagte er. „Bitte macht euers erst dann auf, wenn alle eins haben.“

Jeder Jugendliche bekam einen verschlossenen Umschlag aus Karton, klein genug, um in die Fläche ihrer Hände zu passen. Josef hatte alle Umschläge mit den Initialen des jeweiligen Empfängers beschriftet. Den, auf dem „NB“ für „Norbert Brettschneider“ stand, ließ er diskret in seiner Tasche verschwinden.

„Jetzt könnt ihr sie aufmachen“, sagte er.

Willi hatte sein Kuvert als Erster aufgerissen. „He, da ist Geld drin!“, rief er aus.

Aus jedem der Umschläge fiel eine Münze. Die Jugendlichen drehten die Geldstücke in ihren Händen und untersuchten sie von beiden Seiten.

„Wie viel is'n das wert?", wollte Willi von seinem Bruder wissen.

„Das ist kein Geld, du Blödmann. Bloß 'ne Münze."

„Vergleicht die Münzen miteinander", sagte Josef. „Sie sind alle auf einer Seite gleich, aber auf der anderen verschieden voneinander."

„Auf allen ist ein Bär drauf, der auf den Hinterläufen steht", sagte Ursel.

„Korrekt", antwortete Josef. „Aber wieso der Bär – das ist die Frage."

„Weiß doch jeder", sagte Konrad herablassend. „Der Bär steht für Deutschland."

„Korrekt. Und die Inschrift? Die soll jemand bitte mal laut vorlesen."

Hartmut strengte sich an, um zu entziffern, was oben auf der Münze stand. „Im Boden verankert ..." Er drehte die Münze um hundertachtzig Grad. „... greifen wir nach dem Himmel."

„Danke, Hartmut. Jetzt schaut auf die andere Seite eurer Münze. Da steht etwas drauf, was für jeden von euch persönlich ist", sagte Josef. „Los, dreht die Münzen um. Dann gehen wir vom einen zum andern, und ich möchte, dass jeder vorliest, was auf seiner Münze steht."

„Wieso das denn?", fragte Konrad. Es war mehr eine Herausforderung als eine Frage.

„Weil der Bibelvers, den ihr auf eurer Münze stehen habt, einzeln für jeden von euch persönlich ausgesucht wurde."

Konrad bezähmte sich, aber nur für einen Moment.

„Ursel, du fängst an."

Ursel saß als Nächste neben Josef auf dem Boden. Sie drückte das Kreuz durch und hob sich die Münze vor die Augen, um vorzulesen. Aus schwierigen Verhältnissen stammend, kam sie mit ihrer Mutter, die oft genug die Anzeichen der letzten Prügelorgie ihres alkoholabhängigen Mannes – Ursels Stiefvater – an sich trug, regelmäßig in die Kirche. Angesichts der Lebensumstände des Mädchens konnte Josef nur staunen, wie gut sie sich entwickelt hatte und welch fröhlichen Gemüts sie war.

Ursel schob sich ein paar blonde Strähnen aus den Augen und las vor, was auf ihrer Münze stand. „‚Kraft und Schöne sind ihr Gewand.' Sprüche 31,25."

„Sehr gut. Jetzt du, Karin. Was steht auf deiner Münze?"

Karin Wissing stammte aus gutem deutschem Haus. Als Älteste von vier Kindern, alles Mädchen, war sie nichtsdestotrotz hier in der Jugendgruppe die Jüngste, jedenfalls wenn man Willi nicht mitrechnete.

Karins Vater hatte eine Fabrik in Berlin, was unter den Verhältnissen des neuen Reichs bedeutete, dass die Familie finanziell ausgesprochen gut stand. In der Kirche trug Karin stets gute neue Kleider. Allerdings war sie aus ihrer Familie die Einzige, die regelmäßig den Gottesdienst besuchte. Zwar brachten ihre Eltern sie allsonntäglich mit dem Auto zur Kirche, fuhren aber meistens gleich weiter. Monika war diejenige gewesen, die sie einst bewogen hatte, ihre Älteste zur Kirche zu schicken, da den Eltern sehr daran gelegen war, dass Karin sich bis zur Eheschließung keusch hielt. Diesem Ziel mochte die Religion ja durchaus dienlich sein. Bloß, wie die Zeit verging, schienen die Dinge sich ganz und gar nicht in ihrem Sinne zu entwickeln. Jedenfalls stand Karin mit den Jungen üblicherweise auf überaus freundlichem Fuße.

Jetzt las sie von ihrer Münze: „‚Dass ihr sie aufnehmet in dem Herrn, wie sich's ziemt den Heiligen.' Römer 16,2."

„Das sind Worte des Apostels Paulus", erklärte Josef. „Das schrieb er im Blick auf eine Frau namens Phöbe, die in der Gemeinde von Kenchreä diente. Das war damals nicht üblich, eine Frau öffentlich so zu loben. Hartmut, jetzt bist du an der Reihe."

Hartmut Kessel war der einzige Sohn eines Uhrmachers, der nebenher auch Fotoapparate reparierte. Ein Onkel von ihm war im Weltkrieg an Senfgas gestorben. Während sein Vater die Hoffnung hegte, Hartmut würde eines Tages seine Kamerawerkstatt übernehmen, sah dieser lieber durch den Sucher eines Fotoapparats. Er war durchschnittlich groß, hatte ein rundes Gesicht und schwarzes Haar, das er straff zurückkämmte. Von freundlichem, gutmütigem Wesen, war er die Art Junge, die sich die Mädels gern zum Freund wählten, aber nicht um mit ihm zu gehen, sondern um ihn über die anderen Jungs auszuhorchen, deren Anblick die Schmetterlinge in ihren Bäuchen zum Flattern brachte.

Mit leicht zusammengekniffenen Augen musterte Hartmut seine Münze und las dann: „‚Denn was sichtbar ist, das ist zeitlich; was aber unsichtbar ist, das ist ewig.' 2. Korinther 4,18."

„Fein. Ernst, du bist der Nächste."

Der hoch aufgeschossene, hagere Brillenträger Ernst Ehrenberg hielt seine Münze ins Licht, merkte, dass er auf die verkehrte Seite schaute, und brachte es fertig, die Münze fallen zu lassen, während er sie umzudrehen versuchte. Mit seinem strohblonden Haar und seinem verschrobenen Sinn für Humor war Ernst der Intelligenteste der ganzen Gruppe. Man musste schon sagen, wenn es um Physik, Chemie oder Mathematik ging, war der Junge brillant. Wie die meisten anderen würde er in einem halben Jahr aus der Schule kommen, und Hitlers Drittes Reich hatte längst Pläne für ihn. Er lebte allein mit seiner Mutter, nachdem sein Vater, ein kriegsversehrter ehemaliger Mathematikprofessor, kurz nach Ernsts Geburt an Lungenentzündung gestorben war.

Ernst las: „‚Der Weisheit Anfang ist des Herrn Furcht.' Sprüche 9,10."

„Und wie ist es mit dir, Konrad?", fragte Josef.

„Ja?"

„Du bist an der Reihe."

Mit kräftigen Fingern drehte Konrad Reimann seine Münze um, um den Text abzulesen. Er war in jeder Hinsicht ein Paradejugendlicher des Dritten Reiches: breitschultrig, athletisch, stark. Soweit Josef gehört hatte, tat sich der Junge in der Hitlerjugend ungemein hervor. Die meisten Wettbewerbe gewann er, und seine Führer schwärmten von ihm. Sein Kiefer war beinahe rechteckig, sein links gescheiteltes Haar dicht. Er stammte aus stolzem preußischem Hause. Sein Vater war ein hoch dekorierter Flieger. Nachdem er bei seinem letzten Einsatz abgestürzt war, hatte der Mann ein versehrtes rechtes Bein davongetragen und litt nun dauernde Schmerzen, die für Konrads Vater allerdings niemals ein Thema waren. Auch gab er sich alle Mühe, sein Humpeln zu verbergen. Seine beiden Söhne erzog er mit militärischer Disziplin.

Konrad musste sich mehrmals räuspern und las dann stockend: „Herr, mein Fels, meine ... Burg, mein Er- ... Er-"

Josef verzog das Gesicht. Plötzlich ging ihm auf, dass der Junge ihn vorhin keineswegs hatte provozieren wollen. Er hatte bloß Angst, laut zu lesen, weil er das nicht gut konnte.

„Erretter", half Josef ihm auf die Sprünge.

„Erretter", wiederholte Konrad, ehe er sich nochmals räusperte und fortfuhr: „‚Mein Gott, mein Hort.' Pfss ..."

„Psalm", sagte Josef.

„Psalm 18,3." Nachdem das geschafft war, schmiss Konrad die Münze auf den Teppich.

„Willi", sagte Josef.

In körperlicher Hinsicht war der Zwölfjährige das genaue Gegenteil seines älteren Bruders: dürr, eher klein und mit schütterem braunem Haar. Wäre er ein Kätzchen gewesen, so hätte Josef darauf gewettet, dass sein preußischer Vater ihn gleich nach seiner Geburt ertränkt hätte. Willi war oft grob und verhielt sich anstößig, sodass man meistens nicht recht mit ihm umzugehen wusste. Er hielt sich nur deswegen zur Jugendgruppe, weil sein Vater darauf bestand, dass seine beiden Jungs alles gemeinsam machten, getreu dem Hitler'schen Ethos, das da lautete: „Jugend führt Jugend." Wenn er wollte, dass Konrad zum Jugendtreff kam, musste Josef hinnehmen, dass er Willi mitbrachte. Freilich machte ihm das keine große Mühe, denn er mochte Willi und sah durchaus Entwicklungschancen bei dem Jungen.

Willi starrte verwirrt auf die Münze, so als könnte er das erste Wort nicht entziffern. „Oh – ähm ...", sagte er dann und drehte die Münze richtig herum. Dann sah er grinsend auf, als rechnete er mit allgemeinem Gelächter.

Den Gefallen taten ihm die anderen nicht.

Unbeirrt fing er an zu lesen. „‚Niemand verachte deine Jugend, sondern sei ein Vorbild.‘ 1. Timotheus 4,12.“ Wiederum sah er auf. „Habt ihr gut zugehört? Hier heißt es, dass niemand mich verachten soll.“

„Dann werd’ man erst mal ein Vorbild“, gab Ursel mit ausdruckslosem Gesicht zu bedenken.

„Hört mir jetzt zu“, forderte Josef.

Kaum hatte jeder seinen Münzentext vorgelesen, griff die Albernheit schon wieder um sich.

„Ich möchte, dass ihr diese Münzen bei euch habt, wohin immer ihr auch geht. Und jedes Mal, wenn ihr sie anschaut oder in eurer Tasche ertastet, sollt ihr euch der Worte erinnern, die darauf geschrieben stehen. Auf der einen Seite: ‚Im Boden verankert, greifen wir nach dem Himmel.‘ Das steht für unser Leben als Christen in Deutschland. Als Deutsche sind unsere Wurzeln im Boden unseres Vaterlandes; als Christen streben wir nach dem Himmel. So wie es Jesus in dem Gebet sagte, das er uns zu beten lehrte: ‚Im Himmel wie auf Erden.‘“

„Das gefällt mir“, sagte Ursel, während sie auf ihre Münze sah.

„Auch den Vers, der auf der anderen Seite eurer Münze steht, sollt ihr nicht vergessen. Er enthält Gottes Botschaft an jeden von euch. Darin steckt eine Verheißung, ein Versprechen.“

„Ich find hier kein Versprechen“, warf Willi ein.

„Nicht alle Verheißungen stechen einem auf den ersten Blick ins Auge. Denkt nur jedes Mal, wenn ihr auf eure Münzen schaut, an die Worte, die darauf geschrieben stehen, und wenn Gottes Zeit gekommen ist, werdet ihr dann verstehen, was er euch damit verspricht.“

Jetzt starrten sie allesamt ihre Münzen an. Josef schaute über ihre Köpfe wie ein Bauer, der seine Frühlingsaussaat begutachtet. Die Saat war nun im Boden, und er fragte sich, wie die Ernte wohl ausfallen und wann der Same reifen würde. Mit einem Mal kam ihm all sein Bemühen so dürftig und nutzlos vor. Was glaubte er denn wirklich erreichen zu können? Was wog das bisschen, das er tun konnte, schon gegen Hitlers Mammutinszenierungen aus Flaggen, Liedern und Aufmärschen?

„Ich kapier's immer noch nicht“, sagte Willi, ohne den Blick von der Münze in seiner Hand zu heben.

Konrad entriss sie ihm. „Guck, du Trottel. Es heißt hier: ‚Niemand verachte –‘“

„Danke für deine Hilfe, Konrad“, unterbrach Josef ihn, „aber das ist etwas, was jeder für sich selbst entdecken muss.“

„Ich versteh nicht, warum Sie uns diese Dinger schenken“, sagte Ursel.

„Weil er eben keine eigenen Kinder hat“, warf Karin ein.

Josef lächelte. Ihm kam eine Idee. Wahrscheinlich hätte er sich erst mit Monika darüber beraten sollen, aber dafür blieb nun keine Zeit. „Hm, das stimmt eigentlich nicht, Karin“, sagte er.

Einen Moment lang begriffen sie nicht. Bei Ursel fiel der Groschen zuerst. Sie wirbelte herum, sah Monika an und rief begeistert: „Was für eine herrliche Neuigkeit, Frau Pastor!“

Plötzlich sah sie, wie sie dort mit einer Hand auf ihrem Bauch im Lehnstuhl saß, sehr schwanger aus.

Ehe noch jemand anders etwas sagen konnte, war Ursel aufgesprungen und hatte sich neben Monika gestellt. Ihre Augen glänzten vor Aufregung.

„Wir wären euch dankbar, wenn ihr alle es bis Sonntag niemandem weitersagen würdet“, sagte Josef. „Dann werden wir es der ganzen Gemeinde mitteilen.“

Damit hatte er einen Zug gemacht, der sich auszahlte. Allein schon Ursels Begeisterung genügte, um den Raum lichter zu machen und die Stimmung aufzulockern, die seit dem Zwischenfall mit dem Radio anhaltend bedrückt gewesen war. Während Monika ihm fortwährend fragende Blicke zuwarf, fühlte Josef Zufriedenheit darüber, dass der Abend zumindest mit einem positiven Akzent ausklingen würde.

„He, meine Medaille ist weg!“, kreischte Willi. Mit einem Satz war er neben dem Baum und suchte panisch die Zweige nach seinem Hakenkreuz-Emblem ab.

„Ist wahrscheinlich runtergefallen, als der Baum umkippte“, meinte Karin und fing an, den Boden unterm Baum abzusuchen.

„So, wie der Baum gekippt ist, müsste sie irgendwo bei den Füßen von Frau Schumacher liegen. Vielleicht ist sie auch unter ihren Sessel gerutscht", sagte Ernst und beteiligte sich an der Suche. Hartmut, der glaubte, die Medaille könnte durchaus ein Stück weiter fortgesprungen sein, suchte die Gegend nahe der Tür ab.

Selbst Konrad war sich nicht zu schade, seinem Bruder zu helfen. „Es ist seine erste Jungvolk-Auszeichnung", gab er zu bedenken.

Ursel war die Einzige der Jugendlichen, die sich nicht an der Sucherei beteiligte.

Willi war den Tränen nahe. Jetzt suchte sogar Monika mit. Auf den Knien liegend, tastete sie mit der Hand den Teppich unter ihrem Sessel ab.

Josef zog in Erwägung, die Medaille diskret fallen zu lassen und dann so zu tun, als hätte er sie selbst gefunden. Aber das ging nicht, weil Ursel ihn nicht aus den Augen ließ.

Endlich sagte er seufzend: „Ich hab sie."

„Sie haben sie gefunden!", freute Willi sich.

Der Junge war so erleichtert darüber, dass die Medaille wieder aufgetaucht war, dass es ihm gar nicht in den Sinn kam, irgendwelche Fragen zu stellen.

Bei Karin lagen die Dinge anders. „Wo haben Sie sie gefunden?", fragte sie.

„Ja, wo war sie?", wollte auch Konrad wissen.

Während Willi damit beschäftigt war, die Plakette wieder an den Weihnachtsbaum zu hängen, konzentrierte sich die Aufmerksamkeit der anderen auf Josef.

Ihm blieb nichts übrig, als sich zu bekennen. „Ich hab sie aufgesammelt und in die Tasche gesteckt, als der Baum umkippte."

„Das war wohl irgendwie in Gedanken", versuchte Ursel ihm beizuspringen.

„Nee, es geschah mit Absicht", sagte Josef.

Das Schweigen war voller Spannung.

„Armer Kaiser, wie?", sagte Hartmut.

Willi trat einen Schritt vom Baum zurück. Triumphierend hing das Hakenkreuz wieder an dem lamettaglänzenden Weihnachtsbaum.

Zu Josefs Erleichterung klopfte es an der Tür. Er ging hin, um zu öffnen.

Alle rechneten mit einem Elternteil. Doch auf der Schwelle stand ein kleiner ältlicher Mann, der ein in Zeitungspapier eingeschlagenes Bündel unterm Arm hielt. An seinem Mantel war ein leuchtend gelber Stern befestigt. Darauf stand ein einzelnes Wort: *Jude.*

4

„Was willst du, Jude?“, schnaubte Konrad, der Josef an die Tür gefolgt war.

Die feindselige Begrüßung ließ den alten Mann ängstlich und verwirrt das Gesicht verziehen. Zitternd stand er auf der Schwelle und konnte den Blick nicht von Konrads blauer Hitlerjugendkluft lösen.

„Herr Meyerhof!“, sagte Josef und machte einen Schritt auf den Mann zu. „Was für eine schöne Überraschung! Kommen Sie doch herein! Die jungen Leute wollten gerade gehen.“

Konrad sah Josef an. „Sie bitten Ungeziefer in Ihr Haus?“

„Aber Konrad! Du wirst dich doch wohl noch an Herrn Meyerhof erinnern? Er gehört zu unserer Gemeinde.“

„Er ist ein dreckiger Jude!“, zischte Konrad. Er schnappte sich seinen Mantel und drängte an dem alten Mann vorbei ins Freie, wobei er diesen so anrempelte, dass er fast das Gleichgewicht verloren und rücklings die Vortreppe hinuntergestürzt wäre. Als die übrigen Jugendlichen an ihm vorbeigingen, trat Meyerhof verschämt an die Seite und hielt die Augen niedergeschlagen. Der Letzte in der Reihe war Willi.

„Dreckiger *Jude!*“, sagte er im Vorbeigehen.

„Es reicht, Willi!“, schalt Josef.

Karin wurde vor dem Haus von ihrem Vater erwartet, der in seinem Wagen saß. Gemeinsam mit Hartmut nahm sie im Fond Platz. Hartmut konnte mitfahren, da sein Elternhaus benachbart zur Wohnung der Wissings lag. Als der Wagen davonfuhr, wandte Karins Vater noch einmal den Kopf und sah über die Schulter zum Pfarrhaus zurück.

Ernst und Ursel verschwanden Seite an Seite in der Dunkelheit. Die dünne Decke frisch gefallenen Schnees dämpfte ihre Schritte.

„Du achtest darauf, dass Ursel sicher nach Hause kommt?“, rief Josef Ernst nach.

Der drehte sich kurz um und machte eine bejahende Handbewegung. Dabei geriet er kurz ins Straucheln, fing sich aber gleich wieder und setzte seinen Weg fort.

Josef wandte seine Aufmerksamkeit seinem neuen Gast zu. „Kommen Sie doch herein, Herr Meyerhof! Wärmen Sie sich ein bisschen auf." Er reichte dem alten Herrn die Hand, um ihm ins Haus zu helfen. Dabei spürte er, wie Meyerhof unter seinem Mantel zitterte.

Vor dem Haus stand noch ein Auto, das im Begriff war abzufahren. Hinter dem Volant der schwarzen Limousine saß Herr Reimann. Konrad hatte den Beifahrersitz eingenommen. Hinter der Windschutzscheibe konnte man zwei Augenpaare erkennen, die unverwandt auf Josefs Überraschungsgast gerichtet waren.

Josef winkte Vater und Sohn Reimann zu, ehe er ihnen den Rücken zukehrte, um Professor Meyerhof nun endlich ins Haus zu geleiten. Unter der Haustür stand Monika, die Arme gegen die Kälte verschränkt. Der Anblick des Professors schien ihr keine Freude zu bereiten.

„Als dieser junge Mann vorhin auftauchte, dachte ich schon, ich hätte mich in der Tür geirrt", sagte Meyerhof. „Das hätte mich auch gar nicht überrascht. In letzter Zeit ist dieser Schädel hier", er tippte sich an die Stirn, „zu wenig mehr gut, als meinen Hut zu tragen."

„Ich möchte mich für das Verhalten des Jungen entschuldigen", sagte Josef. „Wir hatten die Gemeindejugend zu einer kleinen Weihnachtsfeier hier. Ich hoffte, die Ju–"

Abrupt, nur ein paar Zentimeter hinter der Türschwelle, blieb Meyerhof stehen. Er brachte sein Gesicht ganz nah an das von Josef und sagte: „Was gibt es da zu entschuldigen? Sie glauben doch wohl nicht, dass ich sonst wo anders behandelt werde? Im Gegenteil, oft ist es noch schlimmer!"

„Aber nicht hier in meinem Haus!", sagte Josef bestimmt.

Das brachte den alten Mann zum Lächeln. Er strich Josef leicht über die Wange. „Sie sind ein guter Junge. Armselig im Hebräischen, aber ein guter Junge."

Josef lachte. „Hm, ich wollte ja mal wieder ein bisschen repetieren, aber jetzt in der Vorweihnachtszeit gibt es so viel zu tun ..."

Meyerhof hob den Zeigefinger, als doziere er. „‚Wer Zucht lässt fahren, der hat Armut und Schande; wer sich gerne strafen lässt, wird zu Ehren kommen.'"

„Nach Weihnachten geh ich wieder ran, das verspreche ich!", sagte Josef.

Nachdem sie nun endlich drinnen waren, machte Josef die Tür zu und versuchte Herrn Meyerhof Hut und Mantel abzunehmen. Der alte Herr jedoch gebot ihm mit einer energischen Handbewegung Einhalt.

„Es ist eine zu späte Stunde, um Gäste zu empfangen", beharrte er. „Ich wollte Ihnen nur das hier geben – ein Geschenk für Sie und Ihre anmutige Frau Gemahlin. Gesegnete Weihnachten." Er streckte Josef ein in Zeitungspapier eingeschlagenes Päckchen hin.

„Ich danke Ihnen, Herr Professor. Das kommt in der Tat unerwartet."

Die Falten auf Meyerhofs Wangen wurden tiefer, wenn er lächelte. „Viel hab ich ja nicht", sagte er, „aber Gott ist treu und schickt mir gelegentlich einen kleinen Segen über den Weg. In diesem Falle hatte der Segen die Gestalt einer Rinderzunge. Ich habe einen guten Freund, der Schlachter ist und mir jedes Weihnachten eine Zunge zurücklegt. Und jetzt, wo meine Eva nicht mehr da ist, habe ich niemanden, mit dem ich sie genießen kann. Es ist mir eine Freude, sie Ihnen zu vermachen."

„Wie freundlich", sagte Monika. „Vielen Dank." Sie beugte sich vor und drückte dem Alten einen Kuss auf die Wange.

Errötend hob Meyerhof den Blick zum Himmel und sagte: „Das hast du nicht gesehen, nicht wahr, Eva?" Monika bei der Hand nehmend, sagte er zu ihr: „Hätte ich gewusst, dass dies meine Belohnung sein würde, so hätte ich Ihnen gleich den ganzen Ochsen gebracht!"

Bomm! Bomm! Bomm!

Bei jedem Schlag drohte die Tür zu brechen. Josef machte auf.

Reimanns Gestalt füllte die ganze Türöffnung aus. Der Mann bebte vor Zorn. Er trug eine wollene Mütze, unter der sein volles graues Haar hervorquoll. Hatten Konrad und Willi ihm die Sache mit der Radiosendung bereits erzählt?

„Was hat das hier zu bedeuten, Schumacher?“ Er zeigte auf Professor Meyerhof, ohne dem Mann auch nur einen einzigen Blick zu widmen.

„Rupert, erkennen Sie denn den Professor nicht?“

„Ich sehe bloß einen Juden.“

Mit zitternder Hand lüftete Meyerhof den Hut. „Es ist wohl am besten, wenn ich jetzt gehe.“

„Glauben Sie wirklich, ich hätte meinen Jungs erlaubt, Ihr Haus aufzusuchen, wenn ich gewusst hätte, dass Sie hier einen Juden beherbergen?“, brüllte Reimann.

Josef musste sich alle Mühe geben, die Ruhe zu bewahren. Mit Männern wie Rupert Reimann legte man sich besser nicht an. Aber er wollte die Sache auch noch nicht verloren geben. „Professor Meyerhof hat nur kurz hereingeschaut, um Monika und mir ein Weihnachtsgeschenk zu bringen“, erklärte er. „Es gibt gar keinen Grund zu –“

„Auf diese Angelegenheit wird noch einmal zurückzukommen sein, Pfaffe!“ Reimann bohrte seinen Finger fast in Josefs Brustkorb. Dann wandte er sich ab und strebte mit langen Schritten seiner Limousine zu. Leise brummend erwachte der Motor zum Leben, und mit durchdrehenden Reifen machte Herr Reimann sich auf den Heimweg. Das Letzte, was Josef sah, war eine Schlinge aus Band, die Willi vor das Heckfenster des Wagens hielt.

Er wandte sich wieder seinem Gast zu und sagte: „Möchten Sie nicht doch noch ein Weilchen bleiben?“

Traurig schüttelte Meyerhof den Kopf. „Da wollte ich Ihnen nun ein Geschenk bringen, und stattdessen bringe ich Ihnen nur Schwierigkeiten ins Haus. Im Übrigen ist es für einen alten Juden nicht gesund, sich spät am Abend auf der Straße zu zeigen. Entweder ’ne Horde Nazis oder ’ne Horde Erkältungsbazillen – irgendwer kriegt einen immer beim Wickel!“ Es sollte ein Scherz sein.

„Warten Sie, ich hole nur meinen Mantel!“, sagte Josef. „Dann bringe ich Sie nach Hause.“

Meyerhof hob die Hand. „Nicht nötig! Jeder von uns hat nur eine bestimmte Anzahl Abende zur Verfügung, und wenn Gott einem eine so schöne junge Frau geschenkt hat, sollte man seine Zeit nicht mit einem alten Knacker verplempern!"

Josef machte noch einen Versuch, aber Meyerhof ließ sich nicht beirren.

Schließlich sah der Pastor von seiner Türschwelle aus dem alten Mann nach, der vorsichtig die Vortreppe hinunterstieg und dann in der Dunkelheit davontrottete.

Während Monika die Rinderzunge in die Küche brachte, ließ Josef sich erschöpft in den Lehnstuhl fallen. Kurz darauf tauchte Monika wieder auf und machte sich sofort daran, den Tannenbaumschmuck umzuhängen.

„He, komm her!" Josef legte den Arm um ihre Taille und zog sie auf seinen Schoß. Ihre Beine baumelten über die Armlehnen des Sessels.

Sie kicherte wie ein kleines Mädchen. „Wir haben wohl die Haustür zu lange offen gelassen."

„Wie jetzt?"

„Ein Wolf hat sich hereingeschlichen und meinen Mann gefressen, und jetzt ist er hinter mir her!"

Die Arme um ihre Taille geschlungen, vergrub Josef sein Gesicht an Monikas Hals. Ihre Wärme, der Duft ihres Parfüms und die Haut ihres Halses an seiner Wange reduzierten das ganze Universum auf ihre Zweisamkeit. Mit der Nasenspitze fuhr Josef die Linie ihre Kiefers entlang, bis zu ihrem Kinn. Ihrer beider Atem ging jetzt gleichmäßig. Sie wandte ihr Gesicht zu seinem, sodass ihre Blicke und ihre Lippen sich trafen. Josef berührte die ihren sanft mit seinen, und Monika schloss die Augen.

„Es ist Sonnabend", flüsterte sie. „Morgen hast du einen harten Tag. Außerdem würde ich meinen, nach einem Tag wie dem heutigen solltest du hinlänglich erschöpft sein."

„Irgendwie muss wohl von all den jugendlichen Hormonen, die sich hier heute Abend getummelt haben, noch was übrig geblieben sein", sagte er.

Erneut fuhr sein Mund die Linie ihres Kiefers entlang, diesmal abwärts. Mit der Hand kraulte er ihren Nacken.

„Ja, aber fang jetzt nichts an, was du dann nicht zu Ende bringen kannst."

„Kann mich nicht erinnern, dass das jemals ein Problem gewesen wäre."

Monika lachte auf und stupste ihn liebevoll in die Seite. „Aber hör mir doch mal zu! Morgen hast du zu predigen!"

„Morgen interessiert mich nicht", flüsterte er. „Nur heute Abend. Nur dieser Augenblick."

„Oh!" Überrascht richtete Monika sich auf und ging auf Abstand zu ihm.

Ehe Josef sie noch fragen konnte, was los war, hatte er es schon gesehen. Kaiser. Endlich hatte er den Mut gefunden, sein Versteck zu verlassen, und war ihr auf den Schoß gesprungen. Jetzt drängte er sich gesenkten Kopfes zwischen ihre Körper.

„Da bist du ja!", sagte Monika zärtlich. Sie machte ihre Arme frei und kraulte den Kater an Kopf und Ohren. „Ich hab mir wirklich Sorgen um dich gemacht!"

„Das ist ja nun wahrlich nicht gerade der richtige Zeitpunkt."

„Wart erst mal, bis wir Kinder haben."

„Ich glaub, es dauert nicht mehr lange, dann muss ich mit 'ner Zuteilungskarte in der Hand Schlange stehen, um ein bisschen Zeit und Aufmerksamkeit von meiner Frau zu ergattern."

Monika lächelte, ohne die Finger von der Katze zu lassen.

Kaiser rieb seinen Kopf an ihrem Kinn, schnurrte hörbar laut, öffnete und schloss seine Tatzen und fuhr von Zeit zu Zeit die Krallen aus. Er wühlte so lange zwischen ihnen herum, bis sein Schwanz Josef übers Gesicht strich.

Das machte Josef fuchtig. „Entschuldige mich bitte", sagte er.

„Wo gehst du hin?"

„Mir wird's hier ein bisschen zu voll."

Er hoffte, sie würde die Katze verscheuchen. Aber kaum war er aufgestanden, da ließ Monika sich ihrerseits in den Lehnstuhl fallen, nicht ohne Kaiser, der sich auf ihrem Bauch räkelte.

Josef schloss die Haustür ab, wie er es allabendlich vor dem Zubettgehen tat. Monika liebkoste indes die Katze mit ihrer Nasenspitze. Er wollte etwas sagen, besann sich aber eines Besseren. Lieber ein neutraleres Thema anschneiden.

„Und, wie fandest du den Abend?“

„Ich bin dir immer noch böse, dass du mich mit Fräulein Baeck allein gelassen hast.“

Ach, daher weht der Wind. „Ich meine, was danach war. Die Feier und so.“

Monika lachte auf. „Es war nicht gerade langweilig.“

„Alles in allem lief es doch ganz gut, oder?“

Monika sah zu ihm auf. „Tatsächlich? Sie haben den Baum umgeschmissen, Kaiser, mein armes Baby, zu Tode erschreckt, durch Abhören von Feindsendern das Gesetz gebrochen. Konrad ist überzeugt, dass du den Führer verabscheust, und sein Vater glaubt, wir beherbergten Juden. War's das, oder hab ich was vergessen?“

„Willis Plakette.“

„Richtig, du hast ja noch einem kleinen Jungen sein Abzeichen gestohlen.“

„Ich wollte das Ding nicht an meinem Weihnachtsbaum haben!“, verteidigte Josef sich. „Und außerdem, hast du gesehen, wo er es hingehängt hat? Haargenau vor deinen Sessel! Ich sag dir, der Junge ist verknallt in dich.“

„Ist er nicht!“

„Und ob er das ist! Das kannst du einem ruhig glauben, der weiß, wie bei einem Jungen die Hormone verrückt spielen können!“

„Willst du mir etwa sagen, dass du Willis Abzeichen eingesteckt hast, weil du eifersüchtig auf ihn bist?“

„Ich finde das nicht witzig.“

Monika grinste. „So, es lässt dich also nicht kalt, wenn andere Männer Interesse an mir zeigen!“

„Nur, wenn es sich um Unter-Fünfzehn- oder Über-Fünfundsechzigjährige handelt.“

„Du Schuft!“

Josef streckte sich und hoffte, Monika würde seine Geste verstehen. „Wie dem auch sei, ich bin jedenfalls mit dem Abend einigermaßen zufrieden. Es gab ein paar heikle Momente, aber alles in allem haben wir ein bisschen Samen ausgestreut, und darauf kommt es an."

Monika liebkoste die Katze.

„Ich geh jetzt schlafen", sagte Josef.

Monika gab keine Antwort.

Er beugte sich herab und gab seiner Frau einen flüchtigen Kuss auf die Stirn. Kaiser streckte die Pfote nach ihm aus und meinte das alles andere als freundlich.

„Bleibst du noch lange auf?", fragte Josef. Hätten Blicke töten können, so wäre dies Kaisers letzte Sekunde gewesen.

„Ich bringe nur noch rasch den Baumschmuck in Ordnung."

Das war das richtige Stichwort. Er langte nach der Hakenkreuzplakette und riss sie vom Tannenzweig.

„Josef!"

„Ich will dieses Ding nicht an meinem Baum haben!"

5

Sonntag, 14. April 1940

Das Ende ist immer gleich.

Wie sehr er sich auch anstrengt, wie schnell er auch rennt, wie laut er auch schreit – es läuft immer aufs selbe hinaus.

Er kommt zu spät.

Er erreicht sie nicht mehr rechtzeitig, um sie zu retten.

Der Alp beginnt als Traum in einem Traum. Laute machen ihn wach: ununterscheidbar zuerst, gedämpft und heimlichtuerisch. Schließlich sind Wörter zu hören, in verschwörerischem Ton gesprochen, drängend; und wenn er dann dahinter gekommen ist, was sie bedeuten, ist er aufs Höchste alarmiert und wacht jählings auf.

Er wirft die Decken von sich. Die Hatz beginnt.

In einer Version des Traums liefen seine nackten Füße über das Berliner Kopfsteinpflaster. In anderen Szenarien versucht er gegen einen Fluss anzuwaten, dessen Strömung ihm immer wieder die Beine wegreißt. Oder er rennt eine Treppe hinauf, deren Stufen kein Ende nehmen, auch dann nicht, wenn seine Beine längst zu Wackelpudding geworden sind und seine Lunge zu platzen droht.

Nie erreicht er sie noch rechtzeitig, kein einziges Mal. Er kommt nahe heran, das ja, aber nie nahe genug: nahe genug, um ihre gequälten Blicke zu sehen, aber nicht nahe genug, um ihren Schmerz zu lindern. Nahe genug, um Zeuge ihres Sterbens zu werden, aber nicht nahe genug, um ihren Tod zu verhindern.

Auch heute Nacht derselbe Traum: Laute, Wörter, erschrecken, rennen, Erschöpfung, schließlich versagen.

Sein Herz hämmerte, und er schnappte gierig nach Luft. Vom kalten Schweiß klebte ihm das Laken am Leib.

„Josef! Was ist los?“ Monika setzte sich neben ihm auf. Sie streckte die Hand nach ihm aus, zog sie aber gleich wieder zurück, als sie den Schweiß auf seinem zitternden Arm spürte. „Bist du krank, oder was ist da los?“

Josef schwang die Beine aus dem Bett und hielt sich mit beiden Händen an der Bettkante fest. Tief durchatmend brachte er sein Herzklopfen unter Kontrolle und kam einigermaßen zu sich. Am längsten brauchte er, um den Schmerz seines Scheiterns – auch wenn es nur ein geträumtes Scheitern war – abzuschütteln. Zwar würde es erst in drei Stunden hell werden, aber für ihn war die Nacht vorbei. An Schlaf würde nicht mehr zu denken sein. „Leg dich wieder hin", sagte er seiner Frau. Seine Stimme klang rau und tief.

„Möchtest du, dass ich den Doktor rufe?"

Innerlich grinste er. Als ob es ein Skalpell gäbe, das scharf genug wäre, um die Ursache seiner wiederkehrenden Alpträume aus ihm herauszuschneiden!

Kaum hatten seine Füße den kalten Holzdielenboden berührt, da suchten sie schon wie von selbst nach den Pantoffeln, wie ein Maulwurf nach seiner Höhle schnüffelt.

„Möchtest du nicht darüber reden?"

Josef streifte seinen Morgenmantel über. Dadurch wurde sein durchgeschwitztes Nachthemd gegen die Haut gepresst, und er verzog fröstelnd den Mund. „Ich bin im Arbeitszimmer", sagte er noch, ehe er die Schlafstubentür hinter sich zuzog.

Auf einem Beistelltisch hatte er seine Bibel liegen. Nachdem er Licht gemacht hatte, nahm er die Notizen für seine morgendliche Predigt heraus. Irgendwo bei der Tischlampe musste doch seine Lesebrille sein? Die Nachwehen des Alptraums machten ihn immer noch nervös. Er musste sich bewusst konzentrieren, um die Anstreichungen wahrzunehmen, die er in der heutigen Perikope gemacht hatte. Nur allmählich wurden aus dem Buchstabensalat vor seinen Augen Wörter, ohne dass er schon begriff, was sie bedeuteten.

Er legte die Notizzettel in die Bibel und diese auf den Beistelltisch zurück. Sein Blick fiel auf den Handarbeitskorb neben seinem Stuhl. Nadel und Faden waren seine geheime Zuflucht. Wenn er stickte, schaffte er es, dem Schrecken zu entfliehen. Dann konnte er sich auf Farben und Schönheit konzentrieren. Aber heute Nacht klappte auch das nicht. Viel zu tief hatte der Schrecken ihn gepackt. Er hielt seine Seele im Klammergriff.

Klirrend fiel die Brille auf die Tischplatte, als er sie mehr hinwarf als ablegte. Er kniete vor dem Stuhl nieder, um zu beten.

Gesichter kamen ihm in den Sinn: Konrad. Willi. Ursel. Karin. Hartmut. Ernst.

Seine gefalteten Hände fingen an zu zittern. Unter den Klang ihrer Namen mischte sich sein Schluchzen. „Vater im Himmel, ich bete, dass es nicht auch für sie zu spät sein möge."

* * *

„Du kommst spät."

„Wie schön, dich zu sehen, Papa", antworte Monika.

Die Haustür schwang weit auf, und Dr. Wilhelm Olbricht nahm seine allgegenwärtige Zigarre gerade lange genug aus dem Mund, um seine schwangere Tochter zu umarmen. Zu solchen Gelegenheiten fiel Josef immer wieder auf, dass Monika ihren Vater um gut zweieinhalb Zentimeter überragte. Aber das musste eine optische Täuschung sein! Denn in Josefs Augen war sein Schwiegervater bereits ein Riese.

„Liebling!" Hinter der Gestalt ihres Mannes tauchte Edda Olbricht auf, mit weißer Schürze über einem modisch geschnittenen dunkelgrünen Kleid. Kaum hatte ihr Mann Monika losgelassen, da nahm sie auch schon seine Stelle ein. Edda war die Größte von den dreien. Hoch gewachsen und schlank, hatte sie das schwarze Haar wie immer perfekt frisiert. Bewegungen, Sprache – alles an ihr strahlte Eleganz aus. Und dabei konnte sie über die Fehler anderer großzügig hinwegsehen. Sie war die vollkommene Pastorenfrau.

„Tut mir Leid, dass wir zu spät kommen, Mama. Nach dem Gottesdienst wünschte noch ein junges Paar eine Aussprache mit Josef."

„Probleme?" Dr. Olbricht kaute auf seine Zigarre herum.

„Im Gegenteil", sagte Josef, während er hinter seiner Frau ins Haus trat. „Fritzi Koch und Heinz Mienert. Sie wollen heiraten."

„Fritzi Koch?" Olbricht war erstaunt. „Emils Jüngste! Die ist doch noch viel zu jung zum Heiraten! Du lieber Himmel, sie ist doch erst ..."

„– zwanzig", brachte Edda den Satz zu Ende.

„Zwanzig? Mitnichten, die kann doch nicht älter sein als ..."

„Papa, Fritzi ist nur ein Jahr jünger als ich“, sagte Monika.

Solange Josef den Mann kannte, dienten ihm Frau und Tochter als Gedächtnis für Alter, Geburtstage und Jubiläen der Mitglieder seiner Gemeinde.

„Wenn's nach mir geht“, fuhr Olbricht fort, „sind sowohl Fritzi als auch du zu jung zum Heiraten.“ Und mit einem Seitenblick auf den runden Bauch seiner Tochter: „Und mit Sicherheit viel zu jung zum Kinderkriegen!“

Liebevoll schob Edda ihren Gatten beiseite und sagte: „Ich war haargenau so alt wie Monika, als ich sie zur Welt gebracht habe.“ Ihrer Tochter zugewandt, fuhr sie fort: „Und, Liebes, wie geht's dir? Jetzt lässt sich ja wohl nicht mehr verbergen, dass du in anderen Umständen bist, nicht wahr?“

„Du warst viel älter, als Monika zur Welt kam“, protestierte Olbricht.

„Einundzwanzig war ich.“

Olbricht kratzte sich am Kopf. „Na ja, wenn du's sagst“, grummelte er, „aber damals war man mit einundzwanzig viel älter als heute.“

Man brauchte nur einen einzigen Schritt über die Schwelle zu tun, um zu bemerken, dass das Olbricht'sche Haus sich von den meisten anderen der Stadt unterschied. Es wies nicht den typischen Berliner Korridor auf, ein halbdunkles Vestibül mit nur einem einzigen Fensterchen, von dem die anderen Räume der Wohnung rechtwinklig abzweigten. Stattdessen gelangte man durch die Eingangstür in eine runde, geräumige Halle, die durch ein Dachfenster stets hell und einladend wirkte.

„In einer guten halben Stunde ist das Essen fertig“, kündigte Edda an. „Monika, geht's dir gut genug, dass du mir in der Küche ein bisschen zur Hand gehen kannst?“

„Natürlich, Mama.“ Der Blick, den sie ihrer Mutter zuwarf, wirkte ein wenig verständnislos.

„Man könnte ja immer nur darüber lamentieren, wie unzuverlässig heutzutage das Hauspersonal ist“, sagte Edda.

„Und, hast du heute gut gepredigt?“, fragte Olbricht seinen Schwiegersohn.

Während die Frauen Richtung Küche gingen, folgte Josef seinem älteren Amtsbruder in dessen Arbeitszimmer. Nirgendwo sonst verspürte Josef so sehr die Atmosphäre des alten Reiches wie im Hause seiner Schwiegereltern. Der Haushalt funktionierte nach dem Kastensystem; jeder, der ihm angehörte, hatte seinen unverrückbar festen Bereich. Allein der Gedanke, sich in die Domäne eines anderen einzumischen, hatte etwas Vulgäres an sich, so als würde das Universum nie wieder so sein, wie es sollte, falls man ein Mitglied der Familie irgendwo anträfe, wo es nicht hingehörte.

Wilhelm Olbrichts Bereich bestand aus seinem Arbeitszimmer, seiner Schlafkammer und dem Salon – Letzteres jedenfalls dann, wenn Gäste im Hause waren. In all den Jahren, in denen Josef den Mann kannte, hatte er niemals gesehen oder auch nur gehört, wie er irgendein Zimmer außer diesen drei Räumen betrat.

Edda für ihren Teil schwirrte überall herum und sah dem Hauspersonal auf die Finger, wenn sie nicht gerade im Salon residierte oder die Köchin kontrollierte. Monikas Bewegungsspielraum hatte sich in ihrer Kindheit auf ihre eigene Schlafkammer und das Spielzimmer im Obergeschoss beschränkt. Erst als Halbwüchsige hatte man ihr gelegentlich gestattet, sich im Wohnzimmer an der Unterhaltung zu beteiligen, wenn Gäste da waren. Das Arbeitszimmer ihres Vaters ohne seine Erlaubnis zu betreten, wäre undenkbar gewesen und war es bis heute geblieben.

„Josef?“ Monika unterbrach die Unterhaltung der beiden Männer, als sie eben im Begriff waren, die Tür zum Arbeitszimmer hinter sich zuzumachen. „Entschuldige bitte, Vater“, fügte sie an. „Josef, könntest du mir bitte einen Moment helfen? Wir brauchen Feuerung für den Herd.“

„Das ist doch Aufgabe der Küchenfee“, warf Olbricht unwirsch ein.

„Die ist krank.“

Olbrichts Räuspern klang eindeutig nach Missbilligung, aber er ging allein ins Arbeitszimmer und überließ Josef seiner Frau.

„Es dauert nur ’ne Minute“, sagte die und zog ihren Mann am Arm davon.

* * *

Als Josef ins Arbeitszimmer nachkam, war die Herdfeuerung für Olbricht kein Thema mehr. Unübersehbar war allerdings das leicht überhebliche Grinsen in seinem Gesicht.

„Wie gehen sie in der Gemeinde mit dir um?“, dröhnte er.

Während Josef in der Küche gewesen war, hatte Olbricht sich eine frische Zigarre angezündet und in seinem Sessel hinter dem massiven Schreibtisch aus dunklem Holz Platz genommen. Er hatte das Gesicht einer Bulldogge, rund und aufgequollen, aber seine Augen blickten scharf und verrieten eine hohe Intelligenz.

Hinter ihm ragte eine ganze Wand theologischer Werke auf. Viele Titel auf den Buchrücken waren so anziehend, dass sie Josef immer wieder mal von der Unterhaltung mit dem älteren Pastor ablenkten.

Zu Josefs rechter Hand gab es vier Fenster, die einer Kathedrale alle Ehre gemacht hätten. Vier Meter hoch, erstreckten sie sich vom Boden bis zur Decke. Durch die Fenster sah man auf einen wohl gepflegten Park mit Springbrunnen, Spaziersteigen und Eddas preisgekrönten Stöcken weißer Rosen.

Josef ließ sich in einem der beiden so vertrauten ledergepolsterten Sessel nieder, die vor Olbrichts Schreibtisch standen. Dabei stach ihm etwas ins Auge: Der Raum war mit einem neuen Accessoire versehen, das bei seinem letzten Besuch noch nicht da gewesen war. Ein Ölgemälde Adolf Hitlers von solcher Größe und Intensität, dass es die der Fensterfront gegenüberliegende Wand völlig dominierte. Dieses Porträt im Allerheiligsten seines Ziehvaters irritierte Josef mehr, als er zuzugeben gewagt hätte.

Der Jüngere räusperte sich und beantwortete die Frage, die ihm gestellt war. „Oh, in der Gemeinde geht’s gut.“

Das war die Standardantwort, mit der fast alle Gespräche unter Pastoren ihren Lauf nahmen, und die Wörter kamen ihm ohne jeden Gedankenanflug über die Lippen. Unter der Pastorenschaft galt ein ungeschriebenes Gesetz, das besagte: Egal, was für Probleme du als Pastor in deiner Gemeinde hast, sprich niemals mit einem Kollegen darüber. Ein erfahrener Mann wie Olbricht wusste das.

„Sind ja auch gute Leute“, ließ er sich jetzt vernehmen, womit er Paragraph 2 des ungeschriebenen Gesetzes zur Anwendung brachte: Sprich immer gut von der Gemeinde, deren Pastor du früher warst, egal, wie viel schlaflose Nächte sie dir einst bereitet hat. Freu dich einfach, dass sich jetzt ein anderer den Kopf zerbrechen muss. „Edda und ich haben's dreißig Jahre lang gut gehabt in der Gemeinde. Diene ihnen gut zur Zeit und zur Unzeit, und sie werden dir fast alles verzeihen. Magst du 'ne Zigarre?“

Josef wies das Angebot mit einer Handbewegung zurück.

„Und wie war der Gottesdienst sonst so?“, fragte Olbricht. „Irgendwelche besonderen Vorkommnisse?“

„Wieso fragst du das?“

Olbricht blies eine dicke Rauchwolke aus und starrte ihn an. „Hat irgendjemand mit dir gesprochen?“ Olbrichts Haltung und Gesichtsausdruck veränderten sich keinen Deut.

„Ich war mitten im liturgischen Gebet, als aus heiterem Himmel direkt vor der Kirche Trommelwirbel anhoben“, berichtete Josef und achtete darauf, ob sein Schwiegervater irgendeine Reaktion zeigte. Möglicherweise verzog der die Mundwinkel zur Andeutung eines Lächelns. Josef sprach weiter. „Ich wusste nicht, was ich sonst tun sollte, also fuhr ich fort zu beten. Ich dachte, es würde wohl ein Ende nehmen mit dem Trommeln. Pustekuchen! Als Nächstes hörte ich Fanfarenstöße und laute Rufe. Ich hatte schon Angst, die ganze Kirche würde zusammenstürzen, so einen Krach haben die da draußen veranstaltet!“

Olbricht gluckste in sich hinein.

„Dann fingen sie an zu singen – so laut, dass ich beim Beten kaum noch mein eigenes Wort verstand!“

„HJ“, sagte Olbricht.

Josef nickte.

„Sind auch vor meiner Kirche aufgezogen.“

„Und sind deine Jungs auch aufgestanden und mitten im Gottesdienst vor die Kirchentür gegangen?“ Josefs Stimme wurde jetzt leidenschaftlicher. Der Zorn, den er früher am Tag verspürt hatte, kehrte zurück.

An der anderen Seite des Tisches zog Olbricht an seiner Zigarre. Seine Augen musterten den jüngeren Amtsbruder gleich einem Kaufmann, der eine Waage abliest.

Für Monika fühlte es sich sonderbar an, im Haus ihrer Kindheit wie eine Erwachsene behandelt zu werden. Sie konnte nicht zählen, wie oft sie in ihrem Leben aus dieser Küche hinausgescheucht worden war.

„Das hier ist kein Platz für ein kleines Mädchen!"

„Da hast du Zutaten und Schüssel!" Ihre Mutter nickte zur Anrichte hinüber, auf der ein Schneidbrett lag. „Schürzen findest du in der untersten Schublade."

Lächelnd bemerkte Edda, wie Monikas Schürze sich wölbte.

Eins nach dem anderen legte Monika sich Endiviensalat, Zwiebeln, Radieschen und Tomaten auf dem Schneidbrett zurecht, ehe sie die Zutaten mit flinken Bewegungen klein schnitt und in die kristallene Salatschüssel gab.

Ihre Mutter warf einen prüfenden Blick auf die Kalbskoteletts.

In Monikas Kindheit hatte es, wenn Gäste geladen waren, regelmäßig Kalbskoteletts gegeben. Sie wusste noch gut, wie ihr der Bratenduft in die Nase gestiegen war, wenn sie bei halb offener Tür in ihrem Bett gelegen und die Ohren gespitzt hatte, um von der Unterhaltung der Gäste im Salon möglichst viel mitzubekommen. Und jetzt war sie hier zum Essen eingeladen!

Edda griff den Faden ihrer Unterhaltung wieder auf und sagte: „Die Jungs sind so stolz und stramm aus der Kirche rausmarschiert! Ich muss ja zugeben: Als ich die Trommeln hörte, hatte ich erst Angst, dein Vater würde sich mal wieder in seinen heiligen Zorn hineinsteigern, weil man seinen Gottesdienst unterbrach. Aber er sah ja mit eigenen Augen, wie stolz die Eltern auf ihre Söhne waren."

„Und Vater hat sich kein bisschen aufgeregt?"

Edda wischte sich die Hände an der Schürze ab. „Im Gegenteil, kaum hatte sich die Tür hinter dem letzten Jungen geschlossen, da hat er für sie gebetet. Nach dem Gottesdienst kam eine ganze Reihe Eltern und hat sich bei ihm bedankt."

In der Hoffnung, ihre Mutter würde nicht fragen, wie Josef mit derselben Situation in seiner Gemeinde umgegangen sei, wandte sich Monika ihrem Salat zu.

„Das war ganz klar eine politische Kundgebung", stellte Josef fest. „Nur noch einmal zur Erinnerung daran, dass Hitlers Tagesordnung vor allem anderen rangiert, einschließlich der Verehrung Gottes."

Olbricht kaute gedankenversunken an seinem Stumpen herum.

„Sie hätten ja schließlich auch bis zum Ende der Gottesdienstzeit warten können", fügte Josef hinzu.

Olbricht wandte den Kopf zur Seite. „Hast du mein neues Gemälde bemerkt?", fragte er.

Josef warf einen Seitenblick auf das Hitlerbild.

„Das Geschenk eines Mitglieds deiner Gemeinde."

„Reimann."

Olbricht lachte dröhnend auf. „Er ist nicht der Teufel, für den du ihn hältst. Er ist ein stolzer Deutscher. Und was das Bild anbetrifft ... nun ja, ich bin keineswegs PG geworden, falls du das argwöhnen solltest. Ich nehm das mehr, um die bösen Geister abzuhalten ... in diesem Falle SS und Gestapo."

„Und du hast keine Angst, dass davon die falsche Botschaft ausgeht?"

„Was für 'ne Botschaft? Wir sind Deutsche, er ist unser Reichskanzler. So einfach ist das."

Josef wünschte sich, es wäre so einfach.

Olbricht saugte an seiner Zigarre. Dann beugte er sich vor und stützte die Ellbogen auf die Tischplatte. „Ich weiß, dass du's damit wegen deiner Eltern und deines Bruders nicht leicht hast", sagte er. „Aber sieh doch nur, wie das deutsche Volk auf ihn fliegt. Sehen wir den Tatsachen ins Gesicht: Die Staatsform der Republik oder Demokratie liegt der deutschen Seele nicht – das hat der Untergang Weimars ein für alle Mal unter Beweis gestellt. Die deutschen Herzen sind von jeher starken Führern zugeflogen, Vaterfiguren, wenn du so willst. Und genau solch ein Führer ist Adolf Hitler, ob man ihn nun mag oder nicht. Wenn die Judensache nicht wäre, käme seine Regierung gar nicht so schlecht weg."

„Die Judensache", dachte Josef laut, „ist freilich nicht ganz leicht zu ignorieren."

„Du kannst von Glück sagen, dass du den Rübenwinter nicht miterleben musstest."

Der Satz hing in der Luft der Küche. Verstohlen sah Monika zu ihrer Mutter hinüber, die gedankenverloren dastand und nicht merkte, wie der Bratensaft von dem hölzernen Rührlöffel in ihrer Hand tropfte. Die Erinnerungsbilder, die vor ihrem inneren Auge aufstiegen, ließen ihr Gesicht aschfahl wirken.

„Es ging im Herbst 1917 los." Sie sprach wie in Trance. „Wir kriegten den kältesten, bittersten Winter, an den ich mich erinnern kann. Ganze Familien erfroren oder verhungerten, und die Schlangen vor den Suppenküchen wurden länger und länger. Brot wurde aus Rüben gebacken. Das Fleisch, das man in den Geschäften kriegte, war halb Knochen, halb Knorpel, wenn es nicht ohnehin schon Krähe, Eichhörnchen, Spatz oder Specht war. Damals war Kohle wertvoller als Gold. Und während Welle auf Welle zermürbter, geschlagener junger Männer von der Front in die Heimat zurückkam und Arbeit suchte, gingen reihenweise Geschäftsleute pleite. Arbeit gab's auch keine mehr. Was fanden die Frontkämpfer stattdessen vor? Lebensbedingungen, die ebenso übel waren wie die, die sie in den Schützengräben kennen gelernt hatten – wenn nicht schlimmer! Und dann, gerade als man meinte, schlimmer könne es nun nicht mehr kommen, suchte eine Grippeepidemie die Nation heim! Daran starben zwei von meinen Schwestern und eine Tante."

Für einen Augenblick herrschte Schweigen in der Küche, man hörte nichts als das Schaben des Messers am Schneidbrett.

„In den zwanziger Jahren war's auch nicht viel besser", fuhr Edda fort. „'23 machten die Banken dicht, die Reichsmarknoten taugten zu nichts anderem mehr als zum Feuermachen im Küchenherd. Ich las, ein amerikanischer Dollar sei damals drei Trillionen Mark wert gewesen."

Monika stieß einen leisen Pfiff aus.

„Erinnerst du dich an Frau Faber?"

Monika schüttelte den Kopf.

„Sie hat dir immer kleine Puppen gemacht, aus Band und Zeitungspapier, das sie aus den Müllkübeln holte. Das Zeitungspapier triefte von Fett oder Öl oder was weiß ich. Sie gab dir die Püppchen immer in der Kirche, und sobald sie außer Sicht war, nahm ich dir den Dreck wieder ab."

Monika lachte. „Ja, daran erinnere ich mich."

„Frau Faber hatte ein gutes Herz und war eine gebildete Frau. Sie meinte es gut. Wie dem auch sei: In einer unserer Frauenhilfestunden betete sie einmal um einen Führer, der der Arbeitslosigkeit, des Hungers und der Not Herr werden würde. Gott möge uns ‚einen Mann wie aus Stahl' senden, betete sie, und möge uns aus der düsteren Tiefe unserer völkischen Not retten."

Edda rührte in ihrer Soße.

„In unserer Gemeinde gibt es immer mehr Leute", sagte sie, „die glauben, Adolf Hitler sei genau der stahlharte Führer, um den Frau Faber gebetet hat."

„Schau an, was er fertig gebracht hat", sagte Olbricht. „Er hat uns den Stolz auf unser deutsches Wesen zurückgegeben. Lass mich dir was sagen, mein Sohn", er legte seine Zigarre beiseite, „in jedem Mann stirbt etwas ab, wenn er monatelang keine Arbeit hatte, Frau und Kinder nicht mehr ernähren kann, zusehen muss, wie sie Tag für Tag weniger werden, und sich doch keinen Rat weiß, was um alles in der Welt er dagegen tun kann. Ich habe Hunderten in die Augen gesehen, denen es so erging, und ich sag dir, da war eine Leere, die einen zutiefst erschreckte: Augen wie Stollen, die bis in eine leere Seele hinabreichten."

Er nahm die Zigarre wieder in die Hand und lehnte sich in seinem Sessel zurück.

„So was vergisst du nie wieder. Und man sollte keinen Führer verabscheuen, wirklich keinen, der es geschafft hat, auf den Tisch eines solchen Mannes wieder Brot zu legen."

„Liebes, nimm du doch den Salat und das Brot, dann trage ich die Kartoffeln auf", sagte Edda. „Während ich dann den Braten fertig mache, kannst du schon mal die Männer rufen."

Die kristallene Salatschüssel mit beiden Händen balancierend, machte Monika mit der Schulter die Schwingtür auf, die von der Küche ins Esszimmer führte. Als sie zurückging, um die Schale mit dem Brot zu holen, stand ihre Mutter mit dem Rücken zur Tür. Sie füllte gerade die Kartoffeln in eine Servierschüssel, und dabei führte sie zu Monikas Amüsement die Unterhaltung geradeso weiter, als hätte ihre Tochter die Küche nie verlassen. Oder redete sie etwa mit den Kartoffeln?

„... die Evangelische Frauenhilfe erkennt freudig an, dass Gott sowohl die Kirche als auch den Staat begründet hat. Zwar möchten wir uns gern am Wiederaufbau Deutschlands beteiligen, halten die Naziführer aber für sozial niedrig stehend, desorientiert und unerfahren. Wiederum begrüßen wir die Betonung, die sie auf die urdeutschen Werte wie Gemeinsinn und Mütterlichkeit legen. Deshalb haben wir uns entschlossen, dem Staat unsere bedingte Loyalität anzubieten."

„Genau darin irrt Niemöller!"

Josef rückte auf seinem Stuhl noch ein wenig weiter nach hinten, als könne er sich so dem verbalen Sperrfeuer entziehen, wie es für Olbricht typisch war.

„Er und der ganze Pfarrernotbund, aber Niemöller im Besonderen", fuhr Olbricht fort. „Im Weltkrieg war er U-Boot-Kommandant, deshalb sollte ihm eigentlich was Besseres einfallen, als die Befehle eines vorgesetzten Offiziers in Frage zu stellen. Aus diesem Grunde habe ich mich von ihm getrennt." Olbrichts Blicke gingen zur Decke, als könne er dort seinen nächsten Gedanken ablesen. Als er diesen gefunden hatte, sprach er weiter: „Denk doch nur mal ein paar Jahre zurück. Damals sprach Hitler in seinen Reden immer wieder von Gott und der Vorsehung. Ja, dann und wann flocht er sogar ein Gebet ein, in dem er sagte, wir verdankten es der Gnade Gottes, dass wir wieder stolz auf unser Deutschtum sein könnten. Erst nachdem Niemöller ihn öffentlich herausgefordert hatte, kehrte er Härte heraus wie ein Vater, der einen Sohn zurechtweist, welcher offen gegen ihn rebelliert."

Josef ließ seinen Schwiegervater gewähren. Als Student hatte er das Vorgehen Niemöllers und der Bekennenden Kirche mit Interesse begleitet. Er bewunderte den Mut dieser Leute, hinterfragte aber ihre Effektivität und die biblische Grundlage ihres Taktierens. Er stimmte mit ihnen darin überein, dass es Pflicht der Kirche sei, dem Bösen in der Welt zu widerstehen; als die BK sich aber entschloss, in diesem Kampf selbst die Waffen der Welt zu benutzen, stand er nicht mehr auf ihrer Seite. Diese Entscheidung kam für Josef dem offenen Eingeständnis gleich, dass die Kirche nicht mehr an die Kraft des Geistes und des Gebets glaubte, wenn es darum ging, Veränderungen in der Welt hervorzubringen.

„Tja, und was kann Niemöller heute noch ausrichten?" Olbricht ließ nicht locker. „Was können er und die anderen Pastoren, die ihm hinterhergelaufen sind, aus einem Konzentrationslager in Dachau wohl bewirken? Welchen Nutzen haben sie noch für ihre Gemeinden oder für Deutschland? Wie soll ein Hirte seine Herde versorgen, wenn er selbst hinter Stacheldraht sitzt?"

Auf ihrem Weg zum väterlichen Arbeitszimmer ließ Monika ihren Blick kontrollierend über den Esstisch wandern. Er war festlich gedeckt: Mutters bestes Silberbesteck samt Goldrandporzellan, dazu Großmutters leinene Tischwäsche und zwei silberne Doppel-Kerzenleuchter. All das stand für den Lebensstil, von dem sie träumte: ein großes Haus, in dem die Tafel für einflussreiche Gäste gedeckt war, und als Gemahl ein Pfarrer wie Vater, ein Mann, der in der Gesellschaft in höchster Achtung stand. Sich selbst dachte sie eben die Rolle zu, die auch ihre Mutter spielte, zu der die Frauen der Gemeinde scharenweise kamen, um ihren Rat zu erbitten.

Irgendwann würde es so sein.

Dann nahm ein neuer Gedanke sie gefangen. Sie überlegte, wie es wohl einst für ihre Tochter sein würde, sonntagsmittags mit ihrem Mann zum Essen nach Hause zu kommen. Allein diese Vorstellung ließ ihr einen wohligen Schauer über den Rücken laufen.

Hinter der Schwingtür zur Küche konnte Monika ihre Mutter immer noch über die Evangelische Frauenhilfe räsonieren hören. Lächelnd fragte sie sich, ob wohl ihr eigenes Kind sich auch eines Tages über seine Selbstgespräche führende Mutter amüsieren würde, wie sie es gerade tat.

Jetzt rückte Josef in seinem Sessel ein Stückchen nach vorne, um auch einmal zu Wort zu kommen. „Zugegeben, unter den Nationalsozialisten hat Deutschland enorme Fortschritte gemacht. Aber um welchen Preis?"

Olbricht blies sich eilends den Rauch aus der Lunge, um antworten zu können. „Für loyale Deutsche ist der Preis vernünftig. Hitlers Handeln ist vorhersehbar. Ich habe mich mit seiner Taktik befasst. Er agiert rasch und geht dabei über das hinaus, was die Öffentlichkeit bereit ist zu akzeptieren, und dann wartet er ab und schaut, wer ‚Aua!' schreit. Hält er die Reaktionen, die er bekommt, für handhabbar, dann geht er noch ein paar Schritte weiter. Um ihn aufzuhalten, wird es nichts weiter brauchen als eine beträchtliche Anzahl Deutscher, die sagen: ‚Bis hierher und nicht weiter!' Schon wird er den Schwanz einkneifen. Und dann wird man mit den Nationalsozialisten etwas gemäßigtere Geschäftsbedingungen aushandeln können."

„Und wer soll deiner Meinung nach diese beträchtliche Anzahl von Deutschen zusammenbringen, die sich Hitler entgegenstellen?"

Olbricht paffte an seinem Stumpen und sagte dann: „Das weiß Gott allein."

„Und was soll in der Zwischenzeit mit gebürtigen Deutschen wie Professor Meyerhof geschehen? Ist der Preis, der für dieses neue Deutschland zu entrichten ist, auch für solche Leute vernünftig?"

Als der Name Meyerhof fiel, verdüsterte sich Olbrichts Gesicht, als habe sich soeben eine sommerliche Quellwolke vor die Sonne geschoben. Doch so schnell diese Veränderung eingetreten war, so unvermittelt verschwand sie auch wieder. Als er antwortete, waren seine Worte sorgfältig abgewogen. „Nun, ich kann nicht sagen, dass ich es begrüße, wie die gegenwärtige Regierung die Juden aus dem öffentlichen Leben entfernt, aber verdammen kann ich es ebenso wenig."

Josef konnte nicht glauben, was er da hörte. „Aber du kannst doch unmöglich –“

„Die Juden sind Schädlinge unserer Gesellschaft. Es ist nur human, sie in ein Land zu verpflanzen, wo sie gemäß den Vorschriften ihrer eigenen Bräuche leben können. So ist es für sie besser und für uns auch.“

„Und wenn sie gar nicht aus Deutschland wegwollen?“

„Wenn Menschen nicht mehr klar sehen, ist es zuweilen an uns als Männern Gottes, ihnen zu dem zu verhelfen, was für alle Betroffenen das Beste ist. Das solltest du als Pastor doch wissen. Es gibt hier nicht länger Platz für diese Leute, und es steht uns an, ihnen zum Umzug an einen Ort zu verhelfen, an dem es besser ist.“

Seine Stimme hatte einen Klang von solcher Endgültigkeit an sich wie ein zuklappender Sargdeckel.

„Im Übrigen“, fuhr er fort, „sind die Juden immer in der Geschichte ein unverwüstliches, findiges Volk gewesen. Kein Zweifel, dass sie nur allzu bald alles wieder zusammengerafft haben werden, was man ihnen hier und heute nimmt – ach was: Mehr als das! Gib ihnen nur ein paar Jahre!“

So unbehaglich war Josef im Olbricht’schen Arbeitszimmer seit jenem Tag, an dem er die Rede auf seinen Wunsch gebracht hatte, Monika zu ehelichen, nie wieder zumute gewesen. Was ihm heute hier begegnete, war neu und ausgesprochen unangenehm.

Als man Josefs Vater umgebracht hatte, war der Mann, der ihm jetzt am Tisch gegenübersaß, sein Pastor gewesen. In der Folgezeit wurde Olbricht für ihn wie ein Vater, und als Josef Gottes Ruf in den geistlichen Dienst vernommen hatte, fand er in ihm auch noch seinen geistlichen Mentor. Noch später erwies er sich als offenherziger Schwiegervater, und nunmehr stand er im Begriff, der Großvater von Josefs ungeborenem Kind zu werden. In ganz Deutschland gab es keinen Mann, den Josef mehr respektierte als Wilhelm Olbricht. Deshalb war ihm klar: Wenn Olbricht sein Denken über die Nationalsozialisten geändert hatte, dann nicht ohne gründliche Überlegung. Diese Einsicht verhinderte, dass er die Contenance verlor.

Es war Olbricht, der die Stille brach. „Du führst doch wohl nichts Unüberlegtes im Schilde, oder?“

„Wieso sagst du das?“

Aus Olbrichts Gesichtsausdruck, mit dem er den Jüngeren musterte, hätte ein zufälliger Beobachter wohl am ehesten darauf geschlossen, dass hier einer den anderen im Kartenspiel zu bezwingen suchte. Zwei rasche Züge an der Zigarre, dann begann Olbricht zu reizen. „Nun ja, es gab da einen Telefonanruf von einem Mitglied deiner Gemeinde. Es scheint, als machten ein paar Leute bei dir in der Gemeinde sich zunehmend Sorgen wegen der einen oder anderen Äußerung, die du von der Kanzel so loslässt.“

Reimann. Es musste Reimann sein. Der Mann war Josef ein Dorn im Auge gewesen, seit er damals bei der Jugend-Weihnachtsfeier Meyerhof in seinem Hause gesehen hatte. Und es war ein offenes Geheimnis, dass Reimann nach wie vor in Olbricht seinen Seelsorger sah.

Josef entschloss sich, Kontra zu geben. Er fasste in seine Rocktasche und brachte ein zerknittertes Stück Papier zum Vorschein, das er auf den Tisch warf.

Olbricht glättete den Zettel und las laut vor. „‚Wenn Sie wirklich ein Freund Luthers sind, benutzen Sie in einer Ihrer nächsten Predigten das Wort *feste Burg*. Man wird dann in Kontakt mit Ihnen treten.‘ Wer hat dir das gegeben?“

„Hat mir irgendeiner in die Bibel geschoben, als ich gerade nicht hingeschaut habe.“

„Was soll das heißen: ‚Freund Luthers‘?“

„Vor ein paar Wochen habe ich Martin Luther in der Predigt als Beispiel für einen Menschen angeführt, der für das, was er glaubte, ohne Rücksicht auf alle Widerstände eintrat.“

Olbricht verzog das Gesicht. „Weiß Monika davon?“

„Nicht doch.“

„Gut. Sag's ihr auch weiterhin nicht.“ Olbricht überlegte einen Moment. „Was hast du in der Sache unternommen?“

„Bis jetzt nichts.“

„Du spielst mit dem Feuer“, sagte Olbricht und schob Josef den Papierschnipsel wieder zu.

Doch so schnell wollte Josef nicht passen. Seine Lutherpredigt hatte wahrscheinlich mehr als bei irgendjemandem sonst in seiner Kirche bei ihm selbst die Entschlossenheit gestärkt, zu kämpfen. Er entschied, dass er Olbrichts Karten sehen wollte. „Ich werde mir nicht von Leuten wie Reimann vorschreiben lassen, was ich zu tun oder nicht zu tun habe."

Einen Augenblick lang sah Olbricht ihn wortlos an. Dann endlich erwiderte er: „Es war nicht Reimann, der mich angerufen hat." Er beugte sich vor und legte die Karten offen auf den Tisch. „Es war Monika."

Monika durchquerte das altvertraute Wohnzimmer, mit dem sich für sie so viele Erinnerungen verbanden, und zwar in der Mehrzahl angenehme: Familien- und Gemeindezusammenkünfte. Auf dem Orientteppich knien und Weihnachtsgeschenke auspacken. Allein mit Josef auf dem Sofa sitzen, als sie verlobt waren. Durch die offen stehende Tür am anderen Ende des großen Zimmers konnte sie die Stimme ihres Vaters hören, der gerade sagte: „Unsere Politik ist deutsch! Unsere Religion ist christlich. Zwei getrennte Reiche, jedes mit seiner eigenen Ordnung."

Monika gelangte zur Tür des Arbeitszimmers. Wie immer unterstrich ihr Vater seine Worte, indem er energisch mit der Zigarre herumfuchtelte.

Da sah ihr Vater sie. Und strahlte. „O wie schön! Und welche Botschaft zu übermitteln ist diesem Muster an Mütterlichkeit aufgetragen worden?"

Josef, der mit dem Rücken zur Tür gesessen hatte, drehte sich nach ihr um.

„Es wird zu Tisch gebeten, meine Herren!"

Beide Männer erhoben sich von ihren Stühlen. Während ihr Vater seinen Arbeitstisch umrundete, sagte er zu Josef: „Folgenden Rat würde ich dir geben. Statt dass du die HJ als Bedrohung für deine Gemeindearbeit ansiehst, solltest du lieber nach Wegen suchen, ihre Arbeit in deine einzubeziehen. Es bringt nichts, sich der Bewegung in den Weg stellen zu wollen. Damit erreichst du nur, dass deine Jungs und deren Familien sich der Kirche entfremden."

Josef brummte nur. Es hörte sich nicht gerade zustimmend an.

„Bist du denn jemals bei einem ihrer Treffen dabei gewesen?"

Josef schüttelte den Kopf.

„Dann solltest du dort ansetzen! Sieh dir mit eigenen Augen an, was die HJ deinen Jungs beibringt. Wenn du nur nicht positiv überrascht wirst!"

Als Antwort ertönte abermals nur ein widerstrebendes Brummeln.

Olbricht legte Josef den Arm um die Schulter, zog ihn dicht an sich heran und sprach ihm leise ins Ohr: „Vergiss nicht: Jetzt bist du nicht mehr nur Pastor, sondern auch Familienvater. Alles, was du machst, wird sich direkt auf deine Frau und deine Kinder auswirken."

Damit ging Olbricht wieder auf Abstand und klopfte Josef dreimal herzhaft auf die Schulter. Zu Monika hin machte er eine Handbewegung und sagte: „Ich geh nur rasch in die Küche und gucke nach, ob deine Mutter noch eine hilfreiche Hand gebrauchen kann."

Nachdem er das Arbeitszimmer verlassen hatte, standen Monika und Josef einen Augenblick in schweigender Verblüffung beieinander. Wilhelm Olbricht wollte in die Küche? Wohin sollte es bloß noch kommen mit dieser Welt?

6

Montag, 15. April 1940

Es war eine jener Nächte, die kein Ende zu nehmen schienen, sondern sich ohne den leisesten Hinweis darauf, dass die Zeit weiterlief, ewig hinzogen. Josef hatte keine Ahnung, wie lange er schon wach im Bett gelegen hatte. Ihm kam es vor, als durchlebte er zwei Nächte nacheinander ohne jedes Tageslicht zwischendurch.

Der Mond schien recht hell durch die Übergardinen, deren Rautenmuster sich in dem weichen Licht deutlich abhob und deren leichtes Kräuseln im Lufthauch des offenen Fensters entfernt an die Oberfläche des Meeres erinnerte.

In der Mitte, wo die Übergardinen einen schmale Lücke freiließen, warf das Mondlicht einen scharf abgegrenzten hellen Streifen, in dem er die schlummernde Gestalt seiner Frau liegen sah. Der bläulichsilberne Schein betonte die mächtige Wölbung ihrer Körpermitte noch. Darunter lebte ihr ungeborenes Kind.

Monika lag auf dem Rücken, den Kopf ein wenig zu ihm hergewandt. Und dabei hasste sie es, auf dem Rücken zu schlafen. Nacht für Nacht hatte sie ihm, wenn sie sich während der vergangenen zwei Monate von einer Seite auf die andere wälzte, mit der Bettdecke kämpfte und ihr Kopfkissen zerknäulte, gesagt, wie sehr sie sich darauf freute, endlich wieder auf dem Bauch schlafen zu können.

Josef war es lieber, wenn sie auf dem Rücken lag – freilich war er klug genug, das für sich zu behalten. Denn wenn sie auf dem Bauch lag, neigte Monika dazu, das Gesicht in ihrem Federkissen zu vergraben, und dann konnte er von ihr nichts weiter sehen als den Hinterkopf und vielleicht ein Ohr, das unter ihrem Haar hervorspitzte. Lag sie aber auf dem Rücken, so konnte er stundenlang ihr Gesicht bewundern, und das und nichts anderes war es, was ihm endlose Nächte wie heutige erträglich machte.

Während sie wach war, ließ Monika nicht zu, dass er sie anstarrte. Das machte sie verlegen. Sie pflegte zu sagen, es gebe nur zwei Gründe, aus denen Männer Frauen anstarrten: Entweder fanden sie sie anziehend oder sonderbar. Und da Monika seit langem der Meinung war, unattraktiv zu sein, und Josef ihr das Gegenteil noch so viel einzureden versuchen konnte, kam sie sich unter seinen Blicken nun mal wie eine Zirkusmonstrosität vor.

Selbst nach ihrer Hochzeit war sie jedes Mal ärgerlich und unwirsch geworden, wenn sie ihn dabei erwischt hatte, wie seine Blicke über ihre Gestalt schweiften. Dagegen vermochte er nichts anderes zu tun, als den unweigerlich folgenden, zwei, drei Tage anhaltenden Sturm der Übellaunigkeit geduldig auszuhalten.

Und so kam es, dass Josef sich in Nächten wie dieser hier schadlos hielt, indem er seine Blicke sanft über ihre Miene schweifen ließ. Heute überzog das kleinere Licht des Himmels ihre Wangen mit einem irisierenden Schimmer. Infolge ihrer Schwangerschaft waren sie voller als gewöhnlich – ein Grund mehr für sie, sich unattraktiv zu finden. Josef dagegen bewunderte ihr Aussehen gerade unter den Umständen, in denen sie jetzt war. Für ihn war es Ausdruck ihrer Intimität. Um ihrer Schwangerschaft willen liebte er sie nur umso mehr, wusste er doch, dass er sie nicht verdient hatte.

Hätte Olbricht ihn nach der Tragödie seiner Familie nicht unter die Fittiche genommen, so hätte Monika – davon war Josef fest überzeugt – nie im Leben auch nur in Betracht gezogen, auf sein Brautwerben einzugehen. Sie verliebte sich nur in ihn, weil zunächst ihr Vater seine Zuneigung zu Josef gezeigt hatte.

Für diesen lag es nahe, in Josef seinen lang ersehnten Erben zu sehen, den Mann, der dazu auserwählt schien, in sein eigenes, Wilhelm Olbrichts, Ebenbild verwandelt zu werden. Andererseits war Monika das einzige Kind ihres Vaters, das kleine Mädchen, das, wenn es groß geworden sein würde, nichts sehnlicher wollte, als einen Mann zu heiraten wie ihren Papa. Manchmal kam es Josef so vor, als sei er eher adoptiert als geheiratet worden.

Mitunter stellte er sich die Frage, ob Monika ihn überhaupt liebte. Nicht dass sie ihn schlecht behandelt hätte – das tat sie durchaus nicht. Und sie hatten unbedingt ein nahes Verhältnis zueinander, aber ihre Nähe war eine familiäre, keine romantische. In ihren Augen stand, wenn sie ihn ansah, nichts von Leidenschaft, kein Verlangen, nichts von dem, was Ehepaare schier verrückt macht, sobald sie auch nur voneinander getrennt sind, und sie zu geradezu kindlichen Leichtsinnigkeiten treibt, nur damit sie beieinander sein können. Nichts gab es da von jener Leidenschaft, die einen Mann die ganze Nacht wach halten konnte, nur um den Gegenstand des Sehnens seines Herzens ausgiebig zu betrachten.

Mit dem Fingerrücken strich Josef seiner Frau sacht über den Hals. Doch, sie hatten allerlei gemeinsam. Schließlich liebten sie beide ihren Vater, oder etwa nicht?

Monika stöhnte, und Josef bekam schon Angst, er hätte sie geweckt. Schnell zog er seine Hand zurück.

Sie warf die Decke von sich. Dann ging ihr Atem wieder regelmäßig. Josef machte es sich wieder bequem. Immer noch hellwach, seufzte er leise.

Seine müden Augen richteten sich wieder auf Monika und speziell auf jene Wölbung, die ihr so zu schaffen machte: ein sonderbarer Hügel, der auf ihn enorme Faszination ausübte. Fast konnte er nicht glauben, dass unter dieser Hautkuppel ein lebendiger Mensch schlief. Noch schwerer fiel es ihm, sich vorzustellen, wie der Junge – wenn es denn, wie er im Stillen hoffte, ein Junge sein würde – wohl aussähe, wenn er erst das Licht der Welt erblickte. Wem würde er wohl ähnlicher sehen: Mutter oder Vater?

Josef hoffte, der Junge möge die Augen seiner Mutter geerbt haben, auch wenn sie womöglich bei einem Jungen ein wenig zu weiblich wirken könnten. Sicher war es auch möglich, dass er ihm, seinem Vater, ähnlich sähe. Dann hoffentlich ohne seinen hüpfenden Adamsapfel! Josef war sein eigenes Profil verhasst. Es sah immer aus, als hätte sich ein hart gekochtes Ei in seiner Kehle verfangen.

Gewiss mochte es auch angehen, dass der Junge nach Edda käme oder gar

Um ein Haar hätte Josef laut aufgelacht. Was, wenn der Junge die Züge seines Großvaters geerbt haben würde? Er stellte sich einen puterroten, aufgedunsenen Säugling vor, dem eine fette Zigarre aus dem zahnlosen Mund lugte.

Herr, bitte, wenn der Junge irgendwas von seinem Großvater abkriegt, dann lass es bitte dessen Intellekt sein!

Der Gedanke an Olbricht rief ihm ihrer beider Gespräch unter dem neuen Hitlerporträt im schwiegerväterlichen Arbeitszimmer wieder in Erinnerung. Nie und nimmer hätte er ausgerechnet dort ein Hitlerbildnis zu sehen erwartet! Der Anblick des Führers in Öl über dem Olbricht'schen Schreibtisch hatte ihn geradeso aus der Fassung gebracht wie ... nun ja, wie der Gedanke an einen in die Küche schlendernden Wilhelm Olbricht.

„Kannst du nicht schlafen?"

Monikas Stimme ließ ihn auffahren. Blinzelnd reckte sie sich.

„Oh, ich kann ins Arbeitszimmer gehen, wenn ich dich störe."

„Fühlst du dich nicht wohl?" Ihre Stimme klang schlaftrunken.

„Nee, ich denke nur nach und kriege meine Gedanken irgendwie nicht zum Stillstand."

„Und worüber denkst du die ganze Zeit nach?"

„Über deinen Vater in der Küche."

Obwohl sie immer noch halb schlief, legte sich ein schelmisches Lächeln über Monikas Gesicht. Jeder Mann kennt einen ganz bestimmten Ausdruck auf dem Gesicht seiner Geliebten, der unweigerlich sein Herz zum Schmelzen bringt und einen willenlosen Sklaven aus ihm macht. Für Josef war das genau dieses Lächeln.

„Vater in der Küche", dachte Monika laut. „Das hätte ich mir im Leben nicht vorstellen können. Aber ebenso wenig hab ich mir vorstellen können, dass ich jemals mit meiner Mutter in der Küche über Politik reden würde."

„Politik?"

Immer noch nicht ganz wach, sprach Monika monoton und ein bisschen unzusammenhängend. „Ja, von der Evangelischen Frauenhilfe ... bedingt loyal dem Staat gegenüber ... irgendwie hatte sie's davon, dass Hitler die Erfüllung von Frau Fabers Vision von einem stahlharten Führer wäre ... na ja, all so was eben."

„Hat sie nicht von *der Prophetin* Faber gesprochen?"

„He, mach dich nicht lustig. So witzig ist das alles ja wohl nicht."

Sie reckte sich wieder, diesmal länger und begleitet von einem wohligen Stöhnen.

Josef konnte die Wärme riechen, die vom Körper seiner Frau ausging, jenen einladenden Kuschelgeruch, den er so liebte, wenn er sich an sie schmiegte und seine Nase in ihrer Halsbeuge vergrub.

„Hat mein Vater dir erzählt, dass er sich hinter die HJ gestellt hat, als die jungen Leute aus seinem Gottesdienst rausmarschiert sind?", fragte Monika.

„Wie – er hat sich hinter sie gestellt?"

„Na ja, er hat für sie gebetet, nachdem sie raus waren. Mutter sagt, die Eltern waren ganz stolz."

Gedankenverloren starrte Josef zur Decke hinauf. „Meinst du denn, ich bin mit der Situation bei uns in der Kirche verkehrt umgegangen?", fragte er.

Monika antwortete nicht gleich.

Er sah zu ihr hinüber, und sie senkte den Blick.

„Du meinst das also tatsächlich."

„Das steht mir nicht an zu sagen."

„Aber dein Vater hat die Situation anders gemeistert."

Monika starrte auf ihr Bettlaken.

„Und du bist der Meinung, er tat es weiser als ich."

Sie hob den Blick und sagte leise: „Ja."

Das war keine Überraschung für ihn. Ja, er war sich nicht einmal sicher, ob er ihr nicht Recht geben sollte.

Monika schob sich dichter an ihn heran und legte ihre Hand auf seine Brust. Eine warme, tröstende Hand. „Er hat einfach mehr Erfahrung", sagte sie. „Ich mein ja gar nicht, dass du falsch gehandelt hast. Es war nur ... wie soll ich sagen, es war ..." Ihre Augen wanderten hin und her, als könne sie so das richtige Wort entdecken. „Es war halt so, dass du ... Öl ins Feuer gegossen hast."

„Öl ins Feuer gegossen?"

„Sieh es doch mal so: Mein Vater hat's geschafft, aus einer schwierigen Situation immerhin das Bestmögliche rauszuholen. Du aber hast 'ne Linie in den Sand gezogen und die Gemeinde gezwungen, sich für eine der beiden Seiten zu entscheiden. Damit stand dann

Gemeindeglied gegen Gemeindeglied, ein Nachbar gegen den andern."

„Die Kirche gegen den Staat."

„In letzter Zeit machst du ja öfter so was ..." Ihre Stimme verebbte. Es war offensichtlich, dass sie sich des Bodens, den sie nunmehr zu betreten sich anschickte, alles andere als sicher war. „Zum Beispiel die Sache mit den Münzen an Weihnachten", fügte sie schließlich an.

„Was war denn mit den Münzen?"

„Sie haben die Kinder gegen ihre Eltern aufgebracht. Herr Reimann hat Konrad und Willi ihre Münzen wieder weggenommen."

Josef rieb sich die Augen. „Aber ich hatte ja nie die Absicht ..."

„Aber genau dazu hat's geführt. Glaubst du denn wirklich ..." Sie brach abrupt ab.

„Los, sag, was du denkst!"

Sie debattierte still mit sich selbst und sagte dann: „Du kannst nicht mit einer Hand voll Jugendlicher den Lauf der Welt aufhalten wollen, Josef. Das wird nichts weiter bringen, als dass du ihnen wehtust, und nicht nur ihnen ... sondern dir selbst, mir und auch unserem Kind." Monika stiegen die Tränen in die Augen.

„Warum sagst du mir all das erst jetzt?"

„Ich hatte Angst."

„Angst? Vor mir?"

Da fing Monika an zu weinen, und ihre Worte lösten sich in Schluchzen auf, noch ehe sie sie heraushatte.

Josef zog seine Frau an sich und drückte sie so fest, wie der Bauch mit ihrem Baby darin es irgend zuließ. Nach einer Weile sagte er: „Dein Vater meint, ich sollte die Weihefeier zu Führers Geburtstag besuchen, damit ich mit eigenen Augen sehe, was sie den Jungs da beibringen in ihrer Hitlerjugend."

„Das würde den Jungs viel bedeuten", brachte Monika mühsam heraus.

„Mit anderen Worten: Du schlägst mir vor, einen Kompromiss zu machen."

„Ich würde sagen, es ist 'ne Brücke, die du baust. Verdien dir Herrn

Reimanns Vertrauen, dann wird er dir genauso den Rücken stärken wie meinem Vater."

Josef lachte auf. „Vielleicht schenkt er mir dann auch 'n Führerporträt für mein Arbeitszimmer."

„Josef!"

„War 'n Witz!"

„Siehste? Nichts, was ich sage, nimmst du ernst!"

Josef spürte körperlich, wie sie sich von ihm entfernte. „Schön, ich geh zu der Feier", versprach er.

Sie blieb steif.

Die Lippen nahe an ihrem Ohr, wiederholte er flüsternd: „Ich gehe zu der HJ-Feier."

Allmählich entspannte Monika sich wieder.

Dann lagen die beiden lange genug eng aneinander geschmiegt im Dunkeln, als dass Josef glaubte, sie sei längst wieder eingeschlafen.

„Josef?"

„Hmm?"

„Darf ich noch eines sagen?"

„Na klar."

„Mir ist wirklich nicht wohl dabei, wenn Professor Meyerhof hier ins Haus kommt und dir Privatunterricht gibt."

7

Sonnabend, 20. April 1940

—

Die Dämmerung legte sich wie ein Grabtuch über Berlin und brachte die Farben der Stadt zum Erlöschen, nicht aber ihr Leben. In der Menschenmenge, die sich Unter den Linden auf den Trottoirs versammelt hatte, ging es zu wie in einem Bienenstock. In zehn, zwölf Reihen hintereinander drängten sich die Leute, um den einen oder anderen Blick auf die endlose Parade von bläuliche Abgasfahnen ausstoßenden Panzern und Lastkraftwagen mit Artilleriegeschützen im Schlepp zu erhaschen, mit der Deutschland anlässlich „Führers Geburtstag" seine militärischen Muskeln zeigte.

Josef war allein unterwegs. Es kam ihm vor, als wäre er der einzige Mensch in der großen Stadt, der sich nicht von dem allgemeinen patriotischen Taumel mitreißen ließ. Vielleicht lag's ja an all den Respekt gebietenden Maschinen. Seine Seele allerdings vermochten röhrende Motoren und scheppernde Apparaturen nicht in Wallung zu bringen.

Womöglich lag's aber auch an den unübersehbaren Veränderungen. Dies hier war nicht mehr sein Berlin, nicht mehr die Stadt, in der er sich seit seiner Kindheit so wohl gefühlt hatte. Man musste sich nur die alte Prachtstraße Unter den Linden anschauen: Zweieinhalb Jahrhunderte lang, seit den Tagen des Großen Kurfürsten, hatten Grimms märchenhafte Bäume der Hauptstraße Berlins Schatten gespendet. Jetzt hatte man sie abgehauen, vielmehr mit der Wurzel herausgerissen, um den Bau einer neuen Untergrundbahn zu erleichtern. An die Stelle würdiger Patriarchen war eine Viererreihe dürrer Schösslinge getreten.

Die Hände in den Taschen vergraben, schlenderte Josef ostwärts den Boulevard entlang, zum Fluss hin. Er kam am Schweizerhaus vorbei, einem Modecafé, das ein österreichischer Hofschneider vor mehr als einem Jahrhundert gegründet hatte. Überall hinter den

Schaufensterscheiben präsentierten sich mit Girlanden aus Blüten und Zweigen geschmückte Führerporträts.

Als er zum Opernplatz kam, blieb er stehen. Der weitläufige Platz lag zwischen der Königlichen Bücherei – von den Berlinern wegen der Form ihres Gebäudes auch „Kommode" genannt – und der Staatsoper. Genau hier hatte Joseph Goebbels vor sieben Jahren die Verbrennung von 20.000 Büchern in Szene gesetzt, die die Nazis als oppositionell einstuften. Studenten, darunter etliche, mit denen Josef groß geworden war, hatten wie die Derwische um den Scheiterhaufen herumgetanzt und skandiert: „Heinrich Mann – ins Feuer! Stefan Zweig – ins Feuer! Sigmund Freud – ins Feuer! Erich Kästner – ins Feuer!"

Für Josef drückten die Bücherverbrennungen das Typische des Naziregimes aus: alles anzugreifen und auszulöschen, womit die Machthaber nicht übereinstimmten. Allmählich tat es ihm Leid, dass er hergekommen war. Aber versprochen war versprochen.

Hinter ihm brachen die Massen, die Unter den Linden säumten, in Jubelrufe aus. Man hörte Marschmusik die Prachtstraße herabkommen.

Eine lautsprecherverstärkte Stimme übertönte den allgemeinen Lärm: „Genau wie Jesus Christus die Menschheit von Sünde und Tod erlöst hat, erlöst Adolf Hitler das deutsche Volk vom Verderben!"

Josef drehte sich um und erblickte ein altvertrautes Gesicht. In einem offenen Wagen stand der von Hitler höchstselbst ernannte evangelische Reichsbischof Ludwig Müller. Als früherer Militärgeistlicher und ergegebener Nazi hatte der Mann keinerlei theologische Meriten vorzuweisen, die ihn für dieses Amt qualifiziert hätten. Er verdankte es einzig und allein seiner frühzeitig abgegebenen Erklärung, Hitler sei von Gott gesandt, um das Deutsche Reich von seiner Schmach zu erlösen.

„Sowohl Jesus Christus als auch Adolf Hitler wurden verfolgt", dröhnte Müller durch seinen Lautsprecher, „aber während Christus am Kreuz gemeuchelt wurde, stieg Adolf Hitler zur Reichskanzlerschaft auf! Und während der junge Jesus seine Lehrer vor den Kopf stieß und von seinen Aposteln im Stich gelassen wurde, sind sechzehn der Jünger Hitlers für ihren Führer in den Tod gegangen! Die Apostel vollendeten später das Werk ihres ans Kreuz geschlagenen Meisters. Von Hitler hoffen wir, dass die Vorsehung es ihm gewähren möge, sein Werk selbst zur Vollendung zu bringen! Jesus Christus erbaute ein himmlisches Reich – Adolf Hitler errichtet ein neues Reich auf deutschem Grund und Boden!"

Die Menge applaudierte, von überall erschollen „Heil-Hitler"-Rufe.

Müller fuhr sich mit einer Hand über das stoppelkurz geschnittene Haar, während er mit der anderen das Mikrophon näher zu sich heranzog. „Eine mächtige nationale Bewegung hat unser Volk ergriffen und emporgehoben!", dröhnte er. „Dieser historischen Wende rufen wir unser dankbares Ja zu. Die Vorsehung hat sie uns gesandt – Gott sei Dank!"

Hinter Müllers Wagen marschierten zweihundert Pfarrer in braunen Uniformen, angetan sowohl mit Reitstiefeln, Riemen, Schulterstücken und Hakenkreuzabzeichen als auch mit dem Kreuz der Christen. Viele von ihnen kannte Josef. Sie trugen ihr „deutsches" Christsein zur Schau: das Hakenkreuz auf der Brust, das Christenkreuz überm Herzen.

Im Vorbeiziehen sangen sie eine mitreißende Hymne. Es war schon ein beeindruckender Männerchor.

Kaum war der Gesang der Geistlichen verklungen, da hörte man andere männliche Stimmen singen, deren Lied ganz anders klang als das erste. Die Stimmlagen waren höher, die Worte kamen mit noch mehr Enthusiasmus. Hitlerjugend. Jede ihrer Versammlungen fing mit einem Lied an und hörte mit einem Lied auf. Sie sangen Volkslieder, vaterländische Lieder, Marschlieder und in der Weihnachtszeit auch schon mal traditionelles christliches Liedgut.

Die ersten HJ-Züge tauchten auf. Im Marschtritt passierten sie Unter den Linden, um sich im Lustgarten zu ihrer Kundgebung zu versammeln. Mit erhobenem rechtem Arm intonierten sie das „Lied der Fahne":

Unsr'e Fahne flattert uns voran,
unsr'e Fahne ist die neue Zeit,
unsr'e Fahne führt uns in die Ewigkeit,
uns're Fahne ist mehr als der Tod!

Sie boten schon einen beeindruckenden Anblick: gleiche Uniformen, Marschtritt wie *ein* Mann. Enthusiastischer Gesang. Unwillkürlich überlief Josef ein Schauer.

Den dritten Marschblock führte Konrad Reimann. Selbstvertrauen und Stärke ausstrahlend, sah er umwerfend aus. Ernst und Hartmut marschierten Seite an Seite in der ersten Reihe, Willi folgte in einer Abteilung jüngerer Burschen.

Wie anders sie hier aussahen! Josef kannte sie, wie sie in den Kirchenbänken herumzappelten, im Freien Räuber und Gendarm spielten, mit Mädchen poussierten oder den Tannenbaum in seinem Wohnzimmer umwarfen. In diesem Aufmarsch dagegen wirkten sie diszipliniert, stolz und kühn – mit einem Wort: deutsch.

Während Josef zu ihnen hinübersah, schwoll ihm die Brust, und in seinen Augen stiegen Tränen auf – Tränen, wie sie ein stolzer Vater vergießt.

* * *

Im Lustgarten war jeder einzelne Sitz vergeben, sodass Josef von Glück reden konnte, noch einen Stehplatz zu ergattern, während sich die Dämmerung über das Paradefeld senkte. Es zeigte sich freilich, dass sein Standort ihm gute Sicht über das Geschehen gewährleistete. Die Leute standen so dicht gedrängt, dass seine Schultern sich mit denen seiner Nachbarn berührten. Zu seiner Linken hatte er eine kräftig gebaute Dame mit schwarzem Hut, zu seiner Rechten einen glatt rasierten Jüngling im Braunhemd. Er konnte sich kaum rühren und hatte sich schon böse Blicke von beiden Seiten eingefangen, als er sich in die enge Lücke geschoben hatte.

„Da sind vier von meinen Jungs dabei", hatte er mit einer Kopfbewegung in Richtung des festlich illuminierten Paradefeldes gesagt.

Die Frau hatte mit der Andeutung eines Lächelns reagiert, während der SA-Mann so tat, als bemerkte er ihn gar nicht.

Das Gelände, das sich vor ihm erstreckte, war einst der private Park des Großen Kurfürsten gewesen. Wie in den meisten Renaissancegärten hatte es hier neben dem Ziergarten auch einen Nutzgarten gegeben. Nachdem man im Laufe der Jahre jede Menge exotischer Pflanzen angeschafft hatte, hatte sich der Lustgarten zum ersten Botanischen Garten Berlins entwickelt, womit er seinem Namen ja alle Ehre gab.

Doch genau wie den Boulevard Unter den Linden hatten die Nationalsozialisten auch dieses Berliner Juwel geschändet. Während Josef seine Blicke über die weite Fläche schweifen ließ, fiel ihm auf, dass hier kein Busch und kein Baum mehr stand. Aus dem Vergnügungsgarten hatte man eine Exerzier- und Aufmarschfläche gemacht, was bei Josef die Frage aufkommen ließ, welche Vorstellung die Nazis wohl von Vergnügen haben mochten.

Zu beiden Seiten wurde der Platz von hoch aufragenden Masten mit roten Bannern beherrscht – achtzig an der Zahl, angeordnet in Gruppen von je fünf. In der Mitte jeder der hochkant aufgezogenen Flaggen prangte das schwarze Hakenkreuz auf weißem Grund.

Am gegenüberliegenden Rand der freien Fläche erhoben sich majestätisch die Kolonnaden des alten Museums. Die Freitreppe, die sich über die gesamte Breite des Baus hinzog, diente als Rednertribüne. Auf den Stufen hatte man ein Podium errichtet, auf dem man mindestens zwei Dutzend Mikrofone erkennen konnte.

Plötzlich wurden die Lampen ausgeschaltet, sodass der Exerzierplatz im Dunkeln lag. Die Säulen des ehrwürdigen Museums waren unter dem diffusen Himmel der nie ganz düsteren Großstadt mehr zu erahnen als zu erkennen. Der ferne Horizont bildete nur mehr eine dünne lumineszierende Linie. Von allen Seiten des Lustgartens konnte man die Menschenmenge erwartungsvoll murmeln hören.

Da erklang aus den Lautsprechern eine schlichte Folge immer höher trällernder Töne: Wagners „Ritt der Walküren".

Zeitgleich mit dem Schall der ersten Trompete ging ein greller Scheinwerfer an und richtete sich auf eine Stelle am Rand der schwarzen Fläche. Im Lichtkegel sah man eine einzelne Gestalt, einen Jungen mit der Naziflagge. Als er sich in Bewegung setzte und in die Mitte des Exerzierplatzes marschierte, folgte ihm der Scheinwerferkegel.

Als die Musik in den zweiten Satz überging, flammte ein weiterer Scheinwerfer auf, diesmal von Josef aus gesehen links. In seinem Kegel sah man einen weiteren Jungen, der ebenfalls eine Flagge trug.

Es folgten der dritte Satz und ein weiterer Lichtkegel, und so ging es weiter und weiter, bis zwölf Fahnenträger in zwölf Lichtzirkeln unterwegs waren.

Die Musik wurde lauter, während die Jungen sich über die ganze Länge des Platzes in einer Reihe aufstellten. Nachdem das geschehen war, wurde es wieder dunkel, und für einen Moment passierte nichts. Dann wurde das gesamte Gelände jählings in gleißendes Licht getaucht, und wie von magischer Hand aufgereiht sah man die HJ-Verbände in perfekter Ausrichtung hinter ihren Bannerträgern stehen.

Das Publikum gab frenetisch Applaus.

Während sich die Musik zum Crescendo steigerte, gingen die gebündelten Scheinwerfer wieder an und richteten sich in perfekter Formation, wie aufsteigende Walkürengeister, nach oben, wo sie am Firmament zusammentrafen, sodass sich über den aufmarschierten Verbänden eine Art Lichtdom wölbte.

Josef bekam eine Gänsehaut.

Die Musik brach ab. Einen Herzschlag lang war es still, ehe Hunderte von Jugendlichen wie aus einem Munde „Heil Hitler!" riefen.

Jubelnd und klatschend zollte die Menge Beifall.

Noch ehe der Applaus verebbt war, stimmten die Jungen das Lied „Es zittern die morschen Knochen" an. Ihre vereinigten Stimmen hatten die Klarheit von Glockengeläut. Der Refrain „Heute gehört uns Deutschland und morgen die ganze Welt" sollte Josef lange nicht mehr aus dem Ohr gehen.

Explosionsartige Begeisterung.

Mütter, Väter, Freundinnen, Großeltern, Kumpels: alles klatschte, jauchzte, hüpfte, pfiff und schwenkte die Arme. Wohin man auch sah, die Menschen schienen bald platzen zu wollen vor Glückseligkeit. Tausende wischten sich die Tränen aus den Augenwinkeln.

Diese Inszenierung hier wischte den Leuten endlich die bösen Erinnerungen an die „schlechte Zeit" nach dem Weltkrieg aus dem Gedächtnis, die traumatischen Erfahrungen von Niederlage, Elend, Hunger und galoppierender Verarmung. Jetzt durfte das Herz des deutschen Volkes wieder stolzgeschwellt schlagen. Endlich fühlte es sich wieder gut an, Deutscher zu sein.

Die Lichter gingen aus.

Ein einzelner Scheinwerfer strahlte einen kleinen Jungen an, der einsam auf den Stufen des Museums stand. Der Junge trug dieselbe Uniform wie die langen Reihen der aufmarschierten HJ-Verbände. In der Hand hatte er er ein weißes Blatt Papier.

Eine Sekunde lang schien das geballte Scheinwerferlicht den Jungen aus dem Konzept zu bringen. Er hob die Hand vor die Augen, senkte sie aber gleich wieder, nachdem eine Stimme aus dem Bühnenhintergrund ihm etwas zugeraunt zu haben schien. Er trat ein paar Schritte vor zum Podium. Nachdem er hinter der Brüstung Aufstellung genommen hatte, war von seiner Gestalt kaum noch etwas zu sehen.

Aus dem Publikum war das eine oder andere Lachen zu hören.

Eine ganze Weile blieb der Junge hinter der Rednerbrüstung verschwunden, das Podium schien im Scheinwerferlicht verlassen dazuliegen. Dann lugte das schmale Gesicht des Jungen seitlich neben der Brüstung hervor.

Jetzt wurde das Gelächter auf den Rängen schon lauter.

Aus der Dunkelheit hinter der Rednertribüne tauchte ein Braunhemd auf. Mit einem Schemel in der Hand huschte der Mann zur Bühne und verschwand rasch wieder im Hintergrund, nachdem er den Kleinen auf das Podest gehoben hatte.

Nach wie vor konnte man den Jungen nicht richtig sehen; jetzt war es der Wald von Mikrophonen, der seinen blonden Schopf verdeckte. Das grelle Licht ließ sein Haar fast weiß aussehen, sodass er Ähnlichkeit mit einem Waldkobold hatte.

Durch die Lautsprecher hörte man das Blatt Papier in der Hand des Jungen rascheln. Dann erklang seine Stimme: hoch und kindlich. „Gedanken über den Führer“, sagte er. „Ein Gedicht.“

Wir hörten oftmals deiner Stimme Klang
und lauschten stumm und falteten die Hände,
da jedes Wort in unsre Seelen drang.
Wir wissen alle: Einmal kommt das Ende,
das uns befreien wird aus Not und Zwang.
Was ist ein Jahr der Zeitenwende!
Was ist da ein Gesetz, das hemmen will –
Der reine Glaube, den du uns gegeben,
durchpulst bestimmend unser junges Leben.
Mein Führer, du allein bist Weg und Ziel!

Erneut raschelte das Papier, die Lesung war zu Ende. Der Junge stieg von seinem Podest und ging denselben Weg zurück, den er gekommen war.

Der Jubel der Menge, vereint mit Zurufen und Pfiffen aus den angetretenen Verbänden, schien den Kleinen erst zu erschrecken. Dann ging ihm wohl auf, dass die vielen Menschen sein Gedicht beifällig aufnahmen. Er drehte sich um und machte einen Diener: ein-, zwei-, dreimal. Er hörte gar nicht mehr auf mit dem Verbeugen, bis jemand aus dem Hintergrund erschien und ihn an der Hand fortzog.

Josef lachte und klatschte genau wie alle anderen. Er wünschte, auch Monika wäre hier gewesen und hätte den Auftritt des kleinen Jungen miterleben können. Das hätte ihr gefallen. Zu seiner eigenen Überraschung bemerkte er, dass er gar nicht wieder aufhören konnte zu lächeln. Doch, es war gut, hier zu sein. Ein Glück, dass er sich auf den Weg gemacht hatte, um diesen Aufmarsch mitzuerleben.

Als Nächstes erschien ein Schrank von einem Mann auf der Bühne. Auch er trug HJ-Uniform und marschierte steifbeinig zum Podium. Das kurz geschnittene Haar lag ihm wie ein Helm am Kopf und fügte sich gut zu seinem beinahe quadratischen Gesicht. Er sprach Respekt heischend in knappen, messerscharfen Sätzen. Inhalt seines

Vortrags war die Ankündigung, dass nunmehr die besten HJ-Züge Großberlins ihre Auszeichnungen erhalten würden.

Ausgezeichnet wurden zunächst Spandauer, Kreuzberger und Treptower Pimpf-Formationen. Auch eine Altersklasse höher gewannen die Kreuzberger, gefolgt von einem Fähnlein aus Lichtenberg. Damit war nur noch der höchste Preis von allen zu vergeben.

Der Quadratgesichtige sagte: „Den letzten Preis des heutigen Abends bekommt das Fähnlein, das sich gegenüber allen anderen in Großberlin als überlegen erwiesen hat. Diese Jungvolk-Kameraden haben sich in sämtlichen Disziplinen durchgesetzt, sei es in sportlicher Ertüchtigung, im Gesang auf dem Marsch oder bei den Sammlungen für die Winterhilfe. Als einzelne Kameraden wie als Verband haben sie mustergültige Zucht und Tüchtigkeit gezeigt. Andere Kameraden werden gut daran tun, sich ein Beispiel an ihnen zu nehmen!“ Er sah auf seinen Zettel, von dem er die Züge abgelesen hatte, die er jeweils zur Preisverleihung aufrief. „Die Ehrenmedaille der Hitlerjugend Großberlins für das Jahr 1939/40 geht an ... den Jungvolkzug Pankow!“

Applaus brandete auf.

„Das sind meine Jungs!“, rief Josef dem Mann an seiner Rechten zu. „Das sind meine Jungs!“

Jetzt überschlug sich der Nachbar, der ihn bislang anscheinend gar nicht wahrgenommen hatte, vor Lobeshymnen und Glückwünschen. Mit breitem Grinsen schlug er Josef mehrmals auf die Schulter.

Zu seiner Linken wurde Josef von zwei Händen gepackt und herumgerissen. Er sah sich der Dame mit dem schwarzen Hut gegenüber. Ihre Augen funkelten vor Freude, die Wangen waren rot von Erregung. Ihre Glückwünsche sprudelten wie ein Wasserfall.

Unten auf dem Platz kam Leben in den Pankower Zug. Die Jungen hüpften durcheinander, riefen, lachten, schlugen sich selbst auf die Knie und ihren Nachbarn auf die Schultern. Josef sah Hartmut und Ernst ein kleines Tänzchen auf den Rasen legen. Willi kam aus den hinteren Reihen herangerannt, um zu ihnen zu stoßen, während Konrad stolz zum Podium hinaufstieg, um für seinen Zug den Preis entgegenzunehmen.

Quadratgesicht sagte ins Mikrophon: „Konrad Reimann, der für den Pankower Zug den Preis entgegennehmen wird, ist vor ein paar Tagen in seiner Gewichtsklasse Boxmeister geworden!"

Das war Josef völlig neu.

Als Konrad auf dem Podium angekommen war, grüßte der Quadratgesichtige ihn zuerst mit zackig erhobener Hand und bedachte ihn dann mit einem langen Händedruck. Schließlich hängte er dem Jungen eine Medaille um den Hals und überreichte ihm ein Ehrenbanner, das den Jungvolkzug Pankow als beste HJ-Gliederung des Jahres 1939/40 auswies.

Auf den Stufen der Museumstreppe nahm eine Reihe Hornbläser Aufstellung. An ihren Instrumenten waren Fahnentücher befestigt, die die altgermanische Siegrune zeigten. Der Schall ihrer Hörner durchschnitt die Abendluft wie ein Blitzschlag.

Quer über den Paradeplatz tobten jetzt die braunen Hemden wie Wellen im Sturm. Zu Hunderten jubelten und klatschten die Jungen, während Konrad zu seinem Platz zurückmarschierte. Kaum hatte er ihn wieder eingenommen, da umringten ihn die anderen Jungen des Pankower Zuges.

Josef empfand mehr als nur Stolz. Vor Begeisterung über den Erfolg seiner Jungs klopfte ihm das Herz bis zum Hals. Er sah sich um und überlegte, wie er nach Schluss der Kundgebung auf schnellstem Wege zu ihnen gelangen könne. Er konnte es kaum abwarten, ihnen zu sagen, wie stolz er auf sie war.

Während auf dem Platz das Programm weiterging, unterhielten sich der Mann zu seiner Rechten und die Frau zu seiner Linken so aufgekratzt mit ihm, als wären sie alle drei ein Leben lang Freunde gewesen.

Plötzlich wurde es dunkel auf dem Platz.

Gespannt sah Josef sich um, während er seine Augen an die plötzliche Dunkelheit zu gewöhnen versuchte. Sein Nachbar, der seine Anspannung zu spüren schien, flüsterte ihm zu: „Jetzt kommt der Führer."

Wieder richtete sich ein einzelner Scheinwerferstrahl auf das Podium. Dort stand jetzt ein hoch gewachsener Mann von solcher

Schlaksigkeit, dass er fast schon ausgemergelt wirkte: eingefallene Wangen, tief liegende Augen – vielleicht sah es in dem gleißenden Licht auch nur so aus. Aber eines stand fest: Der Führer war es nicht.

„Baldur von Schirach", flüsterte Josefs rechter Nachbar. „Der Reichsjugendführer. Er wird dem Führer melden."

Dröhnend kam Schirachs Stimme über die Verstärker. „Zu Ihrem Befehl, mein Führer, steht hier Deutschlands Jugend, eine Jugend, die weder Klasse noch Kaste kennt. Ihrem Beispiel folgend, dem leuchtendsten Beispiel der Selbstlosigkeit, das diese Nation je gesehen hat, möchte auch diese Jugend selbstlos leben. Da Sie uns Treue leibhaftig verkörpern, wollen auch wir treu sein. Und unsere Treue gilt allein Ihnen: Adolf Hitler, dem Führer der deutschen Jugend und des deutschen Volkes!"

Niemanden hielt es mehr auf seinem Sitz. Rasend applaudierte die Menge.

Erneut wurde es stockdunkel. Der „Badenweiler Marsch" erklang, der Regimentsmarsch jener Einheit, in der Hitler im Weltkrieg gedient hatte, der jetzt zum offiziellen Zeremoniell jedes Führerauftritts gehörte.

Heller noch als zuvor fiel das gebündelte Scheinwerferlicht auf die linke Seite der Museumstreppe. Langsam fuhr ein offener Wagen vor. Der Führer thronte auf dem Rücksitz.

Der Wagen stand noch nicht ganz, als bereits der Schlag aufgerissen wurde. Der Führer erhob sich und schritt gemessen zum Podium hinauf. Zunächst nahm er seinen Platz ungefähr einen Meter hinter der Brüstung ein und richtete seinen Blick auf die Menge.

Der allgemeine Lärm im Lustgarten wurde nochmals um einige Dezibel lauter. Nie zuvor hatte Josef einen solchen Geräuschpegel erlebt. Stoisch stand der Führer auf dem Podium, die Arme vor der Brust verschränkt.

Die Frau neben Josef packte seinen Arm, um nicht ohnmächtig hinzusinken, während der Mann zu seiner Linken sich zu ihm neigte und den Applaus zu übertönen versuchte. „Wie man hört, lebt er ganz spartanisch", brüllte er Josef ins Ohr, „er ist Vegetarier, Abstinenzler, Nichtraucher. Und er lebt zölibatär." Wie um den letzten Punkt zu unterstreichen, nickte er nachdrücklich.

Das alles war Josef natürlich nicht neu.

Jetzt trat Hitler vor. Der Lichtkegel, der auf ihn gerichtet war, bildete einen gleißenden Nimbus. Wie im Strahlenkranz des Himmels stand der Führer da, einem Übermenschen gleich die Masse überragend. Das Podium wurde zur Brücke des von ihm kommandierten Staatsschiffes: ein magischer Bug, mit dem er die Menschenflut durchschnitt, die sich vor ihm weitete.

In der Menge wurde es mucksmäuschenstill.

Er begann mit leiser, kaum verständlicher Stimme, die ihn im ersten Moment geradezu unsicher wirken ließ. Josef beugte sich vor, um ihn besser verstehen zu können.

Von seiner physischen Erscheinung her hinterließ der Führer keinen sonderlichen Eindruck. Er war kleiner, als Josef sich ihn vorgestellt hatte – er schätzte ihn auf knapp unter 1,70 Meter. Recht breit um die Hüften, hatte er dünne, kurze Beine. Die Zugangsbedingungen für seine eigene Leibstandarte verfehlte er jedenfalls bei weitem.

Auch wenn es Josef nicht möglich war, das von seinem Standort aus zu verifizieren, so waren die blassblauen Augen des Reichskanzlers doch legendär. Allenthalben in der Partei sprach man von dem sogartigen Blick Hitlers. Da gab es beispielsweise die Legende von jenem antinationalsozialistisch eingestellten Polizeibeamten, der eine frühe Hitlerkundgebung zu schützen hatte und von einem einzigen Blick, mit dem der Führer ihn bedachte, so hingerissen war, dass er auf der Stelle einen Parteiaufnahmeantrag einreichte. Der Dramatiker Gerhart Hauptmann hatte seinen ersten Blick in die Augen des Führers als den erhebendsten Moment seines Lebens bezeichnet.

Hitler sprach jetzt eindringlicher und zog damit Josefs Aufmerksamkeit wieder auf sich.

„Vor langer Zeit habt ihr die Stimme eines Mannes vernommen, eine Stimme, die eure Herzen traf, die euch wachrüttelte und der ihr gefolgt seid. Jahre um Jahre seid ihr der Stimme gefolgt, ohne dass ihr den Mann, zu dem sie gehörte, auch nur ein einziges Mal gesehen hättet. Ihr hörtet eine Stimme. Das genügte euch, um zu folgen! Ich kann euch spüren, und ihr spürt mich! Der Glaube an unsere Nation ist es, der uns groß gemacht hat, die wir ein kleines Volk waren. Er hat uns reich gemacht, die wir ein armes Volk waren. Er hat uns wieder tapfer gemacht, die wir ein wankelmütiges, verzagtes und ängstliches Volk waren. Jene Stimme war es, die uns, die wir in die Irre gingen, die Augen öffnete und uns zueinander finden ließ!"

Enthusiastischer Applaus.

Der Mann auf der Rednertribüne verblüffte Josef. Er sah aus wie der freundliche Onkel von nebenan. Sein Aufzug war schlicht. Er trug weder Schulterklappen noch Kragenspiegel. Sein ganzes Auftreten war das eines einfachen Soldaten.

„Es ist unser Wunsch und Wille, dass dieser deutsche Staat und dieses Deutsche Reich die kommenden Jahrtausende überdauere! Es ist unser großes Glück, sagen zu können, dass diese Zukunft deutsch ist, ganz und gar deutsch!"

Klatschen. Jubelnde Zurufe.

„Mag es unter den älteren Volksgenossen heute noch so manches Schwanken geben, so hat sich uns die junge Generation doch zugesellt. Mit Leib und Seele ist sie unser!"

Auf dem Paradeplatz explodierte die Begeisterung. „Heil! Heil! Heil! Heil!", skandierten die jungen Leute.

„Ich will dieses Volk nicht verweichlichen sehen. Nein, das deutsche Volk soll hart sein, und ihr müsst euch stählen, solange ihr jung seid! Ihr müsst lernen, Entbehrungen auf euch zu nehmen, ohne mit der Wimper zu zucken. Was immer ich auch schaffe und vollbringe: Irgendwann schlägt auch meine Stunde – aber ihr werdet leben! Deutschland wird leben, und wenn von uns, die wir die Bewegung ins Leben gerufen haben, einst nichts mehr übrig sein wird, dann müsst ihr jenes Banner erheben, das wir vor Jahren aus der Bedeutungslosigkeit zu Ehren gebracht haben!"

Der Applaus wollte nicht enden. Am begeistertsten schienen die Jungen zu klatschen, die auf dem weiten Feld angetreten waren.

„Es gibt für euch nur einen Weg: den Weg, den ich euch weise. Und während die Kolonnen unserer Bewegung heute siegreich durch Deutschland marschieren, werdet ihr euch ihnen anschließen. Das weiß ich. Und wir alle wissen: Deutschland liegt vor uns! Deutschland lebt in uns! Deutschland steht hinter uns!"

„Heil! Heil! Heil! Heil!"

„Den deutschen Jungen der Zukunft möchte ich rank und schlank sehen, schnell wie ein Windhund, zäh wie Leder und hart wie Kruppstahl!"

Hitler hatte sich allmählich warm geredet und kam jetzt richtig in Fahrt.

„Ein neues Reich auf Erden – das ist es, was ich euch verspreche!", rief er.

Jubelrufe.

„Die deutsche Weise zu leben ist die Weise der kommenden tausend Jahre; so viel ist gewiss! Für uns ist das nervöse neunzehnte Jahrhundert endgültig zu Ende. Tausend Jahre lang wird es in Deutschland keinen Umsturz mehr geben!"

Der Jubel wurde anhaltender und lauter.

Hitler hob das Gesicht gen Himmel und reckte dazu die Faust. „Herr, nie mehr wollen wir schwach und memmenhaft sein! Lass uns niemals der Pflicht vergessen, die wir auf uns genommen haben! Voller Stolz erkennen wir an, dass es Gottes Gnade war, die uns wieder zu echten Deutschen gemacht hat!"

„Amen", sagte Josef.

Der Mann neben ihm klatschte hysterisch in die Hände, während seine Nachbarin ihre Hand an die Brust presste und so verklärten Blickes auf Hitler sah, als erblicke sie den Messias persönlich.

Die Verwandlung, die sie ergriffen hatte, ergriff jetzt die gesamte Menge. Wenn Hitler von einer Seite der Bühne zur anderen schritt, folgte die Masse seinen Bewegungen wie ein Mann. Es war, als rollte die gewaltige Menschenmenge wie eine gigantische Welle zu Hitlers Füßen.

„Letzten Endes ist der Einzelne in all seinem Wesen und Tun schwach, so lange er gegen die allmächtige Vorsehung und ihren Willen anrennt. Doch sobald er in Übereinstimmung mit der Vorsehung handelt, wird er unermesslich stark. Dann fließt auf ihn über jene Kraft, die alle großen Männer der Geschichte auszeichnete!"

„Jawohl!“, schrie Josef. „Jawohl!“ Ein energiegeladener Enthusiasmus hatte ihn gepackt. Auf der ansteigenden Flut der Emotionen, die sich der Masse bemächtigt hatten, schwamm er ganz oben mit.

Hitlers Stimme wurde in demselben Maß lauter, in dem seine Rede an Tempo zulegte. In Bächen lief dem Führer der Schweiß übers Gesicht. Seine Gesten waren jetzt von scharfer Entschlossenheit.

„Ein Schriftsteller hat die Eindrücke, die jene Zeit in ihm hinterließ, in einem Buch mit dem Titel *Der Untergang des Abendlandes* geschildert. Soll denn unsere Geschichte, sollen unsere Völker tatsächlich ihr Ende finden?“

„Nein!“, antwortete die Menge.

„Nein! Das kann nicht sein. Nicht soll man das gegenwärtige Zeitalter den Untergang des Abendlands nennen, sondern es soll gesprochen werden von der Zeit des Wiederaufstiegs der Völker des Westens. Das Abendland ist unser! Dem Untergange geweiht ist nur das Alte, das Verdorbene und Schlechte – soll es nur untergehen! Neues Leben wird an seine Stelle treten. Der Wille findet den Glauben! Ich als Führer habe den Willen, und das Volk ist gläubig.“

„Heil Hitler! Heil Hitler!“

Der deutsche Geist in Josef vibrierte. Er konnte kaum an sich halten.

„Wenn ihr auch künftig als *ein* Mann in Gefolgschaft und Gehorsam hinter mir steht, wird keine Macht der Welt diese unsere Bewegung aufhalten können, sondern sie wird ihren siegreichen Lauf vollführen. Falls ihr festhaltet an Zucht, festhaltet an Gehorsam, festhaltet an Kameradschaft, festhaltet an unbeugsamer Gefolgschaft, wird nichts und niemand in Deutschland diese Bewegung jemals ersticken können. Das ist es, was ich von euch fordere – in meinem eigenen Namen und im Namen all jener Kameraden, die nicht mehr unter uns weilen!“

„Ja ... jawohl!“, sagte Josef, während er den Redner nicht aus den Augen ließ. In diesem Augenblick waren er und der Führer ganz allein hier im Lustgarten: zwei Patrioten, die ein und dieselbe Leidenschaft teilten und denen gemeinsam vor Augen stand, was aus ihrem Vaterland werden könnte.

„Es gibt Zeitgenossen, die unsere Pläne eines größeren Deutschlands vereiteln wollen. Soll ihnen das gestattet sein?“

„Nein!“

Selbstverständlich fiel Josefs Stimme in die donnernde Antwort der Menge mit ein.

„Es gibt Zeitgenossen, die sich anheischig machen, uns das Recht unserer Geburt streitig zu machen – unser Vaterland und unser Schicksal! Soll ich solche Elemente etwa gewähren lassen?“

„Nein!“, brüllte Josef zusammen mit allen anderen.

„Ein Volk!“, rief Hitler aus.

„Ein Volk!“, antwortete die Menge.

„Ein Reich!“

„Ein Reich!“

„Ein Führer!“

„Ein Führer!“

Der Lustgarten verwandelte sich in eine wogende Masse. Tausende von Armen reckten sich stramm in die Höhe, um ihrem Führer Tribut zu zollen.

Hitler wiederholte den Dreiklang: „Ein Volk – ein Reich – ein Führer!“

Im Lustgarten gab es keine Individuen mehr, nur noch ein geeintes Volk. Neben Josef gab es keine Frau und keinen Mann mehr; sie waren bloß noch drei Deutsche, die vor ihrem Führer standen, mitgerissen von Hingabe für ihr Land.

„Sieg Heil! Sieg Heil! Sieg Heil!“

Josefs rechter Arm schnellte in die Höhe wie alle anderen auch.

„Sieg Heil! Sieg Heil! Sieg Heil!“

Tränen liefen ihm über die Wangen.

„Sieg Heil! Sieg Heil!“

Seine Stimme wurde heiser, aber er konnte nicht aufhören zu skandieren.

„Sieg Heil! Sieg Heil! Sieg Heil!“

Nie zuvor hatte er sich lebendiger gefühlt als in diesem Augenblick. Nie hatte sein Leben mehr Sinn gehabt. Nie war er stolzer gewesen, Deutscher zu sein.

„Sieg Heil! Sieg Heil! Sieg Heil! Sieg Heil!“

8

Freitag, 26. April 1940

„Ist er jetzt Nazi geworden?“

„Wenn du wissen willst, ob ich den Arm hochreißen und ‚Sieg Heil!‘ sagen muss, ehe ich ihn küssen darf, ist die Antwort nein.“

Ursel schien Monikas Bemerkung witzig zu finden.

Die beiden standen in einer Schlange, die sich um eine Straßenecke der Innenstadt wand. In den Händen hatten sie Fleischmarken. Auf dem Kalender war es zwar Frühling, aber wenn man hier im Schatten eines hohen Stadthauses stand, war die morgendliche Luft doch noch recht frisch. Beide Frauen waren in schwere Wollmäntel gehüllt und trugen Kopftücher. Monika konnte nicht begreifen, wieso man nicht auch in der Sonne nach Lebensmitteln anstehen konnte.

„Wenn man Ihren Mann am Sonntag predigen gehört hat“, sagte Ursel, „hätte man glatt meinen können, er wäre soeben vom Goebbels'schen Propagandaministerium ordiniert worden.“

Monika lächelte. „Mein Gatte tut nie etwas halbherzig“, sagte sie.

„Ja, das finde ich ja auch so anziehend an ihm, dass er so leidenschaftlich ist“, sagte Ursel. Gleich darauf ging ihr auf, was sie da gesagt hatte, und ihre Wangen, die sowieso von der Kälte schon leicht Farbe gehabt hatten, liefen puterrot an. „Ich meine natürlich seine Leidenschaft als Geistlicher“, haspelte sie. „Seine Leidenschaft im Glauben ist es, die mich zu ihm anzieht ... sein Christsein eben. Sie wissen doch, es gibt so viele Geistliche, die desillusioniert sind und –“

Monika legte ihre Hand auf Ursels Unterarme, die sie vor dem Busen verschränkt hatte, als müsse sie einen zu erwartenden Angriff abwehren. „Ich hab doch verstanden, wie du's gemeint hast.“

Matt lächelnd entspannte Ursel sich ein wenig, obschon ihre Wangen nach wie vor rot angelaufen waren.

Monika mochte dieses Mädel. Auch wenn sie kaum vier Jahre älter war als Ursel, hegte sie dennoch mütterliche Gefühle für sie. Ursel ihrerseits erwies ihr den Respekt, der der Ehefrau eines Pastors gebührte. Das tat sonst kaum ein weibliches Wesen in der Kirchengemeinde.

Monika trat von einem geschwollenen Fuß auf den anderen. Der Rücken tat ihr fürchterlich weh. Das Gewicht, das sie in den letzten paar Monaten zugelegt hatte, machte es ihr immer schwerer, mit den Lebensmittelzuteilungen auszukommen.

„Wenn Sie mich doch nur für sich anstehen lassen würden", sagte Ursel.

„Das würden die anderen Leute in der Schlange niemals zulassen."

„Dann lassen Sie mich Ihnen wenigstens einen Stuhl holen."

„Nein, nein, es geht schon."

Doch Ursel war schon aus der Reihe geschert und um die Ecke verschwunden. Minuten später kam sie mit einem weißen Gartenstuhl zurück. „Hier", sagte sie, als sie das Sitzmöbel mitten in die Warteschlange stellte.

Die Frauen in der Reihe sahen auf den Stuhl und musterten dann Monikas Körpermitte. Manche stimmten Ursels Maßnahme stillschweigend zu, indem sie zur Seite blickten. Andere runzelten die Stirn und drückten damit ihre Verachtung aus.

Hinter den beiden jungen Frauen ließen zwei andere missbilligendes Gemurmel hören. „Ich konnte nicht den ganzen Tag auf'm Hintern sitzen, als ich in andern Umständen war", sagte die eine.

„Wir mussten damals doppelt so lange anstehen wie heutzutage", bemerkte die andere.

Monika fühlte sich unbehaglich. „Vielleicht bringst du den Stuhl besser zurück", schlug sie Ursel vor.

„Ich hab ihn aus 'nem Café geholt, gleich hier um die Ecke", erwiderte die. „Sie haben's mir ausdrücklich erlaubt."

Ein untersetzter Herr mit Ehrfurcht gebietendem Schnauzer lugte um die Hausecke und suchte die Schlange der Wartenden ab. Ursel winkte ihm zu. Der Mann sah Monika an, lächelte und winkte zurück.

„Herr Freisler!", rief Ursel. An Monika gewandt, sagte sie: „Seine Tochter kriegt auch 'n Baby. Sie wohnt in München."

„Du kennst ihn?“

„Jetzt ja.“

Jedes Mal, wenn die Schlange vorrückte, half Ursel Monika hoch, trug ihr den Stuhl die paar Meter weiter und stützte sie, wenn sie sich wieder hinsetzte. Monika kam sich vor wie ein gestrandeter Walfisch, der Zentimeter für Zentimeter wieder ins Meer zurückgeschoben wird.

Sie rückten um die Ecke herum vor. Nur noch etwa fünfzig Meter, dann würden sie den Fleischerladen erreicht haben.

„Es hat Konrad und die andern überrascht, dass Ihr Mann zu dem HJ-Aufmarsch kam“, sagte Ursel.

„Ach ja?“

„Ja, und mir ging's genauso. Ich dachte, der Herr Pfarrer hält nicht viel von der HJ.“

Monika lächelte. „Weil er vorletzten Sonntag so ausgerastet ist, stimmt's?“

„Ja – wieso ist er trotzdem gekommen?“

„Er hat mit meinem Vater gesprochen, und dann hat er sich's überlegt.“

„Dr. Olbricht hat ihn dazu überredet?“

„Vater hat ihn überzeugt, dass es Möglichkeiten des Kompromisses gibt.“

„Dr. Olbricht glaubt also, wir sollten uns mit den Nazis arrangieren?“

Monika entging die Schärfe in der Frage des Mädchens nicht. „Hm“, antwortete sie, „zwar hat mein Mann für die Nazis immer noch nicht allzu viel übrig, aber den Führer konnte er bei dem Aufmarsch nur bewundern.“

Über Ursels Gesicht huschte ein besorgter Ausdruck.

„Mein Vater verfügt in solchen Dingen über eine Weisheit, die aus jahrelanger Erfahrung geboren ist“, sagte Monika beruhigend.

Ursel nickte zwar, sah aber zur Seite.

„Du bist anderer Meinung?“, hakte Monika nach.

„Es steht mir nicht zu, eine Meinung zu äußern.“

„Aber irgendwas beunruhigt dich doch. Sag's mir.“

Verstohlen sah das junge Mädchen zu den Frauen, die gleich hinter ihnen in der Schlange warteten. Als sie antwortete, kam ihre Stimme nur noch als kaum vernehmliches Flüstern. „Mir hat der Herr Pfarrer vorher besser gefallen."

Monika entgegnete ihr nicht gleich. Ihr Schweigen nötigte Ursel eine Erklärung ab.

„Ich mein die Dinge, die er am Sonntag gesagt hat. Ich fürchte, er hat sich von denen mitreißen lassen. Ich hab ihn immer als Fels in der Brandung gesehen."

„Manchmal ist es besser, ein Schilfrohr zu sein", versetzte Monika.

„Tatsächlich?"

Jetzt fühlte Monika, wie ihr die Röte ins Gesicht stieg.

„Ich mein ja bloß ... ich habe im Herrn Pfarrer Schumacher immer den deutschen Apostel Paulus gesehen. Und wenn er sich jetzt so mitreißen lässt ... nun ja, dann kommt's mir zumindest so vor, als verrate er seinen Glauben."

Das saß. In Monika breitete sich Ärger aus. Aber sie wollte kein Öl ins Feuer gießen. Das Mädel war jung und idealistisch. Mit achtzehn scheint einem ja das ganze Leben klar zu sein. Warten wir ab, bis sie 'nen Mann zu Hause und 'n Kind im Bauch hat – dann werden wir ja sehen, ob sie immer noch so daherredet.

Was sollte so'n junges Ding denn schon wissen von den Todesängsten, die sie jedes Mal ausstand, wenn Josef sich verspätete? Von den Bildern, die sie dann vor ihrem inneren Auge sah: Josef in einer Arrestzelle, zerschlagen und gefoltert? Von dem Wissen, dass es nur der Denunziation durch einen halbwüchsigen Bengel bedurfte, damit ihr Mann nie wieder nach Hause käme? Ursel kannte ja bloß die Gestalt auf der Kanzel. Für sie war Josef ein Held aus irgendeinem Märchenbuch. Aber sie, Monika, sie musste mit der Wirklichkeit fertig werden! Und sie würde alles tun, was in ihrer Macht stünde, um dafür zu sorgen, dass ihrer Familie und ihrem Kind kein Haar gekrümmt würde.

Ohne dass es ihr bewusst wurde, begann Monika auf ihren Haarspitzen herumzukauen.

„Sind Sie jetzt böse auf mich?", fragte Ursel vorsichtig. Ihre Augen waren weit aufgerissen, Tränen standen darin. „Hab ich was Verkehrtes gesagt?“

„Ich fühl mich plötzlich total erschöpft“, sagte Monika und legte eine Hand auf ihren Bauch. „Eines Tages wirst du mich verstehen.“

„Ich wollte Ihnen oder Ihrem Mann auf keinen Fall zu nahe treten“, sagte Ursel. „Entschuldigen Sie bitte, falls ich –“

„Es geht voran“, sagte Monika.

Wie zuvor schickte Ursel sich an, ihr aufzuhelfen.

„Lass nur gut sein“, wehrte Monika ab. „Sieh zu, dass du selbst vorankommst.“

Sie musste zwei Anläufe nehmen, um auf die Füße zu kommen. Als sie es geschafft hatte, zerrte sie den Stuhl hinter sich her. Nachdem sie aufgeschlossen hatte, stützte sie sich im Stehen an der Rückenlehne des Stuhls ab.

„Soll ich Ihnen nicht helfen, sich wieder hinzusetzen?“, fragte Ursel.

„Ich glaub, ich bleibe lieber ’ne Weile stehen“, sagte Monika.

Eine Viertelstunde später begann sich vor ihnen die Warteschlange unter Murren und Schimpfen aufzulösen. Für heute gab es kein Fleisch mehr.

* * *

Wie konnte es angehen, dass ein Mann, der so eloquent von Gott und dem Land sprach, zugleich einer Partei vorstand, die den Ruf hatte, Hass und nackte Aggression zu schüren?

Allein bummelte Josef die Klaustaler Straße hinab und dachte, die Hände in den Taschen vergraben, über dieses Rätsel nach. Über Pankow lag jetzt tiefe Nacht. Der Himmel war wolkenlos, sodass man die Sterne blinken sehen konnte. Die Luft war sauber, frisch und kühl. Das Mondlicht schimmerte auf den Katzenkopfsteinen des Straßenpflasters. Es sah aus, als würde er auf Hunderte von kleinen glitzernden Halbmonden treten.

Zwar begann der Enthusiasmus, den die Hitler-Kundgebung bei ihm wachgerufen hatte, allmählich nachzulassen. Umso stärkeren Widerhall lösten seine Teilnahme an der Versammlung und die Kommentare, die er im Nachhinein dazu gegeben hatte, allerdings bei anderen aus. Man hätte geradezu meinen können, der Führer habe ihm persönlich eine Medaille umgehängt.

Monika strahlte vor Glück, wie er es seit dem Tag ihrer Hochzeit nicht mehr bei ihr gesehen hatte. Die ganze Zeit lächelnd, hatte sie begierig jedes Wort aufgesogen, das er ihr von der Kundgebung erzählt hatte. Es lag auf der Hand, dass sie sich über seine Neueinschätzung Adolf Hitlers freute. Trotz der Umstände, in denen sie sich befand, gab sie sich seither wie frisch verliebt und konnte gar nicht genug mit ihm schmusen und knuddeln.

Auch anderswoher kamen ähnlich überraschende Reaktionen. Dr. Olbricht hatte ihm herzhaft auf die Schulter geklopft und ihn als wahren Kirchenpolitiker bezeichnet. Rupert Reimann, der Vater von Konrad und Willi, hatte ihn am Sonntagmorgen nach dem Gottesdienst zum ersten Mal seit Monaten mit einem warmen Händedruck bedacht. Und die Jungens selber, Konrad, Willi, Ernst und Hartmut, hatten ihn regelrecht bestürmt, um ihm zu sagen, wie viel es ihnen bedeutet hätte, dass er bei dem HJ-Aufmarsch dabei gewesen sei.

Warum fühlte er sich dann so elend?

Sicher hatte er im sonntäglichen Gottesdienst ordentlich Aufhebens von den Jungs, ihrer Auszeichnung und Konrads persönlicher Leistung gemacht. Schließlich stimmte es ja, dass die Kirchengemeinde im Großen und Ganzen wirklich stolz auf ihre Jungs sein konnte. In der Tat war ihm die Gemeinschaftsatmosphäre in diesem Gottesdienst freundlicher und ehrlicher vorgekommen als je zuvor in seinem pastoralen Dienst.

In der vergangenen Woche war er mit der Gemeindearbeit besser vorangekommen als im gesamten Jahr davor, und er hatte den Eindruck, dass das Fundament, das er für seinen Dienst in dieser Gemeinde zu legen versuchte, zu guter Letzt allmählich doch noch an Festigkeit gewann.

Wieso nur kam er sich dann vor wie ein moderner Judas?

Als er um die Ecke Galenusstraße bog, sah er in der Ferne schemenhaft drei Gestalten, die mit Fußtritten irgendein Bündel von der Fahrbahn zu rollen versuchten. Was immer das Bündel auch enthielt, es musste schwer sein. Es zu bewegen, kostete die Männer erhebliche Mühe. Selbst auf die Entfernung, in der er sich noch befand, konnte Josef ihr Ächzen und Stöhnen hören.

Anscheinend wollten die drei Mann ihre Last in der Panke loswerden, von der eine leichte Brise brackigen Modergeruch zu ihm herübertrug.

Josef beschleunigte seine Schritte. Die drei Männer sahen aus, als könnten sie Hilfe brauchen. Vielleicht würde es seiner Laune aufhelfen, wenn er ein bisschen den guten Samariter spielte.

Als er näher herankam, sah er, dass die drei HJ-Uniformen trugen: offenbar eine Patrouille. Und da war noch etwas. Es betraf das komische Bündel. Josef sah etwas herausragen. Es mochte ein Ball sein oder auch eine Melone. Jedenfalls etwas Rundes, Glänzendes, auf dessen glatter Oberfläche sich das Mondlicht spiegelte.

Im nächsten Augenblick hielt Josef den Atem an. Was er gesehen hatte, war keine Melone. Es war der Kopf eines Mannes. Was Josef für ein Bündel gehalten hatte, bestand in Wirklichkeit aus dem Mantel und den weit schlackernden Hosen des Mannes. Und zwischen den dumpfen Lauten, die die Fußtritte der HJ'ler hervorriefen, konnte er jetzt deutlich wimmernde Laute vernehmen. Der Mann flehte die HJ'ler an, mit ihren Fußtritten aufzuhören.

Der Samariter in Josef wurde zögerlich. Griff er ein, so würden die HJ-Schergen ihre Aufmerksamkeit aller Wahrscheinlichkeit nach auf ihn richten. Bis jetzt waren sie so sehr damit beschäftigt, den auf dem Boden liegenden Mann zu quälen, dass sie sein Erscheinen noch gar nicht bemerkt hatten. Es wäre ihm ein Leichtes, sich zurückzuziehen, um die Ecke der Klaustaler Straße zu huschen und auf einem anderen Weg nach Hause zu gehen.

Das wäre der leichtere Weg für ihn.

Es wäre am besten so.

„Aufhören!", rief er stattdessen den Angreifern des wehrlosen Mannes zu. Er war noch nie einer gewesen, der den Weg des geringsten Widerstands ging.

Die Halunken wandten ihm ihre Aufmerksamkeit zu. Bildete er es sich nur ein, oder glitzerten ihre Augen tatsächlich im Mondschein?

In dem Wissen, sich eine Tracht Prügel einzuhandeln, schloss er rasch zu ihnen auf. Immerhin konnte er hoffen, dass seine Tollkühnheit ihnen erst mal einen Schrecken eingejagt hatte.

Darin hatte er sich wohl geirrt.

Einer der drei kam auf ihn zu.

Mittlerweile war Josef nahe genug herangekommen, um klar zu sehen. Der Mann, der am Boden lag, war nicht mehr jung. Zwischen den Falten seines Mantels war ein Zacken des gelben Davidsterns zu erkennen. Und noch etwas entging Josef jetzt nicht mehr: Eines der Mitglieder der Patrouille war Konrad Reimann.

Der Angreifer, der sich aus dem Pulk gelöst hatte, blieb keineswegs stehen, sondern kam im Laufschritt auf Josef zu und rempelte ihn so heftig an, dass dieser um ein Haar das Gleichgewicht verloren hätte.

Josef stieg der Geruch von Käse und Zwiebeln in die Nase, anscheinend der typische Geruch von Nazischlägern. Womöglich wurden sie darauf gedrillt, sich mit Zwiebeln, Knoblauch und Leberwurst Mundgeruch anzufressen, mit dem sie ihre Opfer zusätzlich einschüchterten?

Josef wappnete sich für eine weitere Attacke, doch es nützte alles nichts: Er bekam einen Schlag verpasst, der ihm den Atem nahm. Dann wurde er emporgezerrt und hing so am ausgestreckten Arm seines Gegners, dass seine Füße überm Boden baumelten. Eine Sekunde später landete er dermaßen heftig auf dem Steißbein, dass er den Aufprall in sämtlichen Knochen spürte und sich vor Schreck auf die Zunge biss. Er schmeckte Blut, rang nach Luft. Zwei Fußtritte in die Rippen machten ihm einen Strich durch die Rechnung. Nach wenigen Augenblicken lag Josef genauso hilflos auf dem Straßenpflaster wie der Mann mit dem Judenstern, für den er sich hatte verwenden wollen.

Ein Ruf brachte seinen Angreifer zum Innehalten. Es war Konrads Stimme.

Der Junge stand neben seinem Kumpan und sah auf Josef herunter. Josef musste mehrmals nach Luft schnappen, ehe er auch nur ein einziges Wort herauszubringen vermochte.

„Guten Abend, Konrad“, keuchte er.

„Du kennst den Kerl?"

„Er ist der Pastor meiner Gemeinde."

Der verächtliche Blick seines Angreifers ließ darauf schließen, dass Josefs Beruf auf diesen keinerlei Eindruck machte.

Er streckte Konrad seine Hand entgegen.

„Was machen Sie hier?", fragte der Junge, ohne auf Josefs ausgestreckte Hand irgendwie zu reagieren.

„Die Rechte wahrnehmen, die mir als deutschem Staatsbürger zustehen", erwiderte Josef, während er an den Pflastersteinen entlang zu der anderen hingestreckten Gestalt hinüberschielte, die beunruhigend still geworden war. Der dritte HJ-Scherge wachte über sein Opfer wie ein Raubvogel über einen Kadaver. „So wendest du also deine preisgekrönten Fähigkeiten als Boxer an, ja?", fragte Josef. „Alte Männer zusammenschlagen, das nenne ich Sportsgeist!"

„Halt die Klappe!", brüllte Konrads Kumpan und hob schon wieder den Fuß zum Zutreten, aber Konrad hielt ihn zurück und sagte nur: „Gehen wir!"

Aus dem Blick seines Spießgesellen war zu schließen, dass er noch einen guten Vorrat an Stiefeltritten auf Lager hatte. Aber mit einem Seitenblick auf Konrad besann er sich eines Besseren. Beide Jungen kehrten Josef den Rücken und gingen davon.

Josef rappelte sich hoch. Er wollte sich aufrichten, konnte aber nicht. Es tat zu weh. Also blieb er vornübergebeugt stehen und rief seinem Schützling hinterher: „Konrad!"

Der Angerufene blieb stehen und drehte sich nach ihm um.

Ihre Blicke trafen sich. Konrads Miene war Zentimeter für Zentimeter die eines Kämpfers: ein Gesicht aus Stein.

Josef schaute hinter die Maske. „Das hier ist unter deiner Würde", sagte er.

„Sehen wir zu, dass wir hier wegkommen", knurrte Konrad nur.

Josef schleppte sich zu dem anderen Prügelopfer hinüber. Der Mann war so ein Häuflein Elend, dass man ihn in dem Packen Lumpen, in den er gehüllt war, kaum finden konnte. Seinen eigenen Schmerz hinunterschluckend, kniete Josef neben ihm nieder und drehte ihn auf den Rücken, um sein Gesicht sehen zu können. Der Schreck war bodenlos. „Professor Meyerhof!“, schrie er auf.

Der Atem des Professors ging flach, sein Körper kam Josef ebenso formlos vor wie seine Klamotten. Sein Blick flatterte. Er versuchte Josef mit den Augen zu fixieren, aber seine Lider fielen einfach zu.

„Professor Meyerhof!“

Die Lippen des alten Mannes bewegten sich sinnlos, als hätte er vergessen, wie man damit Worte formen konnte.

„Machen Sie sich keine Sorgen“, sagte Josef. „Ich bringe Sie nach Hause.“

Er verschwendete weder seine eigenen noch Meyerhofs Kräfte auf die Frage, wieso die HJ-Patrouille den Mann zusammengeschlagen hatte. Der gelbe Davidstern war Einladung genug für Schläge, Tritte oder sonstige Misshandlungen.

„Ruhig, Herr Professor ... ruhig, ich bin es“, sagte Josef.

Jetzt schaffte der Professor es, Josef ins Gesicht zu sehen.

Josef bedrängte ihn nicht, und es dauerte eine Weile, ehe in den müden Augen das Wiedererkennen aufdämmerte.

Dann begann Meyerhof zu sprechen. Seine Stimme klang, als habe man ihn nach langer Zeit aus einem vergessenen Brunnen emporgezogen.

„Es gibt Gerüchte“, sagte er, „denen zufolge Sie jetzt auch ein Nazi sind.“

9

Während Josef den Professor halb zerrend, halb tragend in dessen drei Häuserblocks entfernt liegende Wohnung beförderte, verlor Meyerhof immer wieder für kurze Zeit das Bewusstsein. Als es endlich geschafft war, packte Josef den alten Herrn um die ausgemergelte Taille und taumelte so mit ihm die wenigen Stufen zu seiner Haustür hinauf. Als er die Hand nach der Klinke ausstreckte, fand er die Tür verschlossen.

„Der Schlüssel", sagte Josef zu Meyerhof. „Wo haben Sie den Schlüssel?"

Die Augen des Professors waren geschlossen. Nichts an ihm verriet, ob er Josefs Frage gehört hatte oder nicht.

Mit seiner freien Hand tastete Josef die Kleider des Professors ab, um erst eine Tasche und dann einen Hausschlüssel ausfindig zu machen.

Die Haustür wurde aufgerissen.

„Was wollen Sie?", rief ein Mann mit nacktem Oberkörper. „Sehen Sie zu, dass Sie von meiner Tür wegkommen, sonst rufe ich die Polizei!"

Mit umwölktem Hirn versuchte Josef sich darüber klar zu werden, was es mit dem Mann auf sich haben mochte, der den Hauseingang versperrte. Er war klein von Wuchs. Auf seiner schwabbeligen Brust wuchsen ein paar einzelne Härchen. Er trug lange Hosen, aber keine Schuhe. In seinen Glubschaugen stand eine Mischung aus Furcht und Wut.

Sie standen vor Meyerhofs Haus, da war sich Josef sicher. Na ja, so gut wie sicher. Das hier war einer jener Momente, in denen er zwar einerseits wusste, dass er Recht hatte, andererseits aber die Infragestellung seiner Meinung Selbstzweifel bei ihm auslöste.

„Sind Sie taub, oder was?", brüllte der Mann. „Ziehen Sie Leine!" Er machte einen Schritt auf Josef und Meyerhof zu. Sein Bauch wölbte sich über die Hosen. Die Hosenträger schlackerten lose an seinen

Beinen herab. Er drehte sich ein wenig zur Seite, und Josef sah, dass er einen kräftigen Holzknüppel in der Hand hielt.

„Das hier ist doch wohl das Meyerhof'sche Haus, oder etwa nicht?", fragte Josef.

Der Mann kniff die Augen zusammen, um Meyerhof genauer sehen zu können. Tatsächlich schien er den Professor wieder zu erkennen. „Geh'n Sie nach hinten!", brummte er und zeigte mit dem Daumen hinter sich. Im nächsten Moment fiel die Tür krachend zu.

Mühsam unterdrückte Josef den Impuls, nochmals anzuklopfen und den Mann zu fragen, ob es ihm wohl etwas ausmache, ihm dabei zu helfen, Meyerhof zur Hintertür seines Hauses zu bugsieren. Es war derselbe Impuls, der ihn bewogen hatte, die HJ-Schergen anzurufen – ein gefährlich sarkastischer Impuls, der ihm eines Tages noch mal das Genick brechen würde.

Josef klemmte sich sein menschliches Bündel erneut unter den Arm, stolperte die Vordertreppe wieder hinunter und schleppte den Professor ums Haus herum zu einer unverschlossenen Hintertür. Sie führte in einen neben der geschlossenen Veranda liegenden Raum, den Eva Meyerhof zur Lagerung ihrer Konserven und Einmachgläser benutzt hatte. Jetzt fanden sich auf den Borden statt säuberlich aufgereihter Konserven unordentlich gestapelte Kleider und Bündel von Zeitungen, Büchern, Postkarten und Schuhen sowie Töpfe, Werkzeuge und Toilettenartikel. Von den offen liegenden Dachbalken hingen an Seilen Säcke mit Lebensmitteln herunter.

Einige der Gegenstände erkannte Josef wieder. Da war die Uhr, die auf dem Kaminsims gestanden hatte: Meyerhof hatte sie vor Jahren anlässlich eines Jubiläums geschenkt bekommen. Der Pfeifenständer des Professors, der seinen festen Platz auf dem Schreibtisch gehabt hatte, lag jetzt achtlos hingeworfen zwischen alten Pullovern und einem Stoß Zeitungen. Die Gelehrtenbibliothek, die einst an den Wänden des Meyerhof'schen Arbeitszimmers aufgereiht gestanden hatte, war in den Ecken aufgestapelt. Mithilfe einiger gestapelter Bücher hatte sich jemand einen behelfsmäßigen Tisch hergerichtet, auf dem neben einer aufgeschlagenen hebräischen Bibel Schreibpapier und ein Federhalter lagen.

An einer Seite des Abstellraums gab es ein provisorisches Bett aus hölzernen Kisten, von denen einige aussahen, als habe man sie mit der Axt gewaltsam aufgebrochen. In den Kisten lagen zwei Wolldecken, eine als Auflage und eine zum Zudecken. Eine zusammengerollte Hose musste als Kissen herhalten.

Josef legte den Eigentümer all dieser Gegenstände auf seinem Kistenbett ab, bettete seinen Kopf auf dem Hosenkissen und zog ihm eine der Decken über die Füße. Er sah sich nach Wasser oder sonst etwas Trinkbarem um, fand aber nichts anderes als eine Schüssel mit altem Rasierwasser, auf dem Bartstoppeln schwammen. Neben der Schale lagen Rasiermesser, Pinsel und ein Stückchen Rasierseife.

Meyerhof stöhnte.

Josef drehte sich nach dem Professor um und brachte mit dieser Bewegung einen Stapel Bücher und Zeitschriften zum Einsturz, so eng war die Kammer.

„Willkommen in meinem Reich", sagte Meyerhof matt.

„Ruhig, Herr Professor", sagte Josef. „Sie sind jetzt in Sicherheit."

„Erinnern Sie sich an das Jahrmarktsvergnügen ‚Hau den Lukas'?", fragte der Professor mit heiserer Stimme. „Jetzt weiß ich, wie man sich fühlt, wenn man der Lukas ist."

„Haben Sie sich irgendwas gebrochen?"

„Nichts, was die Ewigkeit nicht heilen könnte."

Josef suchte die Kammer nach medizinischen Hilfsmitteln ab. Er traute sich kaum, irgendetwas anzurühren, aus Angst, die meterhoch gestapelten Bücherberge könnten über ihnen beiden zusammenbrechen.

Meyerhof sagte etwas Hebräisches zu ihm.

Josef lächelte. „Nicht so viel, wie nötig gewesen wäre", antwortete er. „ich hatte ziemlich viel zu tun."

„Nicht zu viel, um zum Nazi zu werden."

Josef zuckte zusammen. „Ich bin kein Nazi."

„Da hört man aber anderes."

„Dann stimmt eben nicht, was man hört."

„So, so."

Josef scharrte mit den Füßen. „Das ist jetzt nicht die richtige Zeit, um diese Dinge zu erörtern, Herr Professor."

„Sie erliegen also den Verführungskünsten der Rhetorik, wie? Der kleine Mann mit dem Schnauzbart ist ein guter Redner, das muss der Neid ihm lassen. Ist Ihnen aufgefallen, dass er seine Reden immer zu nächtlicher Stunde hält, wenn suggestive Methoden beim Publikum mehr auszurichten vermögen als am helllichten Tag? Vaterländische Musik ohne Ende, Kinder, Preisverleihungen – all das sind Mittel, die der Mann einsetzt, um sich die Leute gefügig zu machen. Lichteffekte als dramatische Momente und all das. Dann redet er leidenschaftlich von ewigen Werten. Hier und da ein eingestreuter Hinweis auf die Vorsehung – das ist genau, was die Leute hören wollen, und er bietet es ihnen. Dann fordert er ihnen Opfer ab, für ihren Traum vom Frieden, während er doch nichts anderes tut, als Krieg zu führen."

Josef starrte den Professor an. Wo nahm der Mann so viel Scharfsinn her, während er hier halb tot auf einem behelfsmäßigen Bett in seiner Abstellkammer lag?

„Das erinnert mich an mein allererstes Auto", fuhr Meyerhof fort. „Das kaufte ich damals auch abends, es war schon dunkel. Ich hörte den Verkäufer davon reden, wie gut dieser Wagen ihn stets überall hinbefördert habe, sah, wie er liebevoll mit der Hand über den Kotflügel strich. Hörte zu, wie er davon fabulierte, wie sehr er dieses Auto vermissen werde. Klar, dass auch ich mich in den Wagen verliebte. Und nun stellen Sie sich vor, wie verdattert ich am nächsten Morgen war: Bei Tageslicht sah die Karre nicht mehr halb so überzeugend aus. Und als ich versuchte, den Motor anzulassen, kam kein Mucks. Als es dann endlich doch klappte, ratterte und vibrierte das ganze Gefährt, aus dem Auspuff quoll schwarzer Qualm, und der Motor hatte eine Fehlzündung nach der anderen, dass es nur so knallte." Stöhnend versuchte Meyerhof eine bessere Lage einzunehmen. „Da ging mir auf, dass ich mich hatte verführen lassen, die Katze im Sack zu kaufen."

Josef war sich nicht sicher, was mehr Eindruck auf ihn machte: das, was der Professor ihm zu sagen versuchte, oder das Bühnenbild, in dem diese ganze Vorstellung stattfand.

„Sie haben Ihnen das Haus weggenommen", sagte er.

„Ich darf kein Eigentum mehr besitzen“, antwortete der Professor. „Ich stehe bei der Jüdischen Gemeinde auf 'ner Warteliste für Wohnungen. Solange die nichts frei haben, kann ich hier in der Abstellkammer bleiben.“ Er zuckte die Schultern, was ihn heftig zu schmerzen schien. „Hier kann ich wenigstens schlafen. Schlimmer ist, dass sie mir meine Stelle genommen haben. Was soll ein Lehrer ohne Schüler anfangen?“

Meyerhof machte die Augen zu und holte rasselnd Luft. Dann bekam er die Augen mit Mühe wieder auf. „Ganz so schlimm ist das hier gar nicht.“ Er wies mit der Hand auf all das Gerümpel, zwischen dem er eingepfercht war. „Ich hab ja immer noch meine Bücher, brauche bloß lange, um die auszugraben, nach denen ich gerade suche.“

Josefs Blicke strichen über die turmhohen Stapel. Ja, das waren die Werke, die ihren Platz früher im Arbeitszimmer des Professors gehabt hatten.

„Am schlimmsten ist die Einsamkeit“, sagte der alte Mann. „Meine Eva fehlt mir.“

Josef nickte mitfühlend.

„Drei Jahre bin ich nun schon ohne sie ...“

„Sie war eine gottesfürchtige, kluge Frau.“

Es gibt eine Leere, die dem Antlitz eines Mannes Hoffnung und Freude nimmt, ja ihm das Leben selbst entzieht und eine Starre hinterlässt, die auch nur mitanzusehen einen zur Verzweiflung treiben kann. Josef tat es einfach nur weh, zu sehen, wie der Professor litt.

Meyerhof beugte sich vor, um an ein gerahmtes Porträt zu kommen, das er zuoberst auf einen Stoß Bücher platziert hatte. Er gab das Bild Josef.

Josef ging ebenso sorgsam damit um wie der Professor. Die Fotografie zeigte vier Gesichter. Die Bildmitte nahmen Eva, Meyerhofs verstorbene Frau, und Edda Olbricht ein. Sie lehnten sich aneinander, ihre Köpfe berührten sich. Links und rechts neben den Frauen waren, überdimensionierten Buchstützenfiguren gleich, der Professor und Olbricht platziert, Letzterer selbstverständlich nicht ohne Zigarre im Mundwinkel.

„Sie waren seit Schulzeiten befreundet“, sagte der Professor über die beiden Frauen auf dem Foto.

„Wirklich? Ich dachte, Sie wären durch die Kirche mit den Olbrichts bekannt geworden.“

Der Professor zeigte auf das Bild und sagte: „Die beiden sind praktisch miteinander aufgewachsen, so eng waren ihre Familien miteinander befreundet.“

Für eine Weile hing der Professor still seinen Erinnerungen nach. Josef ließ ihm alle Zeit der Welt und wandte den Blick derweil nicht von dem Bild in seiner Hand. Wie jung sie alle aussahen! Und man brauchte nur zu sehen, wie unzertrennlich Edda und Eva posierten, um zu wissen, dass zwischen den beiden Frauen eine enge Beziehung bestand.

„Wussten Sie, dass Eva das Lichtspieltheater liebte?“, fragte der Professor.

„Nein, das wusste ich nicht.“

„Da gab es ganz besonders einen Film ... wie hieß der doch gleich? Es hatte was mit Zirkus zu tun – warten Sie, ja: *Wanderndes Volk*“, erinnerte er sich, „und dann noch einen – hm ... richtig, *Die vier Handlungsreisenden*. Die gehörten zu ihren Lieblingsfilmen. Ganz ordentliche Filme, sowohl vom Buch als auch vom Schauspielerischen her. Kommen Sie häufig ins Kino?“

„Kann ich kaum sagen.“

„Schade. Für uns waren die Lichtspiele immer ’ne gute Ablenkung von der Wirklichkeit. Aber deswegen suchen Sie ersatzhalber wohl lieber die Kundgebungen des Herrn Hitler auf.“

Josef wollte irgendwas sagen. Sich verteidigen.

„‚An ihren Früchten sollt ihr sie erkennen‘“, sagte der Professor. „Matthäus 7, Verse 15 und 16. ‚Seht euch vor vor den falschen Propheten, die in Schafskleidern zu euch kommen, inwendig aber sind sie reißende Wölfe. An ihren Früchten sollt ihr sie erkennen.‘ Ich an Ihrer Stelle, mein lieber Junge, ich würde mein Ohr weniger dem öffnen, was sie reden, und dafür mehr darauf achten, was sie hervorbringen.“

„Kommen Sie zurecht?“, fragte Josef. „Kann ich Ihnen noch irgendwas besorgen, ehe ich heimgehe?“

„Ich bin mit dem Unterricht noch nicht fertig", sagte der Professor brüsk. „Da drüben!" Er zeigte auf die Bücherstapel, die ihm als Schreibtischgestell dienten. „Da, hinter der Bibel. Da ist ein Beutel, sehen Sie ihn? Geben Sie ihn mir bitte."

Josef sah einen braunen Beutel. Er gab ihn dem Professor.

„Es ist alles eine Frage der Perspektive." Der Professor hielt Josef den Beutel vor die Nase. „Perspektive, verstehen Sie?"

Er griff in den Beutel und zog ein Büchlein heraus, auf dessen Einband ein Kätzchen zu sehen war. In der oberen rechten Ecke prangte ein roter Kreis mit einem Hakenkreuz darin. Der Titel des Buches lautete *Die Pflege der deutschen Katze.*

Die Augen des Professors wurden einen Stich heller. „Beeindruckend, wie?" Er ließ sich die Buchseiten über den Daumen laufen. „Der Herr Reichsführer höchstselbst hat einen Artikel zu diesem Werk beigesteuert, in dem er erhabene politische Weisheiten zum Besten gibt. Er stellt klar, dass Tierzuchtvereine nunmehr dem Reich unterstellt sind und nur Arier Zutritt zu ihrer Mitgliedschaft genießen."

Meyerhof warf das Buch zur Seite und langte erneut in den Beutel. Jetzt brachte er einen Gummiball zum Vorschein, auf dem ebenfalls ein Hakenkreuz prangte.

„Ein offizieller Kinder-Spielball der Nazis", sagte er. „Zweifellos einem ordinären roten Gummiball gegenüber von überlegener Gestaltung und Funktion!"

Er legte den Ball weg, griff ein drittes Mal in den Leinenbeutel und zog eine Tube heraus. Auch darauf war ein Hakenkreuz zu sehen.

„Offizielle Nazi-Zahnpasta!", lachte er. „Dieselbe, wie Adolf Hitler sie benutzt. Was halten Sie von meiner kleinen Sammlung?"

Josef fehlten die Worte.

Aus dem Gesicht des Professors wich alle Heiterkeit. Jetzt ging es darum, dass der Schüler die Lektion ein für alle Mal begriff.

„Wenn Sie glauben, alles verloren zu haben, wenn der Druck stärker wird, als Sie meinen, es aushalten zu können, dann denken Sie an diese Nazi-Zahnpastatube. Die Erkenntnis, wie absurd das alles ist, wird Ihnen helfen, die Dinge in der rechten Perspektive zu sehen. Menschen können uns nichts nehmen, was Gott uns nicht tausendfach erstatten wird."

10

Donnerstag, 1. Mai 1940

Josef schob es so lange hinaus wie irgend möglich.

Das ganze Wochenende über hatte er kaum an etwas anderes gedacht – außer bei den zahllosen Malen, zu denen Monika ihn gebeten hatte, Feuerung im Ofen nachzulegen. Er erwog, von der Kanzel aus zu den extremistischen Auswüchsen des Dritten Reiches Stellung zu nehmen, zog es dann aber doch vor, seine geplante Predigt über die Erscheinungen des Auferstandenen zu halten. Jedes Mal, wenn er Konrad sah – in der Kirchenbank sitzend, draußen im Foyer des Gemeindehauses oder vor der Kirche, wo die Autos parkten –, wollte er etwas sagen, aber er fand einfach nicht die Gelegenheit dazu.

Also musste er eine Gelegenheit schaffen.

Eine niedrige Einfriedigung aus Stein umfasste den kleinen Kirchhof und trennte ihn von einem unbefestigten Fahrweg, der weiter um einen Teich herum- und an der Kirche vorbeiführte. Alte Akazienbäume warfen in der Spätnachmittagssonne ihre langen Schatten im rechten Winkel über den Fahrdamm.

Mochte die Straße auch noch so glatt und eben sein, so ratterte und rüttelte Josefs Opel dennoch derart, dass man glauben musste, er habe den strengen Winter nicht gut überstanden. Das Auto wirbelte eine dicke Staubwolke auf.

Als der Opel um die letzte Ecke vor der Kirche bog, wurde der Grund für Josefs spätnachmittägliche Rückkehr an seinen Arbeitsplatz sichtbar. Konrad Reimann und die anderen Jugendlichen standen am Fuß der Treppe, die zur Kirche hinaufführte. Ernst krümmte sich gerade vor Lachen; er schlug sich abwechselnd aufs Knie und zeigte auf Hartmut. In Fragen des Humors lagen Ernst und Hartmut auf ein und derselben Wellenlänge, wobei Hartmut den Sender und Ernst den Empfänger abgab. Sofern Hartmut jemals eine Karriere am Varieté in Erwägung zöge, wäre er gut beraten, diese nicht ohne

Ernst anzutreten, der schlechthin alles, was Hartmut von sich gab, witzig fand und mit seinem wiehernden Gelächter jedes Publikum mitreißen würde.

Konrad war von Ursel und Karin flankiert. Auch die beiden Mädels lachten – Ursel aus voller Kehle, Karin hingegen eher halbherzig. Ihr schien es eher darum zu gehen, Konrads Aufmerksamkeit auf sich zu ziehen. Beim Lachen wagte sie es sogar, ihre Hand auf seinen Arm zu legen.

Willi war wie immer in der Nähe und gehörte doch nicht so richtig dazu. Er hatte einen abgebrochenen Zweig in der Hand und schlug damit auf alles ein, was in seine Reichweite kam, mochten es Baumstämme, Steine, Blumen oder auch Kirchenmauern sein.

Josef war gerade zur rechten Zeit gekommen: Es sah ganz danach aus, dass die HJ-Versammlung soeben zu Ende gegangen war.

Eine Mercedes-Limousine kam ihm hupend entgegen. Im Vorbeifahren winkten die Insassen durch die offenen Fenster seinen Jugendlichen zu. Jeder, der in dem Wagen saß, trug die Hakenkreuz-Armbinde auf dem Hemdsärmel.

Als die Limousine Josef passierte, winkten die Insassen immer noch. Dann verschwand das Auto mit einer Serie kurzer Huptöne aus seinem Sichtfeld. Die meisten der jugendlichen Mitfahrer kannte Josef, und auch der Fahrer war ihm nicht fremd: Hermann Haeften, ein örtlicher Gemüsehändler, der Mitglied seiner Gemeinde war und ihm die Bemerkungen, die er am Sonntag vor dem HJ-Aufmarsch von der Kanzel gemacht hatte, nachhaltig übel genommen hatte.

„Bis Sonntag!“, rief Haeften ihm im Vorbeifahren zu.

Nachdem Josef durch den Aufmarsch im Lustgarten endlich ein Licht aufgegangen war, war alles Vorherige vergeben und vergessen.

So war es während der vergangenen zwei Wochen gelaufen: Niemand, der ihm nicht vergnügt, freundlich und aufgeräumt begegnet wäre. Keine Spur mehr von der Spannung der letzten Zeit davor. Die Gottesdienste waren gut besucht, und jeder machte ihm Komplimente. Nie zuvor hatte sich Josef von den Gliedern seiner Gemeinde so angenommen gefühlt wie jetzt. Ein älteres Ehepaar, das seit undenklichen Zeiten zum Kirchengemeinderat gehörte, war so weit gegangen, ihm zu sagen, sie sähen für ihn eine ebenso ruhmreiche Zukunft voraus wie vor vielen Jahren für einen anderen Pastor, der in jungen Jahren in diese Gemeinde gekommen war – Wilhelm Olbricht.

All das ließ Josef hinter den Sinn seiner jetzigen Unternehmung ein dickes Fragezeichen setzen. Was hoffte er eigentlich zu erreichen? Und um welchen Preis? Er setzte alles aufs Spiel, was er in den letzten zwei Wochen gewonnen hatte – und wofür?

Für einen einzigen Mann.

Einen Juden.

Und doch schien es ihm des Einsatzes wert zu sein.

Die Gattin des Professors selbst hatte einen vergleichbaren Fall erzählt. Er hatte sich zugetragen, als sie in Meißen im Schuldienst gewesen war. So wie sie die Sache erzählte, hatte sich das gesamte Kollegium ihrer Schule aus Angst um seine Stellen vor dem Hakenkreuz in den Staub geworfen, und dabei hatte ein Lehrer den anderen misstrauisch beobachtet. Eines Tages erschien in der Schule in irgendeiner offiziellen Angelegenheit ein junger Mann mit Hakenkreuz am Ärmel. Eine Klasse Vierzehnjähriger bemerkte ihn und stimmte auf der Stelle das Horst-Wessel-Lied an. Allein, auf den Fluren des Schulhauses war das Singen verboten. Eine Kollegin von Eva, Fräulein Wiechmann, führte gerade Korridoraufsicht und sah sich nun von anderen Kollegen bedrängt, den unbotmäßigen Gesang zu unterbinden.

„Verbietet ihr es ihnen doch!“, keifte die Wiechmann ihre Kollegen an. „Wenn ich diesen Gesang unterbinde, wird man mir vorhalten, ich wäre gegen das Absingen eines Liedes der Bewegung vorgegangen, und sie werden mich auf der Stelle rausschmeißen!“

Und so sangen die Kinder im Korridor weiter, manche unter ihnen ganz bewusst, um ihren Lehrern zu trotzen.

„Herr Pastor!“

Der Opel schüttelte sich noch einmal, ehe der Motor erstarb. Es war Ursel, die im Laufschritt zum Wagen gerannt kam. Als Josef ausstieg, nahm sie seinen Arm und ging mit ihm zur Kirche hinüber.

„Was machen Sie denn hier?“, fragte das Mädchen.

„Ach, ich dachte, ich komm mal vorbei und sehe nach euch."

„Sie haben uns gerade noch erwischt. Alle sind schon halb auf dem Heimweg."

Die anderen hielten in dem inne, was sie gerade taten, selbst Willi. Gespannt sahen sie Josef und Ursel entgegen. Ernst und Hartmut winkten ihm fröhlich zu.

„Hallo, Jungs – grüß dich, Karin! Habt ihr 'ne gute Versammlung gehabt?"

Zur Antwort bekam er jede Menge Grunzen, Kopfnicken und Schulterzucken. Danach sahen alle schweigend zu Boden.

„Ernst, wie ich höre, hast du einen Studienplatz bekommen? Meinen Glückwunsch!"

Der Junge mit den strohigen Haaren gab ein gemurmeltes Dankeschön zurück.

„Und ihr, Konrad und Hartmut, ihr werdet wohl gleich nach der Schule einrücken müssen, oder?"

„Klar, zur Infantrie", sagte Konrad stolz.

„Und du, Hartmut? Willst du auch zur Infantrie?"

„Dem geben sie doch im Leben keine Kanone in die Hand", sagte Ernst. „Das wär ja ein unkalkulierbares Risiko für seine eigene Einheit."

Aus dem allseitigen Lachen und Fingerzeigen in Hartmuts Richtung schloss Josef, dass hinter dieser Bemerkung eine Geschichte stecken musste, die er nicht kannte.

Hartmut jedoch packte die Situation spielend und sagte: „Na ja, ich hoffe ja, mit der Kamera zu schießen anstatt mit Kugeln."

„Oho, du willst zum Film, ja? Und was ist mit dir, Karin?"

„Schule." Das Wort klang aus ihrem Munde wie „Zuchthaus".

„Sie kommt ja erst ein Jahr nach uns aus der Schule", sagte Ursel.

„Sie ist ja unser kleines Nesthäkchen", ätzte Hartmut, was ihm von Karin einen Klaps auf den Arm eintrug.

„He, der Jüngste hier bin ich!", krähte Willi und zog Hartmut mit seinem Zweig eins über.

„Aua! Das tut weh, du kleiner Scheißer!", brüllte Hartmut. Er wollte Willi eine Ohrfeige verpassen, traf ihn aber nicht.

„Eigentlich wollte ich gern 'nen Augenblick mit Konrad reden", sagte Josef. „Das heißt, wenn du Zeit hast."

Konrad bedachte Josef mit einem langen fragenden Blick.

„Geh doch ein Stück mit mir", schlug Josef vor.

Die anderen Jugendlichen tauschten verstohlen grinsend Blicke aus.

„Oh, oh, jetzt hat Konrad aber Probleme", gab Willi in einem kindischen Singsang zum Besten und fing sich damit eine weitere Ohrfeige von Hartmut ein, diesmal eine, die saß.

„Aua!", kreischte Willi.

„Das geschieht dir recht", kommentierte Hartmut.

Josef wandte sich zur Straße. Konrad ging ihm leicht zögernd hinterher.

Nachdem sie weit genug weg waren, um von den anderen nicht mehr gehört werden zu können, sagte Josef: „Ich möchte mit dir über die Sache von neulich Abend reden."

Konrads Miene wurde hart. „Ich hab nur meine Pflicht getan."

„Ist das etwa deine Pflicht, alte Männer zusammenzuschlagen und ihnen in die Rippen zu treten?"

„Er is'n Jude."

„Er ist ein gläubiger Mensch, Mitglied unserer Gemeinde."

„Deshalb ist er immer noch 'n Jude." Konrad blieb stehen. „Mehr gibt's dazu nicht zu sagen. Ich glaube kaum, dass Ihnen an dieser Debatte gelegen sein kann."

Das war unmissverständlich: Josef sollte sich gewarnt, aber auch bedroht fühlen. Noch konnte er sich ohne weiteres aus der Affäre ziehen.

„Sag doch mal, Konrad, was hat Professor Meyerhof sich denn zuschulden kommen lassen? Inwiefern stellt er für Deutschland eine Bedrohung dar?"

Damit hatte Josef die rote Linie überschritten. Konrads Augen wurden zu schmalen Schlitzen.

„Die Juden als Rasse, das ist die Bedrohung. Und er ist einer von denen."

„Er verdient es also, verprügelt zu werden, bloß weil seine Eltern Juden waren?"

„Auch ’n Giftpilz sucht sich nicht aus, dass er giftig sein will“, stellte Konrad fest. „Er isses einfach. Er hat sich’s nicht aussuchen können, und trotzdem werden Sie ihn kaum in Ihrer Speisekammer haben wollen, oder?“

Das stammte aus einer Kinderfibel, wie Josef wusste, genauer gesagt aus einem Märchen, in dem eine Mutter ihrem Kind beibringt, dass ein einziger Giftpilz genügt, um seine ganze Familie auszulöschen – genau wie es nur eines einzigen Juden bedürfe, um ein ganzes Dorf, eine Stadt, ja sogar ein ganzes Volk zu zerstören.

In der Geschichte fragte das Kind: „Mutter, sag, wissen denn alle Nichtjuden, dass der Jude ebenso gefährlich ist wie ein giftiger Pilz?“

Die Mutter schüttelte den Kopf und sagte: „Leider nein, mein Kind. Es gibt Millionen von Nichtjuden, die nicht über den Juden Bescheid wissen. Deshalb müssen wir die Leute aufklären und sie vor dem Juden warnen. Auch die jungen Menschen in unserem Volk müssen wir warnen. Unsere Jungen und Mädchen müssen lernen, woran man den Juden erkennt. Sie müssen lernen, dass der Jude der allergefährlichste Giftpilz ist, den es auf der Welt gibt. So wie die Giftpilze überall sprießen, findet man auch den Juden in jedem Land der Welt. Und genau wie giftige Pilze die allerschlimmsten Leiden hervorrufen, ist der Jude Urheber von Elend und Kummer, Krankheit und Tod.“

„Aha, diese Kindergeschichte kennst du also auch?“, fragte Josef.

„Das ist keine Kindergeschichte, das ist amtlicher Lehrstoff an den Schulen des Dritten Reiches“, entgegnete Konrad. „Sind Sie etwa anderer Meinung?“

Traurigkeit legte sich wie Bleigewichte auf Konrads Schultern. Konrad war ein so viel versprechender Junge: jung, männlich – zwar nicht gerade ein brillanter Kopf, aber gutmütig. Das Musterexemplar eines deutschen Jugendlichen. Es war kriminell, ein solch viel versprechendes junges Leben zu nehmen und ihm Hass und Bigotterie einzuimpfen.

An ihren Früchten sollt ihr sie erkennen.

„Ich will ja bloß sagen, ich kenne Herrn Professor Meyerhof. Er ist ein Gelehrter und ein Bruder im christlichen Glauben. Er ist –“

„– ein Jude", fiel Konrad ihm ins Wort. „Und damit eine Gefahr fürs Vaterland."

Josef schien keine Chance zu haben, den Panzer der Propaganda zu durchdringen. „Darf ich dich was fragen?", sagte er. „Glaubst du, Gott sieht Professor Meyerhof als giftigen Pilz?"

Konrad antwortete unverzüglich und selbstsicher. Er schien die Antwort mithin eingeübt zu haben. „Hier in Deutschland ist das wunderbare Gesetz der Schöpfung unsere Gottheit, deren erstaunliche Einheit aller Dinge sich in herrlichen Blumen, himmelsstürmenden Bäumen, neugeborenen Kindern, den Geheimnissen der Mutterschaft, dem Wachstum unseres Volkes, in Arbeit und Wohlstand und Schaffen, kurz im Leben selbst zeigt."

„Aha? Und an mehr als die Schöpfung glaubst du nicht?", fragte Josef. „Was ist denn mit dem Himmel, mit der Ewigkeit?"

Darauf wurde er mit einem weiteren auswendig gelernten Zitat bedacht: „Ein einziger Tag im nationalsozialistischen Deutschland bedeutet mir mehr als der Himmel. Hier in diesem Leben bauen wir an der Ewigkeit unserer Nation. Sterbe ich, so kehre ich zum Staube zurück und werde wieder eins mit der wundervollen Mutter Erde. Und wenn auf meinem Grabhügel auch nur ein einziger Grashalm oder gar eine Blume wächst, so soll es mir Genüge sein."

Es war, als spräche man mit einer Propagandamaschine: Man gab ein Codewort ein und erhielt eine vorgestanzte Antwort.

„Konrad, die Überzeugungen des Dritten Reiches kenne ich. Was deine Überzeugungen sind, will ich wissen."

„Ich glaube, was man mich glauben heißt. Die Männer, die solche Sätze zu Papier bringen, sind viel, viel klüger als ich." Worauf Konrad ein Pamphlet aus seiner Gesäßtasche zog und sagte: „Wenn Sie sich streiten wollen, dann streiten Sie sich mit denen!"

Er zeigte Josef die Schrift. Auf dem Umschlag stand: *Wozu die Ariergesetze? Ein Beitrag zur Judenfrage. Von Dr. E. H. Schulz und Dr. R. Frercks.*

„Schauen Sie, hier ..." Josef zeigte auf ein paar Sätze, die er mit Bleistift angestrichen hatte. „Das sind Zitate, die von Juden stammen!" Auch wenn er's mit dem Lesen nicht so hatte, so befleißigte er sich eines erst recht überzeugt klingenden Tonfalls. „Ein Dr. Bernhard Cohn sagt: ‚Wir sind das auserwählte Volk. Wir haben das Recht, erhobenen Hauptes voranzuschreiten und besonderen Respekt einzufordern. Uns Juden hat man nicht nur wie alle anderen, sondern besser als die anderen zu behandeln. Uns kommt der spezielle Respekt aller anderen Völker zu.‘ Und hier: ‚Schon in den achtziger Jahren des vorigen Jahrhunderts sagte der Wiener jüdische Anwalt Maurthner‘“ – den Namen brachte Konrad nur mit Mühe über die Lippen, aber Josef half ihm diesmal nicht aus der Patsche – „‚es gehe nicht nur darum, den Antisemitismus zu bekämpfen, nein, man müsse sich seiner durch jüdische Dominanz erwehren!‘“

Konrad straffte die Schultern. „Weltherrschaft! Darum geht's ihnen. Und weiter ... sie reden ja immer viel von Martin Luther, dem Reformator, nicht?“

„Ja ...“, antwortete Josef zögerlich. Er ahnte schon, worauf Konrad hinauswollte.

„Ja, dann sehen Sie mal hier!“ Konrad nahm sich einen dritten angestrichenen Absatz in seinem Büchlein vor. „Ein Zitat von Martin Luther, aus seinem Buch *Von den Juden und ihren Lügen*: ‚Die Juden verkehren Gottes Wort, geizen, wuchern, stehlen, morden, wo sie können, und lehren solches ihre Kinder für und für nachzutun. Sie müssen aus unserem Lande vertrieben werden.‘“ Konrad ließ das Büchlein sinken. „Luther hat sich für das Niederbrennen von Synagogen ausgesprochen, oder etwa nicht?“

Josef räusperte sich. „Dass ein großer Mann in manchen Dingen Recht hat, bedeutet noch nicht, dass er in allem Recht hat. In puncto Juden war Luther –“

Neben ihnen hielt ein Auto.

„Da steckst du, Konrad! Guten Tag, Herr Pastor.“ Herr Reimann beugte sich aus dem Fenster der Fahrertür. „Um diese Zeit trifft man Sie ja sonst nicht hier bei der Kirche an.“

Josef machte den Mund auf, aber Konrad kam ihm mit einer Antwort zuvor. „Ähm ... ich hab dem Herrn Pastor gerade ein paar Zitate gezeigt, die ich auswendig gelernt habe.“ Konrad hielt seinem Vater das Büchlein hin.

Reimann warf einen Blick darauf, sah dann Konrad an und nickte anerkennend. „Auf, Junge, steig ein, wir wollen nach Hause.“

Konrad tat wie geheißen.

„Bis Sonntag, Herr Pastor!“

Herrn Reimanns Wagen fuhr ein kurzes Stück und hielt dann nochmals an, um Willi mitzunehmen. Die anderen Jugendlichen waren längst nach Hause gegangen.

* * *

Sonntag, 5. Mai 1940

Hätte er es geplant gehabt, so hätte er wahrscheinlich nicht die Nervenkraft aufgebracht, es auch durchzuführen. Hätte er vorher darüber nachgedacht, er würde es sich selbst ausgeredet haben. Es war schlicht und ergreifend ein Akt der Verzweiflung.

Der Tag des Gottesdienstes begann recht gut. Der Himmel war strahlend blau. Die Kühle des Morgens nahm schon zeitig vor einer warmen Frühlingssonne Reißaus. Es war einer jener Tage in Deutschland, an dem die Schöpfung in allen nur erdenklichen Farben prangte, wohin man auch schaute.

Seine gute Laune hielt bis zur Begrüßung durch Frau Wuhlisch an. „Guten Morgen, Herr Pastor! Grüß dich, Monika“, sagte die ältere Dame, als Josef vor der Kirche gerade seiner hochschwangeren Frau beim Aussteigen aus seinem zerbeulten Opel helfen wollte. Und weiter: „Na, heute haben wir aber Führerwetter, oder was meinen Sie?“

Führerwetter.

Ein Wort – der sprichwörtliche Tropfen, der das Fass zum Überlaufen brachte. Ein paar Silben, die die Sonne in einen Eisklotz verwandelten und sich unter Josefs Haut festbissen wie der Stachel eines lästigen Insekts.

Führerwetter.

Und dabei war das noch nicht einmal sonderlich originell. Als Josef ein Kind gewesen war, hatte seine Mutter immerzu von „Kaiserwetter“

gesprochen. Wieder einmal äffte das Dritte Reich etwas Altherkömmliches bloß nach.

„Josef, pass doch auf! Du tust mir weh", rief Monika aus.

Er lockerte seinen Griff um ihren Arm. „'tschuldigung."

„Stimmt was nicht?"

„Nein, nein. Ich dachte nur gerade ... ähm, es ist alles in Ordnung. Gehn wir rein."

Mittlerweile hatte sich die Euphorie, die er bei der Hitler-Kundgebung empfunden hatte, völlig verflüchtigt; sie hatte nur einen bitteren Nachgeschmack hinterlassen. Zum Teil war sicherlich Konrad schuld an Josefs Stimmungsumschwung – Konrad, der als Angreifer des alten Professors Aggressor und als Zögling der nazistischen Rassenpropaganda zugleich Opfer war. Auch die Lebensbedingungen des Professors hatten ihren Teil beigetragen, ebenso wie das regierungsamtliche Verbot, ihn seiner Lebensberufung, dem Lehren, nachgehen zu lassen. Meyerhof hatte sich nämlich in langen Jahren als überaus begabter akademischer Lehrer erwiesen.

So fest Josef auch entschlossen war, ein guter Deutscher zu sein und innerhalb des politischen Systems dazu beizutragen, dass die Nation zurückfand zu Gott, so sehr empfand er, dass sein Unterfangen dem Versuch gleichkam, eine Lawine aufzuhalten. Obendrein fühlte er sich vom Führer hinters Licht geführt. Was auch immer Hitler in seiner großen Rede geäußert hatte, es hatte sich erwiesen, dass Meyerhof richtig lag. Er, Josef, schaffte es immer weniger, Rhetorik und Realität zur Deckungsgleichheit zu bringen.

An ihren Früchten sollt ihr sie erkennen.

Wie stellte man es an, eine Lawine zu stoppen?

Josef wusste sich keinen Rat mehr. Hatte er mit einer Reaktion zu lange gezögert? War es schon zu spät? Gab es noch einen Weg, dem Irrsinn Einhalt zu gebieten?

Führerwetter.

Das war nicht bloß eine Phrase. Es war ein Wort, das daran gemahnte, dass die Nazis sich nicht zufrieden geben würden, ehe sie nicht jeden Bereich des Lebens in Deutschland infiltriert haben würden.

Das Wetter des Führers – darauf lief es hinaus: es war Gottes Wetter, aber das Dritte Reich schrieb es sich auf seine Fahnen.

Blasphemie!

Die Uhr ging auf elf, als Josef seine vorbereitete Predigt umstieß. Ursprünglich hatte er über Matthäus 7,20 sprechen wollen, das Wort von den Früchten, das der Professor zitiert hatte. Doch dann ging er unter dem Eindruck der Radiomeldungen, denen zufolge deutsche Truppen an der belgischen Grenze aufmarschierten, zu Matthäus 5,9 über: „Selig sind die Friedfertigen; denn sie werden Gottes Kinder heißen."

Angesichts der bevorstehenden Invasion Belgiens glaubte er, eine scharfe Predigt gehalten zu haben. Doch die Reaktion der Gottesdienstbesucher konnte einen glauben machen, er habe über die Blümchen auf dem Felde gepredigt.

Verblüfft musste er zur Kenntnis nehmen, dass beim Abschied an der Kirchentür nicht ein Predigthörer irgendeine sichtbare Reaktion auf seine Verkündigung zeigte.

„Heil Hitler! Sie haben gut gepredigt", sagte Herr Reimann mit Handschlag. „Auf, Jungs, ins Auto!"

Ob der Mann überhaupt irgendwas von dem gehört hatte, was er heute Morgen verkündigt hatte?

Und so ging's weiter.

„Heil Hitler! War wieder mal gut heute, Herr Pfarrer!"

„Heil Hitler! Man meint von Woche zu Woche mehr, Pastor Olbricht zu hören, wenn Sie auf der Kanzel stehen."

„Heil Hitler! Heute sieht's ganz nach Führerwetter aus, meinen Sie nicht?"

„Nein, das meine ich nicht", sagte Josef.

„Wie jetzt?" Die arme Frau, die ihm gerade die Hand geschüttelt hatte, wusste nicht recht, wie sie reagieren sollte.

„Das ist kein Führerwetter!", sagte Josef mit einer Stimme, die laut genug war, um sämtliche Unterhaltungen um ihn herum zum Erliegen zu bringen. „Dies ist der Tag, den der Herr gemacht hat!"

Die Frau lächelte verunsichert. „Aber natürlich, Herr Pfarrer. Was anderes wollte ich ja auch gar nicht sagen. Es ist ja nur so 'ne Redensart."

„Nein, das ist es nicht“, beharrte Josef. „Es ist gotteslästerlich, so zu tun, als hätte der Führer irgendwas mit dem herrlichen Wetter zu tun, das wir heute haben.“

Alle Umstehenden starrten ihn mit offenem Mund an.

Hätte Josef es damit gut sein lassen, so wäre das Ganze nur ein kleiner Zwischenfall gewesen, der kein weiteres Aufsehen erregt hätte und den man leicht hätte aus der Welt schaffen können. Aber er ließ es nicht gut sein. Die Empfindungen, die sich die ganze Woche über in ihm aufgestaut hatten, waren ein Pulverfass, an das soeben jemand ein Streichholz gehalten hatte.

Er trat ins Freie, erhob die Hände zum Himmel und rief: „Dies ist der Tag, den der Herr gemacht hat! Lasset uns freu’n und fröhlich an ihm sein!“

Es war wie bei jeder Kettenreaktion: Hatte sie erst einmal angefangen, so vermochte niemand sie mehr zu stoppen.

„Und solange ich Pastor dieser Gemeinde bin, wollen wir nicht bloß Gott die Ehre für das geben, was er getan hat, sondern uns auch gegenseitig so begrüßen, wie es einer Gemeinschaft von Christen geziemt, und nicht so wie irgendwelche hergelaufenen Nazis in der Bierschwemme!“

Man konnte förmlich hören, wie die Leute nach Luft schnappten.

„Merken Sie eigentlich, wie sonderbar Sie alle aus der Wäsche gucken?“, rief Josef. „Wissen Sie, wie schwer es ist, sich das Lachen zu verkneifen, wenn die gute alte Frau Wuhlisch, so liebenswürdig sie ist, einem ihre weiß behandschuhte Rechte entgegenstreckt und ‚Heil Hitler!‘ sagt?“

Der eine oder andere erlaubte sich ein verhaltenes Kichern.

„Wissen Sie denn nicht mehr, wie wir alle über den ‚Deutschen Gruß‘ gelacht haben, als Hitler noch in irgendwelchen Bierkneipen auftrat? Damals war er nur komisch, und heute ist er auch nur komisch. Sie sollten sich bloß mal sehen, wie Sie herumlaufen und dauernd die Arme rauf- und runterklappen wie ’nen alten rostigen Schlagbaum! Es ist zum Schreien!“

Diejenigen, die noch in der Kirche standen, begannen sich nach Ausgängen umzusehen, in denen sie nicht an Josef vorbeimüssten.

Vorlesen

„Dies ist das Haus Gottes!“, rief der Pfarrer. „Und wenn wir im Haus Gottes sind, wollen wir uns im Namen Jesu begrüßen und nicht im Namen Hitlers!“

11

An diesem Nachmittag wurde er nicht von der SA heimgesucht. Gerechnet hatte Josef schon damit. Sein Ausbruch in puncto Führerwetter reichte nicht aus, um irgendjemandes Aufmerksamkeit auf ihn zu ziehen, wohl aber seine Bemerkung über den Hitlergruß. Schon bisher hatte er sich auf dünnem Eis bewegt, indem er den „Deutschen Gruß" nicht erwiderte, den ihm Gottesdienstbesucher beim Abschied in der Kirchentür entboten. Die offizielle Grußformel allerdings öffentlich lächerlich zu machen, war ein schwerwiegender Verstoß.

Immerhin erhielt er einen Telefonanruf seines Schwiegervaters. Der Tonfall ihrer Unterhaltung war locker. Olbricht gab sich verständnisvoll und väterlich. Er schätzte die Lage so ein, dass Josef keinen bleibenden Schaden angerichtet habe, vorausgesetzt, er entschuldige sich am kommenden Sonntag von der Kanzel. Er schlug vor, Josef solle als Grund für seine Unbeherrschtheit die Anspannung vor der Geburt seines ersten Kindes vorschützen. Auch wenn das Telefonat in heiterer Stimmung zu Ende ging, bemerkte Josef doch einen gewissen scharfen Unterton in der Stimme seines Schwiegervaters.

Monika war bei weitem nicht so verständnisvoll. Ihre gemeinsame Heimfahrt von der Kirche verlief in eisigem Schweigen. Daheim angekommen, schnappte sie sich Kaiser, marschierte stracks Richtung Schlafzimmer und schlug polternd die Tür hinter sich zu. Josef war klug genug, ihr nicht nachzugehen. Solange sie in ihrer jetzigen Verfassung war, konnte er monatelang vor ihrer Tür stehen, ohne reingelassen zu werden. Seine einzige Chance darauf, die kommende Nacht in seinem eigenen Bett zu verbringen, bestand darin, dass er sie allein ließ, bis sie von sich aus bereit war, sich wieder zu zeigen.

Josef bereitete sich ein karges Mahl aus ein paar Scheiben Käse, Brot und aufgewärmtem Ersatzkaffee und verbrachte den Rest des Nachmittags damit, die Radioberichte über die Mobilmachung der deutschen Truppen entlang der belgischen Grenze abzuhören, Zeitung zu lesen und eine Weile im Sessel zu dösen, ohne dass er wirklich abschalten konnte, zumal er jeden Augenblick damit rechnete, vom Pochen der SA an seiner Haustür in die Wirklichkeit zurückgerufen zu werden.

Als er erwachte, ging der Nachmittag schon zur Neige, lange Schatten fielen über den Dielenfußboden. Josef stand auf, ging zur Schlafzimmertür und lauschte, ohne etwas zu hören.

Er entschloss sich, zu seiner sonntäglichen Routine überzugehen, zog Schuhe an und verließ sein Haus zu einem Spaziergang. Die frische Luft hatte die Wirkung eines Lebenselixiers auf ihn. Es ging eine leichte Brise, die ihm neue Lebenskräfte einhauchte. Die Weite des blauen Himmelszeltes ließ ihm die Bürde, die den ganzen Nachmittag über sein Herz bedrückt hatte, gleich um ein gutes Stück leichter vorkommen. Die Blätter an den Bäumen glichen zweidimensionalen Händen, die im Gleichklang wedelten, um ihren Schöpfer zu preisen. Die langen Schatten waren wie kühle Oasen in der Wüste, in denen er mehrmals stehen blieb und seinen Gedanken nachhing.

Er spazierte und betete so lange, bis die einzelnen Schatten zu diffusem Zwielicht verschmolzen. Ungefähr um diese Zeit war es, dass er seine Hände in den Taschen seiner guten Sonntagshose vergrub und dabei ein zerknittertes Stück Papier ertastete.

Wenn Sie wirklich ein Freund Luthers sind, benutzen Sie in einer Ihrer nächsten Predigten das Wort feste Burg. *Man wird dann in Kontakt mit Ihnen treten.*

Er hatte gedacht, er hätte diese Notiz weggeworfen. Jetzt faltete er sie sorgfältig zusammen und ließ sie wieder in der Hosentasche verschwinden.

Sein Nachmittagsspaziergang hatte ihn in seiner Entschlossenheit bestärkt. Er musste etwas unternehmen und hatte keinen Grund, es noch länger hinauszuschieben. Was bis eben noch ein zielloser Spaziergang gewesen war, wurde zu einem bewussten Weg. Systematisch ging er die umliegenden Straßen ab.

Binnen einer Stunde hatte er gefunden, wonach er gesucht hatte. Ein Stück entfernt entdeckte er Konrads HJ-Patrouille, die in derselben Richtung unterwegs war wie er selbst. Offenkundig waren die Jungs auf der Suche nach jemandem, den sie verprügeln oder anderweitig misshandeln konnten. Sonst gab es keinen Grund für sie, sich in dieser Straße aufzuhalten.

Josef entschied sich, in der nächsten Straße auf Parallelkurs zu ihnen zu gehen. Seine Schritte beschleunigten sich, bis er beinahe rannte. Als er eine Seitenstraße querte, bemerkte er, dass er die Patrouille fast schon überholt hatte. Zwei Querstraßen weiter kehrte er auf die Straße zurück, in der die Jungen unterwegs waren. Als die Patrouille an die nächste Ecke kam, wurde sie dort von Josef erwartet.

Konrad kam amüsiert näher. „Ich höre, Sie sind heute Morgen nach dem Gottesdienst ein bisschen ausgetickt?"

Seine beiden Kumpane lachten.

„Ich habe mit dir zu reden."

„Bitte sehr."

„Allein."

Konrad bedeutete seinen beiden Begleitern, stehen zu blieben, wo sie waren. Er selbst ging mit Josef ein paar Schritte weiter. „Was wollen Sie?"

„Ich möchte, dass du mit mir kommst."

„Wohin?"

„Komm einfach. Du wirst schon sehen."

Konrad trat unbehaglich von einem Fuß auf den anderen.

„Es ist nichts Schlimmes", versicherte Josef.

Konrad schaute verwirrt drein, sagte aber nichts.

„Ich möchte dir nur etwas zeigen. Du hast nichts zu befürchten. Alles, worum ich dich bitte, ist eine halbe Stunde deiner Zeit."

„Ich hab keine Angst vor Ihnen", sagte Konrad.

„Umso besser. Da hast du auch keinen Grund zu."

Gedankenverloren biss sich der Junge auf die Unterlippe. Dann wandte er sich an seine Begleiter. „Setzt die Patrouille fort bis zur Ossietzkystraße", sagte er. „In 'ner guten halben Stunde treff ich euch dort wieder."

„Ja, aber wohin –"

„Ihr habt eure Befehle!", bellte Konrad.

Der Junge hatte etwas an sich, das nicht zu übersehen war. Josef sah in ihm eine Verkörperung Deutschlands, sowohl was die Größe des Landes als auch was seine ärgsten Mängel anbetraf. Weder Konrad noch Deutschland insgesamt verschwendeten viele Gedanken daran, eine Seele zu haben. Geistlich gesehen waren der Junge wie das Volk am Nullpunkt: ohne Mitleid oder Barmherzigkeit. Ohne Liebe zu irgendjemandem, der nicht in ihr arisches Muster passte. Und während sie das Nichtvorhandensein dieser Tugenden als Ausweis ihrer Stärke ansahen, wusste Josef, dass es sich dabei um eine Schwäche handelte oder, schlimmer noch, um eine Achillesferse Deutschlands.

„Also? Worauf warten wir?", sagte Konrad.

„Schön – hier entlang."

Schweigend gingen sie die Straße entlang, Konrad einen halben Schritt hinter Josef. Der Junge war auf der Hut. Nachdem sie ein paar Häuserblocks passiert hatten, bog Josef von der gepflasterten Straße in eine unbefestigte Seitengasse ab. Zwei sandige, durch eine Grasnarbe voneinander getrennte Fahrspuren zeigten, dass der Weg befahren wurde.

Mehrmals blickte Josef über die Schulter nach hinten, was Konrad jeweils mit stummem Argwohn beobachtete. Doch Josef tat nichts, um ihn zu beruhigen, und erklärte sich auch nicht. Es war besser, den Jungen im Unklaren zu lassen. Hätte er gewusst, wohin Josef ihn brachte, so wäre er vermutlich explodiert.

Die Abendluft wurde langsam kalt.

Der schmale Fahrweg mündete in ein weites Grundstück, auf dem ein halbes Dutzend Obstbäume stand. Gleich dahinter stand ein Haus, in dem keinerlei Licht brannte. Joseph führte Konrad zu der Hintertür neben der verglasten Veranda.

Konrad runzelte die Stirn und musterte das Haus, als käme es ihm vage bekannt vor. Er trat an die Hausecke und sah durch die Einfahrt zur Straße zurück, um sich zu vergewissern.

Dann wurde seine Miene hart. „Das ist das Haus eines Juden", stieß er hervor.

„Sein Name ist Professor Meyerhof. Und das Haus gehört ihm nicht mehr."

„Dieses Spiel wollen Sie also mit mir spielen. Ich soll wohl jetzt

Mitleid mit dem Kerl haben und mich für das entschuldigen, was wir neulich gemacht haben."

„Ich habe dich nicht hergebracht, um einen Kübel voll Schuldgefühle über dich auszugießen."

„Was auch immer Sie vorhaben, Sie vertun Ihre Zeit."

„Rede mit ihm."

„Sie sagten doch, er wohnt hier gar nicht mehr."

„Ich sagte, das Haus gehört ihm nicht mehr."

Mit einem Fingerschnipsen zeigte Konrad auf die rückwärtige Veranda mit ihrem kleinen Anbau. „Wohnt er da drin?"

Josef nickte.

„Das ist mehr, als er verdient. Er is'n stinkender Jude."

„Rede mit ihm."

„Einem Juden hab ich nichts zu sagen."

„Dann hör ihm wenigstens zu."

Konrad schickte sich an zu gehen. „Für mich gibt's hier nichts zu holen."

„Ich glaube doch."

„Und was sollte das sein?"

„Eine Lektion in Männlichkeit."

Als Monika erwachte, war es im Zimmer stockdunkel, und im ersten Moment erschrak sie darüber, dass sie nichts erkennen konnte. An ihren Beinen räkelte sich etwas Warmes, Pelziges – Kaiser.

Da fiel ihr alles wieder ein. Die stummen Vorwürfe auf dem Heimweg von der Kirche und ihre Flucht ins Schlafzimmer.

Kaiser reckte sich, gähnte und wollte es sich wieder bequem machen.

Monika setzte sich auf. Durch die Türritze drang kein Licht. Warum hatte Josef es noch nicht eingeschaltet? Wie spät war es überhaupt? Als sie die Füße vorsichtig über die Bettkante schwang, mahnte sie ein lautes Knurren aus ihrer Magengegend daran, dass sie seit dem Morgenkaffee nichts mehr zu sich genommen hatte.

Eine Drehung am Lichtschalter tauchte den Raum in helleres Licht. Sie blinzelte eine ganze Weile, bis ihre Augen sich an die Helligkeit gewöhnt hatten.

Die Uhr auf der Kommode zeigte wenige Minuten vor neun.

Monika ging zur Tür und machte sie auf. Im Haus war es vollkommen dunkel.

„Josef?"

Vorsichtig tastete sie sich durch die Düsternis bis ins Wohnzimmer und machte auch dort Licht.

„Josef?"

Alle anderen Zimmer waren duster. Sie ging von einem Raum zum nächsten, schaltete überall das Licht ein und suchte auf Anrichten, Tischen und Türschwellen nach einer Notiz. Als sie alle Räume abgesucht hatte, brannte im ganzen Haus Licht, und sie besaß immer noch keine Erklärung für die Abwesenheit ihres Gatten. Ihr fiel ein, dass er ja sonntags immer seinen Spaziergang machte, aber von dem kam er stets zurück, ehe es dunkel wurde.

Aufs Neue meldete sich Monikas Magen, aber sie achtete nicht darauf und ließ sich im Wohnzimmer in einen Sessel fallen. Ganz weit unten in ihrem Rückgrat setzte sich ein Keim von Sorge fest und begann flugs zu wachsen.

Zitternd bedachte sie die Möglichkeit, dass Josef auf seinem Spaziergang verhaftet worden war. Bei diesem Gedanken wurden erst ihre Hände und dann ihre Beine eiskalt. So schwer es ihr auch bei der Wölbung ihres Bauches fiel, sie schaffte es irgendwie, sich wie eine Kugel zusammenzurollen und mit dem ganzen Körper hin und her zu schaukeln. Tränen quollen unter ihren geschlossenen Lidern hervor. Unwillkommene Bilder folgten: SA-Leute, die Josef wehtaten. Mit den Fäusten auf ihn einhämmerten wie auf einen Sandsack. Grobe, böse Hände, die ihn auf die Ladefläche eines Lkw stießen und ihn verschleppten.

Es gab nur einen Weg, diese Bilder loszuwerden: Sie musste die Augen aufmachen. Aber die Fragen, die sie bestürmten, konnte das auch nicht abstellen. War er in SA- oder in Gestapo-Gewahrsam? Hatten sie ihn hier zu Hause abgeholt, während sie geschlafen hatte? Wohl kaum. Die Nazis machten immer Lärm. Im Stillen zu handeln war ihnen fremd.

Wie sollte sie herausfinden, wie es um Josef stand? Vater anrufen?

Nein, noch nicht. Er würde bloß zornig werden. Aber wie lange konnte sie noch warten?

Ein anderes Bild drängte sich in ihr Bewusstsein. Ein plastisches, reales Bild – Erinnerung, nicht Spekulation. Zwei Gestapo-Beamte, die an die Tür hämmerten und nach Vater fragten, der sie seinerseits freundlich begrüßte und ins Arbeitszimmer führte.

Damals war sie fünfzehn gewesen. Vater hatte sich gerade dem Pfarrernotbund angeschlossen und sich gemeinsam mit Martin Niemöller als ausdrücklicher Kritiker Hitlers und der Nationalsozialisten hervorgetan.

Als Vater die Doppeltür zum Studierzimmer schloss, hatte er ihre Angst bemerkt und sie mit einer beschwichtigenden Geste zu beruhigen versucht. Aber sie wusste: Immer wenn Vater diese Tür zumachte, stand ein Kampf bevor. Manchmal mit Männern aus der Kirche. Mitunter war es auch ein Kampf zwischen Eheleuten, die bei Vater Rat suchten. Meistens ging es dabei laut zu.

Aber das Studierzimmer war Vaters Kampfarena, und alle Schlachten, die dort geschlagen wurden, pflegte er zu gewinnen. Männer, die mit verkniffenen Gesichtern in diesem Zimmer verschwunden waren, kamen zumeist nach einer Weile erleichtert und freundlich gestimmt wieder heraus. Wer zornig hineingegangen war, verließ das Zimmer lächelnd. Viele klopften Vater auf die Schulter und schüttelten ihm überschwänglich die Hand. Die Wandlungen, die sich in diesem Raum zutrugen, versetzten Monika immer wieder in Erstaunen und machten sie zugleich stolz.

Diesmal war es anders.

Zwar konnte Monika nichts von dem verstehen, was gesprochen wurde, aber es klang eindeutig bedrohlich. Noch bedrohlicher kamen ihr die langen Pausen vor, in denen es im Zimmer absolut still war. Das war unnatürlich. Männer wurden nun mal gewöhnlich laut, und Nazis ganz besonders. Es lief einem kalt den Rücken runter, wenn solche Typen mit einem Mal, wer weiß wie lange, still waren.

Als die Bürotür wieder aufging, kamen die Gestapo-Beamten allein heraus. Sie gingen im Gleichschritt und fanden den Weg nach draußen allein. Einer der beiden warf ihr einen Blick zu, lächelte sie an und winkte. Ein verdammtes Naziwinken, über das sie sich nicht freuen konnte.

Sie wusste nicht mehr, wie lange sie dagesessen und auf das Erscheinen ihres Vaters gewartet hatte. Als sie es nicht länger aushielt, ging sie auf unsicheren Füßen zur Bürotür und lauschte, um irgendeinen Laut zu erhaschen, der verriet, dass dort drinnen Leben war: Papierrascheln, das Kratzen einer Schreibfeder oder das Knarren eines Stuhls. Aber da war nichts außer kalter Grabesstille.

Einen Augenblick zögerte sie noch. Sie fürchtete sich vor dem, was sie womöglich zu sehen bekommen würde.

Endlich aber nahm sie all ihren Mut zusammen und warf einen Blick ins Zimmer. Vater saß auf seinem Arbeitsstuhl. Seine Arme ruhten auf den seitlichen Lehnen, sein Gesicht war ausdruckslos und leichenblass.

Sie sprach ihn an.

Es kam keine Antwort, kein Laut und keine Geste. Er zuckte nicht mal mit den Wimpern.

Sie sprach erneut und hörte selbst die Angst in ihrer Stimme.

Eine Marmorstatue sah einem menschlichen Wesen ähnlicher als Vater.

Sämtliche Hausregeln außer Acht lassend, ging sie um den Schreibtisch herum und sprach ihren Vater erneut an.

Er gab keine Antwort.

Zitternd streckte sie den Arm aus und berührte seine Hand. Nie zuvor hatte sie menschliches Fleisch angefasst, das so eiskalt gewesen wäre.

Vaters Hand bewegte sich und begann zu zittern. Die andere Hand tat es der ersten gleich. Das Zittern schien ihn irgendwie ins Leben zurückzuholen. Er bewegte den Kopf, blinzelte und schien wieder zu bemerken, wo er war.

Was hatten diese Männer ihm angetan?

Langsam wandte Vater ihr das Gesicht zu. Seine Augen glitzerten erst, als er sie erkannte, und füllten sich dann rasch mit Tränen, die ihm die Wangen herabliefen. Er schien nichts dagegen tun zu können. Nie zuvor hatte sie ihren Vater auch nur eine einzige Träne vergießen sehen, und jetzt kam ein ganzer Sturzbach davon!

Er fing an zu schluchzen. Seine eisige Hand packte ihren Arm und zog ihn mit einer Gewalt an sich, die sie zutiefst erschreckte. Er drückte sie so fest an sich, dass es ihr die Luft aus der Lunge presste. Er vergrub das Gesicht in ihrem Haar und schluchzte und schluchzte und schluchzte.

Von diesem Tag, an dem die Nazis zu Besuch gekommen waren, wurde zwischen ihnen nie wieder gesprochen. Freilich distanzierte Vater sich von Stund an öffentlich von Niemöller und dem Pfarrernotbund.

Selbst jetzt noch versetzte die Erinnerung an diesen Tag sie in Angst und Schrecken. Monika schlang die Arme fest um ihre Beine. Erst wenn es gar nicht mehr anders ging, würde sie ihren Vater von Josefs Verschwinden in Kenntnis setzen. Aber wie lange würde sie noch damit warten können?

„Josef!"

So wie sie es sagte, hätte man denken können, es wäre ein Fluch. Monika zog die Enden ihrer Haarsträhnen in den Mund und begann nervös daran herumzukauen.

„Ich gehe jetzt", sagte Konrad.

„Du läufst fort", entgegnete Josef.

Das machte den Jungen wütend. Mit ausgestrecktem Zeigefinger fuhr er herum. „Ich sagte Ihnen bereits, ich fürchte nichts!"

„Und ob! Du fürchtest dich, einem alten Mann in die Augen zu schauen, weil du Angst hast, darin etwas zu sehen, was den Lügen widerspricht, die du in dich hineingesaugt hast!"

Konrad trat dichter an Josef heran wie ein Jäger, der sich an seine Beute anpirscht. „Ich könnte Sie hinter Gitter bringen."

„Ist es das, was sie euch beibringen? Blindlings alles aus dem Weg zu räumen, was euch bedrohlich vorkommt? Sich gar nicht erst herausfordern lassen? Ja nicht genauer hinsehen, um zu erkennen, ob's auch noch anderswo Wahrheit gibt? Einfach alles vom Tisch wischen?"

Vorwurfsvoll hob Konrad den Finger. „Er is'n Jude!"

„Rede mit ihm!“

Aus den Zügen des Jungen wich die steinerne Starre. Kaum merklich ließ er die Schultern sinken.

„Wenn du dir ein paar Minuten Zeit nimmst, wirst du immer noch nichts anderes sehen als einen Juden, was hast du also zu verlieren? Du wirst ja doch nur all das bestätigt finden, was man dir eingebläut hat. Also, was ist?“

Das machte Konrad nachdenklich. „Fünf Minuten“, sagte er schließlich. „Keinen Augenblick länger.“

Josef lächelte.

Er ging voran durch den Hintereingang und klopfte leise an die Tür der Rumpelkammer. Als niemand antwortete, versuchte er es etwas lauter.

„Herr Professor?“

Er klopfte erneut.

Als wieder niemand reagierte, legte er die Hand auf die Klinke. Sie fühlte sich kühl und feucht an. Aber die Tür ließ sich mühelos öffnen.

Zögernd schob er sie einen Spalt weit auf. „Herr Professor?“

Ein Streifen gelblichen Lichts fiel ihm über die Füße. Gleich darauf roch man den Staub der alten Bücher und unzähligen Papiere, die der Professor gehortet hatte.

„Herr Professor? Ich bin's, Josef!“

Er stieß die Tür ganz auf.

„O mein Gott, nein ...!“

Bei dem Anblick, der sich ihm bot, blieb ihm schlagartig die Luft weg. Ein Fausthieb der SA auf den Solarplexus hätte das nicht besser zuwege gebracht. Josef taumelte rücklings gegen den Türpfosten.

„Was ist?“, fragte Konrad. Er trat unter die Tür und schaute in die Kammer.

Josef hörte nur, wie der Junge zischend Luft holte.

Da war der Professor: in seiner Rumpelkammer, leblos von den Dachsparren herabbaumelnd wie ein Sack Kartoffeln.

Auf dem provisorischen Kistenbett lagen ein Bild von Eva, das Nazi-Katzenbuch, der rote Naziball und die Nazi-Zahnpastatube.

Jetzt war an diesen Gegenständen nichts Absurdes mehr.

Aber es gab noch etwas anderes, und Josef erkannte es sofort: eine Goldmünze. Eine von denen, die Josef vergangene Weihnachten den Jugendlichen geschenkt hatte.

Es entstand ein scharrendes Geräusch, als Konrad sich rückwärts aus der Veranda schob. Wie ein geölter Blitz verschwand er durch die Hintertür ins Freie. Geduckt unter den Zweigen der Bäume hindurchrennend, verschwand er Richtung Straße.

12

Montag, 6. Mai 1940

Am östlichen Horizont zeigte sich ein erster blassvioletter Lichtstreifen, als Josef innerlich und körperlich müde auf sein Haus zuging. Leise, um Monika nicht zu wecken, betrat er es und ließ sich in den nächstbesten Sessel fallen.

Sein ganzer Körper fühlte sich taub an. Unter den Augenbrauen hatte er Sandkörner, sein Kopf war voller Watte. Obgleich er hungrig war, wurde ihm beim bloßen Gedanken an Essen schlecht. So müde er auch sein mochte, sein Hirn sagte ihm, dass jetzt Morgen war, mithin Zeit zum Aufstehen. Selbst wenn er sich ins Bett legte, würde er kaum schlafen können.

So lethargisch sein Körper auch sein mochte, seine Gedanken überschlugen sich geradezu.

Der Professor war tot.

Auch wenn man es wie einen Selbstmord hatte aussehen lassen, hegte Josef den Verdacht, dass es sich um Mord handelte.

Die Münze.

War sie mit Absicht hingelegt worden oder zufällig in die Kammer des Professors geraten? Wollte ihm jemand damit etwas mitteilen?

Wessen Münze es war, daran gab es keinen Zweifel. Die eingravierte Bibelstelle war eindeutig. *Herr, mein Fels, meine Burg, mein Erretter, mein Gott, mein Hort, auf den ich traue!* Es war Konrads Münze.

Josef hatte sie eingesteckt.

Die Münze war kein Beweis für ein Verbrechen, weil es den Behörden zufolge kein Verbrechen gab. Angeblich ein klarer Selbstmord. Und selbst wenn bei der Polizei irgendjemand einen Mordverdacht hegen sollte, würde man keine Untersuchung einleiten.

Es war doch nur gut, dass man nun einen Juden weniger hatte, den man aus Berlin fortschaffen musste.

Aber was sollte mit Konrad werden?

Josef rieb sich die müden Augen. Er musste nachdenken.

Ohne zu merken, was er tat, zog er sich den Korb heran, der neben seinem Sessel stand, und stellte ihn sich auf den Schoß. Er nahm eine unfertige Näharbeit und seine Brille zur Hand und stellte den Korb wieder auf den Boden zurück.

Die Nadeln in seinen geübten Fingern produzierten eine Steppnaht. Er nähte im selben Rhythmus, wie er atmete. Schon in früher Jugend, während der langen Stunden, die er mit seinem Bruder auf dem Dachboden zubrachte, hatte er herausgefunden, dass Nährhythmus, Farben, Garne und Stoffe es irgendwie vermochten, ein wenig Ordnung in eine chaotische Welt zu bringen. Und so war es immer noch, nur dass seine schwächer werdenden Augen ihn mittlerweile nötigten, die Handarbeit auf eine Stunde, bestenfalls eineinhalb Stunden pro Tag zu beschränken.

In seinen textilen Kreationen konnte er sich völlig verlieren. Eine fertige Arbeit vermittelte ihm die Genugtuung, etwas Vollkommenes geschaffen zu haben; und während er es erschuf, hatte er das Gefühl, etwas ungemein Sinnvolles zu tun. Das Nähen gab ihm Ruhe, es half ihm –

Ein markerschütterndes Pochen an der Haustür riss ihn aus seinen Gedanken. Das Poltern war so heftig, dass die Tür beinah aus den Angeln zu reißen schien.

Blitzartig saß Josef hoch aufgerichtet.

Das Klopfen nahm kein Ende. Und tatsächlich: Das Türblatt flog krachend in den Flur.

Männer in schwarzer Kluft strömten ins Haus. Noch bevor Josef etwas sagen konnte, hatten zwei von ihnen ihn bereits an den Armen gepackt und waren dabei, ihn aus dem Haus zu zerren. Das Nächste, was ihm bewusst wurde, war, dass er kopfüber die Vordertreppe hinunterstürzte und mit dem Gesicht auf der gekiesten Auffahrt vorm Haus zu liegen kam. Die Brille war ihm im Sturz entfallen. Hände und Knie hatte er sich aufgeschurft, an der Schläfe schien er zu bluten. Er versuchte sich hochzurappeln.

„Was um alles –“

Ein Stiefeltritt gegen seine Wange ließ ihn die übrigen Wörter runterschlucken.

Man packte ihn erneut an den Armen und zwang ihn in eine kniende Stellung. Am Hinterkopf spürte er etwas metallisch Kaltes. Musste wohl eine Pistole sein.

„Ein Wort, und ich ballere Ihnen das Hirn weg!“

Monika!

Ohne den Kopf zu bewegen, verdrehte Josef die Augen so, dass er halbwegs die Haustür im Blick hatte.

Was würden sie Monika antun?

Er stellte sich vor, wie sie sie ebenso aus dem Haus zerrten wie ihn selbst. Sie die Treppe runterschubsten. Wie sie auf den Boden aufschlug.

Das Kind!

Solche Angst wie in diesem Moment hatte er noch nie im Leben verspürt. Wenn er doch bloß die Tür besser sehen könnte! Was er tun würde, wusste er nicht, aber dass er etwas unternähme, wenn sie seiner Frau was antaten, dessen war er sich sicher.

Eine Weile passierte nichts. Aus dem Haus drangen keine anderen Geräusche als die brechenden Holzes und splitternden Glases.

Josef hatte Mühe zu atmen. Von der verdrehten Stellung seiner Augen kriegte er Kopfweh, aber er konnte den Blick nicht abwenden. Nicht jetzt.

Vor seinem inneren Auge spulten sich diverse Szenarien ab. Handlungsoptionen, die es ihm ermöglichen würden, lange genug am Leben zu bleiben, um Monika zu retten. Eine Rolle vorwärts machen und hoffen, seinem Bewacher die Pistole aus der Hand treten zu können? Aufspringen und einen raschen Ausfallschritt nach hinten machen, dabei den Mann so hart rempeln, dass er das Gleichgewicht verlor? Doch egal, was er sich ausdachte, an einem Punkt scheiterten alle Pläne: Die anderen waren zu viele, er selbst nur ein Einziger. Vielleicht konnte er sich und Monika für ein paar Sekunden Luft verschaffen, aber ausgehen würde die Sache unter allen Umständen gleich: Ihn würde man erschießen, und Monika würde schutzlos zurückbleiben.

Und doch: Irgendetwas musste er tun!

In diesem Moment erschienen zwei der Schwarzgekleideten in der Tür. Sie kamen mit leeren Händen und allein.

„Weiter ist keiner da“, berichtete der eine.

Spielten sie irgendein fieses Spiel mit ihm? Monika musste doch im Haus sein! Dessen war er sich sicher ... aber Augenblick mal: War er das wirklich? Im Schlafzimmer hatte er nicht nachgesehen, als er nach Hause gekommen war. Er war einfach davon ausgegangen, dass sie schlafend im Bett lag. Wenn sie aber nicht da war, wohin war sie dann gegangen?

Den Schwarzhemden war egal, was ihm durch den Kopf ging, und sie ließen ihm auch keine weitere Zeit, sich wegen der sonderbaren Abwesenheit seiner Frau Sorgen zu machen. Sie rissen ihn hoch, verdrehten ihm die Arme hinter den Rücken und stießen ihn in den Fond eines schwarzen Wagens.

Er landete auf der Schulter und versuchte sich vom Sitz abzustoßen, um in eine aufrechte Position zu gelangen, aber der Schwarze, der einen Revolver auf ihn gerichtet hielt, war schneller. Er schob ihn mit dem Fuß auf die Sitzbank zurück, wie man Unrat in einen Müllsack schob. Dann stieg er selbst in den Wagen und setzte sich neben ihn.

Auf der Stelle setzte sich der Wagen in Bewegung, und als Josef endlich in eine sitzende Position hochkam, war durch das rückwärtige Fenster nur noch eine Staubwolke zu sehen. Der Mann neben ihm und die beiden Männer, die vorne saßen, blickten mit versteinerten Gesichtern geradeaus. Sie trugen sämtlich schwarze Uniformen und Dolche am Gürtel. Sowohl auf ihren Uniformen als auch an den Stichwaffen prangten die Runen der SS.

In rasendem Tempo durchfuhr der schwarze Wagen die Straßen Berlins. Andere Fahrzeuge, Verkehrszeichen oder Fußgänger schienen dem Chauffeur vollkommen egal zu sein. Es ging Unter den Linden entlang, dann vorm Brandenburger Tor nach links in die Wilhelmstraße und bald darauf rechts ab in die Prinz-Albrecht-Straße. Schließlich kam der Wagen mit quietschenden Reifen vor dem Hause Prinz-Albrecht-Straße 8 zum Stehen. Prinz-Albrecht-Straße 8: die gefürchtetste Adresse des Dritten Reiches.

Das Hauptquartier der Gestapo.

* * *

Der Raum, in dem Josef sich wiederfand, war nicht viel mehr als ein Schrank von quadratischen Maßen. Einzige Lichtquelle war eine nackte Glühbirne, die von der Decke herabbaumelte und bei weitem nicht ausreichte, um die Kammer auch nur halbwegs zu erhellen. Weder die Wände noch die Decke wiesen irgendeine Öffnung, geschweige denn ein Fenster auf. Es gab nur die Tür, durch die er hereingekommen war. Und die war verschlossen.

Von der Mitte des Raumes aus gesehen, wo er stand, hatten die Wände eine schmutzig braune Farbe. Überall gab es zudem klebrige Streifen. Es sah aus, als hätte man Tapeten von diesen Wänden abgerissen und sie dann einfach so gelassen, wie sie waren.

Der Boden, auf dem er stand, war aus hölzernen Dielen. Mobiliar gab es nicht, und nicht eine einzige Staubflocke bot dem Auge Abwechslung. Man hatte ihn in die Mitte der Kammer geschubst und ihm befohlen, sich nicht um Haaresbreite von der Stelle zu rühren. Das war vor Stunden gewesen; er konnte nicht sagen, wie viele es gewesen waren. Außer seinem eigenen Atem hatte er nichts, woran er die Zeit hätte messen können.

Vom Stehen taten ihm Füße und Rücken weh. Die Schultern waren dank der hinterm Rücken gefesselten Hände mittlerweile völlig steif. Selbst das Atmen bereitete ihm unter diesen Umständen Schmerzen. Die Handschellen scheuerten ihm allmählich die Gelenke auf.

Doch schlimmer als all das war der Gedanke an die Torturen, die ihm bevorstanden. Er konnte nicht gut mit Schmerzen umgehen und hatte sich sein Leben lang bemüht, sie zu meiden. Am schlimmsten war es, mit Schmerzen rechnen zu müssen. Wenn er nur an Schmerzen dachte, brach ihm schon der Schweiß aus, seine Knie wurden weich, die Glieder fingen ihm an zu zittern, und er schnappte nach Luft wie ein Fisch auf dem Trockenen. Manchmal wurde ihm in solchen Momenten ganz komisch im Kopf, Schwindel packte ihn.

So war es ihm von jeher ergangen. Als Kind brach er in Tränen aus, wenn er eine Biene oder eine Nadel auch nur sah. Er hatte gehofft, das alles würde sich geben, wenn er erst erwachsen wäre. Diese Hoffnung hatte ihn getrogen.

Nur in Gedanken konnte er gegen diese lähmende Angst angehen, und selbst diese Waffe hatte bloß momentanen Erfolg. Doch wenn es ihm gelang, sich auf irgendetwas anderes zu konzentrieren, mochte es angehen, dass er das Zittern für eine Zeit lang mehr oder weniger unter Kontrolle bekam. Also dachte er jetzt an Monika.

Es gab nur eine Hoffnung: dass sie nach Hause zu ihren Eltern gegangen war. Wenn er das doch nur sicher wüsste! Und auch dann hätte er noch keine Antwort auf die Frage, warum um alles in der Welt sie von zu Hause fortgegangen war. Zweifellos hatte das mit ihrer Wut über sein Verhalten in der Kirche zu tun – aber reichte das aus, um sie gleich zu ihren Eltern rennen zu lassen? Und falls ja: War das ihre eigene Idee gewesen, oder hatten Olbrichts es ihr nahe gelegt?

Natürlich musste er auch seinen eigenen wortlosen Weggang in Rechnung stellen. Wann würde sie wohl bemerkt haben, dass er nicht da war? War sie herumgelaufen, um nach ihm zu suchen?

Wie summende Käfer schwirrten diese Gedanken in seinem Schädel herum. Am meisten beunruhigte ihn die Möglichkeit, dass Monika auf eigene Faust losgezogen war, um ihn zu suchen. Dann könnte ihr irgendetwas zugestoßen sein. Jemand könnte sich an ihr vergriffen haben. Wenn sie ihn suchen gegangen war, war es denkbar, dass körperliche Anstrengung und Sorge zusammengenommen in ihrem späten Schwangerschaftsstadium zu viel für sie gewesen waren. Womöglich lag sie blutend irgendwo auf der Straße! Er hätte ihr sagen sollen, wohin er ging. Jetzt konnte er nichts mehr tun, um die Uhr zurückzudrehen.

Polternd ging die Tür auf. Josef fuhr zusammen, als er jählings aus seinen Gedanken in die nicht minder unangenehme Gegenwart zurückgeholt wurde.

Zwei Männer in SS-Uniform kamen auf ihn zu. Der harte Tr ihrer Stiefel auf dem Holzboden warf ein unheimliches Echo v den kahlen Wänden. Der Ältere der beiden war als Erster bei i Klein von Statur, war der Mann nichtsdestotrotz von stämm

Körperbau. Sein Haupthaar war so kurz geschnitten, dass er nachgerade kahl wirkte. Seine Augen lagen tief in schwabbeligem Fleisch, waren aber stahlhart. Man konnte nicht sagen, dass er übergewichtig wirkte, aber irgendwie hatte er zu viel Fleisch im Gesicht, das aber nicht nach unten durchsackte, sondern sich faltig um die Augen herumstülpte. Seine Schritte waren kurz und zackig, und von dem Moment an, in dem die Tür aufgeschwungen war, hatte er Josef nicht für einen Sekundenbruchteil aus den Augen gelassen. Den Rangabzeichen an seiner Uniform nach war er Sturmbannführer.

Ihm nach kam ein jüngerer, größer gewachsener Mann mit dunklem Haar, der einen Holzstuhl trug. Sein glattes Haar war relativ lang, in der Stirn fiel es ihm bis über die Augen. Im Range eines Rottenführers stehend, hatte der Mann eine jugendliche Ausstrahlung. Aber sein Gesicht trug auch einen sadistischen Zug, der sich in einem verhaltenen Grinsen verriet. Er stellte seinen Stuhl vor Josef hin, und der ältere Offizier nahm darauf Platz, ohne den Blick auch nur ein einziges Mal von Josef zu wenden.

Nachdem der Rottenführer seinen Stuhl abgestellt hatte, sah Josef, dass er noch etwas anderes in der Hand trug: eine Art hölzernen Axtstiel, den er jetzt unter den Arm klemmte, um sich ein Paar schwarze Handschuhe überzustreifen. Der Mann auf dem Stuhl tat das Gleiche. Seine Bewegungen waren die eines mit äußerster Sorgfalt zu Werke gehenden Chirurgen.

Josef spürte, wie ihm der Schweiß in Bächen über die Brust rann. Sein Atem ging so schnell, dass ihm dösig im Kopf wurde.

„Willkommen in meinem Lehrsaal", sagte der Sturmbannführer, wobei sich seine Wangen in vergnügte Falten legten.

Der jüngere Offizier war mit dem Anziehen der Handschuhe fertig ... spannte die Finger, um sie geschmeidig zu machen. Sobald er ...m Ergebnis zufrieden war, packte er zur Probe den Axtstiel. ...llte er sich hinter Josef, sodass der ihn nicht mehr sehen ...

... die Einschüchterungsmethoden des Dritten Reiches ...h wenn er bisher nur gerüchtehalber und aus dritter ...ört hatte. Nachdem er am Tag der Verhaftung

Klaus Brettschneiders miterlebt hatte, wie die SA diese Dinge handhabte, war ihm in seiner jetzigen Lage alles andere als wohl zumute. Andererseits hegte er auch keine übermäßigen Befürchtungen. Sicher, es würde jede Menge Gebrüll und Drohgebärden geben, aber gewalttätig würden sie nicht werden. Schließlich hatte er sich nur eines geringfügigen Verbrechens schuldig gemacht, soweit man denn überhaupt von einem Verbrechen reden konnte. Viel Besorgnis erregender war Monikas Verbleib. Er wollte diese kleine Erfahrung hier nur so rasch wie möglich hinter sich bringen, um sich auf die Suche nach ihr machen zu können.

„Name!"

Es war ein Befehl, keine Frage. Der Ton war so streng wie die militärische Sitzhaltung des Sturmbannführers.

„Schumacher, Josef."

„Beruf?"

„Geistlicher."

„Geistlicher …" Der Sturmbannführer machte ein Gesicht, als hätte er etwas Verdorbenes gegessen.

Hinter sich hörte Josef ein unterdrücktes Lachen.

„Sie sind also in führender Position tätig?", fragte sein Inquisitor.

„Ich würde es vorziehen, mich als einen Hirten zu bezeichnen."

Josef hätte es nicht für möglich gehalten, aber die stählernen Augen seines Gegenübers wurden noch härter. Es hatte den Anschein, als erlaubten die ungeschriebenen Regularien hier drinnen nur Bejahung oder Verneinung, aber keine Klarstellungen.

Der Sturmbannführer sprang auf und näherte sich Josefs Nasenspitze bis auf wenige Zentimeter. Die Einschüchterung nahm ihre Lauf. „Beantworten Sie meine Frage!", brüllte der Mann. „Üben S Einfluss auf andere Deutsche aus?"

„Jawohl", sagte Josef zerknirscht.

Er kannte das Spiel: Sie brüllten, er gab klein bei. Alles andere w unklug gewesen.

Josefs Inquisitor trat einen Schritt zurück, offenkundig zufri mit der Antwort, die er bekommen hatte. Er setzte sich auf die Vo kante seines Stuhls. „Wie ich sehe, haben Sie Probleme mit Ihrem

„Mit meinem Arm?“

Der Hieb kam völlig unerwartet. Er traf seinen rechten Unterarm mit solcher Wucht, dass er hinstürzte und sogar noch ein Stück über den Boden schlitterte.

Er kam kaum zum Winseln, da beugte sich schon ein Gesicht über ihn. Dem Mann hing das schwarze Haar ins Gesicht, als er ihn anherrschte: „Los, aufstehen! Hoch mit Ihnen! Wer hat Ihnen erlaubt, Ihre Position zu verlassen?“

Der Rottenführer brüllte Josef so lange ins Ohr, bis dieser es fertig brachte – immerhin mit nach wie vor auf den Rücken gefesselten Händen –, auf die Füße zu kommen und sich wieder an den Platz zu stellen, der ihm gewiesen war. In Wellen durchpulste der Schmerz seinen Unterarm.

Sein Inquisitor schaute verärgert drein, so als hätte Josef ihn persönlich beleidigt, indem er zu Boden stürzte.

„Wir sprachen gerade von Ihrem Arm.“

„Ich habe aber gar nichts am –“

Der nächste Hieb – auf haargenau dieselbe Stelle gezielt wie der
ste. Der Schmerz überrollte ihn so heftig, dass er eine Sekunde lang
hts sehen konnte. Wieder kam er ins Taumeln, aber diesmal fiel er
ıt hin. Noch ehe sein Quäler ihn mit einem Hagel verbaler Schlä-
erziehen konnte, hatte Josef bereits wieder seinen Platz einge-
ıen.

Herr ist meine Burg und mein Schild ...

chläge hatten seinen ganzen Körper in einen Schockzustand
In Erwartung eines dritten Hiebs, der ihn jederzeit treffen
uckte er unwillkürlich zusammen.

hellen los!“, befahl der Inquisitor.

ofte Hoffnung. War's das schon gewesen? Gewiss, es war
ı, als er erwartet hatte, aber wenn er jetzt ohne weitere
ıngen aus dieser Tür hier rausmarschieren könnte,
dennoch glücklich schätzen. Er schaffte es nicht, ein
ıeiden, als der Rottenführer ihm grob die Arme nach
machte es zweimal „klick“, und er hatte die Hände

Wortlos sah der Mann auf dem Stuhl zu, als Josef versuchsweise mit den Schultern rollte, sich die wund gescheuerten Handgelenke rieb und die Verletzung an seinem Unterarm untersuchte.

Wie der Blitz war der Inquisitor plötzlich auf den Füßen. Grüßend riss er den Arm hoch. „Heil Hitler!"

Josef zögerte und zahlte seinen Preis dafür.

Noch ein Hieb auf dieselbe Stelle, aber diesmal fester als bisher. Josef taumelte seitwärts und sackte in die Knie. Gerade eben konnte er sich noch mit dem unversehrten Arm an der Wand abstützen, sonst hätte es ihn erneut zu Boden geworfen.

„Wer hat Ihnen erlaubt, Ihren Platz zu verlassen? Zurück, aber sofort! Zurück, sage ich!"

Sein Kopf explodierte vor Schmerz, aber Josef taumelte auf seinen Standort zurück.

„Scheint, als müssten wir unsere Lektion erst noch lernen", sagte der Inquisitor. „Sollen wir's noch mal versuchen?" Er schlug die Hacken zusammen, reckte den Arm und bellte: „Heil Hitler!"

Diesmal gab es kein Zaudern, es gab nur Schmerz. Josef hob seinen verletzten Arm, sagte „Heil Hitler!" und stellte sich auf einen weiteren Hieb ein, der jedoch ausblieb.

Die Falten im Gesicht des Inquisitors dehnten sich zu einem breiten Grinsen. Es war die Miene eines Dompteurs, der seinem Hund soeben ein neues Kunststück beigebracht hatte. „Heil Hitler!", belferte er noch einmal.

Josef war vorbereitet. „Heil Hitler!", erwiderte er.

Sein Inquisitor nickte. „Geistliche sind also lernfähig." Dann näherte er sich Josef erneut bis auf wenige Zentimeter und sagte: „Mir scheint, jetzt haben Sie Ihre Lektion intus. Aber wie soll ich wissen, ob Sie sie auch behalten werden, sobald Sie aus diesem Zimmer hinaus sind?"

„Ich geb Ihnen mein Wort", sagte Josef.

Der Mann lachte ihm ins Gesicht. „Das Wort eines Pfaffen? D reicht nicht. Das reicht bei weitem nicht!" Der Mann griff hin sich, packte seinen Stuhl und stellte ihn vor Josef hin. „Stellen sich da drauf!", befahl er.

Josef tat wie geheißen.

Sein Inquisitor schritt um den Stuhl herum und postierte sich dann wieder vor Josef. Er nahm Hab-Acht-Stellung ein und rief erneut: „Heil Hitler!"

Josef antwortete sofort, und zwar mit zusammengeschlagenen Hacken, durchgedrücktem Kreuz und vorschriftsmäßig erhobenem Arm.

„Bleiben Sie jetzt in dieser Position!", befahl sein Inquisitor.

Auch wenn er es in der rechten Schulter kaum ertragen konnte, behielt Josef seine Haltung bei. Auch der jüngere Gestapo-Bedienstete stellte sich vor ihn hin, und beide Männer sahen zu ihm auf, als wäre er eine Statue im Tiergarten.

„Rufen Sie dem Herrn Geistlichen bitte die Regeln für einen ordnungsgemäßen Deutschen Gruß ins Gedächtnis!", wies der Vorgesetzte den Rottenführer an.

„Jawohl, Sturmbannführer!"

Der jüngere Mann stand jetzt stramm wie ein Ladestock und sprach in militärisch knappen Sätzen. „Unter Angehörigen derselben sozialen Schicht ist es Brauch, den rechten Arm so zu heben, dass die Handfläche sichtbar wird. Dazu ist ‚Heil Hitler' oder auch kurz ‚Heil' zu sagen. Erblickt man einen Bekannten in größerer Entfernung, so genügt es, in der beschriebenen Weise die Hand zu heben. Trifft man auf eine Person, die im sozialen Rang unter einem steht, so ist der rechte Arm zur vollen Länge auszustrecken, und zwar auf Augenhöhe. Gleichzeitig sagt man ‚Heil Hitler'. Hat man am rechten Arm eine Dame, so ist stets mit dem linken Arm zu grüßen."

„Haben Sie das verstanden?", fragte der Inquisitor Josef, der nach
vor in grüßender Haltung stand.

wohl, Herr Sturmbannführer", antwortete Josef.

ten Sie gern noch eine Wiederholung?"

ird nicht nötig sein, Herr Sturmbannführer."

Adlatus gewandt, sagte der ranghöhere Offizier: „Ich
in Verlegenheit. Gibt's eigentlich irgendwas, das dem
ach noch unter einem Geistlichen steht?"

er strich sich mit einer eitlen Handbewegung das
und sagte: „Nein, Sturmbannführer!"

„Glaube ich auch nicht." Der Sturmbannführer lachte über seinen eigenen Witz. Auf dem Absatz herumfahrend, herrschte er Josef an: „Nehmen wir mal an, Sie begegneten einer Kreatur, die noch unter Ihnen selbst rangiert – Heil Hitler!"

Josef streckte den Arm waagerecht vor. „Heil Hitler!"

„Jetzt halten Sie diese Position."

Erneut drehten der Inquisitor und sein Handlanger eine Runde um sein Podest. Diesmal jedoch tauchte der Sturmbannführer allein wieder in seinem Gesichtsfeld auf.

Es fühlte sich gar nicht gut an, dass der Mann mit dem Axtstiel nicht mehr zu sehen war. Josef begann zu zittern, und das nicht wegen der schier unerträglichen Schmerzen in seinem starr ausgestreckten kaputten Arm.

„Ich möchte, dass Sie über das nachsinnen, was Sie hier heute gelernt haben", ließ sich der Sturmbannführer vernehmen, „und zwar in Ihrer gegenwärtigen Haltung, wie sich versteht. Und sollte es Ihnen je einfallen, den Arm sinken zu lassen ..."

Aus heiterem Himmel traf ihn ein weiterer Hieb mit der Keule, diesmal knapp über den Knien. Er knickte ein und geriet ins Wanken, schaffte es aber irgendwie, sich wieder aufzurichten, ohne vom Stuhl zu fallen. Sein Arm zitterte, blieb aber in waagerechter Position.

„Dies nur als Beispiel", sagte der Inquisitor. „Das gibt's jedes Mal, wenn Sie den Arm sinken lassen. Haben Sie das verstanden?"

„Jawohl, Herr Sturmbannführer."

Der Inquisitor machte auf dem Absatz kehrt und verließ den Raum. Der Rottenführer folgte ihm auf den Fersen.

Josef war allein in der Zelle wie zuvor, nur dass er jetzt auf dem Stuhl stand und den Arm nach vorn gereckt hielt. Er wagte es nicht, ihn sinken zu lassen. Er musste davon ausgehen, durch irgendein Guckloch beobachtet zu werden. Während die Schwerkraft an seinem Arm zerrte, setzte der Gedanke an einen weiteren Schlag in die Kniekehlen seinem Nervenkostüm zu. Er biss die Zähne zusammen.

Der Herr ist meine Burg und mein Schild ...

Er versuchte sich von Schmerzen und Angst abzulenken, aber das half ihm wenig, konnte er doch keinen anderen Gedanken fassen als den an Monika. All die Fragen, die schon vorhin über ihn hereingebrochen waren, quälten ihn aufs Neue. War sie in Sicherheit? Litt sie Schmerzen? Wie konnte er das bloß herauskriegen? Und wann? Wie lange würden sie ihn hier festhalten? Es war nichts Ungewöhnliches, dass Leute tagelang in Arrest gehalten wurden, ehe man sie laufen ließ.

Josefs Arm fing an zu schwanken und sank leicht herab. Er hob ihn wieder an.

Der Herr ist meine Burg und mein Schild ...

Das Gewicht des Arms wurde zu groß. Er musste sich zu hundert Prozent konzentrieren, damit er nicht einfach hinuntersackte.

Er gab sich alle Mühe, irgendetwas von dem zu hören, was außerhalb seiner Zelle vorgehen musste. Irgendwann musste doch jemand kommen! Er hätte sich nie vorstellen können, dass er sich einmal nach dem Anblick zweier SS-Schergen sehnen würde, und doch betete er jetzt um deren Rückkehr, bloß um sie grüßen zu können. Alles war ihm recht, wenn es nur seinen Arm in Bewegung brachte.

Ebender begann jetzt unweigerlich zu sinken.

Er redete sich mit aller Macht ein, dass er imstande sei, diese Position ohne Ende durchzuhalten. Es war eine glatte Lüge, das wusste er. Er betete um Kraft und um Linderung des Schmerzes, der nunmehr seine Schulter durchpulste. Und er flehte um Sicherheit für Monika. Als er es nicht mehr aushalten konnte, wackelte er mit dem Kopf, scharrte mit den Füßen, stöhnte und wimmerte – alles, um bloß den Arm nicht sinken zu lassen.

Und doch konnte er es nicht länger vermeiden. Seine Kraft war erschöpft. Schon fühlte er das Klatschen und Brennen eines weiteren Hiebs in die Kniekehlen. Er setzte alles daran, den Arm hochzukriegen, aber er schaffte es nicht mehr.

Der Herr ist meine Burg und mein Schild ...

Der Herr ist meine Burg und mein Schild ...

Der Herr ist meine Burg und mein Schild ...

Der Schweiß rann ihm über die Schläfen, all seine Glieder schlotterten vor Entkräftung. Er konnte keinen Augenblick länger in dieser Haltung verharren. Und außerdem interessierte es ihn auch gar nicht mehr. Sollten sie doch mit ihm anstellen, was sie wollten, er brachte es nicht mehr fertig, den Arm auszustrecken. Und kein Schlag in die Kniekehlen konnte wüster sein als der Schmerz, den er jetzt im Arm verspürte.

Mit einer letzten zitternden Kraftanstrengung stieß Josef einen gellenden Schrei aus, um seine allerletzten Kräfte zu bündeln. Dreißig Sekunden, vielleicht vierzig hielt er durch. Aber es war unausweichlich, dass die Schwerkraft diesen Kampf gewinnen würde. Er hatte nichts mehr gegen sie in der Hand.

Sein rechter Arm sackte nieder und hing schlaff an seiner Seite herunter.

In ebendiesem Moment klickte es im Schloss, und die Tür ging auf.

Josef scherte es nicht mehr. Sollten sie ihn doch windelweich prügeln.

„Josef?“

In die Zelle trat niemand anders als Pastor Olbricht.

„Gott, mein Sohn, was um Himmels willen stehst du da auf dem Stuhl?“

13

„Monika …“, sagte Josef, während die Limousine vom Typ *Essex Super Six* sich lautlos vom Hause Prinz-Albrecht-Straße 8 entfernte. „Weißt du, wo sie steckt?“

Olbricht schaute finster drein. Achtlos ließ er die Asche seiner unvermeidlichen Zigarre erst aufs Lenkrad fallen und von dort auf seine Hosenbeine hinunterbröseln. Schließlich wischte er sie unwirsch weg.

Die allgemeinen Verknappungen der Kriegszeit brachten es mit sich, dass immer weniger Leute sich überhaupt ein eigenes Auto oder auch nur den Kraftstoff dafür leisten konnten, geschweige denn einen monströsen amerikanischen Straßenkreuzer wie diesen *Essex Super Six*, in dem die beiden Männer jetzt die Wilhelmstraße entlangschnurrten und an der Ecke Unter den Linden nach rechts abbogen.

Draußen dämmerte es schon. Josef hatte den ganzen Tag im Hauptquartier der Gestapo zugebracht.

„Sie ist zu Hause.“

Zu Hause. In welchem Zuhause? Dem Olbricht'schen oder seinem? Josef wollte gern danach fragen, aber sein Schwiegervater war offensichtlich nicht gerade guter Dinge, und Josef kannte ihn gut genug, um zu wissen, dass man dann besser nicht in ihn drang. Wenn Olbricht in dieser Stimmung war, fasste man sich am besten in Geduld. Er würde ihn schon nicht allzu lange auf die Folter spannen. Hauptsache, er wusste erst einmal, dass Monika jedenfalls in Sicherheit war.

„Gott sei Dank“, sagte er.

„Das kannst du wohl sagen“, erwiderte Olbricht.

Der Mann umklammerte sein Steuerrad so fest, dass seine Fingerknöchel weiß hervortraten. Seine Zigarre traktierte er mit den Zähnen dermaßen, dass er versehentlich das Ende abbiss. Er warf es aus dem Fenster. Nur der *Essex* schien von der miesen Laune seines Herrn und Meisters nichts zu spüren und schnurrte gleichmäßig vor sich hin.

Wie Josef erwartet hatte, dauerte es nicht mehr lange, bis der Damm barst.

„Was in Gottes Namen ist bloß in dich gefahren?“, polterte Olbricht.

Josef schwieg. Tatsächlich hatte er keine Ahnung, wovon sein Schwiegervater eigentlich redete: Meinte er nun seine Bemerkungen zum „Führerwetter“ oder seinen Ausbruch hinsichtlich des „Deutschen Grußes“? Oder ging es gar nicht um diese Dinge, sondern darum, dass er Monika allein zu Hause gelassen hatte? Nahm Olbricht ihm seine Unterredung mit Konrad oder womöglich die Tatsache übel, dass er den Kontakt zu Professor Meyerhof – mochte Gott seiner Seele gnädig sein – nicht längst abgebrochen hatte? Vielleicht ging es ja auch um seine Verhaftung durch die SS – oder um all diese Dinge zusammengenommen.

„Also? Was hast du zu deiner Rechtfertigung vorzubringen?“ Olbricht stieß Josef seinen fleischigen Zeigefinger entgegen. Dadurch wurde der Jüngere darauf aufmerksam, dass Olbrichts Hand keine Zigarre hielt: eine wahrlich seltene Ausnahme. Doch schon wühlte der Schwiegervater in seiner Manteltasche herum und suchte nach dem nächsten Stumpen. Als er ihn gefunden und angezündet hatte, stieß er erst mehrere dicke Qualmwolken aus, ehe er sich Josef wieder zuwandte. „Dieses Theater, das du da in der Kirche aufgeführt hast“, sagte er, „was bitteschön sollte das bedeuten?“

„Darüber haben wir doch schon am Telefon gesprochen, und du sagtest, es sei kein ernsthafter Schaden entstanden.“

„Da hatte ich noch nicht mit Reimann und drei anderen Leuten aus deiner Gemeinde gesprochen, die mich alle angerufen haben.“

Josef begann das Blut zu kochen. Zielsicher hatte Olbricht einen heiklen Punkt getroffen. Es setzte ihm durchaus zu, dass einige Familien seiner Gemeinde nach wie vor Olbricht als ihren eigentlichen Pastor sahen. „Ein paar Sachen habe ich im Zorn gesagt“, ließ er sich ein, „Dinge, die zwar gesagt werden mussten, von denen ich aber rückblickend zugeben muss, dass ich einen anderen Ton hätte anschlagen sollen.“

Olbricht paffte an seiner Zigarre.

Weich durchfedernd glitt der *Essex* über die Spreebrücke hinweg.

„Und diese Eskapade, für die du die ganze Nacht weggeblieben bist?“, fragte Olbricht weiter. „Monika hat uns morgens um vier aufgeweckt. Sie war völlig außer sich vor Angst, hatte keine Ahnung, wo du dich rumtriebst.“

Josef versuchte sich so zurechtzusetzen, dass ihm die Schulter weniger wehtat. „Ich war bei Professor Meyerhof“, sagte er dann.

„Bei Meyerhof?“

„Er ist tot.“

Olbricht warf ihm einen schrägen Blick zu.

„Hat sich aufgehängt.“

Olbricht wurde nachdenklich, das Paffen hörte auf. Meyerhof war zum Christentum konvertiert, als Olbricht Pastor der Gemeinde gewesen war, in der jetzt Josef diente. Olbricht war es gewesen, der Meyerhof und seine Frau getauft hatte. Olbricht hatte Eva auch beerdigt. Zwar waren sich die beiden älteren Herren nie so nahe gekommen wie Meyerhof und Josef, aber verbunden hatten sie sich durchaus gefühlt.

„Er hat sich nie daran gewöhnen können, dass Eva nicht mehr da war“, sagte Olbricht.

„Aber ebenso wenig an ein Deutschland, das ihn als hier Geborenen nicht mehr akzeptieren wollte“, fügte Josef hinzu.

„Hast du ihn gefunden?“

Josef nickte.

„Und damit hast du die ganze Nacht zugebracht?“

„Jawohl.“

Olbricht überdachte diese Neuigkeiten. Er kam auf irgendetwas anderes zu sprechen, unterbrach sich aber selbst und sagte: „Ich nehme an, du hattest keine Möglichkeit, Monika über deinen Verbleib zu informieren?“

„Sie war im Schlafzimmer, als ich mich auf meinen Sonntagsspaziergang gemacht habe. Einen Fernsprecher gab's bei Meyerhof nicht.“

Olbrichts Gesichtszüge wurden sichtlich weicher. Die Nachricht vom Tode Meyerhofs musste ihm zusetzen. Am liebsten hätte Josef ihm von Konrads Münze und seiner Überzeugung erzählt, dass

Meyerhof ermordet worden sei, aber dafür war jetzt nicht der richtige Zeitpunkt.

„Wir haben uns Sorgen gemacht", sagte Olbricht.

„Das verstehe ich. Wie hast du mich denn eigentlich gefunden?"

„Na ja – das Haus, die Tür, eure Wohnung, in der kein Stein auf dem anderen geblieben war ... So gründlich hätten nicht mal die Vandalen da hausen können. Das konnte nur SS gewesen sein. Und dann hab ich halt 'n bisschen rumtelefoniert."

Ich hab 'n bisschen rumtelefoniert.

Der Satz beunruhigte ihn. Josef wusste gut genug über die Vorgehensweisen der SS Bescheid, um sich darüber im Klaren zu sein, dass man dort nicht einfach anrufen und um Informationen über irgendeinen Gefangenen bitten konnte. Die SS gab keine Auskünfte, weder Ehepartnern noch sonstigen Angehörigen oder Geistlichen. Wer an solche Informationen zu gelangen wusste, musste über ganz besondere Verbindungen verfügen.

„Hast du für meine Freilassung gesorgt?", fragte Josef.

Da war er wieder, der Zeigefinger, diesmal freilich um eine Zigarre gekrümmt. „Mit denen kann man keine Spiele spielen!", warnte Olbricht. „Du solltest es dir lieber nicht zu sehr mit ihnen verderben!"

Josef hörte einen ängstlichen Unterton in der Stimme seines älteren Amtsbruders.

Es wurde immer dunkler. Olbricht zog an einem Knopf, und die Scheinwerfer des *Essex* erwachten zum Leben.

„Heute haben sie noch mit dir gespielt. Wenn sie Ernst machen, musst du dich ganz schön warm anziehen."

Da hatte Olbricht Recht, das wusste Josef sehr wohl. Das heute war nur ein kleines Katz-und-Maus-Spielchen gewesen.

„Wenn sie Ernst machen, dann kriegst das nicht bloß du samt deinem Haus und deiner Gemeinde zu spüren. Dann geht's auch um Monika und dein Kind. Und damit kriegen sie dich. Verstehen wir uns?"

Die Zigarre zitterte.

Für mehrere Kilometer hing Olbrichts unbeantwortete Frage zwischen ihnen in der Luft.

„Das ist hier keine Übung fürs Examen!“, sagte Olbricht schließlich mit einem Ernst in der Stimme, wie Josef ihn nie zuvor bei ihm herausgehört hatte. „Das ist das richtige Leben! Mit den Konsequenzen, die im richtigen Leben anfallen! Die Zeit der Scherze ist vorbei. Die Dinge haben sich geändert, jetzt, wo du im Begriff bist, Vater zu werden! Du stehst jetzt in Verantwortung. Überlass es den jungen, unverheirateten Amtsbrüdern, Windmühlenflügel stoppen zu wollen!“

Mit knirschenden Reifen kam der *Essex* in Josefs gekiester Auffahrt zum Stehen. Irgendjemand musste die Haustür bereits wieder eingehängt haben. Im Haus brannte Licht.

„Kommst du ’nen Moment mit rein?“, fragte Josef.

Olbricht schüttelte den Kopf. „Mutter erwartet mich zum Abendbrot.“ Er stach mit der Zigarre auf Josef zu. „Denk über meine Worte nach. Du müsstest ja eingedenk des Schicksals deiner Familie am allerbesten verstehen, mit was für Leuten du es hier zu tun hast.“

Josef nickte. „Danke fürs Herbringen.“

Mit einem satten Klacken fiel die Tür des *Essex Super Six* hinter ihm ins Schloss. Mit tiefem Brummen wendete der Wagen und fuhr Richtung Hauptstraße davon.

* * *

So kühl, wie ihr Kuss ausfiel, war Josef auf der Stelle klar, dass mehr zwischen ihnen war als das Kind in ihrem vorgewölbten Bauch. Sie konnte es auch nicht lassen, seine rechte Schulter zu drücken, die ihm ohnehin schon entsetzlich wehtat.

„Wasch dir die Hände. Es gibt gleich Essen“, sagte sie und verschwand dann ohne ein weiteres Wort in der Küche.

Josef musste über Bücher, Papiere, Kleidungsstücke und allerlei Nippesgegenstände hinwegsteigen, die nach wie vor auf dem ganzen Boden verstreut lagen. Das Mobiliar war dagegen längst wieder zurechtgerückt. Die Rückenlehne des Polstersessels hatte einen klaffenden Schnitt abbekommen.

„Barbaren“, murmelte Josef.

Er ging ins Schlafzimmer und wechselte das Hemd, vorwiegend mit der linken Hand. Er brauchte dazu dreimal länger als gewöhnlich, und trotzdem tat ihm jede einzelne Bewegung weh. Sein Arm hatte eine dunkelrote Färbung angenommen. Bis zum Morgen würde er schwarz angelaufen sein. Er schlurfte mehr, als dass er ging – Kniekehlen, Schenkel und Waden taten ihm ebenfalls höllisch weh. Es musste wohl so sein, dass die Herren von der SS Fachleute darin waren, einen Mann so zu verprügeln, dass er richtig was davon hatte.

Als er aus dem Schlafzimmer zurückkam, stand das Essen auf dem Tisch. Der Küchenboden war übersät von Scherben, die zur Seite und in die Ecken gefegt worden waren, damit man sich einigermaßen bewegen konnte. Wie gewöhnlich lagen zwei Gedecke auf dem kleinen Küchentisch. Anders als sonst war nur, dass sie nicht über Eck dicht beieinander platziert worden waren, sondern an den gegenüberliegenden Schmalseiten des Tisches.

So schwer hing die Stille in der Küche, dass jeder Laut – das Klirren eines Löffels, das Rücken eines Stuhls auf dem Boden oder das Zufallen der Herdtür – einem regelrecht in den Ohren gellte.

Bei seinem ersten Versuch, sich hinzusetzen, konnte Josef ein Wimmern nicht unterdrücken. Er musste sich erst einen Augenblick an der Tischkante abstützen, ehe er sich mit vollem Gewicht auf den Stuhl sinken lassen konnte. Mit dem Gesäß schob er den Stuhl ein wenig weiter nach hinten und verlagerte sein Gewicht auf die äußerste Stuhlkante. So ging es einigermaßen.

Monika gab durch nichts zu erkennen, ob sie seinen elendigen Zustand überhaupt bemerkte, als sie den Korb mit den üblichen zwei Schwarzbrotscheiben auf den Tisch stellte, Ersatzkaffee in die Tassen schenkte und die Knochensuppe in die Schalen füllte. Gemüsesuppe, angereichert mit dem Fett ausgekochter Knochen und ein wenig Fleischbrühe, war noch das nahrhafteste Gericht, das man für ein paar Pfennige zubereiten konnte.

Josef sprach sein Dankgebet.

Ohne auch nur einmal den Blick zu heben, bestrich Monika ihre Brotscheibe so hingebungsvoll mit Margarine, als wäre das die wichtigste Verrichtung ihres ganzen Lebens.

„Willst du reden?", fragte Josef.

Kerzengerade dasitzend und nichts als Geschäftigkeit ausstrahlend, biss Monika von ihrer Brotscheibe ab und wandte ihre ganze Aufmerksamkeit aufs Kauen.

„Tut mir Leid, dass ich nicht früher nach Hause gekommen bin", sagte Josef. „Es war leider nicht zu ändern."

Monikas ausbleibender Reaktion nach zu schließen, hatten Josefs Worte nichts anderes getan, als mittels ihres Schalls die Oberfläche seiner Suppe ein wenig zu kräuseln.

„Ich bin zu Professor Meyerhof gegangen", sagte er.

Monika nahm einen weiteren Bissen und hatte voll und ganz mit Kauen zu tun.

„Er ist tot."

Sie hörte auf zu kauen, hob den Kopf und schluckte.

„Ich hatte keine Möglichkeit, es dich wissen zu lassen."

Monikas Miene wurde ein wenig weicher, aber nicht sehr. „Ich hatte Angst", sagte sie, wobei sie auf ihren Suppenteller sah. Ihre Worte waren kaum hörbar. „Ich dachte, dir wäre etwas zugestoßen, als du nicht nach Hause kamst."

„Das hat mir dein Vater schon gesagt. Es war richtig, dass du zu deinen Eltern gegangen bist."

Das ließ Monika noch ein wenig versöhnlicher dreinschauen.

Die nächsten paar Minuten aßen sie schweigend. Josef hatte Mühe, seine rechte Hand zu benutzen, denn jedes Mal, wenn er den Arm auch nur ein bisschen anhob, durchschoss ihn eine Welle brennend heißen Schmerzes. Aber er hütete sich, nur die Linke zu benutzen, weil Monika das als indirektes Flehen um ihre Hilfe hätte auffassen können. Als er seinen Suppenteller halb leer hatte, begann seine Hand zu zittern, und er schaffte es fast nicht mehr, den Löffel an den Mund zu führen.

„Dir dürfte wohl klar sein, dass es Vater 'ne Menge gekostet hat, dich da rauszukriegen, oder?"

„Davon hat er nichts gesagt", antwortete Josef. Aber es würde wohl stimmen. Natürlich war die Polizei des Reiches korrupt. Bestechung war häufig das einzige Mittel, das Familien blieb, wenn sie ihre Lieben jemals wiedersehen wollten. Josef hatte allerdings nicht geglaubt, dass sein Vergehen so schwer wog.

„Was du getan hast, ist nicht zu entschuldigen!", rief sie. „Es war verantwortungslos und dumm." Sie legte den Rest ihrer Brotscheibe auf den Teller und beugte sich vor, um ihren Worten mehr Nachdruck zu geben. In ihren Augen blitzte der Zorn. Jeden Augenblick konnte der Damm ihrer Selbstbeherrschung vollends brechen. „Du hast dich benommen wie ein trotziges Gör! Und auch noch vor der ganzen Gemeinde! Es war eine unverzeihliche Dummheit, bei der nichts und wieder nichts herauskommen konnte!"

Ihre Worte trafen ihn wie Steine. Und sie hatte Recht. Zwar hatte er mit dem, was er wollte, richtig gelegen, aber seine Art, die Dinge anzugehen, hatte zu nichts Gutem führen können. Es war vergebliche Liebesmüh gewesen, mit schmerzlichen Folgen.

„Hörst du mir eigentlich zu?"

„Du hast Recht", sagte Josef. „Es war ziemlich dämlich, das Ganze."

Jetzt wusste Monika nicht mehr so recht weiter. Offenkundig hatte sie sich ein ganzes Arsenal an Argumenten zurechtgelegt und war drauf und dran gewesen, ihm das nächste entgegenzuschleudern, und jetzt fehlte ihr plötzlich die Zielscheibe. „Ach ja?", fragte sie matt.

Josef nickte zerstreut, in Gedanken immer noch damit beschäftigt, seine Lage zu klären. Nach einer Weile streckte er seine Hand über den Tisch. Die linke, versteht sich. „Verzeih mir."

Monika, anscheinend verblüfft über ihren raschen Sieg, sah unsicher auf die Hand. Fast widerstrebend schlug sie schließlich ein.

„Es war dumm von mir, die Sache auf eine Weise anzugehen, die nichts hätte ändern können", sagte er.

„Also wirst du damit aufhören, die Welt verändern zu wollen?"

Ihr Blick verriet, dass es hier um mehr ging als nur eine verbale Klarstellung. Sie stellte ihn auf die Probe.

So weit wollte Josef nicht gehen. „Monika, wo Dinge verkehrt laufen ... wo Ungerechtigkeit einreißt, da muss ich meine Stimme erheben. Täte ich das nicht, so würde ich meiner Berufung zum Prediger des Evangeliums nicht gerecht."

Monikas Augen wurden schmal, während sie seine Antwort auszuloten versuchte. „Wenn du ‚Ungerechtigkeit' sagst, dann meinst du Gottlosigkeit, Lügen, Ehebruch – eben moralische und ethische Fragen, stimmt's? Nichts Politisches."

Josef fühlte seinen Vorsprung schwinden. „Wenn das heißen soll, du verlangst von mir, einen Teil der Gesellschaft außer Acht zu lassen und für der christlichen Aufmerksamkeit unwürdig zu erklären, so kann ich dir das nicht versprechen."

Monikas Züge wurden wieder schroffer. „Was gehen dich als Theologen solche Dinge an?"

Wenn das nicht die Worte des Herrn Papa sind, ging es Josef durch den Kopf.

„Ich versuch das mal in aller Klarheit zu formulieren", fuhr sie fort. „Wirst du weiter die Stimme gegen die Nazis erheben oder nicht?"

Jetzt lag es auf dem Tisch. Genau diese Zuspitzung hatte Josef vermeiden wollen. Dafür war ja der zusammengefaltete Zettel in seiner Tasche, auf den er in keiner Weise reagiert hatte, Beleg genug. Bis heute hatte er versucht, mit Hitler und den Nazis so weit wie möglich konform zu gehen. Seine Hoffnung war gewesen, auf dem Boden der gegenwärtigen politischen Ordnung stehend die Deutschen zu den Wurzeln ihres überkommenen christlichen Glaubens zurückführen zu können, auch wenn ihm die Nazis das im Laufe der Zeit immer schwerer gemacht hatten.

„So einfach liegen die Dinge nicht", erwiderte er.

„Ich glaube, doch."

„Du lässt keinen Raum für Kompromisse."

„Die Nazis lassen keinen Raum für Kompromisse."

Es lag auf der Hand, dass Monika über diese Dinge lange nachgedacht hatte. Dennoch wurde Josef die Frage nicht los, inwieweit sie hier eigene Überlegungen oder nicht doch diejenigen ihres Vaters vorbrachte.

„Du verlangst von mir, dem Unrecht tatenlos zuzusehen", wandte er ein.

„Ich verlange von dir, dass du zuerst an das Wohlergehen deiner

Familie und erst danach an deinen Platz in den Geschichtsbüchern denkst."

Das saß. Bislang war ihm nicht im Geringsten bewusst gewesen, dass Monika davon ausging, seine Handlungen seien durch persönliche Ruhmsucht geleitet. Darauf eingehend, hätte er ohne weiteres vom eigentlichen Streitpunkt ablenken und stattdessen über sich selbst sprechen können. Er entschied sich anders. „Wie kann ich als Diener Jesu Christi auftreten, wenn ich nicht den Mund gegen Dinge aufmache, die die Menschen von Gott wegbringen?"

„Glaubst du wirklich, dass Gott das von dir erwartet, wenn du dadurch das Leben deines ungeborenen Kindes in Gefahr bringst?"

Er hörte schon wieder die Worte ihres Vaters heraus, aber nichtsdestotrotz war das zweifellos auch ihre eigene Sorge. Josef konnte in ihren Augen sehen, wie sehr sie sich ängstigte.

„Wir müssen Gott vertrauen, dass er uns beschützt", sagte er.

Hätte er ihr ins Gesicht geschlagen, so hätte sie auch nicht verletzter dreinschauen können.

„Du sagst also, dass du uns auch weiterhin in Gefahr bringen wirst?"

„Monika ..." Er beugte sich nach vorn, um ihr näher zu sein.

Sie schob ihren Stuhl zurück und stand auf. Mit Tränen in den Augen sagte sie: „Ich kann einen Mann nicht respektieren, der mutwillig seine Frau und sein Kind in Gefahr bringt."

Damit rannte sie aus der Küche. Einen Augenblick später hörte Josef, wie die Schlafzimmertür zugeworfen wurde.

* * *

Er war sich nicht sicher, wie lange er reglos dagesessen hatte. Knochensuppe und Kaffee waren längst kalt. Eine Stunde oder zwei? Er hatte keine Ahnung.

Endlich stand er, mit der Linken sich abstützend, auf, knipste das Licht in der Küche aus und ging Richtung Schlafzimmer, ohne zu wissen, welch ein Empfang ihn dort erwartete.

Die Tür war immer noch zu, unter ihr kein Lichtschein zu sehen.

Vorsichtig drückte er die Klinke nieder. Immerhin hatte Monika nicht abgeschlossen.

Leise schlüpfte er ins Zimmer und trat ans Fenster, um sich in dem fahlen Licht, das von draußen hereindrang, auszuziehen. Gerade hatte er es geschafft, aus dem Hemd zu kommen, und wollte sich an die Hosenknöpfe machen, als er es vom Bett her rascheln hörte. Die Deckenlampe flammte auf.

„Josef!", entfuhr es Monika angesichts seines misshandelten Unterarms.

Blitzschnell war sie bei ihm, den Blick starr auf seine Verletzungen gewandt. „Das haben sie dir angetan?"

„Sieht schlimmer aus, als es ist", log er und bemühte sich weiter um die Hosenknöpfe, als wäre nichts los.

Monika schob seine Hände beiseite, nestelte die Knöpfe für ihn auf und zog ihm zärtlich die Hosen herunter.

Dann schnappte sie wieder nach Luft.

Josef spürte, wie sie mit einem Finger über die blauen Flecken an seinen Beinen strich.

„Au!" Er hatte es nicht sagen wollen, aber es ging nicht anders.

„Ist das alles?", fragte sie streng.

„Im Großen und Ganzen wär's das."

Sie half ihm zum Bett und zog die Decken zurück. Nicht ohne gehöriges Stöhnen und mit Monikas tatkräftiger Hilfe glückte es Josef schließlich, es sich im Bett bequem zu machen, so gut es eben ging.

„Danke", sagte er.

Monika knipste das Licht aus und legte sich neben ihn hin, wobei sie versuchte, die Matratze möglichst wenig zum Federn zu bringen.

Josef lag im Dustern und konnte nicht schlafen. Die Ereignisse der vergangenen achtundvierzig Stunden rollten in seinem Kopf ab wie ein schlechter Film: Sein Wutanfall in der Kirche. Der allzu stille Sonntagnachmittag. Sein Zusammentreffen mit Konrad, das in der Auffindung der Leiche Meyerhofs gipfelte. Die Münze. Dass er nach Hause gekommen war und nicht einmal bemerkt hatte, dass Monika nicht da war. Die Gestapo-Razzia. Das Verhör. Die Heimfahrt mit Olbricht. Das Abendessen mit Monika.

„Ich kann einen Mann nicht respektieren, der mutwillig seine Frau und sein Kind in Gefahr bringt.“

Wie er so im Dunkeln lag, fiel ihm plötzlich auf, dass es neben ihm ganz still war. Kein gleichmäßiges Atmen. Josef wandte den Kopf, um nach Monika zu sehen. Im fahlen Mondlicht konnte er ihr Gesicht gut erkennen. Sie starrte ihn an, Tränen in den Augen.

* * *

Vier Tage später marschierten deutsche Truppen in Belgien, Frankreich, Luxemburg und den Niederlanden ein. Rasch errungene Siege verleiteten einige Zeitungen zu der Vorhersage, am 1. August würde Hitler in London stehen.

Es war zu lesen, Hitler nehme sich nur, was Deutschland ohnedies zustehe, und er habe im Übrigen immer gesagt, er werde den Frieden wahren. Was Polen anbetreffe, „so überlassen wir seinen größten Teil den Russen und annektieren nur, was von jeher deutsch war, freilich zuzüglich Warschaus“.

Wie es seit 1933 in Deutschland gewesen war, war es jetzt in fast ganz Europa: Der Führer brach sich Bahn. Doch der Nimbus der Unbesiegbarkeit, den Hitler um sich aufbaute, konnte Josef nicht beruhigen.

14

Sonntag, 12. Mai 1940

In jungen Jahren war Josef von Chemikalien und deren Wechselwirkungen fasziniert gewesen. Beinahe wäre er Apotheker geworden, aber er erkannte gerade noch rechtzeitig, dass sein Interesse an Chemikalien sich auf solche Reaktionen beschränkte, die Explosionen hervorriefen.

Eine seine Lieblingsbeschäftigungen als Jugendlicher war gewesen, Karbid mit Wasser reagieren zu lassen, sodass Azetylengas entstand. Herkömmlicherweise benutzt, um ummantelte Dochte zum hellen Glimmen zu bringen, griff Josef auf Azetylen zurück, um visuelle Effekte zu erzielen. Er fand heraus, dass man nur die beiden Elemente in eine Limoflasche geben und den Porzellan-Schnappverschluss zumachen musste, damit der Gasdruck stieg und stieg und stieg, bis ... *peng!*

Solche Erkenntnisse befähigten ihn, für seine Kumpels in der Nachbarschaft filmreife Detonationen zu inszenieren. Gerne grub er ein Einmachglas halb in die Erde ein, goss ein bisschen Wasser hinein, fügte Karbid hinzu, schloss den Deckel und rannte davon. Das gab jedes Mal höchst beeindruckende Sandkaskaden und eine beachtliche Staubwolke.

An dem Sonntag, der seiner Inhaftierung durch die Gestapo folgte, machte Josef zum ersten Mal in seinem jungen Leben persönliche Bekanntschaft mit jenen Kräften, die im Inneren der explosiven Flaschen und Weckgläser seiner Jugend aktiv gewesen waren.

An jenem Sonntag schien seine Gemeinde sich ganz besonderes deutsch zu fühlen. Die Erfolge der Hitler'schen Luftwaffe in Frankreich und Belgien hatten das deutsche Volk infiziert. Obendrein schrieb man den zweiten Sonntag im Mai: Muttertag. An diesem Sonntag wurden reichsweit besonders vorbildliche Mütter in öffentlichen Veranstaltungen ausgezeichnet.

Was ihn persönlich betraf, war Josef für den Anlass des Muttertages dankbar, der ihm den Vorwand lieferte, sich nicht den militärischen Nachrichten widmen zu müssen und stattdessen einen Gottesdienst für die Mütter zu machen.

Der Titel seiner Predigt lautete „Die Mütter großer Männer". Als Beispiele zog er drei biblische Mütter heran: Jochebed, die Mutter Moses – eine tapfere Mutter, Hannah, die Mutter Samuels – eine betende Mutter, und schließlich Maria, die Mutter Jesu – eine hingegebene Mutter.

Wie es die Tradition der Gemeinde vorsah, ließ Josef sämtliche im Gottesdienst anwesenden Mütter aufstehen und beklatschen, wobei ihm durch den Kopf ging, dass dies das letzte Jahr sein würde, in dem Monika sitzen blieb. Nach dem Applaus erhielt jede Mutter ein kleines weißes Ehrenkreuz. Diejenigen, die im vergangenen Jahr entbunden hatten, bekamen darüber hinaus einen zu spezieller Form geflochtenen Kranz, den man „Lebensrune" nannte. Dann gab es noch einen ganz besonderen Ehrenkranz, der derjenigen Mutter zustand, die den meisten Kindern das Leben geschenkt hatte. Darauf war Frau Schiller abonniert, die siebzehn Kinder hatte.

Dieser soliden Mischung aus Patriotismus und Mutterehre fügte sich eine Reihe von Zwischenfällen hinzu, die wie die Karbidexplosionen seiner Kindheit waren.

Als Erstes war da die Angelegenheit seiner öffentlichen Entschuldigung. Josef gab sie recht bald im Verlauf des Gottesdienstes ab, um die Sache ein für alle Mal aus der Welt zu schaffen. Als Anlässe seines Ausbruchs nannte er persönliche Frustration und jugendliche Heißblütigkeit. Sicher gehe es ihm stets darum, den Herrn zu erheben, aber er hege doch keinesfalls die Absicht, nicht auch Führer und Vaterland die gebührende Ehre zu erweisen. Schließlich sage doch die Schrift: „Jedermann sei untertan der Obrigkeit, die Gewalt über ihn hat. Denn es ist keine Obrigkeit ohne von Gott; wo aber Obrigkeit ist, die ist von Gott verordnet."

Soweit man es aus den Mienen der Versammelten schließen konnte, schien man seine Entschuldigung allenthalben zu akzeptieren. Dabei kam ihm sicherlich zugute, dass man nun mal am Muttertag prinzipiell guten Willen zeigte.

Doch wenn seine Entschuldigung eine gute Sache gewesen war, wieso tat ihm dann schon der Kiefer weh, weil er die Zähne so fest zusammenbiss? Immer wieder sagte er sich selbst, es habe keinen anderen Ausweg gegeben. Und doch war ihm innerlich ganz und gar nicht wohl dabei.

Was die Sache umso schlimmer machte, war die Anwesenheit seiner Schwiegereltern, die eigens erschienen waren, um bei seiner Demütigung zugegen zu sein. Ihr Besuch war eine Überraschung, von der Josef nichts gewusst hatte, bis er aus der Sakristei in die Kirche getreten war, um den Gottesdienst zu beginnen. Da schwirrten die Gottesdienstbesucher schon wie die Bienen um ihren ehemaligen Pfarrer und dessen Gemahlin herum.

Normalerweise hätte Josef sich gefreut, die Olbrichts in seiner Kirche zu sehen. Aber heute mochte Edda noch so beharrlich darauf bestehen, sie seien wegen Monika gekommen, schließlich sei ja Muttertag – nichts vermochte Josefs Argwohn zu zerstreuen, der wirkliche Grund des unverhofften Besuchs bestehe darin, dass Olbricht den Einfluss geltend machen wollte, den er nach wie vor in seiner früheren Gemeinde besaß, um die Wogen zu glätten, die sein ungeratener Schwiegersohn ausgelöst hatte.

Josef gab sich alle Mühe, nicht zu zeigen, wie irritiert er war. Während der Mütterehrung ließ er es sich sehr zum Entzücken der Gemeinde nicht nehmen, Edda höchstpersönlich ihr weißes Ehrenkreuz umzuhängen und sie auf die Wange zu küssen.

Olbricht nickte beifällig.

Die dritte Irritation dieses Morgens resultierte aus einer noch größeren Überraschung, sofern dieses Wort ausreicht, um die Angst und den Abscheu auszudrücken, die sich an zwei weiteren ungewöhnlichen Gottesdienstbesuchern festmachten: zwei Männern in SS-Uniform. Es waren dieselben zwei, die Josef seine Lektion in Sachen ordnungsgemäßes Grüßen im Nazideutschland beigebracht hatten.

Nach der Predigt gab es eine spezielle Abkündigung: die Beerdigung Professor Meyerhofs. Üblicherweise trug man einen Verstorbenen am dritten oder vierten Tag nach seinem Heimgang zu Grabe. Die Bestattung des Professors jedoch verzögerte sich, weil er Jude gewesen war. Nachdem Meyerhof keinerlei Angehörige hinterlassen hatte, die sich um die Begräbnisfeierlichkeiten hätten kümmern können, hatte Josef die ganze Woche damit zugebracht, sich mit dieser oder jener Verwaltungsbehörde darüber auseinander zu setzen, wo und wann man die Bestattung vornehmen könne. Dabei war ihm aufgegangen, dass es Leute gab, die sich einen Spaß daraus machten, selbst noch tote Juden zu misshandeln.

Nicht dass ihn das überrascht hätte. Die Überraschung ereilte ihn, als er um Freiwillige bat, die den Sarg des Professors zunächst in die Kirche und später auf den Kirchhof hinaustragen würden. Nicht ein Mann in der Versammlung hatte die Hand gehoben. Jeder, zu dem Josef hinsah, hatte die Arme vor der Brust verschränkt, und die Stirn in Falten gezogen.

Als er die Versammelten daran erinnerte, dass Victor und Eva Meyerhof ihre Nachbarn gewesen seien und über zwanzig Jahre treu in der Gemeinde mitgearbeitet hätten, hob ein einziger Mann zögernd die Hand, nur um zu erleben, dass seine neben ihm sitzende Frau sie sofort wieder herunterzog. An dieser Stelle blieb Josef, um die Peinlichkeit zu überspielen, keine andere Wahl, als einfach in der Agenda fortzufahren.

Die Versammlung sang das Schlusslied, während Josef, seiner Gewohnheit folgend, nach hinten ging, um die Gottesdienstbesucher am Ausgang der Kirche mit Handschlag zu verabschieden. Die beiden SS-Männer stellten sich so auf, dass sie ihn dabei fest im Blick hatten.

Auch wenn es ihm nach wie vor körperliche Pein bereitete, verabschiedete Josef jeden Einzelnen mit dem obligatorischen „Heil Hitler!“.

Die beiden schwarz kostümierten Schergen grinsten ihn an wie Hyänen. Nachdem das letzte Gemeindeglied aus der Kirche hinaus war, näherten sie sich ihm.

„Heil Hitler!“, grölte der Sturmbannführer.

Josef erwiderte den Gruß vorschriftsmäßig.

„Heil Hitler!“, bellte der Rottenführer.

Josef zuckte unwillkürlich zusammen, brachte aber nochmals den ordnungsgemäßen Gruß zuwege.

Sadistisch grinsend sagte der jüngere SS-Mann: „Wie schön, Sie wiederzusehen, lieber Bruder in Christus! War 'n schöner Gottesdienst – abgesehen von der Judensache, versteht sich." Er patschte mit der Hand auf Josefs versehrten Unterarm und marschierte grinsend in den deutschen Maisonnenschein hinaus.

Monika stand abseits an der Seite ihrer Eltern. Alle drei hatten sie dem Wortwechsel zugesehen. Jetzt nickte Olbricht ihm zum zweiten Mal an diesem Sonntag beipflichtend zu.

15

Froh, endlich allein zu Hause zu sein, machte Josef die Tür seines Arbeitszimmers hinter sich zu. Nach dem Gottesdienst hatten die Olbrichts darauf bestanden, dass er und Monika zum Mittagessen mit zu ihnen kämen. In der Stimmung, in der Josef sich gegenwärtig befand, hätte diese Einladung ebenso gut von den SS-Schergen kommen können. Er hatte partout nicht hingehen wollen, hatte dann aber um Monikas willen nachgegeben. Der Nachmittag hatte sich als eine einzige Prüfung seiner Geduld erwiesen.

Als die Suppe aufgetragen wurde, brodelte es in ihm. Beim Wildbret dampfte er schon, und als sie mit Erdbeeren und Schlagsahne fertig waren, kochte er endgültig. Ursache seiner Hitze waren die Bemerkungen, die Olbricht und seine Frau von sich gaben.

„Das kannst du ihnen wirklich nicht verdenken", hatte Olbricht zur Verweigerung der Gemeindemitglieder gesagt, Meyerhof zu Grabe zu tragen, „schon gar nicht, wenn zwei SS-Männer in der Versammlung sitzen. Immerhin war der Mann Jude."

„Diese beiden SS-Leute machten ja wirklich einen feinen Eindruck, findest du nicht? Der Sturmbannführer sagte, sein Name sei Wolff, da frage ich mich, ob er womöglich mit Adele Wolff verwandt ist, an die du dich doch sicher noch erinnern kannst? Sie kam aus der Gegend von Heinersdorf", sagte Edda. „Glaubst du, die beiden werden jetzt regelmäßig zum Gottesdienst kommen? Vielleicht täten sie das ja, wenn du sie mal besuchen würdest."

„Diese leidige Angelegenheit mit deiner Entschuldigung hast du anständig hinter dich gebracht", bemerkte Olbricht, „hast genau den richtigen Ton getroffen. Ich hab ja gesagt, die Gemeinde wird über so gut wie jede Dummheit hinwegsehen, wenn ihr Hirte nur Manns genug ist, seine Schnitzer einzugestehen."

„Du hättest mal sehen sollen, wie die beiden von der SS dich am Ende des Gottesdienstes angesehen haben. Sie sahen ausgesprochen zufrieden aus", sagte Edda. „Habe ich richtig gehört, dass einer der beiden sich zum Glauben bekannt hat?"

„Ist ja wirklich schade um Meyerhof", meinte Olbricht. „Allerdings überrascht es mich gar nicht, dass Victor sich aufgehängt hat. Irgendwie haben die was anderes an sich, meinst du nicht auch? Man kann es in ihren Augen sehen. Ist dir bestimmt auch schon aufgefallen."

Den ganzen Nachmittag über hatte Monika zufrieden vor sich hingelächelt, während Josef alles daransetzen musste, nicht zu explodieren. Jetzt, nachdem endlich die Tür hinter ihm zu war und er sich in sein eigenes Reich hatte zurückziehen können, versuchte er all die Misshelligkeiten des Tages abzustreifen.

Da klopfte es leise an der Tür.

„Josef?"

Fast wäre ihm eine schroffe Entgegnung herausgerutscht. Er konnte sich gerade noch bezähmen. „Was ist?"

„Vater ist am Telefon. Er möchte dich sprechen."

„Sag ihm, ich bin beschäftigt."

Schweigen. Dann: „Möchtest du wirklich, dass ich *das* meinem Vater sage?"

Josef machte die Tür auf.

„Du hast ihm noch nicht einmal dafür gedankt, dass er dich aus der Prinz-Albrecht-Straße rausgeholt hat", zischte sie ihm zu, als er an ihr vorbeiging.

„Ja bitte?"

„Olbricht. Geht's dir gut, mein Junge? Kamst mir heut' Nachmittag ein bisschen einsilbig vor. Edda ist das auch aufgefallen."

Josef zögerte – zu lange.

„Junge?"

„Mir geht's gut, danke. Ich war nur 'n bisschen schlapp, weil heute Morgen so viel los war. Das kennst du ja."

„Hör mal, was ich da über den Professor gesagt habe –"

„Vergiss es", sagte Josef. „Aber wenn du ihn schon erwähnst: Es gibt da noch etwas, was ich wegen des Professors mit dir bereden wollte." Kaum hatte er das Thema angeschnitten, als es ihm auch schon wieder Leid tat. Zwar wollte er Olbricht von seinem Verdacht erzählen, aber eigentlich nicht jetzt.

„Soll ich schnell rüberkommen?“, fragte Olbricht. In seiner Stimme schwang Besorgnis mit.

„Nee ... nee, ist nicht wichtig. Irgendwann, ja ... da gibt's schon noch was zu besprechen, aber ... nee, du brauchst jetzt nicht extra herkommen.“

An beiden Enden der Leitung wurde es still.

Josef räusperte sich. „Ich hab dir noch gar nicht dafür gedankt, dass du mich holen gekommen bist – du weißt schon, von der Prinz-Albrecht-Straße.“

Monika stand ein Stückchen abseits, die verschränkten Arme auf ihrem gewölbten Leib ruhend. Sie lächelte ihn an und nickte beifällig.

„Keine Ursache, mein Junge“, sagte Olbricht.

„Ich möchte gern für deine Auslagen aufkommen.“

„Nicht nötig. Dafür hat man schließlich Familie. So, wie die Dinge zurzeit liegen, kann man nie wissen, wann du für mich dasselbe tun musst.“ Olbricht gluckste.

„Ich wollte dich nur wissen lassen, dass ich dir dankbar bin.“

„Ist Monika in der Nähe?“

Josef sah zu seiner Frau hinüber.

„Wenn sie sich nicht gerade hingelegt hat, gib sie mir mal.“

Josef reichte Monika den Hörer.

„Hallo, Papa!“, sagte sie, kaum dass sie sich den Hörer ans Ohr gerissen hatte. Josef machte auf dem Absatz kehrt und steuerte wieder sein Arbeitszimmer an.

Er schloss die Tür hinter sich.

Kaum über die Schwelle getreten, machte er die Augen zu und atmete mehrmals tief durch, um nicht von der Wut fortgerissen zu werden, die sich seit dem Beginn des morgendlichen Gottesdienstes in ihm aufgestaut hatte. Die Hände hatte er zu Fäusten geballt. Seine Unterlippe zitterte. Nur mit Mühe konnte er dem unbändigen Drang widerstehen, auf irgendetwas einzuschlagen oder etwas zu nehmen – egal, was – und mit aller Wucht gegen die –

Schritte, leise.

„Josef?“

Er biss die Zähne so fest aufeinander, dass ihm das Kinn wehtat.
„Josef?“
„Ja?“
„Ich leg mich ’ne Weile hin.“
„Ja, ja.“
Stille.
Josef konzentrierte sich erneut darauf, seinen Atem unter Kontrolle zu kriegen.
„Josef?“
„Geh dich hinlegen.“
„Bist du böse auf mich?“
„Nein, und jetzt leg dich hin.“
„Möchtest du einen Tee?“
„Nee, leg dich endlich hin!“
Stille.
„Würdest du den Herd für mich anmachen? Ich hätte gern einen Tee, ehe ich mich hinlege.“

* * *

Zum dritten Mal fiel die Tür des Arbeitszimmers hinter ihm ins Schloss. Das Herdfeuer brannte, Monika hatte ihren Tee. Diesmal schloss er die Tür ab – gewiss eine bedeutungslose Geste, aber so frustriert, wie er war, half es ihm dennoch irgendwie.

Er durchquerte das Zimmer und setzte sich in den Sessel am Fenster, von dem aus er in den Garten schauen konnte. Er nahm Nadel und Faden zur Hand und fing an zu sticken. Doch nach drei Stichen warf er seine Arbeit in den Korb zurück, erhob sich und begann im Zimmer auf- und abzugehen.

Nachdem er die vier Schritte zwischen Schreibtisch und Fenster ein paar Mal hinter sich gebracht hatte, fiel er auf die Knie. Schloss die Augen. Neigte den Kopf. Faltete die Hände. Aber kein Wort des Gebets kam ihm über die Lippen. Kein Gedanke, den er an Gott hätte richten können, formte sich in seinem Kopf.

Er stand wieder auf.

Ein Bleistiftständer segelte durch den Raum und krachte gegen ein Bücherbord. Die Schreibstifte flogen in alle Richtungen.

Jetzt ging's ihm schon ein wenig besser.

Es folgte ein Briefbeschwerer aus Marmor.

„Josef? Alles in Ordnung mit dir?"

Josefs Brustkorb hob und senkte sich. „Ja, ja. Mir geht's gut."

„Ich hab was krachen hören."

„Das war nichts. Leg dich hin."

„Deine Tür ist abgeschlossen."

„Ich wollte einfach nur 'ne Weile allein sein ... zum Beten. Ich red mit dir, wenn du dein Nickerchen gemacht hast."

„Das war aber 'n fürchterlich lautes Gebet", hörte er sie noch murmeln, ehe sie sich mit leisen Schritten von seiner Tür entfernte.

Mit Gegenständen herumzuschmeißen hatte zwar seine Stimmung leicht aufgehellt, war aber natürlich keine Lösung für irgendetwas. Bald schon kehrten seine Gedanken zu den Geschehnissen des Vormittags zurück, und gleich bauten sich auch die Emotionen wieder auf.

„Nicht einer! Nicht einer von denen hat die Höflichkeit besessen, sich als Sargträger für Meyerhof zu melden!", murmelte er halblaut vor sich hin.

Sie haben Angst. Er war Jude!

„Er war Christ, Mitglied dieser Gemeinde und ihr Nachbar!"

Trotzdem: ein Jude. Und in der Versammlung waren unangenehme Leute.

„Das ist einfach 'ne Frage der Höflichkeit. Der Mann hat das Recht auf ein ordentliches kirchliches Begräbnis!"

Es ist ein unnötiges Risiko. Wenn sie sich im Leben nicht vor ihn gestellt haben, wieso sollten sie ihn dann jetzt zu Grabe tragen wollen? Hauptsache, der Professor ist tot. Jetzt können ihm die Nazis nichts mehr tun. Die anderen haben mit ihren eigenen Angelegenheiten genug zu tun.

„Aber wozu soll ein Leben noch gut sein, wenn man es in ständiger Angst zubringen muss?"

Die Art Angst, wegen der du dich entschuldigt hast, obwohl du nichts verkehrt gemacht hattest?

„Das war etwas anderes."

Oder etwa die Art Angst, die dich dazu brachte, in der Kirchentür zu stehen und den Arm hochzureißen, nur weil der Herr Sturmbannführer dich im Blick hatte?

Dieser Gedanke beunruhigte Josef beträchtlich.

Du bist keinen Deut besser als die anderen.

„Ich hab Frau und Kind, an die ich denken muss."

Und dein Gott ist nicht groß genug, über sie zu wachen?

„Geht's jetzt also um 'ne Glaubensfrage, oder wie?"

Du bist nicht besser als die anderen.

„'ne Frage des Glaubens ... Ich bin nicht besser als die anderen."

Und was willst du jetzt tun? Dich und deine Familie auf dem Dachboden einschließen wie deine Mutter und deinen Bruder?

„Aber Monika –"

Was wäre denn, wenn du deinen Glauben ausleben könntest, ohne Monika damit in Gefahr zu bringen?

„Veränderungen zu bewirken, ohne ein Risiko für Monika einzugehen?"

Veränderung, nicht einfach viel Lärm um nichts.

„Veränderung. Ohne Gefahr für Monika."

Josef ging zu seinem Schreibtisch, schlug seine Bibel auf und nahm einen zerknitterten Papierschnipsel heraus, den er am Morgen in das Buch gelegt hatte.

Wenn Sie wirklich ein Freund Luthers sind, benutzen Sie in einer Ihrer nächsten Predigten das Wort feste Burg. *Man wird dann in Kontakt mit Ihnen treten.*

Er setzte sich an den Tisch.

„Auf eine Weise, die Monika nicht in Gefahr bringt", sagte er leise.

Er zog ein Blatt Papier aus der Schublade, setzte seine Brille auf, nahm einen Füllfederhalter zur Hand und schrieb oben auf den leeren Bogen „FESTE BURG".

Die nächsten zwei Stunden dachte und schrieb er. Betete und schrieb. Entwarf und schrieb. Nur nichts überhasten – alles sorgfältig durchdenken. Jede Möglichkeit in Betracht ziehen. Monika beschützen. Veränderungen herbeiführen. Den Glauben leben. Keine Angst mehr haben.

Schritte.

„Josef?“

„Hm?“

„Die Tür ist immer noch zu.“

Josef stand auf und drehte den Schlüssel herum. Monikas Gesicht sah ängstlich aus. Sie sah an ihm vorbei zum Schreibtisch.

„Woran arbeitest du?“

„An der Predigt für nächsten Sonntag.“

„Jetzt schon?“

„Wenn einem ’ne Inspiration kommt ...“

„Hast du Hunger?“

„Ich könnt’s schon was vertragen, denk ich.“

„Ich auch.“

Josef rechnete damit, dass sie damit kehrtmachen und Richtung Küche marschieren würde. Weit gefehlt!

„Ja, dann brauchen wir wohl wieder Feuer im Herd.“

Wortlos vor sich hingrummelnd folgte Josef seiner Frau in die Küche. Die Rettung Deutschlands vom Nationalsozialismus musste eben warten, bis er den Herd angemacht hatte.

* * *

Sonntag, 19. Mai 1940

„Als ich ein Kind war, hat mir meine Mutter Geschichten vorgelesen. Das war bei Ihnen vermutlich nicht anders.“

Josef stand reglos hinter der Kanzel. Seine Stimme war kräftig und voll Selbstvertrauen, aber im Bauch fühlte er einen dicken Kloß. Je näher er der Stelle kam, an der er das Kennwort benutzen würde, desto unsicherer war er sich. Er war drauf und dran, eine Linie zu überqueren, hinter der ihn ernste Konsequenzen erwarteten, einen Schritt zu tun, den er jahrelang vermieden hatte, jetzt aber gehen musste. Während er auf die rote Linie zuging, versteckte er sich hinter einer Maske der Selbstgewissheit.

Vor sich hatte er die übliche Schar, die allsonntäglich seinen Gottesdienst besuchte. Verglichen mit der vorigen Woche fehlten nur die Olbrichts und die zwei SS-Männer.

Herr Reimann saß an derselben Stelle wie immer, zweite Reihe links, und trug seine übliche Sonntagmorgenmiene zur Schau: stoisch, den Blick unverwandt auf Josef gerichtet. Konrad und Willi saßen diszipliniert neben ihm.

Jedes Mal, wenn Josef zu Reimann hinsah, kam er nicht umhin sich zu fragen, ob der Mann nicht eine Rolle beim Tode Meyerhofs gespielt hatte, und wenn ja, welche. Konrad hatte mit der Sache nichts zu tun, davon war er überzeugt. Aber wie um alles in der Welt war dann Konrads Münze in Meyerhofs Kammer gelangt?

In der Reihe gleich hinter Reimann hockten Ursel, Karin, Ernst und Hartmut und machten halblaut ihre üblichen Späßchen: tuschelten, ritzten Zeichnungen in die Kirchenbank und versuchten sich so gut wie möglich abzulenken, um die Gottesdienstzeit herumzubringen. Wenn ihre Albereien gar zu störend wurden, drehte Reimann sich um und warf ihnen einen Blick zu, der sie für die nächsten paar Minuten verstummen ließ.

Monikas Platz war in der zweiten Reihe rechts. Ruhelos suchten ihre behandschuhten Hände, die sie normalerweise im Schoß hatte, wenn es denn einen Schoß gab, einen Platz, an dem sie verweilen konnten. Die dritte Bank hinter ihr war leer. Hier hatten in besseren Tagen der Professor und Eva gesessen.

Die Stimmung im Gottesdienst war verglichen mit der Vorwoche zurückhaltend. Die Frontberichte gaben zu erkennen, dass Hitlers Blitzkrieg im Westen ins Stocken geraten war. Zwischen Antwerpen und Namur hatte der Feind der Berichterstattung zufolge eine stabile Front aufbauen können.

„Eine meiner Lieblingsgeschichten", fuhr Josef in seiner Predigt fort, „war die von dem Jungen, der sich vor nichts fürchtete. Wissen Sie noch? Falls nicht, lassen Sie mich Ihrem Gedächtnis auf die Sprünge helfen. Es war einmal ein Vater, der zwei Söhne hatte. Der Ältere war klug und empfindsam, der Jüngere eher zögerlich, so sehr, dass jedermann ihn für etwas zurückgeblieben hielt. Immer wenn in der Wirtschaft etwas zu erledigen war, sandte der Vater den älteren Sohn, auf den er sich verlassen zu können meinte. Mit einer Ausnahme: Der Weg durfte den Jungen nicht des Nachts am Kirchhof vorbeiführen.

‚Nicht dort entlang!', pflegte er in solchem Falle zu flehen. ‚Da krieg ich immer 'nen Schauder!' Der Junge fürchtete sich nämlich.

Der jüngere Sohn dagegen, so langsam und zuweilen unzuverlässig er auch sein möchte, fürchtete sich niemals. Wenn sie sich des Abends am Feuer Geschichten erzählten, bei denen allen die Haare zu Berge standen, hörte der Jüngere ungerührt zu. Er sagte, er könne das gar nicht verstehen. Nie im Leben habe er eine Geschichte gehört, die ihn zum Schaudern gebracht hätte.

Eines Tages sagte der Vater zu seinem jüngeren Sohn: ‚Es ist an der Zeit für dich, etwas zu erlernen, womit du einst dein Geld verdienen kannst.'

Der Junge antwortete: ‚Ich würde nur zu gern lernen, wie es ist, wenn einen gruselt, denn davon verstehe ich nichts.'

Sein Bruder lachte ihn aus und nannte ihn einen Trottel. Der Vater aber sagte: ‚Du wirst nur allzu bald lernen, wie man erschauert, aber damit kannst du dir nicht deine Brötchen verdienen.'

Erinnern Sie sich jetzt, wie die Geschichte weitergeht? Der Küster, der den Jungen kannte, stellte ihn an, um die Glocken im Turm zu läuten, und verkleidete sich dann als Geist, um ihn zu erschrecken. Allein, der Junge erschrak kein bisschen vor dem Küster-Geist und stieß ihn die Treppen hinunter.

Als der Vater davon hörte, warf er den Jungen aus dem Haus, weil er den Küster die Treppe hinuntergestoßen hatte. Auf der Landstraße traf der Junge einen Mann, dem er von seiner Not erzählte. Der zeigte ihm einen Galgen, an dem sieben Männer hingen, und schlug ihm vor, sich nächtens unter diesen Galgen zu setzen, dann werde er schon lernen, wie man erschauert. Gesagt, getan. Es war eine windige Nacht, die Männer am Galgen schwankten hin und her, aber der Junge machte sich ein Feuer und hatte kein bisschen Angst vor den Gehenkten.

Als Nächster stellte sich ein Fuhrmann der Herausforderung, den Jungen zum Erschauern zu bringen. Er nahm den Jungen mit in eine Herberge, wo man ihm von einem verwunschenen Schloss erzählte, in dem es einen großen Schatz zu entdecken gäbe, den der finden würde, der es als Erster drei Nächte in dem Schloss aushalte, denn dadurch werde er den Fluch brechen, der darauf laste. Obendrein habe der König diesem Manne seine Tochter zur Frau versprochen, die das schönste Mädchen im ganzen Lande sei.

Der Junge willigte ein und betrat das verwunschene Schloss. Im Laufe der drei Nächte begegneten dem Jüngling schwarze Katzen mit bedrohlich glitzernden Augen, wolfsgleich heulende Hunde, Bettgestelle, die sich auf unerklärliche Weise durch die Kammer bewegten, ein in der Mitte zerteilter Leichnam, der aus dem Kamin fiel, sechs Mann mit einem Sarg und ein Gerippe, das ihn zu erwürgen suchte. Aber nichts in dem verwunschenen Schloss vermochte den Jungen zum Erschauern zu bringen.

Am Ende der dritten Nacht war der Fluch über dem verwunschenen Schloss gebrochen, der Junge erbte alles Gold, das sich darin befand, und freite die Königstochter, die Allerschönste im ganzen Land."

Jetzt hatte er die ungeteilte Aufmerksamkeit seiner Zuhörer, sogar die der Jugendlichen in der Bank hinter Herrn Reimann.

„Als ich ein Junge war, dachte ich immer: ‚Wenn ich doch auch nur so sein könnte wie dieser jüngere Sohn, sodass meine Ängste mich nicht mehr erschrecken würden!'"

Josef machte eine Pause. Aus den Gesichtern seiner Zuhörer zu schließen, hatte er einen Nerv getroffen. Und zwar zu Recht. Furcht war zur vorherrschenden Empfindung im Lande geworden. Das wussten auch die Leute in der Kirche und fragten sich jetzt – furchtsam –, worauf er wohl an diesem Morgen hinauswollte.

„In Gottes Wort lesen wir: ‚Denn Gott hat uns nicht gegeben den Geist der Furcht, sondern der Kraft und der Liebe und der Zucht.'"

Josef klappte seine Bibel zu. Langsam und betont.

„Wir haben hier eine einfache Lehre, die wir auch ohne theologische Studien leicht begreifen können. Gott hat uns dreierlei gegeben: Kraft, Liebe und einen zuchtvollen Sinn. Diesen drei Dingen unmittelbar entgegengesetzt ist ein Geist der Furcht, wie er nicht von Gott kommt. Eine klare Lehre, oder? Diejenigen, die in Ängsten leben,

leben nicht aus dem Glauben an Gott. Denn Gott weiß nichts von Furcht. Und doch gibt es heutzutage viele unter uns, die dem älteren Bruder in dem Märchen gleichen: Sie sind klug, empfindsam und ... ängstlich. Ihre Handlungen werden von ihren Ängsten bestimmt und nicht von dem, was sie glauben."

Josef trat hinter der Kanzel hervor. Die Leute in den Bänken fingen an, ihre Siebensachen zusammenzuraffen.

„Ich bin noch nicht fertig", sagte er.

Das Rascheln und Raunen erstarb. Jetzt hörte ihm wirklich jeder in der Versammlung zu. Sogar Willi.

„Es ist ja kein Geheimnis, dass ich ein Bewunderer Martin Luthers bin. Luther war ein großer Mann, der zugleich seine Schwächen hatte. Eben ein Deutscher durch und durch. Ein Mann, der wusste, was Furcht war. Seinen Eid, das Mönchsgelübde abzulegen, gab er während eines Gewittersturms, nachdem ein Blitzschlag ihn zu Boden geschleudert hatte. Und seine erste Messe? Ein Alptraum. Alles musste seine korrekte Ordnung haben: Ornat, Lesungen – und die Seele des Priesters. Schließlich war das die zentrale Achse der Gnadenmittel der Kirche. Daran hing der ganze Unterschied zwischen Klerikern und Laien ebenso wie der Vorrang der Kirche vorm Staat. Luther selbst hat gesagt, die Angst davor, während einer solchen Liturgie einen Fehler zu begehen, habe ihn ganz blöd im Kopf gemacht und zutiefst erschreckt. Obschon Luther also wusste, was Angst ist, unterwarf er sich ihr nicht. Vielmehr ließ er sich von seiner Leidenschaft antreiben. Zu seinen besten Zeiten war Martin Luther eine weiß glühende Flamme der Gerechtigkeit, zu seinen schlechtesten ein gemeiner Schuft. Aber eines kann man ihm beim besten Willen nicht nachsagen: Er war nie zweideutig. Was er glaubte und wofür er stand, machte er stets unmissverständlich klar. Mit seinen eigenen Worten: ‚Theolog wird man durch ein Leben, das Tod und Verdammnis bannt – nicht durch Nachdenken, Lesen oder Spekulieren.'"

Die Zeit war gekommen.

Mit einem Mal wurde Josefs Mund trocken.

„Worauf gründete Luthers Vertrauen?"

Der Satz klang irgendwie heiser. Er schluckte trocken, einmal und noch einmal.

Theolog wird man durch ein Leben, das Tod und Verdammnis bannt …

„Die Frage beantwortet sich durch ein Zitat aus Luthers berühmtestem Lied:

Ein feste Burg ist unser Gott, ein gute Wehr und Waffen!
Er hilft uns frei aus aller Not, die uns jetzt hat betroffen.“

Damit hatte er die Linie überschritten. Jetzt gab es kein Zurück mehr.

„Vor seiner größten Prüfung stand Martin Luther auf dem Reichstag zu Worms, zu dem er geladen worden war, um jene Aussagen zu widerrufen, die er gestützt auf das Wort Gottes getroffen hatte. Angesichts der unglaublichen Macht der Kirche, wissend, dass sein Leben auf Messers Schneide stand, weigerte er sich, vor den Drohungen und Einschüchterungsversuchen der Mächtigen in die Knie zu gehen. ‚Hier stehe ich‘, sagte er, ‚ich kann nicht anders. Gott helfe mir! Amen.‘“

Josef trat vor seine Gemeinde. „Gott helfe uns allen.“

* * *

Monika machte ihr nachmittägliches Nickerchen. Josef saß im Wohnzimmer und stickte, erstaunt darüber, wie ruhig er war. Er hatte seine Botschaft abgegeben, konnte aber nicht wissen, ob sie ihren Empfänger auch erreicht hatte. Wichtig war, dass er sie so gegeben hatte, wie es ihm angewiesen worden war. Jetzt waren die anderen am Zug – wer immer sie auch sein mochten.

Er fragte sich, wie lange es wohl dauern würde, bis sie einen Kontaktversuch unternähmen – immer vorausgesetzt, die Botschaft hatte ihren Empfänger tatsächlich erreicht. Und wie würde das geschehen? Es brachte nichts, darüber nachzudenken, er wusste es ja ohnehin nicht. Es kam auch gar nicht darauf an, er würde so oder so den Plan in die Tat umsetzen, den er letzten Sonntag ausgearbeitet hatte.

Fürs Erste fühlte es sich einfach gut an, emotional wieder festen

Boden unter den Füßen zu haben. Der vergangene Sonntag war schrecklich gewesen, Meyerhofs Beerdigung kaum besser. Nur eine Hand voll Gemeindeglieder war erschienen, um dem Professor die letzte Ehre zu erweisen.

Möge Gott ihnen vergeben!

Auch heute Morgen war's nicht leicht gewesen, auch wenn keiner mitbekommen zu haben schien, dass die Versammelten zu Zeugen eines emotionalen Entschlusses wurden, der ihn beinahe aufrieb. Freilich, wie hätten die Leute auch auf so was kommen sollen?

Er legte seine Stickerei zur Seite. Sie hatte ihm wie immer geholfen, auf andere Gedanken zu kommen. Jetzt fühlte er sich entspannt. Aufgeräumt. Er setzte die Brille ab, streckte sich und rieb sich die Augen. Dann griff er nach seinen Schuhen. Es war Zeit für seinen Sonntagnachmittagsspaziergang.

Da klingelte das Telefon.

Er sprang vom Stuhl auf und nahm schon nach dem zweiten Schellen ab. Wenn nur Monika nicht wach wurde!

„Ja bitte?"

„Hier ist die feste Burg."

Das war alles. Die Stimme eines Mannes. Tief. Josefs Nerven spannten sich wie Drahtseile.

„Ja", antwortete er so ruhig, wie es irgend ging.

„Wir dachten schon, Sie wären gar nicht wirklich ein Freund Luthers."

„Jetzt bin ich's."

16

Dienstag, 28. Mai 1940

„Konrad ist ja noch so ein Kind!"

„Wieso sagst du das?"

„Weil er sich wie ein Kind benimmt."

Monika ruhte sich in einem Wohnzimmersessel aus. Sie hatte die Augen geschlossen und ließ die Arme an den Seiten des Sessels herabbaumeln. Ursel saß auf dem Fußboden. Sie hatte Monikas Fuß in ihrem Schoß und massierte ihn.

„Karin braucht ihm bloß schöne Augen zu machen, und er tut alles, was sie will", sagte Ursel. „Wie können Männer bloß so blöd sein?"

„Hast du denn auch schon mal versucht, ihm schöne Augen zu machen?"

„Aber Frau Pastor!", platzte Ursel heraus und errötete.

Monika lachte, aber nur kurz, dann erlangten Töne des Wohlbehagens die Oberhand. „Ooooohhhh, fühlt sich das gut an!", sagte sie. „Ich weiß nicht, wie lange meine Füße das alles noch aushalten sollen."

„In einem Monat ist Ihr Termin?"

Monika stöhnte. „Noch dreißig Tage Rückenschmerzen, ein Kind, das mir auf der Blase sitzt, auf dem Rücken schlafen, Gefühle, die verrückt spielen, und Füße, die irrsinnig wehtun. Jeder Tag kommt mir wie 'ne Ewigkeit vor."

„Aber Sie werden ein neues Menschenleben zur Welt bringen."

In der Stimme des Mädchens klang eine Begeisterung und Erregung mit, wie Monika sie wohl seit Jahren nicht mehr verspürt hatte.

„Ich würde jederzeit mit dir tauschen", sagte sie.

Ursel setzte Monikas einen Fuß ab und nahm sich den anderen vor, worauf Monika mit einer neuen Welle erleichterter Wohlbehagenskundgebungen reagierte.

„Ich hätte gerne ein Baby", sagte Ursel.

„Das hab ich auch mal gedacht. Jetzt bin ich mir nicht mehr so sicher. Du weißt gar nicht, wie glücklich du dich schätzen kannst, dass du nicht verheiratet bist."

„Das meinen Sie doch nicht ernst, oder?", sagte Ursel.

Monika schlug die Augen auf und sah in ein junges Gesicht voller Sorge. „Nimm's mir nicht übel", sagte sie. „Das ist nur so 'n Geschwätz." Sie sah die jüngere Frau aus freundlichen Augen an. „Aber überstürz nichts. Deine Zeit kommt auch noch."

„Ich weiß nicht recht. Ich dachte immer, Konrad und ich würden mal heiraten. Aber wenn Herr Jungnazi nicht gerade Karin anschmachtet, denkt er bloß an Aufmärsche und Kanonen und Manöver."

„Aber er sieht doch gut aus in seiner Uniform, findest du nicht?", sagte Monika versonnen lächelnd.

„Frau Pastor, ich bitte Sie! Sie sind eine verheiratete Frau!"

„Ich sag ja bloß, dass er 'n hübscher Junge ist. Und ihr zwei werdet ein schönes Paar abgeben."

„Ich weiß nicht ...", sagte Ursel. „Immer wenn ich denke, jetzt wird er endlich mal erwachsen, benimmt er sich wieder wie 'n kleiner Junge. So wie heute Mittag. Wissen Sie, wie er sein Brot mit Wurst isst?"

Monika schüttelte den Kopf.

Ursel hörte auf, ihren Fuß zu reiben, weil sie beide Hände brauchte, um Konrads Essmanieren nachzumachen. „Also, er legt die Wurst an das Ende von seiner Brotscheibe, von dem er zuerst abbeißt. Dann beißt er das Brot unter der Wurst weg, und die schiebt er mit der Nasenspitze immer weiter nach hinten, quer über die ganze Brotscheibe weg! Er sagt, auf diese Weise dringt das Wurstaroma ins Brot ein, und auch das trockene Brot schmeckt nach Wurst."

Monika grinste. „Na ja, es macht schon 'nen Unterschied, das muss man ihm lassen."

„Es ist abscheulich!", betonte Ursel nachdrücklich. Dann nahm sie Monikas Fuß und fing wieder an, ihn zu kneten.

„Du wirst noch sehen: Wenn du erst mal verheiratet bist, gibt es jede Menge Kleinigkeiten, an die du dich nur mühsam gewöhnen kannst", stellte Monika fest.

„Ich wette, Ihr Mann schiebt seine Wurstscheibe nicht mit der Nase quer übers Brot!"

Monika lachte. „Der hat auch seine schlechten Gewohnheiten, das kann ich dir sagen."

„Kann ich mir kaum vorstellen", sagte Ursel, „wo er doch immer so vornehm ist."

„Du lebst ja auch nicht mit ihm zusammen."

Schweigen breitete sich zwischen ihnen aus. Das spitzbübische Grinsen im Gesicht der Jüngeren zeigte Monika jedoch, dass sie nur allzu gern noch mehr persönliche Dinge über Josef erfahren hätte und nur zu höflich zum Fragen war.

„Er kriegt zum Beispiel jedes Mal 'nen Anfall", erzählte Monika, „wenn ich ihn bitte, Feuer im Herd zu machen."

„Ich glaub's nicht!", rief Ursel.

„Stimmt aber."

„Und warum?"

Monika zuckte die Schultern. „Ist nun mal so."

Ursel drückte ihre beiden Daumen tief in Monikas Spann und löste so ein weiteres Stöhnen des Wohlbehagens aus.

„Du bist mit Geld nicht zu bezahlen", sagte Monika.

„Sie können mir ja irgendwann auch mal die Füße massieren, wenn ich 'n Kind kriege."

„Dann wirst du am eigenen Leibe spüren, wie gut das tut."

Monika ließ ihren Kopf nach hinten sinken und schloss die Augen. „Wann muss Konrad einrücken?"

„Er hat noch kein festes Datum, aber von mir aus kann es gar nicht bald genug sein."

Monika hob den Kopf.

„Das hätte ich wohl nicht sagen sollen", stellte Ursel kleinlaut fest.

„Steht's denn zwischen euch beiden so schlecht?"

„Aber nicht doch! Nein ..., das hat – ähm – gar nichts mit uns zu tun, sondern mit ... mit seinem Vater."

„Hat Konrad denn Ärger mit seinem Vater?"

„Darüber sollte ich besser nicht sprechen."

„Daher also die blauen Flecken und so", sagte Monika.

Ursel sah zu ihr hoch.

Monika konnte es nicht lassen. „Er versucht sie zu verstecken, ich weiß. Sie kommen also gar nicht vom Sport und vom Kriegspielen, wie?"

Ursel schüttelte den Kopf.

„Sein Vater verprügelt ihn also?"

„Ja, und Willi auch."

Schweigend dachte Monika über diese Neuigkeit nach und fragte dann: „Sollte ich meinen Mann veranlassen, mal mit Herrn Reimann zu sprechen?"

Ursel geriet in Panik. „Auf keinen Fall! Das würde alles nur noch schlimmer machen! Ich hätte Ihnen gar nichts davon sagen sollen."

Monika strich Ursel übers Haar. „Das war schon richtig, dass du's mir erzählt hast. Es ist scheußlich, wenn man so ein Geheimnis ganz allein tragen muss. Und das bleibt unter uns, ich versprech's dir."

Ursel lächelte zögerlich. „Danke."

Monika ließ sich wieder in den Sessel sinken, und Ursel massierte ihr aufs Neue die Füße.

„Wirst du auf ihn warten?", fragte Monika nach einer Weile.

„Wenn er mich denn haben will ..."

„Lass ihn nur erst mal 'n paar Monate bei der Wehrmacht sein: nichts als kaltes Essen und nur Männer um sich rum. Ich wette, wenn er zurückkommt, sieht er das Leben ganz anders."

„Das hab ich auch immer gedacht, aber mittlerweile bin ich mir nicht mehr so ganz sicher. Vielleicht täte ich besser daran, mich nach jemandem wie Ihrem Mann umzusehen. Ich glaub allerdings kaum, dass noch viele von seiner Sorte zu haben sind. Oder mir muss irgendwie was entgangen sein."

„Was findest du denn nur so Anziehendes an meinem Mann?", fragte Monika, und sie fragte so nicht bloß aus beiläufiger Neugierde. Vielmehr hatte Ursels Bemerkung sie ziemlich überrascht, denn sie hatte nicht geglaubt, dass andere Frauen Josef attraktiv finden könnten. Mit ihrer Frage schien sie Ursel jedoch in Verlegenheit gebracht zu haben – freilich nicht so sehr, dass ihr nicht eine passende Antwort eingefallen wäre.

„Na ja, hm ... die Art und Weise, wie er es genießt, in Ihrer Nähe zu sein.“

„Wie kommst du denn darauf?“

„Na, wegen dem Stickkorb in seinem Arbeitszimmer, neben dem Sessel. Ich find's toll, dass er Ihnen erlaubt, bei ihm in seinem Arbeitszimmer zu sitzen und zu sticken, während er arbeitet.“

Nachdem nun einmal die Zeit der Bekenntnisse zu sein schien, debattierte Monika im Stillen mit sich selbst, ob sie Ursel die Wahrheit über den Stickkorb anvertrauen sollte. Sie entschied sich dagegen und sagte nur: „Na ja, es ist nicht immer alles so, wie es scheint, weißt du.“

Ursel ließ die Schultern sinken und sah aus wie ein Ballon, der Luft verliert. „Sagen Sie doch nicht so was! Sie und Ihr Mann sind die einzige Hoffnung, die ich überhaupt habe!“

„Was soll das denn nun schon wieder heißen?“

„Ich meine, wenn Sie beide es nicht schaffen, in Ihrer Ehe glücklich zu sein, wem soll das dann wohl überhaupt gelingen?“

Monika schalt sich innerlich. Sie hatte einfach drauflosgeredet, ohne zu bedenken, dass Ursels häusliches Leben wenig besser war als das von Konrad. Es war doch nur natürlich, dass das Mädel von was Besserem träumte. Die Zeit würde schon noch kommen, in der ihr die Augen dafür aufgingen, wie die Dinge zwischen Mann und Frau tatsächlich lagen. Kein Grund, ihr jetzt schon sämtliche Illusionen zu nehmen.

„Ich will ja nur sagen“, fuhr sie deshalb fort, „auch mein Mann will zuweilen einfach nur seine Ruhe haben. Selbst nach anderthalb Jahren Ehe gibt's immer noch Sachen an ihm, die ich nicht begreife.“

Sie redete leichthin, weil sie nicht wollte, dass Ursel etwas von den Sorgen mitbekam, die sie tatsächlich quälten. Josef hatte sich in letzter Zeit viel mehr als früher in sein Arbeitszimmer zurückgezogen. Hatte seine Papiere geordnet und seine Bücher katalogisiert. Und Seite um Seite zu Papier gebracht, viel mehr, als er normalerweise an Aufzeichnungen für seine Predigten anfertigte.

Und dann fuhr er immer öfter mit der Elektrischen in die Stadt. Noch nie hatte Josef sich freiwillig erboten, für die Lebensmittelzuteilungen Schlange zu stehen, und jetzt bestand er darauf! Zuerst hatte sie gedacht, er wolle auf ihre Umstände Rücksicht nehmen. Doch meistens kam er mit leeren Händen zurück und sagte, es sei alles ausverkauft gewesen, ehe er drangekommen sei. Sie hatte sich nichts weiter dabei gedacht, bis neulich Fräulein Baeck und ihre Zwillingsschwester vorbeigekommen waren und ihr ihre Milchration angeboten hatten. „Kleine Mamis sollten jede Menge Milch trinken", hatte Fräulein Baeck gesagt. Josef war vor den Zwillingsfräuleins aus dem Haus gegangen, um Milch zu besorgen, und war nach ihnen heimgekehrt, ohne etwas anderes anzubieten als seine üblichen Entschuldigungen.

Die Ehefrau in ihr schöpfte sofort Verdacht, es könnte eine andere Frau im Spiel sein. Aber diesen Gedanken ließ Monika rasch wieder fallen, denn Josef war einfach nicht romantisch genug veranlagt, um andere Frauen für sich zu interessieren.

„Wo haben Sie Pastor Schumacher eigentlich kennen gelernt?"

„In der Kirche. Er gehörte mit seiner Familie zu unserer Gemeinde, als mein Vater hier Pastor war."

„Und leben seine Angehörigen immer noch hier in der Gegend? Pastor Schumacher spricht nie von seiner Familie. Hat er eigentlich Geschwister?"

„Er hatte einen Bruder. Aber seine Leute sind alle tot. Seinen Vater haben die Nazis umgebracht. 'ne Verwechslung."

„Wie traurig."

„Wie seine Mutter und sein Bruder gestorben sind, weiß ich gar nicht genau. Josef redet nie von ihnen. Ich weiß bloß, dass es 'ne ganz schön tragische Angelegenheit gewesen sein muss. Eines Nachts wurde mein Vater aus dem Haus gerufen, und als er zurückkam, hatte er Josef bei sich."

„Und dann hat Josef mit in Ihrem Elternhaus gewohnt?"

Monika lächelte und schüttelte den Kopf. „Nur für eine Nacht. Damals studierte er an der Universität."

„Und damals haben Sie sich in ihn verliebt?"

Monika sann einen Moment vor sich hin. „Wenn ich drüber nachdenke, würde ich sagen, ja, in dieser Nacht damals hat es angefangen.

Davor wusste ich zwar, wer er war, aber ich hab mich nie groß um ihn gekümmert."

„Und was hatte er damals an sich, das Ihr Interesse weckte?"

„Ich glaube, es war seine Verletzlichkeit. Den Tod seiner Mutter und seines Bruders hat er sehr schwer genommen."

„Und Sie wissen wirklich nicht, wie die gestorben sind?"

Monika schüttelte den Kopf. „Vater würde es mir nie erzählen, und Josef hat bisher einfach nicht darüber gesprochen. Ich denke, er würde es schon tun, wenn ich ihn danach fragte. Aber ich hab ihn nie dazu gedrängt."

„Sah Pastor Schumachers Bruder ihm irgendwie ähnlich?"

„Ich bin seinem Bruder nie begegnet", sagte Monika.

„War sein Bruder jünger oder älter als er?"

Monika musste einen Moment überlegen, ehe sie antwortete. „Jünger, meine ich."

Nach Ursels Gesichtsausdruck zu schließen fand das Mädel es irgendwie komisch, dass Monika nicht besser über die Familie ihres Mannes Bescheid wusste.

„Und was hat Sie beide dann letzten Endes zusammengebracht?", wollte sie wissen.

Erleichtert, wenigstens diese Frage beantworten zu können, sagte Monika: „Das ist leicht zu sagen. Es war mein Vater."

„Ihr Vater hat Sie also verkuppelt?"

„So habe ich das noch nicht gesehen", sagte Monika. „Aber eigentlich stimmt es. Inzwischen kam Josef regelmäßig zu uns ins Haus; Vater und er debattierten über theologische Themen. Stunde um Stunde brachten sie in Vaters Arbeitszimmer zu und schrien sich an."

„Wie – sie schrien sich an?"

„Man kann ja nur den Kopf schütteln, wie Männer sich in Rage reden können, wenn's um Theologie geht. Ich hab immer im Wohnzimmer gesessen und darauf gewartet, dass die Tür zu Vaters Arbeitszimmer endlich aufging. Wenn's so weit war, hab ich so getan, als hätte ich gerade ein Buch gelesen oder genäht."

„Und dann hat Pastor Schumacher angefangen, Ihnen den Hof zu machen."

„Das hätte er niemals getan, wenn Vater ihm die Idee nicht in den Kopf gesetzt hätte. Josef ... ich meine, Pastor Schumacher ist manchmal erstaunlich einfältig. Damals hatte er überhaupt nichts anderes als sein Studium im Kopf, Bücher und theologische Fragen halt."

Ursel schüttelte den Kopf. „Genau wie Konrad mit seinen Schießeisen und dem ganzen Wehrmachtskram. Und was haben Sie dann gemacht?"

„Ich hab ihm schöne Augen gemacht. Du weißt schon – geflirtet."

Monika sagte es in allem Ernst und hatte doch Mühe, sich das Lachen zu verkneifen.

Ursel saß mit weit aufgerissenen Augen da und schien völlig entgeistert, bis Monika losprustete. Dann erst schien sie ihre Sprache wiederzufinden und fragte: „Hat er sich romantisch gegeben, als er um Sie warb?"

Das Lächeln in Monikas Gesicht erstarb. Mit Romantik hatte ihre Beziehung herzlich wenig zu tun gehabt. Kaum, dass sie mal miteinander alleine gewesen waren. Meistens hatten sie alle vier beieinander gehockt: sie selbst, Josef und ihre Eltern. Sie hatten Gesellschaftsspiele gemacht, beim Kaffee gesessen oder einen Sonntagnachmittagsspaziergang unternommen.

Sie konnte sich noch nicht einmal an den ersten Kuss erinnern, den Josef ihr gegeben hatte – wenn er das denn überhaupt getan hatte, ehe sie verheiratet gewesen waren. Nach einer Weile hatte es einfach als ausgemacht gegolten, dass sie heiraten würden, und Josef hatte sich darauf eingestellt. Monika auch, weil es einfach nahe gelegen hatte. Ihre Eltern mochten Josef, und sie mochte ihn auch. Er war in die Fußstapfen ihres Vaters getreten und wurde ihm immer ähnlicher.

„Wie jetzt? War er romantisch oder nicht?", drängte Ursel.

„Aber ja doch", antwortete Monika mit einem Lächeln im Gesicht, vom dem sie hoffte, es würde echt genug wirken, um das Mädchen zu überzeugen.

„Vielleicht sollte ich Pastor Schumacher bitten, Konrad mal 'n paar Nachhilfestunden zu erteilen", sagte Ursel beschwingt. „Der hat keine Ahnung von Romantik oder davon, was 'nem Mädchen gefällt. Für ihn bin ich nur einer von den Jungs."

„Das gibt sich", versicherte Monika. „Wart nur, bis er das erste Mal von der Wehrmacht nach Haus kommt. Dann wirst du dich wundern, wie verschmust er sein wird."

Ursel lief rot an. „Na ja, als Mädchen kann man sich ja immerhin Hoffnungen machen." Seufzend stand sie auf. „Es wird spät. Ich muss los."

Monika brauchte beide Arme, um sich aus dem Sessel hochzustemmen. Als sie es geschafft hatte, brachte sie Ursel zur Tür und sagte: „Dank dir. Du bist 'n wirklicher Schatz."

Ursel lächelte. „Ich komm gerne hierher. Sie und Ihr Mann sind so nett zu mir gewesen, und nicht nur zu mir, zu uns allen. Ich weiß schon, dass es ein paar Leute in der Gemeinde gibt, die Pastor Schumacher schlecht nachreden, aber die würden sich erst umgucken, wenn der Apostel Paulus ihr Pastor wäre! Selbst Konrad ist von ihm beeindruckt."

„Ach ja?" Ihre Überraschung war keineswegs gespielt. Es war in der Tat überraschend, dass es in der Reimann-Familie irgendjemanden geben sollte, den Josef zu beeindrucken vermochte. Das musste sie ihm nachher gleich sagen.

„Aber ja doch! Gerade erst gestern zog Hartmut wegen irgendwas 'n bisschen über den Pastor her – Sie wissen ja, wie er ist, das hatte nichts weiter zu sagen –, und ich dachte, jeden Augenblick haut Konrad ihm eins in die Magengrube, dass er aus den Latschen kippt."

„Das muss ich Josef erzählen. Das wird er gern von Konrad hören. Also noch mal, vielen Dank, meine Liebe."

Flüchtig küsste Ursel Monika auf die Wange. Dann war sie fort.

Monika ließ sich wieder in ihren Sessel sinken. Es dauerte nicht lange, da fingen ihre Füße schon wieder zu schmerzen an. Sie musste sich einfach ausruhen. Ständig blieb ihr in diesen Tagen die Luft weg.

Beim Gedanken an Ursel lächelte sie. Was für ein nettes junges Mädchen, wenn man an die Umstände dachte, in denen sie groß geworden war! Monika hoffte, dass sie ein Mädchen unterm Herzen trug, das einmal Ursel gleichen würde, wenn es groß wäre. Wenn sie doch nur jeden Tag jemanden wie Ursel zum Reden haben könnte! Es war ein herrlicher Gedanke, eine enge Beziehung zu ihrer eigenen Tochter zu entwickeln.

Während sie sich ausruhte, spulte ihr Gedächtnis Teile des Gesprächs noch einmal ab, das sie mit Ursel gehabt hatte. Sie fand es lustig, wie sehr Ursel sich nach Romantik sehnte. Genauso war sie auch mal gewesen. Wenn man jetzt darauf zurückschaute, waren das nichts als Kleinmädchen-Schwärmereien gewesen. Das würde auch Ursel eines Tages erkennen. Romantik war nichts als eine Illusion, Hervorbringung fantasiebegabter Hirne. Im richtigen Leben gab es kaum was Romantisches.

Und doch war es ein schöner Traum, und sie wünschte, das Leben wäre anders. Eben romantisch. Die jungen Leute taten ihr Leid. Sie hatten ihre Lektionen erst noch zu lernen, und keiner konnte ihnen das abnehmen.

Für Konrad war der Gedanke an Schlachtengetümmel und Soldat spielen ein romantischer Traum. Er würde bald genug mitkriegen, wie sich das wirklich anfühlte. Und für Ursel war der Gedanke an das Zusammensein von Mann und Frau ein einziger entzückender Traum. Genau wie Konrad würde auch sie die Realität schon noch am eigenen Leibe zu spüren bekommen.

All diese Gedanken waren wie düstere Wolken, die sich über Monika zusammenzogen.

Irgendwann muss jeder mal erwachsen werden.

Während der Druck des ungeborenen Kindes in ihrem Leib ihr die Luft zum Atmen nahm, fragte Monika sich, ob sie den Vater dieses Kindes wohl irgendwann einmal lieben könnte.

17

Montag, 10. Juni 1940

Inzwischen wusste Josef, welchen Weg sie zu nehmen pflegten, und passte sie ab. Drei junge Männer in vollem Hitlerjugend-Wichs kamen auf ihn zugeschlendert. Einer von ihnen war Konrad. Von den anderen zweien erkannte Josef einen von seinen vorigen Begegnungen her wieder, während ihm das dritte Gesicht neu war.

„Ach nee, seht mal, wen wir da haben!“, sagte der Junge, den Josef schon kannte. An den Unbekannten gewandt, sagte fuhr er fort: „Pass mal auf!“

Er schlenderte bis auf ein paar Schritte an Josef heran und brüllte: „Heil Hitler!“

Halbherzig erwiderte Josef den Gruß.

Sein Gegenüber lachte und wiederholte: „Heil Hitler!“

Josef wollte den Bengeln keinen Grund geben, ihn zu schikanieren, und überwand sich, den Gruß noch einmal zu entgegnen.

„Heil Hitler!“, grölte der Junge ein drittes Mal.

„Heil Hitler“, antwortete Josef.

„Das reicht jetzt“, sagte Konrad.

Der Dritte in ihrem Bunde kicherte und trat nahe an Josef heran. „Das ist er also? Heil Hitler!“

Ehe Josef noch Gelegenheit hatte zu antworten, schubste Konrad den Neuen in seiner Gruppe barsch beiseite. „Genug, sagte ich!“

Beide Jungen hörten nicht auf zu lachen, ließen ihn aber ansonsten in Ruhe.

Nachdem das geklärt war, sagte Konrad zu Josef: „Ich hätte gedacht, Sie wären klug genug, heute Nacht zu Hause zu bleiben. Sie können von Glück sagen, dass ich hier bin. Um ein Haar wäre ich einer anderen Patrouille zugeteilt worden.“

Konrads Worte verfehlten ihre Wirkung auf Josef nicht. Zwar hatte das, was seit seiner „Feste-Burg“-Predigt geschehen war, seiner Kühnheit aufgeholfen, aber das hieß keineswegs, dass er keine Angst mehr gekannt hätte. Zweimal wäre er fast wieder nach Hause gegangen, während er hier auf die Patrouille gewartet hatte.

Jetzt sagte er zu Konrad: „Ich muss mit dir reden."

„Schon wieder? Wollen Sie mich noch mal in das Haus eines toten Juden schleppen?"

Bei diesem Stichwort grinsten seine zwei Kumpane wie die Hyänen.

Josef würdigte Konrads abschätzige Bemerkung keines Kommentars, wusste er doch, dass sie mehr für seine Spießgesellen bestimmt gewesen war als für ihn.

„Gut, gehn wir da rüber", sagte Konrad und führte Josef um eine Straßenecke, zwar außer Hörweite, aber immer noch in Sicht seiner Kollegen. „Also, was liegt nun an?"

Josef zog die Goldmünze aus seiner Tasche und zeigte sie Konrad in der flachen Hand.

Konrad starrte das Goldstück an.

„Erkennst du sie wieder?"

„Na klar."

„Es ist deine Münze."

„Ach ja?"

Jetzt sah Konrad nicht mehr die Münze an, sondern stierte mit messerscharfem, lauerndem Blick auf Josef.

„Ich weiß, dass du Professor Meyerhof nicht umgebracht hast", sagte der.

Diese Bemerkung entwaffnete Konrad. Offenkundig hatte er mit einer Anschuldigung gerechnet.

„Du hast das Haus gar nicht erkannt, als wir neulich Nacht darauf zugingen", fuhr Josef fort. „Hast du die Münze auf seinem Bett liegen sehen?"

Konrad ließ die Andeutung eines Nickens erkennen. „Darum bin ich ja weggerannt", sagte er leise. Doch dann brach sich sein Ego wieder Bahn. „Allerdings hätte ich ihn töten können."

„Warum sagst du das?"

„Aus zwei Gründen. Erstens war der Mann Jude. Und zweitens bin ich ein Soldat des Dritten Reiches."

Darauf wollte Josef für den Augenblick lieber nichts erwidern. Stattdessen fragte er: „Was glaubst du denn, wie die Münze in das Haus des Professors gekommen ist?"

„Vermutlich hat er sie geklaut", sagte Konrad.

„Das glaubst du doch selbst nicht."

„Juden sind notorische Diebe."

„Und jetzt willst du mir wahrscheinlich erzählen, Professor Meyerhof habe dich überwältigt, als er sie klaute."

Konrad machte den Mund zu. Josefs Humor schien ihm nicht zuzusagen.

„Das wäre ebenso wahrscheinlich wie die Vorstellung, er hätte sich in euer Haus geschlichen und die Münze geklaut."

Konrad schwieg.

„Wann hast du die Münze zum letzten Mal gesehen?"

„An dem Abend, an dem Sie sie mir schenkten."

„Was ist dann damit passiert?"

„Ich hab sie danach nie mehr wiedergesehen."

„Als du mein Haus verlassen hast, trugst du sie in der Tasche. War sie da am nächsten Morgen noch?"

„Vielleicht hab ich sie ja auch weggeschmissen, und der olle Jude hat sie irgendwo im Rinnstein gefunden. Schließlich ist er jeden Abend in den Straßen rumgestrichen und hat die Abfälle durchsucht. An diesem Abend, als wir zu der Weihnachtsfeier bei Ihnen gewesen waren, war er auch unterwegs."

„Und du willst mir also sagen, du hättest die Münze weggeschmissen?"

„Könnte doch sein?"

„Und – war es so?"

Schweigen.

„Wann hast du die Münze zum letzten Mal gesehen?", wiederholte Josef seine Frage.

Wie Konrad erst zur einen, dann zur anderen Seite blickte, verriet, dass er in heftigem Widerstreit mit sich selbst lag. Josef konnte nur dafür beten, dass die Wahrheit die Oberhand gewinnen würde.

Endlich sagte Konrad: „Mein Vater hat mir die Münze weggenommen. Meine und Willis."

Reimann. Also stimmte, was Monika ihm gesagt hatte. Sollte er es dabei nun belassen oder noch weiter in den Jungen dringen?

„Los, sagen Sie's schon!", drängte Konrad.

„Was sagen?"

Falsche Antwort. Machte Konrad nur noch wütender.

„Sagen Sie's!", rief der Junge laut genug, um die Aufmerksamkeit seiner Kumpane auf sich zu ziehen. „Los, sagen Sie's schon!" Dieses Mal unterstrich er seine Aufforderung, indem er Josef an der Schulter anrempelte. „Sie glauben, mein Vater hat diesen Juden umgebracht, nicht wahr?"

„Das habe ich nicht gesagt."

„Das war auch gar nicht nötig!"

„Konrad –"

„Und wenn er's wirklich getan hätte? Er ist ein Held. Vom Kaiser persönlich ausgezeichnet. Ihr so genannter Professor dagegen war bloß Ungeziefer, 'ne Küchenschabe, die man mit dem Absatz zertrampelt."

Josef sank das Herz. Er hatte so sehr gehofft, er wäre mit Konrad ein wenig vorangekommen. Offensichtlich hatte er sich getäuscht.

Konrad drehte den Spieß um. „Sie wissen ja, dass mein Vater Sie auf dem Kieker hat. Ein Wort von ihm – oder auch von mir – würde genügen, um Ihnen einen weiteren Besuch der SS einzutragen. Ist es das, was Sie wollen?"

Diese Drohung war ein Blattschuss. Die Erinnerung an Josefs ersten Besuch im Gestapo-Hauptquartier genügte, damit ihm auf der Stelle übel wurde.

„So also siehst du mich, Konrad? Bin ich in deinen Augen auch 'ne Küchenschabe, die man tottritt?"

Konrad starrte ihn finster an. „Bleiben Sie mir einfach aus dem Weg." Dann machte er zackig auf dem Absatz kehrt und marschierte zu seinen Spießgesellen zurück.

Sie setzten ihren Patrouillengang fort und waren binnen Minuten außer Sicht. Josef ging nach Hause.

* * *

Dienstag, 11. Juni 1940

Was für 'ne verrückte Sache! Von Geistlichen wird erwartet, dass sie predigen, Trauungen und Beerdigungen halten und seelsorgerlichen Rat zu geben wissen. Die Vorlesung über Pastoralspionage muss ich an der Uni wohl verpasst haben.

Die Stimme am Telefon hatte ihm gesagt, er solle sich in eine Kneipe in Stralau begeben, die sich als schummriger, schäbiger Schuppen herausstellte. Weiter hatte die Anweisung gelautet, er solle sich ein Bier der Hamburger Marke *Elbschloss* bestellen – ein Wunsch, der den Wirt, einen stark behaarten, übergewichtigen Mann, der aussah wie ein Haufen ungewaschener Hemden, in ein fluchendes Monster verwandelte.

Der Mann zapfte Bier in einen Steinkrug, den er dermaßen heftig vor Josef auf den Tisch knallte, dass der halbe Inhalt überschwappte. Immer noch fluchend wie ein Kesselflicker, erklärte er ihm, er besitze nur einen einzigen Zapfhahn, und entweder Josef sei mit seinem Bier zufrieden wie jeder andere auch, oder er könne sich zum Teufel scheren.

Überzeugt, die falsche Kneipe erwischt zu haben, wollte Josef schon aufstehen und gehen, als er unter dem Bierseidel einen Zipfel Papier hervorlugen sah. Eine starke Minute lang starrte er ihn nur an, ohne auch nur die geringste Bewegung zu machen. Dann ließ er seine Hand so beiläufig wie irgend möglich zum Boden des Bierkrugs wandern, zog das Papier hervor, bezahlte sein Bier und machte sich mit zitternden Knien aus dem Staub.

Er brauchte seine Lesebrille, um mit den verwischten Kritzeleien auf dem Zettel überhaupt etwas anfangen zu können. Es stellte sich heraus, dass es sich um eine Adresse in Kreuzberg handelte. Josef seufzte schwer. Er wusste nicht, ob er es schaffen würde, diesen Weg weiterzugehen.

Während der letzten Wochen hatte die Telefonstimme ihm einen Botengang nach dem anderen aufgetragen: einen versiegelten Briefumschlag abholen, der im Tiergarten unter einer Bank klebte, und ihn im Scheunenviertel auf einem Straßenbahnsitz liegen lassen; bei einem Schneider in Spandau ein Päckchen in Empfang nehmen und es dem Eigentümer eines Textilgeschäfts Unter den Linden überbringen; einen Trauernden auf dem Neuköllner Friedhof treffen, der ihm mündlich eine Geheimbotschaft sagte, die er, Josef, dann einem Herrn in Frack und Zylinder weiterzugeben hatte, den er in der Oper traf; und so weiter und so fort.

Dass man ihn auf die Probe stellen würde, hatte er erwartet. Nicht vorausgesehen hatte er die nervliche Dauerbelastung, der er sich durch diese Prüfungen ausgesetzt sah. Es wurde ihm alles zu viel. Immer mehr beschlich ihn das Gefühl, jeder, an dem er vorbeikam, mustere ihn eingehendst – sei es in der Kirche, auf der Straße oder in der Straßenbahn. Es gab kaum noch einen Augenblick, in dem er nicht das Gefühl hatte, von irgendwoher beobachtet zu werden. Und dann war da ja noch Monika. Seine Ausreden wurden immer fadenscheiniger, und ihr Argwohn nahm von Tag zu Tag zu.

Er sah auf den Zettel in seiner Hand. Kreuzberg also.

Er stopfte den Wisch in die Tasche und machte sich zu Fuß auf den Weg. Er wünschte, er hätte das Auto mitgenommen, obwohl er dann Kraftstoffzuteilungen verbraucht hätte, die für kirchliche Zwecke gedacht waren. Bloß würde das Benzin der Kirche auch nicht mehr viel nützen, wenn er nicht mehr heil aus diesem Viertel hier herauskam.

Die Straßen, die er durchwanderte, waren von jeher berüchtigt. Hier gab es einen kriminellen Untergrund, dessen Banden ihre Reviere mit Messern, Pistolen und Knüppeln zu verteidigen wussten. Längst hatten Schiebergruppen den Kiez unter sich aufgeteilt, die es auf irgendeine Weise immer wieder fertig kriegten, für ihre Leute U.K.-Bescheinigungen zu beschaffen und die Justiz per Bestechung ruhig zu stellen, während sie unliebsame Mitwisser mit allerlei Mitteln mundtot zu machen verstanden. Erst vor kurzem hatte Josef gehört, allein in diesem Viertel hier gebe es fünfundachtzig solcher Banden.

Irgendwo in diesen düsteren Höfen hatte auch der Massenmörder Karl Grossmann seinen Unterschlupf gehabt. Ehe man ihn geschnappt hatte, waren dreiundzwanzig verstümmelte Leichen gefunden worden: teils auf Parkbänken abgelegt, teils in Müllkübel oder Abwasserkanäle geworfen. Das Gesindel, das hier hauste, ließ einem das Dritte Reich beinahe schon wieder freundlich erscheinen.

In der Luft hing der Gestank der Spree, an der die Straße entlangführte, und es war so feucht, dass Hemdsärmel und Hosenbeine Josef am Leibe klebten. Nichtsdestoweniger sah er zu, dass er vorankam. Er achtete darauf, möglichst weit von den Häusern wegzubleiben, und ging raschen Schrittes von einer Straßenlaterne zur nächsten. Gelegentlich sah er aus dem Augenwinkel ein, zwei Gestalten irgendwo im Schatten stehen. Er schaute nie genauer hin, sondern blickte starr geradeaus und beschleunigte seine Gangart noch ein wenig mehr.

Er kam zur Spreebrücke am Markgrafendamm. Am gegenüberliegenden Ufer war der Treptower Park zu sehen. Erleichtert, aus Stralau heraus zu sein, nahm Josef die Brücke.

Er hatte schon fast das andere Spreeufer erreicht, als ihm eine Gestalt entgegentrat und ihn am Weitergehen hinderte. Der Mann hatte etwas stählern Blitzendes in der Hand.

„Taschen leer machen!"

Eine heisere Stimme. Dem Befehl folgte ein krächzendes Husten.

„Ich möchte keine Schwierigkeiten", sagte Josef.

„Da haste Glück. Brauchst mir nämlich bloß dein Jeld jeben, weeßte, dann kannste weiterjehn, janz ohne Schwierigkeiten."

Josef griff in seine Tasche. „Viel hab ich nicht." Er zog seine Taschen nach außen, um dem Dieb zu bewisen, dass es sich tatsächlich so verhielt. Dabei rutschte der Zettel mit der Kreuzberger Adresse heraus und fiel zu Boden. Josef bückte sich, um ihn aufzuheben.

„Halt mal!", herrschte der Dieb ihn an.

Josef erstarrte mitten in seiner Bewegung.

„Wat is'n dette?"

„Bloß 'ne Adresse. Ist nur für mich allein von Wert."

„Her damit!"

„Nee." Das Wörtchen war schon heraus, ehe Josef noch bewusst wurde, was er da sagte.

„Willst wohl mal 'n bisschen jepiekst wern, wa?", rief der Dieb und fuchtelte mit seinem Messer.

Josef wandte die Augen nicht von der Klinge. Der Schweiß rann ihm die Schläfen hinab. Dennoch beharrte er darauf: „Da kann keiner außer mir was mit anfangen.“ Er streckte erneut die Hand nach dem Zettel aus.

„Zurück, sach ick! Zurück, Meester!“, krächzte der Dieb und zerstach mit seinem Messer die Luft.

In gebückter Haltung wich Josef zurück. Was für eine Adresse hatte noch mal auf dem Papierschnipsel gestanden? Er kriegte sie nicht mehr zusammen. Alles, was ihm noch einfiel, war, dass es sich um eine Kreuzberger Anschrift gehandelt hatte.

„Es ist nichts von Wert!“ Doch je mehr Josef darauf beharrte, umso interessanter wurde der Zettel für den Straßenräuber. Der Mann starrte auf das Papier, als wäre es ein Goldbarren.

In diesem Augenblick reduzierte sich die ganze Welt auf diesen winzigen Papierfetzen hier auf dem Trottoir der Spreebrücke. Für den Dieb barg er irgendeinen geheimnisvollen Schatz. Für Josef war es der Gegenstand, auf den wochenlang sein gesamtes Tun und Lassen zugelaufen war. Würde er diese Kreuzberger Adresse verlieren, so wäre alles für die Katz gewesen.

Der Dieb beugte sich vor, um das Papier zu fassen zu kriegen. Die Spitze seiner Klinge wies jetzt leicht nach unten.

Ohne nachzudenken warf Josef sich nach vorne, schrie aus Leibeskräften und überrumpelte so den Dieb. Josefs unvermittelter Ausbruch ließ den Mann sich aufrichten und einen Schritt zurücktreten. Das war Josefs Chance. Er senkte die Schulter und rammte sie dem Mann in den Brustkorb. Der Angegriffene taumelte rückwärts, seine Arme kreisten wie Windmühlenflügel. Josef setzte nach und drückte den Mann gegen das Brückengeländer. Tatsächlich glückte es ihm, den immer noch Überraschten über die niedrige Brüstung zu hieven und von der Brücke zu stoßen. Jammernd und fluchend stürzte der Dieb in die Tiefe, bis der Fluss ihn verschluckte und seinen Schrei erstickte.

Josef stand da wie fest genagelt, starrte in das aufgewühlte Wasser hinab und konnte nicht fassen, was sich hier soeben abgespielt hatte. Schließlich besann er sich, zwang seine zitternden Glieder zu koordinierten Bewegungen, schnappte sich seinen Zettel und rannte, so schnell er konnte, in den Park hinüber.

Das Herz schlug ihm bis zum Hals, als er auf einen Laternenmast zutaumelte, um sich abzustützen. Aber er gönnte sich keine längere Pause, sondern atmete bloß ein paar Mal tief durch und machte sich in Richtung Kreuzberg aus dem Staub.

In Kreuzberg gab es fünfstöckige Fabrikgebäude, deren Geschosse durch Aufzüge miteinander verbunden waren. Es war ein altes Stadtviertel mit typischer Mischbebauung: Büros, Werkstätten und kleinere Industriebetriebe wechselten sich mit Mietskasernen ab. Hier und da standen baufällige Altbauten völlig leer. Es zeigte sich, dass die Adresse, die Josef in der Kneipe bekommen hatte, zu solch einem verlassenen und halb verfallenen Bau gehörte.

Die Fassade des Hauses war völlig schmucklos, eine einzige nackte Grässlichkeit. Durch den Torweg kam man in einen winzigen Hof, nicht viel mehr als ein lochartiges Geviert, aus dem man zu ein paar verstreuten Sternen hochsehen konnte. Josef betrat ein beengtes Treppenhaus, dessen Zementstufen und gekalkte Wände vor Dreck starrten. Er stieg bis in den dritten Stock hinauf.

Es sah ganz danach aus, dass das Gebäude verlassen war, obwohl Josef damit rechnete, dass es hier und da noch Bewohner gab. Da aber keinerlei Licht brannte, konnte er es nicht überprüfen. Es war nur so ein Gefühl – dasselbe, das ihn davon ausgehen ließ, beobachtet zu werden.

Die Wohnungsnummer, die auf dem Zettel angegeben war, fand Josef am oberen Ende der Treppe. Es konnte keinen Zweifel geben, da ein paar Steine aus der Außenmauer herausgebrochen waren, sodass das Mondlicht hereinschien und er sich orientieren konnte. Das war gut so, denn er hatte vergessen, sich Streichhölzer einzustecken. In irgendeinem düsteren Gang hätte er sich keinesfalls zurechtgefunden.

Er blieb vor der geschlossenen Tür stehen: ein weiterer Kreuzweg auf seiner Reise. Sollte er eintreten, anklopfen oder weglaufen? Sein gesunder Menschenverstand riet ihm, die Füße in die Hand zu nehmen und diesen finsteren Ort nie wieder aufzusuchen. Er sollte in sein Studierzimmer zurückkehren, die Tür hinter sich zumachen und an dieses ganze Räuber-und-Gendarm-Spiel nie wieder denken. Was konnte er schon ausmachen, ob er sich nun daran beteiligte oder nicht? Da konnte er seine Tage doch wahrhaftig besser mit Nähen zubringen, den Mund halten, seine Gedanken für sich behalten und still und unauffällig sein demnächst zur Welt kommendes Kind großziehen.

Doch in was für eine Welt würde sein Kind hineinwachsen? Was wäre es für ein Deutschland, das sein Sohn oder seine Tochter von einem Vater ererben würde, der den Kopf in den Sand gesteckt hatte, während die Nazis das Land nach ihren Vorstellungen ummodelten?

Josef klopfte an die Tür.

Er wartete. Niemand reagierte.

Er klopfte noch einmal.

Irgendwo weiter unten im Treppenhaus war plötzlich ein Rascheln zu hören. Irgendetwas bahnte sich seinen Weg durch den Unrat. Sein Herz klopfte schneller. Es war zu dunkel, um irgendwas zu sehen, doch was immer auch das Geräusch verursacht hatte – womöglich war es ja bloß eine streunende Katze gewesen oder auch ein unangenehmerer vierbeiniger Zeitgenosse –, entfernte sich jetzt ohnehin von ihm.

Ein Türriegel wurde zurückgezogen. Aber die Tür selbst blieb verschlossen.

„Ja bitte?"

Nur ein Flüstern. Josef hätte nicht sagen können, ob Mann oder Frau, Erwachsener oder Kind hinter dieser Tür stand.

Er antwortete weisungsgemäß: mit nichts anderem als einer Parole: „Ein feste Burg."

Es entstand eine Pause.

Dann sagte die Stimme hinter der Tür: „Adolf."

Josef fand es seltsam, dass ausgerechnet der Vorname des Führers als Gegenparole ausgesucht worden war. Sollte noch einer sagen, Spione und dergleichen seien humorlos!

Die Tür öffnete sich um einen Spalt. Eine Stirn wurde sichtbar, dann ein paar Augen – viel tiefer, als Josef erwartet hatte.

„Ein feste Burg", wiederholte er.
„Ich hab Sie schon verstanden."
Die Tür wurde ganz geöffnet. Ein hagerer kleiner Mann, wohl kaum einen Meter sechzig groß, stand auf der Schwelle.
„Stehen Sie hier nicht so rum. Kommen Sie rein!"
Josef trat ein.
„Nun machen Sie schon die Tür zu! Wir haben keine Zeit zum Rumtrödeln!"
Josef tat wie geheißen und ging weiter in die enge Behausung hi-nein. Die Wohnung schien nur aus drei kleinen Kammern zu bestehen. Als Beleuchtung gab es nur eine einzelne Wachskerze, die in einem Spiralhalter auf einem winzigen Tisch stand. In dem schwachen Licht sah er Wände, von denen feuchte Tapetenreste in Fetzen herabhingen, und einen Boden, auf dem sich der Unrat türmte. Es sah wirklich nicht so aus, als ob hier noch jemand seine Tage fristete.
„Wo sind denn die anderen?", fragte Josef.
„Welche anderen?"
„Ich dachte, man hätte mir zu verstehen gegeben, ich würde heute mein erstes Treffen haben."
„So ist es ja auch", sagte der kleine Mann.
„Ja – und?"
„Es handelt sich um ein Treffen zwischen Ihnen und mir."
Josef fühlte Wut in sich hochsteigen. „Ich soll also diesen ganzen Weg gegangen sein, nur um Sie zu treffen?"
„Enttäuscht Sie das?"
„Kann man wohl sagen. Haben Sie mich denn noch nicht genug auf die Probe gestellt?"
„Das Leben ist voll von Enttäuschungen." Der Mann stellte sich mit verschränkten Armen an die gegenüberliegende Seite des Tisches und musterte Josef mit schielenden Augen von oben bis unten. „Wir mussten schließlich sehen, ob Sie Befehle auszuführen gewillt sind."
„Nun, das dürfte ich denn doch wohl unter Beweis gestellt haben", sagte Josef. „Sie haben mich kreuz und quer durch Berlin geschickt."
„Und jetzt können Sie nach Hause gehen."

„Wie jetzt? Das soll alles sein? Ich komm hier extra her, bloß damit Sie mich wieder nach Hause schicken?"

„Haben Sie erwartet, Sie würden hier mit Lichterspiel und Fanfarenstößen empfangen wie der Führer neulich im Lustgarten? So gehen wir die Dinge nun mal nicht an."

„Und wann werde ich nun die anderen kennen lernen?"

„Wenn es an der Zeit ist."

„Werden Sie mich noch weiteren Prüfungen unterziehen? Was muss ich denn noch tun, um Sie zu überzeugen?"

„Das zu sagen ist nicht an mir."

„Ich geh dann also einfach wieder nach Hause?"

„Haben Sie den Zettel noch, den Sie in der Kneipe bekommen haben?"

„Den mit der Adresse drauf?"

„Genau den."

„Hab ich noch, ja."

„Zeigen Sie her."

Josef langte in seine Tasche und brachte den Zettel zum Vorschein.

Der Mann riss ihm den Papierfetzen aus der Hand. Wutentbrannt rief er: „Dieser Zettel hier kann uns alle beide an den Galgen bringen! Warum um alles in der Welt haben Sie ihn immer noch bei sich?"

„Na ja, ich musste doch herfinden, und –"

„Haben Sie kein Hirn im Schädel, oder was? Können Sie sich nicht mal 'ne einfache Adresse merken?" Mit jedem Satz wurde seine Stimme lauter.

Josef fiel der Mann auf der Brücke wieder ein.

„Bewahren Sie niemals irgendein Schriftstück auf! Lernen Sie alles auswendig und vernichten Sie jeden Fitzel Papier!"

Der Mann war beinahe hysterisch. Und er hatte ja Recht, denn wäre Josef von Polizei oder SS angehalten worden, so hätte der Zettel in seiner Tasche ihren Treffpunkt verraten.

„Ich hab nicht richtig nachgedacht", gab er zu.

„Und das darf einfach nicht passieren, denn es kann uns alle jederzeit umbringen!"

„Es wird nicht wieder passieren."

„Ach? Und worauf warten Sie dann noch? Vernichten Sie endlich den Zettel!"

Josef sah das Stück Papier an.

„Vernichten Sie ihn!", befahl der Mann erneut.

Josef hielt den Zettel an die Kerzenflamme.

„Doch nicht so!"

Josef hielt inne. „Wie denn dann?"

„Essen Sie ihn auf."

„Aufessen?"

„Das sagte ich, ja. Aufessen. Es wird Gelegenheiten geben, zu denen Ihnen kein Feuer zur Verfügung steht."

„Aber hier haben wir doch jetzt Feuer."

„Aber so werden Sie diese Lektion nicht so schnell wieder vergessen."

„In der Tat, da haben Sie Recht." Josef hielt das Stück Papier wieder an die Flamme.

„Ich sagte *aufessen*!", bellte der Mann.

Josef hielt inne, sah dem Mann ins Auge, knüllte das Papier zusammen und steckte es sich in den Mund. Er musste mehrmals kräftig kauen, ehe das Papier weich genug war, um es runterschlucken zu können.

„Heute in drei Tagen, zehn Uhr abends, Brüderstraße 22. Dort werden Sie die anderen sehen."

„Verstanden", sagte Josef.

„Wiederholen Sie."

„Zehn Uhr abends, Brüderstraße 22. Heute in drei Tagen."

Der Mann, der sich Adolf nannte, nickte. „Ich geh als Erster. Zählen Sie bis dreißig und brechen Sie dann auch auf." Ohne ein weiteres Wort zu verlieren, ging er raschen Schrittes an Josef vorbei und verschwand durch die Tür.

Allein in der heruntergekommenen Kammer atmete Josef tief durch und erlaubte sich den Luxus, die Schultern sinken zu lassen. Wie ein Film rollte sich der ganze Abend noch einmal vor seinem inneren Auge ab: warten, bis Monika eingeschlafen war, sich aus dem Haus schleichen, die Kneipe in Stralau, der Wegelagerer auf der Spreebrücke, in einer verlassenen Wohnung auf einem Stück Papier herumkauen – sollte all das tatsächlich dazu beitragen können, ein besseres Deutschland zu schaffen?

Er wartete, bis er meinte, dass dreißig Sekunden ins Land gegangen seien – tatsächlich gezählt hatte er keineswegs –, blies die Kerze aus und verließ die Wohnung.

Während er raschen Schrittes die drei Stockwerke hinabstieg, war er in Gedanken schon auf dem Heimweg. Wenn er sich beeilte, kriegte er vielleicht Unter den Linden noch die letzte Bahn, und dann –

Kaum hatte er die unterste Stufe hinter sich gelassen, als drei Lichtkegel ihn blendeten. Er erstarrte.

„Halt, stehen bleiben! Keine Bewegung, wenn dir dein Leben lieb ist!"

Gegen das grelle Licht konnte er nur die Umrisse menschlicher Gestalten erkennen. Es schienen etliche zu sein. Die Scheinwerfer gehörten zu Fahrzeugen. Josef blinzelte ein paar Mal, bis er endlich wieder etwas erkennen konnte. Was er sah, ließ ihm das Blut in den Adern gefrieren: Adolf, mit erhobenen Händen, flankiert von zwei Uniformierten mit Schusswaffen im Anschlag.

In einem der Lichtkegel kam eine Gestalt auf ihn zu.

„Sieh an, sieh an, wenn das nicht der Herr Pfarrer Schumacher ist!"

Eine wohl bekannte Stimme.

„Jetzt werden Sie mir sicher gleich weismachen wollen, Sie hätten hier nur ein Schäflein aus Ihrer Herde besucht." Die Gestalt kam immer näher. Josef sah die silbernen Knöpfe der SS-Uniform glänzen. Deren Träger knallte die Hacken zusammen und schnarrte: „Heil Hitler!"

Josef riss den Arm hoch und bekam eine zwar matt klingende, aber formgerechte Antwort zustande.

„Sehr schön. Sie haben mich also nicht vergessen."

Ein Schritt noch, dann zeichneten sich in dem grellen Licht die fleischigen Tränensäcke unter den Augen des Mannes ab. Zufrieden grinste Sturmbannführer Wolff ihn an.

18

Mittwoch, 12. Juni 1940

Sie erwachte von den Wehen.

„Josef?“

Monika tastete das Bett neben sich ab. Josef war nicht da.

„Josef!“, rief sie in die Dunkelheit.

Niemand antwortete auf ihren Schrei.

Sie drückte den Kopf ins Kissen und biss die Zähne zusammen, während die Schmerzen schlimmer wurden. Steif und bewegungslos lag sie da und schnappte verzweifelt nach Luft. Auf ihrer Stirn bildeten sich Schweißbäche. Endlich begann der Schmerz nachzulassen. Eine Weile lag sie keuchend da, dann wischte sie sich die Stirn mit dem Betttuch ab und warf die Decke von sich.

Ächzend schaffte sie es, ihre Beine über die Bettkante zu schwingen und sich aufzurichten. Danach musste sie sich erst einmal wieder ausruhen.

„Josef!“ Ihre Stimme klang jetzt ziemlich matt.

Immer noch keine Antwort.

Wo steckst du bloß?

In ihr stieg Panik auf. Das Kind kam, und sie war allein. Sie stellte die Füße auf den kühlen Holzboden. Mit der Hand sich aufs Bettgestell stützend, ging sie ums Ehebett herum, bis sie den Lichtschalter erreichen konnte.

Das Licht blendete sie. Die Uhr zeigte, dass es ein paar Minuten nach zwei Uhr morgens war.

Ihr Blick fiel auf das leere Bett. Neuer Schmerz packte sie, aber diesmal war es der Schmerz der Furcht.

„Josef?“

Vielleicht war er ja im Arbeitszimmer eingeschlafen. In letzter Zeit hatte er immer öfter bis spät in die Nacht gearbeitet. Sie hatte keine Ahnung, was er da eigentlich immer machte.

Sie schaffte es bis zum Arbeitszimmer. In jedem Raum, den sie passierte, schaltete sie das Licht ein. Das Arbeitszimmer war genauso leer wie ihr Bett.

Eine neue Wehe hob an. Monika stützte sich mit der einen Hand am Türpfosten ab und hielt sich mit der anderen den Bauch. Während der Schmerz schlimmer wurde, taumelte sie auf den Lehnstuhl in Josefs Arbeitszimmer zu und brachte es fertig, sich hineinfallen zu lassen. Ihre ganze Welt ging unter; das Einzige, was sie noch spürte, war der Blitz, der ihr durchs Rückgrat schoss. Sie warf den Kopf gegen die hohe Lehne des Stuhls und schrie laut auf.

Wie zuvor im Bett erreichte die Schmerzwelle einen Höhepunkt und ließ dann langsam nach. Hinterher war sie matt und schweißnass. Ihre Augen waren geschlossen, ihr Atem kam in kurzen Stößen, und sie saß hilflos und allein gelassen da.

Sie fing an zu weinen.

Geh ans Telefon! Ruf Vater an.

Sie bezweifelte, dass er noch rechtzeitig würde hier sein können. Und wo um alles in der Welt war Josef?

Adolf – unter einem anderen Namen als diesem kannte Josef den kleinen Mann ja nach wie vor nicht – stand voll Nervosität da, die Hände hinterm Kopf verschränkt, von einem Fuß auf den anderen tretend.

„Sie haben die hergeschleppt!“, schrie er Josef an.

Ehe Josef sich noch verteidigen konnte, herrschte einer der Bewacher Adolfs sie an, sie sollten gefälligst das Maul halten.

Der Sturmbannführer, ein schmieriges Grinsen im Gesicht, griff nach einem Paar Handschuhe und gefiel sich darin, sie umständlichst überzustreifen. Das Stück, das hier gespielt wurde, war Josef nur allzu gut bekannt: Hauptquartier der Gestapo. Ein leeres Zimmer, erleuchtet durch eine nackte Glühbirne. Zwei Mann, zwei Paar Handschuhe. Ein Axtstiel.

„Nun, Sie scheinen sich ja zu etwas weitaus Bedeutsamerem emporgearbeitet zu haben als neulich“, sagte der Sturmbannführer, während er die Finger beugte und streckte, um die Handschuhe geschmeidig zu machen. „Ich muss sagen, ich habe mich in Ihnen getäuscht. Ich hatte Sie für einen intelligenten Mann gehalten, dem man eine Lektion beibringen kann."

„Sagen Sie denen nichts!", rief der Kurze Josef zu – eine Äußerung, die ihm einen Hieb eintrug, der ihn zu Boden streckte. Als er dort zu lange liegen blieb, traktierten ihn die beiden Wachen so lange mit Fußtritten, bis er sich wieder hochrappelte.

Josef stand da und seine Gedanken wanderten zwischen seinen gegenwärtigen Misshelligkeiten und Monika hin und her. Dass man ihn geschnappt hatte, überraschte ihn nicht. Von Anfang an hatte er mit dieser Möglichkeit rechnen müssen. Er hatte nur nicht geglaubt, dass es so rasch passieren würde, noch ehe er Gelegenheit gefunden hatte, irgendetwas von Bedeutung zu tun. Sein Risiko war umsonst gewesen. Das würde Monika ihm niemals verzeihen.

Ins Treppenhaus kam Bewegung, wie er aus dem Augenwinkel wahrnahm. Es war Adolf, der wie ein geölter Blitz durch den hellen Raum schoss und durch eine offen stehende Tür in den düsteren Hof entschwand. Er war ein behender kleiner Mann. Es war ihm geglückt, seine Bewacher, die jetzt ihre Augen gegen das gleißende Licht abschirmten, zu überrumpeln.

„Ihm nach!", bellte der Sturmbannführer.

Genau wie Adolf vor ihnen querten jetzt die Wachen die scharfe Trennlinie zwischen Hell und Dunkel.

Aus der Dunkelheit erschollen Rufe, die Adolf befahlen, stehen zu bleiben. Dann Gewehrfeuer: zwei Schüsse, gefolgt von einem nervtötenden Plumpsen, als würde ein Sack Rüben von der Ladefläche eines Lasters fallen.

Jeder, der im Hellen stand, spitzte angestrengt die Ohren, um die Geräusche deuten zu können, die aus der Dunkelheit hereindrangen, bis einer der beiden Bewacher zurückkam.

„Berichten Sie!"

„Tot, Sturmbannführer."

Der Bericht wurde mit einem Nicken zur Kenntnis genommen, und damit hatte es sich. In einem Nu war eine Seele aus dem Leben hier in die Ewigkeit hinübergegangen, quittiert von nichts weiter als einem knappen Nicken. Der Sturmbannführer wandte seine Aufmerksamkeit wieder Josef zu.

Die scheußliche Wirklichkeit dessen, was hier geschah, erschütterte Josef zutiefst. Adolfs Mörder verschwendeten nicht mehr Gedanken an ihn, als ein Buchhalter an einen Posten wendet, den er von einer Spalte in die andere überträgt. Töten war für sie nicht mehr als ein Geschäftsvorgang. Sie hatten einen Mann aus der Spalte „Lebendig“ gelöscht und in die Spalte „Tot“ eingetragen. Abgehakt, fertig.

Mit einem Mal wurde Josef die Rolle, die die Nazis in Deutschland spielten, so klar, wie einem Buchhalter eine Zahlenkolonne ist. Plötzlich blickte er hinter all die Rhetorik, hinter den wirtschaftlichen Aufschwung, hinter die Propaganda von einem neuen, starken Deutschland und einer gesunden, blühenden Jugend, hinter die Verbesserungen auf dem Arbeitsmarkt; und was er jetzt sah, war ein schlichtes Grundprinzip: Mach alles unschädlich, was dir im Wege ist. Übertrag solche Elemente von einer Spalte in die andere: die Juden nach Polen, die Kommunisten nach Russland, die Oppositionellen in Arbeitslager und solche, die es wagen, den Mund aufzumachen, von der Spalte „Lebendig“ in die Spalte „Tot“.

Heute Abend war der Sturmbannführer der Buchhalter, und Josef stellte bloß eine Zahl in einer langen Kolonne dar.

„Sie sehen, wir arbeiten gründlich“, sagte der Sturmbannführer. „Und Sie werden uns jetzt sagen, wer Sie hierher geschickt hat und zu welchem Zweck.“

Josef war auf sich gestellt. Alle Scheinwerfer waren auf ihn gerichtet. Aller Augen blickten auf ihn. Alle Gewehrläufe zielten auf ihn. Die Drohung, ihm Schmerzen zuzufügen, war mit Händen zu greifen. Dies hier war genau der Moment, vor dem er sich gefürchtet hatte. Er war sich nicht sicher, wie viel er würde aushalten können, ehe er ihnen sagen würde, was sie wissen wollten.

Du bist nicht allein.

Das Wort erreichte ihn unverhofft, aber mit solcher Deutlichkeit, als hätte jemand, der sich hier in diesem Raum befand, es ausgesprochen. Es vermittelte ihm ein gewisses Maß an Stärke, und er wusste jetzt etwas zu sagen.

„Ich bin ein Diener des Herrn“, sagte er.

Diese Antwort verblüffte den Sturmbannführer. Als er die Überraschung verdaut hatte, brach er in Gelächter aus. „Sie wollen mir also sagen, Gott habe Sie hierher gesandt?“

„Jawohl.“

Der Uniformierte drehte sich zu den waffenstarrenden Schatten hinter den Scheinwerfern um und sagte: „Der sagt, Gott habe ihn hierher geschickt!“

Lachende Männerstimmen brachen sich in dem engen Hof.

Der Handrücken des Sturmbannführers war schnell wie der Blitz. Klatschend traf er Josefs Kieferknochen.

„Nachdem es etwas schwierig für uns sein dürfte, das zu überprüfen, fürchte ich, dass wir noch eine andere Antwort brauchen.“

Josef schmeckte Blut. „Dann müssen Sie noch eine andere Frage stellen“, sagte er.

Ein zweiter Streich mit dem Handrücken, und sein Kopf kippte zur anderen Seite.

„Ich bin Geistlicher“, erklärte Josef, „ich betätige mich nicht politisch. Ich versuche den Willen Gottes zu tun und nicht das, was irgendein Mensch oder auch eine Gruppe von Menschen will.“

„Und wenn das dem Willen des Führers widerstreitet?“

Josef wusste, die Antwort würde ihm einen weiteren Schlag ins Gesicht oder auch Schlimmeres eintragen. Aber jetzt konnte er nicht mehr zurück. „Dann muss der Wille des Führers hinter dem Willen des Vaters zurückstehen.“

Der erwartete Schlag blieb aus.

„Ihr nächster Kontakt: wo, wann und mit wem?“

Heute in drei Tagen, zehn Uhr abends, Brüderstraße 22. Wie auf Knopfdruck konnte er diese Information in seinem Kopf abrufen. Ehe er riskierte, zu viel zu sagen, wollte er lieber gar nichts sagen.

Der Schlag mit dem Handrücken gegen den Kiefer tat fürchterlich weh, obschon er ihn ja erwartet hatte.

„Ihr nächster Kontakt!“, drängte der Sturmbannführer.

Josef schwieg.

Der Sturmbannführer machte eine Handbewegung, die Josef unwillkürlich zusammenzucken ließ. Es war aber nur die Aufforderung an eine der Wachen gewesen, hinzuzutreten und Josef eine Pistolenmündung an die Schläfe zu halten.

„Pfarrer Schumacher, ich bin nicht gerade ein geduldiger Mann. Fordern Sie mich nicht heraus. Sie geben mir jetzt Namen, Orte und Zeitpunkte."

„Und wenn ja?"

Der Sturmbannführer hob den Kopf wie ein Fährtenhund, der Witterung aufgenommen hat. „Wenn Sie das tun und Ihre Aussagen sich als wertvoll erweisen, kehren Sie zu Ihrer schönen Frau Gemahlin und Ihrem ... – ach ja, hat sie eigentlich schon entbunden?"

„Nein."

„Gut, Sie werden also zu Ihrer schönen Frau, Ihrem ungeborenen Kind und Ihrer Kanzel zurückkehren und weiter Ihrer Arbeit nachgehen."

Es war ein wunderschöner saftiger Apfel, den der Sturmbannführer da vor Josefs Nase baumeln ließ, zu rot und zu saftig, als dass Josef ihm seine Worte wirklich hätte abnehmen können. Mehr Überzeugungskraft ging da schon von dem Pistolenlauf aus, der Zentimeter von seinem Kopf entfernt war. Aber er konnte sich nicht helfen: Er musste an die namen- und gesichtslosen Menschen denken, die SS und Gestapo abgreifen würden, falls er den Treffpunkt verriete, der ihm genannt worden war. Der Gedanke, sein eigenes Leben für Menschen zu geben, die ihm noch nie begegnet waren, bereitete ihm einige Mühe. Würde denn überhaupt jemand erfahren, dass er es gewesen war, der die Information weitergegeben hatte? Was, wenn man die anderen glauben machte, Adolf habe sich die Aussage entlocken lassen, ehe man ihn erschoss?

Nein. Wie sollte er mit dem Wissen weiterleben können, den Ruf eines Toten besudelt zu haben, nur um seinen eigenen Hals aus der Schlinge zu ziehen? Vielleicht sollte er es sich selbst leicht machen und tun, was Adolf getan hatte. Wenn er es nur quer über den Hof in das verlassene Gebäude schaffen würde, könnte er sie vielleicht in dem Gewirr düsterer Gänge abhängen.

„Nun?", rief der Sturmbannführer.

Es war nicht gerade eine große Geste, aber Josef schaffte es, sich mit einem sturen Kopfschütteln zu verweigern. Aus dem Augenwinkel sah er, wie der Bewacher zum Sturmbannführer schaute und auf seinen Befehl wartete.

„Nicht hier", sagte der Sturmbannführer. „In den Wagen mit ihm!"

Der Bewacher packte ihn am Arm. Ein weiterer trat herzu und nahm seinen anderen Oberarm in einen schraubstockartigen Griff, und mit vereinten Kräften zerrten die Männer Josef zu einem wartenden Auto. Er schaffte es, den Fuß zu heben, um durch den geöffneten hinteren Schlag einzusteigen.

Der Bewacher zu seiner Rechten lachte auf. „Vaterlandsverräter reisen im Auto nicht wie normale Leute", sagte er.

Der Kofferraumdeckel wurde aufgerissen, und die Männer stießen Josef hinein. Noch ehe er sich halbwegs zusammenkrümmen konnte, wurde die Klappe mit Wucht zugeschlagen und stauchte ihm die Knie.

In dem engen schwarzen Verlies zusammengekauert, hörte er, wie die Wagentüren zufielen und jemand den Motor anließ. Eine Sekunde später drehten die Hinterräder auf dem lockeren Boden durch, ehe sie griffen. Er prallte gegen die Blechwände wie eine Fliege gegen eine Glasscheibe. Auspuffgase drangen in den Kofferraum ein, sodass ihm zu allem Überfluss auch noch übel wurde.

Als Olbricht eintraf, hatten Monikas Wehen nachgelassen. Sie saß im Wohnzimmer und balancierte eine heiße Tasse Tee auf ihrem Bauch.

Es war fast drei Uhr morgens.

Die Tür wurde aufgerissen, und herein stürzte ein zerzauster Olbricht, selbstredend nicht ohne Zigarre im Mundwinkel. Edda folgte ihrem Mann auf dem Fuße. Durch die offene Tür konnte Monika das sonore Brummen des *Essex Super Six* hören. Vater hatte sich nicht einmal die Zeit genommen, den Motor abzustellen.

„Monika!"

Er hatte nicht gerade erwartet, seine Tochter völlig ruhig und mit einer Teetasse in der Hand vorzufinden. Im ersten Moment machte ihn dieser Anblick ratlos, und er blieb stehen, wo er gerade war, und starrte sie an. Edda rannte ihn von hinten beinahe um. Sie begriff schneller, was los war.

„Die Eröffnungswehen sind vorüber“, sagte Edda.

Monika zuckte peinlich berührt mit den Schultern. „Ich wollte euch noch mal anrufen, aber da wart ihr schon fort.“

„Und jetzt geht's dir gut, Liebes?“, fragte Edda besorgt.

Olbricht dagegen knurrte: „Wo ist denn Josef? Ist der die ganze Nacht nicht zu Hause, oder wie?“ Seine Hände ballten sich zu Fäusten, als wollte er in irgendetwas hineinschlagen.

„Er ist nicht da“, sagte Monika. „Tut mir Leid, dass ihr wegen mir mitten in der Nacht den ganzen Weg fahren musstet.“

Edda kniete sich neben sie und strich ihr über die Stirn. „Du hast genau das Richtige gemacht, Liebes.“

„Such deine Sachen zusammen“, ordnete Olbricht an.

„Ist schon gut, Vater. Die Wehen haben ja aufgehört, und –“

„Ich sagte, such deine Sachen zusammen!“, schnarrte er.

Es hatte keinen Sinn, mit ihm zu streiten, wenn er eine seiner Launen hatte.

Monika reichte ihrer Mutter die Teetasse, sodass sie sich hochstemmen konnte, aber Edda drückte sie ihr gleich wieder in die Hand.

„Du bleibst schön hier“, sagte sie. „Ich packe deine Sachen zusammen.“

Während Edda Richtung Schlafzimmer verschwand, stürmte Olbricht aus dem Haus und ließ die Tür offen stehen. Sekunden später verstummte der Automotor.

Niemals zuvor hatte Monika ihren Vater fluchen hören. In dieser Nacht tat er es.

Von den Auspuffgasen war Josef ganz schwindlig und benommen im Kopf, als der Wagen endlich zum Stehen kam. Er konnte es nicht genau sagen, schätzte aber, dass sie fast zwanzig Minuten unterwegs gewesen waren. Der Wagen hatte oft kurz gehalten, aber zu keinem Zeitpunkt hatten sie irgendeine nennenswerte Geschwindigkeit erreicht.

Der Wagen schaukelte leicht, als die Türen zugeworfen wurden.

Augenblicke später ging der Kofferraumdeckel auf. Man begrüßte ihn mit zwei grellen Lichtstrahlen direkt ins Gesicht.

„Los, raus da!"

Mit steifen Knien manövrierte er sich ohne fremde Hilfe aus dem engen Kofferraum heraus.

„Da rüber."

Der Strahl einer Taschenlampe wies ihn an, an der linken Seite des Autos entlangzugehen. Josef tat wie geheißen.

Jetzt waren nicht mehr so viele Männer anwesend wie bei seiner Verhaftung. Zwar standen, soweit Josef sehen konnte, immer noch drei Wagen da, aber er konnte nur fünf Mann entdecken, samt und sonders bewaffnet.

Er stand neben einem großen Haufen von Baumstämmen. Wo er war, wusste er nicht. Der Boden unter seinen Füßen war weich und feucht. Die Luft war kühler und frischer als vorhin unter den heißen Scheinwerfern in dem beengten Hinterhof.

„Los, weitergehen!"

Man führte Josef in den Wald. Er dachte an Flucht. Mit gesenkten Schultern könnte er vielleicht wenigstens zwei der drei Männer von sich wegstoßen, die direkt hinter ihm gingen. Schwieriger war es mit den Bewachern, die ihn zu beiden Seiten flankierten. Wie hoch mochten seine Chancen stehen, sich im Schutze der Dunkelheit seitwärts ins Unterholz zu schlagen, ohne erschossen zu werden?

Nicht hoch. Ganz und gar nicht hoch.

Er war Pastor, kein Soldat. Die Männer hier war darauf gedrillt, mit Gefangenen und Situationen wie dieser hier umzugehen.

„Gut, jetzt sind wir weit genug."

Weder das Auto noch die Straße war jetzt noch zu sehen. Einer der Bewacher brachte einen Klappspaten zum Vorschein, den er Josef an die Brust warf.

„Wie groß sind Sie?", fragte der Sturmbannführer.

„Ein Meter achtundachtzig", sagte Josef.

Der Sturmbannführer musterte ihn von oben bis unten und sagte dann: „Fangen Sie an zu graben. Wir brauchen ein Loch von neunzig Zentimetern Breite und einem Meter achtundachtzig Länge."

Josef fröstelte heftig. Das also war die Art der Gestapo, Oppositionelle zu beseitigen, ohne dass es viel Papierkrieg gab. Er war im Begriff, sich zu der zunehmenden Anzahl Deutscher zu gesellen, die schlicht und einfach verschwanden.

Monika würde niemals erfahren, was ihm passiert war. Sein Kind würde nie einen Vater haben, nur davon erzählen hören, wie er eines Abends aus dem Haus gegangen und nie zurückgekehrt sei. Olbricht, so viel war sicher, würde Nachforschungen anstellen, aber nichts herausfinden. Es würde kein Aufsehen geben. Viel zu häufig kam es vor, dass Leute auf solche Weise verschwanden, und Josef war bei weitem nicht wichtig genug, als dass irgendjemand eine offizielle Untersuchung würde herbeiführen können.

Das Blatt des Spatens fuhr in den weichen Boden, und Josef warf eine Schaufel schwarze Erde beiseite. Dann noch eine und noch eine. Seine Häscher machten es sich derweil bequem, lehnten sich gegen Baumstämme und zündeten sich Zigaretten an.

Als das Loch etwa einen halben Meter tief war, atmete Josef immer schwerer. Der Schweiß lief ihm in Bächen übers Gesicht und tropfte von seinem Kinn. Rücken und Arme taten ihm weh.

„Seine Frau ist 'n hübsches Ding", sagte der Sturmbannführer zu dem Bewacher, der ihm am nächsten stand, „ich meine, für 'n Weibsbild in andern Umständen."

Der Bewacher grunzte wie ein Tier.

„Genau", sagte der Sturmbannführer lachend. „Lassen Sie ihr 'n paar Monate Zeit. Sie ist aus 'nem guten Stall."

„'nen Besuch wert?"

„Sie würden nicht enttäuscht sein."

Josef durchschaute ihr Spiel, aber es verfehlte seine Wirkung dennoch nicht. Die Schaufel stieß jetzt immer tiefer vor. Zu seiner Erschöpfung gesellte sich heilloser Zorn. Mit jeder Schaufel, die er zur Seite warf, suchten seine Augen das Gelände ab. Es hatte keinen Zweck – sie waren einfach zu viele und standen zu weit auseinander.

Und doch musste er es versuchen. Besser, er starb von einer Kugel in den Rücken während eines Fluchtversuchs als von einer, die man ihm in den Hinterkopf jagte, während er sich über sein Grab beugte, das er selbst geschaufelt hatte.

„Los, holt ihn aus der Grube raus!", befahl der Sturmbannführer.

Hatte der Sturmbannführer seine Gedanken lesen können? Ehe er noch handeln konnte, sah er sich von vier Bewachern umzingelt. Einer riss ihm den Spaten aus der Hand, zwei zerrten ihn an den Armen aus der Grube heraus. Der vierte zielte mit einem Karabiner auf seine Brust.

Sie zerrten ihn mit roher Gewalt heraus, rissen ihm die Arme nach hinten, drehten ihn um und stießen ihn am Rand der Grube zu Boden. Josef fand sich auf den Knien wieder. Irgendwie hatte man ihm in den paar Sekunden, die seit dem Befehl des Sturmbannführers vergangen waren, mit einem Tau die Hände gefesselt. Mit gebeugtem Kopf starrte er in sein eigenes Grab und konnte nicht das Geringste zu seiner Rettung unternehmen. Nur unverhoffte Gnade konnte ihm jetzt noch helfen.

Der Sturmbannführer zog ein letztes Mal an seiner Zigarette, ehe er sie zu Boden warf und mit der Stiefelspitze austrat. Dann zückte er seine Pistole und trat hinter Josef.

Das Nächste, was Josef spürte, war die eiskalte Mündung, die sich gegen seine Schädelbasis presste.

„Wo und wann sollten Sie Ihren nächsten Kontakt haben?", fragte der Sturmbannführer.

Was als Nächstes passierte, war wirklich sonderbar. Josefs Atem ging plötzlich leicht, sein Herzschlag beruhigte sich, seine Gedanken wurden klar. Es war, als hätte man ihm Zuversicht in die Adern geflößt. Seine ganze Angst verflog.

Jahrelange theologische Studien, die bis heute nichts als bloße Theorie gewesen waren, konnte er plötzlich mit Händen greifen. Das Leben, das er geführt hatte, verblasste im Vergleich zu dem, das ihn jetzt erwartete, zur Bedeutungslosigkeit. In diesem Moment ging ihm auf, dass niemand, der auch nur den Bruchteil einer Sekunde die Herrlichkeit des Himmels wahrgenommen hatte, auch nur einmal zurückdenken würde an Leiden, Entbehrungen, Schmerzen oder Kummer, wie schlimm all das in diesem Leben hier auch gewesen sein mochte.

„Wo und wann?“, brüllte der Sturmbannführer.
Josef lächelte und fing an zu singen:

Und wenn die Welt voll Teufel wär und wollt’ uns gar verschlingen,
so fürchten wir uns nicht so sehr, es soll uns doch gelingen!
Der Fürst dieser Welt,
wie sau’r er sich stellt,
tut er uns doch nichts,
das macht, er ist gericht’,
ein Wörtlein kann ihn fällen.

Der Knall einer Dienstpistole der Gestapo brach sich im Gehölz.

19

Monika erwachte jählings und setzte sich ruckartig im Bett hoch. Sie meinte etwas gehört zu haben: irgendein Krachen oder Knallen. Sie strengte sich an, es wieder zu hören, aber da war nichts außer ihrem eigenen Atem.

Wahrscheinlich ächzte nur das Gebälk. Das Haus war alt, und sie war so lange aus ihrem Elternhaus fort gewesen, dass ihr seine Geräusche jetzt wieder auffielen.

Sie ließ sich wieder auf den Rücken sinken und starrte die Zimmerdecke an. Es fühlte sich wirklich komisch an, in ihrem alten Mädchenzimmer zu liegen und schwanger zu sein. Ihre frühesten Erinnerungen knüpften sich an dieses Zimmer. Würde es auch ihrem Kind die frühesten Erinnerungen vermitteln?

Sie sah zum zugezogenen Fenster hinüber. Draußen wurde es schon hell. Heute Nacht würde sie keinen Schlaf mehr finden können.

Wieso hat Josef sich nicht gemeldet?

Wäre er nach Hause gekommen und hätte sie dort nicht angetroffen, so wäre er doch ganz sicher hierher gefahren und hätte sie abgeholt oder wenigstens angerufen, um sicherzugehen, dass sie wohlauf war ... oder etwa nicht? Und wenn er nach wie vor nicht daheim war, wo steckte er dann? Zu spät zu kommen war eine Sache, aber die ganze Nacht wegzubleiben, das sah ihm ganz und gar nicht ähnlich.

Sorgen beschlichen sie. In letzter Zeit war das immer öfter vorgekommen. Aber irgendwie klappte das mit dem Sorgenmachen besser, wenn sie auf war und möglichst eine Tasse Tee vor sich stehen hatte.

Sie zog sich also einen Hausmantel über und machte sich auf nach unten, in die Küche. Jemand musste Feuer im Herd machen.

Monika fing an zu weinen.

„Aber, aber, was ist denn hier los?" Vater kam in die Küche.

Monika ärgerte sich ihrer Tränen. „Ach, ich wollte mir nur 'ne Tasse Tee machen."

Olbricht sah, dass das Herdfeuer erloschen war, und schickte sich an, es wieder in Gang zu bringen, wobei ihm völlig entging, dass genau das, das erloschene Herdfeuer, der Grund für die Tränen seiner Tochter gewesen war.

Indem er den Teekessel übers Feuer stellte, sagte er: „Ich dachte schon, ich hätte hier unten 'ne Maus gehört." Er kriegte tausend Fältchen um die Augen, wenn er lächelte. „Konntest du nicht schlafen?"

„Hat Josef angerufen?"

Olbrichts Miene umwölkte sich. Er schüttelte den Kopf.

„Das sieht ihm ganz und gar nicht ähnlich", stellte Monika fest.

„Hm, er ist halt nicht der Mann, für den wir ihn gehalten haben, was?", erwiderte Olbricht.

Diese Bemerkung verblüffte Monika. Sie hatte auf Verständnis und Mitleid gerechnet, aber hier zeigte sich etwas in den Gedanken ihres Vaters, dessen sie sich nicht bewusst gewesen war.

Olbricht bemerkte den überraschten Ausdruck seiner Tochter und sagte: „Es ist doch kein Geheimnis, dass er in letzter Zeit Irrwege gegangen ist, und ich muss ehrlich sagen, mich hat der Junge enttäuscht."

„Er hat viel Zeit zu Hause im Arbeitszimmer zugebracht", versuchte Monika eine Lanze für ihren Mann zu brechen.

„Und was hat er da wohl gemacht?"

„Das weiß ich nicht genau."

„War er allein?"

„Oft stundenlang. Dann kam manchmal ein Telefonanruf, und weg war er."

„Klingt verdächtig. Wohin ist er gegangen?"

„Er sprach von Kirchenangelegenheiten oder seelsorgerlichen Dingen, mal dies, mal jenes. Oder er macht mir vor, er steht nach irgendwas an. Bloß bringt er niemals etwas mit nach Hause."

„Er lügt dich an." Es war eine Feststellung, keine Frage.

„Ich weiß nicht", erwiderte Monika trotzdem.

„Wie lange geht das schon so?"

„Vier Wochen vielleicht."

Mit einem Mal fiel Olbricht auf, dass er keine Zigarre hatte, weder im Mund noch in der Hand. Seine Hände suchten erst in der Luft herum und dann in den Taschen seines Bademantels, aber vergeblich. Verdrossenen Blicks schickte er sich in einen vorübergehenden zigarrenlosen Zustand.

Der Teekessel begann zu pfeifen. Vater und Tochter gossen sich jeder eine Tasse Tee auf und verzogen sich damit ins Wohnzimmer. Durchs Fenster sah Monika einen blassroten Morgenhimmel. Es versprach ein klarer Frühlingstag zu werden. Sie wünschte, ihre Zukunft wäre ebenso klar und rosig.

„Ich sollte dir das gar nicht erzählen", sagte ihr Vater, während er seine Tasse auf einen Beistelltisch platzierte und es sich in der Sofaecke bequem machte. Monika setzte sich ans andere Ende der Couch.

„Was solltest du mir nicht erzählen?"

Ihr Vater legte das ganze Gesicht in Falten, wodurch sich eine unangenehme Äußerung ankündigte. „Deine Mutter hat Josef nie gemocht", sagte er dann. „Es war ihr nicht recht, dass er dir den Hof machte, und dass ihr geheiratet habt, passte ihr schon gar nicht."

Jetzt war Monika sprachlos.

„Sie ist der Meinung, du hättest dich unter Wert verkauft, und auch wenn ich eure Eheschließung ja erst unterstützt habe, fürchte ich mittlerweile, dass sie wohl Recht hatte."

„Davon hat Mutter nie auch nur ein Sterbenswörtchen erwähnt ..."

Olbricht griff nach seiner Teetasse, nahm einen Schluck und schüttelte den Kopf. „Selbstverständlich nicht. Sie hoffte ja, im Unrecht zu sein. Bedauerlicherweise hatte sie wohl doch den größeren Weitblick."

„Ich ... ich weiß gar nicht, was ich sagen soll", stammelte Monika.

„Der Junge hat schlechtes Blut in sich", erklärte Olbricht.

„Schlechtes Blut?"

„Du hast ja seine Eltern nie kennen gelernt, oder? Komische Leute. Sein Vater, Karl, war Bremser bei der Reichsbahn. Ein fanatischer Nazi ohne ein Quäntchen gesunden Menschenverstand. Ein Mann ungezügelter Leidenschaften und fast ohne jede Bildung – 'ne gefährliche Kombination. Weißt du noch, wie er umgekommen ist?"

Monika nickte. „Wurde von den Nazis erschossen – irrtümlich, wenn ich mich recht entsinne."

Olbricht nahm einen weiteren Schluck Tee. „Wer weiß, was der für ’nen Einfluss auf Josef ausgeübt hätte, wenn er noch am Leben wäre“, er zeigte mit seiner freien Hand auf ihren Bauch, „und auf sein Enkelkind.“

Er nippte an seinem Tee und fragte dann: „Hat Josef dir nie erzählt, wie seine Mutter und sein Bruder gestorben sind?“

Monika schüttelte den Kopf.

„Das überrascht mich nicht. Das überrascht mich ganz und gar nicht.“

Lange Zeit sagte keiner von beiden etwas. Olbricht starrte in irgendeine Ferne. Monika hielt den Atem an. Würde er es ihr von allein erzählen oder wartete er darauf, dass sie fragte?

„Was hat er dir denn von seinem Bruder erzählt?“

„Nur dass er jünger war als er.“

Olbricht nickte. Mit dem nächsten Schluck war seine Teetasse leer, und er stellte sie beiseite. „Der Junge war nicht richtig im Kopf“, sagte er. „Seine Mutter erkrankte an Masern, als sie ihn unterm Herzen trug. Als er geboren war und sich herausgestellt hatte, dass etwas mit ihm nicht stimmte, spann sich sein Vater eine Geschichte zusammen, die er in der Kirche und weiß Gott wo überall herumerzählte: Der Junge habe hohes Fieber bekommen und sei gestorben.“

„Aber so war’s nicht“, mutmaßte Monika.

„Sie haben ’nen leeren Sarg begraben und den Jungen auf dem Dachboden versteckt. Sie brachten’s nicht über sich, ihn ins Heim zu geben, aber sie hielten es auch nicht aus, ihn irgendjemand zu zeigen, umso weniger, als Karl in der Nazipartei aufzusteigen begann.“

„Von wegen der Erbkrankheiten und so.“

Ihr Vater nickte. „Als der Vater dann tot war, griff Josef seiner Mutter unter die Arme, so gut er es während des Studiums konnte, damit sie den Bruder weiter heimlich versorgen konnte. Er bot sogar an, sein Studium abzubrechen, aber das wollte seine Mutter partout nicht. Doch sie geriet immer mehr unter Druck. Eines späten Abends hörte Josef dann sonderbare Geräusche auf dem Dachboden. Keine Ahnung, warum sie es ausgerechnet dann getan hat und nicht zu einer Zeit, als er außer Haus war. Jedenfalls ging er nach oben, um nach seinem Bruder zu sehen, und fand er seine Mutter und seinen Bruder tot. Die Mutter hatte den Jungen und sich selbst umgebracht."

„Wie grauenvoll!", rief Monika.

„Hm, ja, aber wenn man es recht sieht, hatte es auch sein Gutes", überlegte ihr Vater. „Ausheimisch vom Leibe, einheimisch beim Herrn. Sie hatten hier auf dieser Erde keinen Ort mehr, also bereitete Gott ihnen einen Ort im Jenseits."

Monika begann an ihrem Haar zu zupfen und an den Enden herumzukauen, ohne zu bemerken, was sie tat.

„Wie ich schon sagte", schloss Olbricht, „schlechtes Blut."

„Dass sie tragisch gestorben waren, wusste ich", sagte Monika, „aber ich dachte immer, sie hätten irgendwie 'nen Unfall gehabt."

„Jetzt weißt du wenigstens, wieso deine Mutter Vorbehalte hatte. Ich selber ließ mich von Josefs akademischem Scharfsinn blenden, hab nur das gesehen, was ich sehen wollte. Aber jetzt kommt Josefs unstete Seite zum Vorschein."

Olbricht nahm Monika die Teetasse aus der Hand und setzte sie auf dem Beistelltisch ab. Dann nahm er ihre beiden Hände. Monika konnte sich nicht daran erinnern, dass er das schon jemals zuvor getan hätte. Er suchte ihren Blick und hielt ihn. Seine Augen glitzerten.

„Ich sag dir das viel zu wenig ...", begann er. Dann konnte er vor Rührung nicht weitersprechen.

„Ich weiß doch, Papa", sagte Monika leise.

Mit einem entschlossenen Kopfschütteln bekam Olbricht sich wieder unter Kontrolle. „Nein, ich muss dir etwas sagen." Er drückte sich ein paar Tränen weg und stellte dann den Blickkontakt wieder her. „Als deine Mutter dich unterm Herzen trug, war ich mir gar nicht sicher, ob ich überhaupt Kinder wollte. Ich war damals durch und durch entschlossen, mir einen Namen zu machen, und dabei, so dachte ich, könnten Kinder mir höchstens hinderlich sein. Aber dann kamst du ..."

Er lächelte versonnen. Die Rührung drohte ihn erneut zu überwältigen, aber er behielt die Oberhand.

„Auf das, was du mit mir machen würdest, war ich nicht vorbereitet", sagte er. „Gleich das erste Mal, wie ich dich sah ... du hast mich einfach schwach gemacht. Und es gibt nichts, was ich nicht für dich tun würde. Das weißt du doch, oder?"

Monika kämpfte ihren eigenen Kampf. Sie lächelte und schluchzte zugleich.

„Und ich habe vor langer Zeit einen Eid geschworen, dass ich alles, schlechthin alles, tun würde, um dich vor Schaden zu beschützen. Diesen Eid werde ich nicht brechen bis zu meinem letzten Atemzug."

Vor ihrem inneren Auge blitzten die Bilder von den Nazis auf, die ihren Vater in seinem Arbeitszimmer aufgesucht hatten. Ganz fest drückte Monika die Hände ihres Vaters. „Ich weiß, Papa."

„Es mag dir manchmal so vorkommen, als wollte ich mich einmischen, aber –"

„Ich weiß, dass du nur das Beste für mich willst, Papa."

„Gott ist mein Zeuge –"

„Ich hab dich lieb, Papa."

„Und dieser Eid gilt auch für das Kleine da." Er deutete auf Monikas Körpermitte.

Edda erschien unter der Tür. „Da steckt ihr also, ihr beiden!", rief sie aus.

Olbricht nahm ihr Erscheinen zum Anlass, sich zu erheben und in sein Arbeitszimmer zu gehen, um sich endlich die erste Zigarre des Tages anzuzünden.

Edda nahm seinen Platz auf dem Sofa dicht neben Monika ein. „Wie geht's dir heute Morgen, Liebes?" Sie streckte die Hand aus und befühlte die Spitzen von Monikas Haar. Als sie feststellte, dass diese feucht waren, schüttelte sie den Kopf.

„Mir geht's gut, Mama", sagte Monika.

„Immer noch keine Nachricht von Josef?" Sie tätschelte Monikas Hand und stand dann auf. „Ich werd mal sehen, dass dein Vater nach dem Kaffee ein bisschen herumtelefoniert. Geh du inzwischen rauf und zieh dich an."

„Ja, Mama", sagte Monika.

* * *

Am Tisch hörte man nichts anderes als das leise Klappern ihrer Bestecke. Monika bestrich sich ein Zwieback mit Erdbeermarmelade und biss davon ab. Es tat gut, bedient zu werden, das musste sie zugeben. Sie hatte sich an den gedeckten Tisch setzen können. Jedermann im Hause bestand darauf, dass sie sich ausruhte, und man las ihr jeden Wunsch von den Augen ab.

Olbricht räusperte sich und schob seinen Frühstücksteller beiseite, obwohl er seine Semmel noch nicht ganz aufgegessen hatte. Er wischte sich den Mund mit einer Leinenserviette ab und brach das Schweigen, indem er sagte: „Ich hab mit deiner Mutter gesprochen, und sie teilt meine Ansicht."

Monika sah ihre Mutter an, die die Worte ihres Mannes mit einem Kopfnicken bestätigte.

„Wir bringen dich zu eurem Haus zurück, und da packst du alles zusammen, was du brauchst, um wieder hier bei uns einzuziehen."

Edda griff nach Monikas Hand und begann sie zu tätscheln. „Es ist besser so, glaub mir."

„Wenn du willst", fuhr ihr Vater fort, „kannst du der Gemeinde ja sagen, es sei bloß so lange, bis das Baby kommt. Damit würden wir genug Zeit gewinnen, um uns den nächsten Schritt zu überlegen."

„Es wäre das Beste für dich und das Kind", stellte Edda fest. „Es würde mir Angst machen, wenn du ganz allein in dem Haus bleiben müsstest. Was wäre denn gewesen, wenn du letzte Nacht schon niedergekommen wärst?"

Monika wollte nicht wieder nach Hause ziehen. Aber sie hatte Angst. Geburtswehen zu haben, ohne dass irgendwer in der Nähe gewesen war, hatte sie schon in Panik versetzt, genau wie Josefs mysteriöses Verschwinden. Allmählich fürchtete sie das Schlimmste, und mit diesen Ängsten würde sie es niemals allein in ihrer Wohnung aushalten.

Ihr Vater stand vom Tisch auf und sagte: „Ich hol schon mal das Auto."

Auch Edda erhob sich. „Während ihr fort seid, werde ich dein Zimmer für dich und das Kind herrichten."

Monika machte keinen Versuch, den Lauf der Dinge zu wenden.

20

Gewehrfeuer brach sich in den Wäldern.

Josefs rechtes Ohr gellte noch von dem einzelnen Schuss. Das Nächste, was er mitbekam, war, wie eine Pistole direkt neben ihm auf den Boden fiel. Jemand nestelte an dem Seil herum, mit dem seine Hände gefesselt waren.

Einer wie der andere sahen die SS-Männer ihn an. Der eine oder andere nickte. Ihre Mienen zeigten keine unbewegte Härte mehr.

Nachdem seine Hände los waren, zog man Josef hoch und drehte ihn an den Schultern herum. Sein Gesicht war nur Zentimeter von dem des Sturmbannführers entfernt.

„Mein lieber Bruder!" Der SS-Offizier umarmte Josef mit solchem Ungestüm, dass er diesem fast die Luft abdrückte. In den Augen des Mannes standen Tränen. Zu den Umstehenden sagte er: „Hab ich's euch nicht gesagt? Hat jetzt etwa noch irgendjemand Zweifel?"

Einer nach dem anderen traten die Männer heran und schüttelten Josef die Hand. Ein paar von ihnen wünschten ihm Gottes Segen. Dann verabschiedeten sie sich voneinander und machten sich zu ihren Fahrzeugen auf, als hätten sie eine harmlose nächtliche Jagdpartie hinter sich.

„Ich wusste, dass Sie unser Mann sind!", sagte der Sturmbannführer.

Josef war immer noch fassungslos und brachte nichts heraus.

„Bitte verzeihen Sie mir die Schläge. Wir müssen einfach vorsichtig sein. Aber ich wusste genau, dass Sie unser Mann sind."

Josef vermochte nicht zu entscheiden, was ihn mehr beunruhigen sollte: ein zornbebender Sturmbannführer oder ein verschmitzt lächelnder. Schließlich brachte er es fertig, zwei Wörter zu formen: „Eine Prüfung?"

Der Sturmbannführer nickte. „Hätten Sie uns den Ort des Treffens verraten ..."

Es lag auf der Hand, was er sagen wollte.

Ausgesprochen hat er's nicht!, schoss es Josef durch den Kopf. *Er hat's bloß angedeutet: „den Ort des Treffens". Wenn das Ganze nun ein Trick ist?*

Der Sturmbannführer schien seine Gedanken lesen zu können. Er brach in schallendes Gelächter aus. „Prima, prima!“, sagte er. „Sie haben echt die Denkungsart eines Operativagenten. Aber wenn Sie überleben wollen, müssen Sie sich noch eine unbewegte Miene zulegen.“ Er lächelte und fuhr fort: „In drei Tagen, zehn Uhr abends, Brüderstraße 22.“

„Und Adolf?“

„Einer unserer Besten.“

„Er ist also nicht tot?“

„Nein. Nochmals: Ich entschuldige mich für meine List. Für die Scheinwerfer, die Schüsse in die Luft und all das. Adolf ist immer aufs Detail bedacht, er bestand darauf, sich zu Boden fallen zu lassen. Haben Sie das eigentlich gehört? War es gut?“

„Das kann man wohl sagen.“

Der Sturmbannführer klopfte ihm auf die Schulter. „Kommen Sie, ich fahr Sie nach Hause. Monika muss in Sorge um Sie sein.“

Erst als sie aus dem Wald auf den Seitenweg traten, in dem der Wagen stand, bemerkte Josef, dessen Kopf immer noch umnebelt war, dass der Tag schon angebrochen war.

* * *

Das Haus zu verlassen fiel Monika schwerer, als sie angenommen hatte. Während ihr Vater, seine Zigarre paffend und die Hände in den Hosentaschen vergraben, ziellos von einem Zimmer ins andere wanderte, packte sie einen kleinen Reisekoffer.

Insgeheim hatte sie, als sie vorm Haus anhielten, die Hoffnung gehegt, Josef im Hause vorzufinden und von ihm zu hören, es habe irgendeine Tragödie in einer Familie der Gemeinde gegeben, in deren Haus kein Telefonanschluss sei, wo er aber die ganze Nacht habe ausharren müssen.

Als sie aber das leere Haus betrat und mitnichten ihren Mann antraf, wusste sie nicht, ob sie wütend, verwirrt oder beunruhigt sein sollte. Sie nahm seine wortlose Abwesenheit persönlich. Was war sie denn für eine Ehefrau, dass ihr Mann es nicht mal nötig hatte, ihr zu sagen, wo er sich rumtrieb? Und was für eine Ehe führten sie eigentlich, wenn ihr Mann sich ständig aus dem Hause schlich?

Als sie damit fertig geworden war, ihre Siebensachen in den Koffer zu werfen, hatte sie auch ihre Entscheidung getroffen. Sie war mehr wütend als alles andere. Um Josefs willen konnte sie nur hoffen, dass ihm irgendwas Schlimmes zugestoßen war – alles andere würde sie ihm niemals verzeihen.

* * *

Der SS-Dienstwagen fuhr, das Weichbild Berlins hinter sich zurücklassend, in nördliche Richtung. Diesmal saß Josef auf dem Beifahrersitz.

„In der Tat, ich bin Mitglied der SS", sagte der Sturmbannführer. „Können Sie sich eine bessere Möglichkeit vorstellen, die Pläne der Reichsregierung zu erfahren und mögliche Operativagenten wie Sie unter die Lupe zu nehmen?"

„Und der Rottenführer, der mit dem Axtstiel, ist er auch –"

„Nein. Er ist ein Rohling, wie er im Buche steht."

Josef war immer noch geschockt. Stimme und Uniform waren diejenigen seines Inquisitors, Verhalten und Worte hingegen die eines Kollegen. Er hatte sich noch längst nicht daran gewöhnen können, zu dem Sturmbannführer hinüberzuschauen und in ein lächelndes Gesicht zu sehen oder den Sturmbannführer bei dem zivilen Namen zu nennen, mit dem dieser sich ihm vorgestellt hatte: Martin Wolff.

„Sie haben mehrmals etwas von einer größeren Organisation angedeutet", sagte Josef. „Wann werden Sie mich denn von deren Arbeitsweise und Zielen in Kenntnis setzen?"

Wolffs Lächeln verschwand. „Jetzt", sagte er. „Es ist meine Aufgabe, Ihnen das Notwendige über Ihren Auftrag mitzuteilen."

Josef nahm eine aufrechtere Sitzposition ein und blinzelte mit den Augen, als könnte er so den Kopf freibekommen. Er war erschöpft, gereizt und todmüde, aber dies war kaum der richtige Zeitpunkt zum Ausruhen.

„Haben Sie schon mal von der Aktion T 4 gehört?", fragte Wolff.

„Nein."
„Überrascht mich nicht."
Wolffs Hände krallten sich ums Lenkrad. Dann ließ er es mit einer Hand los und packte ein paar Sekunden später wieder zu. Nicht dass er Probleme mit dem Fahren gehabt hätte – das Auto hatte er im Griff, aber seine Gefühle nicht. Josef fand es irritierend, einen an strengste Disziplin gewöhnten SS-Sturmbannführer zu beobachten, der Mühe hatte, seine Fassung zu wahren. Konnte es denn etwas so Schreckliches geben, dass es diesen Mann dermaßen durcheinander brachte?
Wolff entschuldige sich nicht dafür, dass ihre Unterhaltung ins Stocken geraten war. „Es handelt sich um ein Geheimdokument", sagte er, „in Hitlers Privatbüro getippt. T 4 steht als Abkürzung für das Hauptquartier dieser Operation, Tiergartenstraße 4."
Josef sah die betreffende Gegend vor seinem inneren Auge. Die Tiergartenstraße und ihr Umfeld waren ihm vertraut: stattliche zweistöckige Gebäude. Ein Park mit alten Bäumen, ausgedehnten Grünflächen, Teichen und Spazierwegen. Und doch lauerte anscheinend hinter der Tür der Tiergartenstraße Nummer 4 ein Schrecken von solcher Monstrosität, dass selbst ein höherer Gestapo-Beamter damit nicht umgehen konnte.
„Die Aktion T 4 lief tatsächlich im vergangenen Oktober an, offizieller Beginn war der 1. September. Die Aktion erforderte die Mitwirkung von Hebammen und Ärzten zwecks Registrierung von Kindern bis zu drei Jahren, die Anzeichen körperlicher oder geistiger Missbildungen aufwiesen, beim Reichsgesundheitsministerium."
„Tut das weh?"
„Nein, mein Kleiner, du wirst nichts spüren."
„Ob die Engel wohl Flügel haben? Kann ich die anfassen?"
„Und ob du das kannst."
„Mama, ich hab Angst. Bitte geh nicht von mir weg!"
„Tu ich ja nicht, Kleiner. Dreh dich um, wenn du in den Himmel kommst, dann wirst du sehen, dass ich gleich hinter dir bin."
„Registrierung?", fragte Josef, indem er die Erinnerung abschüttelte.

„Man füllt einen Fragebogen aus, der dann drei Ärzten zur Begutachtung vorgelegt wird. Jeder der Ärzte bringt ein Zeichen darauf an, entweder ein Pluszeichen mit rotem Stift oder ein Minus mit blauem. Wenn eine Akte drei rote Pluszeichen bekommt, wird eine Vollmacht ausgestellt, und man schnappt sich das Kind zur Einlieferung in die Pädiatrische Spezialabteilung, wo dann ..."

Wolff presste seine Lippen aufeinander, weil ihn seine Gefühle erneut zu übermannen drohten. Seine Augen wurden glasig.

„... wo man ihnen entweder eine tödliche Spritze verabreicht oder sie verhungern lässt."

„Lieber Gott im Himmel ... sind wir schon so weit gekommen?"

„Sie nennen es ‚lebensunwertes Leben'."

„Und wenn ein Kind weniger als drei rote Markierungen bekommt?"

„Diese Kinder hält man unter Beobachtung, und nach einer Weile versucht man erneut zu einer einstimmigen Beurteilung zu gelangen. Und vergessen Sie nicht: Diese Entscheidung wird auf Grundlage eines Fragebogens gefällt. Die Ärzte untersuchen diese Kinder niemals persönlich, sie nehmen nicht einmal Einsicht in ihre Krankenakten."

Josef lehnte sich zurück. Wie viel würde er noch ertragen können? Ihm schien das Maß jetzt schon restlos voll zu sein: ein deutscher Führer, der aussah und sprach wie ein Retter, aber nichts als Zwietracht und Hass hervorbrachte. Der Selbstmord des Professors, der in Wirklichkeit umgebracht worden sein dürfte, und zwar womöglich von einem Mitglied seiner eigenen Kirchengemeinde. Ein SS-Offizier mit Herz. Ein Palais im Park, das als Schaltzentrale massenhaften Kindsmordes missbraucht wurde.

Er wollte nichts weiter als mit fliegenden Fahnen nach Hause, Monika in die Arme schließen und sich in sein Arbeitszimmer flüchten, um die Tür hinter sich zu verrammeln, so zu tun, als wüsste er von alledem nicht das Geringste, und seine Tage mit Lektüre über ein besseres Deutschland zubringen, ein Land voller anständiger Menschen, die erhabenen Idealen nacheiferten.

Mit einem Mal war ihm die Welt, in der er lebte, zutiefst verhasst. Es war eine Welt voll Falschheit, Betrug, Hass und roher Gewalt – eine Welt, die ihre eigenen Kinder meuchelte.

„Seit seiner Einführung hat man das Programm noch ausgeweitet", fügte Wolff hinzu.

O Gott, es wird noch schlimmer.

„Man hat Kliniken und Heimen, die sich um Kranke und Schwache kümmern, Fragebögen zugesandt. Die Anstalten müssen solche Patienten namhaft machen, die an Schizophrenie, Epilepsie, Demenzkrankheiten, unheilbaren Lähmungen, syphilitischen Erkrankungen, Minderentwicklung, Enzephalitis oder irgendeiner neurologischen Symptomatik leiden. All diese Patienten verfrachtet man nach Hadamar, wo sich eine von sechs Tötungsanstalten befindet. An der Spitze der Aktion T 4 steht ein SS-Offizier namens Christian Wirth."

Josef schloss die Augen. Er hatte Mühe zu begreifen, was er da anhören musste.

Die zwei Männer fuhren eine Weile schweigend, jeder hing seinen eigenen Gedanken nach. Als Wolff wieder sprach, klang seine Stimme, als käme sie aus großer Ferne.

„‚Auf dem Gebirge hat man ein Geschrei gehört, viel Klagens, Weinens und Heulens; Rahel beweinte ihre Kinder und wollte sich nicht trösten lassen, denn es war aus mit ihnen.'"

Josef sah zu ihm hinüber. „König Herodes – der Mörder der Unschuldigen zu der Zeit, als Jesus auf die Welt kam."

„Operation Rahel. Das ist Ihre Mission."

„Wie – ich soll die Kinder retten?"

„So viele wie irgend möglich."

Das hatte Josef sich ganz sicher nicht vorgestellt, als er Kontakt zum Untergrund aufgenommen hatte – wie hätte er darauf auch kommen sollen? Er brauchte einen Moment, um den Gedanken zu fassen. Die Erinnerung an seinen Bruder droben auf dem Dachboden half ihm sehr, seinen Entschluss zu fällen.

„Ich habe zu Gott gebetet, dass er uns einen Mann für diese Aufgabe senden möge", sagte Wolff, „und ich glaube, Sie sind die Erhörung dieser Gebete."

Nun hatte Josef gerade gedacht, mehr Überraschungen könnten seiner nicht mehr harren – und dann war da ein SS-Mann, der die Bibel zitierte und an die Macht des Gebets glaubte.

„Diese Mission", sagte er zu Wolff, „scheint Ihnen ja sehr am Herzen zu liegen."

Der SS-Mann sah ihn an. „Sie haben mir meinen Zweijährigen genommen."

* * *

Als Josef und Wolff vorfuhren, kam Olbricht gerade mit einem Reisekoffer in der Hand die Vordertreppe herab. Monika war zwei Schritte hinter ihrem Vater. Kaiser auf dem Arm zog sie die Haustür hinter sich zu. Als sie den herannahenden Wagen bemerkten, warf Olbricht den Koffer in den Laderaum seines *Essex* und schmiss mit voller Wucht den Deckel zu, während Monika, offensichtlich vollkommen verunsichert, wie erstarrt unter der Tür stehen blieb.

Josef war schon aus dem Wagen, ehe der noch vollends zum Stillstand gekommen war. Er rannte an Olbricht vorbei zu Monika hinauf und rief schon von weitem: „Geht es los? Kommt das Baby?"

Monika antwortete ihm nicht, sondern sah zu ihrem Vater hinüber.

Noch ehe Olbricht etwas sagen konnte, betrat Wolff die Szene, Sturmbannführer vom Scheitel bis zur Sohle. „Heil Hitler", grüßte er Olbricht.

Josefs Schwiegervater erwiderte den Gruß vorschriftsgemäß.

Mit schneidigen Schritten ging Wolff zu Monika hinüber. „Ich hoffe, es geht Ihnen gut, Frau Schumacher."

„Doch, doch", antwortete Monika mit einem verstohlenen Blick auf Josef.

Ihr wie ihrem Vater stand die Verwirrung ins Gesicht geschrieben. Der Personenbeförderungsdienst der SS beschränkte sich normalerweise auf eine Fahrtrichtung, und die Endstation hieß stets Prinz-Albrecht-Straße 8.

Wolff nahm Monikas Hand und sagte: „Verzeihen Sie bitte die Abwesenheit Ihres Gatten, die Ihnen sicherlich Unannehmlichkeiten bereitet hat. Bitte glauben Sie mir, wenn ich sage, es ließ sich leider nicht vermeiden."

Monika sah erst Josef und dann ihren Vater an, ehe sie stammelte: „Ich hab mir Sorgen gemacht."

„Aber ja, natürlich", sagte Wolff. „Ich kann mich nur nochmals für diese Misshelligkeiten entschuldigen. Es war ganz und gar mein Fehler. Ich hatte den Herrn Pfarrer ersucht, mir in einer Angelegenheit zur Seite zu stehen, die für Führer und Vaterland von äußerstem Gewicht ist."

Olbricht zog die Augenbrauen hoch.

„Hätte irgendeine Möglichkeit bestanden, Sie vor und während unserer Mission ins Bild zu setzen, so wäre das selbstverständlich geschehen. Aus Sicherheitsgründen bestand diese Möglichkeit nicht. Ich möchte Ihnen sagen, wie beeindruckt ich von Ihrem Gatten bin, liebe Frau Schumacher. Sie haben einen Mann von bemerkenswerter Tapferkeit geheiratet, einen Deutschen von echtem Schrot und Korn. Sie sollten stolz auf ihn sein. Und mit Ihrer Erlaubnis kann es notwendig werden, dass ich ihn erneut in die Dienste des Vaterlandes rufe, wobei ich hoffe, dass es Ihnen dann nicht so viel Unannehmlichkeiten bereiten wird wie dieses Mal."

Monika sah Josef an, als hätte sie ihn nie zuvor gesehen. „Ich freue mich, dass mein Mann Ihnen zu Diensten sein konnte."

„Verstehen Sie bitte, dass er Ihnen aus Sicherheitsgründen nichts von dem anvertrauen kann, was sich vergangene Nacht zugetragen hat." Bei diesem Satz sah Wolff halb zu Olbricht hinüber.

Olbricht nickte.

Monika sagte: „Ich verstehe."

„Nun, die Pflicht ruft", sagte Wolff. Er senkte den Blick und musterte Monikas aufgeblähten Bauch. „Möge Gott Sie mit einem gesunden Kind segnen, Frau Schumacher."

In der Stimme des Sturmbannführers lag ein ganz leichtes Stocken. Josef fiel es auf. Ob die anderen es auch bemerkt hatten, ließ sich nicht sagen.

Alle drei sahen sie dem Wagen nach, in dem der Sturmbannführer davonfuhr.

Josef sah Olbricht an, der immer noch am Heck seines *Essex* stand.

„Nachdem du in der Nacht nicht nach Hause gekommen warst",

sagte Monika zu Josef, „hielten wir es für besser, wo doch jetzt der Termin so nahe bevorsteht, dass ich jemanden in meiner Nähe habe. Aber jetzt, wo du wieder da bist …“

Olbricht hob den Kofferraumdeckel hoch, zog den Koffer wieder heraus und trug ihn aufs Haus zu. Josef bot an, ihm den Koffer abzunehmen, aber sein Schwiegervater bestand darauf, ihn selbst nach drinnen zu bringen.

„In Diensten der SS“, sagte Olbricht im Vorübergehen. „Ich muss schon sagen, du bist immer für eine Überraschung gut, mein Junge. Alle Wetter!“

21

Donnerstag, 27. Juni 1940

Ein Schaf im „Wolffspelz“ – so sah Josef seinen neuen Kameraden. Es fiel ihm schwer zu glauben, dass dies derselbe Mann sein sollte, der ihn im Hauptquartier der Gestapo verhört hatte.

„Wie hieß noch gleich Ihr Sohn?“, fragte Josef.

„Volker.“

Die beiden Männer saßen an einem verschrammten Arbeitstisch in einem düsteren, höhlenartigen Lagerhaus in der Moabiter Reuchlinstraße, wo sie auf Adolf warteten.

In diesem Viertel hatten sich die großen Streiks des Septembers 1910 abgespielt, bei denen es um Lohnaufbesserungen für Schwerstarbeiter, „Knochenarbeitszuschläge“ genannt, gegangen war. Damals wurden Streikbrecher eingeschleust, und es kam zu Unruhen. Im April des Folgejahres hatten es die Arbeiter endlich geschafft, ihre Lohnerhöhungen durchzusetzen, aber bis dahin waren Hunderte verletzt oder getötet worden, darunter allein 104 Polizeibeamte. Das alles fiel Josef wieder ein, als er jetzt über die Polizeipräsenz in diesem Viertel nachdachte – diesmal würden er und Wolff diejenigen sein, die die Schutzleute verhaften würden, wenn sie ihnen auf die Schliche kämen.

Nervosität beschlich ihn. Für die Kirche wäre es gar nicht gut, wenn man ihn schnappen würde, und für Olbricht und Edda ebenso wenig.

„Volker“, wiederholte Josef. „Schöner Name. Zwei Jahre ist er alt, sagten Sie?“

„Dieses Jahr im November wird er drei“, antwortete Wolff.

„Haben Sie noch mehr Kinder?“

Wolff schüttelte den Kopf. Er war verständlicherweise gedankenverloren. Wenn die Dinge heute Abend so abliefen wie erwartet, würde er erfahren, wo sein Sohn sich aufhielt und wie es um ihn stand. Direkte Auskunftsersuchen hatten ihm ungeachtet seines Ranges bei der SS nur wenig mehr als nichts sagende bürokratische Floskeln eingebracht.

„Ich hab erst spät geheiratet", sagte Wolff, „aber meine Frau ist es wert, auf sie gewartet zu haben."

Josef musste grinsen. Der Gedanke an einen verliebten SS-Offizier schien ein Widerspruch in sich zu sein. Aber Wolffs Liebe zu seiner Frau war offenkundig. Josef hatte genug Paare in der Seelsorge beraten, um diesen ganz speziellen Blick in den Augen eines Mannes zu erkennen – einen Blick, wie ihn nur eine Frau hervorbringen konnte.

„Elli ist im Kindbett gestorben", sagte Wolff.

„Oh ... das tut mir Leid."

„Sie konnten's ja nicht wissen."

Es kam höchst selten einmal vor, dass Josef nichts zu sagen wusste. Schließlich war er dafür ausgebildet worden, Menschen gerade in Zeiten der Trauer zu dienen, und in der kurzen Zeit, die er bisher mit Martin Wolff zugebracht hatte, hatte er ihn bereits als einen Mann kennen gelernt, der zu tiefen Empfindungen fähig war. Umso tiefer musste die Wunde sein, die ein Schlag wie der Verlust seiner Frau bei ihm hinterlassen hatte.

„Komplikationen während der Niederkunft", erläuterte Wolff. „Man konnte nur einen retten: Mutter oder Kind. Elli bestand darauf, dass man alles Menschenmögliche für das Kind tun solle. Eine Zeit lang dachte ich, ich würde sie alle beide verlieren. Unter der Geburt hörte das Baby auf zu atmen. Zwar gelang es der Hebamme, ihn wieder zum Atmen zu bringen, aber der Schaden war bereits eingetreten. Mein Sohn ist geistig zurückgeblieben."

Josef nickte. Die Mission des heutigen Abends verband sich auf einmal mit Namen und Gesichtern.

Wolff sah über die Schulter in die düsteren Gänge des Lagerhauses. Adolf verspätete sich.

„Ich hoffe, Sie nehmen mir meine Fragen nicht übel", versuchte Josef sich in Schadensbegrenzung.

Wolff wandte sich ihm zu.

„Ich meine, seit ich Sie persönlich kennen gelernt habe, ähm ... nun ja, da würde ich eben gern mehr –"

„Wir sind Brüder im Herrn", sagte Wolff.

„Ja, das ist mir inzwischen aufgegangen. Was erneut eine Frage aufwirft, äh – das heißt natürlich, wenn Sie erlauben ... Wieso sind Sie bei der SS?"

Grinsend sagte Wolff: „Fällt es Ihnen so schwer zu glauben, dass ein Sturmbannführer Christus nachfolgen kann?"

„Hm, offen gesagt ... ja."

Das Grinsen wurde noch breiter. Selbst jetzt, wo Josef hier mit einem Martin Wolff im Arbeitshemd mit aufgerollten Ärmeln saß, kriegte er es kaum in den Kopf, dass dies derselbe Mann war, den er als uniformierten Amtsträger so hatte verabscheuen müssen.

„Geschwisterrivalität", sagte Wolff. „Sehen Sie, ich hab zwei ältere Brüder. Einer ist Generalmajor des Heeres, der andere Generalleutnant der Luftwaffe. Sie können sich denken, dass ich einen militärischen Familienhintergrund habe, mein Vater war im Weltkrieg Generaloberst. Ein Mann, dem man es nicht leicht recht machen kann. Ich bin mehr ein Stadtmensch, und so schien die SS eine Möglichkeit zu bieten, ihn und meine Brüder zufrieden zu stellen, ohne dass ich in irgendwelchen schlammigen Schützengräben hätte herumkriechen müssen."

„Und? Ist es Ihnen geglückt, sie zufrieden zu stellen?"

„Meine Brüder? Nein. Bei Vater bin ich mir nicht sicher."

„Aber finden Sie es denn nicht –"

„ – schwer, Christsein und SS-Mitgliedschaft miteinander zu vereinbaren?", brachte Wolff den Satz für Josef zu Ende. „Zuerst gar nicht. Die Nazipartei hat ja sozusagen eine edle Tünche an sich. Von außen gesehen ist sie durchaus anziehend, finden Sie nicht?"

Josef nickte. „Doch. Aber die Tünche bleicht allzu schnell aus."

„Was erklärt, wieso ich hier sitze. Ich weiß, dass meine Tage bei der SS gezählt sind. Aber bis es so weit ist, will ich die Möglichkeiten nutzen, die meine Stellung mir einräumt."

„Und Ihr Vater?"

„Der ist Nazi bis auf die Knochen. Wenn ich mich erst mal gezwungen sehen werde, in den Untergrund zu gehen, wird er mir nie mehr verzeihen."

Von irgendwo aus dem Labyrinth des Lagerhauses war das Schaben einer Schuhsohle auf dem Betonboden zu hören. Die Männer am Tisch drehten sich um und sahen Adolf aus dem Halbdunkel kommen. Seit Kreuzberg hatte Josef ihn nicht mehr gesehen. Ohne sich für seine Verspätung zu entschuldigen oder sich mit einer Begrüßung aufzuhalten, nahm der kleine Mann an ihrem Tisch Platz.

„Wir gehen", sagte er.

„Gut", antwortete Wolff.

Josefs Eingeweide verknoteten sich.

Adolf taxierte Josef, ehe er sich Wolff zuwandte und sagte: „Ich kann das auch ohne den Prediger machen."

„Er geht mit", sagte Wolff.

„Ich traue ihm nicht."

„Aber ich."

Adolf schüttelte den Kopf. „Er ist ungehärteter Stahl. Er wird zerbrechen."

„Ich denke, er wird dich überraschen", sagte Wolff.

„Wir können aber keine Überraschungen gebrauchen." Er wandte sich an Josef. „Drehen Sie bitte Ihre Hosentaschen um."

Josef sah Wolff an. Erst als dieser keine Einwände erhob, stülpte er seine Hosentaschen nach außen. Dazu musste er aus der einen Tasche eine Goldmünze nehmen.

„Was ist das denn?", rief Adolf und schnappte sich die Münze.

„Nur 'ne Münze, die ich in der Tasche mit mir rumtrage", sagte Josef.

Adolf las die Aufschrift auf der Münze. „‚Im Boden verankert, greifen wir nach dem Himmel.'" Er drehte das Goldstück um und las weiter laut vor. „‚Herr, mein Fels, meine Burg, mein Erretter. Psalm 18,3.'" Dann warf er Josef einen finsteren Blick zu und grollte: „Von Rechts wegen sollte ich Sie das Ding hier verschlucken lassen!"

„Das hier ist was anderes", griff Wolff ein.

Im ersten Moment überraschte es Josef, dass dieser offenbar über die Geschichte mit dem zu verschluckenden Zettel Bescheid wusste, aber dann machte er sich klar, dass Wolff zweifellos von Adolf über das, was sich in der Kreuzberger Abrisswohnung zugetragen hatte, ausführlich ins Bild gesetzt worden war.

„Es ist doch nur ein Bibeltaler", sagte Wolff. „Geben Sie ihm die Münze zurück."

„So was bringt nur unnötige Schwierigkeiten", beharrte Adolf. „Geben Sie sie zurück."

Adolf warf die Münze auf den Tisch. „So was ist unsere Fahrkarte ins Konzentrationslager."

Wolffs Mund wurde schmal. Für ihn schien die Angelegenheit keiner weiteren Debatte zu bedürfen.

Adolf erhob sich und verschwand leisen Schrittes in einem der düsteren Gänge.

„Er ist 'n guter Mann", sagte Wolff. „Seine Umsicht hält uns am Leben."

Josef ließ die Münze in die Tasche zurückrutschen.

* * *

Das Haus Tiergartenstraße 4 war ein zweistöckiges Gebäude. Eine geschwungene doppelte Freitreppe führte zu einem Portal hinauf. Das flache Dach war an den Ecken durch eine Gruppe ebenso gedrungener wie nach oben spitz zulaufender, ornamentierter Zierpfosten geschmückt, die aussahen wie Hörner, die sich gegen den nächtlichen Himmel reckten. Nichts an dem Bauwerk ließ erkennen, dass in ihm die Zentrale eines Massenmordes angesiedelt war.

Wie vorgesehen nahm Wolff seinen Posten in den dunklen Schatten der gegenüberliegenden Straßenseite ein. Viel zu wertvoll, um sich bei einem schlichten Einbruch erwischen zu lassen, stand er Schmiere. Ins Gebäude hineingehen würden Josef und Adolf, von dem Josef mittlerweile in Erfahrung gebracht hatte, dass er ein früherer Gestapo-Beamter war, der sich zum Abtauchen gezwungen gesehen hatte: Josef, weil es hier um seinen Auftrag ging, und Adolf, weil er genug Erfahrung mit solchen Aktionen hatte.

Als sie auf das Gebäude zugingen, sah Josef, dass es jede Menge zugezogener Fenster aufwies. Er nahm an, sie würden durch eines davon einsteigen, aber Adolf hatte andere Pläne.

Zwischen den beiden Freitreppen gab es einen Kellereingang. Adolf zeigte auf die Tür im Souterrain. „Gehen Sie da runter, kauern Sie sich hin und warten Sie auf mich!“, flüsterte er.

„Wohin –“

„Psst!“ Adolf unterstrich den wortlosen Befehl durch eine eindeutige Geste – er fuhr sich mit der gestreckten Hand quer über die Kehle – und einen wütenden Blick. Dann schob er Josef energisch auf die nach unten führende Treppe, ehe er selbst um die Hausecke verschwand.

In gebückter Haltung huschte Josef die Treppe hinab. Die Kellertür lag so tief, dass er von dort aus weder die Straße noch Wolff im Blick hatte. Das gefiel ihm ganz und gar nicht, schließlich lag es in seiner Verantwortung, Blickkontakt mit Wolff zu halten. Zwei kurze Signale mit einer Taschenlampe, die durch einen roten Lappen verdeckt war, stellten das Alarmzeichen dar – doch wie sollte er ein Signal wahrnehmen, wenn er Wolff überhaupt nicht sehen konnte?

Aber Adolf hatte ihn angewiesen, vor der Kellertür zu warten, also tat er das. Schließlich war Adolf der Fachmann für das, was sie hier vorhatten.

Und so wartete Josef. Außer Reichweite der Signallampe. Und schlimmer noch: Sollte irgendjemand sich dem Gebäude nähern, so saß er unweigerlich in der Falle. Im Rücken hatte er eine verschlossene Tür und zu beiden Seiten gemauerte Wände. Es gab nur einen einzigen Fluchtweg: die Treppe hinauf und dann genauso davon, wie er hergekommen war. Sollte unverhofft ein Wagen vorfahren oder gar ein Wachmann auftauchen, so bliebe ihm keine Chance zu entweichen. Und falls Wolff eine rechtzeitige Warnung abgäbe, würde er nichts davon mitbekommen.

Nichtsdestotrotz wartete er am zugewiesenen Platz.

Adolf war hier der Fachmann, er selbst bloß ein Prediger.

Josef wusste genau, dass Adolf ihn nicht leiden konnte, und wollte nichts tun, womit er den Zorn des kleinen Mannes anstacheln könnte. Er langte in seine Tasche und befühlte die Goldmünze. Ob Adolf ihn wohl tatsächlich gezwungen hätte, sie zu verschlucken, wenn Wolff nicht dazwischengetreten wäre?

Josef lehnte sich gegen die Mauer. Die Steine waren kühl. Die Gefährlichkeit seines momentanen Standorts machte ihm gehörig zu schaffen. Noch einmal untersuchte er die Kellertür. Verriegelt. Er blickte die schmale Treppe hinauf, aber da oben gab es nichts weiter zu sehen als Baumkronen und Sterne.

Womit hielt Adolf sich bloß so lange auf? Und wieso hatte er darauf bestanden, allein zu gehen? Der Plan sah vor, dass sie alle beide ins Gebäude eindrangen. In ihm keimte der Verdacht, Adolf habe ihn hier abgestellt, genau wie eine Mutter ihrem Kind befahl, irgendwo in einer ruhigen Ecke auf sie zu warten, bis sie ihre Angelegenheiten erledigt haben würde.

Aber egal – Adolf hatte ihm befohlen zu warten, also wartete er weiterhin. Adolf war der Fachmann.

Wenn er allerdings mit den Dokumenten in der Hand zurückkehren sollte ...

Das Geräusch eines herannahenden Autos nahm Josefs Aufmerksamkeit gefangen. Erst hörte man den Motor noch leise, dann immer lauter. Schon lag das Trottoir oben im Lichtkegel der Scheinwerfer. Im nächsten Augenblick strich er über den Sturz der Kellertür. Josef machte sich so klein, wie er irgend konnte. Das Motorengeräusch wurde sogar noch lauter. Während ihm das Herz bis zum Hals schlug, schwitzte und fror Josef gleichzeitig. Wie ein kleiner Junge beim Versteckspielen hielt er den Atem an, und seine Augen hingen gebannt an der Betonkante der obersten Treppenstufe.

Der Wagen fuhr vorbei. Das Licht verschwand. Das Motorengeräusch wurde gleichmäßig leiser, bis es nicht mehr zu hören war.

Josef atmete aus.

Dann wurde er wütend. Was wäre denn gewesen, wenn der Wagen ins Grundstück Tiergartenstraße 4 eingebogen wäre? Wolff hätte ihn hundertmal vorwarnen können!

Adolf blieb entschieden zu lange weg. Fachmann oder nicht, Josef konnte es sich einfach nicht länger leisten, außer Sicht zu bleiben, wo er doch darauf angewiesen war, Wolffs Warnsignal erkennen zu können!

Sich in die Schatten drückend, schlich er Stufe um Stufe die Treppe hinauf, bis er hoch genug war, um zur anderen Straßenseite hinübersehen zu können. Zwar hatte er nicht genug Licht, um Wolff auszumachen, aber er hatte jetzt immerhin eine Stellung eingenommen, von der aus ihm Wolffs etwaiges Signal nicht entgehen konnte.

„Ssst! Ssst!“

Der Laut kam von hinten. Josef fuhr herum und sah Adolf böse aus der einen Spalt geöffneten Kellertür schauen. Rasch glitt er die Treppe wieder hinunter und schlüpfte durch die Tür in einen modrigen Raum. Leise schloss sich die Tür hinter ihm.

„Was machen Sie denn bloß? Ich sagte Ihnen, Sie sollten vor der Tür warten!“ Es war nur ein Flüstern, klang aber wie Gebrüll. „An der Tür! Geht das nicht in Ihren Schädel?“

Josef nahm den Verweis schweigend hin. Zwar verlangte es ihn mit jeder Faser, sich zu verteidigen und Adolf daran zu erinnern, dass er im Falle eines Falles unbedingt das Signal hätte erkennen müssen. Außerdem wollte er ihn fragen, wo er sich so lange rumgetrieben hatte. Aber er zog es vor, Adolfs verbale Schläge einfach einzustecken, und folgte dem kleinen Mann ins Innere des Hauses Tiergartenstraße 4.

* * *

Mit geschlossenen Augen kuschelte Monika sich in ihren Wohnzimmersessel und lauschte dem Radio. Sie hatte beinahe eine Viertelstunde gebraucht, um einen deutschen Sender ausfindig zu machen, der Orchestermusik spielte. Heutzutage kamen ja auf allen Wellen bloß noch Ansprachen, Nachrichten und martialische Klänge – lauter Sachen, die sie bedrückten. Fast ebenso sehr wie diese ausgebeulte Kugel von einem Kind, die schon wieder mal auf ihre Blase drückte.

Sie betete, dass es bald so weit sein möge. Ihre Füße waren geschwollen und wund. Die Kreuzschmerzen waren kaum noch zum

Aushalten. Entweder ihr war zum Heulen zumute, oder sie hätte am liebsten auf irgendjemanden eingeprügelt oder mit Gegenständen durchs Zimmer geworfen. Mutter zu werden war mitnichten die gefühlsbewegende Erfahrung, die sie sich immer so schön ausgemalt hatte.

Josefs häufige Abwesenheit und das Fehlen eines anständigen Radioprogramms am Abend halfen ihrer Laune auch nicht eben auf. Die Kämpfe wurden heftiger. Erst vor zwei Wochen hatte wieder einmal die Ankündigung einer so genannten Sondermeldung das Rundfunkprogramm unterbrochen. Dann hatte eine ihr unbekannte Stimme stundenlang vor sich hin schwadroniert. Irgendwie war es um den italienischen *Duce* gegangen, der soeben den Kriegseintritt seines Landes verkündet hatte, was jedermann zu Begeisterungsstürmen hinzureißen schien – jedermann mit Ausnahme Monikas, der ihre geliebte Musik abging.

Die Rundfunksprecher hatten erklärt, nach dem englischen Rückzug aus Narvik und der Kapitulation Norwegens werde die italienische Luftwaffe nunmehr England und Frankreich den Gnadenstoß versetzen. Mittlerweile hatten sich diese Vorhersagen als zutreffend erwiesen: Die französische Regierung hatte fluchtartig Paris den Rücken gekehrt. Den Berichten zufolge waren deutsche Truppen jetzt damit beschäftigt, feindseligen Elementen den Garaus zu machen, die sich dem deutschen Vorgehen in den Weg hatten stellen wollen. Reihenweise gingen Synagogen in Flammen auf. Ungeheuerliche Geschichten und Anschuldigungen machten die Runde. Man hörte von Negern, die Ariern die Bäuche aufschlitzten und sich an ihren Leichnamen vergingen.

Als dann die Nazis zusammen mit Napoleons Kutsche den Salonwagen Fochs, Symbol der deutschen Niederlage 1918, nach Berlin schafften, nahmen die „Sondermeldungen" gar kein Ende mehr, und Monika dachte, sie könne es ebenso gut aufgeben, noch einen Musiksender finden zu wollen.

Sie hatte das alles so satt: die von Fanfarenstößen angekündigten Siegesmeldungen. Das endlose Alleinsein. Die Schwangerschaft. Die Ehe. Ihr Leben.

Die täglichen Gänge in die Stadt, um an ein paar minderwertige Lebensmittel zu kommen, waren ihr verhasst. Immer diese endlosen Warteschlangen, die „Heute-keine-Ware-mehr"-Papptafeln, die Zuteilungsmarken. Wie sehnte sie sich nach einem einzigen lauschigen Abend in einem Berliner Hotel, nach einem guten Abendessen ohne einen Gedanken an Lebensmittelmarken! Danach eine Gala in der Staatsoper, gefolgt von einer Tasse Kaffee – Bohnenkaffee, wohlgemerkt – unter freiem Himmel in einem Straßencafé, und das alles mit flachem Bauch!

Schon wieder eine Sondermeldung, die ihren Musikgenuss störte. Neue Gräuelgeschichten aus Frankreich. Ärgerlich stand Monika auf und schaltete den Rundfunkempfänger aus.

* * *

Das Eindringen in die Tiergartenstraße 4 war ohne jeden Zwischenfall verlaufen. Adolf und Josef hatten die Akten gefunden, um die es ihnen zu tun gewesen war. Sie hatten sie abfotografiert und sich rasch aus dem Staube gemacht.

„Ich hätte mit strengeren Sicherheitsvorkehrungen gerechnet", sagte Josef.

„Sicherheitsvorkehrungen ziehen bloß die Aufmerksamkeit Neugieriger auf sich", antwortete Adolf.

„Was sollte es auch das Ausland interessieren, wenn Deutsche Deutsche umbringen?", fügte Wolff hinzu. „Im Übrigen ist die Aktion T 4 eine interne Angelegenheit, von der überhaupt nur sehr wenige Leute wissen."

Schauplatz ihrer Nachbesprechung war wieder das Lagerhaus in der Reuchlinstraße. Nervös befingerte Josef die Kratzer und Löcher der hölzernen Tischplatte.

Adolf nahm den Film aus der Kamera und übergab ihn Wolff.

„Irgendwas Unerwartetes?", fragte dieser.

Adolf und Josef tauschten verstohlene Blicke aus.

„Lief alles wie geplant", sagte Adolf tonlos.

Falls Josef sich über die lange Wartezeit vor der Kellertür beklagen wollte, musste er es jetzt tun. „Alles plangemäß“, sagte er nur.

„Schön“, sagte Wolff. Er hielt die Filmpatrone hoch und fuhr fort: „Was werde ich hier drauf finden?“

Adolf nickte Josef zu. „Es ist Ihre Mission.“

„Einen Fahrplan des Todes“, sagte der.

„Von wo?“

„Hadamar.“

„Für wann?“

„Gestern gab es einen Transport, der dreizehn Kinder umfasste. Alle Anzeichen sprechen dafür, dass sie dort keine paar Wochen überleben werden.“

Wolff nickte nachdenklich. „Wir müssen rasch handeln.“

Bedachte man, dass die Anwesenden soeben eine Mission erfolgreich hinter sich gebracht hatten, so wirkte die Stimmung am Tisch bedrückt. Die düstere Menschenleere des Lagerhauses passte gut zu Josefs Stimmung.

Ein Stuhl wurde über den Zementboden geschoben. Es war Adolf, der aufstand und sich entfernte. Er ging genauso wortlos, wie er gekommen war. Bald hatte die Dunkelheit ihn verschluckt.

Wolff senkte den Kopf. Als er sprach, war es, als wende er sich an den Film in seiner Hand. „Du musst es mir nicht extra sagen“, murmelte er. „Ich weiß auch so schon Bescheid.“

Josef empfand tiefes Mitleid mit seinem Freund. „Es tut mir so Leid.“

„Also steht es fest.“

„Wir haben einen Sterbeeintrag gefunden.“

„Wann ist er gestorben?“

„Vorgestern.“

Wolff konnte seine Tränen nicht länger zurückhalten. „Und wie?“, fragte er.

„Martin, du solltest dich nicht –“

„*Wie?*“, rief Wolff. Seine Stimme hallte aus der Tiefe des Lagerhauses wider. „Wir reden hier über meinen Sohn!“

Josef konnte vor Erschütterung nur leise sprechen. „Man hat Volker ... verhungern lassen“, sagte er.

22

Sonnabend, 29. Juni 1940

„Nein. Wir müssen uns was anderes einfallen lassen."

Wolff sprach mit allem Nachdruck. Seine Sturmbannführer-Uniform verlieh seiner Entgegnung umso mehr Gewicht und ließ Josef seinen Plan in Frage stellen. Adolf hingegen war nicht so leicht umzustimmen.

„Es ist ein solider Plan", sagte der Kleingewachsene. „Könnte ohne weiteres funktionieren."

„Zu riskant", beharrte Wolff.

„Ich hab lange drüber nachgedacht", sagte Josef.

„Nein."

„Es ist aber biblisch", führte Josef ins Feld.

Wolff starrte ihn ungläubig an. „Das sagst du bloß, weil du mich umzustimmen hoffst."

„Es ist biblisch", bekräftigte Josef.

Sowohl Wolff als auch Adolf sahen ihn an, als wäre er verrückt geworden. Zwar stand Adolf auf Josefs Seite, aber ganz offenkundig konnte er seiner Argumentation nichts Rechtes abgewinnen.

Sie standen auf einer staubigen Landstraße im Norden Berlins. Es war eine abgelegene Gegend, die sie jeder im eigenen Wagen und in zeitlichem Abstand zueinander aufgesucht hatten. Josef war als Erster eingetroffen, Wolff als Letzter. Die Straße war zu beiden Seiten von Alleebäumen gesäumt und lag halb im Schatten. Über ihnen wölbte sich ein strahlend blauer Himmel.

„Aus der Bibel kann man jede Menge strategischer Lektionen lernen", fuhr Josef fort.

Diesmal widersprach Wolff ihm zwar nicht, aber er stimmte ihm auch nicht zu.

Adolf sprang ihm bei. „Ist ja egal, woher der Gedanke stammt, Hauptsache, der Plan ist gut!"

„Beweis mir das!", forderte Wolff Josef auf.

Darauf war Josef vorbereitet. „Denk nur an David“, sagte er, „in der Zeit, als Saul König über Israel war.“

Adolf verdrehte die Augen. „Wir haben es aber hier doch wohl kaum mit Riesen und Steinschleudern zu tun, möchte ich meinen!“

„Über David steht mehr in der Bibel als nur eine einzige Geschichte“, erwiderte Josef. „In der, die ich meine, geht es um seine Flucht vor Saul, als der ihn umbringen wollte. David ging nach Gat, ins Feindesland. Man erkannte ihn, und als er sich von Feinden umzingelt sah, stellte er sich irrsinnig.“

„Das denkst du dir doch aus“, sagte Wolff.

„Ersten Samuel einundzwanzig, Verse zehn bis fünfzehn. David stellte sich irre, indem er sich wie ein wildes Tier ans Tor krallte und den Speichel in seinen Bart triefen ließ.“

Wolff und Adolf standen bloß da und starrten ihn an.

„Ich erfinde das keineswegs“, beharrte Josef. „Es steht so, ersten Samuel einundzwanzig.“

Wolff zeigte sich immer noch skeptisch.

„Ist ja wurscht, jedenfalls ist der Plan nicht schlecht“, stellte Adolf fest. „Wir können ihm durchaus die nötigen Papiere beschaffen.“

„Und die Zeit drängt“, fügte Josef hinzu.

„Das Haus ist noch nicht fertig“, sagte Wolff.

„Hilft nichts“, sagte Josef. „Dreizehn Menschenleben hängen davon ab.“

Das zeigte Wirkung bei Wolff. Josef wusste, er hatte gewonnen. „Wenn ich erst mal drin bin, kann ich rausfinden, wo man die Kinder verwahrt und wann die beste Zeit ist, sie zu holen. Du stellst den Bus zur Verfügung, und wir können die ganze Sache binnen zwei Tagen durchziehen.“

„Wie setzt du uns ins Bild?“

„Du kannst doch hinkommen, um mich zu verhören.“

Adolf nickte.

Wolff bedachte den Vorschlag. „Da könnte so vieles schief gehen“, sagte er. „Sie werden dir Medikamente geben.“

„Wir können in seine Akte schreiben, dass er schon abgefüllt ist und die nächsten achtundvierzig Stunden ohne Medikamente bleiben soll“, schlug Adolf vor. „Damit gewinnen wir die Zeit, die wir brauchen.“

„Ich weiß nicht ...“, sagte Wolff. „Wenn irgendwas schief geht – ich möchte es nicht Monika sagen müssen.“

Diese Bemerkung brachte Adolf in Rage. Seine Stimme wurde laut, als er sagte: „Das ist nun mal ein unvermeidbares Risiko, wie wir alle es Tag für Tag eingehen! Lass dir doch dein Urteilsvermögen nicht von Gefühlen vernebeln! Der Plan ist gut – setzen wir ihn in die Tat um!“

Endlich signalisierte Wolff mit einem Kopfnicken seine Zustimmung.

„Wann gehen wir?“, fragte Josef.

„Besser, wenn Sie das im Voraus gar nicht wissen“, versetzte Adolf. „Vielleicht gehen Sie ’ne Straße runter oder liegen in Ihrem Bett, und plötzlich finden Sie sich in ’nem Auto wieder, das nach Hadamar fährt.“

„Aber was ist mit Monika?“ wandte Josef ein. „Bei ihr kann es jetzt jeden Tag so weit sein.“

„Treffen Sie die nötigen Vorkehrungen“, sagte Adolf, „aber sagen Sie ihr nichts.“

„Ich kann sie unmöglich ohne irgendeine Erklärung lassen.“

„Ich dachte, Sie wollten diese Geschichte hier machen!“, schnaubte er.

„Eine Stunde“, schaltete Wolff sich ein. „Eine Stunde Vorwarnzeit können wir dir gewähren, mehr nicht.“

Adolf grollte. „Das ist jetzt schon das zweite Mal, dass du diesem Mann ein Zugeständnis außer der Reihe machst. Ich nenne das eine Schwäche. Man muss nur genug lose Enden übrig lassen, dann wird sich immer eines finden, an dem sie dich aufhängen.“

Der Vorwurf beeindruckte Wolff nicht im Geringsten. „Hättest du Frau oder Kind, Adolf, so wüsstest du, dass man dafür manchmal Zugeständnisse außer der Reihe machen muss. Eine Stunde wird unsere Pläne nicht beeinträchtigen.“

Adolf war keineswegs beschwichtigt, aber er zeigte sich klug genug, um an dieser Stelle kein Öl mehr ins Feuer zu gießen.

„Man wird dich anrufen“, sagte Wolff zu Josef. „Du wirst nur unsere Parole hören: *ein feste Burg*. Danach kannst du binnen einer Stunde mit Besuch rechnen.“

„Einverstanden“, sagte Josef.

Nachdem alles Nötige gesagt war, ordnete Wolff an: „Josef, du fährst als Erster. Adolf und ich kommen in zwanzigminütigen Intervallen nach.“

„Falls es für dich gleichgültig ist“, wandte Josef ein, „wäre es dann möglich, dass Adolf als Erster fährt? Es gibt noch etwas, worüber ich mit dir sprechen möchte.“

Wolff und Adolf tauschten Seitenblicke aus. Dann zuckte Adolf mit den Schultern und brummte: „Mir auch recht.“

Adolf bestieg sein Auto, ein ebenso verbeultes und rostiges Exemplar wie Josefs betagter Opel. Eine Staubwolke hinter sich herziehend, fuhr er davon.

„Ich stelle eine Bedingung“, begann Josef.

„Ich höre.“

„Sollte mir irgendetwas zustoßen ...“

Wolff räusperte sich. „Das ist heute Nachmittag der erste Satz von dir, der einen entfernten Realitätsbezug hat. Schön, wenigstens bist du dir bewusst, wie heikel dieser so genannte Plan ist.“

„Es ist ja nicht mein Plan“, stellte Josef fest.

„Wie – nicht dein Plan?“

„Gott hat ihn mir eingegeben.“

„Gott – aha.“

„Ja, das glaube ich“, sagte Josef. „Gott gab ihn mir, nachdem ich gebetet und viel nachgedacht hatte. Erst wollte ich mich gar nicht drauf einlassen. Aber ich kam einfach nicht von dem Gedanken an diese Kinder los.“

Wolff nickte. „Und was ist nun deine Bedingung?“

„Dass du Monika eine Mitteilung überbringst, falls mir irgendwas zustoßen sollte.“

„Eine niedergeschriebene Mitteilung?“

„Nein, eine mündliche.“

„Und welchen Inhalts?“

„Sag ihr, es ist wichtig, dass sie nicht mit dem Sticken aufhört."

Wolff wartete auf mehr.

„Das ist alles", sagte Josef.

„Es ist wichtig, dass sie nicht mit dem Sticken aufhört", repetierte Wolff.

„Jawohl."

Wolff huschte ein ebenso feines wie verstehendes Lächeln übers Gesicht. „Also eine Geheimbotschaft."

„Gewissermaßen."

„Hat es was mit irgendwelchen kompromittierenden Dokumenten zu tun?"

„Es ist eher 'ne Sache zwischen Mann und Frau."

Wolff sah Josef lange an.

„Oh, da ist noch etwas", sagte der. „Sag ihr, sie soll sich insbesondere mit dem Bild beschäftigen, das diese kalifornischen *Redwood*-Bäume zeigt. Es ist in meinem Büro."

„Sie stickt irgendwas mit *amerikanischen* Bäumen?", fragte Wolff.

„Das ist eigentlich eher mein Interesse. Die Dinger sind die größten lebenden Bäume, die es auf der Welt gibt. Sie werden oftmals höher als neunzig Meter, und ihre Stämme können Durchmesser zwischen drei und fünf Metern erreichen. Rate mal, wie lange diese Bäume brauchen, ehe sie ausgereift sind?"

Wolff lachte unsicher auf. „Hm, die Lektion muss ich wohl auf der SS-Junkerschule verpasst haben."

Josef gab die Antwort auf seine eigene Frage. „Vier- bis fünfhundert Jahre. Es sind einige Exemplare bekannt, die mehr als fünfzehnhundert Jahre alt sind."

„Faszinierend", sagte Wolff, auch wenn sein Tonfall ihn Lügen strafte.

Josef lachte. „Die Sache ist aber wirklich wichtig für mich."

„Das will ich wohl hoffen."

„Wie lange sind die Nazis jetzt schon an der Macht?", fragte Josef.

„Seit '33. Sieben Jahre, würde ich meinen."

„Und wie würdest du die Geschwindigkeit der Veränderung beschreiben, die sich seither in Deutschland zugetragen hat?"

„Keine Frage: Alles ist ruck-zuck gegangen."

„Genau. Selbst jetzt ist das so: Wir führen einen *Blitzkrieg*. Wir wollen was verändern, und zwar jetzt – aber um welchen Preis? Wir denken weder über die langfristigen Auswirkungen der Veränderungen nach, die wir herbeiführen, noch über die Methoden, die wir dabei anwenden."

„Nun, Hitler spricht ja immer vom Tausendjährigen Reich."

„Aber kann man ein tausendjähriges Reich auf ein Fundament gründen, das ausschließlich aus kurzfristigen Erfolgen gebaut ist?"

„Worauf willst du hinaus?"

Josef rieb seine Hände aneinander. „Erlaube mir noch eine Frage. Welches Ziel verfolgen wir?"

Wolff war sich seiner Antwort nicht sicher, also präzisierte Josef, was er meinte. „Ich will sagen: als Christen, was für ein Ziel verfolgen wir da?"

„Deutschland wieder auf den Boden des Christentums zurückzuführen."

„Genau. Und ebenso wie die Nationalsozialisten wollen wir auch im Handumdrehen Erfolge sehen. Aber wie können wir auf ewige Resultate rechnen, wenn wir Nazi-Blitzkriegsmethoden anwenden?"

Wolff zog eine Augenbraue hoch.

„Verstehst du denn nicht? Gehen wir genauso vor wie Hitler, aus welchen Beweggründen auch immer, so sind wir nicht anders als er. Wir stecken nur dieselbe Methodik in vermeintlich heilige Gewänder. Da könnten wir ebenso gut die Hakenkreuze auf den Armbinden gerade biegen und Christenkreuze draus machen."

„Es gibt manche, die glauben, wir könnten nur dann zum Erfolg kommen, wenn Hitler tot wäre", sagte Wolff.

Gerüchteweise hatte auch Josef schon von Christen gehört, die allen Ernstes über ein Attentat auf den Führer nachdachten. Insofern war ihm Wolffs Bemerkung bloß eine Bestätigung.

„Jawohl, Hitler muss sterben", stimmte er zu.

„Aber hast du nicht gerade eben ins Feld geführt ..."

„Er muss sich selbst sterben, damit er in Christus leben kann."

Diese Idee faszinierte Wolff nun wirklich: Adolf Hitler ein Nachfolger Jesu Christi?

„Paulus war einst ein Verfolger der Christen“, stellte Josef fest. „Er nannte sich selbst den schlimmsten aller Sünder. Und dann denk mal an Konstantin, den römischen Kaiser: Nach dreihundert Jahren Christenverfolgung durch die Regierung Roms stand ein Kaiser auf, der Christus nachfolgte, und eine neue Ära des Christentums dämmerte herauf.“

„Das hat schon was“, sinnierte Wolff.

„Aber ob es nun so kommt oder nicht, ich glaube, unsere Hoffnung liegt im Wachsen des *Redwood*-Baums, nicht im Blitzstrahl. Die Christenheit brauchte dreihundert Jahre dazu, aber Rom *wurde* christlich. Darin liegt unsere Hoffnung für Deutschland: an dem festzuhalten, was wir glauben. Dass nämlich das Christentum den Nationalsozialismus überleben wird. Wir müssen geistlichen Samen ausstreuen, der die nächsten anderthalb Jahrtausende nicht aufhören wird zu wachsen.“

„Und das hast du also von diesen *Redwood*-Bäumen gelernt“, sagte Wolff.

„Jawohl. Und einer dieser Samen ist eine Busladung zurückgebliebener Kinder.“

* * *

Montag, 1. Juli 1940

Das Warten war unerträglich. Zu wissen, dass es jeden Augenblick geschehen konnte, dass an jeder Sekunde des Tages sein Lebensweg eine dramatische Wende nehmen konnte, nach der er niemals wieder derselbe sein würde. Er versuchte sich auf den entscheidenden Moment einzustellen, war sich aber niemals sicher, ob er genug Vorkehrungen getroffen hatte, ob er wirklich bereit war oder nicht. Doch was bedeutete es schon? Solche Dinge fragten nicht danach, ob jemand bereit war oder nicht. Sie passierten einfach, so oder so.

„Über was grübelst du denn bloß?“, fragte Monika.

„Ach, nichts“, sagte Josef.

Er warf einen flüchtigen Blick aufs Telefon. Ob es an diesem Abend klingeln würde? Würde es übermorgen sein? Das Warten brachte ihn schier um.

„Ich geh schlafen", verkündete Monika.

Beim Hinausgehen schwankte sie wie eine überladene Hansekogge. Nur mit Mühe schaffte sie es, ihr Gleichgewicht zu halten. Eine Hand lag auf ihrem Bauch, wo sie einen permanenten Ruheplatz gefunden zu haben schien.

Josef war zu angespannt, um Schlaf zu finden. Das war sein eigener Fehler. Er hatte sich systematisch nervös gemacht, und zwar ohne Grund. Es hatte kein Anzeichen dafür gegeben, dass der Anruf heute kommen würde. Ja, seit er mit Wolff und Adolf auf jener staubigen Landstraße zusammengetroffen war, hatte er weder von ihnen noch von irgendjemand sonst aus der Verschwörergruppe irgendetwas gehört.

Wie lange dauert es wohl, Papiere zu fälschen?, fragte er sich.

„Kommst du auch mit zu Bett?", wollte Monika wissen.

„Ich denk, ich bleib noch 'n Weilchen auf."

Sie lächelte ihm andeutungsweise zu und verschwand dann bedächtig Richtung Schlafzimmer. Sie sah erschöpft aus, und das lag nicht nur an der späten Stunde. Das Kind in ihrem Leib schien ihr mehr und mehr die Lebenssäfte auszusaugen. Sie schlief jetzt viel.

„Ach, vielleicht komm ich doch lieber mit ins Bett", sagte Josef. Er wusste genau, er würde stundenlang nicht einschlafen können, aber der Gedanke, sie jetzt allein zu lassen, bereitete ihm Schuldgefühle.

„Wie du meinst", sagte Monika.

Während Monika sich entkleidete, um schlafen zu gehen, drehte Josef wie allabendlich seine Runde durchs Haus, schaltete alle Lichter aus und verriegelte die Eingangstür.

Tock, tock, tock.

Das Geräusch ließ ihn aufschrecken. Er war sich sicher, etwas gehört zu haben, konnte aber nicht ausmachen, woher das Geräusch gekommen war. Das Herz klopfte ihm bis zum Hals.

Ist dies das Zeichen? Es sollte aber doch ein Telefonanruf sein!

Er legte den Kopf schief und horchte.

Tock, tock, tock, tock.

Diesmal war es lauter. – Das Wohnzimmerfenster!

Er rannte hin und riss die Verdunklungsvorhänge zurück. Von draußen starrte ihn ein Gesicht an. Der Strahl einer Taschenlampe blendete seine Augen.

Fräulein Baeck. Hinter der alten Dame stand ihr siebzigjähriges Duplikat, dem allerdings die Armbinde des Luftschutzwarts abging.

„Aus Ihrem Fenster kommt Licht!“, kreischte die runzlige alte Dame. „Hier, an dieser Seite!“ Mit einer resoluten Handbewegung zeigte sie auf die von Josef aus gesehen linke Seite des Fensters.

Die Mundwinkel verdrießlich nach unten gezogen, nickte Josef. Dann trat er einen Schritt zurück und zog die Vorhänge wieder zu, wobei er die linke Seite noch einmal extra glattstrich. „Und, wie ist es jetzt?“, fragte er mit lauter Stimme.

„Jetzt dringt auf der anderen Seite Licht raus!“, ließ Fräulein Baeck sich schrill vernehmen.

Josef zupfte an der anderen Vorhangseite. „Und jetzt?“

„Jetzt ist es wieder links!“

Auf dieses Spiel hatte Josef heute Abend keine Lust. Er trat zurück und stemmte die Hände in die Hüften. „Zufrieden?“

„Ich seh immer noch ’n bisschen Licht!“

Er zählte bis fünf. „Ist es jetzt besser?“

Es entstand eine Pause. Josef hörte die beiden alten Schachteln ziemlich laut miteinander flüstern. Dann: „Na ja, so mag es einigermaßen gehen!“

„Haben Sie vielen Dank, Fräulein Baeck!“, rief er zurück.

„Seien Sie in Zukunft vorsichtiger!“, bekam er zur Antwort. „Wir haben Krieg, schon vergessen?“

Als er ins Schlafzimmer trat, grinste Monika ihn an. Die Decke bis ans Kinn gezogen, lag sie auf dem Rücken. „Na, Ärger mit deiner Freundin?“

„Find ich gar nicht lustig“, erwiderte Josef, obwohl er längst auch grinsen musste.

Er drehte das Licht aus, zog sich im Dunkeln aus und stieg ins Bett, wacher denn je.

* * *

„Josef! Aufwachen, los, aufwachen!"

Er warf den Kopf von einer Seite zur anderen, als Monika ihn schüttelte.

„Was'n los? Ist es so weit?"

Die Wörter kamen zwar aus seinem Mund, klangen ihm aber wie von ferne gesprochen. Und sein Kopf fühlte sich so schwer an, als hätte ihm jemand eine ganze Wolldecke unter die Schädeldecke gestopft. Monika hörte nicht auf, ihn zu schütteln.

„Das Telefon!", rief sie. „Das Telefon klingelt!"

Jetzt hörte er es auch: ein unangenehm disharmonisches Schellen. Er stützte sich auf einen Ellbogen. Sein Kopf fühlte sich an, als wäre er in Gelee eingelegt.

Inzwischen hatte Monika aufgehört, an ihm zu rütteln. Dafür schob sie ihn jetzt aus dem Bett. „Das Telefon, das Telefon! Hörst du es denn nicht?" Sie gab keine Ruhe.

„Ja, ja, ich ... ich geh ja schon." Sein Fuß berührte den Boden, dann taumelte er auf die Tür zu und stützte sich am Türpfosten ab.

Das Klingeln schien immer lauter und durchdringender zu werden. Richtig wütend klang es, wohl weil er so lange brauchte, um den Anruf entgegenzunehmen.

„Ja, ähm ... hallo?" Nicht gerade ein Gedicht, aber immerhin setzte es dem Schellen ein Ende.

„Ein feste Burg."

Danach nichts als Klacken und Summen.

Jetzt war Josef hellwach.

Monika lag im dunklen Schlafzimmer und wartete auf ihn. „Jemand aus der Gemeinde?", fragte sie.

Er legte sich neben sie und sagte: „Binnen einer Stunde kommt jemand und holt mich ab." Seine Stimme klang leise und ernst.

„Holt ... dich ab?", fragte sie ängstlich.

„Keine Angst, ich werde nicht verhaftet. Es gibt etwas, das ich erledigen muss."

„Ist es der Sturmbannführer?"

„Besser, wenn du's nicht weißt", beschied er sie.

„Wie lange bleibst du weg?"

„Zwei, drei Tage." Er wusste es nicht, aber es klang beruhigend.

Monika fuhr sich mit der Hand über die Wölbung ihres Bauches.

Josef legte seine Hand auf die ihre. „Darum mach ich mir auch Sorgen. Wie geht's dir denn jetzt? Hast du irgendwelche Anzeichen, dass es bald losgehen könnte? Wenn ja, bleibe ich natürlich."

„Irgendwelche Anzeichen, ja?", äffte sie ihn nach. „Neben diesem Ballon hier, meinst du, der aussieht, als wollte er jeden Moment platzen?"

Josef strich ihr mit dem Handrücken über die Wange. „Sag, ich soll bleiben, und ich bleibe."

Erschöpft schüttelte Monika den Kopf. „So wie ich mich fühle, will dieses Kind nicht vor heute in acht Tagen das Licht der Welt erblicken – sofern es das überhaupt irgendwann zu tun wünscht."

„Bist du sicher?"

Sie sah ihn aus geweiteten Augen an, und er merkte, wie lächerlich seine Frage gewesen war.

„Ruf morgen früh deinen Vater an. Bleib bei ihnen, bis ich heimkomme. Das würde mich beruhigen."

„Vater ist auf Reisen. Und außerdem bleibe ich lieber hier."

„Aber nicht doch, Monika! Was, wenn –"

„Ich ruf Ursel an und bitte sie her. Wenn irgendwas ist, kann sie Mutter und die Hebamme verständigen."

Das erschien Josef akzeptabel. „Ich möchte, dass du weißt: Wenn es irgendeine andere Möglichkeit gäbe –"

Dong! Dong! Dong! Dong!

Eine schwere Faust pochte gegen die Haustür.

„Sie haben gesagt, eine Stunde!", beschwerte sich Josef.

Er warf die Bettdecke zurück, schnappte sich mit einer einzigen Handbewegung Hosen und Schuhe, riss sich ein Hemd aus dem Schrank und nestelte aufgeregt an seinen Knöpfen herum. Monika sah ihm vom Bett her zu.

Dong! Dong! Dong! Dong!

Josefs Kreislauf spielte verrückt. Seine Hände waren kalt und zittrig, wodurch das eilige Anziehen nicht gerade leichter wurde. Wie ein getretener Hund sah er seine Frau an und sagte entschuldigend: „Eine Stunde, haben sie gesagt."

Er erntete einen gehetzten Blick. Josef wünschte, er hätte die Zeit, ihr die Sorgenfalten aus dem Gesicht zu streicheln. Hatte er aber nicht.

Er trat an ihre Seite des Bettes und sagte: „Ruf Ursel an."

Er beugte sich nieder, um ihr einen Kuss zu geben. Sie wandte den Kopf ab, und seine Lippen trafen nur auf die Haut ihrer Wange.

„Monika?"

„Geh schon", sagte sie.

Dong! Dong! Dong! Dong!

Das Pochen wurde immer gebieterischer.

„Geh!", verlangte sie.

Auf seinen Lippen formten sich die Wörter *Ich liebe dich*. Alles in ihm wollte sie laut werden lassen, aber nach dem distanzierten Blick seiner Frau zu schließen war dies das Verkehrteste, was er im Moment hätte sagen können. Also schwieg er.

Als er vors Haus trat, erwartete ihn die Kühle der Nacht und sonst nichts. Sein Opel parkte auf der gegenüberliegenden Straßenseite: eine stumme, kalte Hülle, überzogen mit dem metallisch blauen Schimmer der Nacht. Als hätte er endgültig den Geist aufgegeben. Rundum Stille.

Für einen Augenblick stand Josef da wie erstarrt. Er hielt Ausschau nach irgendeinem Lebenszeichen, einem Signal vielleicht. Vergeblich.

Entschlossen schritt er aus, der Kies knirschte unter seinen Sohlen. Scharfen Ausguck haltend trat er auf die Straße hinaus.

Scheinwerfer gingen an.

Ein Motor heulte auf.

Die schwarze Limousine fuhr so überstürzt an, dass die Räder durchdrehten. Das Auto schoss auf ihn zu und bremste erst unmittelbar vor ihm ab.

Der Schlag wurde aufgestoßen.

„Los, rein!"

23

Dienstag, 2. Juli 1940

Adolf war derjenige gewesen, der in einem seltenen Ausbruch von Esprit den Patientennamen ausgesucht hatte, unter dem Josef in der Hadamarer Anstalt geführt werden sollte: David König.

Es war ein langer Weg von Berlin nach Hadamar, sodass auf der Fahrt genug Zeit war, um Josef genaue Instruktionen über seinen Auftrag zu geben. Er sollte herausfinden, wo die Kinder verwahrt wurden, eine Fluchtroute und den besten Zeitpunkt für die Rettungsaktion festlegen. Ihm blieben in etwa sechsunddreißig Stunden, ehe Wolff zurückkehren und ihn vernehmen würde. Zu diesem Zeitpunkt würden dann auch die letzten Vorkehrungen für die Rettung der Kinder getroffen werden, die am nächsten Tag über die Bühne gehen sollte. Josef würde in der Anstalt bleiben und gemeinsam mit den Kindern gerettet werden.

Seine Aufnahmepapiere besagten, Herr David König sei schizophren mit schweren depressiven Schüben. Ferner ging aus den Unterlagen hervor, man habe ihm für die Überführung hohe Dosen von Psychopharmaka verabreicht, sodass von weiteren Medikationen abzusehen sei, solange der Patient noch nicht von Sturmbannführer Wolff befragt worden sei, was tags darauf geschehen werde. Die SS lege Wert darauf, dass der Patient für die Befragung bei klarem Verstand sei. Über diese Angaben hinaus enthielt die Patientenakte nur noch eine weitere Information: König sei ein früherer Assistent Heinrich Himmlers und unterliege deshalb den strengsten Geheimhaltungsvorschriften. Klinikmitarbeiter dürften keine Gespräche mit ihm führen.

Die Anstalt lag etwa acht Kilometer von Limburg entfernt auf einem Hügel, von dem man die Stadt Hadamar überschaute. Sie hatte schon verschiedensten Zwecken gedient, war zuletzt Krankenpflegeanstalt gewesen, ehe man sie renoviert und zu einer Einrichtung gemacht hatte, die dem Zweck diente, „Gnadentötungen" durchzuführen.

Adolf hatte Hadamar besucht und in der Stadt so viele Informationen eingeholt, wie es in der knappen Zeit, die ihm zur Verfügung stand, irgend möglich gewesen war. Am verstörendsten war, was er aus dem Munde der Schulkinder Hadamars zu hören bekommen hatte. Mehrmals in der Woche kamen Busse voller Opfer in der Stadt an. Die Kinder der Gegend kannten diese Fahrzeuge und pflegten zueinander zu sagen: „Guck, da kommt schon wieder so ein Mörderkasten!" Und wenn sie sich gegenseitig so richtig auf die Palme bringen wollten, schrien sie: „Du bist ja irre! Dich schaffen sie auch noch in den Backofen oben auf dem Hügel!"

Genauso wussten die Erwachsenen der Kleinstadt voll und ganz über das Bescheid, was sich in der nahe gelegenen „Heilanstalt" abspielte. Sie sahen die Rauchwolken aus dem Schornstein des Krematoriums quellen. Wenn der Wind so stand, dass der Rauch über die Stadt getrieben wurde, beklagte man sich allenthalben über die Belästigung durch den Übelkeit erregenden süßlichen Geruch.

Es war keineswegs schwer, Zugang zur Hadamarer Anstalt zu erlangen. Niemand wunderte sich über das Eintreffen eines Sturmbannführers, niemand zog die Echtheit der Papiere in Zweifel, die er hinsichtlich des Patienten in seiner Begleitung vorlegte. Josef nahm mit Befremden wahr, wie sich der Mann verwandelte, dem er sich inzwischen freundschaftlich verbunden fühlte. Mit einem Mal war da wieder Wolff, der Verhörer, der ihm beigebracht hatte, wie der „Deutsche Gruß" korrekterweise zu vollziehen war.

Josef für seinen Teil humpelte und ließ den Kopf von einer Seite zur anderen rollen, geradeso, als hätte er überhaupt keine Halsmuskeln. Leeren Blicks starrte er nichtexistente Gegenstände an, nuschelte unzusammenhängendes Zeug und tat noch ein Übriges, indem er fortwährend sabberte.

Binnen einer halben Stunde nach seinem Eintreffen in Hadamar wurde Josef in einem Rollstuhl durch einen lang gezogenen, grün gefliesten Gang fortgeschafft, ausgezogen, mit einem Klinikhemd angetan und in einem Raum eingeschlossen, in dem ein Bett mit

Gummiüberzug auf der Matratze stand. Der Raum hatte ein einziges Fenster, das so hoch angebracht war, dass man nicht heranreichen konnte. Es war mit Draht vergittert.

Alles in allem liefen die Dinge erwartungsgemäß ab. Es gab nur eine Situation, in der Josef versucht war, aus seiner Rolle zu fallen und sich dem Lauf der Dinge zu widersetzen, aber er war dann doch klug genug, den Mund zu halten. Als das Personal ihm nämlich die Kleider wegnahm, wurden seine Taschen durchsucht, und man fand Konrads Münze. Josef wollte sie nicht verlieren, aber auch nicht die Aufmerksamkeit darauf lenken. Er machte sich Vorwürfe, nicht rechtzeitig an die Münze gedacht zu haben. Es war doch klar, dass seine persönlichen Besitztümer einbehalten werden würden. Die Münze zu vergessen, war eine Unachtsamkeit gewesen, die ihm jetzt Leid tat. Aber wenn das das größte Opfer war, das von ihm verlangt wurde, um dreizehn Kinder zu retten, sollte es ihm die Sache wert sein.

* * *

„Er ist 'n ganz ruhiger Vertreter."

Josef hörte, wie die beiden männlichen Bediensteten hinter seinem Rücken über ihn redeten. Er stand in einer Art Gemeinschaftsraum, einem langen Saal mit massiven viereckigen Pfeilern. Ebenso wie in den Korridoren bestand auch hier der Fußbodenbelag aus grünen Kacheln. Anstaltsinsassen saßen an Tischen oder in Lehnstühlen oder wanderten einfach ziellos in der Gegend herum. Josef hatte sich einen Platz vor einem großen Fenster gesucht, und zwar aus doppeltem Grund: Zum einen wollte er einen Überblick über die Umgebung des Gebäudes gewinnen, um einen möglichen Fluchtweg auszumachen, zum anderen musste er so den lebenden Toten in diesem Saal nicht in die Gesichter schauen.

Fast alle hier in Hadamar waren fahl und ausgemergelt. Unablässig hörte man schlurfende Füße. Josef fragte sich, was all diese Menschen eigentlich dazu antreiben mochte, in einem fort in der Gegend herumzulaufen. Er sah in zahllose Augen, die zwar offen waren, aber keinen Funken Intelligenz verrieten. Es gab nur wenige Insassen, die wie er selbst noch Fleisch auf den Knochen hatten. Vermutlich handelte es sich dabei um kürzlich erst Angekommene.

Mochte der grün gekachelte Boden auch makellos glänzen, so waren die Hemden der Patienten von Essensresten und Fäkalien besudelt. Die Menschen hatten stumpfes Haar, ihre Zähne waren gelb, verrottet oder gar nicht mehr da. Hadamar war ein Friedhof, auf dem die Leichen noch herumliefen.

Soeben fand ein Schichtwechsel mit Übergabe statt. Josef merkte sich die Zeit.

„Der Mann heißt König. Er starrt schon fast 'ne Stunde aus dem Fenster da drüben. Keine Ahnung, was er da sieht oder was seine Aufmerksamkeit so sehr fesselt."

„Medikation?"

„Bis morgen kriegt er nichts. Die SS will sich 'n bisschen mit ihm unterhalten."

„Die SS? Was wollen die denn von ihm?"

„So viel ich gehört habe, war er 'n höheres Tier im Büro Himmlers."

„Himmler?" Die Stimme des Mannes zitterte leicht, als er den Namen wiederholte. „Ich würde wetten, dann trägt er jede Menge hoch sensible Kenntnisse in seinem Kopf mit sich rum."

„Und wenn dir dein Leben lieb ist, sorgst du dafür, dass die da auch bleiben. Die Jungs von der SS wollen ihm auf den Zahn fühlen. Oder seine Erinnerungen löschen. Wir haben Anweisung, König nicht ins Gespräch zu ziehen – es sei denn, du möchtest deinen Namen auf der Gästeliste der SS wiederfinden."

„Oh, vielen Dank, da weiß ich mit meiner Zeit was Besseres anzufangen."

Josef wandte den beiden Pflegern den Rücken zu und lächelte in sich hinein. Alles lief wie geplant. Seine Legende funktionierte perfekt. Ungeachtet des Drahtgitters eröffnete ihm das Fenster, an dem er stand, einen ungehinderten Überblick über die nördliche Seite des Gebäudes, und mittlerweile hatte er sich alles eingeprägt, was es hier zu sehen gab. Ob diese Kenntnisse ihm etwas nützen würden oder nicht, würde er natürlich erst wissen, wenn er herausgefunden hatte, wo man die Kinder verwahrt hielt.

***

Teils aus Pflichtgefühl, teils aufgrund der ungewohnten Geräusche, die ihn umgaben, lag er die ganze Nacht wach. Er lag auf einer Matte und versuchte mit gespitzten Ohren jeden Laut zu identifizieren.

Die ganze Nacht hörte er an- und abschwellendes Rufen, Kreischen und Wimmern. Die meisten Stimmen gehörten Erwachsenen. Zweimal war es ihm, als hätte er Kinder schreien gehört. Es kam von weither, wahrscheinlich von der entgegengesetzten Seite des Gebäudes. Irgendwie musste er es anstellen, dorthin zu kommen. Es kam vor, dass Insassen von einer Station auf eine andere verlegt oder irgendwohin geführt wurden, aber wenn das geschah, dann entweder isoliert oder in kleinen Gruppen. Darin lag das Problem. Außerdem waren sowieso alle Türen von innen verschlossen.

Irgendwie musste er eine Möglichkeit finden, sich vor Wolffs Eintreffen gerade so lange unbeaufsichtigt bewegen zu können, wie er brauchen würde, um den Aufenthaltsort der Kinder zu lokalisieren.

***

Mittwoch, 3. Juli 1940

Es zeigte sich, dass das Frühstück ihm keine Gelegenheit zum Ausbüxen bot. Das Personal war eingespielt und wachsam. Die Türen öffneten und schlossen sich nach präzisen Zeitvorgaben. Patienten wurden am Arm durch die Gänge geführt. Während die Vormittagsstunden verstrichen, wurde Josef immer nervöser. Er fürchtete, nicht genug Informationen für einen ausführbaren Plan liefern zu können, wenn Wolff eintreffen würde. Seine Unfähigkeit, die Aufgabe zu lösen, die ihm gestellt war, konnte dreizehn Kinder das Leben kosten. Er betete.

Das Mittagessen ging vorüber, und er sah immer noch keine Chance. Er schalt sich dafür, nicht hinreichend vorbereitet zu sein. Er hätte sich vorher überlegen müssen, wie er mit diesem Umstand umgehen würde. Schon als er herkam, hätte er eine Idee haben müssen, wie er die Aufmerksamkeit der Wärter für einen Moment von sich ablenken und sich so eine Möglichkeit zum Entwischen schaffen könnte.

Am frühen Nachmittag fand er sich erneut in dem Gemeinschaftsraum mit den viereckigen Pfeilern und dem grün gekachelten Boden wieder. Jeden Augenblick rechnete er damit, Wolff vorgeführt zu werden.

Josef ergab sich ins Scheitern seiner Mission. Er begann sich zu überlegen, mit welchem Argument er Wolff dazu bewegen könnte, ihn noch einen weiteren Tag hier zu lassen. Wolff könnte doch der Anstaltsleitung mitteilen, unaufschiebbare Verpflichtungen machten es ihm unmöglich, die Befragung Königs abzuschließen, er werde deshalb morgen noch einmal wiederkommen. Damit hätte Josef noch einmal vierundzwanzig Stunden gewonnen.

Kaum hatte er diesen Gedanken zu Ende gedacht, als aus einer entlegenen Ecke des Saals ein markerschütternder Schrei erscholl. Sofort entstand Unruhe im Raum, und als Josef hinsah, um die Ursache des Tumults festzustellen, warf sich gerade eine reichlich beleibte Frau auf einen spindeldürren Mann mit noch überraschend vollem, wallendem weißem Haar. Die Frau stach ihrem Opfer mit dem Finger ins Auge, biss nach ihm und riss an seinen Haaren. Unverzüglich stürzten die Wärter auf das Tohuwabohu zu.

Josef hatte seine Gebetserhörung. In der Erwartung, jeden Moment abgeführt und Wolff vorgestellt zu werden, hatte er sich schon in der Nähe einer Tür aufgehalten. Gerade als die fette Frau zu kreischen anfing, hatte ein Wärter diese Tür geöffnet. Seine Aufmerksamkeit wurde sogleich von dem Lärm in der Ecke in Beschlag genommen. Spornstreichs rannte der Mann auf den Tumult zu. Josef glückte es, die Tür zu erwischen, ehe sie ins Schloss fiel. Lautlos schlüpfte er in den Korridor hinaus.

Seine Zeit war knapp bemessen, und er wusste, dass er nur diesen einen Versuch hatte, also nahm er die Füße in die Hand. Falls er erwischt würde, ehe er die Kinder gefunden hatte, war alles verloren. Er weitete den Blick, um jede Bewegung wahrzunehmen, und spitzte die Ohren, damit ihm auch nicht der feinste Laut entging. Mochte sein Organismus vor Erregung auch noch so viel Adrenalin freisetzen, so war er doch darauf eingestellt, sofort ins Humpeln, Blöd-Dreinschauen und Sabbern zu verfallen, falls irgendjemand seinen Weg kreuzen sollte.

Der Verdacht, den er geschöpft hatte, ließ ihn zum südwärtigen Ende des Baus laufen. Doch plötzlich hörte er ein Kind schreien. Er kam an eine Ecke und presste sich gegen die Wand, um Stimmen oder Schritte zu hören, registrierte aber nichts anderes als das unausgesetzte Wimmern des Kindes. Die Luft anhaltend, sah er vorsichtig um die Ecke.

Er sah eine Frau mit einem Stoß Bettlaken im Arm, die soeben eine Tür aufschloss, die weniger als zehn Meter von ihm entfernt war. Rasch zog er den Kopf zurück. Ihm war, als hätte die Frau ein klein wenig den Kopf gedreht und ihn vielleicht gerade eben noch aus dem Augenwinkel bemerkt. Hatte sie seine Bewegung wahrgenommen? Er drückte sich gegen die Mauer.

Nee, das wirkt verdächtig! Aber wie jetzt weiter? Humpeln und blöde dreinschauen? Auf sie zugehen oder von ihr weg?

In dieser Sekunde ging ihm auf, wie erbärmlich wenig er sich auf seine Aufgabe eingestellt hatte. Seine Schwerfälligkeit konnte fatale Folgen haben!

Das Glück war auf seiner Seite. Die Frau erschien nicht.

Man hörte eine Tür in den Angeln quietschen und dann ins Schloss fallen. Er lauschte: nach wie vor keine Schritte. Ein zweites Mal steckte er vorsichtig den Kopf um die Ecke. Im Korridor war keine Menschenseele zu sehen. Nur grüne Kacheln, so weit das Auge reichte.

Geräuschlos glitt er den Korridor entlang. Das Schreien hatte aufgehört, jetzt war es ringsum mucksmäuschenstill. Josef war voll und ganz auf sich selbst gestellt.

Es gab sechs Türen, von denen er sich eine aussuchen musste. Sicher konnte er eine nach der anderen aufmachen und den Kopf hindurchstecken, aber das schien ihm kein sonderlich aussichtsreiches Vorgehen zu sein. Was, wenn eine der Türen in den Pausenraum der Schwestern führte? Oder ins Büro des Wachpersonals? Eine falsche Tür, und seiner Suche wäre ein jähes Ende beschieden.

Also trat Josef an jede der Türen, legte sein Ohr daran und lauschte sorgfältig. Falls es hier irgendwo einen Raum voller Kinder gab, musste etwas von ihnen zu hören sein. Die ersten beiden Türen warfen lediglich die Laute seines eigenen Atems zurück.

Durch die dritte, am Ende des Ganges gelegene Tür drangen zwar Geräusche, aber welche, mit denen er nichts anfangen konnte und jedenfalls nicht Laute, die Josef jemals von Kindern gehört hätte.

An den Wänden des Ganges brach sich eine eindeutig männliche und ebenso eindeutig gestresste Stimme. Der Sprechende befand sich hinter der Ecke, die Josef soeben umrundet hatte.

„Du nimmst den Südflur, ich versuch's im westlichen!"

Eilige Schritte.

Josef blieb keine Zeit mehr.

Er drückte die Klinke. Die Tür war unverschlossen. Er hatte keine andere Wahl, also stieß er die Tür auf und schlüpfte in den dahinter liegenden Raum. Leise machte er die Tür wieder zu.

Beinah blieb ihm das Herz stehen. Er hatte die Kinderabteilung gefunden.

* * *

Sturmbannführer Wolff erwartete sie bereits.

Der Wärter zerrte einen teilnahmslosen Josef ins Zimmer. Er zog einen Stuhl unterm Tisch hervor, einen von zehn, die um einen großen Besprechungstisch herumstanden, und platzierte Josef dem SS-Offizier gegenüber.

„Bitte erlauben Sie mir nochmals, mich zu entschuldigen, Herr Sturmbannführer", sagte der Wärter. „Wir haben ihn in der Kinderabteilung entdeckt. Er hatte sich in Fötalposition auf dem Fußboden zusammengerollt."

„Ist es in diesem Hause Usus, die Insassen unbeaufsichtigt von einer Abteilung in die andere wandern zu lassen?", fragte Wolff.

„Nein, Herr Sturmbannführer. Ich arbeite jetzt länger als ein Jahr hier, und dies ist das erste Mal, dass so was vorgefallen ist. Glauben Sie mir, wir finden heraus, wer dafür verantwortlich ist, und ziehen den Betreffenden zur Rechenschaft!"

„Das will ich auch hoffen!“, schnarrte Wolff.

Der Wärter trat zurück und stellte sich neben die Tür.

„Ihre Anwesenheit ist nicht länger erforderlich!“, sagte Wolff.

„Aber wir halten es immer so, dass –“

In einer einzigen Bewegung schlug Wolff auf den Tisch und stand so ungestüm auf, dass sein Stuhl hinter ihm einen Purzelbaum vollführte. Er fluchte auf die Gepflogenheiten der Anstalt und fuhr dann fort: „Wenn es Ihnen lieber ist, können Sie Ihre Richtlinien ja Parteigenossen Himmler höchstpersönlich erläutern!“

Der Pfleger erbleichte. „Aber nicht doch, Herr Sturmbannführer! Ich denke, ähm ... das wird nicht nötig sein.“

Der Bedienstete war zu Tode erschrocken. Ohne dass er den Blick von Wolff abwandte, tastete seine Hand unbeholfen nach dem Türgriff. Er hatte es jetzt brandeilig, aus dem Zimmer zu kommen.

Unverändert den Sturmbannführer gebend, richtete Wolff den Stuhl auf und nahm wieder Platz. Er faltete die Hände auf der Tischplatte, starrte Josef an und ließ erst mehrere Sekunden verstreichen, ehe er sich erlaubte, die Mundwinkel zu einem kaum merklichen Grinsen zu verziehen. „So, so, sind wir also ein bisschen herumgewandert und haben uns verirrt, ja?“

Josef richtete sich im Sitzen auf. „Ich hab sie gefunden.“ Seine Stimme klang tief besorgt. Deutlich spürte Josef das Gewicht seiner eigenen Worte.

Wolff erging es nicht anders.

Josef fiel es schwer, seine Gefühle im Zaum zu halten, wozu Schlafmangel, blank liegende Nerven und die Szene, die er soeben zu Gesicht bekommen hatte, ihr gerüttelt Maß beitrugen. Er musste erst eine Pause einlegen, um sich zu fassen, ehe er weitersprechen konnte.

„Es drangen kaum Geräusche aus dem Saal“, erklärte er. „Das verwirrte mich. Ich hatte erwartet, Geräusche zu hören, wie Kinder sie nun mal machen. Es war ... gespenstisch. Die Hälfte von ihnen sieht aus wie winzige Leichname. Man wird sie raustragen müssen. Deshalb ist es da so still. Die meisten von ihnen haben keine Kraft mehr zu reden. Sie können nicht mal mehr schreien.“

Wolff schien mit den Tränen kämpfen zu müssen. Zweifellos war er in Gedanken bei seinem Sohn Volker.

„Sie geben ihnen nichts zu essen", sprach Josef weiter. „Sie kümmern sich überhaupt nicht um sie. Die Kinder liegen in ihrem eigenen Schmutz. Der Saal ist nicht viel mehr als ein verrammelter Abstellraum, wo man die Kinder verwahrt, bis man sie raustragen und verscharren kann."

„Wir holen sie da raus", flüsterte Wolff.

„Eins noch."

„Und das wäre?"

„Es sind mehr als zwei Dutzend Kinder."

* * *

Josef hatte darauf bestanden, dass Wolff ihn schlug. Ein paar rote Flecken im Gesicht erhöhten einfach die Glaubwürdigkeit.

Als Wolff den Raum verließ, hatten sie ihren Plan vorbereitet. Die Rettungsaktion würde kurz vor Beginn der Frühschicht abrollen, noch ehe es hell wurde. Wolff würde kommen und Josef holen, während Adolf den Kraftomnibus am Südflügel der Klinik bereitstellte. Die logistischen Einzelheiten dieser Vorkehrungen gingen aufs Wolffs Konto. An der Stelle, wo der Omnibus stehen würde, führten fünf Stufen zu einer einzelnen Eingangstür hinauf. Der Treppenaufgang hatte kein Eisengeländer.

Wolff würde Josef nach draußen bringen – vorgeblich zu einem wartenden Wagen – und dann zur Rezeption zurückkehren und dort etwas Unruhe stiften, um die Aufmerksamkeit des Personals von dem sowieso nicht sonderlich überwachten südwärtigen Korridor abzulenken. Derweilen würden Adolf und Josef die Kinder über die Außentreppe in den Bus schaffen. Sie würden so viele wie möglich mitnehmen. Sobald man sie entdecken würde, müssten sie in den Bus springen und davonbrausen. Wolff würde so tun, als unterstütze er das Personal in seinen Bemühungen, die Flüchtigen wieder einzufangen, und dabei, so gut er konnte, Steine in den Weg der Verfolger legen.

Der Plan war schlicht und erforderte an sich mehr helfende Hände, als ihnen zur Verfügung standen, aber jetzt war es zu spät, noch weitere Mitstreiter zu rekrutieren.

Nachdem Wolff gegangen war, blieb Josef noch fünf Minuten allein in dem Besprechungszimmer zurück, ehe jemand kam, um ihn zu holen. Als die Tür aufging, saß er zusammengesunken auf seinem Stuhl und ließ den Kopf so schräg herunterhängen, dass es aussah, als hätte man ihm das Genick gebrochen. An seinen Wangen prangten flammendrote Male.

Der Wärter rief Hilfe herbei. Kurz darauf fassten zwei Mann mit vereinten Kräften an und hoben Josef von seinem Stuhl hoch. Schlaff hing er zwischen den beiden Pflegern. Sollten sie doch was tun für ihr Geld!

Ungeachtet seiner brennenden Wangen fühlte Josef frischen Mut. Jetzt blieb ihm nichts mehr weiter zu tun, als den Tag in seiner Zelle durchzustehen, bis der nächste Morgen dämmerte.

„So, so. Was haben wir denn hier?"

Der Klang der vertrauten Stimme hätte Josef ums Haar auffahren und seine gesamte Tarnung vergessen lassen.

„Das ist Herr David König", erklärte einer der Wärter. „Hatte gerade Besuch von der SS." Der Mann schien sich genötigt zu fühlen, die Spuren an Josefs Wangen zu rechtfertigen.

„Ach ja, Herr König also?"

Zur Verblüffung der Wärter verschaffte Josef seinen Füßen festen Stand auf dem grün gefliesten Boden und hielt sich ohne ihre Hilfe aufrecht. Es hatte keinen Zweck mehr, sich zu tarnen.

Vor ihm stand niemand anders als sein Herr Schwiegervater.

24

Das kurze Zusammentreffen mit Olbricht im Korridor hatte Josefs Gedanken mit tausend Fragen angefüllt, deren Antworten er sich beim besten Willen nicht vorstellen konnte. Ihn erreichte nichts anderes als das leise Quietschen des Gummi-Matratzenüberzugs, wenn er auf seiner Bettkante saß und das leise Schlurfen seiner Sohlen, während er in der Zelle auf und ab ging. In seinem Kopf überstürzten sich die Gedanken, und zum ersten Mal seit seiner Ankunft hier in Hadamar beschlich ihn das Gefühl, ein Gefangener zu sein.

Die plötzliche Ankunft seines Schwiegervaters hatte alles verändert. Das klickende Geräusch, mit dem die Tür seiner Zelle ins Schloss fiel, hatte mit einem Mal etwas Endgültiges an sich. Irgendwo in diesem ausgedehnten Gebäudekomplex saß Olbricht mit den Leuten zusammen, die hier die Macht innehatten und deren Gesichter, Stellungen oder Dienstränge ihm derzeit noch völlig unbekannt waren. Sie diskutierten darüber, was seine Anwesenheit in der Anstalt zu bedeuten hatte – und damit zugleich über sein Schicksal.

Ein ganz bestimmter unter seinen vielen ungeordneten Gedanken gewann öfter die Oberhand als andere: Was für Auswirkungen würde all das hier auf Monika haben? Wie würde sie auf die Nachricht reagieren, dass man ihren Gemahl unter falschem Namen in einer Irrenanstalt vorgefunden habe? Und wie sollte er ihr das erklären? Dabei fiel ihm ein: Wie sollte er eigentlich seiner Kirchengemeinde klar machen, was er hier getan hatte, falls irgendetwas davon durchsickern würde? Der Gedanke daran, sich schon wieder vor der Gemeinde entschuldigen zu müssen, behagte ihm ganz und gar nicht.

Es klickte im Schloss, und die Tür seiner Zelle schwang auf.

Olbricht trat ein, einen hölzernen Stuhl in der Hand. Mit ihm drang, wie sollte es anders sein, das Aroma seiner Zigarre in den engen Raum.

Ohne Josef auch nur eines Blickes zu würdigen, stellte Olbricht seinen Stuhl vors Bett und nahm Platz. Josef setzte sich ihm gegenüber auf die Pritsche. Er beugte sich vor, stützte seine Ellbogen auf den Oberschenkeln ab, faltete die Hände und wartete ab. Über eine

Gesprächsstrategie hatte er sich vorab keine Gedanken gemacht. Wozu auch? Das hier war Pastor Olbricht, sein Mentor und Schwiegervater. Die Unterhaltung würde so verlaufen, wie es sich in langen Jahren zwischen ihnen eingebürgert hatte: Olbricht würde der Redende, Josef der Zuhörende sein.

Olbricht schien es nicht eilig zu haben. Er machte es sich auf seinem Stuhl bequem und musterte seinen Schwiegersohn, während ihm der Zigarrenrauch um den Kopf waberte. Josef kam es so vor, als wäre eine schier unendliche Zeitspanne verstrichen, ehe Olbricht sein erstes Urteil abgab, indem er zögerlich den Kopf schüttelte.

„Diesmal weiß ich nicht, ob ich dich aus der Sache wieder rauskriege“, sagte er.

Josef schwieg. Etwas anderes wurde von ihm auch nicht erwartet. Es gehörte zu Olbrichts festen Gewohnheiten, eine Unterredung mit einem taktisch ausgeklügelten Eröffnungszug zu beginnen.

Mit seiner Zigarre wies er auf die Tür. „Die da draußen stellen jede Menge Fragen, zum Beispiel die, was ein Berliner Pastor unter falschem Namen hier in ihrer Anstalt zu suchen hat. Du wirst dir denken können, dass es mir schwer fällt, darauf zu antworten.“

„Das ist hier nicht bloß 'ne Irrenanstalt“, erwiderte Josef.

„Ach ja?“

Irgendetwas an Olbrichts Tonfall mahnte Josef zu äußerster Vorsicht. Der Sache nach war seine Rückfrage berechtigt, aber die Stimme seines älteren Kollegen verriet weder Überraschung noch die geringste Spur moralischer Besorgnis.

„Euthanasie“, sagte Josef.

„Und deswegen bist du also hier.“

Olbricht sondierte die Lage. Josef musste mehr wissen, ehe er ihm vertrauen konnte. „Genügt das nicht?“, fragte er.

Olbricht nahm einen langen Zug von seiner Zigarre. Genauso lange inhalierte er den Rauch und blies ihn dann in aller Ruhe wieder aus. „Du enttäuschst mich, mein Sohn“, sagte er schließlich. „Ich hätte dir mehr Verstand zugetraut.“

„Es macht dir also gar nichts aus, dass man hier unschuldige Menschen umbringt?“

„Ich werd dir sagen, was mir was ausmacht", entgegnete Olbricht. „Es macht mir was aus, dass du dich mir nicht anvertraut hast."

„Was soll das heißen?"

„Ich spreche von Sturmbannführer Martin Wolff."

Wie viel wusste Olbricht? Mit einem Mal fühlte Josef sich bedroht – was ihn beunruhigte, denn er hatte sich von seinem Schwiegervater zwar schon des Öfteren eingeschüchtert gefühlt, aber bedroht noch nie. Das war wirklich das erste Mal.

„Ich höre!", donnerte Olbricht.

„Er ist doch bei der SS", antwortete Martin. „Er war derjenige, der mein Verhör führte."

Olbricht zog die Stirn in Falten. „Der Kerl hat irgendwie mit der Geschichte hier zu tun, stimmt's?"

Aha, er war sich also nicht sicher.

„Ich bin hergekommen, um ihn zu treffen, und statt seiner läufst du mir über den Weg. Sollte ich das nicht merkwürdig finden?"

Josef gab keine Antwort.

„Ich schöpfte Verdacht, als er dich neulich nach Hause brachte. Dann habe ich ein paar Fragen gestellt, genug, um eine interne Untersuchung auszulösen." Olbricht gefiel sich darin, Spannung aufzubauen. Selbstgefällig nahm er erst ein paar Züge von seiner Zigarre, ehe er weitersprach. „Möchtest du vielleicht wissen, was man in seiner Schreibtisch-Schublade gefunden hat?"

Nur allzu gern kehrte er den überlegen Wissenden heraus, ob es nun um theologische Fragen oder solche der Kindererziehung oder des Gartenbaus ging. Josef entschloss sich, ihn reden zu lassen.

„Na, bist du gar nicht neugierig? Man fand den Totenschein seines kleinen Sohnes. Offiziell, mit Brief und Siegel. Todesursache: akute Fieberschübe. Dabei lag noch ein anderes Papier. Ein gestohlenes amtliches Dokument der Aktion T 4. Auch darauf stand der Name seines Sohnes. Aufgrund dieses Dokuments sind wir nach Hadamar gefahren."

„Was heißt hier ‚wir'? Welche Rolle spielst du hier eigentlich?", fragte Josef.

Olbricht zog die Brauen hoch. „Du bist nicht der Einzige, der mit den Staatsbehörden zusammenarbeitet", stellte er fest. „Ich bin in kirchenamtlicher Mission hier. Ich bin mit der Zurüstung von Pastoren zum seelsorgerlichen Dienst an den Insassen dieser Einrichtung hier befasst. Ferner habe ich den Auftrag, mit dem Herrn Sturmbannführer zu sprechen, so ich ihn denn hier zu Gesicht bekommen sollte. Seine Vorgesetzten hoffen, dass er mir vielleicht seine Beweggründe offen legt, nachdem er ja durch dich bereits mit meiner Person bekannt ist."

„Und dann bist du mir begegnet."

„Und so sitzen wir jetzt hier."

Josef wappnete sich für eine Zurechtweisung oder wenigstens eine Art von Belehrung oder Enthüllung. Was sollte er sonst tun? Ihm standen keine Wege offen. Jetzt und hier war er der Gnade seines Herrn Schwiegervaters ausgeliefert.

Was ihm zuteil wurde, war eine Belehrung.

„Du begreifst immer noch nichts, wie?", begann Olbricht. „Wie ist es nur möglich, dass du die Schrift an der Wand nicht erkennst? Die Nationalsozialisten sind an der Macht. Mensch, gebrauch doch mal deinen Kopf! Welche Möglichkeiten haben wir denn?"

„Unterwerfung, Kollaboration oder Widerstand", sagte Josef.

Olbrichts Miene legte sich in Falten. „Es gibt noch eine weitere Option", sagte er. „Mensch, Junge, denk doch bloß mal nach!"

Josef sagte sich still noch einmal die drei grundsätzlichen Möglichkeiten vor. Gab es wirklich noch eine vierte? „Nachgeben, zusammenarbeiten, gegenangehen ... oder auswandern. Eine andere Möglichkeit sehe ich nicht."

„Flüchten!" Olbricht betonte das Wort wie ein zufriedener Lehrer, der soeben die richtige Antwort bekommen hatte.

Josef schüttelte den Kopf. „Ich bin Deutscher. Niemals könnte ich meinem Land den Rücken kehren."

„Wirst du aber", sagte Olbricht.

Ungläubig starrte Josef seinen Schwiegervater an. „Wie jetzt – soll ich etwa deportiert werden?"

„Unsinn. Sieh die Sache doch mal theologisch."

Theologisch?

Olbricht stieß nach. „Was würdest du denn machen, wenn du in einem Land lebtest, das dich nicht länger haben wollte? Dann ziehst du weiter an einen Ort, wo es besser ist."

„Die Lösung der Judenfrage", sagte Josef. Darüber hatten sie schon einmal im Olbricht'schen Arbeitszimmer diskutiert.

„Und was wäre, wenn du in einer *Welt* lebtest, die dich nicht länger haben wollte? Dann zögst du weiter in eine bessere Welt. Oder, mit anderen Worten: Was machst du, wenn das Leben nicht länger lebenswert ist?"

Josef konnte kaum glauben, was sein Schwiegervater da andeutete. Olbricht hatte sich des vollen T-4-Jargons bedient: *wenn das Leben nicht länger lebenswert ist.* Er konnte doch wohl nicht im Ernst meinen –

„Als Geistlicher solltest du doch wohl eher als jeder andere wissen, dass der Tod kein Endpunkt ist, sondern der Durchgang in ein besseres Leben."

Diese Worte ließen Josef unruhig auf der Bettkante hin und her rutschen. Die Gummiauflage quietschte.

Olbricht wedelte munter mit seiner Zigarre herum und sagte: „Dir entgeht völlig der tiefere Sinn dieser Einrichtung hier. Sicher haben die Nazis sie aus politischen Gründen geschaffen, aber hier herrscht doch wohl ein barmherzig-humanitärer Geist, den gerade du als Theologe hoch schätzen solltest. Schließlich und endlich ist der Tod Erlösung. Er gehört ebenso sehr zum Leben wie die Geburt."

„Aber sein Zeitpunkt liegt in der Hand Gottes und nicht in menschlichem Ermessen."

„Unfug!", wandte Olbricht ein. „Gott hat uns unseren Verstand gegeben, damit wir in diesem Leben kluge Entscheidungen treffen. Du bist doch im Gemeinschaftsraum gewesen. Nun sag mir bitte: Hast du dort irgendjemanden gesehen, dessen Leben lebenswert wäre? Wer da drin müsste wohl lange überlegen, ob er ein Leben im eigenen Dreck, in Windeln und Gummihöschen, gegen die Herrlichkeit des Himmels eintauschen soll oder nicht?"

„Nichtsdestoweniger ist es nicht an uns, das zu entscheiden", beharrte Josef.

„Aber es ist die barmherzigste Weise, mit solchen Wesen umzugehen. Ein Akt der Liebe und des Mitgefühls. Deine Mutter, die hatte das begriffen."

Diese Bemerkung Olbrichts ließ heißen Zorn in Josef aufsteigen. „Sie war durcheinander und –"

„O ja, durcheinander war sie. Aber so viel hatte sie begriffen: Die Nazis hatten die Welt so verändert, dass es in ihr für deinen Bruder keinen Platz mehr gab."

In diesem Moment ging Josef zu seinem tiefen Entsetzen auf, was Olbricht da eigentlich andeutete. „Du … du warst ihr Seelsorger", stammelte er.

„Wenn Menschen nicht mehr weiterwissen, ist es mitunter an uns als Männern Gottes, ihnen zur Erkenntnis dessen zu verhelfen, was für sie am besten ist. Deine Mutter war am Ende. Müde bis auf die Knochen. All die Jahre hatte sie ihr Geheimnis mühsam wahren müssen, und jetzt war es ihr einfach zu viel geworden."

Josef bekam kaum noch Luft. Die Gefühle, die ihn zu übermannen drohten, waren so heftig, dass er kaum noch sprechen konnte. „Du hat ihr geraten, meinen Bruder umzubringen!"

„Ihm zu helfen, an einen besseren Ort zu gelangen", stellte Olbricht so gelassen und aufgeräumt richtig, als ginge es darum, seinen Bruder zu Verwandten zu bringen, die am anderen Ende der Stadt wohnten. „Ein Jammer nur, dass sie sich auch selbst das Leben nahm. Du musst mir glauben, wenn ich sage, *dazu* habe ich ihr keineswegs geraten. Sich selbst umzubringen war ihre eigene Idee, und es war falsch."

In Josef rangen Wut und Kummer miteinander. Heiße Tränen schossen ihm in die Augen. „Du hast sie alle beide umgebracht!", schrie er.

Josefs zornige Erwiderung schien Olbricht zu verletzen. „Ich hab ihnen die Tore des Himmels geöffnet!", rief er zurück.

„Auf deinen Rat hin hat meine Mutter meinen Bruder und sich selbst getötet!", schluchzte Josef.

Mühsam versuchte Olbricht die Fassung zu wahren. „Deinen Tadel nehme ich hin. Wie gesagt, ihren Selbstmord habe ich nicht voraussehen können."

Ehe er gewahr wurde, was er tat, war Josef schon aufgesprungen, getrieben von einem Zorn, von dem er nie geahnt hatte, dass er in ihm schlummerte.

„Wache!", rief Olbricht.

Die Tür wurde aufgestoßen, und zwei SS-Männer – nicht etwa Krankenpfleger – nahmen Josef in die Mitte, stießen ihn aufs Bett und hielten ihn dort fest. Einer der Schergen rammte Josef sein Knie in den Brustkorb.

Olbricht trat ans Bett und sah auf ihn herab. „Was ist bloß über dich gekommen?", sagte er. „Wir haben doch auch früher schon theologische Meinungsverschiedenheiten gehabt, aber angegriffen hast du mich noch nie!"

„Es waren nicht unsere theologischen Meinungsverschiedenheiten, die meine Mutter getötet haben!"

Olbricht schnalzte mit der Zunge. Als er wieder sprach, lag in seiner Stimme ein kalter, sachlicher Ton. „Sie ist jetzt an einem weit besseren Ort. Bist du so geblendet von dieser Welt, dass du dich nicht mit ihr daran freuen kannst? Und was die Theologie betrifft – wozu soll sie eigentlich gut sein, wenn sie uns nicht dahin bringt, in dieser Welt die richtigen Entschlüsse zu fassen?"

Josef war zu wütend, um sich zu beruhigen, aber es gelang ihm, seinem Zorn wenigstens Zügel anzulegen. Obwohl er keinen Widerstand mehr leistete, fiel es den Wachen gar nicht ein, ihn aus dem Schwitzkasten zu lassen.

„Ich bin noch nicht mit ihm fertig", beschied Olbricht die Wachen. „Geben wir ihm ein bisschen Zeit, sich abzuregen. In fünf Minuten bin ich wieder da." Er wandte sich ab und verließ die Zelle.

Durch das Eingeständnis seines Ziehvaters immer noch heillos aufgewühlt, starrte Josef an die Zimmerdecke. „Sie können jetzt Ihr Knie von mir runternehmen!", zischte er. „Ich krieg nämlich keine Luft mehr."

Die beiden Wachhabenden hätten ebenso gut taub sein können. Keiner von ihnen ließ auch nur das leiseste Anzeichen dafür erkennen, dass sie ihn gehört hatten.

Es fiel Josef schwer abzuschätzen, wie lange Olbricht wegblieb. Die Sekunden vergehen quälend langsam, wenn man kaum Luft bekommt.

Als er zurückkehrte, schlenderte Olbricht so aufgeräumt herein, als wären sie hier in seinem Arbeitszimmer, und Josef hätte auf ihn gewartet. Zwei kurze Züge an der Zigarre, dann sah er wieder auf Josef herab. „Lassen Sie ihn jetzt hoch!", befahl er den Wachen.

Die Aufpasser traten zurück, wobei der eine es sich nicht verkneifen konnte, sein Knie, ehe er sich aufrichtete, noch einmal besonders fest in Josefs Brustkorb zu drücken. Josef setzte sich auf und rieb mit der Hand über die wehe Stelle.

Voll Genugtuung darüber, dass Josef nicht noch einmal versuchen würde, sich an ihm zu vergreifen, entließ Olbricht die Wachen und setzte sich dann wieder auf seinen hölzernen Stuhl. Er langte in seine Rocktasche, brachte eine Münze zum Vorschein und warf sie Josef zu. „Erkennst du sie?"

Josef musterte das Goldstück, das da in seiner Handfläche lag. Wie vertraut war ihm die Abbildung des auf den Hinterläufen stehenden Bären, umkränzt von den Worten: *Im Boden verankert, strecken wir uns nach dem Himmel.* Er drehte die Münze um. *„Niemand verachte deine Jugend; sondern sei ein Vorbild." 1. Timotheus 4,12.*

Das war nicht Konrads Münze, sondern die von Willi.

„Die Dinger hat Reimann mir ausgehändigt, kurz nachdem du sie seinen Jungs gegeben hattest. Er war in Sorge, dass du da mit den jungen Leuten irgendeine Art von Geheimbund zusammenzimmerst."

Dinger. Jungs: Mehrzahl. Ein neuer Schrecken begann an Josefs Innereien zu nagen.

„Hat er dir die Münzen beider Jungen gegeben?", fragte Josef. Er brauchte Gewissheit.

Olbricht würdigte ihn keiner Antwort, sondern lehnte sich auf seinem Stuhl zurück und musterte Josef, wie er es wohl schon Hunderte von Malen getan hatte. Aber in seinen Augen glomm etwas wie Genugtuung. Josef sank der Mut. In seinem Eifer, seinen Ziehvater auf die Probe zu stellen, war er selbst examiniert worden.

„Aha", mutmaßte Olbricht. „Du also hast Konrads Medaille."

„Die hab ich da aufgesammelt, wo du sie liegen gelassen hattest", sagte Josef.

Olbricht nickte. „Das musste ich wissen. Dachte mir schon, dass entweder du sie hast oder der Junge. Umso besser, dass du es bist."

„Weshalb hast du sie zurückgelassen?"

„Ich konnte ja nicht ausschließen, dass es eine polizeiliche Untersuchung geben würde. Und für diesen Fall würde die Münze auf Reimann als Täter hinweisen." Olbricht zuckte die Schultern. „Wie sich gezeigt hat, war es eine unnötige Vorsichtsmaßnahme. Ein Jude weniger – was macht das schon, nicht wahr?"

Josef war verwirrt. Den Mann, der ihm da gegenübersaß, kannte er nicht. „So also hast du über Professor Meyerhof gedacht? Ungeziefer, das man beseitigen musste?"

Olbricht lief rot an. „Victor war mein Freund!", stieß er hervor.

„Du hast ihn ermordet!"

„Ich hab ihm auf die andere Seite rübergeholfen."

„Ist er denn freiwillig gegangen?"

Olbricht zögerte mit der Antwort. „Stur!" Es klang wie ein Fluch. „Victor konnte nicht begreifen, dass die Zeiten sich geändert hatten und dass es für ihn hier keinen Platz mehr gab. Man ließ ihn nicht mehr lehren, und Eva war fort. Er war verzagt. Tja, und das ist er jetzt nicht mehr."

Das Bizarrste an dieser Unterhaltung war, dass Olbricht jedes Wort todernst meinte. Aber da war noch etwas. Josef spürte es. Er dachte an das Bild, das der Professor ihm gezeigt hatte, und versuchte sein Glück.

„Edda."

Mehr sagte er nicht. Das eine Wort genügte vollauf.

„Du weißt es also", sagte Olbricht. „Ich hab mich gefragt, ob Victor es dir wohl gesagt hat."

In Wirklichkeit hatte Josef keine Ahnung, wovon Olbricht eigentlich sprach. Aber er musste nur Geduld walten lassen. Olbricht würde es ihm schon sagen.

„Du weißt also, welches Damoklesschwert über uns schwebte: über Edda und mir. Über Monika und sogar über unserem Enkelkind."

Die Mosaiksteinchen fügten sich zusammen. Edda und Eva waren gemeinsam aufgewachsen. In einem Viertel. Ihre Familien waren eng verbunden gewesen. Jetzt durchschaute er die ganze Angelegenheit. „Wie viel jüdisches Blut hat Edda in sich?“, fragte er.

„Ihre Großmutter war Jüdin“, sagte Olbricht. „Aber jetzt, wo keiner mehr da ist ... Victor war der Einzige, der diese missliche Tatsache noch hätte ausplaudern können.“

„Also hast du ihn umgebracht.“

Diese Anschuldigung wischte Olbricht vom Tisch. „Ich musste tun, was für meine Familie am besten war.“

„Und was ist mit mir?“, fragte Josef. „Gehöre ich zur Familie, oder stelle ich eine Bedrohung dar?“

„Das tut weh“, sagte Olbricht. „Ich liebe dich wie einen Sohn.“

Der Ton, in dem er das sagte, ließ das Blut in den Adern gefrieren.

Olbricht fuhr fort: „Allerdings hast du ja nun klargestellt, dass du im neuen Deutschland nicht friedlich leben kannst.“

„Und so schickst du mich jetzt auch an einen besseren Ort?“

Olbricht stiegen Tränen in die Augen. In väterlichem Tonfall sagte er: „Ich kann doch nicht zulassen, dass du meine Tochter und mein Enkelkind in Gefahr bringst. Wenn du erst einmal fort bist, wird es dir besser gehen und ihnen auch.“

Josef machte nicht einmal den Versuch, Olbricht zu versichern, er werde den Mund halten und seinen Frieden mit dem Dritten Reich schließen. Solcherlei hätte er niemals in überzeugendem Ton aussprechen können.

„Man wird deine Krankenakten hier vernichten“, erklärte Olbricht, „und dann neue anlegen, in denen du einen anderen Namen tragen wirst und wo eine andere Diagnose verzeichnet steht.“

„Eine, die mein Leben als lebensunwert einstuft.“

Über diesen Einwurf ging Olbricht hinweg. Er stand auf.

„Was wirst du Monika sagen?“

„Dein Verschwinden wird eines der vielen Geheimnisse des Krieges bleiben. Und jetzt steh auf, mein Junge.“

Josef war zwar ganz und gar nicht mehr geneigt, noch irgendetwas zu tun, was Olbricht ihn zu tun hieß, aber ihm fiel kein plausibler Grund ein, einer solch schlichten Anweisung nicht zu entsprechen. Also stand er auf.

„Darf ich dich in den Arm nehmen?“, fragte Olbricht. Ohne eine Antwort abzuwarten, schlang der ältere Geistliche seinen Arm um Josefs Schulter und zog seinen jungen Kollegen an sich. „Soweit ich die Dinge theologisch recht sehe“, flüsterte er Josef ins Ohr, „wirst du uns alle vergessen haben, sobald du den Himmel betrittst. Sollte es sich aber doch so verhalten, dass es noch ein Zwischenstadium gibt, so bringe deine Zeit damit zu, indem du Monika und deinem Kind die Stätte bereitest.“ Damit gab er Josef frei und tätschelte ihm stolz lächelnd die Schulter. Dann befahl er, die Tür zu öffnen, und stand bereits auf der Schwelle, als er sich unversehens noch einmal umdrehte und Josef fragte: „Wieso eigentlich David König?“

„Wegen König David“, erwiderte Josef.

Olbricht grinste. „Aha! Die Sache mit Gat! Schlau, aber ungenau. David war noch gar nicht König, als er in Gat war. Ich kann nicht gerade behaupten, dass ich ebenso schlau war, als ich deinen neuen Namen aussuchte: Leo Speidel. Verkäufer in irgend’nem Laden. Edda ging mit ihm, ehe ich auf der Bildfläche erschien. Nach unserer Vermählung verloren wir ihn aus den Augen. Oh, warte, die Münze.“ Er hielt Josef seine Hand hin.

Josef warf ihm Willis Münze zu.

Scheppernd fiel die Zellentür zu, und das Bett in der psychiatrischen Anstalt von Hadamar knarrte, als Leo Speidel sich darauf sinken ließ.

25

Freitag, 5. Juli 1940

Auf ihre Niederkunft war Monika überhaupt nicht vorbereitet. Sie hatte zwar gedacht, sie wisse, was auf sie zukommen würde, aber so war es nicht. Seit Monaten hatte sie immer wieder gesagt, dieser Tag könne gar nicht bald genug kommen. Jetzt, da sie erlebte, wie schlimm die Wehen wirklich waren, hätte sie sich durchaus mit dem Gedanken anfreunden können, das Kind für immer in sich zu tragen – wenn doch nur die Schmerzen aufhören würden!

Ihre Knie gaben nach, und sie sank auf den Küchenboden.

Josef, ich brauche dich!

Die Wange fest gegen den Dielenboden gepresst, versuchte sie den Schmerz niederzuringen. Ihre Augen waren fest geschlossen, ihr Atem ging keuchend und mühsam. Monika war sich absolut sicher, dass sie hier in ihrer eigenen Küche sterben würde.

Dann begann der Schmerz ein wenig nachzulassen, gerade genug, als dass sie ein paar Mal tief durchatmen konnte. Nach einer Weile war von der fürchterlichen Pein nur noch eine unangenehme Verspanntheit im Kreuz übrig. Sie rollte sich auf den Rücken und starrte schwer atmend an die Decke. Sie fühlte sich restlos verbraucht.

Josef schlug mit voller Wucht auf den Boden auf und kam mit dem Gesicht auf die grünen Fliesen zu liegen. Von diesen beiden Schlägern hier hätte der Rottenführer mit dem Axtstiel noch eine Menge dazulernen können, um seine Fertigkeiten im Zufügen von Schmerz zu vervollkommnen. Josef lag öfter auf dem Boden hingestreckt, als er auf dem Stuhl mit der steilen, geraden Lehne zubrachte, auf dem sie ihn ständig sitzen ließen. Jedes Mal, wenn er aus seiner Ohnmacht wieder zu sich kam, hatte er beim Aufwachen als Erstes dieses verwaschene Grün vor Augen, ehe sie ihn wieder auf den Stuhl hievten.

Er begann die Farbe Grün zu verabscheuen, bedeutete sie ihm doch, dass er eine neue Runde Schmerzen vor sich hatte.

„Ursel!“

Monikas Stimme war schwach, so schwach, dass man sie kaum im Nebenzimmer hören konnte. Wie sollte Ursel sie dann von draußen hören? Und doch musste sie es versuchen.

Sie rief noch einmal und horchte nach der Tür. Aber da war nichts anderes zu hören als das rasselnde Geräusch ihres eigenen Atems. Sie versuchte sich aufzusetzen – es ging nicht. Sie versuchte es noch einmal, indem sie sich zunächst auf die Seite rollte. Aber ihre Kraft reichte einfach nicht.

Sie ließ sich wieder auf den Rücken rollen und brachte ein Grinsen zuwege. Immerhin war das hier eine der kleinen Offenbarungen, die das Leben bereithielt. Nach dem heutigen Tage würde sie jedenfalls besser verstehen können, wie es Schildkröten erging.

Kaiser kam in die Küche gestrichen und schaute wohl ein bisschen verwundert drein, wie er den Kopf schief legte und Monika auf dem Fußboden beäugte. Der Kater hüpfte auf die Küchenanrichte – eine Tat, von der er wusste, dass sie ihm strikt verboten war – und glotzte auf sie herunter. Monika befahl ihm, da runterzukommen, aber er sah sie nur unverfroren an. Sie wurde energischer, aber er blickte zur Seite, als hätte er nichts gehört. Monika fing an zu weinen. Sie fühlte sich so unendlich hilflos.

Josefs Stimme war nur noch ein kaum hörbares Krächzen. „Monika ...“ Das eine Wort strengte ihn dermaßen an, dass er auf seinem Stuhl zusammensackte. Seine Arme baumelten schlaff neben seinem Körper herab, und er schaffte es kaum, den Kopf oben zu behalten.

„Monika, Monika!“, äffte sein Verhörer ihn nach. Ein verschwommenes Gesicht schob sich in Josefs Blickfeld. „Jede Wette, sie ist ’ne ganz Süße, hä?“, stichelte der Mann. „Aber ruhig Blut, wir wissen schon, was wir mit Monika anfangen werden. Wir werden ihr einen Besuch abstatten, gleich nachdem wir hier mit dir fertig sind, nicht wahr, Fritz? Oh, oh, wir werden uns schon 'ne schöne Zeit mit Monika machen ..."

Josef wusste, dass er gegen keinen von ihnen auch nur die geringste Chance hatte, ganz zu schweigen von zweien auf einmal. Er konnte ja kaum die Arme heben. Er bezweifelte, dass seine Knie ihn tragen würden, selbst wenn er es schaffen sollte aufzustehen. Aber nichts von alledem konnte ihn davon abhalten, einen Haken in Richtung der Visage seines Befragers zu schwingen.

Überraschenderweise traf er sogar.

Er hörte einen der Männer lachen. Offenkundig hatte Fritz seinen Schlag witzig gefunden. Sein namenloser Kumpan schien das freilich anders zu sehen.

Das Nächste, was Josef ins Bewusstsein drang, war, dass er schon wieder auf dem verwaschenen Grün des Bodens lag.

Monika hörte die Haustür ins Schloss fallen.

„Ursel!"

Schritte. Schritte, die sich entfernten!

„Frau Pastor?" Die Stimme des Mädchens wurde schwächer.

„Ursel! Hier bin ich, in der Küche!"

Die Schritte wurden jetzt lauter.

„Aber Frau Pastor!", rief Ursel. Das Mädel ließ den Korb mit frischer Wäsche fallen, den es getragen hatte, und war im Nu an Monikas Seite. „Frau Pastor! Haben Sie sich verletzt? Sind Sie gestürzt?"

„Hilf mir ins Bett", sagte Monika und streckte die Hand aus. Ursel ergriff die Hand und ging auf die Knie, um Monika hochhelfen zu können.

Monika stöhnte laut auf. Der Schmerz kehrte wieder, Welle um Welle zunehmend. „Lass mich runter! Lass mich runter!", schrie sie.

Eine verschreckte Ursel ließ sie sacht wieder zu Boden sinken.

„Die Wehen", sagte Monika mit verzerrtem Gesicht. Als die Wehe intensiver wurde, ließ sie ihren Kopf hintenüber fallen. Als das noch nicht half, schloss sie die Augen und sagte sich, sie werde es durchstehen. Glauben tat sie das selbst nicht. Der Schmerz wurde immer schlimmer. Erst wimmerte, dann heulte sie. Schließlich schrie sie aus Leibeskräften.

Diesmal war es schlimmer als beim vorigen Mal. Monika geriet in Panik. Wenn es noch übler werden sollte, würde sie es nicht mehr schaffen. Endlich ließ der Schmerz wieder nach.

Als sie die Augen aufschlug, sah sie eine in Tränen aufgelöste Ursel auf sich herabsehen. Das Mädchen hielt ihre Hand, was Monika nicht einmal bemerkt hatte, ehe sie es mit den Augen wahrnahm.

„Ruf meine Mutter an“, sagte Monika. „Sag ihr, sie soll der Hebamme Bescheid geben.“

„Soll ich Ihnen nicht erst ins Bett helfen?“

Der Schweiß tropfte Monika von den Schläfen. „Nee, nee, die Reise schieben wir auf, bis du telefoniert hast.“

Josef fing an zu beten, er möge entweder bewusstlos werden oder sterben. Er wusste nicht, wie lange er das hier noch würde aushalten können.

„Sag uns, welche Rolle Wolff bei dieser Unternehmung spielt!“

„Ist er der Kopf hinter dem Ganzen?“

„Wer gehört sonst noch dazu?“

„Sag es uns, und wir bringen dich in deine Zelle zurück und lassen dich allein.“

Ihren Versprechungen glaubte er nicht. Aber die Schmerzen waren so schlimm, dass er jede, aber auch jede Aussicht auf Linderung in Betracht ziehen musste. Seine beiden Augen waren so geschwollen, dass er fast nichts mehr sehen konnte. Seine Unterlippe war aufs Doppelte ihrer normalen Größe aufgequollen. Jedes Mal, wenn er schluckte, schmeckte er Blut. Sein linker Arm war zweifellos gebrochen. Und seine Füße hatten sie dermaßen maltrātiert, dass der Schmerz bei jeder kleinen Berührung des Bodens ihn so durchschoss, dass er es kaum ertragen konnte.

„Sag uns, was wir wissen wollen, und du hast deine Ruhe!“

Er fühlte, wie jemand ihn an den Haaren zog. Sein Kopf wurde mit Gewalt nach hinten gerissen.

„Sturmbannführer Martin Wolff – wo steckt er?“

Wäre seine Lippe nicht so angeschwollen gewesen, so hätte Josef sich eins gelacht. Wolff war ihnen entwischt. Das war eine Mut machende Neuigkeit.

„Sag uns, was du über Sturmbannführer Wolff weißt!"

„‚Der Herr ist mein ... Hirte; mir wird nichts mangeln'", murmelte Josef.

„Was hat er gesagt?", fragte der Verhörer.

„Keine Ahnung. Irgendwas über Landwirtschaft."

„‚Er ... weidet mich auf einer ... grünen Aue ...'"

Sie beugten sich über ihn, damit ihnen nichts entging.

„‚... und führet mich zum frischen Wasser.'"

„Grünau! Ich hab ihn ‚Grünau' sagen hören!"

„War das nicht ein Deckname der Abwehr für irgendeine englische Operation? Sollten die Tommies in dieser ganzen Scheiße mit drinstecken? Oder gab's 'nen Operativagenten mit diesem Decknamen? Mann, wie war das noch gleich ...?"

„‚Er erquicket meine ... Seele ...'"

„Ich krieg's nicht raus. Er brabbelt einfach dummes Zeug."

„Ich hab dir gesagt: nicht auf den Mund! Mann, wie soll er uns denn was mitteilen, wenn er nicht reden kann?"

Josef sank in die Bewusstlosigkeit hinab wie in einen stillen schwarzen Teich, getröstet von der Gewissheit, ihnen nichts verraten zu haben.

Monika strengte sich an, um zu hören, was Ursel sagte. Das Mädchen brauchte viel länger, als sie erwartet hatte. Monika konnte zwar nicht verstehen, was Ursel in den Hörer sprach, aber ihr Tonfall klang beunruhigend. Sekunden nachdem sie aufgelegt hatte, war das Mädchen wieder bei ihr.

„Frau Pastor, sollen wir's jetzt versuchen?"

„Kommt meine Mutter?"

Auf der Stirn des Mädchens zeigten sich Sorgenfalten. „Ich glaube schon."

„Du glaubst? Was hat sie denn gesagt?"

Ursel rang die Hände. „Mir ist das peinlich, mit Ihnen zu reden, während Sie so auf dem Boden liegen", sagte sie. „Ich würde Sie gern erst in Ihr Bett bringen."

„Was hat meine Mutter gesagt?", rief Monika.

Ursel machte einen Satz. Ihre Augen waren tränenfeucht. „Sie war ganz aus dem Häuschen. Ihr Vater ist auf Reisen und wird erst morgen zurückerwartet. Sie sagte, sie wisse nicht, wie sie herkommen solle."

„Und was ist mit der Hebamme?"

„Sie sagte, sie ruft sie an."

Das Telefon schellte. Ursel sah hin und wandte den Blick dann wieder Monika zu.

„Im Augenblick geht's. Geh lieber ran."

Ursel rannte aus der Küche. Diesmal konnte Monika vier Wörter des Gesprächs verstehen: *Bitte beeilen Sie sich.* Als Ursel zurückkam, rannen ihr die Tränen nur so die Wangen herunter.

„O Mann, Frau Pastor ... Das war Ihre Mutter. Die Hebamme –"

„Was ist mit der Hebamme?"

„Sie ist in der Stadt. Ihre Mutter sagt, sie kommt erst in ein paar Stunden zurück."

Monika fühlte, wie die Panik sie zu verschlingen drohte. Vom flachen Liegen auf dem Fußboden taten ihr schon das Kreuz und der Hinterkopf weh. „Los, hilf mir hoch", sagte sie und streckte die Hand aus.

„Was sollen wir denn jetzt machen?"

„Erst mal gehen wir ins Schlafzimmer."

„Aber ich mein doch, mit dem Baby!"

„Ich weiß schon, was du meinst. Los, hilf mir hoch!"

Ursel sprang ihr zur Seite. Mit vereinten Kräften und indem Monika sich am Küchenschrank abstützte, gelang es ihnen, Monika aufzurichten. Monika schwirrte der Kopf. Ursel legte sich ihren Arm über die Schulter, und dann tasteten sie sich Schritt für Schritt Richtung Schlafstube.

Sie waren mitten auf dem Flur, als die nächste Wehe zupackte.

„Auauauauuu ... O du lieber Gott!"

„Was ist los?", schrie Ursel.

„Ich schaff's nicht!"

Monika blieb stehen.

„Was soll ich denn jetzt machen?", fragte Ursel in gehetztem Ton.

Stehen zu bleiben war genau das Verkehrte. Der Schmerz nahm ebenso zu wie vorher, und Monika wusste, im Stehen würde sie ihn niemals ertragen können. „Los, hilf mir da rüber zu dem Stuhl!", sagte sie mit ausgestrecktem Zeigefinger.

Sie mussten sich anstrengen, um zu dem Stuhl zu kommen, ehe Monika ohnmächtig wurde. Mit jedem Fuß, den sie vorschob, wurde der Schmerz bösartiger. Noch ehe sie ihn überhaupt erreichen konnte, tastete Monika schon mit der Hand nach dem Stuhl, so als hoffte sie, er würde ihr auf halbem Wege entgegenkommen. Sie machte die Augen zu. Ursels Augen würden für sie beide genügen müssen.

Ein Schritt – noch einer – ein dritter ... Jeder fiel schwerer als der vorige, bei jedem drohten ihre Knie nachzugeben.

„Wir haben's fast geschafft", sagte Ursel. „Achtung, gleich ..."

Monika ließ sich auf den Stuhl fallen, gerade als der Schmerz auf dem Höhepunkt war. Sie stieß einen schrillen Schrei aus.

Josef spürte die kühlen, glatten Fliesen an seinen Füßen. Zwei Pfleger hatten ihn an den Armen gepackt und schleiften ihn einen langen Korridor entlang. Die SS war mit ihm fertig. Jetzt brachte man ihn in einen anderen Raum mit einem anderen Stuhl. Nur der grüne Fußboden war immer derselbe.

Man stieß ihn auf den Stuhl und befahl ihm zu warten – unnötigerweise, hätte er doch niemals aus eigener Kraft hier hinausgehen können, wie sehr er sich auch anstrengen mochte. Er schaffte es ja noch nicht mal, sich auf dem Stuhl aufrecht zu halten.

Die Bewusstlosigkeit kam und ging. Zweimal wurde er wach von Fluchgebrüll und neuen Schmerzen, als man ihn vom Fußboden hochriss und wieder auf den Stuhl stieß. Nach dem zweiten Mal fesselten sie ihn mit Lederriemen an die Rückenlehne.

Allmählich wurden seine wachen Zeiten länger als die, in denen er ohnmächtig war. War der Raum, in dem die SS ihn verhört hatte, bis auf ein paar hölzerne Kisten, die in einer Ecke aufgestapelt standen, völlig leer gewesen, so gab es in diesem Zimmer Borde und Blechschränke mit Arzneimitteln und medizinischen Ausrüstungsgegenständen.

Ein Brillenträger in weißem Arztkittel trat ein. Kaum mehr als einen Seitenblick für Josef erübrigend, trat er an einen Schrank, zog eine Schublade auf, nahm ein metallenes Schälchen heraus und begann dies und jenes von den Regalen hineinzulegen. Was es genau war, konnte Josef nicht sehen, da der Mann ihm den Rücken zuwandte. Ein-, zweimal hörte Josef das kalte Klirren von Metall auf Metall.

„Gebt mir 'n Rolltisch!", sagte der Mann im Arztkittel.

Einer der beiden Pfleger leistete der Anordnung Folge. Der mit der Brille stellte sein Schälchen auf dem Tisch ab und rollte ihn neben Josefs Stuhl. Er hatte sich einige ärztliche Instrumente zusammengesucht, mit deren Anblick Josef nichts anzufangen wusste. Außerdem gab es noch zwei Spritzen, die mit einer klaren Flüssigkeit aufgezogen waren.

Der mit der Brille baute sich vielleicht einen knappen Meter vor Josef auf. Er war von durchschnittlicher Größe, wobei sich über seinen Körperbau wenig sagen ließ, da der wallende Kittel seine Figur verdeckte. Er hatte ein ausgeprägtes, vorspringendes Kinn, das sich Josef entgegenschob, als er Josef an seiner schmalen Nase vorbei musterte. Während er das tat, streifte er sich Gummihandschuhe über.

Die Augen des Mannes wanderten über Josefs Gesicht, wie ein Pferdehändler die Tiere taxiert, die er zu kaufen erwägt.

„Haltet ihn fest!", befahl Weißkittel.

Obwohl Josef bereits an den Stuhl gefesselt war, spürte er, wie vier schwere Hände sich auf seine Schultern pressten.

„Den Kopf auch."

Von hinten drückte sich ein Paar Hände wie die Backen eines Schraubstocks an seine Schläfen.

Ohne ein Wort der Erklärung schob der Brillenträger Josef seine behandschuhte Pranke in den Mund und tastete Gaumen, Zähne und Zunge ab. „Ein Biss, und ich brech dir den Kiefer", sagte er, und zwar in einem Ton, der so mechanisch war, dass Josef sich niemals angesprochen gefühlt haben würde, wäre er nicht zufällig der einzige Mann in diesem Raum gewesen, dem die Finger eines anderen im Munde herumfummelten.

Der Mann zog seine Hand heraus. Er trat näher heran und fing, ohne sich auch nur die Hand abzuwischen, an, Josefs aufgequollene Augen zu inspizieren. Allzu großer Zartheit befleißigte er sich nicht gerade. Josef fühlte seinen eigenen Speichel auf dem Handschuhgummi.

„Barbaren", sagte Weißkittel. Es schien sich an niemand Speziellen zu richten.

Der Atem des Mannes verriet Josef, dass er wohl Probleme mit Sodbrennen haben musste.

„Macht ihm den Arm frei."

Einer der Pfleger zog den Ärmel von Josefs Anstaltshemd hoch, während der mit der Brille nach einer der Spritzen griff.

In Hadamar kommt der Tod in zweierlei Form: durch den Hunger oder die Spritze.

War es nicht Wolff gewesen, der das einmal gesagt hatte?

Immer wieder von Wehen unterbrochen, hatte Monika es mit Ursels Hilfe schließlich doch bis in ihr Bett geschafft.

„Möchten Sie, dass ich jemanden hole?", fragte Ursel.

„Lass mich nicht allein."

Monika umklammerte die Hand des Mädchens. Die Wehen kamen jetzt häufiger. Sie machten ihr Angst. Im Laufe des letzten halben Jahres war ihr keine Mutter begegnet, die sich nicht bemüßigt gefühlt hätte, ihr die Geburt in düstersten Farben auszumalen. Gerade jetzt kamen ihr all diese Schreckensgeschichten wieder in den Sinn.

„Was soll ich denn für Sie tun?", fragte Ursel nervös.

Monikas Kiefermuskulatur verspannte sich. Sie fühlte eine neue Wehe heranrollen. Langsam war ihr der Ablauf vertraut, aber leichter wurde die Sache dadurch keineswegs. Sie presste Ursels Hand so fest, dass ihrer beider Hände zu zittern anfingen. Ihr Haar und ihre Kleider trieften vor Nässe. Dann drang aus ihren innersten Tiefen ein Schrei nach oben. Sie wollte ihn zurückhalten, aber es ging nicht. Er explodierte wie ein Vulkan, und mit ihm verspürte sie einen schier unvorstellbaren Drang, das Baby aus ihrem Leib hinauszupressen.

„Es kommt!“, schrie Monika. „Das Baby kommt!“

„Alles ist gut“, sagte Ursel mit zittriger Stimme. Sie bedeckte Monikas Hand mit ihren beiden und betete: „Lieber Vater im Himmel, seit Eva bist du ja bei allen Geburten dabei gewesen. Bitte pass auch auf diese hier auf. Hilf Frau Pastor, das Kind gesund zur Welt zu bringen.“

Auf Monikas Lippen lag ein schwaches Lächeln.

„Alles wird gut, Frau Pastor. Alles wird gut.“

Sofort setzte die nächste Wehe ein.

Josef war wie trunken. Kaum hatte die Nadel ihn in den Arm gepiekst, als er schon von einer warmen Woge verschluckt wurde. Sein Kopf fühlte sich an wie ein aufgeblasener Ballon, den der Wind davontrug. Zuerst war es wie eine Erlösung: kein Schmerz mehr. Er fühlte sich beinahe erheitert.

Dann packte irgendetwas seine Eingeweide. Eine riesige eiserne Faust schloss sich um seinen Magen, fester und fester pressend. Seine Füße kamen vom Boden hoch, als er sich aufbäumte, aber die Lederriemen hielten ihn auf seinem Stuhl. Seine inneren Organe kamen nicht aus dem Schraubstock los. Josef brüllte wie Vieh im Schlachthof. Seine eigene Stimme klang ihm, als käme sie von jenseits einer kilometerbreiten Schlucht und entfernte sich immer mehr.

Monika war am Ende ihrer Kräfte.

Ursel hatte sich ans Fußende ihres Bettes gekauert. „Ich kann den Kopf schon sehen!“, rief sie aufgeregt.

Nach altherkömmlichen Anstandsregeln erzogen, hatte Monika immer gedacht, schon allein vor Scham würde sie eine Geburt nicht überleben. Aber Sitte und Anstand war das Letzte, was ihr jetzt durch den Kopf ging. Sie keuchte so heftig, dass sie erst mal Luft sammeln musste, wenn sie etwas sagen wollte. „Pass auf ... den Kopf auf, wenn er rauskommt!“, sagte sie.

Gebannt von dem, was vor ihren Augen geschah, ging Ursel näher heran und streckte die Arme nach dem Köpfchen aus.

Monika drückte den Kopf ins Kissen. Leeren Blicks starrte sie die Zimmerdecke an und sammelte die wenige Kraft, die ihr noch blieb, für die nächste Presswehe. Diesmal musste sie es schaffen. Noch eine Wehe mehr würde sie nämlich nicht überstehen.

„Aaaahhhh!!!“

Josef war wieder voll bei Stimme.

Er schloss die Augen, weil er meinte, dass sie andernfalls aus ihren aufgequollenen Höhlen treten müssten. Sein Kopf warf sich wie mechanisch von einer Seite zur anderen.

„Aaaahhhh!!!“

Seine Augen gingen auf. Er sah auf seine Hände hinunter und erblickte seine Finger, die sich so weit nach oben bogen, dass die Spitzen seine Handrücken berührten.

Etwas Weißes stach ihm ins Auge: der Bebrillte in dem Arztkittel. Schon wieder mit einer Spritze in der Hand, die er ihm soeben verpassen wollte.

„Nein ... nein ... nein ... nein ...“, flehte Josef.

Seine Adern vereisten. Böse Ahnungen beschlichen ihn. Ihm war, als versinke er. Er bekam kaum noch Luft. Die Kehle schwoll ihm zu. Er schnappte nach Luft – zumindest versuchte er es, denn er brachte nichts mehr zustande als einen pfeifenden Ton. Der Kopf begann ihm zu schwirren, und dann staunte er selbst darüber, wie ruhig und gelassen er wurde. Seine Augen gingen auf, und er sah alles kristallklar vor sich. Er wusste, jetzt starb er, aber das zählte nicht. Nichts zählte mehr: Er hatte Frieden. Seine Lider wurden schläfrig und schwer. Er machte die Augen zu. Es gab keinen Schmerz mehr, und er war zufrieden.

„Wie schön sie ist!“, rief Ursel aus.

Das Mädel wiegte das Neugeborene in den Armen und wischte dem Säugling mit dem Zipfel der Decke, in die er eingeschlagen war, Gesicht und Brust ab.

So benommen Monika nach all ihren Qualen auch war, so konnte sie doch nicht anders, als in einem fort zu lächeln: weil sie die Niederkunft überlebt hatte, weil noch jetzt ein ganz neuer Ton, der erste Schrei eines Kindes, im Zimmer nachhallte und weil Ursel mit der Kleinen im Arm einfach unglaublich süß aussah.

Ursel brachte ihr das Baby, und Monika sah ihre Tochter zum ersten Mal. Die Helligkeit im Zimmer ließ das erdbeerrote Baby heftig blinzeln. Die Unterlippe der Kleinen bibberte.

„Haben Sie denn schon einen Namen für sie?“, wollte Ursel wissen.

„Edith“, sagte Monika. Sie sah das Baby an und wiederholte: „Du heißt Edith.“

Ursel beugte sich übers Bett, um besser sehen zu können. „Grüß dich, Edith“, sagte sie. „Ich kann's kaum abwarten, das Gesicht deines Papas zu sehen, wenn er nach Hause kommt.“

26

Sonntag, 7. Juli 1940

Sicher, ein paar der Gäste waren auch gekommen, um die Tochter von Josef und Monika zu sehen; den meisten aber ging es eindeutig um die Enkelin von Edda. Der Großteil derer, die erschienen waren, gehörte der älteren Generation an: Es waren diejenigen, die während Wilhelms aktiver Pastorenzeit in der Kirchengemeinde eifrig mitgearbeitet hatten. Langsamen Schrittes kamen und gingen sie und beugten sich abwechselnd über die Wiege oder nahmen die kleine Edith auf den Arm.

Der Empfang war ganz und gar Eddas Werk. Auch den Tag hatte sie festgelegt. Monika hatte noch eine Woche zuwarten wollen, aber Edda hatte darauf bestanden, gleich den nächsten Sonntag nach Ediths Geburt zu nehmen. Sie war es auch, die bestimmte, wer einzuladen war, die für den Imbiss sorgte, jeden Besucher an der Haustür willkommen hieß, sich überschwänglich für die Geschenke bedankte und alles sorgsam in einem Notizbuch festhielt. Das war Edda, wie sie leibte und lebte.

In den letzten Monaten ihrer Schwangerschaft hatte Monika viel darüber nachgedacht, was für eine Rolle ihre Mutter wohl für dieses Kind spielen würde. Obwohl Edda wiederholt darauf bestanden hatte, bei der Geburt anwesend zu sein, hatte Monika sich das nie vorstellen können. Als Monika klein gewesen war, hatte Edda nichts Besseres zu tun gehabt, als die unangenehmen und schmutzigen Verrichtungen der Mutterschaft an andere abzutreten, und eine Entbindung war ja nun mal alles anderes als keimfrei und picobello. Gewiss, dafür hatte man ja extra eine Hebamme. Nichtsdestotrotz hatte Monika sich ihre Mutter in einem Kreißsaal oder Geburtszimmer einfach nicht vorstellen können, und das war auch jetzt noch so. Edda war erst gut und gerne drei Stunden, nachdem das Baby auf die Welt gekommen war, auf der Bildfläche erschienen. Dieser Empfang hier war ihre Art, sich reinzuwaschen.

Sosehr Edda sich auch bemühte, diesen Umstand vergessen zu machen, so peinlich war doch die Abwesenheit des Vaters bei dieser Feier. Am Morgen in der Kirche hatte Monikas Vater Josef auf der Kanzel vertreten. Man war darauf bedacht, die Erklärungen für sein Fehlen vage zu halten. Die beruhigende Anwesenheit des emeritierten Pastors hatte zwar die meisten spitzen Zungen zum Schweigen gebracht. Doch jetzt während des privaten Empfangs fiel die Abwesenheit des Vaters nur umso mehr auf.

Mochte Monika noch so glücklich lächeln und die Glückwünsche zu ihrem Prachtkind so strahlend entgegennehmen, wie sie nur konnte, so kroch ihr der Ärger doch unaufhaltsam die Kehle hoch. Immer wieder sagte sie sich, dass man das doch hatte kommen sehen können. Hatte Josef es sich nicht allzu bald angewöhnt, immer dann von der Bildfläche verschwunden zu sein, wenn es um sein Kind ging?

Im Augenblick war es Fräulein Baeck, die Edith in ihren altersfleckigen Armen hielt, während Monika daneben saß. Der Kopf des Babys ruhte an der Luftwaffenhelfer-Armbinde der alten Dame. Selbstverständlich war auch die spiegelbildliche Entsprechung Fräulein Baecks in Gestalt ihrer Zwillingsschwester mit von der Partie und wartete säuselnd und tätschelnd, bis endlich sie an die Reihe kam, die Kleine auf dem Arm zu wiegen.

Fräulein Baeck Nummer 2 beugte sich zum linken Ohr der Kleinen herab und machte ein glucksendes Geräusch. Dann hob sie den Kopf wieder und veranstaltete dasselbe an Ediths rechtem Ohr. Schließlich sah sie verunsichert auf und fragte Monika: „Waren Sie bei der Geburt ganz allein?"

„Nein, Ursel war bei mir."

„Ursel? Die ist ja selbst noch ein Kind!"

„Sie ist aber prima mit der Situation zurechtgekommen."

„Aber wo waren die Hebamme und Ihre Frau Mutter?"

„Die kamen erst, als schon alles vorbei war."

„Und Ihr Mann?"

„Fort."

Immer wieder, den ganzen Nachmittag über, hatte Monika ihre Antwort auf die heikle Frage nach Josefs Verbleib auf dieses eine Wort beschränkt. Josef war *fort*. Ohne weitere Erklärung: einfach fort, basta. Sie meinte, mit dieser knappen Antwort ihren Ärger vielleicht im Zaum halten zu können.

Aber es klappte nicht.

„Ei ei, dein Papa sollte sich schon ein bisschen mehr um dich kümmern, nicht wahr?“, sagte Fräulein Baeck zu Edith. „Was sollte denn wohl wichtiger sein als du, hm?“

Monika stimmte dem zu, hielt aber den Mund und kochte lieber innerlich. Josef hatte gesagt, er werde zwei, allerhöchstens drei Tage wegbleiben. Am vierten Tag hatte Monika sich Sorgen gemacht, am fünften war sie wütend geworden. Immer wieder mal versuchte die Sorge die Oberhand zu gewinnen, aber sie hatte keine Chance gegen den Zorn, der in Monikas Herz mittlerweile tiefe Wurzeln geschlagen hatte.

Wie schon zuvor hatte Vater versprochen, sich am Telefon mal ein bisschen umzuhören. An den verstohlenen Blicken, die er ihr immer wieder von der anderen Seite des Zimmers zuwarf, konnte sie erkennen, dass er offenbar Neuigkeiten hatte. Als der Besucheranstrom zwischendurch ein wenig nachließ, ging sie zu ihm hinüber und fragte nach. Doch gerade in diesem Augenblick standen die Baeck-Schwestern in der Tür, und Olbricht flüsterte seiner Tochter zu, er werde sie nachher ins Bild setzen.

Monika lutschte an ihren Haarspitzen, bemerkte es aber gerade noch rechtzeitig, um es wieder bleiben zu lassen, ehe es ihrer Mutter auffiel. Ihre Geduld mit Josef war am Ende. Sie hatte ihn geheiratet, weil sie gemeint hatte, er wäre wie ihr Vater. Aber Josef glich ihrem Vater ganz und gar nicht, und sie musste wohl befürchten, dass er es auch niemals tun würde.

Unbedingt darauf bedacht, sein Humpeln zu kaschieren, kam Rupert Reimann, das Kreuz durchgedrückt wie ein preußischer General, auf Monika zu. Konrad und Willi flankierten ihn. Wie gewöhnlich waren alle drei in Uniform, sodass sie es zusammengenommen auf mehr als ein Dutzend Hakenkreuzabzeichen brachten.

Willi setzte sich gleich schwungvoll auf Fräulein Baecks Sessellehne, um das Baby besser sehen zu können, und zog dabei die alte Dame so sehr am Arm, dass diese um ein Haar das Gleichgewicht verloren hätte. Es bedurfte einiges erschrockenen Kreischens und Schnaufens, bis die alte Dame ihre Körperbeherrschung wiedergewonnen hatte. Konrad machte instinktiv einen Schritt nach vorne, um Fräulein Baeck und Klein-Edith im Zweifelsfall auffangen zu können.

Herr Reimann packte seinen Jüngsten im Genick und riss ihn vom Sessel hoch. „Du hast aber auch nicht für zwei Pfennig Verstand im Leib!“, herrschte er ihn an. Dann schickte er Willi nach draußen.

Der Junge wollte protestieren, aber die erhobene Hand seines Vaters brachte ihn rasch zum Schweigen. Verstohlen sah Willi zu Monika hinüber, wobei sein Gesicht puterrot anlief. Dann wandte er sich ab und verließ das Haus.

„Bitte entschuldigen Sie, Frau Schumacher“, sagte Reimann.

„Ach, er wollte doch nur gern das Baby sehen“, beschwichtigte Monika.

„Das ist aber keine Entschuldigung. Der Knabe ist ein ungehobelter Klotz, und es wird von Tag zu Tag schlimmer mit ihm.“ Reimann beugte sich vor und warf einen mäßig interessierten Blick auf das Baby, nur damit der Höflichkeit Genüge getan war. „Hübscher Junge“, sagte er.

„Na, na, es ist doch ein Mädchen!“, wandte Fräulein Baeck ein, die Reimanns Bemerkung offenbar als persönliche Kränkung empfand.

Reimann war ungerührt. „Ach du Schande!“, antwortete er nur.

Fräulein Baeck stellte sichtlich ihre Stacheln auf.

Monika ging rasch dazwischen, indem sie fragte: „Und, Konrad, weißt du schon, wann du einrücken musst?“

„Demnächst“, antwortete Konrad. „Ich freu mich schon drauf, in den Straßen Londons zu flanieren.“

Reimann lachte aus vollem Halse und schlug seinem Sohn auf die Schulter. „Der Junge ist ein Soldat durch und durch. Einen besseren finden Sie nicht!“

Konrad strahlte.

An der Tür entstand ein Durcheinander, als Ursel, Karin, Ernst und Hartmut alle auf einmal ins Haus drängten. Wie von selbst strebten sie samt und sonders auf Konrad zu.

„He, macht Platz für Deutschlands jüngste Hebamme!“, rief Hartmut. „Die Dame hat's eilig, die Babys warten nicht!“

Ursel lief rot an.

„Man sollte sie für besondere Tapferkeit in vorderster Front auszeichnen“, sagte Monika.

Für seichte Unterhaltungen hatte Reimann nichts übrig. „Konrad, es ist Zeit, dass wir gehen!“, befand er.

„Zu Befehl.“

Seinen Sohn im Schlepptau, verabschiedete Reimann sich formvollendet von Olbricht und Edda und ging. Die beiden Fräulein Baeck folgten Vater und Sohn auf dem Fuße. Das Baby durfte jetzt Ursel halten, die ihrerseits Karin fragte: „Möchtest du sie auch mal?“

Karin wich zurück. Offensichtlich konnte sie dem Gedanken nicht allzu viel abgewinnen.

„Pass auf, ich zeig's dir.“ Zur allseitigen Verblüffung, vor allem der jüngeren Gäste, kam Olbricht hereinspaziert und nahm das Baby auf den Arm. Und zwar so, als hätte er sein Leben lang nichts anderes getan.

„Sieh zu, dass Kopf und Rücken abgestützt sind“, dozierte er, „und geh's ganz ruhig an. Wenn du angespannt bist, überträgt sich das auf das Baby.“ Er begann mit der Kleinen zu sprechen: „Nicht wahr, kleine Edith? Ach, was bist du doch für ein süßes kleines Ding!“

Hier zeigte sich eine Seite des geistlichen Herrn, die die meisten Anwesenden noch nie an ihm entdeckt hatten. Ihren offenen Mündern sah man die Überraschung an. Monika allerdings vermochte das Betragen ihres Vaters nicht in Erstaunen zu versetzen, hatten doch seine Liebe und Fürsorge ihr gegolten, solange sie lebte. Sie wusste, wie es sich anfühlte, der Mittelpunkt seiner Welt zu sein. Wie sie ihn so mit seiner Enkelin im Arm sah, kamen ihr die Worte wieder in den Sinn, die er kürzlich gesagt hatte: *„Alles, schlechthin alles würde ich tun, um dich vor Schaden zu beschützen. Und das gilt auch für das Kleine da.“*

Sein Anblick, wie er Edith wiegte und mit ihr kuschelte, war Bestätigung genug, dass er das genau so gemeint hatte, wie es klang.

Olbricht sah auf. „Wer möchte der Nächste sein, der meine Enkelin auf dem Arm hat?“

„Ich, ich!“, sagte Hartmut eifrig.

„Hast du denn schon jemals ein Baby gehalten?“, fragte Olbricht.

„Nein, Herr Pfarrer.“

Olbricht lächelte großväterlich. „Dann hast du jetzt das einzigartige Vorrecht.“

Hartmut streckte die Arme aus. Vorsichtig ging Olbricht mit der Kleinen im Arm zu ihm hinüber und zeigte ihm, wie er den Kopf stützen musste. Dann legte er ihm den Säugling in den Arm.

Zum allseitigen Entzücken schien Klein-Edith sich bei Hartmut wohl zu fühlen. Ernst wunderte sich, was für einen Reiz das Baby auf seinen Freund auszuüben schien. Als Ediths winzige Fäustchen auf Hartmuts Nase eintrommelten, schlug er sich vor Lachen auf die Schenkel.

Ein lautes Pochen an der Tür ließ alle zusammenzucken.

Vater Olbricht öffnete die Tür, und vier SS-Männer schoben ihn beiseite und traten ins Zimmer.

„Wer ist Frau Schumacher?“, schnarrte ein Untersturmführer und suchte mit den Augen den Raum ab.

Monika stand auf und sagte: „Das bin ich.“

Ihr Vater trat dazwischen und sagte: „Mein Name ist Dr. Wilhelm Olbricht. Ich bin der Vater der jungen Dame. Man versicherte mir, Sie würden erst am späteren Abend kommen!“

„Die SS kann sich nicht auf private Vorlieben einlassen!“, schnaubte der Untersturmführer.

„Aber dies hier ist eine familiäre Zusammenkunft“, widersprach Olbricht, „ein Empfang aus Anlass der Geburt meiner Enkelin. Es ist Ihnen doch sicher möglich, zu späterer Stunde noch einmal –“

Der SS-Offizier ließ ihn links liegen. Er trat auf Monika zu und fragte: „Wo befinden sich die persönlichen Papiere Ihres Mannes?“

„Ich verwahre mich gegen Ihr Vorgehen!“, rief Vater Olbricht. „Wie heißen Sie bitte?“

Der Untersturmführer zog seine Waffe. „Ein Wort noch, und ich verhafte Sie wegen Störung einer polizeilichen Untersuchung!“

Olbricht schäumte vor Zorn, lenkte aber ein und wandte sich ab.

Während Monika die SS-Männer in Josefs Arbeitszimmer führte, rafften die verbliebenen Gäste eilig ihre Siebensachen zusammen und brachen auf. Eine fahrige Edda gab sich alle Mühe, die Etikette zu wahren und jedermann für sein Kommen zu danken, aber sie stand auf verlorenem Posten: Alle sahen nur noch zu, dass sie wegkamen.

„Sie sagten, sie würden später kommen", sagte Olbricht entschuldigend zu Monika.

Hartmut legte Monika ihr Kind in den Arm. Dann folgten die vier jungen Leute den anderen Gästen auf die Straße, und Olbricht, Edda und Monika mit dem Kind auf dem Arm blieben schweigend in der Wohnstube zurück, während die Männer rücksichtslos Josefs Arbeitszimmer auf den Kopf stellten.

Eine Viertelstunde später tauchten drei der SS-Männer wieder auf. Jeder trug einen Karton voller beschlagnahmter Gegenstände. Der Untersturmführer ging auf Monika zu und fragte: „Wo hält sich Ihr Mann auf?"

„Ich habe meinen Mann seit fünf Tagen nicht mehr gesehen."

„Wo haben Sie ihn zuletzt gesehen?"

„Zu später Stunde im Schlafzimmer."

„Wohin hat er sich begeben?"

„Das weiß ich nicht."

„Waren sie wach, als er ging?"

„Wieso ist denn wichtig, ob ich –"

„Ob Sie wach waren!", brüllte der Untersturmführer.

Das Baby fing an zu weinen.

„Jawohl, ich war wach."

„Es fällt mir schwer zu glauben, dass ein Mann, wie Sie sagen, zu fortgeschrittener Nachtzeit sein Haus verlassen sollte, ohne seiner Frau zu sagen, wohin er sich begibt."

„Er sagte, er würde zwei Tage wegbleiben."

„Danach habe ich nicht gefragt!"

„Ich sage Ihnen alles, was ich weiß!"

Der Untersturmführer warf ihr einen zornigen Blick zu.

Monikas Vater schien dazwischengehen zu wollen, besann sich aber doch eines Besseren.

„Hat Ihr Gemahl allein gehandelt?“, fragte der Untersturmführer.

„Nein.“

„Nennen Sie seine Mitverschwörer.“

„Die SS.“

Die Miene des Untersturmführers verriet Verblüffung, an deren Stelle jedoch sofort Wut trat.

„Tut mir Leid, wenn Ihnen diese Antwort nicht gefällt“, sagte Monika, „aber das hat man mich glauben gemacht – dass er mit der SS zusammenarbeitete.“

„So verhielt es sich in der Tat, Herr Untersturmführer“, sagte Vater Olbricht, der seinen Mut zu sprechen wiedergefunden zu haben schien. „Die Prinz-Albrecht-Straße hat einen Bericht über die einschlägigen Vorgänge in den Akten.“

Der Untersturmführer starrte Olbricht an, würdigte ihn aber keiner Antwort, sondern wandte sich wieder Monika zu und sagte: „Er sagte Ihnen, er arbeite unter Weisung der SS?“

„Jawohl.“

„Und das haben Sie ihm geglaubt?“

„Ich sah keinen Grund, es nicht zu tun.“

Das schien dem Untersturmführer zu denken zu geben. Nach einer Weile wandte er sich zum Gehen.

„Wissen Sie denn, wo mein Mann ist?“, rief Monika ihm nach.

Der Untersturmführer verließ das Haus, ohne ihr zu antworten.

* * *

Während Edda im Wohnzimmer Ordnung machte, zog Vater Olbricht sich einen Stuhl heran. Monika saß im Sessel und versuchte, die unmutige Edith zu beruhigen.

„Ich hab meine Verbindungen spielen lassen“, begann ihr Vater. „Es gibt leider keine guten Nachrichten.“ Er schickte sich an, seine ausgegangene Zigarre wieder anzuzünden, besann sich aber angesichts des Kindes eines Besseren und gab sich damit zufrieden, an dem kalten Stumpen herumzusaugen.

„Weißt du denn, wo Josef ist?“, wollte Monika wissen.

Edda machte sich in ihrer unmittelbaren Nähe zu schaffen und gab sich alle Mühe, ja keine Silbe zu versäumen.

„Nein, das weiß ich nicht", sagte Olbricht, „und die SS weiß es auch nicht."

„Wie kann das angehen? Es ging doch um eine von der SS geführte Mission!"

Ihr Vater sah sie traurig an und erwiderte: „Nein, das ist falsch."

„Aber der Sturmbannführer hat doch –" Monika kam mit Edith nicht zurecht. Noch war sie es nicht gewöhnt, gleichzeitig die Bedürfnisse des Babys zu erfüllen und eine Unterhaltung zu führen. Hilfe suchend wandte sie sich an ihre Mutter. „Könntest du bitte mal Edith nehmen?"

„Tut mir Leid, Liebes, aber ich habe die Hände voll", sagte Edda und hielt ein paar Teetassen in die Höhe. Dann verschwand sie rasch Richtung Küche.

In diesem Augenblick ging Monika auf, dass ihre Mutter das Baby noch nicht ein einziges Mal auf den Arm genommen hatte. Sie drückte Edith an ihre Schulter und schaukelte hin und her, damit sie sich beruhigte. Um der Wahrheit die Ehre zu geben: Ihre Gefühle waren, so das denn sein konnte, noch mehr in Aufruhr als das Kind. Sie war den Tränen nahe. „Vater, was bitte hast du mir zu sagen?"

Als Olbricht antwortete, senkte er den Blick. „Du erwähntest gerade Sturmbannführer Wolff", sagte er.

Jetzt erinnerte Monika sich des Namens. Sie nickte.

„Wolff ist ein Verräter."

„Wie – ein Verräter?"

„Es gab gar keine SS-Mission. Wolff handelte auf eigene Faust."

Monika war sprachlos. Wenn SS nicht mehr SS war, was sollte sie dann von dieser ganzen sonderbaren Geschichte halten? Schließlich sagte sie: „In welcher Hinsicht handelte er auf eigene Faust?"

„Das ist noch unklar. Wir wissen nur, dass er in irgendeine Verschwörung gegen das Dritte Reich verwickelt ist."

„Wer – er? Wolff oder Josef?"

Ihr Vater nahm die kalte Zigarre aus dem Mund und schürzte die Lippen. „Ich fürchte, alle beide."

Monika lehnte sich zurück. Das alles ergab doch keinen Sinn! Wenigstens wurde Edith allmählich ruhiger. Sie hatte ihren Daumen gefunden und nuckelte daran. Jetzt brauchte nur Monika noch etwas, womit sie sich beruhigen konnte.

„Du sagst also, Josef sei in irgendeine Verschwörung ... gegen das Dritte Reich verwickelt gewesen“, sagte sie, eher laut denkend als sich an ihren Vater richtend. Wenn sie das Unglaubliche aussprach, würde sie es womöglich eher fassen können.

Ihr Vater musterte ihre Miene.

„Und Sturmbannführer Wolff hat Josef da reingezogen?“

„Wolff wird ebenfalls vermisst. Die Gestapo hat in seinem Schreibtisch Indizien gefunden, die ihn und Josef belasten.“

Das verwirrte Monika nur noch mehr. „Jetzt ... jetzt weiß ich überhaupt nicht mehr, was ich noch sagen soll.“

Ihr Vater tätschelte ihr das Knie. „Es war alles mein Fehler“, sagte er. „Ich hätte das schon längst kommen sehen müssen.“

„Ich *hab* es seit langem kommen sehen!“, mischte sich Edda von der Küche her ein. „Aber auf mich wollte ja keiner hören!“

Monika sah auf Edith hinab. Der Schlummer hüllte jetzt das Kind ein wie eine warme Decke. Die Kleine hatte jetzt die ganze Faust im Mund stecken. Die roten Lippen hoben sich sich von den weißen Fingerknöchelchen ab. Das Baby hatte etwas Engelhaftes an sich. Die Misshelligkeiten, die seine Familie in die Enge zu treiben drohten, konnten ihm nichts anhaben.

„Was soll ich denn jetzt machen?“, fragte Monika.

„Du kommst natürlich mit zu uns nach Hause“, sagte ihr Vater.

Edda tauchte in der Tür auf.

Monika sah auf das Baby. „Nein, ich bleibe hier. Das hier ist unser Heim.“

„Quatsch“, versetzte ihr Vater. „Denk doch mal nach! Es ist sehr wahrscheinlich, dass du Josef im Leben nicht wiedersiehst.“

Der Gedanke war ihr noch gar nicht gekommen. Er traf sie hart genug, dass ihr nun tatsächlich die Tränen kamen.

„Und selbst wenn du ihn wiedersehen solltest“, fuhr ihr Vater fort, „was wäre denn dann wohl? Er ist ein Ausgestoßener, steht auf der Fahndungsliste der Gestapo. Wer weiß, was der noch alles anstellt!“

In Monika machte sich Halsstarrigkeit breit. Sie wusste nicht, woher sie rührte oder wohin sie führen würde. Sie wusste nur, dass sie sich nicht ins Haus ihrer Eltern verschleppen lassen würde. Deshalb wiederholte sie nochmals: „Ich bleibe hier.“

27

Donnerstag, 18. Juli 1940

Gerade hatte Monika Edith zum Mittagsschlaf ins Bettchen gelegt. Wie sie es immer tat, sammelte sie die schmutzige Wäsche auf und schlich auf Zehenspitzen aus dem Schlafzimmer, damit das Baby ja nicht gleich wieder wach wurde.

Im Schlafzimmer stand eine einsame Gestalt. Als sie erkannte, wer es war, kriegte sie den Mund nicht wieder zu.

Sturmbannführer Wolff – oder war er einfach Herr Wolff? Jedenfalls verriet nichts an ihm mehr den SS-Offizier: Er trug graue Arbeitshosen, ein kariertes Hemd mit hochgerollten Ärmeln.

„Liebe Frau Schumacher", sagte er leise, „bitte verzeihen Sie mein ungehöriges Eindringen." In der Hand hatte er einen Filzhut, den er nervös hin und her drehte, wobei er die Krempe mit den Fingern knetete.

Monika brauchte ein, zwei Minuten, um sich zu fassen. Als ihr das gelungen war, empfand sie vor allem anderen Zorn auf den Mann, der da vor ihr stand. „Was haben Sie hier zu suchen?", schnaubte sie. „Und wo ist mein Mann?"

„Darf ich mich setzen?"

Wolff sah müde und erschöpft aus. Seine Kleider waren zerknittert und fleckig. Er stand vornübergebeugt.

Zwar bot sie ihm keinen Stuhl an, widersprach aber auch nicht, als er auf einen zuging. Er bewegte sich wie ein Mann, der zwanzig Jahre älter war, als es in seiner Personenkennkarte stand. Monika für ihren Teil blieb stehen. Dabei fühlte sie sich besser – oder sicherer, um es genau zu sagen. Eine ganze Weile sprach Wolff kein Wort, sondern saß nur vorgebeugt da, stützte sich auf seinen Schenkeln ab und knetete unentwegt seinen Hut.

„Sie müssen keine Angst vor mir haben", sagte er schließlich. „Ich werde Ihnen nichts tun."

„Wo ist Josef?"

Wolff hob den Kopf so, als lastete ein schweres Gewicht darauf. „Ich bin auf sein Ersuchen hin hier bei Ihnen."

„Also wissen Sie, wo er ist! Sagen Sie's mir!"

Wolff bewegte die Lippen, aber aus seinem Mund kam kein Wort. Er ließ abermals den Kopf sinken und sammelte seine Kräfte für einen neuen Versuch zu sprechen. Dann sagte er: „Ich kann so was nicht sehr gut. Ja, hm ... ich habe Ihnen schon etwas zu sagen ... wie soll ich ... ja, also, äh – Sie sollten wissen ... Ihr Mann ist tot."

Auf diese Nachricht war Monika nicht vorbereitet. Obwohl ihr der Gedanke bereits flüchtig gekommen war, hatte sie ihm nie nachgegeben. Stattdessen überließ sie sich ihrer zornigen Ungehaltenheit darüber, wie Josef sie und ihr gemeinsames Kind im Stich gelassen und einen aussichtslosen Kreuzzug wichtiger genommen hatte als seine eigene Familie. Hatte er sie nicht mit seiner Tollkühnheit allesamt in Gefahr gebracht? Zwar stimmte es, dass sie ihn nicht lieb hatte, aber dass er sie liebte, das brauchte sie sehr wohl. Es war seine eigene Entscheidung gewesen, sie zu lieben, und mit diesem Entschluss hatte er nun mal auch eine gewisse Verantwortung übernommen, der er nicht mehr nachkommen konnte, wenn er tot war.

„Tut mir Leid, dass ich derjenige bin, der Ihnen diese Nachricht überbringen muss", sagte Wolff.

Monika war durcheinander. Ihre aufgewühlten Gefühle, die sich entladen wollten, hatten nun kein Objekt mehr außer dem Mann, der hier in ihrer Wohnstube saß. Und mochte dieser auch aussehen wie ein Landstreicher vom Güterbahnhof, so sah sie in ihm doch immer noch den SS-Mann, der ihr Angst machte. Als sie sprach, schwang in ihrer Stimme eine gewisse Schärfe mit.

„Sind Sie sicher, dass er tot ist?"

Wolff senkte den Kopf. Es fiel ihm schwer, die richtigen Worte zu finden. „Wir haben die Verbindung zu ihm verloren. Also haben wir einen anderen Agenten losgeschickt, und der hat Hinweise gefunden, die es äußerst wahrscheinlich machen, dass er umgekommen ist."

„Verbindung, Agenten, Hinweise ... Sie sagen das alles so, als hätte es sich um eine offizielle Unternehmung gehandelt."

Wolff richtete sich auf und musterte Monikas Gesicht, wohl um daraus zu lesen, wie viel sie wusste.

„Wie ist er gestorben?", fragte Monika.

„Das kann ich Ihnen nicht sagen."

„Gab's eine natürliche Todesursache? Einen Unfall vielleicht? Oder wurde er erschossen?" Es war der Zorn, der sie kühn machte.

Der Hut in Wolffs Händen drehte sich schneller. „Ich kann Ihnen nur sagen, dass er in Ausübung einer heldenhaften Pflicht gestorben ist."

Monika verschränkte die Arme. Ihr war selbst nicht klar, warum, aber sie wurde sogar noch kühner. „Sie werden verstehen, dass ich skeptisch bleibe, solange ich noch keine offizielle Mitteilung von seinem Tod habe."

„Es wird keine offizielle Mitteilung geben."

„Wieso nicht?"

„Josef operierte unter falschem Namen."

„Dann habe ich also nichts außer Ihrem Wort."

„Korrekt."

„Das Wort eines abtrünnigen SS-Offiziers."

Zwar zuckte Wolff bei dem Wort *abtrünnig* zusammen, aber er wies ihre Aussage nicht zurück. „Für mich ist das alles nicht leicht", sagte er. „Ich habe Ihren Mann bewundert. Er war ein Mann ohne Falsch, einer der glaubwürdigsten Christen, die kennen zu lernen ich je die Ehre hatte."

Diese Worte brachten Monika aus dem Konzept. So etwas hatte sie aus dem Munde eines SS-Mannes nicht erwartet. Was er sagte, klang feierlich, um nicht zu sagen ehrfürchtig.

„Ich musste ihm versprechen, Ihnen etwas zu sagen", sprach Wolff weiter. Sein Blick richtete sich wieder auf den Hut. „Ihr Mann ließ Sie bitten, mit Ihren Stickereien fortzufahren, falls ihm irgendetwas zustoßen sollte."

Monika zog die Augenbrauen zusammen.

„Ganz besonders wichtig war ihm die Arbeit mit den amerikanischen *Redwood*-Bäumen. Er erzählte mir, wie sehr ihn diese Bäume faszinierten."

Gedankenverloren biss Monika sich auf die Unterlippe.

„Können Sie damit nichts anfangen?"

In der Tat, das konnte sie nicht. Aber sie wollte es Wolff nicht merken lassen, deshalb sagte sie lakonisch: „Betrachten Sie das Versprechen, das Sie Josef gegeben haben, als erfüllt."

Wolff schaute verständnislos drein.

Monika geriet innerlich ins Schleudern; sie hatte Mühe, noch einen einigermaßen klaren Gedanken zu fassen. *Josef tot?* Die Wörter hatte sie gehört, aber die Neuigkeit war für sie noch vollkommen unwirklich. Genauso gut hätte Wolff ihr ausrichten können, Josef komme ein wenig später nach Hause als erwartet. Und dann diese komische Botschaft mit dem Sticken, die keinerlei Sinn ergab. Zwar glaubte alle Welt, sie sitze dauernd über der Stickerei, aber Josef wusste ja ganz genau, dass es sich anders verhielt. Andererseits: Wieso sollte Wolff einfach so eine sonderbare Botschaft erfinden?

Aus dem Schlafzimmer drang das Schreien der Kleinen. Im Nu war Wolff aufgesprungen.

„Ihr Baby!", sagte er.

Verstohlen beäugte er Monikas Körpermitte, so als bedürfte er noch einer Vergewisserung. Offenbar war ihm in seiner Aufregung völlig entgangen, dass Monika nicht mehr in derselben Verfassung war wie bei ihrer letzten Begegnung.

„Darf ich ihn mal sehen?"

„Sie", korrigierte Monika. Im selben Moment stellte sie sich schützend vor die Schlafzimmertür.

Wolff bewegte sich behender, als sie gedacht hatte. Ehe sie noch irgendetwas sagen oder tun konnte, war er schon an ihr vorbei und beugte sich über die Wiege. Hilflos – wenn auch so flink, wie sie nur konnte – lief sie hinter ihm her.

Mit einer schwungvollen Bewegung, die Erfahrung verriet, hob Wolff das Kind aus seiner Krippe und wiegte die Kleine sanft in den Armen. Dabei zeigte sein Gesicht einen Ausdruck von Freude, wie Monika ihn an einem Mann noch nie gesehen hatte. Ihre Haut begann zu prickeln. Ein Mann, der so dreinschaute, konnte keine Gefahr für ihr Baby darstellen, ob er nun bei der SS war oder nicht.

„Wie heißt sie denn?", fragte er, ohne die Augen von der Kleinen zu wenden.

„Edith."

Tränen traten ihm in die Augen. Er hielt sie nicht zurück. Er lächelte übers ganze Gesicht und zitterte zugleich. Edith, die sich in seinem Arm sichtlich wohl fühlte, sah mit weit aufgerissenen Augen zu ihm auf.

„Wie schön Sie ist!", sagte Wolff.

„So, wie sie mit ihr umgehen", sagte Monika, „müssen Sie selbst auch Kinder haben."

Darauf antwortete Wolff nichts. Stattdessen begann er zu weinen. Dann sagte er mit brechender Stimme: „Sie wird niemals ihren Vater kennen lernen."

Josef ist tot!

Allmählich drang die Wirklichkeit seines Todes zu ihr durch. Ihr Herz wurde immer schwerer, bis es sich anfühlte, als trüge sie einen Klumpen Blei in der Brust. Ihre Knie wurden weich. Das Atmen fiel ihr schwer.

„Herr, mein Gott", sagte Wolff, „bitte lass mich lang genug leben, dass ich dieser Kleinen hier noch sagen kann, was für ein guter Mann ihr Vater war."

Monikas Knie gaben vollends nach. Verzweifelt brach sie zusammen und sackte auf die Bettkante.

Wolff schien genug mit seinen eigenen Gefühlen zu tun zu haben, sodass er gar nicht bemerkte, wie es ihr erging. Brüsk drückte er ihr das Kind in den Arm und wandte sich zur Tür.

Doch dann blieb er jählings stehen und lehnte sich an den Türpfosten. Eine ganze Weile stand er so da, den Kopf gesenkt. Schließlich wandte er sich um und sah Mutter und Kind an. Seinem Blick war anzusehen, dass ihn ein bestimmter Gedanke beschäftigte. „Haben Sie Hilfe von einer Hebamme gehabt?", fragte er.

„Nach der Niederkunft, ja."

„Danach?", erwiderte Wolff. Er hob seine Hand an den Mund. „Ich – äh ... hat die Hebamme irgendwas gesagt, ich meine ... sind ihr irgendwelche Unregelmäßigkeiten aufgefallen?"

Monika fuhr hoch. „Mit meinem Kind ist alles in Ordnung."

Wolff trat wieder in die Zimmermitte. „Danach habe ich nicht gefragt", sagte er, und in seiner Stimme klang etwas von dem professionellen Verhöroffizier durch, das Monika in höchste Alarmbereitschaft versetzte. „Hat die Hebamme irgendwelche Unregelmäßigkeiten vermerkt?"

Blitzartig standen Monika zwei Bilder vor Augen: die Hebamme, wie sie dicht vor den Ohren des Kindes mit den Fingern schnippte, und Fräulein Baeck, die mit ihrem Mund ganz nah an das Baby heranging und schnalzte. Beiden Frauen hatte dieselbe Besorgnis ins Gesicht geschrieben gestanden.

„Da war was, stimmt's?", fragte Wolff. „Bitte lassen Sie mich das Kind noch mal ansehen."

Monika aber drückte das Baby an ihre Brust und kehrte ihm den Rücken zu.

„Frau Schumacher, es ist wichtig, dass Sie's mir sagen. Glauben Sie mir: Ich würde mein Leben geben, damit es Ihrem Kind gut geht."

Dir glauben? Dem Kerl, der mir meinen Mann genommen hat … ihn in den Tod getrieben hat?

Wolff näherte sich ihr. Er ließ sich auf eines seiner Knie sinken, sodass er nicht mehr von oben auf sie herabschaute. „Bitte, Sie müssen mir vertrauen", sagte er. „Um alles in der Welt, Sie *müssen*!"

Sie dachte daran, wie er Edith im Arm gehalten hatte. An die Freude, die er ausgestrahlt hatte. Hatte sie nicht gerade eben noch gedacht, dieser Mann könne keine Gefahr für ihr Kind darstellen? Und doch widerstrebte es ihr noch, ihm Vertrauen zu schenken.

Schweigend gab Wolff ihr Zeit. Sie dachte, er würde seine Bitte wiederholen. Oder aber ihr drohen. So machte die SS das doch wohl für gewöhnlich? Aber er tat nichts dergleichen. Er flehte sie nur mit seinen Augen an, so als wüsste er ganz genau, wie schwer es ihr fallen musste, seiner Aufforderung zu entsprechen.

„Ihre Ohren", flüsterte Monika. „Die Hebamme meinte, sie hätte wohl irgendwas mit den Ohren."

Wolff streckte eine Hand nach dem Baby aus und schnippte vor seinem Ohr mit den Fingern, genau wie die Hebamme es auch getan hatte. Edith zeigte keinerlei Reaktion. Wolff wiederholte sein Experiment – wieder nichts. Schließlich richtete er sich wieder auf.

Monikas Herzschlag ging schneller. War es ein Fehler gewesen, es ihm zu sagen?

„Hören Sie mir jetzt gut zu", sagte Wolff. „Hat die Hebamme die Geburt dem Reichsgesundheitsministerium gemeldet?"

In den letzten paar Wochen war alles zu viel für sie gewesen. Josef war fort, und Monika hatte mit allem allein klarkommen müssen: dem Geburtstrauma, ihrer neuen Mutterrolle, an die sie sich gewöhnen musste, all den Verwandten, die zu Besuch kamen, den Fragen der Hebamme, den Gästen beim Empfang ihrer Mutter, ihrer eigenen körperlichen Schwäche ...

„Ich bin mir nicht sicher ..." Sie zögerte.

Wolff packte sie an den Schultern. Sein Griff ließ sie erschauern. „Mensch, das ist wichtig!", rief er. „Hat sie irgendeine Art von Fragebogen ausgefüllt? Frau Schumacher, denken Sie nach!"

Monika versuchte sich die Geschehnisse rund um die Geburt in Erinnerung zu rufen. Ihre Mutter war im Zimmer gewesen und hatte irgendeinen Wortschwall von sich gegeben, während die Hebamme präzise Fragen gestellt und Edith untersucht hatte. Sie selbst hatte sich einerseits matt, andererseits erregt gefühlt. Nur zu gern hätte sie die Augen zugemacht und sich ausgeruht, um all die Schmerzen und Qualen hinter sich zu lassen, aber zugleich hatte sie unbedingt ihr Kind weiter im Arm haben wollen. Mal hatte sie sich nach Einsamkeit gesehnt, und dann wieder hätte sie am liebsten die ganze Welt umarmt und jedermann zugerufen, dass sie eine Tochter zur Welt gebracht hatte. So viele verschiedene Gedanken und Empfindungen auf einmal! Sie versuchte sich in diese voll gestopften Stunden zurückzuversetzen.

„Ich weiß noch, dass die Hebamme einen Zettel auf dem Tisch liegen hatte und irgendwelche Notizen machte, während sie die Kleine untersuchte."

Wolff nickte mit ernstem Gesicht. Er sah sich um, als suchte er irgendwas, und als er es nicht fand, stürzte er aus dem Zimmer.

Unsicher sah Monika ihm nach. Als er nicht gleich wiederkam, stand sie auf und ging Richtung Wohnzimmer. Fast hätte Wolff sie umgerannt, als er eilends zurückkehrte. Er steckte ihr einen Fetzen Papier zu.

„Hören Sie gut zu!“, sagte er.

Monika sah auf das Papier. Darauf stand nichts weiter als eine Rufnummer.

„Sollten Sie je einen Anruf aus der Abteilung für Spezielle Kinderheilkunde erhalten, so müssen Sie auf der Stelle diese Nummer hier anrufen! Verstehen Sie das?“

„Ja, aber was –“

„Sofort! Verstanden?“

„Abteilung für Spezielle Kinderheilkunde.“

„Sollten die vor Ihrer Tür stehen, so halten Sie sie hin. Laufen Sie vor ihnen weg! Machen Sie, was Sie wollen, aber lassen Sie diese Leute niemals Edith in die Hand kriegen!“

„Wie – was sollen die denn mit Edith?“

„Unter gar keinen Umständen dürfen Sie denen erlauben, Ihre Tochter an sich zu nehmen.“

„Jetzt machen Sie mir wirklich Angst“, sagte Monika.

Wolff nickte voll Mitgefühl. „Sollte irgendwer kommen und was mit der Kleinen anstellen wollen, so rufen Sie diese Nummer an. Und wenn jemand sich meldet, sagen Sie einfach nur *ein feste Burg*.“

„Ein feste Burg?“

„Mehr müssen Sie nicht sagen. Man wird Ihnen dann zu Hilfe eilen.“

Wolff wandte sich zum Gehen. „Um Ediths willen, Frau Schumacher“, sagte er noch. „Unterdessen werde ich tun, was in meiner Macht steht, um die Sache in Ordnung zu bringen.“

„Um was in Ordnung zu bringen?“, rief Monika.

Aber da war Wolff schon fort.

28

Josefs Handarbeitskörbe nahm Monika nie zur Hand, außer wenn sie sauber machte. Jetzt, wo er tot war, kam es ihr wie Grabschändung vor, etwas an seinen Sachen zu verändern.

Edith schlief schon, sodass Monika endlich Zeit fand, sich um die Lösung des Rätsels zu kümmern, das ihr den ganzen Nachmittag über im Kopf herumgespukt war.

Mach mit deiner Stickerei weiter.

So hatte Wolff es ihr gesagt. Mit *deiner* Stickerei. Aber das war doch gar nicht ihr Ding! Sie hatte kaum Ahnung vom Sticken und war ungeschickt mit den Händen. Josef wusste das genau, wieso also hatte er Wolff eine solche Botschaft an sie ausrichten lassen? Und sollte die Botschaft gar nicht von Josef stammen, so ergab sie noch weniger Sinn. Was sollte irgendwem daran gelegen sein, dass sie stickte?

Sie saß in ihrem Wohnzimmersessel und durchwühlte den Korb in der Erwartung, ein Stück Papier mit irgendeiner Notiz darin zu finden. Aber alles, was ihr in die Hände fiel, war Josefs uralte Lesebrille. Sie kippte den Inhalt des Korbes auf den Boden und untersuchte diesen selbst von innen – nichts. Sie drehte den Korb auf den Kopf. Da waren nur ein paar Kratzer, sonst nichts.

Müde, missmutig und reizbar sank sie im Sessel zusammen. Was sollte sie von alledem noch halten? Nichts schien mehr zusammenzupassen!

Mach mit deiner Stickerei weiter.

„Das ergibt doch keinen Sinn“, murmelte sie.

Monika ging in Richtung Arbeitszimmer. Nach wie vor bedrückte sie die Stille des Hauses, vor allem zu nächtlicher Stunde. Sie fühlte sich nicht mehr wohl hier. Nachts gellten ihr all die belanglosen Geräusche in den Ohren, die sie tagsüber gar nicht wahrnahm: das Knarren der Schubladen, die sie zog, der gedämpfte Auftritt ihrer eigenen Hausschuhe, das leise Quietschen von Angeln oder Sprungfedern. Alles schien darauf angelegt zu sein, ihr ständig ins Gedächtnis zu rufen, dass sie in diesem Hause mutterseelenallein war, zumindest was erwachsene Gesellschaft betraf. Und so würde es womöglich für immer bleiben.

Sie trat an Josefs Bürotür und hielt inne. Seit die SS das Zimmer durchwühlt hatte, war es nicht mehr betreten worden. Monika hatte mit ihren mütterlichen Obliegenheiten genug zu tun; sie war einfach noch nicht dazu gekommen, das Durcheinander wieder aufzuräumen, das die Schwarzhemden hinterlassen hatten.

Als sie schließlich die Tür aufstieß, schob das Türblatt auf dem Dielenboden verstreute Papiere vor sich her. Sie wollte vermeiden, auf irgendetwas zu treten, und wäre dabei ums Haar erst recht über ein Buch gestolpert. Die Arbeitslampe auf dem Schreibtisch war umgeworfen. Sie stellte sie auf und knipste das Licht an.

Genau wie ihr Leben war das Zimmer ein einziges Trümmerfeld. Überall Papiere über Papiere. Aus den Regalen gerissene Bücher lagen aufgeklappt auf dem Boden verstreut. Josefs Schreibtischstuhl lag auf der Seite. Aufgeschlagene Leitzordner waren übereinander geworfen, die meisten ihres Inhalts beraubt. Das Zimmer wies alle Merkmale auf, die eine amtliche Durchsuchung in diesen Zeiten so mit sich brachte.

Monika sammelte hier und da ein paar Bücher auf und stapelte sie auf dem Tisch. Da Josefs Ordnungssystem ihr nicht vertraut war, hatte sie keine Ahnung, auf welche Borde die einzelnen Titel gehörten, welche klaffenden Lücken womit zu füllen waren.

Etwas in ihr verlangte danach, in diesem Chaos Ordnung zu schaffen. Doch im Moment trieb etwas anderes sie mehr um: Das Bedürfnis, das Rätsel zu lösen, das Josef ihr aufgegeben hatte.

Sie erblickte den anderen Stickkorb, den, der seinen Platz hier im Arbeitszimmer hatte. Er lag umgekippt in einer Ecke, sein Inhalt war im weiten Umkreis verstreut. Sie untersuchte diesen Korb genauso, wie sie es mit demjenigen im Wohnzimmer getan hatte, nur in umgedrehter Reihenfolge: als Erstes den Korb selbst und dann den Inhalt, indem sie Zwirn und Nadeln an Ort und Stelle zurücklegte. Und genau wie beim Wohnzimmerkorb fand sie weder eine Notiz noch sonst irgendetwas, das ihr weitergeholfen hätte.

Es kam ihr vor, als hätte sie eine ganz neue Empfindsamkeit in den

Fingerspitzen, als diese die Gegenstände aus dem Korb berührten, wusste sie doch, dass Josef vor ihr der Letzte gewesen war, der diese Dinge in Händen gehabt hatte – und dass er sie nie wieder anrühren würde.

Sie wischte sich die Tränen ab und entdeckte mehrere unvollendete Handarbeiten, die achtlos beiseite geworfen worden waren. Eine zeigte ein Stillleben: einen alten Wasserkessel, den jemand zur Vase umfunktioniert hatte. In dem Kessel steckten Gänseblümchen. Ein zweites Motiv zeigte einen Leuchtturm, ein drittes, die größte der unfertigen Abbildungen, eine Gruppe hoher Bäume.

„Ganz besonders wichtig war ihm die Arbeit mit den amerikanischen Redwood-*Bäumen.“*

Wolffs Worte kamen ihr wieder in den Sinn. Monika legte Gänseblümchen und Leuchtturm zur Seite und konzentrierte sich auf das Bild mit den Bäumen. Es war ein großes Leinentuch, auf dem die gigantischen Bäume angemessen zur Geltung kommen konnten. Monika hielt die Arbeit auf Armeslänge vor sich. Sie war erst zu knapp einem Drittel fertig gestellt, zeigte erst einen einzigen fertigen Stamm in Brauntönen und ein paar grüne Blätter.

Sie suchte das Linnen nach irgendetwas Ungewöhnlichem ab, fand aber nichts. Sie drehte das Tuch um. Es war sauber. An der Arbeit war nichts, was sie von irgendeiner anderen unterschieden hätte. Die Stiche waren sauber ausgeführt wie immer, die Farben intensiv, fast leuchtend. Nach seiner Beendigung würde das Bild atemberaubend sein.

Aber dazu würde es ja nie mehr kommen. Josefs Botschaft zum Trotz, was immer sie auch besagen sollte, konnte Monika sich unter keinen Umständen vorstellen, dass sie diese Arbeit fertig stellen würde.

Monika legte das Leintuch über die Bücher, die sie auf dem Tisch gestapelt hatte, und trat ein, zwei Schritte zurück. War es nicht mehr als das? Hatte Josef einfach nur sicherstellen wollen, dass diese bestimmte Stickerei fertig gestellt würde? Etwa zur Erinnerung an ihn? Sah er sich selbst womöglich als so einen amerikanischen *Redwood*-Baum? Oder wollte er, dass sie ihn so sah? Vielleicht war es ihm auch darum zu tun, dass sein Kind den Vater, den es nie kennen lernen würde, einst als ein kraftvolles, bleibendes Zeichen vor Augen haben sollte.

Enttäuscht schüttelte Monika den Kopf. So einfach konnte das Ganze doch wohl nicht sein? Aber andererseits machte sie die Geschichte womöglich viel komplizierter, als sie in Wirklichkeit war. Gut, sie selbst würde das hier nie fertig kriegen, aber sie konnte ja eine der Damen aus der Gemeinde darum bitten. Dann würden sie und Edith ein ganz besonderes Erinnerungsstück an Josef besitzen, für immer.

Das würde ihm ähnlich sehen, dachte Monika. *Er machte ja immer gern aus allem 'ne Staatsaffäre.*

Es war jetzt wirklich spät, außerdem war sie innerlich fix und fertig. Gähnend warf sie einen letzten Blick auf das Stickbild mit den *Redwoods*. Exzellente Arbeit. So ratlos sie im Moment auch sein mochte, sie ahnte, dass es mit diesem Bild mehr auf sich hatte, als sie bisher sehen konnte.

* * *

Sonnabend, 26. Juli 1940

Zwei Tage lang starrte Monika die *Redwood*-Bäume an, ohne dass ihr deren Geheimnis auch nur einen Deut mehr aufgegangen wäre als an dem Tag, da sie die Stickerei zum ersten Mal gesehen hatte. Sie hängte das Bild beim Kochen in der Küche auf und nahm es mit ins Schlafzimmer, wenn sie Edith anlegte. Schließlich pinnte sie daneben die anderen Bilder an: die Gänseblümchen zur einen Seite, den Leuchtturm zur anderen, denn Wolff hatte doch gesagt, Josef gehe es *insbesondere* um die unfertigen *Redwood*-Bäume, oder? Und da konnte man doch meinen, es bestehe irgendeine Art von Beziehung zwischen diesem Bild und den anderen.

Sie zermarterte sich den Kopf damit, die Stickereien miteinander zu vergleichen. Blumen, Bäume, ein Leuchtturm – was um alles in der Welt hatten diese Dinge gemeinsam? Alle drei Bilder waren unvollendet – ob das etwas zu sagen hatte? Oder lag die Lösung vielleicht im jeweiligen Grad der Fertigstellung? Von den drei Bildern war das mit den *Redwoods* noch am wenigsten bearbeitet. Dann kam der Leuchtturm, während die Gänseblümchen schon am weitesten fortgeschritten waren. Drei eigenständige Darstellungen, an denen ein und derselbe Künstler gleichzeitig gearbeitet hatte – lohnte das genaueres Nachdenken?

Die Geschichte machte Monika schier verrückt. Sie wollte Edith zur Nacht hinlegen, und dann stand sie da und rieb dem Baby gedankenverloren den Nacken, während sie wieder einmal die drei Bilder anstarrte. Edith war den ganzen Tag über unruhig gewesen, und Monika war an sich müde und wollte sich auch schlafen legen.

Irgendwas berührte sie am Fuß. Monika machte einen Satz. „Kaiser – Mensch, hast du mich erschreckt!" Sie sagte es flüsternd, um nur ja die Kleine nicht gleich wieder zu wecken.

Mit dem Fuß schob sie die Katze beiseite, aber das Tier kam sofort zurück und schnurrte ihr um die Beine. Es wollte auch sein Quantum Aufmerksamkeit. So ging das tagtäglich, seit Edith auf der Welt war.

Das Baby war eingeschlafen. Monika nahm die drei bestickten Tücher von der Wand, schob die Katze erneut von sich fort und ging ins Wohnzimmer. Nachdem sie in ihren Sessel gesunken war, breitete sie die drei Stücke vor sich auf dem Boden aus. Kaiser lief quer darüber weg, indem er sich unter ihrem ausgestreckten Arm hindurchzwängte. Ungehalten scheuchte Monika ihn fort.

Sie lehnte sich im Sessel zurück und begann mit einem Seufzer, die Bilder ein weiteres Mal zu studieren. Nach einer Weile gelangte sie zu dem Schluss, dass es hier in diesen Stickereien keine verborgene Botschaft gab. Es musste wohl so sein, dass auf dem Übertragungswege irgendwas verloren gegangen war. Entweder hatte Josef Wolff zu wenig präzise Informationen mitgegeben, oder dieser hatte etwas weggelassen. Es brauchte ja nur ein einzelnes Wort sein oder vielleicht zwei, die aber dem Ganzen erst seinen Sinn gegeben hätten.

Kaiser sprang ihr auf den Schoß und wollte gerade anfangen, seinen Kopf an Monikas Hals und Brust zu reiben. Schon wollte sie ihn wieder verscheuchen, aber dann besann sie sich eines Besseren.

Schließlich hielt Kaiser sie ja von nichts ab – es gab einfach keine Botschaft.

Monika entspannte sich und konzentrierte sich nur noch auf den Kater, indem sie ihn an Kopf und Hals kraulte. Kaiser schnurrte behaglich. Es verschaffte Monika Genugtuung, wie dankbar er auf ihre Zuwendung reagierte. Sie schloss die Augen und zog die Katze dichter an sich heran. Die Wärme des Tieres wärmte auch sie, wie sein Schnurren ihre aufgescheuchten Nerven zur Ruhe kommen ließ.

Als sie die Augen wieder aufschlug, fiel ihr Blick auf die *Redwood*-Stickerei. Es war nur ein flüchtiger Blick, und doch meinte sie im Wurzelwerk des Baumes etwas gesehen zu haben. Eine Sekunde lang hatte es wie ein geschwungenes M ausgesehen.

Sie sah noch einmal hin: Der Buchstabe schien in dem Wurzelgewirr wieder unterzugehen.

Sie setzte den ungnädigen Kaiser auf den Boden und griff nach dem Tuch. Ganz genau schaute sie sich jetzt die obersten Ausläufer der Wurzeln an. Zog mit dem Finger die einzelnen Fäden nach.

Da sah sie es wieder: *M*.

Zufall? Ein unbeabsichtigtes Muster?

Mitnichten! Nach dem M kam ein kleines o. Und dann ein s – oder war es ein c?

Mos? Moc?

Die Buchstaben waren in einen einzelnen Wurzelstrang eingearbeitet, der außer diesen dreien keine weiteren enthielt. Was war mit den anderen Wurzeln?

Mit dem Eifer eines Goldschürfers, der endlich auf eine Ader gestoßen ist, forschte Monika weiter. Und tatsächlich: Auf der Wurzel, die rechts an die „entschlüsselte" grenzte, fand sie zwei Ziffern: 29. Sonst nichts. Aber auch links neben ihrem Erstfund gab es etwas zu entdecken, obwohl sie eine ganze Weile brauchte, um dic eine Linie auszumachen, die sich von dem Wurzelgewirr dadurch abhob, dass sie fast schnurgerade von oben nach unten verlief. Ein I? Nein, eine 1 – keine Frage. Oben links gab es ein ebenso winziges wie deutliches Häkchen.

Sie sah weiter nach rechts und entdeckte noch mal zwei Ziffern, eine Eins und eine Null: 10.

Wie hatte sie das bis jetzt übersehen können? Buchstaben und Zahlen waren kunstvoll in das Wurzelgeflecht des Baumes eingefügt, und zwar samt und sonders in ein und derselben Farbe. Jetzt, wo sie die Schriftzeichen einmal erkannt hatte, hoben sie sich in einer Deutlichkeit von den umgebenden Braun- und Grüntönen ab, die sie geradezu peinlich berührte.

Sie suchte auf weiteren Wurzeln nach verborgenen Buchstaben und Zahlen. Dann nahm sie sich den Stamm vor. Auf einem Wurzelast meinte sie schon ein leicht in die Länge gezogenes E ausgemacht zu haben, kam dann aber zu dem Schluss, dass dieses Muster Teil der Wurzel selbst und kein verborgener Buchstabe war. Auf dem Stamm fand sie gar nichts. Also 1 Mos (Moc?) 29 10.

Das las sich wie – genau, logisch: eine Bibelstelle!

1. Mose 29,10?

Monika lehnte sich in ihrem Sessel zurück und lachte lauthals auf. Sollte es das tatsächlich sein – 1. Mose 29,10?

Dass sie nicht mehr vornübergebeugt saß und ihr Schoß wieder frei geworden war, fasste Kaiser als Einladung auf, sich desselben flugs aufs Neue zu bemächtigen, doch kaum hatte er auf ihren Schenkeln zur Landung angesetzt, als er sich auch schon auf dem Fußboden wiederfand, weil Monika nämlich ungestüm aufgesprungen war.

Sekunden später kehrte sie mit ihrer Bibel in der Hand zurück, deren erste Seiten sie sich über den Daumen laufen ließ.

„1. Mose 29,10“, sagte sie sich beim Suchen vor. Endlich hatte sie die Stelle gefunden: *Da aber Jakob sah Rahel, die Tochter Labans, des Bruders seiner Mutter, und die Schafe Labans, des Bruders seiner Mutter, trat er hinzu und wälzte den Stein von dem Loch des Brunnens und tränkte die Schafe Labans, des Bruders seiner Mutter.*

„Wie jetzt?“ Sie sagte es halblaut.

Verwirrter denn je sackte Monika in ihrem Sessel zusammen. Allmählich machte ihr dieses Spielchen keinen rechten Spaß mehr.

„Mann, Josef, wenn du mir irgendwas mitteilen wolltest, warum konntest du es dann nicht auf ein Stück Papier schreiben wie jeder normale Mensch?", grummelte sie.

Sie las den Bibelvers noch ein zweites Mal, um zu schauen, ob ihr womöglich irgendwas entgangen war. Jakob und Rahel. Labans Tochter, Labans Schafe. Der Bruder von irgendeiner Mutter. Jakob wälzte den Stein von der Öffnung des Brunnens.

Was sollte das alles, bitte schön, denn bloß mit ihr zu tun haben?

Mit einer Brüskheit, wie sie nur aus frustrierter Resignation entspringen kann, raffte Monika die drei Leinentücher zusammen und trug sie in Josefs Arbeitszimmer, wo sie sie auf seinen Schreibtisch schmiss. Das Tuch mit den *Redwood*-Bäumen war länger als die anderen beiden und fand auf der Tischplatte nicht genug Halt, sodass es zu Boden rutschte.

Monika bückte sich, um es wieder aufzuheben.

Sie verharrte.

Direkt neben dem heruntergerutschten Tuch lag eine von Josefs Predigtkladden auf dem Boden, halb zerfetzt von den SS-Schergen. Was, bitte schön, wollten die mit Predigtkonzepten? Was allerdings Monikas Interesse erregte, war das Etikett auf der Kladde. Josef sortierte seine Ausarbeitungen nach Bibeltexten. Auf diesem Etikett hier stand *Römer 5,1-5*. Sie sammelte die zerfledderte Kladde auf. Innen auf dem Umschlag stand das Datum, an dem Josef die betreffende Predigt gehalten hatte: 11. September 1938. Das Heft enthielt seine eigentliche Predigtausarbeitung ebenso wie die Notizen, die er sich bei der Textexegese gemacht hatte, sowie zum Predigtthema passende Gedankensplitter und Lesefrüchte.

Ihr kam ein Gedanke: Womöglich bezog sich die Botschaft auf dem *Redwood*-Stück gar nicht auf den entsprechenden Bibeltext an sich, sondern auf eine Predigtkladde, in der Josef sich Notizen über diesen Text gemacht hatte?

Josefs Kladden lagen normalerweise akkurat gestapelt in einem Schrankfach. Dass sie die Römer-5-Kladde auf dem Boden gefunden hatte, besagte ja noch nicht, dass alle anderen Kladden ebenfalls noch vorhanden waren. Ebenso gut konnten die SS-Schergen etwas von Josefs Unterlagen in ihrer Raserei vernichtet haben, oder?

Monika machte das Fach auf und stellte erleichtert fest, dass es nach wie vor jede Menge Kladden enthielt. Sie nahm einen der Stapel zur Hand und sah, dass die Kladden in der Reihenfolge der Texte abgelegt waren, die sie behandelten. Offenkundig stufte die SS derlei Notizen als bedeutungslos ein.

Es begann also oben links mit dem ersten Buch Mose und endete unten rechts mit der Offenbarung Johannis. Hastig durchstöberte sie die ersten paar Kladden oben links und fand tatsächlich die, nach der sie gesucht hatte. *1. Mose (Genesis) 29,10-30* stand auf dem Etikett.

Sie nahm die Kladde mit zum Tisch, schaltete die Arbeitslampe ein, setzte sich auf Josefs Bürostuhl und klappte das Heft auf. Oben auf der ersten Seite stand in Josefs Handschrift „Der Weg eines Mannes mit einem Mädchen". Es folgten drei durchnummerierte Punkte:

„1. Jakob sieht Rahel (V.10) – der Blick;
2. Jakob küsst Rahel (V. 11) – die Berührung;
3. Jakob gewinnt Rahel lieb (V. 18) – die Hingabe."

Weiter hatte Josef geschrieben: „Beachte bes. V. 20: Jakob diente 7 J. um Rahel, aber die Zeit kam ihm vor wie ein paar Tage, weil er sie so sehr lieb hatte. Vmtl. registrieren Frauen oft gar nicht, welche Leidenschaft sie in Männern entfachen – Leidenschaft, die 7 Jahre auf ein paar Tage zusammenschnurren ließ!"

Monika wurde es seltsam warm ums Herz, als sie diese rasch hingeworfenen Notizen las. Melancholie hüllte sie ein wie eine Decke. Hier zu sitzen und Josefs Gedanken zu lesen, ließ ihn ihr irgendwie wieder nahe sein. Doch dann durchfuhr sie ein Gedanke: Diese Predigt hatte sie ihn nie halten gehört. Was für ein Datum hatte er denn vorne in der Kladde vermerkt?

Sie sah auf der Innenseite des Pappdeckels nach, an der gleichen Stelle, wo bei der Römer-Predigt das Datum gestanden hatte. Hier fand sich kein Vermerk. Ob Josef vergessen hatte, den Tag der Predigt festzuhalten? Monika ging an das Schrankfach zurück und sah wahllos einige Kladden durch. Alle trugen Datumsvermerke – nur die eine auf dem Tisch nicht. Vielleicht war er erst noch dabei gewesen, diese Predigt auszuarbeiten, hatte sie erst noch halten wollen ...

Die Fortsetzung des Satzes, die ihr Hirn quasi automatisch formte, war grausam: ... und würde jetzt nie mehr dazu kommen.

Zurück am Schreibtisch, blätterte Monika die zweite Seite der Kladde auf. Sie war mit Fließtext in Josefs Handschrift gefüllt und las sich ganz wie ein Predigtentwurf. Sie las der Reihe nach.

„Zentr. Gedanke dieses Abschnitts klar: Jakob hat Rahel lieb. Das wird zweimal herausgestrichen: Zum einen als Tatsache, die für sich steht u. spricht (V. 18), und dann noch einmal im Vergleich mit seinem Verhältnis zu Lea (V. 30). 7 J. lang hat er seine Liebe zu diesem Mädchen jeden Morgen unter Beweis gestellt, indem er aufstand und an die Arbeit ging. Dann noch mal 7 J., nachdem Laban ihn hinters Licht geführt und zuerst mit Lea verheiratet hat. 14 J. Schweiß und Schufterei bezeugen Jakobs Liebe zu Rahel.
Beachte Schnelligkeit, mit der Jakob sich in Rahel verliebte! Am selben Tag, an dem er sie zum ersten Mal sah, küsste er sie auch schon (V.10). So war es ganz sicher nicht Sitte bei der Mehrzahl der Frauen jener Tage! Muss im Zshg. mit Zentralthema des Abschnitts gesehen werden u. ergibt dann durchaus einen weiteren Hinweis darauf, wie sehr Jakob Rahel lieb hatte.
Man sollte auch auf das Wort achten, mit dem seine Zuneigung zu ihr beschrieben wird. An anderer Stelle benutzt, wo es um Jonathans tiefe Freundschaft zu David geht (Text, der schildert, wie ihrer beider Herzen miteinander verschmelzen – 1. Sam. 18,1). Ferner gebraucht zur Bezeichnung der Liebe G.s zu den Gerechten (Ps. 146,8 b). Es geht um eine sehr tiefe, dauerhafte, gerechte Liebe, die viel tiefer reicht als Schwärmerei oder sex. Anziehung zwischen Mann u. Frau. Jakob wollte sein Herz mit Rahels Herz verschmelzen, liebte Rahel mit heiliger Leidenschaft.
Wenn er den Gegenstand seiner Herzenssehnsucht sein Eigen nennen wollte, musste Jakob sich mit Laban abgeben. Nicht das letzte Mal, dass ein Mann sich auf einen Vater einlassen musste, um die Hand der Frau zu gewinnen, die er liebt!“

Monika hielt im Lesen inne. Sie straffte ihre Schultern, dachte über den letzten Satz nach und las ihn noch mal.

„Nicht das letzte Mal, dass ein Mann sich auf einen Vater einlassen musste, um die Hand der Frau zu gewinnen, die er liebt!"

Das konnte keine allgemeine, nur auf den Text bezogene Anmerkung sein. Dafür war ihr der Gedanke viel zu vertraut.
Sie las weiter:

„Etwas an diesem Abschn. verstört mich. Arbeitet sehr deutlich die Gefühle heraus, die Jakob für Rahel hegte, während Rahels Empfindungen für Jakob ganz im Dunkel bleiben. Gewiss, Thema ist Jakobs Liebe zu Rahel, aber Schreiber hätte doch o. w. irgendeinen Hinweis auch auf ihre Gefühle einbauen können? In dem Jonathan-David-Text bleibt außer Zweifel, dass die Gefühle der beiden Männer zueinander auf Gegenseitigkeit beruhten. Wieso hier diese Unschärfe? Liebte Rahel womöglich Jakob nicht mit derselben Innigkeit, die er für sie hegte? Liebte sie ihn am Ende gar nicht?"

Der letzte Abschnitt war voll ausgeschrieben: keine Kürzel, kein Telegrammstil mehr. Er lautete:

„Auch wenn Jakobs Liebe zu Rahel keineswegs davon abhing, ob sie seine Gefühle auch erwiderte oder nicht, ist es doch ein außerordentlich quälender Gedanke, sich einen Mann vorzustellen, der eine Frau liebt, welche für ihn keine Liebe empfindet. Ja, dass er diese Frau sogar ehelichte und sie ein Kind zusammen hätten! Kann es ein scheußlicheres Fegefeuer geben, als in einer Ehe festzustecken, in der nur einer der Gatten liebt? Und doch mag die Liebe eines Mannes zu einem Mädchen so beschaffen sein, dass sie gedeiht, auch wenn sie mitnichten erwidert wird. Jakob liebte Rahel. Mindestens das duldet keinen Zweifel."

Leeren Blicks starrte Monika die Wand an. Ihre Augen füllten sich mit Tränen, die sie wegzwinkerte.

29

Montag, 22. Juli 1940

Als sie die zweite Predigtkladde entdeckt hatte, ging Monika auf, dass Josef all die geheimnisvollen Stunden, die er hier in seinem Arbeitszimmer gesessen hatte, dazu benutzt hatte, die Botschaften zu Papier zu bringen, die er ihr hatte übermitteln wollen.

Auf der letzten Seite der Kladde über den 1.-Mose-Text hatte sie einen Verweis auf eine Bibelstelle gefunden, bei dem weiter nichts stand: einfach nur *Hoheslied 4,9*. Monika ging an den Kladdenschrank und suchte das entsprechende Heft heraus. Genau wie bei dem Text über Jakob und Rahel trug auch diese Kladde kein Predigtdatum. Sie begann zu lesen.

„Viele Gelehrte sind der Meinung, diese Schrift stelle eine Allegorie für G.s Liebe zu seinem Volk dar. Kann man durchaus so stehen lassen. Genauso wenig bestreitbar ist, dass es sich aber zunächst einmal um ein Liebeslied handelt: Ein Mann u. eine Frau sagen sich gegenseitig ihre Zuneigung u. Verliebtheit.
Aus jedem Wort hört man die Leidenschaft des Schreibers für das Mädchen, das er liebt: ‚Du hast mir das Herz genommen, meine Schwester, liebe Braut, mit deiner Augen einem und mit deiner Halsketten einer.'
Eine Leidenschaft, die umso überraschender ist, wenn man in Betracht zieht, dass der so Liebende ein Mann war, den man um seines Reichtums und seiner Weisheit willen rühmte. Freilich: Liebe achtet weder Rang noch Privilegien. Bezaubert die Stärksten unter uns ebenso wie die Schwächsten: Staatsmänner, Soldaten, Schauspieler und Hafenarbeiter. Es gibt Männer, die niemals nach dem streben werden, was diese Welt Größe nennt, Männer, die immer im Schatten ‚Großer' stehen werden. Gerade sie sind es aber häufig, die wissen, was wahre, große Liebe ist, u. in denen ihr ganzes Leben lang die Liebe zu einer einzigen Frau brennt.

Möge der Himmel jedem Manne beistehen, dem eine Frau sein Herz geraubt hat; denn er hat sich selbst verloren für alle Zeit. Denn hätte sie ihm sein Herz nicht geraubt, so hätte er es ihr gern und freiwillig gegeben!"

Genau wie der weise Salomo mit seinem Lied, schrieb auch Josef auf zwei Ebenen gleichzeitig: Es gab die oberflächliche Ansicht, in der man es mit Predigtnotizen zu tun zu haben schien, aber eben auch eine tiefere; und das in dieser Tiefe Gesagte verstand diejenige, an die sich die Worte richteten, mit immer durchdringenderer Klarheit.

Während Monika las, was Josef geschrieben hatte, spürte sie seine Gegenwart im Zimmer. Seine Worte weichten ihr Herz auf, das vom Einerlei der Ehe und des Alltags hart geworden war. Was sie jetzt fühlte, hatte sie nicht mehr empfunden, seit Josef ihr den Hof gemacht hatte. Sie ertappte sich dabei, wie sie mit Furcht der letzten Seite der Kladde entgegensah: der Furcht, dies könnte alles gewesen sein.

Aber so war es nicht.

Eine weitere kommentarlos hingeschriebene Bibelstelle führte Monika in das Buch Prediger, Kapitel 4, Verse 9-11. Diesen Text hatte Josef mit eigener Hand in voller Länge hingeschrieben:

„‚So ist's ja besser zwei als eins; denn sie genießen doch ihrer Arbeit wohl. Fällt ihrer einer, so hilft ihm sein Gesell auf. Weh dem, der allein ist! Wenn er fällt, so ist kein anderer da, der ihm aufhelfe. Auch wenn zwei beieinander liegen, wärmen sie sich; wie kann ein Einzelner warm werden?'
Welch starker Text über Gemeinschaft, Zweierschaft! Mensch ist nicht zum Alleinsein geschaffen, sondern jeder Einzige hat übermächtiges Verlangen u. Bedürfnis nach Gemeinschaft. Haben wir jemanden, mit dem wir die Erfahrungen d. Lebens teilen können, so werden wir stärker, besser u. glücklicher.
Gilt ja jedenfalls immer da, wo Menschen ihr Leben mit einem anderen teilen – in unvergleichlichem Maße jedoch in der Ehe! – Eph. 5,31: ‚Um deswillen wird ein Mensch verlassen Vater und Mutter, und werden die zwei <u>*ein*</u> *Fleisch sein.'*

Welch segensreiches Geheimnis! Liebe kennt keine Arithmetik, lässt dergl. knechtende Prinzipien weit hinter sich zurück. In der Ehe gilt: 1 + 1 = 1! Es sind nicht länger 2 (1 Mann, 1 Frau), sondern ein einziges Fleisch.
Zum eigenen Schaden gibt's Ehepaare, die nie begreifen, welche Wonnen diese Wahrheit in sich birgt: Leute, die gegen d. Wahrheit ankämpfen. Versuchen zu leben, als wären sie immer noch Einzelwesen, u. quälen u. verletzen sich dadurch selbst – so gewiss, als würden sie eine zweischneidige Klinge zwischen ihre vereinten Leiber stecken. Aber die, denen dieser Wesenskern d. Ehe aufgeht, erschließen sich eine Freude, die in der Welt ihresgleichen –"

Es knarrte leise, als die Tür zum Arbeitszimmer aufging. Monika zuckte zusammen.

Ein blonder Schopf zeigte sich im Türrahmen. „Frau Pastor?"

„Ursel! Gott sei Dank, du bist's!"

„Sie haben sich nicht gerührt, als ich unten klopfte."

Monika klappte die Kladde zu und legte ihre Hand darauf – warum, wusste sie nicht recht.

„Ich hab die Wäsche auf der Leine gesehen", sagte Ursel. „Möchten Sie, dass ich sie reinhole?"

„Ach, das wäre lieb! Der Korb steht im Schlafzimmer. Edith wird schon nicht aufwachen, da brauchst du dir keine Gedanken machen."

Ursel ging ebenso still wieder hinaus, wie sie erschienen war.

Monika blieb am Schreibtisch ihres Mannes sitzen, rot bis über beide Ohren wie ein Schulmädchen, das der Lehrer soeben mit einem Zettel in der Hand erwischt hat, auf dem ihr ein Junge seine unsterbliche Liebe gesteht.

* * *

Monika bestrich zwei Brötchen mit Marmelade, während Ursel Edith auf dem Schoß hatte. Sie legte die Brötchenhälften auf zwei Teller, deren einen sie vor Ursel auf den Küchentisch stellte. Dazu kam noch ein großes Glas Milch.

Monika nahm es immer wieder wunder, wie wohl sich Edith bei Ursel zu fühlen schien. Sie selbst kam sich im Umgang mit ihrem eigenen Kind immer noch unbeholfen, um nicht zu sagen ungeschickt vor.

„Darf ich Sie was fragen, Frau Pastor?"

Monika biss in ihr Brötchen und nickte.

„Ist der Herr Pfarrer tot?"

Monika hatte Mühe, den Bissen runterzuschlucken, an dem sie gerade gekaut hatte. Immer wieder vergaß sie, wie wenig Leute tatsächlich von Josefs Tod wussten. Für die Gemeinde war ihr Pastor nach wie vor verschollen. Dass es Gerüchte und Mutmaßungen, meist eher unfreundlicher Natur, gab, konnte ja nicht ausbleiben. Eines dieser Gerüchte besagte, die Gestapo habe ihn in einen Wald verschleppt und dort erschossen, ein anderes wollte wissen, er sei nach England übergelaufen und habe dort Geheimnisse von allergrößter Tragweite verraten, wodurch Tausende deutscher Soldaten ihr Leben würden lassen müssen. Niemand konnte sagen, wie die Leute wohl auf solche Ideen kamen.

Jedenfalls befasste sich die Gemeinde mittlerweile mit der Berufung eines Nachfolgers für Josef. Monikas Vater hatte den Kirchenvorstand dazu ausdrücklich ermutigt. Die Gemeinde, sagte er, könne nichts Besseres tun, als nach vorne zu schauen.

„Wieso fragst du?"

Ursel legte ihr Brötchen auf den Teller zurück, ohne es auch nur angebissen zu haben. „Die Leute reden so. Es heißt, er sei tot."

Die Augen des Mädchens verrieten seine Furcht. Mit allen Fasern hoffte Ursel auf ein Wort der Hoffnung oder des Trostes aus Monikas Mund – ein Wort, das Monika ihr nicht sagen konnte. Doch wie viel sollte sie preisgeben? Schließlich sagte sie: „Ich fürchte, es gibt nicht mehr viel zu hoffen."

Ursel traten die Tränen in die Augen. Als sie wieder sprach, zitterte ihre Stimme. „Er fehlt mir furchtbar. Es kommt mir vor, als hätte ich einen Vater verloren."

Auf das, was diese Worte bei ihr auslösten, war Monika nicht vorbereitet.

„Und ich bin nicht die Einzige, die ihn vermisst", fuhr Ursel fort. „Konrad, Hartmut, Ernst – allen geht's so. Mehr, als sie's sich anmerken lassen. Ganz besonders Konrad: Er redet ständig von ihm." Ursel fing an zu weinen.

Monikas Brötchen hätte ebenso gut mit Bitternis bestrichen sein können wie mit Butter und Marmelade, denn genau diesen Nachgeschmack hatte es: Bitterkeit. Dass das Mädchen seinen Emotionen so freien Lauf ließ, setzte in Monika einen Wirbel aufgestauter und mit Mutwillen verdrängter Empfindungen frei, unter denen das Gefühl von Schuld an vorderster Stelle stand. Hier saß ein junges Mädchen, das über Josef weinte, während sie, seine Frau, noch nicht eine einzige Träne um ihn vergossen hatte! Was war sie bloß für eine Frau, dass sie keine Tränen übrig hatte für den Tod ihres Mannes, eines Mannes, der sie – wenn man denn seinen Notizen in den Kladden irgend trauen konnte – innig geliebt hatte?

Wie vielen Menschen tat sein Tod weh? Vieren – Ursel, Konrad, Hartmut und Ernst. Im Leben dieser jungen Leute hatte er Einfluss gehabt. Und was war mit Sturmbannführer Wolff? Auch er hatte um Josef geweint und gesagt, er habe noch nie einen Mann gekannt wie ihn. Ausgerechnet ein SS-Offizier! Was war sie nur für ein Ungeheuer, wenn ein SS-Mann um ihren Gatten weinte und sie nicht?

Nachdem die Schuldgefühle einmal von der Leine waren, verstärkten sie sich nur umso mehr, als Monikas Blick auf den Säugling fiel, den Ursel im Schoß hatte.

Ursel hatte nicht nur ihren Mann mehr geliebt als sie selbst, sie erwies sich jetzt auch als bessere Mutter für Edith. Für wen war sie, Monika, denn überhaupt von Nutzen? Sie war eine schlechte Ehefrau und eine schlechte Mutter. Sie war noch nicht mal eine gute Pastorengattin – ganz anders als ihre eigene Mutter.

Monika zupfte an ihren Haaren, steckte sich die Spitzen in den Mund. Dunkelheit fiel über sie und nahm ihr fast die Luft zum Atmen. Irgendwo tief in ihr begann es zu schluchzen. Es brach sich förmlich Bahn in ihrem Körper, und plötzlich weinte sie so heftig, dass es ihr schwer fiel, auch nur den Kopf hochzuhalten.

Ursel, die ihr gegenübersaß, schluchzte: „Oh, es tut mir Leid, so sehr Leid!“ Sie kam um den Tisch herum zu Monika und legte ihr den Arm um die Schulter. „Ich hätte nicht davon anfangen sollen. Ich hätte wissen müssen, dass das Verschwinden des Herrn Pfarrer immer noch sehr schmerzhaft für Sie sein muss!“

Monika schaffte es, den Kopf zu schütteln. „Nein, es ... es ist nicht ... nicht dein Fehler, glaub mir!“

Ihre Gefühle griffen anscheinend auch auf das Baby über. Jedenfalls fing auch Klein-Edith an zu heulen.

Ursel fiel auf die Knie. Einen Arm hatte sie um Monikas Taille gelegt, im anderen hielt sie das Baby. Sie bettete ihren Kopf auf Monikas Oberschenkel und weinte hemmungslos.

In ihrem Schoß schrie das Kind.

Monika ließ ihr Kinn auf Ursels Scheitel sinken und schluchzte.

Unter der Tür tauchte Kaiser auf. Er schien nicht zu wissen, ob er die Küche betreten sollte oder besser nicht. Eine Weile starrte er den ganzen Jammer an, ehe er es vorzog, sich mit einem Sprung auf die Küchenanrichte in sicherer Entfernung von den drei weinenden Menschen niederzulassen.

* * *

Nachdem sie Edith gestillt hatte, lud Monika Ursel ins Arbeitszimmer ein. Sie trat an den Tisch, griff nach einer Kladde und sagte: „Hier, das ist eines von seinen Notizheften.“

Nach dem Essen – ihre Marmeladenbrötchen hatten sie allerdings nicht angerührt – waren die beiden Frauen über Josef ins Gespräch gekommen. Die gemeinsam vergossenen Tränen hatten sie ganz neu zusammengeschweißt, und diese Innigkeit war es wohl gewesen, die es Monika ermöglicht hatte, offener zu Ursel zu sprechen, als sie es sonst vermocht hätte. Jedenfalls hatte sie dem Mädel von den Notizbüchern erzählt.

„Wenn es aber zu persönlich ist ...“, sagte Ursel.

Monika schlug eine der Kladden auf und las vor: „‚Zentraler Gedanke dieses Abschnitts klar: Jakob hat Rahel lieb.‘“

Von der Prediger-Kladde wurden sie zu einer anderen geführt, auf deren Etikett stand: *Philipper 2,3 f.* Auch Monika nahm dieses Heft zum ersten Mal zur Hand und las Ursel gleich vor, was darin stand. Klein-Edith schlief unter den Worten ihres Vaters ein: „‚Nach meiner Überzeugung bergen diese Worte – wenngleich an eine Gemeinde geschrieben – den Schlüssel zu jedweder Beziehung unter Menschen, sei es Freundschaft, Arbeitskameradschaft, Familie oder Ehe.'"

„Das klingt echt nach ihm, nicht wahr?", sagte Ursel lächelnd. „Ich kann richtig seine Stimme hören, wenn Sie das so lesen."

Monika lächelte zurück und sagte: „Mir erging's genauso." Dann sah sie wieder auf die Notizen und fuhr fort: „Ach, hier führt er jetzt die Bibelstelle an." Sie räusperte sich und las: „‚Nichts tut durch Zank oder eitle Ehre; sondern durch Demut achte einer den andern höher denn sich selbst, und ein jeglicher sehe nicht auf das Seine, sondern auch auf das, was des andern ist.'"

Dazu hatte Josef notiert:

„Der Schlüssel ist also dieser: Versprechen ein Mann u. ein junges Mädchen einander in dieser Weise, so kann man ihnen freiweg viele glückliche Ehejahre garantieren. Aber auch das Gegenteil trifft zu: Verbringen ein Mann u. seine Frau ihre Tage so, dass sie nur an sich selbst denken – also ihre je eigenen Bedürfnisse, Wünsche, Begehrlichkeiten –, so kann man ihnen auf d. Kopf zusagen, dass ihr Eheleben voll v. endlosem Hader u. Gezänk sein wird. Eine kraftvolle Wahrheit, die wir nicht auf d. leichte Sch. nehmen dürfen: Wer sie ignoriert, wird selbst d. Schaden davon haben.
Nie ein Seels.'gespr. erlebt, wo ein Mann od. e. Frau gekommen wäre u. gesagt hätte: ‚Ach, mein Mann/meine Frau denkt Tag u. Nacht immer bloß an das, was für mich gut ist, tut bloß, was ich möchte und nie, was er/sie selber will! Ich halt das nicht mehr aus – ich möchte mich scheiden lassen!'
Wenn ein Mann erst mal verheiratet ist, begreift er bald, dass ihn, wenn er seine Frau wirklich lieb hat, nichts glücklicher macht, als sie glücklich zu sehen. Nichts!"

„Ein Mann und seine Frau“, bemerkte Ursel. „Damit meinte er Sie und sich selbst.“

Monika nickte.

„Der Herr Pfarrer hat Sie sehr lieb gehabt.“

„Mehr, als ich es verdient hatte“, gestand Monika ein.

„Und er hatte 'ne romantische Ader“, sagte Ursel. „Nicht, dass mich das überraschte. Aber das muss wirklich was Schönes sein bei einem Mann. Konrad wäre zu Romantik nur fähig, wenn es dazu eine Anleitung im Jungvolk-Handbuch gäbe.“

Monika fiel in Ursels Lachen ein. „Ich danke schön – Naziromantik!“, sagte sie prustend. „Das lohnt's nun wirklich nicht, drüber nachzudenken.“

Sie prusteten abermals los.

Allmählich ging es Monika besser. Mit Ursel über Josef zu sprechen hatte Gefühle aufgerührt, die tief in ihr begraben gewesen waren. Gute Gefühle: warm und liebevoll. Aber auch bittersüß. Sie spürte, wie sie sich in ihn verliebte.

Du hast niemand was vorzuwerfen außer dir selbst, dachte sie. *Du hast deine Chance gehabt und hast nicht gemerkt, was du hattest, bis er nicht mehr da war. Und jetzt verliebst du dich in einen toten Mann. Das ist schon alles ziemlich traurig.*

Sie musste die Tränen runterschlucken, die in ihr aufquollen.

„Ist das denn jetzt die letzte Kladde?“, fragte Ursel.

Monika blätterte um. Ihr Herz lächelte. „Nein, es geht weiter. Sprüche 3,1 folgender.“ Sie zog die betreffende Kladde aus dem Schrankfach und sah wie immer zuerst nach einem Predigtdatum. Fehlanzeige. Monika lächelte und schlug die Kladde erwartungsvoll auf. „Ah, es beginnt gleich mit der Bibelstelle“, sagte sie. Dann las sie vor: „‚Mein Kind, vergiss meines Gesetzes nicht, und dein Herz behalte meine Gebote. Denn sie werden dir langes Leben und gute Jahre und Frieden bringen.‘“

Viel hatte Josef zu dieser Stelle nicht geschrieben:

„Wenn Gott einen Mann und seine Frau segnet, tut er das oft genauso wie bei Jakob und Rahel: Er schenkt ihnen ein Kind. Es ist so, wie es dem Schreiber der Sprüche aufging: Für einen Mann gibt es keine größere Freude, als sich mit seinem eigenen Kind hinzusetzen und es die Dinge Gottes zu lehren.
So Gott will, werde ich eines Tages auch diese Freude kennen lernen."

Monika verstummte. Sie sah auf ihre Tochter, die auf einer Decke am Boden lag und schlief. Jetzt konnte sie die Tränen nicht mehr zurückhalten.

Da war es: Josefs Kind. Er war tatsächlich Vater geworden. Bevor er starb oder erst danach? Das würde sie wohl nie erfahren.

30

Donnerstag, 25. Juli 1940

„Was willst du hier?"

Die Tür hatte sich leise geöffnet und wieder geschlossen, und in dem weißen Raum ohne Fenster stand Dr. Wilhelm Olbricht. Josef war erst wenige Augenblicke zuvor wach geworden. Er fand sich in einer Ecke zusammengekrümmt wieder, unter sich den wohl vertrauten grünen Kachelboden. Der Raum war völlig leer; einziger „Einrichtungsgegenstand" war ein mit einem Gitterrost versehener, dreckstarrender Abfluss in einer der Ecken.

„Verschwinde", sagte Josef.

Er sprach nur leise, aber jede Silbe explodierte in seinem Kopf wie ein glühendes Geschoss. Er hatte jedes Zeitgefühl verloren, wusste nicht, ob es Tag oder Nacht war. Seine Existenz war bloß noch die eines Gefäßes, in das Leute in weißen Kitteln Phiole um Phiole mit den verschiedensten Flüssigkeiten pumpten. Seine Arme und sein Bauch waren übersät von Einstichen. Seine Eingeweide bestanden nur noch aus einem Klumpen verknoteter Stricke. Immer wieder versank er ohne jedes Vorzeichen in Ohnmacht, aus der er irgendwann würgend und brechend erwachte.

Die Ohnmacht war seine große, ersehnte Zuflucht geworden, denn wenn er wach war, fühlten seine Finger sich an, als hätte eine titanenhafte Macht sie bis zu den Handgelenken nach hinten umgebogen. Und jeder Versuch aufzustehen endete unweigerlich damit, dass er sich im Hinstürzen die Nase an den grünen Kacheln blutig stieß. Im Drogenrausch Phantasiertes und real Vorhandenes wechselten sich in seinen Wahrnehmungen ohne jede Vorwarnung ab, und was er vor Augen sah, flimmerte unentwegt, so als blickte er durch tausend Hitzewellen hindurch.

Seine Gefühle fuhren unablässig Karussell: Auf Angst folgte Paranoia, dann Selbstmordgedanken, dann überschwängliche Ausgelassenheit und schließlich Melancholie. Wenn er nicht lachte, schrie, wimmerte oder weinte er. Im Augenblick hatte er mit extremster Albernheit zu kämpfen.

„Ich sagte: Raus mit dir!", nuschelte Josef. Er hielt sich die Hand vor den Mund und kicherte, so als hätte er gerade die Pointe eines gelungenes Witzes zum Besten gegeben.

Olbricht blieb auf Abstand. Aus seinem Gesicht spießte eine kalte Zigarre hervor, wie sie unweigerlich zu seinem Profil gehörte. Er kaute darauf herum, während er auf Josef hinabsah. Erst inspizierte er die kleine Zelle und dann den Mann. Angeekelt rümpfte er die Nase. „Du siehst aus wie 'ne Katze, die man ins Wasser geschmissen hat", bemerkte er.

„Miau!" Josef hätte sich vor Lachen ausschütten können, so witzig fand er sich.

Olbricht biss heftiger in seinen Stumpen und runzelte die Stirn.

Josef am Ufer des Flusses. Ferien. Die Sonne brennt ihm auf die nackte Brust, das Wasser umspült seine Füße bis an die Knöchel. Jemand hält ihn bei der Hand – sein kleiner Bruder.

„Nicht seine Hand loslassen, Josef!"

„Keine Sorge, Mama, ich pass schon auf."

Josefs schmächtige Brust schwillt vor Stolz. Großer-Bruder-Momente wie dieser hier sind ganz nach seinem Geschmack. Das kalte Wasser kitzelt die beiden Jungs zwischen den zuckenden Zehen. Sie kichern.

„... gekommen, weil ich möchte, dass wir als Freunde auseinander gehen", sagte Olbricht gerade.

Josef war wieder in der Hadamarer Zelle angekommen. Er zuckte mit den Zehen und kicherte.

„Hörst du mir überhaupt zu?", fragte Olbricht.

„Ungefähr bei jedem dritten Wort."

Olbricht schäumte. „Das ist ja unmöglich! Was haben die dir bloß gegeben?"

„Kichersaft!" Josef lachte. Er schnippte mit den Fingern. *„Garçon!* Eine Runde Kichersaft für alle! Schreiben Sie's auf meinen Deckel!"

Im selben Augenblick verkrampften sich seine Eingeweide. Um sein Inneres schloss sich eine zentnerschwere eiserne Faust. Josef, der sich halb aufgerichtet hatte, kippte zur Seite weg. Der Griff wurde fester und fester. Er kniff die Augen so fest zusammen, dass die Tränen unter den Lidern hervortraten. Dann ließ die Kolik nach, ebenso abrupt, wie sie gekommen war. Zurück blieb ein schmerzhaftes Ziehen, das immer noch so übel war, dass er auf den Fliesen liegen bleiben musste.

Mit dem Kichern war es vorbei.

„Du hast dir das alles selbst zuzuschreiben", sagte Olbricht, „kannst niemand was vorwerfen außer dir selbst."

„Was willst du eigentlich?", fragte Josef.

„Ich dachte, wir könnten zusammen beten."

„Wird das 'ne Beichte?"

„Wenn du sie nötig hast?"

„Ich dachte eher an dich."

„Mich? Was bitte schön sollte ich denn zu bekennen haben?"

„Mir scheint, du hättest das sechste Gebot ziemlich mit Füßen getreten."

„Du sprichst von Mord? Das tut mir weh, mein Junge. Ich hab niemanden umgebracht."

„Sag das meinem Bruder und meiner Mutter. Und Professor Meyerhof."

„Das kannst du ihnen sagen. Wirst sie ja bald genug zu Gesicht bekommen. Ich denke freilich, du wirst sehen, sie unterstellen mir keinen bösen Willen."

Olbrichts Selbstvertrauen konnte man nur noch arrogant nennen. Es war auf sonderbare Weise nachgerade nostalgisch.

Die flüsternden Stimmen haben ihn wach gemacht.

„Tut es auch nicht weh?"

„Nein, mein Kleiner, du wirst nichts spüren."

„Ob die Engel wohl Flügel haben? Und ob ich sie anfassen kann?"

„Das kannst du ganz sicher."

„Ich hab so Angst, Mama."

„Du musst keine Angst haben. Bald wird alles gut sein. Ganz bald."

„Lass mich nicht allein, Mama. Bitte, bitte, lass mich nicht allein."

„Das werde ich nicht, mein Schatz. Wenn du in den Himmel kommst,

dann dreh dich um. Du wirst sehen, dass ich gleich hinter dir bin. Und jetzt mach die Augen zu.“

„Es wird ganz bestimmt wehtun!“

„Nein, Kleiner, du wirst nichts spüren.“

Josef blinzelte. Grüne Kacheln füllten sein Blickfeld aus. „Monika“, sagte er.

Olbricht zog die Augenbrauen hoch. Sein Grinsen war allzu vertraut – an Hunderten von Sonntagnachmittagen hatte Josef es studieren können. „Ach ja!“, dröhnte sein Schwiegervater. „Das weißt du ja noch gar nicht, wie solltest du auch!“

„Was weiß ich nicht?“

Vor ihm eine lang gezogene unbefestigte Straße. Josefs Hände umfassen die Lenkergriffe, sein rechtes Bein schwingt sich über die Lenkstange. Dies soll der Tag sein, an dem er fahren wird. Hier und heute. Er hat sich fest entschlossen. Heute wird er es tun.

Josef zwang sich, in die Gegenwart zurückzukehren. „Monika ...“, sagte er noch einmal.

„Unterbrich mich nicht dauernd, dann sag ich's dir“, schnarrte Olbricht und nahm die Zigarre aus dem Mund. „Ich bin Großvater!“

„Und Gott segnete sie mit einem Kind“, murmelte Josef, „einem Sohn ...“

„Einer Tochter.“

„Einer Tochter? Ich habe eine Tochter?“

„Edith.“

Starren Blicks sah Josef zu seinem Schwiegervater hinauf. Eine Woge von Gefühlen wusch über ihn hinweg und ließ ihn als zitterndes, weinendes Bündel zurück. Mit den Emotionen stellte sich auch die mittlerweile wohl bekannte düstere Melancholie wieder ein, die jedwede Hoffnung und Freude auslöschte, wie ein Eimer Wasser eine Flamme löscht. Sein Stöhnen brach sich an den Wänden des höhlenartigen Verlieses. Er wiegte sich in den Hüften und flüsterte den Namen seiner Tochter, wieder und wieder, als könnte er damit verhindern, dass ihm das Bewusstsein vollends entglitt.

Olbricht war nicht viel mehr als eine flirrende Erscheinung, die von irgendwo weit oben auf ihn herabstarrte. Seine Stimme klang fern und dumpf, und was er sagte, schien nur aus Vokalen zu bestehen, zwischen denen es keinerlei Konsonanten gab.

Josef versuchte die Melancholie abzuschütteln, aber genauso gut hätte er sich anheischig machen können, die Dunkelheit des Abends zurückzuhalten. Er spürte, wie er das Bewusstsein verlor.

Jakob liebte Rahel. Aber nirgendwo erhalten wir Einblick in ihre Gefühle für ihn. Es müsste doch an irgendeiner Stelle auch einen Schlüssel zu ihrer Gefühlswelt geben! Liebte Rahel womöglich Jakob nicht mit derselben Innigkeit, die er für sie hegte? Liebte sie ihn am Ende gar nicht? Es ist ein ungemein quälender Gedanke, sich einen Mann vorzustellen, der eine Frau liebt, welche für ihn keine Liebe empfindet. Sich vorzustellen, dass der Mann diese Frau sogar heiratet und dass sie ein Kind zusammen haben. Kann es ein scheußlicheres Fegefeuer geben, als in einer Ehe festzustecken, in der nur einer der Gatten liebt? Nichtsdestotrotz: Jakob liebte Rahel. Mindestens das duldete keinen Zweifel.

Was ihn zurückholte, war das Geräusch der Zellentür. Olbricht stand halb in der Zelle, halb draußen, und schaute über seine Schulter auf ihn zurück.

„Ah, da bist du ja wieder“, sagte er. Und zu der Wache draußen im Korridor: „Ich bleib doch noch einen kleinen Moment länger.“

Olbricht trat wieder in die Kammer. Er schüttelte den Kopf – ein bemüht-väterliches Kopfschütteln, das Josef ebenso wohl vertraut war wie sein Grinsen. Es bedeutete: *Mein, Junge, du enttäuschst mich.*

„Du müsstest dich mal sehen“, sagte Olbricht. „Pathetisch – das bist du. Wirklich und wahrhaftig pathetisch.“

Josef hatte seine Sinne wieder beisammen, wenigstens für den Moment. Irgendwoher kehrte eine gewisse Kraft in seine Glieder zurück. Er richtete sich in seiner Ecke auf. Hätte er sich zugetraut aufzustehen, so hätte er auch das getan. „Was erwartest du denn?“, sagte er. „Schließlich hast du mir unverhofft einen Besuch abgestattet. Hätte ich gewusst, dass du kommst, so hätte ich meinen Butler natürlich die *hors d'œuvres* richten lassen.“

Olbrichts Zigarrenhand schoss auf Josef zu. „Genau das sind die Manieren, die dich hier reingebracht haben!“, rief er. „Von jeher ist das deine Schwäche: Du hast deine Hybris über den gesunden Menschenverstand obsiegen lassen. Der Unterschied zwischen dir und mir ist, dass ich mein Augenmaß nicht verloren habe. In allem, was ich tat, habe ich mich immer vom gesunden Menschenverstand leiten lassen."

„Von Angst, willst du wohl sagen. Du verwechselst da was."

Olbricht lief rot an. „Aber ich überlebe!", rief er aus. „Ich handle so, wie einer handelt, der überleben will! In ein paar Tagen wirst du tot sein, aber ich mache weiter. Und wem wirst du mit deiner Rechthaberei dann wohl noch nützen?"

„Ach, und du? Wem du wohl noch nützlich sein wirst, wenn erst mal jedermann in dir den feigen Hund erkennst, der du bist!"

„Feige nennst du mich?", brüllte Olbricht.

„Wie sollte man es denn wohl sonst nennen, wenn einer aus blanker Angst alles beiseite stößt, woran er geglaubt und was er sein Leben lang andere gelehrt hat? Es hat schon seinen Grund, dass die Nazis dir nicht in die Suppe spucken: Du hast ihnen deine Seele verkauft."

Olbricht trat drohend auf Josef zu, hielt jedoch inne. Seine Augen waren gelb vor Zorn. Er riss sich die halb zerkaute Zigarre aus dem Mund und warf damit auf Josef. Der Stumpen traf den Jüngeren an der Brust. Dann kehrte Olbricht seinem Schwiegersohn den Rücken zu und hämmerte mit der Faust an die Zellentür, damit ihm geöffnet würde.

31

Freitag, 26. Juli 1940

„In den Osten. Mehr kann er mir nicht sagen, sagt Konrad. Warum nur immer diese Geheimniskrämerei?“, jammerte Ursel. „Er ist doch manchmal noch so ’n richtig kleiner Junge. Mitunter denke ich, die ganze Wehrmacht besteht aus ’nem Haufen kleiner Jungs, die Soldat spielen.“

„Wenn man dem Radio glauben kann, verlegen sie alles nach Osten“, erwiderte Monika. „Infanterie, Artillerie, Panzertruppen, einfach alles.“

Sie saßen im Wohnzimmer. Zwar warf die späte Nachmittagssonne bereits lange Schatten über den Fußboden, aber der Tag war immer noch unerträglich heiß. Monika machte sich einen unsichtbaren Knoten ins Taschentuch, damit sie beim nächsten Mal so schwanger wurde, dass ihr Kind im Winter zur Welt käme. Edith im Arm zu haben, fühlte sich an, als presste sie sich ein glühendes Holzscheit aus dem Ofen an die Brust.

Jedes Fenster im Haus stand sperrangelweit offen, ebenso auch die Haustür. Monika hatte getan, was sie nur konnte, um irgendwie ein wenig Durchzug ins Haus zu bekommen.

Das Baby war ungnädig, und Monika sah sich mit ihrem Latein am Ende. Klein-Edith hatte zu essen bekommen. Sie war trocken. Sie war soeben von einem Nickerchen aufgewacht. Nichtsdestoweniger ballte sie die Fäustchen, lief im Gesicht krebsrot an und wand sich in einem fort. Monika wurde von Minute zu Minute ungehaltener. Ihre Kräfte waren einfach verbraucht.

Es kam ihr vor, als machte sie überhaupt nichts anderes mehr, als sich um das Baby zu kümmern. Wenn sie die Kleine nicht gerade anlegte, wechselte sie ihr entweder die Windeln oder schaukelte sie in den Schlaf oder wusch ihre Kleidung oder bezog ihr Bettchen neu und suchte ihre Schnuller zusammen. Monika wusste gar nicht mehr, was sie eigentlich den ganzen Tag gemacht hatte, ehe Edith geboren worden war.

„Ich nehm sie gern für 'ne Weile", erbot sich Ursel.

Monika hatte gewiss nichts dagegen.

Kaum hatte sich Ursel mit der Kleinen hingesetzt, da wurde sie ruhig. Soweit es Edith anbetraf, besaß Ursel offenbar Zauberkräfte.

„Hartmut kommt auch in den Osten", nahm Ursel ihren Gesprächsfaden wieder auf. „Er muss mit Konrad zusammen einrücken. Ist das nicht alles furchtbar traurig? Er hatte darum gebeten, als Kriegsberichterstatter mit der Kamera eingesetzt zu werden. Stattdessen drücken sie ihm 'nen Karabiner in die Hand."

„Und was ist mit Ernst?", fragte Monika.

„Sein Semester fängt in ein paar Wochen an."

„Es wird mir seltsam vorkommen, sie alle nicht mehr um mich zu haben." Monika fächelte sich Luft zu. Sie wünschte, die Sonne würde endlich hinter den angrenzenden Häusern verschwinden, damit es ein Ende nähme mit der Hitze.

„Frau Pastor?"

„Ja, bitte?"

„Darf ich Sie was fragen?"

„Du weißt doch, dass du mich alles fragen kannst."

Ursel zauderte. „Ich fürchte, ich trete Ihnen zu nahe."

„Das können wir erst wissen, wenn du gefragt hast, was du fragen möchtest."

„Aber sagen Sie es bitte, wenn Ihnen diese Frage nicht recht ist, ja? Ich meine, ich will Ihnen wirklich nicht zu nahe treten. Bitte, ja? Sie genieren sich nicht?"

Monika lehnte sich zurück und fächelte heftiger.

„Schließlich haben Sie ja gerade entbunden, und –"

„Nun frag schon, Ursel!"

Das Mädel lächelte sie unsicher an. „Meinen Sie, es wäre vielleicht möglich ... ich meine, alles, was an Arbeit anfällt, würde ich schon machen, keine Frage. Aber, ähm, meine Eltern ... die würden mir nicht erlauben, dass ich – äh ... denken Sie, es ginge –"

„Das ist doch eine schöne Idee, eine Abschiedsfeier für die Jungs", sagte Monika. „Gern kannst du das hier machen."

Ursel strahlte. „Wirklich? Macht Ihnen das nicht zu viel Umstände?"

„Ich hab selber auch schon daran gedacht. Ist 'ne tolle Idee. Man kann ja nie wissen, wann ihr alle wieder einmal beieinander sein werdet."

„Ich mach auch alles."

„Ich denk, wir beide zusammen schaffen das schon."

„Es muss aber bald sein. Konrad und Hartmut müssen schon –"

Sie wurden von Motorengeräuschen unterbrochen: ein Auto. Vor dem Haus. Monika erkannte weder den Wagen noch den Fahrer, bis er ausgestiegen war.

„Ist das nicht einer von den SS'lern, die bei uns im Gottesdienst waren?", fragte Ursel.

„Ja. Sturmbannführer Wolff."

„Ohne seine Uniform hab ich ihn erst gar nicht erkannt."

Wolff kam auf die offene Eingangstür zu. In der einen Hand hatte er Papiere. Genau wie jeder andere an diesem unerträglich heißen Tag sah er mächtig geschlaucht aus. Im Näherkommen wirkte er ungepflegt und viel erschöpfter als bei seinem letzten Besuch.

Monika fing ihn an der Haustür ab. Ursel stand direkt hinter ihr, die Kleine im Arm.

Beim Anblick Ursels versteckte Wolff seine Papiere unauffällig hinter seinem Bein.

„Herr Sturmbannführer!" Monikas Begrüßung klang kühl.

„Tag, Frau Schumacher." Verstohlen blickte er auf das Mädchen hinter der Hausherrin.

„Das ist Ursel Janssen", stellte Monika vor. „Sie gehört zu unserer Gemeinde und hilft mir, wo immer sie kann."

„Oh, das sehe ich", sagte Wolff. Er wandte den Blick nicht von Edith.

Ursel sah Hilfe suchend zu Monika. Erst als diese zustimmend nickte, beugte das Mädchen sich vor, sodass Wolff die Kleine auf ihrem Arm besser sehen konnte.

„Frau Schumacher, haben Sie einen Augenblick Zeit für mich?"
„Ich kann Edith ja schlafen legen", bot Ursel an.
„Ach, im Schlafzimmer ist es so stickig", sagte Monika. „Bleib lieber im Wohnzimmer mit ihr. Ich gehe mit dem Herrn Sturmbannführer nach draußen."
Monika folgte Wolff vors Haus.
Auf der gekiesten Auffahrt blieben sie stehen. „Was ich Ihnen zu sagen habe, ist hochgradig vertraulich", begann Wolff.
„Kommen Sie hier rüber", antwortete Monika.
Sie führte ihn in das Wäldchen nicht weit vom Haus, dasselbe Wäldchen, in dem die Jungen vor einem halben Jahr verschwunden waren, um einen Tannenbaum zu schlagen.
War das wirklich erst sechs Monate her? Es kam ihr vor wie ein ganzes Leben.
Das lichte Gehölz bot nur wenig Schatten. Auch hier waren sie der Hitze so gut wie ungeschützt ausgesetzt.
„Wie geht's Edith?", fragte Wolff.
„Sie hat mehr Kraft als ihre Mutter", antwortete Monika.
Wolf lächelte. „Oh, ich weiß – ich bin ja auch Vater gewesen. Es gibt Tage, da –"
„Sie sagten, Sie hätten etwas Vertrauliches mit mir zu besprechen." Monika wollte gern zur Sache kommen.
Wolff überreichte ihr seine Papiere.
Auf dem obersten Blatt prangte das Emblem des Dritten Reiches. Es handelte sich um ein regierungsamtliches Formular, auf dem in Druckschrift Ediths Name und die Daten ihrer Geburt vermerkt waren: Datum, Gewicht, Größe, Name des Vaters, Mädchenname der Mutter und so fort. Es handelte sich um eben den Fragebogen, den die Hebamme in Monikas Haus ausgefüllt hatte.
„Schauen Sie auf die nächste Seite", drängte Wolff.
Rasch blätterte Monika um. Das folgende Blatt trug den Briefkopf des Reichsgesundheitsministeriums. Im Betreff standen Ediths Name und eine Geschäftsnummer. Links darunter folgten drei auszufüllende Kästchen, jedes davon mit dem Namen eines Arztes versehen. Die ersten beiden Kästchen waren jeweils mit einem roten Pluszeichen

über dem Namen des Arztes ausgefüllt, das dritte war leer. Unterschriften trug das Blatt keine.

„Ein Dokument aus der Leitstelle der Aktion T 4", sagte Wolff.

Monika starrte das entwendete Aktenstück an. Die roten Pluszeichen machten ihr Angst, ohne dass sie einen Grund dafür benennen konnte. Sie zeigte darauf und bat: „Bitte helfen Sie meinem Gedächtnis auf die Sprünge."

„Der Fragebogen wird von drei Ärzten begutachtet", sagte er. „Stünden drei rote Pluszeichen drauf, so würden sie Edith holen kommen."

„Wie – holen kommen?"

„Sie würden Sie nie mehr wiedersehen."

Monikas Knie drohten nachzugeben. Instinktiv sah sie zum Haus hinüber. „Mein Baby!"

„Edith ist in Sicherheit", beschwichtigte Wolff.

Monika sah abermals auf die Papiere. „Weil da nur zwei rote Pluszeichen stehen?"

„Sie haben keine Unterlagen mehr über sie."

„Ist das hier denn alles?"

Wolff nickte.

Trotz der Hitze schlang Monika ihre Arme um Wolffs Hals und drückte ihn. „Danke. Vielen, vielen Dank."

Wolff vermochte ihre Erleichterung nicht zu teilen.

„Sie können mit Edith niemals zu einem Arzt gehen", sagte er. „Und die Schule besuchen kann sie auch nicht."

Monikas Freude verflog. „Und was soll ich machen – sie etwa ihr Leben lang verstecken?"

Wolff sah sie traurig an.

Hilflos ließ Monika die Arme sinken. Der Gedanke, Ediths Zustand vor jedermann geheim halten zu müssen, machte sie völlig fertig. Und dabei hatte Fräulein Baeck doch längst Verdacht geschöpft! Was sollte sie bloß machen? Und was für ein Leben würde das für Edith sein – immer nur im Haus eingesperrt? Solange sie lebte, würde sie eine Gefangene sein!

„Da ist noch was", sagte Wolff.

O Gott, was denn jetzt noch?, dachte Monika. Sie glaubte für den Moment wirklich genug an Hiobsbotschaften gehört zu haben.

„Vielleicht ist Ihr Mann nach wie vor am Leben."

Monikas Kopf war noch so voll von den Problemen, die Edith betrafen, dass sie einen Moment brauchte, ehe sie verstand. „Wie – Josef?"

„Ich will Ihnen keine falschen Hoffnungen machen", warnte Wolff.

Aber dafür war es zu spät. „Josef, mein Josef?", rief Monika.

„Als wir in den T-4-Büros nach Ediths Unterlagen suchten, fiel uns aus einem der Aktenordner dies hier entgegen", erklärte Wolff. Er griff in seine Tasche und zog eine Münze heraus, die er Monika in die Hand drückte.

Die Münze lag in ihrer Hand. Auf ihr war ein Bär abgebildet, umrankt von der Aufschrift *Im Boden verankert, strecken wir uns nach dem Himmel.*

Ihre Hand begann zu zittern.

Gedankenversunken vergrub Josef den Kopf in den Händen.

Er liebte sie, obgleich er sie noch nie gesehen hatte. Auch wenn er sie niemals im Arm halten würde, glaubte er an sie.

Er kannte sie ja. Sie hatten miteinander kommuniziert. Sich berührt. Schön, nicht unmittelbar, aber durch Monikas Bauchdecke hindurch. Sicher, er hatte sich mehr erhofft, aber so viel Kontakt hatte er doch immerhin zu ihr gehabt. Wenn sie eines Tages im Himmel vereint sein würden, würde er mit ihr darüber lachen, wie sie sich durch die Bauchdecke ihrer Mutter hindurch an den Händen berührt hatten.

„Edith."

Josef sprach sich den Namen seiner Tochter laut vor. Der Klang gefiel ihm. Obendrein konnte er sich an dem Namen gewissermaßen festhalten – eine Sache mehr, die ihn von den Schmerzen ablenkte und ihm half, gegen die Halluzinationen anzugehen. Er hatte Monika, und jetzt gab es auch noch Edith, sein kleines Mädchen. Der Gedanke an seine beiden Frauen machte ihn stärker.

„Monika."

„Edith."

Josef lachte, und es war wirkliche Freude – keine von Drogen vorgespiegelte diesmal.

„Edith! Komm her, meine kleine Edith! Ich habe eine Tochter, sie heißt Edith. Darf ich Ihnen meine Tochter Edith vorstellen? Kinder? Ja, eines, ein Mädchen. Sie heißt Edith."

Josef legte sich auf den Rücken und streckte beide Arme von sich. Er sah zur Decke hinauf, die haargenau so aussah wie die vier Wände seines Raumes, mit dem Unterschied, dass in ihrer Mitte eine nackte Glühbirne an einem Draht herunterhing.

Er versuchte sich vorzustellen, wie Edith wohl aussehen würde, nicht als Säugling natürlich, denn Säuglinge sahen für ihn alle gleich aus, sondern als Schulmädchen und dann als junge Frau. Überrascht stellte er fest, dass das Bild, das in seinen Gedanken entstand, das der jungen Monika war. Umso mehr liebte er seine Frau und seine Tochter.

Es klickte zweimal, und die Tür wurde aufgestoßen. Zwei Wärter traten geschäftigen Schrittes ein. Sie verlangten weder, dass er aufstünde, noch begrüßten sie ihn oder gaben ihm irgendeine Auskunft, was sie zu ihm führte. Sie marschierten herein, nahmen ihn in ihre Mitte und versuchten ihn hochzuziehen. Es ging nicht.

Also legten sie sich seine Arme über ihre Schultern, sodass er aussah wie ein menschliches Joch, während die Weißkittel die Rolle der Zugtiere spielten. Jedenfalls beförderten sie ihn auf diese Weise Richtung Ausgang.

„Ich habe eine Tochter", sagte Josef, „sie heißt Edith."

Sie gingen nicht anders mit ihm um als mit einem Sack Mehl oder Kartoffeln. Sie schleppten ihn eine Treppe hinunter und verfrachteten ihn in einen allzu vertrauten Raum voller silberner Tabletts und Schälchen.

„Neeeiiin!", wimmerte Josef. „O mein Gott, bitte nicht noch Injektionen! Keine Injektionen mehr, bitte!"

„Zieht ihm das Hemd hoch", sagte der Mann im Arztkittel.

Die Wärter nahmen ihn in die Zange und legten seinen Bauch bloß.

Der Mann im Arztkittel besah sich Josefs Bauchdecke und runzelte die Stirn. Doch was er zu sehen bekam, genügte offenkundig nicht, um ihn seinen Auftrag vergessen zu lassen.

„Edith heißt sie", wiederholte Josef. „Bitte, ich möchte nicht den Namen meiner Tochter vergessen!"

Die erste Nadel drang tief in seinen Bauch ein. Josef verspürte ein Brennen in seinen Eingeweiden, das rasch auf seine Beine übergriff. In kurzen Abständen folgten eine zweite und dritte Nadel. Das Brennen wanderte jetzt hinauf in seine Brust, umschloss sein Herz.

Josef wurde schlecht. „Edith ... Edith ... Edi ..."

Eine Woge von Übelkeit wischte den Namen aus seinem Gedächtnis.

„Die Münze hat Ihrem Mann gehört, nicht wahr?", fragte Wolff.

Monika drehte das Goldstück herum. *Herr, mein Fels, meine Burg, mein Erretter, mein Gott, mein Hort, auf den ich traue! Psalm 18,3.* Ihr fiel nicht mehr ein, wem Josef diese Münze zugedacht hatte.

„Ja", sagte sie, „diese Münzen hat Josef anfertigen lassen."

„Und diese hier trug er bei sich", entgegnete Wolff. „Er und ein anderer unserer Agenten haben sich noch darüber gestritten."

Monika wog die Münze in der Hand. Die Medaille fachte ihre Hoffnungen noch ein wenig mehr an. „Was hat diese Münze mit Ihrem Glauben zu tun, dass mein Mann irgendwie von den Toten auferstanden sein könnte?"

Wolff zog ein Taschentuch hervor und wischte sich den Schweiß von Stirn und Hals. Statt dass er wegen der Hitze zusah, dass er bald weiterkam, schien er Monika eher auf Zeit spielen zu wollen. Er wirkte, als hätte er sich noch nicht recht entschließen können, wie er's ihr beibringen oder wie viel er ihr sagen sollte.

„Ihr Mann war an einer Unternehmung in einer Heilanstalt beteiligt", begann er endlich. „Deren Unterlagen befinden sich in derselben Dienststelle, in der wir auch die Akte über Edith gefunden haben."

Schon diese Eröffnung überstieg Monikas Begriffsvermögen. „Was um Gottes willen hatte Josef denn in 'ner Heilanstalt zu suchen, wodurch er sein Leben hätte aufs Spiel setzen können?"

„Dazu kann ich Ihnen nichts sagen", beschied Wolff. „Es genügt, wenn Sie wissen –"

„Nichts sagen, ja?", zischte Monika. „Herr Wolff, ich habe den Eindruck, Sie haben die ganze Zeit über haargenau gewusst, wo mein Mann sich aufhält, was ihm widerfahren ist und wodurch er womöglich zu Tode kam – sofern er denn tot ist –, und ich möchte wissen, was Sie wissen! Alles!"

Wolff hob die Hand, halb bittend, halb abwehrend. „Frau Schumacher, es handelt sich hier um Informationen, die Sie in Gefahr bringen würden. Wenn Josef Ihnen vor seiner Abreise nichts sagte, dann, um Sie zu schützen, und aus genau demselben Grund werde auch Ihnen jetzt nicht Rede und Antwort stehen."

„Aber Herr Wolff, ich bin Josefs Frau, und ich verlange –"

„Bitte! Bitte ... Frau Schumacher – um Ihrer selbst willen und um Ihrer Tochter willen ist es besser, wenn Sie nichts wissen."

„Aber überlassen Sie mir doch selbst das Urteil darüber –"

Wolff schnitt ihr das Wort ab. „Ich weiß, dass es schwer für Sie ist", sagte er. „Uns allen ist es so ergangen. Ich sage Ihnen, was ich sagen kann, einverstanden?"

Was sie beschwichtigte, war mehr seine Miene als seine Worte. Er hatte die Augen eines tief verletzten Mannes.

Wolff brauchte einen Moment, um seinen Faden wiederzufinden. „Ja, ähm – Josef hat sich unter falschem Namen in die Anstalt begeben. An Ort und Stelle trat etwas Unvorhergesehenes ein, und seine Tarnung flog auf. Daraufhin wurde er aus dem Verkehr gezogen."

„Und wieso sind Sie nicht hingefahren und haben ihn da rausgeholt?"

„So einfach lagen die Dinge nicht. Als ich zum letzten Mal versuchte, in Kontakt zu ihm zu kommen, kriegte ich von einem aufgescheuchten Wärter einen Wink zu verschwinden, andernfalls hätte man mich verhaftet. Auch mich hatte man enttarnt. Ich musste alles hinter mir lassen: meine Stellung, mein Haus, mein ganzes Hab und Gut. Jetzt bin ich ein gejagter Mann."

Deshalb also sein heruntergekommener Aufzug und seine Erschöpftheit.

„Wir haben also jemanden verdeckt in die Anstalt eingeschleust. Unser Mann hat sich ein bisschen unter den Patienten umgehört und erfuhr, dass Josef tot sei. In den Akten der Anstalt fand er das bestätigt."

„Aber dann haben Sie die Münze gefunden, oder wie?", drängte Monika.

Wolff lächelte. „In der Tat, die Münze war der Schlüssel."

„Und – was ist jetzt? Ist Josef nun noch am Leben oder nicht?"

„Wir glauben, ja. Sie führen ihn jetzt unter einem wieder anderen Namen. Was wir nicht wissen, ist, in welchen Intervallen die Karteikarten in der Verwaltung auf den neuesten Stand gebracht werden."

„Aber immerhin haben Sie jetzt etwas in der Hand. Also können Ihre Leute doch hingehen und Josef rausholen!"

„Mag sein."

„Mag sein?" Monika wurde ihrer Ungeduld kaum noch Herr.

„Frau Schumacher, hier stehen auch noch andere Menschenleben auf dem Spiel. Wir sind am Überlegen, was wir tun können."

„Sofern es auch nur die kleinste Möglichkeit gibt –"

„– werden wir für Josef tun, was in unserer Macht steht."

Weitere Einwände ihrerseits wurden durch die Art und Weise erstickt, in der er Josefs Namen aussprach. Kein Zweifel: Josefs Schicksal lag ihm wirklich am Herzen.

„Vielen Dank, Herr Wolff", sagte Monika.

Sie standen einander zwischen den Bäumen gegenüber. Die sinkende Sonne warf diagonale Schatten über ihre Gestalten.

„Wie haben Sie ihn dort genannt?"

Wolffs Augen wurden schmal. „Wieso wollen Sie das wissen?"

„Neugier, weiter nichts."

Wolff wog ab, ob er es ihr sagen sollte oder nicht. Schließlich kam er damit heraus: „Leo Speidel."

Der Name klang in ihren Ohren vertraut. Er setzte sich in Monikas Hirn fest, grub sich in ihr Unterbewusstsein ein. Den Namen hatte sie schon einmal gehört – aber wo?

„Was ist?", fragte Wolff.

„Ich weiß nicht ... Vielleicht ... hm, ich bin mir nicht sicher ... Leo

Speidel, Leo Speidel ... warten Sie mal ..." Sie sagte sich den Namen laut vor, aber auch das half ihrem Gedächtnis nicht auf die Sprünge, im Gegenteil: Mit einem Mal konnte sie überhaupt nichts mehr damit anfangen. Es war, als hätte sie den Namen verscheucht, indem sie ihn aussprach.

„Lassen Sie sich Zeit", sagte Wolff. „Es wird Ihnen schon wieder einfallen. Und dann –"

„O nein!", rief Monika aus.

„Was ist?"

Sie schlug sich die Hand vor den Mund. „O Gott, nein!"

„Sagen Sie's mir, Monika!"

Sie sackte auf dem Waldboden zusammen: So fest waren ihre Beine nicht mehr, dass sie sie jetzt noch halten konnten – jetzt, da ihr die furchtbare Wahrheit dämmerte. Der Name erwies sich als unscheinbarer Schlüssel zu einem riesigen Tor, hinter dem sich schreckliche Wahrheiten verbargen, die sie gar nicht wissen wollte.

Wolff kniete sich neben sie und nahm ihre Hand.

„Josef!", sagte sie. „Er ist also in der Heilanstalt von Hadamar."

Schockiert starrte Wolff sie an. „Woher wissen Sie das?"

„Mein Vater ... er ... er ..."

Wolffs Ausdruck changierte zwischen Ungläubigkeit und Bestürzung. Hatte er also doch zu viel gesagt! Er hatte ihr den Schlüssel in die Hand gegeben, mit dem sie die verriegelte Tür hatte öffnen können. „Sie sollten das gar nicht wissen", sagte er kleinlaut. „Ich wollte Sie doch beschützen!"

Aber jetzt wusste sie Bescheid, es gab kein Zurück mehr. „Das unvorhergesehene Ereignis", sagte sie zögerlich, „durch das Josefs Tarnung aufflog ..." Sie schluckte und fuhr fort: „Das war mein Vater, stimmt's?"

Wolff wand sich. Monika brach es das Herz, ihn auch nur anzusehen.

Nichtsdestotrotz ließ sie nicht locker. „War es mein Vater oder nicht?"

„Das sollten Sie eigentlich niemals erfahren."

Sie zupfte an ihren Haarspitzen und nahm sie in den Mund.

Wolff strich ihr über den Arm. „Hadamar – Ihr Vater: Wieso wussten Sie davon?"

„Wegen des Namens", sagte Monika, „Leo Speidel. Einen Leo Speidel wollte meine Mutter in jungen Jahren eigentlich heiraten – ehe ihr Vater über den Weg lief."

32

Montag, 5. August 1940

Monika saß im Arbeitszimmer auf dem Fußboden, umgeben von Heften, Ordnern und Fotografien. Edith lag nicht weit von ihr auf einer Decke. Nachdem sie ihren Daumen gefunden hatte, war das Kind nuckelnd auf dem Bauch eingeschlafen. Jetzt sah sie aus wie ein kleiner Engel.

Ihre Haut war so paradiesisch weich! Weiß und sanft. Sie hatte nicht den geringsten Makel. Nichts an ihr zeigte, dass sie nicht dazu geschaffen war, im Tausendjährigen Reich des Führers zu leben.

Monika strich der Kleinen eine Weile über den Rücken und wandte sich dann wieder den Dingen zu, die sie vor sich liegen hatte.

> *„Vmtl. registrieren Frauen oft gar nicht, welche Leidenschaft sie in Männern entfachen – Leidenschaft, die 7 Jahre auf ein paar Tage zusammenschnurren ließ!*
> *Es geht um eine sehr tiefe, dauerhafte, gerechte Liebe, die viel tiefer reicht als Schwärmerei oder sex. Anziehung zwischen Mann und Frau.*
> *Jakob wollte sein Herz mit Rahels Herz verschmelzen, liebte Rahel mit heiliger Leidenschaft.*
> *Möge der Himmel jedem Manne beistehen, dem eine Frau sein Herz geraubt hat; denn er hat sich selbst verloren für alle Zeit. Denn hätte sie es ihm nicht geraubt, so hätte er es ihr gern und freiwillig gegeben!“*

Sie nahm ein gerahmtes Foto zur Hand. Ihr Hochzeitsbild. Wie schmal und lang und jung Josef in seinem dunklen Anzug aussah! Sie, in weißem Satinschleier, stand dicht neben ihm. Jemand hatte ihre Schleppe nach vorn gezogen und vor ihren Füßen ausgebreitet. Sie hatte sich alle Mühe gegeben, strahlend auszusehen, aber man sah dem Foto an, dass ihr Lächeln nicht von Herzen kam. Josefs Blick ruhte auf ihr.

„Liebte Rahel womöglich Jakob nicht mit derselben Innigkeit, die er für sie hegte? Liebte sie ihn am Ende gar nicht?“

Sanft berührte Monikas Finger das Gesicht ihres Mannes auf dem Bild. Auf das Glas, hinter dem das Foto steckte, fiel eine einzelne Träne.

* * *

„Komm rein, Vater.“ Monika umarmte Olbricht, als dieser über ihre Schwelle trat.

„Wo ist denn meine süße kleine Enkelin?“, fragte Olbricht. Seine Fingerspitze prüfte die Spitze seiner Zigarre, um zu sehen, ob sie auch nicht brannte.

„Sie schläft gerade.“

„Tut dieses Kind denn gar nichts anderes als schlafen und essen?“

Monika lächelte. „Ich habe mir überlegt, dass ich sie vielleicht erst ein halbes Jahr alt werden lassen sollte, ehe ich ihr das Kochen beibringe.“

Olbricht marschierte Richtung Schlafstube.

„Halt, sie ist hier“, wies Monika ihm den richtigen Weg. Sie brachte ihn zur Tür des Arbeitszimmers, die sie behutsam gerade so weit öffnete, dass er einen Blick auf das Baby werfen, aber nicht den Raum betreten konnte.

Olbricht lächelte über sein ganzes Bulldoggengesicht, als er seine Enkeltochter bewunderte. „Wie ein Gemälde“, sagte er versonnen.

Monika sah, dass sein Blick zu den Papieren und Fotografien wanderte, die auf dem Fußboden ausgebreitet lagen. Er sagte indessen nichts, und sie gab ihm auch keine Erklärung.

„Lass uns im Wohnzimmer reden“, schlug sie vor, während sie die Tür bis auf einen schmalen Spalt schloss, damit sie das Kind auch hörte, wenn es wach wurde.

Olbricht machte seinen Hemdkragen auf und schimpfte auf die Hitze. „Diese Hundstage fordern ganz schön viel von einem alten Mann“, seufzte er.

„Ich hab Limonade gemacht. Möchtest du welche?"

„Ich würde meine Seele für ein Glas Limonade geben."

Ein paar Minuten später kam Monika mit zwei großen Limonadegläsern zurück. Eines davon gab sie ihrem Vater, der seine Zigarre gerade lang genug aus dem Mund nahm, um das Glas in einem Zug halb auszutrinken. Er lobte sie für das Getränk und sagte dann: „Warum wolltest du mich sprechen, mein Schatz? Möchtest du jetzt endlich nach Hause umziehen?"

Monika nippte abwesend an ihrem Glas. „Weißt du irgendwas Neues über Josef?"

Traurig schüttelte Olbricht den Kopf und sagte: „Man erfährt nichts außer dem immer Gleichen: vermisst. Vermutlich verstorben."

„Wann hast du dich denn zum letzten Mal erkundigt?"

Er zog die Brauen hoch. „Wie – hast du denn irgendwas gehört?"

Monika schalt sich ob ihrer Vorwitzigkeit, aber sie konnte jetzt nicht locker lassen. „Na ja, du kannst dir wohl denken, dass er mir nicht aus dem Kopf geht. Schließlich ist – war – er mein Mann."

Olbricht beugte sich nach vorn. „Komm nach Hause. Deine Mutter wäre so glücklich darüber."

Monika zog die Stirn kraus und sagte: „Ich kann nicht. Nicht, ehe ich mit Sicherheit weiß, dass Josef tot ist. Würde ich jetzt nach Hause umziehen, so sähe das aus, als gäbe ich auf."

„Hm." Olbricht lehnte sich wieder nach hinten und bedachte ihre Worte. Er trank den Rest seiner Limonade aus.

Monika wusste immer, wann ihr Vater nachdachte – so wie jetzt. Er zog dann die Brauen zusammen, und seine Augen huschten von einer Seite zur anderen.

„Ich geb dir denselben Rat, den ich auch der Gemeinde erteilt habe", sagte er schließlich. „Guck nach vorn. Josefs Verschwinden wird nie aufgeklärt werden. Er kommt nicht wieder zurück."

Monika ließ den Kopf hängen.

„Ich weiß, dass das nicht leicht für dich ist", fügte Olbricht hinzu.

„Ach, ich wünschte nur, ich könnte der Sache ebenso sicher sein wie du. Aber solange ich das nicht bin, weigere ich mich, ihn aufzugeben. Das ist doch wohl das Mindeste! Er ist mein Mann."

„Aber was, wenn du diese Gewissheit nie erlangst? Wie lange willst du denn ohne Hoffnung ausharren?“

Monika zuckte die Schultern. „Ich weiß nicht.“

Olbricht stellte sein Glas auf dem Beistelltisch neben seinem Sessel ab.

„Möchtest du noch was?“, fragte sie.

Mit der Zigarre in der Hand winkte Olbricht ab.

„Wann hast du Josef das letzte Mal gesehen?“, wollte Monika wissen.

Olbricht rieb sich das Kinn. „An dem Morgen, an dem der Sturmbannführer ihn nach Hause brachte. Da schöpfte ich schon Verdacht. Wäre ich dem doch bloß nachgegangen! Wenn ich früher gehandelt hätte, wäre das alles vielleicht gar nicht passiert.“

Er suchte Bestätigung, und Monika tat ihm den Gefallen, wenn auch nicht ohne Widerwillen. „Wie solltest du es denn aber wissen?“, sagte sie.

Olbricht seufzte tief. „Tja, das war wohl nicht anders möglich.“

Es wurde still zwischen ihnen. Gerade als das Schweigen unangenehm zu werden drohte, schlug Olbricht sich aufs Knie. Das war seine Art, eine Entscheidung anzukündigen.

„Monika, was ich dir jetzt sage, muss bitte in diesen vier Wänden bleiben“, sagte er. „Ich könnte sonst in Schwierigkeiten kommen.“

Monika beugte sich vor.

Olbricht zögerte, als wollte er sich die Sache noch einmal überlegen. Dann sagte er: „Die Geschichte ist todernst. Ich habe Befehl, mit niemandem darüber zu sprechen. Aber du – nun gut, du bist seine Frau. Du solltest schon Bescheid wissen.“ Er unterbrach sich abermals und sagte dann: „Die Gestapo hat Beweise für Josefs Ableben.“

Der Schock ließ Monika auf Abstand zu ihm gehen. „Ich verstehe“, sagte sie leise. „Aber warum hat man mich nicht davon in Kenntnis gesetzt?“

„Auch ich weiß beileibe keine Einzelheiten, aber so, wie man mir die Dinge dargelegt hat, ist es denen nicht möglich, ihr Wissen über Josefs Tod preiszugeben, weil sie sich damit die Fahndung nach ihrem abtrünnigen Mann erschweren würden.“

„Sturmbannführer Wolff“, ergänzte Monika.

„Genau der. Ihm gibt man auch die Verantwortung für Josefs Tod.“

„Verstehe“, sagte Monika.

„Vergiss nicht, ich hab denen mein Wort gegeben, mit niemandem über diese Dinge zu reden.“

Monika nickte.

„Und ich sag dir das auch nur aus dem einen Grund, dass ... Hm, ja, du solltest es einfach wissen.“

„Danke für deine Offenheit, Vater.“

Olbricht kaute eine Weile auf seiner Zigarre herum, Monika starrte auf ihr Limonadenglas.

Ihr Vater streckte seine Hand aus und legte sie auf die ihre, die in ihrem Schoß ruhte. „Kommst du zurecht?“

Sie lächelte ihn matt an. „Das alles bestätigt nur meinen Verdacht.“

Nach einer gemessenen Pause räusperte Olbricht sich und fragte: „Du bist mir doch nicht böse, weil ich dir diese Dinge bis jetzt vorenthalten habe, nicht wahr?“

„Du hast ja schließlich dein Wort gegeben.“

„Genau.“

Einige Minuten lang blieb es still.

„Aber du verachtest mich auch nicht dafür, dass ich's dir jetzt gesagt hab, oder? Dafür, dass ich mein Wort gebrochen habe?“

„Das würdest du ja niemals leichthin tun.“

„Natürlich nicht. Ich hab mir stets was darauf zugute gehalten, ein Mann zu sein, dessen Wort etwas gilt.“

„Und dafür hab ich dich von jeher bewundert.“

„Ja, also ...“ Olbricht nahm sein leeres Glas in die Hand, sah es an und stellte es wieder weg.

„Ich kann dir noch was holen“, erbot sich Monika.

„Nein, nein, vielen Dank.“ Er schlug sich mit beiden Händen auf die Knie und stand auf.

Monika stellte ihr Limonadeglas beiseite und erhob sich ebenfalls.

„Also schön“, sagte er, „dann kann ich also deiner Mutter sagen, dass du bald nach Hause kommst.“

„Da lässt sich drüber reden. Demnächst.“

„Soll mir recht sein", pflichtete Olbricht bei. „Sie wird froh sein, das zu hören."

Er zerrte an seinem Hemdkragen, um noch einmal zu unterstreichen, wie sehr er unter der Hitze litt. Monika indes starrte auf den Boden.

„Monika, ich möchte dir gern noch sagen, wie traurig es mich macht, dass deine Ehe nicht die Erwartungen erfüllt hat, die wir alle in sie setzten. Ich sagte dir ja schon mal: Ich halte mich für schuldig, nachdem ich Josef so unter meine Fittiche genommen hatte. Dadurch habe ich dich ja mehr oder weniger unter Zugzwang gesetzt, sodass du gemeint hast, du müsstest ihn heiraten."

„Ach was, niemand ist schuld", versetzte Monika.

„Ja ... dann ... Schön. Und du kommst hier wirklich allein zurecht? Ich meine, jetzt, wo du das mit Josef weißt und so weiter ..."

„Ich denke, irgendwie wusste ich es schon die ganze Zeit. Doch, doch, ich komm schon klar."

„Sicher?"

„Ja doch."

Sie machte einen Schritt auf ihren Vater zu und küsste ihn auf die Wange. Er tätschelte ihr väterlich die Schulter und ging zur Tür, drehte sich aber noch einmal um.

„Gib meiner Enkeltochter einen Kuss von mir, sobald sie aufwacht, ja?"

„Das werd ich tun."

Der Kies knirschte unter seinen Füßen, als er auf seinen *Essex Super Six* zuhielt. Der Wagenschlag fiel ins Schloss, und der Motor heulte auf. Monika sah dem Wagen ihres Vaters nach, der ihn in einer dicken Staubwolke von ihr wegbrachte.

Sie stand noch unter der Tür, als die Staubwolke sich längst aufgelöst hatte. Ihr Herz war kalt wie ein Stein.

Es war Monika ergangen wie jedem Kind: In der Phase zwischen Kindheit und Erwachsenwerden hatte es auch für sie schwierige Übergänge gegeben, zum Beispiel dann, wenn ihre Eltern irgendwas taten oder sagten, wodurch sie unter Beweis stellten, dass auch sie alles andere als vollkommen waren. Genau so einen Moment durchlebte sie jetzt.

Nur dass die Auswirkungen diesmal weit darüber hinausgingen, dass sie sich von ein paar Illusionen verabschieden musste. Diesmal war sie am Boden zerstört.

Nie im Leben hätte sie sich vorstellen können, von ihrem Vater so angelogen zu werden, wie es heute geschehen war. Und dennoch hatte er mit derselben Selbstgewissheit in ihrem Wohnzimmer gesessen, die sie von jeher an ihm gekannt hatte – und ihr dabei unverfroren ins Gesicht gelogen! Hatte ihr in die Augen gesehen und sie belogen. Trank ihre Limonade und log sie an.

Nie mehr würde sie von ihm denken, ihn ansehen oder mit ihm sprechen können wie zuvor. Bei dem Gedanken, dass sie diesen Mann ihr Leben lang fast angebetet hatte, wurde ihr übel.

Monika ging ins Schlafzimmer und nahm einen Papierschnipsel zur Hand, auf den jemand eine Telefonnummer gekritzelt hatte. Zurück in der Diele, wählte sie diese Nummer.

Nach zweimaligem Läuten meldete sich eine männliche Stimme. „Ja bitte?“

Monika zauderte. Sie biss sich auf die Unterlippe.

Das Rauschen der Fernsprechleitung klang wie ein Flehen, dass sie endlich den Mund aufmachte. Aber wenn sie das tat, würde sie eine Linie überschreiten, das wusste sie. Ein Zurück würde es danach nicht mehr geben.

Als sie sprach, sagte sie nur drei Wörter: „Ein feste Burg.“

33

Donnerstag, 8. August 1940

Es war nur eine kleine Party, aber jeder, der dazugehörte, war auch da. Mitten im Wohnzimmer saßen Ernst und Hartmut, die Unzertrennlichen, die nur allzu bald voneinander getrennt sein würden. Lachend erzählten sie sich Witze und knufften sich gegenseitig in den Arm. Ganz anders Konrad: Schon jetzt Soldat vom Scheitel bis zur Sohle, stand er steifbeinig mit einer Tasse in der Hand vor dem Radioempfänger. Soeben traten Ursel, die Initiatorin des Abends, und Monika ins Zimmer. Während Ursel ein Tablett voller Gebäck balancierte, trug Monika einen Krug Punsch, den sie eigens für heute Abend angesetzt hatte.

Karin und Willi waren auch eingeladen gewesen, aber Karin verbachte mit ihren Eltern ein paar Ferientage im Spreewald, und wo Willi steckte, wusste niemand so recht. So kam es jedenfalls Monika vor. Anscheinend passierte es öfter mal, dass der Junge stundenlang von zu Hause verschwand, ohne irgendjemandem Bescheid zu sagen.

„Etwas Gebäck?“ Ursel hielt Konrad ihr Tablett hin.

„Hier rüber, Frollein, wenn ich bitten dürfte!“, rief Hartmut ihr zu. „Wir würden gerne Ihr Angebot verkosten!“

Ernst schlug sich aufs Knie und kriegte kaum Luft vor lauter Lachen.

Ursel hob die Faust. „Ich werd euch schon eine Kostprobe meines Angebots geben!“

Hartmut und Ernst taten, als zitterten sie schier vor Angst.

Endlich einmal wieder war das Wohnzimmer von jugendlichem Leben erfüllt. So gefiel es Monika. Seit Weihnachten war es in ihrem Hause nie mehr derart heiter zugegangen.

„Wisst ihr noch, wie Konrad den Weihnachtsbaum umgeschmissen hat?“, grölte Ernst.

Es schien, als hätten sich auch alle anderen soeben diese Szene wieder ins Gedächtnis gerufen.

„Na und?“, wehrte Konrad ab. „Seht lieber zu, dass Ursel nicht wieder ans Radio kommt, sonst müssen wir am Ende noch allesamt diesem aufgeblasenen englischen Premierminister zuhören!“

Unisono lachten die drei Jungs Ursel aus, die ihrerseits so tat, als wäre sie gekränkt, was Monika allerdings besser wusste: Diesen Jungmädchenblick kannte sie nur allzu gut. Wie oft hatte sie selbst ihn aufgesetzt, als sie in Ursels Alter gewesen war! Das Mädchen sonnte sich einfach in der männlichen Aufmerksamkeit, die ihm zuteil wurde.

Aus dem Schlafzimmer war ein Jammern zu hören.

„Da seht ihr, was ihr angerichtet habt!“, rief Ursel. „Jetzt habt ihr die Kleine wach gemacht!“ Sie rammte Konrad das Gebäcktablett in die Brust, sodass ihm nichts anderes übrig blieb, als es festzuhalten.

„Ich geh sie holen“, verkündete Monika.

„Ach, lassen Sie nur, Frau Pastor! Das macht mir doch nichts aus.“ Womit Ursel bereits hinter der Schlafzimmertür verschwunden war.

Eigentlich hatte Monika sich vorgenommen gehabt, ihre Mutter zu bitten, während der Party auf Edith aufzupassen. Es passte ihr nicht, dass das Kind immer nur in den Armen anderer Frauen lag. Sie konnte einfach nicht riskieren, dass irgendeiner Fremden Ediths Hörschwäche auffiel. Sicher, dieses Risiko ging sie auch bei ihrer Mutter ein, aber Monika machte sich keine Illusionen darüber, dass sie ihren Eltern ohnehin früher oder später die Wahrheit über Edith würde sagen müssen.

Als Ursel mitbekommen hatte, wie Monika sich das mit Edith an diesem Abend dachte, hatte sie gleich gesagt, Edith falle doch keinem zur Last. Kaum ging Monika das durch den Kopf, da tauchte das junge Mädchen auch schon mit dem Baby im Arm in der Tür zum Schlafzimmer auf.

„Jetzt stimmen wenigstens die Verhältnisse“, sagte sie, „drei Frauen, drei Männer.“

„Na ja, diesen Winzling da würde ich ja nicht gerade als Frau durchgehen lassen!“, sagte Hartmut.

„Das ändert nichts an der Ausgeglichenheit der Verhältnisse“, versetzte Ursel, „denn ich würde dich auch nicht als Mann durchgehen lassen.“

Hartmuts Gesicht lief puterrot an. Ernst und Konrad wollten sich ausschütten vor Lachen. Aber Hartmut war nicht nachtragend, vielmehr wusste er einen guten Scherz unter Freunden durchaus auch dann zu schätzen, wenn er mal auf seine eigenen Kosten ging. Bald konnte er sich das Lachen auch nicht mehr verkneifen.

Monika hörte in der Auffahrt die Reifen eines Autos knirschen.

Die Zeit war gekommen.

Während Ursel gerade versuchte, dem widerstrebenden Konrad das Baby in den Arm zu drücken, eilte Monika zur Haustür. Tatsächlich, da stand ein Wagen. Zwei Männer stiegen aus. Einen davon kannte sie nicht. Die Männer kamen auf sie zu, und sie bat sie ins Haus.

Mit dem Eintreten der Männer erstarb die beschwingte Unterhaltung der jungen Leute schlagartig.

Monika stand zwischen den beiden Männern und den Jugendlichen. Sie bot den Herren an, in der Wohnstube Platz zu nehmen. Dann erklärte sie den Jugendlichen die Situation: „Bitte entschuldigt, dass ich mit diesem Abend noch einen Zweck verbinde, von dem ihr bisher nichts wusstet. Es ist so, dass mein Mann eure Hilfe braucht.“

* * *

„Er wird also gegen seinen Willen festgehalten?“, fragte Konrad.

„So verhält es sich“, antwortete Wolff.

„In einem Krankenhaus?“

„Jawohl.“

„Und wieso marschiert die SS da nicht einfach rein und holt ihn raus?“

„Weil es sich hier nicht um eine Angelegenheit der SS handelt.“

„Alles und jedes ist Angelegenheit der SS“, widersprach Konrad.

„Das hier aber nicht.“

Wolff und der Mann, den er als Adolf vorgestellt hatte, saßen

Seite an Seite. Meist führte Wolff das Wort. Ohne allzu sehr in die Einzelheiten zu gehen, hatte er den schockierten jungen Leuten erklärt, warum er glaubte, Josef sei nach wie vor am Leben und in Gefahr.

Monika saß zwischen Wolff und Ursel, die Edith auf dem Schoß hatte. Von allen anwesenden Jugendlichen zeigte Ursel sich von dem, was sie zu hören bekamen, am wenigsten überrascht, was daher kam, dass Monika sie in ihre Unterredungen mit Wolff längst eingeweiht hatte.

Ungeachtet der flehentlichen Bitten, die Wolff vorgebracht hatte, war die Untergrundorganisation zu dem Schluss gelangt, ein Versuch, Josef zu retten, sei zu gefährlich und lohne folglich nicht die Mühe. Es war eine kühle Abwägung, aber im Krieg musste man tagtäglich derlei Entscheidungen fällen.

Ganz und gar nicht kühl waren hingegen Wolffs Empfindungen für Josef. Ihn hielt nur eines davon zurück, auf eigene Faust einen Rettungsversuch zu unternehmen: Er hatte für ein solches Vorgehen einfach nicht genug Leute. Umso überraschter war er gewesen, als ausgerechnet Adolf an ihn herangetreten war und vorgeschlagen hatte, sie sollten sich selbst um Josef kümmern. So willkommen ihm dieses Angebot auch war, so bitter nötig hatten sie dennoch weitere Unterstützer.

Ursel hatte die Idee gehabt, Konrad, Ernst und Hartmut einzuweihen. Im selben Augenblick, in dem er durch die Tür kam, hatten die Jungs Wolff wiedererkannt, und dies, obwohl er keine Uniform trug. Es kam ja auch nicht jeden Tag vor, dass ein Sturmbannführer der Gestapo ihren Jugendtreff besuchte.

„Was wollte Pastor Schumacher denn eigentlich in der Heilanstalt?“, fragte Ernst.

„Das tut nichts zur Sache“, beschied ihn Wolff. „Ihr braucht nur zu wissen, dass unsere Zeit knapp bemessen ist. Sein Leben ist in Gefahr.“

„Wenn er nicht schon tot ist“, warf Adolf ein.

Konrad schüttelte in einem fort den Kopf. „Das klingt alles total unwahrscheinlich“, sagte er. „Sie sagen uns doch nicht alles!“

„Sie sind Soldat", sagte Wolff. „Ist es so, dass Ihr Befehlshaber Ihnen seine Befehle erklärt?"

„Aber Sie sind nicht mein Befehlshaber."

Mit einem Kopfnicken zollte Wolff der Tatsache Anerkennung, dass er den verkehrten Anmarschweg gewählt hatte. „Schön, dann spreche ich als Freund mit Ihnen", korrigierte er sich. „Stellen Sie sich vor, das Leben eines Freundes ist in Gefahr. Überlegen Sie dann erst, ob man ihn retten sollte oder nicht, oder packen Sie's einfach an?"

„Wenn das alles bloß nicht ganz so subversiv klingen würde", mischte Hartmut sich ein.

„Es ist subversiv", bemerkte Adolf.

Wolff warf seinem Gefährten einen missbilligenden Blick zu.

„Sie sollten schon wissen, auf was sie sich einlassen", sagte Adolf.

Wolff rieb seine Handflächen aneinander. „Ja, da gebe ich dir Recht", sagte er schließlich.

Während Wolff nachdachte, wurde es für eine Weile still im Zimmer. Dann sagte der Sturmbannführer: „Für das, was wir von euch erbitten, könnt ihr in den Bau wandern. Und sollte das geschehen, so wäre natürlich euer weiterer Lebenslauf kaputt."

„Falls ihr dann noch einen Lebenslauf haben solltet", ergänzte Adolf.

Wolff wollte Einspruch erheben, besann sich aber eines Besseren.

Konrad, die Ellbogen auf die Oberschenkel gestützt und die Hände gefaltet, lehnte sich nach vorn. Ernst dagegen hing mit weit aufgerissenen Augen in seinem Sessel, während Hartmut vor sich hin grinste, als hätte er überhaupt nicht verstanden, um was es hier eigentlich ging. Dass der Pfarrer seiner Gemeinde bei irgendwas Ungesetzlichem erwischt worden war, schien ihm ein nachgerade diebisches Vergnügen zu bereiten.

Wolff warf Monika einen Seitenblick zu. „Das Unternehmen trug den Decknamen Rama."

„Die Weihnachtsgeschichte", sagte Ursel und zog Edith unwillkürlich dichter an sich heran.

„In dieser Heilanstalt gibt es eine Abteilung, in der sich Kinder aufhalten, die nicht ganz gesund sind."

„Zurückgeblieben“, sagte Ernst. Es war eher eine Klarstellung als eine Frage.

„Kinder mit Beeinträchtigungen und Behinderungen aller Art“, sagte Wolff.

„Ja, und wofür werden die dort eingewiesen?“, fragte Ursel.

„Zur Eliminierung. Man bringt diese Babys um.“

Ungläubig schüttelte Konrad den Kopf. „Ich kann mir nicht vorstellen, dass das Reich dergleichen –“

Wolff schnitt ihm das Wort ab. „Man hat mir meinen eigenen kleinen Sohn weggenommen und dort umgebracht.“ Er unterbrach sich und fuhr dann fort: „Ihr seid alle noch jung, aber nicht zu jung, um zu begreifen, dass nicht alles tatsächlich so ist, wie es in eurem Reich zu sein scheint.“

„Edith!“, sagte Ursel leise. Tränen kullerten ihr die Wangen herab.

Monika sah sie an. „Du weißt es?“

Ursel nickte. Zu den Jungen sagte sie: „Sie hört mit einem Ohr überhaupt nicht und mit dem anderen nur schlecht.“

„Von diesem Kind hast du mir kein Wort gesagt“, beklagte sich Adolf.

Wolff achtete nicht auf ihn. „Pastor Schumacher ließ sich in die Anstalt einschleusen, weil er versuchen wollte, die Kinder rauszuschmuggeln, die im Moment dort sind. Aber man kam ihm auf die Schliche.“

„Und wieso haben sie ihn dann dort behalten? Wieso kam er nicht in Haft?“, wollte Ernst wissen.

„Das weiß ich nicht“, gestand Wolff.

„Sie machen Experimente an Menschen“, sagte Adolf.

„Wir wissen aber nicht, ob sie Josef für irgendwelche Experimente missbraucht haben“, ergänzte Wolff.

„Warum sonst sollten sie ihn dort festhalten?“, bemerkte Adolf.

„Und was genau wollen Sie jetzt von uns?“, fragte Konrad.

„Observation, technische Assistenz, Extraktion“, schnarrte Adolf.

„Frau Schumacher hat uns von euch erzählt“, sagte Wolff. „Wer von euch ist Hartmut?“

Hartmut hob die Hand.

„Sie sind also der Fotograf."

Hartmut strahlte.

„Demnächst Landser", warf Konrad ein.

„Wir brauchen Überwachungsfotos von der Anlage. – Und Sie sind Ernst?"

Ernst nickte.

„Kann sein, dass wir auf Ihre E-technischen Fähigkeiten zurückgreifen müssen, um ein Ablenkungsmanöver in Szene zu setzen."

„Ich bin Physiker", wandte Ernst ein.

Fragend sah Wolff Monika an.

„Er ist auch mit unseren elektrischen Christbaumkerzen zurechtgekommen", erklärte diese.

„Kennen Sie sich nun mit E-Technik aus oder nicht?", fragte Wolff Ernst.

„Doch, doch. Nur als Elektriker sehe ich mich nicht."

„Gut zu wissen", sagte Adolf trocken.

„Und Sie sind Soldat", sprach Wolff Konrad an.

„Sieht man mir das an?"

„O ja!", antworten alle im Chor.

„Wir brauchen jeden Einzelnen von euch", schloss Wolff.

Der Augenblick der Entscheidung war gekommen. Der Ex-Sturmbannführer war kein Mann, der Zeit zu verschenken hatte. „Alles, was ich von euch hören möchte, ist jeweils ein einziges Wort: ja oder nein. Aber ehe ihr euch entscheidet, solltet ihr mir zu Ende zuhören. Ich bin Deutscher. Ich glaube an Gott und an meine Pflicht gegen das Vaterland. Und ich glaube an gute Männer, an Männer wie Josef Schumacher. Ich kenne niemanden sonst, der mir einen solchen Eindruck gemacht und mich im Glauben so vorangebracht hat wie Josef: Ein Mann, der sein Leben aufs Spiel setzt, um unschuldige Kinder davor zu retten, in Massen abgeschlachtet zu werden. Ich bewundere ihn. Wenn ich doch auch mehr wäre wie er! Und wenn sein Leben in Gefahr ist, werde ich tun, was irgend in meiner Macht steht, um ihn zu retten. Aber ich kann nicht euch vorschreiben, was ihr tun sollt. Das muss jeder von euch für sich selbst entscheiden. Also – ja oder nein?"

Einen Augenblick lang war es mucksmäuschenstill.

„Ich dachte, wir wären hier, um zu feiern", maulte Hartmut.

Nervöses Gelächter lockerte die Spannung ein wenig.

Hartmut langte in seine Tasche. Als er seine Hand öffnete, lag eine Münze darin. Jeder im Zimmer erkannte diese Münze wieder: Es war die Münze von der Weihnachtsfeier der Gemeindejugend.

„Im letzten halben Jahr konnte man ja alles Mögliche über Pastor Schumacher hören", sagte Hartmut, „aber ich kann bloß sagen, ich weiß, er glaubt an mich, und ich glaube an ihn. Ich sage ja."

Auch Ernst zog seine Münze aus der Tasche. „Ich halt nicht gerne große Reden", sagte er. „Ich sag auch ja."

Nun war die Reihe an Konrad. Er richtete sich auf seinem Stuhl auf, seine Hände lagen auf den Knien. Er starrte auf den Boden und schüttelte langsam den Kopf. „Ich kann nicht", sagte er. „Zu viel ... es steht zu viel auf dem Spiel."

„Konrad!", rief Ursel. „Wie kannst du nur? Die ganze Zeit sülzt du mir vor, wie viel dir Pastor Schumacher bedeutet! Wie du ihm niemals irgendwas beweisen musstest und all das – wie er dir das Gefühl vermittelte, es sei gut, einfach du selbst zu sein ..."

Konrad stand auf. Seine Laune war umgeschlagen. „Was ich dir sagte, ging niemanden was an außer dir und mir!", raunzte er.

„Ist ja gut!" Wolffs Beschwichtigung galt ihnen beiden. „Konrad, die Entscheidung liegt allein bei Ihnen."

„Woher sollen wir denn überhaupt wissen, dass es nicht das Beste für die Kinder ist, was sie da in der Klinik machen?", rief Konrad. „Ich meine, schließlich sind da Ärzte zugange! Ärzte! Die werden ja wohl wissen, was sie tun, oder?"

Ursel reichte es. „Los, setz dich hin!", herrschte sie Konrad an.

„Was soll das?"

„Setz dich hin, sage ich!"

Mit schreckgeweiteten Augen ließ Konrad sich wieder auf seinen Stuhl sinken. Jetzt war er vollends verwirrt. Alle im Zimmer sahen ihn an.

Immer noch mit Edith auf dem Arm ging Ursel auf ihn zu und legte die Kleine in seinen Schoß. Es war das allererste Mal, dass er

Edith hielt. Unbeholfen versuchte er sie zu wiegen und sie Ursel zurückzureichen – beides auf einmal. Aber Ursel trat einen Schritt zurück, sodass er keine Chance hatte, das Kind wieder loszuwerden.

„Sieh sie an!", sagte Ursel.

Konrad wurde ungeduldig. „Ursel, bitte nimm das Kind."

Sie rührte sich nicht von der Stelle. „Sieh sie an!", wiederholte sie. „Und schau genau hin!"

Hilflos sah Konrad sich im Zimmer um. Niemand sprang für ihn in die Bresche. Da senkte er den Kopf und betrachtete das Baby, das in seinen Armen lag.

„Und jetzt erdrossel sie!", befahl Ursel.

„Was?", rief Konrad.

„Erstick sie! Drück ihr den Hals zu. Stich sie ab. Mir egal, wie du's machst, aber bring sie um!"

Klein-Edith wand sich in Konrads Armen. Der begann zu zittern. Als er das Kind abermals ansah, traten ihm die Tränen in die Augen.

„Die Männer, die du in Schutz nimmst, wollen dieses Baby töten", sagte Ursel. „Wirst du das zulassen oder nicht?"

Konrad wusste sich nicht mehr zu helfen.

„Und den Vater von dieser Kleinen wollen sie ebenfalls umbringen. Einen Mann, von dem du sagst, dass du ihn bewunderst. Wie ist es damit? Wirst du es zulassen oder nicht?"

Konrad konnte seinen Blick nicht von Edith losreißen. Leise sagte er: „Gut, ich bin dabei."

Monika stand auf und verschwand im Schlafzimmer. Als sie wiederkam, hielt sie Konrad ihre ausgestreckte Handfläche hin.

„Meine Münze!", sagte Konrad.

Wolff sagte: „Wenn das die Münze ist, für die ich sie halte, dann hatte Josef sie bei sich."

„Ja, so war es", sagte Adolf. „Dadurch haben wir ihn ja erst gefunden."

34

Dienstag, 13. August 1940

Das Städtchen Hadamar schien im Mittelalter stecken geblieben zu sein. Man sah ihm sein Alter an: dem uralten Hügel, auf den es sich duckte, der schlichten steinernen Säule auf seinem Marktplatz, den gemauerten Bogenbrücken über den Fluss und den farbenfroh gestrichenen Fachwerkhäusern, die sich an den gepflasterten Gassen zusammendrängten.

Hadamar besaß keine einzige Sehenswürdigkeit, die sich auch nur im Entferntesten mit dem imposanten siebentürmigen Dom vergleichen konnte, der die Besucher des nahe gelegenen Limburg schon von weitem grüßte und direkt aus der Felskuppe herauszuwachsen schien, auf dem er stand. Das Einzige, was den Besucher Hadamars erwartete, waren die niemals verstummenden Gerüchte, die sich um die psychiatrische Heilanstalt rankten. Hatten andere Orte ihre Weinberge und -schenken oder ihre heißen Quellen, so besaß Hadamar nichts außer seiner Klinik mit ihrem Ruf, ein Haus des Todes zu sein.

Aus ihrem Zimmer im zweiten Stock eines Hotels an der Schulstraße konnte Monika das Krankenhaus sehen. Erfüllt von dem schmerzvollen Bewusstsein, Josef so nahe zu sein und doch nicht zu ihm zu können, legte sie ihre Stirn an die Fensterscheibe und versuchte sich selbst Geduld zuzusprechen. Der liebende Gott, den sie verehrte, so sagte sie sich, würde doch wohl nicht zulassen, dass sie sich erst in ihren Ehemann verliebte, um ihn dann zu verlieren, noch ehe sie ihm das sagen konnte.

„‚Die Rechtschaffenen lieben dich'", flüsterte sie. Ihr Atem ließ die Scheibe beschlagen.

Das Hohelied Salomos. Nachdem ihr die Zitate daraus, die Josef in seine Botschaften eingebaut hatte, so gut getan hatten, hatte sie sich entschlossen, einmal das ganze Buch zu lesen. Jetzt wusste sie, dass es sich dabei um ein Zwiegespräch zwischen zwei Liebenden handelte. In der Vorfreude darauf, Josef wiederzusehen, hatte sie einige Strophen auswendig gelernt.

„‚Des Nachts auf meinem Lager suchte ich, den meine Seele liebt. Ich suchte; aber ich fand ihn nicht. Ich will aufstehen und in der Stadt umgehen auf den Gassen und Straßen und suchen, den meine Seele liebt.'"

„Haben Sie was gesagt?" Unbemerkt war Wolff hinter sie getreten.

Peinlich berührt trat Monika vom Fenster zurück, drehte sich aber nicht um. An ihren Haarspitzen zupfend, versuchte sie die Röte zu verbergen, die ihr bei seiner Frage ins Gesicht geschossen war. „Ich dachte nur gerade an Josef", sagte sie.

Er stellte sich hinter sie und sah zur Klinik hinüber. „Jeden Abend bete ich, dass Gott ihn am Leben bleiben lässt, bis wir kommen."

„Ich auch", sagte Monika.

„Es tut gut, ein Ehepaar zu sehen, das sich so offensichtlich lieb hat", bemerkte Wolff.

Scham kroch in ihr hoch. Diese Wertschätzung hatte sie ja doch nicht verdient. „Wir sind uns heute näher, als wir es jemals waren", antwortete sie.

„Ja, so ist es meist, wenn man voneinander getrennt wird."

Wolff setzte Monika über den Fortschritt ihres Unternehmens ins Bild. Gerade zur Stunde waren Hartmut und Ernst dabei, das Gebäude von allen Seiten aufzunehmen, während Adolf und Konrad den Haupteingang überwachten, um festzustellen, wer wann kam und ging. Es zeigte sich, dass die Sicherheitsvorkehrungen minimal waren. Um die älteren Behinderten und die Kinder am Ausbrechen zu hindern, musste man wahrlich keinen größeren Aufwand treiben; und welcher halbwegs im Vollbesitz seiner geistigen Kräfte befindliche Mensch sollte hier wohl eindringen wollen? Alle Mitverschwörer würden nach Einbruch der Dunkelheit zurückkehren und über ihre Beobachtungen berichten.

„Haben Sie Ursel schon angerufen?", fragte Wolff.

„Gerade vor ein paar Minuten."

Wolff wartete, aber mehr kam nicht.

„Edith geht's gut. Ursel ist für ihr Alter bemerkenswert reif. Danke, dass Sie mit an die Kleine denken."

Wolff lächelte. „Ich weiß doch, wie besorgt Mütter immer sind." Damit ließ er sie vor ihrem Fenster stehen.

Monika verschränkte die Arme. Aus dem Klinikkomplex stieg ein dünnes schwarzes Rauchfähnchen in den blauen Himmel empor. Irgendetwas an diesem Bild beunruhigte sie.

* * *

Mittwoch, 14. August 1940

Konrad war genauso groß wie Wolff, deshalb trug er die Sturmbannführer-Uniform. Zwar war Adolf der Älteste der Gruppe, aber er war zu klein dafür. Stattdessen steckte er in seiner eigenen Uniform, die ihn als einen Dienstgrad unter Wolff stehend auswies. Adolf bekleidete also den Rang eines SS-Hauptsturmführers.

Zwar ließ die Sturmbannführer-Uniform Konrad älter erscheinen, als er war. Dennoch war der Altersabstand zwischen den beiden Uniformierten unübersehbar, und der Anblick des Älteren, im Rang aber unter dem Jüngeren Stehenden hatte etwas Absonderliches an sich. Wolff erwog, ob hieraus eine Gefährdung ihres Planes erwachsen könne, verwarf den Umstand aber als unwesentlich. Ehrgeizige Nachwuchsoffiziere stiegen in der SS-Hierarchie rasch auf, und es würde ihnen wohl kaum jemand über den Weg laufen, der den Irrwitz besäße, den jungen Sturmbannführer herauszufordern, waren doch gerade die jüngeren SS-Dienstgrade dafür berüchtigt, dass sie Außenstehende nur allzu gern ihre Macht spüren ließen.

Es wäre Wolff lieber gewesen, selbst in die Anstalt gehen zu können. Nach seinem letzten dortigen Auftritt jedoch war ihm dieser Weg unweigerlich versperrt. Konrad oder Adolf indessen hatte niemand in der Klinik je zuvor gesehen.

Ihr Plan war simpel: Sie wollten die Autorität, die ihnen die Uniform verlieh, einsetzen, um Josef durchs Hauptportal aus der Klinik zu führen. Sollte sich das als unmöglich erweisen, so ging ihr Vorhaben dahin, so viele Informationen wie möglich über Josefs genauen Aufenthalt und seinen Status innerhalb der Anstalt zu gewinnen, um mit deren Hilfe dann einen ausgefeilteren Rettungsplan entwerfen zu können.

Konrad sah sich von widerstreitenden Empfindungen durchgeschüttelt, als er dem Fond der schwarzen Limousine entstieg. Überragend war das gute Gefühl, das ihm die Uniform verlieh, die er trug. Wie die Leute ihn in dieser Uniform ansahen, das gefiel ihm mehr als gut. So kurz er sich bisher auch in der Uniform öffentlich gezeigt hatte – und eigentlich war er nur aus dem Hotel gekommen und ins Auto gestiegen –, so unübersehbar waren doch Ehrerbietung einerseits und Furcht andererseits gewesen, die sich auf den Gesichtern der Passanten abgezeichnet hatten.

Doch gleichzeitig jagte die Uniform ihm auch Angst ein. Erst als sie in Hadamar angekommen waren, hatte Wolff ihn darüber ins Bild gesetzt, dass er gar kein SS-Mann mehr war, sondern sich auf der Flucht vor der SS befand, also ein kriminelles Subjekt war! Konrad pflegte in den Straßen Berlins Streife zu gehen, um Kriminelle aufzuspüren, nicht aber sich mit ihnen gemein zu machen. Er hatte das Gefühl, hinters Licht geführt worden zu sein. Und wäre es bei diesem Unternehmen hier um irgendetwas anderes als um die Rettung Pastor Schumachers gegangen, so hätte er sich nie im Leben daran beteiligt.

Ja, wäre es irgendein anderer Mann als Pastor Schumacher gewesen, der da in der Hadamarer Anstalt eingesessen hätte, so hätte Konrad darauf gepocht, dass der Mann sich dort befand, weil er genau das verdient hatte.

Pastor Schumacher jedoch war anders als andere. Es waren die Erinnerungsbilder an den Mann, die Konrad weitermachen ließen: Wie der Pastor auf die Kirche zukam und ihn beiseite rief, um ein paar Schritte mit ihm zu gehen. Wie er dem Kater die Schuld am Umstürzen des Weihnachtsbaums gegeben hatte. Wie er Ursel wegen der BBC-Sendung in Schutz genommen hatte. Wie er ihn an dunklen Straßenecken abgepasst hatte. Wie er tapfer im überfüllten Lustgarten ausgeharrt hatte, um ihn zu seiner HJ-Ehrung zu beglückwünschen. Wie er seinem Freund, dem Professor, ungeachtet aller Risiken die Treue gehalten hatte. Und wie er ihm geglaubt hatte, dass er, Konrad, mit dem Tode des alten Mannes nichts zu tun hatte, obwohl alle Indizien auf das Gegenteil hinzuweisen schienen.

Nein, Konrad kannte niemanden sonst, der sich mit diesem Manne hätte messen können.

Alle anderen waren voller Angst vor dem, was andere Leute sagten, taten oder dachten; Pastor Schumacher aber tat, was er glaubte, egal, was andere sagten, machten oder dachten.

Gewiss war er mit dem Mann nicht immer einer Meinung, aber er respektierte ihn jedenfalls. So wie Pastor Schumacher umgekehrt auch ihm Respekt erwiesen hatte.

Konrad wusste, dass er nicht der Einzige war, der diesen Mann bewunderte. Ursel liebte ihn regelrecht. Nein, wirklich: Keiner außer ihm wäre einen solchen alles andere als Erfolg versprechenden Rettungsversuch wert gewesen. Dass Hartmut und Ernst sich zu dergleichen sofort bereit gefunden hatten, als sie hörten, dass der Pastor in Schwierigkeiten steckte, hatte Konrad nicht überraschen können. Aber zwei SS-Männer? Konrad konnte sich niemanden außer Pastor Schumacher vorstellen, dem es hätte glücken können, sich der Gefolgschaft von zwei Gestapo-Schergen zu versichern.

Die Türen des Wagens fielen ins Schloss. Adolf trat neben Konrad. Sie benutzten eine Seitenzufahrt des Klinikkomplexes, die von Büschen und Bäumen so verdeckt war, dass niemand beobachten konnte, wer auf diesem Wege die Klinik betrat oder verließ. Adolf eilte voraus und hielt ihm die Tür auf. So gefiel es Konrad.

Ihre Absätze schlugen auf dem grün gefliesten Boden den gleichen energischen Takt. Die Mützen abnehmend, gingen sie auf die Empfangstheke der Krankenhausverwaltung zu, eine lang gestreckte Konsole voller Karteikästen, Formulare und Dienstpläne, hinter der gerade noch der Scheitel eines Angestellten zu sehen war, der irgendein Formular auf einem Klemmbrett ausfüllte.

Konrad wartete gar nicht erst, bis der Mann aufsah. „Wir sind hier, um einen unserer Patienten zu verhören!“, bellte er. „Speidel, Leo.“

Der Bedienstete ignorierte sie. Er schrieb einfach weiter. Als er aber endlich aufsah und die schwarzen Uniformen erblickte, weiteten sich seine Augen merklich.

„Speidel", wiederholte Konrad.

Oh, wie er diese Uniform liebte!

Eilfertig durchsuchte der Bedienstete nunmehr einige Karteien auf der Konsole und auf den Borden darunter. Eine Karte nach der anderen zog er heraus, um zu sehen, ob auf irgendeiner der Name Speidel verzeichnet war.

„Ein Patient dieses Namens ist bei uns nicht registriert", sagte er schließlich.

Konrads Herz schien einen Schlag auszusetzen. Sie hatten alle gewusst, dass es so kommen könnte, aber sie hatten es nicht wirklich wahrhaben wollen.

„Nein ... ähm ... hier ist auch kein Theo Speidel", sagte der Bedienstete, während er eifrig weitersuchte.

„*Leo* Speidel", berichtigte Konrad.

Daraufhin durchforstete der Angestellte noch einen Stapel lose herumliegender Karteikarten. „Tut mir Leid. Einen Speidel haben wir nicht." Er sah auf, seiner Sache sicher, aber dennoch in Ängsten vor der Reaktion, die sein Bescheid womöglich auslösen würde.

„Sehen Sie noch einmal nach!", schaltete Adolf sich ein.

In einer Geste der Hilflosigkeit hob der Verwaltungsangestellte die Hände. „Das kann ich schon machen, aber ich bin sicher, einen Patienten dieses Namens –"

„Sie sollen noch mal nachsehen!", bellte Adolf.

Der Bedienstete vergrub sich wieder in seinen Karteikarten. Als er etwa den halben Bestand gesichtet hatte, sagte er: „Entschuldigen Sie mich einen Moment, bitte. Ich denke, Sie sollten mit Dr. Gabriel sprechen."

Im Laufschritt eilte er den Gang hinunter, wobei er zu beiden Seiten in jede offen stehende Tür spähte. Am Ende des Korridors lief ihm ein Kollege in die Arme, auf den er, erregt mit den Armen fuchtelnd, sofort einzureden begann. Der Kollege zeigte von weitem auf Konrad und Adolf.

Halb laufend, halb gehend kam der Mann vom Empfang in ihre Richtung zurück, ging aber mit einer halblaut gemurmelten Entschuldigung an ihnen vorbei. Dann drehte er den Kopf und rief: „Er muss da hinten irgendwo sein!“

Augenblicke später tauchte er wie ein Schoßhündchen im Schlepptau eines hageren Mannes im Arztkittel wieder auf, den die SS-Uniformen nicht im Geringsten einzuschüchtern schienen.

Der Arzt hatte beim Gehen eine Hand in der Tasche. Mit der anderen zog er sich die Nickelbrille von der Nase. Aus blutunterlaufenen, müden Augen musterte er Konrad auf das Gründlichste, während er für Adolf nur einen knappen Seitenblick übrig hatte. „Sie suchen nach Leo Speidel?“

„Gibt’s irgendein Problem?“, fragte Konrad.

Der Mann wischte mit dem Saum seines Kittels seine Brillengläser sauber. Nachdem dies vollbracht war, schob er sich die Brille wieder auf die Nase und bedachte Konrad abermals mit einem scharf forschenden Blick. „Zeigen Sie mir Ihre Befehle!“

Befehle hatten sie nicht. Nachdem Wolff auf eigene Faust agierte, hatte er für diesen Einsatz nicht auf die Kapazitäten der Untergrundorganisation zurückgreifen können. Andererseits: Selbst wenn das möglich gewesen wäre, hätten sie ohnehin nicht genug Zeit gehabt, um falsche Papiere auszufertigen.

„Wie heißen Sie bitte?“ Konrads Stimme war schneidend.

Der Mann schüttelte den Kopf. „Mit Ihrem branchenüblichen Gebrüll kommen Sie hier nicht weiter“, sagte er.

„Wie Sie heißen, habe ich gefragt!“ Jetzt klang Konrad wirklich bedrohlich.

Kalte blaue Augen hielten seinem Blick stand. Aber auch Konrad seinerseits ließ den Blick nicht sinken.

„Mein Name ist Gabriel“, sagte der Mann schließlich. „Dr. Walter Gabriel.“

„Dr. Gabriel“, sagte Konrad, „wir sind nicht hergekommen, um Sie einzuschüchtern. Aber Sie wissen doch so gut wie wir, dass Leo Speidel – nun, wie soll ich mich ausdrücken –, also, sagen wir, dass er ein ... durchaus spezieller Patient ist, nicht wahr? Unsere Dienststelle hat es in diesem Falle wohlweislich vermieden, ein irgendwie geartetes Dossier anzulegen. Verstehen wir uns?"

Diese Sprache schien Gabriel in der Tat zu verstehen, wie sein Blick verriet. Konrad wusste, dass die erste Runde an ihn ging.

„Schön, aber ich brauche dennoch irgendein Dokument", sagte der Arzt.

Diesmal antwortete ihm Adolf. „Der in Rede stehende Vorgang ist von speziellem Interesse für Herrn Pfarrer Dr. Olbricht", informierte er Gabriel.

Konrad war verblüfft. Pastor Olbricht?

Aber der Name schien Gabriel als Referenz zu genügen. Sie hatten auch den zweiten Stich gemacht.

„Wenn Sie mir bitte in mein Büro folgen wollen", sagte Gabriel.

Er führte sie ein Stückchen den Gang entlang zu einem kleinen Arbeitszimmer, das im Gegensatz zum Empfangstisch draußen in der Halle picobello aufgeräumt und geradezu klinisch sauber wirkte. An der Wand hinterm Schreibtisch hingen allerlei gerahmte Zertifikate und Diplome. Leise machte Gabriel die Tür hinter sich zu.

„Sie müssen bitte verstehen", begann er, „ich habe eindeutige Befehle. Speidel hat strengstes Besuchsverbot."

„Nun, die SS macht ja auch nicht gerade Krankenbesuche", versetzte Konrad.

Das schien Gabriel wiederum einzuleuchten. Er nahm die Brille von der Nase. Jetzt, wo er nicht mehr von einem Klinikangestellten beobachtet wurde, gab er sich weitaus zugänglicher. „Selbstverständlich, meine Herren, und dennoch ist es gegen meine Befehle. Sie müssen bitte verstehen, dass ich ohne amtliche Beglaubigung Ihrem Wunsch ein wenig ... nun ja, reserviert gegenüberstehe. Dies umso mehr angesichts des für morgen angesetzten Tests."

„Ah, der Test ist für morgen anberaumt?", fragte Konrad aufs Geratewohl.

Die Brille kam wieder an ihren Platz. „Jawohl."

Konrad warf Adolf einen Seitenblick zu und sagte dann: „Gut. Das ist sehr gut."

Gabriel schien's zufrieden zu sein.

„Verzeihen Sie bitte, Herr Doktor", sagte Adolf, „aber wir haben Ihnen noch nicht alles gesagt. Wir sind eigentlich da, um sicherzustellen, dass der Test wie vorgesehen an einem Menschen vorgenommen wird."

„Ja, denken Sie denn, wir würden ein Tier nehmen?", ereiferte sich Gabriel. Er war entgeistert. „Damit würden wir ja das ganze Projekt –"

„Und der Test wird sicher an Leo Speidel vorgenommen, ja?", setzte Adolf hinzu.

„Aber meine Herren, da kann ich Sie ganz und gar beruhigen. Speidel ist von uns darauf eingestellt, dass der Test an ihm vorgenommen werden kann, wie wir es ja auch in unserem Bericht vorgeschlagen haben."

„Werden noch andere zugegen sein?", fragte Konrad.

Gabriel bedachte ihn mit einem argwöhnischen Blick.

„Kleiner SS-Witz", rettete Adolf die Situation.

„Verstehe." Der Arzt grinste.

Konrad holte erleichtert Luft. Er hatte schon geglaubt, in der dritten Runde würden sie k. o. gehen.

„Kommen Sie", sagte Gabriel. „Ich zeige Ihnen das Testlabor."

* * *

In dem Hotelzimmer breitete sich eine bedrückte Stimmung aus, als Konrad und Adolf ihren Bericht gaben. Die gute Nachricht, die sie überbrachten, war, dass Josef noch lebte. Die schlechte lautete: nicht mehr lange.

„Der Test soll morgen Vormittag elf Uhr stattfinden", erzählte Konrad.

Monika saß zusammengesunken in einem Sessel und rang nervös die Hände. Die Verschwörer bildeten einen Kreis. Ernst und Hartmut hockten dicht nebeneinander im Schneidersitz auf dem Boden. Konrad kauerte auf der Bettkante. Wolff und Adolf hatten zu seiner Linken auf zwei weiteren Cocktailsesseln Platz genommen.

Die hoch stehende Vormittagssonne tauchte das Zimmer in helles Licht. Das Fenster zur Straße stand offen. Hier oben, in Höhe der zweiten Etage, war die Luft um diese Zeit noch recht frisch, aber das schien niemand im Zimmer auch nur zu bemerken.

„Elf Uhr“, sagte Wolff. „Viel Zeit bleibt uns also nicht. Hartmut, kannst du die Bilder bis dahin auf Papier haben?“

Die Negative, die er früher am Morgen im Bad entwickelt hatte, gegen das Licht haltend, antwortete der Junge: „Wir haben immer noch kein Fotostudio gefunden, das einen Vergrößerungsapparat besitzt.“

„Dann muss es eben ohne die Fotos gehen“, beschied Wolff.

„Abzüge kann ich schon machen“, sagte Hartmut. „Sie werden dann halt nur kleiner.“

„Wie klein?“

„Genau wie die Negative eben.“

„Und was wirst du dazu brauchen?“

„'ne Glasscheibe, 'ne Lampe und drei Schalen. Chemikalien und Papier hab ich schon.“

„Und 'ne Lupe“, ergänzte Ernst.

„Dann macht euch ran, ihr zwei“, sagte Wolff.

Im Nu waren die beiden Jungen aufgesprungen und aus der Tür.

„Sag uns genau, was du gesehen hast“, bat Wolff Konrad.

Monika lief es kalt den Rücken herunter. Statt Wolff zu antworten, sah Konrad sie an.

Wolff bemerkte seinen Blick und sagte: „Frau Schumacher, schauen Sie doch mal, wie schön es draußen ist! Wollen Sie nicht einen kleinen Spaziergang machen?“

Monika entknotete ihre Finger und setzte sich auf. „Ich gehe nirgendwohin.“

Wolff erhob sich. „Frau Schumacher, Sie –“

„Los, Konrad, sag uns, was du gesehen hast“, sagte Monika, ohne noch auf Wolff zu achten.

Wolff sah, dass es keinen Zweck hatte, und setzte sich wieder.

Konrad holte tief Luft. Verstohlen sah er zu Adolf hinüber, der ihm aufmunternd zunickte. „Ja, also“, begann er, „das Ganze befindet sich im Kellergeschoss. Sie nennen es ‚Duschraum‘. Es gibt Wasserleitungen und Duschköpfe an der Decke. Die Wände sind gelb gekachelt.

Aber da fließt gar kein Wasser. In Wirklichkeit handelt es sich um 'ne Gaskammer."

Monikas Hand langte nach ihren Haarspitzen, aber dank einer entschlossenen Willensanstrengung glückte es ihr, sie langsam wieder in den Schoß sinken zu lassen.

„Gabriel war sehr wichtig", fuhr Konrad fort, „dass sie bis zu sechzig Leute auf einmal in dem Raum ‚abfertigen' können, wie er sagte."

Eine Weile sprach niemand. Dann ergriff Wolff das Wort. „Das ergibt aber doch keinen Sinn. Sechzig auf einmal? Das ist ja 'n ganzer Autobus voll! Wozu um alles in der Welt brauchen die einen Raum von der Größe?"

„Er zeigte uns auch einen Ofen", sagte Adolf. „'nen Krematoriumsofen, in dem sie einen Leichnam nach dem anderen verbrennen können. Sonderanfertigung der Firma Topp & Söhne."

Wieder herrschte eine Zeit lang Schweigen, und wieder war es Wolff, der es brach. „Ich weiß nicht, wie's euch geht", sagte er, „aber ich möchte jetzt beten."

35

Mittwoch, 14. August 1940

Josef erwachte mitten aus einem Traum von Edith und Monika.

In seinem Traum hatte Edith gerade Laufen gelernt und beherrschte einen aus drei Vokabeln bestehenden Wortschatz: *Papa*, *Mama* und *Mietze*. Die Szenerie des Traums war ihm zwar fremd, aber umso idyllischer: voll üppigem Grün, in dem majestätische Bäume mit saftigen Wiesen, Dahlien mit Zinnien wechselten. Monika ließ es sich in einer Hängematte wohl gehen; mit der Hand strich sie versonnen über das dichte Gras. Er lag neben ihr auf einer Decke, im Schoß ein aufgeschlagenes Griechischbuch. Er verstand selber nicht, wieso er sich an so einem herrlichen Tag mit Vokabelpauken abgab.

Edith wackelte hinter Kaiser her und erwischte ihn zu seinem Missvergnügen jedes Mal dann, wenn er es sich gerade im hohen Gras bequem machen wollte. Kaum hatte er wieder ein schattiges Plätzchen gefunden, an dem er sich für ein Nickerchen zusammenrollen konnte, so stürzte sie sich auch schon auf ihn, das heißt, eigentlich stolperte sie regelrecht über ihn.

Monika, deren Augen in der Sonne des Sommers funkelten, wollte gerade etwas sagen, als er vom Scheppern eines Eimers draußen im Korridor wach wurde. Jäh fand Josef sich in dem fensterlosen weißen Raum mit dem schmuddeligen grünen Kachelboden, der nackten Glühbirne hoch über sich und dem verkrusteten Dreck in der Abortecke wieder. Er hatte Schmerzen in Schultern und Hüften.

Das zweimalige Klicken des Türschlosses kündigte Besuch an. Zwei männliche Bedienstete erschienen. Einen der beiden meinte Josef noch nie gesehen zu haben. Der Mann rümpfte angeekelt die Nase. Josef für seinen Teil konnte nichts Außergewöhnliches riechen.

„Zeit für Ihre Dusche“, sagte der andere Wärter.

Rasch traten die Männer auf ihn zu und zogen ihn ohne viel Federlesens hoch.

„Können Sie stehen?“

Josef probierte aus, ob seine Füße ihn trugen. Irgendwie waren sie nach der langen Zeit, in der sie ihren Dienst nicht hatten verrichten können, nach innen gebogen, und es gelang ihm nur mit Mühe, sie flach auf den Boden zu stellen. Die letzten Injektionen lagen schon eine Reihe von Tagen zurück, sodass es ihm heute tatsächlich vorkam, als hätten seine Beine immer noch einen Rest Kraft in sich. Die Wärter ließen seine Arme los. Er schwankte erst ein wenig, konnte sich dann aber aus eigener Kraft aufrecht halten.

„Können Sie gehen?"

Josef versuchte es und blickte dabei auf seine Füße hinab. Mit äußerster Willensanstrengung schob er seinen rechten Fuß vor, aber mehr als ein paar Zentimeter wurden es nicht.

„Wenn's so weitergeht, schreiben wir 1950, ehe wir den Duschraum erreicht haben", schimpfte der neue Wärter.

„Warum so eilig?", fragte der andere ihn.

„Meine Schicht ist gleich zu Ende, und Elli und ich haben heute noch was vor. Wir wollen mal nach Frankfurt runter."

„Nach Frankfurt? Wie wollt ihr da denn hinkommen?"

„Ihr Vater hat doch 'n Auto."

„Mann, du hast aber auch Schwein! Wann hast du denn Feierabend?"

„Um neun. Ich hoffe, um zehn auf der Straße zu sein."

„Mann, es ist schon fast neun! Sehen wir zu, dass wir diesen Kerl in den Keller kriegen!"

Aus war es mit Josefs Gehversuchen. Zwischen den Schultern der Wärter hängend wurde er erst den Korridor entlang und dann einige Treppen hinuntergeschleift. Im Keller angekommen, wurde er an einer offen stehenden Tür von einem hoch gewachsenen Mann mit einer Nickelbrille erwartet. Als sie die Treppe herunterkamen, nahm der Mann gerade die Brille ab, wischte sie mit einem Taschentuch sauber, das er aus der Tasche seines Arztkittels gezogen hatte, und setzte sie dann wieder auf.

„Ah, der Herr Speidel", begrüßte ihn der Mann in Weiß. „Wie gut, dass Sie uns Gesellschaft leisten möchten! Es ist auch wirklich Zeit, dass Sie mal unter die Brause kommen."

Er untersuchte Josefs Augen und Ohren wie seine Mundhöhle, tastete ihm Brust und Rücken ab und fragte dann: „Können Sie stehen?"

„Er kann", antwortete der Wärter an seiner Stelle. „Aber laufen kann er nicht."

„Na ja, das reicht. Rein mit ihm!"

Josef wurde in einen offenbar frisch renovierten Raum geschleppt, der gelbe Kacheln an den Wänden hatte. Es war der größte Duschraum, den er je gesehen hatte. Hinter ihnen betrat der Mann im Arztkittel den Saal.

„Ausziehen!", befahl der Mann im Arztkittel den Wärtern.

Josef wurden die Kleider vom Leib gerissen. Als wäre es die selbstverständlichste Sache der Welt, reichte der Mann in Weiß ihm ein Stück Kernseife.

Dann ließen sie ihn stehen.

Der Wärter, der noch nach Frankfurt wollte, sah auf seine Uhr, als die drei Männer den Duschraum verließen. Josef sah noch, wie der Ausflügler seinem Kollegen auf die Schulter klopfte, und hörte ihn ironisch sagen: „Übertreib's nicht mit dem Schaffen, gell?"

„Ja, mein Alter, und du sieh zu, dass Elli nicht dein ganzes Geld in Frankfurt auf'n Kopp haut!", antwortete der andere.

Arztkittel warf einen letzten musternden Blick auf Josef, ehe er die Tür zumachte. Josef hörte das Schloss klicken. Dann stand er mit seinem Stück Seife in der Hand mitten in dem riesigen Duschsaal, umgeben von nichts als gelben Kacheln. Er wusste nicht mehr, wann er zum letzten Mal geduscht hatte, und konnte sein Glück kaum fassen. Er hob das Gesicht nach oben und wartete auf das klare Wasser, das ihn rein waschen würde.

„Jetzt ist es bald so weit", sagte Wolff. Er faltete die Quittung zusammen, die der Portier ihm soeben ausgehändigt hatte, und steckte sie in die Hemdtasche.

Monika stand voll Nervosität neben einem Pfeiler in der Hotelhalle und umklammerte mit beiden Händen die Tragriemen ihrer voluminösen Reisetasche. Sie hatte die ganze Nacht nicht geschlafen, und das hatte nicht an Adolfs Schnarchen aus dem als Männerschlafsaal dienenden Nebenzimmer gelegen. Nein, ihre Nervosität rührte von der Ungewissheit her, ob sie Josef nun bald wiedersehen würde oder nicht. Er musste sie doch hassen! Es war ja nicht zu entschuldigen, wie sie ihn die ganze Zeit behandelt hatte. Er hatte wahrhaftig was Besseres verdient.

„Was ist mit meinem Gesicht?", fragte Wolff sie.

Monika gelang ein mattes Lächeln. „Besser, aber nicht sehr."

„Tja, das war alles, was ich tun konnte."

Er nahm ihr die Reisetasche ab und ging auf die Tür zu. Sie blieb einen halben Schritt hinter ihm. Als sie draußen auf dem Bürgersteig waren, fing Wolff an zu summen. Monika kannte die Melodie, kam aber nicht darauf, was es war.

Wolff schob ihre Tasche in den Kofferraum und setzte sich hinters Steuer. Sie nahm auf dem Beifahrersitz Platz. Der Motor sprang an, und Wolff lenkte den Wagen die schmale, an ihrer Seite von Ladengeschäften aller Art gesäumte Straße hinunter. Links gab es nur eine niedrige Mauer, hinter der ein Bach plätscherte.

„Was war das, was Sie da eben gesummt haben?", fragte Monika.

„Was meinen Sie?"

„Na, gerade eben. Sie summten irgendwas."

Wolff zog nachdenklich die Brauen zusammen.

„Als wir gerade aus dem Hotel kamen", half Monika nach.

„Ach, jetzt fällt's mir ein!", sagte er. „Das war ein Choral von Martin Luther, Sie wissen schon, dem Reformator."

„Danke, ich weiß schon, wer Martin Luther war."

Ihre Entgegnung war nicht ohne Schärfe gewesen, was Wolff auch nicht entging, aber er sagte nichts dazu.

„*Ein feste Burg ist unser Gott* heißt das Lied."

Monika nickte. Jetzt wusste sie es auch wieder.

Wolff verlangsamte die Fahrt, um den Wagen an einer Warteschlange vorbeizumanövrieren, dic sich bis auf den Fahrdamm staute. Die Leute standen vor einem Obst- und Gemüseladen an.

„‚Und wenn die Welt voll Teufel wär und wollt uns gar verschlingen, so fürchten wir uns nicht so sehr, es soll uns doch gelingen!'"

Monika sah hinüber zu dem Mann, der mittlerweile eine so wichtige Rolle im Leben ihrer Familie spielte.

„Die dritte Strophe – meine Liebste", sagte Wolff und wiederholte den Text für sie. „Passt doch zu diesem Tag, finden Sie nicht?"

Monika wandte ihre Aufmerksamkeit den engen, gewundenen Straßen Hadamars zu.

Das Wasser schien es nicht eilig zu haben. Mit seiner Kernseife in der Hand sah Josef abwechselnd zur Tür und zu dem Brausenkopf an der Decke. Er blieb trocken – so trocken, dass Josef sich fragte, ob durch einen der vielleicht hundert Duschköpfe in diesem Raum überhaupt schon jemals Wasser geflossen war.

Allmählich fiel ihm das Stehen schwer.

Dann ging mit einem Mal das Licht aus.

Josef blinzelte. Er sah sich um, konnte aber nichts mehr erkennen. Nirgendwo gab es auch nur einen Lichtstrahl oder Widerschein von irgendetwas. So düster war es im Raum, dass er noch nicht einmal seine eigenen Hände sehen konnte. Er fühlte, wie seine Finger sich krümmten, aber sehen konnte er sie nicht. Wäre da nicht der Schmerz in seiner verknoteten Bauchmuskulatur gewesen, so hätte man meinen können, er wäre ein körperlos in einem Meer von Dunkelheit dahintreibender Geist.

Er wartete, aber nichts geschah.

„He! Das Licht ist aus!"

Er horchte. Er hörte irgendetwas scheppern. Jemand musste an ein Heizungsrohr oder eine Stahltür geschlagen haben, dem Klang nach weit weg. Ob die ihn hier drin vergessen hatten? Aber es musste doch jemanden geben, der wusste, dass man ihn hierher in den Duschraum gebracht hatte. Der Mann im Arztkittel, der doch wohl jedenfalls! Bloß hatte der wahrscheinlich einem Bediensteten eine Anweisung erteilt und sich dann wichtigeren Aufgaben zugewandt, und jener Bedienstete war von irgendwas abgelenkt worden, hatte vergessen, dass er hier drin wartete, hatte abgeschlossen und das Licht abgedreht. Vermutlich Ellis Freund, der in Gedanken schon in Frankfurt war.

„He, hier ist noch jemand drin!", rief Josef.

Bis jetzt war er still stehen geblieben, damit er nicht umkippte. Er drehte sich in die grobe Richtung, in der er die Tür vermutete, aber das war ein Fehler. Ihm wurde schwindlig. Für einen weiteren Augenblick vermied er jede Bewegung und atmete ein paar Mal tief durch. Dann schien es wieder zu gehen.

„Ist da draußen wer?", rief er.

Auf eine Art war das ja lustig. Hatten die ihn da unter der Dusche doch einfach vergessen! Machten das Licht aus und ließen ihn mit seiner Seife in der Hand einfach 'n paar Stunden stehen. Das war 'ne Geschichte, die die Wärter sich wochenlang schenkelklopfend erzählen würden.

Plötzlich begann es in den Leitungen zu rasseln. Josef stellte sich auf einen Wasserstrahl von oben ein, aber der kam nicht. Statt dessen klopfte jemand von außen an die stählerne Tür.

„Hier bin ich!", rief Josef.

Er hörte es klicken, und die Tür ging auf.

Im Türrahmen stand die Silhouette eines Mannes. Uniformträger mit militärischem Schneid, kein Zweifel.

„Pastor Schumacher?"

Die Stimme! Und der Name, sein eigener Name!

„Wir brauchen Licht hier drin!", rief die Stimme.

„Konrad?"

Josefs Knie gaben nach, und er sank auf den Fliesenboden.

Der Strahl einer Taschenlampe tanzte in der Hand ihres Trägers auf und nieder. Schließlich richtete er sich auf ihn. Das Licht blendete, und Josef hielt sich die Hand über die Augen.

„Herr Pastor!"

„Konrad?"

Der Junge ließ sich neben Josef auf die Knie fallen.

„Konrad, bist du neuerdings bei der SS?"

Ernst und Hartmut gingen tief vornübergebeugt, während sie sich an der Außenmauer der Anstalt entlang zum vereinbarten Treffpunkt vorarbeiteten. Ernst hatte eine schwere Drahtschere in der Hand.

„He! Westen! Wir müssen nach Westen!" Hartmut hielt seinen Freund am Hemdsärmel fest.

„Was denkst du denn, wo ich hingehe?", flüsterte Ernst zurück.

„Du gehst nach Norden. Westen ist da!", sagte Hartmut und streckte die Hand aus.

„Sicher?"

„Und ob ich sicher bin", versetzte Hartmut. „Und du? Bist du dir sicher, dass du sowohl die Hauptstromleitung wie auch den Telefondraht ins Gebäude durchgeknipst hast?"

Ernst blieb stehen und sah seinem Freund ins Gesicht. „Genauso sicher, wie du weißt, dass hier Westen ist."

„Wir sind gekommen, um Sie hier rauszuholen", sagte Konrad.

„Meine Beine", sagte Josef. „Ich kann stehen, aber nicht laufen."

Konrad richtete den Lichtstrahl auf Josefs Beine, als müsste er dessen Angaben überprüfen.

„Und wenn es dir nicht allzu eilig ist, würde ich mir beim Rausgehen gern noch 'n paar Klamotten schnappen", sagte Josef.

Konrad legte sich Josefs Arm über die Schulter und hievte ihn hoch. Der Junge war stark, es bereitete ihm keine nennenswerte Mühe, Josef zur Tür zu helfen.

„Adolf! Sind Sie das? Das ist beinah wie ein Familientreffen!"

Der ehemalige Gestapobeamte hielt mit einem Schusseisen drei Klinikmitarbeiter in Schach. Einer davon war der Mann im weißen Arztkittel, die anderen zwei waren Wärter, die Josef nie zuvor zu Gesicht bekommen hatte.

Als Adolf Josefs Verfassung sah, schwenkte er seine Waffe und sagte: „Ihr beiden – los, rein in den Duschraum!" Die Wärter starrten die düstere Türöffnung an. Adolfs Pistolenlauf machte ihnen die Entscheidung leicht, und sie verschwanden in der Finsternis. „Und Sie, Dr. Gabriel", fuhr Adolf fort, „ziehen bitte Ihre Kleider aus."

„Wie bitte?"

„Mein Freund hier braucht sie."

„Das werde ich nicht tun!", schnappte Gabriel.

Adolf wandte sich zu Josef. „Ich nehme an, Sie werden die Klamotten auch dann noch anziehen, wenn Sie ein Einschussloch haben?"

Diese Sprache verstand Gabriel. Bei seinem Arztkittel beginnend, zog er bis auf die Unterhosen alles aus.

„Jetzt können Sie sich zu den anderen gesellen", sagte Adolf und machte mit der Waffe eine Bewegung Richtung Duschraum.

„Was werden Sie mit uns machen?", fragte Gabriel.

„Den Test zu Ende bringen natürlich", versetzte Adolf.

Dann schob er den Arzt in den Duschraum und verschloss die Tür. Sofort begann es an der anderen Seite der Tür zu hämmern.

Adolf und Konrad halfen Josef beim Anziehen, bis er fertig ausstaffiert im weißen Arztkittel vor ihnen stand.

„Ihr hättet wenigstens so lange warten können, bis ich meine Dusche gehabt hätte", sagte Josef.

Konrad sah ihn an, als wäre er nicht ganz klar im Kopf.

Während Josef mit seinen Hemdknöpfen beschäftigt war, sagte Adolf zu dem Jungen: „Heute hast du 'ne Lektion gelernt: Richte dich niemals nach den Zeitplänen anderer Leute, sondern geh nach deinem eigenen vor."

Wolff fuhr an den Bordstein und hielt an. Er drehte die Zündung ab und zog die Handbremse an. „Jetzt heißt es warten", sagte er. „Zehn nach neun. Sie müssten ihn jetzt haben."

Monika kurbelte ihre Scheibe herunter, und die frische sommerliche Luft nahm ihren Weg durch das Innere des Wagens. Sie versuchte die Umgebung zu betrachten: den Fluss, das Tal, die malerischen Häuschen. Aber nichts davon drang in ihr Bewusstsein vor.

Etwas berührte sie an der Hand. Sie zuckte zusammen.

„Oh, ich wollte Sie nicht erschrecken", sagte Wolff.

Monika lächelte. Sie merkte kaum, wie er ihr die Hand tätschelte.

„Nein, ohne sie gehe ich nicht!", sagte Josef mit Nachdruck. Die Arme um die Schultern seiner beiden Retter gelegt, hielt er sein Plädoyer. „Ich bin wegen der Kinder hergekommen, und ich werde jetzt nicht ohne sie gehen!"

„Aber dafür haben wir keine Zeit!“, widersprach Adolf.

Konrad stimmte ihm zu. „Dazu können wir ja ein anderes Mal wiederkommen, Herr Pastor.“

Josef schüttelte den Kopf. „Nein, ohne die Kinder gehe ich auch nicht.“

„Ich glaube kaum, dass Sie die Wahl haben“, belehrte ihn Adolf.

„Halt, Konrad!“, befahl Josef. „Du lässt mich jetzt runter, auf der Stelle!“

Konrad zögerte, sah Adolf an und blieb tatsächlich stehen, sodass Adolf keine Wahl blieb, als es ihm gleichzutun. Sie lehnten Josef gegen die nächste Wand.

„Seien Sie doch vernünftig“, bat Adolf. „Unser Plan für heute war, Sie hier rauszukriegen. Draußen wartet ein Auto, und wir sind zu fünft. Wir können überhaupt keine Kinder mehr mitnehmen.“

„Zu fünft?“, fragte Josef.

„Na, Ernst und Hartmut“, sagte Konrad. „Sie haben die Stromzuleitungen durchgeschnitten.“

„Dann müssen wir eben ein anderes Fahrzeug finden“, sagte Josef.

„Wir haben aber keine Zeit!“, rief Adolf.

„'nen Bus oder 'nen Lkw“, sprach Josef weiter. „Jedenfalls groß genug, um zwei Dutzend kleine Kinder zu befördern. Ernst und Hartmut können uns helfen, sie aufs Fahrzeug zu bringen. Wir können im Nu hier raus sein.“

Adolf hob verzweifelt die Hände.

„Wir verplempern nur Zeit mit dem ganzen Diskutieren“, sagte Josef.

Adolf schüttelte den Kopf und sah Konrad an. „Glaubst du, du schaffst ihn allein raus?“

Josef ließ dem Jungen keine Zeit zum Antworten. „An der Südseite gibt's 'ne Außentreppe“, instruierte er Adolf. „Schnappen Sie sich die Jungs und das Fahrzeug und warten Sie da auf uns.“

Irgendwas Unverständliches grummelnd, machte Adolf kehrt und lief den Korridor entlang.

Josef hob den Arm, Konrad nahm ihn wieder über die Schulter, und weiter ging's.

„Ich kann sie einfach nicht hier lassen", erklärte Josef.

„Ich weiß", erwiderte Konrad.

Josef war von all der Bewegung ganz schwindlig, er schaute wie durch einen Nebel. Zu allem Überfluss wurde ihm jetzt auch noch vom Magen her schlecht.

„Alles in Ordnung mit Ihnen?", fragte Konrad besorgt.

„Am Ende des Ganges rechts", war alles, was Josef antwortete.

Die Leute, an denen sie in den düsteren Korridoren vorbeigingen, zollten ihnen kaum Aufmerksamkeit. Bei Stromausfall hatte jeder irgendwas zu machen und zu rennen.

„Jetzt sind wir im Südflügel", sagte Josef.

Als sie vor der Tür der Kinderstation standen, zog Josef an der Klinke und machte auf. Der Anblick, der sich ihm bot, ließ ihm das Herz in die Hosen sinken.

„O mein Gott, nein!", schrie er auf.

„Mann, wir sind hier gar nicht im Westen", sagte Ernst.

„Und ob!", beharrte Hartmut.

„Ach, und wo steckt dann Konrad? Er müsste doch längst hier sein."

„Er wird schon kommen."

„Die werden uns hier zurücklassen."

„Was soll das denn nun schon wieder heißen?"

„Ja, weil wir hier gar nicht an der Westseite sind."

„Sind wir doch."

Plötzlich kam Adolf um die Ecke. Er war außer Atem. „Wir brauchen 'nen Laster oder 'nen Bus", keuchte er. „Hartmut, denk an deine Fotos: Wo standen welche?"

Hartmut rief sich die winzigen Abzüge ins Gedächtnis. „Hm ... an der südöstlichen Ecke des Geländes", sagte er. „Da gibt's jedenfalls 'nen Lagerschuppen. Vielleicht steht da ja auch 'n Lkw rum."

„Also los!", befahl Adolf.

Die beiden Jungen folgten ihm auf dem Fuße.

„Ich hab doch gesagt, dass das hier die Westseite ist!", flüsterte Hartmut.

Josef zitterte unablässig. Er war so erschüttert und erregt, dass er kaum einen klaren Gedanken fassen konnte. „Sie sind weg! Mein Gott, sie sind weg!“, stöhnte er.

„Wieso, sechs sind doch da“, bemerkte Konrad.

„Es waren aber zwei Dutzend!“, versetzte Josef.

Die mageren Gestalten in den Betten drehten sich zur Tür um, weil sie sehen wollten, was los war – zumindest diejenigen, die sich noch umdrehen konnten. Josef sah sie mit einem Gesicht, in dem das Leiden eines Heiligen stand, voll Traurigkeit an. Noch trauriger wurde seine Miene, als er zu den leeren Bettstellen hinübersah.

„Ich hab sie im Stich gelassen!“, schluchzte er.

Von draußen war ein tiefes Brummen zu hören. Konrad lehnte Josef gegen den Türrahmen und machte die Außentür auf. Ein großer wehrmachtgrauer Lkw setzte rückwärts an die Außentreppe. Hinter dem Steuer saß Adolf, neben ihm Hartmut und Ernst.

Adolf blieb sitzen, während die drei Jungen hastig die Kinder an Josef vorbeitrugen und auf die Pritsche des Lkw hievten. Auf der Ladefläche befanden sich Mehl- und Kornsäcke sowie Kartons mit Konservenbüchsen – gerade recht, um die Kinder einigermaßen zu betten.

Sie mussten bloß zweimal laufen. Die Jungs kamen nicht mal außer Atem. Ihre Last, ausgemergelte kleine Körper, war alles andere als schwer. Josef wünschte, sie hätten genug Zeit gehabt, um den Kindern zu versichern, dass jetzt alles gut werden würde, bezweifelte aber so oder so, dass sie es verstehen würden. Ihre Gesichtchen waren ausdruckslos, die Augen leer.

Konrad kehrte zurück, um Josef zu holen. „Ich setz mich mit Ernst und Hartmut und den Kleinen hinten rein“, sagte er, während er Josef auf den Beifahrersitz hievte.

„Nur noch sechs“, sagte Josef.

Konrad sah zu ihm hinauf und machte dann die Fahrerhaustür zu.

„Wir kämpfen, so gut wir können“, sagte Adolf.

Josef wusste, dass er Recht hatte, und doch vermochte ihn das jetzt wenig zu trösten.

„Ernst! Ernst! Bist du das etwa?“

Die Stimme kam von der anderen Seite des Parkplatzes.

„He, ich glaub, wir kriegen hier hinten Probleme!", rief Konrad von der Ladefläche ins Fahrerhaus.

„Ernst? Hartmut?" Dieselbe Stimme. Sie klang barsch und heiser.

Josef sah in den Außenspiegel und stöhnte auf.

Adolf kontrollierte ebenfalls seinen Spiegel. „Was sollen wir machen?"

„Fahr!", rief Josef. „Los, bring uns hier raus!"

Knirschend nahm das Getriebe den Gang an. Der Lkw schoss vorwärts.

Im Seitenspiegel sah Josef die Gestalt Wilhelm Olbrichts kleiner und kleiner werden.

Wolff sah auf die Uhr, sagte aber nichts. Es war nicht notwendig. Irgendwas war schief gelaufen. Adolf und die anderen hätten um diese Zeit längst hier sein müssen.

„Wie lange sollen wir noch warten?", fragte Monika.

„Da kommt's jetzt auch nicht mehr drauf an", antwortete Wolff.

Wie er es schon hundertmal gemacht hatte, hielt er den Kopf durchs offene Seitenfenster nach hinten und sah die Straße hinunter, die genauso menschenleer war wie jedes Mal während der vergangenen halben Stunde.

„Ich hätte selbst mitgehen sollen", sagte Wolff.

„Sie wissen doch, dass das nicht ging. Wenn nun jemand Sie erkannt hätte ..." Monika ließ den Satz in der Luft hängen. Es war auch nicht nötig, dass sie ihn vollendete.

Auch sie sah auf die Uhr. Eigentlich wollte sie es nicht, schon gar nicht, wo Wolff es doch eben erst getan hatte. Aber sie konnte sich nicht beherrschen. Immerzu zerrten diese Bilder von Josef, wie er auf dem Boden einer als Waschraum getarnten Gaskammer lag, und von den Jungs, eingesperrt in einer Zelle, an ihren Nerven.

„Ob sie vielleicht zum Hotel zurückgegangen sind?", fragte sie.

„Da haben wir uns doch schon abgemeldet."

„Ja, aber es könnte doch einen Grund geben, dass sie –"

Wolff beugte sich vor und ließ den Motor an.

„Was machen Sie denn?"
„Ich kann hier nicht einfach rumsitzen."
„Und wo wollen wir hin?"
„Zur Heilanstalt."

„Er kommt hinter uns her", stellte Josef fest.
Der Kühlergrill des *Essex Super Six* war im Seitenspiegel des Lkw nicht zu verkennen.
„Den hängen wir auf offener Strecke nicht ab", sagte Adolf.
„Und in der Stadt?"
„Da verfranzen wir uns womöglich, aber es ist unsere einzige Hoffnung, ihn loszuwerden."
So recht durchdacht wirkte das Ganze nicht auf Josef, aber er hatte auch keine Erfolg versprechendere Idee.
„Was machen wir, wenn er uns einholt?", fragte Adolf. „Hat er 'ne Waffe?"
„Er ist Geistlicher", sagte Josef.
„Auch Geistliche können bewaffnet sein."
„Aber der nicht."
Adolf tastete nach seiner Pistole. „Dann haben wir immerhin einen Vorteil", stellte er fest.
Der Lkw rollte in die Stadt. Sie waren gezwungen, langsam zu fahren. Adolf musste mächtig am Lenkrad kurbeln, wenn er schadlos um die Ecken kommen wollte. Aber der ausladende *Essex* kam auch nicht viel schneller voran. An einer besonders kniffligen Ecke musste Adolf noch mal zurücksetzen, um genügend ausholen zu können. Olbricht wartete sonderbarerweise in aller Geduld ab, bis sie um die Ecke herum waren, und setzte dann ihre Verfolgung fort.
„Du bist ja auch Geistlicher, nicht wahr?", fragte Adolf.
„Das weißt du doch."
„Und warum unternimmst du dann nichts?"
„Was schlägst du denn vor?"
„Du könntest ja mal um ein Wunder beten."
„Ein Wunder?"
„Na ja, ich weiß ja nicht ... eine plötzlich auftauchende Nebel-

wand, in der wir verschwinden können, oder dass der Fluss sich teilt oder dass wir unsichtbar werden – irgendwas in der Art eben!"

„Das wäre ja wirklich nichts weniger als ein Wunder."

„Ja, aber Gott kann doch auch heute noch so handeln, oder etwa nicht?"

„Möglich wär's."

„Ja, und?"

„Was und?"

„Dann bitte ihn doch drum!"

Josef wusste, dass ihre Lage verzweifelt sein musste, wenn schon Adolf Zuflucht zum Gebet nahm. Nichtsdestoweniger beschämte ihn der Vorschlag seines Gefährten. Er hätte schon die ganze Zeit am Beten sein sollen, ohne dass ihn erst jemand darauf aufmerksam machen musste.

Josef schloss die Augen. So gut wie auf der Stelle drehte sich wieder alles. Josef spürte, wie sein Kopf von einer Seite zur anderen schwankte, aber er konnte nichts dagegen tun. Der Drehschwindel wanderte vom Kopf in den Bauch, aus Übelkeit wurde Brechreiz. Sosehr er sich auch bemühte, er schaffte es nicht, ganze Sätze zu bilden. „O Gott, lieber Herr, mein Gott, hilf doch bitte!", war alles, was er herausbrachte.

„Potztausend, das nenne ich aber 'ne Gebetserhörung!", rief Adolf.

„Was ist denn?"

Josef schlug die Augen auf. Häuser schwankten vor ihm hin und her. Er verlor vollkommen die Orientierung und musste sich am Armaturenbrett festhalten, um nicht zur Seite zu kippen.

„Sieh doch nur!", rief Adolf mit einem Nicken in Richtung Seitenspiegel.

Josef sah in den Spiegel zu seiner Rechten. Von dem *Essex* war nichts mehr zu sehen. „Wo ist er denn geblieben?", fragte er.

Adolf zuckte die Schultern. „Eben war er noch da und jetzt nicht mehr. Alle Achtung – wenn du betest, scheint Gott wirklich hinzuhören!"

Aber Josef war sich sicher, dass Olbrichts Verschwinden nicht auf sein Konto ging. Im Übrigen war er sich darüber im Klaren, dass sie ihr Problem keineswegs los waren. Es würde einen Tag der Abrechnung geben – vielleicht nicht heute, aber kommen würde dieser Tag, da gab es keinen Zweifel.

Adolf war jetzt aufgekratzt. So ein breites Grinsen wie in diesem Moment hatte Josef nie zuvor an ihm gesehen. „Sehen wir zu, dass wir Wolff und Monika wiederfinden, und dann auf, Richtung Berlin!", sagte er.

„Wie – Monika ist auch hier?"

Adolf wandte sich grinsend Josef zu.

Der ließ sich tief in seinen Sitz sinken. *Monika!* Er musste mehrmals heftig blinzeln, um den Kopf freizukriegen. Auch wenn sich alles in ihm danach sehnte, sie zu sehen, wollte er ihr aber doch nicht in dem Zustand entgegentreten, in dem er gegenwärtig war.

Und überhaupt – was machte sie hier in Hadamar?

Wolff und Monika. Wolff und Monika, das hatte er gesagt. Das bedeutete, dass sie über die Mission Bescheid wissen musste. Aber wie viel wusste sie? Wusste sie von den Kindern? Wenn ja, dann wusste Olbricht es auch. So also erklärte sich seine Anwesenheit. Was nun? Diese Sache würde sie ihm niemals verzeihen. In seine Gemeinde würde er nicht mehr zurückkönnen. Worauf lief das Ganze hinaus? Er brauchte Zeit zum Nachdenken. Doch selbst wenn er diese Zeit gehabt hätte, hätte es ihm nichts genützt. In seinem Kopf gab es nur noch Watte und Nebel. Gedanken, mit denen er gerade noch beschäftigt war, waren im nächsten Moment einfach verschwunden.

Schlagartig wurde er in die Wirklichkeit zurückgeholt, als der Lkw über eine Kante polterte und auf eine dreibogige Steinbrücke fuhr.

Aus dem Nichts erschien plötzlich der *Essex*. Er stellte sich am gegenüberliegenden Ende der Brücke quer und schnitt ihnen damit den Weg ab.

Adolf trat gerade noch rechtzeitig auf die Bremse.

Olbricht starrte sie durch seine Windschutzscheibe an. Dann ging die Tür seines Wagens auf, und er stieg aus. Schon konnte Josef seine Zigarre riechen.

Da warf Adolf krachend den Rückwärtsgang ein, aber Josef legte seine Hand auf die von Adolf, die noch den Schaltknüppel umklammerte. „Bringen wir diese Sache hier und jetzt zu Ende“, sagte er.

Es sah aus wie ein Krankenhaus.

Durch die Windschutzscheibe starrte Monika den Bau an. Er hatte nichts Imponierendes an sich: ein viereckiger Kasten mit überdachtem Portal und hohen, schmalen Fenstern. Ein schräg nach unten verlaufendes Fallrohr neben einer Freitreppe aus Zement. Ein Parkplatz, der von eingefassten Rasenstücken und niedrigen Büschen aufgelockert wurde.

„Sehen Sie irgendwas?“, fragte Wolff.

„Nein, nichts.“

„Sehen wir uns mal um.“ Wolff kurbelte am Lenkrad und steuerte den Wagen auf einen rückwärtigen Bereich des Parkplatzes zu, den man von der Einfahrt aus nicht einsehen konnte.

„Da!“, rief Monika.

„Ja, ich seh's.“

Das Auto, mit dem Adolf unterwegs gewesen war, stand still und verlassen in einer Parkbucht. Wolff parkte daneben ein, stieg aus, umrundete den anderen Wagen und spähte durch die Scheiben ins Innere.

„Die Drahtschere liegt auf dem Rücksitz“, sagte er, während er sich wieder hinters Steuer seines eigenen Wagens klemmte.

„Was hat das zu bedeuten?“, fragte Monika.

„Ich weiß nicht.“

Gemeinsam starrten sie den Klinikbau an.

„Was machen wir jetzt bloß?“ Monikas Stimme klang kläglich.

Wolff beugte sich übers Steuer. Seine Augen blickten starr nach vorne, obwohl er gar nicht mehr das Gebäude im Blick hatte. In Wirklichkeit wandte sich sein Blick nach innen. „Es gibt nur eines, was wir tun können“, sagte er.

Monika wartete darauf, dass er aussprach, was er im Sinn hatte.

„Ich muss da rein.“

„Nein!“, rief sie.

Er drehte sich zu ihr. „Frau Schumacher, uns bleibt keine Wahl.“

„Dann lassen Sie mich gehen."
„Kommt nicht in Frage!"
„Wenn einer von uns da reingeht, dann ich", beharrte sie. „Mich kennen sie nicht."
Wolff schüttelte den Kopf. „Das lasse ich nicht zu."
„Ich hab schon einen Mann da drinnen verloren", argumentierte sie. „Und wer weiß, wie vielen da noch der Garaus gemacht worden ist. Ich ertrage den Gedanken nicht, Sie da auch noch zu verlieren."
„Und Sie gehen da nicht rein!" Es klang wie ein Befehl.
„Dann gehen Sie auch nicht!"
„Na schön."
„Basta."

Olbricht war aus der Puste, als er ihnen auf der Brücke entgegenkam. Sein Gesicht wirkte aschfahl. „Was geht hier eigentlich vor?", dröhnte er.

Josef hatte erst einen Fuß auf dem Trittbrett, als Adolf schon vor der Schnauze des Lkw stand. Von hinten kam Konrad heran und half Josef beim Aussteigen. Dann übernahm er den Dienst von Josefs Beinen, genau wie er es in den langen Korridoren des Krankenhauses getan hatte.

Ernst und Hartmut stellten sich neben die hinteren Ecken des Lkw.

„Bist du jetzt vollkommen irre, oder was?", brüllte Olbricht Josef an.

„Beinahe", erwiderte Josef.

Und das war ja nicht weit von der Wahrheit entfernt. Die ganze Aufregung, das war einfach zu viel für ihn. Ohne Konrads stützende Schulter wäre er auf der Stelle zusammengebrochen. Und er musste alle Kraft, die ihm verblieben war, zusammennehmen, um sich auf das Geschehen zu konzentrieren und halbwegs verständliche Sätze herauszubringen.

Olbricht wandte sich an Konrad. „Konrad, Junge – sieh dich doch bloß mal an! Für diesen Mummenschanz könnte man dich standrechtlich erschießen! Was um alles in der Welt willst du machen, wenn dein Vater von diesen Eskapaden erfährt?"

Der Junge sah an seiner SS-Uniform herunter und richtete seinen Blick dann auf Olbricht. Er war klug beraten, nichts zu erwidern.

„Und ihr zwei, Hartmut und Ernst! Wisst ihr eigentlich, in was ihr euch da reinmanövriert habt? Ihr werft euer Leben weg! Ihr solltet euch in Grund und Boden schämen!"

Adolf hatte genug gehört. Er zog seine Pistole. „Schaffen Sie das Auto von der Brücke", sagte er zu Olbricht, „und lassen Sie uns vorbei."

„Nein."

Jetzt machte Konrad den Mund auf, wandte sich allerdings nicht an Olbricht, sondern an Adolf. „Stecken Sie die Waffe weg", sagte er.

„Halt die Klappe, Junge! Wir kriegen das schon in den Griff!", erwiderte Adolf.

„Du hast doch gehört, was er sagt", schaltete Josef sich ein. „Waffen sind hier fehl am Platze."

Adolf stierte sie an, als hätten sie alle beide den Verstand verloren. Die Pistolenmündung blieb unverwandt auf Olbrichts Brust gerichtet.

„Hilf mir, ich will näher an ihn ran", bat Josef Konrad.

Der begriff nicht gleich. Dann aber stützte er Josef auf den letzten paar Metern, bis dieser direkt vor Olbricht stand – und damit im Schussfeld von Adolfs Pistole.

Seine ganze bescheidene Kraft zusammenraffend, hob Josef den Kopf. Er musste sein Hirn förmlich zwingen, erst Wörter und dann Sätze zu bilden. „Du hast Recht", sprach er Olbricht an, „es war dumm von ihnen, die Jungs hier mit reinzuziehen."

Olbricht zog heftig an seinem Stumpen. „‚Dumm' ist gar kein Wort, um –"

„Also, lass sie gehen", sagte Josef.

Was jetzt geschah, hatte Josef Hunderte von Malen im Olbrichtschein Arbeitszimmer beobachtet: Beim Nachdenken pflegte sein Schwiegervater die Augen zusammenzukneifen, sodass sie kaum noch zu sehen waren. In diesem Augenblick gab es wieder nur sie beide: Mentor und Schüler. Zwei Kontrahenten, die sich überm Schachbrett gegenübersaßen. Und Josef machte seinen Zug, während Olbricht, wie immer, aussah, als hätte er den Sieg längst in der Tasche.

„Lass sie gehen", wiederholte Josef. „Die Jungs, Adolf und die Kinder. Ich geh mit dir in die Anstalt zurück."

„Kinder – was für Kinder?", fragte Olbricht.

„Hinten auf dem Lkw, sechs Stück. Von der Kinderstation."

Olbricht verdrehte die Augen himmelwärts. „Das schlägt ja wohl dem Fass den Boden aus!", rief er.

„Das ist mein Angebot", sagte Josef.

Olbricht war außer sich. „Was hab ich bloß jemals in dir gesehen? Edda hat von jeher gesagt, in dir steckt nichts Gutes. Weiß Gott, ich hätte besser auf sie gehört!"

„Also, was ist?", drängte Josef.

Es dauerte einen Moment, aber dann hatte Olbricht sich wieder in der Gewalt und war mit den Gedanken bei der Partie, die sie spielten.

„Sie sind bloß Bauern", sagte Josef. „Durchs Bauernschlagen gewinnst du nicht. Du musst schon den König in die Falle locken."

„Den König?", schnaubte Olbricht. „Du bist mir alles andere als 'n König!"

Diese Schelte perlte an Josef ab. Schön, seine Analogie mochte vielleicht schräg gewesen sein, aber die Taktik war viel versprechend, so viel stand fest. Olbricht konnte nur gewinnen, wenn Josef verlor. So war es von jeher gewesen.

„Matt!", sagte Olbricht.

„Nein!", widersprach Konrad.

„Es ist vorbei", sagte Josef. „Los, fahrt nach Hause."

Hinter dem *Essex* kam ein zweiter Wagen zum Stehen. Die Türen flogen auf, und Wolff und Monika sprangen heraus.

„Das ist ja ein wahrer Alptraum!", polterte Olbricht beim Anblick seiner Tochter. „Was um Himmels willen willst du denn noch hier?"

Monika würdigte ihn keiner Antwort, sondern rannte stracks zu Josef. Tränen strömten ihr über die Wangen, als sie sein Gesicht zärtlich in beide Hände nahm. Mit ihrer Nasenspitze die seine berührend, flüsterte sie: „Ich hätt's mir niemals verzeihen können, wenn ich dich verloren hätte."

„Monika, ich rede mit dir!“, bellte Olbricht.

Zart küsste sie seine Lippen, seine Wangen, sein Kinn, seine Nase. Und wiederholte immer wieder: „Kannst du mir jemals verzeihen?“

„Monika!“

„Ich liebe dich“, flüsterte sie Josef ins Ohr. „Wirklich, ich liebe dich.“

„Weg von ihm!“, befahl Olbricht.

Nach einem letzten Kuss ließ Monika von ihm ab, wich aber nicht zurück, sondern nahm Josefs freie Hand fest in die ihre.

Mittlerweile hatte Wolff Olbricht von hinten am Arm gepackt und hielt ihn in Schach.

„Monika, geh ins Auto!“

Sie umklammerte Josefs Hand nur umso fester.

„Josef, rede mit deiner Frau“, sagte Olbricht. „Denk dran, wir haben ’ne Vereinbarung.“

Monika wandte sich Josef zu. „Was soll das heißen, ’ne Vereinbarung?“

Olbricht antwortete an seiner Stelle. „Er geht zurück in die Anstalt. Im Gegenzug bin ich bereit zu vergessen, dass die Jungs hier irgendwas mit diesem lächerlichen Mummenschanz zu tun hatten.“

„Josef, du kannst nicht dahin zurück!“, sagte Monika.

„Ist schon in Ordnung. Einen anderen Weg gibt es nicht.“

„Nein, das ist nicht in Ordnung! Ich lasse es nicht zu!“ An ihren Vater gewandt, flehte sie: „Bitte tu das nicht! Zwing ihn nicht, dorthin zurückzukehren!“

„Er hat es so gewollt“, sagte Olbricht.

„Wieso?“, schrie Monika. Sie ließ Josefs Hand los und trat vor ihren Vater. „Wieso tust du das?“

Mit einer heftigen Armbewegung riss Olbricht sich von Wolff los. „Das steht jetzt hier nicht zur Debatte.“

„Und wann und wo steht wohl das Töten von Menschen zur Debatte?“, rief Monika.

Olbricht stierte sie an. „Du bist ja nicht bei Sinnen. Los, ab ins Auto mit dir.“

Er griff nach ihrem Arm. Sie entzog sich ihm.

„Ich kenne dich nicht", sagte sie. „All diese Jahre, und ich weiß nicht, wer du wirklich bist!"

„Monika ..."

Sie wich weiter zurück. „Angehimmelt habe ich dich! Jeden Mann, der mir je begegnete, habe ich an dir gemessen. Josef hab ich geheiratet, weil ich dachte, er wäre dir ähnlich. O Mann, all diese Jahre hab ich ..." Sie brach in Tränen aus. „Immerzu hab ich gebetet, dass er ... dass er eines Tages so wäre ... so wäre wie *du*!"

Olbricht redete leise auf sie ein, aber sie hörte gar nicht hin.

„Weißt du, was ich rausgefunden habe?", rief sie. „Dass er nicht im Geringsten so ist wie du! Nie wird er wie du sein, und weißt du, warum? Weil er besser ist als du. Den Rest deines Lebens könntest du versuchen, zu werden wie er – aber niemals wirst du ihm das Wasser reichen können!"

„Sie ist ganz offenkundig verwirrt", sagte Olbricht zu niemand Bestimmtem. „Josef, es ist an der Zeit, dass du deinen Teil der Abmachung erfüllst. Los, Junge, komm mit mir."

„Wag es nicht, ihn anzurühren!", schrie Monika.

Ihr Zorn war wie ein blitzendes Schwert. Überrascht und erschrocken wich Olbricht zurück.

„Wozu soll er denn mit dir gehen? Damit du ihn töten kannst?", zischte sie. „Und dann gibst du Ruhe? Ha – du wirst auch noch Herrn Wolff töten müssen! Und den Herrn Adolf auch!"

Die sekundenlange Stille wurde vom Schrei eines Babys zerrissen.

Monika wandte den Kopf nach dem Laut. Ernst warf einen Blick unter die Plane des Lasters und verschwand dann auf der Ladefläche.

„Habt ihr da ein Baby drin?", fragte Monika.

„Sechs Stück", antwortete Josef.

„Der Pastor wollte nicht ohne sie gehen", erläuterte Konrad.

Das Kreischen des Säuglings nahm alles und jeden dort auf der Brücke gefangen. Monika starrte den Lkw an. In ihren Augen glitzerten Tränen, als Ernst von hinten mit dem Kind im Arm herankam. Monika ging auf ihn zu, als schlafwandelte sie. Vorsichtig legte Ernst ihr das Kleine in den Arm. Entsetzt sah Monika auf das winzige Bündel hinab und trug es dann zu Josef.

„Babys ...", sagte sie leise zu ihm. „Josef, Liebster ... verzeih mir. Ich war ja so dumm." Plötzlich wirbelte sie herum und ging auf ihren Vater zu. „Dieses Kind hier willst du wohl auch umbringen?", fragte sie. „Dieses hier und die anderen da auf dem Wagen?"

„Monika, hör mir doch zu. Es gibt Dinge, die verstehst du nicht. Es gibt Umstände, unter denen ein Leben nicht lebenswert –"

„Und Edith? Würdest du deine eigene Enkelin auch umbringen?"

Olbricht reagierte, als hätte sie ihm eine schallende Ohrfeige verpasst. „Das ist ja unerhört!", schrie er. „Wie kannst du so was sagen? Du weißt, wie ich an ihr hänge."

„Und ich weiß, dass sie taub ist!", versetzte Monika.

Olbricht stand mit offenem Mund da. Sprachlos.

„Jawohl! Taub! Ein Geburtsfehler. Ein lebensunwertes Leben. Und wenn Herr Wolff nicht wäre, würde deine Enkelin gerade jetzt hier in Hadamar in derselben Abteilung vor sich hinvegetieren wie dieses Kleine hier und darauf warten, dem Tod überantwortet zu werden."

Olbricht taumelte rückwärts, bis er an der Stoßstange seines *Essex* Halt fand. Abwechselnd starrte er das Kind in Monikas Armen, Monika und Josef an. Meistenteils allerdings gingen seine Blicke ins Nichts.

„Auf einem Ohr zum größten Teil", fuhr Monika fort. „Beim andern sind wir uns nicht so ganz sicher. Aber die Hebamme hatte sie schon zur Aussonderung vorgemerkt. O ja, es war nur noch eine Frage der Zeit, bis ... bis deine Freunde gekommen wären ... die, denen du die Stange hältst ... und sie geholt hätten", ihre Stimme brach, „um sie ... um sie umzubringen!" Monika vergrub ihr Gesicht in dem grauen Lumpen, in den der Winzling in ihrem Arm gewickelt war. Ihre Schultern hoben und senkten sich unter ihrem Schluchzen. Dann hob sie langsam den Kopf. Ihre Augen waren wie Flammen. „Aber das hast du natürlich nicht mitgekriegt, wie? Du warst ja viel zu sehr damit beschäftigt, Gott zu spielen, als dass du gemerkt hättest, dass mit deinem eigenen Enkelkind etwas nicht stimmt!"

Jeder Satz war ein Hammerschlag, der Olbrichts statuenhafte Haltung bröckeln ließ. Jedes Wort eine kleine Hinrichtung. Als sie mit ihm fertig war, stand vor ihr nur noch die Ruine eines stolzen, selbstgewissen Mannes.

Jetzt gab es nur noch Vater und Tochter. Olbricht und Monika, sonst niemanden.

„Ich hab doch nur getan, was ich für das Beste hielt ...", stammelte er.

„Sieh dir dieses Kind an!", donnerte Monika.

Sie marschierte auf ihn zu und hielt ihm das Kleine entgegen. Aber er verweigerte sich. Wollte er das Baby nicht an sich nehmen oder konnte er nicht? Jedenfalls wich er beim Anblick des ausgemergelten, zerlumpten Säuglings zurück.

„Ich wollte immer nur dein Glück und deine Sicherheit", flüsterte er.

„Du hast geschworen, alles zu meinem und Ediths Schutz zu tun", sagte sie. „War das dein Ernst?"

Die Erinnerung an jenen Moment auf dem heimischen Sofa schien ihm neue Lebenskraft einzuhauchen. „Das weißt du genau", sagte er.

„Dann lässt du jetzt diesen Laster vorbei. Du lässt diese rechtschaffenen Männer hier diese Kleinen retten." Sie hielt inne und fügte dann hinzu: „Und mir gibst du meinen Mann zurück."

Eine Weile starrte Olbricht ins Nichts. Er stand am Rand des Abgrunds, wollte es aber noch nicht zugeben.

Mit einem Kopfnicken gab Wolff Adolf Anweisung, wieder in den Lkw zu steigen. Der steckte die Pistole ins Halfter zurück und kletterte ins Fahrerhaus. Konrad half Josef zum Lastwagen zurück.

„Ihr werdet's nie im Leben schaffen", sagte Olbricht.

Alles erstarrte.

„Wir müssen's versuchen", erwiderte Josef.

Die beiden Männer standen Auge in Auge wie so viele Male zuvor. Olbricht war am Zug.

„Sie werden nach einem Lkw suchen, der Richtung Gießen fährt", sagte er.

Wolff gab Hartmut und Ernst ein Zeichen. „Aufsitzen!", sagte er.

„Aber nicht nach einem schwarzen *Essex* auf der Reichsstraße Richtung Frankfurt."

Josef starrte seinen Schwiegervater an, den Mann, der ihn hatte töten wollen. Er verstand und nickte zum Zeichen seines Dankes.

„Ist zwar 'n Umweg, dafür aber sicherer", sagte Olbricht zu seiner Tochter.

Wolff befahl den Jungen: „Steckt sie in die Limousine! Adolf, du kommst mit mir."

Das Umladen ging rasch vonstatten. Als Konrad Josef gerade beim Einsteigen in den Fond des *Essex* half, sprang plötzlich der Motor des Lastwagens an.

„Vater?", schrie Monika. „Vater, was machst du?"

Olbricht saß hinterm Steuer des Lkw. Ehe noch jemand eingreifen konnte, hatte er knirschend den Rückwärtsgang eingelegt und setzte in leichten Schlangenlinien über die Brücke zurück. Dann steuerte Pastor Wilhelm Olbricht den Lkw, ohne sich auch nur einmal umzuschauen, zurück in die engen Gassen Hadamars und ratterte außer Sicht – auf die Gießener Landstraße zu.

Seine Tochter ließ er ohne Abschied stehen.

* * *

Sie fuhren etliche Kilometer schweigend, in Gedanken mit der Frage beschäftigt, was wohl mit Olbricht geschehen würde, wenn man ihn erwischte. Doch irgendwann verdrängte die Erregung des Sieges die Zeit der Trauer. Hartmut und Ernst kehrte zu ihren üblichen Albernheiten zurück.

„He, hört doch jetzt mal mit dem Blödsinn auf. Ihr benehmt euch ja wie 'n Haufen Backfische!", sagte Josef.

Ernst, der auf der durchgehenden vorderen Sitzbank in der Mitte saß, schaute über die Schulter nach hinten. Hinterm Steuer war Hartmut. Konrad saß rechts außen. Beide Beifahrer hatten je ein Baby auf dem Schoß.

„Was sollen wir denn machen", sagte Ernst. „Wer hätte gedacht, dass wir jemals so 'n Amischlitten kriegen würden?"

Monika sah nach den Kindern neben sich. Eines hatte sie auf dem Sitz, zwei lagen auf dem Boden. Das sechste hatte Josef im Arm. Für den Augenblick waren sie alle ruhig.

„Adolf sollte auch 'n Kind nehmen, mindestens", schlug Josef vor. „Meinst du nicht?"

Monikas Lachen zu hören war wie ein Lebenselixier für ihn. „Kannst es ihm ja beim nächsten Halt antragen", sagte sie prustend.

Josef besah sich das Kind in seinem Arm. „Ist unser Baby auch so hübsch wie dieses hier?"

„Du machst wohl Witze! Niemals ist ein Kind zur Welt gekommen, das hübscher gewesen wäre als unsere Edith."

„Genau mein Gedanke. Wollte dich bloß mal auf die Probe stellen."

„Ich kann's gar nicht abwarten, dass du sie endlich zu Gesicht bekommst. Sie wird dich anbeten."

Josef lächelte.

„Aber nicht halb so sehr, wie ihre Mutter dich anbetet." Monika schob sich dichter an ihn heran und küsste ihn auf die Wange. „Ich hab viel in meiner Bibel gelesen, während du weg warst." Sie kuschelte sich noch enger an ihn und flüsterte ihm ins Ohr: „‚Ich schlafe; aber mein Herz wacht. Da ist die Stimme meines Freundes, der anklopft. Mein Freund ist mein, und ich bin sein.'"

Josef küsste seine Frau und sagte: „Vielleicht sollte ich ja öfter mal weggehen."

Epilog

Dienstag, 24. Dezember 1940

Wolff machte es sich in seinem Sessel bequem. Seine Füße steckten im offenen Kamin, sodass er aufpassen musste, dass sie nicht ansengen. Mit drei kräftigen Scheiten hatten sie ein herrliches Feuerchen hinbekommen. „Ist euch eigentlich auch schon aufgefallen", sagte er, „dass die Leute wieder mehr ‚Guten Morgen' und weniger ‚Heil Hitler' sagen?"

Josef, der mit Edith auf dem Schoß neben ihm auf einem Stuhl saß, sah ihn an wie eine Erscheinung. „Klingt witzig, besonders aus deinem Munde."

Wolff lächelte. „Dachte mir, dass du das gut findest. Ist aber 'ne Beobachtung von Gemüse-Schultz. Ich wollt's nur mal zum Besten geben."

Draußen schneite es. Schon der Spätherbst war frostig gewesen, sodass die Leute noch mehr als bislang unter den kriegsbedingten Versorgungsengpässen zu leiden hatten. Kohlen gab es kaum noch. Privater Reiseverkehr war weitestgehend unterbunden. Fleisch konnte man auch gegen Lebensmittelmarken nicht mehr bekommen. Butter gab es schon lange nicht mehr, und Fisch wurde ebenfalls nicht mehr angeliefert. Aber es war Weihnachten, und im Hause herrschte festliche Stimmung.

Die Rama-Hütte, wie sie das Anwesen nannten, lag versteckt in den märkischen Wäldern nördlich von Berlin. Seit der Hadamar-Episode waren drei weitere Kinder zu ihnen gestoßen, sodass es jetzt zusammen neun waren – beziehungsweise zehn, wenn man Edith mitzählte.

Monika und Josef waren für den Haushalt zuständig. Ursel war zu ihnen gestoßen, um ihnen unter die Arme zu greifen. Wolff war oft bei ihnen hier draußen, Adolf ab und zu.

Je knapper in den Städten Lebensmittel und Versorgungsgüter wurden und je weniger mühelos die Schlachten zugunsten der deutschen Wehrmacht ausgingen, umso mehr waren die Leute des Krieges überdrüssig. Die Luftschlacht um London im September hatte zu schweren Verlusten bei der Luftwaffe geführt, ohne dass es zu einer Invasion Englands gekommen wäre. Im November dann hatten die Amerikaner Präsident Roosevelt wieder gewählt, der stehenden Fußes eine Aufstockung der Hilfslieferungen an England in Aussicht gestellt hatte. Indirekt spürte man jetzt schon die amerikanische Beteiligung am Kriege, und gerüchteweise hörte man, eine US-Kriegserklärung an das Deutsche Reich sei nur noch eine Frage der Zeit.

Konrad und Hartmut standen irgendwo im Polnischen, Ernst studierte in Berlin. Zu Willi und Karin, die beide noch in der Reichshauptstadt die Schulbank drückten, hatten Josef und Monika zu ihrem Leidwesen kaum noch Kontakt.

Olbricht hatten sie nach der Szene auf der Hadamarer Brücke nicht mehr wiedergesehen. Auch der Lkw tauchte nie wieder auf. Zumindest war ihnen nichts dergleichen zu Ohren gekommen. Edda hatte einen Nervenzusammenbruch erlitten und war nach Köln zu ihrer greisen Mutter gezogen.

Monika erschien mit einer Schürze um die Hüften.

„Adolf wird nicht zum Essen kommen“, stellte Wolff klar. „Ich glaube, er wollte den Kindern nichts wegessen.“

Die Hände in die Hüften gestemmt, sagte Monika: „Na, wenn das kein friedvolles Bild ist!“

Edith war auf der Brust ihres Vaters eingeschlafen.

„Also, meine Herren, genießt den Abend, solange ihr könnt! Ich glaube nämlich nicht, dass ich die Kinder noch lange vom Tannenbaum fern halten kann.“

Sie saßen im größten Raum des Jagdhauses. Das Zimmer hatte eine hohe getäfelte Decke und ein großes Fenster, durch das man in den Forst hinausschaute. Den Sommer über hatte man Aussicht auf einen kleinen Weiher mitten im Wald, der im Winter zufror und unter der Schneedecke nicht mehr auszumachen war. In einer Ecke des Zimmers stand ein majestätischer Tannenbaum, den in diesem Jahr mangels junger Burschen die beiden Männer höchstselbst geschlagen und aufgestellt hatten.

An den Wänden des Gemeinschaftszimmers, wie sie den gemütlichen Raum nannten, hingen etliche von Josefs Stickbildern. Das Motiv mit den amerikanischen *Redwoods* hatte einen Ehrenplatz überm Kamin bekommen. Sie hatten es gemeinsam fertig gestellt, da Josefs Hände nach Hadamar infolge der Drogen, die ihm verabreicht worden waren, so sehr gezittert hatten, dass er keine Nadel mehr hatte führen können. Also hatte er Monika genaue Anweisungen gegeben, wie sie zu sticken hatte, und sie hatte das Werk unter seinen Augen sorgfältig vollendet.

Monika hob Edith von der Brust ihres Vaters. „Wappnet euch“, sagte sie. „Wenn ich mit dieser hier fertig bin, lasse ich die Meute los.“

„Augenblick!“, sagte Josef. „Ursel sagte doch, sie hätte ’ne Überraschung für uns. Sollten wir die nicht zuerst …?“

„Hervorragende Idee, das mit der Überraschung!“, pflichtete Wolff ihm bei.

„Ihr wollt mich ja nur hinhalten.“ Monika ging mit Edith aus dem Zimmer.

Einige Minuten saßen Josef und Wolff schweigend und gedankenverloren vor dem Feuer.

„Da wär’n wir!“, rief Ursel.

Hinter ihr tauchte Monika im Türrahmen auf. Sie hatte eine Schüssel in Händen. „Wer möchte ’n schönes Glas Punsch?“, fragte sie beschwingt.

Während Monika den Punsch ausschenkte, verriet Ursel ihre Überraschung. „Ich hab den Jungs geschrieben, und sie haben allesamt mit ’nem persönlichen Weihnachtsgruß geantwortet!“ Sie hielt drei Briefe in die Höhe.

„Ach, die können tatsächlich schreiben?“, bemerkte Wolff.

„Man sollt’s wirklich kaum für möglich halten, so selten, wie sie sich dazu aufraffen“, sagte Monika.

Ursel machte die Briefe nacheinander auf und las sie laut vor, zuerst den von Konrad. „Äh, hier ist ’ne Seite, die geht euch nichts an“, sagte sie errötend und ließ einen Bogen in ihrer Schürzentasche verschwinden.

„He, lies die auch vor! Ich will's hören", bat Josef.

Ursels Röte wurde noch tiefer, aber der besondere Feldpostbogen blieb, wo er war.

Alle Jungen schrieben, es gehe ihnen gut. Konrad und Hartmut schrieben von Hundekälte und Frostbeulen. Hartmut hasste die Landsertruppe und versuchte dauernd, den Karabiner 98 gegen die Kamera eines Kriegsberichterstatters einzutauschen. Konrad hatte bereits seine Auszeichnung bekommen, was niemanden verwunderte, und doch schilderte er das Kommissleben in nicht unbedingt enthusiastischen Tönen. Ernst kam mit seinen Studien gut voran. Die geistige Arbeit tat ihm gut, aber er vermisste Hartmut.

„Und jetzt die Überraschung", kündigte Ursel an.

„Wie – ich dachte, das war sie?", fragte Josef.

Ursel bedachte ihn bloß mit einem schelmischen Lächeln. Sie langte hinter sich und brachte drei Münzen zum Vorschein, die an Kordeln baumelten. „Erkennst du sie wieder?", fragte sie Josef.

Seine Augen füllten sich mit Tränen, als er schweigend die drei goldenen Medaillen ansah.

„Ich hab sie an Kordeln befestigt, damit wir sie an den Baum hängen können", sagte das Mädchen.

„Was für 'ne herrliche Idee, Ursel!", rief Monika begeistert.

Ursel drückte die Münzen Josef in die Hand, der jede von ihnen mit zitternden Fingern inspizierte, ehe er an den Baum trat und sie an drei verschiedenen Zweigen aufhängte.

„Und noch eine", sagte Ursel. „Meine."

Sie gab ihm eine vierte Münze. Als auch sie im Baum hing – selbstredend direkt neben der von Konrad –, nahm er das Mädel in den Arm.

Dann traten sie ein paar Schritte zurück und bewunderten miteinander die schimmernden Medaillen im Weihnachtsbaum.

„Ursel, dank deiner Person ist das heute ein Weihnachten, das wir wohl nie vergessen werden", sagte Josef.

Ursel lächelte. Dann fragte sie: „Hat irgendwer was dagegen, wenn ich mal gucke, ob sie im Radio 'n bisschen Weihnachtsmusik spielen?"

Victor und Victoria Trimondi

HITLER
Eine unheilige Allianz
BUDDHA
vom Dritten Reich bis heute
KRISHNA

UEBERREUTER

Die Deutsche Bibliothek – CIP-Einheitsaufnahme

Trimondi, Victor:
Hitler, Buddha, Krishna : eine unheilige Allianz vom Dritten Reich bis heute
/ Victor Trimondi/Victoria Trimondi. – Wien : Ueberreuter, 2002
ISBN 3-8000-3887-0

Umschlaggestaltung: verlagsbüro wien / Kurt Hamtil

Druck: Theiss, A-9431 St. Stefan i. L.

1 3 5 7 6 4 2

Ueberreuter im Internet: www.ueberreuter.at

Inhalt

Einleitung

Angesichts der Tatsache, dass sich heute weltweit radikale politische Bewegungen religiöser Inhalte bedienen bzw. dass sich die Religionen mehr und mehr in der Politik engagieren, hat die Debatte über den Nationalsozialismus als ein religiöses Phänomen eine hohe Aktualität. Die Diskussion hierüber wurde schon während des Zweiten Weltkrieges begonnen, konnte sich jedoch erst viel später als eine von der Geschichtswissenschaft anerkannte akademische Disziplin durchsetzen. Eine Übersicht über die verschiedenen Deutungen der NS-Bewegung als »politische Religion« geben wir im Anhang unseres Buches.

Um es vorweg zu sagen: Der Nationalsozialismus war keine Religion im traditionellen Sinne. Er wies noch zu viele Ambivalenzen und Widersprüche, zu viel politischen und militärischen Pragmatismus, zu viele Interessengruppen, zu viel Diesseitigkeit und zu wenig Transzendenz auf, um als Konfession und Dogma wirken zu können. Insbesondere hemmte und hinderte Hitlers taktisches Verhalten gegenüber den etablierten Kirchen eine offene Propagierung des neuen »deutschen Glaubens«. Jene NS-Ideologen, die auf eine potenzielle Sakralisierung des Nationalsozialismus abzielten, arbeiteten deswegen eher »verdeckt« im Vergleich zu den großen Massenveranstaltungen der NSDAP. Neben dem »Amt Rosenberg« zählte das SS-Ahnenerbe zu den Institutionen, in denen die religiösen Entwicklungsmöglichkeiten des Nationalsozialismus ein Thema waren. Insbesondere im SS-Ahnenerbe war man sich über das Ausmaß eines solchen Unterfangens voll im Klaren. Dort sollte ein Weg gefunden werden, um archaisch-religiöse Weltbilder mit der »Modernen« zu kombinieren: Bauernromantik und Großindustrie, die Rückkehr der Götter und technische Hochleistung, Magie und Wissenschaft, Meister Eckhart und Autobahn wollten die Akademiker des SS-Ahnenerbes miteinander kompatibel machen, ebenso wie Parteipolitik und Ordensmystik. Mythen »aus grauer Vorzeit« sollten wieder entdeckt, aufbereitet, verdichtet und kodifiziert werden, um daraus eine politreligiöse Doktrin des 20. Jahrhunderts zu konstruieren.

Der Nationalsozialismus war – das versuchen wir in unserem Buch nachzuweisen – eine *religio in statu nascendi*. Trotz des politischen Pragmatismus drängten die mit der NS-Bewegung verknüpften kultischen Szenarien von Anfang an in eine »religiöse« Richtung: ▸ Ritualisierte Aufmärsche und Weihen ▸ Gemeinschaftserlebnisse in der Form der Kommunion (Parteitage, Auftritte am 9. November auf dem Münchner Königsplatz) ▸ Aufgabe des Individuums an Volk und Partei ▸ mystische Verschmelzung mit dem Führer (G. d'Alquen, Herausgeber des *Schwarzen Korps*, schrieb 1935 zum Geburtstag des Führers: »So konnten wir im Letzten eins werden mit ihm.«[1] ► Glaubensbekenntnisse und Schwüre (SS-Schwur auf Hitler) ► Sakramente (heidnische Heirat in der SS) ► Initiationsriten ► Feuerkulte (Fackelzüge, Bücherverbrennungen, Abbrennen von Synagogen, Holocaust) ► Blutkulte (der Mythos vom reinrassigen Blut, Blutschwüre auf den »Führer«, der Mythos vom sündigen jüdischen Blut) ► »Heilige Bücher« (Hitlers *Mein Kampf*, Rosenbergs *Mythos des 20. Jahrhunderts*) ► Messianismus (der »Führer als Erlöser«) ► Apokalyptik (Vision eines Endzeitkrieges zwischen Gut und Böse und nach der Götterdämmerung die Errichtung eines arisches Paradieses) ► die gnostische Aufteilung der Welt (Arier = gut und Juden = böse) ► Gottesreich und Teufelsreich ► kultische Jahresfeiern (Julfest) ► Martyrium ► Sakralbauten ► Pilgerstätten ► Auserwähltheit (Rassendogma) ► der Ordensgedanke (die SS und Rosenbergs »Ordensburgen«) ► Vorsehung (Hitlers Lieblingswort) ► Leben nach dem Tode – all die genannten »religiösen« Ereignisse und Empfindungen wurden in den 1930er-Jahren von den Nazis durch Wort und Tat zum Ausdruck gebracht.

Mit Beginn des Zweiten Weltkrieges brach jedoch die im SS-Ahnenerbe und in anderen NS-Institutionen mit großem Engagement geführte Religionsdebatte de facto ab, nicht nur weil die unmittelbaren militärischen Aufgaben dies erforderten, sondern weil der gewonnene Krieg selber zu dem großen »religiösen« Ereignis geworden wäre, auf dem sich nach einem Endsieg der neue »deutsche Glaube« gegründet hätte. Das vergossene Blut der »Märtyrer« wäre aller Voraussicht nach das mystische Band gewesen, das die »NS-Gläubigen« zusammengeschweißt und mit ihrem »Führer« verschmolzen hätte. Wie dann eine ausformulierte »NS-Religion« hätte aussehen können, lässt sich anhand der schon im Dritten Reich gemachten »theologischen« Spekulationen und praktizierten Riten annähernd rekonstruieren. Hinzu kommt, dass sich angesichts der Entwicklung des »religiösen Neofaschismus« konkrete Rückschlüsse machen lassen. Auf jeden Fall wäre eine solche »Nazi-Religion« rassistisch, grausam, menschenverachtend, sexistisch, elitär, kriegerisch, mörderisch und barbarisch gewesen.

Ein gemeinsames Charakteristikum des Faschismus jeglicher Ausprägung besteht darin, dass er sich immer als ein »Kult der Überlieferung« verstanden hat und immer den Versuch unternommen hat, sich aus traditionellen Wurzeln abzuleiten. Das waren in Italien das Imperium Romanum und der römische Imperator, in Deutschland waren das die Germanen und die Reichsidee des Mittelalters. Aber offensichtlich verfolgten regimetreue Intellektuelle in den beiden Ländern die Absicht, weiter, bis tief in die Vorgeschichte hinein zurückzugehen, um dort nach den Wurzeln einer »arischen Urkultur« zu suchen. Der Existenzbeweis für eine solche Kultur »aus grauer Vorzeit« war kaum zu erbringen. Alle Dokumente, die vielleicht darauf hinwiesen, stammten aus späteren historischen Epochen, archäologische Funde gab es so gut wie keine. Aber es gab Indien und die klassische indische Literatur. Indien wurde von den Nazis als das Schatzhaus entdeckt, in dem »arisches Urwissen« lagerte.[2]

Es war dieser archaische Ostwind aus Asien, der die Mühlen bestimmter NS-Ideologen antrieb, der aber in der aktuellen religionspolitischen Debatte über den Nationalsozialismus kaum beachtet wird. Carl Gustav Jung hat darauf aufmerksam gemacht: »Deutschland ist ein geistiges Katastrophenland«, kann man bei ihm nachlesen, »wo gewisse Naturtatsachen immer nur einen Scheinfrieden mit der Weltherrscherin Vernunft eingehen. Der Widersacher ist ein Wind, der aus Asiens Unendlichkeit und Anfänglichkeit, in breiter Front von Thrazien bis Germanien, nach Europa hineinbläst, bald von außen Völker zusammenweht wie dürre Blätter, bald von innen welterschütternde Gedanken inspiriert, ein elementarischer Dionysos, der die apollinische Ordnung durchbricht.«[3] Jung wusste sehr genau, wovon er sprach, denn der Schweizer war nicht nur ein hervorragender Kenner der »asiatischen Wissenschaften«, sondern ebenfalls ein engagierter Sympathisant der Nazis, als er diese Zeilen schrieb. Auch den englischen Dichter D. H. Lawrence überkam 1924, anlässlich einer Rheinreise, das beunruhigende Gefühl, Deutschland sei dabei, sich zunehmend dem Abendland zu entfremden: »Der germanische Geist lehnt sich wieder einmal nach Osten, in Richtung Russland und Tartarei. Der eigenartige Wirbel [*vortex*] Tartarei ist erneut zum positiven Zentrum geworden, die Positivität Westeuropas ist zerbrochen.«[4]

In der Tat haben sich – wie wir noch ausführlich zeigen werden – NS-Visionäre bewusst und zum Teil sehr kenntnisreich von asiatischen Mythologien, Philosophien und Religionspraktiken wie dem Vedismus, dem Yoga, dem Buddhismus und dem Zen inspirieren lassen. Diese *Orientierung* an östlichen Modellen sahen sie geradezu als einen kulturgeschichtlichen Glücksfall an, denn das germanische Erbe war – bei einer näheren Betrachtung – allzu mager, um als ideologische und religiöse Grundlage für ein Großreich wie den NS-Staat zu dienen. Die »alten« Germanen lebten in kleinen, untereinander ständig zerstrittenen Stammeseinheiten. Sie dachten und handelten regionalistisch und nicht zentralistisch. Das Führerprinzip wurde bei ihnen oft von einer machtvollen Stammesaristokratie eingeschränkt, ja zuweilen gab es direkt demokratische Entscheidungen. So erwiesen sich diese »Indianer Europas« für die Entwicklung einer »politischen Theologie« als recht ungeeignet. Was dagegen hochwertige Bedeutung in der nationalsozialistischen Ideologiebildung hatte, war die germanische Rassenzugehörigkeit. Diese machte es aber andererseits unmöglich, den römischen Kaisergedanken für das NS-Regime zu adaptieren, denn Rom galt schon seit dem 19. Jahrhundert in allen rechtsextremen Kreisen als der Erzfeind der Germanen. Einer Orientierung an dem mittelalterlichen Modell des »Heiligen Römischen Reiches Deutscher Nationen« war mit dem »Makel« des Christentums behaftet.

Im Osten dagegen existierten seit Jahrhunderten, seit Jahrtausenden Staatskulturen von gigantischem Ausmaß. »Theologisch« begründete politische Theorien, die enge Verbindung, ja die Identität von Staat und Kirche, die Einbindung des Politischen in das Kultische, die Apotheose des Herrschers, sakrale Techniken der Bewusstseinskontrolle, spirituelle Praktiken zur Selbstdisziplin – all das, was Eric Voegelin als »immanente Religion« bezeichnet hat, konnte man in den überlieferten Traditionen Asiens aufspüren. Das gesamte politreligiöse Szenario einer archaischen Weltsicht, in deren Mittelpunkt ein sakraler Führer als Weltenherrscher (*Chakravartin*) thront, ist in den einschlägigen asiatischen Schriften und Riten kodifiziert. Diese mussten nur noch mit der nationalsozialistischen Doktrin von der Überlegenheit der arischen Rasse verknüpft werden. War dies einmal bewerkstelligt, dann verfügte man über ein schier unerschöpfliches Reservoir von metaphysischen Schätzen, aus denen die Orthodoxie und die Orthopraxis einer monumentalen NS-Religion hätte abgleitet werden können. Zu zeigen, wie dicht dieses ideologische Netzwerk zwischen faschistischer Weltanschauung und asiatischen Religionsmustern schon in den 1930er-Jahren gestrickt wurde und wie dieses Netz im »religiösen Neofaschismus« der Nachkriegszeit noch verdichtet wird, ist das primäre Anliegen der vorliegenden Studie.

Aus der indischen Religionsgeschichte besaßen vor allem die *Veden*[5], die *Bhagavadgita*[6], der Frühbuddhismus[7] sowie der buddhistische und hinduistische Tantrismus[8] eine große Attraktivität für die noch vorzustellenden Nazi-Visionäre, die sich berufen fühlten, eine »indo-arische Religion« zu konstruieren. Hinzu kamen Lehren des tibetischen Lamaismus[9] und aus Japan der Shintoismus[10], der Zen-Buddhismus[11] und der Bushido (»Weg des Kriegers«)[12]. Alle diese religiösen Strömungen Asiens wurden zu großen Teilen als Ausdrucksformen des »arischen Geistes« angesehen und übernommen.

Angesichts dieser Bezüge drängt sich sogleich die Frage auf, ob es sich bei dem faschistischen Kulturimport aus dem Osten nicht um eine von den Nazi-Visionären und ihren Erben bewusst betriebene Verfälschung und Verzerrung religiöser Werte handelt oder ob die von ihnen benutzten originären Religionsinhalte tatsächlich mit faschistischen Grundanschauungen konvergieren bzw. sich damit kombinieren lassen. Diese Frage erhält eine hohe Aktualität und Brisanz, da sich heute die asiatischen Religionen mehr noch als in den 1930er-Jahren einen ständigen Zugang in das westliche Kulturgefüge verschafft haben. Ganz oben an der Spitze des östlichen Religionsimports steht zur Zeit der tibetische Buddhismus. Die Essenz dieses Glaubens vom Dach der Welt ist in einem Ritualtext, dem so genannten *Kalachakra-Tantra,* zusammengefasst. Da schon im SS-Ahnenerbe ein Interesse an dem Kalachakra-System bestand, da der in diesem Tantra enthaltene *Shambhala-Mythos* die neofaschistische Okkultszene völlig beherrscht und da der XIV. Dalai Lama dieses spektakuläre Ritual schon seit Jahren weltweit aufführt (im Oktober des Jahres 2002 ist eine Großveranstaltung in Graz/Österreich geplant), werden wir uns ausführlich damit beschäftigen und untersuchen, ob nicht bestimmte Inhalte des »religiösen Faschismus« mit bestimmten Inhalten des *Kalachakra-Tantra* Affinitäten aufweisen.

Der Prozess, der auf eine »NS-Religionsgründung« abzielte, hat im Dritten Reich nur wenige Jahre gedauert und war mit dem Ausbruch des Zweiten Weltkrieges de facto zu Ende – aber er war deswegen nach 1945 keineswegs abgeschlossen. 40 Jahre lang wurde er im rechtsextremen Untergrund von einschlägigen Kreisen fortentwickelt, um sich dann – seit Beginn der 1990er-Jahre – als eine internationale, kreative Subkultur unter dem Zeichen der »Schwarzen Sonne« zu etablieren. Bei intellektuellen Vorbildern dieser Szene wie den »Nazi-Autoren« Savitri Devi, Wilhelm Landig und Miguel Serrano ist deren metaphysische Weltsicht schon so eng mit östlichen Philosophien und Mythologien verfilzt, dass man in ihrem Fall geradezu von einer »indischen Religion mit westlichen Nazi-Protagonisten« sprechen muss.

Teil 1

HITLER BUDDHA KRISHNA

im Dritten Reich

Heinrich Himmler: indische Götter inspirieren den SS-Führer

Der Münchner Heinrich Himmler (1900–1945) war studierter Landwirt. 1923 nahm er als »Fahnenträger« am Hitlerputsch teil. 1927 wurde er »Stellvertretender Reichsführer der Schutzstaffeln Adolf Hitlers«, 1929 avancierte er zum Reichsführer-SS. 1930 war er Mitglied des Reichstages und gründete zusammen mit Reinhard Heydrich den berüchtigten Sicherheitsdienst (SD). 1936 ernannte ihn Hitler zum »Chef der deutsche Polizei«. Nach dem 20. Juli 1944 avancierte er zum Befehlshaber des Ersatzheeres. Am 28. April 1945 wurde er von Hitler wegen geheimer Fühlungnahme mit den Westmächten aller Ämter enthoben und aus der NSDAP ausgestoßen. Anfang Mai 1945 geriet Himmler in britische Gefangenschaft und beging am 23. Mai Selbstmord. Sein Leichnam wurde an einem unbekannten Ort in der Lüneburger Heide »verscharrt«. Himmler ist neben Hitler an erster Stelle für den Genozid an den Juden verantwortlich. Er gilt als der eigentliche Architekt des nationalsozialistischen Massenmordes.

Sein Wesen zeigt das Bild eines kleinbürgerlichen »Idealisten«, der bereit ist, mit letzter Konsequenz alles und jeden für seine »Ideale« zu opfern, und dabei mit einer grenzenlosen Unmenschlichkeit und Erbarmungslosigkeit vorgeht. Himmler war ebenso akkurat in den kleinen Dingen des Lebens wie in der Organisation der Vernichtungslager. Gegenüber Hitler verhielt er sich unterwürfig, gegenüber seinen SS-Leuten despotisch und unnachgiebig. Aber trotzdem konnte er nicht selten »liebenswürdig« und »höflich« sein, zeigte sich bescheiden und kameradschaftlich, war streng gegen sich selbst und noch strenger gegen andere. Bei der Durchführung der von ihm angeordneten Menschenexperimente und Massenexekutionen zeigte er kein Pardon und kein Mitgefühl. Dennoch konnte dieser Mann, der die Tötung Hunderttausender befahl, selber kein Blut sehen. Sein rachitisches Äußeres widersprach völlig dem in der SS vertretenen Ideal eines kraftvollen, blondhaarigen, nordischen »Ariers«. Himmler war von Statur aus klein und alles andere als athletisch. Wegen seiner Kurzsichtigkeit trug er dicke Brillengläser.

Wie alle seine »Mitkämpfer«, so spaltete auch der Reichsführer-SS die Welt in zwei Gegenkräfte: Auf der einen Seite die arischen Lichtrassen, auf der anderen die jüdischen Dunkelrassen. Ihr Krieg hier auf Erden wurde ausgedehnt zu einen kosmischen Krieg zwischen Gut und Böse. Von Himmlers zahlreichen »gnostischen« Zitaten wählen wir eines aus der Rede, die er am 13. Juli 1941 in Stettin vor Ersatztruppen der Waffen-SS gehalten hat, die im Osten eingesetzt werden sollten: »Das ist ein Weltanschauungskampf und ein Kampf der Rassen. Bei diesem Kampf steht hier der Nationalsozialismus, eine auf dem Wert unseres germanischen, nordischen Blutes aufgebaute Weltanschauung, steht eine Welt, wie wir sie uns vorstellen: schön, anständig, sozial gerecht, die vielleicht im Einzelnen mit manchen Fehlern noch behaftet ist, aber im Ganzen eine frohe, schöne, kulturerfüllte Welt, so wie unser Deutschland eben ist. Auf der anderen Seite steht ein 180-Millionen Volk [die Einwohner Russlands], ein Gemisch aus Rassen und Völkern, deren Namen schon unaussprechlich sind und deren Gestalt so ist, dass man sie bloß ohne Gnade und Barmherzigkeit zusammenschießen kann.«[1] – »Wenn wir aber unsere nordische Art erhalten wollen«, erläuterte er ein Jahr später vor SS-Neulingen der Junkerschule Tölz, »dann müssen eben die anderen ausgemerzt werden. Von uns wurde dieser Ausscheidungsprozess eingeleitet und das Schicksal selbst wird ihn vollenden.«[2]

Die Freimaurer, die Himmler abergläubisch fürchtete, betrachtete er als Untergruppierung des Weltjudentums. Seine zutiefst antichristliche Einstellung durfte er niemals richtig ausleben, weil sich Hitler gegenüber den Kirchen taktisch verhielt. Aber er wartete nur darauf, nach einem gewonnenen Kriege loszuschlagen: »Mit dem Christentum, dieser größten Pest, die uns in der Geschichte anfallen konnte, müssen wir fertig werden. Wenn es unsere Generation nicht tut, würde es sich, glaube ich, noch lange hinziehen. Wir müssen innerlich mit ihr fertig werden.«[3] Trotz solcher antiklerikalen Sprüche dachte er wie sein »Chef« taktisch genug und übte keinen Druck auf SS-Angehörige aus, damit sie ihren Glauben wechselten. Aber in den höheren Führungskadern – so der ehemaligen Bataillons- und Regimentskommandeur in der Waffen-SS Rudolf Jacobsen – habe er solche Männer bevorzugt, »die aus freiem Entschluss und ehrlicher Überzeugung mit den Grundsätzen der SS seelisch homogen waren.«[4]

Der Architekt des Massenmordes: gottgläubig und okkult

Der Reichsführer-SS bezeichnete sich als »gottgläubig« und forderte ein entsprechendes Bekenntnis von der Schutzstaffel: »Ich dulde in der SS niemanden, der nicht an Gott glaubt.«[5] Unter den 50 Fragen, die ein SS-Mann bei der Aufnahme in den Schwarzen Orden zu beantworten hatte, lautete die zweite: »Also glaubst du an einen Gott?« Als Antwort war vorgeschrieben: »Ja, ich glaube an einen Herrgott.« Die dritte Frage lautete: »Was hältst du von einem Menschen, der an keinen Gott glaubt?« Antwort: »Ich halte ihn für überheblich, größenwahnsinnig und dumm; er ist für uns nicht geeignet.«[6]

Wiederholt ließ Himmler seine Umgebung wissen, die Ur-Arier seien einmal »Gottmenschen« gewesen, vom Himmel auf die Erde herabgestiegen. Bevor sie in Erscheinung treten konnten, seien sie als »lebendige Keime« im ewigen Eis des Kosmos konserviert worden. Paranormale Kräfte standen ihnen zur Verfügung und sie geboten über außerordentliche Wunderwaffen, wie zum Beispiel die immer wieder in den Mythen erwähnten »Donnerkeile«. Der Reichsführer-SS war der Überzeugung, »dass es sich hier nicht um den natürlichen Donner und Blitz handelt, sondern dass es sich um ein früheres, hochentwickeltes Kriegswerkzeug unserer Vorfahren, das selbstverständlich nur im Besitz weniger, nämlich der Asen, der Götter war und das eine unerhörte Kenntnis der Elektrizität voraussetzt, handelt.«[7]

Unbestritten hatte Himmler okkulte Neigungen. Seine »Leseliste« von 1919 bis 1926 weist eine Anzahl esoterischer Schriften auf. Aber man erkennt daraus auch, dass er den Okkultismus nicht systematisch betrieben hat.[8] Er interessierte sich für Pendeln, Märchenkunde und Mythologie. Ein Buch von Karl du Prel mit dem Titel *Der Spiritismus* schätzte er sehr, weil »es mich wirklich an den Spiritismus glauben ließ und mich erst recht in den solchen eingeführt hat«.[9] Einen weiteren Text *Das zweite Gesicht* von Friedrich zur Bonsen kommentierte er in etwas holprigem Deutsch: »Es ist ein genaues Referat und Zusammenstellung über unbekannte und sagenhafte Gebiete. Ein kleiner Ausschnitt aus der unendlichen *terra incognita* – alles Übersinnliche, was da sind Astrologie, Hypnose, Spiritismus, Telepathie usw. Darstellung und Erklärungsversuche wissenschaftlich und gut verständlich.«[10] In einer Rede vor SS-Oberabschnittsführern bekannte sich der Reichsführer zur Mikro-Makrokosmos-Theorie, die besagt, dass jeder einzelne Mensch den gesamten Kosmos wiederspiegelt: »Wir werden für alle Dinge wieder Maßstäbe in unserer Welt finden müssen, den Maßstab des Makrokosmos und des Mikrokosmos, der Sternenhimmel über uns und die Welt in uns, die wir im Mikroskop sehen.«[11]

Der Historiker Michael Kater beschreibt Himmler als »horoskophörig und der Magie verhaftet«.[12] Er ließ sich von mehreren Astrologen beraten, deren Aussagen er skeptisch miteinander verglich. Als Hitler 1943 den Befehl erteilte, den von der Regierung Badoglio verhafteten Mussolini zu befreien, führte der Reichsführer-SS eine Gruppe von okkulten »Wissenschaftlern« in einer Berliner Villa zusammen: »Es waren dies Hellseher, Astrologen und Pendler, die den Aufenthaltsort des Duce ans Licht zu zaubern hatten. Die Séancen kosteten uns eine ziemliche Stange Geld, da der Bedarf an gutem Essen, Trinken und Rauchen der ›Wissenschaftler‹ ganz enorm war.«[13] Heinz Höhne behauptet, Himmler habe Geisterbeschwörungen betrieben. Verbürgt ist, dass er mit dem Sachsenkönig Heinrich I. (875–936) in »geistiger Zwiesprache« stand. Schließlich soll er sich als dessen Inkarnation angesehen haben.[14] Seine Faszination für den rebellischen Sachsenherrscher brachte ihm wiederholt die Schelte Hitlers ein, dem der imperiale Karl der Große mehr zusprach als dessen Widersacher Heinrich.

Die westfälische Wewelsburg, das weltanschauliche Zentrum der SS, sah Himmler als eine Art »Gralsburg«. Unter dem Nordturm ließ er eine Kellerrotunde aus Naturstein errichten, eine Krypta, die zu Totenfeiern und meditativen Versenkungen diente. Der Gebäudekomplex sollte nach dem Krieg zu einer Reichsführer-Schule der SS ausgebaut werden.[15] Auch die Tafelrunde des König Artus, an der zwölf Paladine Platz nehmen durften, stimulierte Himmlers Phantasie und veranlasste ihn ebenfalls eine Zwölfer-Tafel, an der er als »König« residierte, mit den zwölf besten SS-Obergruppenführern einzurichten. Jeder von diesen erhielt ein persönliches Wappen und »besaß ein eigenes Gemach in der [Wewels-]Burg, das jeweils in einem bestimmten historischen Stil eingerichtet und einer historischen Persönlichkeit gewidmet war.«[16] Walter Schellenberg vergleicht die Sitzungen, die dort stattfanden, mit einem Jesuitenkonvent. Die Burg »war sozusagen das große ›SS-Kloster‹, wohin der Ordensgeneral einmal jährlich das Geheimkonsistorium einberief. Hier sollten alle, die zur obersten Ordensführung zählten, geistige Exerzitien und Konzentrationsübungen abhalten.«[17]

Himmler war sich über die eminente Bedeutung von Ritualgegenständen und Ritualfeiern für den Aufbau des Schwarzen Ordens voll im Klaren. »Mit dem untrüglichen Gespür historischer Religionsgründer« hatte er erkannt, so Michael H. Kater, »dass bei der Neuschaffung einer ›germanischen‹ Religion [...] die kultischen Formen unerlässlich waren. Als Werkzeuge für die künftig zu inszenierenden Rituale konzipierte der Reichsführer kultische Symbole und Zeichen, die, im alltäglichen Gebrauch, den ›Glauben‹ der SS-Gefolgschaft an die neue Ordnung unaufhörlich regenerieren würde.«[18] Dazu zählten der silberne Totenkopfring, der SS-Dolch, der Julleuchter als Symbol der Sonnenwendfeier und die altsächsische Buckelurne (»Zeichen des bäuerlichen Adels«), die in der SS-eigenen Porzellanmanufaktur hergestellt wurde.

Hitler und sein Reichsführer erlebten beide die Geschichte als Beschluss der »Vorsehung« und sahen sich selber als deren Instrument. »Er glaubt«, schrieb sein finnischer Masseur Felix Kersten über Himmler, »dass fast jeder bedeutende Mann von hinter ihm stehenden anonymen Kräften gesteuert wird und ein Exponent dieser Mächte ist. Sein ganzes Sinnen und Trachten geht darauf aus, herauszufinden, wer ihn steuert. Hier setzt er seinen Nachrichtendienst an, lässt gewaltige Karten zeichnen, auf denen all die verschiedenen Einflüsse dargestellt sind.«[19]

Der Reichsführer-SS vergleicht Hitler mit dem indischen Gott Krishna

Zu einer seiner zukünftigen Aufgaben nach der Ausrottung der Juden und anderer »Unterrassen« erklärte Himmler die Entmachtung des Christentums: »Wir leben im Zeitalter der endgültigen Auseinandersetzung mit dem Christentum. Es liegt in der Sendung der Schutzstaffel, dem deutschen Volk im nächsten halben Jahrhundert die außerchristlichen, arteigenen, weltanschaulichen Grundlagen für Lebensführung und Lebensgestaltung zu geben.«[20] Nach diesen »arteigenen, weltanschaulichen Grundlagen« suchte der Reichsführer-SS nicht nur in der germanischen Vergangenheit der Deutschen, sondern ebenso in der altindischen Kultur, aus der er sich entscheidende Inspirationen erhoffte. In seiner »Leseliste« gibt es mehrere Bücher, die sich mit dem asiatischen Subkontinent beschäftigen.[21]

Der Masseur Felix Kersten, der den Reichsführer seit dem Jahre 1939 ständig behandelte, interessierte sich für den »religiösen Hintergrund« seines Patienten und fragte dessen Sekretär Dr. Rudolf Brandt nach den literarischen »Hauptwerken, die Himmler als Ausgangsbasis nahm«. Brandt nannte folgende Bücher: »Die *Bhagavadgita*, die *Edda*, die *Veden* und die *Rigveden*, die *Reden des Buddha*, der *Visudi-Magga*, das *Buch der Reinheit* sowie einige astrologische Werke.«[22] Die Buchliste ist in der Tat erstaunlich, denn von den mit Namen bezeichneten sechs Titeln stammen – mit Ausnahme der *Edda* – fünf aus dem indischen Kulturkreis. Die *Bhagavadgita* soll Himmler so sehr geliebt haben, dass er sie ständig bei sich trug.[23] Dieser Text zählt – wie wir noch zeigen werden – zu den grausamsten und zynischsten Rechtfertigungsschriften des Krieges in der Weltliteratur. Gerade deswegen konnte er zu einem Vademekum des SS-Chefs werden.

Himmler, der mit seinem Masseur »tiefsinnige« Plaudereien führte und ihn zärtlich »mein einziger Freund, mein Buddha« nannte,[24] zitierte eines Tages – so Kersten – aus der *Bhagavadgita* die folgenden Sätze des Gottes Krishna: »Sooft der Menschen Sinn für Recht und Wahrheit verschwunden ist und Ungerechtigkeit die Welt regiert, werd ich aufs Neu geboren, so will es das Gesetz. Ich trage kein Verlangen nach Gewinn.« (Gesang IV Vers 7–8) Kersten ist erstaunt, denn sein Patient beginnt damit, diesen Passus von der ewigen Wiederkehr Krishnas wie eine uralte Prophezeiung von Hitlers Aufstieg zu deuten: »Diese Stelle«, so der Reichsführer-SS, »ist direkt auf den Führer zugeschnitten. Er entstand uns aus der tiefsten Not, als es mit dem deutschen Volk nicht mehr weiter ging, er gehört zu den großen Lichtgestalten, die dem Germanentum immer dann entstehen, wenn es in tiefste körperliche, geistige und seelische Not gelangt. Goethe war eine solche Gestalt auf dem Geistesgebiet, Bismarck auf dem politischen Sektor, der Führer ist es auf allen Gebieten, dem politischen, kulturellen und militärischen. Er ist dazu von dem Karma des Germanentums der Welt vorbestimmt, den Kampf gegen den Osten zu führen und das Germanentum der Welt zu retten. Eine der ganz großen Lichtgestalten hat in ihm ihre Inkarnation gefunden.«[25]

Diese Gleichsetzung Hitlers mit dem indischen Gott Krishna wird uns noch beschäftigen, weil sie eine indische Apotheose des deutschen Diktators vorwegnimmt, die nach dem Kriege im »religiösen Neofaschismus« zu einem zentralen Thema wird. Sie deutet auch schon an, wie tief sich der Geist der *Bhagavadgita*, dieser spirituelle Leitfaden für die altindische Kriegerkaste, in die religiösen Vorstellungen einiger NS-Ideologen hineingefressen hat.

»Kschatrijakaste, das müssen wir sein. Das ist die Rettung.«

Am 18. März 1925, im eigentlichen Gründungsjahr der SS, schrieb Heinrich Himmler in seine Leseliste: »Kschatrijakaste [Kshatriya-Kaste], das müssen wir sein. Das ist die Rettung!«[26] Er kommt zu dieser Schlussfolgerung nach der Lektüre eines Buches, welches in einem so umfassenden Maße das Selbstverständnis der SS vorwegnimmt, dass es wahrscheinlich als die entscheidende Inspirationsquelle für den Aufbau des Schwarzen Ordens angesehen werden muss. Der Grund dafür, weshalb dies bisher von der NS-Forschung nicht wahrgenommen wurde, liegt sehr wahrscheinlich in dem irreführenden Titel dieses Buches, das Himmler als Nr. 235 in seiner Leseliste erwähnt. Es handelt sich dabei um die Schrift *Freimaurer und Gegen-*

maurer im Kampf um die Weltherrschaft von einem Österreicher mit dem Namen Franz Haiser. Die Historiker, die sich mit Himmlers Lektüre beschäftigt haben, gingen wahrscheinlich davon aus, dass hier wieder eine der üblichen anti-freimaurerischen Verschwörungstheorien vorliege, die der spätere Reichsführer-SS in frühen Jahren so geschätzt hat. Dies ist aber nur partiell der Fall, denn Haisers Buch geht auf die Freimaurerfrage nur am Rande ein. Sein primäres Anliegen ist dagegen die Schaffung eines internationalen, »wohlorganisierten« und elitären Kriegerordens auf rassistischer Grundlage, den er als »allarischen Bund« bezeichnet.[27] Da der Autor seine Ordensvorstellungen aus der indischen Kastenlehre ableitete, zählen auch sie zu dem Gedankengut, das aus Asien importiert wurde.

Vier Kasten charakterisieren für Haiser den Aufbau einer jeden Gesellschaft. Er unterscheidet – ausgehend von der vedischen Doktrin: 1. die *Kshatriya* (Krieger, Adel und Könige), 2. die *Brahmana* (Priester), 3. die *Vaisha* (Händler, Handwerker, Bauern) und 4. die *Shudra* (Unfreie, Diener, Knechte, Arbeiter). Dieses Vierkastensystem ist für ihn auch in der modernen Gesellschaft wirksam. In dieser haben die *Vaisha* (Händler) alle Macht usurpiert und die alten Herrschaftseliten der *Kshatriya* und *Brahmana* wurden von ihnen zurückgedrängt. Die Vaisha-Kaste repräsentiert für Haiser den Kapitalismus und das Finanzjudentum. Doch auch deren Machtposition sei mittlerweile durch die »*Shudra*-Köter« (Arbeiterklasse und Subproletariat) gefährdet, die sich im Kommunismus gesammelt hätten. Noch verächtlicher und abstoßender als der *Shudra* ist der »Mischling«, der *Tschandala*: »Von ihm sagt das indische Gesetzbuch Manu«, erfahren wir von Haiser, »dass er mit seinem Munde kein reines Quellwasser verunreinigen dürfe. Nur dort, wo die Tritte der Huftiere eine Pfütze im Boden zurücklassen, soll er seinen Durst löschen können.«[28]

Die Geschichte Europas ist für den Autor ein permanenter Kastenkampf: »Das Weltbild des Abendlandes zeigt also folgenden Verlauf: Kshatriyaherrschaft, Brahmanaherrschaft, Absolutismus (der den *Kshatriya* entrechtete und zum Hofschranzen herabwürdigte), Liberalismus, Kapitalismus, Shudraherrschaft oder in deutscher Übersetzung: Adelsherrschaft, Priesterherrschaft, Königsherrschaft, Herrschaft des arischen Bürgertums, Judenherrschaft, Arbeiterherrschaft, Anarchie und bevorstehend: Demagogentyrannis oder Kshatriya-Emanzipation aus dem Volke heraus, die *wir* anstreben.«[29] Der Autor kommt zu dem Schluss, dass die Vaisha-Kaste (sprich: Kapitalismus) völlig abgewirtschaftet habe. Damit sie nicht gänzlich von der Shudra-Kaste (sprich: Kommunismus) vernichtet werde, sollen die Vaishas froh sein, »dass ein neuer Herr sich erhebt, der [sie] schützt: die Militärherrschaft.«[30] Deren Ziel ist die »allarische Weltrevolution« oder »die Kshatriya-Emanzipation. Eine internationale Revolution von oben.«[31]

Indem er außerdem die indische Lehre vom dunklen Zeitalter (*Kali-Yuga*) übernimmt, glaubt der Autor, dass die moderne Gesellschaft ins Chaos und in den Untergang steuere. Auch die Kshatriya-Kaste stehe kurz vor ihrer Vernichtung: »Das edle Raubwild, Adler, Löwen und Tiger rottet man aus, dafür beherrschen Krähen, Ratten, Spatzen, Läuse und Flöhe die Welt«, klagt der Autor.[32] Nur eine Wiedereinsetzung der »Krieger« in ihre alten Machtbefugnisse könne die Welt vor dem Untergang retten. Der *Kshatriya* »ist der vereinheitlichende Stilerhalter, der konservative Geist, der heute vor allem dazu berufen ist, das Chaos der Geister zur Einheit zurückzuzwingen. Nur Soldatenherrschaft kann unser geistiges Chaos bezwingen, die Kaserne, der Drill.«[33]

Kriege sind für Haiser nicht primär zielorientiert, sondern vor allem Mittel zur »natürlichen Auslese der Stärksten« und damit zur »Hochzucht« der Rasse. Der Autor fordert einen elitären Kriegerorden, denn die allgemeine Wehrpflicht mache den »waffentragenden Pöbel« mit dem Kriegshandwerk vertraut, was zu einer verhängnisvollen Entartung führe. Vor allem in der Luftwaffe sieht der Autor den Sammelpunkt kommender Kshatriya-Helden: »Anders die Flugtechnik! Mit ihrer Hilfe ließe sich die Herrschaft weniger Kshatriya-Naturen über das gesamte Abendland durchsetzen, denn es können Erfindungen kommen, die es einigen hundert Piloten ermöglichen, alle Hauptstädte der Welt, also die gesamte Intelligenz und Industrie mit einem Schlage zu vernichten.«[34]

Angehörige der Kshatriya-Kaste sollen von jeglicher Arbeit freigestellt werden und haben nur zwei Aufgaben: Aufzüchtung der reinen Rasse und Krieg führen. Haiser verweist für den ersten Fall auf eine eigene Schrift, wo er die Wiedereinführung der Sklaverei fordert: »In meinem Buche über ›Sklaverei‹ zeige ich, dass das Altertum die Lebenskraft der weniger wertvollen Menschenarten für Kulturzwecke ausbeutete, während die Freien ›Arbeit schändete‹. Das war Selbstschutz, denn – ›das Zuchttier arbeitet nicht‹, wie der Tierzüchter sagt.«[35]

Damit sich die Krieger empor entwickeln können, müssen sie – so Haiser weiter – unter sich bleiben, ansonsten werden sie durch den schädlichen Einfluss der anderen Kasten infiziert: »Der Kshatriya braucht ein Kshatriya-Milieu, um gedeihen zu können.« Vermischungen mit anderen Kasten-Angehörigen »tötet seine Art«.[36] Seine Kinder werden in bestimmten Internaten erzogen, der Krieger meidet öffentliche Lokalitäten und verkehrt lieber in Klubs mit seinesgleichen, er trägt demonstrativ seine Kastenkleidung (Uniform) zur Schau und seine Wahlstimme zählt mehr als diejenige anderer Kastenangehöriger. Dennoch ist es notwendig, dass sich die Kshatriya gegenseitig bekämpfen. Nur so kann die Hochzüchtung der »Edelrasse« durch Auslese fortschreiten und sich eine »Herrenmoral« und ein »Herrenvolk« entwickeln. Verhindert werden muss jedoch dic gegenseitige Ausrottung. Deswegen fordert der Autor: »Faschisten verschiedener Länder sind dazu verpflichtet, einander zu bekämpfen und gleichzeitig die Hände zu reichen.«[37]

Den Nazis seiner Zeit (1924) bietet sich Haiser offenherzig an: »Vieles im Programm der Hakenkreuzler ist direkt unsere Sache. [...] Die Nationalsozialisten brauchen sich gar nicht daran zu stoßen, dass wir für die offene, gesetzliche Sklaverei eintreten und von einer Shudra-Kaste sprechen, denn sie werden ja davon nicht betroffen, weil sie sich als Norden oder Dinarier zur Kshatriya-Kaste bekennen. [...] Wir verkünden also ein jüngstes Gericht; wer der Shudra-Kaste angehört, soll wieder Knecht werden, wer aber *Kshatriya* ist, soll wieder auf seinen Herrenposten kommen. Das setzt freilich voraus, dass sich die Hakenkreuzler mit der Rassentheorie vertraut machen und sich nicht einzig auf das Parteibekenntnis stützen.«[38]

Heinrich Himmler hat in seiner 1936 veröffentlichten Schrift *Die Schutzstaffel als antibolschewistische Kampforganisation* Traditionslinien für den Schwarzen Orden genannt: verschiedene Germanenstämme, Ritterorden des Mittelalters, die preußische Armee und die Wehrmacht im Ersten Weltkrieg. Diese »Ahnenreihe« verbindet zweifelsohne eine gemeinsame Kriegerethik – ihr fehlt jedoch gänzlich das rassistische Element der »Aufzucht«, welches ein Wesensmerkmal der SS ausmachte. Dagegen ist Haisers *Sechs-Punkte-Programm*, das er für seinen »allarischen Bund« ausformuliert hat, ohne Abstriche in der Rassenpolitik der SS aufgenommen worden:

Erziehungsinstitute mit rassischer Auslese
Rassenveredelung durch Auslese und Hochzucht
Rassengesundung durch natürliche Ausmerze und Ausschaltung biologisch Minderwertiger aus der Vermehrungsgemeinschaft (Rassenhygiene)
Förderung der Kshatriya-Auslese und Hemmung der Vaisha-Auslese durch Änderung des Gesellschaftsbildes und des Weges zum Aufstieg
Besiedlung mit Edelrassen
Beschränkung der Vermehrung unedler Rassen[39]

Juden zum Beispiel sind – wie Haiser 1924 schreibt – zwangsweise zu sterilisieren: »Jude, willst du hier bleiben, so musst du deine Testikel alle zehn Jahre röntgenisieren und mit der Jahreszahl plombieren lassen, bei sonstiger Strafe der Auspeitschung.«[40]

Selbst die »Polygamie der Edelsten«, die der Autor für die Kshatriya-Kaste forderte, wurde in der SS diskutiert. Die Schutzstaffel war sowohl »Kriegerorden« als auch »Zuchtorden«, denn Himmler sah in ihr – ganz im Sinne von Haiser – nicht nur die Kämpfer, sondern ebenso eine Organisation reinrassiger Arier, die sich verpflichten musste, ihren »arischen« Samen zur »Aufrassung« einer gesunden Herrenschicht zur Verfügung zu stellen. Auch die anderen Forderungen und Programmpunkte des »allarischen Bundes« finden sich in der SS wieder: der krasse Elitismus, die Restauration von Sklavenhalter-Gesellschaften, der Krieg als Selbstzweck, die ständige Gewaltbereitschaft, die Verpflichtung zum absoluten Gehorsam, der Ruf nach einer »diktatorischen Zentralgewalt«, die Internationalisierung des rassistischen Ordens – all diese Aspekte der »Kshatriya-Moral und Kshatriya-Erziehung« sind bei Haiser so detailliert ausgeführt, dass Himmler diese nur zu übernehmen brauchte. Sogar die Idee des Autors, dass sich die Kshatriya-Kaste ebenfalls der Wissenschaft zu bemächtigen habe, wird später durch das SS-Ahnenerbe in die Tat umgesetzt.[41]

Zur kosmologischen Einbettung des »allarischen Bundes« beschwört Haiser an zentraler Stelle die hinduistische Götter-Trinität *Brahma* (der Schöpfer), *Vishnu* (der Bewahrer) und *Shiva* (der Zerstörer) und erkennt in ihren göttlichen Eigenschaften die Triebkräfte seines Kriegerordens: »Wir sehen, die Aufgaben des Bundes sind einmal positive, ein andermal negative, denn wer die Sache ernst nimmt und sich nicht durch falsche Humanität, die unser [Kshatriya-]Geschlecht an den Rand des Abgrundes gebracht hat, weiter einschüchtern lässt, wird hier als *Brahma* und *Vishnu*, dort als vernichtender *Shiva* auftreten.«[42]

Morden als spirituelle Disziplin: Der Pilger Kamanita

Das Spezifische an der traditionellen Kshatriya-Philosophie ist ihre Verbindung von Krieg und Spiritualität. Danach wird Töten zu einer geistigen Disziplin. So entwickelten die indischen Kshatriya ein ganz anderes Verhältnis zum Kampf als die draufgängerischen, spontanen und »tollkühnen« Germanen (Berserkermentalität). Meditative Konzentration und innere Gefühlskontrolle zählten bei ihnen ebenso zur Kriegskunst wie eine gute Waffenführung. Spirituelle Zucht und Dressur des Geistes, das war die Haltung, die Himmler an den Religionen Asiens so bewunderte: »Echt asiatisch, Ruhe, Gleichmut in allen Dingen, vieles wie bei uns und doch anders«, schrieb er in seiner Literaturliste.[43]

Eine gute Vertrautheit mit der buddhistischen Weltsicht konnte er sich durch ein Buch verschaffen, das als Nr. 290 in seiner Leseliste aufgeführt ist. Es handelt sich dabei um einen »Legendenroman« des dänischen Autors Karl Gjellerup mit dem Titel *Der Pilger Kamanita*. Das Buch, für den der Sympathisant deutscher Buddhisten 1917 den Nobelpreis erhalten hatte, schildert den schwierigen Erleuchtungsweg des jungen Mannes Kamanita, der dem historischen Gautama Buddha begegnet. Gjellerup hat einen Lehrroman geschrieben, in den er geschickt zahlreiche Sätze aus den buddhistischen Originalschriften einarbeitete,[44] sodass der Leser einen populären Einblick in diese östliche Religion erhält. Auch Himmler kommentiert dementsprechend: »Eine wertvolle Erzählung. Der Inhalt ist die Erlösungslehre.«[45] Wie weit verbreitet damals das Interesse am Buddhismus in Deutschland war, zeigt die hohe Auflage des 1913 erschienenen Romans: 1927 war diese auf 125.000 Exemplare hochgeklettert.

Der Pilger Kamanita behandelt primär das für den Buddhismus so wichtige Thema des Nicht-verhaftet-Seins. Nur derjenige, der weder an der Liebe, noch am Reichtum noch am Leiden noch am Leben, ja selbst nicht am Paradies haftet, kann ins Nirwana eingehen: »Alles Entstandene auflösend, weht dahin der Verwesung Hauch – Wie ein irdischer Prachtgarten welken Paradiesblumen auch.«[46] Dasselbe Gesetz gilt jedoch auch für das Verbrechen und das Töten von Menschen. Zumindest sieht das im Roman der Brahmane Vajaçrava so und hält dem jungen Kamanita eine Predigt über die spirituelle Legitimation des Mordes: Wer ohne Emotionen, ohne innere Beteiligung, ohne Gewissen und ohne Freude mordet, der lädt keine Schuld auf sich. Als Begründung beruft sich Vajaçrava auf die *Sutras des Vedanta* und auf die *Bhagavadgita*. Himmlers spezifische Affinität zum Massenmord macht eine kurze Darstellung dieser Romanseiten interessant, zumal – wie wir später sehen werden – entsprechende »indische« Erörterungen im intellektuellen Milieu des SS-Ahnenerbes immer wieder zur Sprache kommen.

»Wer, tötend, glaubt, dass er tötet, / Wer, getötet, zu sterben glaubt, / Irr geht dieser wie jener: / Der stirbt nicht, und der tötet nicht«, zitiert Vajaçrava aus den *Veden*.[47] Dann führt er zur Bekräftigung die folgenden Worte Krishnas aus der *Bhagvadgita* an: »Wer einen für den Mörder hält, / Wer einen hier gemordet meint, / Der kennt und weiß von beiden nichts: / Denn Keiner mordet, Keiner stirbt / Wohlan, den Kampf beginne du!« Und weiter: »So gilt denn nun in Wahrheit Folgendes: Was einer begeht und begehen lässt: wer zerstört und zerstören lässt, wer schlägt und schlagen lässt, wer Lebendiges umbringt, Nichtgegebenes nimmt, in Häuser einbricht, fremdes Gut raubt: Was Einer begeht, er ladet keine Schuld auf sich / Und wer da gleich mit einer scharf geschliffenen Schlachtscheibe alles Lebendige auf dieser Erde zu einer einzigen Masse Brei machte, der hat darum keine Schuld, begeht kein Unrecht.«[48] Indem er noch eine ähnliche Stelle aus dem *Vedanta* zitiert, kommt Vajaçrava schließlich zu der Einsicht, dass das Schwert eines Kriegers, der einem Menschen den Kopf abschlägt, zwischen den unteilbaren Atomen hindurchfährt. »Was es durchschneidet, ist der die Teilchen trennende leere Raum. Diesem kann man, eben wegen seiner Leerheit, keinen Schaden zuführen. Denn einem Nichts schaden ist gleich: nicht schaden. Folglich kann man durch dies Durchschneiden des Raumes keine Verantwortlichkeit auf sich laden und eine göttliche Strafe kann nicht stattfinden.«[49]

Himmlers Begeisterung für die Lehre des Buddha wird ebenfalls durch die Lektüre von Hermann Hesses Novelle *Siddharta* stimuliert, die er mit großer Aufmerksamkeit liest: »Ein herrliches Buch«, schreibt er in seiner Literaturliste. »Indischer Brahminen-Geist, tiefstes Wissen um Ringen und Erlösung. Der Mensch muss Not und Sünde durchmachen und muss horchen und forschen und ringen, dann kann er erlöst werden. Der Weg eines Erlösers ist beschrieben.«[50]

»Ich bewundere die Weisheit der indischen Religionsstifter«

Indiens Könige mussten – obwohl Kriegsherren – die spirituellen Disziplinen der Meditation und der Gefühlskontrolle beherrschen. Das war ebenfalls eine östliche Geisteshaltung, an der sich Himmler *orientieren* wollte: »Ich bewundere die Weisheit der indischen Religionsstifter«, so der Reichsführer-SS zu seinem Masseur Kersten, »die von ihren Königen und höchsten Würdenträgern verlangten, dass sie sich jedes Jahr für zwei bis drei Monate zur Meditation in ein Kloster zurückzogen. Solche Einrichtungen werden wir später auch schaffen.«[51]

In der Tat sollen in der Wewelsburg entsprechende Versenkungssitzungen von SS-Führern abgehalten worden sein: »Sie trafen sich zu regelmäßigen Meditationen und Konferenzen, die sich kaum von Spiritistenzusammenkünften unterschieden«, erfahren wir von dem Historiker der SS, Heinz Höhne.[52] Der in der deutschen Abwehr tätige Walter Schellenberg wurde 1938 zum Beobachter einer solchen Szene, in der Himmler versuchte, durch meditative Techniken auf das Bewusstsein des Generaloberst Werner Freiherr von Fritsch Einfluss zu gewinnen, der fälschlicherweise vom Sicherheitsdienst der Homosexualität beschuldigt worden war: »Hier wurde ich zufällig Zeuge einer der okkulten Marotten Himmlers«, schreibt Schellenberg in seinen Memoiren, »mit denen er selbst die Führer der SS beschäftigte. Er hatte während der Verhandlung gegen von Fritsch in einem dem Verhörzimmer nahe gelegenen Raum etwa 12 seiner vertrautesten SS-Führer beordert und diesen befohlen, durch Willenskonzentration einen suggestiven Einfluss auf den beschuldigten Generaloberst zu nehmen. Himmler war davon überzeugt, dass der Angeschuldigte unter dieser Einwirkung die Wahrheit reden müsse. [...] Ich betrat damals versehentlich die Stätte dieses seltsamen Exerzitiums und war nicht wenig verwundert über das Bild einer im Zirkel sitzenden, in tiefe Andacht versunkenen SS-Führerschaft. Dieser sonderbare Vorgang wird verständlich, wenn man einiges über die mystische Seite in Himmlers Charakter kennt.«[53]

Unerschütterlicher Gleichmut und Kontrolle des Geistes, die von ihm kultiviert wurden, sind buddhistische Tugenden par excellence: »Ja, ich bin Philosoph geworden«, bekannte der Reichsführer-SS dem Tibetforscher Sven Hedin. »Eigentlich müsste ich die Menschen hassen, aber in Wirklichkeit kann mich nichts aus der Fassung bringen.«[54] Im Frühjahr 1943 äußerte er die Absicht, bei einem erneuten deutschen Vormarsch nach Russland die dortige orthodoxe Kirche abzuschaffen, die den Nationalismus fördere, und sie durch den Buddhismus zu ersetzen.[55]

Die indisch-buddhistische Karma-Lehre war für Himmler ein tiefes Glaubensdogma und er nahm sie mehrmals als Sinndeutung für das eigene Leben in Anspruch: »Unsere innere und äußere Situation drängte einfach auf die Zusammenlegung zwischen Reichsführer-SS und Chef der Polizei, das war eben auch ein *Karma*, mit dem ich mich abfinden und das ich selbst zu meinen Gunsten wenden muss.«[56] Fachkundig kombinierte er das Karmagesetz mit der Inkarnationsdoktrin: »Die Indogermanen glauben an die Wiedergeburt«, sagte er zu Felix Kersten. »Mit *einem* Leben ist das Leben nicht zu Ende. Was der Mensch an guten, aber auch an schlechten Taten vollbracht hat, wirkt sich im nächsten Leben als sein Karma aus.«[57]

Von seinem Masseur darauf angesprochen, wie es denn mit seinem eigenen Karma, das er sich durch schwerwiegende Taten aufgelastet habe, bestellt sei, antwortete er: »Einer muss sich opfern, auch wenn dies manchmal schwer ist, und darf nicht an sich denken. Es ist natürlich angenehmer, sich mit den Blumenbeeten statt mit dem Kerichthaufen und der Müllabfuhr eines Staates zu befassen, aber ohne diese Arbeit würden die Blumenbeete nicht gedeihen.«[58]

Himmler, der Abertausende von Menschen umbringen ließ und der mit der Einrichtung und Verwaltung der Konzentrationslager die Hölle auf Erden schuf, war nicht nur mit den spirituellen Lehren Asiens vertraut, sondern auch ein überzeugter Vegetarier und passionierter Tierfreund. Mit besonderer Sympathie blickte er deswegen auf die tierfreundliche Einstellung der Buddhisten: »Es hat mich außerordentlich interessiert, neulich zu hören, dass noch heute die buddhistischen Mönche, wenn sie abends durch den Wald gehen, ein Glöckchen bei sich tragen, um die Tiere des Waldes, die sie zertreten könnten, zum Ausweichen zu veranlassen, damit ihnen kein Schaden zugefügt wird. Bei uns aber wird auf jeder Schnecke herumgetrampelt, jeder Wurm wird zertreten ...«[59]

Diese Worte stammen aus dem Munde desselben Mannes, der am 16. September 1942 vor einer SS- und Polizeiführertagung ausrief: »Jedes gute Blut, das Sie irgendwo im Osten treffen, können Sie entweder gewinnen oder Sie müssen es totschlagen.«[60] Das »ungute« Blut, das heißt die Juden und Bolschewisten, erschien ihm nicht einmal erwähnenswert, deren Vernichtung wird *sans phrase* vorausgesetzt. Im Sinne von Himmlers Tier-Güte stehen die »niedrigen« Menschenrassen weit unter Hund, Pferd und Stier: »Der Untermensch«, so der Reichsführer-SS, »jene biologisch scheinbar völlig gleich geartete Naturschöpfung mit Händen, Füßen und einer Art Gehirn, mit Augen und Mund, ist doch eine ganz andere, eine furchtbare Kreatur, ist nur ein Wurf zum Menschen hin, mit menschenähnlichen Gesichtszügen – geistig, seelisch jedoch tiefer stehend als jedes Tier.«[61]

Auch Hitler war kompromissloser Vegetarier: »Es tut einem oft Leid, dass man in einer Zeit lebt, in welcher einem noch nicht bewusst ist, wie die neue Welt aussehen wird. Eines aber kann ich den Fleischfressern sagen: Die neue Welt wird vegetarisch sein!«, monologisierte er im Führerhauptquartier.[62] Nach Hermann Rauschning soll er sinngemäß wie Himmler gesagt haben: »Der Arier und der Jude, stelle ich sie einander gegenüber und nenne den einen Menschen, so muss ich den anderen anders nennen. Sie sind so weit voneinander wie das Tier vom Menschen. Nicht dass ich den Juden ein Tier nenne. Er steht unter dem Tier, viel ferner als wir Arier. Es ist ein naturfremdes und naturfernes Wesen.«[63]

Immer wieder werden wir auf den Reichsführer-SS Heinrich Himmler zu sprechen kommen. Trotz seiner zahlreichen militärischen, polizeilichen und administrativen Aufgaben hielt er bis zuletzt die ideologischen Fäden des Schwarzen Ordens in seinen Händen. Er hatte – so Michael H. Kater – das »Gespür eines historischen Religionsstifters«. Die Dogmen und Riten einer »indo-arischen« Kriegerreligion mit dem »Führer« als göttlichem Zentrum und dem Schwarzen Orden (der SS) als dem innersten Kreis der *Kshatriya* zu entwickeln und zu festigen, das war – wie wir noch zu zeigen haben – seine eigentliche Intention.

Das SS-Ahnenerbe: die Religionsschmiede des Schwarzen Ordens

Die Gründungsmannschaft des SS-Ahnenerbes bestand aus dem Vorzeitforscher Herman Wirth, dem Reichsbauernführer Richard Walter Darré und dem Reichsführer-SS Heinrich Himmler. In der Satzung war der Vereinszweck wie folgt zusammengefasst: »Raum, Geist, Tat und Erbe des nordrassischen Indogermanentums zu erforschen, die Forschungsergebnisse lebendig zu gestalten und dem Volke zu vermitteln.«[1] Unter den zahlreichen SS-Organisationen (Allgemeine SS, Verfügungstruppe, Totenkopfverbände, Sicherheitsdienst, Rasse- und Siedlungshauptamt) muss das Ahnenerbe als der eigentliche brain trust angesehen werden »mit seinen geistigen Bestrebungen und seinem geistigen Ringen«.[2]

Im Zentrum dieses Ringens stand die »Rassenforschung« auf allen Gebieten, die dann ab 1939 durch die »Kriegsforschung« mehr und mehr in den Hintergrund treten musste. Die Organisation teilte sich auf in einen naturwissenschaftlichen und einen geisteswissenschaftlichen Zweig.[3] Letzterer beschäftigte sich schwerpunktmäßig mit den germanischen und indo-arischen Kulturen. Hier wurde die eigentliche »Religionspolitik« des Ahnenerbes betrieben, mit der wir uns in diesem Buch auseinandersetzen. Erstes Ziel der NS-Geisteswissenschaften war es, die Überlegenheit der arischen Rasse und die Unterlegenheit der jüdisch-semitischen Rassen nachzuweisen. Man war davon überzeugt, dass alle bedeutsamen Kulturgründungen der Welt (in Europa, in Nordafrika, in Vorderasien, in China, in Indien, in Süd- und Mittelamerika) am Beginn von arischen Eliten initiiert worden seien. Dies galt als offizielle Doktrin, die selbst von Hitler geteilt wurde: »Es ist kein Zufall«, heißt es in *Mein Kampf*, »dass die ersten Kulturen dort entstanden, wo der Arier im Zusammentreffen mit niederen Völkern diese unterjochte und seinem Willen untertan machte. Sie waren dann das erste technische Instrument im Dienste einer werdenden Kultur. […] Würde man die Menschheit in drei Arten einteilen: in Kulturgründer, Kulturträger und Kulturzerstörer, dann käme als Vertreter der ersten wohl nur der Arier in Frage. Von ihm stammen die Fundamente und Mauern aller menschlichen Schöpfungen.«[4]

Die Archäologie (germanisiert: »Spatenwissenschaft«) spielte in der Arierforschung eine Königsrolle. Sie hatte Monumente auszugraben, um die arische Präsenz überall in der Welt zu dokumentieren. Selbst während des Krieges gingen die Grabungen weiter. Aus den Ergebnissen sollte unter anderem das geopolitische Recht abgeleitet werden, das den Deutschen die Eroberung des Ostens erlaubte, da sie sich ja nur diejenigen Gebiete zurückholten, die ihre Urahnen vor Jahrtausenden ihr »Eigentum« nannten: »Wer im Ostraum siedeln wird, der pflügt auf heiligem Boden! Ihm selbst kann es geschehen, dass die Schar seines Pfluges ein Beweisstück dessen herauswirft, eine Urkunde, zeugniskräftiger als Pergamente und Papiere. Ein Beweisstück alter germanischer Siedlung im Osten«, heißt es in einem SS-Schulungsheft.[5] Geplant waren archäologische Expeditionen in die Anden und nach Tibet, um dort ebenfalls nach arischen Monumenten zu schürfen. »Dass aber oben im nördlichen Russland und in Sibirien«, meinte Hitler, »noch Ruinen gewaltiger Kulturepochen unter Wäldern und Schutt begraben liegen, haben mancherlei Forschungen der Vergangenheit und zufällige Funde erwiesen.«[6]

Es zählte zu Himmlers Charaktereigenschaften, dass er gerne von okkulten Spekulationen und intuitiven Ahnungen ausging, um anschließend die Wissenschaftler im SS-Ahnenerbe damit zu beauftragen, diese szientifisch zu beweisen. Dazu zählten so esoterisch aufgeladene Mythen wie der Ursprung der Arier aus dem versunkenen Königreich Atlantis und dessen Hauptstadt Thule und so abenteuerliche wissenschaftliche Kosmologien wie die Welteislehre des österreichischen Ingenieurs Hanns Hörbiger (1860–1931), die besagt, dass unser Universum aus dem ewigen Kampf zwischen Feuer und Wasser entstanden sei. Ebenso sah Himmler die Entwicklung von Riten und die Schaffung von Ritualgegenständen für die neue SS-Religion als eine seiner ureigensten Aufgaben an.

Das Ahnenerbe war im Gesamtgefüge der SS eine relativ kleine Institution. Doch muss es als die eigentliche Ideenschmiede des Schwarzen Ordens angesehen werden und es genoss deswegen die ganz besondere Achtung und Pflege seines Präsidenten Heinrich Himmler. »Bedenkt man, welche Rolle die SS schon in den frühen 1930er-Jahren als weltanschauliche Vorhut des NS-Regimes gespielt hat«, schreibt Michael H. Kater, »so erkennt man, inwiefern dem ›Ahnenerbe‹ im großen Rahmen der nationalsozialistischen Ideologiebildung damals höchste Bedeutung zukam.«[7]

1943 schwoll der Verein zu einer Organisation von über 40 wissenschaftlichen Abteilungen an. Aber wirklich »kreativ« auf geisteswissenschaftlichem Gebiet war die Institution nur in den Jahren von 1935 bis 1939. Nach Kriegsausbruch traten die ideologischen Forschungen mehr und mehr in den Hintergrund. Polizei- und Militärfragen sowie die »Endlösung der Judenfrage« nahmen den Apparat der SS völlig in Anspruch. Selbst die rassistischen Grundanforderungen, die vorher für Mitglieder des Schwarzen Ordens galten, hielt man nicht mehr aufrecht, da die Waffen-SS ohne Bedenken auch Nicht-Arier rekrutierte.

Heinrich Himmler glaubte jedoch fest daran, dass nach einem gewonnenen Krieg die »geistigen« Themenstellungen wieder in den Vordergrund rücken würden.[8] Mehrmals betonte er, die SS sei kein rein »soldatischer«, sondern ein »weltanschaulicher Orden«, dessen Zeit noch kommen werde. Man mag deswegen die »weltanschaulichen« Diskussionen innerhalb des SS-Ahnenerbes als eine Vorwegnahme dessen sehen, was sich in Zukunft erst entwickeln sollte. Sie sind oft widersprüchlich, unbestimmt, unsicher und tastend. Himmler zu seinem Masseur Kersten: »Alles ist noch im Fluss. Wir ringen selbst noch um die letzte Form. Von erwachsenen Menschen kann man verlangen, dass sie an dem Ringen teilnehmen, auch auf die Gefahr hin, dass sie einige Zeit sozusagen formlos dahinleben müssen.«[9]

Spätestens seit Heinz Höhnes Monographie der SS ist klar geworden, dass der Schwarze Orden nicht als ein monolithischer Block gehandelt und gedacht hat. Dies gilt sowohl für die Organisation als auch für die Weltanschauung. Die verschiedenen Ideen und religiösen Muster waren – mit Ausnahme der Rassendoktrin – noch keineswegs kodifiziert, sondern stritten oft um ihre Vormachtstellung. Hinzu kam, dass das SS-Ahnenerbe, ja die SS insgesamt mit anderen Institutionen des NS-Regimes und mit Hitlers Paladinen (Goebbels, Rosenberg, Göring, von Schirach, Rust) in ständiger Konkurrenz stand. Aber keiner dieser NS-Ideologen hat sich weltanschaulich so weit gewagt wie Heinrich Himmler und keine der anderen NS-Institutionen hat nur annähernd den Mythos erreichen können wie Hitlers Schutzstaffel. Im breiten Bewusstsein sind heute Nationalsozialismus und SS zu einer Einheit verschmolzen.

Der »Vorzeitforscher« Herman Wirth: Die Arier in vedischen Quellen

Als der eigentliche geistige Vater des SS-Ahnenerbes muss der niederländische Philologe Herman Wirth (1885–1981)angesehen werden. 1919 initiierte er eine NS-Bewegung in Holland. Ab 1920 propagierte er in Deutschland das Hakenkreuz als arisches Heilssymbol. 1932 errichtete er mit nationalsozialistischer Hilfe das »Forschungsinstitut für Geistesgeschichte« in Bad Doberan. 1935 kam es mit Heinrich Himmler und dem Reichsbauernführer Richard Walter Darré zur Gründung des Ahnenerbes. Wirth hat konsequent bis ans Ende seines Lebens den nordischen Ursprung der arischen Rasse aus einer arktischen Urheimat vertreten. Nach seinen »Forschungen« stammten die Arier von den Hyperboräern (den »Übernördlichen«) ab und hatten »in grauer Vorzeit« Atlantis und den Stadtstaat Ultima Thule bewohnt. Von dort aus seien sie in die ganze Welt ausgeströmt. In seinen beiden Hauptwerken *Der Aufgang der Menschheit* (1928) und *Die Heilige Urschrift der Menschheit* (1931–1936) versucht auch Wirth anhand von Symbolzeichen nachzuweisen, dass alle bedeutenden Kulturgründungen der Geschichte die Taten von Ariern gewesen seien.

Der »Vorzeitforscher« berief sich in seinen Schriften ausdrücklich auf indische Quellen (*Rig-Veda, Brahmana, Mahabharata*).[10] Als Kronzeugen für seine Arktisthese nannte er den Brahmanen Bâl Gangadhar Tilak (1856–1920). Der konservative Gelehrte hatte sich nach seiner Ausbildung an der Poona-Universität in der nationalen Befreiungsbewegung gegen die Briten engagiert. Er interessierte sich insbesondere für die *Veden*, in denen er nach Passagen suchte, die den nordischen Ursprung der höheren Kasten beweisen sollten. In seinem Buch *The Arctic Home in the Vedas*

(1903) kommt er schließlich zu dem Schluss, die Vorfahren der arischen Inder seien zwischen 10.000 und 8000 v. Chr. in einer arktischen Region ansässig gewesen und während des 4. und 3. Jahrtausends v. Chr. in Indien eingewandert. Ihre Überlegenheit in der Kriegstechnik und Metaphysik habe es ihnen leicht gemacht, die dunkelhäutigen drawidischen Ureinwohner des Subkontinents zu besiegen und dann zu beherrschen. Zu diesem Zweck hätten die hellhäutigen Eroberer das Kastensystem eingeführt. Die vedischen Hymnen, die sich nach Tilak bis in eine Zeit von 5000 Jahren v. Chr. zurückverfolgen lassen und auf die er sich beruft, beschreiben in der Tat die Eroberer Indiens als eine aristokratische Kriegerelite, die sich mehr fürs Kämpfen als fürs Pflügen interessierte. Der Gelehrte sieht in dieser Kriegermentalität das Qualitätsmerkmal für einen höheren Rassenrang: »Die Vitalität und Überlegenheit der arischen Rassen, die durch ihre Eroberung, Ausrottung oder Assimilation der nicht-arischen Rassen, mit denen sie in Kontakt kamen, bewiesen ist […], kann nur verstanden werden, wenn man einen hohen Grad an Zivilisation in ihrer arktischen Urheimat annimmt.«[11]

Zurück zu Herman Wirth. Der Vater des SS-Ahnenerbes pflegte einen »sanften« Okkultismus und verließ sich nicht nur auf seine »wissenschaftliche« Qualifikation, sondern ebenso auf seine intuitiven Wahrnehmungen: »Das, was gemeinhin als ›nordische Bewegung‹ benannt wird, das Zurücktasten nach reiner, ureigenster, höherer Form unseres Volkslebens und Einzeldaseins, das zum Bewusstsein drängende Erbahnen und Erberinnern, es zieht durch das nordische Abendland hin.«[12] Diese unbestimmte Methode brachte ihn mit den »Wissenschaftlern« im SS-Ahnenerbe, insbesondere mit dessen späteren Kurator Walther Wüst, in starke Konflikte. Aber dennoch war dies nicht der Hauptgrund für seine Entmachtung, denn Himmler hat dem »Erberinnern« auch nach dem Rausschmiss Wirths aus dem SS-Verein weiterhin die Treue gehalten, wie das von uns noch zu schildernde Verhältnis zu Karl Maria Wiligut zeigt.

Wichtiger scheinen fundamentale ideologische Differenzen mit der »NS-Leitkultur« gewesen zu sein. Wirth ging nämlich von einer matriarchalen Sonnenreligion der Indogermanen aus und hielt auch bis zu seinem Tode verbissen daran fest. Dabei spielte er einen atlantischen Priesterinnenkult aus der Megalithzeit gegen spätere orientalisch-asiatische, vaterrechtliche Kultverfassungen aus. So etwas muss für die männerorientierten, an solaren Kriegerkulten interessierten SS-Führer geradezu als Hohn erschienen sein. Walther Wüst, aber auch der für Weltanschauungsfragen zuständige Alfred Rosenberg reagierten deswegen äußerst ungehalten, wenn der Name Wirth fiel. »Vollkommen irreführend ist es, wenn Herman Wirth in *Aufgang der Menschheit* gerade das Mutterrecht als eine urnordisch-atlantische Lebensform hinzustellen sucht, zugleich aber auch den solaren Mythos als nordisches Gut anerkennt. Das Matriarchat ist stets mit chtonischem Götterglauben, das Patriarchat stets mit dem Sonnenmythos verbunden. Die Hochschätzung der Frau bei den nordischen Menschen beruht gerade auf der männlichen Struktur des Daseins«, schreibt Rosenberg im *Mythos des 20. Jahrhunderts*.[13]

Alle Akademiker im SS-Ahnenerbe waren froh, als es zu einem wissenschaftlichen Skandal kam. Wirth hatte die so genannte *Ura-Linda-Chronik* (1932) veröffentlicht. Dieser Text in friesischer Sprache, der von ihm als authentischer Beweis einer uralten arischen Tradition und als die letzte Überlieferung einer Weltanschauung aus der »Steingräberzeit« groß herausgebracht wurde, erwies sich als eine Fälschung aus dem 19. Jahrhunderts. Damit war die wissenschaftliche Reputation des »Urzeitforschers« hinreichend ramponiert. Es kam zum Bruch mit Himmler, der ihn geschickt aus dem »Ahnenerbe« herauslavierte.

Trotz inhaltlicher Differenzen muss Wirth als einer der »Visionäre« der Nazis gelten. Seine Spekulationen über den »nordischen Ursprung der Arier« haben bei den unterschiedlichsten NS-Ideologen Spuren hinterlassen. Nach dem Kriege versuchte sich das Gründungsmitglied des SS-Ahnenerbes mit geringem Erfolg als »politisch Verfolgter des Dritten Reiches« darzustellen. In neofaschistischen Kreisen der Nachkriegszeit fanden Wirths Arktisthesen erneut Beachtung, insbesondere beeinflusste er den »SS-Mystizismus« der Wiener Gruppe um Wilhelm Landig und Rudolf J. Mund, auf die wir im zweiten Teil unseres Buches zu sprechen kommen. Er starb im Alter von 95 Jahren in Marburg an der Lahn.

Der Indologe Walther Wüst: Die Konstruktion einer indo-arischen Weltreligion

Walther Wüst (1901–1993) galt als viel versprechender Sprachwissenschaftler, als Koryphäe der Indogermanistik. Er promovierte 1923 mit der Dissertation *Der Schaltsatz im Rigweda* und habilitierte sich in München als 25-Jähriger mit dem Thema *Stilgeschichte und Chronologisches des Rigweda*. Ab 1935 leitete er dort das »Seminar für arische Kultur- und Sprachwissenschaft«. Später wurde er Dekan der Philosophischen Fakultät und im Juni 1941 Rektor der Münchner Universität. Zugleich bekleidete er das Amt des Vizepräsidenten der Deutschen Akademie und des Präsidenten der Bayerischen Akademie der Wissenschaften. Seit Jahren hatte sich Wüst für den Nationalsozialismus eingesetzt. Er war Mitglied der NSDAP, Gaureferent des NS-Lehrerbundes und Vertrauensmann des Sicherheitsdienstes (SD) an der Universität. In der Schutzstaffel brachte er es in kürzester Zeit zum SS-Standartenführer: »Unter den jungen Wissenschaftlern des Nationalsozialismus ist Walther Wüst von jeher einer der treuesten und zuverlässigsten Gefolgsmänner des Führers gewesen«, schrieb der *Völkische Beobachter*, dessen »kulturpolitischer Mitarbeiter« er war.[14] Seine Rektoratseinführung wurde als spektakuläres Megaereignis der NS-Wissenschaft gefeiert. Anwesend waren hohe Vertreter mehrerer Reichsministerien, mehrere Generäle und die SS-Prominenz: SS-Gruppenführer Scharffe in Vertretung des Reichsführers-SS Heinrich Himmler; SS-Brigadeführer Dr. Scheel; General der Schutzpolizei SS-Obergruppenführer Freiherr von Eberstein. Gauleiter Adolf Wagner hatte seine Zustimmung zur Ernennung des SS-Standartenführers Wüst gegeben, weil dieser zu den wenigen Gelehrten gehöre, »die das Wissen über Leben, Geist, Kultur der ältesten Arier bewusst aus den lebendigen nationalsozialistischen Voraussetzungen heraus erforschen und für die geistige Formung unseres Volkes nutzbar machen.«[15]

1936 war Walther Wüst von Heinrich Himmler »entdeckt« und gebeten worden, eine leitende Funktion im SS-Ahnenerbe zu übernehmen. Wüst erklärte sich sofort bereit, bezeichnete jedoch Herman Wirth als übergeordnete Instanz im hierarchischen Gefüge des SS-Vereins als untragbar. Dabei argumentierte er nicht etwa »fachlich«, sondern attackierte den »Vorzeitforscher« und warf ihm vor, die Gefolgschaftstreue gegenüber Himmler zu verletzen. Herman Wirth – so Wüst – anerkenne nicht die »einheitliche Führungs- und Kommandogewalt«, die das Ahnenerbe »unter der weit schauenden Führung des Reichsführers-SS« bestimme.[16]

Der SS-Verein sollte unter Wüst das verschwommene Leitmotiv der »Geistesurgeschichte« unter Herman Wirth überwinden und zu einem kompetenten, arisch-indogermanischen Forschungsinstitut werden, welches der »Führung der unbestechlichen und klarsichtigen Wissenschaft« folge.[17] 1937 ließ Himmler die Satzung des SS-Ahnenerbes ändern. Walther Wüst wurde jetzt in der Nachfolge Wirths der Präsident und Wolfram Sievers (vorher Sekretär von Wirth) zum Generalsekretär. 1939 übernahm der Reichsführer-SS selber die Präsidentschaft des Vereins und Wüst zeichnete fortan als »Kurator«.

Der Historiker Michael Kater hat den Versuch unternommen, Walther Wüst als einen »exakten Wissenschaftler« gegen die Okkultisten im SS-Ahnenerbe herauszuarbeiten. Das mag von der wissenschaftlichen Methode her, die der Universitätsprofessor forderte, stimmen, gilt aber nur begrenzt für seine Lehr- und Forschungsinhalte, keinesfalls aber für seine tendenziösen religionspolitischen Zielsetzungen. Diese waren für beide Richtungen innerhalb des Ahnenerbes (der okkulten wie der wissenschaftlichen) die gleichen. Sowohl die eine wie die andere »Schule« definierte »Wissenschaft« als »Zweckforschung in der Absicht der Rassenzüchtung«, ob man diese nun »esoterisch« oder »szientistisch« betrieb. So unterschied Walther Wüst ebenso wie seine okkulten Kollegen, auf die wir noch zu sprechen kommen, streng zwischen »reinrassischer« und »überfremdeter« Wissenschaft und forderte mit Nachdruck: »Insbesondere aber befreie sich nationalsozialistische Wissenschaft von jedem fremdvölkischen Ballast, der sie nur hindert aufzusteigen zu den Hochzielen: der Neuschöpfung der nordischen Herrenschicht.«[18]

Mit Wüst kam ein Mann in das SS-Ahnenerbe, der konsequent und bewusst eine NS-Religionsgründung »auf wissenschaftlicher Basis« vorwärts trieb. In den sieben Reden seines *Indogermanischen Bekenntnisses* (1942), einer Sammlung von Aufsätzen vorangegangener Jahre, werden die Grundlagen des neuen arischen Glaubens ausformuliert. Dazu zählen: die allbeseelende Kraft mythischer Wesensschau, arischer Götter- und Schicksalsglaube, der heilige Bund zwischen Führer und Gefolgschaft, Helden- und Ahnenverehrung, animistische Kommunikation mit der Natur (Tiere, Bäume, Quellen), archaische Kultfeiern, kriegerische Männerbünde, Etablierung eines indo-arischen Symbolkodex (Swastika, Irminsul), Resakralisierung heiliger Plätze (Geomantie), Initiationsriten und die Schaffung von Wallfahrtsstätten.

Religion ist machbar!

1939 ging Wüst in einem Vortrag mit dem Titel »Von indogermanischer Religiosität: Sinn und Sendung« davon aus, dass Religion machbar sei und dass es sich hierbei um eine Konstruktion des menschlichen Geistes handle. Dabei berief er sich auf einen berühmten Satz aus Ludwig Feuerbachs links-revolutionärem Buch *Das Wesen des Christentums*, das 100 Jahre vorher Karl Marx zu seiner antireligiösen Einstellung motiviert hatte. Aber die Schlussfolgerungen, die Wüst daraus zog, waren völlig gegensätzlich: Feuerbach hatte proklamiert: »Der Mensch ist der Anfang der Religion, der Mensch der Mittelpunkt der Religion, der Mensch das Ende der Religion!« Und Wüst kommentierte: »In ihrem Stolz sind die Worte vielleicht zu schroff ausgefallen, aber Tatsache war, ist und bleibt, dass der Mensch es ist, der die Gottheiten ersinnt und benennt, die Mythen und Legenden dichtet, im Gottesdienst und Opfer das religiöse Leben gestaltet, sich zu religiösen Gemeinschaften aller Art zusammenschließt und Feste feiert, zaubert, Magie treibt, betet, Gelübde auf sich nimmt und sich kasteit, leidet und jauchzt, blutige Glaubenskriege führt und schließlich die Wissenschaft von der Religion begründet hat.«[19]

Hatte Karl Marx aus Feuerbachs Humanismusthesen den Schluss gezogen, Religion sei Opium fürs Volk, so folgerte Wüst daraus, Religion sei von Menschen konstruierbar. Das war einerseits eine klare Absage an das diffuse religiöse »Erbahnen«, »Erberinnern« und »Runen-Raunen«, aus denen im SS-Ahnenerbe Herman Wirth und vor allem – wie wir noch sehen werden – Karl Maria Wiligut ihre Weisheiten zogen. Anderseits klingt hier eine buddhistische Einstellung durch, nach der die Götter nichts anderes sind als reine Imaginationen des menschlichen Geistes und von diesem ebenso geschaffen wie zerstört werden können. Deswegen auch Wüsts Vorstellung, die Religion erreiche ihren Höhepunkt in der »Religionswissenschaft«, worunter er die rationale Erfassung, bewusste Konstruktion und gesellschaftliche Verankerung eines religiösen Musters verstand. Dazu kommt das »Wollen«. Wüst zitiert in diesem Zusammenhang seinen Kollegen Herbert Grabert: »Diese Glaubensenergie ist nicht lediglich eine blinde Kraft, sondern sie ist ein Fühlen, Vorstellen und Wollen [!], in ganz bestimmter Ausprägung rassisch gebunden.«[20]

Unter seinem Kurator wurde das SS-Ahnenerbe zum »Vortrupp deutscher Religionsforschung« mit dem Ziel einer Religionsgründung. Wüst definierte die neue Religion als »nordisch – arisch – völkisch«. Sie stehe gegen »Niederbruch und Entartung, Seelenangst und Sündenfurcht, Exorzismus und Geisterspuk, Astrologie, Alchemie und die schwarze Kunst der Magie, wie es bei der unmittelbaren Rassenmischung die unausbleibliche Folge ist.«[21] Wie viele Glaubensrichtungen, so sollte auch das neue arische Glaubensbekenntnis auf dem Trinitäts-Prinzip aufbauen: »Die Drei-Einheit *Mensch – Ahnenerbe – Glaubensgemeinschaft* ist geborgen in einer ebenso dreifachen Einheit von Lebensordnungen, die man mit den Kennworten *Landschaft – Blut – Geschichte* oder – unter Verzicht auf den wissenschaftsgeschichtlichen Verlauf – *Rasse – Raum – Zeit* (Überlieferung) erfasst, wobei zwischen Rasse und Raum oder Blut und Boden ein besonders urtümlicher Zusammenhang besteht.«[22] An anderer Stelle ist zu lesen: »Mensch, Ahnenerbe, Glaubenskraft oder, verdichtet, der völkische Mensch in seiner Glaubenskraft des Ahnenerbes, das ist der Dreiklang, für den sich jeder Einsatz lohnt, weil in ihm das Wesen der Religion beschlossen ist.«[23]

Trotz dieses stark konstruktivistischen Elements geht Wüst – wie alle führenden Mitglieder des SS-Ahnenerbes – von der Vorstellung aus, dass die Religion des arischen Menschen schon in Urzeiten praktiziert wurde, dass sie aber neu entdeckt und wiederhergestellt werden müsse. Wirths These von einem nördlichen Ursprung der indogermanischen Rasse bleibt auch für ihn ein Dogma. In einem Aufsatz des *Deutschen Wissenschaftlichen Dienstes* schreibt er: »Vom sprachwissenschaftlichen Standpunkt aus spricht also nichts für eine Urheimat der Indogermanen irgendwo im Südosten Europas, wohl aber für eine grundsätzliche Annahme für die Urheimat im Norden.«[24]

Die Entdeckung dieser »Urheimat« erforderte unter anderem archäologisches Graben in den Tiefenschichten der Erde. Aus den dabei ans Licht geförderten Monumenten und Dokumenten sollte das Fundament für den kommenden arischen Glauben gebaut werden. Die primäre Aufgabe der akademischen NS-Intelligenz sei es, so Wüst, die arische Urreligion wieder sichtbar zu machen. Dabei sei eine ganzheitliche Kooperation aller Disziplinen (Ethnologie, Sprachwissenschaft, Archäologie, Altertumsforschung, Psychologie, Geschichtswissenschaft, Kunstgeschichte, Musikwissenschaft, Pädagogik, Rassenkunde, Philosophie und Theologie) vonnöten. »Theologische Reibereien« müssten in Zukunft beigelegt werden, um dem großen Ziel zu dienen: »Unter dem Zeichen der Religiosität bedarf es keiner aufreibenden Rangstreitigkeiten mehr zwischen all den Sachgebieten Mythologie, Kultus, Gottschau, Mystik und dergleichen mehr, weil sie innerhalb der Bezogenheit sämtlich gleichwertig sind. Die Entscheidung ist an den Gestalter der Religiosität, den Menschen, zurückgefallen«, so der Kurator.[25]

Mit diesem letzten Satz ist klar zum Ausdruck gebracht, dass sich Wüst und seine Kollegen als Mythenmacher, als »Gestalter der Religiosität«, im weitesten Sinne als »Religionsgründer«, wenn auch auf »wissenschaftlicher Basis«, verstanden. Dabei ging es ihnen um eine »konstruktive Synthese [aus verschiedenen arischen Religionsströmungen], die bewusst aus dem Geist der Zeitenwende hervorwächst, welcher sichtbar genug sich in der Kulturwissenschaft des Neuen Deutschland und des Neuen Italien offenbart.«[26]

Adolf Hitler als der Bluterbe des Buddha Shakyamuni

Neben dem Indologen Jakob Wilhelm Hauer war dessen Fachkollege Walther Wüst diejenige Person, die ihre Vision von einer »NS-Religion« aufs engste mit vedischen, buddhistischen und iranischen Ideen verknüpfte. Er berief sich dabei unter anderem auf ein Zitat von Houston Stewart Chamberlain, in dem der begeisterte Hitlerverehrer und aggressive Antisemit betont hatte, dass »einzig in der gesamten

Geschichte indoeuropäischen Geisteslebens das alt-indoarische Denken und Dichten von jeglicher – auch entfernter – Berührung mit semitischem Geiste frei und daher rein, lauter, echt und eigen« sei. »Der Indo-Arier muss uns helfen, die Ziele unserer Kultur deutlicher ins Auge zu fassen. Ein großes humanistisches Werk bleibt noch an uns zu vollbringen; dazu ist das arische Indien berufen. [...] Die Indologie, aus dem Leben geboren, führt zum Leben zurück.« – Diese Sätze Chamberlains wurden für Wüst und viele Orientalisten seiner Zeit zu einem Programm.[27]

Der Kurator des SS-Ahnenerbes war sich ebenso wie Hitler über die Spärlichkeit des germanischen »Ur-Wissens« völlig im Klaren. So schuf er eine deutliche Rangordnung der »arischen Glaubensrichtungen«, an deren höchster Stelle nicht die nordisch-germanischen »Weistümer« (*Edda*), sondern die Metaphysik und Mythologie der Inder standen. Entsprechend kommen »als Quellen für uns in vorderster Linie [!] nur die Indoarier, Iraner und Griechen, in zweiter Linie erst die der Germanen in Betracht [...], nachgeordnet insbesondere diese letzten auch deswegen, weil ihre Kärglichkeit und Dürftigkeit im Vergleich mit dem beispiellosen Reichtum des indoarischen *Rigveda* von allen Fachleuten als unabänderliche Tatsache zugegeben ist.«[28] Ständig verwies Wüst in Reden und Schriften auf die vielen Parallelen der germanischen Götter- und Heldensagen mit den indischen Mythen. Indien war für ihn das eigentliche Schatzhaus, in dem er die Bausteine für die arische Religionskonstruktion suchte, wo sich die »geistesgeschichtliche Überlieferung [der Arier] in Rasse, Sprache, Recht, Brauchtum und Kunst am treuesten bewahrt« habe.[29] »Was die Indologie als solche betrifft«, schrieb das offizielle Parteiblatt *Der Völkische Beobachter* zur Rektoratseinweihung des Kurators, »so betrachtet sie Prof. Dr. Walther Wüst nicht als eine für sich begrenzte Wissenschaft, sondern ist bestrebt, sie für die deutsche Vorgeschichte und die Geschichte der Indogermanen fruchtbar zu machen.«[30]

Wüsts *Indogermanische Bekenntnisse* setzen sich unter anderem mit Kosmogonievorstellungen aus den *Veden* und dem Urbuddhismus als »rein arischer« Glaubensform auseinander. »Der Buddhismus ist und bleibt«, schrieb er schon 1935, »in der Grundlage seines Wesensgefüges eine echt indogermanisch-arische Leistung, der Buddha eine großartige Gestalt mit unverkennbar tiefen nordischen Einschlägen.«[31] Wüst selber hatte bei dem Pâli-Forscher, Sanskritisten und Iranisten Wilhelm Geiger, wie es in einem Empfehlungsschreiben heißt, »Alt-Indoarisches, Mittel-Indoarisches (+ Buddhismus), Alt-Iranisches (Altpersisches und Awestisches)« studiert.[32] Der berühmte Münchner Gelehrte zeichnete auch als Herausgeber der *Zeitschrift für Buddhismus und verwandte Gebiete*. In einem Aufsatz mit dem Titel »Das Leibesproblem in der buddhistischen Pâlilyrik«, den Walther Wüst dort 1928 veröffentlichte, ging er auf die Leib- und Frauenfeindlichkeit des Frühbuddhismus ein.[33] Hier klingen jedoch schon einige der buddhistischen Themen an, die ihn später als Kurator des SS-Ahnenerbes weiter beschäftigen werden: der Verzicht auf die eigene Persönlichkeit und die Auflösung des Ichs im Tod.

Im Sommer 1936 hielt der Professor für Arische Kultur- und Sprachwissenschaft im voll besetzten Auditorium Maximum der Münchner Universität einen Vortrag mit dem Titel: »Des Führers *Mein Kampf* als Spiegel indogermanischer Weltanschauung«. Er sprach davon, dass sich Hitler zu dem in allen großen Männern der Weltgeschichte lebendigen, »geheimnisvollen Untergrund der ganzen arischen weltanschaulichen Gehalte« bekenne. Der Führer habe bewusst arische Symbole wie den Adler gewählt: »Das sind uralte, zwingende, erschütternde, gesetzmäßige Zusammenhänge. Das ist, möchte ich sagen ein Denken in Jahrtausenden.«[34] Er verglich die Hetzschrift des Diktators mit den bedeutenden »arischen« Werken der Weltliteratur unter anderen mit den Predigten des Buddha. »Ich will zeigen, wie diese Gedanken [des vedischen und buddhistischen Wissens] ganz artmäßig und zwingend wiederkehren in der Gedankenwelt des Führers und da wiederum in den wichtigsten Dokumenten dieser Gedankenwelt, in des Führers Buch *Mein Kampf*. Das alles ist nichts anderes als eine mediale Schau, die unerhört wichtig ist, weil wir eine klare, dichte, feste Ebene sehen, die aus dem 4. Jahrtausend vor Christus bis in unsere Zeit hineinführt. Auf dieser Straße marschieren wir.«[35]

Wüst wurde für seine Worte mit einem 15-minutigen Applaus geehrt. Am 10. März 1937 hielt er die gleiche Rede im Hacker-Keller vor dem Führungskorps des SS-Oberabschnitts Süd und den SS-Unterführern und Männern des Standortes München. Der Titel lautete jetzt: »Des Führers Buch *Mein Kampf* als Spiegel arischer [!] Weltanschauung.«[36]

Wüsts Hitler-Buddha-Vergleich ist so spektakulär, dass wir den gesamten Passus abdrucken wollen: »Am reifsten sehen wir diese Zusammenhänge [zwischen *Mein Kampf* und der arischen Urtradition]«, so der Indologe, »von sachlichen Zusammenhängen ganz abgesehen, vielleicht in einer Persönlichkeit. Da möchte ich hinweisen auf einen ganz besonders wichtigen Zusammenhang. Im ältesten Weistum der Indoarier und Iraner steht die religionsgeschichtliche Erscheinung des Buddhismus. Ich muss sagen, es ist verkehrt, beispielsweise sagen zu wollen, dass der Buddhismus etwas Negatives ist, weil er keinen Gott gekannt oder das Leben verneint hat. Dass er das Leben verneint hat, können wir verstehen, wenn wir die alten Texte lesen. Der Buddhismus hat nicht das Leben verneint, sondern er hat das dekadente Leben der indischen Großstädte, einer verrotteten Sittlichkeit verneint. Also der Gründer des indogermanischen Glaubens [das heißt der Buddha] soll uns Führer und Wegweiser sein für das Verständnis wichtiger Teile im Buch *Mein Kampf*.

Der Buddha hat in einem welterschütternden Ringen sich seine tiefsten weltanschaulichen Erkenntnisse errungen. Eine unmenschliche, eine außermenschliche, übermenschliche Klarheit liegt auf seinem Gesicht. Er hat die Wesenheit der Pflichterfüllung, des heldischen Laufs des Jahres erhellt. Nun bewegt er sich von der Einsamkeit zum ersten Mal nach langer Abwesenheit wieder einer Stadt zu. In der Nähe ist ein Heim. Am Rande dieses Heims befinden sich 5 junge Menschen, die wie er ebenfalls nach der letzten inneren Erkenntnis gestrebt haben. Als nun der Buddha sich nähert, da beschließen diese Menschen: Wir wollen jetzt, wenn dieser Buddha kommt, weder aufstehen, noch ihm den Mantel abnehmen, noch einen Schemel herrücken noch Wasser zum Trinken und Waschen geben. Und Buddha kommt immer näher. Wie nun diese Menschen in ihrer ablehnenden Haltung verharren, da werden sie von einer inneren Gewalt gefasst und sie müssen alles das tun, was sie vorhin absichtlich nicht tun wollten. Sie nehmen ihm den Mantel ab, rücken ihm einen Stuhl heran, bringen ihm Wasser usw. Und da sagt nun Buddha ein entscheidendes Wort: Zwei Dinge gibt es. Das Leben in Lüsten, der Lust und dem Genuss ergeben, das ist niedrig, gemein, unedel, führt nicht zum Ziel. Das andere ist ein Weg der Selbstverneinung. Auch das ist unedel und nicht zum Ziele führend. Von diesen beiden Enden sich fernzuhalten, hat der Vollendete den Weg, der in der Mitte liegt, entdeckt, den Weg, der Blick schafft und Erkenntnis schafft.

Dieses Begebnis hängt in engster Weise zusammen mit einem Erlebnis, das der Führer während seiner Wiener Zeit gehabt hat, wo er als Hilfsarbeiter im Bannkreis des Leidens stand, durch die Elendswohnungen schritt und die Not der Arbeiter sah. Da spricht der Führer das tiefsinnige Wort: Damals wurde ich gewarnt, entweder in der Theorie zu ersticken oder in der Wirklichkeit zu verflachen. Ich kenne kein erschütterndes Beispiel für diese erbverwandte Dauerüberlieferung als diese geniale Zusammenschau, die in dem kurzen Wort des Führers liegt und in einem längeren Bekenntnis der großen arischen Persönlichkeit der Vorzeit, des Buddha, gelegen hat. Es gibt nur eine Erklärung hierfür und das ist die Grunderklärung für alle Tatsachen der nationalsozialistischen Weltanschauung. Das ist der Umstand, die Grundtatsache der Rassenanlage. Diese wird, dem Schicksal sei Dank, über die Jahrtausende hinweg, erhalten. Das hat nichts zu tun mit dem Komplex der Erbsünde. Wir wollen diesen Komplex ersetzen durch den heiligen Begriff des Ahnenerbes.«[37] Alle Ahnenerben-Kollegen bis hinauf zu Heinrich Himmler waren von dieser »Hitler-Buddha-Rede« vollauf begeistert. Wolfram Sievers, der Generalsekretär des SS-Vereins, schrieb enthusiastisch, »die Männer [seien] solch gute Kost nicht gewohnt«, es müssten unbedingt weitere Vorträge folgen.[38]

Wüsts Sätze stammen nicht nur von einem fanatischen Nazi-Enthusiasten, sondern auch von einem Gelehrten, der in der damaligen Orientalistik als wissenschaftlicher Jungstar gefeiert wurde. Der Professor galt als die kommende Koryphäe seines Fachs, und wenn er von Buddhismus sprach, dann geschah dies aus einer fundierten Kenntnis der Originalschriften. Diese Linie, an deren Anfang Buddha und an deren Ende Hitler steht, mag sicher zu Irritationen führen, sie beweist nichtsdestotrotz, dass der Kurator des SS-Ahnenerbes fest davon überzeugt war, der Nationalsozialismus setze das Erbe einer arischen Buddha-Lehre fort.

Auch Goethe und Buddha zwang Wüst in eine »arische« Verwandtschaft. Der Indologe erwähnt ein Goethe-Zitat über den »ewigen Geist«, der von »Gebirg zu Gebirg schwebet«. Dann schließt er: »Es ist derselbe Geist, der in Indoarien die Einheit des alles umfassenden Seins durch das Erkennen (*vidya*) und durch die Bewältigung eines Weges heraufgeführt hat und dieses Sein als wahr zugleich und gut erscheinen lässt [...], der den Weltlauf als Bruderschaft mit den Geschöpfen begründet und den Buddha als den großen religiösen Führer, dem die Götter als Statisten zur Seite stehen, erzeugt hat.«[39] Nachdem Himmler 1942 seine berühmte Rede auf den durch ein Attentat getöteten SD-Chef Reinhard Heydrich gehalten hatte, schlug Wüst vor, dieses Dokument in einer *Indogermanischen Redner-Reihe* herauszugeben, die mit Predigten Buddhas und Spruchweisheiten Zarathustras beginnen sollte.[40]

Die Inkarnationsdebatte innerhalb des SS-Ahnenerbes

1938 schaltete sich Walther Wüst in die Diskussion über die Inkarnationsfrage ein, die dann innerhalb des Ahnenerbes mit großem Engagement geführt wurde. Auslöser hierfür war das Buch des renommierten Rechtshistorikers und SS-Sturmbannführers Prof. Dr. Karl August Eckhardt *Irdische Unsterblichkeit – Germanischer Glaube an die Wiederverkörperung in der Sippe* (1937). Der Autor entwickelt darin eine eigene rassistische Inkarnationslehre, die er bei den Germanen entdeckt zu haben glaubte, und setzte diese vom Buddhismus ab: »Wer heute das Wort ›Seelenwanderung‹ nennen hört«, so Eckhardt, »fühlt sich gemeiniglich nicht in die deutsche Vergangenheit, sondern in das Indien Brahmans und Buddhas versetzt. Die Lehre der Buddhisten, die bis ins sechste vorchristliche Jahrhundert zurückreicht, scheint auf den ersten Blick nicht nur die älteste, sondern die einzig mögliche Form des Wiederverkörperungsglaubens zu sein. Nur wenige sehen tiefer.«[41] Eckhardt attackiert nun Buddhas Nirwana-Doktrin als die Infragestellung einer ursprünglich arischen Inkarnationslehre: »Der Buddha hat die Seelenwanderung nicht als Verheißung, sondern als schweres Schicksal betrachtet, dem es zu entrinnen gelte. Der Mensch müsse sein ganzes Streben daran setzen, von dem ewigen Kreislauf der Geburten erlöst zu werden und ins Nirwana einzugehen. So wandelte Indien den lebensbejahenden Glauben an die Wiederverkörperung auf dieser Erde, der seit vielen Jahrhunderten unausrottbar in dem Bewusstsein der arischen Eroberer wurzelte, von einer diesseitigen in eine jenseitige Religion, von einer weltnahen zu einer weltabgewandten Erlösungslehre.«[42] Aus germanischen Überlieferungen, Römerberichten, der *Edda* und vor allem den isländischen *Sagas* versucht Eckhardt nun nachzuweisen, die Germanen hätten ihren eigenen Inkarnationsglauben gehabt und an eine »Wiederverkörperung in der Sippe« geglaubt.

Indologen wie Walther Wüst, Jakob Wilhelm Hauer und Helmuth von Glasenapp[43] muss diese klare »germanische« Absage an den »lebensverneinenden« Buddhismus missfallen haben. Hauer hatte schon 1934 auf den arischen Ursprung der »buddhistischen« Inkarnationslehre hingewiesen: »Der indo-arische Mensch«, schrieb der Orientalist, der 1941 den Rang eines SS-Hauptsturmführers erhielt, »hat ja schon sehr früh in Äonen gedacht. Die beschränkte jeweilige irdische Existenz ist ihm nur ein kleines Stück einer gewaltigen Lebens- und Entwicklungsgeschichte des einzelnen Menschen. […] Hunderte, Tausende, Zehntausende von Leben wollte er leben und hat er nach seiner Überzeugung gelebt. […] Erst wenn er die ihm von dem Weltsein, von der Urnatur gesetzte Aufgabe ganz erfüllt hat, wird er den gewaltigen Kreislauf der Geburten entlassen. Dann erst ist er reif für den ›höchsten Gang‹, für die Rückkehr zum Lebensabgrund, zum ewigen Abgrund.«[44]

Auch Wüst wehrte sich gegen einen germanisch-völkisch begrenzten Arierbegriff, sondern dachte »arisch-weltumspannend«, und es lag ihm ganz besonders viel daran, das Reservoir indischer Spiritualität für die »neue Religion« der Deutschen nutzbar zu machen.[45] Wahrscheinlich als Antwort auf Eckhardts Buch veröffentlichte er 1938 zusammen mit Kurt Schrötter eine Anthologie mit Weisheitssprüchen, der er den Titel *Tod und Unsterblichkeit im Weltbild indogermanischer Denker* gab. Sein Chef Heinrich Himmler war so begeistert, dass er ein Exemplar davon Hitler zum Geschenk machte. Dieser versprach, es auf seinen Reisen mitzunehmen, um darin zu lesen.[46] Der Reichsführer-SS hatte persönlich das folgende Geleitwort verfasst: »Ein Volk lebt so lange glücklich in Gegenwart und Zukunft, als es sich seiner Vergangenheit und der Größe seiner Ahnen bewusst ist.«[47]

Damit war Wüsts Absicht, die indische Inkarnationslehre als arisches »Ahnenerbe« für die SS anzuerkennen, von höchster Stelle abgesegnet, denn er beginnt seine Spruchsammlung mit Zitaten aus dem *Rigveda*, den *Upanishaden*, den *Buddhareden* und der *Bhagavadgita*. Die altindischen Textstellen erscheinen in dieser Anthologie geradezu als das ursprünglichere »Ahnenerbe«, das den weiteren Sinnsprüchen aller späteren Zeiten vorausgeht. Es folgen die Griechen und Römer und – erst als dritte Kategorie – die Kelten und die Germanen, dann Denker des Mittelalters und der Neuzeit (von Meister Eckhart bis Georg Christoph Lichtenberg), dann die deutschen Dichter von Johann Gottfried Herder bis Richard Wagner, zuletzt Philosophen des 19. Jahrhunderts, darunter nicht nur Idealisten wie Immanuel Kant oder Johann Gottlieb Fichte, sondern ebenso Positivisten wie David Hume und Materialisten wie Ludwig Feuerbach. Arthur Schopenhauer und Friedrich Nietzsche nehmen einen Ehrenplatz ein – Friedrich Wilhelm Hegel fehlt. Wüst versuchte also, als Antwort auf Eckhardts spezifisch germanische Inkarnationslehre, die gesamte Weltliteratur für eine weltumspannende arische Doktrin der Wiedergeburt fruchtbar werden zu lassen: »Dieses Buch soll«, lesen wir in der *Vorschau*, »ein Bekenntnis zu dem erhabenen und wahren Sein, das durch Jahrtausende her von erleuchteten Geistern über Tod und Unsterblichkeit gelehrt worden ist,« sein.[48] Alles Blasse und Angekränkelte (hinzuzufügen wäre: alles Semitisch-Jüdische) habe man weggelassen. Denn »zu bedenken ist freilich, dass sich auch durch das wahnfreie Sinnen und Trachten nordischen Geistes Jahrhunderte lang fremdartige Zwangs- und Glaubensvorstellungen wie eine dichte Wolke gelagert hatten, durch die nur vereinzelte Strahlen dieses Geistes hindurchzubrechen vermochten«.[49]

Mit seinem Text wollte der Kurator Eckhardts These von der »Wiederverkörperung in der Sippe« nicht aufkündigen, sondern deren rein germanischen Ursprung relativieren. Insbesondere wollte er die arische Reputation des Buddhismus und der *Veden* retten. Da aber die vedische und buddhistische Philosophie nur sehr bedingt mit dem »Sippengedanken« arbeitet, dagegen das Aufgehen der Einzelpersönlichkeit ins »Unendliche« – in das transpersonale *Atman* oder *Brahman* oder *Nirwana* – annimmt, musste Wüst beide Vorstellungen miteinander kombinieren. »Mein augenblickliches Ich – dieses Ich in diesem Raum, in dieser Zeit, in dieser äußeren Bindung – ist also nebensächlich und nur eine Laune des Zufalls. Kein Zufall aber, sondern Gesetz und Entscheidung ist es, dass aus den geheimnisvollen Kräften der Art und Rasse immer wieder Wesen geformt werden, die da sind wie ich, denken wie ich, hassen wie ich, leiden wie ich, lieben wie ich. Und diese Wesen werden wieder ich sein – so gewiss wie ich heute bin.«[50]

Ebenso wie Wüst hatte der NS-Indologe Jakob Wilhelm Hauer den Versuch unternommen, das »Bluterbe der Ahnen von Geschlecht zu Geschlecht« mit der indischen Wiedergeburtsdoktrin zu verbinden. Beide Bereiche (Blut und Geist) stünden in einem Zusammenhang mit dem »kosmisch-ethischen Karma-Gesetz« und Hauer schließt: »Es will mir scheinen, als ob hier die Vererbungsgesetze in halb mystischer Gestalt tiefer ergriffen wären als in den vornehmlich oder ausschließlich biologischen Theorien des Westens.«[51]

Himmler selber zeigte an dieser im SS-Ahnenerbe geführten Inkarnationsdebatte ein reges Interesse. Er griff direkt in Eckhardts Manuskript ein. »Lieber Eckhardt!«, schreibt er in einem Brief vom 25. Februar 1937. »Ihre Arbeit hat mir sehr gut gefallen. Wenn Sie die Arbeit noch nicht in Druck haben, so schlage ich Ihnen vor, umgehend einige Änderungen vorzunehmen. Ich hielt die Sache sogar für so wertvoll, dass sie den Druck noch anhalten müssten. Bringen Sie mir bitte nicht den völlig irreführenden Namen ›Seelenwanderung‹ hinein. Seelenwanderung hat es bei unseren Vorfahren nie geheißen, sondern ›Wiedergeburt in der Sippe, im eigenen Blut‹. [...] Über die Arbeit möchte ich gerne mit Ihnen einmal mündlich sprechen. Sie ist ein ungeheuer wertvoller Beitrag und eine vollständige Bestätigung dessen, was durch mündliche Überlieferung über Jahrtausende berichtet worden ist, was die Wissenschaft allerdings bei allen derartigen Dingen nicht anerkannt hat.«[52]

Bevor Himmler jedoch von Eckhardts Schrift Sonderexemplare drucken ließ, um diese innerhalb der SS zu verteilen, forderte er von Wüst eine kritische Stellungnahme. Darin lobt der »Kurator« den Text als »alles in allem eine ausgezeichnete Darstellung einer wesentlichen, man darf auch sagen, der wesentlichsten Seite germanischen Glaubens.«[53] Er geht jedoch nicht auf Eckhardts Buddhismuskritik ein, sondern bemängelt an einem anderen Beispiel (»Megalithrasse versus Arierrasse«), dass der Autor versuche, »Scheidewände« zwischen »rassengleichen« Völkern aufzurichten. In dieser Kritik wird mit ganz besonderem Nachdruck betont, der Wiederverkörperungsglaube sei »allen« Indogermanen (also nicht nur den Germanen) zu Eigen gewesen. »Das ist«, so der Professor für indo-arische Kulturwissenschaften, »eine Feststellung von außerordentlicher Wichtigkeit.«[54] Himmler schlug Eckhardt vor, die von Wüst beanstandeten Passagen »ruhig herauszulassen«. Das Schreiben endet mit dem Satz: »Der Reichsführer-SS beabsichtigt sowohl mit SS-Obersturmbannführer Prof. Wüst als auch mit Ihnen über die Stellungnahme zu Ihrer Schrift zu sprechen.«[55]

Schon in den frühen 1920er-Jahren hatte sich Heinrich Himmler mit dem Thema Inkarnation auseinander gesetzt. Er las damals ein Buch von Matthias Fidler *Die Toten leben*, wo der Autor Fotos verwendet, um die Wiedergeburt von Personen nachzuweisen. »Doch glaube ich eher, dass das Material einwandfrei ist«, kommentiert Himmler den Text. »Ist dies der Fall, so sind bedeutende Grundlagen geschaffen – Seelenwanderung.«[56] In der Inkarnationsdebatte des Ahnenerbes wollte sich der Reichsführer-SS nicht eindeutig festlegen: Der einfache SS-Mann – so Himmler – glaube daran, dass er in seinen Nachkommen wiedergeboren werde. Dieser Gedanke sei kindlich, aber dennoch zu fördern, denn er führe zu dem wünschenswerten reinrassigen Kindersegen. Weit bedeutsamer erschien ihm dagegen die oben dargestellte These Eckhardts von der »Wiedergeburt in der Sippe«, die unabhängig von der *familiären* Blutslinie sei. »Hierfür liegt ein geradezu erdrückendes Beweismaterial vor.«[57] Doch als er dann von seinem Arzt Felix Kersten gefragt wurde, ob er selber an die »Wiederverkörperung in der Sippe« glaube, wich Himmler erneut aus: »Das will ich damit keineswegs sagen.« Ganz offensichtlich unter dem Einfluss von Walther Wüst (denn er verweist auf die von diesem zitierten Autoren Goethe, Hölderlin, Schopenhauer und Wagner), sah er jetzt die Wiedergeburtsvorstellung als eine kulturtragende Idee, die den indo-arischen Rassenbegriff weit über die germanischen Sippen hinaustreibt.[58]

Was nun die ganz persönlichen Inkarnationsvorstellungen des Reichsführers-SS anbelangen, so waren diese unter der Hand allen bekannt. Himmler selbst sah sich als die Wiedergeburt des Sachsenkönigs Heinrich I., der Vogler (875–936). Mit bemerkenswertem Eifer beteiligte sich deswegen das SS-Ahnenerbe an den jährlich abgehaltenen »Heinrichsfeiern«. Geplant, wenn auch wieder verworfen, war die Ernennung mehrerer deutscher Städte zu »Heinrichs-Städten«. Ein Unteroffizier komponierte eigenhändig für Himmler einen »König-Heinrich-Marsch«.

Hitler, ein sakraler, indo-arischer Weltenherrscher

Die Lehre von der Weltenherrschaft ist ein zentrales Thema in einer Anzahl bedeutsamer indischer (vedischer, buddhistischer und hinduistischer) Texte.[59] Ein *Chakravartin* (Weltenherrscher) konzentriert in seiner Person die weltliche und spirituelle Macht, er regiert über den gesamten Erdkreis und agiert immer als ein Kriegsherr. Letzteres trifft spätestens seit Aufkommen des Mahayana-Buddhismus (ca. 100 n. Chr.) auch auf den Buddha zu: »Er ist als *Chakravartin* beides: Hohepriester und König.«[60] In einer Prophezeiung des tibetisch-buddhistischen *Kalachakra-Tantra* führt der *Chakravartin* eine Armee an, welche die Feinde der Buddha-Lehre vernichtet, um dann eine weltweite Buddhokratie zu etablieren. »Der Herr der Götter«, heißt es dort von ihm, »verbunden mit den Kriegslords, wird die Barbaren zerstören.«[61] Der vedische *Vishnu Purana* erklärt, dass der *Chakravartin* selbst für die Götter unbezwingbar ist. Ebenso ist die Idee vom »Kosmokraten in Menschengestalt« eine polit-theologische Konstruktion des iranisch-persischen Kulturkreises. Das »Reich«, d. h. der Staat, wird in diesen traditionellen Systemen Asiens zum irdischen Abbild einer metaphysischen Ordnung, zu einem *Imperium Sanctum*.

Der Indologe Wüst legte größten Wert darauf, den »Reichsgedanken« nicht primär aus der europäischen Geschichte, sondern aus den, seiner Ansicht nach »arischen« Kosmokratien Indiens und Persiens abzuleiten. Vom »Reichskönig« heißt es in diesen orientalischen Traditionen: »Er wird seinerseits überhöht und hineingesteigert in den großartigen Begriff des ›Weltherrschers‹, der sonnenhaften Ursprungs ist, mit Roß oder Wagen oder beiden zusammen auftritt, dergestalt das Rad der Herrschaft dreht und sich vor allen Dingen als Held bewährt.«[62] Dieser von Wüst aufgeschriebene Satz beinhaltet eine durchaus korrekte Definition des *Chakravartin* (dt. »Raddreher«), der nach indischen und tibetischen Eschatologien dereinst das Universum seinem Willen unterwerfen wird. Auch haben wir im »Rad der Herrschaft« ein buddhistisches Symbol vor uns, welches wir in dieser Form aus der germanischen Stammestradition überhaupt nicht kennen. Es symbolisiert unter anderem den Zusammenfall der weltlichen und der spirituellen Macht.[63]

Schon 1937, in seiner »Festrede zur Reichsgründungsfeier der Münchner Hochschulen«, entwickelte Wüst ausführlich den indisch-arischen Weltherrschaftsgedanken.[64] Er begann seinen Vortrag eigenartigerweise mit dem französischen Sonnenkönig Ludwig XIV., sprang dann vom Versailler Hof zurück zu den Achämeniden-Kaisern Kyros II. (559–530 v. Chr.), Darius I. (521–485 v. Chr.) und Xerxes (486–465 v. Chr.) und bezog sich schließlich auf den buddhistischen Kaiser Ashoka (269–232 v. Chr.). All diese »Weltenherrscher« verbindet – nach Wüst – ein und dasselbe biologische Band: Ihre Zugehörigkeit zur arischen Rasse.

Die Aufzählung dieser »Kosmokraten« geschieht in der expliziten Absicht, sie als Vorläufer Adolf Hitlers herauszustellen und ihn, den »Führer« des Dritten Reiches, als den höchsten und letzten Gipfel aller bisherigen *Chakravartine* leuchten zu lassen. So endet denn die Festrede auch mit einer Apotheose des Diktators: »Unser Blick fällt zuletzt, doch ohne Zufall, auf unsere Gegenwart, auf Deutschland, auf das Reich der Deutschen, auf den Führer, in dessen einzigartiger Gestalt sich die Fülle des Vergleiches, des Bezuges, des Wertes [mit den zuvor präsentierten Potentaten] glaubenszeugend, kräftebindend sammelt. Arier und Griechen, Römer und Germanen geleiten zu ihm und seinem Werk, in welchem Weltlauf und Volksordnung, Heerbann und Bauerntum, Sippe und Seele ihr Maß, ihre Gestalt, ihre Wirklichkeit gefunden haben. Der Führer baut die Bauten, ist der heldische Kämpfer gegen Gottlosigkeit und Untermenschentum und plant mit unbeirrbarer Gradlinigkeit in den Jahrtausenden.« Und zuletzt zitiert der Indologe noch ein pathetisches Gedicht, das sich ebenfalls auf Hitler bezieht: »Der sprengt die Ketten, fegt auf Trümmerfeldern / die Ordnung geißelt die Verlaufenen heim / ins ewige Recht, wo Großes wiederum groß ist, / Herr wieder Herr, Zucht wiederum Zucht. / Er heftet / das wahre Sinnbild auf das völkische Banner [gemeint ist das Hakenkreuz] / er führt durch Sturm und grausige Signale / des Frührots seiner Treuen Schar zum Werk / des wachen Tages und pflanzt das Neue Reich.«[65]

Die Inhalte des indisch-persischen Weltenherrschergedankens werden also von Walther Wüst als Orientierungsmodelle für eine zu gründende »NS-Religion« mit Adolf Hitler als *Dominus Mundi* in die »theologische« Debatte geworfen. Wir folgen hier den Ausführungen des Kurators, die – mit wenigen Abweichungen – eine korrekte Wiedergabe der östlichen Chakravartin-Idee darstellen und *grosso modo* mit den Lehrmeinungen in der heutigen Indoiranistik konform gehen. Folgende

Charaktermerkmale des Weltenherrschers arbeitet Wüst, insbesondere in dem Aufsatz *Das Reich – Gedanke und Wirklichkeit bei den alten Ariern*, heraus:

Die solare Ausrichtung des Chakravartin (Weltenherrschers)
Die kosmische Eingefasstheit des Chakravartin-Reiches
Die mikrokosmische Stellung des Chakravartins als »König des Alls« und als »König der Könige«
Der Wille des Chakravartin ist Reichsgesetz
Das Kastensystem bestimmt als Rassensystem den Staatsaufbau des Weltreiches
Das Herrschaftszeichen des Chakravartin ist das Hakenkreuz
Der Chakravartin ist ein Feldherr und die herrschende Klasse des Staates bilden die Krieger (Kshatriya)
Unter der Herrschaft der Priesterkaste (Brahmanen) zerfällt der Chakravartin-Gedanke

1. *Die solare Ausrichtung des Chakravartins*: Den Weltenherrscher umgibt eine sakrale, »sonnenhafte« Aura, die ihm die magische Macht über seine Untertanen verleiht. Er strahlt einen »majestätischen Glanz« aus. Die Perser – so Wüst – nennen diesen Glanz *hvaranah*, »wodurch die Bindung an die Weltordnung und die Heiligkeit des von ihm geführten Reiches überzeugend hervortritt«.[66]

2. *Die kosmische Eingefasstheit des Chakravartin-Reiches*: Die »arische« Kosmogonie findet der Kurator am klarsten durch das vedische *Rta* (»Schicksal«, »Vorsehung«), aber auch durch das buddhistische *Samsara* (»Scheinwelt«) beschrieben: »Das *Rta* wirkt verschieden, aber immer in der gleichen, bezwingenden Mächtigkeit und Welttiefe, dann wieder im Wandel der Sonne und im Lauf der Flüsse, in der Weltgeborgenheit, da man geradezu im Schoße des *Rta* weilen kann, schließlich als Weltlauf schlechtweg, eine Vorstellung, die dann später in der indoarischen Geistesgeschichte zu dem alle Philosophie beherrschenden Gedanken des *Samsara* geführt hat.«[67] Das »Reich«, das heißt der archaische Staat, ordnet sich in eine solche Kosmogonie ein, denn – so Wüst – die »übersinnlich-sinnliche Verwirklichung des Reichsgedankens« durch die indogermanischen Völker zeige an, dass deren »Imperium« transzendent und immanent zugleich ist: »Ein solcher Reichsgedanke steht schließlich [...] auch in unversöhnlichem Gegensatz zu der Verkündigung des Evangeliums: ›Mein Reich ist nicht von dieser Welt‹. Und trotzdem ist auch dieses Reich heilig. Es ist heilig, weil es in fugenloser Übereinstimmung eine Schöpfung der göttlichen Welt- und Zeitordnung ist.« Der Aufstieg eines arischen Weltenherrschers, der sich »unter dem Gesetz des Weltlaufs [...] anschickt zu erhabener neuer Reichsgründung«, ist deswegen als ein Beschluss der Götter zu werten.[68]

3. *Die mikrokosmische Stellung des Chakravartins als »König des Alls« und als »König der Könige«*: Der Weltenherrscher erscheint als das mikrokosmische Abbild der makrokosmischen und irdischen Ordnung. In diesem Sinne bezeichnete sich der Achämenidenherrscher Kyros II. selber als »König des Alls« oder »König der

Könige«.[69] Er sah sich als »Inbegriff und Träger aller geistiger Entscheidungen, […] gewissermaßen der mikrokosmische Schauplatz des weltbewegenden Kampfes zwischen Gut und Böse.« Aus diesem Grunde ist – mythisch gesehen – der indogermanische *Chakravartin* auch immer ein »Drachentöter«, der gegen die Mächte der Finsternis kämpft und sie besiegt. Wüst nennt in diesem Zusammenhang explizit den »Führer und Reichskanzler« und fährt, auch unter Bezug auf den »Kunstliebhaber« Hitler fort: »Um den ›Weltherrscher‹ und Helden scharen sich die Sänger; er feiert mit ihnen die Feste und wahrt die uralten, allen Ständen heiligen Zeichen des Reiches.«[70]

4. *Der Wille des Chakravartin ist Reichsgesetz*: Voller Bewunderung ist Wüst für den Staatsaufbau unter den achämenidischen Herrschern (Kyros, Darius, Xerxes). Wohl eingedenk des 24. März 1933 – dem Tag, an dem die deutsche Regierung Hitler die Befugnis zur Gesetzgebung übertrug – schwärmt der Kurator über die Perser: »Der Wille des Königs ist Reichsgesetz, unverbrüchlich und unabänderlich.« Die persische Verwaltung, ihre effektive Beamtenkörperschaft und ihre königliche Kanzlei tragen für Wüst Vorbildcharakter. Neben der hervorragend funktionierenden Heeresverwaltung wird von ihm, selber Vertrauensmann von Heydrichs SD, der berüchtigte persische »Geheimdienst, die so genannten ›Ohren des Königs‹«, hervorgehoben: »Das Strafrecht [der Perser] schont den Schuldigen nicht, sondern trifft ihn mit der grausamen Härte des Gesetzes, eben um den Gedanken des Rechts an sich.« [71]

5. *Das Kastensystem bestimmt als Rassensystem den Staatsaufbau des Weltreiches*: Auch das Kastensystem des »arischen« Indien wird von dem Kurator als Organisationsmodell für das »Dritte Reich« angepriesen. Es stellt für ihn eine Bestätigung und Vorwegnahme der NS-Rassenideologie dar: »Beginnen wir mit dem Rassischen, so überrascht uns sofort das höchst indo-arische Altertum mit der in frühesten Texten deutlich ausgesprochnen Zweiteilung in arische und unarische Menschen. Das Wort für ›Rasse‹ bedeutet ursprünglich so viel wie ›Farbe‹ und die einwandernde arisch-indogermanische Herrenschicht hat die genaueste Vorstellung von dem, was sie leiblich-seelisch von der unterworfenen Bevölkerung scheidet. Ein kraftvoller vedischer Vers spricht es aus: ›Indra […] züchtigte die Gesetzlosen und unterwarf die schwarze Haut‹. ›Schwarze Haut‹«, führt Wüst fort, »d. i. die nicht-nordische Schicht, die an anderer Stelle des gleichen Textes ›plattnasig‹, ›geizig‹, ›ungläubig‹ genannt wird. Vor ihr riegelt man sich in Kasten ab, dem großartigsten Gesellschaftsgebäude, das die geschichtliche Welt überhaupt erlebt hat, ohne doch auf die Dauer verhindern zu können, dass, ungeachtet der sehr strengen, aber wohl nur ungenügend durchgeführten Vorschriften, das fremde Blut in den edlen Körper einsickerte und in steigendem Strome ihn sich selbst entfremdete. Wenn irgendwo, so ist auf indischem Boden das Wort wahr geworden, dass Weltgeschichte Rassengeschichte und Rassengeschichte Weltgeschichte ist.«[72] In dieser Periode der Rassenvermischungen seien auch geistesgeschichtliche Mischformen entstanden. Man

müsse – so Wüst – aus den »mischlinghaften Religiositätsformen« das »echte Indogermanentum« herausarbeiten, wozu er neben den *Veden* auch den Buddhismus rechnete.[73]

6. *Das Herrschaftszeichen des Chakravartin ist der Swastika*: In Hakenkreuzen, die in den unterschiedlichsten Kulturen als Signatur benutzt wurden, sahen – ebenso wie Wüst – alle NS-Ideologen Spuren der arischen Rasse. Selbst Hitler war fest von dieser Vorstellung überzeugt: »Wo wir dieses Hakenkreuz als Symbol verwendet sehen, können wir vermuten, dass Norden [Arier] gelebt haben, nachdem sie durch die Eiszeit aus ihrer Heimat nach dem Süden vertrieben worden waren«, sagt er zu Otto Wagener.[74] Allein diese dogmatische Annahme musste den Buddhismus, der den *Swastika* zu seinen bevorzugten Zeichen zählt, für den Nationalsozialismus interessant machen.[75]

7. *Der Chakravartin ist ein Feldherr und die herrschende Klasse des Staates bilden die Krieger (Kshatriya)*: Ein indischer Weltenherrscher handelt immer als Kriegsherr. Sein Reich wird deswegen auch *kshatra* genannt, das heißt Imperium der Kriegerkaste. »Es ist gleichzeitig groß, hoch, breit, bietet allen Lebewesen Raum und steht auf tausend Säulen gegründet. Die vedischen Arier lieben das ›Reich‹, an dessen Spitze die mächtigsten Götter [...] stehen; wer mit dem Reich, dem *kshatra*, zu tun hat, ist ein *Kshatriya*«, schreibt Wüst eingedenk des Dritten Reiches.[76] Erinnern wir uns zurück an Himmlers Parole aus dem Gründungsjahr der SS, 1925: »Kshatriya-Kaste, das müssen wir sein. Das ist die Rettung!«

8. *Unter der Herrschaft der Priesterkaste (Brahmanen) zerfällt der Chakravartin-Gedanke*: Die zu konstruierende NS-Religion steht für Wüst in der Tradition eines erbitterten Kampfes, der schon seit Jahrhunderten zwischen der Kriegerkaste (*Kshatriya*) und der Priesterkaste (*Brahmana*) ausgefochten wurde. Er sieht den Verfall der indo-arischen Kultur darin begründet, dass es den Brahmanen gelang, mehr und mehr die politische und spirituelle Macht auf sich zu konzentrieren: Die vedischen Kriegsgötter, Mitra und Varuna, »Vorbilder altarischen Königtums [...] räumen anderen, erstarkenden Göttern, fremdrassigen Nebenbuhlern das Feld, und gegen das Reich, *Kshatra*, steht auf als neue Macht das *Brahman*, das Priestertum.«[77] Dieser ständige Kampf der »Priester« gegen die »Krieger« ist ein durchgängiges Leitmotiv in der NS-Religionsdebatte. Himmler lehnte zum Beispiel jede Form des Priestertums, nicht nur das christliche, ab und befürchtete, dass sich selbst innerhalb der SS eine eigenständige völkische Priesterelite entwickeln könnte. Was ihm idealiter vorschwebte, war, wörtlich, die »Vereinigung von Führer- und Priesteramt« in der Person eines *jeden* SS-Einheitsführers.[78] Das heißt: Soldat und Mönch, Heiliger und Feldherr, Staatsmann und Hohepriester sollten in der zu gründenden »SS-Religion« in Personalunion auftreten.

Unter den Brahmanen – so Wüst – habe auch der Verfall der Weltherrschaftssymbole stattgefunden: »Die Sinnbilder, so das Hakenkreuz (*Swastika*) und das Rad, oder die Vorstellung vom *Chakravartin*-Weltherrscher werden ins rein Religiöse abgebogen und lassen nur noch in den ältesten Schichten des Buddhismus ihre ehrwürdige indogermanische Herkunft ahnen.«[79] Der Indologe war davon überzeugt, dass »altorientalische Gewalt- und Machtgedanken« die Idee arischen Herrschertums mehr und mehr »überwuchert und erstickt« hätten.[80]

Als eine »arische« Gegenbewegung zur brahmanischen Dekadenz stellt Wüst das Großreich des buddhistischen Kaisers Ashoka (ca. 269–232 v. Chr.) heraus. Ashoka wurde als *Chakravartin* verehrt und der Kurator preist ihn als die erste »große und greifbare Herrschergestalt [...], die die Grundsätze einer ›geistigen Reichsordnung‹« verkündet habe.[81] Aber die Reichsidee des buddhistischen Imperators sei dennoch zum Scheitern verurteilt gewesen: »Der Herrscher, der voll Seelenadel sich als Menschenfreund betätigt, obdachlosen Menschen und siechen Tieren Heim- und Pflegstätten errichtet, religiöse Duldsamkeit empfohlen und geübt und auch als bedeutender Bauherr gewirkt hat, dieser Nachfahr echt-arischen Herrschertums [!] zieht sich am Schlusse seines Lebens weltflüchtig von den Regierungsgeschäften zurück – wie weiland Kaiser Karl V. – und überlässt das Reich untauglichen Nachfolgern.«[82]

Wüsts Interesse an der iranischen »Reichsidee« und der indischen Lehre vom Weltherrscher wird von der Absicht getragen, das nationalsozialistische »Führerprinzip« zu kosmogonisieren. Ein Unterfangen, das im Verlaufe unserer Studie immer wieder zu behandeln ist. Auf jeden Fall konnten sich derartige »theologische« Bemühungen auch auf authentische Zitate berufen, in denen Hitler für die Deutschen, beziehungsweise für die »Arier«, die Weltherrschaft einforderte. In der Analyse von Jochen Thies *Architekt der Weltherrschaft – Die »Endziele« Hitlers* sind sie nachzulesen. Auch Himmler hatte Weltherrschaftsträume. Noch im Jahre 1944, als Deutschland schon in Schutt und Asche lag, prognostizierte er: »Wir verteidigen unser Land und wir sind am Anfang eines großen Weltreiches. [...] Ein Weltreich, das nicht teuer zu stehen kommt und schwer erkämpft und erobert wird, ist keins.«[83] Aber eine »Selbstbezeichnung« des deutschen Diktators als »Weltherrscher« ist nach unseren Recherchen nur durch eine einzige Aussage verbürgt, die er gegenüber Himmler machte, als er über seine architektonischen Pläne nach dem Kriege sprach: »Wer die Reichskanzlei betritt, muss das Gefühl haben, vor den Herrn der Welt zu treten, und schon der Weg dahin durch den Triumphbogen [170 m breit, 119 m tief, 117 m hoch] auf den breiten Straßen an der Soldatenhalle vorbei zum Platz des Volkes soll ihm den Atem nehmen.«[84] Der »Diplomatenweg« zum »Führerpalais« des »Herrn der Welt« betrug nach diesen Plänen einen halben Kilometer.

»Auch über Indien schwebt das Sonnenzeichen des Hakenkreuzes«

Walther Wüst wusste sehr wohl, dass seine indo-arische Weltsicht mit der völkisch-germanischen Weltschau anderer NS-Ideologen kollidieren konnte. Alfred Rosenberg und selbst Hitler erwiesen sich in vielen Äußerungen als Indien-feindlich. Mit Bedacht warnte er deswegen vor einer »hemmungslosen Verwertungsfreudigkeit« der orientalischen Lehren und Kulturmonumente, wie zum Beispiel vor einem undifferenzierten Ausschlachten der großen indischen Epen (des *Mahabharata* und des *Ramayana*). Es gelte vielmehr diese Literaturen von »niederrassigen Elementen« zu säubern, die im Laufe zweier Jahrtausende Einfluss gewonnen hätten.[85]

Nach dieser Warnung kommt er auf den Buddhismus zu sprechen. In der östlichen Doktrin glaubt er eine noch nicht verunreinigte arische »Urlehre« entdeckt zu haben. Deswegen bringt er in einem Plädoyer für die Buddhalehre, die er durch völkische Kreise unrechtmäßigerweise angegriffen sieht, seine ganze Autorität als Indologe und als Kurator des SS-Ahnenerbes ins Spiel: »Es fehlt nicht an irrigen, öfters einfach nachgesprochenen Urteilen, die diese Erscheinung [den Buddhismus] zwar ihrem Ursprung nach als indo-arisch gelten lassen wollen und immerhin ihre hochstrebende Gesinnung oder ihre tief angelegte Metaphysik rühmend hervorheben, aber letzten Endes doch zu dem Verdammungsurteil gelangen, der Buddhismus sei seinem Wesen nach un-arisch.«[86]

Damit sind unter anderem die Kreise um den General Erich Ludendorff und dessen Frau gemeint, die einen scharfen Konfrontationskurs zum Buddhismus verfolgten, oder auch Wagners Schwiegersohn Houston Stewart Chamberlain, der, obgleich ein hoher Verehrer des vedischen Indien, die Doktrin des Buddha als unarisch herabminderte. Man habe – so Wüst diplomatisch – solche Vorbehalte ernst zu nehmen, müsse jedoch ebenso »die wertvollen Bestandteile dieser ohne Gott und Götter auskommenden Religion unbedingt nennen, so die männliche, ganz und gar nicht verweichlichte, nüchtern praktische Tatkraft ihrer Sittenlehre, die echt indogermanische Fassung und Formung letzter Wirklichkeit in der Nirwana-Vorstellung, schließlich die nordisch anmutende, froh beschwingte Strebsamkeit, die in dem Haupt- und Kerngedanken des *Magga*, des Weges, liegt und unmittelbar – was meines Wissens bisher nicht geschehen ist – mit dem Rita [*rta*], dem Weltlauf alt-arischer Weltanschauung, entwicklungsgeschichtlich zusammengebracht werden muss.«[87] Wüst will den Buddhismus als weltanschauliche Basis für seine nationalsozialistische Religionskonstruktion in Dienst stellen. »Ein persönliches Anliegen wäre mir der Nachweis der nordischen Bestandteile im Buddhismus und in der Gestalt des Buddha selbst«, meldete er noch während des Krieges an.[88]

Indien und die indische Philosophie bildeten für den Orientalisten das Schatzhaus, in dem die Reichsjuwelen eines kommenden SS-Staates gelagert seien. Wer sich darüber Gedanken machen will, wie eine nationalsozialistische Religion nach dem Kriege ausgesehen hätte, der muss in diesem Schatzhaus suchen. »Auch über Indien schwebt unsichtbar-sichtbar das Sonnenzeichen des Hakenkreuzes«, rief der Kurator 1938 aus, »hier sind von alters her in ungebrochener Überlieferung ›Grundkräfte völkischer Lebensweisheit‹ aufgespeichert, die nach Erschließung suchen. Es ist deshalb auch kein Zufall, dass wir in Deutschland eine vom RFSS [Reichsführer-SS] ins Leben gerufene Forschungsgemeinschaft besitzen, die diesen großen Aufgaben nachgeht, waltend und gestaltend, unter dem ewigen Leitwort

›Ahnenerbe‹. Das ›Wunderland Indien‹ hat, ob wir dies nun in seiner ganzen Tragweite wahrhaben wollen oder nicht, noch vieles zu sagen. […] Je eher wir dies beherzigen , desto besser ist es, für Deutsche und Inder.«[89]

Orientalisten als nationalsozialistische »Kirchenväter«

Um seine indo-arische Vision »germanisch« zu verankern, behauptete Wüst, dass die deutsche Geistesgeschichte insgesamt, insbesondere aber die deutsche Philologie[90], der gigantische Versuch gewesen sei, indisch-iranische Parallelen zur deutsch-germanischen Kultur nachzuweisen, oder mit seinen eigenen Worten, die »arisch-deutschen erbverwandtschaftlichen Zusammenhänge« herauszuarbeiten. Der Kurator nennt als Geistesgrößen in diesem epochalen deutschen Unterfangen: Herder, Hegel, die Gebrüder Schlegel, Goethe, Schopenhauer, Rückert, Nietzsche und Richard Wagner, »dessen *Parsifal* ja auf Umwegen aus einer mahayana-buddhistischen Legende des Erzählungswerkes *Divyâyadâna* geschöpft ist.«[91] In der Architektur, in der Plastik, in der Dichtung, in Volksweisheiten, in Sinnsprüchen, im Märchen und in Mythen, in Symbolen und Zeichen – überall will Wüst Beispiele indo-arischen, reinrassigen Gedankenguts entdecken, die Indiens und Deutschlands Kultur aus einer gemeinsamen ur-arischen Quelle ernährt haben sollen. Es erscheint ihm wie ein Mysterium: »Wir treten damit über die Schwelle des Göttlichen und sind wahrhaft überrascht von der Fülle kostbaren Erbguts, das jahrzehntelange Betrachtung deutsch-arischer Religion, deutsch-arischer Welt-Anschauung, d. h. einer Frömmigkeit aus nordischer Artung, wie einen Schatz gehäuft hat.«[92]

Das direkt angesprochene Ziel, das Walther Wüst verfolgte, war die »Mobilisierung der Religionswissenschaften«, was für ihn schwerpunktmäßig die »Mobilisierung der Orientalisten« bedeutete.[93] In ihnen sah er die eigentlichen »Kirchenväter« der neuen »NS-Religion« und rief ihnen deswegen leidenschaftlich zu: »Jetzt ist Schicksalszeit unseres Volkes. Jetzt ist die Stunde fällig, wo ihr die abstumpfenden Irrgänge und tauben Maulwurfsgräben räumen sollt, in die ihr euch verbohrt habt. Jetzt ist es sinnlos, sich mit spätindischer Philosophie zu beschäftigen oder jinistische Metren auszuklügeln oder Kasus zu sortieren oder verschollene Kommentare auszugraben, Arbeiten, welche die Inder ebenso gut selbst vornehmen können. Jetzt heischen gegenwarts- und wirklichkeitsnahe Aufgaben eure ganze Kraft. Es sind die gleichen drei Aufgaben wie vor sechzig, siebzig, achtzig und mehr Jahren: Veda, Altiranisch (Sprachgeschichte); Vedismus, Brahmanismus, Buddhismus und Hinduismus, Mazdaismus, Manichäismus (Religionsgeschichte); vergleichende Kultur-, Volks- und Völkerkunde. Das sind die Aufgaben, die arischer Philologie in Deutschland gestellt sind.«[94] Als Gewährsmann für sein Anliegen zitierte er erneut Houston Stewart Chamberlain: »Die Indologie, aus dem Leben geboren, führt zum Leben zurück […] Der Indoarier muss uns helfen, die Ziele unserer Kultur deutlicher ins Auge zu fassen […] Ein großes humanistisches Werk bleibt noch an uns zu vollbringen, dazu ist das arische Indien berufen.«[95]

Alle damaligen Koryphäen der deutschen Orientalistik wollte Wüst aktivieren und er stand mit ihnen auf die eine oder andere Art in Kontakt: Herman Lommel (Frankfurt): indogermanische und arische Philologie; Helmuth von Glasenapp (Königsberg): indische Kulturgeschichte; Jakob Wilhelm Hauer (Tübingen): Indologie und Religionswissenschaft; Walther Schubring (Hamburg): indische Philologie; Johannes Nobel (Marburg): Indologie; Otto Schrader (Kiel): indische Philologie; Willibald Kirfel (Bonn): Indologie. Der schon erwähnte Wilhelm Geiger, Professor für indische und arische Philologie an der Universität München, schrieb in einem Empfehlungsschreiben über seinen jungen Kollegen und ehemaligen Studenten: »Dr. Wüst ist geborener Pfälzer und von arischem Geblüt. [...] Es ist ein freundlicher Zufall, dass die wissenschaftlichen Studien Dr. Wüsts von dem ältesten bekannten literarischen Dokument der arischen Menschheit, vom *Rigveda*, ausgegangen sind, der für immer als die Grundlage für die gesamte geistige und im besonderen für die religiöse Entwicklung der Inder zu gelten hat, und in dem zuerst der Name der Arier mit stolzem Selbstgefühl als Volks- und Rassenbezeichnung verwendet wird.«[96] 1935 übernahm Wüst den Lehrstuhl für arische Philologie an der Ludwig-Maximilian-Universität München, der fürderhin als Lehrstuhl für »Arische Kultur- und Sprachwissenschaft« firmierte.

Die kurze Geschichte der NS-Orientalistik erreichte ihren ersten Höhepunkt in einem Bekenntnis-Telegramm, das 1938 an Hitler abgeschickt wurde: »Die zum Neunten Deutschen Orientalistentag in Bonn versammelten deutschen Orientalisten«, heißt es darin, »gedenken des Führers in unwandelbarer Treue und Dankbarkeit. Sie geloben, mit ihrer ganzen Kraft bestrebt zu sein, zum Heile des Vaterlandes die deutsche Wissenschaft zu mehren.« Die Antwort erhielten die Konferenzteilnehmer zwei Tage später: »Der Führer und Reichskanzler hat mich beauftragt, den Teilnehmern am Neunten Deutschen Orientalistentag seinen Dank für die Treuebekundung und seine besten Grüße zu übermitteln. Staatsminister Dr. Meißner.«[97]

In Bonn wurde unter anderem ein Vortrag von Erich Frauwallner gehalten mit dem Titel »Der arische Anteil an der indischen Philosophie«. Der Orientalist ging zuerst von der großen Bedeutung der indischen Philosophie für die Geistesgeschichte insgesamt aus und betonte anschließend, dass »indische und europäische Philosophie von Völkern gleichen Blutes, nämlich von arischen Völkern geschaffen wurden«.[98] Zur arischen Fraktion des indischen Geisteslebens zählte er die *Upanishaden*, den Buddhismus und den Jainismus.[99] Aus Wolfram Sievers Tagebuch geht hervor, dass Frauwallner 1943 einen Antrag auf die Errichtung einer neuen Abteilung im SS-Ahnenerbe gestellt hatte.[100] Es ist anzunehmen, dass sich diese speziell einer Erforschung des Buddhismus gewidmet hätte, denn der Indologe, noch nach dem Kriege ein Duzfreund von Walther Wüst, gilt in der modernen Orientalistik als einer der profundesten Buddhismusforscher des 20. Jahrhunderts.[101]

1939 übernahm Walther Wüst zusammen mit Heinrich Harmjanz[102] die Herausgeberschaft des *Archivs für Religionswissenschaft*, eine international anerkannte österreichische Fachzeitschrift. Ohne Einschränkung war die »Religionswissenschaft« für den Kurator – so hatte er es in seinem *Germanischen Bekenntnis* ausgeführt – das wichtigste »wissenschaftliche« Instrument für eine arische Religionsgründung. Sie sollte im *Archiv*, »dem wahrhaften Mittelpunkt klar und straff ausgerichteter Religiositätsforschung«, ihr intellektuelles Zentrum haben.[103] Wenige Monate später eignete sich Wüst die Herausgabe eines weiteren, ehrwürdigen Publikationsorgans an: die *Wiener Zeitschrift für die Kunde des Morgenlandes*.

In der Nummer 37 des *Archivs für Religionswissenschaft* erschien ein Aufsatz von E. Benda mit dem Titel »Zur Mythologie Vishnus«.[104] Wüst befürwortet explizit die anregende Neuartigkeit von Bendas Thesen, denen zufolge Vishnu die Inkarnation des »arischen« Sonnengottes sei. Seine solare Deutung Vishnus überträgt der Autor ebenfalls auf den Buddha Shakyamuni: »Die legendäre Stifterfigur des Buddhismus ist, von gewissen, rein menschlichen Zügen abgesehen, nichts anderes als eine Verkörperung des altindoarischen Sonnengottes.«[105] Vishnu und Buddha fließen – das versucht Benda noch durch weitere Parallelen nachzuweisen – zu einer einzigen Gestalt zusammen, einer solaren arischen Kriegsgottheit. Solche Arbeiten geschahen nicht aus rein akademischem Interesse, sie sollten vielmehr eine Vitalisierung der indischen Mythologie für das NS-Regime vorbereiten. Hitler als die Inkarnation des Gottes Vishnu oder als die Ausstrahlung eines Buddha ist eine Doktrin des religiösen Neofaschismus, auf die wir noch zu sprechen kommen.

Im allgemein dekretierten »Kriegseinsatz der deutschen Geisteswissenschaften« hatte Wüst die beiden Abteilungen »Orientalisten und orientalistische Archäologen« sowie »indogermanische Kultur- und Geistesgeschichte« als Vorsitzender übernommen. Vom 30. September bis zum 3. Oktober 1942 fand in Berlin der 10. Orientalistentag statt, den der Kurator pathetisch zum »Kriegseinsatz der Orientalisten« deklarierte. Auf dieser Tagung wurden Forschungsthemen erörtert, die eine unmittelbare Beziehung zum politischen Geschehen hatten. Das Ereignis (die Niederlage von Stalingrad stand kurz bevor) erwies sich gleichermaßen als Höhe- und Endpunkt der von Wüst betriebenen »Mobilisierung der Orientalisten«. Aber noch im Jahre 1944 plante der Indologe eine Publikation mit Sinnsprüchen aus dem *Rigveda*, die den Untertitel »Die leuchtende Spur« trug. Für die Illustrationen wurde der Grafiker Fritz Ehlotzky engagiert. Bei den neun »Sinnbildzeichen«, die dieser für den Text zu zeichnen hatte und die von Wüst ausgewählt wurden, stand an erster Stelle das Hakenkreuz. Das genehmigte Buch sollte tatsächlich auf Büttenpapier erscheinen, eine Rarität, die 1944 mit Gold aufgewogen wurde.[106]

Was wäre passiert, wenn sich Wüst nach einem gewonnenen Krieg hätte durchsetzen können? Sein titanisches Programm ist durch ein Studium des indo-iranischen Kulturkreises ohne weiteres rekonstruierbar. Von »unsauberen Rassenelementen gereinigt« wären die indischen Solar- und Kriegsgötter (insbesondere Varuna, Indra, Vishnu), die autoritativen indisch-iranischen Staatstheorien, das indische Kastensystem, das asiatische Bild von der absoluten Unterordnung der Frau, die Kshatriya-Philosophie der *Bhagavadtgita*, die Opfergnosis der *Veden*, die Vergöttlichung des »Führers« als *Chakravartin*, verschiedene Yoga- und Bewusstseinstechniken, das Guru-System, die Inkarnations- und Karma-Lehre, das zyklische Weltbild und vieles mehr in die Gestaltung einer »NS-Religion« eingegangen. Sie hätten sogar ein Übergewicht erhalten, da die germanisch-europäischen Quellen angesichts der asiatischen Überfülle wenig zur neuen religiösen Strömung hätten beitragen können. Ein arisches Nazi-Deutschland wäre dann wesentlich von vedisch-buddhistischen Ideen geprägt worden.

Das SS-Ahnenerbe, eine indo-arische Academia Universalis

Dass es sich bei diesem gewaltigen Kulturimport aus Asien nicht um eine isolierte Idee von Walther Wüst gehandelt hat, sondern dass sich viele andere auch daran beteiligten, das werden wir im Verlaufe unserer Studie noch aufzeigen. Aber der Kurator des SS-Ahnenerbes muss unter den indo-arischen »Religionsmachern« ganz besonders hervorgehoben werden. Er besaß eine herausragende wissenschaftliche Ausbildung und Qualifikation, er genoss in weltanschaulichen Fragen das volle Vertrauen des Reichsführers-SS Heinrich Himmler, er hatte ausgezeichnete organisatorische Fähigkeiten, er befehligte einen effektiven Stab und er war extrem ehrgeizig. An die oberste Stelle eines Planungsentwurfs für das SS-Ahnenerbe platzierte er sein Fachgebiet: »Lehr- und Forschungsstätte für indogermanische Sprach- und Kulturwissenschaften«.

Wüst war geradezu besessen davon, sich die Herausgeberschaft von etablierten wissenschaftlichen Zeitschriften anzueignen. Im Zusammenhang mit den *Kant-Studien*, auf die er seinen Blick geworfen hatte, erging ein Erlass mit folgendem Inhalt: »Wenn bekannt wird, dass eine Zeitschrift den Herausgeber oder Besitzer wechselt, ist sofort er [gemeint ist Wüst] oder der Reichsgeschäftsführer [gemeint ist Sievers] hiervon zu verständigen. Wenn die Zeitschrift einigermaßen mit unserem [d. h. des SS-Ahnenerbes] Zielen und Aufgaben zusammenhängt, könnte sie übernommen werden.«[107] Der Kurator selber zeichnete als Editor folgender Periodika: *Wörter und Sachen; Wiener Zeitschrift für die Kunde des Morgenlandes; Mitteilungen der anthropologischen Gesellschaft Wien; Archiv für Religionswissenschaft; Der Biologe* und *Deutscher Wissenschaftlicher Dienst (DWD)*. Zudem schrieb er als ständiger Mitarbeiter in den *SS-Leitheften* und im *Völkischen Beobachter*.

Seine Vorstellung von einer Revolution der Wissenschaften im arisch-reinrassigen Sinne machte selbst vor der Zunft der Naturwissenschaft nicht Halt: »Es war, es ist und es bleibt eines der entscheidenden Anzeichen der Zeitenwende«, so der Kurator, »dass die einzelnen Wissensformen der Kultur so gut wie die Naturwissenschaften aus ihrer abgekapselten, gelehrten Hülle herausgeholt, planmäßig in Reih und Glied gestellt und nach Name, Art und Zweck gemustert werden. Das Ganze eines lebendig schaffenden Volkes will diese Musterung, es fordert sie aus einer inneren, entwicklungsmäßigen Gesetzlichkeit heraus und die Wissenschaft der Gesamtheit fährt wohl dabei, trotz manchem Weh und Ach.«[108]

Nicht nur die Kulturen Nordeuropas, sondern auch diejenigen des Mittelmeerraumes sollten durch eine Initiative des SS-Ahnenerbes nach ihren arischen Wurzeln hinterfragt werden. In einem Brief an den »lieben Parteigenossen Wüst« schrieb

Himmler, der gerade von einer Italienreise kam: »Ich erteile Ihnen den Auftrag, im ›Ahnenerbe‹ eine Abteilung zu errichten, die die Aufgabe hat, Italien und Griechenland nach seinen indogermanisch-arischen Zusammenhängen zu studieren. [...] Ich glaube [...], dass wir damit unserem Gesamtziel, den Nachweis der arischen, von der Zentrale Deutschland und dem Ostseebecken ausgehenden nordischen Menschheit in fast allen Teilen unserer Erde und dem Nachweis auch, heute wenigstens, der geistigen Weltherrschaft des arischen Germanentums näher zu kommen, erreichen. Heil Hitler! Ihr H. Himmler.«[109] Höhepunkt in der akademischen Karriere des Ahnenerbes waren die »SS-Wissenschaftswochen« in Salzburg, die am 23. August 1939 während der Festspiele begannen und am 2. September endeten. »Nach einem glänzenden Anfang« mussten sie vorzeitig abgebrochen werden. Hitler hatte den Krieg erklärt, Vortragende und Gäste reisten ab.[110]
Walther Wüst muss bis 1943 neben Himmler als der mächtigste Mann innerhalb des SS-Ahnenerbes angesehen werden und galt als dessen ideologische Kraft.[111] In konkreten Fragen der »Religionsbildung« war er sicher einflussreicher als der Reichsführer: Einmal, weil er für dieses Gebiet die fachlichen Kompetenzen mitbrachte, und dann, weil sich der deutsche »Polizeichef« schon aus Zeitgründen immer nur punktuell »einmischen« konnte. Dennoch – für die Visionen großen Stils blieb der Präsident des SS-Ahnenerbes, Heinrich Himmler, zuständig. Ihm schwebte eine »totale Akademie« vor, die keinen Wissenschaftszweig aussparen sollte: In einem Brief an Reinhard Heydrich schrieb er, dieser möge den Atomphysiker Werner Heisenberg mit Walther Wüst zusammenbringen: »Da wir ihn für das Ahnenerbe, wenn es einmal eine totale Akademie [!] werden soll, vielleicht brauchen können und den Mann als guten Wissenschaftler zu einer Zusammenarbeit mit unseren Leuten von der Welteislehre bringen können.«[112] Auch Walther Wüst hatte keinen geringeren Ehrgeiz als die »Erfassung sämtlicher SS-Dozenten an den Universitäten und ihren Einbau in das Ahnenerbe.«[113] Er strebte mit dem SS-Verein die Gründung einer *Academia Universalis* für seine indo-arische Hochschulpolitik an, die alle akademischen Disziplinen (einschließlich der Naturwissenschaften) umfassen sollte.[114] Dazu zählte mittelfristig die Errichtung von SS-Universitäten. Das war auch ein Projekt, das Heinrich Himmler vorschwebte.[115]

Ein wesentliches Kriterium der geplanten SS-Hochschulen war die »Rassenreinheit« der Studenten. Schon als Rektor der Münchner Universität kümmerte sich Wüst persönlich um die sehr geringe Zahl von »Mischlingen« (im Jahre 1943 waren es 23), die noch zum Studium zugelassen waren. Dennoch gab es damals unter seinem Rektorat ein Aufbegehren gegen die nationalsozialistische Gleichschaltung von Mitgliedern der Widerstandsgruppe »Weiße Rose«.

Am Ende des Krieges hatte Wüst für sein geplantes indo-arisches Wörterbuch, das vier Bände mit je 1000 Seiten umfassen sollte, eine Kartei mit etwa zwei Millionen Eintragungen auf rund 200.000 Zetteln in einem Bunker einmauern lassen. Am 30. Mai 1946 erschien in der Universität ein Amerikaner und verlangte von einem Herrn Radlmeier (wahrscheinlich dem Hausmeister) den Kellerraum aufzubrechen. Er nahm die Zettelkästen mit, die dann später zum Großteil zerstört an Wüst zurückgegeben wurden. In einem Spruchkammerverfahren wurde der Kurator des SS-Ahnenerbes als »Aktivist« eingestuft. Er erhielt drei Jahre Arbeitslager und zehn Jahre Berufsverbot. Die Hälfte seines Vermögens wurde eingezogen. Später wurden ihm Vergünstigungen als »Minderbelasteter« zuteil, weil er 100 eidesstattliche Erklärungen vorlegen konnte, die beweisen sollten, dass er sich für »politisch unzuverlässige« Studenten und Dozenten eingesetzt habe.[116] Wüst war weiterhin – wenn auch ohne große Reputation – als indogermanischer Sprachwissenschaftler tätig. Auf seiner Kondolenzkarte stand Goethes Spruch »Alles Vergängliche ist nur ein Gleichnis«. Das »Seminar für arische Kultur- und Sprachwissenschaft« an der Universität München wurde 1948 in »Institut für Indologie und Iranistik« umbenannt. In der Nachfolge leitete der Tibetologe Helmut Hoffmann dieses Institut, den der Kurator 1941 als ständigen Mitarbeiter des SS-Ahnenerbes angestellt hatte.

Der Rassentheoretiker Hans F. K. Günther: Ein Ariernachweis für Buddha

Hans F. K. Günther (1891–1968) galt im Dritten Reich als die unumstößliche Autorität in Rassenfragen und wurde deswegen auch zu einer der wichtigsten Bezugspersonen des SS-Ahnenerbes, dem er persönlich nicht angehörte. Walther Wüst lobte ihn als den »auf dem Gebiet der Rassenkunde bahnbrechenden, angesehenen Forscher, dessen Bücher und Schriften zu vielen Tausenden heute sich in den Händen des deutschen Volkes befinden.«[117] Aber es gab auch unterschiedliche Meinungen bei den zwei prominenten NS-Wissenschaftlern. Der Rassentheoretiker hatte noch die »religiöse Toleranz« als ein Charaktermerkmal der arischen Rasse unterstellt und behauptet, es wären bei den Ariern keine Verdammungsurteile gegenüber anderen Religionen ausgesprochen worden. Der SS-Mann Wüst konnte dem nicht zustimmen und zitierte als Gegenbeweis eine Stelle aus dem *Rigveda*: »Für den Arier entdecktest Du das Licht; der *Dasyu* [Niederrassige] wurde links liegen gelassen, o Indra!«[118] In Jena übernahm Günther 1939 den speziell für ihn eingerichteten »Lehrstuhl für Rassenkunde«. 1922 publizierte er eine *Rassenkunde des deutschen Volkes*, dann folgte die *Rassenkunde Europas* (1926), dann eine *Rassengeschichte des hellenischen und römischen Volkes* (1929). 1934 tat er mit seiner Schrift *Die nordische Rasse bei den Indogermanen Asiens* den Schritt nach Osten. Dieser Text ist für unsere Arbeit von besonderem Interesse.

Die elf Kapitel des Buches berichten über die Rassenreinheit der Inder und der Afghanen, über den nordischen Einschlag bei den mittelasiatischen Führergeschlechtern und bei den Japanern. In der Einleitung betont Günther, dass nicht nur die biologischen Aspekte, sondern auch die geistige Kulturentwicklung bei einer Beurteilung der Asiaten von Bedeutung seien. »Nicht alles, was im Abendland gedacht und geglaubt worden ist, ist darum allein schon einheimischer und völkisch-wertvoller Geist, während manches, was in Asien von Indogermanen gedacht und geglaubt worden ist, uns im Innersten mehr angeht als viele Schulweisheiten und Verkündigungen in Worten unserer eigenen Sprache.«[119] Asien wird also auch von Günther als ein Wissenstresor für die Fortentwicklung der NS-Ideologie anerkannt.

Der Rassentheoretiker geht von einer Urheimat der Arier in Mittel- und Osteuropa aus.[120] Von dort aus seien sie in Wellen seit der Jungsteinzeit nach Asien ausgewandert. Auch die aus dem Norden eingefallenen Eroberer Indiens sind seiner Meinung nach ursprünglich blond und weiß gewesen. »Der *Rigveda* schildert die Inder der Einwandererzeit als lebens- und trinkfrohe Recken mit Zügen, wie sie auch die germanischen Recken kennzeichnen; er schildert Indra als einen Gott des Bauernkriegertums mit Zügen, die an den germanischen Thor erinnern.«[121] Die lichten arischen Götter stießen nun auf die »dumpfen, finster drohenden, brünstigen Gottheiten der indischen Urbevölkerung«.[122] – »Flachnäsige und rotäugige Drawida« mit »dunkelhäutigen Frauen« hätten das Land ursprünglich bewohnt. Dann begann deren Exodus. »Von Tag zu Tag trieb Indra die [...] schwarzen Menschen aus ihren Wohnsitzen von Ort zu Ort.«[123]

Das Kastensystem diente – nach Günther – in alter Zeit als sozialer Abgrenzungsmechanismus, um die weiße Rasse rein zu halten. »So war die indische Kastengesetzgebung ursprünglich der Versuch eines Rassenschutzes der Herrenschicht.« Im Laufe der Zeit sei sie jedoch zu einer »immer sinnloser werdenden Ständeeinteilung« verkümmert.[124] Das nicht-arische Blut sei immer weiter in die Oberschichten eingedrungen und habe aus dem rassenreinen »Indertum« das Rassengemisch des »Hindutums« hervorgebracht. Bis zur Regentschaft des buddhistischen Kaisers Ashoka (269–232 v. Chr.) habe der arische Wertekodex noch vorgeherrscht, unter dessen Nachfolgern beginne jedoch der Verfall der weißen Rassenseele. Aber in den sakralen Texten Indiens (*Rigveda, Gesetzbuch des Manu, Upanishaden, Mahabharata, Bagavadgita, Buddhareden*) seien noch die traditionellen arischen Wertvorstellungen gesammelt und der Nachwelt überliefert worden.

Der arische Buddha

Eine Sonderrolle in der indischen Geistesgeschichte räumte Günther dem Buddhismus ein. Es stand für ihn fest, dass Shakyamuni Buddha ein Arier gewesen ist: »Der Buddha aber gehörte eben nicht dem Eingeborenentum Indiens an, sondern einem Königsgeschlecht arisch-indischer Abstammung.«[125] Günther verweist auf einen chinesischen Text, in dem der »Erhabene« als hellhäutig und blauäugig beschrieben werde. Ebenso werde in der frühindischen bildenden Kunst der Buddha mit arischen Körpermerkmalen abgebildet: schlanker Wuchs, breite Brust, lange Arme und Beine, schmale Füße, hoher Rist, kräftiges Kinn. Auch die buddhistische Philosophie entspringe dem nordischem Geist: »Der Buddhismus bewahrt noch viel von dem alten Geisteserbe; nur weniges in ihm ist neu und nur ihm eigen.«[126]

Des Weiteren sei die in der Buddha-Lehre geforderte Praxis der Selbstverwirklichung arisch: »Seinen Ursprung aus Vorstellungen der nordischen Rassenseele möchte ich [...] auch dadurch erwiesen sehen, dass der Buddhismus keine Erlösungslehre darstellt, die eine von außen wirkende Gnade verheißt nach Art verschiedener morgenländischer Anschauungen, sondern eine seelische Selbstbefreiung, Selbstherauslösung gebietet.«[127] Buddhas Ablehnung des Kastenwesens ist für Günther deswegen verständlich, weil dieses nicht mehr nach rassistischen, sondern nur noch nach ständischen Vorstellungen funktioniert habe. Der Buddhismus sei auch keine »Liebesreligion« im christlichen (semitischen) Sinne. Er pflege im zwischenmenschlichen Verkehr »nordische« Tugenden wie »Zurückhaltung« und »Einzeltümlichkeit«. Die »strenge Kühle der Lebensauffassungen indogermanischer Herrenschichten« sei ihm noch zu eigen, während ihm »die Eiferwut (Fanatismus) morgenländischer Glaubenslehren« völlig fehle.[128]

Gegen die These, die Mongolen seien durch ihre Buddhisierung »friedfertiger« geworden, wendet sich Günther mit dem folgenden Argument: »Tatkräftige Führerschichten, wie sie vorher bei Turkvölkern und Mongolen bestanden hatten, hätten auch dem Buddhismus eine Wendung zum Tatkräftigen gegeben, so wie die abendländischen Völker im Mittelalter der Lehre des Galiläers Jesu, die dem ›Schwerte‹ feindlich ist und Friedfertigkeit gebietet, eine kriegerische und schließlich sogar eine den Staat bestärkende Wendung gegeben haben.«[129]

Aber – so Günther – die Lehre des Shakyamuni weise auch einige Problemfelder auf: So ersetze sie das frühindische »Heldentum der Tat« durch ein »Heldentum des Abweisens und Leidens«, sie verneine den »Fortpflanzungswillen« und stelle den Einzelmenschen über die Sippe.[130] All das bedeute jedoch nicht, dass es sich deswegen um eine nicht-arische Religion handle, sondern der Buddhismus sei der Ausdruck einer spezifischen »nordischen« Seelenkrankheit. »Abständigkeit« und »Einzeltümlichkeit« befielen manchmal den nordischen Menschen: »Das Germanentum war ebenso einzeltümlich in seinen Menschen wie sippenbewahrend in seinen Geschlechtern.«[131] Der Buddhismus bleibt deswegen eine im Kern arische Weltsicht, er ist sozusagen die stolze Antwort eines Ariers, der aus seiner aristokratischen Sicht heraus die Welt der Erscheinungen verachtet, somit eine Doktrin für entwurzelte, arische »Edlinge«.

Mit diesen Ausführungen war die Buddha-Lehre als »arische Doktrin« von dem bedeutendsten Rassentheoretiker des NS-Regimes voll abgesegnet und für Walther Wüst galt Günthers Apologie als wichtiges Argument gegenüber denjenigen NS-Ideologen, die den Buddha als Arier ablehnten. Günthers »bejahende Einstellung zum Buddhismus [ist] es wert, besonders genannt und unterstrichen zu werden. [Dadurch] hat sich der Verfasser ein unbestreitbares Verdienst erworben, das in meinen Augen umso höher veranschlagt werden muss, als noch Houston Stewart Chamberlain in seiner *Arischen Weltanschauung* ein gänzlich ungerechtfertigtes Verdammungsurteil über den Buddhismus gefällt hat«, schreibt Wüst mit Nachdruck in seiner Rezension von *Die nordische Rasse bei den Indogermanen Asiens*.[132]

Dschingis Khan als arisches Vorbild

Aber nicht nur durch das Herz des Buddha, sondern auch durch die Adern des Dschingis Khan (um 1155–1227) soll arisches Blut pulsiert sein, behauptete Günther. Die »Führergeschlechter« der Mongolen hätten in der Geschichte oft »erstaunlich wirkende Tatkraft und Weitsicht« gezeigt. Das lege die Vermutung nahe – so der Rassentheoretiker –, dass es sich hierbei nicht um »echte Asiatengeschlechter«, sondern um »Reste der ins Asiatentum verschlagenen […] Indogermanen handele.«[133] Dschingis Khan sei »hochgewachsen« und »hellhäutig« gewesen »mit grünen oder graublauen Augen und rötlich-braunem Haar«.[134] Die Sage berichte, dass seiner Mutter zur Zeit ihrer Schwangerschaft ein »goldhaariges«, göttliches Wesen mit einem »hellen« Gesicht erschienen sei. Ebenso wiesen – nach Günthers Meinung – die ersten Generationen in der Nachfolge Dschingis Khans »nordische Merkmale« auf. Der italienische Entdecker und Weltreisende Marco Polo habe Kublai Khan als arischen Typus geschildert und Timur Lenk habe einen hohen Wuchs, einen großen Kopf, eine rosig-weiße Hautfarbe und helles Haar gehabt.

Angesichts solcher Rassenqualitäten konnte der Reichsführer-SS ohne Bedenken den Großen Khan in eine indo-arische »Ahnenreihe« eingliedern. So schwärmte er vor jungen Männern der SS-Junkerschule in Bad Tölz: »Im 13. Jahrhundert baute dann Dschingis Khan sein asiatisches Großreich auf. Dieser Mann, ein indogermanisch-mongolischer Mischling, von dem man sagt, er sei von hohem Wuchs gewesen und habe graue Augen und rotes Haar gehabt, organisierte in wenigen Jahren die unübersehbaren Völkermassen Innerasiens und führte sie zum Sturm gegen Europa.«[135] Und an anderer Stelle führte er aus: »Unsere Stärke ist unsere Schnelligkeit und unsere Brutalität. Dschingis Khan hat Millionen Frauen und Kinder in den Tod gejagt, bewusst und fröhlichen Herzens. Die Geschichte sieht in ihm nur einen großen Staatengründer.«[136] Hitler erlag ebenfalls der Ausstrahlung des »größten aller Feldherren« und machte – ganz im Sinne von Günthers Rassentheorie – einen klaren Unterschied zwischen der dumpfen Mongolenmasse und ihrem genialen Befehlshaber: »Auch dumme Rassen können am Ende unter einem Führer gewisse Leistungen vollbringen: Die organisatorische Leitung von Dschingis Khan war einmalig.«[137]

Günthers Arisierung des Mongolenfürsten hat sicher bei Hitlers und Himmlers Begeisterung Pate gestanden, doch den eigentlichen literarischen Auslöser hierfür lieferten zwei Geschichtsromane des russischen Autors Michael Prawdin, die Mitte der 1930er-Jahre in der Deutschen Verlagsanstalt erschienen: *Tschinghis-Chan, der Sturm aus Asien* (1934) und *Das Erbe Tschinghis-Chans* (1935). Prawdins erster, spannend geschriebener Roman erzählt vom martialischen Aufstieg des Khans, berichtet über seine genialen diplomatischen Fähigkeiten, seinen unvergleichlichen Mut, seine hervorragende Kriegskunst und malt – ohne jegliche Kritik – zahlreiche Beispiele seiner extremen Grausamkeit aus: Der Mongole ließ Zwangsarbeiterlager einrichten, befahl Massenmorde und vertilgte alle, die sich ihm entgegenstellten, »wie Ratten«. Aber er sorgte auch für die Aufzucht seiner Horden und verordnete deswegen eine effektive Reproduktionspolitik: »Auf jeden Gestorbenen und Gefallenen kam ein Dutzend Nachkommen«, so Prawdin.[138] All diese Eigenschaften qualifizierten Dschingis Khan als historisches Vorbild für den Schwarzen Orden, der ja nicht nur kämpfen, sondern auch für den reinrassigen arischen Nachwuchs sorgen sollte. Himmler war von den beiden Prawdin-Büchern so fasziniert, dass er einen Sonderdruck herausgab und diesen in großer Auflage zu Schulungszwecken in der SS verteilte. In Lazaretten wurden die Romane an verwundete Soldaten als Geschenk übergeben.[139] Auch Hitler begeisterte sich für die beiden Dschingis-Kahn-Bücher und hat während seiner Feldzüge darin gelesen, wie Sven Hedin berichtet.[140]

Doch löste der Name »Dschingis Khan« bei den Nazi-Führern nicht nur Bewunderung, sondern auch Schrecken aus. Zu nahe lag der Gedanke, die seit 1943 vorrückende Russenoffensive mit den Mongolenstürmen des 13. Jahrhunderts zu vergleichen. So gab Himmler zu bedenken: »Wir wollen nie vergessen, dass das immer wieder in diesem Riesenbereich Asien passieren und vorkommen kann, dass dann, wenn ein solches Genie, ein solcher Diktator, ein solcher Dschingis Khan, wenn er geboren wird und es wird nicht zur gleichen Zeit auf der anderen Seite ein Adolf Hitler geboren, dass es dann sehr schlecht ausgehen könnte.«[141] Schon 1941 hatte Hitler im Führerhauptquartier eine böse Vorahnung: »Es zeigt sich, Kampffähigkeit ist nicht gleich Kulturfähigkeit: Rein kampfmäßig gesehen waren die Heere von Dschingis Khan so fabelhaft wie heute der Bolschewismus.«[142] Bruno Beger, Rassenexperte im SS-Ahnenerbe und ein Schüler Hans F. K. Günthers, kam denn auch direkt auf einen »Stalin-Dschingis-Khan-Vergleich« zu sprechen: »Überhaupt bedarf anscheinend gerade diese [mongolische] Rasse eines gemischtrassischen Führertums. Ein solches tritt uns in einem Dschingis Khan entgegen, der einst ganz Europa zu mongolisieren drohte, und in Stalin und dem größten Teil seiner bolschewistischen Häuptlinge.«[143]

Der Polittheologe Friedrich Hielscher: Lehrmeister Asien

Walther Wüst nahm innerhalb des SS-Ahnenerbes die machtvollste Position neben Himmler ein und galt als die unbestrittene Autorität in weltanschaulichen Fragen. Während des Krieges ging jedoch sein organisatorischer Einfluss zunehmend zurück. Er wurde von Wolfram Sievers verdrängt. Der Historiker Michael Kater hat diesen Machtkampf zwischen dem »Kurator« und dem »Generalsekretär« ausführlich dargestellt. Er schildert Sievers als den typischen »unsentimentalen SS-Technokraten« und führt aus: »Sievers wurde ein nüchterner Manager der Macht, nach außen hin verschlossen und nur auf seine eigene Intelligenz sich stützend, stets bereit, nach den Prinzipien eines krassen persönlichen Opportunismus und ohne jede Anlehnung an eine Ideologie, selbst die der Schutzstaffel, rücksichtslos und dynamisch zu handeln.«[144] Fest steht, dass der Generalsekretär des Ahnenerbes tief in die grauenhaften Humanexperimente der SS verstrickt war, die von dem berüchtigten KZ-Arzt Dr. Sigmund Rascher und anderen durchgeführt wurden.[145] 1946 verurteilte man ihn deswegen in Nürnberg zum Tode durch den Strang.

Bedeuteten nun die Inhalte einer »NS-Religionsgründung« für Sievers überhaupt nichts? War er wirklich nur von seinen unmittelbaren Machtambitionen motiviert? Uns scheint diese Interpretation, die von Michael Kater vertreten wird, etwas verkürzt. Der »unsentimentale SS-Technokrat«, der deutsche Lyrik liebte und Bachsche Partituren interpretieren konnte, besaß nämlich zwei »tief religiöse« Ziehväter: Einmal den Mitgründer des SS-Ahnenerbes, den schon erwähnten »Urzeitforscher« Herman Wirth, als dessen Privatsekretär er längere Zeit arbeitete, zum anderen den Traditionalisten Friedrich Hielscher (1902–1990).

Politisch zählte Hielscher zur »Konservativen Revolution«, einer Bewegung von Intellektuellen, die wie Ernst Jünger und Ernst von Salomon eine gewisse Eigenständigkeit gegenüber der politischen Entwicklung des Dritten Reiches bewahren konnten, aber in der Radikalität ihrer Anschauungen, die revolutionäre und konservative Elemente gleichermaßen enthielten, nicht selten über die NS-Ideologie hinaus trieben. Bei Hielscher kam hinzu, dass er metaphysische Absichten verfolgte. Ernst Jünger hat dies in seinen Erinnerungen (*Strahlungen*) auf den Punkt gebracht, wo er sagt, Hielscher habe eine »Kirche« gründen wollen, an deren Dogmatik und Liturgie er arbeite. Der Hielscher-Kreis, der ca. 50 Personen umfasste, organisierte sich tatsächlich in der »Unabhängigen Freikirche« (UFK). Dort feierte man den Jahreszyklus in 24 heidnischen Festen, es gab eigene Tauf-, Trau- und Bestattungszeremonien. Auch Wolfram Sievers war Mitglied der UFK.[146]

1931 erschien Hielschers Buch *Das Reich*. Es ist ein pathetisches Pamphlet gegen den »Geist des Westens«. Gemeint ist damit vor allem der kapitalistische Geist Amerikas. Nachdem Hielscher ein expressionistisches Portrait von der Seelenstruktur der Religionen und Weltkulturen gemalt hat, kommt er zu dem Schluss, dass das Heil des Planeten im »Reich der Deutschen« gesucht werden muss und gefunden werden kann. Die Schrift stieß bei Alfred Rosenberg und anderen NS-Ideologen auf heftigen Widerstand und wurde verboten. Heinz-Dietrich Wendland sagte 1934 mit Geringschätzung, das Buch stelle eine »typisch mystische Verwischung der Verschiedenartigkeit der göttlichen Ordnungen, die Vermengungen des Reiches Gottes mit den Weltordnungen, welche gerade die völlige Verderbnis des weltlich-politischen Charakters der Reichsaufgabe bedeutet«, dar.[147] Das ist gut erkannt und ging konform mit den damaligen Vorstellungen Hitlers, der eine klare Trennung von Staat und Kirche forderte.

Hielscher schwebte die Auflösung des Nationalstaates in Stämme und Landschaften vor (Franken, Schlesien, Toskana, Bretagne), die dann in einem Bund zusammengeschlossen werden sollten. Die dort organisierte »wahre Elite« stellte er in den krassen Gegensatz zum Typus des von den Nazis umworbenen »deutschen Volksgenossen«. Doch wird das »Führerprinzip« auch von Hielscher aufrechterhalten, ja es gewinnt eine quasi metaphysische Überhöhung: »Das Oberhaupt, das diesen Bundesstaat lenkt, regiert uneingeschränkt. Es kommt in sein Amt, weil es die

Freiheit seines Volkes erobert und die neue Ordnung durch die Macht seines Wesens heraufführt.«[148]

In dem elitären Bundesstaat sei die Trennung von Politik und Religion aufzuheben, weltliche und geistige Macht sollten in einer »Theokratie« verschmelzen: »Der König des Reiches ist zugleich Herrscher und Priester.«[149] Er wird zum *Dominus Mundi*, zum Weltenherrscher: »Ist er wirklich die Gewalt, die das Geschick der Erde wirkt, so wird er das Amt zeugen, dessen er bedarf. Indem das priesterliche Amt ebenso wie das der staatlichen Herrschaft im König gipfelt, wird er zur Verkörperung des Menschtums.«[150]

Erst die Renaissance des wahren Glaubens und die Wiedererscheinung der archaischen Götter (die »Rückbindung im Transzendenten«) ermöglichen eine wirkliche Staatskunst. Diese Rückkehr der Götter äußere sich – so Hielscher – in einer Explosion der Religionen. Der Hohepriester der »Unabhängigen Freikirche« jubiliert: »Die schlafenden Drachen Chinas und die heiligen Tiere Ägyptens sind wach geworden. Die Kräfte des Korans erfüllen wieder das Blut der Araber und die Geheimnisse der buddhistischen Lehre erregen dreihundert Millionen zum Kampf für die Freiheit, von der sie durch Jahrhunderte nichts gewusst haben.«[151]

Wenn sich Innerlichkeit und Staat, Glaube und Macht miteinander verbinden, bilde sich prozesshaft das »Reich«. Dieser Prozess ist für Hielscher kein Willensakt, sondern ein kosmisch verankertes und vorbestimmtes Event. »Es gibt keine Gestalt und kein Ereignis unserer Geschichte, der Erdgeschichte überhaupt, der menschlichen Vorzeit, des Geschehens der Gestirne, Tiere und Pflanzen, das nicht vom Reich her und auf das Reich hin einer vollkommen neuen Deutung bedürfte, einer Deutung, die erst die wirklichen Geheimnisse erwecken wird.«[152] Hinter dem sichtbaren Reich pulsiert der »spürbare Herzschlag des Ewigen«.[153] Das Reich »geschieht«, wenn die Weltzeit reif ist. In der Gegenwart (Anfang der 1930er-Jahre) befinde sich die Welt in einem Zustand des Zusammenbruchs. Vorbereitet werde das neue Zeitalter nicht von dem »Gesindel« der Allgemeinheit, das mit einer »Kötersprache« rede und »Köterziele« verfolge, sondern von einer aristokratischen Elite.[154]

Diese Elite ist auch für Hielscher ein Zusammenschluss aus Angehörigen der Kriegerkaste, eine Bruderschaft der Schöpferischen, der Opfernden, der Begnadeten. »Deutsch« sein, das bedeute ein »Krieger« sein: »Das Ja zum Kriege, das hier verkündet und im ›Feurigen Weg‹ oder in den ›Stahlgewittern‹ als selbstverständlich vorausgesetzt wird, schließt in sich den Glauben an die Vollkommenheit des Wirklichen und damit einen neuen Sinn des Wortes ›deutsch‹, der freilich dem forschenden Auge bei näherem Zusehen nicht verbirgt, dass er [der Krieg] der uralte jener früheren Jahrhunderte ist, in denen das Menschtum des Reiches der Welt den Krieg erklärt und zum Zeichen seines Andersseins, seines Stolzes, seines Anspruches dieses Bekenntnis – ›Wir Deutsche‹ – der Fremde entgegengesetzt hat.«[155] Die Vergöttlichung des Krieges war eine Leitidee in Hielschers »Unabhängiger Freikirche«: »Es wird, wenn die Freiheit gewonnen ist, nur noch eine Art von Kriegen geben: die zugleich Glaubenskriege und Herrschaftskriege sind.«[156]

Die Besten der Krieger organisieren sich in einem engen Kreis der »Auserwählten«. Um diesen bildet sich der Ring aus Menschen, die willens sind zu gehorchen, aber deren »Wille nicht brennt«. Der dritte äußere Ring, das sind all die »Ahnenden«, welche die bestehende Ordnung der Demokraten strikt ablehnen. Der innere Kreis der Krieger weiß den »Weg«, er versteht sich als ein verdeckter Orden: »Hier rüstet sich ein verschwiegenes Heer, das niemand kennt. Jeder hat seine Aufgabe, sein Ziel, das ihm mit seiner Eigenart gesetzt ist. Die Menschen des Kreises finden sich überall. Ihre Umgebung weiß nichts von ihnen; aber sie wissen, was ihres Amtes ist.«[157]

Hielschers »zyklisches Weltbild«, seine Betonung der »geistigen Aristokratie« und der »Innerlichkeit«, seine Verherrlichung des Krieges und der Kriegerkaste entsprechen in vielem den Vorstellungen eines Julius Evola, die wir noch darstellen werden. Das »Reich« war für ihn eine übergreifende Metapher: »Ich konnte das Reich überall sehen [...]. In Wirklichkeit wuchs es zwar unter den Deutschen, aber es war nicht deutsch; und nicht einmal, dass es abendländisch sei, wäre recht gesagt: nur, dass es im Abendlande sich gezeigt hat, das bleibt richtig.«[158] Diese Transzendierung der Reichsidee machte es dem Kulturphilosophen möglich, sich nach dem Krieg von den deutsch-nationalen Tönen seines Buches zu distanzieren, den Gedanken an das *Imperium Sanctum* (Heilige Reich) aber weiterhin aufrechtzuerhalten.

Der Kosmopolitismus des Kulturphilosophen erlaubte es ihm ebenfalls, sich aus fernen Ländern und von fernen Ideen inspirieren zu lassen. Dabei spielten asiatische Bekanntschaften eine nicht geringe Rolle. Gegenüber seinem japanischen Freund, dem Professor Fukuoka Kanokogi, äußerte er in den 1930er-Jahren: »Ich glaube, dass wir von Asien viel lernen können.«[159] Japan erschien ihm wie eine Offenbarung. Insbesondere war er von der theokratischen Kaiseridee angetan, in der er den Zusammenfall von Staat und Sakralität, von Herrscher- und Priesteramt bewunderte. Den japanischen Kaiser Hirohito erhöhte er mehr noch als eine emanierte Gottheit: »Der Mikado ist kein Ausfluss einer ihn überragenden Gottheit, keine Hülle, in der sich Gott bezeugt, kein menschlicher Vertreter eines göttlichen Anspruchs oder Wesens, sondern er ist selber Gott; und zwar der einzige, der sich im Amte befindet.«[160] Mit Professor Kanokogi verbrachte der Publizist viele Nächte bei Reis- und Traubenwein und stieg mit ihm auf »in die Offenbarung Brahmans als der Seele des Alls«.[161] Ebenso ausgiebig zechte er mit dem japanischen Botschafter in Berlin, Baron Hiroshi Oshima.

Sein Interesse an Asien brachte ihn auch mit dem Pandit Trachand Roy, »Glied der höchsten, der Brahamanenkaste« zusammen. Der indische Gelehrte und der deutsche »Kirchengründer« plauderten über die Parallelen der vedischen und germanischen Götterlehre, über die *Bhagvadgita* und über die Person Gandhis. In der Gestalt des Buddha entdeckte Hielscher – ganz im Sinne des Zeitgeistes – nicht den Pazifisten, sondern vor allem den weisen Krieger: »Wenn Kriegertum und Weisheit Gegensätze sind, wenn der Krieger niedriger steht als der Weise, dann ist die Wirklichkeit nicht vollkommen, denn sie ist kriegerisch. Dann muss die Welt durch die Weisheit des Buddha erlöst werden. In Buddha erreicht Indien seine Höhe. [...]

Denn hätte Indien überhaupt siegen können, dann würde es durch Buddha haben siegen müssen. Ashoka hat den Versuch gewagt.«[162]

Hielscher artikulierte sehr klar die drei Elemente, die dem Nationalsozialismus fehlten, damit sich dieser in eine »Elitereligion« transformieren konnte: »Innerlichkeit«, »Transzendenz« und »Glaube«. Deswegen passte der Gründer der »Unabhängigen Freikirche« sehr gut ins SS-Ahnenerbe, wo man sich ebenfalls solcher »Mängel« bewusst war. Walther Wüst, mit dem er über religionswissenschaftliche Fragen debattierte, war denn auch von Hielscher vollauf begeistert. Nach einem mehrstündigen Gespräch im Weinstübl des Hotels »Deutscher Kaiser« über »Religionsgeschichte und Verwandtes« bot er dem Publizisten einen hoch dotierten Forschungsauftrag an. Dieser beinhaltete unter anderem die Herausgabe einer Schriftenreihe, welche die »zur Zeit auftretenden Soldatentraktate« ersetzen sollte.[163] Hielscher wurde aufgefordert, dort selber etwas zum Thema »Das Reich« beizutragen, obgleich er doch gerade wegen seiner Reichsideen von Alfred Rosenberg zur Persona non grata erklärt worden war.

Es ist mehr als wahrscheinlich, dass Hielscher via Wolfram Sievers auf Visionen der SS Einfluss zu gewinnen suchte, die sich ja sehr ähnlich seiner Elite-Vorstellung in Richtung eines europäischen Bundes zu entwickeln begann.[164] So wurde von SS-Intellektuellen die Aufteilung Europas in Stämme diskutiert. (Es existiert eine entsprechende Landkarte.) Die Waffen-SS selber war am Ende des Krieges durch die verschiedenen nicht-deutschen Einheiten zu einer Art Stammesverbund geworden. Hannah Arendt verweist zum Beispiel auf ein Dokument, nachdem in der SS während des Krieges Bestrebungen im Gange waren, das Wort »Nation« überhaupt aus dem nationalsozialistischen Wortschatz zu eliminieren.[165]

Nach dem Zweiten Weltkrieg erklärte Hielscher, er sei schon ab 1933 in den NS-Apparat mit Gesinnungsgenossen eingedrungen, um diesen von innen heraus zu sabotieren. Dies mag durchaus richtig sein. Aber deswegen sollte man diesen fanatischen Verfechter der Kriegerkaste und des elitären Ordensgedankens nicht zum »Widerstandskämpfer« deklarieren, auch wenn er mehreren Menschen geholfen hat, den Fängen der Gestapo zu entrinnen.

Selbst wenn der Generalsekretär des SS-Ahnenerbes, Wolfram Sievers, ein »unsentimentaler Technokrat« und als »Manager der Macht« bezeichnet werden muss, so ist deswegen nicht auszuschließen, dass er als Mitglied der UFK von den Reichsideen Hielschers fasziniert war und motiviert wurde, diese ohne großes Aufhebens innerhalb des Schwarzen Ordens umzusetzen. »Deutschblütige Herrenmenschen«, meinte er ganz im Sinne von Hielschers Philosophie, »werden von keinem Massenrausch erfasst, sie können nur in einer führerisch, geistigen Bewegung zusammengefasst werden und sich darin entwickeln.«[166] Solche elitären Bekenntnisse entsprachen ja keineswegs der offiziellen populistischen Parteipolitik, wie sie von Hitler, Rosenberg und Goebbels vertreten wurde.

Die Beziehung zwischen Sievers und Hielscher muss sehr tief gewesen sein, denn Letzterer kämpfte nach dem Krieg wie ein Löwe, um die Unschuld seines Freundes »Wolfram« zu beweisen. Für ihn war Walther Wüst der eigentlich Verantwortliche.

Dieser sei es gewesen, der von den Humanexperimenten innerhalb des SS-Ahnenerbes gewusst und sie gebilligt habe: »Das Gericht«, so Hielscher, »hat Sievers entgegen meiner Aussage für den Urheber der Mordbefehle zu jenen Menschenversuchen gehalten. Aber Wüst wusste es besser und hat sich nicht gerührt. Ihm unterstanden sachlich und wissenschaftlich mit sämtlichen Abteilungen des Ahnenerbes auch die für jene Versuche.« Der Generalsekretär Sievers dagegen habe durch Hilfsaktionen das System unterwandert und sei unschuldig hingerichtet worden: »Das Sekretariat war nur die Durchlaufstelle seiner [Wüsts] Befehle, nicht weniger und nicht mehr. Und bei diesem Hindurchlaufen des Mordstromes suchte Sievers zu stauen und abzulenken, soviel er vermochte.«[167]

Wie immer dies gewesen sein mag – Wüst, Sievers und Hielscher verband die gemeinsame Idee von der Sakralisierung des Staates, von der Rückkehr der Götter und von der Heiligung des Krieges. Kurz vor seiner Hinrichtung sagte der ehemalige Generalsekretär des SS-Ahnenerbes zu Hielscher: »Ich werde die Heimat grüßen, deine und meine und der Unseren Heimat: das Reich der Götter, das schon auf mich wartet, und ich werde in Gottes Namen meinen Weg dorthin antreten.«[168] Hielscher hatte von den Alliierten die Erlaubnis erhalten, mit Sievers zusammen die Abschiedszeremonie seiner heidnischen Kirche zu zelebrieren.[169]

*

Das Interesse des SS-Ahnenerbes an asiatischen (»indo-arischen«) Ideen kann keineswegs als ein Allgemeingut im Bewusstsein des einzelnen SS-Mannes angesehen werden. Es waren einige wenige, wenn auch sehr exponierte Intellektuelle des Schwarzen Ordens, die entdeckt hatten, wie leicht sich die in der »indo-arischen Kultur« aufgespürten Inhalte mit NS-Vorstellungen verknüpfen ließen. Diese »interkulturelle« Symbiose entsprach auf jedem Fall einem persönlichen Anliegen Heinrich Himmlers. Aber die treibende geisteswissenschaftliche Kraft, im gewissen Sinne auch der *Spiritus Rector*, war der Kurator des SS-Ahnenerbes, der Indologe und Rektor der Münchner Universität Walther Wüst, der das volle Vertrauen des Reichsführers-SS besaß. Er sah die primäre Aufgabe des SS-Vereins darin, die Dogmen und womöglich auch die Riten einer rassistischen, arischen Kriegerreligion auszuformulieren, sie paradigmatisch festzulegen und sie dann missionarisch zu verbreiten. Die systematische Entwicklung einer »Transzendenz« und einer »Innerlichkeit« sollte den »profanen« und »ideologischen« Nationalsozialismus in eine »Kshatriya-Metaphysik« und eine »Kriegermystik« transformieren. Dabei spielten vedisch-buddhistische Anschauungen eine primäre Rolle. Wüst ging davon aus, dass die neue arische Religion machbar sei, und er entfaltete deswegen eine breite Öffentlichkeitsarbeit unter den Orientalisten, in der Absicht, insbesondere *sie* für die Religionskonstruktion einzuspannen. Wäre der Krieg gewonnen worden, dann hätten die Orientforscher wertvolles »geistiges Material« geliefert, aus dem der »Neue Glaube« hätte geformt und ergänzt werden können. Für eine Sakralisierung des »Führerprinzips« und des SS-Ordens konnte man in Asiens archaischen

Kultsystemen weit mehr Korrespondenzen finden als im christlich-humanistischen Europa. Dennoch blieben die »sichtbaren« Einflüsse von Wüsts indo-arischen Ideen auf die SS und die NS-Ideologie wegen der Kriegsereignisse in einem frühen Entwicklungsstadium stecken. Wir werden jedoch zeigen, dass noch eine Anzahl anderer NS-Intellektueller außer ihm an diesem gigantischen »asiatisch-arischen Projekt« beteiligt waren.

Krieg als Religion: ein indo-arisches »Ahnenerbe«

Es ist bekannt, dass Hitler eine hohe Achtung gegenüber England und den Engländern (als Ariern) hegte. Das erklärt unter anderem seine Zurückhaltung gegenüber dem entstehenden nationalen Indien, das sich gegen seinen Kolonialherren auflehnte. Die englische Herrschaft über den asiatischen Subkontinent war für den deutschen Diktator ein mehrmals zitiertes Exempel dafür, dass ein kleines (arisches) Volk in der Lage sei, ein Riesenreich von »Untermenschen« zu regieren und zu verwalten. Der deutsche Diktator verfolgte ähnliche Absichten mit einem eroberten Russland. »Die Geburtsstätte des englischen Selbstbewusstseins ist Indien. [...] Was für England Indien war, wird für uns der Ostraum sein.«[1] Für den »Romantiker« Himmler dagegen war der asiatische Subkontinent, wörtlich, ein »Wunsch- und Weisheitsland«. Den »Orient in seiner Märchenhaftigkeit« bewunderte er wegen seiner »dunklen Möglichkeiten«.[2] Schon in den 1920er-Jahren schrieb er: »Der Inder [ist] in der Erkenntnis weiter als wir.«[3]

Schon seit Beginn des 19. Jahrhunderts gab es eine breite europäische Debatte über eine gemeinsame indisch-germanische »Urkultur«. Die heiligen Schriften Indiens, die *Veden*, die *Upanishaden*, der *Mahabharata* (*Bhagavadgita*) und der *Pâli-Kanon* (die Lehren Buddhas) wurden schon sehr früh als »arisches« Kulturerbe eingestuft und insbesondere in der deutschen Romantik bewundert. Friedrich Schlegel (1772–1829) brachte unter Bezugnahme auf Herodot den Begriff »Arier« in Umlauf, aus dem er das deutsche Wort »Ehre« ableitete. In seinem viel beachteten Essay *Über die Sprache und Weisheit der Inder* (1808) fragt er sich, weshalb die arischen Völker die fruchtbaren Weiden Zentralasiens verlassen hätten, um ins unwirtliche Skandinavien zu emigrieren. Er vermutete, dass sie ihren heiligen Berg Meru, das Zentrum der Welt, im hohen Norden suchten und dass es eine »übernatürliche Idee« gewesen sei, die sie in Richtung Polarstern getrieben habe. Die These, dass die Indogermanen, von Zentralasien ausgehend, Europa und Indien mit ihrer Kultur überzogen hätten, wurde seither so gut wie von allen westlichen Gelehrten vertreten und war um 1860 ein wissenschaftliches Dogma.[4] Jeder kultivierte Europäer »wusste« damals, dass die Urheimat der Inder, Perser, Griechen, Italer, Slawen, Germanen und Kelten in den hohen Plateaus des asiatischen Kontinents zu suchen sei. Es wurden linguistische, anthropologische, biologische, kulturelle und politische Forschungen betrieben, die diese These ständig untermauerten.

Doch gegen Ende des 19. Jahrhunderts zogen völkisch orientierte Kreise diese These von der asiatischen »Urheimat« der Arier mehr und mehr in Zweifel und kehrten die alte Schulmeinung einfach um: Ursprungsland der Arier war nun der hohe Norden. Von dort sei die arische Rasse nach Europa, Innerasien und später auf den indischen Subkontinent ausgewandert.[5] Unter den NS-Ideologen galt diese völkische Spekulation von Anfang an als eine unumstößliche Tatsache. Für sie stammten die Arier entweder aus dem hohen, arktischen Norden (Herman Wirth) oder aus Südost- bzw. Mitteleuropa (Hans F. K. Günther, Jakob Wilhelm Hauer). Sie hätten, so Hauer, ausgehend von Zentraleuropa schon vor vielen Jahrtausenden ein kulturelles Weltreich errichtet: »Die Vorgeschichte und die vorgeschichtliche Rassenkunde hat Wanderungen von Kulturelementen, die von europiden Rassen getragen sind, quer durch Nord- und Mitteleurasien bis an die Küste des Stillen Ozeans, ja bis zu den Ainu und schließlich zu den Polynesiern festgestellt. Diese Wanderungen müssen schon in der Mittesteinzeit begonnen haben und haben sich dann in der Jungsteinzeit fortgesetzt.«[6] Auch Walther Wüst geriet eingedenk eines »euroasiatisch-arischen« Kontinentalblocks ins Schwärmen: »Durch Blut und Seele eng verbunden erstreckt sich so Indo-Germanien seit einigen Jahrtausenden von den Gestaden der Nord- und Ostsee bis durch die großen Ebenen Nordindiens an das Meer des Oṣtens [den Pazifischen Ozean] und des Südens [den Indischen Ozean].«[7] Das alte Indien galt demnach als indogermanisches Kolonialland und die traditionelle indische Philosophie war so etwas wie ein konserviertes arisches Geistesgut, das ursprünglich aus der Arktis beziehungsweise Mitteleuropa stammen sollte. Diese kühne Hypothese »wissenschaftlich« nachzuweisen, war eines der Anliegen, das Walther Wüst von den NS-Orientalisten einforderte. Unter diesen ragte Jakob Wilhelm Hauer durch Originalität, Fachkenntnis, Glaubenseifer und Charisma hervor.

Jakob Wilhelm Hauer: Ein Indologe gründet die »neue deutsche Glaubensbewegung«

Der Schwabe Jakob Wilhelm Hauer (1881–1962) wurde in einem Dorf namens Ditzingen in der Nähe von Stuttgart geboren. Als 19-Jähriger trat er in die Basler Evangelische Missionsgesellschaft ein. Diese schickte ihn nach Indien. »Damit«, gestand er später, »ging mir ein Herzenswunsch in Erfüllung, denn zu Indien hatte ich seit Jahren eine tiefe Liebe gefasst.«[8] Er lernte Sanskrit und andere indische Sprachen. In Palghat (Distrikt Malabar) baute er eine christliche High School auf. Seine Idee, das Christentum mit der indischen Philosophie zu verknüpfen, muss damals schon aufgekeimt sein, als er bekannte: »Christus ist mein Leben, Indiens Schmerz ist mein Schmerz, und Indiens Rettung ist meine Freude.«[9] 1912 bis 1914 vervollständigte er seine Studien in Oxford. In England wurde er während des Krieges interniert, dann aber freigelassen gegen das Versprechen, keinen Kriegsdienst mit der Waffe zu leisten. 1918 promovierte er in Tübingen mit dem Thema *Die Anfänge der Yogapraxis im alten Indien*. Bis an sein Lebensende verfasste er immer wieder Publikationen zum Thema »Yoga«, die heute noch von der Fachwelt als hervorragende

Arbeiten anerkannt sind. Seit Mai 1919 war er als Stadtvikar in der Stuttgarter Stiftskirche tätig. Er habilitierte sich, wurde 1925 Professor an der Universität Tübingen und übernahm noch im selben Jahr den Lehrstuhl für indische Philologie in Marburg. Dem Wunsch, seinen Lehrauftrag auf das Sachgebiet »Allgemeine Religionsgeschichte« zu erweitern, wurde von den Behörden stattgegeben. In enger Zusammenarbeit mit dem bekannten Religionswissenschaftler Rudolf Otto engagierte er sich für den »Religiösen Menschheitsbund« (RMB), der sich unabhängig von einzelnen Glaubensbekenntnissen der Erforschung des Sakralen als solchem verpflichtet fühlte.

1931 hielt Hauer einen Vortrag (»Der Yoga als Heilsweg«) im Psychologischen Club von C. G. Jung in Zürich. In dieser Zeit hatte er mehrere Begegnungen mit dem jüdischen Religionsphilosophen Martin Buber. Es kam zwischen beiden zu einem regen Gedankenaustausch, der durch Hauers zunehmend rassistische und antisemitische Orientierung unterbrochen wurde. 1933 gründete der Professor die »Arbeitsgemeinschaft der Deutschen Glaubensbewegung«. Die Mitglieder seiner rassistischen Sekte hatten folgende eidesstattliche Versicherung abzugeben:

dass sie frei sind von jüdischem und farbigem Bluteinschlag;
dass sie keinem Geheimbund, keiner Freimaurerloge noch dem Jesuitenorden angehören;
dass sie keiner anderen Glaubensgemeinschaft angehören.[10]

Von nun an legte sich der Indologe auf die »Arisierung« seiner Weltanschauung endgültig fest. Das erklärte Ziel war ein »heidnisches« Christentum mit einem »arischen« Christus als Zentrum. Mit einem solchen Anspruch agierte der Professor in der Öffentlichkeit, die philosophischen Grundlagen seines neuen Glaubens aber bezog er, wie wir noch sehen werden, vornehmlich aus Indien. 1934 hielt er auf einer »Eranos-Tagung« in Ascona einen Vortrag mit dem Titel: »Symbole und Erfahrungen des Selbst in der indo-arischen Mystik«. Zurückgekehrt distanzierte er sich von der Eranos-Gesellschaft, an der so bedeutende jüdische Gelehrte wie Gershom Sholem und Martin Buber partizipierten. Hauer war der Meinung, es sei für die Völker von Unheil, »wenn nicht auch ganz klar herausgearbeitet wird, dass große Gegensätze bestehen zwischen der Rasse, der Rassenseele und der aus diesem entspringenden Gestaltungen und dass man nicht ohne weiteres eine Religion auf eine anders geartete Rasse übertragen darf, wie dies mit dem Christentum gemacht worden ist«.[11]

Im Jahre 1934 trat der Chef der Sicherheitspolizei, SS-Führer Reinhard Heydrich, an Hauer heran und forderte ihn zur Mitarbeit beim Sicherheitsdienst auf. 1935 wurde er Mitglied des NS-Dozentenbundes. Im gleichen Jahr schrieb er einen Brief an Heinrich Himmler, in dem er seine Tätigkeit als heidnischer Religionsführer anpries. 1937 trat er der NSDAP bei. Als ehrenamtlicher Mitarbeiter für weltanschauliche Fragen im Amt VII des Reichs-Sicherheits-Hauptamtes ging er 1938 in die SS im Titularrang eines Untersturmführers. 1939 wurde seine Lehrbefugnis um das Gebiet »arische Weltanschauung« erweitert und sein Lehrstuhl trug jetzt die Bezeichnung: »Ordentliche Professur für Indologie, vergleichende Religionswissenschaft und arische Weltanschauung«. 1941 wurde er zum SS-Hauptsturmführer befördert. Eine Einheit hat er nie geführt, aber bei offiziellen Anlässen trug er SS-Uniform. Als Leiter der religionswissenschaftlichen Abteilung des »Arischen Seminars« beauftragte ihn die Schutzstaffel damit, eine »besondere Abteilung zur Erforschung und Bekämpfung des Okkultismus« aufzubauen.[12]

Bis 1944 publizierte Hauer mehrere Schriften rassistischen Inhalts, darunter: *Ein arischer Christus?* (1939) und *Religion und Rasse* (1941). In seinem Entnazifizierungsverfahren wurde er als »Mitläufer« eingestuft, da er sich nicht »politisch« betätigt habe. Diese Einstufung zeigt das Unverständnis der Alliierten für solche NS-Intellektuelle wie Hauer, deren Hauptanliegen es ja gerade war, den Unterschied zwischen Politik, Ideologie, Religion und Propaganda aufzuheben, um sie zu einer Einheit zu verschmelzen. Nach dem Kriege hielt Hauer zahlreiche religionswissenschaftliche Vorträge unter anderem zum Thema »Toleranz und Intoleranz in den nicht-christlichen Religionen« (1961). 1962 wurde er in seinem Geburtsort Ditzingen beigesetzt.

Die von Hauer 1933 gegründete »Deutsche Glaubensbewegung« stellte sich in einen scharfen Gegensatz zum »christlichen Konfessionalismus« und führte einen »Kampf für einen außerkirchlichen deutschen Glauben«. Als eines ihrer Nahziele nannte sie die »Deutsche Gemeinschaftsschule«. Darin sollte der Religionsunterricht einen zentralen Platz einnehmen, jedoch mit einer neuheidnischen Orientierung: »Für Religionslehrer an deutschen Schulen ist eine gründliche Einführung in die arische Glaubensgeschichte unbedingt erforderlich. Und wenn dazu dann eine Sprache studiert werden soll, damit die religiösen Dokumente im Grundtext gelesen werden können, so kann dafür nur eine arische Sprache in Betracht kommen und nicht Hebräisch.«[13]

Dank Hauers Charisma entwickelte sich die »Deutsche Glaubensbewegung« zu einem Massenphänomen.[14] Den Höhepunkt bildete im April 1935 eine Veranstaltung im gefüllten Berliner Sportpalast. »Diese Bewegung ist heute schon unter meiner Führung zu einer Volksbewegung geworden, und überall, wo ich meine Vorträge gehalten habe, strömten Tausende und Abertausende herzu«, schrieb er im selben Jahr an den Reichsführer-SS Heinrich Himmler.[15] Vergeblich versuchte er jedoch mit einem Brief bis zu Hitler vorzudringen, in dem er proklamierte: »Mit der religiösen und geistigen Verseuchung des deutschen Volkes durch ein art- und volksfremdes Christentum wird dann die Deutsche Glaubensbewegung mit aller Sicherheit fertig werden.«[16]

Für Hitlers sehr bewusstes Taktieren gegenüber den Kirchen, mit denen er erst nach dem Kriege »aufräumen« wollte, waren Hauers offenkundige Massenerfolge wenig opportun. Aber er eignete sich ausgezeichnet als Sündenbock. Christliche Pfarrer und Pastoren luden ihren ganzen Zorn über das NS-Regime auf die neuheidnische »Deutsche Glaubensbewegung« ab. Sie schlugen den Esel (Hauer) und meinten den Herrn (Hitler).[17] Indem sich andererseits die NS-Führung von Hauer zu distanzieren begann, konnte sie dadurch das Vertrauen der Kirchen zurückgewinnen.

Außerdem hatte die »Deutsche Glaubensbewegung« die Konkurrenz anderer NS-Organisationen herausgefordert. Nicht nur Kreisverbände der NSDAP, sondern auch Baldur von Schirachs Hitler-Jugend sahen in dem charismatischen Professor einen Rivalen. Ebenso misstrauisch wurde die SS. Heydrich verbot den »Neuheiden« kurzerhand das Abhalten von Versammlungen und sonstigen öffentlichen Treffen, allein im privaten Bereich durften diese weiterhin tätig sein. Obgleich Hauer ein ziemlich einflussreicher Beirat[18] zur Seite stand, forderte der Chef des Sicherheitsdienstes 1936 seinen Rücktritt als Vorsitzender der von ihm gegründeten Organisation mit der Begründung, in Deutschland sei nur Raum für einen »Führer«.[19] Es gehörte zu Heydrichs Aufgaben, darüber zu wachen, dass die einzelnen völkischen Bewegungen nicht allzu großen Einfluss im NS-Staat gewannen.[20] Mit Widerwillen, aber geringem Widerstand gehorchte Hauer und versuchte vergeblich mit Petitionen dagegen anzukämpfen.

Auch Himmler hatte die steile Karriere des Professors für Indologie beobachtet und ihm in einigen Gesprächen über Religion und Religionspolitik zugehört. Nach dem erzwungenen Rücktritt Hauers als Vorsitzender der »Deutschen Glaubensbewegung« traf der Reichsführer-SS erneut mit ihm zusammen (1937). Weltanschauliche Differenzen oder persönliche Unstimmigkeiten zwischen beiden sind nicht bekannt. Im Gegenteil, Himmler setzte sich 1938 für Hauer ein, als dieser ihn bat, bei der Entscheidung über eine Lehrstuhlbesetzung in Tübingen zu intervenieren.[21]

Hauers Weltanschauung war denn auch für die Partei und die SS nicht das Problem, das Problem war Hauers Charisma. So wurde seine eigentliche »wissenschaftliche« Bestimmung, die Beziehung von »Religion und Rasse« herauszuarbeiten und das indo-arische Kulturerbe literarisch aufzubereiten, durch das Predigerverbot keineswegs beeinflusst. Im Gegenteil: Er hatte jetzt die Zeit, sich voll seiner indo-arisch-germanischen Kulturkonstruktion auf rassistischer Grundlage zu widmen. In der SS fand er durch die Protektion seines Kollegen Walther Wüst ein Refugium und eine Heimat, in der er sich ungestört seinen Ideen hingeben konnte.[22] Beide Indologen – Hauer und Wüst – waren alte Bekannte und teilten ziemlich die gleichen Vorstellungen von der Religionswissenschaft als einem Instrument zur Schaffung des neuen arischen Glaubens. In einem Gutachten hatte der Tübinger seinen Münchner Kollegen als den »Tüchtigsten unter den Sanskritisten der kommenden Generation« gepriesen und sein Schreiben mit dem Satz beendet: »Seine nationalsozialistische Weltanschauung steht mir außer Frage. Aus ihr entspringt ja auch letzten Endes die innere Haltung zu seiner Wissenschaft überhaupt, durch die ich mich mit ihm stark verbunden fühle.«[23] Besonders dankbar zeigte sich Wüst jedoch nicht, als er später um eine Stellungnahme gebeten wurde, ob Hauer seinen Lehrstuhl als »ordentliche Professur für Indologie, vergleichende Religionsgeschichte und arische Weltanschauung« bezeichnen dürfe. »Ich lege größten Wert darauf, dass in Tübingen ein weltanschauliches Zentrum als Gegengewicht gegen die starken konfessionellen Auswirkungen der theologischen Fakultäten geschaffen wird.« Mit diesen Worten hatte der Kultusminister Mergenthaler die Namensänderung befürwortet.[24] Wüst wandte sich aber, bei allem Respekt vor Hauers wissenschaftlichen Kenntnissen, gegen die Bezeichnung »arische Weltanschauung«, weil der Indologe nicht des Altpersischen mächtig sei.[25] Noch am 17. März 1945 erhielt Jakob Wilhelm Hauer vom Reichsgeschäftsführer des SS-Ahnenerbes Wolfram Sievers die Zusage für den Druck seines Werkes *Der Deutsche Born*, das als NS-Propaganda an den Schulen eingesetzt werden sollte. Erschienen ist das Werk freilich nicht mehr …[26]

Carl Gustav Jung hatte das archaische Kulturmuster, das die NS-Bewegung steuerte, als die Inkarnation des Germanengottes Wotan bezeichnet. Es war die Person Jakob Wilhelm Hauers, die er als Beispiel für seine These von der »Besetzung« der deutschen Seele durch den germanischen Sturmgott präsentierte. Der Indologe sei zunehmend von Wotan »ergriffen« worden. Jung sah darin eine heroische Tragik, der er sein Verständnis entgegenbrachte: »Man kann Hauers Buch *Deutsche Gottschau – Grundzüge eines deutschen Glaubens* nicht ohne Rührung lesen, wenn man es nämlich aus dem tragischen und wirklich heldenhaften Versuch eines gewissenhaften Gelehrten betrachtet, welcher, ohne zu wissen, wie ihm geschah, als ein Angehöriger des deutschen Volkes von der unhörbaren Stimme des Ergreifers [Wotan] aufgerufen und ergriffen wurde und nun mit Anstrengung all seines Wissens und Könnens eine Brücke, welche die dunkle Lebensmacht mit der lichten Welt historischer Ideen und Figuren verbinden soll, zu bauen versucht. […] Hauer selbst ist ergriffen von der ahnungsreichen Tiefe germanischer Urworte in einem Maße, dessen er sich früher sicherlich nie bewusst war. Das liegt weder am Indologen Hauer noch an der *Edda* – denn beide hat es längst zuvor gegeben – sondern am Kairos, der jetzt eben, bei genauerem Zusehen, Wotan heißt.« Dies ist – nach Jung – keine Schande, sondern tragisch: »Es war von jeher furchtbar, in die Hände des oder eines lebenden Gottes zu fallen. Jahwe macht bekanntlich davon keine Ausnahme.«[27] Hauers großes religionsgeschichtliches Interesse an Besessenheitsphänomenen ist – nach Jungs These – in die eigene Besessenheit durch den schreckenerregenden Archetyp umgeschlagen.[28]

Indo-arische Fundamente für eine »NS-Religion«

Jakob Wilhelm Hauer sah wie sein Fachkollege Walther Wüst seine vornehmliche Aufgabe darin, die indische Philosophie und Mythologie als die originellste, »tiefste«, intellektuellste und älteste noch einsehbare »Wissenschaft« der arischen Rasse darzustellen. Man darf ohne Übertreibung sagen, dass er den direkten Versuch unternahm, eine zu gründende »NS-Religion« aus den *Veden*, den *Upanishaden*, dem *Mahabharata* (*Bhagavadgita*) und dem *Pâli-Kanon* (den Lehren Buddhas) abzuleiten. »Unter den Schöpfungen des Indogermanentums gehört die indo-arische Religion zu den höchsten und reichsten. Ja sie wird in der Weltgeschichte der

Religionen von keinem Bereich an Reichtum und Kraft der Gestaltung übertroffen.«[29] So betrieb er seinen Religionsimport aus Indien als hervorragender und wissenschaftlich anerkannter Kenner der Materie und als ein Anhänger von C. G. Jungs Archetypenlehre.

Sein 1937 erschienenes Buch *Das religiöse Artbild der Indogermanen und die Grundtypen der indo-arischen Religion*[30] beginnt mit einem Mythenvergleich zwischen den indischen *Veden* und der germanischen *Edda*. Vergleichsmotive in beiden Kulturkreisen sind: der Ursprung der Welt aus dem Nichtsein (die Weltursprungslieder der *Völuspa* und des *Rigveda*); die Schaffung des Universums aus dem Opfer und der Zerstückelung eines menschlichen Urwesens (der Riese Ymir in den *Edda-Liedern* und der Urmensch Purusha in den *Veden*); das Bild von einer nährenden Urkuh (in der Edda *Authumba*, in den Veden *Viràj*); das Wilde Heer ekstatischer Kriegerhorden und anderes mehr. Arisch *und* germanisch ist für ihn auch der berühmte vedische Erkennungsspruch *tat tvam asi* – »Das bist du selbst«.[31] Weitere Bilder und Themen sind: Die Sonne als Zentrum, »während der Mond und die Sterne nicht in derselben Weise hervortreten«, die hohe Entwicklung von Feuerkulten, die Vergöttlichung der Naturmächte, der Glaube an die Ahnengeister, der Mensch als Seelenwesen (Atmanlehre), Ehrfurcht vor dem Recht, Einordnung in den Weltenlauf, Drang nach dem unbedingt Gültigen, der Mensch als ein mikrokosmisches Spiegelbild des Universums, hochgesteigertes Selbstgefühl, metaphysisch begründete All-Liebe.[32]

Durch die Hervorhebung des gemeinsamen »arischen« Mythenerbes Deutschlands und Indiens machte Hauer (mit anderen) das gigantische Arsenal indischer Götter und Dämonen für die NS-Religionsdebatte zugänglich. Aber er war intelligent genug um zu wissen, dass viele dieser »Positiva«, die er den indo-arischen Religionen zurechnete, auch in den semitischen Glaubensrichtungen zu finden sind. Um sich von diesen zu unterscheiden, konstruierte er wie Walther Wüst eine Verbindung von rassistischer Blutmystik mit der indischen Metaphysik und nannte das Konstrukt: »Die Macht des Blutes im Geistigen«.[33]

Mit diesem Leitspruch unterstellte er in *Religion und Rasse* (1941) einen Zusammenhang zwischen körperlichen Rassemerkmalen und religiösen Glaubensvorstellungen. Rasse, Körper, Seele, Blut und Geist bilden für ihn eine Ganzheit. Ein »Semit« habe – so Hauer – grundsätzlich eine andere Religionsvorstellung wie ein »Arier«, wobei die Letztere selbstverständlich höher zu bewerten sei.[34] Die Religionswissenschaft müsse neu, unter der »Leitidee der Rasse«, geschrieben werden. Auch für diesen Fall kann sich der Indologe – wissenschaftlich korrekt – auf die indischen Originalquellen berufen: »Schon der *Rigveda* ist voll von Hinweisen auf den Unterschied zwischen der ›weißen und der schwarzen Haut‹, der ›arischen und der dasischen Farbe‹, d. h. zwischen den hellhäutigen Ariern und den dunkelhäutigen Bewohnern Altindiens, den Draviden und Vordraviden, die von den Ariern vernichtet oder verdrängt wurden und mit denen sie sich später vermischten. [...] Ja, der Kriegsgott Indra, in der vedischen Zeit der Hauptgott der Arier, hat goldenes Haar und goldenen Bart.«[35]

Wie Walther Wüst, so glaubte auch Hauer, dass die indische Kastenordnung ursprünglich der Ausdruck einer Rassenordnung gewesen sei: »Das Wort für Kaste ist *varna*; und *varna* bedeutet ›Farbe‹. Der Ausdruck geht, wie schon oben kurz erwähnt, zurück auf den Rassenunterschied zwischen den einwandernden Ariern und den vorarischen Bewohnern Altindiens, die vornehmlich dunkelhäutigen Rassen angehörten.«[36] Zur Zeit des Buddhismus hatte – nach Hauer – der Rassenverfall schon einen vorläufigen Höhepunkt erreicht. Mongolische Völker wären vom Norden in den Subkontinent eingedrungen und hätten sich mit den Ariern vermischt. Das habe einige Spuren in der Lehre des Gautama Buddha hinterlassen, welche Hauer dennoch als eine vollwertige arische Doktrin anerkennt.[37]

Der Krieger als Yogi, Buddha als Heroe

Wie für alle Intellektuellen des SS-Ahnenerbes, so leuchtete auch für den späteren SS-Mann Jakob Wilhelm Hauer das »aktive Leben« (*vita activa*) des arischen Kriegers als zentrales Bild in seiner neuen deutschen Glaubensbewegung. Dieses steht in einem offensichtlichen Widerspruch zum »Weg der Innerlichkeit« (*vita contemplativa*), wie er im Buddhismus und von verschiedenen indischen Yogaschulen gelehrt wird. Es gab deswegen NS-Ideologen, die die buddhistischen »Versenkungspraktiken« schlichtweg als un-arisch ablehnten.[38] Für Jakob Wilhelm Hauer, Walther Wüst und andere ging es jedoch darum, eine Formel zu finden, nach der sich Aktion und Kontemplation, Tat und Innerlichkeit, Krieg und Meditation miteinander kombinieren ließen. Kurz: es ging ihnen um die Typologie des »Kriegeryogis«.

Zuerst einmal musste die »Innerlichkeit« ganz allgemein als eine »arische« Geistesdisziplin anerkannt werden. »Ohne diesen Weg nach Innen in irgendeiner Form gibt es überhaupt kein Indogermanentum«, so Hauer, »auch kein Germanentum. Der indogermanische Mensch mit seiner ungeheuren Tatkraft und seinem unbändigen Willen fühlt instinktiv, dass er in äußerste Gefahr gerät, wenn diesem Ausgreifen nicht mehr Einkehr und Sammlung in den tiefsten Gründen der Seele und der Welt entgegengesetzt wird.«[39] Ein Arier ist also nicht nur aktiv, sondern schaut auch nach innen: »Die Weltverneinung des Buddhismus zum Beispiel kann nicht darum als Beweis für die Wirkungslosigkeit arischen Blutes im Buddhismus überhaupt genommen werden, weil Weltverneinung im Allgemeinen nicht indogermanisch ist«, korrigierte Hauer seine Kritiker. »Blickt man auch hier tiefer, so enthüllt sich in dieser Verneinung eine Weltüberlegenheit, die durchaus als indogermanisch anzusprechen ist. [...] Erst wenn dies gesehen wird, versteht man den Buddhismus.«[40]

Zweifellos – so Hauer – sei die Lehre des Gautama in einer Zeit allgemeiner Weltmüdigkeit entstanden, unter der die arischen Adelsgeschlechter gelitten hätten: »Aber selbst durch diese Weltmüdigkeit hindurch, die den Buddhismus durchweg beherrscht, ist das nordische Element noch deutlich genug zu erkennen: alles Weichliche ist dem ursprünglichen Buddhismus fremd. Es ist eine herbe und stolze Lehre und ein strenges Leben, das der Buddha verkündet. [...] Der ›Sieger‹, der

›Löwe‹ als Beiworte des Buddha zeigen, aus welchem Stamme seine Weltüberlegenheit geboren ist, jedenfalls nicht aus einem schwächlichen. […] Auch die Stellung zum anderen Menschen ist typisch nordisch: vornehmer Abstand, verbunden mit einer Freundschaft gegenüber allen Wesen.«[41]

Nach dieser nordisch-arischen Beglaubigung der Buddhalehre und seines Gründers stand nichts mehr im Wege, die gesamte östliche Doktrin als Lehrgebäude in den neuen »Deutschen Glauben« zu integrieren, d. h. den Buddhismus als einen der indischen Bausteine in den »Tempel« einer zu gründenden »NS-Religion« einzufügen. Hauer war – das sollte immer beachtet werden – ein wissenschaftlich hoch qualifizierter Gelehrter. Er wusste deswegen sehr genau, was er aus Indien importierte. Die klassischen buddhistischen Grundsätze, die »vier edlen Wahrheiten« und der »achtfache Pfad« werden von ihm ebenso akademisch exakt dargestellt wie die »vier Stufen der Versenkung«. Auch seine Schilderung der buddhistischen »Ethik« folgt durchaus der Tradition: Befreiung vom leidvollen Gehemmtsein, Unwissenheit als das Grundübel, Aufgabe des Ichs, die Bedeutung des Gurus, völlige Gemütskontrolle, der Erlösergedanke im Mahayana-Buddhismus (»Wille zum Heilwirken in Verkündigung und Tat«).[42] Als »nordisch-arische« Tugenden des Buddhismus zählt Hauer weiter auf: Weitherzigkeit, Erkenntnis vom Wechsel und der Vergänglichkeit religiöser Formen, die Vorstellung von den Göttern als Projektionen des Bewusstseins, die Karmalehre.

Die Quintessenz von Hauers Buddhismusrezeption ist folgende: Zwar gebe es in dieser Religion eine Neigung zur Weltabkehr, aber es handele sich dabei keineswegs um einen weltabgewandten Quietismus. Auch der Buddha sei ein arischer Held. Hauer gesteht ihm – ganz im Sinne der Tradition – ein Wirken durch reine tatenlose Seinsqualität zu und sieht darin ebenfalls eine arische Disziplin des Geistes. »Weil aber der Geist, also das innere Sein, bestimmend ist in der Welt, darum strahlt es aus der Zurückgezogenheit des Mönches in alle Welt aus.«[43] Die »arischen Edlinge«, welche dem Pfad des Buddha folgten, pflegten deswegen nach Hauer einen »passiven Heroismus«.

Eine solche Haltung sei jedoch nur so lange aufrechtzuerhalten, wie es die gesellschaftlichen Verhältnisse zuließen. »Dies haben auch die Buddhisten erfahren müssen. Wo immer sie zur politischen Herrschaft kamen und die Verantwortung für Völker und Staaten zu tragen hatten, da zerbrach der Pazifismus der buddhistischen Lehre: Sie mussten den Krieg bejahen und zur Waffe greifen. […] Dass aber dieser passive Heroismus sich da, wo die Wirklichkeiten des Lebens, Boden, Blut, Volk, Vaterland, Staat noch kräftig genug nach dem Menschen greifen, in einen sehr aktiven verwandeln kann, zeigt die Wirkung des Zen-Buddhismus auf die Samurai, die Kriegerkaste Japans, die unter seinem Einfluss zu Reich bauender Macht geworden sind.«[44] Hier ist klar zum Ausdruck gebracht, dass Hauer die Kombination von Krieg und Buddhismus als die höchste und edelste Entwicklungsstufe dieser ursprünglich aus Indien stammenden Religion ansah. Vorstellungen über den »Kriegsbuddhismus« der Samurai haben – wie wir später noch zeigen werden – in der Selbstverständnisdebatte der SS eine nicht geringe Rolle gespielt.

Auch den indischen Yoga wollte Hauer als Disziplin in eine NS-Religionsbildung integrieren. Sein bekanntestes Buch *Der Yoga als Heilsweg* (1932) ist ebenfalls mit großer Fachkenntnis geschrieben.[45] Doch fehlt die rassistische Ausrichtung auch hier nicht. Wie der Buddhismus, so sind für ihn die sakralen Techniken der Yogis »arisch-nordische« Heilslehren und er wendet sich scharf gegen »Vorurteile« aus dem rechtextremen Lager, die den Yoga als eine »Verirrung des menschlichen Geistes« darstellen.[46] Gemeint sind hier vor allem Erich und Mathilde Ludendorff. Das Ehepaar entfesselte einen ideologischen Krieg gegen Hauer und attackierte ihn als buddhistischen Wolf im Schafspelz völkischer Ideen. Doch bei seinem Versuch, den Yoga als geistige Disziplin in einer zu gründenden »NS-Religion« zu verankern, konnte sich Hauer der Zustimmung seines Fachkollegen Walther Wüst sicher sein. Schon 1934 plädierte der spätere Kurator des SS-Ahnenerbes dafür, dass »der Yoga durchaus als ernst zu nehmender Wert behandelt werden muss, baut er sich doch, wie J. W. Hauer erkannt hat, auf gültigen, indogermanischen Religionskräften der inneren Schau und seelischen Sammlung auf«.[47]

Geradezu grotesk wird es jedoch, wenn Hauer behauptet, dass der Yoga als arische Disziplin in seine Ursprungsheimat »zurückkehre«, da die yogischen Bewusstseinstechniken ursprünglich eine indogermanische Erfindung aus Mitteleuropa (heute: Deutschland) gewesen seien und von dort aus nach einer langen Wanderung, aus dem Norden kommend, den asiatischen Subkontinent durchdrungen hätten. »So kehrt jene große Bewegung urindogermanischen Geistes in einer Zeit schwerster innerer und äußerer Bedrängnis zu den Völkern zurück, die sich einstens in grauer Vorzeit von jenen nach Osten abziehenden Indogermanen getrennt hatten, damit den Ring schließend, der diesen gewaltigen Bereich trotz der größten Verschiedenheit verbindet.«[48]

In Deutschlands Zukunft, schreibt Hauer ein Jahr vor Hitlers Machtergreifung, werde der Yoga eine hervorragende Rolle spielen. »Das Interesse am Yoga ist heute in erstaunlichem Maße lebendig und stetig im Wachsen begriffen.«[49] Der Materialismus des Westens laste »schwer auf den tiefenbewussten, schöpferischen Seelengründen, die damit weithin lahmgelegt« seien. So habe sich der Mensch »auf die Suche nach irrationalen und superrationalen Gegebenheiten [gemacht]. Zwei Wege stehen ihm hier offen: der Weg zurück zur festgefügten Institution und zu zeiterprobter Tradition, zu Kirche und heiligem Buch, und der Weg nach innen, in die eigenen Seelengründe, wo der Mensch Begegnung mit tragenden und ordnenden Kräften erahnt. Auf diesem Wege entdeckte der Westen den Yoga.« Er habe zuerst eine Phase des Okkultismus und der Magie, wie zum Beispiel in der Theosophie, durchlaufen, aber diese »ersten okkult orientierten Yogaforschungen und Übungen [wären] die Voranzeige einer großen Bewegung. […] Vielmehr kündigt das Interesse für den Yoga die Zeitenwende an.«[50]

Aber dieselbe Frage, die sich Hauer schon im Zusammenhang mit dem Buddhismus stellen musste, betraf jetzt den Yoga: Wie lassen sich dessen meditative Praktiken mit der *vita activa* eines an kriegerisch-heroischen Bildern orientierten Faschismus kombinieren? Ganz im Sinne der Tradition pries der Indologe die Yoga-

Techniken als Mittel der Selbstdisziplin, als Festigung des Gemüts, als Zügelung der Sinne (»Entlüstung«) und der Gedanken, als Klärung des Unterbewussten durch bewusste Erkenntnis, als Beruhigung der Seele, als Schau des Selbst, als Lösung und Befreiung und so weiter. Aber die Königsaufgabe des Yoga sah er in der »Gesamtschulung des idealen Kriegeradels indo-arischer Prägung.«[51] Der Yoga war für ihn das von ihm entdeckte Missing Link, das es ihm erlaubte, Spiritualität und Kampf, Priestertum und Kriegertum, Aggressivität und innere Teilnahmslosigkeit miteinander zu verbinden.

Bemerkenswert ist, dass sich Hauer schon 1927 in seinem Buch *Der Vrâtya* auf die Suche nach den arischen »Priesterkriegern« gemacht hatte.[52] In der militanten Ketzergemeinschaft der »Vrâtya« glaubte er die Urkaste aller indischen Yogis vor sich zu haben: »Das Resultat [meiner Forschungen] war, dass ich den Vrâtya als die älteste Gestalt des Yogi, soweit sie sich in der Literatur nachweisen lässt, fasste. Ich nannte diesen primitiven Yogin ›Kriegerekstatiker‹, um damit anzudeuten, dass seine Heimat im außer-brahmanischen Kulturkreis zu suchen sei, wo nicht der Brahmane, sondern der priesterliche Krieger die beherrschende ›heilige Person‹ war. Weiter versuchte ich eine enge Verbindung des Vrâtya mit dem Sâmkhya-Yoga und hiermit mit dem Buddhismus zu erweisen.«[53] Später hätten die Vrâtya einen tantrischen Yoga praktiziert.

Der »Kriegeryogi« ist ein Ideal, das Walther Wüst, aber ebenso – wie wir noch sehen werden – der italienische Faschist Julius Evola gerne in der SS als einem arischen »Kshatriya-Orden« verwirklicht gesehen hätte. Auch Heinrich Himmler kannte – wie wir gesehen haben – dieses Ideal.

Religionsgeschichtlich bilden – nach Hauer – die Vrâtya als Angehörige des indoarischen Kriegeradels (*kshatriya*) den Gegenpol zum brahmanisch-orthodoxen Priestertum. »Die Krieger treten dort sogar als die Lehrer der höheren Weisheit für die Brahmanen auf.«[54] Von diesen wurden sie jedoch verketzert wie die Katharer und die Albigenser von Rom. Das Wort »Vrâtya« wird deswegen schon bald zum Synonym für Ketzer jeglicher Couleur, für »Uneingeweihte, Abgefallene, Mischlinge, ketzerische Gemeinschaften und Berufe, ketzerische Sippen und Stämme.«[55] Dabei handele es sich jedoch bei den ursprünglichen Vrâtya um das genaue Gegenteil, nämlich um göttergleiche Überwesen, die den vedischen Rishis gleichzusetzen seien. Ihre Degradierung sei ein Racheakt der Brahmanenpriester gewesen, um die arischen »Kriegeryogis« als gefährliche Rivalen auszuschalten.

Der »Weltanschauungskrieg« zwischen Priester- und Kriegerkaste war ein Leitmotiv in der NS-Religionsdebatte.[56] In allen Kulturen spürten die Ideologen des Dritten Reichs diesen Konflikt auf mit dem Ziel, dass sich die Krieger ihre »Sakralität« zurückeroberten, die ihnen von den Priestern in früheren Zeiten geraubt worden sei. Es gibt kein bekannteres literarisches Dokument, das die Sakralität der Kshatriya-Kaste so konsequent herausarbeitet, wie die *Bhagavadgita*.

Die Bhagavadgita – eine sakrale Legitimation des Völkermordes

Eine etwas ausführlichere Darstellung möchten wir deswegen Hauers Buch *Eine indo-arische Metaphysik des Kampfes und der Tat – Die Bhagavadgita in neuer Sicht mit Übersetzungen* widmen. Der Originaltext des indischen Lehrgedichtes hatte einen signifikanten Einfluss auf Heinrich Himmler. Dieser pflegte aus der *Bhagavadgita* zu zitieren, führte das Buch während des Krieges bei sich und verglich den dort auftretenden Hauptgott Krishna mit Adolf Hitler.[57] Die Philosophie der *Bhagavadgita* liest sich – wir werden noch darauf zu sprechen kommen – wie ein Vademekum für die SS. Auch Hauer wies ihr einen zentralen Stellenwert in der Konstruktion des neuen »Deutschen Glaubens« zu: »Wer [sie] wirklich kennt, weiß, dass es keiner Rechtfertigung bedarf, wenn heute der Versuch gemacht wird, sie neu zu sehen und ihre Grundgedanken aus einer neuen Sicht der deutschen Generation zu vermitteln, die um Gestaltung des gesamten völkischen Lebens aus den tiefen Gründen kämpft«, schreibt er im Vorwort seines 1934 erschienenen Buches, das er »dem kämpfenden Geschlechte« widmete.[58]

Bevor wir jedoch eine Deutung des indischen Lehrgedichtes vornehmen, eine kurze Schilderung der Ereignisse: Der Feldherr Arjuna steht den Angehörigen seiner Sippe, seinen Brüdern und Verwandten in einer Schlachtreihe gegenüber. Die beiden verfeindeten Heere sind groß und stark. Arjuna zögert, mit dem Gemetzel zu beginnen, weil er dadurch gezwungen wäre, diejenigen, die er einstmals geliebt hatte und ihm immer noch nahe standen, töten zu müssen. Aber da spricht Krishna, die Inkarnation des Gottes Vishnu, zu ihm und ermahnt ihn, dass es seine metaphysische Pflicht sei, als Krieger in den Kampf zu treten. Da die Welt eine Illusion sei, sei auch der Tod seiner Verwandten in Wahrheit nur Schein. Arjuna ist zwischen Emotionen und Mitgefühl auf der einen Seite und kriegerischem Pflichtauftrag auf der anderen hin- und hergerissen und entscheidet sich schließlich für den Bruderkrieg. Dieser endet mörderisch für alle Parteien. Es gibt nur Verlierer.

Die *Bhagavadgita* ist das Kriegerepos schlechthin, sie stellt den Kampf als eine göttliche Pflicht dar und fragt weder nach Zweck noch nach Mitteln. Von einem humanistischen Standpunkt aus gesehen ist dieses »Meisterwerk der Weltliteratur« und »heilige Buch« brutal, rücksichtslos, gefühllos und zynisch. Es eignet sich somit ideal als ein spiritueller Leitfaden für SS-Führer. Hauer arbeitete unter anderem fünf Aspekte des Kriegergedichtes heraus, die wir uns näher ansehen wollen:

Die Bhagavadgita ist ein Yoga-Lehrbuch für Krieger
Der Krieg ist der ultimative Initiationsweg
Der Krieg macht selbst vor dem eigenen Blut nicht Halt
Leben und Kampf sind immer tragisch
Der Krieg kann zur mystischen Vereinigung mit der Gottheit und zur Erleuchtung führen

Die Bhagavadgita ist ein Yoga-Lehrbuch für Krieger

Hauer verweist darauf, dass im VI. Gesang der *Bhagavadgita* ein echtes Yogahandbuch vorliege. Dort werde gelehrt, wie der *Kshatriya* seine inneren Emotionen und Gedanken unter Kontrolle und zur Ruhe bringen kann. Zentraler neben dieser meditativen Technik sei jedoch der »Yoga der Tat« (*Karma Yoga*), der eine einmalige Ausformulierung in Vers IV, Z. 18 gefunden habe: »Wer im Tun das Nicht-Tun kann erscheinen lassen und im Nicht-Tun das Tun«, zitiert der Indologe, »der ist der Weise unter Menschen, der ist ein Angejochter [Yogi], ein Voll-Werk-Vollbringer.«[59] Weltabkehr und Weltbejahung, wie sie sich in der indischen Kultur finden, sind – nach Hauer – *beides* Charaktermerkmale des »indo-arischen Wesens. Ihr [der Weltabkehr] in polarer Spannung zugeordnet ist eine unerhörte Tatkraft, die in männertrotzenden Kriegern, im Bau von großen Reichen und Kulturen sich durch Jahrtausende immer mehr auswirkte.«[60]

Die *Bhagavadgita* gibt vor, dass auch durch die »Tatkraft« des Kriegers Erleuchtung erlangt werden kann. Deswegen – so Hauer – eigne sie sich ganz besonders als spirituelle Lehre für das aktiv eingestellte Abendland, das heißt – auf 1930er-Jahre bezogen – für die sich mit dem NS-Regime herauskristallisierende Kriegerkaste: »Sie [die *Bhagavadgita*] hat das tiefsinnige, aber köstliche Geheimnis allen wahren Tuns enthüllt, dass Erlösung vom Werk allein durch das Werk geschieht. An diesem Punkte wird der Yoga weltgestaltend im höchsten Grade. Es ist dieselbe Art einer lebendigen und wahren ›Introversion‹, die im fernen Osten der Zen-Buddhismus vollbracht hat, wo ebenfalls die Kriegerkaste der Samurai durch den scheinbar ganz nach innen gewandten Buddhismus zu bedeutsamer geschichtlicher Gestaltungskraft gelangte.«[61]

Der Krieg ist der ultimative Initiationsweg

Für den Krieger der *Bhagavadgita* werden Kampf und Schlacht zum ultimativen Initiationsweg: »Am Anfang und am Ende des Werkes steht die strenge Forderung ›Kämpfe!‹«[62] Kampf bedeutet für den Kshatriya alles: Aufgabe, Lebensstil, Bestimmung: »Dieser Kampf ist Schicksal«, schreibt Hauer. »Er wird hingenommen als eine Fügung, aus der es kein Entrinnen mehr gibt. Darum taucht die Frage, warum denn dieser Kampf überhaupt ausbrach, ob er nicht noch rückgängig gemacht werden könnte, gar nicht auf. Nach dem Wie und Warum dieses Schicksals kann nicht mehr gefragt werden, weil ja niemand das dunkle Walten der Geschichte zu begreifen vermag.«[63] Der Krieg und das Töten werden zum Selbstzweck, zur absoluten Pflicht, zum *summum bonum*. »Behalt im Auge Deine Pflicht und wanke nicht. Nichts gibt es Höheres für den Krieger als den Kampf, der ihm als Pflicht ist auferlegt. Glücklich sind die Krieger, denen das Schicksal einen solchen Kampf beschert. Es ist das Tor zum Himmel, weit geöffnet«, erklärt Krishna dem Arjuna.[64]

Der Krieg macht selbst vor dem eigenen Blut nicht Halt

Gleich welcher Konfliktsituation ein Krieger ausgesetzt sein mag, er muss sich immer und in jedem Fall für den Krieg und nicht für den Frieden entscheiden, auch wenn dieser Krieg die eigenen Verwandten, das eigene »Blut« trifft: »Der geschichtliche Vorwurf der *Bhagavadgita* ist ein uraltes indogermanisches Motiv: Der Widerstreit in der Pflicht des Kriegers, der für Ehre und Reich kämpfen muss und damit am eigenen Blute schuldig wird. Das ist ein echt tragisches Motiv. [...] Es ist bezeichnend für indogermanisches Seelentum, dass gerade an dem Widerstreit von Kriegerpflicht und Liebe zum eigenen Blut der Pflichtenkonflikt des Lebens gestaltet wird.«[65] Interessant an dieser Aussage ist, dass hier Reich und Ehre höher gestellt werden als die Rasse (das eigene Blut). Diese Logik des »Brudermordes« wurde 1934 im selben Jahr, als Hauers *Bhagavadgita*-Text erschien, von der SS nachvollzogen, als sie in der »Nacht der langen Messer« die Führungselite der SA, die von »eigenem Blute« war, liquidierte.

Leben und Kampf sind immer tragisch

»Leben und Kampf sind immer tragisch«, lesen wir bei Hauer. »Die Tragik jedoch macht den Helden.«[66] Tragik und blinder »Schicksalsglaube« werden demnach zum höchsten Maßstab kriegerischer Charakterbildung. Der Krieger vollzieht einen kategorischen Imperativ zum Blutvergießen. Indem er erkennt, dass die zerstückelten Leiber der von ihm Erschlagenen nur die endlichen »Ausstrahlungen der Materie« sind, hinter der sich der ewige unzerstörbare »Seinsgrund« (*purusha*) verbirgt, muss er alle irdischen Schlachtfelder als reine Illusion ansehen. »Wer meint, dass Jener [der *purusha*] töte oder getötet werde, der ist im Irrtum beiderseits. Denn Jener tötet nicht, noch wird er je getötet.«[67] Getötet werden »nur« die Leiber und diese sind vom Krieger zu vernichten, damit er höhere Erkenntnis erlangen kann. »Der Kämpfer, der töten muss, wird also dadurch nicht zum Zerstörer des Menschen, er ist nur das ausführende Organ des Geschehens im Weltlauf.«[68] Auch vor der Vernichtung des eigenen Leibes darf der Krieger nicht Halt machen, auch diesen muss er auf dem Altar der Götter darbringen: »Unrecht ist es für den Krieger, zu Hause zu sterben; in der Schlacht zu sterben ist des Kriegers ewige Pflicht.« [69]

Aber es kommt noch dramatischer, denn die Schuld, welche der Krieger durch seine Bluttat auf sich lädt, wird in der *Bhagavadgita* keineswegs in Frage gestellt. Denn »alles, was der Mensch anfasst, ist mit Schuld behaftet wie das Feuer mit Rauch«.[70] Es ist deswegen geradezu die Pflicht des Kshatriya, sich als »schuldig« zu bekennen: »Du sollst das Werk, das dir nach deinem Wesen zugeordnet ist, nicht verleugnen, [...] auch wenn es mit Schuld behaftet ist.«[71] Schuld darf deswegen nicht zur Sühne führen, sondern ist als die Erfüllung des Schicksals zu akzeptieren. Kombiniert mit der Verweigerung von Wandlung muss diese Akzeptanz als eine »ethische« Legitimation des Verbrechens angesehen werden.[72]

Der Krieg kann zur Erleuchtung führen

Die *Bhagavadgita* beinhaltet eine »Metaphysik des Krieges«, eine klare Handlungsanweisung zum Töten. Heldenhaftigkeit, Energie, Standhaftigkeit, geschickte Taktik, sich ganz hingeben an die Schlacht, Freigebigkeit, Herrschergewalt und Regiment – so beschreibt das Gedicht den Charakter des Kriegers. Das sind noch Merkmale, die nicht nur in der SS, sondern in allen Armeen der Welt beschworen werden. Aber die *Bhagavadgita* strebt nach mehr, es stößt durch zur Transzendenz und macht den Krieg zu einem »Mysterienereignis«, das sich bewusst jenseits jeglicher Mittel-Zweck-Diskussion stellt. Sie verwandelt das Schlachtfeld zur heiligen Messe. Nichts Höheres kann ein wahrer Krieger anstreben als das Töten um des Tötens willen. Deswegen widerspricht es den heiligen Gesetzen der Kshatriya-Kaste, irgendeinen persönlichen Vorteil aus dem Blutvergießen zu ziehen: »Mit dem Werke hast du es zu tun, niemals mit der Frucht der Werke. Sei keiner von denen, die um des Nutzens willen handeln«, spricht Krishna zu Arjuna.[73] Die Frage, wofür gekämpft, und die Mittel, mit denen gekämpft wird, sind ohne Belang. Von Bedeutung ist nur, dass gekämpft und dass getötet wird. Krieg ist Opfer und Weihehandlung, Krieg ist blutiger Gottesdienst.

Auf dem Zenit des Gemetzels erblickt der Krieger in der *Bhagavadgita* in ekstatischer Schau die Gottheit. Die Zerstückelung und Vernichtung der Körper wird als Eucharistie erfahren, der Mord als sakramentale Vereinigung mit der Gottheit. Wenn sich das eigene Blut mit dem der Feinde vermischt, findet die *unio mystica* statt. Alles versinkt in einer gnadenlosen Lichtflut: »Ich schaue dich mit der Krone, mit der Keule und dem Diskus als eine Glanzenergiemasse, die nach allen Seiten hinstrahlt, dich, den schwer zu Schauenden, den Glanz von Feuerflammen und von Sonnen, den Unermesslichen«, ruft Arjuna aus, als ihm Krishna erscheint.[74] Aber das Sonnenantlitz, in das er blickt, gehört keinem anderen als dem gnadenlosen Tod: »Ich bin der mächtige Tod«, spricht Krishna, »hierher gekommen zur Vernichtung. Darum auf, erwirb dir Ruhm, besiege deine Feinde und tritt die hohe Herrschaft an. Von mir sind diese alle schon im Voraus getötet. Du sei das Werkzeug nur, du Linkshändiger.«[75]

Die Bhagavadgita und die SS – Grausamkeit als Tugend

Schon 1925 hatte Heinrich Himmler gefordert: »Kshatriya-Kaste, das müssen wir sein. Das ist die Rettung!«[76] Dass er sich zur *Bhagavadgita* so hingezogen fühlte, dazu mag auch die Orgie von Blut, Brutalität und Barbarei beigetragen haben, die sich 1934 bei der Niederschlagung des »Röhm-Putsches« ereignete. Standen sich in der »Nacht der langen Messer« zwar keine Verwandten, so doch alte »Kampfgenossen« und Angehörige des gleichen Blutes (»Arier«) gegenüber. Die mörderische Bluttat der damaligen SS an der SA-Elite konnte wohl möglich das Gewissen des Reichsführers belastet haben und er bedurfte deswegen einer Rechtfertigung, die sich leicht aus dem indischen Kriegergedicht ableiten ließ.

Die folgenden Lehrinhalte und Bilder aus der *Bhagavadgita* erscheinen geradezu prädestiniert für das metaphysische Selbstverständnis des Schwarzen Ordens.

Der Krieg als Selbstzweck
Krieg und Massenmord – eine »selbst gewählte Schuld«
Der Krieger und die absolute Gefühlskontrolle
Die Sakralisierung der Grausamkeit
Die Kriegerkaste als gesellschaftliche Elite
Der indische Gott Krishna spricht durch Hitler

Der Krieg als Selbstzweck

Walther Wüst erklärte – ganz im Sinne der *Bhagavadgita* – den Krieg und das Blutopfer zum Selbstzweck: »Kampf im Osten, Kampf im Westen, Kampf in Nord und Süd, […] Kampf zwischen Einzelnen, Kampf zwischen Geschlechtern, Kampf zwischen ganzen Völkern und Rassen. Wie viel große Szenen, wie viel grausige! Und doch werden diese dauernden Kämpfe erst voll deutbar, wenn wir sie als die nicht wegdenkbaren Begleiter dauernder neuer Gestaltung verstehen, wenn wir als Urquell so vieler Ströme von Blut eine echte Kampfgesinnung und den Willen zu heldischer Bewährung erkennen, wenn wir diese Kämpfe als Ausfluss gesunder Spannung nehmen und dann zu den Denkmalen aufblicken können, die sich indogermanischer Opfermut unvergänglich errichtet hat.«[77] Noch plastischer drückte diese Idee vom »heroischen Realismus« der SS-Obergruppenführer Dr. Werner Best aus, der schon 1930 festlegte: »Der Kampf ist das Notwendige, Ewige, die Kampfziele sind zeitbedingt und wechseln. Deshalb kann es auch auf den Erfolg des Kampfes nicht ankommen […] So bleibt als Maß der Sittlichkeit nicht ein Inhalt, nicht ein Was, sondern das Wie, die Form.«[78]

Die *Bhagavadgita* schließt die Selbstvernichtung des Kriegers mit ein, das führt zu einer mystisch-tollkühnen Sehnsucht nach Tod und Untergang, eine Mentalität, die sich innerhalb der Waffen-SS gegen Ende des Zweiten Weltkrieges verbreitete. Die Einheiten erlitten riesige Verluste und fanden bei ihren Gegnern kein Pardon mehr. Sie wurden zum »verschworenen und verlorenen Haufen«.[79] Von O. J. Plassmann, führender Kopf im SS-Ahnenerbe, wurde der Krieg wie in der *Bhagavadgita* als Epiphanie, als Erscheinung des Göttlichen entdeckt. Der Chefredakteur der Zeitschrift *Germanien* forderte den erneuten Glauben an die »Gegenwart der Gottheit im Kampfe«.[80]

Krieg und Massenmord – eine »selbst gewählte Schuld«

Der Krieg bewirkt in der *Bhagavadgita* dunkle und fluchbeladene Schuld, die der Krieger jedoch bewusst auf sich zu nehmen hat. Ganz in diesem Sinne ist sich auch

Heinrich Himmler über die Ungeheuerlichkeit seiner Verbrechen voll im Klaren: »Es ist der Fluch des Großen, dass er über Leichen schreiten muss, um neues Leben zu schaffen. Wir müssen aber neues Leben schaffen, der Raum muss keimfrei sein, sonst kann es nicht gedeihen.«[81] Keimfrei: das bedeutet für ihn frei von Juden. Dass die SS die Vernichtung der Juden »überstehen konnte, ohne dass sie an ihrer Moral oder an ihrer Seele Schaden gelitten hat, das rechne ich ihr als Gründer dieser SS und als Reichsführer-SS als das schwerste und am meisten in die Waagschale Fallende an.«[82] Auch hinter diesem Himmler-Zitat steht jene spezifische Verbindung von »Ethos« und Massenmord, die wir aus der *Bhagavadgita* kennen.

Die gemeinsam begangene Bluttat hatte zudem die Funktion, die SS-Männer zusammenzuschweißen. Das blutige Band kollektiver Schuld wurde bewusst geschmiedet. »Jeder Mann seiner Einsatztruppe musste zum Partner einer kollektiven Schuld werden«, erinnerte sich der Chef der »Einsatzgruppe C Dr. Dr. Rasch« nach dem Kriege, »das gemeinsame Erleben des Grauens war dazu bestimmt, um die Einsatzgruppe das Band einer Kameradschaft zu schlingen. Das kollektiv verschuldete Blut sollte zum Kitt werden, der alle zusammenhielt.«[83]

Auch wenn sich Jakob Wilhelm Hauer persönlich nicht an den Massenmorden der SS beteiligte, so gibt es doch ein persönliches Band, das ihn mit der unmittelbaren Nähe des Schreckens verknüpft: Sein ehemaliger Schüler und spätere Sekretär der »Deutschen Glaubensbewegung«, Paul Zapp, wurde nach dem Krieg wegen aktiver Beteiligung an der Ermordung von 13.000 Personen in der Ukraine und auf der Krim zu lebenslanger Haft verurteilt. In seinem Prozess erklärte er, dass die von ihm begangenen Verbrechen die unmittelbare Folge von Hauers Lehrinhalten gewesen seien.[84]

Nach 1945 werden die Morde der SS an Millionen Juden von der Wahlinderin Savitri Devi (»Hitlers Priesterin«) mit den folgenden Zeilen aus der *Bhagavadgita* gerechtfertigt: »Drum, ohne dran zu hängen je, führ aus die Tat, die deine Pflicht! Wer handelt ohne Hang zur Welt, der Mensch erreicht das höchste Ziel.« (III, Verse 19/20) In der Schutzstaffel inkarnierte sich für Devi die alte indo-arische Kriegerkaste. »Siehe als Gleiches an – Vergnügen und Leid, Gewinn und Verlust, Sieg und Niederlage und gürte dich für die Schlacht!«, diese Maxime Krishnas ist ihrer Meinung nach eine Grundeinstellung in der SS gewesen.[85]

Der Krieger und die absolute Gefühlskontrolle

Wenn der Historiker Eugen Kogon über die Härteausbildung der SS-Totenkopfwachverbände schreibt, dass hier »alle Hass-, Macht- und Unterdrückungstriebe wachgerufen und durch Praxis wie Anschauung in den KL (Konzentrationslagern) bis zur Weißglut entfacht« wurden, dann übersieht er dabei die immer wieder von den SS-Männern geforderte und praktizierte Gefühlskontrolle.[86] Nicht aus Leidenschaft, sondern aus eiserner Kälte heraus sollte getötet werden. Dies war jedenfalls die Maxime in den höheren Rängen. Hass und Wut sollten ebenso transzendiert werden wie Moral und Mitleid. So wie die archaischen Krieger aus der *Bhagavadgita* ihre inneren Emotionen überwanden, so arbeiteten die SS-Männer an der »Überwindung des inneren Schweinehundes«. Himmler war in diesem Punkt sehr klar: »Ein Herrenvolk muss in der Lage sein, Menschen, die für die Gemeinschaft schädlich sind, aus der Gemeinschaft ohne christliche Barmherzigkeit auszuschalten, dabei jedoch anständig zu sein, nie einen Menschen zu quälen. [...] Ein Herrenvolk muss in der Lage sein, zu schießen, wenn der Schädling flieht, es muss in der Lage sein, ihn niemals zu beschimpfen.«[87]

Die »hohen Ideale« der altindischen Kriegerkaste sind das Resultat einer strikten Dressur des Geistes und der Emotionen, die nur durch Yogapraktiken effektiv erlernt werden können. Erst dieses meditative *Know-how* ermöglicht es den *Bhagavadgita*-Kriegern, ihre grausamen Tötungsakte mit voller »Coolness«, geradezu mit einem inneren Unbeteiligtsein, einer Haltung des »Nicht-Verhaftetseins« zu bewerkstelligen, so als beobachteten sie das blutige Geschehen von außen, obgleich sie es selber bewirken. Ganz in diesem Geiste, der so typisch für das Bewusstsein eines »Yogikriegers« ist, versuchte sich Rudolf Höß, Lagerkommandant von Auschwitz, jenseits seiner selbst zu stellen, während er sein grauenhaftes Handwerk verrichtete: »Es gab für mich kein Entrinnen. Ich musste den Vernichtungsvorgang, das Massenmorden weiter durchführen, weiter erleben, weiter kalt [!] auch das innerlich zutiefst Aufwühlende mit ansehen.«[88]

Sakralisierung der Grausamkeit

Eigentlich sollte man glauben, dass die *Bhagavadgita* als spirituelles Lehrgedicht eine »grausame« Kriegsführung verwirft. Aber das Gegenteil ist der Fall! In der indischen Bruderschlacht wird geköpft, zerschnitten, zerstückelt, erdrosselt, gefoltert, zerschmettert, geblendet, durchlöchert und erdrückt – alle nur denkbaren Tötungsarten werden auf dem Schlachtfeld praktiziert. Viele, insbesondere die exponierten Helden, sterben einen langsamen, qualvollen Tod. Das Lehrgedicht beschreibt durchgängig ein abstoßendes und grausames Gemetzel. Grausamkeiten haben auch die Geschichte des »Schwarzen Ordens« bestimmt und ebenso wie in der *Bhagavadgita* wurden die schrecklichen Taten von Angehörigen der Waffen-SS insbesondere der SS-Totenkopfverbände durch »hohe Ideale« legitimiert.[89]

Auch Hitler soll – nach Rauschning – die Grausamkeit zu einer Tugend kommender Generationen erklärt haben: »In meinen Ordensburgen wird eine Jugend heranwachsen, vor der sich die Welt erschrecken wird. Eine gewalttätige, herrische, unerschrockene, grausame Jugend will ich. [...] Schmerzen muss sie ertragen. Es darf nichts Schwaches und Zärtliches an ihr sein. Das freie, herrliche Raubtier muss erst wieder aus ihren Augen blitzen. [...] Wir müssen das gute Gewissen zur Grausamkeit wiedergewinnen. [...] Ja! Wir sind Barbaren. Wir wollen es sein. Es ist ein Ehrentitel«, lässt Rauschning Hitler sagen.[90] Die Barbarei wird hier zum »Ethos«, Erbarmungslosigkeit zum kategorischen Imperativ, die Schlacht zum »Gottesdienst«.

Die Kriegerkaste als gesellschaftliche Elite

Im Gegensatz zur NSDAP war die SS als Elitetruppe konzipiert und sollte dies auch nach dem Kriege bleiben. Hitler und Himmler schwebte die Schaffung einer neuen Kriegeraristokratie vor. »Wir wollen für Deutschland eine auf Jahrhunderte hinaus immer wieder ausgelesene Oberschicht, einen neuen Adel, der sich immer wieder aus den besten Söhnen und Töchtern unseres Volkes ergänzt, schaffen«, proklamierte der Reichsführer-SS, »einen Adel, der niemals alt wird, der in der Tradition und der Vergangenheit, soweit sie wertvoll ist, bis in die grausten Jahrtausende zurückgeht und der für unser Volk ewig eine Jugend darstellt.«[91] Auch ein solches Programm konnte aus der indischen Kshatriya-Tradition abgeleitet werden: »Der Grundzug der indo-arischen Religion ist ein aristokratischer«, fasste Hauer zusammen. »Es wird hier merkwürdig wenig Rücksicht auf die Massen genommen.«[92]

Der indische Gott Krishna spricht durch Hitler

Heinrich Himmler hatte eingedenk des folgenden *Bhagavadgita*-Verses auf die Parallele zwischen Hitler und Krishna verwiesen: »Sooft der Menschen Sinn für Recht und Wahrheit verschwunden ist und Ungerechtigkeit die Welt regiert, werd ich aufs Neu geboren, so will es das Gesetz. Ich trage kein Verlangen nach Gewinn.«[93] Auch die bereits erwähnte Savitri Devi nimmt nach dem Krieg diesen Vergleich an mehreren Stellen ihrer Schriften auf und feiert den NS-Führer geradezu als inkarnierte indische Gottheit. »Denn immer, wenn die Frömmigkeit hinschwinden will, o Bhârata«, zitiert »Hitlers Priesterin« aus dem vierten Gesang des Kriegsgedichts unter Bezug auf den deutschen Diktator, »Ruchlosigkeit ihr Haupt erhebt, dann schaffe ich mich selber neu. / Zum Schutz der guten Menschen hier und zu der Bösen Untergang, / Die Frömmigkeit zu fest'gen neu, entsteh in jedem Alter ich.«[94] Während ihres Deutschlandaufenthaltes hatte sie, als sie sich mit einem ehemaligen Klassenkameraden Hitlers in Leonding unterhielt, eine Vision, in der die Gesichtzüge des »Führers« mit denen Krishnas verschmolzen. »Sie war sicher, dass sie ihn Jahrhunderte lang gesucht hatte, Leben um Leben, bis sie sich klar wurde, dass der Gründer des Dritten Reiches in der Tat er [Krishna] war, derjenige, der immer dann zurückkehrt, wenn es notwenig ist, die Frömmigkeit zu fest'gen.«[95]

Der vedische Kriegsgott Indra – ein Vorbild für den Schwarzen Orden?

Jakob Wilhelm Hauer glaubte in den indischen Religionen die »Grundtypen« des indo-arischen Urglaubens entdeckt zu haben. Er war kein romantischer Outsider und kein Okkultist, sondern ein hervorragender, hoch qualifizierter, von seinen Kollegen voll akzeptierter Orientalist. Sein Buch *Yoga als Heilsweg* gilt auch heute noch als Grundlagenwerk und wurde in überarbeiteter Form nach dem Kriege erneut aufgelegt.[96] Seine wissenschaftliche Ausbildung, sein Aufenthalt in Indien, seine unbestrittenen Fachkenntnisse, aber auch seine konsequent antichristliche Einstellung machten ihn zu einer Königsfigur in der NS-Religionsdebatte, obgleich er auf seine öffentlichen Auftritte als Prediger des neuen deutschen Glaubens verzichten musste. Hauers Arbeit, wir wiederholen es, war der Versuch, ein Gros der klassischen indischen Philosophie und Mythologie mit Elementen der NS-Ideologie zu verschmelzen, um die Fundamente einer »NS-Kshatriya-Religion« zu legen.

Es gab jedoch noch andere Indologen als Jakob Wilhelm Hauer und Walther Wüst, die daran arbeiteten, das archetypische Bild des Kriegers aus indischen Quellen für die Deutschen fruchtbar werden zu lassen. Herman Lommel zum Beispiel. Der Frankfurter Lehrstuhlinhaber für indogermanische und arische Philologie bedauerte es, dass die deutsche Öffentlichkeit die Welt der indischen Arier, die zeitlich und räumlich so fern voneinander seien, nicht genügend und mit einer falschen Sicht wahrgenommen habe. Das gelte selbst für Arthur Schopenhauer. Zwar erkannte der Philosoph »die in letzte Untergründe dringende Schau durch den Schleier der Maya, die Aufhebung des *principium individuationis*, die Überwindung des Willens zum Leben [...] mit genialem Tiefblick als seiner Lehre verwandt«.[97] Aber für Lommel ist eine solche Weltsicht, der Schopenhauer in den *Upanishaden* nachspürte, schon eine Verfallserscheinung. Auch dem Buddhismus, dieser »Moralität der Selbstverleugnung«, steht der NS-Indologe skeptisch gegenüber: »Niemand vermag heute zu sagen, wie viel von all dem arisch ist.«[98]

Deswegen sah Lommel in der pro-buddhistischen Position, wie sie von Jakob Wilhelm Hauer und Walther Wüst vertreten wurde, eine Art Verblendung: »Diesem Vorurteil zu widersprechen und durch Zurückgehen auf die eigentlich arischen Quellen der wirklich alten Überlieferung, die in eine den *Upanishaden* und allem, was in Indien darauf folgt, weit voraus liegende Zeit führen, die ungebrochene Kraft der Bejahung des Willens zum Leben als ursprüngliche arische Wesens- und Sinnesart zu zeigen ist die vorzüglichen Aufgabe der arischen Geisteswissenschaft.«[99] Deswegen ging es dem Frankfurter Professor darum, ein arisches Urwissen herauszuschälen, das am Reinsten noch im *Rigveda* zu finden sei. Danach beginne der Abstieg, selbst die *Bhagavadgita* stehe schon allzu sehr unter dem Gesetz asketischer Weltverneinung.

Arisch sind nach Lommel Tat- und Sinneskraft, arisch ist ihm vor allem die »markige Hünengestalt des Kriegsgottes Indra, der überschäumt von wilder Berserkerhaftigkeit und lachender Lebensfreude«.[100] Im Kriegsjahr 1939 widmete der Indologe diesem martialischen Schlägertypen unter den indischen Göttern eine gesonderte Studie mit dem Titel *Der arische Kriegsgott*. Das Buch ist in der expliziten Absicht geschrieben, Indra mit rotem Haupt- und Barthaar und einer Blitzschleuder in der Hand als einen göttlichen Archetypen der ur-arischen Religion herauszuarbeiten, der nicht nur in der Vergangenheit viele Eigenschaften mit den germanischen Gottheiten Thor und Odin/Wotan aufweise, sondern ebenfalls als Orientierungsbild für eine mögliche NS-Religion dienen könne.

Sonne, Donner und Blitz sind seine Elemente; Schnelligkeit, Wucht, Treffsicherheit und Elastizität seine Kampftechniken; Trinken und Essen bis zum Umfallen sein höchstes Vergnügen. Er lebte mehr im Drogenrausch als bei vollem Bewusstsein. »Dieser Rausch ist das Sinnbild der strotzenden Fülle und des plötzlichen Ausbruchs. Er wirkt sich nicht nur in der kriegerischen Kampfeswut aus, sondern ist auch geschlechtlicher Art, wo die drängende Geladenheit mit Vehemenz befreit.«[101] Indra sei ein Naturgott und deswegen grausam und dennoch voller Unschuld. Um sich geschart habe er eine Truppe von Jungmannen (die *Marut*), mit denen er polternd und ungehemmt über die Lande zieht, überschäumend vor Kampfeslust und Lebensfülle. Die *Marut* sind wild, zornwütig, unheimlich, brüllend, Schrecken erregend, aber manchmal auch gütig, hilfreich, spendabel, fruchtbringend. Immer aber sind sie stürmisch. Lommel vergleicht sie mit Odins »wildem Heer«, das lärmend durch die Raunächte reitet.

Der Autor erkennt sehr wohl, dass der anarchische Indra, der sich ständig schmeicheln lässt und nach Anerkennung giert, kaum als Vorbild für eine moderne Armee dienen konnte. Aber er verliere deswegen – so der Indologe – nicht seine mythische Bedeutung für die arische Weltanschauung. Er sei nicht Beispiel und Vorbild, sondern ein Archetyp des Krieges als solchem und dieses Urbild könne für die wieder entstandene indogermanische Religiosität fruchtbar werden. Hemmungslose Freude am Krieg ist hier die primäre Eigenschaft, Freude an der Vernichtung des Feindes und am Sieg, kurz Freude am Töten, aber nicht aus metaphysischer Pflicht – wie in der *Baghavadgita* –, sondern aus reinem Übermut, aus herzhafter Unbefangenheit und »Treuherzigkeit« wird hier gemordet.

Indra ist nicht »bösartig«, auch er verschüttet Blut ohne Hass und Verbitterung, aber nicht weil er seine Gefühle kontrolliert, sondern aus lauter Spaß. »Wenn der Gegner grässlich erschlagen liegt und grauenhaft zerschmettert ist – dem Sieger haftet nichts Grauenhaftes an und er bewahrt seine strahlende Fröhlichkeit.«[102] Deswegen hegt er auch keinen Groll. »Er ist kein König, der Recht spricht, sondern ist der Heerkönig, der darin recht tut, dass er den Feind niederwirft.«[103] Lommel nennt ihn ein »Prachtexemplar«. In Figuren wie »Siegfried« und »Parsifal« genossen solche »Prachtjungen« als »thumbe Thore«, als »naive Recken«, als »fröhliche Jungkrieger« in der NS-Ideologie eine beachtliche Wertschätzung.

Für eine asketisch-straffe, obrigkeitsstaatliche Organisation wie die SS konnte jedoch ein »Barbar« wie Indra kaum als Archetyp dienen. Dieser Säufer, Hurer und Prahlhans unter den indischen Göttern war allenfalls etwas für die plebejische SA, die aber im Kriege kaum noch in Erscheinung trat. Die SS wollte aus einem anderen Geist heraus handeln und so war es für Himmler und Wüst naheliegend, die Philosophie der *Bhagavadgita* als Wegweiser zu schätzen und sich nicht nach der anarchischen Mythologie des vedischen Naturgottes Indra zu orientieren. Disziplin, Gefühlskontrolle, Opferbereitschaft, Gehorsam – all das geht diesem ab. Raum für Willkür, Wutausbrüche und Ausschweifungen aber sollte es in der SS nicht geben.

Subhas Chandra Bose: der »Duce von Bengalen« und das NS-Regime

Schon 1932 hatte sich Hauer mit der Schrift *Indiens Kampf um das Reich* für den indischen Nationalismus stark gemacht. Er verweist hierin vor allem auf die »Bedeutung des Religiösen in der indischen Reichsbildung« und wagt einen Vergleich mit der nationalsozialistischen Machtergreifung: »Ost und West haben je ein geistiges Sturmzentrum, von dem geheim die entscheidenden Wirkungen ausgehen: Indien und Deutschland.«[104] Beide Länder kämpfen für dieselbe Sache, auch wenn sich die Mittel, deren sie sich bedienen, unterscheiden: »In diesem Geiste«, so Hauer, »fühlen wir uns mit Indien in seinem Kampfe eng verbunden, und ich weiß, dass sich so auch viele Inder mit dem um Freiheit und Reich ringenden Deutschland verbunden fühlen, auch wenn unsere Wege in der Wahl der Mittel in diesem Kampf an dem einen Punkt auseinander gehen sollten, wo die einen *Ahimsa* [Gewaltlosigkeit] gehorchen und die anderen in die Überzeugung gezwungen werden, dass ohne Blut kein Reich auf Erden gebaut werden kann.«[105] Auch Heinrich Himmler stand dem nationalen Indien sehr positiv gegenüber: »Wir Deutsche müssen schon aus Gerechtigkeitsgefühl für diesen Freiheitskampf der Inder höchste Sympathie haben.«[106]

Die letzte große Aufgabe, der sich Jakob Wilhelm Hauer im Dritten Reich widmete, war die Planung eines Indieninstitutes. Der Professor versuchte, sich der Mitarbeit sämtlicher Indologen Deutschlands zu versichern. Dabei kam es zu einer Zusammenarbeit mit dem Führer der »Nationalen Freiheitsbewegung« Indiens, Subhas Chandra Bose (1897–1945). Auch Walther Wüst plädierte für eine enge Kooperation mit Bose und plante mit ihm die Herausgabe einer Indienzeitschrift und einen deutsch-indischen Kongress der Indologen.[107] In dem indischen Nationalistenführer trafen die beiden SS-Ideologen Wüst und Hauer auf einen entschiedenen Kämpfer, der das pazifistische »Ahimsa-Prinzip« Gandhis überwunden hatte.

Bose war im Geiste des Gurus Ramakrishna (1836–1886) und dessen Schülers Vivekananda (1863–1902) erzogen worden und pflegte eine große Bewunderung für Sri Aurobindo (1872–1950). Schon in seiner Jugend sann er über ein Revival der indisch-arischen Rasse nach und suchte auf einer Pilgerreise bei verschiedenen Brahmanen Rat. Er wurde Präsident des bengalischen Provinzkongresses und 1930 Bürgermeister von Kalkutta. In seiner Antrittsrede forderte er eine »Synthese zwischen Sozialismus und Faschismus«.[108] Auch andere rechtsextreme Inder waren von der ideologischen Orientierung der Nazis fasziniert. Im Jahre 1938 schrieb zum Beispiel M. S. Golwakar: »Als es die Reinheit seiner Rasse und seiner Kultur bewahren wollte, schockte Deutschland die Welt, als es damit begann, das Land von den semitischen Rassen, den Juden, zu reinigen. Rassenstolz in höchster Vollendung hat sich hier manifestiert. Deutschland hat auch gezeigt, dass es für Rassen und Kulturen so gut wie unmöglich ist, in einem vereinten Ganzen integriert zu werden, wenn Unterschiede bestehen, die bis in die Wurzel reichen: eine gute Lehre für uns in Hindustan, um daraus zu lernen und zu profitieren.«[109]

Wegen seiner anti-britischen Haltung musste Bose emigrieren und ging nach Europa. Dort traf er mit Benito Mussolini zusammen und wurde freundlich empfangen. Im Gegensatz hierzu gab es im Dritten Reich, nicht zuletzt unter dem Einfluss von Alfred Rosenberg, eine gewisse ablehnende Haltung gegenüber dem »modernen« Indien. Der Rassenideologe schätzte zwar ebenfalls die altindische Philosophie als arisches Kulturerbe, war jedoch der Meinung, dass die ehemalige Herrenschicht des Landes de facto durch ständige Rassenvermischung ausgerottet sei. So stellte er, ebenso wie Hitler, die Verwaltung des Subkontinents durch die »arischen« Engländer als ein nachahmenswertes Vorbild dar und forderte in den 1930er-Jahren, dass Großbritannien gegenüber den Freiheitsbestrebungen der Inder im Interesse der weißen Rasse nicht nachgeben dürfe.

Bose, der nach Deutschland gereist war, um dort für die Unterstützung seines erwachten Nationalstaates zu werben, stieß deswegen nicht auf allzu große Gastfreundschaft. Durch Vorträge und Artikel, in denen er unter anderem auch auf das gemeinsame »arische Erbe« der Deutschen und Inder verwies, versuchte er systematisch das »Vorurteil« abzubauen. Aber erst 1941 gelang es ihm, die Nazis davon zu überzeugen, eine indische Legion gegen die Briten unter seiner Führung aufzubauen.[110] Rekrutiert wurden die Legionäre aus indischen Gefangenen, die auf britischer Seite in Nordafrika gegen Generalfeldmarschall Rommel gekämpft hatten und die über Italien nach Deutschland transportiert worden waren. Bose sprach sie unter anderem mit den Worten an: »Hitler ist euer Freund, der Freund der Arier, und ihr werdet nach Indien als die Befreier eures Mutterlandes zurückkehren.«[111] Die Inder trugen deutsche Uniformen mit Adler- und Swastika-Abzeichen, in denen sie ihre eigenen religiösen Symbole wiedererkennen sollten. Sie hatten einen Eid auf den »Führer« als den Oberbefehlshaber der Wehrmacht und auf Chandra Bose zu schwören und kamen an der Westfront und in Norditalien zum Einsatz. 1945 geriet die indische Legion in amerikanische und britische Gefangenschaft.

Der deutsche Diktator soll die Legionäre in ihrem Hauptquartier in Dresden mit einer Rede beglückt haben. Von dieser Rede sind zwei Versionen erhalten, Teile aus beiden wollen wir abdrucken. Nach der ersten Fassung hat der Diktator Folgendes gesagt: »Deutsche Bürger, Soldaten und freie Inder! Ich nehme diese Gelegenheit wahr, Ihren tätigen Führer, Herrn Subhas Chandra Bose, zu begrüßen. Er ist gekommen, um all diese freien Inder zu führen, die ihr Land lieben und entschlossen sind, es von einem fremden Joch zu befreien. Ich würde es nicht wagen, Ihnen irgendeine Anweisung oder einen Ratschlag zu geben, denn Sie sind Söhne eines freien Landes und Sie werden ganz natürlich nur dem akkreditierten Führer [gemeint ist Bose] Ihres eigenen Landes folgen wollen.«[112]

Diese etwas zurückhaltende Rede mag durchaus der Wahrheit entsprechen, da Hitler dem *Indian Free Movement* immer noch skeptisch gegenüberstand. Eine andere Version derselben Ansprache, die von dem Dolmetscher, der die Übersetzung ins Hindustani machte, stammt, dürfte sicherlich eine Fälschung sein, sie zeigt jedoch, mit welchem religiösen Eifer die indische Seite darum bemüht war, politische Ereignisse und Personen ins Mythische zu transformieren: »Ihr habt Glück gehabt in einem Land mit einer glorreichen kulturellen Tradition, mit einer ungeheuren Menschenkraft geboren zu sein. Ich bin beeindruckt von der glühenden Leidenschaft, mit der ihr und euer Netaji [d.h. Führer, gemeint ist Bose] versucht, euer Land von fremder Herrschaft zu befreien. Der Status eures Netaji ist noch größer als der meinige. Während ich der Führer von 80 Millionen Deutschen bin, ist er der Führer von 400 Millionen Indern. Bei allem Respekt ist er ein größerer Führer und ein größerer General als ich selbst. Ich grüße ihn und Deutschland grüßt ihn. Es ist die Pflicht aller Inder, ihn als ihren Führer zu akzeptieren und ihm zu gehorchen. Ich hege keinen Zweifel daran, dass, wenn ihr dies tut, er Indien bald in die Freiheit führen wird.«[113] In modernen nationalfaschistischen Kreisen Indiens, in denen bis heute eine Vergöttlichung des indischen Faschisten Bose betrieben wird, zitiert man selbstredend die zweite Version.

Bose verließ am 8. Februar 1943 Deutschland mit dem U-Boot U-180 der Wehrmacht, um seine politische Aktivität, den Aufbau einer indischen Befreiungsbewegung unter japanischer Protektion, in Südostasien fortzusetzen. In einem Abschiedstelegramm an den »Indienverehrer« Heinrich Himmler brachte er »im Namen der nationalindischen Freiheitsbewegung die Gesinnung treuer Verbundenheit im gemeinsamen Kampf um Freiheit und Sieg« zum Ausdruck. Der Reichsführer-SS ließ ihm »diese Wünsche in gleicher Weise für Sie und Ihren Freiheitskampf, den Sie für das indische Volk führen«, zurück übermitteln.[114]

Die ersten Erfolge von Boses Zusammenarbeit mit den Japanern waren beachtlich. Der Inder stellte innerhalb kürzester Zeit eine Armee von 40.000 Soldaten aus drei Divisionen einschließlich einem Frauenregiment auf, die *Indian National Army*. Außerdem bildete er eine provisorische indische Exilregierung, die von Deutschland und Japan anerkannt wurde. Bis zum bitteren Ende stand er an der Seite der Japaner. Am 18. August 1945 starb er an den Folgen eines Flugzeugunfalls.

Viele Inder wollten ein Ableben Boses nicht wahrhaben. Geschichten wurden erzählt, dass er in China und Rußland gesehen worden sei oder er halte sich in einem Ashram in Indien auf oder er habe sich in den Himalaja zurückgezogen. So wurde der indische Nationalistenführer nach dem Tode von seinen Anhängern vergöttlicht. »Ein Avatar ist unsterblich und deswegen kann Bose nicht altern«, heißt es in einem Text. »Er erwartet einfach den Moment, wann er wieder erscheinen kann, um an der Spitze seiner Truppen das indische Volk von seiner Last und der internationalen Krise zu befreien.«[115] Der rechtsextreme Visionär Miguel Serrano, Gründer des »esoterischen Hitlerismus«, sieht Bose im apokalyptischen Heer (dem »letzten Bataillon«) eines Endzeitkrieges erneut an der Seite Adolf Hitlers in die Schlacht ziehen.[116]

Die »Runenokkultisten« im SS-Ahnenerbe und die esoterische Nazi-Tibet-Connection

Der Indologe Walther Wüst und der Naturwissenschaftler und Tibetforscher Ernst Schäfer waren die zwei universitären Aushängeschilder des SS-Ahnenerbes. Beide garantierten wissenschaftliche Seriosität. Daneben aber existierte eine mysteriöse, von okkulten Ideen und Phantasmen geprägte Szene, die durch Herman Wirths Rausschmiss keineswegs ausgeschaltet worden war, denn sie genoss die besondere Protektion und das inhaltliche Interesse Heinrich Himmlers. Darunter ragt Karl Maria Wiligut durch Originalität, Phantasie und Größenwahn besonders hervor. Der Historiker Goodrick-Clarke bezeichnet diese Leute – Emil Rüdiger, Günther Kirchhoff und Edmund Kiss – als die »Runenokkultisten«.[1]

Sie alle entstammten dem ariosophischen Milieu und dahinter leuchtet wie eine überstrahlende Fackel das Werk von Madame Helena Petrowna Blavatsky (1831–1891). Der Einfluss der Russin auf die Okkultszene des 20. Jahrhunderts ist überhaupt nicht zu übertreiben. In rechtsextremen Esoterikkreisen wurden ihre Schriften als wertvolle Quelle geschätzt, studiert und abgeschrieben. »Die gesamte Struktur der theosophischen Gedankenwelt bot sich an, ins Völkische übernommen zu werden«, schreibt Goodrick-Clarke.[2] So die Doktrin von den verschiedenen Wurzelrassen, in der Blavatsky die Überlegenheit der Arier festlegte. Die von ihr vertretene Karma- und Inkarnationslehre fand dort ebensolchen Zuspruch wie ihre Befürwortung der indischen Kastengesellschaft und die buddhistische Forderung nach Ich-Auflösung. Zentral war für sie eine Verbindung von Magie und Politik. Madame Blavatskys ausgesprochenes Ziel bestand darin, östliche und westliche Weisheitslehren »ganzheitlich« miteinander zu verschmelzen.

Lange vor den Nazis hatte sie das Hakenkreuz als ihr persönliches Symbol gewählt und verfocht die These vom Ursprung der Weltkulturen aus dem untergegangenen Kontinent Atlantis, die für Heinrich Himmler ebenso schlüssig war wie für Alfred Rosenberg. Die Russin behauptete zudem, dass atlantisches (arisches) Urwissen in den Schriften und Klöstern Tibets gehortet sei.[3] Als zentrale Quelle für ihre eigene Lehre bezeichnete sie das mystische *Buch von Dzyan*, das sie von einem tibetischen Meister empfangen haben will und zu dem sie ihr Hauptwerk, die *Secret Doctrine* (*Geheimlehre*), als Kommentar schrieb.[4]

Ohne Madame Blavatsky sind die verhängnisvollen Lehren der beiden Wiener Ariosophen Lanz von Liebenfels (1874–1954) und Guido von List (1848–1919) überhaupt nicht vorstellbar. Die Intensität von deren Einfluss auf Hitlers Denken ist umstritten. Dass sie jedoch die Okkultfraktion im SS-Ahnenerbe direkt und entscheidend geprägt haben, ist sicher. Deren Exponent Karl Maria Wiligut zählte zum engsten Umfeld des ONT (Orden des Neuen Tempels), den Lanz von Liebenfels als Großmeister leitete. Der Schriftsteller Edmund Kiss und Günther Kirchhoff (Mitglied der Guido-von-List-Gesellschaft), mit denen Himmler als Präsident des SS-Ahnenerbes kommunizierte und auf die wir noch zu sprechen kommen, vertraten ebenfalls ariosophische Ideen. Als der eigentliche Vorläufer des SS-Runenokkultismus muss jedoch der Publizist Rudolf John Gorsleben angesehen werden.

Der Publizist Rudolf John Gorsleben: Vorläufer der Nazi-Tibet-Connection

Der aus Metz stammende Gorsleben (1883–1930) schloss sich nach dem Ersten Weltkrieg der Thule-Gesellschaft in München an und hielt dort 1920 einen Vortrag mit dem Titel »Der arische Mensch«. Er engagierte sich in verschiedenen völkischen Aktivitäten, zog sich dann aus der Tagespolitik zurück und widmete sich ausschließlich seinen literarischen und ideologischen Interessen. Gorsleben schuf eine relativ originelle okkulte Schulrichtung, in der er theosophische Doktrinen mit der *Edda* kombinierte, was dann als »arischer Mystizismus« bezeichnet wurde. Neben dem isländischen Text bezog er sich explizit auf das (tibetische) *Buch Dzyan* der Madame Blavatsky als Quelle. Hinzu kamen eine von ihm ausgebaute Runenkunde, sowie kabbalistische und magische Lehren. 1925 gründete er eine arische Studiengruppe mit dem Namen »Edda-Gesellschaft«, der er bis zu seinem Tod als »Kanzler« vorstand.

Sein 1930 erschienenes, vielfältig bebildertes Hauptwerk mit dem beeindruckend langen Titel *Hoch-Zeit der Menschheit – Das Welt-Gesetz der Drei oder Entstehen – Sein – Vergehen in Ursprache – Urschrift – Urglaube aus den Runen geschöpft von Rudolf John Gorsleben* scheint für die Okkult-Fraktion im Umkreis des SS-Ahnenerbes eine Art Bibel gewesen zu sein, denn viele Ideen und Spekulationen, die in diesem Text angesprochen werden, tauchen bei Wiligut, Rüdiger, Kiss und Kirchhoff wieder auf.

Wie für Herman Wirth, so gilt auch für Gorsleben die Arktis als Wiege der nordischen Rasse, deren absolute Vorrangstellung über alle anderen Rassen ist für ihn ein Paradigma: »Die arische Wurzelrasse hatte den höchst entwickelten Menschen in bewusster Zucht unter göttlicher Leitung gestaltet.«[5] Die Ur-Arier sollen über okkulte Fähigkeiten verfügt haben, mit denen sie die Natur beherrschten. Ihre übernatürlichen Kräfte seien jedoch durch Rassenmischung versiegt und könnten nur durch bewusste Rassenzüchtung zurückgewonnen werden. Bei solchen Zuchtpraktiken sei unter anderem zu beachten, dass das Sperma des ersten Mannes, das in eine Frau eindringt, entscheidend die Charaktermerkmale aller folgenden Kinder mitbestimmt, auch wenn diese von anderen Vätern stammen.[6] Das *jus primae noctis* sei gerechtfertigt, wenn es von reinblütigen Ariern vollzogen werde und so zur Rassenhygiene beitrage.

Nach Gorsleben waren die Atlanter die vierte Hauptrasse der Arier. Ihre Nachfolger hätten sich über die ganze Welt verstreut und dort verschiedene Hochkulturen gegründet: in Ägypten, in den Anden, in Mexiko, Indien und Tibet. Die Runen seien die sakralen Schriftzeichen ihrer atlantisch-arischen Ursprache gewesen. Es handele sich dabei nicht um reine Buchstaben, sondern um eine Art Energieträger, die, phonetisch und meditativ aktiviert; für alle nur denkbare Ziele verwendet werden könnten.[7] Solche Vorstellungen übernahm Gorsleben aus der Mantra-Praxis der indischen Yogis. Überhaupt waren in den 1920er-Jahren Yoga-Übungen für viele esoterische Gruppen typisch, das galt insbesondere für die Runenokkultisten.[8]

Der Autor unterscheidet insgesamt drei »arische« Weltreligionen. Zuerst den urarischen Glauben, der durch die Nachkommen der Atlanter in allen Hochkulturen der Welt Spuren hinterlassen habe, dann den Buddhismus, der »aus dem Rassengeiste der arischen Inder« entstand, und dann das (arische) Christentum: »Ein Vergleich der beiden Erscheinungen, besser Bilder des Buddha und des Jesus von Nazareth, wie er mit aller Gründlichkeit schon aus den indischen und christlichen Überlieferungen herausgearbeitet wurde, zeigt, wie beide Gestalten einem Urgedanken entsprungen sind, nur mit dem Unterschiede, dass die Christusmythe aus der Buddhamythe als der viel älteren hervorging und die Buddhamythe selbst wieder auf ein kosmisches [arisches] Urbild zurückgeht, das wir herauszuschälen in dieser Arbeit uns vorgenommen haben.«[9]

Die Zukunft – so Gorsleben – wird erneut der arischen Rasse gehören: »Denn das, was diese Rasse erreicht hat, war ein Höhepunkt, nicht nur geistig-seelisch, sondern auch in der körperlich-stofflichen Gestaltung.«[10] Aber in diesem Prozess der Wiederherauszüchtung des nordischen Elementes aus dem »Menschen-Misch-Masch« der Gegenwart bedarf es des Urwissens der Atlanter. Ein Weg, sich dieses Wissen wieder anzueignen, ist das »Erberinnern« oder das »Erbahnen«. Ein anderer ist die Interpretation der atlantischen Schriftzeichen, welche in der Form von Runen über die ganze Welt verstreut wurden. Es gibt aber noch einen dritten Weg, den der »Schatzsuche«. Nach Gorsleben horten das römische Papsttum und der tibetische Lamaismus dieses atlantische »Geheimwissen«. Es gelte also in die Keller des Vatikans und des Potalas hinabzusteigen, um es dort in Archiven und Heiligen Schriften zu entdecken.

So stellt der Runenokkultist einen Kulturvergleich zwischen der Lamareligion und dem Katholizismus an und entdeckt – seiner Meinung nach – zahlreiche Parallelen. »Wie ist die vollkommene Kultgleichheit in Rom und Lhasa zu erklären?«, fragt er seine Leser. Beide entstammen – so die Antwort des Autors – einem Urkult, »den wir ohne Zwang auf das untergegangene Atlantis verlegen können.«[11] Beide hüteten die okkulten Geheimnisse »der arisch-atlantischen Priesterschaft, die jene Ur-Religion lehrte, die noch in äußerster Verdünnung ihres Gehaltes bei allen Völkern der Erde in Geltung ist …«, nur sei dies im Vatikan, aus welchen Gründen auch immer, nicht mehr bewusst. »In dem geheimnisvollen Tibet [dagegen] verbirgt sich Kult und Lehre hinter einem undurchdringlich scheinenden Schleier. Fast sieht es so aus, als ob Tibet [...] das Geheimnis kennt, während Rom schon längst den geistigen Schlüssel verloren hat.«[12] Es war also ein Gebot der Stunde, in tibetischen Klöstern und Schriften nach dem arischen Urwissen, das die Rassenrückzüchtung erst ermöglichen sollte, zu forschen.

SS-Brigadeführer Karl Maria Wiligut: »Himmlers Rasputin«

An oberster Stelle aus dem Kreise der Runenokkultisten, die auf Himmler Einfluss gewinnen konnten, ist Karl Maria Wiligut (1866–1946) zu nennen. Der ehemalige k. u. k. Oberst verkehrte in Wien vor und nach dem Ersten Weltkrieg in verschiedenen völkisch-okkulten Bruderschaften, aus denen sich die rassistische Ideologie des Nationalsozialismus mitentwickelt hat. Seit 1908 hatte er Kontakte zum Orden des Neuen Tempels (ONT) des Jörg Lanz von Liebenfels. In dieser Zeit verfasste er eine unter theosophischem Einfluss stehende Evolutionstheorie von den »sieben Menschheitsepochen«. 1924 ließ ihn seine Familie wegen »existenzgefährdender Geschäfte« entmündigen und in eine Heilanstalt für Gemütskranke einweisen. Er wurde 1927 als »bedingt geschäftsfähig« entlassen und tauchte bei Gesinnungsfreunden in Deutschland unter. Das Milieu der Runenokkultisten,[13] dem er sich selber zugehörig fühlte und das sich in der Edda-Gesellschaft organisiert hatte, brachte ihn 1933 mit Heinrich Himmler zusammen.

Himmler war sogleich von Wiliguts okkulten Fähigkeiten fasziniert und forderte ihn auf, der SS beizutreten. Dies geschah im September 1933 unter dem Pseudonym Karl Maria Weisthor.[14] Der Reichsführer ernannte den Oberst zum Chef der Abteilung für Vor- und Frühgeschichte innerhalb des Rasse- und Siedlungshauptamtes (eine Unterabteilung des SS-Ahnenerbes). 1934 beförderte man ihn zum SS-Obersturmbannführer und stellte ihn zum Persönlichen Stab ab, später erhielt er den Rang eines SS-Brigadeführers. Er genoss zuerst das volle Vertrauen seines Chefs: »Der Unterschied in der Behandlung Weisthors gegenüber den anderen Forschern [des SS-Ahnenerbes] bestand darin, dass Himmler in Weisthor nicht nur einen Forscher, wie es deren viele gab, sah, sondern in ihm [...] einen Überlieferungsträger mit einem aus der Urzeit stammenden überlieferten Wissen erkannte. Dass es weit mehr als ein Dienstverhältnis war, das die beiden miteinander verband, unterstreicht die wiederholt von Weisthor gebrauchte Anrede: ›Mein Reichsführer, mein hochverehrter Freund!‹«[15] Vielleicht mag diese Einschätzung von Rudof J. Mund etwas überzogen sein, aber auch der englische Historiker und Buchrezensent der *Times*, Nicholas Goodrick-Clarke, kommt zu dem Schluss: »In Sachen Mythologie [wurde Wiligut] der bevorzugte Mentor des Reichsführers-SS Heinrich Himmler.«[16]

Die enge esoterische Beziehung mit dem Chef des Schwarzen Ordens brachte ihm schon Ende der 1930er-Jahre die Bezeichnung »Himmlers Rasputin« ein. Wiliguts Villa in Berlin Dahlem entwickelte sich zu einem Treffpunkt von Nationalsozialisten, die ein starkes Interesse am Okkulten vereinte. Die meisten von ihnen gehörten neuheidnischen Gruppierungen an.[17] »Gemeinsam glaubten alle an eine spezifische okkulte Theorie über Tibet als Zufluchtsort einer arischen Urrasse aus Atlantis, die nach dem Untergang dieses Reiches über eine Insel im Norden, Thule, quer durch Europa nach Zentralasien gezogen war und dort geheimnisvolle, unterirdische Reiche (*Shambhala*) bewohnte. Hier sollten ›uralte Geheimnisse‹ dieser ›nordisch arischen Rasse‹ bewahrt sein.«[18]

Wiligut stand zudem in dem Ansehen, über außergewöhnliche mediale Fähigkeiten zu verfügen, und war selber war davon überzeugt, mit transpersonalen Mächten und Kräften in Verbindung zu stehen. Außerdem beanspruchte er für sich die Gabe der »Erberinnerung«, ein paranormales Vermögen, längst vergessene alt-germanische Traditionen wieder bewusst zu machen.[19] Diese seien schon vor Urzeiten von den »Thiermenschen« bekämpft, vernichtet und verzerrt worden, konnten jedoch in Geheimorden von Runenkundigen durch mündliche Tradierung vor dem Vergessen bewahrt werden.[20] Wiliguts Bedeutung für Himmler beruhte auf der von ihm selbst verbreiteten Fama, der letzte Abkömmling einer langen Reihe von solchen germanischen Weisen und Geheimnisträgern jener arischen Urtradition zu sein.

Er galt als *der* Runenexperte der SS und entwarf den legendären silbernen Totenkopfring der Schutzstaffel, der am Ringfinger der linken Hand »ständig« zu tragen war. Nach dem Ausscheiden oder Ableben eines SS-Mannes musste sein Ring an die Personalkanzlei zurückgegeben werden. In der Verleihungsurkunde hieß es: »Der Totenkopf ist die Mahnung, jederzeit bereit zu sein, das Leben unseres Ichs einzusetzen für das Leben des Gesamtheit. – Dieser Ring ist käuflich nicht erwerbbar und darf nie in fremde Hände kommen.«[21] Die eingravierte Hagal-Rune sollte bedeuten: »Umhege das All in Dir und Du wirst das All beherrschen.«[22]

Des Weiteren schuf Wiligut Ritualgegenstände, die bei der Eheschließung von SS-Angehörigen Anwendung fanden. Er regte den Kauf der westfälischen Wewelsburg an, die zum kulturellen Zentrum des Schwarzen Ordens werden sollte. Der Oberst beriet Himmler bei deren Um- und Ausbau: »Fotos von Modellen, die das Projekt zeigen, welches in den 60er-Jahren fertiggestellt werden sollte, zeugen von Himmlers Traum: Ein SS-Vatikan enormen Ausmaßes im Zentrum eines tausendjährigen Großgermanischen Reiches. Es ist wohl wahrscheinlich, dass diese visionäre Stadt Zeuge jener Ausübung der alten Religion und Tradition werden sollte, die von Weisthor in den 30er-Jahren wiederentdeckt worden waren.«[23]

Die megalomanische Selbsteinschätzung Wiliguts (es sind Äußerungen von ihm verbürgt, nach denen er glaubte, der »geheime König Deutschlands« zu sein, als solcher wollte er auf einem Hannoveraner Schimmel in Wien einreiten), seine selbst für den abergläubischen Himmler zu okkulten Ratschläge und die Tatsache, dass er von seiner Familie entmündigt worden war,[24] veranlassten den Reichsführer-SS, seinen »Rasputin« im Jahre 1939 vom Dienst zu dispensieren und aus der Schutzstaffel auszuschließen.[25] Er forderte Wiliguts Totenkopfring, dessen SS-Dolch und SS-Degen zurück und verwahrte alle drei Gegenstände unter persönlichem Verschluss.

»Fragmente einer verschollenen Religion«

Die Grundlage von Wiliguts Religionskonstruktion bildete – nach eigenen Angaben – ein durch mündliche Überlieferung der »Halga-Geschlechter« auf ihn gekommenes »Urzeitwissen«, das er in Runenweisheiten, den so genannten *Halgarita-Sprüchen,* aufs Papier brachte. Sein ideologischer Nachlassverwalter Rudolf J. Mund fasste die Exegese von einigen dieser Sprüche unter dem Titel *Fragmente einer verschollenen Religion* zusammen. Aus diesem diffusen Material ergibt sich dennoch, dass der Oberst über eine skizzenhafte Kosmogonie verfügte, die germanische Mythologeme, mit theosophischen Evolutionsspekulationen und Anleihen aus dem tibetischen Buddhismus verknüpfte. Für das SS-Führungshauptamt verfasste er eine Kurzfassung seiner Vision mit dem Titel »Darstellung der Menschheitsentwicklung«.[26]

Die Geschichte der Menschheit begann für Wiligut im Jahre 78.600 v. Chr. Sie gestaltet sich als eine Abfolge von verbitterten Kriegen zwischen verschiedenen Urstämmen. Dabei ragen die Kämpfe zweier germanischer Sippen heraus. Auf der einen Seite, die Rechtgläubigen, die so genannten »Irministen«, auf der anderen die Schismatiker, die so genannten »Wotanisten«. In mehreren Schriftstücken spricht Wiligut von seiner Absicht und Entschlossenheit, den »irminischen Urglauben« wieder herzustellen als lichte Gegenwelt zu dem von ihm verachteten düsteren »Wotanismus«. Hier zeigen sich schon Anleihen aus dem indischen Kulturkreis, denn »Irmin« soll das Gleiche bedeuten wie der indische Ausdruck »Karman« (= Karma) und der Religionsgründer des »Irminenglaubens« sei der Sohn des indischen Gesetzgebers Manu gewesen.[27]

Im Jahre 9600 v. Chr. kam es – nach Wiliguts Mythologie – zu einer gewaltigen Schlacht zwischen den beiden Religionsgruppen. Der heilige Prophet der Irministen, Baldr-Krestos mit Namen, wurde von den Wotanisten in Goslar am Rhein gekreuzigt. Mit diesem Mythos hatte der Oberst den Kreuzestod des Jesus Christus als Mysterium des »sich selbst opfernden oder durch andere geopferten Gottes« in sein irministisches System integriert und gleichzeitig das historische Christentum als das Propagandawerk jüdischer Epigonen »entlarvt«.[28] Im Gegensatz zu diesen lässt Wiligut seinen Baldr-Krestos nicht sterben und wiederauferstehen, sondern sein Held kann lebendigen Leibes nach Asien entfliehen: »Baldr-Krestos soll dann trotz seiner Wunden über Wittow auf Rügen, Krakau und von dort in die damals noch fruchtbare Gobi [!] geritten sein. Dort soll er eine große irminische Meisterschule gegründet haben. [...] Die große innerasiatische Meisterschule bewahrte die Baldr-Krestos-Lehre, entwickelte sie aber nicht weiter, sondern nur in Richtung auf Sondergebiete, die entweder religiöse, künstlerische oder wissenschaftliche Zielrichtungen besaß und damit den Blick fürs Ganze verlor.«[29]

Aber auch die düsteren Wotanisten emigrierten »unter dem Druck der Volksmeinung« aus »Deutschland« und errichteten dann in Vorderasien ihre eigene Kultstätte.[30] So setzte sich der Krieg zwischen »Wotanisten« und »Irministen« fort und durchlief – nach Wiligut – die kommenden Jahrtausende. Ohne die beiden Namen zu nennen, nimmt diese Vision den Wettstreit zwischen den zwei mythischen asiatischen Königreichen Agarthi und Shambhala vorweg, die im »SS-Mystizismus« der Nachkriegszeit eine bedeutende Rolle spielen werden.

Wiligut interessierte sich auch für praktische Magie. Welche Rituale und Beschwörungen er durchgeführt hat, ist schwer zu eruieren. Es muss sie jedoch gegeben haben, denn sein Nachlassverwalter Rudolf J. Mund erzählt, er habe in seiner Anthologie von Wiliguts *Religionfragmenten* die »Angaben magischen und parapsychologischen Inhalts weg[ge]lassen, um experimentierfreudige Personen vor vielleicht gefährlichen Versuchen zu bewahren«.[31] Von einer dieser Wiligut-Übungen erfahren wir dennoch. Mund bezeichnet sie als die »Schwingung der großen Acht im menschlichen Körper, ausgehend von der Zirbeldrüse« und erwähnt, dass sie zu »klinischen Behandlungen einiger Personen geführt« habe.[32] Zur »Gewinnung von Feinstoffen« wandte Wiligut die Zauberformel: HAM, PAM, POM, VAM, LAM an. Dabei handelt es sich zweifelsohne um ein buddhistisches oder hinduistisches Mantra, da alle genannten Silben dort bekannt sind.[33]

»Himmlers Rasputin« meinte es jedenfalls bitterernst mit der Restauration seiner heidnischen Gotterkenntnis und verlangte deswegen »zur Herstellung des Urglaubens« die Verstaatlichung von kirchlichem Eigentum, die Aufhebung von Klosterschulen und Klöstern, Maßregelungen gegen Priester, wenn sie für ihr Christentum werben, und die Erneuerung wie Erhaltung alt-germanischer Monumente. Am Ende eines Pamphlets forderte er, ohne das näher zu präzisieren, das »Unschädlichmachen von Geistlichen aller Grade mittels der dem Staate zur Verfügung stehenden Mittel.«[34] Nicht nur der Reichsführer-SS, sondern auch der Reichsbauernführer Walter Darré hörten dem »Religionsgründer« zu. Dieser konnte Darré davon überzeugen, den Reichsbauerntag in der »Mysterienstätte« Goslar abzuhalten, wo Baldr-Krestos vor mehr als 10.000 Jahren am Kreuz geblutet haben soll. Am 15. Januar 1934 schrieb Darré in seine Aufzeichnungen: »Zuschlag für Goslar erteilt. Damit wird Goslar wieder zu seinem alten Recht verholfen. In Goslar wird das deutsche Volk wieder seine Weltanschauung vom Odal [?] zurückerhalten.«[35]

Dass Wiliguts Irminenglaube bei Himmler nachhaltige Spuren hinterlassen hat, beweist ein Zitat vom August 1944, in dem sich der Reichsführer-SS im Kontext mit der mittelalterlichen Figur des »wilden Mannes« an seinen »Rasputin« zurückerinnerte: »Der wilde Mann, gekennzeichnet durch des wilden Mannes Haupt mit Bart, ist das Zeichen des älteren irministischen [!] Rechts. Es zeigt an, dass hier Nachkömmlinge oder Anhänger des Ahnherren oder Gottes Thos oder Wili [!] leben, die am alten Recht hängen.«[36]

»Einer der Schlüssel liegt beim Dalai Lama«

Karl Maria Wiligut ist der Kronzeuge dafür, dass im SS-Ahnenerbe eine okkulte *Nazi-Tibet-Connection* diskutiert wurde. 1937 gab es ein Treffen zwischen ihm und Ernst Schäfer, dem Leiter der SS-Tibetexpedition. Während seines Entnazifizierungsverfahrens bekannte Schäfer, er habe gegenüber dem Oberst Berührungsängste empfunden: »Durch ihn [gemeint ist Edmund Kiss, der Atlantisforscher Himmlers] bekam ich Einsicht in die Sache mit Weisthor [Wiligut]. Das war eine ganz tolle Geschichte. Das war ein Hellseher, der das so genannte Erbwissen besaß und daher der weise Abkömmling des Gottes Thor war. Damit wollte ich nichts zu tun haben.«[37]

Aber Himmler bestand auf dem Zusammentreffen und so kam es in Berlin zu einem bizarren Rendezvous: »In Dahlem hielten wir vor einer mauerumfriedeten, altertümlichen Villa«, heißt es in den bisher unveröffentlichten Schäfer-Memoiren. »SS-Posten bewachten den Eingang und salutierten [...]. Es war plötzlich still um mich, sollte ich entfliehen, den ganzen unheimlichen Wust abwerfen? [...] Die nächste U-Bahn war nicht weit. Nein, jetzt wollte ich wissen, woran ich war! Eine junge Dame führte mich in einen muffig riechenden, von tropischen Gewächsen überwucherten Wintergarten. Obgleich noch ein heller, strahlender Sonnentag war, empfand ich Beklemmung. Eine unheimliche Atmosphäre und dieser seltsame Geruch, penetrant, süßlich [...] plötzlich wusste ich, woher ich ihn kannte, das war China, Opium! Nach einer mir wie eine Ewigkeit vorkommenden Zeit öffnete sich die Tür und ein Greis humpelte auf mich zu, umarmte mich und küsste mich auf beide Wangen. Er trug einen Schlafrock und sah mich mit wässrigen Augen an. Totenstille, man hätte das Rieseln einer Sanduhr hören können. Wir saßen uns lange schweigend gegenüber, bis plötzlich die Greisenhände zu zittern begannen, die Augen groß wurden und sich verschleierten. Der Lamablick [...], er war in Trance gefallen [...] wie ich wiederholt bei tibetischen Lamas erlebt hatte.«[38] – Auch der Historiker Hans Jürgen Lange berichtet von dieser Szene und erwähnt, dass Schäfer die Verfassung Wiliguts mit den entrückten Zuständen der Botenläufer im tibetanischen Hochland verglichen haben soll.[39]

Der Oberst sprach nun mit »gutturaler Stimme« auf seinen verwirrten Besucher ein: »Heute Nacht habe ich mit meinen Freunden telefoniert ... in Abessinien und Amerika, in Japan und Tibet ... mit allen, die aus der anderen Welt kommen, um das neue Reich zu errichten. Der abendländische Geist ist von Grund auf verdorben, wir haben eine große Aufgabe zu erfüllen. Eine neue Ära wird kommen, denn die Schöpfung unterliegt nur einem großen Gesetz. Einer der Schlüssel liegt beim Dalai Lama und in den tibetischen Klöstern.«[40] Ernst Schäfer war unter dem Eindruck dieser Spekulationen nicht wenig verstört und berichtet weiter: »Dann fielen Namen von Klöstern und ihren Äbten, von Ortschaften in Ost-Tibet, die doch nur ich allein kannte [...] nahm er sie aus meinem Gehirn? Telepathie? Ich weiß es bis heute nicht, weiß nur, dass ich diesen Ort fluchtartig verließ.«[41] Schäfer, der nach dem Kriege immer sehr darum bemüht war, seine rein naturwissenschaftlichen Interessen herauszustellen, dürfte die letzte Szene kaum erwähnt haben, wenn sie ihn nicht zutiefst beeindruckt hätte.

Auf eine *Nazi-Tibet-Connection* verweist auch ein kleines Schriftstück, das Wiligut mit dem Namen *Uiligotos* betitelte. An dessen Anfang sind, wie ein Leitspruch, die Worte »O mani batme hum« zu lesen.[42] Dabei handelt es sich, in etwas abgewandelter Schreibweise, um das Sanskrit-Mantra »Om mani padme hum«, das mit der Gestalt des Bodhisattva Avalokiteshvara verbunden ist. Dieser (tibet. *Chenrezi*) trägt den Namen »Herr des Mitgefühls« und inkarniert sich – nach lamaistischer Doktrin – hier auf Erden in der Person des Dalai Lama.

Das erwähnte Dokument enthält zudem eine Geschichte mit eindeutig buddhistischem Hintergrund, ohne dass explizit darauf Bezug genommen würde. Es erzählt von der märchenhaften Existenz der »lichtdurchglänzten Rasse« der Aytar-(Äther)-Kinder, die den Gotos oder Hari (den »Herrn der Welt«) anbeteten. Die gutgläubigen Ätherkinder werden mit den Elementen Feuer und Wasser konfrontiert und erleben am eigenen Ätherleib Furcht, Schmerz, Trost und Mitgefühl. Gotos selber weint über seine eigene Schöpfung. Dank seiner Tränen können sich die Ätherkinder dann verkörperlichen. Sie erlangen die Erkenntnis, Leid zu lindern. Es kommt zu Kämpfen mit den Feuerwesen. Die Aytars verbinden sich jedoch mit den Wasserwesen und aus dieser Verbindung entstehen die Lichtmenschen. Gotos kehrt dem Weltgeschehen den Rücken und legt die Verantwortung in das Herz der Lichtmenschen (durch einen Gotos-Funken). Diese werden dann zu den Weisheitskundigen, die »uneigennützig für immerdar guten Willens zum Besten aller Lichtmenschen« tätig sind.[43]

Diese naive Geschichte verwendet Szenen der tibetischen Avalokiteshvara-Legende. Danach lässt der Bodhisattva Avalokiteshvara seine Tränen fließen, als er das Leiden in der Welt wahrnimmt. Aus seinen Tränen verkörperlicht sich die Göttin Tara. Beide, Tara und Avalokiteshvara, sehen ihre Aufgabe darin, mitfühlend den Menschen dabei zu helfen, Krankheit, Altern und Tod zu überwinden. Buddhistischen Ursprungs ist auch der Wohnsitz der Ätherwesen, den Wiligut mit »Mani« bezeichnet. Das ist der Sanskritname für das »Wunschjuwel« des buddhistischen Weltherrschers, welches – wie wir noch zeigen werden – in der Gralsmystik von Wiliguts Günstling Otto Rahn im Mittelpunkt steht.

Aber es kommt noch deutlicher. Auch im 68. *Halgarita-Spruch* wird das Wort »Mani« erwähnt. Mund kommentiert: »Das Zeichen für Mani ›M‹ ist zugleich auch das mittelalterliche Symbol für ›Maria‹. Dass es älter als diese christliche Version ist, beweist die buddhistische Formel ›O mani padme hum‹, welche im 410. *Halgarita-Spruch* von Oberst Wiligut am 19. XII. 1927 – nach seiner Überlieferung – folgendermaßen richtig gestellt wurde: ›O Mani patme sum – Alfatur og helium‹ – wobei er den Dalai Lama als ›ewige Erinnerung an Baldr-Krestos‹ bezeichnet.«[44] Eine Deutung dieses Spruches gibt Mund nicht, auch für uns ist er schwer zu verstehen, vielleicht spielte es hierbei eine Rolle, dass der Dalai Lama als die Inkarnation des Bodhisattva Avalokiteshvara dem Symbol der Sonne (griech: Helios) zugeordnet ist. Für den SS-Brigadeführer Wiligut jedenfalls scheint der tibetische Kirchenfürst mehr noch als ein reiner »Wissenshalter« für seinen Irminenglauben gewesen zu sein. Er hat ihn als die Ausstrahlung (*Tulku*) des arischen Lichtgottes Baldr-Krestos wahrgenommen. Kein Wunder, dass »Himmlers Rasputin« an der Vorbereitung der SS-Tibetexpedition von 1938/39 regen Anteil nahm.

Wiliguts mentale Reisen nach Tibet

Es gibt aber noch weitere Ereignisse, die das okkulte Interesse des »Ur-Alten« am Schneeland und seinen Lamas belegen. Wie Madame Helena Blavatsky und Georgei Ivanovitch Gurdieff will auch er eine mystische Fahrt zu tibetischen Mönchen unternommen haben. In diesem Fall ist ebenso wie in den beiden anderen ein konkreter biographischer Nachweis für eine solche Reise nicht zu führen, ja mit Sicherheit auszuschließen. Wiliguts Biograph, der ehemalige SS-Untersturmführer Rudolf J. Mund berichtet jedoch, dass bei dem Begräbnis des Obersts im Jahre 1946 »Inder und Tibetaner« anwesend gewesen seien.[45] »Ein Irrtum war ausgeschlossen«, so Mund, »der Kontakt mit dem asiatischen Kontinent war nachweisbar und allgemein bekannt! Es muss sich demnach um etwas anderes gehandelt haben als um eine Reise per Schiff und Eisenbahn. Im Zusammenhang mit seinem [vorgegebenen] ›Aufenthalt‹ auf dem südasiatischen Subkontinent erzählte er oft von einer Begebenheit, welche sich bei einem Besuch in einem indischen Lamakloster – es könnte auch ein tibetanisches gewesen sein – zugetragen hat. Beim Abschied war er von den Mönchen in eine reiche Schatzkammer geführt worden und die heiligen Männer forderten ihn auf, so viel von den Schätzen zu nehmen, als er Lust hätte. Der Uralte [Wiligut], dem es nie um irdische Schätze ging, schlug das Angebot höflich aus und nahm nichts von den Juwelen.«[46]

Mund deutet das als ein »Initiationserlebnis«, das Wiligut in einem *out-of-body*-Zustand erfahren habe, welches also nicht real, sondern von geistiger Natur gewesen sei. Durch sein Ausschlagen der Juwelen habe der Oberst die Einweihungs-Prüfung bestanden. »Für ihn, der, wie schon gesagt, vollkommen im magischen Weltbild befangen war und für den es kein ›Hüben und Drüben‹ und kein ›Diesseits und Jenseits‹ gab, hatte diese Indienreise tatsächlich stattgefunden. Er war sich überhaupt nicht bewusst, dass er körperlich Europa nie verlassen hatte, dass diese Reise, wie die Esoteriker sagen, nur auf astraler und mentaler Ebene stattgefunden hatte.«[47] Mund betonte nach dem Kriege weiterhin, die rassische Besonderheit der Tibetaner habe keineswegs ein Hindernis für Wiligut dargestellt, denn die tibetischen Eingeweihten sollen denselben Ursippen (den Skalden) angehören, aus denen auch Wiligut vorgab, zu entstammen: »Selbst treu zu ihrem Volk und seinen Kulturaufgaben stehend, bewahren sie, mit anderen Sprösslingen der Ursippen in allen anderen Kulturkreisen verbunden, klare Einstellungen auf die gemeinsamen, übervölkischen Sippen-Ur-Aufgaben.«[48]

Ein weiterer »Lamakontakt« wird von Frau Käthe Schaefer Gerdau, einer Bekannten Wiliguts, bezeugt. 1937 sei dieser von einem jungen Chemiker besucht worden, der an okkulten Phänomenen interessiert war. Dieser habe nach der Legierung eines bestimmten Leichtmetalls gefragt. Ihm war unter anderen Wiligut als kompetenter Esoteriker empfohlen worden und so suchte er diesen auf, um mögliche Hinweise auf die Legierungsformel zu erhalten. Er zeigte dem Oberst seine entsprechenden Vorarbeiten und die unvollständigen chemischen Formeln seiner »Brauung«. Wiligut versenkte sich über die vorgelegten Papiere und schrieb anschließend dem Chemiker einige seiner Vierzeiler auf, die er den »Firnis-Figur-Stein« nannte.

Dieser hatte jedoch noch eine andere Adresse, einen »tibetischen Einsiedler Lama, der ein hoher Wissender« sei und der im indischen Darjeeling lebe.[49] Als er den Asketen aufsuchte, traf er auf eine ganz zusammengesunkene Gestalt, auf einen »weit über hundert Jahre zählenden, völlig apathischen und regungslosen Sonderling«. Erst nachdem der Lama den Chemiker als einen Deutschen erkannt habe, sei er plötzlich aufgeschnellt und elastisch vor ihm gesessen, um mit klaren Worten Wiliguts »Firnis-Figur-Stein«-Vierzeiler zu bestätigen. Danach sei er wiederum in seine ursprüngliche Apathie zurückgefallen.[50]

Wiligut war ein Okkultist *à la lettre*, ein Mann, der aus dem Verbogenen heraus glaubte die Geschicke der Welt zu bestimmen und der sich auch von seinen Anhängern als solch ein okkulter Hintergrundspieler verehren ließ. »Der unsichtbare Lenker alles Geschehens«, schrieb sein ideologischer Nachlassverwalter Rudolf J. Mund, »der Kaiser im Berg, der Retter in höchster Not, stand und steht seit Menschengedenken immer abwartend im Hintergrund des völkischen Bewusstseins, bereit, auf Abruf hervorzutreten. Genau diese Eigenschaft wurde, wie aus den Aufzeichnungen hervorgeht, Karl Maria Wiligut von bestimmten esoterischen Kreisen zugesprochen.«[51]

Trotz solcher größenwahnsinniger Phantasmagorien und trotz seines bizarr-märchenhaften Weltbildes[52] darf der Einfluss des Obersts auf die SS nicht unbeachtet bleiben. Immerhin ist er der »Schöpfer« bedeutender Symbole gewesen, die dem Schwarzen Orden seine düster-morbide Ästhetik verliehen haben und die ihn auch heute noch bei den dafür Empfänglichen so attraktiv machen. Nicht Walther Wüst war es, der die Symbolwelt, die Heiratsriten, die Jahresfeste (Julfest), die Wappen und den Tempel der SS (die Wewelsburg) entwarf und mit Himmler abstimmte, sondern Karl Maria Wiligut. Seine Präsenz im SS-Ahnenerbe zeigt, dass der »Okkultismus« bei der religionspolitischen Selbstfindung des Schwarzen Ordens ebenso gewichtig mitwirkte wie die akademischen Religions- und Kulturwissenschaften. Hinzukommen sollten noch – wie wir im nächsten Kapitel zeigen – die Naturwissenschaften, welche den Nachweis der arischen Rasse in Tibet zu erbringen hatten.

Alle drei »Disziplinen« des SS-Vereins (Karl Maria Wiliguts Okkultismus, Walther Wüsts Geisteswissenschaft und Ernst Schäfers Naturwissenschaft) kehrten ihren Blick nach Osten und alle drei erwarteten von dort her ihre Inspirationen. Unterschätzt werden sollte auch nicht der Mythos, der sich heute im religiösen Neo-Nazismus um »Himmlers Rasputin«, den »geheimen König Deutschlands«, rankt. Wiligut ist mittlerweile zu einer Heiligenfigur des »SS-Mystizismus« geworden.

Wiliguts Schüler Emil Rüdiger: der Propagandist der »Schwarzen Sonne«

Der österreichische Ingenieur Emil Rüdiger (1885–1952) war Ende der 1920er-Jahre einer der gelehrigsten Adepten Karl Maria Wiliguts. Seinen Umgang mit »Himmlers Rasputin« bezeichnete dessen Betreuerin Else Baltrusch als »den Alten auspressend wie eine Zitrone« und Wiligut soll, nachdem Rüdiger ihn verlassen hatte, geseufzt haben: »Das ist keine Freundschaft mehr. Rüdiger will alles von mir wissen.«[53] Das Weltbild des Ingenieurs, das in mehreren Aufsätzen einsichtig ist, wird von Kennern als die versuchte Systematisierung von Wiliguts Ideengebäude angesehen.

Rüdiger deutet wie Wiligut die Weltgeschichte in letzter Instanz als die Tat und das Denken nordisch-germanischer Stämme. Deren Götter, die Asen, teilten sich in Urzeiten in vier unterschiedliche Clans (odhinische, baldurische, thorische und lokianische Asen), die untereinander in Streit lagen. Jeder einzelne Ase war imstande, »die Gedanken von tausend Menschen zu beherrschen.«[54] Gegenüber dieser weißen Überrasse (»Lichtkinder«) standen die niedrigeren Rassenformen (Wanen, Neandertaler in der Urzeit, Neger und Juden in der Neuzeit). Aus der Rassenvermischung entwickelten sich – so Rüdiger/Wiligut – Minderwertigkeit, Verfolgungswahn, Bewusstseinsspaltung, Niedergeschlagenheit und letztendlich die »Entfesselung der Dämonie«.[55] Wichtig sei deswegen eine Eugenik, die den Rassenverfall, auch »Asenfäule« genannt, aufhalte. Die »Asenfäule« zeige sich am Verlust von innerem Licht und Feinstoffen. Da reines Lichtblut zur Mangelware wurde, kam die Zeit der Ritualmorde auf, bei denen sich vampireske Dunkelwesen das Blut geopferter Lichtwesen aneigneten.[56] Ausgehend von Textstellen aus der *Edda* und von den *Halgarita-Sprüchen* verfeinerten Rüdiger/Wiligut ihre von Gorsleben übernommene »Rassenhygiene«.

1929 war Rüdiger auf das Thema der »Schwarzen Sonne« gestoßen. Er schrieb an Wiligut und erhielt als Antwort einen Runenspruch (den 27. *Halgarita*-Spruch), der seine Ahnungen bestätigte. Noch im gleichen Jahr veröffentlichte der Ingenieur zum Thema einen Aufsatz unter der Überschrift *Tyrkreis und Tattwas im Lichte wissenschaftlicher Forschung*. Dieses Schriftstück ist eine recht bizarre Abhandlung, weil sie in die »Astronomie« einen unsichtbaren Himmelskörper einführt, den der Autor als die »dunkle, schwarze Sonne« bezeichnet.[57] Da der Mythos von der »Schwarzen Sonne« heute die neofaschistische Szene beherrscht, möchten wir etwas ausführlicher dessen Ursprung in Rüdiger/Wiliguts dunkler »Astronomie« darstellen.

Insgesamt unterscheiden die beiden Rundenokkultisten drei Sonnen: 1. die sichtbare aktive Sonne (SOL); 2. die unsichtbare passive neue Gegensonne (SUN) und 3. die schon erkaltete alte, schwarze Sonne (SANTUR). Die Himmelsdramaturgie entwickelt sich so, dass die aktive Sonne ständig Energiepartikel (*Aithar*) ausstößt, welche als energetische Zufuhr für die kommende Gegensonne dienen, bis diese so viel Aithar-Energie aus SOL herausgezogen hat, dass sie selber zur aktiven Sonne und damit zu SOL eines neuen Zeitalters werden kann, während die ehemalige aktive

Sonne zu SANTUR erlischt.[58] Vorher kommt es jedoch zu einem gewaltigen »Sternenkrieg« um die Vorherrschaft am Himmel. »Die jetzige sichtbare Sonne verliert ihre Mittelpunktstellung, wird umgepolt zu einer sterbenden Sonne, die derzeitig unsichtbare Gegensonne wird umgepolt, wird sichtbar und kämpft mit der sterbenden um die Vormacht.«[59] In dieser Zeit der Umpolung finden einschneidende Veränderungen in der Menschheitsentwicklung statt. Der Überlieferung nach soll der solare Streit um die Vormachtstellung etwa 228.000 v. Chr. beendet gewesen sein. Die neue Sonne habe damals ihren ersten Rang festigen können.

Als Beleg für seine Theorie führt der Autor eine Stelle aus der *Volüspa* (*Edda*) an: »Die Sonne wird schwarz, es sinkt die Erde ins Meer, vom Himmel fallen die hellen Sterne. Es sprüht der Kampf und der Spender des Lebens, die heiße Lohe, den Himmel bedeckt«, heißt es dort und schließlich siege die neue Gegensonne (SUN) und werde zur Hauptsonne (SOL): »Einen Saal seh ich stehen, die Sonne überstrahlt er, mit dem Gold gedeckt auf Gimles Höhen, dort werden wohnen wackere Scharen, ein Glück genießen, das nimmer vergeht.«[60] Eine weitere in der *Volüspa* geschilderte Episode, in der die Sonne durch das Blut des apokalyptischen Fenriswolfes verschlungen wird, erweist sich deswegen am Ende als eine Erlösungstat: »Dass des Fenriswolfs Blut unsere Sonne verschlingt, ist demnach kein vernichtendes, sondern ein erlösendes Schicksal der Welt, genauso wie im Rotkäppchen-Märchen das Verschlungenwerden Rotkäppchens (= Sonne) durch den Wolf nur dem Wolf den Untergang bringt.«[61] Es findet also in Rüdiger/Wiliguts Kosmogonie eine ständige Umpolung der verschiedenen Sonnen von aktiven Aggregatzuständen in passive, von leuchtenden in erloschene statt. Das ganze Geschehen erstreckt sich über Millionen von Jahren. Wir haben hier nicht die Absicht, die Komplexität dieser »astronomischen« Spekulation im Einzelnen darzustellen, doch möchten wir kurz noch auf einige Aspekte eingehen, um anzudeuten, wie eng sich Rüdiger/Wiliguts SANTUR-Theorie an östliche Doktrinen anlehnt.

Rüdiger behandelt in seinen »astronomischen« Schriften ausführlich die Interdependenz zwischen den Himmelskörpern (Makrokosmos) und dem humanen Energiekörper (Mikrokosmos). Unter Letzterem versteht er – im Sinne indischer Lehren – die »mystische Physis« des Menschen, die aus Energiezentren (*Chakren*) und Energiekanälen (*Nadis*) aufgebaut ist. Die inneren Energieströme können durch den Atem dirigiert werden. Eine dieser sakralen Techniken nennt sich »Kundalini-Yoga«, auf den sich Rüdiger explizit beruft. Als seine primäre literarische Quelle gibt er den »Kosmotechniker« Râma Prasâd aus Indien an, von dem 1920 die kommentierte Übersetzung eines Sanskrittextes mit dem Titel *Die feineren Naturkräfte und die Wissenschaft des Atmens* in Leipzig erschien und die Rüdiger sehr gründlich durchgearbeitet hat. Es handelt sich dabei um eine yogische Anleitung zur Atemkontrolle, die bei perfekter Beherrschung zur Unsterblichkeit und zu großer Machtakkumulation führen soll. So wird hier zum Beispiel unterstellt, ein Yogi könne durch seinen Atem den Ausgang von Kriegen beeinflussen.[62]

Nach Rüdiger/Wiligut ist die Thymusdrüse diejenige Instanz im Energiekörper des Menschen, die der »Schwarzen Sonne« (Santur) entspricht. Weiteren sechs Drüsen werden bestimmte Töne und Buchstaben (Runen) zugeordnet. Durch eine Yoga-Technik kommt es zu der Verknüpfung der inneren Energieströme mit kosmischen, astrophysikalischen Vorgängen: »Es ist somit eine bewusste Verbindung der Thymusdrüse mit dem Santur herzustellen. D. h., es ist diese Drüse zur bewussten Aufnahme der Santurschwingungen zu entwickeln. Die Erweckung der Thymusdrüse zu dieser Aufgabe bzw. die Dynamisierung derselben zur verstärkten unbewussten Aufgabe der Santurschwingungen wird durch einen leichten Druck auf dieselbe mit dem rechten Mittelfinger erzielt [...] Sofort setzt ein Gefühl ein, als ob ein drohender Odwirbel in der Drüse entstünde. Die Drüse schmerzt. Eine Entwicklung birgt große Gefahren in sich, wenn sie nicht in genauer Beobachtung der kosmischen Gesetze vor sich geht. Um diese Gefahr zu verstehen, müssten wir uns vor Augen halten, dass in der Thymusdrüse der Knotenpunkt der ›Hohen heiligen Acht‹ liegt und dass daher eine kosmisch ungeregelte Eigen-Sonder-Schwingung in der Thymusdrüse den Gesamtrhythmus der Heiligen Acht unterbrechen müsste. Das erzeugt Wahnsinn.«[63]

Was immer man sich unter diesen Vorgängen auch vorstellen mag, sie beweisen, dass bei den Runenokkultisten im Umfeld des SS-Ahnenerbes Yoga-Übungen durchgeführt wurden. Indisch-tibetische Einflüsse auf Karl Maria Wiligut und sein Umfeld sind dokumentarisch nachweisbar, aber es gibt auch nicht-bwusste Konvergenzen. Im lamaistischen *Kalachakra-Tantra* haben wir zum Beispiel eine Lehre vor uns, die sowohl eine »schwarze Sonne« als auch die Verbindung des menschlichen Energiekörpers mit dem Makrokosmos kennt (»Alternatives Kalachakra«). Wir werden auf die verblüffenden Parallelen zwischen dem Rahu-Mythos des *Kalachakra-Tantra* mit den Spekulationen Rüdiger/Wiliguts noch zu sprechen kommen. Schon der Titel von Rüdigers programmatischer Schrift zur »Schwarzen Sonne« annonciert seine östlichen Inspirationsquellen *Tyrkreis und Tattwas im Lichte der wissenschaftlichen Forschung.* Bei der Tattwa-Lehre handelt es sich um die indische Doktrin von den Elementen.[64]

Der Ariosoph Günther Kirchhoff: Wien als die Schaltstelle des euroasiatischen Okkultismus

Unter den Personen, die Wiligut/Weisthor dem Reichsführer-SS wärmstens ans Herz legte, befand sich auch Günther Kirchhoff (1892–1975), ein weiterer Spezialist des Runenokkultismus. In den frühen 1920er-Jahren war er Mitglied der ariosophischen Guido-von-List-Gesellschaft gewesen. Er beschäftigte sich mit Geomantie, »Ortungsfiguren« und »geodätischer Forschung«. Der Historiker Michael H. Kater zählt ihn zu den »Narren« im SS-Ahnenerbe, »deren Tätigkeit hart ans Betrügerische« grenzte und denen Himmler dennoch »überdurchschnittliche wissenschaftliche Fähigkeiten« zusprach. »Die Dienststelle des Reichsführers-SS«, so Kater weiter, »korrespondierte mit einem opportunistischen Scharlatan namens Kirchhoff, der sich in Theorien über die künftige Einigung aller ›Germanen‹ und über ›geodätische Konstruktionen, die sich über Kontinente erstreckten‹ erging.«[65] In der Tat war Kirchhoff bei den »Wissenschaftlern« des SS-Ahnenerbes alles andere als gut angesehen, wurde als »Spintisierer übelster Sorte« verächtlich gemacht und seine Arbeiten galten als »vollkommen wertlos«.[66]

Dennoch pflegte der Reichsführer-SS zeitweise engere Kontakte zu ihm. Wiligut/Weisthor hatte den »Spintisierer« mit den Worten eingeführt, dass »außer mir es gottlob doch auch noch andere ›Wissende‹ gibt, welche die Zeit richtig erfassen und erkennen«.[67] Kirchhoff behauptete nach dem Krieg, einen gewissen Einfluss ausgeübt zu haben: »Vielleicht interessiert es Sie«, schreibt er an Rudolf J. Mund, »dass ich auch mit Heinrich Himmler längere Zeit in Verbindung stand. Wiligut hatte das vermittelt.«[68] Das ist keineswegs ausgeschlossen, denn der Präsident des SS-Ahnenerbes war an den Arbeiten des Runenkundigen trotz der Proteste seiner Wissenschaftler weiterhin interessiert. Insgesamt wurden von Kirchhoff zwischen 1936 und 1944 über die verschiedensten okkulten, geomantischen und mythologischen Themengebiete ca. 50 Manuskripte dem persönlichen Stab des Reichsführers-SS eingereicht.[69] Sein letzter Brief (Ende 1944) an die NS-Autoritäten war eine 30 Seiten lange okkulte Abhandlung über den Krieg. Diese sollte, so wünschte es der Verfasser, via Himmler an Hitler weitergeleitet werden. Seit den 1950er-Jahren präsentierte sich Kirchhoff als ein Kronzeuge für die »übersinnlichen Fähigkeiten Wiliguts«.

Unter seinen Manuskripten befindet sich auch ein Aufsatz mit dem Titel *Das politische Rätsel Asien aus Ortung erschlossen*. »Europa ist eine ›Halbinsel Asiens‹; von Asien aus wurde verschiedentlich hart in das Schicksal Europas eingegriffen«, heißt es dort.[70] Kirchhoff nennt den Einbruch der Arier[71] (2000 v. Chr.), den Einfall der Hunnen (ca. 375 n. Chr.) und die Eroberungen Dschingis Khans (ca. 1240 n. Chr.). Er zeichnet dann ein geomantisches Raster mit den beiden östlichen Punkten Urga und Lhasa auf: »Zwei wichtige Lama-Zentren sind in die asiatische Grundortung auf dem anliegenden Sonderblatt eingebaut: 1. Lhasa mit dem Potala; 2. Urga, heute Ulan Bator Choto der ›Mongolenkirche‹, denn hier ist das Gebiet des Mongolentums.«[72] Wiligut/Weisthor hatte in Urga eine Stätte der Gegeninitiation gesehen, von wo aus die »dunkle Hauptbruderschaft« eines Wotanistenzweiges jegliche »Weltgeltung Germaniens« verhindern wollte.[73]

Die westlichen Punkte von Kirchhoffs Raster befinden sich in Wien und bei den ägyptischen Pyramiden (Cheops-Pyramide). In der Mitte liegen das altrussische Kloster Gora Blagodaty und Cuh i Cwaja, »der Berg der Großen Meister« (Letzterer etwa im Grenzgebiet von Iran, Afghanistan und Belutschistan, der Wirkungsregion des Zarathustra). Aus diesem geomantischen Netzwerk ergebe sich, dass »gerade die Stadt Wien unter starker Einwirkung von Kraftstrahlen […] aus dem Lama-Zentrum ›Urga‹ steht.«[74] Folglich habe jeder Großangriff aus dem Osten immer Österreichs Hauptstadt zum Ziel gehabt. Arier, Hunnen, Mongolen und Türken seien hier eingebrochen. Auch auf geistiger Ebene sei Wien immer schon eine Schaltstelle im euro-asiatischen Okkultismus gewesen.

Romanautor Edmund Kiss: der Atlantisexperte des SS-Ahnenerbes

Im engeren Kreis um Wiligut verkehrte auch der Romanautor Edmund Kiss (1886–1946). Kiss war Mitglied der Waffen-SS im Rang eines Obersturmbannführers, zählte zu Himmlers persönlichem Stab und diente zuletzt als Kommandant der SS-Wache in Hitlers Hauptquartier (Wolfsschanze). Als engagierter Anhänger von Hanns Hörbigers Welteislehre hatte er ein populäres Buch zu diesem Thema verfasst (*Welt-Eis-Lehre*). Danach wurde vor vielen Jahrtausenden der Kontinent Atlantis durch den Sturz eines »Eismondes« auf die Erde vernichtet und ging in einer großen Sintflut unter.

Dieses Ereignis bildet den geologischen Background von Kiss' Romantetralogie, in der er die »Geschichte« von Atlantis thematisierte. In *Frühling in Atlantis* (1933) schildert er die Blütezeit des Kontinents, der von hellfarbigen Asen als Herrenkaste, auf der anderen Seite der Gesellschaft von den »Anerkannten« bzw. den »Dunklen« bewohnt wird. Eine der Hauptaufgaben des Atlantisstaates bestand in der »Aufzucht reinrassiger nordischer Menschen«. Es kommt jedoch zu einem Aufstand der »Dunklen«, die den von den Asen verehrten jungen Helden Baldur ermorden. Das Land gerät in eine politische Krise. Diese wird noch durch Naturkatastrophen verschärft. Die Reste des dem Untergang geweihten Kontinents sind jedoch weiterhin von der Elite der »hochstehenden« Rasse (»blauäugigen Blondlingen«) besiedelt, die über ein Heer von dunkelhäutigen Arbeitssklaven befiehlt (*Das gläserne Meer* – 1931). Aber die sich immer mehr verschlimmernden Naturereignisse zwingen die nordische Herrenkaste letztlich, Atlantis endgültig zu verlassen. Sie betätigen sich als »arische Kulturgründer« in verschiedenen Teilen der Welt, so auch in den Anden (*Die letzte Königin von Atlantis* – 1931). In seinem letzten Roman *Die Singschwäne von Thule* (1939) kehren die »arischen Kulturgründer« wieder nach Norden zurück, vermischen sich dort mit einer einheimischen Rasse, die blutsmäßig noch »recht gut« erhalten ist, und wandern von dort aus wieder in den Süden, um erneut Hochkulturen zu gründen, wie zum Beispiel die griechische.

Diese Ur-Arier – davon war Kiss überzeugt – siedelten in den Hochgebieten Tibets, Abessiniens und der Anden.[75] So hatte er sich schon 1928 nach Bolivien aufgemacht, um dort nach Resten der atlantischen Exilkultur zu suchen, und »entdeckte« sie angesichts der Tempelruinen von Tiahuanaco, insbesondere des berühmten Sonnentores. »In der Stadt Tiahuanaco müssen Menschen nordischer Prägung mit hoher Gesittung gewohnt haben«, schrieb er in der SS-Ahnenerbe-Hauszeitschrift *Germanien*, »und es handelt sich bei den Kunstwerken der vorgeschichtlichen Stadt sicher um keine indianische Eigenart und Baukunst, sondern sehr wahrscheinlich um eine solche nordischer Männer, die einst als Träger besonderer Gesittung auch auf das Hochland zwischen den Anden kamen.«[76] 1937 erschien von ihm *Das Sonnentor von Tiahuanaku und Hörbigers Welteislehre*.

Das »Atlantisfieber« war damals in Deutschland ausgebrochen: »Jeder Deutsche steht mit einem Fuß im untergegangenen ›Atlantis‹, in dem er mindestens einen recht stattlichen Hof sein Eigen nennt«, macht sich Rauschning über diesen Trend lustig.[77] Noch 1941 sinnierte Hitler in einem Gespräch mit Himmler: »In einer griechischen Quelle ist von Vor-Mond-Menschen die Rede, worin wir eine Anspielung auf das Weltreich der Atlantis zu sehen haben, das der Mondkatastrophe zum Opfer gefallen ist.«[78]

Auch der Reichsführer-SS war von der Mission der Atlantiden als arische Kulturgründer voll überzeugt.[79] So veranlasste er Kiss im Ahnenerbe die Abteilung SS-Atlantisforschung aufzubauen. Wie wichtig Himmler diesen Forschungszweig nahm, lässt sich daraus ersehen, dass er den Romanautor in seinen persönlichen Stab aufnahm. Für 1940 war eine große SS-Expedition zur weiteren Erforschung der Tempelstadt von Tiahuanaco geplant. Walther Wüst hatte in einem Brief an seinen Chef vorgeschlagen, Kiss wieder nach Südamerika zu schicken, weil die Ergebnisse dieser Forschungsreise »für die Menschheitsgeschichte von umwälzender Bedeutung sein können.«[80] Auch in Abessinien, Lybien und Tibet sollte Kiss auf archäologische Spurensuche gehen. So schlug Himmler vor, den »Atlantis-Forscher« mit Ernst Schäfer in den Himalaja zu schicken, einmal um die Richtigkeit von Hörbigers Welteislehre geologisch nachzuweisen, und dann, um dort die Überreste der »arischen Hochkultur« der Atlantiden zu »entdecken«, die Kiss schon in den Anden gefunden zu haben glaubte. Es kam zu einem Treffen zwischen dem Atlantisforscher und dem Leiter der SS-Tibetexpedition, Ernst Schäfer. Dieser sprach sich jedoch – wie er nach dem Kriege erzählte – gegen eine Teilnahme von Kiss aus und konnte sich damit durchsetzen. Es ist aber ebenso möglich, dass der Thule-Schriftsteller gar nicht mitreisen wollte, da seine eigene SS-Expedition nach Peru für das Jahr 1940 geplant war. Noch gegen Kriegsende träumte Kiss davon, als Leiter eines Militärkommandos nach Tibet geschickt zu werden, um mit der Hilfe von Mongolen und Tibetern die Sowjetunion in einen zentralasiatischen Krieg zu verwickeln. 1945 wurde er interniert und traf in mehreren POW-Camps (Prisoner of War) auf den jungen SS-Mann Rudolf J. Mund, den er in seine Visionen und Theorien einführte. Mund sollte nach dem Krieg einer der Protagonisten des »SS-Mystizismus« werden.

War der Okkultismus eine Randerscheinung im SS-Ahnenerbe?

Wiligut/Weisthor und die anderen Runenokkultisten werden von der Geschichtswissenschaft meist als unbedeutende Randexistenzen des SS-Ahnenerbes angesehen. Zu Unrecht! Sie gehörten – ebenso wie die Geisteswissenschaftler und wie die Naturwissenschaftler – dazu. Von den sechs offiziellen »Ablagegruppen«, in welche die Aktenordner des SS-Vereins aufgeteilt waren, lautete die letzte: »GEHEIM – Forschungsstätte zur Überprüfung der so genannten Geheimwissenschaften.« Im SS-Ahnenerbe, insbesondere auch in der Imagination Heinrich Himmlers, spielten okkulte Spekulationen und Phantasien eine ebenso große Rolle wie naturwissenschaftliche Methoden und geisteswissenschaftliche Fachkenntnisse. Es bestand dort die explizite und auch oft zum Ausdruck gebrachte Absicht, die verschiedenen Bereiche miteinander »ganzheitlich« zu verknüpfen. Im Zusammenhang mit der SS-Tibetexpedition gehen wir ausführlich darauf ein.

Glaubt man Hermann Rauschning, so interessierte sich selbst Hitler für Yoga-Techniken, das »Dritte Auge« und mikro-makrokosmische Bezüge: »Da hatte ein Münchner Gelehrter neben fachwissenschaftlichen Büchern«, so Rauschning, »ein paar merkwürdige Sachen geschrieben über Urwelt, Sage und Menschheit, über die Traumsichtigkeit der früheren Menschheit, über eine Erkenntnisform und eine uns übernatürliche Macht über die rationalen Naturgesetze. Da gab es das Auge des Zyklopen, das Scheitelauge mitten auf dem Haupt, das jetzt zur Zirbeldrüse verkümmerte Organ einer magischen Einfühlung ins All. [Hitler] liebte es zu Zeiten, sich damit leidenschaftlich zu beschäftigen. Er sah sein eigenes wundersames Leben als eine Bestätigung verborgener Kräfte.«[81] Rauschnings Aussage lässt sich nicht durch verbürgte Zitate aus dem Munde des Diktators untermauern, aber dieser 1940 veröffentlichte Satz beweist, dass unter den NS-Intellektuellen, zu denen Rauschning selber gezählt hatte, solche Themen en vogue waren.

Und Himmler? Sein Interesse an dem in den 1920er-Jahren in ganz Europa grassierenden Asienmystizismus ist auf jeden Fall durch die Lektüre eines Klassikers auf diesem Gebiet erwiesen. 1924 hatte er das Buch des Russen Ferdinand Ossendowski *Tiere, Menschen, Götter* gelesen. In einer Randbemerkung zu diesem Bestseller schrieb er, der Text handle von den »ganz großen Mysterien und Geheimnissen der Mongolei«.[82] Ossendowskis Erzählung, auf die wir noch zurückkommen, ist esoterisch so aufgeladen, dass sie selbst differenzierte Theoretiker des Okkulten wie den Franzosen René Guénon völlig in die Faszination geschlagen hat. Man kann also vermuten, dass sich auch Himmler von der dort dargestellten Mythologie eines verborgenen »Weltenherrschers« und eines okkulten, innerasiatischen Reiches, von dem aus auf die Weltgeschichte Einfluss genommen werde, angezogen fühlte. Konkret nachweisen kann man das aber nicht.

Sowohl die »Religionswissenschaften« als auch der »Okkultismus« im SS-Ahnenerbe wurden durch die Kriegsereignisse an den Rand gedrängt. Himmler und seine Schergen waren mit anderen, pragmatischen Aufgaben, nicht zuletzt mit der »Endlösung der Judenfrage« ausgelastet. Um aus militärwissenschaftlichen Erwägungen die Reaktionen von Menschen auf Extremsituation zu untersuchen und um Medikamente auszutesten, wurden barbarische Humanexperimente zu einem bedeutenden Forschungszweig innerhalb des SS-Vereins. Diese Szenarien des absoluten Grauens haben die Geschichtswissenschaft nach dem Krieg so in ihren Bann gezogen, dass die religionspolitischen Strategien und die Phantasmen der SS-Visionäre auf kein historisches Interesse stießen. Aber die Unterschätzung eines mächtigen Wirkungskreises, der sich beauftragt fühlte, eine indo-arische Religion zu konstruieren, ist umso bedauerlicher, weil es gerade die religiösen Ideen und Phantasmen aus dem SS-Ahnenerbe gewesen sind, die überleben konnten und mit großem Erfolg im Nazi-Okkultismus der Nachkriegszeit ihren Niederschlag gefunden haben. Insbesondere tritt hier eine mysteriöse *Nazi-Tibet-Connection* in das Zentrum wilder Spekulationen, die sich – wie wir zeigen werden – auf die Tibetträume der NS-Runenokkultisten zurückführen lässt.

In tibetischen Klöstern, so hatte Rudolf John Gorsleben erklärt, liege der Schlüssel für das atlantisch-arische Urwissen. Dort war nach den Kernlehren der verschollenen Religion der Arier zu suchen. Was lag näher, als eine SS-Expedition in das Schneeland zu schicken, um dieses Geheimnis zu lüften? Es dürfte deswegen kaum zweifelhaft sein, dass sich die Okkultfraktion des SS-Ahnenerbes angesichts der Tibetexpedition Ernst Schäfers vorstellte, der Forscher würde mit sensationellem indo-arischen Material zurückkehren. Auch Himmler muss solche Sehnsüchte gehabt haben, sonst hätte er nicht darauf bestanden, dass sich die beiden Expeditionsteilnehmer Schäfer und Beger vor ihrer Abreise mit den beiden Okkultisten Karl Maria Wiligut und Edmund Kiss aussprachen.[83]

Deutsche Hakenkreuze im Himalaja: die SS-Tibetexpedition

Die größte Organisation innerhalb des SS-Ahnenerbes war das Sven-Hedin-Institut für Innerasienforschung unter der Leitung von Ernst Schäfer. Der Historiker Michael H. Kater stellt Schäfer als den wissenschaftlichen Kontrapunkt zu den pseudowissenschaftlichen Mitgliedern des SS-Vereins heraus, der *nolens volens* die »Sache« mitgemacht habe, um insgeheim seine Fachdisziplinen (Ornithologie, Zoologie, Tibetforschung usw.) zu fördern. »Schäfer«, so Kater, »der damals als ›begeisterungsfähiger junger Mann‹ dem Nationalsozialismus bestimmt nicht ablehnend gegenüberstand, anderseits aber aufgrund seiner Erfahrungen und seiner internationalen Beziehungen viel zu sehr Kosmopolit war, als dass er eine vorschnelle Überbewertung nationaler Parolen gutgeheißen hätte, will das Ahnenerbe Himmlers wegen seines pseudowissenschaftlichen Rufes mit Skepsis betrachtet haben.«[1] Ob dies wirklich so zu sehen ist, wollen wir in diesem Kapitel untersuchen. Aber zuerst beschäftigen wir uns mit dem Mann, nach dem Schäfer sein Institut benannt hat, den Schweden Sven Hedin.

Tibetforscher Sven Hedin: Hitlerfreund und Vorbild für die NS-Jugend

»Der Forscher war ›nordisch‹, war bekannt als glühender Germanophile und verkörperte die Nietzscheanische Sehnsucht nach einer heroischen Meisterrasse«, schreiben die beiden amerikanischen Historiker Karl E. Meyer und Shareen Blair Brysac über Sven Hedin (1865–1952). »Aber noch etwas machte die gegenseitige Anziehung aus: Hedin und die Nazis teilten eine Faszination für Tibet, die unterstellte Wiege der so genannten arischen Rasse.«[2] Das mag mehr oder weniger stimmen, aber eines haben die Autoren nicht erwähnt, nämlich dass Hedins Ururgroßvater Jude war. Der Schwede konnte demnach, wie seine Schwester es ausdrückte, nur als »15/16. Germane« gelten.[3] Diese jüdischen Blutspuren in seinen Adern machen seine Biografie doppelbödig.

Sven Hedin unternahm zwischen 1893 und 1935 vier jeweils mehrjährige Expeditionen nach Zentralasien und brachte davon hervorragendes wissenschaftliches Material mit nach Europa. Vor allem wegen seiner präzisen kartografischen Arbeiten wurde er weltberühmt. Die exklusive Royal Geographical Society zählte ihn zu ihre Mitgliedern und man schlug ihn zum Honory Knight Commander des indischen Empires. (Beide Auszeichnungen haben ihm die Briten später wegen seiner pro-deutschen Einstellung aberkannt.) Seine Reisen in den Pamir, nach China und Tibet beschrieb er in sehr populären Büchern, die heute wieder eine Renaissance erleben. Politisch stand Hedin seit Beginn seiner Studien der nationalistischen Rechten nahe. Er verachtete die sozialdemokratische Bewegung in Schweden und geriet deswegen mit August Strindberg in einen herben Konflikt, der die gesamte Nation beschäftigte. Jenseits der schwedischen Grenzen zeigte er sich als ein großer Bewunderer des wilhelminischen Deutschland. Mit dem deutschen Kaiser und dessen Feldmarschall Hindenburg unterhielt er enge Kontakte. Später wurde er zum Förderer der Nazibewegung.

Hedin war zweifelsohne ein hervorragender Beobachter, ein genialer Kartograf, ein unterhaltsamer Erzähler, ein ernsthafter Wissenschaftler, ein mutiger Abenteurer. Aber: »Seinem Temperament nach war Hedin ein Nazi, für den Forschung zum *Kampf* wurde, ein Kampf nicht nur gegen die Naturkräfte, sondern auch auf dem Papier gegen rivalisierende Forscher. Es wundert einen nicht, dass er die Anliegen Kaiser Wilhelms II. und Adolf Hitlers unterstützte«, schrieb einer seiner Kollegen aus der Royal Geographical Society.[4]

Hitler brachte dem Schweden große Bewunderung entgegen. Im ersten Jahr seiner Kanzlerschaft schickte er ihm ein Telegramm, in dem er Hedin zum 40. Jahrestag seiner ersten Expedition nach Zentralasien gratulierte. Zum 70. Geburtstag des Forschers folgte ein zweites Glückwunschschreiben. 1936 sprach Hedin die Eröffnungsrede bei den Olympischen Spielen in Berlin. Insgesamt kam es zu vier Treffen mit dem Diktator.

1937 veröffentlichte der Tibetforscher seine Meinungen zum Nationalsozialismus in schwedischer Sprache unter dem Titel *Tyskland och Väldsfreden* (»Deutschland und der Weltfriede«). In dem Buch gibt es ein paar kritische Notationen zur Judenfrage und zu den Kirchen, weswegen die Nazis eine deutsche Übersetzung ablehnten, es sei denn, Hedin erkläre sich bereit, die »kompromittierenden« Passagen zu streichen. Hedin weigerte sich jedoch und hat dann nach dem Krieg das verbotene Buch als Beweis groß herausgestellt, dass er sich von den Nazis nicht habe vereinnahmen lassen.

Trotzdem ist *Tyskland och Väldsfreden* unterm Strich eine begeisterte Laudatio der Nazipolitik. Selbst über die Konzentrationslager, von denen er eines besucht hatte, konnte Hedin nur Lobendes berichten: »Wer Klage über ihre Schlafplätze [die der KZ-Häftlinge] führt, der sollte ein einziges Mal das Bett ausprobieren, das ich erst im Januar 1935 auf der ›Seidenstraße‹ in Zentralasien benutzt habe. Es lag in einem schmalen Zelt direkt auf dem Boden, und die Temperatur betrug –33 °. Aber ich habe keinen gehört, der mich bedauert hätte.«[5] Auch die nationalsozialistische Geopolitik, die davon ausging, dass die Deutschen auf zu engem Raum lebten und ein Naturrecht besäßen, den Osten zu erobern, machte sich Hedin in dieser Schrift zu eigen und verkündete als Konsequenz davon den kommenden Krieg: »Am Ende machen sich die Grenzen der Belastbarkeit geltend, wo keine Dämme, keine Schranken mehr halten – Und dann bricht der Krieg aus, den keiner will und jedermann hasst; dann schlägt den Völkern Europas die Stunde ihrer Vernichtung.«[6] Anfang der 1940er-Jahre folgte ein Buch mit dem Titel *Amerika im Kampf der Kontinente*, in dem er erneut die »Volk-ohne-Raum-Theorie« vertrat und wo er die Europa-Politik Roosevelts mit scharfen Worten geißelte.

Nach dem Zweiten Weltkrieg wurde Hedin wegen seiner Nazikontakte gemieden. Ein Treffen mit Thomas Mann 1949 überschritt nicht die Ebene des Small Talks. Dagegen erhielt er am 4. Juni desselben Jahres den Besuch von der Wahlinderin Savitri Devi. »Hitlers Priesterin«, auf die wir noch ausführlich zu sprechen kommen, unterhielt sich mit ihm über das Nachkriegsschicksal Deutschlands und die Möglichkeit eines Nazi-Revivals. Der Schwede muss der fanatischen Verehrerin des »Führers« Hoffnungen gemacht haben, indem er auf die immensen Mutreserven der Deutschen verwies und in Erwägung zog, dass Hitler noch am Leben sei. Vom 4. Juni 1949 ist folgender Brief von ihm erhalten: »Man hegt in den westlichen Ländern eine tödliche Furcht vor einem Wiederauferstehen Deutschlands. Deshalb muss Deutschland niedergehalten werden, wenn möglich ausgelöscht werden. Doch das wird niemals glücken. Die germanische Rasse kann nicht ausgerottet werden. Ihre Zeit kommt noch, und wenn erst einmal die Macht des Bolschewismus gebrochen ist, erhält auch Deutschland seine Chance.«[7]

In seiner Rechtfertigungsschrift *Ohne Auftrag in Berlin*, die 1949 im Dürer-Verlag, einem Verlagshaus von Naziemigranten in Buenos Aires, erschien, führte Hedin zahlreiche Beispiele an, die beweisen sollten, dass er sich der NS-Politik widersetzte und dass er seinen Einfluss geltend gemacht habe, um Menschen und Nationen (insbesondere Finnland) zu helfen.[8] Trotzdem blieb er weiterhin voller Bewunderung für die schon seit vier Jahren verblichene Naziprominenz (Hermann Göring, Baldur von Schirach, Joseph Goebbels, Heinrich Himmler).

Die verschiedenen Portraits von Hitler, die er in diesem Buch zeichnet, sind mehr als schmeichelhaft: Aufrechte Haltung, kraftvolle harmonische Gestalt, erhobenen Hauptes, sicher und beherrscht, gedankliche Schärfe – das alles sind Metaphern, mit denen er den »Führer«, wie er den Diktator weiterhin respektvoll nennt, bis zuletzt wahrgenommen hat. »Bei Hitler«, schreibt der Schwede voller Ehrfurcht, »hatte man sofort den Eindruck, sich einer eigenartigen Persönlichkeit gegenüber zu sehen, die mit Willen und Entschlossenheit ausgezeichnet war, einem Mann, der sich selbst blind vertraute, einen rücksichtslosen und leidenschaftlichen Diktator, der alles zu wissen vermeinte, was von der Welt und den Menschen überhaupt wissenswert war, und dessen Blick weit über Kontinente und Meere schaute.«[9] Im letzten Satz dieses Buches, mit dem sich Hedin für seine Kooperation mit dem Nazi-Regime rechtfertigen möchte, lesen wir: »Dieser Krieg wird in die Geschichte eingehen als der Krieg des Präsidenten Roosevelt.«[10]

Mit Göring verband ihn die innigste Freundschaft. Er bewunderte den überschwänglichen Luxus des Reichsmarschalls. Mehrmals ist er der gefeierte Gast in dessen Prachtvilla Carinhall. So erinnert er sich wehmütig an die opulenten Tafelfreuden zurück, die er dort während des Krieges genossen hat: »Bei meinen Besuchen pflegte ich Göring eine Flasche schwedischen Aquavits zu schenken, den er liebte. Er nahm die Flasche in den Arm und umschmiegte sie wie ein Kind. Die Stimmung war hoch, das Essen lukullisch. Es gab Butter und echten Schweizer Käse, Kaviar, Hummer, frisches Spanferkel, Salate und Delikatessen aller Art. Die Rationierung in Berlin wurde an Görings Tisch nicht durchgeführt.«[11] Das war zu einem Zeitpunkt (12. Januar 1943), als Thomas Manns detaillierte BBC-Vorträge über die Vergasung von Juden in Stockholm schon veröffentlicht worden waren.

Weniger schmeichelhaft schildert Hedin den Reichsführer-SS. Er findet in Himmlers Gesicht »nichts von der klassischen griechischen oder römischen Linie, nicht eine Ausprägung von Rasse oder gehobener Kultur. Himmlers Gesicht war alltäglich, einfach und uninteressant ...«[12] Ebenso nichtssagend nimmt er das anspruchslose Arbeitszimmer des Reichsführers-SS wahr, dem die Eleganz der Amtsräume anderer Reichsminister völlig fehle. Hedin bestätigte Himmler jedoch ein »lebhaftes und waches Interesse für das Schneeland nördlich des Himalaja«.[13]

In all seinen Reisebüchern präsentiert sich der Schwede als ein inniger Freund der Tibeter. Es war sein größter Traum, in die »verbotene« Stadt nach Lhasa vorzudringen, aber es gelang ihm nur, am 12. Februar 1907 im Kloster Tashi-Lunpho vom Panchen Lama (Tashi Lama) empfangen zu werden. Aus dieser Begegnung, die nichts Spirituelles an sich hatte, konstruierte Hedin dennoch einen Mythos: »Wunderbarer, unvergesslicher Tashi Lama!«, ruft er aus. »Nie hat ein Mensch einen so tiefen, unauslöschlichen Eindruck auf mich gemacht. Nicht als Gottheit in Menschengestalt, sondern als ein Mensch, der sich in Herzensgüte, Reinheit und Keuschheit der Grenze der Vollkommenheit so sehr nähert, als dies überhaupt möglich ist. Seinen Blick werde ich nie vergessen; er strahlt eine ganze Welt von Güte, Demut und Menschenliebe aus und niemals habe ich ein solches Lächeln, einen so fein geschnittenen Mund, ein so edles Antlitz gesehen.«[14] Das Foto aber, das der Forscher vom Panchen Lama nach Europa mitbrachte, macht einen völlig gegenteiligen Eindruck. Der Kirchenfürst sieht darauf so finster und stumpf aus, dass August Strindberg angesichts dieses Bildes Hedin verspottete, dieser verehre einen »ausgemachten Verbrechertyp«.[15]

Ein Interesse am Buddhismus lässt sich bei dem Schweden nur spärlich finden, okkulte Absichten sind in der Lektüre seiner Bücher ebenso wenig festzustellen. In seiner Auseinandersetzung mit dem russischen Autor Ferdinand Ossendowski und dessen mysteriösen Reisebericht über die Mongolei, auf die wir noch zu sprechen kommen, verurteilte er scharf dessen »Esoterismus«.

So liegt die Faszination für Hedins populäre Reisebücher nicht im Mystischen, sondern im »Abenteuer«. Sein Ritt durch die Takla-Makan-Wüste schuf einen Mythos heroischer Männlichkeit, der bis heute nachwirkt.[16] »Ich wurde blind gegen jede Gefahr, die unheimliche Wüste verhexte mich«, bekennt der Abenteurer, »sogar die Sandstürme, die ihre Wurzeln in der Tiefe der Wüste haben, erschienen mir prachtvoll und bezaubernd.«[17] Hedin ist der »Einzige«, der »einsame Wanderer durch die Einöden«, und dennoch dient er unermüdlich, Tag um Tag, der wissenschaftlichen Erkenntnis. Diese Kombination aus Abenteurer und Wissenschaftler war seit dem 19. Jahrhundert zum Urbild einer sich nach Reisen und Exotismen sehnenden europäischen Jugend geworden. Gefahrvolles Naturerlebnis und exakte Vermessungsarbeit verbanden sich hier zur Typologie des »Neuen Mannes«. Frauen spielen in dieser Männerwelt keine Rolle bzw. dienen allenfalls als allegorische Projektionsbilder: »Ich habe mich mehrmals verliebt«, schrieb Hedin, »aber Asien blieb meine Braut. Sie hielt mich in ihrer kalten Umarmung gefangen und ließ mich aus Eifersucht niemals eine andere lieben. Und ich bin ihr treu geblieben. Das ist sicher.«[18]

Hedin erforschte die letzten weißen Flecken auf der Landkarte, er ritt auf Dromedaren, schlug sich mit Räubern und verfügte obendrein über die Poetik, dies alles spannend und mit einer überzeugenden Wahrheitstreue in seinen Büchern zu beschreiben. Er wurde zu einem Ideal der Hitlerjugend und junger SS-Männer. Die Nazis haben ihn nicht nur für ihre weltanschaulichen Zwecke benutzt, so wie man die Namen von Prominenten vorschiebt, um eigene Ideen zu propagieren. Sie haben Hedin und seinen abenteuerlichen, männlichen Lebensstil zu einem Element ihrer Weltanschauung gemacht und er hat dem freigiebig zugestimmt. Einer, für den der schwedische Asienforscher ein großes Vorbild war und der dessen populäre Kombination von Wissenschaftlichkeit, Abenteuerlust und literarischem Können bewunderte, war der SS-Mann Ernst Schäfer.

Tibetexperte Ernst Schäfer: Die Grundlagen einer NS-Naturwissenschaft

Ernst Schäfer (1910–1992) war der Sohn eines einflussreichen Hamburger Industriellen und Direktors des Gummikonzerns »Phoenix«. Er wurde wie Sven Hedin von der »Forscheritis« (so seine eigenen Worte) ergriffen, die ihn zeitlebens nicht mehr loslassen sollte. Deshalb belegte er in der Absicht, ein Forscherleben zu führen, an der Universität Göttingen die Fächer Zoologie, Botanik, Völkerkunde, Geografie und Geologie und spezialisierte sich in Ornithologie. In den 1930er-Jahren hatte er schon an zwei Tibetexpeditionen unter amerikanischer Leitung teilgenommen.[19] Der Panchen Lama empfing ihn 1934 in China und stattete ihn mit einem Reisepass für ganz Tibet aus.

Schon als 23-jähriger Student war Schäfer SS-Anwärter (spätere SS-Nummer: 138803; Parteinummer 4690995). Aufgrund seiner Expeditionserfolge von 1936 erregte er die Aufmerksamkeit Himmlers. Dieser ernannte ihn schon bald zum »SS-Untersturmführer im persönlichen Stab«. Gemeinsam mit dem Reichsführer-SS und anderen Leitern des Ahnenerbes wurde dann die »SS-Expedition Schäfer« ins Leben berufen. Offizielle Bezeichnung: »Tibet-Expedition Ernst Schäfer. Unter Schirmherrschaft des Reichsführers-SS Himmler und in Verbindung mit dem Ahnenerbe e. V. Berlin«.[20]

Heinrich Himmler verband mit der geplanten Tibetexpedition offensichtlich okkult-rassistische Interessen. Hier das Protokoll von einer der Unterredungen, die er mit Schäfer nach dessen Rückkehr aus dem Himalaja führte: »Ob ich in Tibet

Menschen mit blonden Haaren und blauen Augen begegnet sei, wollte er [Himmler] wissen. Als ich dieses verneinte, fragte er mich, wie denn nach meiner Meinung der Mensch entstanden sei.« Schäfer will kurz seine Kenntnisse zur humanen Evolutionsgeschichte skizziert haben. »Himmler hörte ruhig zu. Dann schüttelte er den Kopf: ›Akademische Lehrmeinungen, Schulweisheit, Arroganz der Universitätsprofessoren, die wie Päpste auf ihren Lehrstühlen sitzen [...] aber von den wirklichen Kräften, die die Welt bewegen, haben sie nicht die leiseste Ahnung [...] Nun ja, für die minderen Rassen mag das allenfalls zutreffen, aber der nordische Mensch ist beim letzten tertiären Mondeinbruch direkt vom Himmel gekommen.‹ Himmler hatte leise gesprochen, er sprach wie ein Priester. Die Kamarilla schwieg, und auch ich war sprachlos. Ich glaubte mich in ein heidnisches Kloster versetzt [...] ›Sie müssen noch viel lernen‹, fuhr Himmler schulmeisterlich fort, ›vor allem die Runenschrift und die Grundlagen der indo-arischen Sprachwissenschaften. Und natürlich müssen sie die Werke Hörbigers [Erfinder der Welteislehre] studieren. [...] Der Führer befasst sich seit langem mit der Welteislehre. Es gibt noch zahlreiche Reste der tertiären Mondmenschen, letzte Zeugen der verschollenen, ehemals weltumspannenden Atlantiskultur. In Peru zum Beispiel, auf der Osterinsel und, wie ich vermute, in Tibet.«[21]

Auch in seinem Entnazifizierungsverfahren kommt Schäfer mehrmals auf Himmlers »seltsame Ansichten« zu sprechen und bezichtigt gleichzeitig viele seiner ehemaligen Ahnenerbenkollegen okkulter Neigungen: »Sie glaubten alle an die Welteislehre. Das war natürlich ganz unwissenschaftlich. Aber die Herren haben keine anderen Bücher gelesen. Das ist eine so tolle Geschichte, dass man es fast nicht glauben kann. Sie neigten alle zu der okkulten Seite.«[22]

Obgleich es sich um ein SS-Projekt handelte, musste sich der gesellschaftlich gut situierte Industriellensohn die finanziellen Mittel für die Tibetexpedition eigenhändig besorgen. Die Schutzstaffel übernahm allein die Rückflugkosten. Dennoch wurde der Auszug der Deutschen mit viel Presse und mit großem Aufwand in der Öffentlichkeit diskutiert. »SS-Männer durchforschen Buddhas Reich«, »Im Geiste der SS durchgeführt. Himalaya-Expedition unter der Schirmherrschaft Himmlers«, so oder ähnlich lauteten die Headlines.[23] Vor ihrer Abreise verpflichtete Himmler die Tibetforscher persönlich auf bestimmte SS-Grundsätze, unter denen an erster Stelle stand: »Niemals zu vergessen, dass ein jeder Vertreter der nationalsozialistischen Weltanschauung und des deutschen Volkes ist.«[24]

Zuerst kam es zu diplomatischen Verwicklungen mit dem britischen Außenministerium, das die Einreise der Deutschen über Sikkim nach Tibet nicht billigen wollte. Schäfers gute internationale Kontakte, aber auch die Tatsache, dass Himmler höchstpersönlich in die Diplomatie eingriff, führten schließlich zum Erfolg.[25]

In Indien wurden die Deutschen von den Medien empfangen. Schäfer resümierte später: »Die indische Presse beschäftigte sich in spaltenlangen Artikeln mit den ›Nazispionen‹ und der Vertretern der ›Schwarzen Garde Hitlers‹, die unter wissenschaftlichen Vorwänden nach Indien gekommen seien um zu intrigieren und das britische Prestige zu unterminieren.«[26] Solche »Unterstellungen« hätten jedoch – so

Schäfer – die Expeditionsteilnehmer nur zusammengeschweißt »und mit dem Willen beseelt, auf Biegen und Brechen durchzuhauen.«[27] In einem Vortrag des »Himalaja Clubs« (Indien) stellte er das Zustandekommen des Unternehmens folgendermaßen dar: »Ich erhielt ein Telegramm vom Reichsführer-SS Himmler, in dem er mich bat, ihn aufzusuchen und meine Ziele und Vorstellungen darzustellen. Da ich schon seit langer Zeit ein Mitglied des Schwarzen Ordens (im engl. Original »Black Guard«) war, bin ich nur zu froh gewesen, dass der höchste SS-Führer, selber ein sehr begabter Amateurwissenschaftler, an meiner Forschungsarbeit interessiert war. Es gab keine Notwendigkeit, den Reichsführer-SS zu überzeugen, denn er hatte dieselben Ideen.«[28]

Während der Expedition stand Himmler in ständiger Korrespondenz mit dem Tibetforscher. In dem Briefmaterial befindet sich der folgende Satz des Reichsführers: »Was die Engländer als *gentleman* bezeichnen, das nennen wir einen SS-Mann.«[29] Die Engländer sahen dies jedoch anders. Sir Basil Gould vom britischen India Office, der Schäfer 1938 in Lhasa traf, charakterisierte den Deutschen folgendermaßen: »interessant, kraftvoll, launisch, gelehrt, eitel bis hin zur Infantilität, respektlos gegenüber den sozialen Konventionen und Gefühlen anderer und zuerst und vor allem ein Nazi und ein Politiker.«[30]

Von Sikkim aus wollte Schäfer direkte Verhandlungen mit der tibetischen Regierung aufnehmen, um eine Einreisegenehmigung zu erhalten, obgleich er den Briten versprochen hatte, die Grenze nach Tibet nicht zu überschreiten. In einem Brief an den Rajah des Landes, einem Vertrauten des tibetischen Regenten, verwies er auf das »historische Treffen der östlichen und westlichen Swastikas«, das in Lhasa stattfinden könne.[31] Der Rajah setzte sich bei den Tibetern ein, Schäfer schrieb einen Brief an den Regenten von Tibet, in dem er bat, dass er und seine »Kameraden« als »erste Sendboten unseres Volkes« das Land besuchen dürfen, und erhielt die offizielle Einreiseerlaubnis. In einem Antwortschreiben »An den deutschen Herrn Dr. Schäfer, Meister der Hundert Wissenschaften« wurde ihm erlaubt, sich insgesamt zwei Wochen in der Hauptstadt des Landes aufzuhalten.[32] Nach der Einschätzung des SS-Mannes trafen die Expeditionsteilnehmer ständig auf Sympathien unter der Bevölkerung. Den Deutschen ging sogar das Gerücht voraus, sie wären dabei, Südtibet zu besetzen und »die deutsche Hakenkreuzflagge wehe über den englischen Forts in Gyangtse und Yatung.«[33]

Als »ersten Deutschen in Lhasa« wurde den Expeditionsteilnehmern vom damaligen tibetischen Regenten Gyalpo Reting Chutuktu ein herzlicher Empfang bereitet. Auch zwischen Adeligen und Lamas auf der einen und den SS-Männern auf der anderen Seite entwickelten sich »freundschaftliche Beziehungen«, denen der britische Resident in Tibet, Hugh Richardson, größtes Misstrauen entgegengebrachte, denn mittlerweile war die deutsche Wehrmacht in die Tschechoslowakei einmarschiert. Es kam zu gespannten Szenen. Schäfer wurde von Richardson öffentlich provoziert und konterte in seinem Expeditionstagebuch: »Am liebsten hätten wir diesem frechen, eingebildeten Fatzken eines in die Fr… gehauen – doch unsere Expedition soll ja zu einem erfolgreichen Ende kommen.«[34]

Im August 1939 kehrte die »SS-Expedition Schäfer« nach Deutschland zurück und wurde mit großem Pomp von Himmler auf dem Münchner Flughafen empfangen. Für seine außerordentlichen Verdienste erhielt der Tibetforscher den SS-Ehrendegen als Auszeichnungen. Er begleitete Himmler in dessen Sonderzug durch das besetzte Polen, besuchte anschließend Frankreich, hielt dort Vorträge und zählte fortan zum engsten Freundeszirkel um den Reichsführer-SS.

Anschließend hatte Himmler weitere Pläne mit Schäfer. Dieser sollte zum vierten Mal nach Tibet reisen, und zwar mit einem SS-Stoßtrupp von 30 Mann, um à la Lawrence von Arabien »die tibetische Armee gegen die britisch-indischen Truppen auf[zu]wiegeln«.[35] Der Tibetforscher wollte sofort losschlagen, aber der Reichsführer-SS ermahnte ihn väterlich in einem Brief aus seinem Sonderzug *Heinrich*: »Ebenso wie wissenschaftlicher Dilettantismus verwerflich ist, ebenso ist es militärischer und soldatischer, wenn sie eine soldatische Aufgabe zu lösen bekommen, müssen sie zunächst zum Soldaten ausgebildet und erzogen werden. Mit ein bisschen Sabotage und Herumsprengen ist es nicht getan.«[36] In der SS-Standarte »Der Führer« lernte Schäfer dann den Umgang am mittleren und schweren Granatwerfer und am schweren MG.

Der »deutsche Lawrence« plauderte aber unvorsichtigerweise das Unternehmen aus, sodass es zu argen Differenzen mit Himmler kam. Jedenfalls wurde dieser »Sonderauftrag« auf die direkte Intervention Hitlers hin zurückgenommen. Im Januar 1940 billigte die Leitung des SS-Ahnenerbes Ernst Schäfer die Errichtung einer »Forschungsstätte für Innerasien und Expeditionen«. Diese Institution sollte unter anderem das Material der SS-Tibetexpedition auswerten. Im Oktober desselben Jahres besuchte Sven Hedin das Institut, um das Filmmaterial und die Exponate, die man aus Tibet mitgebracht hatte, zu begutachten. Der Schwede war von den Aufnahmen beeindruckt: »Wir sahen ebenfalls die Prozessionen und Zeremonien der Lamapriester und den immer gleich malerischen Tempeldienst mit seinen Trommeln, Posaunen und Flöten sowie seiner unergründlichen Mystik.«[37]

Auch Himmler verlor Innerasien nicht aus dem Blick. Am 21. März 1940 traf er sich mit Sven Hedin und diskutierte mit ihm über ein Buch von Colin Ross *Das neue Asien*, von dem in weniger als zwei Jahren fünf Auflagen verkauft wurden.[38] Der Text behandelt die Umwälzungen im Fernen Osten und kommt auch auf religionspolitische Fragen zu sprechen. Besonders interessant ist der Passus über Tibet und den Dalai Lama. Ross vertritt hier die Meinung, dass im Kräftespiel Asiens der Lamaismus zwar geschwächt sei, aber dennoch die alleinige Macht darstelle, auf die das faschistische Japan setzen könne, um seine Herrschaft über China zu errichten. Es sei falsch, »den ganzen Lamaismus als eine erledigte Angelegenheit anzusehen«, schreibt Ross. »Wäre das der Fall, würden sich die Japaner nicht so um ihn bemühen. Wenn für das machthungrige Inselvolk überhaupt eine Möglichkeit besteht, zu der angestrebten Herrschaft über ganz Asien zu gelangen, dann wahrscheinlich nur auf dem Wege über Tibet und den Lamaismus. Hier allein findet es die geistige Kraft, Institution und Legende vor, deren es bedarf. [...] Die in China vorhandene

Reichsführer-SS Heinrich Himmler mit Bruno Beger (r.) und Ernst Schäfer (l.)

religiös-politische Überlieferung reicht also nicht aus, um mit ihrer Hilfe die japanische Herrschaft oder zumindestens Mitherrschaft zu begründen. Es bedarf einer stärkeren geistigen Kraft. Die aber ist in Tibet vorhanden, vorausgesetzt, dass der Lamaismus die gegenwärtige Krise überdauert, dass er sich erneuert, modernisiert und wie jeder Glaube, der heute etwas erreichen will, sich nicht nur des Tabernakels bedient, sondern gleicherweise des Traktors und notfalls des Tanks.«[39]

Ross geht also davon aus, dass tibetischer Lamaismus und japanischer Staatsfaschismus sich bestens miteinander vertragen. Es ist die »theokratische« Idee vom »Gottkaiser« bzw. »Gottkönig«, die beide Länder miteinander teilen: »Die Soldaten der chinesischen Republik aber«, so Ross, »glauben allenfalls an die Demokratie.«[40] Wahrscheinlich hat sich Himmler von solchen Einschätzungen bei der Planung von Schäfers zweiter, diesmal militärischen SS-Tibetexpedition inspirieren lassen.

Als Sven Hedin den Reichsführer-SS erneut aufsuchte, legte dieser ihm seinen Schützling Ernst Schäfer ganz besonders ans Herz: »Ich kann Ihnen, Herr Doktor«, so Himmler, »nicht genug danken für die Aufmunterung, die Sie ihm [Schäfer] haben zuteil werden lassen. Sie ahnen nicht, was es für einen 29-Jährigen bedeutet, Unterstützung und Verständnis von einem erfahrenen Veteranen zu erhalten.«[41] Hedin konnte seine »Patenschaft« für den 29-Jährigen direkt in die Tat umsetzen. Er wusste von dem Wunsch Walther Wüsts, Schäfer zum »Professor der Vererbungslehre« zu ernennen, und dass der Zoologe damit nicht einverstanden war. Als

Hedin Himmler darauf ansprach, antwortete der Reichsführer großzügig: »Solches braucht er überhaupt nicht zu fürchten.« Dann fügte er geheimnisvoll hinzu: »Nach dem Kriege wird er neue Aufgaben im Zusammenhang mit Deutschlands weitreichenden Plänen bekommen. Ich gedenke nicht, ihn schon jetzt seine Ergebnisse veröffentlichen zu lassen, weder seine volkstümlichen Bücher, seine Farbaufnahmen noch seinen prächtigen Farbfilm in Verbindung mit öffentlichen Vorträgen. Die Sensation, die er damit hervorrufen könnte, würde in dem alles umfassenden Interesse für den Krieg ertrinken.«[42] Dass diese »Sensationen« nicht rein wissenschaftlicher Natur waren, sondern einen rassenpolitischem Inhalt hatten, darauf kommen wir noch zu sprechen.

Im Oktober 1941 fuhren Wolfram Sievers, Ernst Schäfer und der Tibet-Kameramann Ernst Krause in das KZ Dachau und wurden Zeugen eines Humanexperiments, das der Stabsarzt der Luftwaffe Dr. Sigmund Rascher an einem Häftling durchführte. »Draußen stand ein Omnibus«, so Schäfer, »der mir vorher nicht aufgefallen war. Rascher leitete dort einen Versuch an einem Häftling. Der Omnibus bestand aus zwei Kammern, einer Luftkammer, Unterdruckkammer, einem Vakuum und einem Stand, in welchem Rascher drin war mit Hebeln und allem Möglichen. Der Motor lief und dort hing an einem Fallschirm ein Häftling.«[43] Rascher wollte, dass seine Experimente gefilmt würden, um anhand dieses Materials Vergleiche anzustellen. Er experimentierte in Anwesenheit der genannten Personen über Luftembolien im Gehirn und die Reaktionen von Menschen auf Unterdruck. Es gab Fälle, bei denen die Lungen der Häftlinge während des Experiments explodierten. Als Ernst Schäfer Raschers Büro betrat, sah er dort mehrere Gefäße mit menschlichen Gehirnen, die der KZ-Doktor den beiden Besuchern zeigte, während er sie fragte, ob es ihnen grusele. Schäfer bekannte später, er habe sich zutiefst betroffen gefühlt, aber Konsequenzen habe er nicht daraus gezogen.

Im Frühjahr 1942, als die deutsche Armee tief in den Osten eingedrungen war, befahl der Reichsführer-SS, die »Tibet- und gesamte Asienforschung« bevorzugt zu fördern. Diese galt von nun an als »kriegswichtige Zweckforschung« und stand unter dem Überbegriff »Kriegseinsatz der Wissenschaften«.[44] Das Interesse der Nazis an Innerasien wuchs in diesen Jahren beträchtlich. Es wurden zahlreiche Presseartikel publiziert, die eine neue innerasiatische Ordnung forderten.

Insbesondere der Kaukasus, der kurz vor der Eroberung durch die deutschen Truppen stand, rückte in den Mittelpunkt von Himmlers Vorstellungswelt. Am 10. August gab er den Befehl zur »Totalerforschung des Kaukasus« (»Projekt K«). Nach dem Modell der SS-Tibetexpedition sollten erneut Wissenschaftler unter der Leitung von Ernst Schäfer die besagte Region nach botanischen, landwirtschaftlichen, zoologischen, entomologischen, geophysikalischen Gesichtspunkten untersuchen. Neben militärischen Zielsetzungen glaubte man auch im Kaukasus auf Spuren eines »arischen Menschenschlages« zu stoßen. Aber die Ereignisse in Russland (Stalingrad) setzten dem »Projekt K« ein jähes Ende.

Statt dessen baute Schäfer in den letzten Kriegsjahren mit bemerkenswertem Erfolg das Sven-Hedin-Institut für Innerasienforschung als eine Unterabteilung des

SS-Ahnenerbes auf. Bei der Planung, die noch in Zeiten deutschen Kriegsglücks stattfanden, schwelgte die gesamte Führungsspitze des SS-Vereins in Großmachtträumen. Sievers, Wüst und Schäfer diskutierten tatsächlich, ob sich das Institut auf Zentralasien beschränken oder die ganze Welt einbeziehen sollte.[45] Nach einigem Zögern hatte der berühmte Schwede die Zustimmung dafür gegeben, seinen Namen zu benutzen. Die eigentliche Eröffnung fand am Samstag, den 16. Januar 1943 statt, für die Münchner Ludwig-Maximilian-Universität ein großer Festtag. Vormittags wurde vom Rektor und ordentlichen Professor der Arischen Kultur- und Sprachwissenschaft Dr. phil. habil. Walther Wüst an Sven Hedin der Doktorgrad der Naturwissenschaftlichen Fakultät ehrenhalber verliehen. In der Ernennungsurkunde hieß es: »Die naturwissenschaftliche Fakultät ehrt damit den kühnen und erfolgreichen Erforscher Zentralasiens, der mit unermüdlicher Hingabe die Hochgebirge und Wüsten dieses Raumes erschlossen, die Geheimnisse untergegangener Kulturen entschleiert und durch die Organisation und Leitung seiner Zentralasienexpeditionen ein großartiges Beispiel der wissenschaftlichen Zusammenarbeit schwedischer und deutscher Gelehrter gegeben hat. Sie bekundet damit zugleich ihre Verehrung für die edle Vornehmheit des Mannes, der nie gezögert hat, mannhaft für die Geltung deutscher Kultur einzutreten.«[46] Fahnenmärsche, der erste Satz der Jupiter-Symphonie von Mozart, Führerehrung und Lieder der Nation begleiteten das Ereignis. Nachmittags zeigte man die Uraufführung von Schäfers Film *Geheimnis Tibet* im Ufa-Palast. Sven Hedin war völlig hingerissen. »Großartig, wunderbar, was wir hier gesehen haben!«, rief er aus und schüttelte dem jungen SS-Untersturmführer immer wieder die Hand: »Sie sind der Mann, der meine Forschungen fortsetzen sollte und muss!«[47] Am folgenden Tag fuhr man zur Eröffnung der Tibetausstellung in Salzburg.

Schäfer machte aus dem Sven-Hedin-Institut die größte Abteilung innerhalb des SS-Ahnenerbes, sodass Walther Wüst in einer Aktennotiz vorschlug: »Das Beste wäre wohl, wenn wir zu einem Reichsinstitut würden, das dem Reichsführer-SS direkt untersteht.«[48] Dies sollte auch ohne Schwierigkeiten gelingen, denn schon 1942 hatte Himmler befunden, »dass die Tibet- und die gesamte Asienforschung hier zentral zusammengefasst und stärkstens ausgebaut werden soll«.[49] Schloss Mittersill in Tirol wurde zur Heimat des Instituts. Im SS-Ahnenerbe träumte man von einer elitären Wissenschaftsakademie: »Es soll Mittelpunkt für Wissenschaftler werden. Von Zeit zu Zeit sollen hervorragende Wissenschaftler dort zusammenkommen, Vorträge aus ihren Arbeitsgebieten halten und dabei in der schönen Umgebung bei Sport und Jagd ihre Gedanken austauschen.« Himmler dachte sogar daran, dass Mittersill »Ausgangspunkt der großen SS-Expeditionen« werden sollte.[50] Schäfer konnte jedoch nur wenige anerkannte Fachkräfte an sein »Imperium« binden. Zu den von ihm engagierten Wissenschaftlern zählten auch die beiden Tibetologen Helmut Hoffmann und Johannes Schubert und der Mongolist Wilhelm Alexander Unkrig. Neben der jeweiligen Qualifikation spielte jedoch »die Atmosphäre männlich-herzlicher Kameraderie, die der Draufgänger Schäfer stets zu verbreiten wusste«, eine genauso große Rolle für den Erfolg des Instituts.[51]

Trotz seiner Arbeitsüberlastung widmete sich der Zoologe Schäfer noch der Tierzucht von Tibethunden und von Pferderassen. Man hat dies als eine »Marotte« abgetan, aber die Ergebnisse der Pferdezüchtung waren nichts anderes als Vorexperimente der von Himmler in großem Stil geplanten Menschenzüchtung: »Wie wir unser altes hannöverisches Pferd aus wenigen rein gebliebenen Vater- und Muttertieren wieder herausgezüchtet haben«, so der ausgebildete Landwirt, »so werden wir aus dem besten deutschen Blut durch Verdrängungskreuzungen im Laufe der Generationen wieder den reinen Typ des nordischen Deutschen züchten.«[52]

Während seines Entnazifizierungsverfahrens wurde Schäfer zu einer Art Kronzeuge der Anklage und kam deswegen trotz seiner hohen Stellung innerhalb des SS-Ahnenerbes ungeschoren davon. Der Industriellensohn gab sich weltoffen, gewandt und sprach fließend Englisch. Seine fachlichen Qualifikationen als Zoologe galten als unumstritten. Das gab seinen Aussagen in weiteren Verfahren gegen andere Angehörige der SS Gewicht und Seriosität. Er bezeugte unter anderem, dass Himmler den Plan fasste, die polnische Intelligenzija physisch auszurotten, und er gab die Namen derjenigen Personen preis, die zum exklusiven »Freundeskreis« des Reichsführers-SS zählten. Weiterhin bestätigte er, dass dort über das Massenvernichtungsmittel »Sulfa« referiert wurde, das später in Konzentrationslagern zur Anwendung kommen sollte.

Sich selbst schilderte Schäfer als das Opfer seiner Umwelt, als einen Mann, der »aus der Wildnis kam« (unter Bezug auf seine beiden ersten Tibetexpeditionen) und der dem Regime mit Abscheu und Hilflosigkeit gegenüberstand. Eine chronische »Angstpsychose« und seine »Weltfremdheit« hätten ihn davon abgehalten, Deutschland zu verlassen. Vor allem präsentierte er sich als den einzig seriösen Wissenschaftler im SS-Ahnenerbe. Alle anderen Mitglieder des SS-Vereins außer ihm hätten einer »okkulten Seite« zugeneigt. »Das ist eine so tolle Geschichte, dass man es fast nicht glauben kann«, erklärte er seinen amerikanischen Befragern.[53]

1949 ging Schäfer nach Südamerika und baute in Venezuela die biologische Forschungsstation Rancho Grande auf. Gleichzeitig bekleidete er eine Professur an der Universidad Central. 1955 sehen wir ihn im Dienste des belgischen Königs Leopold III., der ihn beauftragte, einen Dokumentarfilm über den Kongo zu drehen. Das Sven-Hedin-Institut für Innerasienforschung hinterließ auch nach seiner »Entnazifizierung« Spuren. München wurde nach dem Zweiten Weltkrieg zu einem Zentrum der Himalaja-Forschung. Es entstanden private Organisationen und Stiftungen.

»Treffen des westlichen und östlichen Hakenkreuzes«

Die Erlebnisse der SS-Expedition hat Schäfer 1943 in einem Reisebericht publizieren lassen.[54] Der Text endet jedoch mit dem Zeitpunkt, als er und seine »Kameraden« die Erlaubnis erhielten, Lhasa zu betreten. Was in den folgenden Monaten geschehen wird, darauf macht der Autor den Leser äußerst neugierig. Es gab, so schreibt er, ein »Spinnenweb« der Intrigen. Insbesondere kam es zu mehreren

Zusammenstößen mit dem englischen Repräsentanten Hugh Richardson. Aber bald, so führt der Text fort, »verbindet uns ein Band inniger und herzlicher Freundschaft mit den ›lebenden Göttern‹ und den Häuptern der tibetischen Regierung. Die Zeit in Lhasa ist das größte Forschererlebnis, das ich je auskosten durfte.«[55] Was in Lhasa wirklich vor sich ging, sollte jedoch erst viele Jahre nach dem Kriege publiziert werden. Die Ereignisse waren jetzt von jeglichem nationalsozialistischen Gedankengut gereinigt.[56]

Die SS-Tibetexpedition feiert das »Julfestritual« auf dem Dach der Welt

Als Schäfer vom Kashag, der tibetischen Regierung, am 3. Tage des 10. Monats des Feuer-Tiger-Jahres (Dezember 1938) die Erlaubnis erhielt, Lhasa zu betreten, feierte er dies als einen »großen Sieg« und besiegelte diesen mit einem Fest, das zu den wichtigsten Ereignissen der SS-Ritualistik zählte, mit einer Wintersonnenwendfeier: »Es lässt sich so einrichten«, schreibt er, »dass wir die Sonnenwendfeier am 21. Dezember 1938 nur wenige Meilen von der tibetischen Grenze entfernt, an einem 4000 m hohen, idyllisch gelegenen Bergsee begehen können. Das ist ein großer Tag für uns, da wir im stillen Kreis um unseren kleinen Radioapparat sitzen, um den Worten des Reichsführers-SS, H. Himmler, der unser Schirmherr ist, zu lauschen. Von irgendwo aus dem Sudetengau klingt seine ruhige Stimme durch die Ätherwellen zu uns herüber. Dann ergreifen wir schweigend die Fackeln und begeben uns, gefolgt von unsrer treuen Eingeborenen-Mannschaft, hinunter zum Seeufer, wo wir uns im Widerschein des lodernden Feuers geloben, weiterhin auf Gedeih und Verderb zusammenzuhalten und unsere schöne Aufgabe zu lösen. Hier stehen wir zu Beginn eines neuen Lichtjahres an der Schwelle des großen geheimnisvollen Landes. Die Wintersorgen sind vergessen. Neues, Großes und Wunderbares steht uns bevor.«[57]

An der Wintersonnenwendfeier sollten – nach einem Erlass Himmlers – die Ahnen geehrt werden. Es war der Tag, wo sich die Angehörigen der Schutzstaffel ihrer Vorfahren erinnerten und an die Zukunft ihrer Nachfahren dachten: »So sind wir angetreten und marschieren nach unabänderlichen Gesetzen als ein nationalistischer, soldatischer Orden nordisch bestimmter Männer und als eine geschworene Gemeinschaft ihrer Sippen, den Weg in eine ferne Zukunft und wünschen und glauben, wir möchten nicht nur sein die Enkel, die es besser ausfochten, sondern darüber hinaus die Ahnen spätester, für das ewige Leben des deutschen Volkes notwendiger Geschlechter«, hatte der Reichsführer-SS 1936 proklamiert.[58]

Auch der »NS-Märtyrer« vom 9. November wurde an diesem Datum gedacht. Man deklamierte von Himmler selbst abgesegnete Weihesprüche. Zum Beispiel: »In das Dunkel der Welt trugen die Arier das Licht. Vom Norden her kam der große Glanz. Wir gedenken ihrer, die Brüder unseres Blutes waren und sind.« Oder: »Wir sind dem Führer verschworen und verpflichtet. Wir glauben an ihn, weil er Deutschland, weil er Germanien ist. Sein Licht soll leuchten.«[59] Oder das *SS-Treue-*

lied, das mit der Strophe beginnt: »Wenn alle untreu werden, so bleiben wir doch treu, dass immer noch auf Erden für Euch ein Fähnlein sei.«[60] Oder: »Stets hat vor Gott und der Welt der Stärkere das Recht, seinen Willen durchzusetzen.«[61] Die hohe kultische Bedeutung der Wintersonnenwende zeigte sich auch dadurch, dass Himmler den Versuch machte, sie an die Stelle der traditionellen Weihnachten zu setzen.

Der Expeditionsteilnehmer Bruno Beger beschreibt das SS-Wintersonnenwendefest in den Bergen des Himalaja, welches sich auch in sein Gedächtnis tief eingeprägt hat, noch plastischer als Schäfer: Für teures Geld wurden fünf Zentner trockenes Holz gekauft. Dann zündete man den mitgebrachten Julleuchter an, ein von Wiligut/Weisthor für den Schwarzen Orden entwickelter Ritualgegenstand. Dann gab man das Feuer weiter an die Fackeln, mit denen der »petroleumgetränkte« Holzstoß in Brand gesetzt wurde. Beger sprach feierlich die Worte: »Sonnenverwandte heilige Flamme schlage empor!« Schäfers »Ansprache aus bewegtem Herzen« ergriff alle und sie sangen: »Flamme empor …« und »Hohe Nacht der klaren Sterne, die wie weite Brücken stehn …«[62]

In einer »modernen« Fassung dieser Sonnenwendszene hat Schäfer alle NS-Assoziationen ausgemerzt. Sie zeigt jedoch deutlich, wie magisch-mystisch der Naturwissenschaftler diese Nacht am Changgu-See in Sikkim erlebt hat. »Man weiß nicht, ob der See den Himmel oder der Himmel den See im letzten Schein der Strahlen widerspiegelt«, schreibt er in seiner Erinnerung. Die Genien des Ortes hätten mit ihrem Geistertanz begonnen: »Grellgelb und brandrot flackert das Abendrot, die Wolkenstimmungen wechseln von Minute zu Minute immer eindrucksvoller und gewaltiger. Mählich schwimmen die düsteren Silhouetten der Berge und seltsame Fabelwesen, Riesen und Zwerge, Gnome, Trolle, Nixen und Elfen werden lebendig. Je dunkler es wird, desto traumhafter und unergründlicher wird der lang gestreckte Kessel des Sees. Nebelbänke senken sich, bilden dichte Vorhänge, trennen uns von der übrigen Welt.«[63] Solche Szenarien sollten nicht als reine literarische Phantasie abgetan werden, sondern entsprachen einer neuheidnisch-animistischen Orientierung in der NS-Ideologie, welche die Geister der Natur wiedererwecken wollte.

Reting Rinpoches Botschaft an den deutschen Reichskanzler

Die Begegnung Ernst Schäfers mit dem damaligen tibetischen Regenten Reting Rinpoche zeigt, dass sich die Vertreter der zwei Systeme persönlich »sympathisch« fanden. Das Verhältnis des tragischen Priesterfürsten[64] zu dem Expeditionsleiter gestaltete sich äußerst herzlich und ihre Beziehung wurde so intim, dass Reting bei den gemeinsamen Treffen dem Deutschen den Bart zu kraulen pflegte. Auch dieser ist von dem Herrscher über Tibet, »dessen wundersamen Zauberkräften es gelang, die Wiedergeburt des XIV. Dalai Lamas ausfindig zu machen«, hellauf begeistert.[65]

Die »Ausstrahlung« des Regenten ruft bei Schäfer ein mystisches Erlebnis hervor: »Aber beim Nachdenken, beim Grübeln, Meditieren und in der Abwehr verändern sich die Züge des göttlichen Herrschers ganz und gar. Dann wirkt das Antlitz konzentriert und harmonisch. Die großen dunklen Augen erhalten einen eigenartigen Glanz und auf der gefalteten Stirn über den Brauenwülsten treten zwei Protuberanzen hervor, regelrechte Hauthörnchen. Das sind die göttlichen Zeichen des lebenden Buddha, die mystischen Antennen, mit denen er die Wunder wirkt. Um ihretwillen wurde er als kleines Kind gewählt und als lebende Gottheit in das Reting-Kloster gebracht, nachdem sich seine Fußspuren schon als Säugling in den granitenen Fels gegraben hatten, als wenn es lockerer Sand gewesen wäre.«[66] Der »exakte« Naturwissenschaftler, der das gesamte SS-Ahnenerbe nach dem Kriege als eine »okkulte Akademie« denunzierte, scheint dem mysteriösen Tibet erlegen zu sein: »Woher sie kamen, wer sie sind und wohin sie gehen, die geheimnisvollen Priester vom Potala, alles steigt dunkel aus dem Reich des Glaubens und des Mythos auf.«[67]

Aber gleich darauf hören wir wieder den nüchternen Beobachter: »Ich selbst habe, solange ich in Lhasa weilte, weder einen Beweis noch sonst ein wahrnehmbares Zeichen von okkulten oder ›übersinnlichen‹ Fähigkeiten des Regenten und Königs erhalten.«[68] War Ernst Schäfer also doch ein Mann der exakten Wissenschaften und ein Skeptiker? Nein, dieser Satz sollte nur eine erneute Bestätigung okkulter Phänomene einleiten: Der Regent hatte sich von Schäfer bereitwillig fotografieren lassen, nur filmen lassen wollte er sich nicht. So machte der Kameramann Ernst Krause Aufnahmen von ihm aus dem Verborgenen – doch nachdem die Filme entwickelt wurden, erschien die Gestalt des Regenten völlig verwaschen und war nicht mehr zu erkennen. »Wir stehen vor einem Rätsel«, so Schäfer voller Erstaunen. »Wir haben einen Tatbestand vor uns, ein echtes Phänomen, das wir, so scheint es, mit den Mitteln der Naturwissenschaft nicht ohne weiteres erklären können.«[69] Der Zoologe holte sich Rat bei einem Religionspsychologen, der ihm erklärte, dass Heilige und Könige unbekannte Strahlen aussenden, die fotografisch nicht festgehalten werden könnten, die aber die Chromschicht eines Films zersetzen würden. Schäfer fand diese Erklärung ganz plausibel.[70]

Der SS-Mann gab den Ereignissen in Lhasa auch einen symbolpolitischen Hintersinn. Anlässlich einer Geschenkübergabe an den tibetischen Regenten, der die Expeditionsteilnehmer »als erste Deutsche in der heiligen Stadt willkommen« hieß, sprach Schäfer die folgenden Worte: »Die Götter und Dämonen waren uns während der langen Reise wohl gesonnen, denn wir kamen als Sendboten gegenseitigen Verstehens und nicht zuletzt, um die reine Philosophie der großen Religion in der heiligen Stadt zu studieren. [!] Da das Hakenkreuz auch uns Deutschen höchstes und heiligstes Sinnbild bedeutet, so stehe unser Besuch unter dem Leitspruch: Treffen des westlichen und östlichen Hakenkreuzes in Freundschaft und Frieden. Möge sich die hochherzige Freundschaft, die nun zum ersten Mal in der Geschichte angebahnt wird, uns allen zum gegenseitigen Nutzen gereichen.«[71] Dieser Satz erfährt seine pathetische Steigerung, wenn man bedenkt, dass Reting Rinpoche während des Empfangs auf einem erhöhten Thron saß, dessen teppichartiger Untersatz einen vierteiligen Vajra (Donnerkeil) und vier Swastika abbildete. Ein Foto mit dem Regenten auf seinem »Hakenkreuzthron« ging später durch die gesamte deutsche

Presse: »Auf seinem Gebetsteppich sind die Embleme der Macht des buddhistischen Staates dargestellt: der gekreuzte Donnerkeil mit der Sonnenspirale, das Hakenkreuz und die Lotusblume«, hieß es 1942 in der *Berliner Illustrierten*.[72] Hinzu kam, dass die Expeditionsteilnehmer mit einem Wimpel durch das Schneeland reisten, auf dem demonstrativ das Hauptsymbol des Nationalsozialismus mitflatterte.[73] Andere Wimpel trugen die beiden SS-Runen.

Schäfer hatte ganz bewusst die Gesamtexpedition unter das Motto »Treffen des westlichen und östlichen Hakenkreuzes« gestellt und diese Namenswahl zahlte sich voll aus: »Die Tibeter, denen das alte indo-arische Zeichen des Hakenkreuzes ebenfalls als höchstes Symbol des Glücks gilt«, so der Tibetforscher, »legten uns daher keine Schwierigkeiten in den Weg und da meine Verhandlungsbasis weiterhin darauf aufgebaut war, dass wir Deutsche die erste weiße Nation waren, die einer asiatischen, nämlich der japanischen, die Hand gereicht hatten, so öffneten sich uns während unseres zweimonatigen Besuches in der tibetischen Hauptstadt die geheimsten Kammern der tibetischen Paläste und Tempel, ebenso wie jene der tibetischen Volksseele.«[74]

Reting Rinpoche dankte für Schäfers »Hakenkreuzrede«, kraulte dem Deutschen den Bart und übergab ihm zwei versiegelte Sendschreiben, eines an Adolf Hitler, »den Führer und Reichskanzler, und ein weiteres für den Reichsführer-SS H. Himmler«.[75] Über den Inhalt des Schreibens an Himmler ist nichts bekannt, dasjenige an Hitler wurde später von den Tibetologen des SS-Ahnenerbes übersetzt: »Dem trefflichen Herrn Hitler (König) der Deutschen«, war darin zu lesen, »der erlangt hat die Macht über die weite Erde![76] – Möge Ihnen miteinander körperliches Wohlbefinden, friedliche Ruhe und gute Taten beschieden sein! Gegenwärtig bemühen Sie sich um das Werden eines dauerhaften Reiches in friedlicher Ruhe und Wohlstand, auf rassischer Grundlage [!]. Deshalb erstrebt jetzt der Leiter der deutschen Tibetexpedition, der Sahib Schäfer (She-par), zumal keine Schwierigkeiten im Wege stehen, bis zu einem unmittelbaren Verkehr mit Tibet nicht nur das Ziel der Festigung der (persönlichen) freundschaftlichen Beziehungen, sondern hegt darüber hinaus auch den Wunsch einer künftigen Ausdehnung des vorgenannten gegenseitigen freundschaftlichen Verkehrs auf (unsere beiderseitigen) Regierungen. Nehmen Sie nun, Euere Exzellenz, Führer (wörtlich König) Herr Hitler, zu diesem Verlangen nach gegenseitiger Freundschaft, wie sie von Ihrer Seite ausgesprochen wurde, unsere Zustimmung. Dies gestatte ich Ihnen zur Bestätigung mitzuteilen. Gegeben am 18. Tag des ersten tibetischen Monats, (im Jahr) Erde-Hase (= 1939) vom Qutuqtu von Rva-sgren, dem Reichsverweser und Regenten von Tibet.«[77] Dann wurden Geschenke verteilt. Der »König von Deutschland«, Herr Hitler, erhielt eine silberne Teekanne, einen weißen Seidenschal (Kathag) und einen Lhasa-Apso-Hund. Später soll der deutsche Diktator dieses Präsent mit einer gewissen Verachtung entgegengenommen haben.[78] Auch an den Reichsführer-SS wurden Geschenke mitgegeben.[79] Dem persönlichen Referenten Himmlers, SS-Hauptsturmführer Dr. Brandt, schickte Schäfer »einen Gebetsteppich aus Lhasa mit Hakenkreuzmustern«.[80]

Die Botschaft des Panchen Lama an Hitler

Schäfer hatte den Eindruck, die Tibeter seien an den politischen Ereignissen in Deutschland besonders interessiert gewesen. In ihm entstand das »glückliche Gefühl, dass die Macht des deutschen Reiches unter Adolf Hitler bis an die entlegensten und weltabgeschiedensten Teile Asiens ihren [hier fehlt ein Wort] entsendet und ich war stolz darauf, dass die tibetische Regierung, die ihr Land allen Vertretern weißer Nationen auf Anraten der Engländer eifersüchtig verschließt, gerade uns Deutschen den Engländern zum Trotz zum allerersten Mal ihre Geheimnisse offenbarte und das packende Leben in der Hauptstadt und die faszinierenden Geschehnisse in der riesigen Klosterstadt zur Offenbarung gewillt war.«[81]

Das Interesse tibetischer Kirchenfürsten an Adolf Hitler ist auch durch eine weitere Grußadresse dokumentiert. In den 1930er-Jahren besuchte der deutsche Geschäftsmann Edmund Fürholzer von China kommend Tibet. Er wurde vom IX. Panchen Lama empfangen. Einen Tag vor seiner Audienz nahm er an einer großen öffentlichen Zeremonie teil: »An der Spitze einer Offiziersabordnung marschiert der Militär-Buddha«, so bezeichnet Fürholzer den amtierenden Provinzgeneral Tsang Se Lin. Dann folgten ältere Lamas, dahinter selbstbewusste Khampas in chinesischer Mandarinentracht. Hunderte von Klosterschülern beendeten den Zug. »Mit einem Reisigpinsel zeichnet in Abständen von vielleicht zehn Metern ein junger Mönch in hastender Eile das segenbringende Zeichen des Hakenkreuzes glänzend weiß auf den Grund, über welches der Heilige [der Panchen Lama] seinen Weg nehmen wird.«[82] Im Reisebericht Fürholzers ist das Foto eines dieser Swastika abgedruckt.

Am nächsten Morgen wird der Deutsche beim Panchen Lama vorgelassen. »Ich betonte«, schreibt Fürholzer, »dass in Deutschland großes Interesse für Tibet vorhanden sei. Sofort lenkte der Panchen Lama das Gespräch auf den Führer des deutschen Reiches und sagte, dass er die Taten des Hsi Talé aufs tiefste bewundere. Hsi Talé ist der tibetanische Name für Hitler, wobei das Wort Talé getrennt betont wird und sowohl dem Klang wie der Bedeutung nach dem Talé im Worte Dalai Lama entspricht und ›Alles Umfassender‹ heißt. Der Panchen Lama war außerordentlich gut über europäische und Weltvorgänge unterrichtet.«[83]

Man weiß nicht, ob Fürholzer die folgende »Deutschlandhymne« dem Kirchenfürsten in den Mund gelegt hat, außergewöhnlich ist sie allemal: »Es gab immer in der Weltgeschichte große Reiche«, sagte der Panchen Lama, »das wiedererstandene Deutschland aber ist das eindrucksvollste. Es erobert die Welt nicht durch Waffen, sondern durch seine Gelehrten und Erfinder. Es schickt nicht Armeen, sondern Lehrer des Fortschritts. Als die ganze Welt gegen Deutschland kämpfte, lagen Hoffnung und Wünsche der kleinen Völker nur beim Deutschen Reich, dessen Sieg auch für sie Befreiung bedeutet hätte. Als Deutschland unterlag, glaubten wir trotzdem unvermindert an seine kommende Mission. Deutschlands Niederlage nach so vielen Heldentaten seiner Heere wurde überall mit Schmerz empfunden. Doch die Gewalten über uns haben es gut mit Deutschland gemeint. Nach innerer Läuterung steht es heute größer und herrlicher da als je zuvor. Aufs Neue ist es zum Führer, Lehrer und Befreier unterdrückter Völker geworden. […] Wenn ich erst einmal die Regierung des ganzen Landes wieder übernommen habe, entsende ich einen Vertreter zu Hsi Talé, um den Führer des deutschen Volkes meiner Achtung und Freundschaft zu versichern. Dann kann ich auch an Reformen denken, die mein Land dringend braucht. Ich weiß, dass Hsi Talé mir dabei helfen wird. Überbringen Sie meine Grüße dem Führer der Deutschen.«[84] Das Interesse des Panchen Lama an Deutschland war sicher echt. Tibet, seit jeher ein Spielball zwischen China, Russland und England, suchte nach möglichen Bündnispartnern. So mussten den lamaistischen Kirchenfürsten die Kontakte zu den NS-Deutschen (im Übrigen auch zu den Japanern) sehr wertvoll erscheinen.

Der Rassenspezialist Bruno Beger zwischen der SS-Tibetexpedition und Auschwitz

Dr. Bruno Beger, der rassenkundliche »Profi« der SS-Tibetexpedition, hatte bei Hans F. K. Günther studiert. Schon als junger Mann trat er der Schutzstaffel bei und tat sich beim Rasse- und Siedlungshauptamtes (RuSHA) mit kleineren theoretischen Arbeiten hervor, meistens im Programmstil. In einem Aufsatz mit dem Titel »Der nordische Gedanke« forderte er von der SS: »Die diesen Gedanken auf ihre Fahnen schrieb und ihn in die Tat umsetzen will, hat die Aufgabe, die rechten Wege für eine restlose Aufartung unseres Volkes zu wählen. Unter Aufartung ist hier Aufnordung zu verstehen.«[85] Vor allem arbeitete er über die Rolle der Geschlechter im Schwarzen Orden: Zukünftige Frauen von SS-Männern hätten sich einer besonders scharfen rassenkundlichen Eignungsprüfung zu unterziehen, bevor einem »Verlobungsgesuch« stattgegeben werden konnte. Auch im Projekt »Lebensborn« war Beger engagiert: »Die SS ist heute bereits maßgebend daran beteiligt, die Frühehe zu fördern und die Geburt wertvoller unehelicher Kinder zu fördern«, erklärte er in einem Bericht.[86] Zu seinem Spezialgebiet zählte weiterhin die Ausarbeitung für die Kriterien von Sterilisierungs-, Kastrations- und Abtreibungsprogrammen, um »unwertes Leben« zu verhindern. Die Zielsetzung seiner rassistischen Tätigkeit fasste er in dem folgenden Satz zusammen: »Das Auslesevorbild, das ›Zuchtziel‹ unseres Volkes und, in ihm als Vorkämpferin, der SS, ist die nordische Rasse«.[87]

Auf der Suche nach den Spuren nordischer Einwohner in Tibet

1937 wurde Beger zum persönlichen Stab des Reichsführers-SS versetzt und erhielt den Auftrag, einen Nachweis von nordischen Rasseelementen im Himalaja zu erbringen. An den Anfang eines Referates aus dieser Zeit stellte er die Fragen: »Warum steht Tibet seit vielen Jahrzehnten im Brennpunkt der Erforschung der Welt?« Ist es dieser Reiz des Unbekannten und scheinbar Unüberwindlichen? »Doch ist das alles? Strahlt nicht noch etwas ganz anderes seine geheimnisvolle

Anziehungskraft aus? Nämlich die innerasiatische Form des Buddhismus. Das mystische Dunkel des lamaistischen Klostertempels? Das Wesen, die Seele des Hochlandes und seiner Menschen?«[88] Als Erstes legte er ein »anthropologisches Forschungsprogramm für Ost-Tibet« vor, das unter anderem die folgenden Punkte enthielt: »Suche nach fossilen Menschenresten. Suche nach Skelettresten früherer nordischer Einwohner. Erforschung der nordischen Rasse unter der Bevölkerung. Anteil und Herkunft (Tocharer, Inder), Bedeutung (im Adel, Schönheitsbild usw.) und Entwicklung (Klimaeinflüsse u. ä.).«[89] Die rassenpolitischen Forschungen waren also ein Zentralanliegen der SS-Expedition.[90]

Erwähnenswert in diesem Zusammenhang ist, dass der »NS-Rassenpapst«, Hans F. K. Günther, den ausgestorbenen innerasiatischen Stamm der Tocharer (in Turfan und Kutscha) der indogermanischen Rasse zuordnete, indem er sich vor allem auf sprachwissenschaftliche Studien berief. Als weiteren Beweis für seine These führte er einige Wandgemälde aus dem buddhistischen Kloster Bäzäklik an. Günther erkannte darauf mehrere »rotblonde, helläugige tocharische Buddhisten«.[91] Nach seiner Vorstellung hatten sich die Tocharer in ganz Innerasien ausgebreitet und dort bei unterschiedlichen Stämmen die kulturprägende Machtelite gebildet. Dies gelte auch für den tibetischen Adel: »Von Ostturkistan aus scheint ein geringer Einschlag nordischer Rasse durch Saken oder Tocharer auch in Tibet verbreitet worden zu sein, vielleicht in der Weise, dass einzelne tocharische oder sakische Geschlechter [...] zu Herrengeschlechtern der tibetischen Bevölkerung geworden sind.«[92] Heinrich Himmler war ganz allgemein der Meinung, dass die meisten asiatischen Völker, auch die Chinesen und Japaner, »einmal Kolonialvölker eines zentralen Staates und Volkes – wie ich annehme – Atlantis gewesen sind, also aus Völkern bestanden haben, die Jahrhunderte oder Jahrtausende eine, nennen wir es einmal eine atlantinische Herrenschicht gehabt haben. Diese atlantinische Herrenschicht hat wohl der Kultur und Sprache dieser Völker ihren Stempel aufgedrückt.«[93]

Schäfer und Beger forschten also im Sinne des für das gesamte SS-Ahnenerbe formulierten Auftrages, Nachweise von der einstigen Weltherrschaft der arischen Herrenrasse zu erbringen. Diese soll bei allen großen »nichtsemitischen« Kulturgründungen von Ägypten über ganz Amerika bis nach Polynesien tätig geworden sein. Hinter einer solchen Vision verbarg sich Himmlers Überzeugung von der absoluten Überlegenheit, ja Göttlichkeit der Urarier. Jeder in dem SS-Verein war geradezu davon besessen, diese »Arierthese« durch archäologische, sprachwissenschaftliche, biologische, kulturologische Beweisstücke zu festigen. In Asien hoffte man nicht nur Monumente zu entdecken, sondern auch Überlebende der einstigen Superrasse in Fleisch und Blut ausfindig zu machen.[94]

Während der Tibetexpedition nahm Beger an 376 Einwohnern des Himalaja Schädelmessungen vor und ließ annähernd 2000 Personen für den »rassenwissenschaftlichen« Vergleich fotografieren. Resultat dieser Messungen war ein Vortrag, in dem er den Tibetern eine Stellung zwischen der mongolischen und europäischen Rassengruppe zugestand, »mit allerdings stark mongolischem Übergewicht. [...] Das europäide Rassenelement [zeige] sich vor allem im tibetischen Adel.«[95] Auch die Verbreitung des Hakenkreuzes in Tibet führte er als Beweis für einen nordischen Einfluss an. Das mongolide Übergewicht sei bei den Tibetern durch folgendes Symbol anschaulich zum Ausdruck gebracht: Es »erscheint mir versinnbildlicht in den beiden Glücks- und Heilszeichen, mit denen beinahe jede tibetische Haustür bemalt ist, nämlich in der nach oben offenen Mondsichel mit dem flammenden Sonnenball, dem Heerzeichen der Mongolenhorden Dschingis Khans, über dem Hakenkreuz indo-arischen Ursprungs«.[96]

Als hervorstechende Merkmale der tibetischen Adeligen nannte Beger: »Hoher Wuchs, gepaart mit langem Kopf; schmales Gesicht, Zurücktreten der Backenknochen, stärker hervortretende gerade oder leicht geschwungene Nase mit hohem Nasenrücken, schlichtes Haar und herrisch selbstbewusstes Auftreten.«[97] – »Für unsere gesamten Forschungen auf allen Gebieten der ›Sektion Mensch‹ ist diese Zwischenstellung [der Tibeter] von größter Wichtigkeit«, resümierte er. »Sie kann darüber hinaus aber noch einmal bei der politischen Abgrenzung der Vorfelder und Einflussgebiete des europäischen und ost-asiatischen Großraumes Bedeutung erlangen. Das Schicksal Innerasiens wird in Zukunft nicht auf dem Boden Innerasiens, sondern von den angrenzenden Großmächten bestimmt.«[98] Die europäiden Einschläge bei den Tibetern machten diese zu potentiellen Bündnispartnern.

Ex post erschien dem Rassenspezialisten Beger die SS-Tibetexpedition jedoch nicht einheitlich genug. Allzu viele verschiedene, untereinander nicht verbundene Fachdisziplinen seien hier vertreten gewesen und es habe an weltanschaulicher Klarheit gefehlt. In einer Denkschrift mit dem Titel »Rassenkundliche Verhältnisse in Tibet als Forschungsziel« formulierte er dann seine Vorstellungen über die »Neugestaltung künftiger wissenschaftlicher Gemeinschaftsexpeditionen«. Sein Plan für eine neue Tibetexpedition »X« (»Die nordische Rasse (›Indogermanen‹) in Asien.«) sieht folgende Forschungsgebiete vor: 1. Rassengeschichte der Indogermanen (Wanderwege) – 2. Rasse und Umwelt (Landschaft und Urheimat der innerasiatischen beziehungsweise vorderasiatischen Rassen) – 3. Rasse und Geschichte (Einwirkung der Indogermanen auf Staatenwelt und Politik Innerasiens bzw. Vorderasiens) – 4. Rasse und Kultur – 5. Rasse und Weltanschauung (Beziehungen zwischen Christentum und innerasiatischer bzw. vorderasiatischer Rasse) – 6. Rasse und Biologie – 7. Rassenkunde (Die leibliche Gestalt der Indogermanen Innerasiens bzw. Vorderasiens).[99]

Eine Skelettsammlung aus ermordeten KZ-Häftlingen

Nach Deutschland zurückgekehrt, wurde die Einrichtung einer »Schädelsammlung« insbesondere von Juden und innerasiatischen Rassetypen zu Begers *idée fixe*. In einen Brief vom Dezember 1941 an den Reichsgeschäftsführer des SS-Ahnenerbes, Wolfram Sievers, schlägt er vor, eine Kollektion von »Judenschädeln« anzulegen. Eine von ihm verfasste Denkschrift aus derselben Zeit stellt fest: »Nahezu von allen Rassen und Völkern sind umfangreiche Schädelsammlungen vorhanden. Nur von den Juden stehen der Wissenschaft so wenig Schädel zur Verfügung, dass ihre Bearbeitung keine gesicherten Ergebnisse zulässt. Der Krieg im Osten bietet uns jetzt Gelegenheit, diesem Mangel abzuhelfen. In den jüdisch-bolschewistischen Kommissaren, die ein widerliches, aber charakteristisches Untermenschentum verkörpern, haben wir die Möglichkeit, ein greifbares wissenschaftliches Dokument zu erwerben, indem wir uns ihre Schädel sichern.«[100] Für das (gescheiterte) Projekt K (»Totalerforschung des Kaukasus«) wollte der Rassenforscher Skalpelle und »Fleischmaschinen« mitnehmen, wahrscheinlich um Skelettproben der dortigen Bevölkerung herzustellen.[101]

Da die Lage an der Ostfront aber immer chaotischer wurde, kamen Bruno Beger, sein Duz-Freund August Hirt und Wolfram Sievers auf die Idee, sich das Material für die Schädel- beziehungsweise Skelettsammlung aus dem KZ Auschwitz zu besorgen. In einem Brief an den Reichsführer-SS hatte sich Hirt vorher die Erlaubnis von höchster Stelle eingeholt. Das Schreiben trug den Betreff: »Sicherstellung der Schädel von jüdisch-bolschewistischen Kommissaren zu wissenschaftlichen Forschungen an der Reichsuniversität Straßburg.« Hirt beschrieb darin detailliert, wie vorgegangen werden solle. Zuerst müssten die Versuchspersonen anthropologisch vermessen und dann fotografiert werden: »Nach dem danach herbeigeführten Tode des Juden, dessen Kopf nicht verletzt werden darf, trennt er [ein Jungarzt oder Medizinstudent] den Kopf vom Rumpf und sendet ihn in eine Konservierungsflüssigkeit gebettet in eigens zu diesem Zwecke geschaffenen und gut verschließbaren Blechbehältern zum Bestimmungsort.«[102]

Beger brachte als besonderen Wunsch »Schädel von Innerasiaten« für das Sven-Hedin-Institut ein. Er besuchte am 6. Juni 1943 das Konzentrationslager Auschwitz und begann dort mit seiner »Mongolen-Forschung«. Zielsetzung dieses Projektes war die »Vertiefung und Erweiterung unsrer rassenkundlichen Kenntnis von den inner- und ostasiatischen Völkern unter Auswertung des uns durch diesen Krieg in den Gefangenen aus Inner- und Ostasien in die Hand gegebenen Materials«.[103] Der Rassenkundler war von seiner Arbeit in Auschwitz geradezu »entzückt«. In einem begeisterten Brief an seinen Vorgesetzten Ernst Schäfer schrieb er: »Es handelt sich um gute Typen, Übergangsglieder nach Inner- und Ostasien. Der eine Usbeke, ein großer gesunder Naturbursche, hätte ein Tibeter sein können. Seine Sprechweise, seine Bewegungen und seine Art, sich zu geben, waren einfach entzückend, mit einem Wort: innerasiatisch.«[104]

Aber bevor er sich auf sein Spezialgebiet »Innerasien« konzentrieren durfte, musste er unter der Anweisung von Dr. Hirt Messungen an vorwiegend jüdischen Häftlingen vornehmen. Fünf Tage benötigte er, um 115 noch lebende Insassen zu vermessen, davon 79 Juden, 2 Polen, 4 Innerasiaten und 30 Jüdinnen. Die meisten von ihnen wurden später ermordet und ihre Überreste der Skelettsammlung einverleibt. Am 30. Juli 1943 erhielt Beger vom SS-Kommando in Berlin ein Telegramm: »Transport ab Auschwitz 30. 7.. Setzen Sie sich mit Hirt wegen Arbeitsaufnahme in Verbindung …« Dieser Transport enthielt die von Beger vermessenen Häftlinge und fuhr in das Konzentrationslager Natzweiler-Struthof. 122 Menschen, 93 Männer und 29 Frauen wurden dann in der Gaskammer von Natzweiler ermordet. Den Job erledigte der Lagerkommandant Joseph Kramer. Er tötete die ersten Frauen »mit eigener Hand, und zwar mit einer speziell von August Hirt bestimmten Chemikalie.« Sie wurden teils konserviert, teils sofort präpariert. Den französischen Häftling Henry Henrypierre zwang man zur Mitarbeit. Ihm teilte man mit: »Wenn du die Schnauze nicht halten kannst, kommst du auch dazu«, wie bei den Nürnberger Prozessen festgestellt wurde.[105] Die Leichen transportierte man nach Straßburg. Jedoch kam das Skelettieren nur schleppend voran. Ein Teil der halbfertigen Sammlung wurde dann 1944 ins Salzburger Bergland zum Schloss Mittersill ins Sven-Hedin-Institut zu Begers Forschungsstelle gebracht.

Bruno Beger in Tibet: Faszination an Leichen und Menschenschädeln

Es lässt sich feststellen, dass Begers Interesse an Leichenteilen und Menschenköpfen auch in Tibet vielfältig gestillt werden konnte, vielleicht hat es sich dort erst entwickelt. Am 27. April 1939 erzählte ihm ein Träger, im Trumbayung-Fluss nahe dem Kloster Tashi Lhunpo liege eine Menschenleiche, »deren Schädel wir unbedingt bekommen müssten«. »Tibeterschädel«, so Beger – gebe es in den wissenschaftlichen Sammlungen nur wenige und »in Deutschland überhaupt keine«. Man entdeckte jedoch, dass der Kopf der Leiche völlig zertrümmert war und der Rassenspezialist bedauerte, »unserer Sammlung keinen Schädel einverleiben zu können«.[106]

In einem Artikel über die »Leichenzerschneidung in Tibet« berichtet Berger fasziniert über ein makabres Erlebnis: »Auf dem kahlen Felsen lagen, an Felsbrocken angebunden, 3 nackte Frauenleichen und ringsum am Berge hockten Hunderte von hungrigen und gierigen Geiern. Sie waren dafür ausersehen, die Seelen der Toten zum Himmel hinaufzutragen.«[107] Vor dieser Szene hielt sich ein halbes Dutzend Männer auf, mit einem Lamapriester als Anführer. »Als die Bergspitzen von den ersten Sonnenstrahlen vergoldet wurden«, begannen die Leichenzerstückler »mit langen Messern« ihr »schauriges Werk«. In wenigen Minuten lagen die Leichen »zerstückelt und zerstampft in den Felsentöpfen. Die Schädel waren in einem kleineren Steintrog mit einem schweren runden Stein völlig zertrümmert worden.« Dann wurden die Knochen als Erstes den Geiern freigeben, danach die Weich- und Fleischteile. »Das war eine schnellere Vernichtung des Irdischen, als es durch eine Verbrennung hätte geschehen können.« Zu den Geiern gesellten sich die Raben und einige Hunde wagten sich ebenfalls herbei. »Jene Morgenstunde der grausigen Geiermalzeit war eines der eindruckvollsten Erlebnisse, die uns der Besuch der geheimnisumwitterten Hauptstadt Tibets bot. – Sie lebt nicht nur in unserer Erinnerung weiter; unser Kamerad Krause hat sie mit der Filmkamera aufgenommen und diese Aufnahmen gehören jetzt zu den wirkungsvollsten Szenen unseres Filmes *Geheimnis Tibet*«, resümierte Beger sein Erlebnis.[108] »Kamerad Krause« war also »emotional« vorbereitet, als er später die Humanexperimente des Dr. Sigmund Rascher im KZ Dachau filmen sollte.

In einem anderen Artikel schreibt Beger, wie er auch an Verbrennungen von Leichen in der Himalaja-Region teilgenommen hat.[109] Wieder ist es eine Frau, deren Leib der Vernichtung übergeben wird: »Die Leiche des 16-jährigen Mädchens wurde auf den Holzstoß gelegt, dass der Kopf im Westen lag mit dem Blick nach Osten: Die Stellung war hockend. Bei der Aufrichtung des Holzstoßes durch einige Lamas saßen unweit drei Lamas, die eine klagende Musik mit den üblichen Lama-instrumenten machten«, schreibt Beger.[110] Die Lamas waren sehr wahrscheinlich an den beiden Oberschenkelknochen dieses Mädchens interessiert, da daraus ein begehrtes Blasinstrument mit dem Namen »Mikang Lingbu« verfertigt wird. Am wirksamsten ist ein solcher Ritualgegenstand, wenn er von einer 16-Jährigen stammt. Beger war angesichts solcher Szenen »beglückt« und so konnte Volkmar Vareschi, ebenfalls Mitarbeiter des Sven-Hedin-Instituts, über ihn schreiben: »Der weiße Sahib [Doktor] aber kann die Seele dieses Landes, in dem die Götter, Berge und Menschen so eng verbunden sind wie sonst nirgends auf der Erde, nie wirklich ergründen. Er empfindet nur eine fast dämonische [!] Beglückung, wenn er diese Seele ahnen darf.«[111]

Im November 1944 ließ sich Beger mit dem »Rassenseelenforscher« Prof. Dr. Ferdinand Clauss für sein im Vorjahr vorgeschlagenes Projekt »Rassen im Kampf« an die jugoslawische Front schicken, um ausländische Einheiten der Waffen-SS, insbesondere die »bosnische Muslimen-Division« zu filmen. Ziel des Unternehmens war das »Herausarbeiten der Unterschiede in der Verhaltensweise der einzelnen Rassen im Kampf und der praktischen Folgerungen und Anwendungsmöglichkeiten daraus zur Erhöhung der Wehrkraft unseres Volkes und zur wirksamen Bekämpfung eines fremdrassigen Gegners.«[112]

Nach dem Krieg wurde der Rassenspezialist von den Alliierten drei Jahre interniert. In den 50er-Jahren hielt er »Hunderte Lichtbildervorträge« über die SS-Tibetexpedition.[113] Erst im Jahre 1971 stellte man ihn vor das Schwurgericht Frankfurt, das ihn wegen Beihilfe zum gemeinschaftlichen Mord in 86 Fällen zu einer Freiheitsstrafe von drei Jahren verurteilte. Auf die Frage, ob ihm aus heutiger Sicht manches Leid täte, sagte er zu dem österreichischen Journalisten Gerald Lehner, er habe nichts zu bereuen: »Ich war immer nur ein fanatischer Wissenschaftler.«[114] Michael H. Kater bestätigt das mit einer kleinen Variante, wenn er Beger einen »durch die rassistische Ideologie des Nationalsozialismus verhext[en] Fanatiker« nennt.[115]

Der XIV. Dalai Lama und sein Bruder Thubten Jigme Norbu waren es, die Beger mehrmals dazu aufforderten, seine Rciseerlebnisse niederzuschreiben.[116] 1998 erschien dieser Bericht unter dem Titel *Mit der deutschen Tibetexpedition Ernst Schäfer 1938/39 nach Lhasa.* Das Ganze ist eine Camouflage! Weder wird die SS noch werden die rassenpolitischen Absichten der Expedition noch wird deren Schirmherr Heinrich Himmler mit einem einzigen Satz erwähnt. Im Gegensatz zu Schäfers Erinnerungen ist Begers Bericht auch noch recht farblos und zudem ständig mit naiv-peinlichen Gedichten wie dem folgenden garniert: »Dunkel sind des Schicksals Wege, / ungewiss der Zukunft Stern. / Eh ich mich zu Bette lege, / trink ich einen Cognac gern.«[117]

Klar wird jedoch aus diesem Text, dass der Autor in Tibet vor allem drei Obsessionen erlag: einmal der Abformung von Köpfen zum Zweck der Rassenforschung, dann der Vernichtung von Leichen und zuletzt tibetischen »Mädels«. Kaum ein Ort, wo die Expeditionsteilnehmer Halt machten, an dem der Deutsche nicht eine einheimische »Maid« aufspürte, um mit ihr zu schäkern. Was ihn als Fotografen ganz besonders interessierte, waren so genannte »Brustbilder«, auf denen Tibeterinnen mit entblößten Oberkörpern abgebildet wurden. Seine Träger beschafften ihm die »Mädels« für seine Fotos. »Es hieße aber dem Leser etwas vormachen, wenn ich nicht zugeben wollte, dass mir diese ›wissenschaftlichen‹ Aufnahmen nach mehr als einjähriger Weiblosigkeit ganz besonderen Spaß machten und für mich nicht ohne besonderen Reiz waren«, bekannte Beger später in einem Artikel mit dem Titel »Brustbilder nicht nur der Wissenschaft halber«.[118] Eines der Fotoopfer »war noch ein halbes Kind – eine junge Knospe«, bei einer 24-Jährigen dagegen hingen die Brüste »kraft- und saftlos herab, [...] welk wie eine geknickte Blume!«[119] Als sich die Deutschen von Lhasa verabschiedeten, sangen sie eingedenk ihrer kleinen Freundinnen: »Muss i denn, muss i denn zum Städtele hinaus und du, mein Schatz, bleibst hier!«[120]

Bruno Beger, der als Letzter aus der »SS-Expedition Schäfer« überlebte, wurde später zu einem begeisterten Verehrer des XIV. Dalai Lama und stieß bei diesem und seiner Familie auf große Gegenliebe.[121]

Die archaische Kultur des Lamaismus fasziniert die SS-Forscher

Tibet war für Heinrich Himmler vor allem ein »Wunschland«, in dem er glaubte, auf die Spuren einer arischen Urreligion zu stoßen, die in den archaischen Strukturen, den atavistischen Weltsichten und der rassischen Zusammensetzung der tibetischen Gesellschaft »überlebt« hätten. Davon gingen im SS-Ahnenerbe und dessen Umfeld sowohl die Runenokkultisten als auch die Orientalisten aus. Schäfer hatte also, was immer ihn persönlich motiviert haben mag, die Aufgabe, »wissenschaftliches Material« mit nach Hause zu bringen, das die These von einer verschütteten arischen Weltreligion untermauern sollte.

Welche Rolle spielte in diesem Kontext der Lamaismus? Da man im SS-Ahnenerbe ausschließlich an »Kriegerreligionen« interessiert war, stand man dem »Priestertum« als solchem mit größter Ablehnung gegenüber. Der Begriff »Priester« galt für Heinrich Himmler geradezu als ein Schimpfwort, dagegen erweist sich die Idealisierung der Kriegerkaste als ein durchgängiges Leitmotiv bei allen NS-Ideologen, auch außerhalb der SS. Solch eine martialische Orientierung war also nur bedingt mit Gegebenheiten des lamaistischen Mönchsstaates in Einklang zu bringen, in dem »Hohepriester« und nicht »Kriegerkönige« das Sagen hatten. Während der deutschen Tibetexpedition standen sich somit – um es etwas salopp auszudrücken – ein »Kriegerorden« und ein »Mönchsorden« gegenüber, aber immerhin eine Mönchsreligion, von der man vermutete, dass in ihr altes arisches Wissen konserviert sei. Entsprechend gestaltete sich Schäfers Verhältnis zum Lamaismus zwiespältig. Bewunderung, Vertrautheit und Neugierde wechselten ab mit Überheblichkeit und Ironie, aber die Faszination überwog zuletzt. In den folgenden vier Abschnitten möchten wir detaillierter aufzeigen, wie der Forscher und seine SS-Männer der Magie Tibets erlegen sind.

Tibet: »des geheimen Wissens Hort«
Die tibetischen »Herrengeschlechter« als potentielle Verbündete des NS-Regimes
Idealisierung des lamaistischen Kriegsbuddhismus durch die SS-Männer
Nekrophilie in der SS und im Lamaismus – ein Kulturvergleich

Tibet: »des geheimen Wissens Hort«

Nach dem Kriege ist es dem Leiter des Sven-Hedin-Instituts für Innerasienforschung Ernst Schäfer gelungen, sich als ideologiefreier Naturwissenschaftler darzustellen. Zustimmend schreibt der Historiker Michael H. Kater über ihn: »Schäfer, aufgrund seiner Erfahrungen und seiner internationalen Beziehungen viel zu sehr Kosmopolit [...], als dass er eine vorschnelle Überbewertung nationaler Parolen gutgeheißen hätte, will das ›Ahnenerbe‹ Himmlers wegen seines pseudowissenschaftlichen Rufes mit Skepsis betrachtet haben.«[122] Der Betroffene gab sich nach 1945 entsetzt: »Ich erkundigte mich dann«, erzählte Schäfer von der Zeit vor seinem Eintritt, »dass das Ahnenerbe in der guten Wissenschaft als eine Akademie der verkrachten Existenzen galt, in der die Pseudowissenschaften sich trafen.«[123] Herman Wirth, den Gründungsvater, nennt er einen »wahnsinnigen Phantasten« und die Gesamtorganisation charakterisiert er als eine Ansammlung von schrägen Okkultisten: »Ich hörte von der Atlantistheorie, der Weltallslehre [wahrscheinlich Welteislehre]. Da spielte ein Mann eine große Rolle. Den nannten sie Weisthor. Es waren lauter okkulte Angelegenheiten.«[124] Das ist – wie wir schon am Beispiel der NS-Orientalisten gezeigt haben – eine reine Schutzbehauptung, um die unerfreuliche Tatsache zu verschleiern, dass es gerade anerkannte Fachwissenschaftler verschiedener akademischer Disziplinen waren, die von dem Rektor der Münchner Universität, dem Sanskritisten Walther Wüst, als Mitglieder, Mitarbeiter und Diskussionspartner des SS-Ahnenerbes gewonnen wurden und von denen Schäfer nur einer unter vielen gewesen ist.

Zudem ging der Tibetforscher mit Himmlers Vision, »eine SS-eigene Wissenschaft aufzuziehen«, völlig konform. Er verstand darunter eine Gegenbewegung zum »Fachspezialistentum«, dem der Blick fürs Umfassende abhanden gekommen sei: »Nun die Zeiten [der Fachwissenschaften] sind vorüber und mit Unterstützung des Reichsführers-SS H. Himmler, dem ich meine Pläne schon vor Jahren vorgetragen habe, gelang es mir, auf dem Gebiet der Tibetforschung durch meine letzte Expedition 1938/1939 eine neue Synthese herbeizuführen, eine Synthese der Natur- und Geisteswissenschaften; die lebensgesetzliche Erfassung eines für uns außerordentlich wichtigen Lebensraumes.« Dazu rechneten sie an erster Stelle die »Evolutionsgenetik und Mutationsforschung«.[125] Zwischen der SS-Ideologie und den

Naturwissenschaften sah er eine »natürliche« Verwandtschaft: »Es sind die gleichen Grundgedanken, die mich als SS-Mann und Forscher bewegen. SS-Gedanke und Forschungsgedanke sind identisch. Beide werden sie von Pionieren getragen, beide bedienen sich der Auslese, beide stützen sich in Repräsentation und Arbeit auf charakterliche und seelische Werte, die uns das germanische Erbe schenkt.«[126] Eine solche Position war vorherrschend im SS-Ahnenerbe. Im Kern vertrat Schäfer dieselben Vorstellungen wie sein Vorgesetzter Walther Wüst und sprach dies auch explizit aus: »Letzten Endes will ich und wollen wir doch keinen persönlichen Ruhm mit dem allen erwerben, sondern unserem Vaterland nach bestem Wissen und Gewissen dienen. Dabei versuche ich persönliche Ambitionen auszuschalten. Besonders auch schon im Hinblick darauf, dass nach den vorgestern stattgefundenen eingehenden Besprechungen mit Prof. Wüst meine Mission als Wissenschaftler in der großen Idee [!] von Prof. Wüst erfüllt werden muss.«[127] Die »große Idee«, der sich Prof. Wüst verpflichtet fühlte, war – wie wir gezeigt haben – nichts Geringeres als die Konstruktion einer »indo-arischen Religion« mit der SS als zentralem Kriegerorden.

»In den letzten Jahren wurde auf dem Gebiete der Asienforschung einem ganzen Heer von Scharlatanen Tür und Tor geöffnet«, schrieb Schäfer 1943. »Gerade Tibet kann in dieser Hinsicht als Musterbeispiel gelten, weil der Name dieses weltabgeschiedenen Hochlandes noch immer mit dem Nimbus des Magischen und geheimnisvollen umwittert ist.«[128] Dieses Zitat wird heute als Beweis für den entschiedenen Anti-Okkultismus des Forschers angeführt. »Er hatte«, schreibt der Ethnologe Reinhard Greve, »als nüchterner Naturwissenschaftler kein Interesse an okkulten Theorien über Tibet.«[129] Eine solche Einschätzung ist jedoch, wie wir gleich sehen werden, falsch.

Schäfer zählte keineswegs zu den Menschen, die okkulte Phänomene als reine »Chimäre« abtaten, und er hat Tibet auch nicht nur mit naturwissenschaftlichen Augen betrachtet: »Viel Aufregendes und Sensationelles ist über den tibetischen Okkultismus geschrieben worden und auch ich habe recht seltsame Dinge erlebt, die ich an anderem Ort beschrieben habe. Sicher gibt es Welten, die durch die Vermittlung einzelner, tief medial veranlagter Menschen mit großer Mächtigkeit in unser Bezugssystem einbrechen, doch sollte man sich gerade in dieser Hinsicht von den wirren, stets von sehnsuchtsvollen Wünschen begleiteten Phantasien mystischer Schwärmer hüten«, erfahren wir von diesem »nüchternen Naturwissenschaftler«.[130] Auch der Rassenforscher Bruno Beger stellte nach seinen Begegnungen mit tibetischen Lamas fest: »Sie zwingen ihrer Umgebung etwas Magisches auf und verbreiten den Nymphus [sic] des Geheimnisvollen um sich.«[131]

Der Lamaismus und dessen okkulte Riten interessierten Schäfer sehr, auch wenn er sie mehr von außen beobachtete, so wie ein Zoologe das Verhalten einer wenig bekannten Spezies. Er war kein Okkultist *à la lettre*, aber hielt sich oft am Rande des Okkulten auf und begegnete diesem mit Faszination und Schauder, wie die folgende Schilderung aus seinem Reisebericht sehr deutlich zeigt: »Der Glaube der Tibeter an die Macht der Geister ist unerschütterlich. Medien, Mystagogen, Somnambule,

Geisterseher und Auguren haben im Schneeland von jeher eine bedeutende Rolle gespielt. Als Mittel der Staatsführung stehen sie noch heute in hohem Ansehen. Während das Leben des Abendlandes fast völlig rationale Formen angenommen hat, steht das tibetische Volk in lebendigem Kontakt mit geheimnisvollen Naturkräften und Geistererscheinungen und gestaltet seine Geschicke aus ihnen heraus. Was uns verloren ging, was die entseelende Zivilisation bei uns zerbrach, hier also lebt es fort und bestimmt die Geschicke der Gemeinschaft in hohem Grade. Hier schießen Mächtigkeiten mit der Gewalt von Zauberkräften durch die Linsen der Seele und bilden eine Atmosphäre, die mit Mitteln des nüchternen Verstandes nicht zu durchdringen ist. [...] die tibetischen Magier haben es verstanden, sich das schillernde Lichtdunkel der tiefenseelischen Welt zu bewahren und es sich in Versenkung, Hypnose und Besessenheit nutzbar zu machen. Unter der Ausschaltung der Sinnesempfindung glauben sie sich in der Lage, die Seeleninhalte fremder Menschen zu erforschen, mit unbewusst seelischen Vorgängen zu experimentieren, körperliche Funktionen unter die Herrschaft des Willens zu zwingen und die lebendigen Verbindungen zwischen Unter- und Oberbewusstsein nach Belieben benutzen zu können – Aufhebung der Schwerkraft, an echtes Hellsehen und was dergleichen ›okkulte‹ Erscheinungen mehr sind. [...] Dieses Vermögen der tibetischen Orakelpriester, der Quelle allen Lebens sich zu nähern, Feinde zu vertreiben, die kosmischen Gewalten zu beeinflussen, die Seelen Dahingeschiedener anzurufen, prophetisch in die Ferne zu sehen, sprengt die Hülle unserer objektiven Welt. Die Schranken des Raumes und der Zeit entfallen und die Geisterwelt greift handelnd ein. [...] So unantastbar wie der Glaube, dass der Lauf der Planeten die Geschicke der Menschen lenke, ist die Macht der Zauberpriester und die Klostergemeinden nutzen die Fähigkeiten ihrer Orakellamas wie kraftvolle Magneten.«[132]

An anderer Stelle werden von Schäfer weitere übernatürliche Kräfte (*Siddhis*) der Lamas beschrieben: »Sich beliebig in Trance versetzen zu können, Divinationswissenschaften zu üben, Fernwirkungen auszulösen, mit ihren Schülern über riesige Entfernungen Zwiesprache zu üben, geheime Botschaften auszusenden und zu empfangen, aus Handlinien und Stirnfalten Lebensschicksale zu lesen, Gedankenbilder körperlich darzustellen, die Kräfte gebannter Geister, Dämonen und der eigenen Schutzgottheiten für ihre Zwecke zu nutzen, ihre Seele zum Verlassen des Leibes zu bewegen und sie auf Reisen zu schicken, sich in kommende Zeiten zu versetzen, sakrale Gegenstände mit Kraftwellen aufzuladen, Träume zu verifizieren, sich mit beliebigen Menschen, aber auch mit Tieren und Pflanzen zu identifizieren, den Blutstrom rauschen und die Säfte steigen zu hören.«[133]

Ohne großen Kommentar kommt der »Naturwissenschaftler« Schäfer, der das SS-Ahnenerbes nach dem Krieg als eine »Akademie von Okkultisten« bezeichnet hat, zu dem Schluss: »Geisteskonzentration, Willensbeherrschung, Atemübungen, kontemplative Versenkung, kurz, die wissende Beherrschung aller körperlichen und geistigen Funktionen befähigen sie [die Lamas], die unsichtbare Welt ins Sichtbare zu projizieren und zu materialisieren.«[134] In einem Satz bekennt er, dass sich die SS-Männer vom Lamaismus haben »infizieren« lassen: »Wenngleich wir nicht den

Glauben dieser Menschen teilen, so werden wir doch von dem Mysterium, das diese Leute beherrscht, irgendwie infiziert und wenn wir faule Witze reißen, so versuchen wir damit nur unsere Ergriffenheit vor den Kameraden zu verbergen.«[135]

Typisch für die Reaktion auf den »Tibet-Okkultismus« im Sven-Hedin-Institut ist Bruno Begers Umgang mit dem Anliegen einer Frau Wagner aus Ludwigsburg, die ihm in einem Brief versichert: »Mit jenen Meistern im fernen Osten in persönlichen Kontakt zu kommen wird nach wie vor mein einziges Ziel und Streben bleiben und ich verspreche mir unendlich viel davon, auch für das deutsche Volk, wenn es damit bekannt würde.« Dabei berief sie sich auf ein in Kalifornien erschienenes Buch mit dem Titel *Leben und Lehre der Meister im Fernen Osten*. Der Autor war ein gewisser Baird Spalding.[136] Spalding soll 1894 Gast des XIII. Dalai Lama gewesen sein und habe auch den Tau-Kreuz-Tempel besucht, der »ein riesiges in den Felsen eingehauenes Hakenkreuz darstellt.«[137] Immerhin nimmt Beger die Esoterikerin so ernst, dass er ihr antwortet: »Sie haben Recht in Ihrer Überzeugung, dass wir viel mehr Sonderbares in Tibet gesehen haben, als wir im Film bringen konnten. […] Ihre Frage, ob Sie dazu in der Lage wären, in die Nähe jener Menschen zu kommen, kann ich nur beantworten, wenn ich das betreffende Buch [von Spalding] gelesen habe. Auf heilige Eremiten, die in den höchsten Höhen der Berge leben, sind wir gelegentlich gestoßen.«[138] Beger schickte den Wagner-Brief zur Kenntnisnahme an den Tibetologen Johannes Schubert, um sich dessen Rat einzuholen.

Eine weitere okkult veranlagte Persönlichkeit, die direkt mit dem SS-Ahnenerbe Kontakt aufnahm, war der Schriftsteller Theodor Illion. Der ehemalige Deutsche[139] veröffentlichte zwei esoterische Romane über eine Tibetreise.[140] Anfang 1941 kam es zu einem Treffen mit den beiden Mitarbeitern des Sven-Hedin-Instituts, Bruno Beger und Johannes Schubert. Illion stellte sich als Tibetkenner vor und erklärte, er habe in Rom mit dem berühmten Orientalisten Giuseppe Tucci Kontakte gepflegt. In der Hand trug er die von ihm selbst verfertigte tibetische Übersetzung eines Shakespeare-Dramas. Er sprach fließend mehrere Sprachen – Englisch, Deutsch, Französisch, Italienisch und auch ein hervorragendes Tibetisch. Letzteres musste der Tibetologe Johannes Schubert mit großem Erstaunen feststellen, denn diese Qualifikation stehe doch ganz im Gegensatz zu Illions beiden okkultistischen Büchern »Geheimnisvolles Tibet« und »Darkness über Tibet«, schrieb er an Beger. In diesen Romanen spreche Illion »von einer tibetischen Geheimorganisation, die in einer ›unterirdischen Stadt‹ zusammenkäme und den Freimaurern sehr nahe stehe«, Der Mann verwirrte Schubert so sehr, dass er in einem Brief an Beger zur äußersten Vorsicht mahnte: »Ich hatte den Eindruck, dass er [Illion] sehr genau über die deutschen Verhältnisse und damit auch über den Nationalsozialismus unterrichtet war, dass er aber selbst einen anderen Standpunkt vertreten zu müssen glaubt. […] Er sagte mir auch, dass er eine tibetische Beschreibung für ›Politik‹ geschaffen habe und dass er tibetische Gedichte verfasst hätte, die sich auf Luftschutzkeller und ähnliche Dinge bezögen! Als Gesamtergebnis muss ich schreiben: Der Mann ist mir in vielen Punkten rätselhaft.«[141] Beger leitete dieses Statement weiter an die Geheime Staatspolizei und schlug eine Überwachung Illions vor.

Johannes Schubert hatte mit seiner Vermutung Recht, denn Illions fiktive Reiseberichte sind alles andere als Nazi-freundlich. In ihnen werden Freiheit, Individualismus und Menschenwürde gegen ein System magischer Unterdrückung und abstoßender Menschenverachtung herausgestellt, von dem der Romanheld behauptet, er habe so etwas in Tibet vorgefunden. Dort sei er in eine subterrane Stadt gelangt, von der aus eine geheime Bruderschaft mit Magie auf das Weltgeschehen Einfluss gewinnen wollte. Auf Tibetisch waren die folgenden Sätze an die Wände des lokalen Zentraltempels geschrieben: »Überlasse deine Seele dem Meister und Er wird dich zum Licht führen«, »Traue nicht deinem Gehirn. Tiefes Verstehen ist mehr als Intelligenz«, »Nichts ist wirklich, nur Meine Worte sind es!«[142] Diese »wirklichen« Worte stammten von einem »Prinzen des Lichts« mit dem Namen Mani Rimpotsche, das »erhabene Juwel«. Beinahe erliegt der Romanheld dem umwerfenden Charme und der hohen Intelligenz dieses Lichtprinzen. Zudem stellt ihm Mani Rimpotsche einen hohen Rang in der spirituellen Hierarchie seiner Sekte in Aussicht. Aber der Held weigert sich, die Kleider der geheimen Bruderschaft anzulegen, und bewahrt damit seine Individualität und seine Freiheit.

Mit Schrecken muss er feststellen, dass sich die Einwohner der »unterirdischen Stadt« vom Blut und Fleisch umgebrachter Opfer ernähren und sich so am Leben erhalten. Diese auf den ersten Blick hin harmonisch, glücklich, schön und weise wirkenden Menschen mit solch Namen wie »Spender der göttlichen Weisheit« und »Meister des Lichts«[143] erweisen sich bei näherer Hinsicht als die puren Menschenfresser. »Jeder wollte die menschliche Ebene überwinden und die göttliche Stufe erreichen!«, aber gerade dieses hoch gesteckte Ziel machte sie zu »lebenden Leichen«. Seelenlosen Marionettenpuppen gleich sind sie vom Willen des Mani Rimpotsche abhängig und der Held muss erkennen: »Der Prinz des Lichts war in Wirklichkeit der Fürst der Finsternis.«[144] Der Autor nennt ihn jetzt »Prinz Leichenschneider«.[145] Er kann dem Bann des »Dämonenfürsten« nur mit höchster Anstrengung, dank »göttlicher Vorsehung« und mit der Hilfe eines »guten Lamas« entkommen.

Bei aller literarischen Phantasie, die Illion in den beiden Büchern walten lässt, gibt es für seine Schilderungen der makabren und morbiden Seite des Lamaismus authentische Belege. Tatsächlich fordern bestimmte Texte des tibetischen Tantrismus den rituellen Verzehr von »Menschfleisch« (*maha mamsa*).[146] Ebenso ist das Ziel, durch sexualmagische Riten spirituelle und profane Macht zu erlangen, eine traditionelle tantrische Praxis (*maithuna*). Wenn die Sexualität nicht zur Fortpflanzung diene – so Illion über die Einwohner seiner unterirdischen Himalaja-Stadt –, sollen »sämtliche anderen sexuellen Energien [...] in höhere Kräfte umgewandelt werden und der Bruderschaft zur Verfügung gestellt werden«.[147] Doch was den Autor am meisten abschreckte, ist die im Tantrismus geforderte Vernichtung des Ichs: »Der Gedanke, das eigene Ich-Bewusstsein *total* zu zerstören, um zu sein ›wie ein Gott‹, was einem spirituellen Selbstmord gleichkam, erschreckte mich. Zerstörung konnte niemals das oberste Ziel des Lebens sein.«[148] – Solche Sätze machen es nur schwer verständlich, was der esoterisch eingefasste Individualist mit seinem

Besuch im Sven-Hedin-Institut des SS-Ahnenerbes eigentlich beabsichtigte. Wir haben auch nicht herausfinden können, ob er die Kriegswirren und die Überwachung durch die Gestapo überlebt hat.

Der Fall Illion ist ein weiteres Beispiel dafür, dass das SS-Ahnenerbe mit dem Tibet-Okkultismus eine Grenze hatte, die hin und wieder – wie im Falle Karl Maria Wiligut – geöffnet wurde, aber im Sven-Hedin-Institut weitgehend verschlossen blieb. Das soll jedoch nicht heißen, die dort arbeitenden Wissenschaftler hätten nicht gerne über diese Grenzen faszinierte Blicke in das »geheimnisvolle Tibet« geworfen. In der okkulten *Nazi-Tibet-Connection*, die den religiösen Neofaschismus der Nachkriegszeit völlig beherrscht, sind diese Schranken und Hemmschwellen zwischen Nazi-Ideologien und Tibetmystizismus endgültig verschwunden.

Zusammenfassend lässt sich deswegen sagen, dass der »Tibet-Okkultismus« von Schäfer und Beger im Kern akzeptiert wird. Beide »Wissenschaftler« des Sven-Hedin-Instituts »beäugten« das Irrationale im Lamaismus, es faszinierte sie, ja sie wünschten diese magisch-mystische Welt in einem gewissen Sinne herbei. Auch wenn ihm die Spekulationen eines Karl Maria Wiligut zu weit gingen, so hat Schäfer doch – wie alle im SS-Ahnenerbe – daran geglaubt, von den tibetischen Lamas werde ein geheimnisvolles Urwissen gehortet, welches es zu entdecken gelte: »Geheimnisumwoben liegt das Herzstück Asiens von höchsten Gebirgen umgürtet und beschirmt, Abgrund des Aberglaubens, tanzender Orakelpriester und Hexenmeister, Domäne weißer Geier, des geheimen Wissens Hort [!] – Abode reinen Glaubens und unzähliger Klöster, aus denen Weihrauchdüfte strömen, Refugium der Adepten mit dem zweiten Gesicht, die nach Erklärung suchen für das Rätsel der Welt. Tibet ist voll von Geheimnissen, aber auch voll von Fragen um das Los der Menschen. Seine kahlen Berge schweigen und hüten die Geheimnisse, die sich zurückziehen wie Fangarme riesiger Polypen, sobald der Mensch sich anschickt, sie zu greifen.«[149] Schon vor seiner berühmten SS-Tibetexpedition hatte der Forscher Vorträge gehalten, in denen er seinen Zuhörern das Schneeland als »arisches« Schatzhaus präsentierte: »Unter den Einflüssen aus Indien und Vorderasien sind im religiösen Leben der Tibeter arische Bestandteile zu finden«, lesen wir im *Hannoverschen Tageblatt*. »Als Beweis dafür zeigte Schäfer im Lichtbild einen Stein mit eingegrabenen religiösen Symbolen, darunter Runenzeichen wie Lebensbaum, Sonnenrad usw., wie wir sie in alten Häusern in Deutschland sehen.«[150]

Die tibetischen »Herrengeschlechter« als Verbündete des NS-Regimes?

Alle Richtungen des Faschismus können als der politische Versuch definiert werden, archaische und atavistische Gesellschaftsformen mit moderner Technik zu kombinieren. Deswegen spielte neben technischen Erfindungen die Erforschung von alten Kulturen, welche ihre Traditionen in die Neuzeit hinübergerettet hatten, eine wichtige Rolle. In den archaischen Urkulturen glaubte man Reservate vor sich zu haben, in denen viel Wertvolles und Nachahmenswertes zu entdecken sei. Die Welt des

Alten Tibet ist von den Ideologen im SS-Ahnenerbe als solch ein Tresor gesehen worden, als »ein Rückzugsgebiet für eine Reihe von altertümlichen, an anderen Stellen der Erde längst ausgestorbenen Lebensformen«.[151] Eine dieser »Lebensformen« war die klerikal-aristokratische Sozialstruktur des Landes.

Neben den allgegenwärtigen Lama-Klöstern wurde damals das Land von ca. 200 bis 300 »profanen« Familien beherrscht. Die höchste Schicht unter den Aristokraten leitete ihre Abstammung von den alten tibetischen Königen ab, dann folgten die Familienmitglieder der Dalai Lamas. Diese wurden sogleich nach der Inthronisierung des neuen »Gottkönigs« geadelt. Der reichen Herrschaftselite stand der allergrößte Teil der sesshaften Bevölkerung als »Leibeigene« gegenüber, die mit hohen Steuerabgaben belastet waren. Das Leben dieser Tibeter war hart und karg, ihre Ernährung schlecht. Man kannte bis hinein in das 20. Jahrhundert Formen der Sklaverei – was heute von den Exiltibetern geleugnet wird. Wie in Indien gab es eine Kaste der Unberührbaren. Dazu zählten Bettler, Prostituierte, Schmiede, Fischer, Musiker und Schauspieler. Diesen stigmatisierten Gruppen war es in vielen Teilen des Landes nicht einmal erlaubt, Mönch zu werden.

Entsprechend der Theorie von Hans Friedrich K. Günther sahen Schäfer und Beger in den Mitgliedern des tibetischen Adels Angehörige höherer Rassen mit europäiden Einschlägen, welche die niederen Rassen im eigenen Land und der umliegenden Völker mit Fug und Recht beherrschten. Als ersten Eindruck lieferte der Privatsekretär des Maharaja von Sikkim den Expeditionsteilnehmern eine Vorstellung von der angeblich rassischen »Überlegenheit« der tibetischen Oberschicht: »Aber die herrschende Klasse sind wir«, so der Sikkimese zu Schäfer, »die Bhutia Kazis, der Stammesadel von tibetischer Herkunft. Unsere Vorfahren kamen von Tibet und haben Sikkim erobert. Wir haben den Buddhismus gebracht und haben dem Land die Kultur geschenkt. Die Frau, die unserem Maharaja vier Söhne geboren hat, ist eine reinblütige Tibeterin aus Lhasas Uradel, alle unsere nächsten Verwandten sind einflussreiche Männer in Gyangtse, Lhasa und Shigatse oder sie sind hohe Offiziere in der tibetischen Armee. Wir heiraten nur unter uns und verabscheuen die Mischung mit anderen Rassenelementen, und wenn wir in Sikkim keine geeigneten Mädchen finden, dann reisen wir nach Tibet und holen unsere Frauen aus gleichrangigen Geschlechtern von jenseits der Grenze. Wir mögen zwar an der Zahl gering sein, aber die Macht als Landesherren und der Stolz, Kulturträger zu sein, das ist unser Vorrecht.«[152]

Dieser tibetischen »Edelrasse« stehen die Leptchas (die Ureinwohner) als gefügige Unterrasse gegenüber: »Was die Leptschas betrifft, die sind nicht zum Führen geboren. Sie sind zwar gute Untertanen, bescheiden, fleißig und anpassungsfähig, aber sie sind keine Kämpfer, sie weichen allen Gefahren aus.«[153]

Auch in Unterhaltungen mit tibetischen Würdenträgern sahen Schäfer und Beger ihre Rassentheorie bestätigt. So erzählte ihnen ein gewisser Dzong-Choktray, es gäbe vier Menschenarten: Die von der Götterrasse (1) abstammten – die von der Nicht-Götterrasse (2) [den Dämonen] abstammten – die von der regierenden Rasse (3) abstammten – die von den Unterrassen (4) abstammten.[154] Nach Beger stehen die

Tibeter weit über den Juden, obgleich auch sie ihre Mitmenschen ums Ohr hauen würden: »Die Art, wie Tibeter handeln und dabei zu betrügen versuchen, ist in keiner Weise mit den uns bekannten jüdischen Händlermethoden und Betrügereien vergleichbar.« Sie sei naiv und diejenigen, die darauf reinfielen, seien selber schuld. »Sie ist eben tibetisch oder allgemeiner gesagt innerasiatisch, geschieht also im Stil einer Rasse, die mit dem vorderasiatischen- orientalischen Judentum nichts gemein hat.«[155]

Als Angehörige einer Gesellschaft, die von einem Diktator beherrscht wurde, und als Mitglieder einer Organisation, die sich an den Orden mittelalterlicher Kriegermönche orientierte, sahen die SS-Männer die lamaistische Buddhokratie als eine Art Vorbild. Die folgenden Äußerungen Heinrich Harrers, der ja selber dem Schwarzen Orden angehörte, dürften deswegen durchaus positiv gemeint sein: »Die Herrschaft der Mönche in Tibet ist einmalig und lässt sich nur mit einer strengen Diktatur vergleichen. Misstrauisch wachen sie über jeden Einfluss von außen, der ihre Macht gefährden könnte. Sie sind selbst klug genug, nicht an die Unbegrenztheit ihrer Kräfte zu glauben, würden aber jeden bestrafen, der Zweifel in dieser Richtung äußerte.«[156]

Wohl wegen dieser machiavellistischen Grundeinstellung strahlten die tibetischen Herrschertypen jene übermenschliche Aura aus, welche die Runenokkultisten des SS-Ahnenerbes bei den alten Ariern vermutet hatten »Es sind Menschen, die wir achten müssen«, empfiehlt Schäfer, »die stolz und herrisch, selbstbewusst und stark in einem Zeitgeist leben, der dem unsrigen vor vielen Jahrhunderten entspricht. Steht man als hart geplagter, zielbewusster Mitteleuropäer plötzlich vor einem solchen tibetischen Potentaten, dann fühlt man sich sofort in den Bann der ganzen Atmosphäre gezogen, die solch ein starker Mann in der Ureinsamkeit seines abgeschlossenes Landes um sich zu verbreiten versteht.«[157] Und an anderer Stelle heißt es: »Solche höchsten Würdenträger aus uralten tibetischen Adelsgeschlechtern sind zwar Könige im Kleinen – aber sie haben allen Herrschern dieser Erde das eine voraus, dass sie *wirkliche* Könige sind; völlig unumschränkte, nur von ihrer fanatischen Kirche abhängige, oft gewalttätige, meist aber gerechte und wohl disziplinierte Führermenschen, denen kein anderer etwas in ihre Staatsgeschäfte reinzureden hat.« Sie führen ein »männlich-stolzes Eigenleben«.[158]

Zwischen Bewunderung und Ablehnung, zwischen Respekt und Ironie hin und her schwankend – das Verhältnis der SS-Männer zur tibetischen Priesterkaste bleibt dennoch ambivalent. In einem Manuskript, »Warum heute Tibetforschung?«, weist Bruno Beger, der nach dem Kriege zu einem glühenden Bewunderer des XIV. Dalai Lama wird, auf die Gefahren hin, die vom »asiatischen Lamaismus« für die Völker Europas ausgingen.[159] Am Ende kommt er jedoch zu dem Schluss, dass die Tibeter aufgrund ihrer »Zwischenstellung zwischen der mongolischen und europäischen Rassengruppe« nach dem »Endsieg« eine bedeutende Rolle in einem panmongolischen Staatenbund unter der Aufsicht von Deutschland und Japan spielen könnten. Wir werden zeigen, wie dieses ambivalente Verhalten zu den tibetischen Lamas auch den »SS-Mystizismus« und den »esoterischen Hitlerismus« der Nachkriegszeit bestimmt.

Idealisierung des lamaistischen Kriegsbuddhismus durch die SS-Männer

Im Gegensatz zur landläufigen Meinung im Westen, die im alten Tibet ein Glücksparadies sieht, war die Geschichte des Landes wie die Geschichte der meisten Völker dieser Welt von Kriegen bestimmt. Moderne exiltibetische Autoren schwärmen auch heute noch von den guten alten Zeiten, als das Schneeland unter den Yarlung-Königen (ab dem 6. Jahrhundert n. Chr.) als militärische Großmacht ganz Innerasien beherrschte: »Diese Armeen wurden wahrscheinlich besser geführt und waren disziplinierter als diejenigen des späten mittelalterlichen Europas und können in ihrer allgemeinen Struktur nur verglichen werden (mit Armeen) der modernen Ära unter Generälen wie Wellington und Rommel«, lesen wir 1990 in der *Tibetan Review*.[160]

Auch nach ihrer Buddhisierung (endgültig im 9. Jh. n. Chr.) hatten sich die Ureinwohner Tibets keineswegs in friedliche und mitfühlende Wesen verwandelt. Ganz im Gegenteil, die einzelnen untereinander zerstrittenen Sekten und die verschiedenen Fraktionen des Volkes schwächten sich so stark durch Kleinkriege, dass dadurch eine größere Staatenbildung verhindert wurde. Häufig führten Großlamas mit den ihnen untergebenen Mönchshaufen regelrechte Schlachten gegeneinander. Dabei war sich keine der Parteien zu schade, fremde Armeen nach Tibet zu holen, um mit deren Hilfe aufeinander loszuschlagen. Erst dem V. Dalai Lama (1617–1682) gelang es, eine das ganze Land einschließende Buddhokratie zu etablieren. Der Preis hierfür war ein äußerst grausam geführter Bürgerkrieg im 17. Jahrhundert zwischen dem Gelugpa- und den Kagyüpa-Orden, aus dem der Kirchenfürst als gefeierter Schlachtenheld hervorging.[161]

Auch der Doktrin nach ist der tibetische Buddhismus keine friedliche Religion. In seiner Ikonografie wimmelt es geradezu von aggressiven Gestalten, die über ein bis oben hin vollgestopftes Waffenarsenal aus Speeren, Spießen, Pfeilen, Schilden, Keulen, Haken, Schlingen, Messern, Dolchen und allerlei Tötungsmaschinen verfügen. Tibets buddhistische »Eroberung« wurde immer schon als die Bezwingung und Versklavung der einheimischen, archaischen Götter und Dämonen erlebt und dargestellt. Wollten diese vorbuddhistischen Wesenheiten in ihrem magischen Kampf mit den Zauberlamas am Leben bleiben, dann mussten sie sich unter Eid verpflichten, als Schutzstaffel unter lamaistischem Oberkommando zu dienen. Der von Indien importierte Buddhismus hat deswegen die kriegerische Grundeinstellung der tibetischen Stämme und deren Pantheon aus Kriegsgöttern niemals befriedet. Ein Beispiel hierfür ist der ursprünglich zentralasiatische Kriegsgott Begtse, der nach seiner Zwangsbekehrung für den Lamaismus ins Feld zieht und auch heute noch von den Tibetern hoch verehrt wird. Seine Ikonografie lässt nichts an Schreckensphantasien aus: »Begtse erscheint von Flammen und Rauch umgeben mit seinem dämonischen Gefolge, den acht *dithog*, ›Messerhaltern‹, die auf dem Schlachtfeld die Leichen zerschneiden. Im Ausfallsschritt [...] tritt Begtse auf den Kadaver eines Pferdes und auf eine Leiche. Der dunkle Lotos, auf dem sie liegen, ist von einem See aus Blut bedeckt. Begtse ist von gedrungener Gestalt mit zornigem, rotem Gesicht [...]. In seiner Rechten schwingt er ein kupfernes Schwert mit Skorpiongriff […]. Mit der linken Hand führt er ein menschliches Herz zum Mund, um es mit seinen Keilerzähnen zu zerreißen.« Rechts neben dem Kriegsgott ist dessen mit Schädeln geschmückter Palast zu erkennen. Das Ganze wird von vier namentlich genannten Kirchenfürsten und dem Buddha Amithaba, in der oberen Bildhälfte auf Wolken schwebend, meditativ kontrolliert.[162]

Schäfers Reiseberichte zeigen an vielen Stellen, wie angetan er von solchen Bildern war und wie es ihn froh stimmte, dass die Lama-Priester den Krieg als solchen nicht ablehnten. Selbst wenn sie nicht persönlich zu den Waffen griffen, so glaubten sie doch, indirekt durch Magie, Beschwörung und Meditation auf das Kriegsgeschehen Einfluss nehmen zu können. In einem Ritual, über das der Tibetforscher berichtet, wird ein weiterer Kriegsgott, Kangchendzönga mit Namen, durch ein Gebet geehrt, das an die SS-Devise »Meine Ehre heißt Treue« erinnert: »Mein Kriegsgott, mein fünffältiges Sinnbild der Treue, der Ehre, der Tapferkeit, des Großmutes und des Sieges«, beten die Lamas den Kangchendzönga an.[163] Darauf folgt der von ihnen vorgetragene *Gesang des Schwertes*: »Du meine blutgetränkte Klinge bist das Schwert des Lebens. Tausend Dämonen haben dich aus dem Metall des Donnerkeils [Vajra] geschlagen und tausend Götter haben dich heilig gesprochen. […] In wundersame Gifte bist du getaucht und an menschlichen Schädeln bist du geschliffen. […] Wenn ich dich schwinge, dann springen die Funken, und wenn ich dich senke, dann tropfst du von Blut. Das Leben der Feinde entzweist du, die Körper der Feigen verschleißt du und die Geister der Teufel zerreißt du.«[164] Dass Schäfer, der für seine Verdienste an der Tibetexpedition mit dem SS-Degen ausgezeichnet wurde, bei der Beschreibung dieser Schwertszene ins Reimen gerät, unterstreicht nur seine große Begeisterung für die lamaistische Kriegsmagie. Wir erfahren auch von ihm, dass sich die Lamas bei ihren martialischen Tänzen in eine mystische Ekstase hineinsteigerten, in der sie Tibet geradezu als Zentrum unseres Planeten erlebten: »Wenn die göttlichen Heerscharen wie eine Vision aus asiatischen Heldenzeiten mit ihren ruhmbedeckten Waffen über den Festplatz rauschen, war man sich einig, dass das Schneeland das Zentrum der Welt sei und dass die sinnbetörende Phantasie, ihre Geister und Götterglauben bis in alle Ewigkeit Bestand habe.«[165]

Solche Ritualtänze zur Beschwörung der Kriegsgötter empfiehlt Schäfer als Erziehungsmodell für die Truppe: »Der glorreiche Kriegstanz soll der körperlichen Ertüchtigung dienen. Er soll die Lamas und die jungen Edelleute von den verderblichen Einflüssen eines faulen, sesshaften Lebens ablenken. Geschicklichkeit, Disziplin, Energie und die Kraft der Ausdauer sollen zur Schau gestellt und kultiviert werden. Vor allem soll der Kriegstanz Haltung und Moral der Truppe heben. In der geschickten Vereinigung physischer Kraftentfaltung mit religiösen Motiven und rückhaltsloser Hingebung liegt der große, staatserhaltende Wert dieser traditionellen Gottesverehrung. Daher müssen die Tänzer auch während der Zeit der Übungen ein der Religion gewidmetes zurückgezogenes Leben führen. Ausschweifungen sind verboten. Alkohol darf nicht genossen werden. Jeder einzelne Tänzer ist ein Exponent des Staates und muss sich als solcher durch tadellose Haltung auszeichnen. Er soll von dem Glauben beseelt sein, die Freude und der Stolz seines Kriegsgottes zu sein und der Vollstrecker dessen allumfassenden Willens.«[166]

Der Krieg, das konnte die SS-Tibetexpedition 1939 als Botschaft nach Deutschland mitbringen, war unter den Lamapriestern kein Tabu, sondern im Gegensatz ein großes Thema – historisch, rituell, psychologisch und magisch. 1942 setzte Heinrich Himmler in einem einmaligen Propagandafeldzug diese kriegerische Tradition der Lamas ein, um die Kampfstimmung der Deutschen noch weiter anzuheizen, indem er Schäfers Film *Geheimnis Tibet* zu einem der ganz großen Kulturereignisse dieses Jahres machte. Wir kommen darauf zurück.

Nekrophilie bei der SS und im Lamaismus – ein Kulturvergleich

Der Kulturphilosoph und Psychoanalytiker Erich Fromm hat in seiner ausführlichen Studie über die *Anatonomie der menschlichen Destruktivität* auf die aggressiven und nekrophilen Charakterzüge Heinrich Himmlers hingewiesen. Unter »Nekrophilie« versteht man im weitesten Sinne eine Freude an allem Toten, an Knochen, Schädeln, am Verwesen – eine perverse Lust, die sich bis ins Sexuelle hineinsteigern kann. Oft sind Ereignisse in der Kindheit die Ursache für solche psychischen Fehlentwicklungen. Die morbiden Szenarien, die mit den Massenvernichtungslagern der Nazis verbunden werden, lassen die Frage aufkommen, ob sich dahinter nicht eine nekrophile Begierde verbirgt. Fromm bejaht das und zeigt auf, dass sich die Nekrophilie bestimmter Nazi-Größen mit einem Hang zur Gewalttätigkeit verbunden hat. Ein Nekrophiler erlebt Gewalt als »die Macht, einen Menschen in einen Leichnam zu verwandeln.«[167] Personen, welche an einer solchen Perversion leiden, zielen darauf, »alles Lebende in tote Materie zu verwandeln; sie wollen alles und jeden zerstören, oft sogar sich selbst; ihr Feind ist das Leben selbst.«[168]

Auch der Lamaismus kennt ähnliche aggressiv-nekrophile Züge.[169] Die breite Öffentlichkeit ist heute, dank der seit Jahren von exiltibetischer und westlicher Seite betriebenen Mystifikation Tibets, seiner Geschichte und seiner Religion mit einem völlig einseitigen und verklärten Bild des Schneelandes vertraut. Der Lamaismus gilt als friedlich, harmonisch, human und fromm – das makabre, morbide, aggressive, destruktive und gewalttätige Tibet ist dagegen weitgehend unbekannt. Dabei muss dieser gespenstische Charakter der tibetischen Kultur als tragender Teil angesehen werden und er fällt jedem, der sich etwas näher damit beschäftigt, sofort ins Auge. Thanatos und Eros, Tod und Sexualität umschlingen sich im Lamaismus. Das hat der mexikanische Schriftsteller Octavio Paz klar erkannt, als er die morbiden Welten Tibets mit der Todesfaszination in der eigenen Kultur verglich: »Die Vorliebe der Mexikaner für Skelette und Totenschädel begegnet man nirgendwo sonst auf der Welt, außer in der buddhistischen Kunst Nepals und Tibets. Es gibt jedoch einen Unterschied: unsere Skelette sind eine Verspottung des Lebens und der Lebenden; die der buddhistischen Kunst sind schreckenerregend und obszön.«[170]

In der Tat quillt die sakrale Literatur und Malerei des Lamaismus geradezu über von abstoßenden Szenarien der Lebensverachtung und Lebensverneinung. Die *Tibetanischen Totenbücher* und andere heilige Texte (*Tantras*) erweisen sich bei näherer Hinsicht als »Sammelstätten« für alle möglichen Arten von Zombies, Menschenfressern, Henkern, Dämonenwächtern und Satanen. Im *Guhyasamaja-Tantra* wird die Übereinstimmung der Buddhas mit dem Dämonischen und Bösen explizit zum Programm erhoben: »Ständig essen sie [die Buddhas] Blut und Fleischfetzen … Schädel, Knochen, Räucherwerk, Öl und Fett machen große Freude.«[171] Die buddhistischen Gottheiten lassen in dieser Schrift ihren aggressiven Destruktionsphantasien freien Lauf: »Zerschneide, zerschneide, trenne, trenne, schlage, schlage, brenne, brenne«, fordern sie mit wütender Stimme die Initianten auf.[172] Jeder braucht sich nur die Nebenszenen auf tibetischen Thangkas (Ikonen) ansehen und er wird schreckliche Darstellungen von zerstückelten, von gefolterten, verhungernden, bewusst verkrüppelten, geschundenen, geschlagenen Menschen entdecken. Man könnte glauben, dem ursprünglichen Chaos zu begegnen.[173] In ihrem Sakralwesen benutzen die Lamas Objekte und Substanzen aus dem Totenreich. Die morbiden Ritualgegenstände lassen einen jedenfalls das Grauen lernen: Präparierte Schädel, mumifizierte Hände, Rosenkränze aus Menschenknochen, Trompeten aus den Oberschenkelknochen 16-jähriger Mädchen. Menschenköpfe, Blut, Fleisch, Fett, Eingeweide, die abgezogene Haut von Kindern, das Menstruationsblut einer Witwe und Steine, mit denen Menschenschädel eingeschlagen werden, können in den Ritualen zur Anwendung kommen.[174]

Ernst Schäfer war offensichtlich von dieser zerstörerischen, schrecklichen, morbiden und makabren Seite der tibetischen Kultur besonders angezogen: »Hier [im Tempel] gemahnen die ›Räume des Schreckens‹ an mittelalterliche Folterkammern, wie sie sich die beschwingteste Phantasie nicht grauenhafter ausmalen könnte«, hören wir von dem SS-Mann, der im KZ-Dachau die Humanexperimente des Dr. Rascher beobachtete. »Gierende, gähnende, vielarmige Ungeheuer, aus düsterer Dämonie der unerlösten Menschenseele entsprungen, ohne Schimmer von Gnade und Güte, thronen sie [die Dämonen] im Schattenspiel der hundert Dochte in massiver Wucht.«[175] Die tibetischen Götter gieren – so Schäfer – nach realem und imaginärem Blut: »Zwecks Beschwichtigung der tantrischen Gottheiten sind anstelle milder Gaben von Blumen und Früchten auch heute noch Blutopfer gebräuchlich.«[176]

Fasziniert ist Schäfer insbesondere von der Verehrung des aggressiven Schutzdämons Mahakala, der als Sakralschmuck eine Totenkopfkrone trägt: »Du wilder, stolzer, unbesiegbarer Mahakala«, sollen die Lamas in Gegenwart der Forschers ausgerufen haben. »Berge von Leichen bilden deinen Festschmaus, Meere von Blut trinkst du mit Wohlbehagen, Augen, Ohren und Zungen aber bilden deine göttliche Nachspeise. Wer sein Leben lieb hat, geht dir heute aus dem Wege, wer aber zu sterben gewillt ist, der braucht sich dir nur zu nähern. Mahakala wird den großen Strom deines Lebens zerschneiden und deinen Körper im göttlichen Festschmaus vertilgen. Er ist der blitzberauschte und zerstörende Dämon der Dämonen. Heil

Die Teufelsmasken, die im Tempel aufbewahrt werden

Tibetische Masken mit Totenkopfschmuck – abgebildet im »Völkischen Beobachter«

Mahakala, dem Geiste aller Toten.«[177] Diesen von Schäfer beschriebenen tibetischen Dunkeldämon stellte der *Völkische Beobachter* 1939 in einen langen Artikel mit dem Titel »Kiki Huhu – Heil Mahakala, dem Geist aller Toten – Die Götter tanzen im Himalaja«, seinen Lesern vor: »Mahakala ist der schwarze blutgierige Gott, den die Leute von Sikkim, einem kleinen Staat im Himalaja, als den Herrn aller Wesen und Geister verehren«, heißt es dort. Wenige Monate vor Ausbruch des Zweiten Weltkrieges wurden die »Parteigenossen« in der Propagandazeitung der Nazis durch Schäfers Tibetfotos richtig angefeuert: »Es sind Bilder von dem Kriegstanz der Götter, eine rauschende Symphonie von Farben schwerseidener Gewänder, ein Getön von Hörnern, Pauken, Trompeten, ein Wirbel von gleitenden Leibern, ein Jubelrufen entzückter Dämonie: Kiki – huhu – kiki – huhu – Heil Mahakala, dem Geist aller Toten.«[178] Dieses »Jubelrufen entzückter Dämonie« mag adäquat die Gefühlslagen in den SS-Totenkopfverbänden beschreiben, ebenso wie der folgende Satz: Mahakalas »schaurig wildes Dämonengesicht mit der Totenkopfkrone jagt den Zuschauern Entsetzen ein«.[179]

Insbesondere dürfte Mahakalas Totenkopfkrone den Tibetforscher zu Kulturvergleichen angeregt haben, denn auf dem Haupt eines SS-Mannes saß die schwarze Tellermütze geschmückt mit dem aus Silber gefertigten Abbild eines Menschenschädels. 1941 erschien in der SS-Hauszeitschrift *Das Schwarze Korps* ein Gedicht mit dem Titel »Der Totenkopf«, dessen erste Strophe lautete: »Das Schädelzeichen / an der Mütze / sagt dir, / wie wenig das Leben bedeutet. / Mahnt dich, / bereit zu sein / zu jeder Stunde.«[180] Diese lebensverneinenden Zeilen könnten ebenso aus einem tibetisch-buddhistischen Lehrgedicht stammen.

»Um ein nekrophiles Verhalten handelt es sich auch bei Personen, [...] die sich von Skeletten besonders angezogen fühlen«, schreibt Erich Fromm[181] und ein zusätzliches Merkmal des nekrophilen Täters besteht darin, dass er seine Befriedigung aus der Zerstückelung von Leichen zieht. Bei seiner ersten Visite in den düsteren »Krypten« der tibetischen Tempel war der Rassenspezialist Bruno Beger noch erschreckt: »An der Decke hingen die Köpfe und Skelette von seit Jahrhunderten hingerichteten Verbrechern. Darunter befand sich ein völlig mumifizierter Verbrecher. Mönche, die uns führten, grinsten über unsere entsetzten Blicke.«[182] Doch die Sitte der Tibeter, ihre Toten zu zerstückeln, scheint ihm ein gewisses »Vergnügen« bereitet zu haben, ansonsten hätte er nicht folgendes Gedicht darüber verfasst: »Ein jedes Land hat eig'ne Sitten. / In Tibet wird die Leich' zerschnitten. / Und schaurig gierig sich dran laben / gefräß'ge Geier, kluge Raben. / Unweit des Schauspiels stehn zwei Knaben, / die scheint's daran Vergnügen haben. / Ach lass den Völkern ihre Sitten. / Der Tote hat ja ausgelitten.«[183] Eingedenk der Tatsache, dass sich Beger ständig Gedanken über die »Entfleischung« von Skeletten für seine Rassensammlungen machte, erscheint dieses, in einem anderen Zusammenhang harmlose Gedicht sonderlich abgeschmackt.

Wie in anderen Kulturen auch, so soll die menschliche Knochensymbolik in Tibet auf die Vergänglichkeit alles Seienden hinweisen. Sie beinhaltet aber darüber hinaus ein Menetekel an die »Feinde der buddhistischen Lehre« und gilt als ein Triumphzeichen des Sieges über den Gegner. Eine vergleichbare Symbolbedeutung hatten der silberne SS-Totenkopfring und die in ihn eingeritzten Runen. Der Ring verkündet – so lautete die offizielle Deutung – die »sieghafte Kraft« und die »Vernichtung der Feinde«, Opferbereitschaft bis zum Tod, Sieg, Glück, Wohlstand und Reichtum. Der Ring war »das Sinnbild der verschworenen Gemeinschaft der SS«.[184]

Ein besonders schwerer Fall von Nekrophilie besteht nach Erich Fromm in dem Vergnügen an Alltagsgegenständen, die aus menschlichen Substanzen (Knochen, Haut, Haaren, Blut) verfertigt wurden. Der Theologe Martin Bormann jun., Sohn von Hitlers mächtigem Sekretär gleichen Namens, berichtete von einem Besuch im Hause Himmler, wo dem damaligen Kind Folgendes begegnete: »Da war also ein Raum, ein relativ kleiner Unterdachraum, eingerichtet (sagen wir mal) mit Baumaterialien oder mit Möbeln, die aus menschlichen Rohstoffen hergestellt waren, ein Tischchen mit Oberschenkelknochen offenbar oder ja Oberschenkelknochen wohl als Tischbeinen, so ein dreibeiniger Tisch meine ich, war das so ein Tischchen, eine Art Sitzmöbel meine ich aus einem menschlichen Becken, auch wieder kombiniert mit solchen Knochen. Eine Lampe, ein Lampenschirm aus Menschenhaut und ein

Der Maharadſcha mit dem Expeditionsleiter Dr. Ernſt Schäfer

Der holzgeſchnitzte Tiſch, von drei Menſchenſkeletten getragen und mit vielen Hakenkreuzabzeichen als Glückszeichen verziert, und die Stehlampe im Hintergrund ſind Arbeiten einheimiſcher Künſtler

handgeschriebenes großes Exemplar von Adolf Hitlers *Mein Kampf*. Und da wurde uns die Auskunft gegeben, das seien Menschenhäute, Rückenhaut.«[185]

Eine vergleichbare Faszination an makabren Gebrauchs- und Sakralgegenständen ist auch tief in der lamaistischen Kultur verankert. Davon fühlte sich der SS-Mann Ernst Schäfer ganz speziell angezogen, als er einem ähnlichen Knochenmöbel in Sikkim begegnet: »Mein besonderes Interesse gilt einem kleinen Tisch«, schreibt er in seinem Reisebericht, »der von geschnitzten Menschenskeletten getragen wird. Die in einer Reihe von konzentrischen Ringen unterteilte Tischplatte stellt die im indoeuropäischen Kulturkreis immer wieder auftauchende dreigeteilte Rosette dar, während im nächsten Kreis neben den acht glückhaften Zeichen das Rad als Symbol der Königswürde prangt. Es handelt sich dabei um ähnliche Embleme, wie sie in der vorgeschichtlichen Symbolik Europas als achtspeichiges Sonnenrad und als Symbol des Weltalls immer wiederkehren.«[186] Eine »Königswürde«, die auf den Knochen von Toten aufbaut! Am Beispiel dieses symbolträchtigen Tischchens zeigt sich, dass der SS-Mann das makabre Möbel nicht nur als perverses Spiel ansah, sondern ihm – ebenso wie die Lamapriester – eine kosmisch-metaphysische Bedeutung zugestand. Dass es sich aber bei diesen acht Rädern »als Symbol der Königswürde« und als »Symbol des Weltalls« um Hakenkreuze gehandelt hat, verschweigt Schäfer aus verständlichen Gründen in seinem 1989 erschienenen Reisebericht. Anders in einem Artikel des *Völkischen Beobachters* aus dem Jahre 1938 mit dem Titel »Im Banne des großen Buddha«, der ein Foto des besagten Knochentischchens mit Schäfer und dem König von Sikkim abbildete. Unter dem Bild schrieb die Redaktion: »Der Maharadscha mit dem Expeditionsleiter Dr. Ernst Schäfer. Der holzgeschnitzte Tisch, von drei Menschenskeletten getragen und mit vielen Hakenkreuzabzeichen als Glückszeichen verziert und die Stehlampe im Hintergrund sind Arbeiten einheimischer Künstler.«[187] Durch die Existenz eines Lampenschirms auf diesem Bild hat der Vergleich mit Heinrich Himmlers Tischchen aus Oberschenkelknochen und seinem Lampenschirm aus Menschenhaut geradezu etwas Schauriges.

Schäfer selber lebte seine Destruktivität, seine Passion, »alles Lebende in tote Materie zu verwandeln«, vor allem durch eine obsessive, geradezu pathologische Jagdleidenschaft aus. Der Zoologe ruhte nicht, bis jedes Tier, das auf seiner Abschussliste stand, unter seinem Gewehrfeuer zusammenbrach. Wenn er ohne Beute ins Lager zurückkehrte, war er gereizt und unausstehlich. »Wo immer Ernst Schäfer in Revieren erschien, dauerte es meist nur kurze Zeit, und sämtliche Mitjäger ohne Rücksicht auf das Alter mussten sich geschlagen geben«, lobte ihn die Jägerzeitschrift *Wild und Hund*.[188] Sogleich erkannte Hermann Göring in dem Jagdfanatiker den Gleichgesinnten. Der Tibetforscher hatte dem Reichsforst- und -jägermeister einen Mastiff-Rüden als Geschenk eines tibetischen Adeligen mitgebracht und Göring lobte väterlich den jungen SS-Mann in einem Anerkennungsbrief, »da Sie ja durch Ihre Expedition und mit Ihren Kameraden wichtige Beziehungen mit dem tibetanischen Regenten und anderen Regierungsstellen eng geknüpft und hierdurch die Grundlage zum Ausbau weiterer freundschaftlicher Beziehungen geschaffen haben. [...] Wenn sie Freude daran haben, nach längerer Abwesenheit wieder einmal die Hirschbrunft in unseren Wäldern zu erleben, bin ich gerne bereit, ihnen einen Hirsch zu überlassen.«[189] Schäfers an das »Unwahrscheinliche grenzende Sicherheit«, mit der er die »Büchse und Flinte zu führen wusste« (*Wild und Hund*), hinderte ihn nicht daran, zehn Monate vor seiner berühmten SS-Tibetexpedition auf einem Jagdausflug seine eigene junge Frau zu erschießen.[190]

Die immer wieder gesuchte »Wahlverwandtschaft« von SS-Männern und später von Neonazis mit der tibetischen Kultur ist nicht zuletzt aus der gemeinsamen Faszination am Schrecklichen und Morbiden abzuleiten: »Anderseits«, so Schäfer über die tantrische Logik der Lamas, »schreckt ihre Tollheit nicht davor zurück, selbst Morde gutzuheißen, wenn sie für das Seelenheil geschehen. Bluttaten und Grausamkeiten entspringen dem Mitleid, sagen die Adepten in äußerster Konsequenz des Alleinheitsgedankens. […] Böses ist wie Gutes, Stroh wie Seide, Kot wie Speise, Stank wie Duft, Tag wie Nacht und Leid wie Lust. So lehrt der Tantra Glaube, um die Phantasmagorie der Erscheinungswelt und den Trug des Daseins zu beweisen. Um sich zu reinigen, werden die Leidenschaften ausgebrannt, die Übel ausgekostet und die Scheußlichkeiten zur absoluten Höhe erhoben.«[191] Das sind keineswegs die Projektionen eines SS-Mannes auf die tantrische Kultur Tibets, sondern entspricht einem Wesenszug des Lamaismus, den wir noch in einem gesonderten Kapitel darzustellen haben.

Der SS-Film *Geheimnis Tibet* – ein Höhepunkt der Nazi-Propaganda

Die vier Charaktermerkmale (Interesse am Okkulten, am Militarismus, am Rassismus und am Morbiden), die spezifisch für die SS-Männer der Tibetexpedition waren, sollten durch den Film *Geheimnis Tibet* eine spektakuläre Verbreitung in ganz Nazi-Deutschland erhalten, denn Schäfer legte in seiner Erfolgsdokumentation großen Wert darauf, die tibetische Gesellschaft als magisch-mystisch, militaristisch, rassistisch und morbid darzustellen und das keineswegs mit einem negativen Vorzeichen. *Geheimnis Tibet* beginnt mit den kriegerischen Aspekten der tibetischen Kultur und endet mit diesen. Schon zu Anfang wird der Zuschauer durch den »Kriegstanz« des blutrünstigen Schutzgottes Mahakala, des »furchtbaren Herrn des Todes und des Schreckens« in die rechte, aufgepuschte Kampfstimmung versetzt. »Ihm [Mahakala] huldigen die besten der adeligen Krieger. Ihrem Kriegsgott beweisen sie die höchste Kraft, Härte und Zucht«, ist im Drehbuch zu lesen.[192] Auch in der Sequenz »Taschilhünpo [Tashi Lunpho] und Schigatse«, wo Schäfer die tibetische Armee vorstellt, erhalten wir Einblick in das militaristische Land: »So wird die Kriegsflagge zum Symbol der Zentralgewalt«, heißt es vom Entschluss des XIII. Dalai Lama, ein ständiges Heer zu schaffen.[193] Ebenfalls martialisch geht es bei der Sequenz »Das Neujahrsfest« zu: »Das ist das alte heldische Tibet«, ruft der Sprecher begeistert aus. »Inmitten des Kirchenfestes hat es sich wiedergefunden, mannhaft und zäh, fern jeder klösterlichen Verweichlichung.«[194] Alles endet mit einer Militärparade, welche die Besucher immer wieder an die Heere des Dschingis Khan erinnert: »Scharfe Waffen! – meldet der Erste. – Gute Sättel! – meldet der Zweite. – Schnelle Pferde! – der Dritte – Tapfere Krieger! – So reiten sie wieder dahin, woher sie gekommen – hinaus auf die Steppen und Öden.«[195]

Im so genannten »Totenkomplex« des Films werden die von uns schon geschilderten Szenen der Leichenzerstückelung und Verzehrung (durch Geier, als »fliegende Särge« bezeichnet) gezeigt: »Der heiligste Lama der alten Rotmützensekte […] führt den Totenzauber durch. Er hat mir auch diese Bitte nicht abgeschlagen, nachdem er mir vor vier Jahren in Osttibet geholfen hatte. Der Geisterdolch ist sein Werkzeug und der Donnerkeil das Zeichen seiner Macht«, erzählt Schäfer. Ein Bild dieses Zauberlamas schmückte denn auch die Einladungskarte und das Plakat für die Filmpremiere im Münchner Kino »Marmorhaus«.[196]

Später kann der Zuschauer in der Darstellung von Kult-Tänzen »die furchtbar geschundenen Herren des Leichenfeldes« genießen.[197] Weitere Sequenzen zeigen das »dämonisch-magische« Tibet. Sehr beeindruckend sind die Bilder vom »Netschung-Lama«, dem tibetischen Staatsorakel, eine Institution, die auch heute noch ihre Amt ausübt und die politischen Entscheidungen des XIV. Dalai Lama wesentlich mitbestimmt. »Ein lebender Dämon voll ungeheurer Macht«, schreibt Schäfer. »In ihm verkörpert sich die alte Gottheit Tibets, die vor den Lamas war. Er trägt die Riesenmütze der alten Zauberpriester.«[198] Die rassistische Ausrichtung des Films wird durch Begers Schädelmessungen und -abformungen ausführlich dokumentiert.

Obgleich er ein anderes Land und eine andere Kultur darstellt, ist *Geheimnis Tibet* von demselben Geist durchdrungen, der damals das nazistische Deutschland in Stimmung versetzte: Beschwörung des Krieges und Leichenfelder. Diese Affinitäten zwischen den beiden Kulturen sind von den Verantwortlichen genauso wahrgenommen worden, denn ansonsten hätte der Film nicht einen solch hohen Propagandawert erhalten. Himmler, der den Tibetfilm gerne erst nach dem Krieg gezeigt hätte, zögert bis 1942, ihn für die Öffentlichkeit freizugeben. Dann aber sah er darin ein machtvolles Mittel, die Kriegsbegeisterung der Deutschen zu steigern und anzuheizen. »Richtlinien für die Propaganda« begleiteten die Aufführungen des Kunstwerkes, das die drei höchsten Auszeichnungen erhielt, die der NS-Staat für Filme zu vergeben hatte: »staatspolitisch wertvoll«, »künstlerisch wertvoll« und »kulturell wertvoll«.[199] Die Premieren fanden in den »einzelnen Gauhauptstädten [...] in engster Verbindung mit den SS-Dienststellen« statt.[200] Schäfer selber war anwesend in Berlin, Hamburg, Dresden, Halle, Weimar, Frankfurt a. M., Düsseldorf, Köln, Heidelberg, Straßburg, Stuttgart, Augsburg Salzburg, Linz, Wien, Klagenfurt und Innsbruck.

In mehr als 400 Publikationsorganen wurde der Film durch Artikel, die nach dem damaligen Medienverständnis fast alle vorher verfasst und dann an die Presseorgane verteilt worden waren, besprochen. Einige der Titelüberschriften lauteten: »Geheimnisvolles Tibet«; »Hohelied einer Expedition«; »Wikinger der Wissenschaft«; »Wir reiten in die verbotene Stadt des Dalai Lama«; »Im Schatten der Götterburg«; »Mit der Kamera im verbotenen Land«; »Geheimnis Tibet entschleiert«; »Fünf Deutsche auf dem Dach der Welt«; »Mit der Kamera in der Burg der Götter«; »*Laaloo* – die Götter wollen es«; »Ein Hannoveraner in Tibet, dem dunklen Herzen Asiens«; »Kamerawallfahrt nach Lhasa«; »Die Burg eines Gottkönigs«; »Im Tal der ersten Menschen«; »Das entschleierte Tibet«; »Tibet – Land der Geheimnisse«; »Der Gottkönig empfängt uns«; »Deutsche in der verbotenen Stadt«; »Die Wunder Tibets«; »Wo Tag und Nacht die Gebetsmühlen surren«; »Deutsche Forscher im Kleinod der Welt«; »Münchens Universität jubiliert«; »Funkelnder Kriegstanz der Götter«; »Im Lande des Dalai Lama«; »Om Mani Padme Hum«; »›Groß-

Das Plakat zum SS-Film »Geheimnis Tibet«

artig, wunderbar!‹, sagte Sven Hedin«; »SS-Männer – Wissenschaftler – Pioniere«; »Die großen Rätsel Zentralasiens sind gelöst«; »Im Land der Götter und Dämonen«; »Auf den Spuren Sven Hedins«; »Der gefundene Weg ins Unbekannte«; »Im Banne der Dämonen«; »Rassenkundliches aus Tibet«; »Blick ins Unbekannte«.[201] Mitten im Zweiten Weltkrieg fiel Deutschland in einen »Tibetrausch«. Erst wieder Ende der 1990er-Jahre gewinnen zwei Filme über den XIV. Dalai Lama (*Kundun* und *Sieben Jahre in Tibet*) ein ähnlich breites Interesse. *Sieben Jahre in Tibet* ist die beschönigende Geschichte des ehemaligen SS-Mannes Heinrich Harrer, mit dem wir uns noch beschäftigen werden.

Geheimnis Tibet war mehr als ein Kulturvergleich, es sollte ein Epos für die »ganzen Kerle« sein, die in Himmlers Schwarzem Orden ihren Dienst machten: »Aus dem Pioniergeist und dem Tatendrang der jungen Ordensgemeinschaft der SS heraus war diese Expedition geplant worden und von einer Handvoll von Männern mit wenig Aufwand und nur mit den notwendigsten Mitteln in die Wirklichkeit umgesetzt worden«, schrieb die Zeitschrift *Der Freiheitskampf*.[202] Schon im Jahre 1933 hatte Schäfer seine Expeditionsbücher als Modelle zur nationalistischen Jugenderziehung angepriesen: »Gewidmet sei das Buch meinen Kameraden und jedem echten deutschen Jungen, in dem alte Wanderlust und Tatendrang noch wach sind. Mögen sie ihre Fittiche entfalten, um uns Kolonien, Weltgeltung und den ›Platz an der Sonne‹ wieder zu sichern«, lesen wir als Widmung in seinem Frühwerk *Berge, Buddhas und Bären*.[203] Schäfer und Beger wurden somit zu »Typen«, an denen sich jeder »normale« SS-Mann und Hitlerjunge orientieren durfte: abenteuerlustig, draufgängerisch, zynisch, nekrophil, fanatisch, rassistisch, überheblich, extrem ehrgeizig, diszipliniert und unterwürfig. Dass sie diese Eigenschaften mit wissenschaftlichen Qualifikationen verknüpften, war kein Widerspruch, sondern geradezu ein weiteres Charakteristikum der SS-Typologie für die höheren Ränge. Nach allem, was wir vermuten können, standen die Tibetforscher den Okkultisten im SS-Ahnenerbe zuerst mit duldender Distanziertheit gegenüber. In Tibet scheint jedoch ihr Interesse an okkulten Phänomenen gestiegen zu sein. Jedenfalls glaubten sie dort etwas entdeckt zu haben, was Heinrich Himmler gegenüber Sven Hedin als »Sensation« bezeichnete, mit der er erst nach dem Kriege an die Öffentlichkeit treten wollte. Dabei dürfte es sich kaum um reine Erkenntnisse der Naturwissenschaft gehandelt haben. Hierbei ging es, daraufhin deuten alle Umstände, um den »Nachweis«, dass im Himalaja einstens eine arische Hochkultur und Religion verbreitet war und dass die Lamas ein ursprünglich »arisches« Wissen verwalteten.

Eine verschollene ur-arische Hochkultur in Tibet?

Von Lhasa aus wollte Schäfer als erster weißer Forscher »das Geheimnis Jaling Podrangs, der alten Hauptstadt Tibets, [...] ergründen.«[204] Tatsächlich erhielt er von der tibetischen Regierung die Erlaubnis, die Festungsruinen der Yarlung-Könige zu besuchen.[205] Das war ein ganz besonderes Privileg, welches dem britischen Repräsentanten in Tibet, Hugh Richardson, versagt wurde. »Viel Romantik ist mit diesen alten tibetischen Burgen, die so recht Erinnerungen an unsere eigenen mittelalterlichen Zeiten hervorrufen, verbunden«, schwärmte der SS-Mann.[206] Die archäologischen Überreste wurden von den deutschen Tibetforschern vermessen, fotografiert und gefilmt. Es dürfte kaum zweifelhaft sein, dass sie im Tal der tibetischen Könige nach Resten jener mysteriösen »arischen Urkultur« suchten, die einst auf dem »Dach der Welt« geherrscht habe und deren südamerikanische Spuren der SS-Atlantisspezialist Edmund Kiss im Sonnentor von Tiahuanaco entdeckt zu haben glaubte.

Beger hatte fieberhaft daran gearbeitet, Überreste der arischen Rasse unter den Einwohnern des Schneelandes nachzuweisen, man hatte die Ruinen aus der Yarlung-Dynastie dokumentiert und man brachte Heilige Texte aus der vorbuddhistischen Bon-Zeit mit, die nach »arischen« Elementen durchforstet werden konnten. So schlug nach der Rückkehr der »Abenteurer« Schäfer und Beger die Stunde der Tibetologen Helmut Hoffmann (1912–1992) und Johannes Schubert. Sie sollten Himmlers Vision von einer arischen »Hochkultur« im Himalaja wissenschaftlich begründen, indem sie das literarische Material, das die Forscher in ihrem Reisegepäck hatten, entsprechend bearbeiteten: Eine Ausgabe des *Kangyur* (eine Schriftenreihe der Lehren Buddhas in 92 Bänden), Bon-Texte, historische Dokumente und Briefe.

Helmut Hoffmann hatte 1937 in Berlin mit einer Arbeit über den Buddhismus promoviert.[207] 1938 forderte er in einem fachkundigen Aufsatz die deutsche Tibetforschung auf, sich durch die Übersetzung von Original-Texten zu qualifizieren. Seine später bei Professor Guiseppe Tucci in Rom eingereichte Habilitationsschrift behandelte die vorbuddhistische Bon-Religion des Landes. Mit Johannes Schubert zusammen vertrat Hoffmann einen interdisziplinären Ansatz. 1941 holte ihn Ernst Schäfer als wissenschaftlichen Referenten ins Sven-Hedin-Institut für Innerasienforschung. In einem Schreiben Wolfram Sievers an Schäfer vom 20. November 1940 heißt es bürokratisch: »Der Antrag an den Reichsführer-SS, Dr. Hoffmann als wissenschaftlichen Mitarbeiter der Forschungs- und Lehrgemeinschaft ›Das Ahnenerbe‹ zu berufen, läuft von dem Kurator [Walther Wüst] an den Reichsführer als Präsidenten der Forschungs- und Lehrgemeinschaft ›Das Ahnenerbe‹.«[208] Am 22. Oktober 1948 übernahm Helmut Hoffmann an der Münchner Ludwig-Maximilian-Universität den Lehrstuhl von Walther Wüst. Dessen »Seminar für arische Kultur- und Sprachwissenschaft« wurde jetzt in »Institut für Indologie und Iranistik« umbenannt. 1968 enthob das Bayerische Staatsministerium für Unterricht und Kultus den Tibetologen seines Amtes, weil er homosexuelle Beziehungen zu einem Assistenten unterhalten und diesem außerhalb aller Qualifikationskriterien eine Anstellung an seinem Institut verschafft haben soll.[209]

In seinem Entnazifizierungsverfahren betonte Hoffmann, er habe sich immer strengstens an das wissenschaftliche Reglement gehalten und über die »Hirngespinste« anderer SS-Ahnenerben-Mitglieder nur den Kopf schütteln können. Er verfolgte damit dieselbe Taktik wie Ernst Schäfer, indem er eine scharfe Trennungslinie zwischen Wissenschaftsgerechtigkeit und okkulter Spekulation zog, die es so in dem SS-Verein niemals gegeben hat. Obgleich weder Mitglied der NSDAP noch der SS, machte der Tibetologe den Rummel um Schäfers Film voll mit: »Kaum ein Land der Welt ist von solchen Geheimnissen umwoben wie gerade Tibet, wo die merkwürdigsten Dinge selbstverständlich scheinen, […] wo mächtige Priester die weltliche und die geistliche Herrschaft in Händen haben«, schrieb er in einem Propagandaaufsatz zu *Geheimnis Tibet*, um den ihn Beger gebeten hatte.[210] Auch wenn sich Hoffmann opportunistisch verhielt, so soll seine hohe wissenschaftliche Qualifikation keineswegs angezweifelt werden. Ebenso wie Walther Wüst und Ernst Schäfer stellte er seine beachtlichen Fachkenntnisse dem SS-Ahnenerbe und damit der »großen Idee«, d. h. Rekonstruktion eines »urarischen Glaubens«, zur Verfügung.

Die ungezeichnete Desiderata-Liste, die den Teilnehmern der SS-Expedition mitgegeben wurde und in der Objekte und Beobachtungen aufgeschrieben sind, welche sie aus Tibet mitbringen bzw. während ihrer Reise tätigen sollten, ist offensichtlich von fachkundigen Tibetologen verfasst worden. Zu den dort genannten Aufgaben zählten: »Sagen über die Entstehung und Geschichte der einzelnen Plätze« zu sammeln, ebenso die »Linienliste der Klosteräbte«, »Beziehungen der Gottheiten zu den einzelnen Bergen«, insbesondere die Beschaffung eines »Ritualbuches für den *Mount Everest* und den *Kanchendzönga*« zur Beschwörung der Berggottheiten ausfindig zu machen. »Genaue Bilder der Berggötter«, »Textbücher der Maskentänze«, »Einen Druck des Vaidurya-Kalenders – des astrologischen Hauptwerkes«, »Gründungsurkunden der Klöster«, Die »Namen der Inkarnationen an den verschiedenen Klöstern, Listen ihrer Vorgänger«. Unter der Rubrik »Glaubensformen, Brauchtum und Sitte« interessierte man sich für »Geburtsritus – Jünglings- und Mädchenweihe, Mannbarkeitsfest« und Hochzeitsbräuche.[211] Tatsächlich wurden bei der Rückkehr der Forscher eine ganze Anzahl sehr detaillierter Angaben zu Religion, Brauchtum und den sozialen Lebensformen der Tibeter aufgezeichnet. Darunter auch die Beobachtung von »Lichterbäumen auf dem Potala«, die an die deutschen Weihnachtsbäume erinnern sollten, der Vergleich tibetischer Langhörner mit den Alphörnern, analoge Maskentänze in Tibet und in den Alpen und die Kurzbeschreibungen zahlreicher Klöster.[212]

Worum es den NS-Tibetologen wirklich ging, lässt sich aus den drei Forschungsschwerpunkten rückschließen, denen sich Helmut Hoffmann und auch Johannes Schubert zeit ihres Lebens (auch nach dem Kriege) gewidmet haben:

Die Geschichte der tibetischen Könige
Die Erforschung der Bon-Religion
Das Kalachakra-Tantra: Suche nach tibetischen Gelehrten

Diese Auswahl annonciert eine dahinter stehende ideologische Absicht. Das SS-Ahnenerbe war – wir wiederholen es – an dem Nachweis einer frühen arischen »Kriegerkultur« im Himalaja interessiert. Die »Priesterreligion« des Lamaismus konnte das nicht sein, sie enthielt allenfalls wichtige »Elemente« des urarischen Glaubens, die es herauszudestillieren galt. Zentraler für die »arischen Kulturwissenschaftler« war deswegen das Studium der extrem martialischen vor-buddhistischen Königsgeschichte und des vor-lamaistischen Bon-Kultes. Eine Sonderolle in der lamaistischen Literatur nahm jedoch das spät-buddhistische *Kalachakra-Tantra* und die darin enthaltene kriegerische Shambhala-Vision ein (Entstehungszeit: 10. Jh. n. Chr.). Dabei handelt es sich um einen bedeutenden tantrischen Ritualtext, von dem schon der deutsche Orientalist Albert Grünwedel in den 1920er-Jahren behauptet hatte, er sei nicht buddhistischen, sondern manichäischen Ursprungs. Die Manichäer aber genossen im SS-Ahnenerbe eine gewisse »arische« Reputation.[213] Es lag also nahe, das *Kalachakra-Tantra* besonders unter die Lupe zu nehmen.

Die Kriegsereignisse verhinderten jedoch einen wie auch immer gearteten »Ariernachweis« für die drei genannten Komplexe der tibetischen Kultur. Nach 1945 setzte Hoffmann seine Forschungstätigkeit an dem von der SS-Tibetexpedition mitgebrachten Textmaterial fort, wenn auch diesmal gereinigt von jedwedem nationalsozialistischen Ideengut. Da sich die *Nazi-Tibet-Connection* im religiösen Neofaschismus zu einem beherrschenden Inhalt entwickeln konnte, sollten wir uns jedoch die drei genannten Schwerpunktthemen (tibetische Könige, Bon-Kult, *Kalachakra-Tantra*) etwas genauer ansehen. Dabei haben wir einige Überlegungen, die der Tibetologe Helmut Hoffmann erst nach dem Kriege angestellt hat, mit einbezogen.

Die Geschichte der tibetischen Könige

1950 beschrieb Hoffmann – gereinigt von jeglicher Rassenspekulation – »Die Gräber der tibetischen Könige im Distrikt 'P'yons-rgyas«, die ca. zehn Jahre vorher von den Mitgliedern der SS-Expedition aufgesucht wurden.[214] Auch in seinem kenntnisreichen Buch *Religionen Tibets – Bon und Lamaismus in ihrer geschichtlichen Entwicklung* (1956) hat das Kapitel über die Yarlung-Könige und das ihnen vorausgehende königliche Urgeschlecht einen recht beachtlichen Umfang. Letztere waren keinesfalls Buddhisten, sondern pflegten einen besonderen schamanistisch geprägten Religionsstil. Sie leiteten ihre Herkunft von Mitgliedern eines alten Geisterclans ab, die aus der Region des Himmels auf die Erde herabgestiegen seien. Auch die zwei mächtigsten Herrschergestalten der späteren Yarlung-Dynastie, Songtsen Gampo[215] (617–650) und Trisong Detsen (742–803), hatten sich in ihren Glaubensvorstellungen noch nicht eindeutig festgelegt. Sie schwankten zwischen der Bon-Religion, dem tantrischen Buddhismus und dem Schamanismus des Landes hin und her. Erst *posthum* wurden sie – Jahrhunderte später – von den tibetischen Lamas zu Inkarnationen von Buddhawesen erklärt. Historisch unbestritten ist, dass die tibetischen Könige große, grausame und sehr erfolgreiche Kriegsherren gewesen sind und dass sie gleichzeitig sakrale Aufgaben als Priesterkönige wahrnahmen. Es lag also sehr nahe, in ihnen die von den Nazis gesuchten Nachkommen arischer Kriegergeschlechter zu vermuten, und so verfasste Hoffmann 1942 einen Aufsatz zu Schäfers Film *Geheimnis Tibet*, in dem er die archaischen Herrscher auf dem Dach der Welt als Gegenpol zum Lamaismus herausstellte: »So gibt uns das Jarlung-Tal Zeugnis von einer ganz anderen geschichtlichen Vergangenheit Tibets Auskunft, als sie in den lamaistischen Büchern dargestellt wird. Es kündigt nicht von buddhistischen Heiligen, sondern von uralten Entstehungssagen des Volkes und von mächtigen Königen, die einst ihre Herrschaft über weite Teile Zentralasiens ausdehnten.«[216]

Die Erforschung der Bon-Religion

Ebenso wichtig wie die archäologischen Funde aus der Yarlung-Zeit sollten für den »Ariernachweis« im Himalaja die Bon-Forschungen sein. Der Tibetologe Johannes Schubert, der als Bibliothekar der Universitätsbibliothek Leipzig schon vor der Schäferexpedition enge Kontakte zu Bruno Beger pflegte, hielt als Reisevorbereitung für die Expeditionsteilnehmer einen Kurzvortrag mit dem Titel »Die heiligen Plätze der alten tibetischen Bon-Religion«. Schubert forderte deren »schwerpunktmäßige« [!] Untersuchung.[217] In der schon erwähnten Aufgabenliste, die den SS-Männern für ihre Himalaja-Recherchen ausgehändigt wurde, stand an zentraler Stelle: »Sehr wesentlich ist die Untersuchung über die Verbreitung des Kultes der Bon und des Padmasambhava. Heilige Plätze dieser Kulte verdienen ganz besondere Erforschung.«[218] Die häufige Verwendung des Swastika-Symbols bei den Bon-po machte deren Religion besonders »arierverdächtig«. Hakenkreuze wurden von den Nazi-Ideologen in jeder Kultur, wo immer sie auch aufgetreten sein mögen, als Spurenindiz für einen arischen Einfluss gedeutet. In einem Vortrag, den er 1941 in Rom hielt, erwähnt Hoffmann, dass die im Buddhismus so zentrale Gestalt des Bodhisattva bei den Bon-po »Svastikasattva« (d. h. »Hakenkreuzhalter«) genannt werde.[219] Ein Teil ihrer Schriften seien in der »Sprache der Svastika-Götter von Kapita« abgefasst worden.[220] Schon 1938 vermutete der Tibetologe mit Recht, dass die Bon-Religion nicht – wie es die Forschung bis dahin vertrat – eine autochtone Glaubensrichtung der Tibeter war, sondern dass sie aus einem Lande namens Zhang-Zhung nach Tibet eingeführt wurde. Zhang-Zhung, westlich vom Kailash-Gebiet, zählte im 6. Jahrhundert n. Chr. zum Einflussbereich des iranischen Kulturkreises, der für die NS-Orientalisten eindeutig arische Wurzeln hatte.[221]

Das Kalachakra-Tantra: Suche nach tibetischen Gelehrten

Ähnliches ist vom *Kalachakra-Tantra* zu sagen, einem tibetischen Ritualtext, dessen öffentlicher Teil heute vom XIV. Dalai Lama weltweit durch spektakuläre und zahlreiche Aufführungen bekannt gemacht wird. *Kalachakra* bedeutet »Rad der Zeit« und ist gleichzeitig der Name des tibetischen »Zeitgottes«. Der Text beinhaltet neben zahlreichen rituellen, teilweise sexualmagischen Anleitungen eine religionspolitische Vision, die eine Buddhokratisierung unseres gesamten Planeten als Ziel hat, den so genannten *Shambhala-Mythos*. Auch das *Kalachakra-Tantra* sollte von den SS-Wissenschaftlern auf die darin verborgenen arischen Elemente hin untersucht werden. In der schon mehrmals erwähnten Desiderata-Liste, die den Schäfer und seinen Männern mitgegeben wurde, ist als separater Punkt die Frage zu lesen: »Gibt es besondere Örtlichkeiten, an denen noch heute der Kalacakra (tibetisch: *Dus kyi akhor lo*)-Kult geübt wird? Ist ein jetziger lebender dafür berühmter Gelehrter namentlich und mit seiner Anschrift bekannt?«[222] Offensichtlich hatte man im SS-Ahnenerbe die Absicht, mit einem solchen Lama Kontakte aufzunehmen.

Hoffmann versuchte nach dem Kriege, mit zum Teil überzeugenden Argumenten, die nicht-buddhistischen Elemente des *Kalachakra-Tantra* herauszuarbeiten. Insbesondere legte er dabei Wert auf einen manichäischen und darüber hinaus iranischen Einfluss. Die Lehre des Mani – so der Tibetologe – sei mit erstaunlicher Schnelligkeit bis nach Innerasien vorgedrungen. Der Religionsgründer habe es verstanden, sich jeweils der Sprache des zu missionierenden Volkes zu bedienen, zu den Christen sprach er als Christ, zu den Persern als Perser und zu den indischen und innerasiatischen Buddhisten als Buddhist. Das erlaubte es ihm, überall einzudringen und Einfluss zu gewinnen. Aber nicht nur Hoffmann, sondern auch sein renommierter Habilitationsvater, der berühmte Tibetologe Giuseppe Tucci (auf dessen Sympathien zum italienischen Faschismus wir noch zu sprechen kommen), hielt den im *Kalachakra-Tantra* verehrten Adi Buddha (höchsten Buddha) wesensgleich mit der Figur des höchsten manichäischen Lichtvaters.[223] Des Weiteren sind für Hoffmann die inneren Lichterscheinungen bei der Meditationspraxis, deren Hervorrufen in diesem Tantra gelehrt wird, iranisch-manichäischen Ursprungs. »Dazu kommt die wuchernde Zahlensymbolik, eine besondere Vorliebe für dogmatische Fünferreihen, die als solche außerordentlich typisch für den Manichäismus zu gelten haben und welche [sich … im] System des *Kalachakra* (›Rad der Zeit‹) als bedeutsam erweisen. Ich glaube nicht, dass die Einteilung des uns vorliegenden *Kalachakra-Tantra* dieser Doktrin in fünf Bücher auf einem bloßen Zufall beruht.«[224] Der Nachweis, dass das *Kalachakra-Tantra* aus iranischen Quellen fließt, hätte diesen für den Lamaismus so zentralen Ritualtext notwendigerweise in eine indo-arische Tradition gestellt und ihn als »arisches Urwissen« qualifiziert, denn die altiranischen Kulturen galten unter den Nazi-Orientalisten neben Indien als eine klassische Hochburg der Arier im Orient.[225]

Auf einer Fakultätssitzung im philosophischen Seminar der Universität München, an der auch Walther Wüst teilnahm, wurde zum Beispiel folgendes Statement abgegeben: »Die Iranistik ist berufen, die Gruppe der iranischen Völker mit allen ihren Leistungen in das Gesamtbild der indogermanischen Völker einzubeziehen und dadurch den geistigen Weg der nordischen Rasse von ihrem Forschungsgebiete her entscheidend aufzuhellen. […] Es ist nicht zu verkennen, dass der starke Einfluss einzelner jüdischer oder dem Judentum verhafteter Forscherpersönlichkeiten auf die Entwicklung der Iranistik äußerst hemmend eingewirkt hat.«[226]

Die geplante »Sicherung« des Kalachakra-Tempels in Leningrad

Ein interessanter Schriftverkehr innerhalb des SS-Ahnenerbes betrifft den ersten westlichen Kalachakra-Tempel von Leningrad (St. Petersburg), den der Burjaten-Lama Agvan Dorzhiev 1915 hatte errichten lassen. »Meiner Meinung nach«, schrieb der deutsche Mongolist Wilhelm Alexander Unkrig, »war der religiös fundierte Vorschlag von Agvan Dorzhiev die Gründung eines lamaistisch ausgerichteten Königreichs von Tibetern und Mongolen als einer Theokratie unter der Leitung des Dalai

Lama ... und dem Schutz des zaristischen Russland. ... Hinzu kam, dass zwischen den lamaistischen Gruppen die religiös begründete Hoffnung auf die Hilfe von einem messianischen Königreich aus dem Norden, das als nördliches *Shambhala* bezeichnet wurde, bestand.«[227] Unkrig erwähnt auch einen umfangreichen Text in russischer Sprache, in dem der Versuch gemacht wurde, »die Dynastie der Romanow aus dem Kalachakra als künftige Weltbeherrscher nachzuweisen und ihre Genealogie auf das alte Geschlecht des Suchandra [das ist der erste König von Shambhala] zurückzuführen.«[228]

Dass die Tibetforscher des SS-Ahnenerbes an diesem »Objekt« ein besonderes Interesse hatten, ergibt sich aus einem Brief von Bruno Beger an den Tibetologen Johannes Schubert: »Eigentlich sollten wir uns«, so Beger, »bei der kommenden Eroberung Leningrads [St. Petersburg] den dortigen lamaistischen Tempel irgendwie sichern oder die Verbindung mit diesem anknüpfen. Was halten Sie davon und wie könnten wir da vorgehen?«[229] Wie selbstverständlich empfiehlt Schubert: »Der buddhistische, besser lamaistische Tempel in Leningrad im Vorort Novaja Derevnaja [...] ist ein sehr gutes Objekt für das geplante Institut.«[230] Das kurz vor der Gründung stehende Sven-Hedin-Institut hätte dann eine seiner Aufgaben darin gesehen, sich mit dem symbolträchtigen, der Kalachakra-Gottheit gewidmeten Sakralbau zu beschäftigen.

Die prädestinierte Person, welche solche Untersuchungen hätte durchführen können, wäre neben Johannes Schubert[231] der deutsche Mongolist Wilhelm Alexander Unkrig (1883–1956) gewesen. Schon vor dem Ersten Weltkrieg hatte sich dieser mit Inhalten des mongolischen und tibetischen Lamaismus sachkundig auseinander gesetzt und hierzu zahlreiche Schriften veröffentlicht.[232] Die Bücher der Tibet- und Asienforscher Alexandra David-Neel, Giuseppe Tucci, Ferdinand Lessing, Charles Bell, Colin Ross, Michael Prawdin wurden von ihm in Fachzeitschriften rezensiert und einem deutschen Publikum bekannt gemacht. Sein Spezialgebiet war die tibetische Medizin. 1926 erschien in der *Zeitschrift für Buddhismus und verwandte Gebiete* ein Aufsatz über Agvan Dorhziev den Erbauer des St. Petersburger Kalachakra-Tempels.[233] In diesem Text kommt Unkrig auch auf die Innenausstattung des Gebäudes zu sprechen, in dem neben den »acht Kostbarkeiten« eines Buddha auch die »sieben Kostbarkeiten« eines Weltenherrschers (*Chakravartin*) aufgestellt waren.

Eine weitere, sehr detaillierte Darstellung eines anderen mit dem *Kalachakra-Tantra* verbundenen Sakralbaus wurde 1933 von dem deutschen Asienforscher Wilhelm Filchner mit dem Titel *Kumbum Dschamba Ling – Das Buch der hunderttausend Bilder Maitreyas. Ein Ausschnitt aus Leben und Lehre des heutigen Lamaismus publiziert.* Auch in diesem Text, der das Hauptsymbol des *Kalachakra-Tantra* als Titelbild trägt und der das zentrale Kloster des Panchen Lama (*Kumbum*) beschreibt, wird mehrmals auf den *Shambhala-Mythos* und auf die damit verbundene Idee des Weltenherrschers Bezug genommen.[234] Von den insgesamt 18 Kapiteln des Filchner-Buches hatte Unkrig zumindest neun verfasst.[235] Der Mongolist war also der richtige Wissenschaftler, um die Symbolik des St. Petersburger Tempels, unter der sich auch ein Hakenkreuz befand, zu entschlüsseln. Das mag sehr wahrscheinlich der Grund gewesen sein, weshalb ihn Ernst Schäfer 1942 als freien Mitarbeiter an das Sven Hedin-Institut holte und ihm eine monatliche »Forschungsbeihilfe« von 100, später 200 Reichsmark netto zugestand.[236] Das *Kalachakra-Tantra* ist also kein unbekanntes Thema im SS-Ahnenerbe gewesen. Da die in diesem Tantra enthaltene religionspolitische Utopie des *Shambhala-Mythos* bis heute auf faschistische Intellektuelle eine eminente Anziehungskraft ausgeübt hat, werden wir immer wieder darauf zu sprechen kommen.

*

Zusammenfassend ist zu sagen, dass sich das SS-Ahnenerbe als eine Institution zur Konstruktion und Rekonstruktion eines rassistischen »arischen Glaubens« verstand. Wissenschaftler der unterschiedlichsten Disziplinen arbeiteten dort nicht um der »reinen« Wissenschaft willen, sondern mit der Aufgabe, diesen hypostasierten »arischen Glauben« *wissenschaftlich* zu untermauern, so wie das Walther Wüst in seinen *Indogermanischen Bekenntnissen* dargestellt und gefordert hatte. Im Buddhismus, in den verschiedenen iranischen Religionsströmungen (Awesta, Zurvanismus), im Bon-Kult, im Manichäismus, in den Mythen der tibetischen Könige, in den lamaistischen Tantratexten, insbesondere im *Kalachakra-Tantra*, sollten die Sprachforscher des Sven-Hedin-Instituts Weisheiten ausfindig machen, die dann als Bausteine zur Rekonstruktion und Restauration jener »nordisch-arischen Urreligion« dienen sollten.

Der ehemalige SS-Mann Heinrich Harrer – Mentor des XIV. Dalai Lama

Heinrich Harrer (geb. 1912) hat als deutscher Lehrer des jungen XIV. Dalai Lama internationale Berühmtheit erlangt. Mit seinem auflagestärksten Buch, das jemals über das Schneeland geschrieben wurde (*Sieben Jahre in Tibet – Mein Leben am Hofe des Dalai Lama* – Erstauflage 1952) zählt er zu den bekanntesten internationalen Autoren überhaupt. Weltweit wurden mehr als 4 Millionen seiner Bücher (die meisten über Tibet und den XIV. Dalai Lama) in 57 Sprachen verkauft. Auch Harrer war, im Rang eines Oberscharführers, Mitglied der SS.

SS-Alpinismus: Der Nanga Parbat – der »Schicksalsberg der Deutschen«

Die vier Bergsteiger Peter Aufschnaiter, Hans Lobenhoffer, Lutz Chicken und Heinrich Harrer brachen im Sommer 1939 in den Himalaja auf, um einen Aufstieg auf den Nanga Parbat zu erforschen. Der Nanga Parbat wurde unter den Nazis, aber auch noch nach dem Kriege, als der »Schicksalsberg der Deutschen« angesehen.

1929 fand die erste, erfolglose deutsche Expedition zur Eroberung des Bergriesen statt. »Das Geschehen des Weltkrieges war noch in uns lebendig«, berichtete später einer der Teilnehmer, »denn die Mehrzahl von uns hatte bis zu seinem Ende und darüber hinaus die Waffen getragen. In zahllosen Schlachten bewährtes deutsches Soldatentum und das brennende Gefühl für die Schmach der Nachkriegszeit gaben unserem Plan seinen stärksten Auftrieb … Was wir damals am Kangchendzönga [Gebirgskette mit dem Nanga Parbat] erreichten, öffnet uns die Möglichkeit für einen einheitlichen, großzügigen deutschen Einsatz auf die höchsten Ziele der Erde.«[237] In den 1930er-Jahren führten vier weitere Expeditionen unter deutscher Leitung in das Gebiet.

1934 kam es zur ersten Katastrophe. Drei Bergsteiger und sechs Träger starben in einem Schneesturm. Die 37er-Expedition, die unter der Beteiligung der SS stattfand und an der der bekannte Geograf Carl Troll teilnahm, endete erneut mit einem Bergunglück, bei dem sieben Deutsche mit ihren Sherpas ums Leben kamen. Damals feierte der *Völkische Beobachter* den geretteten Troll als Nationalhelden und besang das gescheiterte Unternehmen als ein »Heldenlied der Kameradschaft und des mannschaftlichen Einsatzes«.[238] Man zitierte ein Gedicht aus dem Tagebuch Hans Hartmanns, eines der Verunglückten, das die nationalistische Orientierung des Unternehmens klar zum Ausdruck bringt: »Was Frost und Leid / Mir gilt der Eid, / Der glüht wie Feuerbrände / Durch Schwert und Herz und Hände. / Es ende drum wie's ende / Deutschland ich bin bereit.«[239] 1938 zog eine neue Mannschaft mit Unterstützung der *Deutschen Himalaja-Stiftung* nach Indien, um die Leichen der Verunglückten zu bergen. In ihrem Tagebuch schreiben die Teilnehmer dieser Expedition: »In schlichten Aufzeichnungen soll unser Erleben am Nanga Parbat und der Geist, der uns hinausführte, wieder aufklingen in der Gewissheit, dass Deutsche nicht ablassen werden von diesem Berg.«[240] Auf der Endmoräne des Rakhiot-Gletschers errichteten sie eine Steinpyramide mit Hakenkreuzflagge.

»Bergsteigen« wurde unter den Nazis zum Edelsport der »Arier« mit einer geradezu religiösen Aura. Jakob Wilhelm Hauer beschwor zum Beispiel in seinem Buch *Religion und Rasse* einen nordisch, mystischen Alpinismus: »Abgesehen von den Japanern besteigen nur die Indogermanen, in großen geschichtlichen Zügen gesehen, die Berge, einfach aus Lust an den Bergen, ihrer Majestät und Unendlichkeit. Ihr ewiges Schweigen kündet dem tiefer Erlebenden den Gott. Und ein Bengt Berg [schwedischer Erzähler], der in den einsamen Klüften und Höhen des Himalaja den Lämmergeier und den Wolf belauscht und beobachtet, stellt diese Erfahrung religiös über alle Tempel, heiligen Lieder und Gebete. So kann nur ein nordischer Leistungs- und Wirklichkeitsmensch den Gott erleben. Einer anderen Art von Menschen muss das als Blasphemie erscheinen.«[241] Der Alpinismus wurde so als Ausdrucksform einer NS-Mystik benutzt.

Nur unter der Berücksichtigung dieses religiösen Rassenpathos ist die 39er-Expedition von Heinrich Harrer und Peter Aufschnaiter richtig zu verstehen. Es ging darum, den »Schicksalsberg der Deutschen«, der sich bisher so stark widersetzt hatte, durch die sportliche Hochleistung der »arischen Herrenrasse« zu bezwingen.

Der Empfang der »Helden von der Eigernordwand«:
Heinrich Harrer rechts neben Adolf Hitler

Die Fahrt von 1939 war gedacht als Vorbereitung für eine deutsche Großexpedition, die 1940 den Nanga Parbat endgültig bezwingen sollte. In Indien wurden die deutschen Bergsteiger jedoch vom Ausbruch des Zweiten Weltkrieges überrascht und in einem britischen Camp interniert. Harrer und Aufschnaiter gelang es später, nach Tibet zu entkommen (1944). Dort fanden sie in Lhasa Zuflucht und Harrer avancierte zum westlichen Lehrer des jungen Dalai Lama.

Harrers Nazi-Biografie

Bevor Harrers NS-Vergangenheit vor wenigen Jahren bekannt wurde, feierte man ihn als »Helden«, als einen »Wächter der Menschenrechte« und als den »besten Botschafter Tibets«. 1997 entdeckte der österreichische Journalist Gerald Lehner ein 80-seitiges Dokument, welches über die Nazi-Zugehörigkeit des Bergsteigers berichtet. In seiner Biografie aus dem Jahre 2002 versichert dieser jedoch, er habe nur einen Antrag auf Mitgliedschaft in der NS-Lehrerschaft und damit auch in der NSDAP gestellt, auf die nie eine Antwort erfolgt sei. Erst nach dem Kriege sei er von einem auf seinen Namen ausgestellten NS-Parteibuch in Kenntnis gesetzt worden. Die Geschichte wird mit einigem Recht bestritten, zumal Harrer bei seiner Heirat schriftlich angab, Mitglied der NSDAP zu sein. Diese Eintragung sei aber – so der Bergsteiger in seinen letzten Lebenserinnerungen – von dem Heiratsbeamten vorgeschlagen worden, um die Hochzeit zu beschleunigen. Jedenfalls steht fest, dass, nachdem Hitler am 15. März 1938 Österreich annektiert hatte, der Sport- und Skilehrer kurz darauf der steirischen SS als Scharführer beitrat.

Im Juli 1938 hatte er mit drei weiteren Bergsteigern die gefährliche Eigernordwand erklommen. Das galt damals als so spektakulär, dass er von Hitler persönlich empfangen wurde. Auf einer Sportveranstaltung jubelten 30.000 Zuschauer den drei »Helden von der Eigernordwand« zu. Nur wenige Meter »vom Führer entfernt« nahmen diese den »unbegrenzten Jubel aller Deutschen« entgegen. Am Nachmittag kam es im Hotel Monopol zur Audienz mit dem Reichskanzler. Hören wir Harrer selber, wie er am Ende des Buches *Um die Eiger-Nordwand* diese Begegnung wie ein religiöses Ereignis beschreibt: »Der Führer gibt jedem die Hand. Der Reichssportführer nennt unsere Namen. Wir haben den Eindruck, dass der Führer uns kennt und alles von uns weiß. Dann dürfen wir ihm von der Wand erzählen. Schließlich schüttelt der Führer den Kopf und sagt: ›Kinder, Kinder, was habt ihr geleistet!‹ Das vergesse ich nicht, wir alle nicht. – Dr. Frick spricht dann von den Opfern, die die Wand gefordert hat, da füge ich ein, dass 1936 zwei Bergsteiger aus der Ostmark [Österreich] und zwei aus dem Altreich [Deutschland] zusammen in den Tod gegangen sind. Der Führer hebt den Kopf und seine großen Augen sehen uns klar an: ›Das ist symbolisch.‹ – Dann überreicht der Führer jedem von uns sein Bild in silbernem Rahmen, und jedes Bild trägt seine Unterschrift. Auf meinem steht, von des Führers Hand geschrieben: ›Heinrich Harrer mit den besten Wünschen – Adolf Hitler, 22./24. Juli 1938.‹ Und genauso bei den anderen.« Und dann kommt es zum absoluten Gipfelerlebnis: »Das ist für uns ein unschätzbarer Lohn, den Führer sehen und mit ihm sprechen zu dürfen. Durch die offene Balkontüre kommen Rufe, ein dumpfes Brausen. Wir wissen, was sie wollen, standen wir doch selbst einmal unten und in diesem Augenblick sind wir sehr stolz. Wir haben die Eigernordwand durchklettert über den Gipfel hinaus bis zu unserem Führer!«[242] Auch der Reichsführer-SS Heinrich Himmler soll bei diesem feierlichen Führerempfang anwesend gewesen sein. Er ging auf Harrer zu und fragte ihn: »Ich hätte da eine Expedition nach Tibet, wenn Sie Lust haben mitzugehen?«[243] Am 24. Dezember 1938 heiratete der Held der Eigernordwand eine »blutreine Arierin«. Die Ehe wurde vom Rasse- und Siedlungshauptamt (RuSHA) gebilligt.

In Indien kamen Harrer und Aufschnaiter nach ihrer Festnahme durch die Briten in ein Internierungslager (*Central Internment Camp*). Dort wurden die deutschen Gefangenen in zwei Blöcke getrennt. In den einen sperrten die Engländer die Nationalsozialisten, in den anderen die deutschen Antifaschisten. Ein Zeitzeuge hat die Atmosphäre in dem NS-Lager wie folgt beschrieben: »Es gab da hinter sorgsam bewachten Gittern einen regelrechten nationalsozialistischen Staat, der wieder in drei Zonen geteilt war, die besonders eingehegt waren. Da gab es Führer, Unterführer und einen inneren Kreis. Man fand da eine Organisation für ›Kraft durch Freude‹, für Sport und Sportwettkämpfe, für Musik und Theateraufführungen und für Erziehung. [...] Es gab aber auch schwarze Listen, geheime Akten, Boykott unliebsamer Elemente, Gleichschaltung widerstrebender Gruppen, zuweilen Prügelstrafe, Ansätze zur Briefzensur und Gestapo.«[244] Zwischen den beiden Gruppen kam es ständig zu Streitigkeiten. Eines Tages hörte man von den NS-Treuen einen abgehackten Sprechchor: »Du-ce! Du-ce! Du-ce! ... Hit-ler! Hit-ler! Hit-ler!«, während die Antifaschisten eine Strohpuppe verbrannten, die Mussolini darstellte.[245] Im November 1943 erklärten die Alliierten in der »Moskauer Erklärung« Österreich zum Opfer der Naziaggression und forderten österreichische Staatsbürger auf, Widerstand gegen das Hitlerregime zu leisten. Österreicher in britischen Kriegsgefängnissen hatten die Möglichkeit, sich dieser Erklärung anzuschließen. Heinrich Harrer machte davon keinen Gebrauch.

Nach mehreren vergeblichen Versuchen gelang es ihm am 29. April 1944, sechs Monate nach obiger Erklärung, zusammen mit Peter Aufschnaiter aus dem britischen Gefängniscamp endgültig nach Tibet zu fliehen. Harrer hatte die Absicht, sich nach Japan durchzuschlagen. Er blieb jedoch in Lhasa und der ehemalige SS-Mann wurde 1946 zum Tutor des XIV. Dalai Lama, der damals elf Jahre alt war. Nach Einmarsch der chinesischen Volksarmee Mitte März 1951 setzte er sich nach Kalimpong bei Darjeeling in Indien ab und kehrte 1952 nach Österreich zurück. Er ließ sich in Liechtenstein nieder und konnte seine Nazi-Vergangenheit geschickt verbergen.

1997 wurde sein Bestseller *Sieben Jahre in Tibet* von Hollywood verfilmt mit dem Jungstar Brad Pitt in der Hauptrolle (als Harrer). Der ehemalige SS-Mann hatte dem Regisseur Jean-Jacques Annaud nichts von seiner Nazi-Vergangenheit erzählt. Als diese nach der Fertigstellung des Films bekannt wurde, sah sich Annaud gezwungen, wegen starker internationaler Proteste gewisse »Korrekturen« anzubringen. Gezeigt wurde jetzt ein reuiger Österreicher, der seine Bergsteigerkarriere als naiver Mitläufer des NS-Staates beginnt und sich dann unter dem Einfluss des jungen Dalai Lama und des tibetischen Buddhismus zu einem »Kämpfer für die Menschenrechte« emporläutert. Angesichts der chinesischen Invasion in Tibet sagt Harrer im Film: »Grausig – ich darf gar nicht daran denken, dass ich selbst einmal so intolerant war.«[246] Von einem solchen Gesinnungswandel ist in Harrers Büchern nichts zu lesen. Er war eine reine Erfindung Annauds, um vor der Weltöffentlichkeit nicht das Gesicht zu verlieren und den Film zu retten.

Trotz der Entdeckung seiner NS-Vergangenheit bestand der ehemalige Nationalsozialist erst einmal darauf, niemals der SS angehört zu haben, musste aber, nachdem man ihm die Dokumente vorgelegt hatte, seine Zugehörigkeit zugeben. Daraufhin betonte er, nur ein simpler »Mitläufer« gewesen zu sein. Bergsteigen sei von Jugend an sein »Hobby« gewesen und er habe aus rein persönlichen Motiven die Eigernordwand erklettert. Zu den beiden SS-Kameraden Ernst Schäfer und Bruno Beger – so Harrer – habe er keine Kontakte gepflegt. Dabei erschien im Jahre 1966 ein Buch von Beger mit dem Titel *Es war in Tibet. Erlebtes im Himalaja und in*

Tibet. Im Vorwort zu diesem Text wird Harrer als »mein Tibetfreund Professor Heinrich Harrer« angesprochen und als einer der Personen genannt, welche das Buch überhaupt ermöglicht hätten.

Später schloss sich Harrer Annauds Läuterungsidee an. In der im Jahre 2002 erschienenen Autobiografie (*Mein Leben*) spricht er von seinen »Jugendfehlern während einer Diktatur«, die er verarbeitet habe, vom Zweiten Weltkrieg als der Tat eines »Verrückten« und davon, dass er schon in Tibet vom »Ausmaß nationalsozialistischer Verbrechen« entsetzt gewesen sei. Jedoch war in seinen früheren Schriften und Büchern von solchen Sätzen niemals die Rede. So liegt die Vermutung nahe, dass dieses Reuebekenntnis nicht aus dem Herzen kam, sondern unter dem massiven Druck der Öffentlichkeit, die nach der Entdeckung seiner SS-Vergangenheit auf ihn ausgeübt wurde, geschah.

Heinrich Harrer – »Militärexperte« im Potala

Ob Heinrich Harrer über die Pläne Himmlers unterrichtet war, von Tibet aus unter der Leitung von Ernst Schäfer einen Militärschlag gegen die Briten in Indien zu führen, ist nicht bekannt. Wie dem auch sei, von seinen militärischen Interessen berichtet jedenfalls ein *Spiegel*-Artikel vom 6. September 1950. Dort ist zu lesen: »Oberbefehlshaber der 10.000 Mann starken tibetischen Armee ist der Österreicher Heinrich Harrer. Im Augenblick versucht er, eine Art Verteidigung zu organisieren. Den Nachschub sollen die braven Yaks (Grunzochsen) sichern helfen.« Auch 1959, als die Ufa einen Tibetfilm von ihm startete, bestätigte Harrer, er sei in Tibet »Militärberater« gewesen sei.[247] Sogar eine Passage aus *Sieben Jahre in Tibet* erzählt von seinen guten logistischen Kenntnissen. Mut und »Kadavergehorsam«, die er beide in der SS kennen gelernt hatte, findet er erneut bei den tibetischen Streitkräften: »Ein preußischer Feldwebel«, so Harrer, »hätte noch viel auszusetzen – allerdings könnte auch er nirgends bedingungsloseren Gehorsam finden. Das ist kein Wunder, denn die Armee besteht zum größten Teil aus Leibeigenen, die an blindes Gehorchen gewöhnt sind. Dazu kam nur noch der Gedanke, dass sie ihr Land und ihre Religion verteidigen sollten – das erfüllte sie mit Selbstbewusstsein und Kampfgeist.«[248]

Als Harrer mit dem jungen XIV. Dalai Lama zusammentraf, war dieser etwa elf Jahre alt, ein Alter, indem ein Mensch entscheidende Prägungen erfährt. Über den genauen Inhalt des Lehrplans, den der ehemalige SS-Mann für den tibetischen »Gottkönig« ausgearbeitet hatte, wissen wir nur sehr wenig.[249] Der junge Mönch hatte technische und weltpolitische Interessen und sein deutscher Mentor unterrichtete ihn zudem in Englisch, Geografie und Rechnen. Harrer bestätigt die große Faszination des Jungen an Militärfragen: »Allein über den Zweiten Weltkrieg besaß er ein siebenbändiges englisches Werk, dessen Bildbeschreibungen er sich ins Tibetische hatte übersetzen lassen. Er war imstande, die einzelnen Flugzeug-, Auto- oder Tanktypen zu erkennen.«[250] Seit seiner Jugend hat sich an dieser Passion für »Militaria« wenig verändert.[251] Noch im Jahre 1997 bekannte der XIV. Dalai Lama in einem Interview seine Begeisterung für Uniformen: Sie »sind aber auch sehr attraktiv. … Jeder Knopf an der Jacke glänzt so schön. Und erst die Gürtel. Die Abzeichen.«[252] Als er 1986 die Normandie besuchte, wünschte er sich aus heiterem Himmel und völlig gegen das Programm, das Landungsgebiet der Alliierten im Zweiten Weltkrieg zu besuchen. »Ich wollte auch die Waffen sehen, diese mächtigen Kanonen und alle diese Gewehre, die mich schmerzlich berührten.«[253] Ob Harrer dieses Interesse an militärischen Dingen gefördert oder sogar ausgelöst hat, wissen wir nicht, als ehemaliger Angehöriger von Hitlers Schutzstaffel und als Militärberater der tibetischen Armee hat er sicher nicht dagegen gearbeitet.

Ist Heinrich Harrer ein Okkultist?

Heinrich Harrer teilt mit Ernst Schäfer und Bruno Beger bestimmte Charaktermerkmale, die zeigen, wie sich die Typologien der ehemaligen SS-Männer gleichen: Auch er ist ein passionierter Abenteurer und hat Abenteurer als Idole: »Die Erstürmer der Gipfel der Welt: das waren meine Vorbilder. Grenzenlos war mein Wunsch, es ihnen gleichzutun« – mit diesen Worten beginnt er seinen Bestseller *Sieben Jahre in Tibet*.[254] Auch er betont immer wieder sein naturwissenschaftliches Weltbild und spielt gerne den Skeptiker, um dann wieder, ebenso wie Schäfer, von »übernatürlichen« Phänomenen fasziniert zu sein, die ihm in fremden Kulturen begegnen. Auch er idealisiert den tibetischen Adel und steht den tibetischen Unterschichten mit Verachtung gegenüber. Heinrich Harrer genießt wie Schäfer und Beger das *High Life* der Oberschicht von Lhasa in vollen Zügen, insbesondere in der Familie des Dalai Lamas. Auch ihn scheint die »diktatorische« Verfassung des Mönchsstaates wenig zu stören. Dem absolutistischen System begegnet er mit Respekt: »Da Tibet durch ein Feudalsystem regiert wird, gehören Mensch, Tier und Land dem Dalai Lama, dessen Vorschriften für alle gesetzt sind.«[255] Harrer beobachtet sehr genau das mittelalterliche, grausame Kriminalrecht des Landes und legitimiert es: »Es gibt keine Polizei in unserem Sinn, doch werden Übeltäter immer öffentlich abgeurteilt. Die Strafen sind ziemlich drastisch, aber in ihrer Art das einzig richtige bei der Mentalität der Bevölkerung.«[256] Klingen nicht Töne aus den rassistischen Thesen Bruno Begers an, der in Tibet nach Resten der arischen Rasse forschte, wenn Harrer im Klappentext seines Bestsellers (23. Auflage) den XIV. Dalai Lama wie einen Nachkommen der Arier beschreibt? »Seine Haut«, so der Autor über den »Gottkönig«, »war viel heller als die des Durchschnittstibeters und um einige Schattierungen lichter als die der Lhasa-Aristokratie. Seine sprechenden, kaum geschlitzten Augen zogen mich gleich in ihren Bann; sie sprühten vor Leben und hatten nichts von dem lauernden Blick vieler Mongolen.«[257] Schon im Jahre 1939 hatte die *Frankfurter Zeitung* behauptet, dass der neugefundene Dalai Lama »Angehöriger einer in Tibet lebenden, sich sonderlich kleidenden Mischrasse« sei.[258]

Ebenso wenig wie Schäfer war Harrer ein Okkultist *à la lettre*, aber auch er hatte ebenso wie der naturwissenschaftliche Leiter des SS-Ahnenerbes ein Faible fürs

Magische. Er sah fasziniert zu, wie es einem Regenmacher gelingt, den Himmel zum Strömen zu bringen, und berichtet, wie ein Rosenkranz in der Hand eines Lamas von selbst zu brennen beginnt.[259] Doch er geht dann immer wieder auf Distanz: »Während der sieben Jahre in Tibet habe ich nie erlebt, dass ein Eremit oder ein als heilig betrachteter Mönch übernatürliche Dinge ausüben konnte«, schreibt er in seiner Biografie, »nie habe ich überprüft, ob ein Tibeter seinen Geist vom Körper trennen konnte, nie die Wirksamkeit von Amuletten angezweifelt [?] oder geleugnet, dass die Kugel eines Feindes den Körper des Trägers tödlich treffen kann, geschweige denn ein Experiment versucht. Meine Vernunft ließ mich keine Wunder erleben, und doch geschehen in Tibet immer wieder Dinge, die man nicht erklären und nicht sehen kann. Ich glaube, auch das gehört zum Geheimnis und der Faszination des Landes.«[260] Im Gegensatz hierzu plaudert der junge »Gottkönig« in Harrers Buch erstaunlich offen über okkulte, höchst erschreckende Techniken der Bewusstseinsmanipulation, die er vorgibt zu beherrschen: »Er erzählte mir, dass er sich gerade mit Büchern beschäftige, die uraltes Wissen über die Wege der Trennung von Körper und Geist überlieferten. Denn die Geschichte Tibets weiß von vielen Heiligen, denen es gelang, ihren Geist Hunderte von Meilen entfernt wirken zu lassen, während ihr Körper in Meditation versunken dasaß. Der junge Dalai Lama war überzeugt, dass er es kraft seines Glaubens und mit Hilfe der vorgeschriebenen Riten dazu bringen könne, an weit entfernten Orten, zum Beispiel Samye, zu wirken. Wenn er so weit wäre, wollte er mich dorthin schicken und mich von Lhasa aus dirigieren. Ich erinnere mich, dass ich ihm darauf lachend erwiderte: ›Nun, Kundun, wenn du das kannst, werde ich auch Buddhist!‹«[261]

Auch Schäfer verfiel – wie wir oben gezeigt haben – immer wieder dem Bann »tibetischer Potentaten«, denen er begegnete: »Sie zwingen ihrer Umgebung etwas Magisches auf und verbreiten den Nimbus des Geheimnisvollen um sich.«[262] Bei Harrer ist das nicht anders: »Sind auch wir diesem verwirrenden, fremdartigen Traum verfallen? […] Senden die Götter die Zeichen ihrer Zuneigung?«, fragt er bei einem offiziellen Auftritt des jungen XIV. Dalai Lama. »Nun ist der ›Lebende Buddha‹ ganz nahe gekommen … jetzt geht er an unserem Fenster vorbei. Die Frauen harren in tiefer Verbeugung und wagen kaum zu atmen. Die Menge erstarrt. Aufs tiefste ergriffen verbergen wir uns hinter den sich verneigenden Frauen, wollen uns wehren gegen die Macht, die uns in ihren Bann zieht. Es ist ja nur ein Kind, sage ich mir immer wieder. Ein Kind … und doch das Ziel des geeinten Glaubens Tausender, Inbegriff ihrer Gebete, Sehnsüchte, Hoffnungen.«[263]

Die SS-Tibetexpedition und die Exiltibeter

Nachdem die Nazi-Vergangenheit Harrers 1997 publik geworden war, fand der XIV. Dalai Lama für seinen ehemaligen Tutor und angesichts der von den Nazis begangenen Verbrechen eigenartige Worte der Verteidigung: »Natürlich wusste ich, dass Heinrich Harrer deutscher Abstammung war – und zwar zu einer Zeit, als die

Deutschen wegen des Zweiten Weltkrieges weltweit als Buhmänner dastanden. Aber wir Tibeter haben traditionsgemäß schon immer für Underdogs Partei ergriffen und meinten deshalb auch, dass die Deutschen gegen Ende der 1940er-Jahre von den Alliierten genügend bestraft und gedemütigt worden waren. Wir fanden, man sollte sie in Ruhe lassen.«[264]

Des Weiteren benutzten der XIV. Dalai Lama und die tibetische Exilregierung – ohne die geringsten Bedenken – die ehemaligen SS-Männer Beger und Harrer als »historische Zeugen«, um ihre nationale Unabhängigkeit von China in den 1930er- und 1940er-Jahren nachzuweisen. Noch im Herbst 2000 war im Internet ein Dokument des Tibet-Office London zu sehen, das die Überschrift trug *Dr. Bruno Beger's memories of Tibet* (»Dr. Bruno Begers Erinnerungen an Tibet«). Der Rassenspezialist des SS-Ahnenerbes bezeugt hier, Tibet sei damals ein souveräner Staat gewesen. Alle offiziellen Repräsentanten des Landes, die er in Lhasa getroffen habe, seien von dieser Tatsache ausgegangen. Als Beweis für die Souveränität Tibets verweist er unter anderem auf die »moderne« tibetische Armee in Shigatse. »Wahrscheinlich«, so Beger in seinem Statement, »verdankten wir unsere Einladung der Absicht der Tibeter einen ersten Kontakt mit dem entstehenden ›Deutschen Reich‹ (*German Reich*) herzustellen, der dazu beitragen könnte, ihren Unabhängigkeitsstatus zu unterstützen.«[265]

Harrer hat den XIV. Dalai Lama nach dem Zweiten Weltkrieg viele Male getroffen. Dank des Riesenerfolges seines Buches *Sieben Jahre in Tibet* ist es sicher nicht übertrieben, ihn als den weltweit erfolgreichsten Propagandisten des tibetischen Kirchenfürsten zu bezeichnen. Mindestens fünfmal begegneten sich der XIV. Dalai Lama und der wegen Beihilfe zum Mord verurteilte Rassenfanatiker Bruno Beger (1983, 1984, 1985, 1986, 1994). Die Treffen waren immer von großer Herzlichkeit. Den ersten dreien widmete Beger eine kleine Broschüre mit dem Titel *Meine Begegnungen mit dem Ozean der Weisheit*. Sogar für einige Tibetfreunde hatten diese Rendezvous des XIV. Dalai Lama mit den beiden ehemaligen SS-Männern einen peinlichen Beigeschmack. So berichtete ein Autor in der Zeitschrift *Tibet-Forum* etwas verunsichert: »Das waren in der Tat Nazis – der eine NSDAP-Mitglied, der andere SS-Unterführer –, doch hatte ihre Organisationszugehörigkeit nichts mit ihrem Aufenthalt in Tibet zu tun. Die hatten dort keinen wie immer gearteten Auftrag. Auch waren sie keine Fanatiker.«[266] Das *Tibet-Forum* lässt immerhin eine gewisse Kritik am Dalai Lama durchblicken, als dessen Audienz für Bruno Beger zur Sprache kommt: »Von einem rechten Umgang zeugt es freilich auch nicht und erst recht nicht von einem guten Beraterstab.«[267]

Von pro-lamaistischer und exiltibetischer Seite wird die SS-Schäferexpedition durchgängig als ein rein naturwissenschaftliches Unternehmen bezeichnet. Die von dem Schweizer Ethnologen Martin Brauen in seinem Buch *Traumwelt Tibet – Westliche Trugbilder* dargestellten Ereignisse sind typisch hierfür. Schäfer – so der Ethnologe und praktizierende Buddhist – habe nicht die geringsten Interessen an ideologischen Fragen gehabt und das SS-Ahnenerbe habe sich sogar von der Schäferexpedition distanziert: »Dies führte dazu, dass weitgehend Schäfer selbst die Forschungsgebiete definierte, sodass sich das Ahnenerbe gezwungen sah, sich vom Unternehmen zu distanzieren, da unter den gegebenen Umständen nicht damit gerechnet werden konnte, dass ›den kulturwissenschaftlichen Absichten des Reichsführers-SS‹ gedient wurde«, lesen wir bei Brauen.[268] Der Autor bezieht sich hier auf einen internen Brief, den Wolfram Sievers an den SS-Brigadeführer Karl Wolff, der für Finanzfragen der gesamten Schutzstaffel zuständig war, geschrieben hatte, der jedoch keinerlei Konsequenzen nach sich zog. Im Gegenteil – die Teilnehmer der »Tibet-Expedition Ernst Schäfer. Unter Schirmherrschaft des Reichsführers-SS Himmler und in Verbindung mit dem Ahnenerbe e. V. Berlin« (so der offizielle Titel) wurden mit großem Pomp von ihrem Schirmherrn verabschiedet und bei ihrer Rückkehr wurden die »Wikinger der Wissenschaft« noch pompöser von ihm empfangen.

Ebenso wird Himmler von Martin Brauen als ein harmloser Laien-Meteorologe, -Zoologe und -Botaniker vorgestellt, den kaum okkulte Motive bewegt hätten: »Himmler erhoffte sich von den unter anderem auch in Tibet durchzuführenden Versuchen einen wesentlichen Beitrag zur sicheren Wettervorhersage, um im Kriegsfalle unabhängig von ausländischen Wetterdiensten zu sein. Er war somit vor allem an wehrwissenschaftlichen Daten interessiert, was sich zum Beispiel darin zeigt, dass Himmler Schäfer den Spezialauftrag gab, ein Super-Steppenpferd für Kriegszwecke zu züchten. Auch wies er das Ahnenerbe an, die während der Tibetexpedition gesammelten Kulturpflanzen zu bearbeiten, unter anderem, um unempfindliche Getreidesorten zu züchten, damit Deutschland wirtschaftlich autark werde. Diese Art von Forschung entsprach den Interessen von Schäfer, der sich als angewandter Wissenschaftler sah und sich nie für irgendwelche okkulte Theorien über Tibet erwärmte.«[269] Heinrich Himmlers esoterische Interessen an Tibet seien gering, ja »wahrscheinlich nicht existent« gewesen.[270]

Eine solch unkorrekte und einseitige »Aufarbeitung« der *Nazi-Tibet-Connection* soll verhindern, dass es zu einer öffentlichen Debatte über die Frage kommt, weshalb denn gerade Männer aus Hitlers SS die tibetische Kultur so faszinierend fanden. Eine solche Debatte hätte nicht nur einen historischen Wert, sie ist brennend aktuell, da sich im okkulten Neofaschismus die *Nazi-Tibet-Connection* mittlerweile zu einem suggestiven Weltbild verdichtet hat. Im Lehrgebäude des Chilenen Miguel Serrano, Begründer des »esoterischen Hitlerismus«, ist die Verfilzung zwischen religiösem SS-Rassismus und Elementen des tibetischen Buddhismus so undurchdringlich geworden, dass sie nicht mehr auseinander dividiert werden kann. Wir werden darauf zurückkommen.

»Der Weg des Samurai« und die SS

1999 erschien der Film *Ghost Dog* des legendären Regisseurs Jim Jarmusch, der die Geschichte eines afro-amerikanischen »Samurai« im New York der Gegenwart erzählt. Die »Bibel« von Ghost Dog, dem Samurai, ist das *Hagakure*, ein Klassiker der Samurai-Philosophie aus dem 17. Jahrhundert. Zu unserem Erstaunen entdeckten wir während unserer Recherchen, dass im Oktober des Jahres 2000 der Münchner Piper-Verlag genau dieses Buch *Hagakure – Der Weg des Samurai* von Tsunetomo Yamanoto verlegte. »Kein Buch«, lesen wir in dem Nachwort von Takao Mukoh, »wurde seit dem Ende des Zweiten Weltkrieges mehr verdammt, weil es als Mittel missbraucht worden sein soll, die japanische Jugend zu ermutigen, sich in der verzweifelten Endphase des Krieges blind in den Tod zu stürzen, und zwar durch die klassische Stelle: ›Bushido, der Weg des Samurai, so habe ich herausgefunden, liegt im Sterben.‹«[1] Aber nicht nur für den japanischen Militärfaschismus, sondern ebenso für den NS-Faschismus, insbesondere für die SS, wurde der Geist, der diesen Text durchweht, zu einer Orientierung.

NS-Deutschland und das faschistische Japan im regen Kulturaustausch

Engere Beziehungen NS-Deutschlands zum faschistischen Japan begannen erst Mitte der 1930er-Jahre. Bis 1935 gab es – vor allem auch aus ökonomischen Erwägungen – ein besonderes Interesse an China. Japan und die Japaner wurden ideologisch vielfach negativ besetzt.[2] Das änderte sich spätestens 1936, als sich die beiden Länder im »Antikomminternpakt« gegen den gemeinsamen Gegner, die Sowjetunion, zusammenschlossen. Italien trat bald darauf diesem Bündnis bei. 1938 kam es zu einem trilateralen Kulturabkommen auf der Grundlage des »völkischen und nationalen« Lebens. Darauf folgte 1940 das Militärbündnis des »Dreimächtepaktes«, der als politische Aufgabe die gemeinsame »Neuordnung in Europa und Ostasien« formulierte und der dieses Ziel mit militärischen Mitteln und gegenseitiger »Waffentreue« durchsetzen wollte. Das geschah dann durch die Militärkonvention vom 18. Dezember 1941. »250 Millionen Menschen stehen somit nach den Worten des Reichsaußenministers von Ribbentrop bereit, um die neue Ordnung in ihren Lebensräumen herbeizuführen und gegen jeden Angriff von außen zu verteidigen«, hieß es euphorisch.[3]

Die faschistische Achse *Berlin – Tokio* führte zu einer regen interkulturellen Tätigkeit. In vielen Städten Deutschlands und Japans entstanden neue Deutsch-Japanische oder Japanisch-Deutsche Gesellschaften. Unter Ribbentrops Schirmherrschaft erschien die großformatige und sehr aufwendig gemachte Monatszeitschrift *Berlin – Rom – Tokio*. Japan war in allen gesellschaftlichen Bereichen ein großes Thema. Dennoch blieb Hitlers persönliches Verhältnis zu den Japanern zwiespältig. »Zu [ihnen] haben wir keine innere Beziehung. Sie sind uns in Kultur und Lebensform zu fremd«, monologisierte er 1942 in der Wolfsschanze.[4] Mehrmals machte er während des Krieges den Engländern den Vorwurf, sie seien schuld daran, dass Japan jetzt den Fernen Osten erobere: »Ich habe das nicht gewollt in Ostasien. Jahrelang habe ich jedem Engländer gesagt: Sie werden Ostasien verlieren, wenn Sie in Europa einen Konflikt beginnen! Da waren die Herren ganz hochnäsig! [...] Die Japaner werden Insel um Insel besetzen, sie werden auch Australien nehmen. Die weiße Rasse wird aus diesem Raum verschwinden.«[5]

Es gibt aber ebenso viele Zitate, die seine Bewunderung für den ostasiatischen Bündnispartner zum Ausdruck bringen: »Mit Stolz darf ich das japanische Volk daran erinnern«, formulierte er in seiner Rede vom 11. Februar 1940 anlässlich der 2600. Gründungsfeier des Japanischen Reiches, »dass kein Feind jemals als Herr seine Inseln betreten konnte und dass gerade dadurch seine Rasse Jahrhunderte lang rein erhalten blieb.«[6] Entsprechend sah er in dem fernöstlichen Land ein bisher unerobertes Bollwerk gegen das Weltjudentum: »Bei den Japanern ist das Natur- und Rassenbewusstsein derart fest, dass der Jude weiß, von innen kann er das nicht zerstören, da muss es von außen geschehen.«[7] Die Kooperation der beiden faschistischen Nationen deutete Hitler als die Grundlage für eine kommende Weltordnung: »Unser Bündnis und gleichzeitig mein fester Entschluss, unsere große Aufgabe des Aufbaus einer neuen Ordnung in der Welt durchzuführen, wird zu einer immer engeren Zusammenarbeit mit Ihnen [gemeint ist der japanische Kaiser] führen.« Dann drückt er seine Zuversicht aus, »dass es den gemeinsamen Anstrengungen der verbündeten Völker gelingen wird, durch Niederwerfung unserer Feinde den Weg zur Neuordnung der Welt und damit für den Frieden und Fortschritt frei zu machen«.[8]

Am 27. September 1940 feierten die Vertreter Deutschlands, Italiens und Japans in der Berliner Staatskanzlei den Abschluss des »Dreimächtepakts«. In seiner Gratulationsansprache kam der japanische Botschafter Kurusu Saburo auf die Kriegertradition seines Landes zu sprechen: »Der Stützpfeiler des japanischen Geistes ist *Bushido* [»Der Weg des Kriegers«]. Obgleich Bushido das Schwert anwendet, besteht sein Wesen nicht darin, Menschen zu töten, sondern mit Hilfe des Schwertes Menschen das Leben zu schenken. Indem wir den Geist dieses Schwertes anwenden, wollen wir zum Weltfrieden beitragen.«[9] Saburo war mit Rudolf Heß, dem »Stellvertreter des Führers«, befreundet. »Heß«, so der Botschafter nach dem Krieg, »hatte etwas von einem asiatischen Kämpfer. Er war neidisch auf Japan, dessen Volk darauf brennt, im Sinne des japanischen Geistes dem Staat zu dienen. Er hat mir immer wieder versichert: ›Auch wir kämpfen, um den Individualismus zu vernichten. Wir kämpfen für ein neues Deutschland, das auf der neuen Idee des Totalitarismus aufgebaut ist. In Japan ist diese Art zu denken für das Volk völlig natürlich.‹«[10] Auch Hitler kommt an einer Stelle positiv auf die japanische »Kriegerreligion« zu sprechen: »Wir haben eben überhaupt das Unglück, eine falsche Religion zu besitzen. Warum haben wir nicht die der Japaner, die das Opfer für das Vaterland als das Höchste ansieht?«[11] Der Leiter der japanischen Militärmission bei den Achsenmächten, Yamashita Motoyuki, war sogar der Meinung, der Diktator habe eine deutsch-japanische Vision für die Zeit über seinen Tod hinaus gehabt. Hitler – so Motoyuki, »betonte, im kommenden Zeitalter würden Japan und Deutschland die gleichen Interessen verfolgen, weil beide Staaten eine gemeinsame spirituelle Grundlage hätten. Er deutete auch an, er werde für das deutsche Volk Anweisungen hinterlassen, es solle sich auf ewig an den japanischen Geist [!] binden.«[12]

Als Brücke zwischen beiden Kulturen diente die Deutsch-Japanische Gesellschaft (DJG), die bis Ende des Krieges eine rege Tätigkeit entwickelte. Fast alle Referate, Ausstellungen, Filme, Musikstücke und Theateraufführungen, welche der Verein bis 1945 organisierte, beinhalteten eine Verherrlichung des militaristischen und nationalistischen Inselstaates. Unermüdlich wurde auf die vielen Parallelen zwischen den zwei faschistischen Systemen hingewiesen. Man stellte die »gemeinsamen« Prinzipien dem »einseitig rationalen« Weltbild der Westeuropäer und Amerikaner gegenüber. Noch 1944 veranstaltete die DJG ein aufwendiges Preisausschreiben, das Aufsätze prämierte, welche die einheitlichen Grundwerte »der beiderseitigen Führungsvölker« herausarbeiten sollten. Die Preisfrage lautete: »Was verbindet Japan und Deutschland gegenüber US-Amerika: a) in politischer Hinsicht? – b) in wirtschaftlicher Hinsicht? – c) in kultureller Hinsicht?«[13] Abgegeben wurde die beachtliche Zahl von 420 kulturvergleichenden Arbeiten.

»Ergreift das Schwert zur Bekämpfung häretischer Ansichten!«

Ein zentrales Thema des deutsch-japanischen Kulturaustausches war die Samurai-Philosophie. Im Mittelalter unterstanden die japanischen Samurai-Ritter entweder einem Adelsfürsten oder dem Shogunat (der übergreifenden Staatsmacht). Es gab auch Samurai, die dem Kaiser (Tenno) unmittelbar verpflichtet waren, diese spielten jedoch wegen der politischen Schwäche des Tennosystems in der damaligen Zeit nur eine Nebenrolle. Die Treue- und Schutzpflicht der japanischen Kriegerkaste betraf ausschließlich den unmittelbaren »Herrn«. Sie bildete demnach eine Zunft – wie wir heute sagen würden – von *body-guards*. Seinem Treueschwur ordnete der Samurai sein ganzes Denken, Handeln und Gefühlsleben unter. Zum Beispiel galt Weinen als Schande, wenn es einen persönlichen Schmerz über Familienmitglieder oder über das Leid von Freunden ausdrückte. Es war jedoch eine große Ehre, ja eine Pflicht, Tränen zu vergießen, sobald dem Lehnsherrn ein Unglück widerfuhr. Da die Adelsfürsten untereinander in ständige Bluthändel verstrickt waren, brachten sich die

Samurai gegenseitig um. Trotz ihrer gesellschaftlich abhängigen Rolle entwickelten sie eine autonome, durch und durch ritualisierte Kriegerkultur, die *Bushido* (der »Weg des Kriegers«) genannt wurde. Bushido baut auf spirituellen, insbesondere buddhistischen Lehren auf, die bis heute weltweit ein großes Faszinosum ausüben.

Unter dem »modernen« japanischen Faschismus erlebte der traditionelle Bushido-Geist eine blühende Renaissance, insbesondere bei den Militärs, nur war er diesmal mit einem Treuegelöbnis auf den Tenno und nicht auf einzelne Warlords verbunden. Die Armee besaß seit Beginn der Meiji-Zeit (1868–1912) den Vorrang in der Innenpolitik. Es waren die untersten Schichten der Samurai-Aristokratie, welche die »Meiji-Restauration« (die Auflösung des Shogunats und die Rückkehr des Kaisertums) gegen alle gesellschaftlichen Widerstände durchsetzten. Auch wenn sich später der Großteil der Offiziere aus dem bürgerlichen Mittelstand rekrutierte, so übernahmen diese doch die traditionelle Samurai-Philosophie als ihre Weltanschauung. Bald war die gesamte japanische Armee vom Bushido-Geist durchdrungen und die jungen Soldaten an Kadettenschulen, Kriegsschulen und Kriegsakademien wurden darin geschult. Am 8. Januar 1941 erließ der japanische Kriegsminister Hideki Tojo eine »Instruktion für Frontkämpfer«, in der er die Todesverachtung und der absolute Treueschwur des Bushido von jedem einzelnen Soldaten einforderte: »Bewahrt ausschließlich mit ganzem Herzen die Treue zu Herrscher und Vaterland«, heißt es dort, »die eure Hauptpflicht ist; seid überzeugt, dass die Rechtlichkeit schwerer wiegt als ein Gebirge und der Tod leichter ist als eine Schwanenfeder!«[14] Es war diese »Vermassung« des Bushido-Geistes zur Ideologie eines modernen Heeres, die die japanische Theokratie mit dem Tenno an ihrer Spitze zu einer spezifisch östlichen Form des Militärfaschismus machte.

In seinem Buch *Zen, Nationalismus und Krieg – Eine unheimliche Allianz* zeigt der Neuseeländer Brian Victoria, wie eng Zen-Buddhismus und Bushido mit dem japanischen Faschismus verwoben waren. Nicht nur der Shintoismus, sondern auch der Buddhismus verband sich mit der aggressiven, militaristischen und auf einem krassen Feindbilddenken aufbauenden Weltanschauung der Nationalisten. Mit ganz wenigen Ausnahmen eines buddhistischen Widerstandes haben sich alle dreizehn Schulrichtungen des Zen (darunter die Soto-Schule, die Rinzai-Schule, die Shin-Schule und die Nichiren-Schule) dem faschistischen System bedingungslos eingegliedert. In einer gemeinsamen Erklärung aus dem Jahre 1934 bieten sie sich »als ein sehr effektives Instrument für den Staat« an und betonen, dass der Buddhismus das »Schicksal der japanischen Rasse« teile.[15]

Besonders exponierten sich nationalistische Strömungen innerhalb des Nichiren-Buddhismus. Dessen Anhänger bejahten schon sehr früh den Krieg, begründeten ihn »buddhologisch« aus der »Lotus-Sutra-Aggression«[16] und waren zu Beginn der 1930er-Jahre in eine Anzahl von politischen Morden verwickelt. Diese wurden mit dem Spruch »das Opfer eines Lebens zur Rettung vieler« legitimiert.[17] In Nichiren-Kreisen tauchten Maximen wie die folgenden auf: »Ergreift das Schwert zur Bekämpfung häretischer Ansichten!« oder: »Unterwerft gewaltsam die schlechten Menschen!«[18] Anhänger der Sekte verehrten den japanischen Kaiser als die Verkörperung eines Buddhawesens, als einen Bodhisattva, »der im Zeitalter des letzten Gesetzes zur gewaltsamen Bekehrung der Welt erschienen sei«.[19]

Die Rezeption der Bushido-Kultur im Dritten Reich

Seit Mitte der 1930er-Jahre erschienen in Deutschland mehrere Bücher, die sich positiv mit dem Samurai-Thema auseinander setzten. 1934 hatte Jakob Wilhelm Hauer in seiner martialischen *Bhagavadgita*-Schrift auf die Parallele zwischen altindischem Kriegeryoga und japanischer Samuraiphilosophie hingewiesen. 1936 wurde posthum ein Text von Erwin Bälz, der viele Jahre in Japan als deutscher Leibarzt des Kaisers praktiziert hatte, mit dem Titel *Über die Todesverachtung der Japaner* veröffentlicht. Ein Jahr später erschien im Nordland-Verlag von Inazo Nitobe: *Bushido – Die Seele Japans*. 1937 verwies Hauer erneut in seiner Apologetik des »Yoga als einer arischen Disziplin des Geistes« auf die Zen- und Samurai-Tradition: »Alle Voreingenommenen möchte ich auch wiederholt auf die Tatsache hinweisen, dass eine Form des Yoga, nämlich der Zen-Buddhismus, in Japan die tragende Kraft des japanischen Kriegeradels, der Samurai, gewesen ist, der einst das japanische Reich aufgebaut hat, ja dass dieser Zen-Buddhismus auch heute noch weithin die Haltung der innerlichen Menschen des japanischen Kriegertums bestimmt.«[20] Es folgte 1938 ein Text des Schriftstellers Toshie Noishiki, der die rituelle Selbsttötung der Japaner glorifizierte: *Harakiri – Die siebenundvierzig Ronin*.

Anfang der 1940er-Jahre gab der Zentralverlag der NSDAP eine Broschüre von Heinz Corazza mit dem Titel *Die Samurai – Ritter des Reiches in Ehre und Treue* heraus. Heinrich Himmler hatte ein Vorwort dazu verfasst. Das »Büchlein« war zuerst als Aufsatzreihe im SS-Hausorgan *Das Schwarze Korps* erschienen. 1942 wurde davon ein Sonderdruck mit einer Auflagenhöhe von 55.000 Exemplaren verbreitet. Der Titel *Ritter des Reiches in Ehre und Treue* war *expressis verbis* auf die SS zugeschnitten, deren Wahlspruch »Meine Ehre heißt Treue« lautete. In einer Rede über die Beziehung »Deutschland – Japan« beschwor Walther Wüst die »edelsten Blüten der Gesittung« deutscher und japanischer Krieger: »Nicht ohne tieferen Sinn ist im Zentralverlag der NSDAP eine Schrift über die Samurai mit einem Vorwort des RFSS und Chef der deutschen Polizei Heinrich Himmler erschienen«, sinniert der Kurator des SS-Ahnenerbes über seinen obersten Dienstherrn und fährt fort: »nicht ohne tieferen Sinn sind Samurai und deutsche Ritter [...] Mitglieder des Reiches, das nach langer Abriegelung und mehrfachen Erneuerungsversuchen trotz allen Rückschlägen der Überfremdung glorreich gebaut wird in Ost und West.«[21]

Ebenfalls im Zentralverlag der NSDAP erschien von Albrecht Fürst von Urach eine Broschüre mit dem Titel *Das Geheimnis japanischer Kraft*. In der Werbung hierfür heißt es: »Sie trägt auch in hohem Maße dazu bei, in weitesten Kreisen das Verstehen für die zahlreichen und oft verblüffenden Übereinstimmungen zu wecken, die zwischen unserer nationalsozialistischen Weltanschauung und der tiefen geistigen Weltanschauung unseres Verbündeten Japan bestehen und als unsichtbare, geistige, aber kriegsentscheidende Faktoren in unserem gemeinsamen Kampf um eine neue Weltordnung die Gewissheit des Sieges geben.«[22] 1943 stellte der Japanologe Walter Donat eine Anthologie mit den Aufsätzen mehrerer Autoren zusammen: *Das Reich und Japan*. In dieser Schriftensammlung vergleicht Otto Mossdorf die deutsche Wehrmacht und die japanische Armee und sieht beide vom Samurai-Geist durchdrungen. Mit einem Geleitwort des SS-Gruppenführers Alfred Freyberg erschien ein Jahr vor Kriegsende das Buch *Bushido – Soldatengeist von Japan* (1944) von Shin Sákuma. Selbst für Adolf Hitler war das Land »der aufgehenden Sonne das Land der Samurai«.[23]

Diese Auswahl, zu der sich noch einiges hinzuzählen ließe[24], deutet schon an, dass es den NS-Ideologen, insbesondere den Intellektuellen in der SS, äußerst attraktiv erschien, die japanische Samurai-Ethik in die eigene Weltanschauungsarbeit mit einzubeziehen. Die japanische Tradition lieferte Maximen, Lebenseinstellungen und Mythen, die ausgezeichnet als Leitbilder für den »Schwarzen Orden« dienen konnten. Um sich die Bedeutung dieser ideologischen Anleihen aus dem fernen Osten klar zu machen, ist es wert, Himmlers Vorwort zu dem oben erwähnten Corazza-Text vollständig zu zitieren: »Es ist kein Zufall, dass ›Das Schwarze Korps‹, die Zeitung der Schutzstaffeln Adolf Hitlers, eine Aufsatzreihe ›Die Samurai, Ritter des Reiches in Ehre und Treue‹ gebracht hat. Die Gesetze, nach denen die Völker groß werden, gelten für alle ebenso wie die Gesetze, nach denen die Völker verfallen. Es ist gut für uns, immer wieder als Lernende das Leben anderer Völker uns vor Augen zu führen. Aus dieser kurzen Geschichte der Samurai wollen wir uns längst Vergessenes ins Gedächtnis zurückrufen: die Tatsache, dass schon in frühen Zeiten dieses Volk im fernen Osten dieselben Ehrgesetze hatte, wie unsere Väter sie in früher, zu bald zerstörter Vergangenheit hatten, und ferner die Erkenntnis, dass es meist Minderheiten von höchstem Wert sind, die einem Volk ein für irdische Begriffe ewiges Leben verleihen. Dies sei der Sinn dieses Sonderdruckes und in diesem Geiste mögen viele, insbesondere die SS-Männer, dieses Büchlein lesen.«[25] Rudolf Jacobsen, Bataillons- und Regimentskommandeur in der Waffen-SS, betonte nach dem Kriege, dass Himmler immer wieder »die japanische Tradition der Samurai« hervorhob, wenn er auf die Ausbildung der SS-Elite zu sprechen kam.[26]

Einige Monate vor Ende des Krieges schrieb Alfred Freyberg (Oberbürgermeister von Leipzig, seit 1925 NSDAP-Mitglied, Führer im SD-Hauptamt, ab 1942 Führer im Stab des Reichsführers-SS und Führer des SS-Oberabschnitts Elbe) in der Einleitung zu Shin Sákumas Buch *Bushido – Soldatengeist von Japan*: »Die hohen ethischen Ideale des deutschen und des japanischen Volkes tragen bei aller Verschiedenheit des Wesens so viele gemeinsame Züge, dass ein kameradschaftliches Einvernehmen und eine gute Freundschaft der beiden Verbündeten auch über das eigentliche Kriegsgeschehen hinaus gewährleistet ist.«[27] Auch der japanische Autor Sákuma beginnt seinen Text mit einem Kulturvergleich. Als das Schlachtschiff »Bismarck« nach einem Torpedotreffer dabei war, zu sinken, habe der deutsche Flottenadmiral Lütjens noch zwei Telegramme herausgeschickt: Eines an den Oberbefehlshaber der Kriegsmarine: »Schiff manövrierunfähig. Wir kämpfen bis

Das Titelbild der SS-Broschüre »Die Samurai«, zu der Heinrich Himmler das Vorwort verfasste

zur letzten Granate. Es lebe der Führer!« Ein anderes an Adolf Hitler: »Im Glauben an Sie, mein Führer, kämpfen wir bis zum Letzten und im felsenfesten Vertrauen auf den Sieg Deutschlands!« Das – so Sákuma – entspräche voll dem japanischem Soldatengeist. Unzählige Soldaten der japanischen Armee hätten, bevor sie ihr Leben auf dem Schlachtfeld aushauchten, gerufen: »Tenno Haika Banzai!« – »Es lebe seine Majestät der Kaiser!«[28]

Ebenso wurden in der Japanologie Parallelen zwischen dem Samurai-Geist und der germanisch-deutschen Kriegermentalität herausgestellt: »Von der nationalsozialistischen Einstellung her ist nun der Vergleich des soldatischen Elementes im deutschen und japanischen Volk besonders nahe liegend. Germanen und Urjapaner als kampffreudige Krieger-Bauernvölker, die Ausbildung einer eigentümlichen kriegerischen und ästhetischen Kultur in einem Kriegeradelsstand im Mittelalter, die Kultur des abendländischen Ritters und des japanischen Bushi (Adelsritter), der Geist des preußischen Offizierskorps und des Tokugawa-Samurai, schließlich der politische Soldat des Nationalsozialismus und die heroisch soldatische Haltung des japanischen Volkes der Gegenwart, das alles sind weitgehende Parallelen. An ihnen kann der einmalige Typ des japanischen Samurai und Soldaten erarbeitet werden: seine kompromisslose Härte, seine Geringschätzung des Lebens, der übersteigerte Ehrenkodex, die religiöse Vergeistigung dieses Kriegertums, alles in allem ein Standesethos von kaum überbietbarer Konsequenz«, schrieb Walter Donat.[29]

»Mögen unsere Leichen im Gras verfaulen!«

Als ein besonderes Merkmal des Bushido gilt ein buddhistisch begründeter Todeskult. Sákuma zitiert ein japanisches Gedicht aus dem 8. Jahrhundert: »Wenn wir aufs Meer fahren, mögen unsere Leichen im Wasser untergehen. – Wenn wir in die Berge gehen, mögen unsere Leichen im Gras verfaulen! – Nur bei dem Tenno, nur für ihn werden wir sterben. – Auf anderes schauen wir nicht zurück.«[30] Es ist hier wichtig, sich zu vergegenwärtigen, dass Sákumas Text 1944 in Deutschland erschien, als das Land schon in Schutt und Asche lag.

Das Sterben wird als solches – ohne dass man sich hier Gedanken über irgendein Weiterleben nach dem Tode macht – zu einer Paradieserfahrung. So heißt es in einem anderen von Sákuma wiedergegebenen traditionellen Gedicht: »Unter dem Schwert, mit dem der Feind zum Schlage ausholt, ist die Hölle: Springe trotzdem mutig hinein! Dann wirst du dort das Paradies finden.«[31] Ähnliches verkündet eine weitere Spruchweisheit: »Durch das Tor des Todes geht es in das Tor des wahren Lebens.«[32] Erwin von Bälz, der deutsche Leibarzt des japanischen Kaisers, schwärmt in seinem Buch *Über die Todesverachtung der Japaner*: »Das Wesentliche am japanischen Soldaten ist seine wunderbare Todesverachtung.«[33] Mit großer Hochachtung resümiert der deutsche Doktor: »Die ganze Erziehung, das ganze Leben des Samurai war eigentlich nur eine Vorbereitung für einen schönen Tod.«[34]

Das »Hagakure« – der Katechismus für den Samurai

Im 17. Jahrhundert erschien das berühmteste Handbuch des Bushido mit dem Titel *Hagakure* (»Hinter den Blättern«). Auszüge davon wurden 1937 in Inazo Nitobes Text *Bushido – Die Seele Japans* im Nordland-Verlag publiziert. Das *Hagakure* fordert die absolute Treue gegenüber dem Fürsten, die Bereitschaft, bedingungslos für ihn zu sterben und ihm im Tode durch *seppuku* (Selbstmord) nachzufolgen. Archaische Initiationsriten für die Aufnahme in den Kriegerclan werden beschrieben: Ein Schnitt in die Lymphgefäße der Leiste galt als Einstieg in das Männerdasein. Man schämte sich, seine Brust anderen zu zeigen, wenn man keine Narben darauf hatte, und brachte sich deswegen selber welche bei. Als »verweiblichter Mann« galt derjenige, der Probleme dabei hatte, einem Verbrecher, dem die Hände gebunden waren, den Kopf abzuschlagen.[35] Krieg um jeden Preis wird gefordert: »Ein Mann von großer Tapferkeit denkt nicht an das Ende eines Kampfes; er stürzt sich leidenschaftlich in den Rachen des Todes, wobei sein wahres Selbst sich in seiner Geisteshaltung offenbart.«[36] – Oder: »Der Weg des Samurai verlangt, dass er kopfüber in seinen Feind hineinstürmt, sogar blindlings.«[37] – Oder: »Wenn euer Schwert in einer Schlacht zerbricht, kämpft mit euren Armen; wenn eure Arme abgeschlagen werden, ringt euren Gegner mit euren Schultern nieder; wenn eure Schultern verletzt sind, könnt ihr immer noch mit euren Zähnen kämpfen.«[38] Oder: »Wenn es dazu kommt, einen anderen zu erschlagen, dann stelle keine rationalen Überlegungen an. [...] So etwas vernichtet den rechten Zeitpunkt, schwächt deine Entschlusskraft und endet wahrscheinlich damit, dass du den Gegner gar nicht erschlägst. Der Weg des Samurai erfordert sogar, dass du verzweifelt und blind vorpreschst.«[39] Oder: »Es ist mir unerträglich, in Widerspruch zu meinem Kriegergeist im Bett zu sterben. [...] Denn nichts ist befriedigender, als in einer Schlacht getötet zu werden.«[40] Der Text verlangt, »die eigene Frau [zu] erschlagen, wenn sie Ehebruch begeht«.[41] Auch wird hier die körperliche Liebe mit einer Frau als die »größte Wahnidee der Menschheit« angesehen.[42] Morbide Todesmystik und zynische Lebensverachtung gelten als hohe Religiosität und Tugend: »Stell dir jeden Morgen aufs Neue vor, dass du bereits tot bist.«[43] Oder: »Wenn du nicht weißt, ob du sterben oder leben sollst, dann stirb.«[44] Oder: »Die geheime Formel lautet daher, stets auf den Tod lauern und entschlossen zu sein, in jedem Moment sterben zu können.«[45] Die philosophische Essenz des *Hagakure* wird von dem Text selber in einem Satz zusammengefasst, der lautet: »Entschlossenes Handeln am Rande des Wahnsinns.«[46]

Harakiri: »Sich den Unterleib aufschlitzen«

Als der Höhepunkt dieses martialischen Todeskultes gilt der rituelle Selbstmord, den die Japaner »Harakiri« nennen. »Nach seinem Ehrenkodex bedeutet für den Samurai der Krieg nur Sieg oder Tod. Stets muss der Samurai bereit sein, in Tapferkeit einen ehrenvollen Tod zu sterben. Erleidet er eine Niederlage, so gibt es für ihn nur eine Entscheidung über sein Schicksal: Gefangenschaft, Demütigung ist ihm unerträglich. Seine Ehre zu bewahren, gibt es nur einen Ausweg: Harakiri, die Selbstentleibung«, schreibt Toshie Noishiki.[47]

1938 erschien in deutscher Sprache sein Buch mit dem Titel *Harakiri – Die siebenundvierzig Ronin*. Die blutig-grausame Selbstentleibung durch Harakiri wird dort sehr plastisch dargestellt und als der höchste Geist des japanischen Rittertums gelobt. »Harakiri oder Seppuku bedeutet auf Deutsch, ›sich den Unterleib aufschlitzen‹. Wer das Selbstgericht an sich vollzieht, tötet sich, indem er sich ausweidet. Die Wahl des besonderen Körperteils für den Selbstmord beruht wahrscheinlich auf der uralten Vorstellung der Japaner, dass der Unterleib der Sitz der Seele sei.«[48] Dieses strenge Suizid-Zeremoniell wurde unter dem Shogunat (seit dem 13. Jahrhundert) entwickelt und war ein bewusstes Vorrecht der Kriegerkaste, der Samurai. Angehörige niederer Kasten (Kaufleute, Bauern, Handwerker) richtete der Henker hin, wenn sie sich verfehlten. Ein Samurai dagegen hatte die Ehre, sich mit eigener Hand zu töten. Er »empfand die Selbstentleibung nicht als Pflicht, sondern als ein Vorrecht, das ihn vor den anderen Ständen auszeichnete.«[49]

Hier eine kurze Darstellung vom Ablauf des Rituals: Unter Zeugen begibt sich der Todeskandidat zu der Hinrichtungsstätte, einem festlich ausgeschmückten Raum. Matten und Decken werden ausgelegt. Die Farbe ist weiß, nach japanischer Vorstellung ein Symbol der Trauer und des Todes. Auch die Kleidung des Verurteilten ist weiß. Er entkleidet seinen Oberkörper. Zwei Sekundanten reichen ihm das mit Papier oder Seide umwickelte Kurzschwert. Die blanke Spitze schaut daraus hervor. Sie ist rasiermesserscharf. Dieses Schwert setzt sich der Delinquent an seinen Unterleib (dem »Hara«), schlitzt diesen auf und zerstört nach vorgegebenem strengen Ritus seine Gedärme.

Er darf dabei nicht die Haltung verlieren: Selbstbeherrschung, bis zur äußersten Selbstverleugnung weitergetrieben, gilt als kategorischer Imperativ. Gemütserregungen, Freude, Sorgen, Trauer oder Lust in seinem Gesicht zu spiegeln ist jämmerlich. Sogar in der Todesqual verzieht der Edle keine Miene. »Seinen Gefühlen Ausdruck zu verleihen, war weichlich und des Samurai unwürdig.«[50] Aber dann kommt der Augenblick der Erlösung. Ein Sekundant beendet die Qual, indem er dem Selbstmörder mit einem gezielten Schwerthieb den Kopf abtrennt. Frauen haben nicht das Recht, dieses Ritual zu vollziehen. Ihnen ist es jedoch erlaubt, sich mit einem Dolch die Halsschlagader zu zerschneiden oder sich ihn ins Herz zu stechen. Harakiri begeht ein Samurai, wenn er Befehlen seiner Oberen zuwiderhandelte oder auch wenn ihm droht, die Schande der Kriegsgefangenschaft erleiden zu müssen.

Erwin Bälz, der deutsche Arzt des Tenno, war begeistert davon, dass die Entwicklung eines Harakiri-Bewusstseins schon vor dem Ersten Weltkrieg zur Grundausbildung von Jungen und Mädchen aus der Samurai-Kaste gehörte: »Was ein Haken werden soll, krümmt sich beizeiten, sagt das Sprichwort, und von diesem Grundsatz ausgehend ließ man die Kinder der Samurai aufwachsen, dass ihr Leben nicht ihnen selbst gehöre. Mit dem siebenten Jahre wurde den Knaben das kurze Schwert (*Wakizashi*) und den Mädchen der Dolch gezeigt, mit dem sie sich das Leben zu nehmen hätten, wenn es ihre Ehre verlangte, und die ganze zeremonielle feierliche Art, wie das zu geschehen hätte, wurde ihnen immer und immer wieder erklärt. Und der Knabe, dem mit fünfzehn Jahren die Schwerter feierlich überreicht wurden, war sich seiner Pflicht wohl bewusst; er wusste, er trug das Schwert nicht umsonst. Oft geschah es, dass er es nicht gegen den Feind kehren musste, sondern gegen den eigenen Leib. Weniger bekannt ist wohl, dass der Frau im entsprechenden Fall die Pflicht gebot, sich mit dem Dolch, der bei ihrer Aussteuer ein Hauptstück war, die Halsader durchzuschneiden. Und die geschichtlichen Beispiele, wo Frauen ihren Dolch brauchten, um der Gefangenschaft oder der Schande zu entgehen, sind überaus zahlreich.«[51]

Auch die Sitte der Blutrache, die von den Samurai gepflegt wurde, hatte für die Nazi-Ideologen des »reinen Blutes« etwas Faszinierendes und erinnert sie an ihre eigenen Ahnen: »Die germanischen Krieger waren Sippenkrieger, deren Berechtigung zum Waffentragen aus der Blutzugehörigkeit stammte. Nicht Gesetze, sondern die Sitte regelte das Leben der Sippe und zu dieser Sitte gehörte die unbedingte Pflicht der Blutrache. In Japan fiel die Rache an Mördern oder Beleidigern des Lehnsherrn oder der Eltern unter den Begriff der Diensttreue. Infolgedessen war die Blutrache eine moralische Tat.«[52]

Der Zen-Buddhismus lehrt den Samurai-Krieger, Leben und Tod zu verachten

Man sollte nun meinen, dass der Buddhismus, hier im Westen als die Religion des Friedens *par excellence* bekannt, dem Kriegerkult der Samurai ablehnend gegenüber gestanden sei. Das Gegenteil ist der Fall! Alle oben genannten japanischen und deutschen Autoren sind sich darin einig, dass der Zen-Buddhismus das Samurai- und Boshido-Ideal geradezu erst ermöglicht habe. »Der Buddhismus«, schreibt Sákuma, »hat viel zur Klärung der Anschauung von Leben und Tod beigetragen. Der Sinn des Todes, d. h. des größten Opfers, für den Tenno wurde durch den Buddhismus klarer und dieser Tod selbst infolgedessen leichter gemacht. Dies spielte eine große Rolle für den Ausbau des Bushido.«[53] Zur Ausbildung eines Samurai waren »strengstes Training von Geist und Körper« notwendig und dazu leistete der Zen die besten Handlungsanweisungen.[54]

Auch Erwin von Bälz leitet die »Lebensverachtung« der Samurai aus dem Zen-Buddhismus ab: »Das zweite Element der Rittergesinnung, die ›Lebensverachtung‹ lieferte der Buddhismus, und zwar speziell die Zen-Sekte, deren Einführung in Japan auch zeitlich mit der Gründung des Feudalismus zusammenfiel und die bei den Samurai von jeher in großer Verehrung stand. Diese esoterischste aller buddhistischen Sekten lehrt Versenkung in sich selbst, die höchste Abstraktion, welche zur Erkennung der völligen Nichtigkeit alles Irdischen führt und dadurch das Scheiden aus der Welt erleichtert.«[55]

Bälz ist der Meinung, dass die Übungen des Zen-Buddhismus den Menschen in einen Zustand versetzen, »in dem das Leben nicht aus philosophischen Gründen wertlos erscheint, sondern dadurch, dass die Gefühle, die es uns angenehm erscheinen lassen, wegfallen.«[56] Als Beweis für die Wirksamkeit dieser Affektkontrolle führt er ein Zitat des japanischen Politikers Iyeyasu an, der ein Mitglied der buddhistischen Jodo-Sekte war: »In meinem langen Leben habe ich neunzig Kämpfe selbst mitgestritten und achtzehnmal war meine Lage so, dass der Tod unvermeidlich schien«, erzählt Iyeyasu. »Wenn ich dennoch immer der Gefahr entrann, so danke ich dies der Lehre der Buddhapriester, dass das Leben etwas Gleichgültiges und dass der Tod wünschenswert sei, da er uns von den Drangsalen der Erde befreit und zu den Freuden des Himmels führt.«[57]

Toshi Noishiki sah auch im Harakiri eine zen-buddhistische Tugend. »Von allen Formen der buddhistischen Lehre aber bevorzugten die Samurai den Zenismus, weil er manche Züge mit der altererbten Rittermoral gemeinsam hat. Lehre der Zen-Sekte ist es, dass man durch Selbsterkenntnis und Vertiefung, zur wahrheitsschaffenden Weisheit gelangt. [...] Der Gläubige der Zen-Sekte will durch eigene geistliche und sittliche Kraft zur Erlösung gelangen. Charakterfestigung und Selbstbeherrschung sind – wie in der Rittermoral – die äußersten erstrebenswerten Ziele. Besonders musste es den philosophischen Spekulationen abgeneigten Samurai gefallen, dass in der Zen-Sekte auf die praktische Übung der seelischen Kräfte Wert gelegt wurde, aber der Theorie kein großer Raum zukam.«[58]

Wie das Christentum in den mystischen Lehren des Meister Eckhart und später im Protestantismus eine typisch deutsche Ausdrucksform gefunden habe, so habe sich der Buddhismus japanisiert, schreibt Wilhelm Gundert. Für das einfache Volk sei der spezifische Liebeskult im Amida-Buddhismus gepredigt worden, der kriegerische Adel dagegen habe sich am Zen-Buddhismus orientiert. Dieser kehre, so Gundert, »das männlich heroische Element des ursprünglichen Buddhismus hervor. Nicht das gläubige Vertrauen auf irgendeine fremde Buddhaschaft kann zur Erhebung über den Jammer des Lebens hinausführen. In dir selber liegt der Buddha verborgen, du musst nur stille werden und dich üben im Zen, in der Versenkung, d. h. in der Abwendung und Ablösung von allem, wovon du in törichter Verblendung meinst, es sei etwas, wo es doch nichts ist, vor allen Dingen vom eigenen Ich, das du so wichtig nimmst und das nichts ist als eine vorübergehende Ballung von seelisch körperlichen Elementen, die gar bald wieder auseinander fallen. [...] Aber nirgends hat [die Zen-Mystik] so tief und nachhaltig in das Leben des Volkes eingegriffen, so entscheidend Geschichte gemacht wie in Japan, wo ein heldenhafter Ritterstand in ihr die Lehre fand, die gerade für ihn gemacht war. [...] Aus dieser Quelle schöpfte er seine überlegene Geringschätzung des Unterschiedes zwischen Leben und Tod, an ihr gewann er die königliche Gebärde, mit der er fähig ist, alles wegzuwerfen im Augenblick, wo es sein muss ...«[59]

»Krieger-Zen« – »Einheit von Zen und Schwert« – »Buddhismus des kaiserlichen Weges« – »Reichs-Zen« – »Soldaten-Zen« – »Samurai-Zen«: Das alles waren Schlagworte der damaligen Zeit, die zur Begründung der gesellschaftlichen Militarisierung herangezogen wurden. Nach dem Zweiten Weltkrieg hat man in Japan die martialische Haltung der buddhistischen Schulen nicht oder nur sehr zögernd aufgearbeitet. Diese konnte überleben und ist teilweise in die Ideologie des japanischen »Unternehmens-Zen« eingegangen.[60]

Der Ordenscharakter der Samurai

Die Samurai schlossen sich wie die SS in einem harten, gegen sich selbst unerbittlichen Männerbund zusammen. »Weiber und Kinder sind in seinen [des Samurais] Augen schwächliche Wesen, denen man mit Mitleid [...] aber keinesfalls höflich zu begegnen braucht.«[61] Heinz Corazza betont in seinem speziell für die SS verfassten Samurai-Text den Ordenscharakter der japanische Kshatriya und kombiniert diesen sowohl mit der Rassentheorie wie mit dem Führerprinzip. Aus dieser Kombination entwickelte er die Vision für eine vom Kriegerethos der Samurai totalitär beherrschten Volksgemeinschaft: »Das heutige Japan ist das Ergebnis der Jahrhunderte langen mühevollen Arbeit einer ganz bestimmten Kämpferschicht – des Samurai-Ordens. [...] Am Anfang ist das Blut – nur hochwertige Rassen sind befähigt, heldische Menschen hervorzubringen. Aber erst nachdem einzelne zukunftsweisende und -gestaltende Führerpersönlichkeiten ein scharf umrissenes Ziel aufgezeigt haben, gelingt die Zusammenfassung der heldischen Elemente zu einer geschlossenen Gemeinschaft, einem Orden. Die Haltung dieser Kampfgemeinschaft wird schließlich zur Haltung eines ganzen Volkes.«[62] Eine solche, die gesamte Gesellschaft umfassende Ordenspolitik habe es im Japan des 17. und 18. Jahrhunderts gegeben: »Der vollendetste Autoritätsstaat der damaligen Welt, getragen von dem etwa 400 000 Köpfe zählenden Samurai-Orden (mit Frauen und Kindern etwa zwei Millionen Seelen) ging seiner glanzvollsten Zeit entgegen.«[63] Dass Corazza in seiner SS-Broschüre mit solchen historischen Elogen Hitlers Schutzstaffel bestätigen und bestärken wollte, liegt auf der Hand.

Der Samurai-Krieger – Leitbild für den Schwarzen Orden

In den 1980er-Jahren erschien von dem amerikanischen Historiker Bruce Quarrie ein Bildband über die Waffen-SS mit dem Titel *Hitler's Samurai – The Waffen SS in Action*. Der Autor hatte die Bezeichnung des Schwarzen Ordens als »Hitlers Samurai« gewählt, weil die Devise, die jeder SS-Mann auf seinem Koppelschloss trug, »Meine Ehre heißt Treue« lautete und damit exakt den traditionellen Bushido-Geist zum Ausdruck brachte. Treue bis hin zum Tod gegenüber dem Lehnsherrn und – historisch später – gegenüber dem Tenno war höchste Pflicht eines Samurai, so wie es höchste Pflicht und Ehre eines SS-Mannes war, dem Führer bis in den Tod hinein die Treue zu halten: Die »dritte Richtlinie und Tugend, die zum Aufbau und Wesen der Schutzstaffel notwendig ist, sind die Begriffe Treue und Ehre«, legte Himmler 1936 fest. »Beide sind unlösbar voneinander. Sie sind niedergelegt in zwei Sätzen, in dem Satz, den der Führer uns geschenkt hat: ›Meine Ehre heißt Treue‹ und in dem Satz des alten deutschen Rechts: ›Alle Ehre von Treue kommt‹.«[64] Ähnliches besagt der Schwur, den man beim Eintritt in die SS zu leisten hatte: »Wir schwören dir, Adolf Hitler als Führer und Kanzler des deutschen Reiches Treue und Tapferkeit. Wir geloben dir und den von dir bestimmten Vorgesetzten Gehorsam bis in den Tod. So wahr uns Gott helfe!«[65] In einer Rede betonte Himmler: »Als Erstes verlange ich von Ihnen allen und von allen Soldaten die Treue. Die Treue zum obersten Kriegsherrn und damit die Treue zum Reich, zum Volk. [...] die Treue kennt nur eine Totalität. In der Treue gibt es kein Wenn und Aber, keine Einschränkungen, keine inneren Reservate, nicht ein einziges Reservatsrecht.«[66]

Kadavergehorsam und Todesverachtung waren zwei weitere Grundtugenden der Samurai ebenso wie der SS-Männer: »Die vierte Richtlinie und Tugend, die für uns gilt, ist die des Gehorsams«, fährt Himmler fort. »Des Gehorsams, der bedingungslos aus höchster Freiwilligkeit kommt, aus dem Dienst an unserer Weltanschauung, der bereit ist, jedes, aber auch jedes Opfer an Stolz, an äußeren Ehren und all dem, was uns persönlich lieb und wert ist, zu bringen; des Gehorsams, der nicht ein einziges Mal zaudert, sondern bedingungslos jeden Befehl befolgt, der vom Führer kommt oder rechtmäßig von den Vorgesetzten gegeben wird.«[67] Man sang in den Verbänden: »SS marschiert, was immer auch droht, – bis zum Ziel in den weitesten Fernen! – Blinder Gehorsam als höchstes Gebot, – um dem Schicksal befehlen zu lernen! – Des Todes Ernte ist Lebenssaat! – Wehe dem Feind, der sich naht.«[68]

Der von der japanischen Kultur faszinierte General Karl Haushofer sah selbst in Hitlers Rassenpolitik einen Ausdruck des Samurai-Geistes: »Das Nationale musste also auch aus tiefer staatsbiologischer und weltgeschichtlicher Erkenntnis dem Sozialen bei der Namensgebung vorangestellt werden, wie es Hitler mit seiner politisch-wissenschaftlichen Instinktsicherheit ebenso tat wie die uralte, herrschaftsgewohnte japanische Samuraikaste.«[69]

Absolute Hingabe an den Führer (in Japan an den göttlichen Kaiser), Kameradschaft, Entschlossenheit, Zielstrebigkeit, »Coolness«, völlige Gefühlskontrolle, Draufgängertum, Heldenmut, blinder Gehorsam, Kaltblütigkeit, Unmenschlichkeit, Todes- und Lebensverachtung, Selbstaufopferung, konsequenter Vernichtungswille, Morbidität – all das finden wir ebenso im Bushido wie in der »SS-Philosophie«. Nur war die japanische Krieger-Tradition schon seit Jahrhunderten ausgereift und spirituell verankert, während sich die deutsche »SS-Religion« noch *in statu nascendi* befand und deswegen überall nach inspirativen Modellen Ausschau hielt. Einige Aspekte des Samurai-Geistes, die sich auch im Schwarzen Orden wiederfinden lassen, wollen wir hier kurz herausstellen:

Absolute Gefühlskontrolle
Initiationsriten
Das Sacrifizium Intellectus
Götter- und Ahnenkult
Der Krieg als Selbstzweck
Der deutsche Harakiri-Geist

Absolute Gefühlskontrolle

Die Kontrolle seiner Emotionen war höchstes Gebot für jeden guten SS-Mann, der jederzeit in der Lage sein musste, den Feind ohne mit der Wimper zu zucken zu töten. Wie im Bushido sollte er dies niemals mit Hassgefühlen tun. Hassausbrüche als Mittel zur Verwirklichung von Gemeinschaftszielen galten als eine emotionale Einstellung in der »plebejischen« SA. Das Urbild für den SA-Genossen war der »Berserker«, das Urbild für den SS-Mann war der »Samurai«. In der Frühphase der NS-Bewegung wurde dreingeschlagen, später wurde sauber liquidiert. Was der SS

Bild aus der SS-Broschüre »Die Samurai«: Ritter des Reiches in Ehre und Treue

jedoch weitgehend fehlte, waren meditative Praktiken und spirituelle Anleitungen zur Gefühlskontrolle, wie sie aus der mit dem Zen-Buddhismus verbundenen Samurai-Tradition bekannt sind.

Initiationsriten

Kenntnisse über das »initiatische« Element im Bushido waren für den Schwarzen Orden von großem Interesse. Jede militante Bruderschaft verlangt eine Abfolge verschiedener Einweihungsrituale oder ritueller Mutproben für ihre Mitglieder und das Durchlaufen einer Stufenfolge bis hin »zum engen Kreis der wirklich Eingeweihten«.[70] Dabei spielen auch Tätowierungen eine Rolle. »Durch die Tätowierung der Blutgruppe [bei der SS] kam im übertragenen Sinne eine gemeinsame Blutsbrüderschaft zustande. Der Ritus der Blutsbrüderschaft war bei den germanischen Stämmen ebenso üblich wie bei den mittelalterlichen Ritterorden«, schreibt der Kulturologe Friedrich W. Doucet.[71]

Das Sacrifizium Intellectus

Das »Opfer des Verstandes« wurde vom Samuraikrieger genauso verlangt wie von einem SS-Mann: »Ein Gefolgsmann, der die Dinge zu sehr durchschaut, ist nicht wünschenswert«, heißt es im *Hagakure*. »Ungebildete Analphabeten« erweisen sich somit als die besten Krieger.[72] Darauf legt auch Heinz Corazza in seinem SS-Büchlein großen Wert: »Was die wissenschaftliche Bildung anbelangt, so braucht [der Samurai] natürlich nicht so tief in das wissenschaftliche Studium derselben einzudringen [...]. Sehr wichtig und notwendig ist es aber, dass er unterrichtet wird über die Taten großer Feldherren und treuer Gefolgsleute und andererseits über das Schicksal treuloser Untergebener, die ihre Herrscher verführt und Verwirrung im Lande gestiftet haben. Aus solchen nachahmenswerten oder abschreckenden Beispielen kann er am besten die Lehren für die eigenen Handlungen ziehen.«[73] Hitler soll zu Rauschning über seine jungen »Ordensschüler« gesagt haben: »Ich will keine intellektuelle Erziehung. Mit Wissen verderbe ich mir meine Jugend. [...] Aber Beherrschung müssen sie lernen. Sie sollen mir in den schwierigsten Proben die Todesfurcht besiegen lernen.«[74]

Götter- und Ahnenkult

Auf die beispielhafte Bedeutung des japanischen Ahnenkultes weist der Reichsführer-SS an einer Stelle explizit hin: »Wir sehen, wie tapfer ein Volk sein kann, das nur an seine Ahnen glaubt: Japan! Ein solches Volk ist schwer zu besiegen. Diese Gedanken und diese Kraft wollen wir in den Jahrzehnten, die noch vor uns liegen, unserem Volk einflößen. Darum muss dieser Gedanke Lebenselement der SS werden.«[75] Er selber sah seine SS-Männer als die letzten Glieder einer langer Kette arischer Edlinge, die in die Zukunft weise: »So sind wir angetreten und marschieren nach unabänderlichen Gesetzen als ein nationalsozialistischer, soldatischer Orden nordisch bestimmter Männer und als eine geschworene Gemeinschaft ihrer Sippen, den Weg in eine ferne Zukunft und wünschen und glauben, wir möchten nicht nur sein die Enkel, die es besser ausfochten, sondern darüber hinaus die Ahnen späterer, für das ewige Leben des deutschen germanischen Volkes notwendiger Geschlechter.«[76] In den Feldzeichen der SS (Fahnen und Standarten) sollte der Geist der gefallenen Ahnen weiterleben: »Darum ist die mit dem Blute der erschlagenen Krieger getränkte Flagge für immer der mythische Sammelpunkt der lebendigen und der toten Krieger.«[77]

Der Krieg als Selbstzweck

Der Krieg als Selbstzweck ist auch ein in der NS-Ideologie (ebenso wie in der Samurai-Tradition und der *Bhagavadgita*) immer wieder beschworenes Bild. Werner Brest forderte von den SS-Männern den »heroischen Realismus«, bis zum letzten Blutstropfen weiterzukämpfen: »Nicht der Sieg entscheidet über den Wert des Kämpfers, die Hoffnung auf den Sieg darf nicht einmal bestimmend sein für den Kämpfenden. [...] Die Bejahung des Kampfes auf verlorenem Posten für eine verlorene Sache (ist) das Kriterium der neuen Haltung.«[78] Das ist reinster Bushido-Geist. Ein weiteres Beispiel hierfür beinhaltet ein Gedicht von Gerhard Schumann mit dem Titel »Die Tat«. Dort wird ebenfalls gesagt, dass nicht der Sieg der Sinn der (kriegerischen) Handlung sei, sondern die kriegerische »Tat« als solche. Zwischen dem Schmerz, der dem Feind zugefügt werde, und dem eigenen Schmerz bestehe kein Unterschied mehr. In der vernichtenden Tat »schlägt der Täter sich selbst bis zum Auslöschen des eigenen Wünschens und Wollens; die nackte, ziellose Tat, das Sichverbeißen und Zerfleischen sind Akte mystischer Selbstauflösung und der Kommunion mit der Welt bis zur Entspannung im Blutrausch«, schreibt Eric Voegelin in seiner Interpretation dieses Gedichtes.[79]

In solchen Zeilen liegt viel Samurai-Philosophie: die Tat als Selbstzweck, die Aufhebung von Innen und Außen, das Auslöschen von Wunsch und Wille, die Selbstauflösung – und dennoch ist das Szenario emotional so aufgeladen und zeigt in seiner Verworfenheit noch so viel menschliches Pathos, dass es als eine radikale Gefühlsmystik bezeichnet werden muss. Der Samurai aber tötet auch noch dies. Er hat alle Emotionen ausgelöscht. Er erlebt seine Ekstase durch Gefühllosigkeit. Genau das war für die eisige, wortkarge Sachlichkeit der SS-Männer die richtige Lebenseinstellung

Der deutsche Harakiri-Geist

In den 1930er-Jahren gab es in der SS eine außerordentlich hohe Selbstmordrate, sodass sich Himmler zu einer öffentlichen Stellungnahme gezwungen sah. Er deutete dieses Phänomen als einc Nachwirkung der verweichlichten Erziehung, die junge Männer in der Weimarer Republik genossen hätten, und kam zu dem Schluss: »Ich habe kein Verständnis dafür, dass jemand sein Leben wie ein dreckiges Hemd wegwirft, weil er glaubt irgendwelchen schwierigen Auseinandersetzungen, irgendeinem Problem in der Liebe, in der Truppe usw. damit auszuweichen.« SS-Männer, die Selbstmord begingen, durften nicht begraben, sondern mussten »verscharrt« werden.[80] Damit hatte der Selbstmörder Himmler, dessen Leiche Ende Mai 1945 von den Alliierten an einem unbekannten Ort in der Lüneburger Heide »verscharrt« wurde, seine eigene Geschichte vorweggenommen.

Aber wie für den Samurai das Harakiri, so wurde für SS-Männer der Suizid unter bestimmten Bedingungen als ein Heldenritual empfohlen.[81] In dem von Walther

Wüst herausgegebenen *Archiv für Religionswissenschaft* erschien 1939 ein Artikel von Alfred Dieck mit dem Titel »Selbsttötung bei den Germanen«, in dem fünf rühmliche Suizidarten gepriesen werden: »Selbsttötung aus Ehre« – »Selbsttötung aus Treue« – »Selbsttötung aus Gemeinschaftsgedanken« – »Selbsttötung statt Siechtum« und »Selbsttötung aus religiösen Gründen«. Der Verfasser betont mit Nachdruck, dass der *nordische* Suizid einen heroischen Eigenwert habe, wenn er sich in die oben genannten Kategorien einordnen lasse, der *morgenländisch-jüdisch-christliche* Opferbegriff benutze dagegen das Opfer, um jenseitige Kräfte zu beeinflussen.[82]

Interessant an diesem Artikel ist, dass Dieck die »Opferauffassung« der Germanen, »die auch den Opfern des Weltkrieges und denen für das Großdeutsche Reich entspricht« mit einer völlig ungermanischen, aber um so mehr buddhistischen Terminologie beschreibt: Es gehe – so der Autor – bei den genannten Suizidarten um das »Opfer des eigen Ichs aus Ehre – Opfer des eigenen Ichs aus Treue und Opfer des eigenen Ichs für die Gemeinschaft«.[83] Die »Opferung des Ichs« ist eine in allen Schulrichtungen des Buddhismus immer wieder ausgesprochene Forderung.

In der SS scheinen Harakiri-Referenzen aus dem japanischen Kulturkreis so häufig gewesen zu sein, dass sie selbst Himmler zu viel wurden: »Und ich wende mich dagegen, wenn wir unseren Männern ein Vorbild vorstellen wollen – so wie es gut gemeint, aber doch unrichtig in Wirklichkeit oft gemacht wird –, dass es dann heißt: Ja, die Japaner stürzen sich mit einem Flugzeug auf ein Schlachtschiff. Das ist natürlich nur bei Japanern möglich. Oder dass gute Sitten der Japaner aufgezeigt werden, dass sie die Urne mit der Asche ihrer Kameraden sich umhängen und damit stürmen. – Ich erkenne diese Tapferkeit an, stehe aber auf dem Standpunkt, dass wir als das älteste [!] Kulturvolk und Kriegsvolk dieser Erde es nicht nötig haben, uns unsere Beispiele und Vorbilder von einer fremden Rasse zu holen. [...] Wenn also [...] der Grenadier, der den Panzer erledigen will, die Haftmine, die nicht haften bleibt, beim dritten Mal mit einer Hand festhält und mit der anderen abzieht, dann sind das genau die Vorbilder für unsere Jugend und für jeden Soldaten.«[84] Obgleich sich Himmler hier aus rassistischen Gründen davon distanziert, immer wieder nach Japan zu blicken, so zeigt das Beispiel doch, wie anspornend die Konkurrenz zur fernöstlichen Suizid-Philosophie des Bushido auf die Deutschen wirken sollte.

Der mittelalterliche Templer-Orden, der manchmal, und der Deutsch-Ritter-Orden, der häufig mit der SS in Verbindung gebracht wurde, waren trotz ihres exponierten Militarismus entscheidend von christlichen Glaubensvorstellungen geprägt. Ideologische Anleihen, die Himmler und Hitler[85] bei den Jesuiten, ja sogar bei den Freimaurern machten, um die Struktur der Schutzstaffel in einen historischen Vergleich zu stellen, wirken paradox, da von ihnen auf der anderen Seite beide Organisationen heftig bekämpft wurden.[86] Die Samurai-Orden dagegen waren von solchen religiösen Emotionen und historischen Traditionen gereinigt. Die emotionslose, streng disziplinierte, lebensverachtende, inhumane Ausrichtung der SS hätte durchaus das Bushido-Ideal nach einem gewonnenen Kriege zum Leitbild der gesamten Organisation machen können.

Propagandisten des Samurai-Geistes im faschistischen Italien

In Italien waren es der Baron Julius Evola und der berühmte Tibetologe Graf Giuseppe Tucci (1894–1984), die versucht haben, das japanische Samurai-Ideal mit der faschistischen Ideologie unter Mussolini zu verbinden. Tucci publizierte in der Zeit zwischen 1937 und 1943 mehrere kleine Schriften, in denen die kriegerischen Tugenden des Zen gelobt werden. Der Zen ermögliche es den Japanern »zu Männern unter Männern zu werden, zu Kriegern einer Armee, die auf ein Geschick zu marschiert, das alle gleichmacht«.[87] In einer anderen Schrift (*Il Giappone moderno e la sua crisi spirituale*) gibt der Graf seine hohe Bewunderung für eine Gruppe von Zen-Mönchen zum Ausdruck, die von den Samurai in Kampftechniken ausgebildet wurden.

Dem »Weg des Kriegers« hat »Seine faschistische Eccelenza Tucci« (Karl Löwith über Tucci) 1942 eine eigene Schrift gewidmet – *Il Buscidô*. Darin geht er davon aus, dass die Japaner die spirituelle Tradition ihrer Ahnen bewahren konnten, was sie vor der Desintegration durch die moderne Gesellschaft rettete. Bushido sei keine Theorie, sondern eine Lebenshaltung, die Glorifizierung der Geschichte und der mutige Versuch, der Welt des *Maya* (Illusion) einen göttlichen Sinn zu geben.[88] Zentrale Grundsätze der faschistischen Ideologie Italiens, wie zum Beispiel die »direkte Aktion« (*atto puro*), werden von Tucci auch im Bushido entdeckt. Bushido und Zen sieht er als Ergänzung, der eine führe zum unmittelbaren Handeln, der andere zur Beruhigung des Geistes. Zwischen Soldat und Bürger gebe es in der japanischen Gesellschaft keinen Unterschied, ebenso wenig wie zwischen Krieg und Frieden. Friede ist für Tucci nur die Ruhe vor dem Sturm, die stille Vorbereitung für einen neuen Krieg.[89] Auch der Unterschied zwischen Leben und Tod werde im Bushido aufgehoben. Angesichts der weltweiten Aggression des Faschismus konnte der Graf 1942 in seiner Apotheose des Samurai-Ideals schreiben, die japanischen Heroen seien nicht mehr allein. Sie kommunizierten in der »Sprache der ewigen Ideen« mit den anderen Heroen des Krieges: denen, die im Pazifik, denen, die in Nordafrika und denen, die in den Steppen Russlands gefallen seien.[90]

Nicht das »Mitgefühl«, sondern die Kampfbereitschaft waren für Tucci das Merkmal seines heroischen Buddhismus. »Ein Bodhisattva«, so der Graf an anderer Stelle, »ist nicht primär einer, der liebt und der sich opfert, sondern einer, der kämpft. Er ist ein Held, ein mit Mut ausgestatteter Held.«[91] Der Tibetologe, der für viele seines Fachs als der bedeutendste Tibetforscher des 20. Jahrhunderts gilt, wusste, wovon er sprach. In seiner mit Walther Heissig verfassten Schrift *Die Religionen Tibets* kommt er zu dem überraschenden Schluss: »Ein bemerkenswertes Kennzeichen der tibetischen Religiosität ist ihr auffallender Mangel an sozialem Mitgefühl.«[92]

Als Faschist glaubte Tucci an die Heiligung durch Gewalt, an das Aufgehen des individuellen Willens im Willen des Staates. Als Tibetologe war er – wie Gustavo Benavides schreibt – ein Bewunderer des tantrisch-tibetischen Siddha-Ideals, jene »Kombination von Held und Heiligem«, die »die Grenzen der Zeit und die illusorischen Grenzen der Individualität« überschreitet.[93] Er konnte deswegen ohne weiteres seine faschistische Weltanschauung mit den Inhalten seiner orientalistischen Studien in Einklang bringen. Als Mitglied der »Italienischen Akademie« arbeitete er eng mit der nationalsozialistischen »Deutschen Akademie« unter General Karl Haushofer zusammen. Die Veröffentlichung einer Schrift über seine Tibet-Expedition wurde jedoch 1941 vom SS-Ahnenerbe abgelehnt, weil sie die »Ergebnisse« der SS-Tibetexpedition Ernst Schäfer vorwegnähme.[94]

Während sich Giuseppe Tucci nach dem Krieg mit seinen militaristischen Äußerungen zurückhielt, hat der faschistische Kulturphilosoph Julius Evola seine rechtsextremen Positionen niemals geändert. In der angesehenen Zeitschrift *East and West* erschien von ihm 1957 ein Aufsatz mit dem Titel »Spirituelle Männlichkeit im Buddhismus«,[95] in dem all seine martialischen Auffassungen über die Lehre des Buddha zusammengefasst sind. Es ist dennoch erstaunlich, dass Evola dem Bushido kein eigenes Buch gewidmet hat, denn er hat viele Male betont, dass er in der Todesphilosophie der japanischen Samurai das buddhistische Kriegerideal am Reinsten vertreten sehe.

So gibt es nur mehrere Aufsätze und zahlreiche Zitate von ihm über dieses Thema.[96] Evola interpretiert den Zen als eine Rückkehr zu den Ursprüngen des »arischen« Frühbuddhismus, der durch Lehren des Mahayana in Verfall geraten sei.[97] Der Zen erscheint ihm als die adäquate geistige Disziplin für einen Kriegerbuddhisten: »Die besondere esoterische Form der buddhistischen Doktrin entsprach am meisten dem japanischen Kriegeradel und Zen wurde sogar als die ›Religion des Samurai‹ bezeichnet. Nach japanischer Weltsicht ist ein Mann ein Mann und kein Tier, er kann nur ein Samurai sein: Mutig, aufrichtig, vertrauenswürdig, männlich, vertrauend, voller kontrollierter Würde und immer bereit für jegliches aktive Opfer. Alle diese Begriffe von Männlichkeit, Loyalität, von Mut, von der Kontrolle des Bewusstseins, der Instinkte und der Handlungen, von der Verachtung für ein angenehmes Leben und einen leeren Luxus – all das sind Elemente des Bushido, der Ethik des Samurai-Kriegeradels.«[98] Den Japanern sei es gelungen, die »Moderne« der »Tradition« dienstbar zu machen: In der »Nation der Samurai [konnte] durch die Übernahme äußerlicher Formen der modernen Zivilisation die Treue zu einer Kriegertradition, die sich um das Symbol des aus göttlichem Recht abgeleiteten Sonnenreiches zentriert, nicht untergraben werden.«[99]

Das »Hagakure« – ein spiritueller Leitfaden für das 21. Jahrhundert?

Wir haben am Anfang dieses Kapitel auf unser Erstaunen darüber hingewiesen, dass 2000 im Piper-Verlag das *Hagakure – Der Weg des Samurai* von Tsunetomo Yamanoto erscheinen durfte, ein Buch, welches wegen seines faschistischen Geistes seit Ende des Zweiten Weltkrieges in ganz Japan »verdammt« war.[100] 2001 folgte wegen des großen Erfolgs ein zweiter Band (*Hagakure II – Der Weg des Samurai*).

Diese von Faschisten und SS-Männern bewunderte Anleitung zum heroischen Suizid, zur Lebensverachtung, zum Töten, zur Gewalt, zur absoluten Verherrlichung der Kriegerkaste wurde nicht einmal mit einem kritischen Kommentar versehen.

Aber es kommt viel schlimmer: Der Piper-Verlag preist auf den Klappentexten das Werk, das alle aggressiven »Kriegertugenden« der Samurai-Kaste beinhaltet, als »besonderen Wegweiser in der heutigen Welt« an: »In kurzen Kapiteln vermittelt das *Hagakure* Wahrheiten, die noch immer gültig sind, und es liest sich als ein Leitfaden für den Umgang mit Macht und Karriere. Ähnlich wie Machiavellis *Der Fürst* leitet es zu strategischem Handeln an und ist als eine Art Bewusstseinstraining zu lesen. […] Das *Hagakure* ist ein spiritueller Leitfaden für den beruflichen und privaten Erfolg auch in der heutigen Welt.« – Geschrieben nicht etwa 1938 für die SS-Junkerschule in Bad Tölz, sondern von einem renommierten deutschen Verlag 2000/2001 als Perspektive für das neue Millennium.

Zen-Buddhismus und NS-Faschismus

Der Verdacht, dass es zwischen Zen-Buddhismus und Faschismus historische und inhaltliche Verflechtungen gibt, wird nicht durch die Verbindungen entkräftet, die der Zen nach dem Zweiten Weltkrieg mit dem kapitalistischen Wirtschaftssystem (Unternehmens-Zen) und dem Christentum (Christen-Zen) eingegangen ist. Bestimmte Grundeinstellungen dieser fernöstlichen Religionsrichtung könnten sie – wie wir zeigen werden – immer wieder für eine faschistische Ideologie attraktiv machen. Arthur Koestler nennt als Beispiel hierfür den »ethischen Relativismus« und den »kosmischen Nihilismus« des Zen, welcher der Außenwelt jegliche unabhängige Realität abspreche.[1] Nach einem kometenhaften Aufschwung westlicher Zen-Adaption bis Mitte der 1990er-Jahre ist es jetzt etwas ruhiger geworden. Während in den beiden Jahrzehnten vorher eine Flutwelle von Zen-Büchern den Markt überschwemmte, die sich mit Geld- und Unternehmensstrategien auseinandersetzen, hat die Dauerkrise der japanischen Wirtschaft gezeigt, dass die weltweiten Erwartungen an den Kapitalismus-Zen illusionär gewesen sind.

Der Zen-Philosoph Daisetz Teitaro Suzuki und der Faschismus

Daisetz Teitaro Suzuki (1870–1966) gilt als der international bedeutendste Theoretiker des Zen-Buddhismus. Nach 1945 war Suzuki der erste bekannte japanische Buddhist, der sich in mehreren Artikeln kritisch mit der Kriegspolitik seines Landes und der opportunistischen Haltung der japanischen Buddhisten auseinander setzte: »Als der Militarismus in den vergangenen Jahren in Mode kam, passte sich der Buddhismus dieser Situation an und bemühte sich unablässig, Konflikte mit den Machthabern zu vermeiden.«[2] Mit diesem Satz beschreibt er eine Haltung, die er in dieser Zeit selber gewählt hatte, denn bis 1945 kooperierte Suzuki mit den japanischen Militärs und trug in mehreren Abhandlungen zur Ausformulierung eines faschistisch-buddhistischen Kriegerethos bei.

In einem 1943 verfassten Artikel, in dem er speziell junge Buddhisten anspricht, legitimierte er die Aktivitäten der Armee: »Obgleich er ›Groß-Ostasien-Krieg‹ genannt wird, handelt es sich im Prinzip um einen ideologischen Kampf für die Kultur Ostasiens. Buddhisten müssen an diesem Kampf teilnehmen und ihre essentielle Mission erfüllen.«[3] Zwei Jahre vorher, kurz vor dem Angriff auf Pearl Harbor, veröffentlichte er zusammen mit hohen Armeeoffizieren eine Anthologie mit dem Titel

Die Essenz des Bushido. Darin schreibt der Herausgeber des Buches, Handa Shin: »Bushido ist tatsächlich die Kraft, die die Entwicklung unserer Nation angetrieben hat. In Zukunft muss es die grundlegende Kraft sein, die den großen Plan der Entwicklung Asiens antreibt, dessen Bedeutung für die Weltgeschichte von Tag zu Tag größer wird.«[4]

In dem Passus, wo Handa Shin die Autoren der Anthologie vorstellt, ist über Suzuki zu lesen: »Dr. Suzukis Schriften sollen den militärischen Geist des nationalsozialistischen Deutschland stark beeinflusst haben.«[5] Ob dies nun stimmt oder nicht – sicher ist, dass während des Krieges zwei Bücher von ihm in deutscher Sprache publiziert wurden: 1939 die *Einführung in den Zen-Buddhismus* und 1941 *Zen und die Kultur Japans*. Insbesondere die letzte Schrift ist in unserem Zusammenhang von Interesse, weil sie in den beiden Kapiteln »Zen und der Samurai« und »Zen und die Schwertmeisterschaft« Suzukis Ideen zum Kriegsbuddhismus enthalten.

Der Gelehrte führt aus, dass Zen von Beginn an historisch wie ideologisch den Kriegergeist des Samurai gestärkt habe, und zwar sittlich und weltanschaulich. Sittlich, weil Zen ein Glaube sei, »der lehrt, nicht rückwärts zu blicken, wenn die Richtung des Weges einmal entschieden ist«; weltanschaulich, weil »Leben und Tod [...] für Zen nicht zweierlei Dinge« sind.[6] Da Zen nicht rational, sondern intuitiv sei – so führt der Autor fort –, habe er eine große Anziehungskraft auf die Kriegerkaste ausgeübt, deren Sinn schlicht sei und nicht dem Philosophieren zuneige. Die »Zen-Schulung [ist] einfach, unmittelbar, selbstbewusst, selbstüberwindend, und diese asketische Richtung steht der kämpferischen Gesinnung nahe.«[7]

Als Bushido bezeichnet Suzuki das geistige Zusammenwirken zwischen Priestertum und Kriegertum, das zu einer spezifischen Soldatenmystik führe: »Das Soldatische, verbunden mit Mystik und dem Erhabensein über weltliche Belange, ist etwas, das Menschen von starker Willenskraft liegt. Hier entspricht das Zen dem Geist des Bushido (›Weg des Kriegers‹).«[8] Die bei allen NS-Ideologen unter dem Einfluss von Schopenhauer und Nietzsche feststellbare Akzentuierung des Willens gilt auch – nach Suzuki – im Bushido als gebietende Treibkraft: Zen sei »eine Religion der Willenskraft und Willenskraft ist das höchste Erfordernis des Kriegers, auch wenn sie Erleuchtung durch Intuition bedarf.«[9]

Ebenso ist der Todeskult der japanischen Kriegerkaste ein zentrales Sujet, das Suzuki wiederholt als eine Qualität des Zen positiv anspricht: »Die Frage des Todes ist eine große Frage für einen jeden von uns, noch dringlicher aber ist sie für den Samurai, dessen Dasein ausschließlich dem Kampf geweiht ist, und Kampf bedeutet Tod für einen Kämpfer.«[10] Der Autor zitiert als Beleg eine Textstelle aus einem alten Bushido-Lehrbuch: »Der notwendigste und unentbehrlichste Gedanke des Samurai ist der an den Tod. Ihn muss er Tag und Nacht, Nacht und Tag, vom Morgendämmern der ersten bis zur letzten Minute des letzten Tages im Jahre sich vor die Seele stellen.«[11] Schon 1906 erschien in englischer Sprache ein Aufsatz von ihm, der den buddhistischen Todeskult bejubelte: »Die Lebensanschauung des Bushido ist mit der des Zen identisch. Die Ruhe und sogar die Herzensfreude im Augenblick des Todes, die bei den Japanern deutlich zu erkennen ist, die Furchtlosigkeit, die die japanischen Soldaten angesichts eines übermächtigen Feindes gewöhnlich zeigen [...] all dies entspringt dem Geist der Zen-Schulung.«[12] In der schon zitierten Anthologie der japanischen Armee *Die Essenz des Bushido* schlussfolgert Suzuki: »Es entspricht dem Geist des Bushido, dieses Leben wahrhaft aufzugeben.«[13]

Ein Samurai hat keine Seele, sondern »das Schwert ist die Seele des Samurai«, lesen wir bei dem japanischen Philosophen.[14] Mit dem so genannten »Schwert-Zen« präsentiert er eine Weltanschauung, die diese Waffe zum Drehpunkt allen Seins werden lässt.[15] Richtet sie sich gegen die äußeren Feinde, dann wird sie als das »Schwert des Todes« bezeichnet. Richtet sie sich gegen die eigenen Verfehlungen wie Hass, Zorn und Torheit, dann heißt sie das »Schwert des Lebens«. Das Schwert steigert sich am Ende zu einem Übersymbol der im buddhistischen Denken immer wieder auftretenden Dialektik doppelter Negation. Als »absolutes Schwert« zerschneidet es die Zweiheit, trennt es die Trennung, tötet es den Tod. In der Überwindung aller Gegensätze wird es selbst zum Buddha Vairochana.

Sehr ähnlich betont Heinz Corazza in seinem SS-Büchlein *Die Samurai – Ritter des Reiches in Ehre und Treue*, dass die japanische Kriegerkaste, »das Schwert zu ihrer Seele mache«.[16] Schwertphantasien sind ein beliebtes Sujet der NS-Kultur und so kommt es zu einem Kulturvergleich: »Wie bei den Germanen hat das Schwert des Samurai besondere Verehrung genossen. [...] Nachdem aus Europa die modernen Waffen eingeführt waren, legten die Samurai keineswegs ihre alten Schwerter ab. Auch heute zieht der japanische Offizier mit dem ererbten Samurai-Schwert in den Kampf.«[17] Eine beliebte Metapher der damaligen Zeit war es, SS-Männer stünden in »Schwertmission«. Im Hausorgan des SS-Ahnenerbes *Germanien* werden »eisenhafte Männer, die an das Schwert appellieren und durch das Schwert zu fallen bereit sind« hervorgehoben.[18] 1937 übergaben anlässlich des Julfestes mehrere SS-Obergruppenführer und -Gruppenführer »ihrem« Reichsführer-SS ein altes Wikingerschwert mit den Worten: »Möge die Kraft der Männer, die einst dieses Schwert in kühnen Taten für unseres Volkes Ehre und Ansehen führten, Sie, Reichsführer, allzeit begleiten. Mit dem Gelöbnis, Ihnen, verehrter Reichsführer, bedingungslos zu folgen, ohne zu fragen wohin und warum.«[19] Das ist echter Samurai-Geist. Auch gab es in den SS-eigenen Betrieben neben einer Porzellanmanufaktur eine Schwertschmiede. Hitler hatte schon in *Mein Kampf* das »Schwert« als wichtiges Symbol benutzt: »Denn unterdrückte Länder werden nicht durch flammende Proteste in den Schoß eines gemeinsamen Reiches zurückgeführt, sondern durch ein schlagkräftiges Schwert. Dieses Schwert zu schmieden ist die Aufgabe der innenpolitischen Leitung eines Volkes; die Schmiedearbeit zu sichern und Waffengenossen zu suchen, die Aufgabe der außenpolitischen.«[20]

Im Bushido zerbrechen – so Suzuki – alle moralischen Regelsysteme, wenn sie sich dem »Weg des Kriegers« entgegenstellen sollten. Für einen Außenstehenden mag diese Amoralität als eine Philosophie des Teufels erscheinen, für einen Samurai dagegen ist sie ein konsequenter Schritt auf seinem Erleuchtungsweg. Als Kommentar zu dem klassischen Bushido-Text *Hagakure* schrieb er: »Diese Kräfte [des Kriegers] können manchmal teuflisch sein; jedenfalls aber gehen sie über das hinaus, was man gemeinhin für menschenmöglich hält, und wirken Wunder. […] Der Tod verliert seinen Stachel und hier treffen sich die Schulung des Samurai und des Zen.«[21]

Zen lehrt nicht die Unterscheidung von Gut und Böse, sondern Zen lehrt ausschließlich das Erreichen des Zieles, ohne über dieses Ziel zu urteilen und ohne über die Mittel zu urteilen, welche zu diesem Ziele führen. Die Devise lautet schlicht und einfach: Geh den Weg zu Ende, den du einmal beschritten hast. Diese unbeirrte Zielstrebigkeit macht Zen zur vorzüglichen Weltanschauung für Militärs, die nicht viel nach dem *Warum* fragen. »Zen«, so Suzuki, »trug ihnen [den Samurais] keine Argumente vor über die Unsterblichkeit der Seele oder die Weisheit der Wege Gottes oder über einen sittlichen Wandel, sondern es verlangte einfach von ihnen, jeden Schluss, zu dem der Mensch gekommen ist, ob er vernünftig oder unvernünftig ist, geradeaus durchzuführen. […] In dieser Hinsicht ist Zen wahrhaftig die Religion des Samurai.«[22]

Aber Zen ist nicht nur die Religion für unreflektierte Krieger, sondern Zen ist universell: »Er kann sich«, so Suzuki, »mit anarchistischen oder faschistischen, kommunistischen oder demokratischen Idealen, mit Atheismus oder Idealismus, mit jedem politischen oder wirtschaftlichen Dogma befreunden.«[23] Fazit: Bis 1945 war Zen in Japan, Deutschland und Italien faschistisch, nach dem Kriege wurde er im Westen demokratisch und kapitalistisch, nicht aber im Osten, dort war er kommunistisch, und bei den Benediktinern, die ihn zunehmend praktizieren, ist er katholisch. *Satori* (Erleuchtung) und politische Einstellung haben – nach Suzuki – nichts miteinander zu tun. »Im Satori geht es um die Welt des Satori«, schreibt er kurz nach dem Kriege. »Doch ist Satori an sich nicht in der Lage, über die Berechtigtheit oder Nicht-Berechtigtheit eines Krieges zu urteilen.«[24] Der Samurai ist ein Krieger, der durch sein blutiges Handwerk Erleuchtung zu erlangen sucht. Für ihn bilden Zen und Krieg eine Einheit. *Bushido* ist mit einem Wort »Kriegsbuddhismus als Initiationsweg«.

D. T. Suzukis *Essays on Zen-Buddhism* waren es, die Martin Heidegger (1889–1976) mit dem Zen-Buddhismus in Berührung brachten. Der erste Band dieser Aufsatzsammlung wurde dem Philosophen durch seinen japanischen Schüler Keiji Nishitani (1900–1990) als Geburtstagsgeschenk überreicht. Heidegger war so angetan, dass er Nishitani zu einem philosophischen Gespräch über den Text einlud. Das war im Jahre 1938. Von diesem Zeitpunkt an wurden die Schriften Suzukis zu einem präferierten Studienobjekt Heideggers. Er traf den Japaner erstmals 1953, war sehr beeindruckt von der Begegnung und soll später gesagt haben: »Wenn ich diesen Mann richtig verstehe, dann ist dies das, was ich in meinen Schriften zu sagen versuchte.«[25]

Der Heidegger-Schüler Keiji Nishitani gilt als einer der bedeutenden japanischen Gelehrten der *Kyoto-Schule*, der sich unter anderem durch die Übersetzung abendländischer Denker (Aristoteles, Plotin, Hegel, Nietzsche) ins Japanische einen Namen machte. Seit 1965 war er zusammen mit D. T. Suzuki Herausgeber der mahayana-buddhistschen Zeitschrift *The Eastern Buddhist*. Nicht nur Heideggers positive Beziehung zum NS-Regime ist nach dem Krieg problematisiert worden, sondern auch das seines Schülers Nishitani. Von ihm wurde aus dem Jahre 1942 der folgende Satz bekannt: »Ist das politische Bewusstsein der Deutschen nicht entwickelter? Ich glaube auch, dass in Menschen wie Hitler das Bewusstsein von der Notwendigkeit, eine innere Ordnung zu errichten, klarer ist als bei den japanischen Herrschern.«[26] Karl Löwith, der als jüdischer Emigrant damals in Japan Zuflucht suchte, schieb in seinen Memoiren: »Dem Hakenkreuz war auch im Osten nicht zu entgehen.«[27]

Die ersten Zen-Diskussionen in Deutschland

Das erste deutsche Buch über Zen-Buddhismus (*Zen – der lebendige Buddhismus in Japan*) erschien im Jahre 1925. Die beiden Autoren waren August Faust (1895–1945), später Professor für Philosophie an der Universität Breslau, und der Japaner Shuej Ohasama (von der Rinsai-Schule). Der Kant- und Fichteforscher Faust entwickelte sich zu einem engagierten Nazi und war in verschiedenen NS-Organisationen tätig. 1933 wurde er noch mit 38 Jahren Mitglied der Hitlerjugend, 1937 im Deutschen Jungvolk »Fähnleinführer«. Er stand Kreisen um Alfred Rosenberg nahe und beteiligte sich am »Kriegseinsatz der Philosophen«. In den 1930er-Jahren publizierte er eine apologetische Schrift über die *Philosophie des Krieges*. 1944 war er mit einem Beitrag zum Thema »Glaubensformen des Reichs« in der Schriftenreihe vorgesehen, die im SS-Ahnenerbe von Friedrich Hielscher herausgegeben werden sollte. 1945 beging August Faust in Breslau Selbstmord.

Das mit Ohasama zusammen verfasste Zen-Buch ist weitgehend frei von einem kriegerischen Geist, mit Ausnahme einiger Sätze aus dem Vorwort, das von dem berühmten Religionswissenschaftler Rudolf Otto (1869–1937) verfasst wurde. Otto macht hier eine Eloge auf den Samurai-Geist: »Da sehen wir auch die Bilder dieser eisenfesten, willensgestählten Männer, die in der Zen-Übung des Satori gereift, den Kriegeradel Japans schufen, die Samurai, die das ritterliche Ideal des ›Bushido‹ und seinen Sittenkodex gestalteten und Japan das Rückgrat gaben, das es im Wandel seiner wechselvollen Geschichte stützte.«[28] Dann zieht der später von den NS-Orientalisten hoch geschätzte Otto einen Vergleich zwischen der *Bhagavadgita* und dem Zen: »Ohne es zu wissen, haben die japanischen Ritter die Ratschläge befolgt, die Krishna dem Arjuna zuteil werden lässt und durch die er ihn, den schwach Gewordenen, zu seiner Ritterpflicht zurückleitet. Die starke innerliche Willenssammlung auf dem Grunde tiefer Versenkung und innerlichen Lösung von den zerstreuenden und eitlen Sinnesobjekten und Interessen, [...] die Standespflicht des recht schützenden und stützenden, unerschrockenen, tapferen und kämpfenden Kshatriya, das Kshatram selber, das die Züge des Bushido schon in sich enthält [...] diese und so manche andere Züge des Zen-Ideals stehen schon in der *Gita*.«[29] Zwei Jahre vorher hatte der Religionsphilosoph einen Aufsatz »Über Zazen als Extrem des numinosen Irrationalen« verfasst. Darin war zu lesen: »Zen ist eben das Irrationale im Extrem und fast losgerissen von allen rationalen Schemata.«[30]

Eugen Herrigel: ein überzeugter Nazi verfasst *Zen in der Kunst des Bogenschießens*

Fausts Fachkollege Eugen Herrigel (1884–1955) wurde weltberühmt durch sein Buch *Zen in der Kunst des Bogenschießens*. 1936 hatte er vor der Deutsch-Japanischen Gesellschaft einen Vortrag mit dem Titel »Die ritterliche Kunst des Bogenschießens« gehalten, der dann in der Zeitschrift *Nippon* erschien. Dieser Vortrag bildete die Grundlage für sein späteres Erfolgsbuch. Der eigentliche Text erschien erst nach dem Krieg im Jahre 1948 und entwickelte sich sehr bald, übersetzt in zahlreiche Sprachen, zu einem Klassiker.

Schon 1921 kam der Autor in Heidelberg mit der japanischen Zen-Philosophie in Berührung. Während seiner fast sechsjährigen Lehrtätigkeit als Dozent für Philosophiegeschichte an der Tohoku-Universität in Sendai (Japan) erlangte er die Meisterschaft in der Disziplin des Bogenschießens. »In Japan hieß es, Herrigel sei der erste Europäer, der den Geist des Zen verstanden habe«, so die Deutsche Buddhistische Union.[31] Am Ende seiner Lehrzeit erhielt er den japanischen Namen Bungaku Hakushi. Ab 1929 lehrte er als Professor an der Universität Erlangen Philosophie. 1937 wurde er dort Dekan und 1938 Prorektor. Herrigel war von Beginn an bis zum Ende ein überzeugter Anhänger des NS-Regimes.

Aus dem Jahre 1939 stammt von ihm ein Aufsatz mit dem Titel »Nationalsozialismus und Philosophie«. Darin wird ein Versagen der deutschen Philosophie beklagt, weil sie die völkisch-sittlichen Werte nicht genügend berücksichtigt habe. Hitler erscheint als ein »Wunder« am Horizont der Geschichte, der den »Kampf um die Seele des deutschen Volkes zum Ziel führte«.[32] Ebenso müsse die neue deutsche Philosophie »ihre Verbundenheit mit dem deutschen Volke« demonstrieren: »Nur der hat in Zukunft Auftrag zur Philosophie, der mit allen Fasern seines Herzens dem deutschen Volke angehört, mit ihm vom gleichen Blute durchpulst, vom gleichen Geiste getragen ist und daher aus dem tiefsten Grunde seiner Deutschheit heraus gestaltet und schafft.«[33]

Grunderfahrung des Zen-Bogenschützen ist die Ausschaltung des eigenen Ichs. Pfeil und Ziel bilden eine Einheit und das Ego des Schützen schwindet. Das Individuum und sein Wille sind völlig ausgeschaltet. »Es steht Ihnen im Wege, dass Sie einen viel zu willigen Willen haben«, lehrt uns der Autor.[34] Herrigel, der in Japan das Bogenschießen als spirituelle Zen-Disziplin wählte, weil er Erfahrungen im Umgang mit Gewehren und Pistolen hatte, sieht diese am reinsten durch den Geist des Samurai vertreten. Dies wird insbesondere am Ende seines Büchleins deutlich. Auf Seite 81 entschuldigt er sich, dass er bisher den Umgang mit Pfeil und Bogen als eine rein geistige Schulung beschrieben habe: »Es wird nun doch, befürchte ich, unterdessen bei manchem der Verdacht rege geworden sein, das Bogenschießen habe sich, seit es im Kampfe von Mann zu Mann keine Rolle mehr spielt, in eine verstiegene Geistigkeit hinübergerettet und damit in ungesunder Weise sublimiert. Und ich kann es keinem, der so fühlt, verdenken.«[35] In den anschließenden

Abschnitten, die sich mit Zen und Schwertkunst beschäftigen, kommt es dann zur wohl bekannten Verherrlichung des Kampfes, des Mutes, des Tötens und des Todes.

Mit »kühlem Blut«, so Herrigel, führt der Schwertkämpfer sein tödliches Ritual durch. »Im Augenblick des Ausweichens holt der Kämpfer schon zum Schlage aus, und noch ehe er sich dessen versieht, ist sein tödlicher Streich schon treffsicher und unwiderstehlich gefallen. Es ist, als ob das Schwert sich selber führe, und wie beim Bogenschießen gesagt werden muss, dass ›Es‹ zielt und trifft, so ist auch hier an die Stelle des Ich das ›Es‹ getreten.«[36] Jeglicher Gedanke an Leben und Tod wird ausgelöscht, der Krieger handelt aus der absoluten Leere heraus. Einem Rohling weicht ein Samurai im gegebenen Fall aus, weil ihm ein solcher Kampf keine »Ehre« macht. Ein achtunggebietender Gegner bringt dagegen »nichts anderes als ehrenvollen Tod«, entweder für den einen oder für den anderen Kämpfer.[37] »Hier kommen Gesinnungen zum Vorschein, welche das Ethos des Samurai, den unvergleichlichen ›Weg des Ritters‹, Bushido genannt, bestimmt haben.«[38] Ein Samurai lebt gern in der Welt, aber ist »jederzeit dazu bereit, aus ihr zu scheiden, ohne sich durch den Gedanken an den Tod beirren zu lassen.«[39] – »Frei zu sein von Todesfurcht« war eine der Maximen, die auch im Moralkodex der SS einen zentralen Stellenwert einnahmen.

Hätten sie sich mit der Geschichte des Zen in Japan und dessen Rezeption in Deutschland auseinander gesetzt, dann wären amerikanische Bewunderer Herrigels, als sie später über dessen aktive NS-Anhängerschaft erfuhren, nicht so erstaunt gewesen. Ein Zen-Meister als Nazi – das schien nicht zusammenzupassen. So fragte R. J. Zwi Werblowsky in einem Artikel über Herrigel: »Und der Mann, der einen der Bestseller über Zen geschrieben hat, der eifrig jeden Zen-Enthusiasten in Erregung versetzt, war ein überzeugter Nazi und Gefolgsmann von Adolf Hitler. Kannst du ein echter Zen-Schüler sein, oder kannst du vorgeben, Erleuchtung erfahren zu haben und zur gleichen Zeit einem ›Führer‹ folgen, der Millionen von Menschen in Gaskammern umbringen ließ?«[40] Die Antwort auf diese Frage hatte schon Daisetz Teitaro Suzuki gegeben. Ja – es ist möglich, denn Zen »kann sich«, wir wiederholen, »mit anarchistischen oder faschistischen, kommunistischen oder demokratischen Idealen, mit Atheismus oder Idealismus, mit jedem politischen oder wirtschaftlichen Dogma befreunden«. Man wird dem nicht widersprechen dürfen, wenn dies aus so berufenem Munde kommt.

Auch Herrigel betont, dass ein Samurai »von Tag zu Tag unzugänglicher für Erschreckendes« wird, was angesichts der Tatsache, dass sich die SS vom Samurai-Geist inspirieren ließ, makaber klingt.[41] Allein Arthur Koestler, der sich in seinem Buch *Von Heiligen und Automaten* kritisch mit dem Zen und auch mit Herrigel auseinander setzt, kommt zu dem Schluss: »Zen strahlt immer eine Faszination für eine Kategorie von Leuten aus, bei denen sich Brutalität und Pseudomystizismus miteinander vermischen, angefangen von den Samurai über die Kamikaze bis hin zu den Beatniks. […] Der Fall Herrigel […] ist dafür typisch. Er war ein Starschüler unter den westlichen [Zen-]Konvertiten sowohl vor als auch nach seiner Nazi-Karriere.«[42]

Die Frage, wie deutsche Zen-Lehrer nach dem Krieg mit ihrer Nazi-Vergangenheit umgegangen sind, soll uns weiterhin beschäftigen. Im »Fall Herrigel« bedarf es dazu noch einer genaueren Untersuchung, mit dem »Fall Dürckheim« wollen wir uns etwas ausführlicher auseinandersetzen.

Karlfried Graf Dürckheim: ein Zen-Schüler im Dienste des NS-Regimes

Der zweite große »Patriarch« des deutschen Zen war neben Eugen Herrigel der Graf Karlfried Dürckheim (1896–1988). Dürckheim wird von seinen Anhängern und weit darüber hinaus als begnadeter Brückenbauer zwischen Ost und West gefeiert. Er gilt als einer der bedeutendsten westlichen Meditationslehrer und Therapeuten. Unzählige »Wahrheitssucher« jeden Alters und jeglichen Standes soll er angezogen haben. Sein Haus in Todtmoos-Rütte (Schwarzwald) wurde zu einem Zentrum für Vertreter aller Glaubensrichtungen. Viele erlebten den Grafen als Integrationsfigur, die in den innersten Kern der Religionen vorgedrungen war und dort das Wesen der Spiritualität herausgeschält habe.

Karlfried Graf von Dürckheim-Monmartin wurde 1896 in München geboren. Nach dem Notabitur nahm der 18-Jährige als Fahnenjunker des königlich bayerischen Leibregiments am Ersten Weltkrieg teil. Er wurde in dieser Zeit mehrmals mit dem Tode konfrontiert und deutete dies später als initiatisches Erlebnis. Die ständige Präsenz der Todeserwartung führe zu einer größeren Bejahung des Lebens. »Es ist bekannt«, schreibt Dürckheim im Hinblick auf den Ersten Weltkrieg, »dass es wohl nirgends so ausgelassene Heiterkeit gibt wie gelegentlich unter Soldaten an der Front. […] Und so kann der Soldat an der Front mit dem Tod leben, sodass er ihn nicht mehr schreckt, mehr noch, ihn wie ein treuer Geselle begleitet, der ihn immer wieder über die Schwelle des kleinen Lebens in die Freiheit eines größeren Lebens hineinträgt.«[43] Problematisch an dieser schon ganz der Zen-Philosophie verpflichteten Lebensweisheit ist sicher nicht das »stirb und werde«, sondern dessen Bindung an den Krieg. Töten und Getötetwerden sind primäre Seinserfahrungen Dürckheims. Als jugendlicher Jäger überkommt ihn die »Lust am Töten« und er bringt wie in »einem bösen Rausch« eine mehrköpfige Eichhörnchen-Familie zur Strecke.[44] Im Ersten Weltkrieg erfährt er »eine Lust ganz bewussten Sichhineinwerfens in die tödliche Gefahr«.[45]

Ab 1919 engagierte sich der konservativ eingestellte Graf in verschiedenen antirevolutionären Aktivitäten. Er kooperierte mit den »Freikorps«, die München von den »Roten« befreien wollten. Von diesen wurde er inhaftiert, kam jedoch dank der Fürsprache eines ehemaligen Dieners, der sich den Aufständischen angeschlossen hatte, mit dem Leben davon. Anschließend betätigte er sich journalistisch, seine Spezialität waren antibolschewistische Artikel. Schon aus dieser Zeit datiert die erste Lektüre buddhistischer Schriften, »wo die Lehre der allen Menschen innewohnenden Buddhanatur sogleich einleuchtete.«[46] Beim Lesen einer Strophe aus dem *Tao*

Te King hatte er sein erstes Erleuchtungserlebnis (*Satori*): »Der Vorhang zerriss, und ich war erwacht. Ich hatte *Es* erfahren.«[47] Er studierte Psychologie, promovierte und wurde am 17. Februar 1930 habilitiert. 1931 erhielt er eine Professur an der Pädagogischen Akademie Breslau. Ein Jahr später ging er als Professor nach Berlin.

Zu seinen Ahnen zählen mehrere jüdische Bankiers, auch der berühmte Mayer Amschel Rothschild. Demnach floss nicht-arisches Blut in seinen Adern. Diese Tatsache hätte ihn eigentlich mit dem NS-Regime, das 1933 laut »Gesetz zur Wiederherstellung des Berufsbeamtentums« alle »Nichtarier« aus dem Staatsdienst ausschloss, in Konflikt bringen müssen. Aber das Gegenteil war der Fall: Dürckheim stellte seine Dienste dem Nazi-System mit Begeisterung und wahrer Tatkraft zur Verfügung und trat 1933 der SA bei. In einer Publikation über die Bedeutung der Universität heißt es aus demselben Jahre: Ziel der Forschung sei die »Erziehung zum politischen Menschen« und die »Grundlage aller Erziehung bildet die Wehrerziehung«, wie sie sich im bündischen Leben, im Wehrsport und der SA darstelle. Im amtlichen Organ des NS-Lehrerbundes (Gau Schleswig-Holstein) schrieb er: »Das Grundgeschenk der nationalsozialistischen Revolution: dies alle Berufe und Stände übergreifende Erlebnis des gemeinsamen Wesens, des gemeinsamen Schicksals, der gemeinsamen Hoffnung, des gemeinsamen Führers [...], das ist der lebendige Grund aller Einigungsbewegungen und -bestrebungen.«[48] 1935 wurde er während einer Wagner-Aufführung Hitler vorgestellt. Im selben Jahr vermittelte Dürckheim ein Treffen zwischen Hitler und dem englischen Lord Beaverbrook, dem Besitzer des *Evening Standard*.[49]

Den Nazis war die Kooperation mit dem loyalen und weltgewandten Grafen recht und billig, insbesondere weil sie ihn im Ausland einsetzen konnten und seine jüdische Großmutter dort den Anschein von der Liberalität des Regimes ausstrahlen musste. So ist Dürckheim seit 1935 Mitarbeiter im »Büro Ribbentrop« und gemäß einer Verfügung von Rudolf Heß wird er gezielt zur Betreuung des »Auslandsdeutschtums« abgestellt. Diese Aufgabe nimmt er ganz im Geiste seiner Vorgesetzten wahr. Entsprechend schwingen in einer Rede aus dieser Zeit imperialistische Töne mit: »Das Übersee-Deutschtum erlebt heute wohl im stärkeren Maße als alle anderen deutsche Volksgruppen in der Welt, dass die Geburtsstunde des nationalsozialistischen Deutschland zugleich die Geburtsstunde des deutschen Weltvolkes war.«[50] Emigranten, denen er auf seiner Überfahrt nach Südafrika begegnete und die das Nazi-System fluchtartig verlassen wollten, attackierte er in seinem Tagebuch: »So – ha! Da ist Hass drin und Gefühl der Befreiung. Wieder ein Giftherd gegen Deutschland draußen.«[51] Im selben Tagebuch steht geschrieben: »Um halb acht sitze ich an meinem Schreibtisch und lese erst mal mindestens eine halbe Stunde im *Mein Kampf*. Das gibt die Einstellung für den Tag.«[52]

»Deutschland kann jetzt vom faschistischen Japan viel lernen«

1938 schickte ihn Ribbentrop nach Japan. Seine Mission muss für das NS-Regime von höchster diplomatischer Bedeutung gewesen sein, denn es ist sehr anzunehmen, dass Dürckheim an der Vorbereitung des Dreimächtepaktes, in dem sich Deutschland, Italien und Japan gegenseitige militärische Unterstützung für eine »Neuordnung in Europa und Ostasien« zusagten, beteiligt war. Das ergibt sich schon daraus, dass er im Jahre 1939 zur Berichterstattung nach Berlin zurückbeordert wurde. Nach seinen eigenen Worten entließ man ihn mit dem neuen Auftrag, die Verbindung zu japanischen Wissenschaftlern während des Krieges aufrechtzuerhalten.

Nach 1945 lehnte Dürckheim jedoch jegliche Partizipation am Ausbau der politischen Achse Berlin – Tokio ab. Im Gegenteil: Die Nazis hätten ihn nach Fernost abgeschoben, weil er wegen seiner jüdischen Vorfahren für ihr System untragbar geworden sei, und hätten ihm eine wissenschaftliche Arbeit mit dem Titel »Erforschung der geistigen Grundlagen der japanischen Erziehung« aufgedrängt.[53] Wenn man bedenkt, wie politisch und militärisch wichtig Japan in dieser Zeit für das NS-Regime war, wird Dürckheims Mission wohl kaum als »Abschiebeposten« zu werten sein.

Bei näherer Hinsicht erweist sich denn auch der Forschungsauftrag des Grafen als ein zentrales Projekt der NS-Kulturpolitik.[54] Schon vor dem Ersten Weltkrieg hatte General Karl Haushofer und später immer wieder mit Nachdruck gefordert, den Blick in den Fernen Osten zu wenden, um aus den japanischen Erziehungsmethoden zu lernen. Die »nationale Erziehung Japans« war in den 1930er-Jahren ein häufiges Thema in den Vortragsveranstaltungen der Deutsch Japanischen Gesellschaft. 1934 hielt dort der Vorsitzende der Ostasiatischen Gesellschaft Kurt Meissner ein Referat, in dem er die Beispielhaftigkeit der Japaner in Sachen Pädagogik herausstellte. In einer Zusammenfassung seiner Ausführungen heißt es: »Der Vortragende erinnert an ein zweites Hitlerwort, die Forderung des Glaubens an die Unbesiegbarkeit: Dieser Glaube ist in Japan im höchsten Maße vorhanden. Die kleinen Kinder werden in diesem Geist schon von der Schule durch Bilderbücher erzogen. Später folgen nationale Feiern in der Schule, zielbewusster Geschichtsunterricht mit Heldenverehrung, Wehrunterricht und Exerzierübungen in der Schule, Referenzen vor Shinto-Schreinen […] Ritter- und Heldenromane in Zeitungen, Film und Theater.«[55]

1935 wandte sich der Präsident der DJG, Admiral a. D. Paul Behnke, an den Reichsminister für Wissenschaft, Erziehung und Volksbildung Rust mit der Bitte um Förderungen von Japan- und Japanischkenntnissen. Sein Schreiben beginnt mit dem Satz: »Deutschland kann jetzt von Japan viel lernen und sollte die verschiedensten Gebiete des japanischen staatlichen, völkischen und geistigen Lebens, auch zu seinen eigenen Nutzen, studieren.«[56] In einem Tätigkeitsbericht aus dem Jahre 1940 schrieb Walter Hautz, der im Auftrage der DJG Japanvorträge hielt: »Wiederholt wurde ich auch aufgefordert bei der Wehrmacht zu sprechen und fand hier stets ganz besondere Anteilnahme im Offizierskorps, dessen Vertreter überall den Wert von Ausführungen über die völkische und soldatische Haltung des Japaners für die Erziehung auch unseres Führernachwuchses hervorhoben.«[57]

In Anbetracht des großen Interesse der NS-Ideologen am vom Bushido-Geist durchdrungenen Erziehungssystem des japanischen Militarismus kam Dürckheims Arbeit die höchste Rangstufe zu und es ist durchaus nicht ausgeschlossen, dass er sich in den Zen einweihen ließ, um dessen Methoden für die Entwicklung eines heroischen Kriegergeistes zu studieren, den er dann nach Deutschland importieren wollte, denn schon ab 1938 suchte er die »Begegnung mit dem Zen-Buddhismus und ihren bedeutendsten Repräsentanten«.[58] Diese waren ausnahmslos, wie wir von Brian Victoria wissen, mit Schwert und Flamme auf den Tenno-Faschismus eingeschworen. 1941 begann der Graf mit einer Einweisung in die »Kunst des Bogenschießens« und begeisterte sich daran, dass sein Lehrer »der Meister vom Meister von Herrigel« war.[59]

1942 veröffentlichte Karlfried von Dürckheim-Monmartin im Verlag Sansyuysha (Tokio) eine nationalsozialistische Propagandaschrift auf Japanisch mit dem Titel *Neues Deutschland – Deutscher Geist*, deren Auflage (3000 Stück) binnen zwei Monaten vergriffen war. Die Kapitelüberschriften lassen keinen Zweifel an dem NS-Geist, der dieses Büchlein durchweht, aufkommen: Volkstum und Weltanschauung ~ Deutscher Geist und westlicher Geist ~ Wesenszüge des deutschen Geistes ~ Der Herzgrund deutscher Technik ~ Kultur und Kulturpolitik im nationalsozialistischen Sinn ~ Autorität und Freiheit ~ Schönheit und Volk ~ Wissenschaft und Staat ~ Das nationalsozialistische Bild des Menschen ~ Die völkischen Grundlagen des zwischenvölkischen Verstehens.[60] Der Graf war also auch als Propagandist des Nazi-Regimes in Japan tätig. Am 20. April, dem Geburtstag Hitlers, hielt er eine Rede im Deutsch-Japanischen Kulturinstitut von Kumamoto. In seinem Tagebuch ist zu lesen: »Zwei Stunden Vortrag über den deutschen Geist, am Geburtstag des Führers, das ist schön!«[61] Neben Zen-Meditation, Bogenschießen und Metaphysik schäumte er über vor Kriegsbegeisterung: »Japan im Besitz von ganz Südostasien! Das ist einfach gewaltig. [...] Wir freuen uns über die Schläge, die sie unseren Feinden erteilt haben.«[62] Noch im Jahre 1944 ließ er sich zu einer glühenden Eloge auf den Krieg hinreißen und beschwor »das faschistische wie das nationalsozialistische Führerprinzip« und die Rolle der beiden »Führervölker Deutschland und Italien beim Aufbau der neuen [faschistischen] Ordnung«.[63]

Der Zeitzeuge Dietrich Seckel – Lektor für deutsche Sprache und Kultur an japanischen Universitäten von 1937 bis 1947 – erlebte den Grafen als fanatischen »Top-Nazi«: »Dürckheim ging auch in die Klöster und hat dort Meditation betrieben«, so Seckel. »Aber diese Vertiefung in das zen-buddhistische Japan war zum Teil sehr übertrieben. Vor allem wenn man sah, wie er gleichzeitig Nazipropaganda machte. [...] Ich habe ihn einmal bei einem Empfang in der deutschen Botschaft erlebt. Dort erklärte er einem berühmten japanischen Nationalökonomieprofessor, einem vornehmen alten Herrn in braunseidenem Kimono, die deutsche Reichsidee, indem er ihm den Zeigefinger auf die Brust setzte. Dieser arme Professor wich langsam zurück, bis er an eine Wand kam und nicht mehr weiter zurückkonnte. Es war Mitleid erregend, wie Dürckheim versuchte, ihn zu indoktrinieren. Graf Dürckheim hat sich vor allem auch als Helfer und Freund der deutschen Lehrer gefühlt. Er hat uns mit allem, was er uns bieten konnte, begegnet. Er hielt überall und ununterbrochen Vorträge, die auch ins Japanische übersetzt wurden. Die deutschen Texte wurden dann an sämtliche Deutsche in Japan verteilt. Beinahe täglich bekam man mit der Post irgendeinen Vortrag von Graf Dürckheim. Es war schrecklich. Er war sozusagen ein Edelpropagandist von hohem intellektuellen Niveau, der durch das Land zog und den Nazismus und die Reichsidee predigte.«[64]

Am 20. April 1944 wurde dem »politisch nicht mehr Tragbaren« das Kriegsverdienstkreuz zweiter Klasse verliehen. Am Kriegsende sperrten ihn die Amerikaner 16 Monate lang in ein Internierungslager. Die Zeit nutzte Dürckheim für Zen-Übungen. Das Kriegselend, welches auch ihn und seine Familie in Deutschland schwer traf, stellte er nicht als die sinnlose Tat einer Wahnpolitik in Frage, sondern deutete es als »Initiationsereignis«, das eine spirituelle Neugeburt vorbereite: »Das unermessliche Leiden, das heute in Deutschland ist, wird das deutsche Volk um eine Stufe höher bringen und noch mehr zu sich selbst, und tiefere Lebenseinstellungen gebären«, schrieb er an einen Freund in den letzten Kriegstagen.[65] Den Krieg legitimierte Dürckheim als »Wandlungserlebnis«.

Später baute er zusammen mit Maria Hippius eine Schule für »initiatische Therapie« auf. Beide entwickelten eine weit gespannte Tätigkeit, die sie in viele Länder führte und mit vielen VIPs aus dem internationalen spirituellen Milieu zusammenbrachte. In Todtmoos-Rütte entstand ein Zentrum, in dem die Erkenntnisse des Paares an ihre Schüler und Schülerinnen weitergegeben wurde. Der hoch geehrte »Altmeister des Zen«, Karlfried Graf Dürckheim, starb dort im Alter von 90 Jahren.

»Ein Nazi war ich nicht, aber auch kein Anti-Nazi«

Es ist nicht unser Anliegen, die Dürckheim'sche Zen-Therapie darzustellen und zu hinterfragen. Was uns hier primär interessiert, ist die Art und Weise, mit der der Graf seine NS-Vergangenheit philosophisch, seelisch und intellektuell verarbeitet hat.

Eine solche Frage erscheint uns deswegen berechtigt, weil Dürckheim selber die beiden Metaphern »Erlebnis und Wandlung« in den Mittelpunkt seiner praktischen Philosophie und Therapie gestellt hat. Was versteht er darunter? »Es gibt echte Wandlung überall dort, wo es für den Menschen zur Erfahrung [dem Erlebnis] eines übernatürlichen Seins kommt, die den Sinn des Lebens um 180 Grad wendet und die Achse des Lebens aus der Mitte des natürlichen menschlichen Daseins in ein übernatürliches Sinnzentrum rückt.«[66]

Verlangt eine solch radikale Kehrtwende nicht auch die Beantwortung der Frage: Was war falsch am *eigenen* Leben? Konkret auf Dürckheim bezogen: Was war falsch an seinem nationalsozialistischen Engagement? Gibt es von ihm eine aus dem Zen-Buddhismus heraus entwickelte Faschismuskritik, welche einer »echten Wandlung« vom fanatisierten Zen-Faschisten zum friedfertigen östlichen Weisheitslehrer vorausgehen müsste? Oder ist eine solche Fragen sinnlos, da sich Zen und NS-Ideologie ja gar nicht, wie Suzuki gemeint hat, widersprechen brauchen?

Zuerst ist festzustellen, dass sich Dürckheims Aufarbeitung seiner NS-Vergangenheit in seinen Schriften und Äußerungen als äußerst dünn und berechnend erweist. Ein umfangreicheres Dokument hierzu haben wir nicht entdecken können, sondern nur einige kernige Sätze – etwa wenn der Hochbetagte sagt: »Ein Nazi war ich nicht, aber auch kein Anti-Nazi!«[67] Das ist – anbetracht seiner Vita – eine Lüge. Peinlich wird es, wenn er in seinem autobiografischen Buch *Mein Weg zur initiatischen Therapie* die Tatsache, dass er jüdisches Blut in sich trug, dazu benutzt, um sich als rassisch Diskriminierten und als ein Opfer des NS-Regimes darzustellen. Diese bigotte Haltung wirkt noch abstoßender, wenn man erfährt, dass sich der »viertel-jüdische« NS-Diplomat manchmal zu antisemitischen Äußerungen hinreißen ließ.[68] Unglaubwürdig ist es auch, wenn Dürckheim nach dem Krieg den Faschismus zur »höchsten Ausdruckform des Materialismus« erklärt, denn schon 1934 stellte er heraus, es sei gerade die Konzentration auf den »inneren Menschen« gewesen, die den Nationalsozialismus gegenüber den anderen materialistischen Bürgerparteien so attraktiv mache.[69]

Der Graf hat auch die Zen-Samurai-Bushido-Debatte, wie sie seit Mitte der 1930er-Jahre bis Ende des Krieges in Deutschland geführt wurde und die Einfluss auf das Selbstverständnis der SS gewinnen konnte, verschwiegen. Dabei war er sehr gut darüber informiert, da er sich selber daran beteiligte. Am 15. Juli 1939 erschien in der dritten Nummer der Zeitschrift *Berlin – Rom – Tokyo* ein Aufsatz von ihm über die nationalistische Shujo-Dan-Bewegung, in dem er den japanischen Staatskult und den »Samurai-Geist« verherrlicht und auf deren Verwandtschaft mit der NS-Weltanschauung verweist: »Wer heute durch Japan reist«, heißt es dort, »erfährt es auf Schritt und Tritt, dass die Freundschaft mit dem nationalsozialistischen Deutschland und dem faschistischen Italien dem japanischen Volk, insbesondere für die Kräfte, die seine Zukunft tragen, mehr bedeutet als eine machtpolitische Verbindung für den Augenblick. Es ist der Geist [!], der Japan mit uns verbindet, jener Geist, der, geboren aus der völkischen Substanz und dem Lebenswillen der Nation, dort wie bei uns das Fremde bekämpft und das Eigene entfaltet und trotz aller Unterschiede in den Gehalten seines Glaubens und den Formen, die er erzeugt, verwandt ist im eisernen Willen zu sich selbst. Der Krieg, der große Lehrmeister des Volkes, hat diesen Willen Japans zu sich selbst aufs höchste gesteigert. In den Bauernhäusern und Betrieben hängt ein Schild mit den Worten: Ein jeder verhalte sich so, als wenn er auf dem Schlachtfelde wäre.«[70]

Dürckheim ist fasziniert davon, wie es dem System in Japan gelingt, moderne Institutionen und religiöse Einstellungen miteinander zu koppeln: »Der Arbeitsdienst, anknüpfend an altjapanische Einrichtungen, breitet sich aus, die Lehrlingserziehung der Betriebe entwickelt neue Formen, die altjapanischen Sportübungen gewinnen eine wachsende Bedeutung, die Wehrmacht, der Bannerträger des Samurai-Geistes [!], gewinnt stets steigenden Einfluss, und alles übergreifend bewährt die jahrtausendalte Nationalreligion der Japaner ihre volkserzieherischen Kräfte. Der in religiösen Wurzeln verankerte Staatskult durchwirkt das Leben des Alltags, Redner durchziehen das Land und entflammen das Herz des Volkes zum Dienst an den

Göttern der Nation, die religiösen Sekten besinnen sich auf ihre nationale Pflicht und zu Hunderttausenden findet die Arbeiterschaft aus den Fabriken in eine Bewegung zur Reinigung des Geistes, die Shujo-Dan.«[71]

Drei Monate später wiederholte er seine *idée fixe* von der »Erziehungsnatur des Krieges«: »Je länger der Krieg dauert, je härter seine Rückwirkungen im Lande fühlbar werden, um so stärker wirkt er als Erzieher des Volkes zu sich selbst. Als Notstand der Nation wird er zum Weiser all jener Notwendigkeiten, denen Japan in seinem Inneren Rechnung tragen muss, wofern es in dem großen Ringen von heute nicht nur äußerlich, sondern auch innerlich als Sieger hervorgehen soll.«[72]

Aus dem Gesagten wird nur allzu klar, was es mit Dürckheims NS-Auftrag »Erforschung der geistigen Grundlagen der japanischen Erziehung« auf sich hatte: Der Graf sollte die totale Durchmilitarisierung des japanischen Erziehungswesens und ihre spirituelle Untermauerung durch die Zen-Philosophie, insbesondere durch den Bushido-Geist untersuchen und darstellen. Das Nazi-Regime hatte an einer solchen Forschung weniger ein wissenschaftliches, sondern ein primär kulturpolitisches Interesse. Man war auf der Suche nach Orientierungsmodellen zur Konstruktion einer Pädagogik, in der zusammen mit der Subordination unter den »Führer« die Werte der Kriegerkaste im Vordergrund standen. Japan erwies sich in dieser Beziehung als ein Schatzhaus. Es ist nach dem vorliegenden Material nicht mehr zweifelhaft, dass Dürckheim in die Bushido- und Samurai-Debatte der NS-Ideologen integriert war.

Auch dazu, dass sich in Japan alle Zen-Schulen mit Begeisterung dem faschistischen Tenno-System unterstellt hatten und dieses in jeder Hinsicht unterstützten, wird sich Dürckheim später niemals äußern. Dagegen ist er selber in dieses zen-faschistische Milieu eingetaucht. Sein treuester Begleiter war in dieser Zeit ein Herr Yanasiga, der Sekretär von Daisetz Teitaro Suzuki, von dessen Schriften es in Japan hieß, sie hätten »den militärischen Geist des nationalsozialistischen Deutschland stark beeinflusst«.[73]

Aus diesen und anderen Gründen wird klar, dass sich Dürckheims eigene »Wandlung« hin zu einem »übernatürlichen Sinnzentrum« nicht als eine selbstkritische und reflektierte Abkehr vom Faschismus vollzogen hat. Das Satori (Erleuchtung), das er 1938 bei seiner Teezeremonie erfahren durfte, ließ seine Nazi-Einstellung völlig unberührt, im Gegenteil – es förderte noch mehr seine Begeisterung für der Samurai-Geist der japanischen Armee. So ist der von seinem Biografen Gerhard Wehr dramaturgisch hochgespielte Antagonismus »zwischen völkischen Idealen und dem spirituellen Leben« in der Vita des Grafen eine weitere Lebenslüge.[74] In Wahrheit gab es diese innere Dramaturgie nie, denn alle Zen-Initiationen Dürckheims haben schon vor 1945 stattgefunden und beeinflussten seine damals positiven Einstellungen zum Nationalsozialismus überhaupt nicht.

»Der Sinn aller soldatischen Ausbildung ist Hara!«

Das bekannteste Buch des Grafen ist *Hara – Die Erdmitte des Menschen* (Erstauflage: 1954). In der japanischen Kultur gilt die Konzentration auf Hara, den Bauch, als Welteinstellung. Der Japaner muss – so der Graf – in sich als ausgeglichen, zentriert, geerdet und gefestigt angesehen werden, weil er den »Schwerpunkt« seines Seins in sein Hara verlagert habe. In der europäischen Kultur werde häufig das Herz als die Mitte des Menschen angesehen, doch die Konzentration auf das Herz bedeute etwas »ganz Persönliches«, fördere die Beschränkung auf das »kleine Ich«, führe zu »Verhaftung« und letztendlich zur »Unruhe«. Der Mensch finde seine »Ruhe« erst, nachdem er sein Hara entdeckt und entwickelt habe. Dieses verbinde ihn mit der »Einheit des ursprünglichen Lebens«, der »ungeschiedenen Fülle des Seins« und mit der »großen Natur«.[75] Der Mensch muss – nach dieser Lehre – zuerst in seinen Bauch hinabsteigen, um dann wieder »hochsteigen« zu können. Das »Ruhen im Hara« ist sozusagen der Ausgangspunkt für alle weiteren spirituellen Entwicklungen.

Eine Debatte darüber, ob die Mitte des Menschen im Bauch oder im Herzen zu suchen sei, möchten wir hier nicht eröffnen. Was uns interessiert ist die Frage, ob zwischen der Hara-Philosophie und dem Militärfaschismus Japans ein Zusammenhang besteht. Die Auskunft hierüber gibt ein japanischer General, den Dürckheim nach der Bedeutung des Hara für die Erziehung der Soldaten befragt hat. Der hohe Militär war zuerst überrascht. Dann antwortete er: »Der Sinn aller soldatischen Ausbildung *ist* Hara!«[76] Das ist unmissverständlich: Hara bedeutet im Kern »Ausbildung zum Soldaten«, es ist, so der Graf, »die Bekundung soldatischer Tugend unter allen Bedingungen – insbesondere auch angesichts des Todes.«[77] Diese Tugenden lauten »Ichüberwindung« und der »harte Weg der Läuterung«.

Dass sich das »Hara« besonders gut für die Armee eignet, ergibt sich auch aus dem folgenden Satz Dürckheims: »Im Hara lassen sich sonst unerträgliche physische Schmerzen ertragen, Kränkungen werden schnell aufgefangen, unbedachte Reaktionen leicht vermieden, aber wo es Not tut, auch ohne Rücksicht auf ein ängstliches Ich zugeschlagen. [!] Im Hara vergeht die falsche Empfindsamkeit, auch für den anderen. Eine innere Mächtigkeit stellt sich ein, die den Menschen befähigt, ohne Angst auch Gefährliches auf sich zukommen zu lassen.«[78]

Diese Pädagogik, die Immunität gegen Schmerzen herstellen soll, die es gebietet, kräftig zuzuschlagen ohne Rücksicht auf sich und andere, und die anleitet, sich angstlos der Gefahr auszusetzen, beinhaltet einen Verhaltenskodex, wie er auch in der SS gepflegt wurde. Es handelt sich hierbei wahrscheinlich um Einsichten, die aus Dürckheims nicht veröffentlichten NS-Forschungsbericht zur japanischen Erziehung übrig geblieben sind und die dann in sein Nachkriegsbuch mit übernommen wurden. Eingedenk der Tatsache, dass man am Ende des Zweiten Weltkrieges japanische Jugendliche von 13 bis 16 Jahren zu Kamikaze-Fliegern ausbildete und mit einer »unpathetischen Selbstverständlichkeit« und ohne »falsche Empfindsamkeit« in den Tod schickte, gewinnt die Hara-Philosophie des Grafen einen bitteren Beigeschmack.

Die Bitterkeit verstärkt sich noch, wenn Dürckheim schildert, wie eng die Entwicklung des Hara mit der politischen Machtausübung von Diktatoren verbunden sein kann: »Die magische Kraft der geistigen Heiler und großen Rhetoren, die ›überlegene‹ Macht der Diktatoren, das Stehvermögen und die Überlegenheit führender Politiker ist ohne deren Hara nicht zu verstehen.«[79] Zwar schränkt der Graf ein, die Macht könne auch von einem Ich »in selbstsüchtiger Eigenmächtigkeit« missbraucht werden.[80] Aber sogar an dieser Stelle ist er nicht bereit, den Namen Adolf Hitler zu nennen.

Julius Evola – Vater von Dürckheims »initiatischer Therapie«

Dürckheim versucht in seinem gesamten Werk – zumindest auf den ersten Blick – einen Weg der reinen Innerlichkeit und des Körperbezuges zu lehren, einen Weg des achtsamen Wahrnehmens, der Liebe zu den kleinen Dingen, der Selbsterfahrung, der Beseitigung von Schattenkräften und Blockaden, der Bioenergetik, des Umganges mit dem feinstofflichen Leib, der Meditation im Stil des Zen, der Reifung, der seelisch-geistigen Neuwerdung, des Heilwerdens, der Ganzheitsphilosophie, der Erweckung des »inneren Meisters«, so als habe seine Lehre nur etwas mit der menschlichen Einzelexistenz und nichts aber mit der Geschichte und der Gesellschaft zu schaffen. Die »Wandlungsformen«, die der Einzelne durchwandert, scheinen nur das eigene »Selbst« zu betreffen. Um dieses »Selbst« ins *Satori* (den Erleuchtungszustand) zu führen, ist ausschließlich auf die Arbeit an der Person zu rekurrieren. Das isolierte Leben des Einzelnen wird zum initiatorischen Ereignis und die von ihm entwickelte »Initiatische Therapie« soll dabei helfen, dies zu erkennen. Ist diese Abschottung der »Seinserfahrung« von allen gesellschaftlichen Umfeldern wirklich Dürckheims Ansicht?

In diesem Zusammenhang ist es bemerkenswert, dass die Grundlagen der initiatischen Therapie nicht aus dem Zen-Buddhismus, sondern von dem italienischen Alt-Faschisten Baron Julius Evola stammen. Dieser hatte in der Zeitschrift *Antaios* einen Aufsatz mit dem Titel »Über das Initiatische« veröffentlicht, der für Dürckheim von programmatischer Bedeutung wurde. Kriterien der Initiation sind nach Evola die bewusste Konfrontation mit einer Todeserfahrung schon zu Lebzeiten, »Überwindung des Menschen«, der Übergang von der alltäglichen Seinsweise zu einer anderen, die er als »transzendentalen Realismus« bezeichnet. Dieser werde hergestellt »von einer objektiv wirkenden Macht des Initiationsritus […]; diese Macht wird auf geistiger Ebene als objektiv und unpersönlich, als von jeder Moral losgelöst angesehen, nicht anders als im materiellen Bereich eine technische Leistung.«[81] Der Italiener fordert deswegen, dass jede wirkliche Initiation über den Selbsterfahrungsbereich hinausgehen müsse und eines »Einschlags von oben« her bedürfe. Diese vertikale Ankoppelung an eine höhere Macht, jenseits »aller gültigen moralischen und kulturellen Wertbegriffe« bringt Kräfte ins Spiel, über die sich Evola in seinem Aufsatz ausschweigt, die jedoch im Kontext mit seiner von uns noch darzustellenden faschistischen Kriegerphilosophie erkennbar werden.

Graf Dürckheim ist von den Ausführungen des Barons so elektrisiert, dass er beschließt, diesen in Rom aufzusuchen. »Die Begegnung mit Evola war wichtig für mich. Er war schon ein großer Geist.«[82] Diese Hommage an den Grandseigneur des italienischen Faschismus wird auch deswegen verständlich, weil Evola am Ende seines Aufsatzes auf den Zen zu sprechen kommt, der das Intiatorische in reinster Form repräsentiere, »vor allem auch, weil er im wesentlichen brüske und direkte Methoden der initiatischen Bewusstseinsöffnung (*Satori*) ins Auge fasst.«[83] Ein Vergleich zwischen Evola und Dürckheim bringt weit mehr Parallelen als Unterschiede zum Vorschein. Zu den Gleichklängen gehört die schon erwähnte Vorstellung, dass für die »große Befreiung« ein »technisch zu verstehender Amoralismus« charakeristisch ist. Moral und menschliche Güte können höchstens als Mittel zum Zweck dienen, sozusagen um günstigere Voraussetzung für das Erleuchtungsbewusstsein zu schaffen. Aber der eigentliche Initiationsritus wirkt »automatisch, also amoralisch, objektiv und unpersönlich wie die moderne Technik.«[84]

Evola war, wie wir noch zeigen werden, mit einem ausgesprochen feinen Gespür für okkulte Machtstrukturen ausgestattet. In dem Buch *Über das Initiatische*, das denselben Titel trägt wie der oben genannte Aufsatz, hat er neben Eugen Herrigel und Mircea Eliade auch den Grafen Dürckheim jenen Geistern zugerechnet, »die einer traditionsgebundenen Esoterik verbunden sind, und zwar namentlich in Anlehnung an fernöstliche initiatische Kreise.«[85] Deswegen darf Dürckheims »Initiatische Therapie«, die sich gerne als »Existenz-Psychologie«, als Pfad zur »Innerlichkeit« präsentiert, keineswegs als auf das einzelne Individuum begrenzt verstanden werden. Sie ist im Kern eine umfassende okkulte Doktrin des Zenismus. Entsprechend lassen der Graf und seine Schüler immer wieder zwischen den Zeilen durchblicken, dass er sich selbst und Gleichgesinnte, wie zum Beispiel den Jesuiten-Pater und Zen-Kenner Enomiya Lasalle, als eine Art »Seismografen für den Zeitgeist« verstand. Dürckheim gestand sich und anderen Auserwählten – ganz im Sinne der Patriarchen-Tradition des Zen – geheimnisvolle mikrokosmische Qualitäten zu, durch die historische Prozesse verdichtet und entlassen werden konnten. »Ich halte Pater Lasalle«, so der Graf, »für eine der wichtigsten Geistesgestalten unserer Zeit. Weil er das lebt, was er verkündet, ist seine Anwesenheit in dieser Welt von besonderer Bedeutung.«[86]

Von seinen Schülern ließ sich Dürckheim als Schöpfer des »neuen Menschen« feiern. So endete der Münchner Therapeut Norbert J. Mayer am 90. Geburtstag des Grafen seine Laudatio mit den folgenden Sätzen: »Was du, Karlfried, mit Maria geschaffen hast für die Entwicklung des neuen Menschtums, wie es Maria nennt, ist ein Bindeglied in der goldenen Kette des transpersonalen Wachstums des Menschen. [...] Da – am Scheitelpunkt und Ende des 20. Jahrhunderts – setztet ihr euer Zeichen als Seher, dieses goldene Band erkennend. Wir sind die Zeugen und unsere Aufgabe ist es weiterzutragen.«[87] Eine solche Sicht der Weltgeschichte macht den Zen-Grafen – wie es Evola richtig gesehen hat – zu einem traditionsgebundenen Esoteriker, der die Interessen »fernöstlich initiatischer Kreise« hier im Westen metapolitisch vertritt.

Auch wenn Dürckheim mit zunehmendem Alter sehr darum bemüht war, ein christliches Image zu pflegen und jetzt mehr von »Christuserfahrung« als von »Zenerfahrung« sprach, so kam er dennoch mit einem Auftrag aus Japan zurück und dieser lautete: die weltweite Verbreitung des Zen-Buddhismus unter Berücksichtigung nationaler Besonderheiten. So jedenfalls hat es der japanische Meister Yuho Seki gegenüber seinem deutschen Schüler Dürckheim formuliert: »Zen kam ursprünglich aus Indien. Von Indien kam es nach China. In China entstand ein chinesisches Zen. Dann kam Zen von China nach Japan und es entstand ein japanisches Zen. Heute kommt Zen nach Deutschland, nach Europa, und es ist nun an euch, ein deutsches, ein europäisches Zen entstehen zu lassen.«[88] Der Symbolforscher Alfons Rosenberg wollte denn auch der Christusattitüde des Grafen keinen rechten Glauben schenken: »Es offenbart sich, dass Graf Dürckheim äußerst erfolgreich die Zen-Mentalität, von einem dünnen Mantel christlicher Phraseologie umkleidet, in das nach Stille, Geborgenheit, innerer Freiheit und Sicherheit verlangende Europa einschleust.«[89]

Wer nach Deutschland kommt und dort »spirituell« wirken will, der darf Auschwitz und die Nazi-Zeit nicht überspringen, insbesondere wenn er selber, wie Dürckheim, an der Macht des Schreckensregimes mitgewirkt hat. Die Schatten der Vergangenheit könnten ansonsten allzu leicht wieder auftauchen. So hat sich beispielsweise ein bedeutender Dürckheim-Schüler, der schon erwähnte Münchner Therapeut Norbert J. Mayer, in gefährliche »braune Gewässer« gestürzt. In den 1990er-Jahren veranstaltete er schamanistische Sitzungen, in denen der germanische Gott Wotan/Odin und das wilde Heer der Berserker angerufen wurden. Das Kapitel eines Buches, an dem Mayer mitarbeitete, lautet: »Wotans Krieger und der heroische Mystiker – Berserker-Wut und die Rituale des Krieges«.[90]

Ethos und Gefühl – das sind die beiden Elemente der *condition humaine*, auf die der Zen-Buddhismus keine humanistisch befriedigende Antwort hat. Ethische Fragen betreffen nicht den Kern dieser Religionsrichtung, die eine Technik des Geistes ist, eine Technik, deren Hauptziel in der absoluten Beherrschung, ja Unterdrückung aller Gefühle besteht. Das kann zu einer seelischen Abstumpfung bis hin zu einer Automatisierung führen und deswegen Strukturen fördern, die auf der politischen Ebene immer wieder den Kontakt zu faschistischen Strömungen sucht. Deswegen muss eine Debatte über »Zen und Faschismus« nicht nur historisch geführt werden und ist auch damit nicht beendet, wenn sich Zen-Schüler von der faschistischen Vergangenheit ihrer »Patriarchen« und Meister distanzieren. Es bedarf vielmehr einer Kerndiskussion, die, wenn sie reformatorischen Charakter haben soll, den Zen fest in ein humanpolitisches Wertesystem einbindet. In der Tat hat Dürckheim einen solchen Weg nach außen hin proklamiert. Bei einer genaueren Hinsicht auf sein Leben und auf seine Philosophie wird jedoch deutlich, dass sich hier die alte Lehre nur ein modernes Gewand umgelegt hat.

Shinto-Faschismus und NS-Deutschland

Die einheimische Shinto-Religion der Japaner basiert auf einem kodifizierten Götterglauben und einer sich daraus entwickelnden Mythologie und Staatstheorie. Im Zentrum der Verehrung steht die Sonnengöttin Amaterasu. Sie ist auch die Ahnherrin des uralten japanischen Kaisergeschlechts. Bis zum Ende des Zweiten Weltkrieges galt der Tenno (der Kaiser) selber als inkarnierte Gottheit und der japanische Staat musste als eine spezifische Form der Theokratie angesehen werden. Der Tenno wirkte als »Mittler« zwischen Himmel und Erde. Er sah aufwärts zu den Göttern und abwärts zu den Menschen. Seine Göttlichkeit wurde in § 3 der Reichsverfassung aus dem Jahre 1889 kodifiziert: »Der Tenno ist heilig und unverletzlich«, heißt es dort. Nie kann ein Untertan Tenno werden, aber andererseits stammt – dem Mythos nach – jeder Japaner irgendwann in grauer Vorzeit von den göttlichen Urahnen ab. So ist die gesamte Gesellschaft dem Mythos nach miteinander versippt: »Durch das Haus des Tenno ist das japanische Volk eine Landesfamilie. Japan ist Götterland (*Shinkoku*) und alles Volk göttlicher Herkunft. Das ist der Charakter der patriarchalen Theokratie.«[1] Unter Druck der Amerikaner widerrief Kaiser Hirohito am 1. Januar 1946, dass er ein »Gott« sei, und stellte klar, dass seine Beziehungen zum japanischen Volk nicht aus den Mythen abgeleitet werden dürfen.

Das japanische Kaisertum: Die »uralte Ahnen-Hohenpriesterwürde«

Als der bayerische General Karl Haushofer im Jahre 1909 vor dem japanischen Kaiser Mutsuhito (1852–1912) stand, erlebte er, wie der Blick des Tenno gleich einem »Senkblei« in seine Seele hinabtauchte: »War es psychologisch begründet, persönliche Gewöhnung oder war es uralte Schulung des Sprossen von 121 Kaisern vor ihm […], mit ihrer Schulung durch die Erbweisheit ganzer Buddha- und Shinto-Priestergeschlechter und 1000-jähriger Führerfamilien – so oder so: dieser sondierende Blick eines überlegenen, weisen Menschen im fast göttlichen Machtansehen jener Tage, diese Wucht formvollendeter, seelenprüfender Würde wollte ebenso ausgehalten sein wie jene ungewöhnliche, seelenprüfende Art des Händereichens; es lag darin eine konzentrierte Ausstrahlung von monarchischer, aristokratischer und hohenpriesterlicher Überlieferung zugleich und ganz ohne Pose.«[2] Von diesem Augenblick an stand Haushofer im Bann des japanischen Kaiserhauses.

Der General hat der Gestalt des Tenno in all seinen zahlreichen Schriften über Japan, zumindest durch wenige Sätze, seine Referenz erwiesen. Mit einem kleinen Bekennertext aus dem Jahre 1933 *Mutsuhito – Kaiser von Japan* wurde dem Meiji-Herrscher ein literarisches Denkmal gesetzt, aber die Sakralität, die mythische Genealogie und die Dauer des japanischen Kaiserhauses bewunderte Haushofer schon vor dem Ersten Weltkrieg und diese Bewunderung wird bis zu seinem Lebensende fortdauern: Mutsuhito, Japans 122. Tenno, trug – nach Haushofer – das »schwere Doppelgewicht uralter Ahnen-Hohenpriesterwürde der Hiero-Monarchie [sakralen Monarchie] des Priesterkönigs einer darin der ganzen übrigen Welt fremden Volkheit und des im Grunde weltscheuen Kriegsherrn einer jungen Weltmacht mit einer uralten, evolutionär verjüngten Seele«.[3] Die Emanzipation des jungen Kaisers aus der Vormachtstellung des Shogunats wird von dem Autor wie eine Hagiografie beschrieben, in der ein Wunder dem nächsten folgt.

Es ist in der Tat erstaunlich, wie es Mutsuhito gelang, die moderne Öffnung seines Landes und die damit verbundene Technisierung und Ökonomisierung unter das göttliche Gesetz seiner »Hiero-Monarchie« zu zwingen. Priesteramt, Politik und bewaffnete Macht fielen in seiner Person zusammen. »Das Reich war gewöhnt«, schrieb Haushofer 1911, »einen einheitlichen Heerbefehl im Namen einer mehr als zweitausendjährigen Kaiserdynastie geübt zu sehen: Keiner der mächtigen Reichsmarschälle, keine der Hausmeierdynastien, aber auch keine der Territorialgewalten hatte jemals gewagt, die heilige Überlieferung zu brechen, die in der Herrscherfamilie, den Abkömmlingen der strahlenden Sonnenkönigin die oberste Quelle der Rechts- und Kommandogewalt sah.«[4] Die Armee und der Kaiser erhielten aus dem »Riesenopfer des ganzen Standes der Samurai, des alten Wehradels« ihre Vergöttlichung: Aus der »monarchischen Spitze wie bei ihrem wichtigsten wehr-aristokratischen Vollzugsorgan [entstand] phönixgleich die Reichserneuerung und eine fast metaphysische Erhöhung für beide.«[5]

Der Tenno stand über allen Religionen des Landes und integrierte sie in einer umfassenden, auf seine Person hin konstruierten Staatsidee. »Der Herrscher [Tenno] und die Feudaltreue zu ihm«, ist in *Dai Nihon*, Haushofers Hauptwerk über Japan, zu lesen, »der Begriff des Vaterlandes und der Heimat steht dem Durchschnitts-Japaner *jeder* Art von Glauben voran, und alle Religionsgemeinschaften haben sich, wenn auch nicht ohne Widerstreben, darein fügen müssen.«[6] Ohne jede verfassungsrechtliche Einschränkung entscheidet der absolute Herrscher über Leben und Tod: »Das erste Anrecht auf das Leben [jedes Einzelnen] hat im Namen des Gesamtstaates der Kaiser, dann kommt der größere Verband (Gemeinde, Heimatgau, Heer, Flotte), dann die Familie und zuletzt die Einzelpersönlichkeit. Wer sich dieser Stufenfolge entziehen will, hat nur einen einzigen befreienden und abkürzenden Weg: den aus anständigen und ehrenhaften Gründen begangenen und dann immer noch anerkannten Selbstmord«, ein Weg, den Haushofer 1946 selber wählen sollte.[7] Der General nennt einige der Opferzeremonien, die sich unter der Herrschaft Mutsuhitos ereigneten: Menschen ließen sich verbrennen, um dessen Bildnis aus einer in Flammen stehenden Schule zu retten; Bahnbeamte begingen

Harakiri, weil Mutsuhito sich in einem zeremoniell nicht vorbereiteten Wartesaal aufhalten musste; Feldherren opferten sich ihm als Totengeleit.[8]

Der Tenno und der Führer – ein Kulturvergleich

Im Zentrum des Shinto-Faschismus thronte der von den Göttern stammende Tenno, der Kaiser Hirohito (1901–1989), im Mittelpunkt des NS-Regimes stand der vom Volk gewählte Führer Adolf Hitler. Dieser Unterschied ist in der damaligen Zeit thematisiert, debattiert und klar herausgearbeitet worden. Aber man hat keineswegs nur die Differenz betont, sondern in den Beiträgen lassen sich auch Elemente entdecken, welche durch den Vergleich mit dem Tenno-System eine Sakralisierung des Nationalsozialismus und eine Vergöttlichung des Führers in die Diskussion brachten. Die Sakralität der japanischen Theokratie wirkte geradezu wie ein Ansporn und Vorbild für NS-Ideologen, es den Japanern gleichzutun. Rudolf Jacobsen, Bataillons- und Regimentskommandeur in der Waffen-SS, kommt in diesem Zusammenhang aus eigener Anschauung auf den Reichsführer-SS zu sprechen: »Für die Vereinigung von Führer- und Priesteramt in einer Person verwies Himmler wiederholt auf das Beispiel des japanischen Kaisertums, wie ja überhaupt das Vorbild Japans und besonders des Samurai-Ordens bei ihm eine große Rolle spielte.«[9]

Hitler selber benannte einmal die Vorteile der japanischen Theokratie, in der es keine Trennung von Staat und Kirche gebe: »Die Japaner haben ihren eigenen Begriff. Der Tenno ist der Herr auch ihrer ganzen Religion. Deswegen darf bei uns die Staatsgewalt und die Parteigewalt nie getrennt werden! Die Volksführung und die Staatsführung müssen in einer Person identifiziert sein.«[10] Dieser Satz, der die NSDAP (die »Parteigewalt«) mit der shintoistischen Religion analogisiert, fordert den Vergleich zwischen dem Führer mit dem Tenno geradezu heraus.

Auf dem 1942 vom Kurator des SS-Ahnenerbes Walther Wüst einberufenen Orientalistentag (»Kriegseinsatz der Orientalisten«) in Berlin hielt der Japanologe Wilhelm Gundert[11] einen Vortrag über »Die Entwicklung und Bedeutung des Tenno-Gedankens in Japan«. Er führte darin aus, dass der Herrscher Japans von den Himmelsgöttern abstamme und dass die japanische Theokratie durch eine lückenlose Erbfolge von »Zehntausend Generationen« bis in unsere Zeit überdauert habe.[12] Die Ahnenverehrung sei die höchste Aufgabe des Kaisers. Sie ist »seine erste und wichtigste Staatshandlung, ist Grundlage und Urquell der ganzen Regierung. Kultus und Regierung sind in der Wurzel gleich.«[13] Der göttliche Charakter des Tenno mache ihn sowohl gegenüber dem Volk wie gegenüber dem Staat gleichzeitig »transzendent und immanent. [Er] ist über zeitlich wechselnde Regierungsformen erhaben und nimmt doch an Wohl und Wehe von Volk und Staat aufs innigste Anteil.«[14]

In der abendländischen Reichsidee – so Gundert – habe es eine solche Akkumulation von weltlicher und sakraler Macht wie in der japanischen niemals gegeben. Die gesellschaftspolitische Gewalt sei in Europa immer zwischen Kaiser und Papst aufgeteilt gewesen. Und im Dritten Reich des NS-Staates? Während die göttliche Abstammung das Kriterium der japanischen Theokratie darstelle, spiele im Nationalsozialismus die »Tüchtigkeit des Besten« die ausschlaggebende Rolle. Aber gerade das mache den Tenno zu etwas Besonderem: »Im Besitz all dieser Eigenschaften ist der Tenno etwas grundsätzlich anderes als die Monarchen anderer Länder, die aus der Masse der Untertanen emporstiegen, sich ihr Volk durch Machtkämpfe unterjocht haben. [Man könnte sagen – wie Adolf Hitler.] Ihre Häuser steigen und fallen. Das des Tenno besteht ewig.«[15]

Es ist erstaunlich, dass Gundert auf einem Nazi-Kongress, wo der »Kriegseinsatz der Geisteswissenschaften« geprobt wurde, das Tenno-System als ein Modell anpreisen konnte, welches »alle anderen« Staatsvorstellungen überrage: »Die Verwachsenheit des gesamten nationalen Lebens mit Tenno und Tennotum als Wurzel und Stamm, als Anfang, Mitte und Ende ist das entscheidende, auszeichnende Merkmal der japanischen Reichsgestalt und bedingt deren grundlegende Verschiedenheit von allen anderen Reichen der Erde, bedingt ihre Einzigartigkeit, Überlegenheit und Unvergänglichkeit.«[16] Implizit bedauert Gundert die »Profanität« des Dritten Reiches: »Während alle uns bekannten modernen Staaten ihre Führungsmacht aus anderen, rein weltlichen Quellen herleiten, hat allein das Japan der modernsten Gegenwart seine sakrale Reichsidee, den göttlichen Auftrag, die göttliche Waltung und die Göttlichkeit der Person des Herrschers in die moderne Staatlichkeit überführt.«[17] Dies wirkt, angesichts der Differenz zum NS-Führerkult, wie eine Ketzerei, es sei denn, hier spielen Gedanken von einer möglichen Sakralisierung des NS-Regimes und seines »Führers« hinein, Gedanken, mit denen – wie wir wissen – auch Walther Wüst gespielt hat.[18]

Der Geopolitiker Karl Haushofer: Ein Leben im Dienste des Imperialismus

In der Okkultliteratur der Nachkriegszeit wird dem General Karl Haushofer (1869–1946) eine geradezu übermenschliche Rolle als Drahtzieher, der Hitler und das gesamte Nazi-System aus dem Verborgenen heraus gesteuert habe, angedichtet. Dass er einen Einfluss auf Hitlers Weltsicht ausübte, ist nachgewiesen, in welchem Umfang, darüber streiten sich die Historiker. Der Schriftsteller Stefan Zweig, ein guter Bekannter Haushofers, hat seine Rolle unserer Sicht nach treffend beschrieben: »Persönlich hat in der Partei [NSDAP] Haushofer, soviel ich weiß, nie eine sichtbare Stellung eingenommen, ist vielleicht sogar nie Parteimitglied gewesen; ich sehe in ihm keineswegs wie die fingerfertigen Journalisten von heute eine dämonische ›graue Eminenz‹, die im Hintergrunde versteckt, die gefährliche Pläne ausheckt und sie dem Führer souffliert. Aber dass es seine Theorien waren, die mehr als Hitlers rabiateste Berater die aggressive Politik des Nationalsozialismus unbewusst oder bewusst aus dem eng Nationalen ins Universale getrieben haben, unterliegt keinem Zweifel.«[19] Diese Ideen bestehen einmal in der Geopolitik, dem Fachgebiet des Generals. Zum anderen aber sind sie in nicht geringem Umfang aus Vorstellungen des Fernen Ostens, insbesondere Japans inspiriert worden. Japanische Geschichte und japanische Kultur waren das *Alpha* und das *Omega* in Haushofers Weltbild.

Dieser wurde 1869 in München geboren und beendete 1898 die Bayerische Kriegsakademie mit Qualifikation zum Generalstab. 1896 heiratete er die Halbjüdin Martha Mayer-Doss. Obgleich er sehr an seiner Frau hing, hat er sich schon vor dem Ersten Weltkrieg zu antisemitischen Sprüchen hinreißen lassen. Das »fremde Judenpack« war für ihn die Macht, die hinter den Aufständischen (gegen das Kaiserreich) am Ende des Ersten Weltkrieges wirkte und kurz nach dem Zweiten Weltkrieg war er tatsächlich trotz schwerster Schicksalsschläge noch davon überzeugt, dass die »New Yorker Finanzjuden« München bombardiert hätten.[20]

1908 wurde er nach Japan als Militärattaché abkommandiert. Seine Frau, die mehrere Sprachen, darunter fließend Japanisch, sprach, begleitete ihn. Haushofer erhielt zwei Audienzen beim japanischen Kaiser. Er verkehrte mit der politischen und militärischen Elite des Landes. Von Einweihungen in japanische Geheimgesellschaften, wie sie ihm später unterstellt werden, ist nichts bekannt. Er lebte zwar in einem Priesterhaus des Hôonji-Tempels, aber ob es zu esoterischen Kontakten mit dem buddhistischen oder shintoistischen Klerus kam, darüber gibt es keine Quellen. Ebenso liegen keinerlei Nachweise von einer oder sogar von mehreren Expeditionen nach Tibet vor. Nachweisbar ist dagegen, dass er nach Korea und China (Mandschurei) Reisen unternahm.

Nach München zurückgekehrt promovierte Haushofer 1913 in Geologie, Geografie und Geschichte. Im Ersten Weltkrieg wurde er an der Westfront eingesetzt. Seine militärische Karriere war nach dem Krieg beendet. 1919 lernte er Rudolf Heß (1894–1987), den späteren Führer-Stellvertreter, kennen. Mit dem um viele Jahre jüngeren Mann verband ihn eine langjährige Freundschaft und »zunehmende Seelenverwandtschaft«. Zwischen beiden wurden ständig emotionale Gedichte und Briefe ausgetauscht.

Ebenfalls 1919 habilitierte sich Haushofer an der Münchner Universität und lehrte dort als Privatdozent Geografie. Heß wurde sein bevorzugter Schüler und zeitweilig sein Assistent. Der General begann sich auf die so genannte Geopolitik zu spezialisieren. Hier seine eigene Definition: »Geopolitik ist Wissenschaft von der Weltpolitik in ihrer Abhängigkeit von geografischen Grundlagen und Lehre ihrer praktischen Anwendung in der Außenpolitik, mit dem Zweck, das notwendige geistige Rüstzeug für Schutz und Erweiterung des deutschen Lebensraumes zugunsten der Siedlungstüchtigen (d. h. zur ›gerechten Verteilung‹) zu schaffen. Zusätzliche Mittel hierfür sind Weckung der geopolitischen Instinktsicherheit, Selbsterziehung, politische Bildung zur Schaffung eines politischen Weltbildes und Prognose auf wissenschaftlicher Grundlage. Entscheidend bleibt, den Wiederaufstieg Deutschlands zur Weltmacht – mit ›Güte oder Gewalt‹ – zu fördern und zu rechtfertigen.«[21]

Er selber hat seine Wissenschaft nicht nur nüchtern betrachtet, sondern als etwas Heiliges angesehen. In einem Gedicht mit dem Titel »Sinn der Geopolitik« spricht er deren metaphysische Aufgabe direkt an: »Nur dazu ward ins Leben sie gerufen: / Der Erde ihr Sakrales neu zu geben.«[22] Nach dem Kriege, 1945, rechtfertigte er sich und die Geopolitik mit den Worten: »Man verstand nicht, dass im ›Sakralen der Erde‹, in Raum und Boden Kräfte und Gesetze lebendig waren, die stärker sein mussten als die Willkür von Menschen, Einzelnen, Völkern und Rassen.«[23]

1933 wurde Haushofer ordentlicher Professor an der Universität München. Er gehörte zu den Gründern der »Deutschen Akademie«, die er selber, durchaus positiv gemeint, als ein getarntes »Instrument des Nationalsozialismus« bezeichnete. 1938 bis 1941 leitete er den »Volksbund für das Deutschtum im Ausland« (VDA). 1939 beendete der 70-Jährige seine Laufbahn als Hochschullehrer.

Haushofer hat aktiv zur Verständigung zwischen Nazi-Deutschland und Japan im Jahre 1936 beitragen. Als Geopolitiker träumte er von einem »Kontinentalblock« zwischen Atlantik und Pazifik, einer umspannenden Eurasienpolitik: »In Erdteilen, Kontinenten und Weltmeeren muss denken können, [...] wer sich an solche Aufgaben wagt.«[24] Das waren Träume, die ebenfalls im SS-Ahnenerbe geträumt wurden. So trafen sich Walther Wüst und Wolfram Sievers am 14. April 1943 mit dem SS-Sturmbannführer Dr. Teich und diskutierten zusammen über »Vorschläge zur euroasiatischen Volkstumsforschung« und über die »Schaffung eines biodynamischen Kartenwerks Eurasien«.[25] Im Übrigen stand Wüst als stellvertretender Präsident der Deutschen Akademie mit Haushofer in ständigem Kontakt. Aus dem Jahre 1939 stammt eine persönliche Postkarte des Generals an den Kurator, wo er über die sensationelle Ausgrabung eines gigantischen Buddha-Heiligtums in Madras/Indien Auskunft haben möchte.[26]

Der Dreiklang Deutschland – Russland – Japan war für Haushofer das Grundthema seiner geopolitischen Vision. Immer wieder forderte er, »dass der Weg der drei großen Zukunftsvölker aus den Würgegriffen des Angelsachsentums herausgerissen werde, nämlich der der Deutschen, Russen und Japaner.«[27] Deswegen stand er dem Stalin-Hitler-Pakt (23. August 1939) positiv gegenüber und sah darin einen ersten Schritt zur Realisierung seines Eurasiengedankens. Als dann der Dreimächtepakt zwischen Deutschland, Italien und Japan am 27. September 1940 geschlossen wurde, erlebte er dies als eine Schicksalsstunde und als die Krönung seines Lebenswerkes: »Es liegt ein weltumspannender Auftrieb in dieser gemeinsamen Wehrtat dreier der ältesten Kulturmächte, die alle drei das Schicksal hoch überbauter Wirtschaft, drängender Volkszahl und viel zu engem Lebensraum im Bann hielt. Aus diesem Bann haben sie sich gemeinsam befreit.«[28] Pathetisch schrieb er in einer Extra-Schrift: »Weltmachtschicksal nimmt weltweiten Flug.«[29] Den Freund Rudolf Heß verwies er darauf, dass all dies schon in seiner Japanschrift *Dai Nihon* erahnt wurde, und fügte hinzu: »Wie oft haben wir in unseren kühnsten Träumen weltpolitische Gesichte von der Raumweite gehabt, die sich jetzt verwirklicht.«[30]

Nach dem Schottlandflug von Heß am 10. Mai 1941 hatte die Familie viel unter dem Druck der NS-Sicherheitsdienste zu leiden. Später war Haushofers Sohn Albrecht in das Attentat auf Hitler vom 20. Juli 1944 verwickelt, weshalb er kurz vor Kriegsende hingerichtet wurde. Aus den von Albrecht verfassten *Moabiter*

Sonetten stammt das viel zitierte Gedicht über seinen Vater, das diesen nach dem Kriege zu einer Schlüsselfigur des Hitlerokkultismus machen sollte: »Für meinen Vater war das Los gesprochen. / Es lag einmal in seines Willens Kraft, / den Dämon heimzustoßen in die Haft. / Mein Vater hat das Siegel aufgebrochen. / Den Hauch des Bösen hat er nicht gesehen. / Den Dämon ließ er in die Welt entwehen.«[31] 1945 verhafteten die Alliierten den General und unterzogen ihn mehreren Verhören. Am 10. März 1946 beging er zusammen mit seiner Frau Selbstmord.

Das faschistische Japan wird ein Vorbild für die Nazis

Seit seiner Japanreise hat sich Haushofer ausgiebig mit dem Fernen Osten beschäftigt. Das neue Japan wurde für ihn nicht nur ein geopolitisches und historisches Thema, sondern er machte es zu einem Symbolbild, zu einer Vision.

In Japan flossen Moderne und Tradition zu einer gigantischen Einheit zusammen. Eine solche Kombination hat es ansatzweise auch in der Sozialgeschichte Deutschlands gegeben, wo die Einführung und Errichtung des kapitalistischen Wirtschaftssystems nicht nur von bürgerlichen Kräften, sondern ebenso wie im fernöstlichen Inselstaat von halbfeudalen Eliten (Junkern) getragen wurde. Aber das 19. Jahrhundert war für Deutschland wie für alle anderen europäischen Länder auch das Jahrhundert des Materialismus, der untergehenden Königreiche und der Liberalisierung. Technik und Mythos, Naturwissenschaft und Religion, Staat und Kirche, Physik und Metaphysik, Sozialismus und Aristokratie, Nation und Arbeiterklasse standen in einem unversöhnlichen Gegensatz zueinander. Die jüngste Geschichte Japans seit der Meiji-Zeit (Haushofer: »das unsterbliche Verdienst einer kleinen Schar von Samurai«) aber schien zu beweisen, dass eine Verbindung zwischen diesen Gegensätzen möglich war.[32]

So wurde das »Land der aufgehenden Sonne« für den Traditionalisten Haushofer, der auf moderne Technik und moderne Ökonomie nicht verzichten wollte, zu einem hoch geschätzten Orientierungsmodell, welches er den Deutschen ständig bis Ende des Zweiten Weltkrieges wie einen Spiegel vorhielt. Der General hat seine japanischen Visionen in einem Buch mit dem Titel *Dai Nihon* (»Großjapan«) schon 1913 aufgeschrieben. »Im Lichte von *Dai Nihon*«, so der Historiker Bruno Hipler, »versteht man leichter die Tragweite der Bemühungen Haushofers seit 1919 Heß und damit Hitler als seine auserkorenen Führer mit seinem Weltbild zu erziehen – seinem Grund- und Leitsatz entsprechend: ›*let us educate our masters*‹.«[33]

Die Kombination von Moderne und Archaik ist ein Wesensmerkmal des Faschismus gleich welcher Couleur. Das Thema wurde als solches offen diskutiert, etwa in den Frühwerken von Ernst Jünger (*In Stahlgewittern* und *Der Arbeiter*). Aber es fiel selbst nach der Machtübernahme 1933 den NS-Ideologen nicht leicht, die Verbindung der beiden widersprüchlichen Welten »begrifflich« zu fassen und auszudrücken. Viele von ihnen tendierten ideologisch und verbal (wenn auch keineswegs faktisch) zum begrenzt Völkischen, zum beschränkten Stammesdenken, zu einer Blut-und-Schollen-Romantik, zur atavistischen Mythologie der Germanenstämme. Hitler war sich dagegen der Begrenztheit dieser »Deutschtümler« von Anfang an bewusst und hat schon in *Mein Kampf* höhnische Sprüche für sie gehabt. Es ist in der Tat dieses verhängnisvolle Buch, in dem die Verbindung eines modernen und archaischen Weltbildes gekonnt dargestellt wird. Der Autor verschmelzt zeitgemäße Massensuggestion mit arischer Rassenüberheblichkeit, Großindustrie und mythisch-gnostisch begründete Ausrottungsstrategien gegen die Juden, Medienpropaganda und archaisches Kriegerethos, Autobahn und atavistischen Führerkult zu einer für die »Volksgenossen« attraktiven Weltanschauung.

Die »Großräumigkeit« in seiner Kombination soll Hitler von Haushofer übernommen haben, der diese schon ca. zehn Jahre vor *Mein Kampf* in *Dai Nihon* gefordert hatte. Zweifelsfrei dürfte sein, dass der General selber seine Japanstudien als Visionsarbeit für das »raumhungrige« Deutschland gesehen hat: »So mögen wir Deutsche den Schlüssel zur Erkenntnis der Gründe finden, die das Zurückbleiben unserer Ausdehnungshoffnungen hinter der japanischen Reichsentwicklung mit verschuldet haben. Solche Unzulänglichkeiten sind die fehlende Einsicht der Massen in die Notwendigkeit, in großen Räumen ›imperially‹ zu denken, und über das innerpolitische Drängen des Augenblicks, den Zaun der Partei, hinauszusehen. [...] Diese Masseneinsicht wird in Japan zäh festgehalten und Tag für Tag neu in die Gehirne gehämmert.«[34]

Japanischer Militarismus – der Krieg als Zuchtwahl der Besten

Zwischen der modernen technischen und administrativen Elite Japans und der vom Samurai-Geist durchdrungenen Armee konnte – nach Haushofer – eine hierarchisch tragfeste Beziehung hergestellt werden, wobei die Militärs die Leitkultur bestimmten. Sie setzten es durch, dass Krieg und Krieger zu den großen Pädagogen des Volkes wurden: »Japan besaß zu seinem Glück alles, was an Kräften des Willens und Gemüts in Jahrhunderten erwachsen muss, um ein starkes Volk in Waffen zu erziehen. [...] Das Reich besaß eine starke Führungskaste, zahlreich genug, um selbst für einen so jähen Übergang außer den leitenden Zivilbeamten und wissenschaftlichen Führern die Offiziere und Unteroffiziere zu stellen, jene Samurai, die seit einem Jahrtausend dafür lebten und starben, dass man Vaterlandsliebe, Familienehre und persönlichen Nachruhm über alle anderen Werte zu stellen, im Opfertod für sie das höchste Ziel des Lebens zu sehen habe«, schrieb Haushofer schon 1911.[35]

Auch sein zwei Jahre später erschienenes Hauptwerk *Dai Nihon* ist eine ständige Lobeshymne auf die »Wohltaten« des Militarismus. Japan habe sich im »Stahlbad des Krieges« regeneriert. Dieser zeige eine »schöpferische und belebende Seite« und sei mit den »Geburtswehen großer Erneuerungen« vergleichbar.[36] Der Militärgeist, so Haushofer begeistert, sei überall in Japan präsent, insbesondere wirkten zur Wehrkrafterziehung der Jugend Militär- und Schulbehörden eng zusammen: »Ich hatte Gelegenheit«, lesen wir in *Dai Nihon*, »täglich das Treiben auf dem Schulhof einer von der buddhistischen [!] Hongwanji-Sekte unterhaltenen Mittelschule zu beobachten [...]. Nicht ein Tag verging ohne militärische Übung, an der die Jungen sichtlich leidenschaftlichen Anteil nahmen, die oberen Klassen waren dabei mit Mausergewehren [...] ausgerüstet und schießen auch wirklich damit, was bei uns noch vielen Schulleitungen unüberwindliche Schwierigkeiten bereitet.«[37] Haushofers Schriften werden nicht müde, immer und immer wieder die Durchmilitarisierung der japanischen Gesellschaft zu preisen und sie (für die Deutschen) als nachahmenswert zu empfehlen. So war er einer der Ersten, die den Samurai-Gedanken in die deutsche Kulturdebatte einbrachten.

Der General legitimierte ebenfalls das »naturgemäße Recht des Stärkeren im Zusammenleben der Völker«. Die »Macht über dic Erde steht auf Kampf; und je zahlreicher die um Lebensraum kämpfende Menschheit auf der begrenzten Erdoberfläche wird, umso schärfer müssen die Bedingungen des Überlebens der Auslese werden.«[38] Auch diese sozialdarwinistische Forderung, die er zeit seines Lebens beibehalten hat, leitete er aus einem Beispiel des Fernen Ostens ab, nämlich der gewaltsamen Eroberung und grausamen Unterjochung Koreas durch Japan (1910).

Krieg und Kampf und nicht Biologie und Stand waren für den mit einer Halbjüdin Verheirateten die Kriterien für seinen Rassenbegriff. Diejenigen, die es schafften, sich im Kampf ums Dasein siegreich zu behaupten, wie die Japaner, zählten für ihn zu den »Edelrassen«. Diejenigen aber, die wie die Koreaner unterlagen, waren rassig minderwertig. »Edelrassen« entstehen jedoch nicht zufällig, sondern sind für Haushofer das Resultat einer jahrhundertelangen Züchtung: »Sicher ist, dass die große Sorgfalt der Zuchtwahl, die in den meisten Familienstämmen Altjapans zur Erhaltung des Familiengefüges aufgewendet wurde, und in einem großen Teil noch aufgewendet wird, der Reinheit und Hochzucht der Rasse sehr genützt hat.«[39]

Diese »Zuchtwahl der Besten« findet außerhalb des traditionellen Ständestaates statt: »Wir sehen also – geopolitisch vergleichend – das erhaltende Prinzip in der nationalen, möglichst rasseneinheitlichen Ausprägung des nationalsozialistischen Gedankens, vereint mit einer zuletzt rassenhygienisch untermauerten Erhaltung des Führertums des Besten auf aristokratischem, auswählendem, immer neu prüfendem, nicht mit erblichen Lehen und Besitz verknüpftem Wege.«[40] Auch Haushofers grundsätzliche Ablehnung der Erbaristokratie (nicht der Erbmonarchie) ist von seinen Studien über Japan beeinflusst, denn dort hatten sich schon vor dem Ersten Weltkrieg die jungen Offiziere unabhängig von ihrer Herkunft vom Samurai-Geist ergreifen lassen und mit dem Tenno an ihrer Spitze die Macht erobert. Sie bildeten die neue »Kaste der Tat« im Gegensatz zur alten »Kaste des Erbes«. Haushofer glaubte, dass dieser volksnahe Samurai-Geist sogar Hitler durchdrungen habe: »Das Nationale musste also auch aus tiefer staatsbiologischer und weltgeschichtlicher Erkenntnis dem Sozialen bei der Namensgebung vorangestellt werden, wie es Hitler mit seiner politisch-wissenschaftlichen Instinktsicherheit ebenso tat wie die uralte, herrschaftsgewohnte japanische Samuraikaste.«[41]

Deutschland und Japan auf dem »Weg der Götter, Ahnen und Helden«

Nach Ausbruch des Zweiten Weltkrieges stellte Haushofer sich erneut die Fragen: »Wie hat Japan sein Reich aufgebaut? Wie versucht es, dieses Reich weiterhin zu bauen, zu gestalten, zu erhalten und vor Verderben zu schützen?«[42] Die Antworten gibt er in seinem 1941 publizierte Buch *Japan baut sein Reich*. Er unternimmt auch hier den Versuch, Deutsche und Japaner als eine Art Zwillingsvölker darzustellen, die schon seit Urzeiten einen ähnlichen Schicksalspfad durchwandern und die sich jetzt begegnet sind. »Der einzige Weg, die Möglichkeit der weltpolitischen deutsch-japanischen Verbindung über die ganze Spannweite der Alten Welt hinweg in ihrer Federkraft und Widerstandfähigkeit zu begreifen, führt aus den Tiefen ihrer Volkseelen-Geschichte herauf. Sie bestand, noch ehe die Achse Rom – Berlin geschmiedet und im Feuer der Sanktionen zusammengeglüht wurde, ist durch sie unendlich gestärkt worden und verbindet zwei der am wenigsten verstandenen Völker des Erdkreises.«[43]

Gleichgesetzt werden von Haushofer germanische und altjapanische Kulturströmungen. Tradierte Ereignisse im Leben der Cimbern, Teutonen, Sueben, Markomannen vergleicht er mit japanischen Stammesüberlieferungen. Im Mittelpunkt dieser Parallelgeschichte stehen für den Geopolitiker selbstredend Themen wie die »Suche nach Raum«, »Grenzdruck«, »Stammeswanderungen«. Aber er verweist auch auf verwandte Züge in der »Blutlinienführung«, der »Sippengemeinschaft«, der »Geschlechtergeltung«, dem »völkischen Aufbau«, dem »Bodenrecht«, der »Volksgemeinschaft«, dem »Gemeinnutz« und in anderem. Ebenso entdeckt er in der Geschichte des Mittelalters (»Der Schwertkult, die Waffenkunst blühte dort und hier fast gleichzeitig«) und der Neuzeit Verwandtes zwischen den beiden Völkern.[44]

Aber Haushofer wollte mehr, er wollte hinter den Schleier der Geschichte blicken und bis zu den »Gründungsmysterien« des westlichen und östlichen Reiches vordringen. Beiden Völkern, auch den Deutschen, unterstellte er einen göttlichen Ursprung: »Ihre letzten Geheimnisse der Volkswerdung sind im Mythos verschleiert, der ungefähr dieselben Zeiträume bald streckend, bald springend umspielt und letzte Kräfte aus dem Göttlichen herleitet.«[45] Mit diesem Satz ist klar die verdeckte religionspolitische Motivation des Generals angesprochen, die – wenn man so will – seinen »Okkultismus« ausmacht: Haushofer war, wie viele NS-Ideologen, an einer Sakralisierung des Nazi-Regimes interessiert. Dabei diente dem Ostasien-Kenner die japanische Theokratie als Orientierungsmodell und als Erinnerungshilfe. Erinnert werden sollte – durch einen Kulturvergleich mit dem archaisch-modernen Japan – an die Aktualität der Mythen und Sagen, die der germanischen und römischen Reichsgeschichte vorausgingen und an die »Heiligkeit« des obersten Führers, in dem sich ein Gott inkarniert. So fordert Haushofer mit Nachdruck seine Leser auf, sich in die »Gefolgschaft der Mythen« zu begeben, »dann hält man die Schlüssel zu einem Reichsgeheimnis in Händen, das durch die Jahrhunderte hin wirkt wie in ersten Reichsgründungstagen.«[46]

Hinter dem Dreimächtepakt sah er gemeinsame numinose Kräfte am Werk: »Möglich ist aber ein Herausmeißeln der heute noch lebendigen rassebestimmten Kräfte aus den Tiefen einer solchen Geschichte, die wirksam hinter der Dreiecksspitze des viel genannten Berlin – Rom – Tokio leben und weben.«[47] Das nationalsozialistische Deutschland und das faschistische Italien hätten erneut »die Altäre ihrer Vergangenheit errichtet« und den »Weg der Götter, Ahnen und Helden« beschritten, der in die Zukunft führe.[48] Die Japaner dagegen seien auf dem ihnen vorgeschriebenen sakralen Weg ohne Unterbrechung fortgeschritten, während sich die beiden europäischen Nationen ihre *historia sacra* (»heilige Geschichte«) erst wieder ins Gedächtnis zurückrufen müssten.

Wie groß war der Einfluss Karl Haushofers auf Adolf Hitler?

Haushofer soll Hitler durch die Vermittlung von Heß am 24. Juli 1921 zum ersten Mal getroffen haben. Als der spätere »Stellvertreter des Führers« nach dem Novemberputsch 1923 auf der Festung Landsberg interniert wurde, besuchte ihn der General dort achtmal und blieb im Durchschnitt zwei bis drei Stunden. Bei diesen Gelegenheiten traf er auch auf den ebenfalls inhaftierten Hitler, der an *Mein Kampf* schrieb. Eine direkte Einflussnahme auf den Text muss in Anbetracht der historischen Fakten als gering eingeschätzt werden. Dass es aber einen indirekten Einfluss über Heß, der Hitler beim Verfassen des Buches assistierte, gegeben hat, ist wahrscheinlich.

Der Diktator hat nachweislich Haushofers *Dai Nihon* während seiner Landsberger Zeit gelesen.[49] Eingeflossen aus dem Gedankentank des Generals in *Mein Kampf* könnten sein: die Idee von der Armee als Pädagoge der Gesellschaft (Hitler spricht vom »Heer als die letzte und höchste Schule vaterländischer Erziehung«[50]); die Maxime vom Krieg als dem größten Lehrmeister; das Recht des Stärkeren; vor allem aber das Denken in geopolitischen Großräumen und ganz allgemein die Verbindung von Archaik und Moderne.

Haushofers Biograf Hipler geht jedoch weiter und behauptet, der General habe wesentlich an der Gestaltung des »Führermythos« mitgewirkt.[51] Er sei der große Hintergrundspieler im frühen Werdegang des Diktators gewesen. In der Tat war das »Handeln aus dem Hintergrund« eine machtpolitische Leidenschaft Haushofers und auch hierbei rekurrierte er auf Beispiele aus der japanischen Geschichte. Die ganze Politik des Inselstaates interpretierte er als gekonnte Hintergrundpolitik: »Die heute noch sehr lebendige Lehre durchzog in Alt-Japan den ganzen Bau von Volkssitte und Staatsgefüge als eine Scheu vor scharfem Rampenlicht; eine Abneigung gegen laute Worte und starke Gebärden, die den Taten vorauseilen, eingelöst werden müssen, und so das Handeln festlegen; eine Vorliebe hingegen für Wirken ohne Aufsehen und Geräusch, aus dem Hintergrund, aus dem Verborgenen.«[52] Während der Meiji-Zeit verstand sich der mächtige Fürst Yamagata brillant auf dieses Spiel hinter den Kulissen und Haushofer ist davon höchst angetan: »Er [Yamagata] selber äußerte einst: Wer erst einmal den vollen Reiz des Wirkens der Macht aus dem Hintergrunde kennen gelernt habe, würde nie mehr an der Rampe spielen wollen. Er war im Verhältnis zum Kabinett lieber ›Königsmacher‹ als verantwortlich.«[53] Auch der Tenno Hirohito handelte nach Haushofer aus dem Verborgenen heraus. Der General nannte ihn den »vornehmsten Hintergrundspieler auf der Weltbühne, den ich kennen lernte.«[54]

Angesichts ähnlicher Äußerungen könnte es sein, dass Haushofer der Verführung verfallen ist, sich als Drahtzieher der NS-Bewegung und via Heß als »Königsmacher« Hitlers zu sehen. Dabei handelt es sich jedoch wahrscheinlich um eine Selbsterhöhung *ex post*, denn einem Brief von Heß vom 11. Juni 1924 lässt sich entnehmen, dass der General in dieser Zeit dem NS-Führer skeptisch gegenüberstand.[55] Wahrscheinlich war ihm – wie vielen anderen Konservativen auch – der österreichische »Gefreite« zu plebejisch. Haushofer wollte einen »Kaiser« und keinen »Volkstribun«, wie Hitler von Heß genannt wurde. Als den Weg aus der Krise hatte er kurz nach dem Ersten Weltkrieg gefordert: »Ein Mann! Ein Königreich, eine Kaiserkrone für einen Mann, der den Namen verdient.«[56] Die politischen Erfolge des »Gefreiten« hatten ihn dann aber, das zeigt sein späteres Verhalten, zunehmend davon überzeugt, dass Hitler dieser Mann war, dem das Königreich zustehe. Jetzt konnte er sich seinen Wunsch, den er 1917 gegenüber seiner Frau artikuliert hatte, erfüllen: »Du siehst, wie caesarenreif ich bin, und was ich für ein gutes Werkzeug für einen Caesar wäre, wenn wir einen hätten, und er mich zu brauchen wüsste. Ich bin mir darin treu geblieben.«[57]

So hat sich Haushofer wahrscheinlich bis 1941, als Heß nach England flog, in die Rolle einer grauen Eminenz hineingesteigert, die aus dem Hintergrund heraus die Entwicklung des Regimes, insbesondere was dessen Außenpolitik anbelangte, steuerte. Die »Deutsche Akademie«, deren Präsident er von 1934 bis 1937 war, wurde für ihn zum geistigen, ja fast mystischen Zentrum eines um Hitler als Polarstern kreisenden Sternenhimmels: »Die kulturpolitische Leistung der Deutschen Akademie ist der letzte äußerste Ring«, sinnierte der General, »das äußerste, unendlich fein und elastisch gesponnene Netz, das am weitesten außen schwingend, in fremde Kulturpolitik hinein, die dem Deutschen Volk befreundeten und gesinnungsverwandten Kräfte erfasst, sie ihm geneigt macht und in dieser Neigung bekräftigt und erhält. Ganz innen in diesem Sternensystem dreht sich um die stetige Willensachse der Bewegung der festgeballte Kern des totalen Staates. – Um ihn herum schwingen in immer weiteren Kreisen zuerst sein amtlicher Außendienst, dann seine Auslandorganisation, dann seine Volksbünde und alles, was mit ihnen zusammenspielt. Aber jenseits von all diesen, dennoch in seinem Gang durch dieselbe Zentrierung, durch eine wunderbare Fühlung mit dem obersten Willensträger des Reiches [Hitler] und seinem Stellvertreter [Heß] auch vor den leisesten Schwankungen geschützt, kreist das Wirken der Deutschen Akademie und ihrer Freundeskreise.«[58] Diese Einschätzung seiner Organisation zeigt ebenfalls, wie mythisch-kosmogonisch Haushofer dachte.

Sterben für den Tenno

Indem Haushofer auf das Tenno-System verwies, wollte er 1941 dem Dritten Reich eine sakrale Weihe erteilen. Ob er sich dabei speziell Hitler als »Priesterkönig« vorgestellt hat, darüber kann man nur spekulieren, dass er aber schon vor dem Ersten Weltkrieg von der religionspolitischen Idee eines »Kaiser-Hohepriesters« träumte, der »als oberster Anwalt der Gemeinverantwortlichkeit« regiert, ist zweifelsfrei.[59]

Die fernöstliche Ikone des übermenschlichen Tenno, des verborgenen *Chakravartin* aus dem Lande der aufgehenden Sonne, leuchtete weiterhin für ihn, als das Bild des deutschen Diktators schon dabei war zu verblassen und dann zersprang: »Wie immer man zu solchen metaphysischen Auffassungen der Reichsvergottung stehe«, schreibt Haushofer 1943 im Hinblick auf das Amt des japanischen Kaisers, »sie erleichtert ihren Trägern den Opfertod für eine große Idee. An der Spitze im Ideengebäude aber stand eben der Reichsgedanke und sein sichtbarer Überlieferungshüter, der Ahnenhohepriester der Nation [Hirohito], der Tenno, in seinem seltsam unpersönlichen Wesen, wie der große Kaiser Meiji [der Vater Hirohitos] als einer der weisesten Hintergrundspieler der Weltgeschichte ...«[60] Der bayerische General Haushofer sah sich als »Samurai« der japanischen Kaiser-Dynastie und hielt dieser bis zuletzt die Treue. Sein Samurai-Schwur auf den Tenno war am Ende stärker als seine Nibelungen-Treue gegenüber Hitler.

Am 10. März 1946, zwei Monate und zehn Tage, nachdem Hirohito auf seine Göttlichkeit verzichtet hatte, begingen Karl Haushofer und seine Frau Martha Selbstmord. Beide haben sich vergiftet. Dass dieser Suizid nach dem Ritual des Harakiri vollzogen wurde, wie es spätere Stimmen behaupten, ist falsch und Teil der phantasmatischen »Haushoferlegende«, auf die wir im zweiten Teil unseres Buches zu sprechen kommen.

Julius Evola: der intellektuelle »Guru« des Faschismus

Der italienische Baron Julius Evola (1898–1974), bekannt als »Meister der Tradition«, als »solitärer Aristokrat«, als »Denker der Dekadenz«, als der »höchstgeachtete faschistische Guru« (Umberto Eco), als »*Magico Barone*«, als »Herbert Marcuse der Rechten«, ist mehr als ein viertel Jahrhundert nach seinem Tode der absolute Star am Himmel des intellektuellen Neofaschismus. Was Marcuses Ideen für die 68er waren, das sind heute Evolas Theorien für den aktionistischen und theoretischen Rechtextremismus. Es würde Seiten füllen, müsste man von den neofaschistischen Intellektuellen all diejenigen und ihre Werke aufzählen, die sich dem Studium von Evolas Schriften gewidmet und über ihn geschrieben haben. Studenten, Universitätsprofessoren, Parteipolitiker, Okkultisten, Ideologen und »Straßenkämpfer« zählen gleichermaßen zu seiner Gefolgschaft, darunter auch der berüchtigte italienische Terrorist Franco Freda, der Evolas wichtigste Werke herausgab.[1] In Italien, Frankreich, Deutschland, in den USA, in Russland und England – überall auf der Welt findet zur Zeit eine explosive Evola-Renaissance statt. Dabei war das *Œuvre* des Barons in seinen Grundzügen schon 1945, das heißt unter der Herrschaft des historischen Faschismus, abgeschlossen. Alle seine Nachkriegsveröffentlichungen sind trotz ihrer suggestiven Kraft und zahlreicher Akzentverschiebungen nichts als Variationen des vorher schon Gedachten und Gesagten.

Einige seiner gemäßigten Apologeten bezweifeln, dass Evolas Ideengebäude »faschistisch« sei, und berufen sich dabei auf Aussagen des Meisters selbst. »Ich habe ›faschistische Ideen‹ vertreten«, hatte er nach dem Kriege kundgetan, »aber ich verteidige sie nicht, insofern sie ›faschistisch‹ sind, sondern nur in dem Maße, indem sie eine übergeordnete und dem Faschismus vorangehende Tradition wieder aufnehmen und insofern sic dem geistigen Erbe der hierarchischen, aristokratischen und traditionalen Staatsauffassung angehören.«[2] Was Evola am historischen Faschismus störte, waren dessen völkische, sozialistische, nationalistische, kurz »plebejische« Elemente, die er schlichtweg als »vulgär« ablehnte. Was ihn dagegen anzog, war die Autokratie des Staates, die Reichsidee, die hierarchische Gliederung der Gesellschaft, die Ritualisierung des Politischen, die absolute Verherrlichung des Krieges und mit Einschränkungen auch die Rassenlehre. Evolas Philosophie richtet sich gegen Demokratie, Liberalismus und Egalitarismus. Sie ist zudem von einer extremen Frauenfeindlichkeit. Der organisatorische Kern seiner Doktrin gipfelt in der Idee von einem mystischen Kriegerorden strikter Observanz nach dem Modell der Templer. Diesen sah er ansatzweise in der SS verwirklicht. Historische Entsprechungen entdeckte er auch in anderen faschistischen »Orden« des 20. Jahrhunderts, insbesondere in der »Eisernen Garde« des Rumänen Corneliu Zelea Codreanu, der von Evola sehr bewundert wurde. Schon aus diesen Gründen scheint es legitim, sein Lehrgebäude nicht nur als »traditionalistisch«, sondern ebenfalls als »faschistisch« zu bezeichnen. Insbesondere war er an der Herausarbeitung von zwei Ausdrucksformen des »elitären Faschismus« beteiligt: an der Sakralisierung der Kriegerkaste (Kshatriya-Kaste) und an der Entwicklung einer »faschistischen« Sexualtheorie, die auf buddhistisch-hinduistischen Grundlagen aufbaut.

Integration des Faschismus in eine traditionalistisch begründete Kriegerreligion

Baron Giulio Cesare Andrea Evola wurde am 19. Mai 1898 in Rom geboren. Seine Familie zählte zum sizilianischen Landadel. Er genoss eine streng katholische Erziehung, interessierte sich zuerst für die Naturwissenschaften, brach dann mit seinem »aristokratisch-bürgerlichen« Lebensstil und entschied sich für die »Revolte«, indem er Künstler wurde. Er schloss sich der futuristischen Bewegung um Tommaso Marinetti und später dem Dadaismus um Tristan Tzara an, malte, dichtete und philosophierte mit einer nihilistischen Tendenz und wurde zu einem der führenden Sprecher dieser Szene. Von Marinetti übernahm er die These vom Krieg als der »einzigen Hygiene« der Welt und machte daraus eine Art Leitmotiv seiner Schriften.

Am Ende des Ersten Weltkrieges experimentierte der junge Baron mit verschiedenen Drogen (1917/1918). Dabei kam es zu einer »Offenbarung« von einer »endgültigen, erschütternden, absoluten Sicherheit«. Doch hatte sich Evola mit seinen bewusstseinserweiternden Experimenten zu weit gewagt und »wandelte am Rande des Abgrundes zum Wahnsinn«. Es gelang ihm, sich wieder zu fangen. Darauf durchflutete ihn eine »Art bis aufs höchste gesteigerter Orgasmus«, gefolgt von einem Zustand »klarsten und kristallensten Wachseins«. Wahrgenommen wurde von ihm in diesem luziden Zustand eine transzendente Welt von Wesenheiten und Kraftfeldern, auf die er – seiner Meinung nach – durch magische Akte Einfluss gewinnen konnte. Was Evola hier beschreibt, ist in der spirituellen Tradition Indiens als Kundalini-Erfahrung bekannt. Diese muss als das zentrale »mystische« Ereignis im Leben des Barons angesehen werden. Wir kommen darauf noch zu sprechen.

Mit Interesse las Evola Werke der Theosophie und der Anthroposophie. Er ließ sich von der Matriarchatsforschung Johann Jakob Bachofens, von den okkulten Romanen Gustav Meyrinks und der Geschichtsphilosophie Oswald Spenglers beeinflussen. Friedrich Nietzsche, Max Stirner, Ernst Jünger, vor allem aber Otto Weininger zählten zu seinen literarischen Leitfiguren. Auch die ersten Kontakte zu den Religionen des Ostens wurden geknüpft. Er begeisterte sich für einen alten Text des Theravada-Buddhismus, *Majjhima-Nikaya,* und schrieb ein Vorwort zu einer italienischen Übersetzung des *Tao-Te-King*. Parallel dazu begann er mit einem intensiven Studium der »hermetischen Literatur« und kabbalistischer Schriften. Er setzte sich mit Geschichte, Schrifttum und Ritualistik der Freimaurer auseinander und betrieb »praktische Metaphysik«. Darunter verstand er die Veranstaltung magischer Rituale, wahrscheinlich schon damals mit metapolitischen Absichten. Denn bereits vor dem Ersten Weltkrieg hatten spätere Mitglieder der 1925 gegründeten Gruppe UR, der Evola angehörte, Nacht für Nacht Riten durchgeführt, welche die »Wiederkehr des Römischen Reiches« begünstigen sollten. Um die Bewegung Mussolinis mit dem Geist des imperialen Roms zu »beseelen«, sollen UR-Brüder – so erzählt es zumindest die Legende – Beschwörungen durchgeführt haben.[3]

Zur selben Zeit verkehrte Evola mit den großen Namen des europäischen Okkult-Milieus: Arturo Reghini (1878–1946), René Guénon (1886–1951) und Aleister Crowley (1875–1947), den er mehrmals in dessen Abtei Thelema im sizilianischen Cefalú besuchte, zählten dazu. Alle drei Autoren hatten einen entscheidenden Einfluss auf das Denken des Barons. Von Reghini übernahm er dessen glühenden Anti-Christianismus und dessen offenes Bekenntnis zum Heidentum. Aber auch für das Fach Alchemie und den damit verbundenen mikro-makrokosmischen Theorien war Reghini der Lehrer. Guénon öffnete ihm die Tore zu einem ständigen Studium der indischen Klassik. Den tiefen Eindruck hinterließ auf ihn Guénons pessimistische Kulturkritik (*Die Krise der modernen Welt* – 1927), die den Untergang des Abendlandes prophezeite. Crowleys Einfluss ist weniger dokumentiert. Aber aus Evolas ausgezeichneter Kenntnis der traditionellen und »modernen« Sexualmagie lässt sich rückschließen, dass er dem englischen »Sex-Magier« vieles verdankt.

1926 erschien Evolas Buch *L'Uomo come Potenza* (»Der Machtmensch«). Diesem komplexen Text wird – wahrscheinlich mangels Fachkenntnis – in den Evola-Biografien nur wenig Beachtung geschenkt. Es handelt sich dabei um eine Darstellung des Tantrismus, das heißt um eine detaillierte Beschreibung sexualmagischer Theorien und Praktiken aus dem indischen Kulturkreis. *L'Uomo come Potenza* beschreibt das buddhistisch-hinduistische Hinterfeld, dem sich der Baron zeit seines Lebens verpflichtet fühlte. Das Buch diskutiert zentral den Zusammenhang von Sexualität und Macht und ist ein Schlüsselwerk, ohne das Evolas philosophisches System überhaupt nicht verstanden werden kann. Wir werden darauf genau zu sprechen kommen.

Ab 1928 wandte sich der Baron der Politik zu. Als weltanschauliches Programm bot er den Aufbau einer traditionalistischen Staatstheorie an, orientiert am antiken Rom bzw. an der imperialen Idee der Hohenstaufen. Er forderte eine »kriegerisch geordnete politische Hierarchie«, die auf der Verbindung von geistiger und materieller Macht basieren sollte. Mit seinem politischen Erstlingswerk *Imperialismo Pagano* (»Heidnischer Imperialismus« – 1928) macht er dann den Versuch, das faschistische Regime in Italien von seiner Philosophie zu überzeugen. Seine Vorstellungen von einer geistigen Aristokratie und eines monarchischen Staates blieben aber ebenso erfolglos wie seine scharfen Attacken auf die christlichen Kirchen. Evola stieß auf heftigen Widerstand aus Parteikreisen.

Das Buch geht von einem Niedergang der traditionellen Werte aus und proklamiert »den Krieg um seiner selbst willen, als einen höheren Wert in Sieg wie in Niederlage, als den heiligen Weg zur geistigen Verwirklichung«.[4] Es fordert das »Führerprinzip« als neue politische Orientierung und die Rasse als »Schicksalsaufgabe«. So war es nicht weiter erstaunlich, dass seine deutsche Übersetzung (*Heidnischer Imperialismus* – 1933) eine begeisterte Aufnahme im gerade gegründeten NS-Deutschland fand, insbesondere da Evola »die deutschen Völker« als die Bewahrer »nordischer Faktoren [...] im Erbe ihres Blutes« hofierte.[5] Hinzu kam, dass sich sein »heidnisches Ethos«, sein »imperiales Ideal« gegen Juden, Sozialisten, Rationalisten, Liberale und Demokraten des »dunklen Zeitalters«, kurz gegen die »barbarische semitische Woge, die Feindin ihrer selbst und der Welt«, richtete.[6] Der »Jude« war – wie für die Nazis – auch für Julius Evola ein »Symbol für die Herrschaft des ökonomisch-materialistischen Individualismus und die Herrschaft des Geldes«.[7]

1934 publizierte der Baron sein politisches Grundlagenwerk *Rivolta contro il mondo moderno* (»Revolte gegen die moderne Welt«). Das Buch erschien schon ein Jahr später als Übersetzung in der Deutschen Verlagsanstalt unter dem Titel *Erhebung wider die moderne Welt*. Die Welt der Moderne (mit ihrem Rationalismus, ihrem Demokratismus, ihrem Individualismus und ihrer Profanisierung) wird von ihm als ein Ausdruck der Dekadenz dargestellt. So erweist sich die Epoche, in der wir leben, als die letzte Untergangsphase in einem zyklischen Weltlauf. Ursprung und Ziel der Geschichte ist das »goldene Zeitalter«: Schritt um Schritt geriet das einstige »irdische Paradies« in Verfall, den nichts mehr aufzuhalten vermag.

Um diesen paradiesischen Ursprungszustand wieder rückzugewinnen, benötigt es – so Evola – einer heroischen, aristokratischen, maskulinen, solaren und dominanten Kriegerkaste, die in der Figur des sakralen Weltenkönigs (*Chakravartin*) ihr Zentrum und ihren Anführer hat. Das Grundlagenwerk des Barons ist im Kern nichts anderes als die Monografie dieses *Dominus Mundi* (Weltenkönigs), die Geschichte seiner Entmachtung und seiner Wiedergeburt. Der patriarchalen, sonnenhaften, himmlischen Welt des göttlichen *Chakravartin* steht als Todfeindin die matriarchale, lunare und unterirdische Welt der chtonischen Göttinnen gegenüber. Geschichte erweist sich deswegen als der ständige Krieg zwischen dem weiblichen und dem männlichen Prinzip. Dieser *bellum aeternum* (ewige Krieg) drückt sich ebenfalls aus im Kampf zwischen Geist und Natur, zwischen Sakralität und Profanität, Transzendenz und Immanenz. Evolas Ziel ist die Errichtung einer absoluten virilen Herrschaft in der Form des »initiatischen Königtums«, die Frau, als das negative Prinzip, muss diesem Imperium dienen, ja muss für dieses »geopfert« werden.

Erhebung wider die moderne Welt richtete sich, wie aus dem Schlusswort zu entnehmen, vor allem an die rechtsextreme Elite in Italien und Deutschland. Intellektuelle wie Gottfried Benn waren von diesem »exklusiven, aristokratischen Buch« zutiefst aufgewühlt. »Wer es gelesen hat, wird verändert sein«, rief der Dichter in einem Essay mit dem Titel »Sein und Werden« aus. »In den Bewegungen des Faschismus und des Nationalsozialismus, da sie ihr rassisch, religiöses Axiom zur Geltung bringen, sieht Evola Möglichkeiten einer frischen Bindung der Völker an die Traditionswelt, Ansätze zur Produktion echter Geschichte, neuer Legitimierung für die Beziehung zwischen Geist und Macht.«[8] Die faschistische »Revolution« in den beiden Ländern ist für Evola ebenso wie für Benn jedoch nur der Beginn oder der »Keim einer Erneuerung im höheren und transzendenten Sinn, einer radikalen Unversöhnlichkeit, eines endgültigen Aufstandes gegen die moderne Welt.«[9] Der Baron wollte mehr.

1937 erschien *Il mistero del Graal e la tradizione ghibellina dell'Impero* (»Das Mysterium des Grals und die Tradition des ghibellinischen Imperiums«). Der Titel weist schon darauf hin, dass Evola das Gralsmysterium mit dem imperialen Reichsgedanken der Hohenstaufen (den Ghibellinen) in einen Zusammenhang brachte. Der zweite Grundgedanke, der ihn in diesem Text fesselte, war erneut die archetypische Vorstellung von einem sakralen Kriegerorden. In der okkulten Gemeinschaft der Templer, die er zu den ritterlichen Hütern des heiligen Grals erklärte, sah er diesen am reinsten verwirklicht. Seine militante Ordensvision traf wie maßgeschneidert auf die SS zu, die Evola in dieser Zeit für seine Ideen zu gewinnen suchte.

Julius Evolas Versuch, die SS zu missionieren

Nachdem sein Buch *Heidnischer Imperialismus* eine solch positive Resonanz in Deutschland gefunden hatte, wurde der Baron seit Mitte der 1930er-Jahre vom NS-Regime wie von einem Magneten angezogen.[10] Hier und nicht in Italien erhoffte er sich eine mögliche Verankerung seiner elitären, faschistischen Philosophie. Der italienische Faschismus war, um ein Wort von Umberto Eco zu benutzen, viel zu »fuzzy«, zu fasrig, zu ungenau, zu »ausgefranst« und im Gegensatz zum Nationalsozialismus »keine monolithische Ideologie, sondern eher eine Collage aus verschiedenen politischen und philosophischen Ideen, ein Bienenkorb aller Widersprüche.«[11] So glaubte Evola jenseits der Alpen wirksamer zu sein als in seiner Heimat.

Hitler gegenüber verhielt er sich nach außen hin loyal. 1933 schrieb er in einem Artikel: »Man muss zweifelsohne einen positiven Aspekt in der Vision Hitlers anerkennen: er ist eine Reaktion gegen die rationalistischen, aufklärerischen und demokratischen Mythen der europäischen Dekadenz.«[12] In der NS-Bewegung sah er – positiv – eine »Konterrevolution, ein Anti-Weimar und ein Anti-Versailles, ebenso wie eine Revolte gegen den Liberalismus und den Sozialismus.«[13]

1934/35 erschien in der Zeitschrift *Hochschule und Ausland* ein Artikel von ihm mit dem Titel »Das Hakenkreuz als polares Symbol«. Dort untersucht er den *Swastika* in verschiedenen traditionellen Kulturen, unter anderem bei den Azteken. Das Hakenkreuz, so Evola, ist ein Sonnen- und Feuersymbol, ebenso ein Symbol des Polarsterns. Es stellt das »Rad« des nordischen *Chakravartin* (Weltenherrschers) dar, der – wie der Polarstern – als »unbewegter Beweger« das Universum um sich kreisen lässt. Für den Baron wird es zum Signum des kosmischen Imperiums, ein Zeichen für das Weltenzentrum, das in mythischer Urzeit im nordischen Thule beheimatet war. Ebenso sei es das Symbol des »mystischen Shambhala, der nördlichen Stadt aus der vorbuddhistischen Bon-Tradition« gewesen.[14] Dieser Bezug zu »Shambhala« wird uns noch beschäftigen.

Evola pflegte intensive Kontakte zum »Deutschen Herrenklub« in Berlin. Auch diese feudale Vereinigung befürwortete nach außen hin das NS-Regime, behielt sich jedoch insgeheim eine gewisse Distanz vor, da ihr zahlreiche Elemente des Hitlerismus zu plebejisch, zu populistisch und zu fanatisch erschienen. Wie der italienische Baron, so strebten auch die deutschen »Herren« aus Berlin einen »aristokratischen« und keinen »völkischen« Faschismus an. Aber man hielt mit der offenen Kritik zurück, ebenso wie Evola, der erst nach dem Krieg wirklich konkret wurde: »Die Vorherrschaft eines proletarischen Aspektes im Nazismus ist nicht zu leugnen, ebenso wie in der Person Hitlers, der keinen Zug zeigte, der eines ›Seigneurs‹, eines aristokratischen Typus ›von Rasse‹ würdig wäre, sondern einen ›völlig plebejischen Geist‹ aufwies.«[15]

Von diesen konservativen Kreisen wurde Evola zu Vorträgen nach Deutschland eingeladen.[16] Aber er trat auch öffentlich in Erscheinung und referierte in Berlin, München, Frankfurt, Stuttgart, Braunschweig und Halle. Von ihm stammen zahlreiche Artikel in deutscher Sprache.[17] 1938 trat er der neu gegründeten »Deutsch-Italienischen Studienstiftung« bei, deren Mitglieder einflussreiche Persönlichkeiten aus Politik und Wirtschaft waren. Aber vor allem antichambrierte er bei der SS. Er hatte den Schwarzen Orden in der italienischen Zeitschrift *La Vita Italiana* mit einem Artikel »Die SS – Wächter und ›Orden‹ der Hakenkreuz-Revolution« gewürdigt. Dort wird Hitlers Schutzstaffel als die »Elite des Dritten Reichs«, als eine »Elite, die zugleich politisch und militärisch« ist, gefeiert. Die SS trage im Keim alle die Ansätze in sich, die als »Restauration der Tradition« zu werten seien: »Wir haben die Tendenz, im ›Schwarzen Korps‹ [hier ist nicht die Zeitschrift, sondern die SS gemeint], in den Männern, welche die ›Rune des Sieges‹ und die ›Rune des Blitzes‹ tragen, ebenso wie den Totenkopf, der ihren Treueschwur bis zum Tode symbolisiert, den Keim eines Ordens im traditionellen Sinne und in der höchsten Bedeutung des Wortes zu sehen, also eine spirituelle Gemeinschaft, die übernational wirken könnte.«[18] Eine Prognose, welche sich im Kriege bewahrheiten sollte, als die Waffen-SS ihre Einheiten aus verschiedenen europäischen Nationen rekrutierte.

Sein Entrée in den Schwarzen Orden bereitete Evola mit einem Empfehlungsschreiben des italienischen Ministeriums für Volkskultur an den »Reichsführer-SS Heinrich Himmler« vor: »Wir gestatten uns den Schriftsteller Julius Evola, dessen Namen Ihnen nicht unbekannt sein dürfte, Ihnen anzuempfehlen«, heißt es in diesem Brief. »Herr Evola hat uns auf die biologische, rassistische Grundlage der von Ihnen geführten SS aufmerksam gemacht, sowie auf die Aspekte der SS, denen gemäß sie ein Sippenorden ist, und wir würden großen Wert darauf legen, entsprechende Belege zur Verfügung zu haben. Wir wären deshalb Ihnen sehr verbunden, wenn Sie eine entsprechende Untersuchung von Seiten Herrn Evolas ermöglichen möchten.«[19] Da spricht hintergründig eine gewisse Unsicherheit über die Rassenpolitik der Nazis mit, die aber Evola kaum geteilt haben dürfte. Er ging nach Deutschland mit der festen Absicht, dort seine Ideen in der SS zu verbreiten.

1938 hielt der Baron vier Vorträge, an denen mehrere SS-Männer – unter anderem auch der Geschäftsführer des SS-Ahnenerbes, Wolfram Siever – teilnahmen. Die Titel lauteten: »Abendländischer Aufbau aus ur-arischem Geist« (10. 12. 1937) – »Arische Lehre des heiligen Kampfes« (13. 6. 1938) – »Der Gral als nordisches Mysterium« (20. 6. 1938) und »Die Waffen des geheimen Krieges« (27. 6. 1938). Diese Vorträge sind, als Manuskripte oder als Zusammenfassungen, von den anderen Intellektuellen des SS-Ahnenerbes und auch von Heinrich Himmler eingesehen und diskutiert worden.

Im »abendländischen Aufbau aus ur-arischem Geist« entwickelte der Baron die Vision eines gewaltigen Ideenkrieges: »Es ist zwecklos, sich Illusionen darüber zu machen: die kommenden Zeiten sind Zeiten des Kampfes, eines Kampfes, von welchem das gesamte Schicksal unserer europäisch-abendländischen Kultur abhängen wird. Dieser Kampf besteht in erster Linie und wesentlich aus Ideen, und nur in abgeleiteter Weise ist er als ein Zusammenstoß von materiellen, völkischen, wirtschaftlichen und militärischen Kräften zu betrachten.«[20] In einer Kritik der *Mitteldeutschen Nationalzeitung* vom 18. Februar 1941 heißt es in einem Resümee von Evolas Vortrag: »Krieg und Gottesweg konnten [in der Tradition] zu ein und derselben Sache werden.« Dieselbe Gotteskrieger-Philosophie, die sich so widerstandslos in das Selbstverständnis der SS einfügen lässt, fand schon in *Erhebung wider die moderne Welt* ihren Niederschlag: »So wird der Krieg mit dem ›Weg Gottes‹ identisch«, liest man dort im Hinblick auf die *Bhagavadgita*. »Der Krieger wird mit der transzendenten Zerstörungskraft eins, er nimmt sie in sich auf, verwandelt sich in ihr und befreit sich, indem er die Fesseln des Menschlichen zerbricht.«[21]

Dass Evola dem kriegerischen Einweihungsweg nichts Menschliches mehr zugesteht, wird von dem Berichterstatter aus der *Mitteldeutschen Nationalzeitung* lobend hervorgehoben: »Arisch ist es, mutig zu sein, Mitleid und humanitäre Gefühle beeinträchtigen die Reinheit der Tathandlung, die um ihrer selbst willen gewollt sein muss; jenseits von jedem materiellen Zweck handelt der Krieger in dieser Reinheit, so sprengt er die Fesseln des Menschlichen, er beschwört das Göttliche herauf als metaphysische Kraft und findet in ihr seine Verklärung und Befreiung« – Krieg auf allen Ebenen, Krieg als die entscheidende historische Gestaltungskraft und Krieg als Initiation sind Grundgedanken von Evolas militaristisch-mystischer Weltsicht, die sich in all diesen Punkten voll mit der Selbsteinschätzung der SS deckt. Die Zukunft – so der Baron – gehöre einer Kriegerelite, die mit der »Unpersönlichkeit und Strenge eines asketischen Ordens« denkt und handelt.[22] »Eine Gruppe berufener Männer wird durch ihre Einstellung und ihre Treue zu einer höheren Idee verbunden sein, einer Idee, in welcher nicht die Unterdrückung oder Lähmung, sondern die geistige Ergänzung und Steigerung ihres Volkstums und ihrer Rasse zu erblicken ist.«[23]

Dieser männliche, solare, positive und heroische Licht-Orden muss sich im Kampf gegen die dunklen Gegenkräfte der »modernen Welt«, gegen die Kultur der Dekadenz, die Evola als »weiblich, lunar, negativ und dämonisch« beschreibt, bewähren. In dem oben zitierten Artikel aus der *Mitteldeutschen Nationalzeitung* ist zu lesen: »Für den Altarier war der Krieg das Gleichnis eines ewig dauernden Kampfes zwischen metaphysischen Mächten, dem olympischen Lichtprinzip, der sonnenhaften Wirklichkeit und der rohen Gewalt und des Weiblisch-Dämonischen.« Zu den weiblichen Mächten der »neuen materialistischen und kollektivistischen Barbarei«, die gegen das männliche »olympische Lichtprinzip« rebellieren, zählt Evola auch die *feminilità* (Weiblichkeit) des Bolschewismus.[24]

Als Prinzipien, welche die deutsche Kultur ausmachen, werden in diesem Vortrag genannt: das Dritte Reich, der nordisch-arische Gedanke, das Führerprinzip und die männlich-kriegerische Solidarität, der Kampf um die Weltanschauung, die Rückkehr zu den Ursprüngen, die Tradition und die Rasse. All das aber benötige eine Erhöhung ins Geistige.[25] Als das Symbol dieser »traditionellen« Bewegung nennt Evola erneut den *Swastika*, das Herrschaftszeichen des »Weltenherrschers« oder *Chakravartin* – ein Begriff, den er aus dem indisch-buddhistischen Kulturkreis übernimmt: »Das Hakenkreuz ist ein solares Zeichen der Urzeit, welches die geordnete Bewegung um einen Mittelpunkt oder eine unveränderliche Achse versinnbildlicht, und das folglich in der Symbolik des *Chakravartin*, des arischen Weltenkönigs als Dreher des Rades des Regnums seine genau Entsprechung findet.«[26]

Aber in einigen Punkten stellte sich der Vortrag mit Dogmen der offiziellen NS-Ideologie quer. So fordert Evola eine Überwindung des völkischen Mythos und eine Hinwendung zu einer hellsichtigen, dogmatischen, sonnenhaften, geistigen Politik, eine Abkehr von den »irrationalen, leidenschaftsbedingten Glaubenskräften« hin zu einer klaren nordischen Metaphysik. Auch der Rassegedanke war für ihn mehr »geistig« als biologisch zu beurteilen. Die germanophile Verherrlichung des *Mythos* wurde von dem »Romanen« und »Metaphysiker« Evola als politische Orientierung strikt abgelehnt: »Es handelt sich nicht um einen Kampf, in welchem das Irrationale der Mythen und der Massensuggestion die letzte Instanz bildet.«[27]

Dagegen berief sich der Baron auf einen metaphysisch begründeten, rationalen, transzendenten, nordisch-arischen und romanisch-arischen Traditionalismus und forderte – das ist erstaunlich – vor der SS-Prominenz die Regentschaft des mystischen Weltherrschers, des *Chakravartins*: »Der nordische und indogermanische Herrenmensch […] fühlte die Götter als seinesgleichen, er betrachtete sich als von himmlischem Geschlecht und desselben Blutes wie sie. Daraus entsteht eine Auffassung des Heldischen, die sich überhaupt nicht im Physischen, Soldatischen oder auch Tragisch-Choreografischen erschöpft, und eine Fassung des Übermenschen, die nichts mit dem nietzscheanisch-darwinistischen Zerrbild der schönen blonden Bestie zu tun hat, weil dieser nordische Übermensch zugleich asketische, sakrale und übernatürliche Züge aufweist und im Typ des olympischen Herrschers, des arischen *Chakravartin* als Gebieter der beiden Gewalten und König der Könige gipfelt.«[28] Unter dem Einfluss von Evolas *Erhebung wider die moderne Welt* hatte Gottfried Benn schon 1935 die »neuen Herrscher« als »verwahrt im Ritus, anerkannt im Opfer, inkarniert in den Kasten, Konstruktionsprinzip der Sonnenthrone, darauf die königlichen Göttlichkeiten ruhn als Mittelpunkt, Achse, Dreher des Rades« (Chakravartin = der Raddreher) bezeichnet.[29]

In dem zweiten Vortrag »Arische Lehre des heiligen Kampfes«[30] kommt Evola vor den SS-Männern auf den Krieg als *via sacra*, als Heilsweg, zu sprechen. Die Römer, die Germanen und die Muslime hätten den »Heiligen Krieg« (*Djihad*) als eine Liturgie angesehen und ihm die höchste sakrale Form zugestanden. Der Baron übernimmt die im Islam gemachte Unterscheidung zwischen »großem Djihad« und »kleinem Djihad«. Letzterer bezeichnet den realen Krieg mit der Waffe, der Erste den großen Ideenkrieg, der sich im Bewusstsein des Menschen abspielt: »Der ›große heilige Krieg‹ ist der Kampf der Menschen gegen die Feinde in seinem Inneren. Genauer, er ist der Kampf des Außermenschlichen des Menschen gegen alles Menschliche in ihm und damit gegen das Tiefwurzelnde der Begierde und der Leidenschaft Gebundene – somit vom Prinzip des Chaos und der Unordnung Beherrschte.«[31] Evola endete seinen Vortrag mit der Vorstellung, »dass Deutschland der beste Punkt ist, aus welchem eine allgemeine Aktion abendländischen Aufbaus unter gewissen Umständen ausgehen könnte«, und zu den anwesenden SS-Männern gewandt schließt er: »Wir haben zu Ihnen mit voller Aufrichtigkeit gesprochen und wir hoffen die Ehre zu haben, dass Sie uns mit gleicher Aufrichtigkeit erwidern. Es wird für uns eine große Freude bedeuten, wenn aus unserem Zusammentreffen der Anfang einer schöpferischen Handlung entspringen würde.«[32]

Den dritten Vortrag »Der Gral als nordisches Mysterium« werden wir im folgenden Kapitel über den SS-Gral ausführlicher darstellen. Das letzte Evola-Referat »Die Waffen des geheimen Krieges« fand am 17. Juni 1938 vor Offizieren des Sicherheitsdienstes statt. Evola referierte darüber, dass die Geschichte keineswegs allein durch die im Rampenlicht stehenden Politiker gemacht würde, sondern dass sich dahinter Mächte verbergen, welche im Untergrund agierten. Gemeint sind hier vor allem die Juden und Freimaurer. Zeit seines Lebens hat er die Idee vom »okkulten Krieg« beibehalten. Es gibt, so Evola, »eine dreidimensionale Sicht der Geschichte, die anders geartet ist als das zweidimensionale Verständnis der Ursachen, der Fakten und der sichtbaren Akteure. Sie betrachtet auch die Dimension der Tiefe und der Untergrundes, wo sich Kräfte und Einflüsse bewegen, deren Handlungen oft entscheidend sind und die sich nicht auf einen menschlichen, individuellen und kollektiven Plan zurückführen lassen.«[33] Der SS-Vortrag sollte dazu dienen, die »Taktiken« des »geheimen Widerstandes« kennen zu lernen. Evola benennt verschiedene Formen der Bewusstseinsmanipulation, die seiner Ansicht nach von okkulten Organisationen zum Einsatz kommen. Dazu zählen unter anderem die »Taktik, den Sinngehalt von Symbolen zu verfälschen«, die »Taktik des Sündenbocks«, die »Taktik der Verwässerung«.[34]

Zuerst war der Reichsführer-SS Heinrich Himmler von dem Baron sehr angetan. In einem Schreiben ließ er betonen, dass er auch in Zukunft dessen schriftstellerische Arbeit unterstützen werde. Er schickte ihm einen eigenen Vortrag, den er vor der deutschen Adelsgenossenschaft gehalten hatte, und forderte Evola auf, weitere Vorschläge für Referate zu machen.[35] Evola übersetzte im Gegenzug eine Rede Himmlers über die SS als neue politische Rassenelite ins Italienische. Aber dieser Austausch sollte nicht fortgesetzt werden.

Da Evolas Bücher und Referate ein hohes intellektuelles Niveau und eine gewisse Komplexität aufwiesen, benötigte Himmler für deren Beurteilung einen »Experten«. Weshalb er seinen »Rasputin«, den okkulten Wiligut/Weisthor, mit dieser Aufgabe betraute, ist merkwürdig. Es hätte nämlich sehr nahe gelegen, den Kurator und Orientalisten Walther Wüst heranzuziehen, da dieser im SS-Ahnenerbe die höchste Qualifikation besaß, um Evolas Werk einschätzen zu können, insbesondere was dessen zahlreiche östliche Quellen anbelangt. Aber Himmler hatte einen guten Instinkt fürs Okkulte und witterte in Evola den »Magier«. Deswegen vertraute er mehr seinem eigenen »Hausokkultisten« Karl Maria Wiligut. Wüst selber neigte ja nicht zum Okkultismus und war deswegen auch nicht dazu befähigt, den esoterischen Background von Evolas Werk wahrzunehmen.

Wiligut – sei es aus Konkurrenzgefühlen, sei es aus Überzeugung – argumentierte forsch gegen die unverhohlen anti-völkischen, anti-mythischen, anti-weiblichen und anti-biologischen Grundeinstellungen des Barons. Der biologische Rassegedanke und die Volksmythen seien wichtig, da in ihnen die Geheimnisse des »Urwissens« verschlüsselt seien.[36] Weiterhin warf er Evola dessen aristokratischen Elitismus vor. Der Baron stelle sich gegen den Nationalsozialismus als »Massenbewegung«. Er kenne sich ferner nicht in den traditionellen germanischen Institutionen aus und neige zu einem volksfremden Universalismus. Zwar stünde dieser auch bei ihm unter dem Führungsanspruch der nordischen Rasse, aber er bewerte das nationale Element als viel zu gering.

Selbst der Patriarch Wiligut war erschreckt über die extreme Frauenverachtung Evolas und führte diese als einen weiteren Grund an, dessen Kontakte zur SS einschlafen zu lassen. Im Gegensatz zu dem italienischen Baron wünschte sich der völkisch sentimentale Oberst in seiner Beurteilung explizit eine Kooperation mit dem indo-germanischen Weib qua »Hexe, Druda, Wala, Alrune«, insbesondere aber mit der kriegerischen »Walküre«, welche die Kriegshelden auf dem Schlachtfeld begleitet.[37] Evola – so Wiligut – betone dagegen nur das »Dämonische im Weiblichen« und schaffe damit einen unerträglichen Zwiespalt der Geschlechter. In einem weiteren Bericht des SS-Ahnenerbes hieß es von dem Baron: »Was ihn insbesondere von der nationalsozialistischen Weltanschauung trennt, ist seine radikale Vernachlässigung der konkret geschichtlichen Gegebenheiten unserer völkischen Vergangenheit zugunsten einer abstrakt geistigen und fantastisch begründeten Utopie.«[38]

In der Tat hat Evola – wie schon mehrmals angedeutet – immer wieder unverdauliche Dinge ausgesprochen, die den auf Volksnähe bedachten NS-Ideologen nicht ins Konzept passten. Die Führer des europäischen Rechtsradikalismus waren ihm schon Anfang der 1930er-Jahre zu plebejisch: »Andererseits bestehen die so genannten ›Hierarchien‹ des Faschismus fast immer nur aus bloßen Parteiführern«, schrieb er 1933 mit Verachtung, »oft von unten gekommenen Leuten, ohne Namen und ohne wahre geistige Tradition, mehr mit der Suggestionsfähigkeit von ›Volkstribunen‹ oder ›Kondottieri‹ im weltlichen Sinne der Renaissance ausgestattet als mit wahrhaft aristokratischen Zügen.«[39] Es ist nicht schwer zu erkennen, dass sich hinter solchen Worten eine versteckte Kritik an Hitler und Mussolini verbirgt.

Der Baron wurde noch direkter und griff an einer Stelle wagemutig und offen die NSDAP an: »Wenn das Hakenkreuz, das arische heidnische Zeichen der Sonne und der aus eigener Kraft brennenden Flamme, sicherlich zu den Symbolen gehört, die besser als alle anderen zu einer wahren germanischen Wiedergeburt hinleiten könnten«, schreibt er in *Heidnischer Imperialismus*, »so muss doch eingesehen werden, dass der Name der politischen Partei [gemeint ist die NSDAP] alles anderes als glücklich ist.« Mit folgendem kompromisslosen Satz attackierte der »arische« Aristokrat offen die Begriffe »nationalistisch« und »sozialistisch« im Namen der *Nationalsozialistischen Deutschen Arbeiter-Partei* und warnte: »Man wird Acht haben müssen, dass das ›sozialistische‹ Moment nicht das Übergewicht bekommt – auch wenn es das eines ›nationalen Sozialismus‹ ist – und alles ins Bild eines Massenphänomens einmünden lässt, das sich um das Augenblicksprestige eines Führers gruppiert.«[40]

Diese äußerst provokative Aussage hatte SD-Chef Reinhard Heydrich abschreiben lassen und sandte sie voller Entrüstung zusammen mit der beigelegten, oben erwähnten »Begutachtung« Wiliguts an Himmler. Mit Bestimmtheit forderte er in seinem Schreiben: »1. Den augenblicklichen Bestrebungen Evolas, die auf die Stiftung eines geheimen, überstaatlichen Ordens und auf die Gründung der dazu bestimmten Zeitschrift hinauslaufen, keine konkrete Unterstützung zu gewähren. 2. Seine öffentliche Wirksamkeit in Deutschland nach dieser Vortragsreihe ohne weitere Maßnahmen stillzulegen. 3. Sein weiteres Vordringen zu führenden Dienststellen der Partei und des Staates zu verhindern. 4. Seine propagandistische Tätigkeit in den Nachbarländern beobachten zu lassen.«[41] Der Reichsführer-SS stimmte dem zu. Aber alle Türen zu dem Baron wollte man doch nicht dicht machen. Insbesondere scheint sich Walther Wüst für ihn eingesetzt zu haben: »Dagegen wird es auch nach Ansicht von SS-Sturmbannführer Wüst, der mit Evola früher bereits gesprochen hat, für notwendig gehalten, dass man mit Evola, der an sich eine wertvolle geistige Erscheinung darstellt, in ständiger Fühlung bleibt, ihm Anregungen gibt und ihn im Notfalle zügelt, wobei man auch von ihm wertvolle Anregungen gewinnen könnte.«[42] In einem Brief Evolas vom 16. September 1940 bittet dieser den Kurator des SS-Ahnenerbes um einen Besuchstermin, »um sich über Verschiedenes zu unterhalten«. Das Schreiben beginnt mit den Worten: »Vielleicht erinnern Sie sich an meinen Namen – an unsere Bekanntschaft in Bremen, bei Roselius, erneuert durch meinen Besuch bei Ihnen in München.«[43] Ob es zu diesem und noch weiteren Treffen kam, ist nicht bekannt.

Trotz der Abweisung oder vielleicht gerade deswegen hat Evola die SS weiterhin bewundert. Er hat ihr – obgleich ein Außenstehender – die »Treue« gehalten und sich von den grauenhaften Verbrechen des Schwarzen Ordens wenig beeindrucken lassen. 1941 schrieb er: »Jenseits der Partei und jeder politisch-administrativen Struktur muss eine Elite in der Form eines neuen ›Ordens‹, das heißt eine Art asketisch-militärische Organisation, die durch die Prinzipien der ›Treue‹ und der ›Ehre‹ fest zusammengefügt ist, die Basis des neuen Staates bilden.«[44] Die offizielle SS-Devise »Meine Ehre heißt Treue« blieb für den Baron auch nach 1945 die höchste Maxime für eine aristokratische Kriegerkaste. Diese bedarf als Motivation keiner vaterländischer Aufrufe oder eines chauvinistischen Pathos. Es »genügt das reine Prinzip des *Imperiums* und der Appell an die Prinzipien der Treue und Ehre.«[45] In *Menschen inmitten von Ruinen* forderte Evola 1953: »Etwas wie ein Orden oder ein ›Männerbund‹, der das Prinzip des Imperiums in Händen hält und in der ›Treue‹ die Grundlage seiner ›Ehre‹ sieht, muss die Substanz eines jeden echten und festen Organismus bilden.«[46]

Der Treueeid des Kriegers war für den Baron zeitlebens höchstes Sakrament (*sacramentum fidelitatis*), vor dem er sich verbeugte. Nicht die Brutalität und Erbarmungslosigkeit der SS hat er wahrgenommen, sondern deren absolute Loyalität bis in den Tod hinein. So kommt es noch 1964 zu der folgenden Absolution: »In Folge der allgemeinen Propaganda in der Nachkriegszeit, kaum dass man von der SS spricht, denkt die Mehrheit der Leute sofort an die Gestapo, an die Konzentrationslager, an die Rolle, die gewisse SS-Einheiten bei der Unterdrückung und Verfolgung während des Krieges spielten. All das ist eine ziemlich grobe und tendenziöse Vereinfachung.«[47] Evola blieb bis zum Ende davon überzeugt, dass die SS ein Kriegerorden im traditionellen Sinne gewesen sei, und er hatte wohl Recht damit. Auschwitz und die Gestapo liefern da kein Gegenargument, denn sie erweisen sich geradezu – wie es Himmler mehrmals formuliert hat – als Pflichtaufgaben des SS-Kshatriya, der sich nicht nach Prinzipien der Humanität, sondern nach dem Prinzip von Treue und Ehre zu richten hatte.

Der Einfluss von Evolas Philosophie auf die arische Religionsdebatte des Nazi-Regimes, speziell auf das Selbstverständnis der SS, war – unserer Ansicht nach – weit größer, als gemeinhin angenommen wird, auch wenn dabei nicht immer sein Name zur Sprache kommt. Walther Wüst zum Beispiel hatte ja das kenntnisreiche Niveau des Italieners klar erfasst und gegenüber dem verunsicherten Himmler erwähnt, Evola stelle eine »kostbare geistige Erscheinung« dar, der man Anregungen geben solle und von der man wertvolle Anregungen gewinnen könne.[48] Diese Empfehlung geschah, nachdem man sich schon von dem Baron distanziert hatte. Der gebildete Kurator des Ahnenerbes hätte es sicher gerne gesehen, wenn Evola mehr in die Religionsdebatte der SS mit einbezogen worden wäre, denn er orientierte sich ebenso wie der Italiener an buddhistisch-arischen Ideen und wollte ebenfalls aus der SS einen elitären und asketischen Kriegerorden formen und keinen völkischen Stoßtrupp.

Teilweise konnte Evola seine deutschen Misserfolge in Rumänien kompensieren. 1937 traf er Mircea Eliade, der damals noch Faschist, Antisemit und Mitglied von Corneliu Codreanus grausamen Orden »Eiserne Garde« war (die Wandlung zum weltberühmten Religionsforscher hatte er damals noch vor sich). Eliade verschaffte ihm einen Kontakt zu Codreanu. Durch diesen charismatischen Führer der *Guardia di Ferro*, die auch unter dem Namen »Legion des Erzengels Michael« firmierte, sah Evola ebenfalls seine Ideen repräsentiert. Er bewunderte in Codreanu den »Typus eines Kshatriya« und dessen paramilitärische Organisation charakterisierte er als »asketischen Legionarismus«. Die militant-christliche Ausrichtung des Rumänen störte den Heiden Evola wenig. Es kam jedoch nicht zu einer intensiveren Entwicklung dieser Beziehung, denn Codreanu wurde 1938 erschossen. Evola beschuldigte – wie damals üblich – die Juden der Tat. Der gewaltsame Tod des rumänischen Faschistenführers verlieh diesem jedoch die Aura eines Märtyrers und ermöglichte es dem Baron, um den Rumänen einen regelrechten Kshatriya-Kult aufzubauen.

Julius Evolas Rassentheorie und Benito Mussolini

Erst Anfang der 1940er-Jahre fand Evola Zugang ins wirkliche Machtzentrum des italienischen Faschismus, und zwar mit einer Schrift über die Rassenfrage. Schon früher hatte er sich mit den rassistischen Theorien von Houston Stewart Chamberlain, Alfred Rosenberg und Hans F. K. Günther vertraut gemacht. 1938 veröffentlichte er »Mythos des Blutes« (*Mito del sangue*) und forderte einen »Rassismus des Geistes«. Als im selben Jahr die italienischen Rassengesetze verabschiedet wurden, lieferte er hierzu nachträglich (1941) mit einem Folgebuch (*Sintesi di Dottrina della Razza*) die philosophische Grundlage. Der Text erschien im nächsten Jahr auf Deutsch unter dem Titel *Grundrisse der faschistischen Rassenlehre*. Evola betont darin, dass die »Rassenreinheit« auf drei Ebenen erfüllt sein müsse, der biologischen, der seelischen und der geistigen. An oberster Stelle stehe die »Rassenreinheit« des Geistes, an unterster Stelle die »Rassenreinheit« des Körpers.

Diese Dreiteilung beinhaltete implizit eine Kritik der nationalsozialistischen Rassenlehre, die nach der Meinung des Barons das physisch-biologische Element überbetone. Seine Rassendoktrin dagegen sei »metaphysisch«, entwickele sich aus dem Geist und ergreife dann erst den Körper. Bei den Nationalsozialisten sei dies gerade umgekehrt. Trotz solcher Differenzen bezeichnet auch Evola die höchst entwickelte Rasse als »nordisch-arisch« und »hyperboreisch«. Seine verächtlichen Äußerungen über Afrikaner sind vulgär und abstoßend.[49] Der Baron war genauso wie die Nazis extrem antisemitisch eingestellt, aber auch in diesem Fall betonte er an erster Stelle das geistige und dann das biologische Element des Judentums. Die *Protokolle der Weisen von Zion* galten für ihn, trotz erwiesener Fälschung, als höchster Beweis für eine jüdische Weltverschwörung.

Solche Gedanken fanden die Zustimmung Benito Mussolinis. Der Duce betonte, dass es genau diese Ideen Evolas seien, die er zur offiziellen Rassentheorie Italiens machen wolle, und empfahl die einschlägigen Texte des Barons als Lektüre für Parteimitglieder. In den Notizbüchern des Diktators wird der Name »Evola« ständig, und zwar in einem positiven Kontext erwähnt. Im Übrigen entwickelte sich die SS im Laufe des Krieges immer mehr in eine Richtung, welche Evolas Rassentheorie entsprach. Um die Einheiten aufzufüllen, wurde keine große Bedeutung mehr auf die biologische Rassenreinheit gelegt. Himmler ließ bosnische Moslems und slawische Ukrainer als Waffen-SS-Verbände mit Kampfnamen wie »Scimitar« oder »Galicia« aufstellen. Es war mehr und mehr der Kshatriya-Geist, der den Schwarzen Orden zusammenschweißte und attraktiv machte, nicht mehr so sehr das nordische Blut.

Zum letzten Mal traf Evola 1943 mit Mussolini in Hitlers Wolfsschanze in Rastenburg zusammen, nahe der ostpreußischen Grenze. Der italienische Diktator, von den eigenen Leuten entmachtet und unter Arrest gestellt, wurde nach einer spektakulären Befreiung durch deutsche Fallschirmjäger dorthin gebracht, um ein neues Kabinett mit Hilfe der Nazis aufzubauen. Evola war bei diesem Treffen, auf dem die faschistische Republik von Salò ausgerufen wurde, als Übersetzer tätig.

Als die Faschisten in Italien endgültig gestürzt waren, floh der Baron nach Wien und arbeitete in den dortigen Archiven an einer »Geheimen Geschichte der Geheimgesellschaften«. Er hat sich später über diese Arbeit ausgeschwiegen, aber gute Kenner seines Lebens nehmen an, dass er »im Auftrag einzelner Kreise der SS« tätig war.[50] Insbesondere soll er dabei geholfen haben, Freiwillige für die paneuropäische Waffen-SS zu rekrutieren. Im März 1945 wurde er während eines Luftangriffes der Alliierten auf Wien schwer verletzt und war bis an das Ende seines Lebens querschnittgelähmt. Er hatte sich geweigert, einen Luftschutzkeller aufzusuchen, »weil ich den Gefahren nicht ausweichen, ja sie eher suchen wollte, im Sinne einer stillen Schicksalsbefragung«, schrieb er in seiner Biografie, immer darauf bedacht, alles als Vorsehung zu deuten.[51] Nach einem längeren Krankenhausaufenthalt in Österreich kehrte er 1948 nach Italien zurück. Dort klagte man ihn 1951 wegen »Verherrlichung des Faschismus« und der »intellektuellen Anstiftung zur Gründung geheimer Kampftruppen« an. Nach einem mehrere Monate dauernden Prozess wurde er schließlich freigesprochen.

Julius Evola: der bedeutendste Philosoph des Neofaschismus

Mit zwei Büchern, *Gli uomini e le Rovine* (»Menschen inmitten von Ruinen« – 1953) und *Cavalcare la tigre* (»Den Tiger reiten« – 1961) begründete Evola seine Rolle als philosophische Autorität des Neofaschismus. Sein Bekenntnis zum Traditionalismus war nach dem Kriege ungebrochen. Da es jedoch jetzt an einem dem Faschismus ähnlichen autoritativen Staat und einer militanten Kshatriya-Bewegung fehlte, tendierte der Baron mehr und mehr zu Formen eines Anarcho-Faschismus und propagierte ein existentialistisches Kriegerethos. Es ist vor allem der heroische Einzelkämpfer, der im dunklen Zeitalter die transzendenten Werte der hyperboräischen Urtradition aufrechterhält und vertritt. Das Ziel war und blieb die Zerstörung der »modernen Gesellschaft«, konkret der italienischen Nachkriegsdemokratie. In *Menschen inmitten von Ruinen* [52] legt Evola jedoch großen Wert darauf, dass der »Kampf mit den Waffen« durch den »Kampf des Geistes«, durch ein »geheimes unerbitterliches Wissen«, durch das »leuchtende Prinzip der traditionalen Geistigkeit« ergänzt wird.[53] Das Buch wiederholt zahlreiche reaktionäre Kritiken an der Moderne, die wir schon aus der *Revolte gegen die moderne Welt* kennen, ergänzt sie jedoch durch die Systemkritik an den »Mächten«, welche die Nachkriegszeit beherrschen: Kommunismus, westliche Demokratien, kapitalistische Wirtschaftsordnung, Arbeiterbewegung, moderne Wissenschaft. Die kommende Gesellschaft (das »dritte Regime«) – prophezeit Evola – sei weder kapitalistisch noch kommunistisch, sondern werde von einem elitären »Neuen Orden« regiert. Wieder sind es die *Kshatriya* (»Krieger«), die er als die dominante Schicht der neuen Ordnung vorstellt.

Während sich *Menschen inmitten von Ruinen* mit Gesellschafts- und Staatstheorien auseinander setzt, konzentriert sich *Cavalcare la tigre* auf einen existentialistischen Entwurf für den »Neuen Menschen«. Beschwört wird hier erneut die Dekadenz unseres untergehenden Zeitalters. Evola sieht in »anarchisch-existentialistischen« Denkern und Poeten wie Friedrich Nietzsche, Arthur Rimbaud, den Dadaisten, Martin Heidegger, den amerikanischen Beatniks, Henry Miller, Jean-Paul Sartre und anderen die Vorkämpfer des europäischen Nihilismus. Obgleich er – als Traditionalist – deren Geisteshaltung prinzipiell ablehnt, schätzt er deren Werke und deren extremen Individualismus, weil sie den allgemeinen Untergang des demokratischen Staates und der modernen Gesellschaft beschleunigen würden. Als Gegenmodell arbeitet er sein faschistisch-traditionelles Weltverständnis, eingebettet in einer »Dimension der Transzendenz«, heraus, das sich existentialistisch – wie kann es anders sein – in den heroischen Tugenden der Männlichkeit verdichtet. Er fordert den »Weg zum Übermenschen« und stellt hierfür einen Verhaltenscode von elf Punkten auf. Die meisten Regeln beschreiben Techniken der absoluten Gefühlskontrolle, wie wir sie von Yoga- und Meditationspraktiken aus der indischen Kultur her kennen.[54]

Die Elite der Auserwählten nennt der Baron »aktive Nihilisten« und »Anarchisten der Rechten«. Die hierzu Berufenen dürften sich nicht von der Außenwelt isolieren, sondern sollten »die Bestie der Moderne [den Tiger] reiten«, während die gesamte Gesellschaft kopfüber in den Abgrund stürzt. Da er eine solche Entwicklung als unausweichlich ansieht, befürwortet er eine Form der politischen Krisenverschärfung, eine Art »Strategie der Spannung«, die von Teilen der neofaschistischen Bewegung in Italien als grünes Licht für ihre Terroraktionen begriffen wurde.

Das erscheint erst einmal paradox, denn explizit ruft Evola in *Den Tiger reiten* zur *apoloteia*, zum Rückzug aus dem politischen Leben auf. Was versteht er darunter? »Eine Haltung, die Sein und Würde dessen verteidigt, der sich einer anderen Menschheit zugehörig fühlt und um sich herum die Wüste wachsen sieht.«[55] In dieser Kolportage eines Nietzsche-Zitats sehen gemäßigtere Apologeten des Barons die klare Absage an den »politischen Aktionismus« und einen Rückzug in die Innerlichkeit. Wie konnte *Calvacare la tigre* dennoch zu einem Katechismus für rechtsextreme Terroristen werden?[56]

Das Paradoxon löst sich, wenn man erkennt, dass *beide* Interpretationen des Buches, die politisch-aktionistische und die apolitische, richtig, d. h. im Sinne des Autors, sind. Evola hat den »politischen Aktionismus« niemals *per se* abgelehnt, sondern er hat ihn – immer schon – der »mentalen Aktion« (dazu rechnen Meditation, Imagination, Magie, Ritual, Beschwörung) untergeordnet. Hinter der politischen Tat verbirgt sich ein unsichtbares Imperium von metapolitischen »Geisteskräften«, die das historische Geschehen beeinflussen können. Die politische Aktion ist nur der äußere, sichtbare Ausdruck eines konzentrierten und zielgerichteten Gedankens. Um es klarer auszudrücken: ein Yogi kann durch meditative Versenkung andere Menschen zum Handeln veranlassen. »Es ist jene Maxime des *Handelns ohne zu handeln*«, schreibt Evola. »Hier liegt eine fernöstliche, paradoxe Art vor, eine Art des Handelns zu beschreiben, die das höhere Prinzip, das Sein an sich, nicht tangiert beziehungsweise in Bewegung versetzt; es bleibt jedoch weiterhin das eigentliche Subjekt des Handelns und lenkt es von Anfang bis zum Ende.«[57] Am 11. Juli 1974 starb der Baron Giulio Cesare Andrea Evola in Rom. Sein Leichnam wurde verbrannt und die Asche in einer Gletscherspalte des Monte Rosa versenkt.

Hinduismus, Buddhismus, Tantrismus: Fundamente für eine Kriegerreligion

Evolas Œuvre ist in einem ganz besonderen Maße östlichen Philosophien und asiatischen Traditionen verpflichtet, insbesondere dem Buddhismus. Aus dem Osten übernimmt er zentrale Fundamente, die sein faschistisches Weltgebäude stützen, aus Asien stammen die »tiefsten« und weitreichendsten Gedanken seiner Metaphysik. Mit östlichen Lehren versucht er den Faschismus in der Transzendenz zu verankern, die »politische« Religion in eine »transzendente« umzuformen. Die wichtigsten Doktrinen aus dem Osten, die der Baron übernimmt, möchten wir etwas detaillierter vorstellen:

Die Lehre von den vier Weltzeitaltern
Die Lehre von den vier Kasten
Die Lehre von der Sakralität des Kriegers
Die Metaphysik des Krieges
Der Buddhismus als arische Lehre
Die »Doktrin der Erleuchtung«
Die buddhistische »Ethik«
Die Lehre von der spirituellen Beschränktheit der Frau
Die sexualmagischen Lehren des Tantrismus
Das Opfern des anderen als Energiezuwachs
Der Buddhismus als Machtlehre
Die Lehre von den auf die Politik ausstrahlenden Meditationen
Die Lehre vom Weltenherrscher

Alle diese Lehren sind Bausteine von Evolas Metaphysik und Metapolitik. Würden sich seine Ideen im Westen verankern, so könnte man von einem traditionalistisch orientierten abendländischen Religionssystem sprechen, das auf östlichen Prinzipien und Praktiken aufbaut. Es ist deswegen – wie wir noch sehen werden – keineswegs irreführend, seine Philosophie als eine Form des »Buddho-Faschismus« zu bezeichnen.

Die Lehre von den vier Weltzeitaltern

Nach traditioneller indischer Weltsicht befinden wir uns im dunklen Zeitalter des Verfalls, dem *Kali-Yuga*. In der germanischen Mythologie entspricht dies – so Evola – dem »Zeitalter des Wolfes« (*Edda*), in der römisch-griechischen dem »eisernen Zeitalter«. Alles begann einmal als paradiesischer Zustand im so genannten *Satya-Yuga* (»Goldenen Zeitalter«).[58] Das Gesetz der zyklischen Weltsicht verlangt, dass sich die Lage des Menschengeschlechts zusehends verschlechtert. Auf das goldene Zeitalter folgt das silberne (*Treta-Yuga*), dann das kupferne (*Dvapara-Yuga*) und zuletzt das eiserne Zeitalter (*Kali-Yuga*). »Es ist sinnlos, sich Illusionen zu machen«, so Evola. »Wir befinden uns am Ende eines Zyklus.«[59] Der große Zyklus aller vier Zeitalter zusammen wird in der vedischen Tradition ein *Manvantara* genannt.

Charakteristika des derzeitigen *Kali-Yuga* sind – nach dem *Vishnu Purana* – der Zerfall der Kasten, die Herrschaft der Sklavengeschlechter und Untermenschen, Promiskuität, Frauenemanzipation, Falschheit, Betrug, Kriege, geringes Alter und Ähnliches. Dieser von Evola zitierte prophetische Text weiß: »Die Welt ist im Begriff, sich zu verdunkeln, die Sonne des unbefleckten Gesetzes geht unter. Das Elend der langen Nächte fängt an. [...] Der große Tod ist gekommen.«[60] Die »moderne Welt« stellt sozusagen den letzten Abschnitt des *Kali-Yuga* dar, kurz bevor es zu einem apokalyptischen Endkrieg kommt, in dem sich Gut und Böse, Licht und Dunkel gegenüberstehen.

Auch bei der kommenden, eschatologischen Rettung verweist Evola primär auf die buddhistisch-indischen Traditionen. In der mystischen Stadt Shambhala werde – so die Prophezeiung aus dem *Vishnu Purana* – am Ende des *Kali-Yuga* der göttergleiche Erlöser geboren, um den ursprünglichen Paradieszustand wieder herzustellen. Es ist angesichts der Tatsache, dass die »Shambhala-Vision« im Neobuddhismus und im okkulten Neofaschismus der Nachkriegszeit – wie wir noch sehen werden – eine enorme Rolle spielt, bemerkenswert, wenn Evolas Hauptwerk *Erhebung wider die moderne Welt* 1935 mit dem Satz endet: »Im selben Text [dem *Vishnu Purana*] heißt es, dass das Geschlecht, unter welchen dieses göttliche ›Prinzip‹ geboren wird, ein Geschlecht aus Shambhala sein wird: doch Shambhala selbst ist – wie man schon früher sah – nur ein Name für das Zentrum der hyperboräischen Tradition und für den mystischen Sitz der ›polaren‹ Kräfte.«[61]

Die Lehre von den vier Kasten

Nach vedischer Tradition korrespondiert die Lehre von den vier Weltzeitaltern mit der Lehre von den vier Kasten. Auf der untersten Stufe stehen die Sklaven und Arbeiter (*Shudra*), dann folgen die Handwerker und Händler (*Vaisha*). Was jedoch die beiden obersten Kasten anbelangt, die Krieger (*Kshatriya*) und Priester (*Brahmana*), so weigert sich Evola die geläufige Rangordnung zu akzeptieren. Für ihn stehen die Krieger und Könige (*Kshatriya*) an oberster Stelle und erst dann folgen die

Brahmanen. *Vaisha* und *Shudra* haben – Evola starb 1974 – in der Form des Weltkapitalismus und Weltkommunismus die Macht in ihren Händen.

Für den Baron, der sich häufig auf das vedische *Gesetzbuch des Manu* beruft, stellt die strikte Hierarchisierung der traditionellen indischen Gesellschaft ein Modell organischer Vitalität und spiritueller Durchdringung dar. Umgekehrt ist für ihn die Vermischung der Kasten ein Kriterium der Dekadenz und des Untergangs, »die Wurzel des europäischen Übels«. Da Evola keinen rein biologischen Rassenbegriff vertritt, sondern geistig-spirituelle Elemente in die Überlegenheit der arischen Eliten einfließen lässt, decken sich das Kasten- und Rassensystem für ihn weitgehend. In den höheren Kasten leben per definitionem die höheren Rassen, die *Arya.* Den Begriff »arya« (arisch) deutet er als Synonym zu »divja« (göttlich). Die Arya (Arier) sind eine helle, männliche, solare und göttliche Rasse, der die *Shudra* als dunkle, weibliche, lunare und dämonische Rasse gegenüberstehen.[62] Es ist die Pflicht des *Shudra,* seine Ergebenheit und Unterordnung gegenüber dem *Arya* zum Ausdruck zu bringen.

Zuweilen wird es als ein Fortschritt des Buddhismus gepriesen, dass er das Kastensystem aufgehoben habe. Evola sieht das anders: Nach seiner Interpretation hat sich der Buddha niemals für eine Entfernung der Kastenschranken in der ethischen, politischen und sozialen Sphäre engagiert. Es ist ihm niemals in den Sinn gekommen, die unteren Kasten von ihrer Gehorsamspflicht gegenüber den oberen arischen Kasten zu entbinden. Im Gegenteil, das Kastensystem ist ihm als etwas ganz Natürliches erschienen, da es ja eine transzendentale Doktrin als Grundlage habe, die besage, dass die Geburt in einer bestimmten Kaste die Folge vorangegangener (guter oder schlechter) Taten sei (Karmalehre).

Buddha habe nur deswegen über die Kasten debattiert, weil er dadurch die Selbstüberhöhung der »verweiblichten« und »unheroischen« Brahmanen (Priester) demolieren wollte. Diese hätten allein aufgrund ihrer sozialen Position beansprucht, »Erleuchtete« zu sein. Eine solche Hybris sei für den Buddha verwerflich gewesen. Nach seiner Lehre sind – so Evola – die innere und äußere Disziplin, die männliche Askese und eine heroische Lebenseinstellung Bedingungen für die Erleuchtung. Deswegen hielt er das Kastensystem sozial aufrecht, was aber den spirituellen Weg anbelange, so sei für ihn nicht die hohe »Geburt«, sondern die »Würde der Handlung« das Ausschlaggebende gewesen.[63]

Die Lehre von der Sakralität des Kriegers

Ebenso wie Walther Wüst und Jakob Wilhelm Hauer legte Julius Evola den größten Wert darauf, zu betonen, dass der Buddha aus der Kaste der Krieger und nicht aus der Kaste der Priester stammt. Der »Erhabene« war der Sohn eines Königs und dessen Thronerbe, er wurde ausgebildet in der Kunst des Regierens und in den asiatischen Kampftechniken. »Buddha stammte, wie bekannt, aus königlichem Geschlecht und seine Lehre – die sich als ›Lehre der Adeligen, dem Gemeinen unzugänglich‹ vorstellt – ist von jeder mystischen Ausflucht und jeder Gefühlszerfaserung so weit wie nur möglich entfernt.«[64] Nur derjenige habe in der Frühzeit des Buddhismus ein »Bodhisattva« werden können, der dem Kriegeradel angehörte.[65]

Mit Recht betont der Baron, dass in den kanonischen Texten des Frühbuddhismus oft Metaphern des Krieges benutzt werden, um den Erleuchtungsweg zu beschreiben. Der buddhistische Asket ist, so heißt es in den Pâli-Schriften, »ein Held, ein Sieger in der Schlacht« oder »ein Krieger, der zu einem König« wird und der seinen »höchsten Triumph in der Schlacht erlebt«. Es ist besser »in der Schlacht zu sterben, als unterworfen weiterzuleben«. So seien die frühen Buddhisten freie und stolze Männer gewesen, eine »autonome und immaterielle Rasse«.[66] Evola leugnet keineswegs, dass diese martialischen Begriffe auch symbolisch benutzt werden können, um die innere Disziplin des buddhistischen Asketen zu fördern. Sie sind für ihn aber deswegen nicht weniger »kriegerisch« und weniger »aristokratisch«. Im Idealfall verbinden sich jedoch diese inneren Qualitäten mit der Figur des äußeren Kriegers.

Dieser ist für Evola am konsequentesten herausstilisiert in der Figur des Samurai, des »japanischen Kriegeraristokraten«. Treue bis zum Tode, asketische Kontrolle der Gefühle, Selbstdisziplin, die perfekte Kenntnis der Kriegskünste, das emotionslose Töten des Feindes, Harakiri, die »Abstoßung des Ichs« – alle bekannten Handlungen und Eigenschaften des *Bushido* sind auch ihm Stationen auf dem Erleuchtungsweg. »Für den Samurai«, so Evola, »stellte sich also alles als Ritus dar und half ihm auf dem Weg der Selbstverwirklichung. Daher war auch das höchste Opfer, das des Lebens für das Vaterland, eigentlich nur das Opfer des vergänglichen und bedeutungslosen Teils von sich selbst zugunsten eines ›höheren Ichs‹ und ein Teil der ›großen Befreiung‹.«[67]

Evolas Vorstellung, dass sich die Krieger am effektivsten in einem asketischen Orden organisieren, macht für ihn sogar den *Sangha* (die buddhistischen Mönchsgemeinschaft) zu einem Vorbild. Der *Sangha* bestand aus einer kleinen Zahl von Auserwählten, die als Wanderasketen das Gemeinwesen und ihre Familien verlassen hatten, um der eigentlichen Buddhalehre zu folgen. Entscheidend für diese Elite von »eminent aristokratischer Natur«[68] seien weniger die kanonischen Texte, sondern ihr »Lebensstil« gewesen: »Der buddhistische Verzicht ist wesentlich von männlicher und aristokratischer Art, diktiert nicht von Schwäche, sondern von Kraft, auferlegt nicht vom Bedürfnis, sondern gewollt zur Überwindung des Bedürfens und zur Wiederherstellung eines vollendeten und unverfälschten Lebens.«[69]

Die Metaphysik des Krieges

Seinen militantesten Traktat veröffentlichte Evola 1935 unter dem Titel *Metafisica della guerra* (»Metaphysik des Krieges«). Der Krieg ist für ihn das große »Initiationsereignis« schlechthin. Dass sich das Morden und Schlachten zu einer sadomystischen Erfahrung steigern kann, schildert ein Kapitel aus *Metaphysik des Sexus*, in dem die Beziehung tantrischer Lehren zum Sadismus diskutiert wird. Der Autor gelangt dort zu einer Legitimation sadistischer Handlungen, ja sogar zu deren Sakralisierung, wenn auch unter der Bedingung, dass sich der »Sadist« als das Instrument eines göttlichen Zerstörungsauftrages erkennt und entsprechend verhält. Auch für diesen Fall ist die *Bhagavadgita* der primäre Lehrtext: »Es wird dort gesagt«, so Evola, »dass die Gottheit in ihrer höchsten Form nur das Unendliche sein kann; das Unendliche kann aber nur die Krise, die Zerstörung, das Zerbrechen all dessen bedeuten, was endlichen, bedingten, sterblichen Charakter hat. [...] In dieser Beziehung wird von der Zeit (die als die Kraft, welche verändert und zerstört, verstanden wird) gesagt, dass sie in gewisser Weise diesen Aspekt der Gottheit als Transzendenz verkörpert. Die Folge ist daher, dass gerade in den Augenblicken jeder zerstörenden Krise die höchste Wirklichkeit, die furchterregende Größe aufblitzen kann, die über jede Erscheinungsform hinausgeht.«[70]

In diesem Augenblick der Epiphanie göttlicher Zerstörungswut verwandelt sich der Sadismus zur »heroischen Tat« jenseits von Gut und Böse, denn die *Bhagavadgita* nimmt ihren Standpunkt nicht deswegen ein, »um das Böse oder die Perversität zu rechtfertigen, sondern um den kriegerischen Heroismus gegen jede humanitäre und sentimentale Auffassung metaphysisch zu begründen und zu rechtfertigen. [...] In seinem heldischen Aufschwung, der auf das eigene Leben und das Leben anderer keine Rücksicht nehmen darf und der Zeugnis ablegen wird von der Treue zur eigenen Natur dessen, der in der Kriegerkaste geboren ist, soll Arjuna die grandiose und furchterregende Potenz der Transzendenz selbst widerspiegeln, die alles zerschlägt und mitreißt und die die absolute Befreiung erahnen lässt.«[71]

Der »heilige« Sadismus des Kshatriya zelebriert in geweihter Ekstase (*mania*) und als »Werkzeug« des Gottes das grausame Schlachtenopfer und transzendiert so die Perversion und Amoralität des »profanen« Sadismus in ein Erlebnis metaphysischer Wonne: »Schließlich darf man annehmen, dass solch ein Zustand von aktiver und verklärender Exaltiertheit in den Höhepunkten des Opfererlebnisses auch die Vollstreckung blutiger Opfer belebte und durchblitzte, vor allem dann, wenn diese im Zeichen von ›schrecklichen‹ Gottheiten oder Gottheitsaspekten [...] vollzogen wurden.«[72] Solche Zeilen sind erschreckend, sie sehen nicht nur im Krieg, sondern auch im Massenmord eine heilige Opferhandlung.

Der Buddhismus als arische Lehre

Der Buddhismus ist – nach Evola – die adäquate »Doktrin des Menschen im Kali-Yuga«.[73] Ein Studium der buddhistischen Schriften half ihm kurz nach dem Ersten Weltkrieg eine dramatische »innere Krise« zu überwinden. Es war eine Stelle aus dem *Pâli-Kanon*, die ihn vor dem Suizid bewahrte.[74] Nicht nur aus Dankbarkeit, sondern aus der tiefen Einsicht, dass die Lehre des Sakyamuni kongenial sei mit seinem traditionellen, später faschistischen Lehrgebäude, integrierte er sie als praktische Philosophie in sein System und ließ sich immer wieder davon inspirieren: »Der

Prinz, der ein Sakya war«, so Evola über den Buddha, »entwickelte eine Serie innerer Disziplinen, von denen ich verspürte, dass sie meinem Geist sehr entsprachen, so wie ich den religiösen, insbesondere christlichen Asketismus als völlig fremd für mich empfand.«[75]

Als besonders bedeutsam erscheinen Evola die »virilen« Qualitäten des historischen Buddha. Dieser ist für ihn ein »kämpferischer Asket«, Beispiel für eine »prometheische Initiation«.[76] »Der buddhistische Verzicht«, so der Autor, »ist männlich und aristokratisch, durch die *Kraft* bestimmt und nicht durch das Bedürfnis, im Gegenteil – gewollt, um jegliches Bedürfnis zu übersteigen und ein vollendetes Leben zu führen.« Er ist »eine Quelle der Größe und der spirituellen Männlichkeit, die man schwerlich in einer anderen [religiösen] Tradition findet ...«[77] Evola betont besonders die »arische« Schönheit des Buddha-Körpers.

Ebenso wie Jakob Wilhelm Hauer präsentiert der Baron die Lehre Buddhas als ein asketisches System von »rein arischem Geist«. Der Sanskrit-Begriff *arya* bedeute »heilig«, »adelig« und »sublim«. Ein *Arya* (Arier) ist – nach Evola – gemäß den früh-buddhistischen Texten: 1. eine Person, die »erwacht«, das heißt »erleuchtet« ist. – 2. eine Person, die einer »höheren Kaste« angehört. – 3. ein Krieger der nordischen Völker, die Indien erobert haben und 4. bezeichnet *arya* einen »Stil, der in kristallener Klarheit, Emotionslosigkeit und Askese zum Ausdruck kommt.«[78] Die *Arya* bilden einen universellen Geistesadel: »Buddhistischer Asketismus, wenn man gewisse fremde Elemente heraus reinigt, ist wirklich ›klassisch‹ in seiner Klarheit, seinem Realismus, seiner Präzision und in seiner festen und artikulierten Struktur; wir können sagen, dass er den edelsten Stil der alten arisch-mediterranen Welt widerspiegelt.«[79] Arisch ist der Buddhismus auch, weil er im Gegensatz zu den Erlösungsreligionen des Westens lehre, dass der Praktikant die Erleuchtung in sich selber zu suchen habe.

Die »Doktrin der Erleuchtung«

1943 veröffentlichte Evola sein Hauptwerk über den Frühbuddhismus *La dottrina del risveglio* (»Die Doktrin der Erleuchtung«), also zu einer Zeit, als der europäische Faschismus seinen Zenit gerade überschritten hatte. Es ist deswegen keine Frage, dass der Baron die buddhistische »Doktrin« als ein metaphysisches Grundlagenwerk für die Konstruktion seines faschistischen Weltbildes konzipiert hatte. Dies bleibt im Übrigen auch ein Anliegen »moderner« Evola-Anhänger aus dem neofaschistischen Lager. Zum Beispiel erfahren wir von Sandro Consolato: »Tatsächlich ist in diesem Werk [*La dottrina del risveglio*] nicht nur eine interessante Präsentation und Interpretation des Frühbuddhismus enthalten, insbesondere von seiner Askese, sondern auch die Einladung an eine kontemporäre, westliche *Elite*, sich die ›Doktrin der Erleuchtung‹ des Buddha Shakyamuni anzueignen, sei es als Weltanschauung und als existenzielle Orientierung, sei es als asketische Praxis in der Absicht einer initiatischen Verwirklichung.«[80]

Das Buch hat zwei Teile. Der erste beinhaltet die »Prinzipien«, der zweite die »Praxis« des frühen Buddhismus. Mit Ausnahme der letzten beiden Kapitel basiert der Text exklusiv auf dem *Sutta-pitaka*, einer Schriftensammlung, in der die wichtigsten und ältesten Dokumente, die Pâli-Texte, kodifiziert wurden.[81] Deren Wertvorstellungen sind – nach Evola – universell gültig und »realistisch«. Es handele sich beim Frühbuddhismus um ein Training und eine Disziplin des Geistes, das Züge mit der »modernen Wissenschaft« aufweise, zum Beispiel was seine »Objektivität« und »Inpersonalität« anbelange.[82]

Die intellektuelle Klarheit des Pâli-Buddhismus annonciere somit eine Überlegenheit dieser Weltanschauung gegenüber verschiedenen Formen des westlichen Mystizismus, die stark von emotionalen und sentimentalen Elementen geprägt seien. Aber ebenso stellt sich die buddhistische Lehre als traditionelle »Dogmatik« gegen das »diskursive Denken«, den »Dämon der Dialektik«. Als ein geistiges Regelsystem der inneren Erfahrung sieht der Buddhismus in der Außenwelt nur eine Illusion (*samsara*). Die Gegenstände unserer Wahrnehmung haben keine inhärente d. h. eigenständige Existenz, sie sind »bedingt« und deswegen unwirklich. Evola übernimmt die Lehre von der kausalen Bedingtheit (*nidana*) alles Seienden, wozu auch das Ich-Bewusstsein zählt. Das individuelle Ich erweist sich demnach ebenfalls als Illusion.

Im zweiten Teil des Buches spricht der Baron über die buddhistische »Praxis« und beschreibt, wie durch rechtes Verhalten (*sila*), durch spirituelle Konzentration und Kontemplation (*samadhi*) transzendentales Wissen und Erleuchtung erreicht werden. Mit genauer Kenntnis stellt er die verschiedenen Meditationsformen (*samatha* und *vipassana*) vor und erklärt sie zu typisch »arischen Disziplinen«. Man spürt im Übrigen sogleich, dass der Baron nicht nur aus Büchern referiert, sondern ebenso aus eigener (Meditations-)Erfahrung spricht. Die *Doktrin der Erleuchtung* ist mit so viel Kompetenz und so großem Detailwissen geschrieben, dass sie von bekannten Buddhisten als eine authentische Darstellung hoch gepriesen wurde. Der deutschstämmige Lama Angarika Govinda bezeichnete zum Beispiel das Buch als »die wahrhaftigste [!] Schrift zum Thema« und lobte Evola als einen »Autor, [der] für Italien und den Westen insgesamt eine Ehre ist.«[83]

Nicht nur Randthemen des Buddhismus, sondern das Gros der Buddhalehre mit Ausnahme des Mitgefühlsgebots aus dem Mahayana, sind für den Baron mit seiner faschistischen Doktrin kompatibel. Sein Buddhismus ist arisch, kriegerisch, männlich, amoralisch, gefühllos, frauenfeindlich und machtorientiert – und er kann viele überzeugende Originalquellen dafür angeben.

Die buddhistische »Ethik«

»Die Reduzierung des Buddhismus auf ein einfaches moralistisches Regelsystem erscheint als die Spitze der Absurdität«, schreibt Evola.[84] Mit Recht konstatiert er, dass die ursprüngliche Doktrin ausschließlich ein inneres Kontrollsystem war und strikt jegliche »Konfusion« mit ethischen Fragestellungen ablehnte: »Im Buddhismus wird das Element *sila*, das heißt ›richtiges Verhalten‹, als reines ›Instrument des Bewusstseins‹ angesehen; es stellt nicht die Frage nach den ›Werten‹, sondern nach den ›Instrumenten‹, Instrumente eines *virtu* [einer Tugend], aber nicht in einem moralistischen Verständnis, sondern im traditionellen Sinne männlicher Energie.«[85] Überhaupt gilt für den Baron der Versuch, Religion an ethische Normen zu binden, als heillose Verwirrung: »Tatsache ist, und wir sagen dies kategorisch, dass jegliches moralisches System in sich selbst jeglichen spirituellen Wertes entbehrt. Moralität, wie sie heute gedacht wird, ist nichts als eine säkularisierte Religion und als solche rein zufällig.«[86]

So lehnt Evola das im Mahayana-Buddhismus ausgesprochene »Mitgefühlsgebot mit allen leidenden Wesen« als eine Dekadenzform der virilen, ursprünglichen Lehre explizit ab. Der Mahayana-Buddhismus habe die arisch-männliche *Virtu* verlassen und mit der Figur des »Bodhisattva« ein halbhimmlisches Wesen eingeführt, das nicht mehr die stolze, männliche Doktrin der Erleuchtung in den Mittelpunkt stelle, sondern die »universelle Erlösung«. Diese Lehre sei sicher im Sinne des Christentums sehr generös, habe aber wenig mit dem ursprünglich arischen Stil des Buddha zu tun. Sie sei allein dafür geschaffen, die Glaubenssehnsucht und Gefühle der Massen zu befriedigen. Für diejenigen aber, die den aristokratischen Weg der Erleuchtung gehen, sei sie ohne Bedeutung.[87] »Was die Formen anbelangt«, so Evola, »in denen der Buddhismus eine Religion *sui generis* [und damit keine sakrale Initiationstechnik mehr] geworden ist, oder noch schlimmer, in denen er als eine humanistische und demokratische Moral konzipiert und als solche geschätzt wird, muss man darin eine unvergleichliche Beschmutzung der Wahrheit erkennen.«[88]

Insbesondere vollzieht der Initiant im tantrischen Buddhismus, auf den wir noch zu sprechen kommen, bewusste Handlungen, welche die ethischen und moralischen Gesetze durchbrechen und von allen gesellschaftlichen Normen befreien sollen.[89] Nach einer ausführlichen Untersuchung des Tantrismus kommt Evola deswegen zu der Erkenntnis: Wir haben hier »Formen der Anomie [Gesetzlosigkeit], oder etwas ›jenseits von Gut und Böse‹ angetroffen, das so extrem ist, dass es die westlichen Anhänger der Übermenschen-Theorie als harmlose Amateure erscheinen lässt.«[90] Auch Gottfried Benn schließt sich nach der Lektüre von *Erhebung wider die moderne Welt* dieser amoralischen Superman-Philosophie an: »Das sind die Herrscher der Frühe, Solare, Olympier, fremd ihnen Liebe, Nächstenliebe, Demut, Mitleid …«[91]

Man darf jedoch nicht glauben, dass die Amoralität, die der Baron in der buddhistischen Lehre herausstellt, gleichzusetzen wäre mit der grundsätzlichen Ablehnung von Verhaltenscodices. Ganz im Gegenteil! Evolas traditionelles Denken beschwört geradezu eine strikte und äußerst harte Selbstdisziplin für den Initianten, nur richtet sich diese nach einer »Ethik des Kriegers« und einer »Metaphysik des Krieges« und nicht nach einer »Ethik der Menschlichkeit«.

Die Lehre von der spirituellen Beschränktheit der Frau

Evola preist die ursprüngliche Entscheidung des historischen Buddha, Frauen den Eintritt in den *Sangha* (die Ordensgemeinschaft) zu verweigern, als weise und sieht (wie übrigens der Buddha selber) in der späteren Aufhebung dieses Verbots die ersten Anzeichen der Dekadenz. Als Begründung führt er eine mittlerweile berühmte kanonische Textstelle an: »Es ist unmöglich und es kann nicht sein, dass eine Frau die volle Erleuchtung eines Buddha erreicht oder zu einem Weltenherrscher (*Chakravartin*) wird.« Ebenso sei es für das Weib unmöglich, »den Himmel, die Natur und das Universum zu erobern« und »himmlischen Geistern zu befehlen«.[92]

Die Frau selber wird also nach Evola (und mit dieser Meinung steht er ganz in der buddhistischen Tradition) die höchsten Stufen der Erleuchtung niemals erreichen. Der Baron erwähnt in diesem Zusammenhang den strikten Unterschied zwischen den »kleinen« und den »großen« Mysterien. Die kleinen Mysterien zielen auf eine Wiedergeburt in diesem Leben, die großen Mysterien zielen auf eine Wiedergeburt »jenseits des Lebens« auf einer transzendenten, überkosmischen nicht mehr manifesten Ebene: »Wenn wir nun auf die ›Großen Mysterien‹ im eigentlichen Sinne zu sprechen kommen, dann weist alles darauf hin, dass die Frau von diesen Mysterien ausgeschlossen ist [...] und dass diese Mysterien im Prinzip immer männliche Mysterien sind.«[93] Deswegen ist der Buddhismus Männersache: »Der arisch-buddhistische Weg der Erleuchtung«, so Evola, »wurde substanziell und wesentlich als männlich angesehen.«[94]

Es gibt zwei Gründe, welche die Unvollkommenheit der Frau ausmachen: die Sexualität und die Mutterschaft. Das weibliche Geschlecht sei »so unersättlich, da es sich nicht von diesen beiden Begierden vor seinem Tode befreien könne«, zitiert Evola zustimmend einen buddhistischen Text.[95] Dagegen lehre der Buddhismus die Festigung des »männlichen« Willens, seine zentrale Aufgabe sei die Schaffung eines »virilen Heroismus«. Der Buddhist, als »arischer Kombattant«, ist »fest, energisch, gradlinig, nie deprimiert oder exaltiert, balanciert und bereit zum Kampf.«[96] Ganz im Gegensatz zum verweiblichten Mann unseres dekadenten Zeitalters: »Der moderne Mann weiß meist wenig davon, was spirituelle Männlichkeit und innere Selbstgenügsamkeit bedeuten; durch ›Seele‹ und ›Gefühl‹ steigt er hinab auf die Ebene der Frauen, die heute oft genug und ohne dass dies den Anschein hat, die Befehlsgewalt über das Leben des Mannes ausüben.«[97]

Die sexualmagischen Lehren des Tantrismus

Es gibt zwei unterschiedliche Wege, um Erleuchtung zu erlangen: Den »trockenen Weg«, der die Askese als spirituelle Disziplin benutzt, und den »feuchten Weg«, bei dem mit der Vitalenergie der Sexualität experimentiert wird. Die östliche Doktrin, welche diese Technik lehrt, wird Tantrismus genannt. Ihre Anhänger heißen Tantriker und die Texte, in denen ihre Lehren aufgeschrieben wurden, sind die Tantras.

Schon in den 1920er-Jahren hatte Julius Evola eine sehr kompetente Darstellung des Tantrismus vorgelegt.

Eingeführt in das Studium der tantrischen Lehren wurde er durch den italienischen Theosophen Decio Calvari. Bald darauf begann der Baron eine Korrespondenz mit dem britischen Orientalisten Sir John Woodroff, der unter dem Pseudonym Arthur Avalon klassische Tantra-Werke übersetzt und kommentiert hatte.[98] 1925 veröffentlichte er *L'Uomo come potenza – I Tantra nella loro metafisica e nei loro metodi di autorealizzazione magica* (»Der Machtmensch – Die Tantras gemäß ihrer Metaphysik und ihren Methoden der magischen Selbstverwirklichung«). Dieses Werk kam nach dem Krieg (1949) in einer revidierten Ausgabe als *Lo yoga della potenza* (»Der Yoga der Macht«) erneut auf den Markt.

In einem sehr spezifischen Sinn sind die Tantras hinduistische oder buddhistische Ritualtexte, welche die Umwandlung von Sexualität in weltliche und spirituelle Macht zum Inhalt haben. Im Frühbuddhismus war der Sexualverkehr der Mönche strikt untersagt. Im circa 1000 Jahre später (ab 500 n. Chr.) aufkommenden Tantrismus dagegen sind Frauen und Sexualität das Zentrum des Kultgeschehens. Beide gelten sozusagen als der ursprüngliche Stoff (*materia prima*), mit dem der Tantriker experimentiert. Ziel dieses Experiments ist – wie schon Evolas Buchtitel andeutet – die Akkumulation von Macht, höchstes Ziel ist die Erreichung absoluter Macht. Die Tantras sind demnach eine sakrale Technologie zur Herstellung von Macht, für Evola auch für politische Macht, noch spezifischer für die Herstellung faschistischer Macht. Im *L'Uomo come Potenza* werden drei Mantren [magische Besprechungen] genannt, die der Praktikant ständig zu wiederholen hat: Das erste heißt »Ich habe den Willen!« – das zweite »Ich bin Macht!« – das dritte »Ich kann alles, was ich will!«[99]

Die Tantriker, die Evola anspricht, sind außergewöhnliche Männer, welche die Kraft besitzen, übermenschliche Handlungen durchzuführen. Sie werden *Viras* [Helden] oder *Divyas* [gottähnliche Wesen] genannt. »Es ist eine weibliche Sache, Überlegenheit durch überzeugende Argumente herzustellen«, schreibt der Baron, »es ist eine männliche Sache, die Welt durch die eigene Macht zu erobern. Raisonnement, Argumentation und Einmischung mögen die Praktiken anderer Schulen sein; aber das Werk des Tantra ist die Bewirkung übermenschlicher und göttlicher Ereignisse durch die Kraft der eigenen Machtworte [Mantras].«[100]

Es erscheint erst einmal paradox, dass nach der Doktrin der Tantras »Macht« ursprünglich als »weiblich« definiert wird, als das kosmische Wirken einer weiblichen Gottheit, die den Namen *Shakti* trägt: »*Shakti* ist die Wurzel jeglicher endlichen Existenz. Die Welten sind ihre Manifestationen. [...] Sie ist die Mutter aller Götter; ohne *Shakti* würden diese vergehen«, zitiert Evola aus einem Tantra.[101] »Du bist reine Macht. Allein durch deine Macht sind wir machtvoll!«, beschwören die Tantriker die allmächtige Göttin.[102]

Das Paradoxon schwindet, wenn sich ein männliches Prinzip oder ein männlicher Gott die weibliche *Shakti* unterwirft, sie beherrscht und ihr befiehlt. So zielt das gesamte tantrische Lehrgebäude, ob buddhistischer oder hinduistischer Prägung, darauf ab, das weibliche *Shakti*-Prinzip durch das männliche *Vira*-Prinzip zu dominieren. Ein *Vira* ist ein männlicher Götterheld, der die Kraft hat, sich das *principium feminile* untertan zu machen. »Das Weibliche«, so Evola, »bedarf folglich einer ›Bekehrung‹, es muss restlos für das entgegengesetzte [männliche] Prinzip sein und dieses muss absolut, integral als solches bestehen.«[103]

Die Tantras beschreiben also die sakralen Yogatechniken, mit denen weibliche Energie (»Gynergie«) in die männliche Verfügungsgewalt transferiert werden kann. Dies geschieht während eines ritualisierten Sexualaktes: Evola unterscheidet strikt zwei Phasen im Ablauf des Rituals. In der ersten Phase muss die Frau verehrt werden (*puja*). Ihr Sexualpartner »erhöht« sie sozusagen zur Shakti, zur Trägerin der Macht. In der zweiten Phase muss sie dann »besessen« und »genossen« werden (*bhoga*). »Die Frau, die zuerst als lebendige Inkarnation der Göttin, als Trägerin des Übersinnlichen, der heilbringenden und erleuchtenden Kraft angesehen wird, [...] wird nachher besessen.«[104]

Was ist unter »besessen« zu verstehen? Es geht schlichtweg um ihre reale oder symbolische »Vergewaltigung«. Das ist der Sinn, den Evola dem Wort »besessen« gibt. »Die junge Frau«, schreibt er, »die zuerst ›dämonisiert‹ [oder vergöttlicht] und dann vergewaltigt wird, [...] ist im Wesentlichen [...] das Grundmotiv der höheren Formen der tantrischen und vajrayanischen Sexualmagie.«[105] Durch den rituellen Vergewaltigungsakt demonstriert der männliche Partner seine absolute Überlegenheit. Er ist mächtiger als die Macht (*Shakti*), die ursprünglich durch die Frau symbolisiert wird.

Der Yogi hat (nach der »Vergewaltigung«) die weibliche Energie in sich absorbiert und ist deswegen zu einem »Androgyn« geworden, d. h. das *principium virile* hat jetzt das *principium feminile* in sich aufgenommen: »Shakti ist ein reiner Spiegel, durch den *Shiva* [das männliche Prinzip] sich selber wahrnimmt.«[106] Evola nennt das: »Selbstverwirklichung durch Herrschaft«.[107]

Wie der Buddhismus im Allgemeinen, so ist der Tantrismus im Besonderen für Evola die adäquate spirituelle Disziplin des *Kali-Yuga*, des dem Abgrund entgegenstürzenden dunkeln Zeitalters. Obgleich aus Indien stammend, werden von ihm die Tantra-Lehren als »der Weg für eine westliche Elite« empfohlen.[108] Der Kundalini-Yoga sei dem abendländischen Geist mehr angepasst als das Christentum: »Er ist bei weitem westlicher als die christliche Soteriologie [Heilslehre], welche als Ideal die Rettung aus einer Welt vorstellt, die als ein ›Tal der Tränen‹ angesehen wird und die das Schicksal der menschlichen Natur so betrachtet, als sei es mit Sünde verhaftet und bedürfe deswegen der Erlösung.«[109] Dagegen ist für ihn der Tantrismus eine praktische Philosophie, die es fertig bringt, das Gift dieser Welt in Medizin umzuwandeln. Er erweist sich als Erkenntnistheorie, Metaphysik, spirituelle Praxis, Mystik und Magie in einem. Die tantrische Lehre ist – so Evola – weder »Gefühl noch Liebe, weder Moral noch Kontemplation noch mystisches Zerfließen«, sondern ein Konzept der Macht (*potenza*), eine reine und kompromisslose Machtdoktrin, ein spiritueller Machiavellismus. Es war deswegen ein leichtes, den Tantrismus mit einem faschistischen Weltbild zu kombinieren. Als man dem Baron 1927 von faschistischer Seite her die Benutzung der amoralischen tantrischen Schriften vorwarf, konterte er mit dem Ausruf: »Asien heißt nicht Antifaschismus«.[110]

Das Opfern des Anderen als Energiezuwachs

Evolas Auseinandersetzungen mit dem »Opfer« sind nicht nur theoretische Spekulation, sondern bei seinen ersten Kundalini-Experimenten, die er 1917/18 durchführte, scheint er das »Opfern des Anderen« in der Absicht, den eigenen Energiehaushalt zu steigern, als Erkenntnisschock erlebt zu haben. Eigene Machtakkumulation ergibt sich danach aus der Machtminderung von Mitmenschen, die eigene Erhöhung setzt die bewusste Erniedrigung des Anderen voraus. Evola zitiert in diesem Zusammenhang einen Satz von Swami Vivekananda, der ihn aufhorchen ließ: »Das Straßenmädchen und der Dieb im Gefängnis sind Christus, der geopfert worden ist, damit ihr anständige Menschen sein könnt. So arbeitet das Gesetz des Ausgleichs. Alle Diebe, Mörder, alle Ungerechten genauso wie die schwächsten, die bösesten und niederträchtigsten Menschen sind alle meine Christusse. Der Kult, den ich ausübe, gilt für Christusgötter und Christusdämonen.«[111]

Selbst der »gefühllose« Baron war angesichts eines solch monströsen »Ausgleichsgesetzes« erschüttert, obgleich er es damals (er war ca. 20 Jahre alt) schon vermochte, »moralischen Skrupeln, ob etwas ›gut‹ oder ›böse‹ ist, und Manien des Mitleids und Erbarmens« Einhalt zu gebieten.[112] Letztlich gelang es ihm deswegen, die Frage, ob es »eine unverrückbare, schicksalhafte Tatsache darstellt, dass der durch den magischen Weg erfolgten Befreiung, Erhöhung und Vervollkommnung [des einen] notwendigerweise das Opfern von anderen folgen muss«, mit »Ja« zu beantworten.[113] Für Evola ist ebenso wie für Vivekananda dieses Gesetz des Ausgleiches kosmisch verankert. In seiner Sexualtheorie hat er die Frage in Bezug auf die Geschlechterbeziehung klar beantwortet: Das Opfer der Frau ist notwendig, damit der Mann befreit, erhöht und vervollkommnet werden kann.

Umgekehrt ist es deswegen das *Dharma* (kosmische Gesetz) des weiblichen Prinzips, sich absolut dem Mann hinzugeben, ja in der letzten Konsequenz, sich selber für das *principium virile* auszulöschen: »Wie es einen aktiven Heroismus gibt, so gibt es auch einen negativen: es gibt den Heroismus der absoluten [männlichen] Behauptung und es gibt den der absoluten [weiblichen] Hingabe.«[114] Diese Hingabe muss in ihrer metaphysischen Konsequenz zum Selbstopfer der Frau führen. Deswegen befürwortet Evola den indischen Sati-Kult, bei dem Witwen freiwillig ihren gestorbenen Gatten auf den Scheiterhaufen folgen und sich bei lebendigem Leib verbrennen lassen. Der Baron sieht darin geradezu das *non plus ultra* der metaphysischen Geschlechterliebe: »Es galt folglich als Höhepunkt der Beziehung zwischen den Geschlechtern, der Beziehung im absoluten Sinn, d. h. in dem von Wahrheit und von Übermenschlichkeit.«[115]

Der Buddhismus als Machtlehre

Wiederholt zitiert Evola den Satz »Ohne Macht wird die Befreiung [Erleuchtung] zu einer reinen Farce« und beendet mit diesem Spruch auch sein Buch über den Tantrismus *L'uomo come potenza*.[116] Für ihn ist der Buddhismus primär eine spirituelle Anleitung zur Akkumulation von Macht: »Die buddhistische Lehre erlaubt es, außergewöhnliche und übernormale Mächte [*iddhi* oder *siddhi*] während des Erleuchtungsweges zu erlangen: das ist eines der Kennzeichen dafür, dass sich die buddhistische Askese nicht in einem Zustand des Nichtseins bewegt, in einen Dämmerzustand zwischen Bewusstsein und Unterbewusstsein und dort auf die letzte ›Erlöschung‹ wartet, sondern dass sie begleitet ist von immer weiteren Stufen des Bewusstseins, der Vollendung, der Erhöhung und der Macht.«[117] Macht bedeutet für Evola – ganz im Sinne der buddhistischen Doktrin – der Einfluss immaterieller, also geistiger Kräfte auf Natur und Kultur, kurz die Formung des Seins durch ein dazu befähigtes Bewusstsein.

Wesen, welche über entsprechende »magische« Fähigkeiten verfügen, werden in den buddhistischen Texten *Maha Siddha* (»Großmagier«) genannt.[118] Die *Maha Siddha* sind in der Lage, vorgestellte Gegenstände zu materialisieren, telepathische Erkenntnisse einzufangen und das Bewusstsein anderer zu manipulieren. Sie können sich unsichtbar machen, wie Christus über die Wasser schreiten, durch Mauern und Berge hindurchgehen, blitzartig große Distanzen überwinden. Ein *Maha Siddha* beherrscht die Kunst, einen Phantomkörper von sich selber hervorzubringen. Er vernimmt die »weltlichen wie göttlichen Töne«, unter Letzteren ist – nach Evola – nicht etwa eine »mysto-ästhetische Wahrnehmung« der »Sphärenklänge« zu verstehen, sondern das Erfassen der Machtworte (*mantras*), welche die Kraft haben, die Realität zu verändern. Evola legt Wert darauf, zu betonen, dass die übernatürlichen *Siddhi*-Kräfte und die Gestalt des »Großmagiers«, die im tantrischen Spätbuddhismus in den Mittelpunkt des Kultgeschehens rücken, schon im Frühbuddhismus einen zentralen Stellenwert einnahmen. Diese Übermenschen erscheinen ihm aber auch für die Zukunft als die eigentlichen Kulturträger: »Jenseits des Philosophen und des Wissenschaftlers steht nicht der Künstler, der Mystiker, der Heilige und der kontemplative Mensch, sondern der Magier: der Herrscher und der Herr (*il Dominatore, il Signore*), das ist der Typus der zukünftigen Kultur!«[119]

Die Lehre von den auf die Politik ausstrahlenden Meditationen

Evolas »Großzauberer« (*Maha Siddha*) wirken nicht durch die *vita activa*. Es wäre deswegen falsch, sie mit den faschistischen Politikern Hitler und Mussolini gleichzusetzen.[120] Sondern sie »handeln« durch ungeheuerliche geistige Mächte, die sie durch Meditationen, Gedanken, Imaginationen und Rituale freisetzen: »Es ist eine buddhistische Doktrin, wenn die *Ariya* [Arier] in ihrem entindividualisierten Bewusstsein die Welt mit ihren ausstrahlenden Meditationen durchströmen. Dann können sie Kräfte aus sich heraus freisetzen, die in diese Welt gehen und unsichtbar auf entfernte Länder und Schicksale einwirken. Wir glauben, dass (sollte sich der Verlauf der Geschichte trotz allen Augenscheins nicht verschlechtern) wir dies wahrscheinlich weniger den Anstrengungen und direkten Aktionen von Gruppen von Menschen oder Führern von Menschen verdanken werden, sondern den Einflüssen, die durch die Wege des Geistes von der geheimen Realisierung einiger weniger, namenloser und zurückgezogener Asketen in Tibet oder auf dem Berg Athos, im Zen oder in einem Trappisten- oder Carthusianischen Kloster ausströmen. [...] Jede wahre asketische Realisierung wird unweigerlich – auf unsichtbare Weise, aber deswegen nicht weniger real und wirksam – in die Unterstützung derjenigen verwandelt, die auf der sichtbaren Ebene Widerstand gegen die Kräfte eines obskuren Zeitalters leisten und dagegen ankämpfen«, schrieb Evola 1943 in der »Doktrin der Erleuchtung«.[121]

Das heißt im Klartext: Hinter den faschistischen Diktatoren (den »Führern von Menschen« wie Adolf Hitler und Benito Mussolini) wirken meditierende Asketen, Heilige, Gurus und Lamas als die eigentlichen okkulten Drahtzieher. Ähnliche Ansichten vertrat der Baron schon zehn Jahre vorher in *Heidnischer Imperialismus*, wo er davon spricht, dass »aus Asketen, Heiligen und Initianten plötzlich und auf natürlichem Wege suggestive und übersinnliche Mächte [hervorbrechen können], stärker als irgendeine Macht der Menschen und der Dinge«.[122] Und er führt im selben Text fort: »Dann wird es Führer geben, ein Führergeschlecht. Unsichtbare Führer, die nicht werden und die sich nicht zeigen, aber deren Tun keinen Widerstand kennt und die a l l e s vermögen.«[123]

Diese aus dem indisch-buddhistischen Kulturkreis stammende Vorstellung vom Wirken der Magier (*siddhas*) aus dem Verborgenen heraus macht Evola zum Okkultisten *à la lettre*. Er hat zeit seines Lebens daran festgehalten, dass die Aktivität, das Werden und der Wechsel in der Geschichte durch »Ursachen im Unsichtbaren« bestimmt werden. Die okkulten Regisseure der Menschheitsentwicklung sind für ihn »unbewegt« und »in sich versunken«. Die Geschichte selber aber ist ständigen Veränderungen unterworfen: »Wer Ursache und wahrer Herr der Bewegung ist, bewegt sich nicht selbst. Er erweckt, befiehlt und leitet die Bewegung: er lässt tun, aber er tut nicht, d. h. er wird nicht ergriffen, nicht mitgerissen von der Tat, er ist nicht die Tat, wohl aber die unerschütterliche, gelassene Superiorität, von der die Tat ausgeht und abhängig ist.«[124]

Der »Bewegte« [d. h. der Politiker] dagegen ist von der Tat berauscht, voll von Leidenschaft und Begeisterung, im Kern »erleidet« er die Tat und ist somit das Instrument von etwas Größerem, das ihn manipuliert. »Deshalb erscheint er – in diesen [buddhistisch-tantrischen] Lehren – als das weibliche Prinzip und die Negation gegenüber der höheren, transzendenten, unbeweglichen und olympischen Art der über die Bewegung Gebietenden.«[125] Die männliche transzendente Konzentration ist im Gegensatz zur weiblichen Tat etwas »Leidenschaftsloses«, sie ist »von einer Ruhe, die bestürzt macht und bannt. [...] Sie ist der Befehl. [...] Ist die okkulte und lautlose Tat der Herrscher des fernen Ostens, schicksalhaft wie die Naturgewalten, an deren ›Reinheit‹ sie teilhaben. […] Ist der nackte, frische Machiavellismus in seiner ganzen Härte und Unmenschlichkeit.«[126]

Die Lehre vom Weltenherrscher

Die absolute Macht aber liegt – nach Evola – in den Händen des »Weltenherrschers«, der beides, die *vita activa* und die *vita contemplativa* in seiner Person vereinigt.[127] Der *Dominus Mundi* (Weltherrscher) ist von »göttlicher Natur in menschlicher Gestalt«.[128] Er herrscht, jenseits aller Kasten, über das Diesseits und das Jenseits. Er ist ein »Wesen, dessen übernatürliche Macht nicht nur den Menschen, sondern auch den unsichtbaren Kräften befiehlt.«[129] Er hat den Widerspruch von Bewegung und Stillstand in seiner Person überwunden. Er ist beides, Handelnder und Nicht-Handelnder. Er »handelt« sowohl durch die »Tat« und als auch durch seine »Gedanken«.

Die indische Lehre vom *Chakravartin* durchdringt das gesamte Werk Evolas, das wie eine Monografie des Weltenkönigs gelesen werden kann. Als wichtige indische Quelle verweist der Baron immer wieder auf den *Vishnu-Purana*. In dieser eschatologischen Schrift ist von der Wiederkehr des hinduistischen Gottes Vishnu die Rede, der als Kalki das Kali-Yuga mit einem grenzenlosen Blutbad beendet, um anschließend ein Goldenes Zeitalter zu errichten. »Er vernichtet alles und bringt das Yuga zu Ende […]. Von Brahmanen umringt, wird er die Bösen, wo immer sie sich befinden mögen, und alle Barbarenhorden und Räubervölker vernichten.«[130] Vishnu/Kalki ist der *Chakravartin* in der Gestalt des Zerstörers und des Heilands, als grausamer Kriegsherr und als strenger Friedensfürst. Als der »Herr des Gesetzes« (*dharmaraja*) restauriert er die alte indische Kastenordnung. Er ist der »Herrscher, der allen Wesen seinen Willen aufzuzwingen vermag«, zitiert der Baron aus dem Original.[131]

»*Chakravartin* heißt wörtlich Herr oder Dreher des Rades«, übersetzt Evola.[132] Diese Radmetapher wird von ihm mit dem Hakenkreuz in Verbindung gebracht: »Es sei noch angemerkt, dass diesem ›Rad‹ [des Weltenherrschers] auch das ›Hakenkreuz‹ oder der Swastika entspricht, das auch ein Symbol des Feuers (Agni) ist, welches jedoch auch die Bedeutung von ›Zentralität‹ und Beständigkeit hat.«, schreibt der Baron 1935 in *Erhebung wider die moderne Welt*.[133] Das Hakenkreuz ist also das heilige Zeichen des Chakravartin, des »unbewegten Bewegers«, um den sich wie um den Polarstern das ganze Weltengebäude dreht. Er selber aber verharrt in der völligen Ruhe.

Evolas religiöser Faschismus verknüpft den abendländischen Traditionalismus und die orientalische Philosophie zu einer machtvollen und erschreckenden Synthese. Für ihn sind beide Kulturkreise nicht nur kompatibel, sondern sein System unterstellt eine beiden gemeinsame arische Urtradition, die folgende Lehrinhalte umfasst: die Kosmogonie von den vier Weltzeitaltern, die Lehre von den vier Kasten, eine blutrünstige Metaphysik des Krieges, die buddhistische »Doktrin der Erleuchtung«, die sexualmagischen Praktiken des Tantrismus, die Vorstellung von der spirituellen Beschränktheit der Frau, eine tantrische »Ethik« jenseits von Gut und Böse, die Opfergnosis der *Bhagavadgita*, die Lehre vom Weltenherrscher und anderes mehr. Evola entwickelte eine ganz wesentlich an asiatischen Kulturmodellen orientierte Metaphysik, die es ermöglicht hätte, die »politische Religion« des Nationalsozialismus in eine »transzendente Religion« zu verwandeln. Dies hatte Hermann Keyserling schon Mitte der 1930er-Jahre erkannt, als er in einer Rezension von Evolas *Erhebung wider die moderne Welt* feststellte: »Den Erfolg in Deutschland erwarte ich daher, dass Evolas Verherrlichung der sakralen Welt solar-männlicher Artung, wie solche seiner Ansicht nach die aller großen Urzeit gewesen sei, und seine Behauptung, dass nur eine Renaissance dieser Welt das Menschengeschlecht vor dem Untergang bewahren kann, den besten, ja vielleicht einzig möglichen Ansatzpunkt für Nationalsozialisten heidnischer Neigung darstellt, um zu einer Spiritualisierung seiner Weltanschauung zu gelangen.«[134] Ähnlich hat es Gottfried Benn in der gleichen Zeit verstanden, als er Evolas Buch als die »Heilige Schrift« der faschistischen Bewegung herausstellte. Benn sah in dem italienischen Kulturphilosophen den Boten der »schwarzen Mönche«, die »im Orden, die im Elitismus, in der Askese, die im Fasten sind«. Diese Ungenannten sollen es sein, die in »unauslöschlichem Schweigen« die Keime der Lebenden von einem Geschichtszyklus in den anderen tragen. »Dank ihnen ist die Tradition trotz allem gegenwärtig, die Flamme brennt.«[135]

So dürfte der *Barone magico* von allen traditionalistischen Intellektuellen den augefeiltesten und bestechendsten Religionsentwurf für den Faschismus allgemein und für die SS im Besonderen vorgelegt haben. Doch der Fluss seiner aggressiven Ideen wurde durch die militärische Niederlage der Achsenmächte eingedämmt – wenngleich keineswegs zum Versiegen gebracht. Die Dämme sind heute dabei, mehr und mehr zu zerbröckeln und Evolas Gedanken überfluten geradezu die Intelligenzija der radikalen Rechten. Seine Auswirkungen auf den Neofaschismus der Nachkriegszeit sind eminent. Julius Evola muss als der bedeutendste Theoretiker des »spirituellen Faschismus« angesehen werden.

Der SS-Gral und Buddha Avalokiteshvara

Der Zisterziensermönch Joachim von Fiore (um 1135–1202) hatte den baldigen Anbruch des Dritten Reiches für das Jahr 1200 verkündet. Er verstand darunter – nach dem Zeitalter des Vaters und des Sohnes – das des Heiligen Geistes. Regiert und verwaltet werden sollte das *imperium sanctum* (heilige Imperium) von einem mit allen Vollmachten ausgestatteten Mönchsorden. Schon 1925 vertraute Hitler dem Wagnerianer Hans Severus Ziegler an: »Die Idee eines Ordensstaates, die vielleicht romanhaft anmutet, den ich aber realpolitisch für möglich halte, schwebt mir schon lange vor.«[1] Gegenüber Hermann Rauschning soll er 1930 gesagt haben: »Ich will Ihnen ein Geheimnis sagen. Ich gründe einen Orden […] In meinen Ordensburgen wird eine Jugend heranwachsen, vor der sich die Welt erschrecken wird. Eine gewalttätige, herrische, unerschrockene, grausame Jugend will ich. […] In meinen Ordensburgen wird der schöne, sich selbst gebietende Gottmensch als kultisches Bild stehen.«[2]

Normative Vorbilder für einen NS-Orden lieferten unter anderem der mittelalterliche Gralsstoff, der Templerorden und Richard Wagners Opern. »Ein Geheimnis war die SS schon lange, bevor sie ihre eigentliche Aufgabe ausführen konnte«, schreibt der Literaturhistoriker Joachim Köhler. »Gegründet als Hitlers schwarze Leibgarde, schlüpfte sie schnell in die durch Wagners *Parsifal* vorgegebene Rolle des Blut-Ordens, dessen Ritterelite ihren Gralskönig beschützt, das Übel der Welt ausrottet und den gottähnlichen Menschen der Zukunft züchtet. […] Im Mittelpunkt des Ordens, der Hitlers Blutfahne hütete, stand treu wagnerianisch das reine Blut, das durch die jüdische Vergiftung bedroht ist.«[3]

Das Gralsblut sollte jedoch nicht nur gehütet, sondern auch *vergossen* werden. In Gerhard Schumanns NS-Gedichten *Lieder vom Reich* ist von einer Bruderschaft verschworener Gefährten die Rede, deren Ekstasen im Blutrausch der Tat kulminieren. Die deutsche Erde verjüngt sich – heißt es dort – und aus dem Chaos erhebt sich der Gral, geschützt von den Schwurbrüdern, die durch das Vergießen von Blut geadelt sind: »Die Tat war gut, wenn du sie rot geblutet.« So sind die Blutströme, durch die der Schwarze Orden waten wird, in Schumanns Gedichten aus den 1930er-Jahren vorgedacht: »Aus ihren Schritten hallt das Blutgericht. / In ihrer Seele tragen sie den Gral. / Knechte des Führers, Hüter und Rächer zugleich. / In ihnen brennt, mit ihnen wächst das Reich.«[4]

Aber es war nicht Wagners Oper *Parsifal*, die innerhalb des SS-Ahnenerbes die Debatte über den Gral auslöste. Die SS-Visionäre wollten der Sache auch historisch auf den Grund gehen, und dennoch nicht auf die *Mystik* des Grals verzichten. Dies ermöglichte ihnen ein Buch mit dem Titel *Kreuzzug gegen den Gral*, das 1933 erschien. Der Verfasser Otto Rahn hatte bis zur Veröffentlichung seines Textes wenig mit den Nationalsozialismus zu tun, sollte aber bald danach zum tragischen »Gralsboten« der SS avancieren. Doch bevor wir ihn vorstellen, werden wir uns noch die Gralsvision des faschistischen Altmeisters Julius Evola ansehen.

Julius Evola – Der SS-Gral und das Mythenreich Shambhala

Julius Evola hat sich intensiv und ständig mit der Gralsthematik auseinander gesetzt, aber Richard Wagners *Parsifal* war für ihn ein Gräuel: »Wenn der Gral heute den meisten nur durch die christianisierte Umdeutung und die schmachtende ›mystische‹ Melodie von Richard Wagners *Parsifal* bekannt ist, so kann man sich nur spontan an die Richtigkeit dessen erinnern, was Nietzsche über diesen Tondichter als Exponenten der Dekadenz und der Korruption gesagt hat.«[5] In dem damaligen NS-Kulturmilieu, das im *Parsifal* des von Hitler vergöttlichten Komponisten den arischen Helden des reinen Blutes feierte, muss dieses Statement auf großes Unverständnis gestoßen sein.

Am 20. Juni 1938 hielt Evola in Berlin einen Vortrag mit dem Titel: »Der Gral als nordisches Mysterium«. Anwesend waren mehrere SS-Offiziere, darunter zwei Spitzenleute aus dem SS-Ahnenerbe: der Geschäftsführer Wolfram Sievers und Joseph Otto Plaßmann, Direktor der Zeitschrift *Germanien*. Beide zählten mit Heinrich Himmler, Walther Wüst und Ernst Schäfer zu den fünf mächtigsten Männer des SS-Vereins. Es zeigt sich also, wie wichtig das Führungsgremium den Gralsvortrag des Italieners nahm, wenn sie zwei ihrer »besten Köpfe« dahin schickte. Von einem der Zuhörer wurde anschließend ein Bericht verfasst und an Heinrich Himmler zur Einsicht weitergeleitet. In etwas variierter Form erschien dieser Vortrag im März 1939 unter dem Titel »Gralsmysterium und Kaisergedanke« in der Zeitschrift *Geist der Zeit*. Insgesamt waren Evolas Ausführungen die Kurzfassung seines im gleichen Jahr (1938) in italienischer Sprache publizierten Buches *Il misterio del Graal et la tradizione ghibellina dell' Impero* (»Das Mysterium des Grals und die ghibellinische Tradition des Reiches«). Auch in seinem 1935 erschienenen Standardwerk *Erhebung wider die moderne Welt* ist der Gral ein Thema.

Der italienische Baron verehrte einen heidnischen, arischen, hyperboräischen, ganz und gar entchristianisierten Gral – für ihn ein universelles Symbol, das sich in unterschiedlichen Ausprägungen in vielen traditionellen Kulturen (Persien, Indien, Azteken) wiederfinden lässt. Es repräsentiere das sakrale »Weltenzentrum«, geschützt und verteidigt von einem heiligen Kriegerorden, den Gralsrittern. Regiert werde das Gralsreich vom Weltenkönig, dem *Chakravartin*. »In der einen oder anderen Form kehrt in allen großen Traditionen des Altertums, und insbesondere in der indogermanischen, die Vorstellung eines mächtigen Weltherrschers immer wieder, eines unsichtbaren, das sichtbare Königtum überragenden Reiches; eines Ortes, der im höheren Sinne die Bedeutung eines Pols, einer Achse, eines unwandelbaren Mittelpunktes hat und der als festes Land in der Mitte des Lebensozeans als heilige, unantastbare Gegend, als Lichtland oder als Sonnenland verbildlicht wird. Der *Chakravartin*, König der Könige, dreht unbeweglich das Rad des Reiches. Unsichtbar, wie jene des Windes, zeigt seine Handlung die Schicksalhaftigkeit der Naturkräfte.«[6]

Die »Unbewegtheit« des Weltenkönigs (oder Gralskönigs) stellt ihn in einen Symbolzusammenhang mit dem Polarstern, der, selber ruhend, den Sternenhimmel um sich kreisen lässt. So sieht Evola im hohen Norden das metaphysische Ursprungsland des Grals, wobei dies sowohl »geologisch« als auch »symbolisch« verstanden werden kann. Was jedoch die irdische, materialisierte und aktive Erscheinung des Chakravartin anbelangt, so verkörpere sich dieser als messianischer Endzeiträcher: »Die Frage«, erklärte Evola den SS-Männern, »die der künftige Gralskönig als Wiederhersteller des Reiches zu äußern hat, ist die Frage nach dem Sinn des Verfalls und nach der Möglichkeit der ›Erlösung‹, d. h. der Steigerung des irdischen Rittertums zum himmlischen, der Sinnerfüllung des Kampfes im großen heiligen Krieg.«[7] Weiterhin »inkarniere« der Gral überall dort, wo sich das *imperium sanctum*, das »heilige Reich«, niedersenke, d. h. im Hochmittelalter unter den Ghibellinen.

Evola hat sich immer als »Ghibelline« in der Tradition von Alighieri Dante gesehen, als ein Anhänger des deutschen Kaisertums, speziell der Hohenstaufen, in seinem Kampf gegen Papst und Kirche. Für ihn war das Priestertum (der Papst) eine kulturelle Dekadenzform, die ständig den Versuch unternahm, das sakrale Königtum (den Kaiser) zu entmachten. Die heilige Königswürde kann sich in einzelnen Personen materialisieren, aber ist niemals auf ein Individuum begrenzt, sondern immer der Ausdruck eines transpersonalen, göttlichen Einflusses. »In der die tibetanischen Priester-Könige (die Dalai Lamas) betreffenden Lehre«, so Evola, »kommt dieser Gedanke in der durchsichtigsten und bewusstesten Weise zum Ausdruck.«[8]

Indisch-tibetische Elemente in Evolas Gralsvision

Die Sage erzählt vom Gral als einem Stein, der beim Himmelssturz Luzifers aus dessen Stirn gefallen sei. Dieses Bild vom luziferischen Stirnstein vergleicht Evola mit dem buddhistischen »dritten Auge«, das »wie bekannt, in den Darstellungen des königlichen Asketen Buddha auf dessen Stirn zu finden ist. [...] In den esoterischen Überlieferungen gleicher Herkunft entspricht dem Stirnauge das *ajna-chakra*, welches das Zentrum des Befehls (*ajna*) im absoluten Sinne und der oberste Sitz der ›transzendenten Männlichkeit‹ ist.«[9] Das Luziferauge soll auch mit dem in vielen Traditionen verehrten »Schwarzen Stein« identisch sein, der ebenfalls aus dem Himmel gefallen sei und dessen Besitz die sakrale Königswürde verleihe. Dazu zähle unter anderem ein »schwarzer Stein, der nach einer Legende vom ›Herrn der Welt‹ dem Dalai Lama übertragen wurde«.[10]

Eine andere lamaistische Gralsbeziehung knüpft der Baron über den Priesterkönig Johannes. Es handelt sich dabei um eine mythische Figur, die in Schriften des hohen Mittelalters mehrmals erwähnt und die bisweilen mit dem *Chakravartin* gleichgesetzt wird.[11] Evola nennt ihn denn auch den »arischen Weltkönig«.[12] Der Sitz seines mythischen Imperiums ist Innerasien. Bei dieser Priester-Johannes-Legende – so spekuliert der Baron – könne es sich um den »Absenker der nordischen Urtradition« des universellen Herrschers und damit um den Gralskönig handeln, der aus der Verborgenheit heraus das Weltgeschehen beeinflusse: »Diese Art des Regierens nimmt im Mittelalter im Presbyter [Priester] Johannes Gestalt an. Es gibt Überlieferungen, die diesen Priesterkönig in einer fernen Gegend Asiens mit dem Dalai Lama eins werden lassen, eben durch den Begriff eines Königs, der ›universeller Priester – *presbyter universalis*‹ ist, indem er die Titel ›König der Könige, Herr der Herren‹ und die Herrschaft über die sichtbaren und unsichtbaren Wesen – gleich dem *Chakravartin* – auf sich selbst bezieht.«[13] Als ein weiterer Sitz des Grals wird von Evola der Weltberg Meru erwähnt, die *axis mundi* (Weltenachse), um die sich nach buddhistischer Kosmologie unser Universum gruppiert.

Ebenso verknüpft der Baron den indischen *Vishnu Purana* und die in ihm beschriebene Endschlacht des Kalki Avatars mit dem Gralsgeschehen. Der Kalki ist die zehnte Inkarnation des Gottes Vishnu. Als militanter »Erlöser«, so lautet die Prophezeiung, der sich Evola anschließt, bekämpft und besiegt er, auf einem Schimmel reitend, am Ende des Kali-Yuga in einem apokalyptischen Gemetzel die beiden Dämonen Koka und Vikoka, die Herrscher des »dunklen Zeitalters«, ebenso wie der Priesterkönig Johannes dereinst die »Unterirdischen« in einem Endkrieg vernichten wird, sodass die Vermutung nahe liegt, es handele sich hierbei um dieselbe mythische Person.[14] »In einer indoarischen Überlieferung«, so Evola, »offenbart sich in Form eines ›weißen Pferdes‹ die Kraft, die dem dunklen Zeitalter ein Ende setzen soll, indem sie die Bösartigen vernichtet und im besonderen die *mlecchas*, die nicht anderes sind als degradierte und vom Sakralen abgefallene Krieger; diesen gegenüber bedeutet das Erscheinen des berittenen Kalki Avatara somit die Wiederherstellung einer ursprünglichen Geistigkeit.«[15]

Parsifal und der Presbyter Johannes, der Polarmythos und das mythische Königreich *Shambhala*, Arierkrieger und lamaistische Yogis verschmelzen bei Evola zu einer allumfassender Urgestalt arischer Gralsmystik, die keinen Unterschied mehr macht zwischen Symbol und Wirklichkeit, zwischen Innen und Außen, zwischen Transzendenz und Immanenz: »Parsifal«, so Evola, »erfüllt somit die Aufgabe des Priesterkönigs Johannes. Von *Shambhala*, der mystischen ›Stadt des Nordens‹, wo die ›nordischen Wege‹, besser gesagt die ›Wege der Arier‹ (*devayana*) hinführen, sagen die tibetischen Asketen: ›Es ist mein Geist.‹«[16] Der Gral hat für den *Kshatriya* Evola sowohl heilende wie destruktive Seiten. Er wirkt als Leuchtenergie, er gibt Nahrung, er kann das Leben verlängern, er verleiht Sieges- und Herrschaftskraft, aber er setzt auch fürchterliche und zerstörerische Mächte frei. Diejenigen, die sich ihm in den Weg stellen, vernichtet er. Er dient dem Weltherrscher als Donner- und Blitzkeil oder – was dasselbe ist – als tibetischer *Vajra*.[17]

Die Beschützer des Grals, die Gralsritter, bilden für den Baron einen asketischen Kriegerorden, der in enger Verwandtschaft mit den historischen Templern gestanden sei beziehungsweise mit diesen identisch gewesen sein soll. Gralsritter und Templer folgten dem Ideal des »heiligen Krieges« und pflegten eine männlich, asketische Kriegsmystik: »Dies war der tiefere Sinn des Kampfes auch für die Gralsritter; ihnen galt es gleich, ob der Gegner ein Christ oder ein Sarazene war, ebenso wie es ihnen gleich galt, ob der Kampf mit einem Sieg oder einer Niederlage endete, da der Kampf an sich für sie reine Askese, reine Katharsis bedeutete.«[18] Kampf wird, wie in der *Bhagavadgita*, für die Gralsritter zum Selbstzweck und da dieser Kampf »Gottesdienst« ist, hebt sich der Widerspruch zwischen »Krieger« und »Priester« im Dienste des Grals von selbst auf. Das macht – so Evola – dessen eigentliches Mysterium aus: »Was den Gral und die ihm verwandten Sinnbilder betrifft, so könnten sie insofern richtungsgebend wirken, als durch sie der Gegensatz zwischen ›Krieger‹ und ›Priester‹ überwunden wird.«[19]

Die dunklen Kräfte des Anti-Grals

Wo befinden sich nun die Gegner des männlich-heroischen Kriegergrals? Es handelt sich dabei um die »dunklen Kräfte«, so der Baron, »die hinter den Kulissen der modernen Kultur tätig sind.« Diese haben unter anderem das Ziel, jegliche heilende Macht zu lähmen, die von einem Prinzip oder Symbol »höherer Art« ausgeht. Nicht durch sichtbaren Widerstand gegen diese »höheren« Prinzipien vollziehen die Dunkelkräfte ihr destruktives Werk, sondern vor allem durch deren bewusste »Entstellung«. Sie »bewirken, dass von solchen Prinzipien und Symbolen praktisch nur Nachahmungen und Zerrbilder verbreitet werden«, etwa wenn bei ihnen der im Kern »kriegerische« Gral als ein »pazifistisches Symbol« erscheint.[20] Konkreter sind für Evola mit den »dunklen Kräften« alle möglichen Okkultisten gemeint: Theosophen, Anthroposophen, Freimaurer, aber auch die Juden als solche – kurz, alle »Mächte der Gegeninitiation«. Als Hauptfeind des Grals macht er jedoch die Sowjetunion aus. Sie habe sich das alte magische Machtsymbol, den fünfzackigen [Sowjet-]Stern, der den Menschen als Initianten und als übernatürlichen Herrscher darstelle, angeeignet. Diesen Stern, »ein Symbol, das auch das Gralsschwert weiht«, hätten die Kommunisten zu einem »Abzeichen der Allmacht und Dämonie des materialisierten Massenmenschen« gemacht.[21] Als antibolschewistische Gralsritter sollen sich die SS-Männer gegen diesen »Dämon des Kollektivismus und die bellenden Kräfte der Dritten Internationale« erheben.[22]

In der letzten Instanz aber verbirgt sich hinter den okkulten Mächten des Anti-Grals, wie könnte es bei Evola anders sein, als das *mysterium occultissimum* der Abgrund alles Weiblichen. Es ist die Dame Orgelluse (oder Kundry), die Personifikation des luziferischen Stolzes, gegen die die Ritter des Heiligen Grals letztendlich antreten müssen, aber in diesem Fall nicht mit dem »Schwert«, sondern durch »Enthaltsamkeit«. Erst die Askese gegenüber den Verführungen des Weibes gebe dem neuen Gralskönig die Kraft, seinen »ritterlichen Kampf« in den »großen heiligen Krieg« zu transformieren. »Der Sinn dieser Übung ist es, eine reine Kraft zu verwirklichen, eine spirituelle Männlichkeit, die kriegerische Eigenschaften auf einer olympischen, königlichen, solaren Ebene, auf einer Ebene, aus der jegliche chaotische Kraft verbannt ist.«[23]

Die tantrische Initiation der Gralsritter

Die enthaltsamen Gralsritter folgen also, was ihr Liebesleben anbelangt, den Anleitungen des indischen Tantrismus, die schon 1926 von Evola in seiner Schrift *L'uomo come potenza* ausformuliert wurde. »Das männliche Prinzip hat nach ›heroischer‹ Auffassung seine Natur zu bewahren, der Geist ist ihm gegenüber ›Frau‹, das männliche ist das Aktive, während dieser das Passive darstellt«, heißt es im *Mysterium des Grals*.[24] Es gibt, nach Evola, keinen Gralshelden ohne dessen absoluter Befehlsgewalt über das »weibliche Prinzip«. Deswegen kultiviert die kriegerische Mönchsmiliz eine sexualmagische Liebeskunst, die auf der »indischen Tantrik« basiert.«[25]

Des Weiteren kann nur derjenige Gralsritter werden, der bereit ist, seine Mutter (als *principium feminile*) zu »töten«. Evola lässt sich hierbei aus der europäischen Alchemie inspirieren, wonach eine Vernichtung der *materia prima* als »Mutter Natur« die erste Handlung ist, die nach vielen folgenden Schritten zum »Stein der Weisen« führt. Aber er macht auch den Bezug zu dem indischen Mythos vom Parashu-Rama.[26] Ein dramatisches Ereignis aus dem Leben dieses Gottes wird ihm zum östlichen Vorbild: »Mit einer Axt soll er, als die Urahnen der arischen Eroberer Indiens noch das nördliche Gebiet besiedelten, die aufrührerische entweihte Kriegerkaste verjagt, aber auch seine schuldige Mutter getötet haben.«[27] Das Weiblich-Mütterliche, das für Evola die tödlich-dunkle Gefahr verschlingender Frauenherrschaft darstellt, muss erschlagen werden oder zumindest sterben, bevor sich der »heroisch-männliche Geist« eines Gralsritter materialisieren kann: »Die Mutter stirbt am Ende, während Parsifal, von ihr losgelöst, den Kreis seiner Gralsabenteuer beschreitet. Es ist nicht ausgeschlossen, dass man in diesem Muttertyp ein Sinnbild der von Parsifal überwundenen Gynokratie wiedererkennen kann.«[28] Auch in den Buddha-Legenden entdeckt der Baron diese initiatorische Dramaturgie des notwendigen Muttertodes: Maya, die Mutter des Shakyamuni, stirbt kurz nach der Geburt ihres Sohnes.

Ausgehend von einem symbolischen Geschlechterkrieg besteht das erste Ziel der männlichen Kräfte darin, das weibliche Prinzip zu unterwerfen, um dann die Androgynität herzustellen, d. h. die androzentrische Alleinherrschaft über beide Geschlechterenergien. Dies wird dadurch erreicht, dass der Mann die weibliche Energie (»Gynergie«) der Frau raubt, um sich diese anschließend zu »inkorporieren«. Wer dieses Kunststück vollbracht hat, so versprechen es die Tantras ebenso wie die Alchemie, der wird zum allmächtigen Weltenherrscher, der wird, nach Evola, zum wirklichen Gralskönig.[29] Für den Baron ist dieser identisch mit dem indischen *Chakravartin*, dem »kosmischen Raddreher«, der das Hakenkreuz als das »Rad der Lehre« in seinen Händen hält.[30]

Seinen Gralsvortrag vor der SS beendete der Baron mit der Forderung, die Jetztzeit habe die Pflicht, die sakrale Bedeutung der Traditionssymbole wieder zu beleben, so wie es der Nationalsozialismus und der italienische Faschismus mit ihren arisch-hyperboräischen Zeichen des Adlers, des Hakenkreuzes und der Axt schon begonnen hätten.[31] Evola hatte zweifelsohne die Absicht, zwischen den Gralsrittern, den Templern und der SS eine transzendentale Verbindung aufzubauen. In Hitlers SS glaubte er die Bruderschaft gefunden zu haben, die berufen sei, das elitäre und esoterische Erbe der Grals-Tradition anzutreten. Da sich aber der Schwarze Orden seinen Annäherungsversuchen gegenüber als spröde erwies, blieben Evolas Träume ohne Realisierung. Seine Gralsritter mussten sich wieder in die Transzendenz und seine Phantasie zurückziehen.

Aber – so Evola – sie werden wiederkommen. In Anbetracht des zunehmenden Interesses an Gralsmotiven kündigte der Baron die baldige Rückkehr der Mönchsritter und ihres martialischen Königs an: »Ergründet und erlebt man [...] solche Motive, dann wird allmählich die Einsicht Kraft gewinnen, dass das unsichtbare und unverletzliche Zentrum, der Kaiser, der erwachen soll, der erneuernde und rächende Held nicht Märchen aus einer toten und mehr und minder romantischen Vergangenheit ist, sondern die Wahrheit jener, die heute allein sich Lebende nennen können.«[32]

Otto Rahn – Der SS-Gral und Tibet

Evolas gescheiterter Versuch, die SS auf Gralskurs zu bringen, bedeutete nicht, dass der Schwarze Orden sich grundsätzlich gegen das »Gralsmysterium« als solchem gesperrt hätte. Hitlers Schutzstaffel besaß ihren eigenen »Gralsboten« und dieser hieß Otto Rahn (1904–1939). Er wurde in Michelstadt im Odenwald geboren. 1928 schloss er seine Universitätsstudien in Literatur und Philologie ab. Während seiner Studienzeit pflegt er Kontakte zu dem Dichter und Schriftsteller Albert Heinrich Rausch (Pseudonym: Henry Benrath), ein unkonventioneller Künstler, den sich Rahn zum Vorbild nahm. Aus dieser Zeit stammen wohl auch die ersten homosexuellen Beziehungen, denn Rausch machte aus seinen Neigungen zu jungen Männern keinen Hehl. Nach Abbruch eines Jurastudiums verkehrte Rahn in Stefan-George-Kreisen. Er hielt sich in Genf und Paris auf. In Frankreich entwickelte sich sein Interesse an der mittelalterlichen Ketzerbewegung, insbesondere den Katharern und Albigensern. Rahn brachte die Ketzergruppen des 11. Jahrhunderts mit der Gralslegende in einen historischen Zusammenhang und glaubte in den Regionen der Pyrenäen die Wirkungsorte der ursprünglichen Gralsfamilie entdeckt zu haben. Einer seiner Gewährsmänner für diese These war der aus Toulouse stammende Poet und esoterische Schriftsteller Maurice Magre, der weltanschaulich zum Buddhismus neigte. Eine andere Quelle war die esoterisch interessierte Gräfin Miryanne de

Pujol-Murat. Sie soll es gewesen sein, die Otto Rahn auf die Idee brachte, dass sich der Gral dereinst in Montségur befunden habe.

Die Gräfin behauptete von sich, eine Nachfahrin der albigensischen »Ketzerpäpstin« Esclarmonde de Foix zu sein. Rahn verehrte in Esclarmonde die irdische Erscheinung der Gralskönigin (Repanse de Schoye) und in ihren Familienmitgliedern erkannte er die Repräsentanten der Gralsrunde (Parsifal, Amfortas, Treverizent usw.). »War der Berg Montségur der Gralsberg«, schreibt der Autor, »so ist Esclarmonde die Herrin des Grals gewesen. Nach ihrem Tod, der Zerstörung Montségurs und der Ausrottung der Katharer waren Gralsburg und Gral verwaist.«[33] Ein halbes Leben dauert ihr heroischer Widerstand gegen die Inquisition. Dann soll die »Gralsherrin« in den Himalaja geflüchtet sein, um den Verfolgungen der Kirche zu entgehen Auch Otto Rahn weiß von dieser Legende: »Alle Reinen [Katharer] wurden verbrannt, nur Esclarmonde nicht. Als sie den Gral geborgen wusste, stieg sie auf den Gipfel des Tabors hinauf, verwandelte sich in eine weiße Taube und flog nach Asiens Bergen. Esclarmonde ist nicht gestorben. Noch heute lebt sie im irdischen Paradies.«[34]

Von 1929 bis 1932 hielt sich Rahn in den Pyrenäen auf, um dort die Geschichte der vermutlichen »Gralsfamilie« vor Ort zu studieren. Reale Forschung, Geldprobleme und mystische Begegnungen begannen sich ineinander zu verzahnen. In den Bergen sei ihm – so Rahn – ein Schäfer begegnet und habe ihm vom Montségur, der einstigen »Gralsburg«, und vom verborgenen Schatz der Katharer erzählt: »Mein Hirte wollte wahrhaft wissen, dass auf dem Montségur einmal der Gral gehütet worden sei: Als Montségurs Mauern noch standen, hüteten in ihnen die Reinen [die Katharer] den heiligen Gral.«[35]

Die vom deutschen Gralssucher verehrte Gräfin Pujol-Murat war Spiritistin und stand in enger Verbindung mit dem esoterischen Zirkel der *Les Polaires*, der ein nordisch-mystisches Weltbild vertrat. Zur Zeit, als sich Rahn in Frankreich aufhielt, wollte der »Guru« der *Les Polaires*, »Zam-Bhotiva« mit Namen, zusammen mit seinen Brüdern den berühmten Goldschatz der Katharer entdecken und ausgraben. Rahn nahm die okkulte Welt der Gräfin ernst und beteiligt sich an der Schatzsuche: »Unter der Führung eines Deutschen macht sich eine Truppe mit dem Namen ›Polaires‹ daran, in der Region von Massat Grabungen durchzuführen«, war am 6. März 1932 in einem Artikel der Regionalzeitung *La Dépêche* zu lesen.

Kreuzzug gegen den Gral: Die SS wird zum Ketzerorden

Im Herbst 1933 erschien Ottos Rahns Buch *Kreuzzug gegen den Gral – Die Geschichte der Albigenser*. Der Inhalt dieses Werkes ist eine Verherrlichung der südfranzösischen Ketzerbewegung (Katharer und Albigenser) in ihrem Aufstand gegen die katholische Kirche und die Inquisition: »Nach dem Niedergang von Hellas und Rom«, steht auf dem Klappentext, »der Einwanderung der Westgoten, der Berührung mit arabischer Kultur und christlicher Häresie war dort aus keltisch-germanischer Wurzel ein Volk herangewachsen, das nicht in mittelalterlicher Nacht und Weltflucht versank, das heiter und unbeschwert der Musik, der Dichtung, der Baukunst und der Minne huldigte und sich mit großer Hingabe nach dem Einssein mit Gott sehnte. Es entwickelte eine Kultur, die fähig und würdig hätte werden können, die Nachfolge atlantischer und antiker Harmonie und Größe anzutreten. Aber dieses Volk diente nicht dem Kreuz, sondern dem Gral und so wurde es, mitten während des Aufblühens seiner Kultur, mit Kreuzzügen überzogen und in einem Meer von Blut und Hass ertränkt. Eine der größten Tragödien, die die Welt je gesehen, spielt sich ab.«[36]

Wir erfahren von einer »arischen« Lichtreligion, die sich, ausgehend von den mythischen Hyperboräern im hohen Norden, über ganz Europa und dann bis zum Indus hin verbreitet habe. Diesen Lichtkräften der Reinen stehen bei dem Gnostiker Rahn die Dunkelkräfte der Unreinen als unversöhnliche Feinde gegenüber. Dass die Nazis mit den Letzteren vor allem die Juden meinten, spielt im *Kreuzzug gegen den Gral* noch keine Rolle. Hauptgegner sind hier die Inquisition, die katholische Kirche und das Papsttum: »Der Gral war ein ketzerisches Symbol. Er wurde von den Anbetern des christlichen Kreuzes verflucht und von einem Kreuzzug angegriffen. Das ›Kreuz‹ führte einen heiligen Krieg gegen den ›Gral‹«.[37]

Eine Beeinflussung von Rahns erstem Buch durch NS-Ideologien lässt sich nicht erkennen. Erst 1936 – drei Jahre nach der Drucklegung von *Kreuzzug gegen den Gral* – ist er der SS beigetreten. Antisemitische Passagen kommen in dem Text zwar vor, sind jedoch ziemlich moderat gehalten.[38] Es ist eher umgekehrt, Rahn hat mit seiner Schrift über den Gral dazu beigetragen, die nationalsozialistische Ideologiebildung mit wichtigem Material zu bereichern.[39] Dies ergibt sich jedenfalls aus der von ihm handschriftlich verfassten SS-Stammrolle: »Vor der Machtübernahme«, ist dort zu lesen, »schrieb ich im Ausland, nach mehrjähriger Abwesenheit von Deutschland und ohne über den politischen Weg sowie die weltanschaulichen Ziele der N.S.D.A.P. einwandfrei unterrichtet zu sein, ein Buch und Aufsätze, die heute als nationalsozialistisches Gedankengut gelten und die auch meine Berufung in den Stab des Reichsführers-SS gezeitigt haben.«[40]

Über das Werk Otto Rahns halten zusammen mit dem Gral die Minne, die Troubadoure, die fahrenden Ritter (*chevaliers errants*), die Häretiker, die Templer, die Katharer Einzug in die Welt der SS. Hinzu kommen die Manichäer, die Gnostiker, der Lichtgott Apollo, die Argonauten (für Rahn eine Vorform der *chevaliers errants*) und das Goldene Vlies – all diese Wesenheiten seien antizipatorische Gestalten des Gralsmythos, dessen Geheimnis in Montségur von den Katharern gehütet wurde. Auch bekannte keltische Kulturbilder fanden hier Zuflucht: die Artusrunde, Avalon, Merlin und die Druiden. Aus dem germanisch-mittelalterlichen Kulturkreis sammelt und kommentiert Rahn Märchen-Mythen um König Laurin, Dietrich von Bern und den Tannhäuser.

Der Reichsführer-SS nahm diesen umfassenden »Kulturimport« dankend auf und stellte den Schwarzen Orden sogleich in die Tradition des europäischen Ketzertums. »Rahns Deutung des ›Grals‹«, schreibt der deutsche Autor Rüdiger Sünner, »als

Beleg für eine in Urzeiten zurückreichende ›arische‹ Lichtreligion reihte sich gut in Himmlers Weltbild ein und die Idee einer heroischen Glaubensgemeinschaft im Kampf gegen die ›jüdische Weltverfinsterung‹ passte in das Konzept seiner ›als Orden‹ und Ritterschaft definierten SS.«[41] Ebenso stilisierte Himmlers ideologischer Konkurrent Alfred Rosenberg die Albigenser, Waldenser und Katharer zu Märtyrern der »abendländischen, völkischen Gesittung« und zu Vorläufern des Nationalsozialismus hoch. Selbst Hitler schätzte Südfrankreich als das Ursprungsland des Grals: »Montserrato!«, rief er beim Durchblättern eines Fotobandes aus. »Man muss sich das Ganze vorstellen aus der Sage, die ihren Grund hat in dem Zusammenstoß zwischen dem maurischen und dem romanisch-germanischen Element; ein schönes Land, da kann man sich schon eine Gralsburg denken.«[42]

Sein »Ketzerbuch« machte Otto Rahn europaweit, insbesondere aber in NS-Kreisen bekannt und berühmt. Im April 1935 wurde Karl Maria Wiligut auf den jungen Autor aufmerksam. Eine Vertraute von »Himmlers Rasputin« beschreibt später (1989) Rahns kometenhafte Karriere im Schwarzen Orden: »In dieser Zeit bekam ich Otto Rahns *Kreuzzug gegen den Gral* in die Hand, ich habe es mit atemloser Spannung gelesen und dem alten Herrn [Wiligut] gegeben. Dieser beauftragte mich spontan, die Verbindung zu Otto Rahn aufzunehmen […] Himmler, dem der alte Herr [Wiligut] den Fall umgehend vortrug, gab sofort den Auftrag, Otto Rahn nach Berlin zu holen.«[43] Es kam zu einem regen Austausch im Okkult-Milieu des SS-Ahnenerbes. Himmler selber hatte – wenn auch in bescheidenem Maße – Gralsmotive bei der kultischen Konzeption der Wewelsburg mitberücksichtigt. Ein Studierzimmer wurde dort nach »König Arthur«, ein anderes nach dem »Gral« benannt.

Am 27. September 1935 verfasste Rahn einen Brief an Wiligut, in dem er aufgeregt die Plätze erwähnt, die er bei seiner Suche nach der Gralstradition in Deutschland entdeckt haben will. Rahn bittet um höchste Verschwiegenheit: »Es ist Ihnen bekannt, dass ich die letzten Wochen hindurch lediglich meinen Arbeiten lebte und eine Kartothek angelegt habe. Ich habe Ihnen weiterhin zu wissen gegeben, dass ich auf ganz große Überraschungen gestoßen bin. Da es sich um Erkenntnisse handelt, die jahrlange Arbeit meinerseits verlangt haben, war ich bislang Ihnen wie jedem gegenüber nur wenig mitteilsam. Ich möchte es vorerst auch bleiben und nur mit Ihnen über meine Funde Rücksprache nehmen. Ich bitte Sie aber vor Erscheinen meines Buches ›Monsalvat und Golgatha‹, den Reichsführer-SS ausgenommen, mit niemand über das zu sprechen, was ich Ihnen mündlich anvertrauen möchte.«[44]

Nach vier Monaten Pflichtdienst bei der SS-Totenkopfdivision »Oberbayern« im KZ Dachau wurde Rahn freigestellt. Unter Wiliguts Aufsicht begann er sich jetzt als Referent im Rasse- und Siedlungshauptamt ohne genau definierten Aufgabenkreis ganz dem Schreiben zu widmen. Nur Himmler, der selber Schwierigkeiten hatte, seinen arischen Stammbaum nachzuweisen, störte die Autorenidylle und beauftragte den sprachgewandten »Romanisten« mit den Recherchen über seine Vergangenheit, da frühe Vorfahren von ihm aus der Französisch sprechenden Schweiz stammten.

Luzifers Hofgesind: »Ein Kampfbuch für Männer«

1937 sehen wir Rahn zusammen mit einer Gruppe von 20 SS-Männern auf »Nordlandfahrt«, um in Island nach Spuren des mythischen Thule (der Hauptstadt der Hyperboreer) zu forschen. Die Bordflagge ist ein blaues Hakenkreuz auf weißem Grund. Im selben Jahre erscheint sein zweites Buch *Luzifers Hofgesind* im Schwarzhäupter Verlag. Die antisemitischen Passagen sind jetzt nicht mehr zu übersehen und äußerst aggressiv. Himmler hatte noch vor der Drucklegung auf den Text Einfluss genommen, der »romanische« Rahn war mittlerweile »germanisiert« worden. So stellte er dem Buch, das er seinen SS-Kameraden widmet, als Motto einen tendenziösen Spruch Arthur Schopenhauers voran: »Wir dürfen hoffen, dass einst auch Europa von aller jüdischen Mythologie gereinigt sein wird.«[45] Himmler ließ *Luzifers Hofgesind* »in einem großen Umfang« innerhalb der SS verschenken. Ein Exemplar, in Schweinsleder gebunden, wurde von ihm persönlich an Hitler überreicht.

Das Buch, eine Art Reisetagebuch, geht der mittelalterlichen Ketzerbewegung in ganz Europa nach. Überall will Rahn Spuren von einer Kultur entdeckt haben, die sich dem »Gral« anstatt dem »Kreuz« verpflichtet fühlte. Nach Wolfram von Eschenbach hatte der Gral in mythischer Zeit als eine Art »drittes Auge« in der Stirn Luzifers, dem »Lichtträger«, geleuchtet. Bei dessen Himmelssturz sei dieser Stein auf die Erde gefallen. Die Auserwählten, welche sich darum gruppierten, bezeichnet Rahn als Luzifers Hofgesind. Darunter »verstehe ich diejenigen, die sich nicht den Himmel erwinseln, sondern herzhaft in ihn Einlass heischen, weil sie ihr Menschenmöglichstes getan haben, um einer Vergottung würdig zu sein.«[46] Zu Luzifers Gefolge zählen alle häretischen Geister, die den Kampf gegen die Kirche und das etablierte Christentum aufgenommen haben.

Rahn entwickelt eine Licht- und Sonnengnosis mit Luzifer als Erlöserfigur. »Unser höchster Lichtbringer ist die Sonne. Sie ist der Führer der himmlischen Heerscharen, welche man Engel nennt, die aber nichts anderes sind als Sterne... Wir haben Kinder des Lichtbringers Sonne zu sein.«[47] Dem stehen auch in diesem Fall die Kräfte der Finsternis gegenüber, allen voran die Heerscharen Jahwes und seines Volkes: »Was Moses gewesen ist, waren die Juden, die uns ihren Glauben, ihre Schriften und ihre Gesetze aufdrängen wollen: Unvollkommene und Unreine, Knechtseelen und Bastarde.«[48]

Im Gegensatz zu *Kreuzzug gegen den Gral* muss *Luzifers Hofgesind* im eigentlichen Sinne als eine SS-Schrift angesehen werden: von der SS finanziert, vom Reichführer-SS mit Ratschlägen bedacht, von einem SS-Mann geschrieben und massenhaft in der SS verbreitet. Kurz nach dem Selbstmord Rahns 1939 ließ Himmler 10.000 Exemplare drucken. Noch ein Jahr vor Kriegsende wird das etwas wirre Werk als »Leitkultur-Lektüre« empfohlen. »Rahns Buch wird über eine interessante und neuartige Forschung hinaus zur Ehrenrettung des tiefen Lebensglaubens unserer Ahnen. Es ist keine Lektüre für ›Jenseitige‹, es ist im besten Sinne ein Kampfbuch für Männer, die sich Rechenschaft über das Woher und Wohin ihres Weges zu geben haben«, lesen wir im SS-Leitheft vom 7. Mai 1944.

1937 hatte Himmler gefordert, jeder Homosexuelle müsse aus der SS ausgestoßen und den Gerichten überantwortet werden. Nach Absitzen der Gefängnisstrafen »wird er auf meinen Befehl in ein Konzentrationslager verbracht und auf der Flucht erschossen«.[49] Um seine Homosexualität zu vertuschen, plante Rahn eine Scheinehe. Seine »Verlobte« bekannte später, dass der Schriftsteller »Himmler gegenüber hörig war und dass er von der Idee eines von der SS-Elite geführten Staates richtig begeistert war. In der SS sah er einen den Templern verwandten Orden«.[50] Als seine sexuelle Ausrichtung dennoch bekannt wurde, beging Otto Rahn kurz vor seinem 35. Geburtstag und wahrscheinlich auf Empfehlung aus SS-Kreisen Selbstmord. »Ich bin am Ende. Ich werde verfolgt, von der SS. Ich bin angeklagt wegen Homosexualität. Man hat mir die Wahl gelassen: Entweder komme ich ins KZ oder eben ich wähle den Freitod, Heldentod in den Bergen. Anderes ist nicht möglich«, schrieb er in einem letzten Brief.[51] Himmler billigte Rahns Entschluss nachträglich und anerkannte dessen Selbstmord als »Ehrentat« an: »Dem Reichsführer-SS«, schrieb sein Sekretär Rudolf Brandt, »ist der ganze Fall, den er als besonders tragisch ansieht, in sämtlichen Einzelheiten bekannt. Mehr als Rahn mit seinem Tod getan hat, um der Schutzstaffel seine Verfehlungen gegenüber zu sühnen, konnte er gar nicht tun.«[52]

Otto Rahns Gral und der tibetische Buddhismus

Was hat nun die Grals-Vision Otto Rahns mit dem tibetischen Buddhismus zu schaffen? In der Tat ist die in den so genannten »Nazi-Mysterien« der Nachkriegszeit immer wieder erwähnte Brücke *Katharer – Gral – Tibet* in *Kreuzzug gegen den Gral* schon angedeutet. Der Autor verdankt diese »Erkenntnis« insbesondere seinem französischen Freund, dem Dichter Maurice Magre, ein Mitglied der *Les Polaires*. Magre war Buddhist und erklärte die europäischen Ketzer zu getarnten Anhängern der Buddhalehre. Jedoch zeigte sich Otto Rahn erst einmal skeptisch: »Seine [Magres] Annahme, die Cathari seien abendländische Buddhisten des Mittelalters gewesen, steht durchaus nicht vereinzelt da und ist von sehr ernst zu nehmenden Historikern wie zum Beispiel von Guiraud in seinem *Cartullaire de Notre-Dame de Prouille* vertreten worden. […] Magres Ansicht, die indischen Lehren von Seelenwanderung und Nirwana seien von einem ›Weisen‹ aus Tibet nach Frankreichs leichtlebigem Süden gebracht worden, kann, wie anziehend diese Auffassung auch sein mag, noch so toleranter Kritik nicht standhalten.«[53]

Trotz dieser ablehnenden Haltung hat Magres Buddhismus-These, auf die wir noch ausführlicher im nächsten Kapitel zu sprechen kommen, deutliche Spuren in Rahns Werk hinterlassen. So erwähnt er in *Kreuzzug gegen den Gral* einen mysteriösen Steinkopf des Buddha, den man in den Pyrenäen entdeckt haben soll: »Vor nicht allzu langer Zeit wurde in Südfrankreich in einer wahrscheinlich aus dem ersten Jahrtausend vor Christi Geburt stammenden iberischen Grabkammer ein Buddhakopf gefunden. Höchstwahrscheinlich gehörte er zu einem iberischen oder kelto-iberischen ›Abellio‹ [keltische Gottheit], der stets mit verschränkten Beinen abgebildet wurde, wie es den Buddhas eigentümlich ist. Außerdem sei wenigstens angedeutet, dass sich auf allen uns überkommenen pyrenäischen Abellio-Statuen und -Altären das Swastikakreuz befindet, bekanntlich auch ein religiöses System der Buddhisten.«[54]

Weit bemerkenswerter ist jedoch, dass er das höchste Mysterium der Katharer, die *Manisola* (die Rahn als identisch mit dem »Gralsmahl« sieht), und den dort verehrten Stein (*Mani*) mit tibetisch-buddhistischen Analogien assoziiert: »Ein von den Cathari aus dem Buddhismus übernommenes [!] Symbol des Geistes, der Gott ist, war die *Mani*, ein leuchtender Edelstein, der die Welt erhellt und der alle irdischen Wünsche vergessen lässt. Die *Mani* ist das Emblem des buddhistischen Gesetzes, das die Nacht des Irrtums vertreibt. In Nepal und Tibet gilt sie als das Symbol des Dhyani Bodhisattva Avalokiteshvara oder Padmapani der Nächstenliebe.«[55]

Avalokiteshvara, der Herr des Mitgefühls, dessen Beiname Padmapani, der »Lotosgeborene«, lautet, inkarniert sich – der tibetischen Lehre nach – in der Person des Dalai Lama. Das Wunder-Juwel *Chinta-Mani* zählt zu den sieben Kostbarkeiten seiner sakralen Königsherrschaft. Es ist ein Wahrzeichen des *Chakravartin*, des buddhistischen Weltherrschers, und symbolisiert »die Fülle seiner Fähigkeiten und Möglichkeiten«.[56] Es leuchtet in der Finsternis der Nacht und strahlt auch am Tage verschiedenfarbiges Licht aus. In einem bestimmten Umkreis dieses Zaubersteins gibt es keine Krankheiten. Menschen, die sich ihm nähern, befinden sich in einem Zustand des Gleichmuts. Es erfüllt alle Wünsche. Dort wo es sich befindet, verändert sich die Welt im positiven Sinne. Mit Hilfe dieses Juwels kann der *Chakravartin* alles erblicken.[57] Das sind – leicht zu erkennen – alles Eigenschaften, welche ebenfalls den Gral auszeichnen.

Auch die Tatsache, dass der Gral seinen Anhängern nicht nur spirituelles Glück bringt, sondern nie enden wollende Speisen serviert, veranlasst Rahn, ihn mit einem buddhistischen Symbolgegenstand zu vergleichen: »Die indische Mythologie kennt einen Almosentisch Buddhas, der sich immer aufs Neue mit Speisen bedeckt, und einen Wunschstein: den Tschintamani [*Chinta-Mani*], über den Kampers [ein englischer Autor] in seinem Buch *Lichtland der Seelen und der Heilige Gral* folgendes ausführt: ›Ebenso klingt mancher Zug der indischen Sage vom Tschintamani an Züge unserer Gralssage an; in diesem Wunschstein, der bei Tag und Nacht Licht spendet und für jeden Speis und Trank regnet [...] hat man sogar das Urbild des Kleinods unseres Parsifal erkannt.‹«[58]

Da Rahn ansonsten mehr den persischen Ursprung der Gralslegende betont, wären seine buddhistischen Analogien wenig bedeutsam, würden sie nicht gerade das zentrale Mysterium der Katharer, die *Manisola*, betreffen.[59] Hinzu kommt, dass das okkulte Milieu der *Les Polaires*, in dem sich der Autor bewegte, von einer »Katharer-Gral-Tibet-Connection« geradezu besessen war. Die Rolle des Buddhismus, insbesondere die des Lamaismus, als religiöser Hintergrund von Rahns »Gralssuche« wird deswegen erst richtig deutlich, wenn wir uns im nächsten Kapitel dieses okkulte Umfeld ansehen.

Les Polaires: Französische Okkultisten huldigen dem buddhistischen Hakenkreuz

Durch seine platonische Beziehung zur Gräfin Miryanne de Pujol-Murat, Nachfahrin der Ketzerpäpstin Esclarmonde de Foix, hatte Otto Rahn mit der so genannten *Fraternité des Polaires*, kurz *Les Polaires* genannt, Kontakt. Dabei handelte es sich um eine – zumindest nach außen hin – recht lockere Gruppierung von Intellektuellen, die am Okkultismus interessiert waren und sich am Symbol des Polarsterns orientierten (daher der Name *Les Polaires*). Sie bedienten sich eines Orakelsystems, mit dem sie ihrer Meinung nach eine spirituelle Verbindung zu dem mythischen Einweihungszentrum *Agarthi/Shambhala* in Innerasien herstellen konnten.[1] In den Jahren 1929 und 1930 sollen Mitglieder der Gruppe in der Region südlich von Toulouse, im Land um den Montségur, Grabungen durchgeführt haben, um den Schatz der Katharer zu heben. Dies geschah zur selben Zeit, als sich Otto Rahn in der Region aufhielt.

Zam Bhotiva: Die Shambhala-Connection der Les Polaires

Eine der aktivsten Persönlichkeiten unter den *Les Polaires*, der Italiener Cesar Accomani, veröffentlichte 1929 unter dem Pseudonym Zam Bhotiva ein kleines Buch, das den Titel *Asia Mysteriosa* trug. Es handelt sich dabei um eine Sammlung von Orakelsprüchen. Das so genannte »Orakel Astraler Energie« sollte – so der Text – mit einem »Rosenkreuzer-Einweihungszentrum des mysteriösen Asien« in Kontakt stehen. Es stammte ursprünglich von einem gewissen Padre Guiliano (Pater Julien), der aus diesem innerasiatischen Ashram nach Europa geschickt worden sei. Als er seine Aufgaben im Westen als beendet ansah, kehrte er – der Legende nach – in sein Himalaja-Kloster zurück. Aber die Aufzeichnungen und Beschwörungsformeln, die er hinterließ, ermöglichten es zehn Jahre später den *Les Polaires,* mit den asiatischen »Weisen« in Beziehung zu treten. 1931 »channelte« Zam Bhotiva durch ein Londoner Medium namens Grace Cook den berühmten Kriminalautor Sir Arthur Conan Doyle (Verfasser des *Sherlock Holmes*) und erfuhr von ihm, dass die *Les Polaires* dazu bestimmt seien, »die Zukunft der Welt zu formen«.[2] Mrs. Cook stellte auch einen medialen Kontakt zu einem Tibeter mit dem Namen »weißer Adler« her, der verkündete, Zam Bhotiva selbst sei aus Tibet in den Westen gesandt worden, um dort geistig tätig zu sein.[3]

»Mysteriöses Asien« beginnt mit den folgenden Sätzen: »Wir haben diese Notizen mit dem Titel *Asia Mysteriosa* versehen, denn dies war der Wille der ›kleinen Lichter‹ (*petites lumières*), mit denen wir uns in Kommunikation befinden, dank des Orakels der Astralen Macht (*Oracle de Force Astrale*) [...] Die ›kleinen Lichter‹ sind die Weisen und Führer der esoterischen Gruppen und Klöster, die sich in *Agarthi* befinden und welche von der Tradition und von den Legenden genau in die geheimnisvolle Region Asiens verlegt werden: den Himalaja.«[4] Dort lebten die »Rosenkreuzer«, die »Weisheitsritter« (*chevaliers-sages*), die »Initiierten des großen Rades«, die dereinst Europa verlassen mussten und nach Tibet flüchteten.

Neben der asiatischen Einweihungsstätte *Agarthi* wird *Shambhala* als okkultes Zentrum genannt. Es zeigt deutlich die »arisch-nordische« Orientierung der *Les Polaires*, wenn sie den Ort mit dem hyperboräischen Thule, der damals viel beschworenen Ursprungsstadt der Arier, identifizieren: »*Shambhala* ist nach zentralasiatischer Tradition eine heilige Stadt, die in sehr alten Zeiten verschwand und dann unterirdisch weiterexistierte; einige nehmen an, dass es sich um eine Stadt handelt, die unter die Wüste Gobi eingegraben wurde, während andere wissen wollen, dass sie in Sibirien liegt. In Wirklichkeit soll *Shambhala* im Hohen Norden zu suchen sein, und die Verbindung, die man unter diesem Aspekt mit anderen Traditionen machen kann, erlaubt es, *Shambhala* mit dem hyperboräischen Tula [Thule] gleichzustellen, dem Ausgangspunkt der ursprünglichen Tradition unseres Manvantara [Zeitalters].«[5] Damit sind es die *Les Polaires* gewesen, die schon 1928 eine *Thule-Agarthi-Shambhala*-Beziehung erwähnt haben.

Agarthi erscheint in *Asia Mysteriosa* als eine Art Zweigstelle von Shambhala/Thule. Es wird von drei »tibetisch-weißen Göttern« – Gouban, Zourghan und Bourkhan mit Namen – regiert. »Die drei Weisen existieren und sind die Wächter des Mysteriums von Leben und Tod«, versicherte Zam Bothivas Orakel.[6] Sie stellen die drei Aspekte des »Königs der Welt« dar und wachen über die initiatorischen Traditionen in allen Weltreligionen. Auf Erden erscheinen sie im Panchen Lama, dem Dalai Lama und dem Bogdo Khan.[7] Demnach sind die Hintermänner dieser drei asiatischen Kirchenfürsten weiße Lamas. Auch hier zeigt sich ein rassistischer Einfluss.

Selber verglichen sich die *Les Polaires* mit einem Meilenstein »vom Schicksal auf die geheimnisvolle Straße des Okkulten gestellt. Nun die Zeiten sind nah, wo dieser Stein als Führer dienen wird, als ein neuer Polarstern, denen, die sich in der Dunkelheit der Erde verloren sehen.«[8] Der Orakeltext sagt weiterhin das baldige Erscheinen eines Messias voraus, welcher den Namen trägt: »Der, der da wartet!« (*Celui qui attend*). Er ist der Gesandte der »Asia Mysteriosa« und der höchste spirituelle Chef der *Les Polaires*, »heute ist er unbekannt und weit fort, aber morgen wird er ein Großer sein nach dem Willen des Allerhöchsten«, verkündete das Orakel im Jahre 1925 und fährt dann fort: »Es werden noch viele, viele Monde vergehen, bis ihr ›den, der da wartet‹ treffen werdet.«[9] Dieser »höchste spirituelle Kommandant« ist ein »Avatar« und der zukünftige »Manu« (Gesetzgeber), eine Inkarnation des »Sonnen- und Lichtgottes«. Er reitet auf einem weißen Pferd.[10]

All das sind Metaphern und Bilder, die – wie wir noch zeigen werden – in der Okkultliteratur der Nachkriegszeit auf Hitler übertragen werden. Der französische Schriftsteller Christian Bernadac hat die Weltanschauung der *Les Polaires* denn auch als einen »germano-okzitanischen Synkretismus« bezeichnet.[11] Er stellt die Gruppe in die Nähe nationalsozialistischer und rassistischer Bruderschaften wie die Thule-Gesellschaft und den Germanenorden.[12] Letzteres mag wohl etwas zu weit gehen, insbesondere weil der französische Symbolforscher René Guénon, der den *Les Polaires* angehörte, sich ebenso wie sein Mitbruder, der Dichter Maurice Magre, schon in den 1930er-Jahren gegen das NS-Regime ausgesprochen hat. Anders jedoch die beiden Mitglieder Jean Marquès-Rivière und Jeanne Canudo, die – wie wir noch zeigen werden – unter der Vichy-Regierung eng mit der SS kooperierten.

René Guénon – Das Hakenkreuz als Rad der Lehre

René Guénon (1886–1951) stand Ende der 1920er-Jahre für kurze Zeit den *Les Polaires* nahe, entfremdete sich jedoch bald von ihnen. Er hatte ein Vorwort zu *Asia Mysteriosa* verfasst, in dem er die Vermutung aussprach, bei dem von Zam Bothiva beschworenen asiatischen Initiationszentrum handele es sich wahrscheinlich um ein Refugium der Rosenkreuzer aus dem 17. Jahrhundert.[13] Kurz darauf aber verbot er die Publikation dieses Textes. Es kam zwischen ihm und den *Les Polaires* zu einer Polemik. Der Gruppe warf er Unseriösität vor, er bezichtigte sie eines vulgären Spiritismus und bezweifelte ihre Kontakte zu den »großen Initiierten« aus dem Himalaja.[14]

René Guénon gilt für viele Kenner als die bedeutendste Figur des intellektuellen Okkultismus im 20. Jahrhundert (der »Marx der Esoterik«). Er war mit der Gnosis, der Scholastik und den abendländischen Esoterik-Schulen ebenso vertraut wie mit den spirituellen Lehren Chinas, Indiens und des Islams, zu dem er später konvertierte. Sein Einfluss auf den europäischen »Traditionalismus« ist eminent. Es gibt in diesem Milieu keinen Schriftsteller mit Rang und Namen, der nicht von ihm tangiert worden wäre. Er ist es gewesen, der den ost-westlichen Kulturtransfer in seiner Zeit am fachkundigsten in Gang gesetzt und beschleunigt hat. So mag die Eloge, die der deutsche Verleger eines seiner Bücher an den Anfang stellt, im gewissen Sinne ihre Berechtigung haben: »René Guénons Gesamtwerk bedeutet geradezu die erste wirkliche geistige Begegnung des Morgenlandes und des Abendlandes.«[15]

In seinen drei Frühwerken »Eine allgemeine Einführung in das Studium der indischen Lehren« (1921), »Orient und Okzident« (1923) und »Der Mensch und sein Werden nach dem *Vedanta*« (1925)[16] versucht der Autor nachzuweisen, dass in den vedischen Schriften die »ursprüngliche Tradition« (*tradition primordiale*) verschlüsselt ist, auf der alle Weltreligionen aufbauen. 1927 kritisierte er in »Die Krise der Neuzeit« (*La crise du monde moderne*) die Moderne und ihre Ausdrucksformen von der Demokratie bis zur Wissenschaft. Guénon übernimmt in dieser Schrift aus dem *Hindu Purana* die Aufteilung der Geschichte in vier Zyklen und erklärt die Kultur des Westens zu einer Phase des Kali-Yuga, des »düsteren Zeitalters«, das dem Untergang entgegenstürze. Dieser (auch wenn man seine Inhalte nicht teilt) brillant geschriebene reaktionäre Essay hat ganz entscheidend die Gesellschaftskritik zahlreicher Traditionalisten beeinflusst.

1927, also im gleichen Jahr wie *Die Krise der Neuzeit*, erschien von ihm ein äußerst folgenreiches Büchlein mit dem Titel *Le Roi du Monde* (»Der König der Welt«). Guénon geht darin von einem spirituellen, unsichtbaren Weltzentrum aus, das in den Mysterien aller traditionellen Religionen als *Axis Mundi* (Weltachse) bekannt sei. Verbunden mit diesem mythischen Ort ist die Gestalt des Weltenkönigs, des universellen Herrschers, des *Dominus Mundi*, des *Chakravartin*. Dieser vereinigt in sich die spirituelle und weltliche Macht. Guénon führt christliche, islamische, hebräische und keltische Traditionen an, um seine These zu untermauern. Dem Symbolismus des Grals ist in diesem Zusammenhang ein ganzes Kapitel gewidmet. Aus den asiatischen Traditionen werden *Agarthi* und *Shambhala* als Metaphern beziehungsweise Lokalitäten für das Weltenzentrum genannt.

Wer ist dieser *Dominus Mundi*? Guénon zitiert einen Passus aus den *Upanishaden*: »Er ist der Herr aller Dinge, allwissend (er erkennt unmittelbar die Ursachen aller Wirkungen); er ist der innere Ordnungsträger (der im Zentrum der Welt residiert, es von innen heraus regiert und seine Bewegungen leitet, ohne daran zu partizipieren); er ist die Quelle (jeglicher legitimer Macht); er ist der Anfang und das Ende aller Wesen (der zyklischen Manifestation, deren Gesetz er darstellt).«[17] Theologisch ist er – nach Guénon – mit der indischen Trinitätslehre verbunden. So verdichten sich in ihm drei Kräfte: der *Brahmatma* (der Geist), der *Mahatma* (die universelle Seele) und der *Mahanga* (die materielle Organisation).

Diese Dreiteilung habe eine Entsprechung in den Personen des Dalai Lama (als Heiligkeit), des Tashi- oder Panchen Lama (als Wissenschaft) und des mongolischen Großlama, des Bogdo Khan (als Kriegskunst). So wie sich der *Dominus Mundi* in diesen drei Lama-Fürsten manifestiere, so erscheine *Agarthi* in der Stadt Lhasa und dem Palast des Dalai Lama, dem Potala. Guénon erwähnt auch den mythischen Presbyter Johannes als eine Erscheinungsform des Weltkönigs: »Schließlich, seit der muselmanischen Invasionen, habe der Priesterkönig Johannes aufgehört, sich zu manifestieren, und er wird äußerlich durch den Dalai Lama repräsentiert.«[18]

Interessant ist Guénons Behauptung, dass der Swastika das Hoheitszeichen des Weltenkönigs sei. Das Hakenkreuz gilt ihm als das Symbol des Polarsterns, um den sich das Himmelszelt dreht. Es verweise deswegen auf die kosmische Achse, auf das mystische Zentrum des Universums. Der »König der Welt« halte das Hakenkreuz als Rad der Lehre (*Dharma-Chakra*) in seinen Händen. Es repräsentiert nicht nur Friede und Gerechtigkeit, sondern alle Aspekte seiner Herrschaft, deswegen auch den »Krieg«. Entsprechend trägt der Bogdo Khan, der Großlama der Mongolen, einen Hakenkreuz-Ring, der vorher dem Dschingis Khan gehörte.[19]

Im hohen Norden befindet sich nach Guénon auch der mythische Berg Meru, nach buddhistischer Kosmologie die Weltenachse, und das mythische Thule. Der Autor macht einen Unterschied zwischen dem »atlantischen« Thule, das zerstört wurde, und dem »hyperboreischen« Thule, das weiter existiere und »das in Wirklichkeit das erste und höchste Zentrum für das gesamte aktuelle Manvantara [Weltzeitalter] darstellt.«[20] Dieses mythische Thula sei die »weiße Insel«, ein Bild, das schon Madame Blavatsky mit dem Königreich Shambhala assoziiert hatte.

Trotz seiner schon sehr frühen kritischen Haltung gegenüber dem NS-Regime[21] sind viele von Guénons Ideen über Umwege, insbesondere über Julius Evola, in die religions-faschistische Ideologiebildung mit eingeflossen: so die polare Orientierung der Hakenkreuzsymbolik, der Mythos vom hyperboreischen Ursprungsland Thule, die Doktrin vom Weltenkönig, die zyklische Betrachtung der Geschichte und anderes mehr. Dies mag die beiden französischen Autoren Louis Pauwels und Jacques Bergier dazu veranlasst haben, den Nazi-Okkultismus als »Panzerdivisionen plus René Guénon« zu definieren. So ganz aus der Luft gegriffen ist diese saloppe Definition nicht, denn im NS-Regime wurde der Versuch unternommen, moderne Kriegstechnik mit einer traditionalistischen Weltanschauung zu verknüpfen.

In kosmologischen Fragen bestand zwischen Guénon und Evola kein großer Unterschied, ihre Differenzen hatten vielmehr metapolitische Gründe. Guénon war fest davon überzeugt, dass die spirituelle und weltliche Macht in die Hände der traditionellen Priesterkaste zurückkehren müsse, während bei Julius Evola, ebenso wie bei Jakob Wilhelm Hauer und Walther Wüst, ohne Kompromiss die Kriegerkaste dazu ausersehen war, die religiöse und politische Macht in sich zu konzentrieren. Dieser Streit zwischen *Brahmana* (Priesterkaste) und *Kshatriya* (Kriegerkaste) wurde öffentlich zwischen Guénon und Evola ausgetragen. In der polaren Ausrichtung ihres Weltbildes und über den hyperboreischen Ursprung des Weltkönigs waren sich beide jedoch einig.

Maurice Magre – Druiden und tibetische Lamas

Als ein weiteres Mitglied der *Les Polaires* wollen wir Maurice Magre (1877–1942) vorstellen, der sich mit Otto Rahn eng anfreundete. Der Dichter hatte mit seinen Theaterstücken in Paris große Erfolge. Er galt als ein hervorragender Kenner südfranzösischer Ketzertraditionen. Magre sah im Buddhismus die spirituelle Hauptquelle sowohl der Albigenser als auch der Katharer und damit ebenfalls des Gralsmythos. Darüber hinaus glaubte er, dass die Druiden aus dem Osten eingewanderte Lamas gewesen seien. 1928 (die Zeit, wo sich Rahn in Frankreich befand) veröffentlicht er die Schrift »Warum ich Buddhist bin?« (*Pourquoi je suis Bouddhiste?*) Sieben Jahre später, 1935, erschien sein Buch »Der Schlüssel zu den verborgenen Dingen« (*La clef des choses cachées*), das wir hier kurz vorstellen möchten. Schon zu Beginn des Textes verweist Magre auf die Globalität des Hakenkreuzsymbols: »Die hyperboräischen Völker! Es ist unmöglich, der magischen Beschwörung dieser Worte zu widerstehen. [...] Man hat in ganz Frankreich, auf Steinen von hohem Alter, den Swastika entdeckt, der ein außergewöhnliches Zeichen der indischen Religion, ein Symbol der ursprünglichen Sonne ist. [...] Das Hakenkreuz bezeichnet die Macht der Zeit und wenn es ein rein buddhistisches Zeichen wird, symbolisiert es das Lebensrad, an das der Mensch gekettet ist und aus dem er sich nur nach einer Reinigung befreien kann.«[22]

Auch Magre wendet sich wie Guénon gegen einen Missbrauch des Zeichens unter den Nazis und erklärt es als Signum einer alten europäisch-buddhistischen Religion, die sich im Abendland erstmals in den »Lamaserien [!] der Druiden« organisierte.[23] »Die Druiden«, so Magre, »gingen wahrscheinlich von einem Zentrum in Irland aus, ein Zentrum, das ursprünglich in Asien entstanden sein muss, wie es die exakte Ähnlichkeit zwischen den Organisationsformen der Druiden und der Lamas beweist.«[24] Der Autor erwähnt als weitere Beweisstelle für seine These einen Text des Keltenforschers Bertrand: »Wie es M. A. Bertrand in seinem Buch *La religion des Gaulois* [Die Religion der Gallier] gezeigt hat, führte der innere Zirkel der Druidengemeinschaft ein monastisches Leben in den Klöstern, in den Lamaserien, die wie die aktuellen Lamaserien Tibets organisiert waren. Dieses ursprüngliche Modell hat unbewegt an den Abhängen des schützenden Himalaja überlebt, von wo aus die Ideen der ersten ›Boten‹ ausgegangen sind und wohin auch heute noch viele Einsame des Geistes versuchen zurückzukehren, die sich selbst als einzigartige Boten erkennen. [...] Ebenso wie auf den unendlichen Wüstenplateaus der Mongolei und Tibets, innerhalb einer noch wilden Bevölkerung, sich Klöster wie Inseln mit ihren Bibliotheken und spirituellen Praktiken befinden, ebenso gab es in den ausgedehnten Wäldern des gallischen Territoriums bis hinein in die engen Schluchten der Pyrenäen, Kollegien gebildeter Männer, Ausübende von Kunst und Wissenschaft.«[25]

Das höchste Zentrum der Lamas sei das – uns schon bekannte – zentralasiatische *Agarthi* mit dem Weltenkönig als Chef d'État. Magre vertritt auch die unter den Nazi-Visionären vertretene Vorstellung von einer Flucht der hyperboreischen Völker aus Atlantis in den Himalaja, um dort ihr Einweihungszentrum *Agarthi* erneut aufzubauen. Selbst Jesus und Buddha sollen aus *Agarthi* stammen: »Das Nirwana des Buddha«, so Magre apodiktisch, »entspricht dem Reich Gottes von Jesus.«[26] Die Lama-Druiden verfügten über ein Ursprungswissen, welches nach ihrem Verschwinden von den Albigensern und Katharern aufbewahrt wurde.

Schließlich kommt Magre auf den Gral zu sprechen, der sich auf dem Montségur befunden habe, derselbe Gral, den sein Freund Otto Rahn dort gesucht hatte. Diese Suche musste jedoch vergebens sein, denn nach Magre sind die Nachfahren Parsifals schon sehr bald aus Frankreich emigriert und hätten den Gral zurück in den Himalaja gebracht, von wo er einstens herstammte: »Die spirituellen Nachkommen der fünfzig Brüder der Tafelrunde haben sich wahrscheinlich in die Berge der Einsamkeit [des Himalaja] begeben und sich auf das Leben vorbereitet. Dank eines Rhythmus, den wir nicht kennen, gibt es Zeitpunkte, wo die Botschaft [erneut] verkündet wird, und andere, wo die Menschen ihre Schattengefechte weiterführen. Es ist nur etwas später, dass Tsongkhapa [...] das Prinzip aussprach, dass es in jedem Jahrhundert den Versuch gebe, das spirituelle Licht in den Westen zu tragen. Der Gral ist periodisch aus dem fernen Osten zurückgekehrt und jeder kann sich darein versenken in dem Maße, wie er zu sehen vermag. Aber der moderne Parsifal hat noch nicht den Schleier gehoben, um den ewigen Schatz zu zeigen. Er ist anonym vorbei gewandert. Keiner hat ihn erkannt, keiner hat ihn gefragt.«[27] Auch diese prophetischen Worte stellen einen direkten Kontakt zum Lamaismus her. Tsongkhapa ist der Gründer des machtvollen Gelugpa-Orden, aus dem später die Institution des Dalai Lama hervorgegangen ist. Zum Schluss seiner Gralsvision empfiehlt der Autor seinen Lesern: »Ich glaube, man sollte nach Montségur im Ariège gehen und dort meditieren und man sollte *Shambhala* in der Wüste Gobi suchen.«[28]

Magre war kein ideologischer Faschist, aber er hat aus demselben archetypischen Reservoir geschöpft wie Otto Rahn. Zwar attackierte dieser seinen Freund in einer Fußnote, weil er die These vom buddhistischen Ursprung der Katharer-Religion nicht teile, aber wir haben zeigen können, dass Rahn bei der Beschreibung des höchsten katharischen Mysteriums, der *Manisola*, einen buddhistischen Erklärungsversuch zugrunde legt. Diesen kann er nur von Maurice Magre übernommen haben.

Mit welcher phantasmatischen Obsession die »Montségur-Gral-Tibet-Connection« damals betrieben wurde, zeigt ein Passus aus dem Buch des Franzosen René Nelli, *Les Cathares* (»Die Katharer«), in dem auch Otto Rahn Erwähnung findet: »Unter den zahlreichen Überlieferungen«, schreibt Nelli, der als seriöser Katharer-Forscher Anerkennung gefunden hat, »die über und um Montségur kursieren, ist keine so befremdlich wie jene, die von den Chinesen, oder vielmehr von den Tibetanern zeugt. Ich berichte hier über die Fakten, so wie sie sind, ohne weiter zu forschen und ohne sie weiter zu besprechen oder erklären zu wollen.«[29] Dann erfahren wir, Einheimische aus der Gegend um den Montségur glaubten, die Inquisition hätten die Katharer bis nach Tibet verfolgt. Ein Ingenieur Namens A. A.[30], der Anfang der 1930er-Jahre den Gralsberg mehrmals besuchte, sei in mentalem Kontakt zu »tibetanischen Meistern« gestanden. Zusammen mit einem eher skeptischen und alteingesessenen Bewohner von Lavelanet hätten sie in den lokalen Höhlen unter dem Berg »drei Tibetaner« wahrgenommen. Ein weiterer »Gralssucher« habe auf dem »Gralsberg« ein in orientalischer Schrift verfasstes Buch gefunden. Seiten daraus sollen – nach Nelli, »das tibetanische Mysterium vom Montségur« betreffen. Auch Otto Rahn habe Einblick in diese Schrift erhalten.[31]

Jean Marquès-Rivière – »Im Schatten tibetanischer Klöster«

Die wohl schillerndste Figur unter den *Les Polaires* war Jean Marquès-Rivière (Jean Marie Paul Rivière): Okkultist, eingeweiht in Praktiken des tibetischen Tantrismus, fachlich hoch qualifizierter Orientalist und Sanskrit-Forscher, fanatischer Antisemit, begeisterter Hitler-Verehrer, französischer Polizeichef im Dienste der SS, wegen der Auslieferung von Freimaurern und Juden an die Gestapo in Frankreich zum Tode verurteilt, nach dem Krieg beteiligt am Aufbau des lamaistischen Klosters in Rikon/Schweiz, Freund des XIV. Dalai Lama und Verfasser eines Buches über das tibetische *Kalachakra-Tantra*, ein Ritualtext, der uns noch beschäftigen wird.

Marquès-Rivière interessierte sich seit seinem 13. Lebensjahr für die Lehren des Gautama Buddha. Er besuchte als junger Mann Veranstaltungen der theosophischen Gesellschaft und den »französischen Freundschaftsverein für den Buddhismus« (*Association des Amis du Bouddhisme*). Als 1925 eine tibetische Delegation, begleitet von mehreren Lamas, nach Paris gekommen war, nahm Marquès-Rivière die Gelegenheit wahr, einen davon kennen zu lernen, und erhielt von ihm einige vorbereitende Einweihungen, die es ihm erlaubten, bestimmte *Mantras* (Sprüche) und *Yantras* (Bilder) rituell zu benutzen. Der Dichter Maurice Magre hat diese Begegnung mit blumigen Worten dargestellt: »Ein Lama aus Tibet kam vor einigen Jahren, um seine Religion den Barbaren [!] des Westens zu lehren, und er war sehr erstaunt darüber, als er bei einem Kind, das Jean M. Rivière damals noch war, die außergewöhnliche Fähigkeit vorfand, sich augenblicklich an die Hierarchien der tibetischen Gottheiten anzuschließen und in die Mysterien der Bodhisattva-Inkarnationen einzutauchen. Denn es gibt überall Typen von Menschen, die sich in Beziehung zu ihrer eigenen Rasse fremd verhalten. Ein solcher ist Jean M. Rivière. Er ist als Tibeter geboren trotz der Erbgesetze und der Herkunft von französischen Eltern. Kein Lama war da, um ihn in seiner Kindheit zu lehren. Er hat ganz aus sich selbst die Einwohner, die Glaubensinhalte, die Weisheit des Vaterlandes, wo seine wahrhaftige Seele geboren wurde, zurückgefunden.«[32]

1928/1929 publizierte der damals noch nicht 20-Jährige einige Artikel zum Buddhismus in der *Révue Théosophique*, unter anderem auch zum buddhistischen Tantrismus. In dieser Zeit erschien ein Roman von ihm mit dem Titel *A l'ombre des monastères thibétains* (»Im Schatten tibetanischer Klöster«). Es handelt sich um einen fiktiven Lebensbericht mit autobiografischen Bezügen.

Der Held der Geschichte ist ein Europäer, der sich entschließt, ein Lama zu werden. Er geht in den Himalaja und erhält dort verschiedene Einweihungen. Mit großer Sachkenntnis spricht der Autor über »Kundalini-Erfahrungen«, über die personale Identität zwischen Schüler und Guru, über die Kommandogewalt, welche die Lamas befähigt, Göttern und Dämonen zu befehlen, und von dem morbiden Geschmackssinn der »Astralmonster, die sich am Blut, an verdorbenem Fleisch und an der Agonie der Menschen erfreuen. [Aber] vor dem Flammenschwert der Magier sind sie gelehrsame Diener geworden und sie erwarten die geheimen Befehle der Priester.«[33] Wir erfahren nun bei mehreren Gelegenheiten, wie diese Lama-Magier die »Sklavengötter« evozieren. Um sie jedoch gefügig zu machen, müssen sie mit Blut und Lebensenergien gefüttert werden.[34]

Höhepunkt des Buches ist die Präsentation des »Königs der Welt« (*roi du monde*), des »Meisters aller Meister«: »So herrscht über die ganze Erde und darüber hinaus der Lama der Lamas, vor dem der Tashi Lama [Panchen Lama] selber seinen Kopf neigt, derjenige, den wir den Herrn der Drei Welten nennen. Sein irdisches Reich ist verborgen und wir anderen aus dem ›Schneeland‹ sind sein Volk. Sein Reich ist für uns das versprochene Land, Napamakou, und wir tragen in unserem Herzen die Nostalgie nach dieser Friedens- und Lichtreligion. [...] Aber eines Tages, um die ewige Tradition vor der möglichen Profanisierung zu retten, werden wir vor den Eindringlingen des Nordens und des Südens fliehen und erneut unsere Schriften und unsere Doktrin verstecken. [...] Unbeweglich regiert er über die Herzen und die Seelen aller Menschen. Er kennt ihre geheimen Gedanken und hilft den Verteidigern des Friedens und der Gerechtigkeit.«[35]

Und dann erfährt der Leser zu seinem größten Erstaunen, dass der Weltenkönig ursprünglich aus dem Westen stammt und auf »einem Berg, der von großen Wäldern umgeben war«, residierte. Sein Hoheitszeichen war das Hakenkreuz, auf dem sich eine Blume befand. »Aber die schwarzen Zyklen der Zeit haben den *Meister des Westens* verjagt und er ist in den *Orient* gewandert. [...] Er hat dann das Bild der Blume gelöscht und das Hakenkreuz ist alleine geblieben, Symbol der Zentralmacht des ›Himmelsjuwels‹.«[36] Einmal im Jahr schickt der Herrscher aus der Verborgenheit einen Botschafter nach Lhasa, um dort den Dalai Lama zu instruieren. Diese Boten tragen nordisch-kaukasische Züge, was wohl darauf hinweisen soll, dass es sich hier um »Arier« handelt.[37]

Der Dalai Lama ist für Marquès-Rivière so etwas wie eine äußere Erscheinung des Weltenkönigs: »Ich weiß, dass die politische Verfassung Tibets aufs engste mit der religiösen Verfassung verknüpft ist und dass einige metaphysische und politische Geheimnisse nicht ohne bestimmte okkulte Beziehungen existieren.«[38] Zu diesen rechnet er auch eine Art magischen »Secret Service« der Lamas: »Lhasa hält gewisse Fäden in der Hand, besitzt ganz bestimmte Ohren, sowohl im Süden wie im Norden, die eines Tages Moskau und das Foreign Office in Erstaunen setzen dürften. [...] Es wird einige Überraschungen im Orient geben, und die europäischen Nationen spielen vielleicht zur Zeit die Dummköpfe und die simplen Instrumente in Fingern mit langen Nägeln, die von bestimmten Lamas gepflegt werden.«[39]

Den Potala-Palast, die Residenz des Dalai Lama, malt der französische Autor als einen gewaltigen Mysterientempel aus: »Dort residiert der spirituelle Vertreter der höchsten Doktrin und des mächtigsten Esoterismus, den ich kenne [der Dalai Lama]. Derjenige, der sich in diesen Mauern befindet, besitzt Mächte, deren erschreckende Möglichkeiten ich schon kennen gelernt habe. Aber ich weiß, dass es noch weitere Mysterien gibt, noch andere okkulte Dinge, die noch schrecklicher sind.«[40] Der Held des Romans wird im Potala von zwölf Beratern (*Nom Kann'*) des Dalai Lama empfangen, damit diese seine spirituelle Eignung überprüfen. Sie tragen, das zeigt erneut Marquès-Rivières Rassismus, »die gerade und feine Nase der arischen Rasse.«[41] Der Initiant ist erstaunt über die ausgezeichneten Kenntnisse, welche die *Nom Kann'* von den westlichen Wissenschaften haben. Nonchalant parlieren sie über Kant, Bergson und Freud. Die neuesten Theorien der Physik fände man bei ihnen in uralten Manuskripten aufgeschrieben. In diesem Nom-Kann'-Gremium erkennt der Autor zudem die Spitze einer Geheimorganisation, »die den gesamten Orient durchdringt und die ihn spirituell, aber sicher auch politisch vereinigt, trotz der rassischen, konfessionellen und religiösen Unterschiede.«[42] Die Potala-Potentaten entscheiden nun, dass der Romanheld große spirituelle Fähigkeiten besitze, aber dass er sich noch mehrere Jahre den okkulten Wissenschaften widmen müsse.

Dieser sucht auch das Staatsorakel (Nechung-Orakel) des Dalai Lama auf, das in einer Trance-Sitzung den großen Krieg voraussagt: »Ich sehe ..., ich sehe ... Völker, bewaffnete Völker, die Feuer auf die Erde ausspucken, in das Meer und in die Lüfte ... überall gibt es Blut, Flüsse, reißende Ströme von Blut ... und dieses Rote Meer verwest – ich sehe wie Infektionen aus dieser Verwesung hervorbrechen: Krankheit, Hunger, Tod ... und die großen Dämonen der siebten Hölle wurden freigelassen.«[43] Die Menschheit sei – nach Erkenntnissen der »gelben Metaphysik« – durch so genannte »umherirrende Einflüsse« (*influences errantes*) gefährdet. »Die Völker, die keine erleuchteten Führer, keine Weisen mehr haben, die sie leiten«, schreibt Jean Marquès-Rivière, »sind blind diesen Strömungen ausgesetzt, diesen unsichtbaren Stürmen und den Beutegöttern, die vom Blut und vom Fleisch der Völker leben, die Götter, die zum Krieg antreiben, zur Herrschaft, zur Unterwerfung, diese mysteriösen Feinde der Menschheit beeilen sich, um ihre dämonischen Feste vorzubereiten.«[44] Auch auf das geheimnisvolle *Shambhala* wird in dem Roman Bezug genommen, »wo noch die Erinnerung an den Kriegsgott, an Dschingis Khan, wach ist.«[45]

1929 verfasste Marquès-Rivière ebenso wie René Guénon, ein Vorwort zu *Asia Mysteriosa*, dem Orakeltext der *Les Polaires*: »Jetzt, wo das Zentrum transhumaner Kraft ein Spiegelbild auf der Erde hat«, schreibt er dort, »ist es eine feste Tradition in Asien, und dieses Zentrum (Ein terrestrisches? Ich weiß nicht bis zu welchem Grad.) wird in Zentralasien *Agarthi* genannt. Es hat viele unterschiedliche Namen gegeben, deren Nennung hier keinen Sinn macht. Dieses Zentrum hat als Mission oder als Existenzberechtigung die Leitung der geistigen Aktivitäten auf der Erde.«[46] Ein Bote aus dieser verborgenen Mysterienstätte will den Autor mit den folgenden Worten angesprochen haben: »Ich bin, mein Sohn, ein Gesandter aus dem Königreich des Lebens; unser Kloster ist das unendliche Universum der sieben goldenen Pforten; unser Königreich befindet sich in den drei Welten unseres Zyklus.«[47] Dann erhielt der Franzose den folgenden Auftrag: »Im dunklen Westen wende deine Gedanken nach Lap-chi-kang. Dort wachen die Wärter der menschlichen Rasse. Meditiere über sie, meditiere über die Götter des Himalaja; sie werden dir dann sichtbar sein.«[48]

Marquès-Rivière war Feuer und Flamme und bekannte: »Ich habe die Geheimnisse zwischen der philosophischen Doktrin und der politischen Verfassung Tibets erkannt. Die drei Aspekte der universellen Wissenschaft, die theurgische Wissenschaft, die spirituelle Wissenschaft, die physische und materielle Wissenschaft, werden durch die drei Kraftzentren repräsentiert, die Tibet mit ihrer blendenden Strahlkraft und ihrer schrecklichen Macht beherrschen. Der Tashi-Lama [Panchen Lama], der die Götter und Dämonen befehligt und der die Goldflammen vor den Statuen der Ahnen allein durch seine magische Macht entzündet; der Dalai Lama, der die reine Spiritualität, die stille Metaphysik und die Leuchte Asiens reflektiert; der Bogdo Khan, Prinz der nördlichen Mongolei, ein machtvoller kriegerischer Einfluss, der die militärischen Geheimgesellschaften ganz Asiens überwacht.«[49]

1930 wollte Marquès-Rivière eine Anthologie seiner bisher über den tibetischen

Buddhismus erschienenen Artikel herausgeben (*Le Bouddhisme au Thibet*). Aber vor der Publikation zog er die Manuskriptseiten überraschenderweise zurück und verbot seinem Verleger, sie zu veröffentlichen. Das war kurz nach der Zeit, als er tantrisch-buddhistische Riten durchgeführt hatte, bei denen er Blut und Alkohol als Ingredienzien benutzte. Die Rituale waren dazu bestimmt, zornvolle, tibetische Gottheiten herbeizuzitieren. Marquès-Rivière fühlt sich jedoch von diesen Wesenheiten so besetzt, dass er zuerst nicht mehr über die Kraft verfügte, sie wieder zu vertreiben. Erfolglos suchte er bei verschiedenen Personen um Hilfe. Erst nach der Intervention von Joseph de Tonquédec, dem damals berühmten Exorzisten der Erzdiözese von Paris, sollen ihn seine tibetischen »Dämonen« verlassen haben. Viele Jahre später hat er gegenüber einer Schülerin auf die Gefahren der buddhistischen Tantras hingewiesen und zu höchster Vorsicht gemahnt: Der Tantrismus beinhalte »eine delikate und gefährliche Technik wie diejenige der Drogen, des rhythmischen Tanzes und der Töne. Alle körperlichen und materiellen Übungen sind schwer, zweideutig und schrecklich. [...] Der tibetische Weg ist für die Tibeter gemacht. Der tibetische Buddhismus ist schamanistisch und umschließt eine schwere und wirkungsvolle Magie. Diese Mischung aus Schamanismus und Tantrismus passt nicht für die Abendländer, die sich absolut verlieren in dieser Welt psychischer Kräfte, die ihnen gefährlich werden können und ihnen völlig fremd sind.«[50] Er selber hat sich nicht an diese Empfehlung gehalten.

1930 – nach seinen tantrischen Schreckenserfahrungen – kehrte Jean Marquès-Rivière erst einmal in den Schoß der römisch-katholischen Kirche zurück und publizierte in der Zeitschrift *Voile d'Isis* einen Artikel mit pro-christlichem Inhalt, in dem er suggeriert, das Christentum verfüge über ebenso effektive Initiationstechniken wie der Lamaismus.[51] 1931 erschien von ihm *Le Bouddhisme au Thibet*. Im Gegensatz zur ersten (zurückgezogenen) Fassung waren hier Passagen eingeführt, welche die ursprünglich pro-lamaistische Orientierung in ihr pures Gegenteil verkehrten: »Als Resümee werden jetzt die lamaistischen Weisen zu unglücklichen Heiden, die dringlich zum Christentum konvertiert werden müssen.«[52]

Aber auch das sollte sich wieder ändern. Marquès-Rivière hatte in der Zwischenzeit mehrere Monate in Indien verbracht, erneut dem Christentum den Rücken gekehrt und sich wieder dem Tantrismus zugewandt. So publizierte er noch vor dem Krieg drei Titel zu tantrischen Inhalten: *L'Inde Secrète et sa Magie* (»Das geheime Indien und seine Magie«), *Le Yoga tantrique hindou et thibétain* (»Der hinduistische und tibetanische tantrische Yoga«) und *Rituel de Magie tantrique* (»Tantrische Ritualmagie«). Die drei Bücher sind mit großer Fachkenntnis der Materie verfasst.

Alle den hier angeschnittenen Themen und Bildern aus dem tibetischen Kulturraum wird nach dem Krieg in den verschiedenen Formen des Nazi-Okkultismus ein bedeutender Platz zukommen und wir werden noch ausführlich darüber zu sprechen haben. Das Spezifische an Jean Marquès-Rivière ist jedoch, dass er schon 1939 den Weg zu den Nazis findet, und zwar mit einer Entschlossenheit und einem Eifer, die wirklich bemerkenswert sind.

Jean Marquès-Rivière kollaboriert mit der SS

Im Jahr 1931 kam es zur ersten großen Abrechnung mit der Freimaurerei, der Marquès-Rivière vorher selber als Mitglied der *Grande Loge* angehört hatte. Er veröffentlichte eine Anklageschrift mit dem Titel *La Trahison spirituelle de la Franc-Maçonnerie* (»Der spirituelle Verrat der Freimaurerei«).[53] Diese Kritik an den Freimaurern und seine radikal antisemitische Einstellung machte es ihm leicht, während der Besetzung Frankreichs den Deutschen seine aktiven Dienste anzubieten, denn für die Nazis stand dieses Thema ganz oben auf der Liste.[54] Freimaurerlogen wurden schon vor Hitlers Machtübernahme von SS-Männern ausgekundschaftet und »nachrichtendienstlich« überwacht. 1933 kam es zur ersten Welle antimaurerischer Ausschreitungen mit der Absicht, die Logen durch Terror zur Selbstauflösung zu zwingen. Bald darauf verschwanden »Logenbrüder« in den KZ. SD-Chef Reinhard Heydrich hatte in Berlin die Freimaurerabteilung des Reichssicherheitshauptamtes aufbauen lassen. Dort befand sich neben einer Kartei mit Mitgliederlisten ein völlig eingerichteter Maurer-Tempel als Demonstrationsobjekt, ausgeschmückt mit zahlreichen Totenköpfen. Für den Reichsführer-SS Heinrich Himmler galten die Freimaurerlogen als Tarnorganisationen des Weltjudentums. Dennoch fühlte er sich von deren okkultem Ambiente angezogen. Seinem Arzt Felix Kersten gestand er: »Die SS ist […] nichts anderes als eine Gegenloge, obwohl der Reichsführer [Hitler] das nicht wahrhaben will, mit deren Hilfe er, ohne viel Aufhebens zu machen, die führenden Stellen im Staate und in der Partei zu besetzen anstrebt.«[55]

Nach der Besetzung Frankreichs durch die Deutschen sah Heydrichs Sicherheitsdienst eine seiner wichtigsten Aufgaben darin, das Land von der Maçonnerie zu »säubern«. In der Avenue Foch Nr. 72 in Paris wurde dafür von der Gestapo eine Dienstelle eingerichtet. Man unterstellte eine enge Kooperation der *Maçons* mit den Juden, den Angelsachsen, dem Kapitalismus, dem Kommunismus und der Résistance. Logen wurden durchsucht und geplündert, Ritualgegenstände und Dokumente beschlagnahmt.

Am 13. August 1940 verabschiedete die Vichy-Regierung (unter Druck der Deutschen) ein Gesetz, das alle Geheimgesellschaften in Frankreich verbot. Unter der Aufsicht des Professors Bernard Faÿ wurden vier Abteilungen zu deren Bekämpfung gebildet: der Service des Sociétés Secrètes = S.S.S. (»Abteilung Geheimgesellschaften«) unter der Leitung des Admiral Platon. Als Unterabteilungen: der Service spéciale des associations dissoutes (»Spezialabteilung aufgelöster Gesellschaften«) unter Inspektor Moerschell; das Centre d'Action et de Documentation (»Aktions- und Dokumentations-Zentrum«) unter dem Schriftsteller Henry Coston; der Service de Police – S.P.SS (»Polizei-Abteilung«), der von Jean Marquès-Rivière für die Besatzungszone Nord geleitet wurde. Der renommierte Orientalist und Okkultist war wegen seiner pro-nazistischen Einstellungen, seines Antisemitismus und wegen seiner »Broschüren über die französisch-deutsche Kollaboration« mit dieser Aufgabe betraut worden.[56]

Unter diesen Broschüren befindet sich auch ein 22-seitiges großformatiges Heft mit dem Titel »Die Arbeiter und Hitler« (*Les ouvriers et Hitler*). Darin betätigt sich der in die »Mysterien der Bodhisattva-Inkarnationen eingetauchte«[57] Jean Marquès-Rivière als reiner Politagitator. Der Text geht davon aus, dass die gesamte Arbeiterklasse von der jüdisch-freimaurerischen Internationale getäuscht werde. Auch die Funktionäre der Gewerkschaften, der Sozialdemokratie und der Kommunistischen Partei seien verlängerte Arme dieses Komplotts. In Deutschland dagegen hätten Hitler und die Nazis das »Wunder« vollbracht, den Widerspruch zwischen den Klassen aufzuheben. Unternehmer und Arbeiter würden hier zusammenwirken, beide seien zu kooperierenden Teilen einer neuen gesellschaftlichen Dynamik geworden: »So formte sich in Deutschland nach dem Modell des höchsten Führers eine neue Arbeitsethik; ein neues Selbstvertrauen, ein neuer Stolz wuchs bei den deutschen Arbeitern, insbesondere in der jüngeren Generation, bei denjenigen, welche die Jugendorganisationen, den ›Arbeitsdienst‹ und den Militärdienst durchlaufen haben.«[58] Der deutsche Arbeiter – so Marquès-Rivière weiter – zeige Vertrauen zum nationalsozialistischen Staat und sage ganz offen: »Was der Führer macht, das ist sicher richtig!«[59] Diese Neuorientierung in der deutschen Arbeiterklasse werde von der jüdischen Presse verschwiegen. Stattdessen berichte sie, die Nazis hätten die Werktätigen zu »Sklaven« gemacht. Es sei nun an der Zeit, dass der französische Arbeiter den Nationalsozialisten vertraue und mit diesen kollaboriere, um ein neues Europa aufzubauen.[60]

In seiner Funktion als Polizeichef des Service des Sociétés Secrètes baute Jean Marquès-Rivière ein beachtliches Spitzel- und Informationsnetz (darunter auch mehrere Frauen) in der besetzten Zone (Nord) aus. Er überprüfte gesammelte Dokumente und Denunziationen, ließ Logen ausheben und deren Besitz beschlagnahmen.[61] Vor allem identifizierte er die Mitglieder von Geheimgesellschaften, fertigte von ihnen Listen an und veranlasste die Überwachung von deren Aktivitäten. »Verdächtige Fälle« leitete er zur Verfolgung an die einschlägigen Verwaltungsstellen weiter, d. h. konkret entweder an den Polizeiinspektor Georges Moerschell oder direkt an den SD unter SS-Obersturmbannführer Moritz. Der berüchtigte und skrupellose Moerschell war in ständigem Kontakt mit der Gestapo, an die er festgenommene Freimaurer und Juden auslieferte. Als Mitglied des Parti Populaire Français spielte Marquès-Rivière auch eine Rolle in der deutschen Abwehr.[62] So galt der Polizeichef des S.S.S. bei seinen Vichy-Kollegen als »Agent im Solde der Deutschen«.[63] Mindestens 500 französische Freimaurer wurden während des Krieges erschossen oder starben in den Konzentrationslagern, ein Ergebnis, zu dem Marquès-Rivière wesentlich mit beigetragen hat.[64]

Die Historikerin Dominique Rossignol zählt ihn mit Recht zu den »Ultras der Pariser Kollaboration«: »In Paris nahm eine Gruppe von Kollaborateuren die Propaganda in die Hand und die Mitglieder teilten sich – nicht ohne gegenseitige Konkurrenz – in der Ausführung von Befehlen, die in Berlin gefällt wurden. Diese Männer waren völlig abhängig von den Besatzungsmächten, zeigten eine absolute Hingabe an den ›Führer‹ und schlossen sich aus Überzeugung den Idealen des Dritten

Reiches an. Die ›Propaganda-Barone‹ betrieben eine psychische Vergewaltigung der Massen, indem sie eine Gefühlspropaganda benutzen, die auf der Furcht aufbaute.«[65] Als eifriger und sehr erfolgreicher weiblicher Spitzel für den S.S.S. betätigte sich auch die Schriftstellerin Jeanne Canudo, ebenso wie Jean Marquès-Rivière, ehemaliges Mitglied der *Les Polaires*.[66]

Der S.S.S. entwickelte eine rege Propagandatätigkeit: Konferenzen, Kolloquien, Ausstellungen wurden veranstaltet; Presseartikel, Traktate, Plakate wurden gedruckt. Im Oktober 1940 organisierte Marquès-Rivière in Paris eine Ausstellung, um das »jüdisch-freimaurerische Komplott« zu demaskieren. Eine Art Museum mit beschlagnahmten Gegenständen und ein »Zentrum für Gegenwartsgeschichte« wurden eingerichtet, darunter eine von dem Orientalisten geleitete Société asiatique (»Asiatische Gesellschaft«). Immerhin arbeiteten in dieser Institution 37 Mitarbeiter, die vornehmlich damit beschäftigt waren, freimaurerische Dokumente zu sichten.

Im September 1941 folgte unter Marquès-Rivières bestimmender Mitarbeit und Aufsicht eine weitere aggressive Ausstellung mit dem Thema *Le Juif et la France* (»Der Jude und Frankreich«) im Palais Berlitz. Mit Hilfe der deutschen Botschaft wurde ein technisches Büro eingerichtet, das unter anderem damit beauftragt war, Materialien aus einer davor in Rom gezeigten Ausstellung mit dem Titel »Der ewige Jude« nach Paris zu schaffen, ebenso wie Exponate aus Berlin und München.

Vor dem Palais Berlitz sah man ein riesiges Werbeposter mit einem gierigen Juden darauf, der sich die Welt aneignete. Das Bild diente auch als Titel für den Ausstellungskatalog. Auf der ersten Etage der Exposition gab es die Abteilungen: »Der Jude in der Karikatur, der ewige Jude, jüdische Perversionen im Film und morphologische (sprich: rassistische) Studien«. Im Erdgeschoß waren unter anderem die Nürnberger Rassengesetze ausgestellt. Wenn man die Ausstellung verließ, passierte man zwei Dioramas: Das auf der linken Seite trug den Titel: »Wo sie herkommen« und zeigte halb zerstörte »jüdische« Häuser und deren »verblödete« Einwohner. Die rechte Seite war betitelt: »Wo sie ankommen« und zeigte ein prachtvolles Schloss aus dem Besitz der Rothschilds und einen »geldschweren« Juden, der aus einer Limousine steigt.[67]

Als *Rédacteur en Chef* gab Marquès-Rivière zudem eine monatlich erscheinende Revue gegen die Freimaurerszene (*Les Documents Maçonniques*) heraus, die von der SS autorisiert worden war.[68] SD-Chef Heydrich wurde über den Inhalt dieser Zeitschrift, unter anderem über einen Artikel von Jean Marquès-Rivière, direkt von SS-Obersturmbannführer Moritz unterrichtet.[69] Die Deutschen hatten beschlossen, dass die *Documents Maçonniques* in Schulen, öffentlichen Institutionen und in Kriegsgefangenenlagern kostenlos verteilt würden. Von der ersten Nummer hatte man deswegen 80.000 Exemplare gedruckt.

Des Weiteren redigierte der unermüdliche Polizeichef des S.S.S. das Szenario eines spektakulären Verschwörungsfilms mit dem Titel *Forces occultes* (»Okkulte Mächte«). Der Film erhielt von deutscher Seite die beachtliche Unterstützung von 1.200.000 Frs und wurde 1943 uraufgeführt. In der Zeitschrift *Au Pilori* vom 18.

Plakat für die von Jean Marquès-Rivière mitorganisierte Ausstellung »Der Jude und Frankreich« in Paris 1941

März 1943 ist das Pressekommuniqué zu *Forces occultes* abgedruckt. Darin steht, dass dieser Film ein politischer, ja revolutionärer Akt sein wolle. Das französische Volk habe 70 Jahre lang unter der »demokratischen Anarchie« gelitten. Die Elite des Landes sei seit 20 Jahren »verjudet« (*enjuivée*) und das französische Bürgertum sei zu bescheidenen Domestiken der Juden verkommen. Mit *Forces occultes* würden die ersten Energien für die harten und entscheidenden Schlachten der Zukunft (gegen Judentum und Freimaurerei) freigesetzt, der Film leite eine nationale Revolution ein: »Diese nationale Revolution definiert sich nach außen hin als eine Politik der Kollaboration; nach innen hin handelt es sich um eine Politik der Reinigung und der tiefen Erneuerung der Herzen und des Geistes.«[70]

Jean Marquès-Rivière teilte voll die Vorstellung des Reichsführers-SS Heinrich Himmler, dass die Freimaurer ein verlängerter Arm des »Weltjudentums« seien. Sind die *Maçons* einmal verschwunden – so der Polizeichef und Okkultismusexperte –, dann bleibt nur noch ihr »Inspirator und Arbeitgeber, der Jude, den wir dann weiter hetzen [!] werden, und der einmal von den Logen, seinen politischen Tentakeln, abgetrennt, nicht mehr so wie bisher mit dem Fleisch und Blut der Völker spielen kann. Der Jude verliert ohne die Freimaurerei viele seiner Mittel; wegen dieser zweifachen Aufgabe, einmal den Juden und dann seinen Diener, den Freimaurer, zu bekämpfen, haben wir uns hier in diesem arischen [!] Kriegsrat [*Conseil de guerre aryen*] versammelt. Dessen zu erfüllende Aufgaben – da bin ich mir sicher – werden fruchtbar und entscheidend sein«, schrieb der Franzose noch im Jahre 1944.[71] Jean Marquès-Rivière war jedoch nicht nur intellektuell tätig. Er nahm persönlich an Vernehmungen und Verfolgungen des von ihm geleiteten Service des Sociétés Secrètes teil.[72]

Sein damaliger Wunsch war es, ein »Permanentes Museum der Geheimgesellschaften« (*Musée permanent des Sociétés secrètes*) einzurichten. Wahrscheinlich wollte er mit einer solchen Institution nicht nur »Aufklärungsarbeit« leisten, sondern sich selber Zugang zu einer okkulten Machtpolitik verschaffen, denn in seiner *Histoire des doctrines ésoteriques* (»Geschichte der esoterischen Lehren«) ist zu lesen: »Die Inbegriffe der Geheimlehren lenken die Welt dank der Macht ihrer Tätigkeit auf ideologischem Gebiet.«[73] Aber es ging ihm dabei nicht nur um die Lehren, sondern direkt um die okkulten Machtträger, die seiner Meinung nach als Hintergrundspieler in die Geschicke der Menschheit eingreifen würden: »Es existieren menschliche Wesen«, so der Franzose, »die über Allwissenheit und über Allmacht verfügen. Nach den asiatischen Traditionen handelt es sich um Einzelwesen, die von keinem erkannt werden und die isoliert in den schneeverwehten Schluchten und unzugänglichen Plätzen des Himalaja leben. Und so existiert – in ganz Asien – eine immense Bruderschaft, von der kein irdisches Bild eine Idee abgeben kann und denen keine Beschreibung gerecht wird. […] Diesen mächtigen Wesen sind lange Beschreibungen, die man in gewissen tantrischen Ritualen liest, gewidmet. Man sollte noch bemerken, dass es sich hierbei nicht um Götter handelt; sie sind diesen bei weitem überlegen.«[74] Bemerkenswert an dieser Textstelle ist, dass Marquès-Rivière darin auf »gewisse tantrische Riten« verweist, mit deren Durchführung die Überwesen evoziert werden können. Wir sollten uns daran zurückerinnern, wenn wir uns später mit seinem Buch über das tibetische *Kalachakra-Tantra* auseinander setzen.

Ansonsten entsprach diese Beschwörung unsichtbarer Mächte durchaus dem faschistischen Zeitgeist, der damals durch Europa wehte. Auch Julius Evola war davon überzeugt, dass die Weltgeschichte durch einen »okkulten Plan« beeinflusst würde. Hinter den äußeren Kriegen finde ein »okkulter Krieg« statt, »ein Krieg, der im Schatten mit Mitteln und unter Umständen geführt wird [...], von denen die herrschende Geschichtswissenschaft so gut wie gar nichts weiß.« Um diesen zu erkennen, erfordere es eine »dreidimensionale Sicht der Geschichte, die außerhalb der zweidimensionalen Oberfläche der Ursachen, Fakten und äußeren Akteure, ebenfalls eine Dimension der Tiefe und des Untergrundes in Betracht zieht, wo sich Kräfte und Einflüsse bewegen, deren Auswirkungen oft entscheidend sind und die sich nicht allein auf einen menschlichen, individuellen oder kollektiven Plan zurückführen lassen.«[75]

Nach der Befreiung Frankreichs ging Jean Marquès-Rivière 1944 mit den deutschen Truppen nach Osten, wahrscheinlich zusammen mit Anhängern des Vichy-Regimes nach Sigmaringen. In Abwesenheit wurde er wegen seiner Kollaboration mit den Nazis zum Tode verurteilt. Später sieht man ihn zwischen Asien und seinem Lehrstuhl für Orientalistik im faschistischen Franco-Spanien hin und her reisen. In Indien, so eine Schülerin, »traf er fast alle Weisen dieser Zeit und dieses Landes.«[76] Bei André Combes ist nachzulesen, dass er eine Zeit lang in Ceylon als buddhistischer Mönch gelebt habe und nach einer Amnestie im Jahre 2000 in Lyon starb.[77]

Uns sind keine Äußerungen Jean Marquès-Rivières bekannt, in denen er explizit auf den Zusammenhang zwischen seiner lamaistischen Weltsicht und seinem Engagement für Hitler und für die Nazis zu sprechen kommt. Ausgehend von der gesamten Lebenseinstellung dieses Okkultisten dürfte es jedoch sicher sein, dass er in solchen Zusammenhängen gedacht und gehandelt hat, denn er wird seine tantrisch-buddhistische Grundeinstellung bis zu seinem Lebensende nicht mehr aufgeben. Im Gegenteil, er tritt später in einen sehr engen Kontakt mit bedeutenden exiltibetischen Lamas und publiziert 1985 ein Buch mit dem Titel: »Kalachakra-Tantra – Die tantrische Initiation des Dalai Lama« (*Kalachakra – Initiation tantrique du Dalai Lama*). Nach eigenen Angaben hilft er dabei, das Lama-Kloster Rikon in der Schweiz aufzubauen. Der XIV. Dalai Lama soll ihn in bestimmte Geheimnisse des *Kalachakra-Tantra* eingeweiht haben. Wir kommen darauf zurück.

Die Vita Jean Marquès-Rivières ist ein Beispiel dafür, wie sich tantrisch-buddhistische Vorstellungen mit nationalsozialistischem Ideengut in einer einzigen Person verbinden können. Diese spezifische Mischung wird in den 1960er- und 1970er-Jahren einen literarischen Sensationsstoff bilden, den der britische Historiker Nicholas Goodrick-Clarke als die »Nazi-Mysterien« bezeichnet. In Anbetracht der Ideen der *Les Polaires* wundert es einen nicht, dass eine solche »Literaturgattung« in Frankreich ihren Ursprung hat. Als die beiden Gründungsväter müssen die zwei Franzosen Jacques Bergier und Louis Pauwels angesehen werden, die mit ihrem Bestseller *Aufbruch ins dritte Jahrtausend. Von der Zukunft der phantastischen Vernunft* die okkulte *Nazi-Tibet-Connection* zu einem literarischen »Dauerrenner« machten, der zahllose Folgewerke hervorbrachte. Alle die von Jean Marquès-Rivière und den anderen *Les Polaires* in diesem Kapitel genannten östlichen Spekulationen werden in den »Nazi-Mysterien« mit dem im SS-Ahnenerbe vertretenen Ideengut kombiniert und zu einem albtraumhaften Phantasma verarbeitet: Der Mythos von Shambhala, die Idee vom Weltenkönig, die Beherrschung der Weltgeschichte durch innerasiatische Geheimgesellschaften, das Hakenkreuz als Symbol der Weltenachse, das zyklische Weltbild usw. Im zweiten Teil unseres Buches werden wir uns mit dieser phantasmatischen *Nazi-Tibet-Connection* intensiver auseinander setzen.

Die anti-buddhistischen Fraktionen im Dritten Reich

Eine Identifizierung der faschistischen Ideologien mit der vedischen Philosophie und mit Grundgedanken der *Bhagavadgita* ist nahe liegend, da sich offensichtlich zahlreiche Korrespondenzen aufweisen lassen. Aber im Falle des Buddhismus sind solche Parallelen nicht so offensichtlich. Weltflucht, Kontemplation, Mitgefühl und Pazifismus, auf die sich verschiedene buddhistische Schulrichtungen berufen, können nicht ohne weiteres mit einer aktiven, militaristischen, nationalistischen und rassistischen Weltsicht, wie es der Faschismus ist, in Einklang gebracht werden. Drei Repräsentanten des völkisch-rassistischen Lagers, die eine ablehnende bis aggressive Haltung gegenüber dem Buddhismus einnahmen, möchten wir in diesem Kapitel vorstellen: Houston Stewart Chamberlain, Alfred Rosenberg und den Ludendorff-Kreis.

Houston Stewart Chamberlain: Christus und Buddha sind Gegensätze

Houston Stewart Chamberlain (1855–1927) hatte 1905 Richard Wagners Tochter Eva geheiratet und lebte mit ihr in Bayreuth. Er war einer der exponiertesten Wagnerianer seiner Zeit, ausgestattet mit einem glühenden Antisemitismus. Die arische Rasse wurde von dem Engländer am reinsten durch deutsche Geistesriesen wie Kant, Goethe und seinen Schwiegervater Wagner repräsentiert. 1898 erschien sein Hauptwerk *Grundlagen des 19. Jahrhunderts*, in dem er ein kreatives Indogermanentum einem destruktiven Judentum gegenüberstellte. Das Buch wurde später zum Fundament von Alfred Rosenbergs *Mythos des 20. Jahrhunderts*. Der Wagnerianer Chamberlain hat Hitler als den »Erlöser« der Deutschen, als ihren Parsifal, herbeigesehnt und herbeibeschworen. In einem Brief vom 7. März 1923 versicherte er dem kommenden Diktator: »Dass Deutschland in der Stunde seiner höchsten Not einen Hitler gebiert, das bezeugt sein Lebendigsein.«[1] Von ihm stammt auch der Satz: »Jeder Mystiker ist (ob er es will oder nicht) ein geborener Antisemit.«[2]

Für Chamberlain waren die vedischen Inder, durch strenge Kastengesetze von der Vermischung mit fremden Rassen reingehalten, das Volk der Edlen und der Herren, kurz: das »Volk der Arier«. Bis hin zur *Bhagavadgita* anerkannte er die indische Literatur als arisches Kulturerbe. Das galt jedoch nicht für die Lehren des Buddha: »Wenn ich von indoarischer Weltanschauung rede, so habe ich nicht den Buddhismus im Sinn.«[3]

Über Schopenhauer – Wagner – Chamberlain – Rosenberg läuft zudem die These von der arischen Reinrassigkeit Jesu Christi. Aber während der Philosoph von *Die Welt als Wille und Vorstellung* und der Opernkomponist Wert darauf legten, das Christentum aus dem Buddhismus abzuleiten, war Chamberlain ein passionierter Anti-Buddhist: »Christus und Buddha sind Gegensätze. Was sie einigt, ist die Erhabenheit der Gesinnung; aus dieser ging ein Leben ohnegleichen hervor und aus dem Leben eine weitreichende Wirkung, wie sie die Welt noch nicht erfahren hatte. Sonst aber trennt sie fast alles.«[4] Christus bejahe das Leben, Buddha verneine es. Auge und Herz bewegten den einen, blutleere Spekulation den anderen. Die buddhistische Lehre sei eine Sackgasse, das arische Christentum dagegen eine kulturelle Aufgabe: »Ich sagte, Buddha bedeute den greisenhaften Ausgang einer ausgelebten, auf Irrwege geratene Kultur; Christus dagegen bedeutet den Morgen eines neuen Tages.«[5]

Zwar wird der Buddha von Chamberlain noch als »arisch« angesehen. »Dass Buddha selber ein Indoarier reinen Stammes war, daran zweifeln nur wenige; alles, was er Produktives gibt, fließt ihm aus dem Denken seines [arischen] Volkes zu.«[6] Aber die »Weiterentwicklung« seiner Lehre und deren »historische Ausbildung« sei »eine durch und durch unarische, antiarische und außerdem unoriginelle Erscheinung.«[7] Mit seiner hohen Abstraktion gehe eine Absage an das Leben und die Familie einher und er habe dem Menschen alle Gefühle aus der Brust gerissen. Seine Doktrin lehre in letzter Instanz eine Vernichtung des Lebens. Der Buddhist »macht sich selbst zur wandelnden Leiche, ehe er stirbt, dann erntet der Schnitter Tod keinen Samen zur Neugeburt. Lebend sterben: das ist der Kern des Buddhismus. Man kann Buddhas Leben als gelebten Selbstmord bezeichnen. Es ist der Selbstmord in seiner denkbar höchsten Steigerung: denn der Buddha lebt einzig und allein um zu *sterben*, um endgültig ohne Widerruf tot zu sein, um einzugehen in das Nirwana, das Nichts.«[8] Christus dagegen verkündige das Leben.

Obwohl Chamberlains Ansichten den Vorstellungen seines ansonsten hochverehrten Schwiegervaters Richard Wagner widersprachen, so gelang es ihm doch, diese mit Elan und Erfolg zu vertreten: »Heutzutage, wo wir einen lächerlichen pseudo-›buddhistischen‹ Sport erleben und wo viele ernstlich der Meinung sind, der Buddhismus sei ein zureichender, erschöpfender Ausdruck der höchsten indischen Weisheit, war es geboten, kurz, aber energisch Verwahrung einzulegen.«[9] In dieser Überzeugung verband sich der Engländer mit Kaiser Wilhelm II., der ebenfalls ein tiefes Misstrauen gegenüber dem Fernen Osten hegte und ständig die »gelbe Gefahr« als eine Bedrohung Europas ausmalte. Für den Monarchen war es vor allem der Buddhismus, der die Völker Asiens beherrschte und der seinen Griff nach dem Westen ausstreckte. Der Kaiser ließ sich von dem Akademieprofessor Hermann Knackfuss ein berühmt gewordenes Bild fertigen, das auf der einen Seite die Völker des Abendlandes zeigt, dargestellt durch Walküren und angeführt von dem Erzengel Michael mit Flammenschwert. Diesen steht auf der anderen Seite ein in tiefer Meditation versunkener Buddha als Feind gegenüber. Die Unterschrift zu der Allegorie, an deren Konzeption der Kaiser entscheidend mitgewirkt hatte, lautet: »Völker Europas wahret eure heiligen Güter«.

Chamberlain sprach sich auch gegen die »Oberflächlichkeit im Denken« der neobuddhistischen Gruppen aus, obgleich diese – wie wir noch sehen werden – systemkonform argumentierten. So kommt Volker Zotz zu dem Schluss: »Allerdings sind viele frühe deutsche Buddhisten in ihrem grundlegenden Modell gar nicht weit von Chamberlain entfernt – der edle Arier im Kampf gegen den minderwertigen Semiten.«[10]

Alfred Rosenberg: Der Buddha als fernster Kontrast zum ewigen Juden

Der Balte Alfred Rosenberg (1893–1946) war schon seit 1919 Mitglied der NSDAP (damals noch Deutsche Arbeiterpartei). 1923 wurde er zum Hauptschriftleiter des *Völkischen Beobachters*. Von 1933 bis 1945 leitete er das außenpolitische Amt der NSDAP. Ab 1934 arbeitete er als »Beauftragter des Führers für die Überwachung der gesamten geistigen und weltanschaulichen Schulungen und Erziehung innerhalb der NSDAP«. 1941 bis 1945 war er als Reichsminister für die besetzten Ostgebiete tätig. 1946 wurde er im Nürnberger Kriegsverbrecherprozess zum Tode durch den Strang verurteilt. Der Ankläger bezeichnete ihn als »geistigen Priester der Herrenrasse«.

Rosenberg war an erster Stelle für die weltanschauliche Durchdringung der NSDAP zuständig. Der Antisemitismus bildete den ersten Eckstein in seiner rassistischen Konstruktion. Das zeigen schon die Titel seiner frühen Publikationen: *Die Spur der Juden im Wandel der Zeiten; Unmoral im Talmud; Der staatsfeindliche Zionismus; Die Protokolle der Weisen von Zion*. Blut, Seele und Rasse müssen als die drei weiteren Ecksteine seines Ideengebäudes angesehen werden, das er in seinem Hauptwerk *Der Mythos des 20. Jahrhundert* 1934 vorlegte. Das Buch erwies sich neben Hitlers *Mein Kampf* als wichtigstes Grundlagenwerk des Nationalsozialismus. Ebenso wie Himmler zählte Rosenberg zu den Ideologen, die eine »Sakralisierung« des NS-Regimes vorbereiteten: »Der Nationalsozialismus ist nicht antireligiös, vielmehr ist sein Kampf und sein Opfern nur aus einem starken religiösen Impuls möglich gewesen«, schrieb er 1934.[11]

Im *Mythos des 20. Jahrhunderts* geht der »Chefideologe des Dritten Reichs« davon aus, dass sich in grauer Vorzeit die rassereinen, arischen Atlanter auf ihren »Schwanen- und Drachenschiffen«, zu Fuß und zu Pferd über die ganze Welt verstreut hätten, um in vielen Ländern als Kulturgründer tätig zu werden, indem sie niedere Rassen unterjochten und als Arbeitskräfte einsetzten. Einige der ehemaligen Atlanter seien nach Zentralasien ausgewandert, hätten dann den Himalaja überquert, um in Indien die Herrscherschicht zu bilden. Das arische Urwissen, welches sie mitbrachten, sei in den *Veden*, den *Upanishaden*, der *Mahabharata* und auch in buddhistischen Schriften noch einsehbar.[12]

Insgesamt hatte Rosenberg eine positive Einstellung zur indischen »Philosophie«. In seinen *Letzten Aufzeichnungen* gibt er an, östliche Mythen und Lehren genau studiert zu haben.[13] Ihm erscheint die vedische Metaphysik als etwas rassisch sehr Wertvolles. Der arische Inder habe seine eigene Seele (*atman*) mit der Allseele (*brahman*) in Verbindung gebracht und diese *unio mystica* an die arische Herrenrasse gebunden. Rosenberg sieht die männlich-mystische Religion der Oberschicht im ständigen Kampf gegen die Zauberei und Ekstatik der niederrassigen weiblich-materialistischen Eingeborenen. Gegen deren Vielgötterei und abergläubisch-magischen Anschauungen erhebt sich »leuchtend« die *Atman-Lehre*: »Das arische Indien beschenkte die Welt mit einer Metaphysik, die an Tiefe noch heute nicht erreicht worden ist.«[14]

Zu Beginn hätte die arische Urreligion Indiens die Krieger und den König mit den sakralen Aufgaben betraut: »Den Lebensstil des alten Indiens bestimmte zunächst die Kriegerkaste, die Kshatriyas. In den altvedischen Gesängen weht ein tapferer, wehrhafter Geist, der sich bis auf die nachchristliche Verfallszeit hinaus erstreckt; ja bis auf heute sind die Radschputs (Kriegergeschlechter) ein rassisch immerhin noch arisch bedingter Fremdkörper im zersetzten Indien.«[15] Dann sei die spirituelle Macht mehr und mehr in die Hände der Priester (Brahmanen) gefallen, wenn auch ihre Inhalte zuerst beibehalten wurden. Rosenberg deutet das als den ersten Schritt in den »Zerfall« des Subkontinents.

Die alte indische Kastengesellschaft, die sich an rassischen Grundsätzen ausgerichtet habe, zeichnet er geradezu als ein nachahmenswertes Sozialmodell. Diese Anbindung an das reinrassige Blut sei aber mit der Zeit gelöst geworden und habe die indische Gesellschaft zersetzt. Ursache hierfür waren – nach Rosenberg – »Rassenmischung« und »Rassenschande«. »Damit hörte Indien auf, weiter schöpferisch zu sein; es erstarrt, das fremde, dunkle Blut der jetzt als gleichwertige Träger des *Atmans* angesehenen *Cudras* [Shudra] dringt ein, vernichtet den ursprünglichen Begriff der Kaste als Rasse und die Bastardisierung beginnt. Schlangen- und Phalluskulte der Eingeborenen beginnen zu wuchern.«[16]

Der Begriff der Rasse habe sich immer mehr verwischt und eine allgemeine Bastardisierung hervorgerufen. Mutter- und Hexenkulte hätten das auf Transzendenz ausgerichtete Ariertum verdrängt. Die Rassenvermischung sei im 20. Jahrhundert so vorangeschritten, dass sich die aktuelle indische Nationalbewegung, die sich auf die Tradition berufe, einer Illusion hingebe: Sie orientiere sich zwar an den richtigen traditionellen Texten, trage aber ein rassisch so verdorbenes Blut in sich, dass an eine Reinigung kaum noch zu denken sei. Deswegen: »Vom nordischen sowohl als deutschen Standpunkt aus ist die Herrschaft Großbritanniens über Indien also zu stützen, was ohne jeden Hintergedanken und zugleich mit vollster Sympathie für das große Indien der Vergangenheit und die jetzigen Lehrer geschehen kann.«[17] Das bedeutet eine Bejahung von Indiens religiösen Lehren und heiligen Texten auf der einen Seite und eine Verneinung von Indiens nationaler Freiheit auf der anderen.

Wie stand nun Rosenberg zur Lehre des Gautama Buddha? An mehreren Stellen seines Hauptwerkes kommt er mit der negativen Einstellung in Konflikt, die der Buddhismus als Doktrin des »Nicht-Handelns« im Verhältnis zu einer aktiven »Philosophie der Tat« habe, die den Faschismus kennzeichne. Aber dann anerkennt er doch, dass die mentale Kontrolle des Bewusstseins, die von den Buddhisten durch Meditationstechniken erreicht werde, als eine Ausdrucksform der »Tat« anzusehen sei: »Wenn Buddha den Trieb als Leiden erkennt, so ist das nur die eine Seite seines Wesens; wenn er ihn aber durch die gelebte Tat zurücksetzt, so ist das die willenhafte andere.«[18] Diese Bejahung des Willens mache den Buddhismus zu einer »arischen Lehre«. Damit ist auch eine Kritik an Arthur Schopenhauer ausgesprochen, dessen Buddhismusinterpretation nicht klar genug zwischen Willen und Trieb unterscheide. Rosenberg wendet sich explizit gegen die pessimistische Nirwana-Lehre des Philosophen und stellt den Buddha als optimistischen Tatmenschen dagegen.

Als ein solcher arischer Tat- und Willensmensch erscheint ihm der Buddha als der »fernste Kontrast« zum »ewigen Juden«: »Dort Ruhe, hier Geschäftigkeit; dort Güte, hier Durchtriebenheit; dort Friede, hier abgrundtiefer Hass gegen alle Völker der Welt; dort ein Allverstehen, hier vollendetes Unvermögen und Verständnislosigkeit.«[19] Buddha ist für Rosenberg auch deswegen ein arischer Heilslehrer, weil er aus der Kriegerkaste stammt. Aus dem gleichen Grunde aber musste dem Chefideologen des Nationalsozialismus die absolute Herrschaft der Priesterkaste im tibetischen Lamaismus als eine völlige Zerfallsform des Buddhismus erscheinen.

Die Welt der Lamas wird von ihm geradezu als Gegenwelt zur lichten arischen Welt des echten Buddhisten herausgestellt, als ein düsteres Reich, in dem das negativ-weibliche Prinzip, repräsentiert durch die Mönchspriester, zur Herrschaft gelangt sei. Unter die Kategorie der chtonisch-weiblichen Religionen der Großen Mutter und der Großen Hure subsumiert Rosenberg auch – in völligem Missverständnis der Materie – die »tibetanischen Tantras des Lamaismus«.[20] Ganz im Gegensatz zu Julius Evola, der mit großer Sachkenntnis den männlich-transzendenten Aspekt der tibetisch-tantrischen Askese betont und aus diesem Grunde die Tantras zu einer arischen Disziplin *par excellence* macht.

Ebenso unterstellt Rosenberg eine völlig abstruse Abhängigkeit der katholischen Kirche vom Lamaismus. Die Folge davon ist, dass Martin Luther in letzter Instanz nicht gegen den römischen Papst, sondern gegen den Dalai Lama angetreten ist: »Schon dort schied sich nordisches Europa vom Orientalentum, aber der Lamaismus hatte in der Form der römischen Priesterkaste seinen Einbruch vollzogen und die orientalische Politik der Babylonier und Ägypter und Etrusker fortgeführt. Dieser Geistesgesamtheit hatte Martin Luther den Kampf angesagt.«[21] Rosenbergs negative Einstellung zum Lamaismus stammt von dem Münchner Orientalisten und Asienforscher Albert Grünwedel, der die magische Welt der Lamas mit Angst und Schrecken wahrnahm. Sie mag jedoch auch ein Impuls aus dem völkischen Hause Ludendorff sein, das in einen unermüdlichen Kampf mit dem Lamaismus verwickelt war. Mit Erich und Mathilde Ludendorff verbindet Rosenberg auch seine Ablehnung des Neubuddhismus. »Es wird heute bis zum Überdruss Hinduismus und Buddhismus gepredigt«, erklärte er im *Mythos des 20. Jahrhunderts*.[22] Dabei werde das kriegerische Element der beiden Religionen nicht genügend berücksichtigt.

Erich und Mathilde Ludendorff: Europa den Asiatenpriestern?

Erich Ludendorff (1865–1937) übernahm 1914 nach der Schlacht von Tannenberg mit Paul von Hindenburg (1847–1934) das Oberkommando über alle deutschen Truppen an der Ostfront. 1916 bildeten die beiden Generäle zusammen die Oberste Heeresleitung. Es war Erich Ludendorff, der die »absolute Kriegsführung« und den uneingeschränkten U-Bootkrieg gegen die Alliierten forderte. In der Weimarer Republik zählte er zu den antidemokratischen Kräften und trug maßgeblich zur Dolchstoß-Legende bei, nach der die deutsche Front nicht durch den Feind, sondern durch die innerdeutschen linken und demokratischen Parteien zu Fall gekommen wäre. In den Jahren 1920–1924 kollaborierte Ludendorff mit Adolf Hitler und war von 1924 bis 1928 Abgeordneter der Deutschvölkischen Freiheitspartei im Reichstag. Um sein Budget aufzufüllen, unterstützte der General in den 1920er-Jahren Experimente des Alchemisten und Hochstaplers Franz Tausend, was sein reges Interesse an okkulten Vorgängen annonciert.

1924 hielt er einen Vortrag mit dem Titel »Der göttliche Sinn der völkischen Bewegung«, in dem er einen religiösen Darwinismus der Rassenselektion, der zu einem »vertieften Gottschauen« führe, predigte. Hitler wird dort als Erlöser angekündigt: »In Scharen strömten die also Erweckten ihm zu. Das war der erste gewaltsame Schritt zur Erlösung des Gottesbewusstseins in der Menschheit aus ihrer Todesnot.«[23] 1926 heiratet er seine zweite Frau Mathilde Spieß, Verwitwete von Kemnitz. Mathilde Ludendorff (1882–1966) wird von nun an zum *spiritus rector* der völkischen »Gotterkenntnis«. Alfred Rosenberg behauptete später von ihr, sie habe sich Hitler als »geistige Führerin« angeboten.[24]

Aber sie stieß nicht nur auf die Ablehnung des Diktators, sondern Hitler zerstritt sich regelrecht mit dem Hause Ludendorff, trotz so vieler gemeinsamer Visionen. Schon 1928 kam es zum Bruch des Generals mit der NSDAP. 1930 gründete er mit Frau Mathilde den religiösen Verein »Deutschvolk«. Extremer Rassismus, glühender Antisemitismus, ekstatische Deutschtümelei, Weltverschwörungstheorien sind Inhalte der Religionspropaganda, welche die beiden entfalteten. Verein und Schriften der Ludendorffs werden jedoch zeitweise von den NS-Behörden verboten. Hitler ging damals in Religionsfragen sehr taktisch vor und die scharfen Attacken gegen die Kirchen, die von dem General und seiner Frau geritten wurden, passten nicht in seine Kompromisslinie. Dem Ehepaar hingegen war Hitler viel zu »lau« in Grundsatzfragen der Weltanschauung. In zwei Broschüren wagte Erich Ludendorff zu sagen: Hitler habe den Kampf gegen das jüdische Volk eingestellt und die NSDAP sei treuester Bestanteil der überstaatlichen Organisation der römischen Kirche geworden.

Im März 1937 söhnten sich jedoch »Führer« und »Feldherr« in aller Öffentlichkeit wieder aus. Der General erhielt von Hitler die Zusage für die Wiederzulassung seiner religiösen Vereinigung, die sich nun »Bund für Deutsche Gotterkenntnis« nannte. Aber schon am 20. Dezember desselben Jahres starb Erich Ludendorff in Tutzing. Hitler stand mit einem Staatskranz am Sarge des ehemaligen Mitkämpfers.

1939 ließ er dann der Tutzinger Witwe, die er nicht ausstehen konnte, die Papierlieferungen für ihre Zeitschrift *Am Heiligen Quell Deutscher Kraft* sperren.

Obgleich sie sich als Widerstandskämpferin gegen Hitler präsentierte, wurde Mathilde Ludendorff nach dem Krieg in ihrem Entnazifizierungsverfahren »wegen außerordentlicher Begünstigung des Nazismus« als belastet eingestuft. Das ist, was ihre weltanschaulichen Grundanlagen anbelangt, durchaus richtig. Trotz der Verurteilung konnten sich ihre Anhänger erneut organisieren. 1951 kommt es zur offiziellen Gründung des »Bundes für Gotterkenntnis – Ludendorff« (BFG). 1961 wird der Bund durch die Innenminister der Länder als verfassungsfeindlich eingestuft und erneut verboten. Das Verbot wird 1977 durch ein bayerisches Verwaltungsgericht wegen Verfahrensfehlern aufgehoben. Aber Mathilde Ludendorff war schon am 24. Juni 1966 verstorben.

Erich und Mathilde Ludendorff glaubten fest daran, dass eine globale Verschwörung der Priesterkaste die Welt unter ihre Herrschaft bringen wolle. Alle Weltreligionen – der Buddhismus, das Judentum, das Christentum, der Islam, aber ebenso die Freimaurer, die Jesuiten und andere Orden sowie verschiedene Sekten, die Theosophen, die Anthroposophen und ähnliche – seien daran beteiligt. Keine dieser Glaubensrichtungen wurde von den Polemiken der Ludendorffs verschont. Was uns hier jedoch vor allem interessiert, ist die Beziehung der Verschwörungstheoretiker zum Buddhismus, speziell zum Lamaismus. Ihre extrem ablehnende Haltung gegenüber dieser östlichen Religion wird heute von deutschsprachigen Buddhisten immer wieder als Argument ins Feld geführt, es hätte unter den Nazis eine starke antibuddhistische Strömung gegeben. Wir werden darauf zu sprechen kommen, ob dieses Argument stichhaltig ist.

»Ende der sichtbaren, Aufstieg der unsichtbaren Priesterreiche«

1938 publizierte Mathilde Ludendorff ein Büchlein mit dem Titel *Europa den Asiatenpriestern?* Dabei handelte sich um eine Anthologie aus verschiedenen eigenen und Artikeln ihres Mannes, die sie und er in den vorangegangenen Jahren zum Thema Buddhismus verfasst hatten. Der erste Beitrag beinhaltet so etwas wie eine Grundsatzerklärung: Es gehe den Verfassern nicht um die »Asiatenpriester«, sondern um die Priesterkaste als solcher. Priester unterdrückten das freiheitsliebende Individuum und ihr Internationalismus zerstöre die »Arteigenheit« der Völker, führe zur Rassenmischung und verwandele die Weltreligionen zu einem »Menschenbrei« und »Ameisenhaufen«.[25] Es gelte also, die Priesterkaste insgesamt zu bekämpfen.

Dem Buddhismus werfen die Ludendorffs insbesondere vor: Arbeitsverweigerung, Tötung des Fortpflanzungswillens und freiwillige wirtschaftliche Enteignung (Betteln). Aus diesen Gründen wirke auch er zersetzend auf den Volkskörper: »Damit aber wird einem Volk so ganz sanft und unmerklich die Selbstaustilgung gepredigt. Mindestens ebenso volksvernichtend ist die geistige und körperliche Abrüstung, die der Buddhismus lehrt.«[26]

Neben dieser allgemeinen Kritik am Buddhismus nimmt die Kritik am tibetischen Lamaismus für die Ludendorffs eine Sonderstellung ein: Erstens sind für sie die buddhistischen Mönche vom Dach der Welt die älteste Priesterkaste der Erde. Zweitens streben die Lamas die Herrschaft über den Planeten an. Drittens benutzen sie ihren Okkultismus (»Okkultwahn«) als ein erfolgreiches Mittel der Bewusstseinsmanipulation. Viertens breitet sich der Lamaismus im Westen, insbesondere aber in völkischen (faschistischen) Kreisen immer mehr aus. Warnend erheben die beiden Ludendorffs ihre Stimme: »Aus ernsten Gründen hielten wir lange noch damit zurück, dem Volke die Gefahr der tibetanischen Priesterkaste zu zeigen, denn wir wussten, mit welchem Achselzucken und mit welcher fahrlässigen Gleichgültigkeit die Deutschen an dem Okkultismus vorübergehen, als sei er eine Spielerei für halbverrückte Leute, die niemals Weltgeschichte und noch dazu für des Deutschen Volkes Freiheit unheilvolle Weltgeschichte gestalten könne.«[27]

Die beiden Kritiker übernehmen Schopenhauers und Wagners These, dass die Essenz des Christentums buddhistischen und nicht jüdischen Ursprunges sei. Aber im Gegensatz zu dem Philosophen und zu dem Komponisten, die einen arisch-buddhistischen Christus konstruieren, werten die verbissen antichristlichen Ludendorffs dies als eine zusätzliche Schande. »Die buddhistische Priesterkaste auf dem ›Dach der Welt‹ ist die älteste der zur Zeit auf Erden bestehenden Priesterkasten. Sie wähnt sich als Trägerin des okkulten Wahnglaubens des Altertums und zugleich als übergeordnet dem mosaischen Levitentum und dem Priestertum der Christenlehre und des Mohammedanismus. Sie hat mit Letzterem in ihrer Schau nicht so unrecht. Das (Thora-)Judentum hat aus Ägypten und Babylonien und den dortigen ›Mysterien‹ geschöpft und sie für sich zurechtgestutzt. Es hat aus dem Buddhismus und dem Krischnaismus mit jüdischen Zutaten die Christenlehre fabriziert.«[28]

Am deutlichsten aber habe sich der buddhistische Priestergedanke im katholischen Jesuitenorden durchgesetzt, der für die Ludendorffs einen »buddhistisch-okkulten« Charakter trägt: »Es ist auch kein Zufall, dass die ersten Jesuitenmissionare nach Indien, China und Japan vorstießen, in Gebiete, in denen der Buddhismus herrschte. Es ist auch kein Zufall, dass sie dort zuweilen in buddhistischer Mönchstracht erschienen.«[29] Ebenfalls zwischen der katholischen und lamaistischen Liturgie wollen sie viele Parallelen entdeckt haben. Selbst die Sakralarchitektur wird mit ziemlich viel Phantasie einander gleichgesetzt: »Dass der Vatikan in einzelnen Einrichtungen, so in der Treppe [?], dem Klosterpalast des Dalai Lama gleicht, sei nur erwähnt.«[30]

Im Kern des Systems stehe die Idee von der lamaistischen Weltherrschaft durch Bewusstseinsmanipulationen, eine Tatsache, die im Westen kaum Beachtung finde. Aber »ein achselzuckendes Lächeln über den Okkultwahn der Geisteslenkung des Weltgeschehens durch den *unsichtbaren Herrn der Erde*« ändere nichts an der Gefahr, die hiervon ausgehe.[31] »In ihren okkulten religiösen Anschauungen fühlen sich Panchen- und Dalai Lama nicht nur als Herren Mittelasiens nach Osten hin bis einschließlich Japan, nach Westen über die mongolischen, tartarischen und turkmenischen Stämme bis hin zum Kaspischen Meer. Sie müssten nicht ›Gott auf Erden‹

und Priester sein, wenn sie nicht für ihren Gott, d. h. für sich, die Herrschaft über alle Völker der Erde beanspruchten.«[32] Der Panchen Lama zum Beispiel betrachte den japanischen Kaiser als »seinen gehorsamen Sohn«.[33] Auf den Zaren habe der Lamaismus via Rasputin Einfluss gewonnen.

Aus solchen Gedanken entsteht eine Weltverschwörungstheorie, in der die lamaistische Priesterkaste einer rassisch-völkischen Bewegung gegenübersteht. In diesem Sinne sei auch der folgende »Leitspruch« zu deuten: »Der Buddhismus als Weltreligion: Geißel der Völker!«[34] Überall sehen die Ludendorffs tibetische Lamas und indische Yogalehrer am Werk. Selbst wenn das exoterische Priestertum des Lamaismus zusammenbreche, würde es untergründig als okkultes Imperium weiterbestehen. Die Ludendorffs nennen dies das »Ende der sichtbaren, Aufstieg der unsichtbaren Priesterreiche«.[35]

Nach Europa sei die östliche Religion über »das Tor der Welt«, die Insel Ceylon, eingesickert. Gemeint sind wahrscheinlich die dortigen Aktivitäten der frühen Theosophen und der Pâli-Übersetzer um den deutschstämmigen Theravada-Mönch Nyantiloka, die beide in engem Kontakt mit den neubuddhistischen Gruppen Europas und Amerikas standen. Die vielen Sekten Deutschlands seien – so die Ludendorffs – vor allem buddhistisch durchseucht: »Aber doch liegt in einzelnen Organisationen der Schwerpunkt nicht bei Juden und Jesuiten, sondern in jenem Okkultismus, der aus Asien kommt und Lehren verbreitet, die für Ostasien passen mögen, aber für nordische Völker mit ganz anderem Rasseerbgut ungeeignet sind.«[36]

Die Methode, mit der sich die Lamas im Westen verankern, sei also der »Okkultismus«, der bei ihren Gläubigen einen »Okkultwahn« hervorrufe. »Die Verhältnisse in Ostasien im Allgemeinen und die Verhältnisse in der Mongolei und im gesamten China im Besonderen lenken die Aufmerksamkeit auf das Wirken der dortigen Priesterkaste, das buddhistisch-lamaistische Mönchstum, und damit wieder auf das Wirken des mittelasiatischen Okkultismus nach Weisung des Panchen- und Dalai Lama.«[37] Vor allem aber sei den Lamas die Macht verliehen, die Seele der Menschen zu manipulieren: »So konnte denn auch in gar manchem buddhistischen Volk durch Seelenmissbrauch Weltgeschichte gemacht werden.«[38]

Die allergrößte Gefahr sahen die Ludendorffs jedoch darin, dass sich der Lamaismus zu völkisch-arischen Kreisen immer mehr Zugang verschaffe. Während dort die jüdischen und christlichen Strömungen erfolgreich bekämpft werden konnten, habe sich der Lamaglauben unbeschadet »einfilzen« können: »Seit das Volk sich im Rasseerwachen gegen die jüdische und die römische Priesterkaste im Freiheitskampf wendet, verstärken die Priesterkasten Asiens, die von Tibet, dem Dach der Welt, aus die Völker versklaven möchten, ihre Tätigkeit, die sie in allen europäischen Völkern schon begonnen hatten, und suchen sie in Okkultwahn zu verstrikken, dem sie in Deutschland ein ›völkisch-arisches‹ Gewand umlegen.«[39]

Gemeint sind hier neben den Theosophen (Madame Blavatsky und Madame Anni Besant) die Anthroposophen (Rudolf Steiner) und vor allem die aktiven neubuddhistischen Zirkel in Deutschland. »In Berlin besitzt der Buddhismus einen Tempel, in allen größeren Städten finden Vorträge statt, die eine mehr oder weniger offene Propaganda für asiatisches und ›indoarisches‹ Weistum machen.«[40] Hiermit ist das buddhistische Haus in Berlin-Frohnau angesprochen, wo in der Tat deutsche Buddhisten verkehrten, die – wie wir noch zeigen werdem – eine Kollaboration mit der NS-Weltanschauung anstrebten.

Insbesondere hatten die Ludendorffs die Aktivitäten Jakob Wilhelm Hauers im Visier. Zwischen der rassistisch-völkischen »Deutschen Gotterkenntnis« des Hauses Ludendorff und der rassistisch-völkischen »Deutschen Glaubensbewegung« Jakob Wilhelm Hauers herrschte »Krieg«. Dieser betraf an erster Stelle die Buddhismusfrage. Auf religionspolitischen Tagungen weigerte sich Hauer strikt »Vertreter der Deutschen Gotterkenntnis« einzuladen.[41] Die Ludendorffs konterten, indem sie vom »Hauerschen Okkultismus« sprachen und ihn in das Umfeld der »neubuddhistischen Organisationen« verpflanzten. Hauer habe sich mit seiner »neubuddhistisch-okkulten Bewegung« immer mehr vorgedrängt, unterstützt von führenden Leuten der NSDAP, wie den Grafen Ernst zu Reventlow.[42] Er versuche durch die »Einbruchspforte *Heimkehr zur artgemäßen Weltanschauung*« buddhistisches Gedankengut zu importieren: »So trat denn Herr Hauer allmählich mit seinen Glaubensideen immer schärfer hervor, zugleich in dem Streben, den klaren Erkenntnissen meiner Frau in weiteren Volksteilen das Wasser abzugraben«, resümierte Erich Ludendorff.[43] In einem Vortrag »Das Problem von Schuld und Schicksal im Germanischen« habe er »asiatische« Schicksalsgläubigkeit als »germanische« ausgegeben: »Die rassisch erwachten Hörer dieses Vortrags werden also überall die Kernlehre der asiatischen Priesterkasten von nun an als ›germanisch‹ begrüßen.«[44] Gemeint ist hier die Karma-Lehre des Buddhismus. Indem sie aus Hauers Vortragsreihe über Tantra-Yoga zitieren, die er 1932 im psychologischen Club Zürich gehalten hatte, resümiert die Ludendorff-Gruppe: »Wir müssen seine Ausführungen behandeln, weil sie vermeintlich indo-arisches Gedankengut bringen sollen. Hiergegen müssen wir uns wenden. Was wir aus seiner Rede wiedergeben, ist nicht arisch. Unsere Vorfahren in der Heimat kennen es nicht. Es ist das Gewächs der schwülen Luft Indiens, indo-arischer Verfallszeit und hat nichts mit unserem Denken gemein.«[45]

Eine direkte Attacke führte die Ludendorff-Gruppe auch gegen die Germanisierung der buddhistische Inkarnationslehre und damit *eo ipso* gegen das SS-Ahnenerbe, wo Himmler, Wüst und andere mit dem SS-Sturmbannführer Karl August Eckhardt über dessen viel beachtete Ahnenerbe-Schrift *Irdische Unsterblichkeit – Germanischer Glaube an die Wiederverkörperung in der Sippe* diskutierten. »Die Wiedergeburtslehre und die Lehre von dem von Schicksalsmächten bestimmten Schicksal sind Kernpunkt asiatischer Priesterherrschaft« – konterten die Ludendorffs.[46]

Gegen Hauer und vielleicht auch gegen Walther Wüst ist der folgende Ludendorff-Satz gerichtet: »Es liegt in der Natur der Sache, dass die tibetanischen Priesterkasten sich gar zu gern die Aufrichtung des rassebewussten Staates des Dritten Reiches zu Nutze machen möchten, also den völkischen Kampf gegen die jüdischen und römischen Priesterkasten und ihre Gewaltübergriffe auf die Freiheit des Staates nun zu ihrem Nutzen ausschlachten möchten.«[47]

So kommen die Ludendorffs letztendlich zu dem wohl übertriebenen Schluss, das NS-System sei von buddhistischen Ideen nur so durchseucht. Unter den etwas dürftigen Beweisen hierfür zitiert Mathilde Ludendorff auch einen Artikel aus *Der Reichswart* vom 30. Dezember 1937 mit dem Titel: »Nationalsozialistische Weltanschauung und Okkultismus«. Darin werde der »Okkultwahn« als eine Form des Idealismus gegen die Wissenschaft ausgespielt. »Sind wir erst so weit, dass wir wissenschaftliche Widerlegung der so genannten okkulten Phänomene als ›Materialismus‹ ablehnen, [...] dann allerdings freut sich einer auf dieser Erde und das ist der für Gott gehaltene höchste Priester, der ›Herr der Welt‹, unsichtbar verborgen in dem unauffindbaren ›Tempel des Lebens‹ im Himalajagebirge in Asien.«[48] Eine ähnliche Okkultverherrlichung finde sich in der NS-Soldatenzeitschrift *Komm mit Kamerad* unter dem Titel »Tibetanischer Zauberkreis«. Dort werde eine lamaistische Dämonenbeschwörung glorifiziert, die das deutsche »Soldatentum« verderbe.[49] 1938 hat Mathilde Ludendorff keine Zweifel mehr daran, dass Nazi-Deutschland in die Fänge der Lama-Priester geraten sei, und warnt mit Nachdruck: »Klärt die Deutschen auf, die oft in ernster Überzeugung und mit bestem Wollen ahnungslos dem ›Herrn der Erde‹ in Tibet Dienste tun.«[50]

Buddhisten im arischen Gewand oder Nazis im buddhistischen Gewand?

Im Hause Ludendorff und den ihm angeschlossenen Verlagen erschienen noch weitere »tibetanische Verschwörungsbücher«: 1936 von S. Ipares *Geheime Mächte – Eine Abhandlung über die »Innere Regierung« der Welt*. Dann von J. Strunk *Zu Rom und Juda – Tibet – ihr Ringen um die Weltherrschaft* (1937). Im selben Jahr veröffentlichte Fritz Wilhelmy die Schrift *Asekha. Der Kreuzzug der Bettelmönche* und 1938 publizierte H. Rehwaldt *Vom Dach der Welt – Über die »Synthese aller Geisteskultur in Ost und West«*.

Im Großen und Ganzen wiederholt und variiert diese Literatur die Themen, die wir schon aus den Schriften des Generals und seiner Frau kennen gelernt haben. S. Ipares spricht von einer »okkulten *hierarchia ordinis* der lamaistischen Theokratie«. Zentrum und Oberhaupt des »asiatischen Geheimbundwesens« sei der »Herr oder König der Welt«, der von seinem »Hauptsitz in Shambhala (Gobiwüste)« aus auf die Weltpolitik Einfluss nehme.[51] J. Strunk meint, dass die »sichtbare Spitze« der buddhistische Priesterkaste »der lebende Buddha, der Dalai Lama zu Lhasa, der Hauptstadt von Tibet, dem Dach der Welt« sei.[52] Die tibetischen Lamas würden »erst an die Öffentlichkeit [treten], wenn sie die Macht völlig in Händen zu haben glauben. Sie halten es für klüger, andere Völker und Männer für sich wirken zu lassen.«[53] Sie seien die großen »Hintergrundspieler« der Geschichte. Auch Wilhelmy glaubt, der »tibetanische Buddhismus« sei »offenbar berufen, eine mehr als geheimnisvolle Rolle zu spielen im großen Weltgetriebe der überstaatlichen Drahtzieher.«[54] Interessant ist Strunks Hinweis auf die kriegerische Gesinnung, die sich in Innerasien breit mache: »Der Lama soll wieder zum Krieger werden.«[55]

Was diese Literatur vor allem bemerkenswert macht, ist die von den Ludendorffs übernommene Behauptung, der Buddhismus insgesamt und der Lamaismus im Besonderen habe sich unter dem Deckmantel eines »arischen Glaubens« in NS-Kreisen und im Dritten Reich einnisten können. Rehwaldt fragt: »Ist es denn niemand aufgefallen, dass der Büchermarkt immer zahlreichere und dickere Wälzer darüber propagiert, Reiseberichte, Romane, Übersetzungen von tibetanischen heiligen Büchern und dergleichen? Ist das nur Zufall, eine ›Zeiterscheinung‹, dass das Interesse des lesenden Publikums sich gerade auf Tibet, auf Asien überhaupt konzentriert?«[56] Es seien vor allem die »neubuddhistischen Gruppen«, darunter auch die Ariosophen, die Bestandteile von Religionslehren der indischen Verfallszeit in ihr Lehrgebäude eingebaut hätten.

Mit großem Bedauern klären die Autoren ihre Leser auf, der Buddhismus sei mittlerweile überall in Deutschland als eine »arische« Lehre anerkannt. »Wie – ist es nicht erwiesen«, fragt Rehwaldt ironisch, »dass der Brahmanismus, der Buddhismus, überhaupt die ›indoarische Kultur‹ den alten Ariern ihre Entstehung verdankt, einem nordischen Volksstamm, der in mehreren Erobererwellen den Hindustan überschwemmte und dem Land seine hoch stehende Kultur schenkte, aus der sich die ›wundersamen Blumen‹ des Krishnaismus und des Buddhismus entwickelten? Was will man mehr – man führt sogar das Hakenkreuz als heilbringendes kultisches Symbol, und die ehrwürdigen kultischen Sprachen sind einwandfrei nordischen, indogermanischen Ursprungs!«[57] Auch Strunk beklagt sich bitter darüber, dass im Dritten Reich der »buddhistisch-lamaistische Geist [...] in Wort und Bild volkstümlich gemacht« würde.[58] Überall böten sich Yogaschulen an, buddhistische Heilmethoden wären beliebt, sogar die Frauen trügen mongolische Hüte als die neueste Mode. Wilhelmy warnt eindringlich, dass die »Zahl der Anhänger des Buddhismus in jeglicher Form und seine Tarnungen im ›arischen Gewande‹ auf der Erde höher als alle Bewohner Europas zusammengenommen« ist.[59]

Als besondere Propagandisten des östlichen Glaubens attackieren die Autoren des Ludendorff-Kreises die Schweizer Eranos-Gesellschaft und den Tiefenpsychologen Carl Gustav Jung. Dort mache man sich schon über die »Yogairren« der Westler lustig. So habe zum Beispiel ein Swami Yatiswarananda auf der Eranos-Tagung von 1934 ausgeführt: »Zum Nutzen oder Schaden wurde das Wort ›Kundalini‹ im Westen beliebt, und das in einem Maße, dass ein unternehmender Seifenfabrikant eine ›Kundalini-Seife‹ herausgebracht hat. Dies leblose Stück Seife kann nicht schaden. Aber wir sollen der Tatsache eingedenk bleiben, dass es gefährlich ist, mit der ›Schlangenmacht‹ [Kundalini] in uns zu spielen ...«[60] Im Zentrum von Rehwaldts Kritik steht erneut der Indologe Jakob Wilhelm Hauer: »Aber Herr Hauer ist auch wiedergeburtsgläubig, wie er selbst zugegeben hat. Er betätigt sich also in seinem *Deutschen Glaube* in zweierlei Hinsicht im Sinne der ›Weisen von Tibet‹.«[61]

Rehwaldt sieht in dieser »Verbuddhisierung« Deutschlands eine verschwörerische Glanzleistung des Lamaismus. Dieser falle nicht mit der Tür ins Haus, sondern versuche, durch eine »Verokkultisierung« der Gesellschaft aus der Verborgenheit heraus Fuß zu fassen. Der Autor zählt von den »Moden«, die damals (1938) viele

Deutsche ergriffen habe, folgende esoterischen »Disziplinen« und Anschauungen auf und kommentiert sie ausführlich: Pendeln, Hellsehen, Astrologie, die Glazialkosmologie Hörbigers (von den Ludendorffs scharf abgelehnt), das »alt-platonische Atlantismärchen«, die »Hohlwelttheorie«, der Glaube vom Schicksal (Karma) und der Wiedergeburt (Inkarnation).[62] Das sind in der Tat – ohne eine einzige Ausnahme – alles okkulte Theorien und Praktiken, die Heinrich Himmler besonders am Herzen lagen und die alle im SS-Ahnenerbe irgendwo Unterschlupf gefunden hatten.

Aber auch für die »Rationalisten« – so Rehwaldt – habe der tibetische Buddhismus ein Angebot bereit.[63] Der exzessive Götter- und Dämonenglaube mache den »Lamaismus als ›kommende Religion‹ für Deutschland [...] undenkbar«.[64] Deswegen hätten sich die Lamas dazu entschlossen, den Westen neben den genannten Okkultlehren mit einem »agnostischen, dogmenfreien Buddhismus« zu erobern. Im Zentrum dieser »rationalistischen« Tätigkeit stünde die Schaffung einer »Ökumene im Orient« und einer »Synthese im Abendland«, in der sich alle asiatischen und europäischen Religionen zusammenfänden.[65]

Die ideologische Machtstellung des Ludendorff-Kreises im Dritten Reich

Der Ludendorff-Kreis war völkisch, rassistisch und extrem antisemitisch eingestellt. Er vertrat und vertritt, soweit er überlebt hat, eine plumpe Weltverschwörungstheorie, die Freimaurer, Jesuiten, Anthroposophen und tibetische Lamas gleichermaßen als Drahtzieher der Geschichte angreift. Wenn die »Ludendorffer« über die »Weisen von Tibet« sprechen, dann wollen sie damit bewusst das Bild der *Protokolle der Weisen von Zion* evozieren und auf ein (gefälschtes) Dokument anspielen, das später als Begründung für den Holocaust diente und großes Unheil über die Juden gebracht hat.

Was die Unterwanderung von NS-Kreisen durch den Buddhismus anbelangt, so lag hier ein offensichtliches Missverständnis vor. Die »Ludendorffer« gingen nämlich davon aus, dass ein »reiner deutsch-völkischer Glaube« von »fremdrassigen« Lehren (darunter auch dem buddhistischen Dharma) unterminiert und manipuliert werde. Ganz im Gegensatz hierzu vertraten im SS-Ahnenerbe Walther Wüst und Jakob Wilhelm Hauer sowie die von den beiden SS-Indologen aktivierten Orientalisten ebenso wie die Okkultisten Karl Maria Wiligut und Otto Rahn, aber ihnen allen voran ihr gemeinsamer Dienstherr, der Reichsführer-SS Heinrich Himmler, die Auffassung:

> *dass die neue »NS-Religion« arisch-kosmoplitisch und nicht völkisch begrenzt ist;*
> *dass sie seit Jahrtausenden verschüttet sei und deswegen rekonstruiert werden müsse;*
> *dass in verschiedenen östlichen Philosophien, insbesondere auch im Buddhismus, wertvolle Elemente vorhanden seien, welche als Bausteine der zu rekonstruierenden arischen Religion dienen könnten, ja dass diese Elemente aus der arischen Urreligion selber herstammten.*

Man sprach weder im SS-Ahnenerbe noch in der deutschen Gesamtgesellschaft von einer lamaistischen oder buddhistischen »Verschwörung«, sondern es gab eine offen geführte Debatte über den Buddhismus und seine Verwertbarkeit für den neuen arischen Glauben, in der Themen wie die Karma- und Inkarnationslehre, Meditationstechniken, das Konzept vom *Chakravartin*, der Kriegsbuddhismus und Ähnliches diskutiert wurden. Sogar in den okkultesten SS-Milieus sah sich Wiligut keineswegs als Agent der Lamas, sondern ebenfalls als ein »Mythenmacher« und »Religionsgründer«, der lamaistische Sprüche und Motive für seine eigene »irminische« Religion einsetzte. Von Unterwanderung und Verschwörung könnte nur dann gesprochen werden, wenn ein schon etabliertes arisches Religionssystem von innen heraus durch den Buddhismus zerstört werden sollte. Im Falle der zu gründenden »NS-Religion« ging es jedoch – zumindest war dies die im SS-Ahnenerbe herrschende Idee – um eine mögliche Symbiose zwischen Faschismus und Buddhismus und anderen östlichen Philosophien.[66] Eine solche Verbindung ist selbstverständlich nur dann erfolgreich, wenn sich zwischen den beiden Systemen Verwandtschaften, Konvergenzen und Affinitäten aufweisen lassen. Darauf werden wir in dem Kapitel »Das Ideengebäude der Nazi-Visionäre und das Kalachakra-Tantra« noch zu sprechen kommen.

Zum Schluss sollten wir noch erwähnen, dass das Haus Ludendorff als Organisation innerhalb der NS-Religionspolitik keinerlei Machtpositionen innehatte. Im Gegenteil – der General und seine eifernde Gattin fielen schon sehr früh beim »Führer« in Ungnade. Mathilde Ludendorff muss auf Hitler einen so nervigen Eindruck gemacht haben, dass er sich noch 1942 – auf dem Zenit seiner Macht – an das »unerträgliche Frauenzimmer« erinnerte: »1924 tauchten bei mir die politischen Weiber auf: die Frau von Treuenfels, die Mathilde von Kemnitz [Ludendorff], sie wollten Reichtagsmitglieder werden, um die Sitten dort zu veredeln. Ich sagte ihnen, neunundneunzig Prozent aller Beratungsgegenstände sind Männerdinge, die sie nicht beurteilen können! Die Frauen wollten aufbegehren, konnten mir aber nicht mit dergleichen Waffe begegnen, als ich ihnen vorhielt: Sie werden doch nicht behaupten, dass Sie die Männer so gut kennen, als ich die Frauen kenne! Ein Mann, der brüllt, das ist nicht schön, aber schlimmer ist es noch bei der Frau: Ihre Stimme wird umso piepsiger, je mehr sie schreit! Sie fangen an zu kratzen und mit Haarnadeln zu stechen.«[67]

Himmler ging noch weiter und versuchte die Dame regelrecht kaltzustellen. Ein Brief vom 7. Mai 1936 an Walther Darré, damals Chef des RuSHA, zeigt, wie unerträglich Mathilde Ludendorff für die NS-Spitze war: »Ich bitte«, schreibt darin der Reichsführer-SS, »die Ahnentafel der Frau des Generals Ludendorff, meines Wissens eine geborene Frau Dr. Kemnitz – vor ihrer jetzigen Ehe bereits zweimal verheiratet – einer eingehenden Nachprüfung unterziehen zu lassen. [...] Ich vermute sehr stark, dass in der Ahnentafel der Frau v. Kemnitz irgendwelche jüdischen Blutteile auftreten werden, da sonst die Rabulistik dieser Frau, die bezeichnenderweise in ihren jüngeren Jahren eine sehr tätige internationale Pazifistin in der Schweiz war, sowie ihr ganzes anormales persönliches und sexuelles Leben nicht erklärlich wären.

Wenn ich je glaubte, dass die Freimaurerei bestimmte Leute abschickt, um andere zu verderben, so glaube ich in diesem Fall bei Frau Dr. v. Kemnitz, dass sie geschickt worden ist, den General Ludendorff zu verderben.«[68] Die Nachforschungen konnten Himmlers Verdacht nicht bestätigen, aber der SS-Hauptsturmführer Dr. Mayer, der damit beauftragt wurde, glaubte dennoch einen kleinen Erfolg vorweisen zu können. »Ein jüdischer Bluteinschlag konnte nicht festgestellt werden«, schließt der Bericht. »Dagegen ist es auffällig, dass einschließlich der 16er-Reihe unter den Vorfahren nicht weniger als 9 Theologen erscheinen. Eine entsprechende Schlussfolgerung ist damit ohne weiteres gegeben.«[69]

Der Ludendorff-Kreis blieb trotz seiner rassistischen Anstrengungen und der teilweise hohen Auflage seiner Bücher ein politisch unbedeutender Verein, der nur deswegen von den Nazis geduldet wurde, weil Hitler in der Frühzeit der »Bewegung« mit dem General gemeinsame Sache gemacht hatte.[70] Der Diktator dachte gar nicht daran, sich zusammen mit den Ludendorffs öffentlich gegen die Kirche zu stellen. Was jedoch deren These von einer jüdisch-freimaurerischen Weltverschwörung anbelangt, so ging Hitler mit dem General und seiner »unerträglichen« Gattin völlig konform. Die beiden Ludendorffs stockten nur noch auf, indem sie die tibetischen Lamas hinzufügten. Damals dachten und handelten die meisten der NS-Ideologen (Goebbels, Rosenberg, Himmler) unter dem Einfluss von Verschwörungstheorien. Das entsprach dem Zeitgeist.

Buddhisten in der Nazi-Zeit: Kollaborateure, Mitläufer oder Verfolgte?

Verglichen mit heute, war die Anzahl praktizierender Buddhisten in Deutschland vor dem Zweiten Weltkrieg gering und wurde von wenigen aktiven und gewissenhaften Gelehrten repräsentiert.[1] Es gab zwar eine rege Publikationstätigkeit und zahlreiche Übersetzungen buddhistischer Urtexte, aber eine ziemlich kleine Gefolgschaft. Das Gros deutscher Buddhisten stand damals dem Theravada- oder Pâli-Buddhismus nahe. Die Theravada-Anhänger begegneten dem Mahayana-Buddhismus mit einer gewissen Skepsis, insbesondere aber lehnten sie den tantrischen Buddhismus Tibets (Lamaismus) ab. So ging die *Zeitschrift der Deutschen Pâli-Gesellschaft* auf Distanz, als tibetische und burjatische Lamas in St. Petersburg den ersten westlichen Kalachakra-Tempel einweihten. »Er ist für tibetanische und mongolische Buddhisten, die den Weisen aus dem Sakyastamm [den historischen Buddha] gerade so als Gott anbeten, wie die Christen den Nazarener. Also nichts für uns!«[2] Der kleinen Zahl der buddhistischen Praktikanten und Gelehrten stand jedoch in den 1920er-Jahren die in die Hunderttausende gehende Zahl der allgemein am Buddhismus Interessierten gegenüber. Die Buddha-Lehre war Thema zahlreicher Bücher, Schriften und Kommentare, Buddhismus war – um es salopp auszudrücken – »in«.[3]

Der »arische Buddha« bis zur Zeit des Nationalsozialismus

Einen nicht geringen Einfluss auf die Entwicklung der deutschen Neobuddhisten hatten Arthur Schopenhauers (1788–1860) und Richard Wagners (1813–1883) Diskurse und Schriften über die Buddhalehre. Beide »Kulturträger« wurden in der Szene als die bedeutendsten nationalen Anhänger Shakyamunis gefeiert und vermittelt durch sie war die Vorstellung vom »arischen Buddha« von Anfang an ein großes Thema des deutschen Buddhismus. Der Potsdamer Oberpräsidialrat Theodor Schultze (1824–1898) zum Beispiel sah 1893 in der Lehre Shakyamunis und im *Vedanta* »Fermente für eine künftige Regeneration des religiösen Bewusstseins innerhalb des europäischen Kulturkreises«. Seine Deklaration, der Buddhismus sei die »Religion der Zukunft«, trug scharfe antisemitische Töne. »Semiten galten Schultze als zur Innenschau in die Tiefen des Bewusstseins untauglich, während der indische Arier gerade in diesem Instrument wahren Problemlösens Meister wäre«, schreibt Volker Zotz in seiner Geschichte des Deutschen Buddhismus.[4] 1910 verfasste der Buddha-Anhänger Wolfgang Bohn (»Vassettho«) in *Die buddhistische Welt* einen Artikel über die »heilsame Rassenhygiene der Arier«, die schon für die frühen Buddhisten gegolten habe: »Nie und nirgends finden wir den semitisch-demokratischen Satz ›jedem das Gleiche‹. Vielmehr lehrte der Buddha sehr bestimmt: ›jedem das Seine‹.« Dadurch entstehe im Buddhismus – so Bohn – das Gefühl »für eine ständische Gliederung der Gesellschaft, welche die Grundlage jeglichen arischen Staates bildet«.[5]

1912 erklärte auch der damals sehr bekannte Gelehrte Paul Dahlke in seiner Schrift *Buddhismus als Weltanschauung*, dass die Doktrin des Buddha von rein arischem Ursprung sei.[6] In der *Zeitschrift für Buddhismus* übertrug man 1920 indogermanische Rassenmerkmale auf die irdische Erscheinung des Buddha und entwarf ein Bild »vergeistigter arischer Rassenschönheit«: Der Erhabene habe keine Mongolen- oder Plattfüße gehabt und habe sich durch »verhältnismäßig lange Arme, die ein Merkmal der arischen Rasse seien«, ausgezeichnet.[7]

Was das Hakenkreuz (*Swastika*) anbelangt, das ja ebenfalls ein Symbol des Buddhismus ist, so wurde dieses schon vor dem Ersten Weltkrieg von deutschen Buddhisten als Zeichen verwendet. Zum Beispiel schmückte es das Signé des *Buddhistischen Missionsverlags* und ebenso das Titelblatt eines dort erschienenen Buches *Buddha und Christus, eine buddhistische Apologetik* (1903). Auch das Cover des Bestsellers von Karl Gjellerup *Der Pilger Kamanita*, ein Buch, das Heinrich Himmler mit großem Interesse las, war mit einem Hakenkreuz verziert. Nachdem sich das NS-Symbol immer mehr in der Gesellschaft verbreitete, kam es zu Verwechslungen und der »Bund für buddhistisches Leben« verzichtete mit »schmerzlichem Bedauern« auf die Verwendung des Swastika, um nicht in die nationalsozialistische Politarena mit hineingezogen zu werden.[8]

Der »arische Buddha« zur Zeit des Nationalsozialismus

Unter den Nazis gingen die Publikationen deutscher Buddhisten eindeutig zurück. Dies ist jedoch nicht – wie wir gleich zeigen werden – auf eine Repression von Seiten des NS-Regimes zurückzuführen. Im Gegenteil, im Dritten Reich saßen jetzt die »Buddhismus-Gelehrten« und Sanskritisten als Religionswissenschaftler im SS-Ahnenerbe oder in anderen staatlichen, meist universitären Institutionen und versuchten von dort aus, den »arischen« Ursprung der Buddha-Doktrin nachzuweisen und darüber zu »forschen«, welcher Wert den Lehren und Praktiken des Shakyamuni für eine neu zu gründende NS-Religion zukommen könnte. Der kleinen deutschen buddhistischen Gemeinde stand man daher duldend bis wohlwollend gegenüber. Diese umfasste nach Statistiken des Ministeriums für kirchliche Angelegenheiten[9] während der 1930er-Jahren ca. 3000 bis 4000 Mitglieder.[10] Selbst ein Kritiker des Buddhismus wie der SS-Sturmbannführer Karl August Eckhardt, Verfasser von

Irdische Unsterblichkeit – Germanischer Glaube an die Wiederverkörperung in der Sippe und Mitarbeiter des SS-Ahnenerbes, berichtete recht nüchtern: »Seit der Jahrhundertwende gibt es auch in Deutschland Buddhisten. 1903 wurde in Leipzig ein buddhistischer Missionsverein gegründet, aus dem 1906 die buddhistische Gesellschaft hervorging. Daneben bestehen noch verschiedene andere Gesellschaften zum Studium des Buddhismus. Der ›Neubuddhismus‹ wirbt in Europa, Amerika und Indien für Erneuerung und Weiterverbreitung der Lehre«, und dann fügt Eckhardt noch einen Satz hinzu, in dem er sein Interesse an dem Buch zum Ausdruck bringt, das in den 1930er-Jahren die magisch-tantrischen Lehren des tibetischen Buddhismus mit großem Erfolg im Westen verbreitete: »Als neuesten Versuch, dem Buddhismus Anhänger zu gewinnen, nenne ich das bemerkenswerte Buch von Evans-Wentz: *Yoga und Geheimlehren Tibets* (deutsch übersetzt 1937).«[11]

Während fast alle okkulten Gruppen bis hin zu den Ariosophen, denen Hitler und die Nazis eminent viel als Inspirationsquelle verdankten, verboten wurden und viele ihrer Anhänger, obgleich sie vorher den »Führer« als »Erlöser« bejubelt hatten, in den KZs verschwanden, blieben die deutschen Buddha-Anhänger weitgehend verschont. Es gab erwiesenermaßen weder eine Überwachung von Buddhisten durch die Gestapo, noch fand man nach dem Kriege Hinweise in den verschiedenen Archiven, dass sie in die allgemeine Verfolgung von Sekten mit einbezogen wurden. So konnte der Zeitzeuge Helmut Klar, selber Buddhist, resümieren, »dass die Verfolgungen der Buddhisten relativ glimpflich verliefen.«[12] Zwar kamen hier und da kleinere Dissonanzen mit staatlichen Stellen vor, die aber sehr bald wieder geschlichtet wurden oder sich als ein Missverständniss herausstellten. Es gab auch keinen buddhistischen Widerstand gegen das Nazi-Regime. Verfolgt wurden die Anhänger Buddhas nur dann, wenn sie außerdem noch Juden oder Kommunisten waren.[13] Helmut Klar bestätigt deswegen auf die Frage, ob man seine Religion unter den Nazis offen ausüben konnte: »Ja, das Bekenntnis zum Buddhismus war vollkommen frei. Juden wagten sich meines Wissens nicht nach Frohnau [ins buddhistische Haus]; sie wollten uns wohl nicht kompromittieren. Sie wurden aber vom buddhistischen Haus nicht ausgegrenzt.«[14] Trotzdem – als der Buddhist Nyanaponika, ein gebürtiger Jude, Frohnau besuchte, soll einer der Anwesenden gesagt haben: »Die Aufgabe der Juden besteht darin, den Ariern gegenüber als Regulativ zu wirken.«[15] Es stimmt auch nicht, dass sich die Buddhisten verstecken mussten und nur insgeheim treffen durften, wie es zuweilen behauptet wird.

Wir möchten nun einige der NS-konformen Buddhisten (Georg Grimm, Wolfgang Schumacher, Nyanatiloka alias Walter Florus Gueth, Martin Steinke) vorstellen, wobei zu bemerken ist, dass sie innerhalb des Gesamtsystems der NS-Gesellschaft Randgestalten blieben und kaum einen großen Einfluss ausübten.[16] Die NS-Vertreter des Zen-Buddhismus August Faust, Eugen Herrigel und Karlfried Dürckheim haben wir bereits ausführlich im Kapitel über den »Zen-Buddhismus« behandelt.

Georg Grimm – »Der Vollendete ist ein Arier«

»Während des nationalsozialistischen Regimes unterlag die Tätigkeit der [buddhistischen] Gemeinde – und damit auch das Wirken Grimms – einer strengen Kontrolle«, lesen wir in einer Schrift der Deutschen Buddhistischen Union (DBU) aus dem Jahre 1985.[17] Das ist maßlos übertrieben. Die Gruppierung um den deutschen Buddhisten Georg Grimm (1868–1945) erregte vor allem deswegen die Aufmerksamkeit der Nazis, weil sie den Namen »Buddhistische Loge zu den drei Juwelen« führte. Sie förderte mit dieser Selbstbezeichnung als »Loge« den Eindruck, es handele sich hierbei um eine der Freimaurer-Vereinigungen, gegen die das Regime mit aller Härte vorging. Zwar fanden am Anfang Überprüfungen und auch Hausdurchsuchungen statt, als aber klar war, dass Grimms Verein nichts mit den Freimaurern zu schaffen hatte, wurde von ihm nur verlangt, den Namen umzubenennen. Von nun an firmierte er weitgehend unbehelligt unter »Altbuddhistische Gemeinde«.

Die Nazis hatten auch wenig Grund, Grimm zu verfolgen. Der Buddhologe glaubte nämlich, einen aktiven, rationalen, transzendenten Urbuddhismus entdeckt zu haben, den er gegen die pessimistischen und nihilistischen Vorstellungen von Schopenhauers Buddhismus stellte. Dies machte es leicht, Grimms Interpretation der Buddha-Doktrin, die er schon 1915 in dem Buch *Die Lehre des Buddho – Die Religion der Vernunft und der Meditation* aufgeschrieben hatte, mit rassistischen Ideen der NS-Ideologie zu verknüpfen. Obgleich er Schopenhauer kritisiert, zitiert Grimm in seinem Vorwort einen antisemitischen Kernsatz des Philosophen: »Wir dürfen daher hoffen, dass einst auch Europa von aller jüdischen Mythologie gereinigt sein wird. Das Jahrhundert ist vielleicht herangerückt, in welchem die aus Asien stammenden Völker Japhetischen Sprachstammes – (Indoeuropäer) – auch die heiligen Religionen der Heimat wieder erhalten werden: denn sie sind, nach langer Verirrung, für dieselben wieder reif geworden.«[18] Denselben Schopenhauer-Satz hatte Otto Rahn seinem SS-Buch *Luzifers Hofgesind* vorangestellt. Die »arischen Inder« seien – schreibt Grimm – das »religiöseste Volk der Erde überhaupt«, das die »höchste Philosophie« verkündet habe.[19] Buddha sei ein »Arier« und das *Dharma* gelte als eine »arische« Lehre. Als Bestätigung für seine Arierthese zitiert er den folgenden Satz aus dem *Samyutta Nikayo Sutra*: »Der Vollendete ist ein Arier. Deshalb heißen seine vier Wahrheiten arische Wahrheiten.«[20]

Die buddhistische Doktrin vom »reinen Erlöschen« im Nirwana ohne bleibende Transzendenz »entlarvt« Grimm dagegen als die bewusste Fälschung von Gelehrten, die der drawidischen Unterrasse Indiens angehört haben sollen. Kommentatoren mit drawidischem Blut hätten die arische Reinheit des Buddhismus beschmutzt: »Der Gegensatz, in welchem manche Kommentare nicht zur Lehre des Buddho selber, sondern auch zum arisch-indischen Genius überhaupt stehen, drängt förmlich zur Annahme, dass diese Kommentatoren gar keine reinen Arier, sondern Drawidas (Ureinwohner Indiens) waren, die schon zu Buddho-Zeiten zahlreich im Süden Indiens wohnten und heute noch dort wohnen.«[21]

Nyanatiloka – Keine buddhistische Ordination für Juden

Ein anderer deutscher Buddhist war Anton Walter Florus Gueth (1878–1957), der sich unter den Namen Nyanatiloka als ein hervorragender Pâli-Übersetzer qualifizierte. In Ceylon gründete er ein Kloster und führte ein äußerst striktes Regelsystem unter den dortigen Mönchen ein, von denen die meisten aus Deutschland stammten. Nyanatiloka weigerte sich auf »Empfehlung« des deutschen Konsulats in Colombo, Juden zu ordinieren.[22] Der Antrag einiger regimetreuer Buddhisten, als Mönche seiner Gemeinschaft beizutreten, soll er jedoch abgelehnt haben. Immerhin zeigt dieser Vorfall, dass Nazis ein Interesse daran hatten, in traditionelle buddhistische Gruppen einzutreten.

Das Internierungslager im nordindischen Dhera Dun, in dem Nyanatiloka und seine Mitmönche 1941 von den Engländern gefangen gehalten wurden, war in zwei Blöcke aufgeteilt: einen faschistischen und einen antifaschistischen. Nyanatiloka zog in den Block der Nationalsozialisten, einer seiner Schüler, Nyanaponika (Siegmund Feninger), in den Antifa-Block.[23] Feninger war Jude und hatte die Judenverfolgung in Deutschland bis 1936 miterlebt. Obgleich sein Schüler, weigerte sich Nyanatiloka, ihn wegen seiner Rassenzugehörigkeit in den Novizenstand zu heben, und so wurde Nyanaponika von einem einheimischen ceylonesischen Mönch ordiniert. Unter den internierten Nazis befand sich übrigens auch Heinrich Harrer, der später aus dem Lager nach Tibet floh. Im antifaschistischen Block lebte dagegen der deutsche Buddhist Ernst Lothar Hoffmann, bekannter unter dem Namen Lama Anagarika Govinda.

Wolfgang Schumacher – »Der deutsche Kanzler im Lichte des Buddhismus«

Der Arzt und Paul-Dahlke-Schüler Wolfgang Schumacher (1908–1961) war seit 1930 Mitglied der NSDAP (Reichsredner mit Ausweisnummer 260) und des NS-Studentenbundes. Offen strebte er eine Synthese von Buddhismus und NS-Bewegung an. In der zu diesem Zweck seit 1933 herausgegebenen Zeitschrift *Wiedergeburt und Wirken – Zeitschrift für Erneuerung von Kultur und Geistesleben* pries er die Lehre Buddhas als eine heidnisch-arische Alternative zu den christlichen Anbiederungsversuchen an das Regime, wie zum Beispiel durch die Glaubensbewegung »Deutsche Christen« des Reichsbischofs Ludwig Müller. Das Christentum könne sich nicht auf arische Wurzeln zurückführen lassen – so Schumacher –, der Buddhismus dagegen wohl. Er trage zur »Vergeistigung der Kräfte des Blutes« bei.

Trotz seiner Parteizugehörigkeit war Schumacher angesichts der politischen Entwicklung etwas verunsichert und sprach deswegen bei zwei Ministerien vor. In einem Brief an den »Minister für Kunst, Wissenschaft und Volksbildung«, in dem er sich »als langjährigen Vorkämpfer buddhistischer Gedanken« einführte, versuchte er, die »staatstragenden« Absichten des Buddhismus darzustellen. Scharf wandte er sich darin gegen »eine Reihe theosophisch-okkultistischer Vereine«, die »unter dem Deckmantel des Buddhismus« agierten und »durch ihre philosemitische Einstellung das Ansehen des reinen Buddhismus in den Augen der Staatsregierung herabsetzen könnten.«[24] Nach einem persönlichen Kontakt mit dem Ministerium für kirchliche Angelegenheiten kam man dort in einem Protokoll zu dem Schluss: Schumacher hoffe, dass die »buddhistische Bewegung« in ihrer Tätigkeit nicht eingeschränkt werde. »Dies umso weniger, als sie die Einschränkungen, die das nationalsozialistische Programm hierfür aufstelle (Wahrung der Hoheit und Würde des Staates und Sittlichkeitsgefühl der germanischen Rasse) voll anerkenne und ihnen sogar in besonderem Maße Rechnung zu tragen glaube.«[25]

In Heft 1 der von Schumacher herausgegebenen Zeitschrift *Wiedergeburt und Wirken* ist 1933 zu lesen, dass die Buddha-Doktrin im Osten immer mehr an Bedeutung verliere (»der Osten kapituliert«), im Westen jedoch zunehmend Anhänger finde: »Heute noch zu hoffen, dass die Aufhellung der Weltverfinsterung aus dem Osten kommen könne, ist eine Illusion. [...] Der Osten weiß nichts mehr mit seinem heiligen Erbe zu beginnen. Möge in Deutschland das Verständnis für diese Lehre wachsen und sich festigen, damit diese höchsten Menschheitsgüter erhalten bleiben und einen neuern Hort finden.«[26] Schumacher setzte im Jahre von Hitlers Machtergreifung auf dieses Land, »das in den letzten Monaten eine Umstellung auf fast allen Gebieten erlebt, wie sie in dieser Grundsätzlichkeit und Schnelligkeit in der Völkergeschichte einzig dasteht.«[27]

In dem Artikel »Arische Religion« ist zu lesen, eine seinem Wesen angemessene Religion fehle heute dem »deutschen Volke« und der Buddhismus biete sich geradezu an: »Fern vom Volkstum und den höchsten Idealen der Deutschen eine artfremde Religion [gemeint ist das Christentum] und fern der Kirche und gegen sie ein aus den Tiefen des Volkstums und seinen Idealen genährtes Geistesleben – das ist der tragische Konflikt, in den das geistig-religiöse Leben in Deutschland geraten ist. Eine Lösung dieses Konfliktes ist nur möglich, wenn dem deutschen Volk eine Religion geschenkt wird, die seine arisch-nordischen Ideale nicht verflucht, sondern sie anerkennt, entwickelt und läutert. Die Lehre des arischen Königssohns Gautama Buddha ist eine solche Religion. Viel besprochen und doch wenig gekannt, ist der Buddhismus weiteren Kreisen des deutschen Volkes nur als religionsgeschichtliches Phänomen bekannt. Tapferkeit, Ehre und Freiheit, die höchsten deutschen Ideale, finden gerade im Buddhismus ihre Anerkennung und Läuterung.«[28]

Schumacher predigte einen »aktiven« Buddhismus für kriegerische Germanen: »Neben Tapferkeit im Geiste und Unerschütterlichkeit und Mut ist es vor allem der Begriff der Ehre, der im Buddhismus wie in den nordischen Sagen eine hervorragende Rolle spielt. Alle Verantwortung für sein Tun trägt der Mensch im Buddhismus selbst. Die Lehre von der Sündenvergebung und der Erlösung schlug dem nordischen Ehrbegriff ins Gesicht. Der deutsche Mann will sich nichts schenken lassen, am wenigsten die ›Seligkeit ohne all sein Verdienst und Würdigkeit‹. Alles will er durch eigene Anstrengung erarbeiten.«[29]

Der deutsche Buddhist Schumacher bekannte sich ebenfalls zu der NS-Rassentheorie, wenn auch mit einer Differenzierung. Er sah die Rassenzugehörigkeit nämlich als ein Privileg, das aus gutem Karma entstanden sei, und nicht als das Ergebnis arischer Gene. Häuft ein Arier in seinem Leben schlechtes Karma an, dann kann es ihm passieren, als Angehöriger einer Unterrasse wiedergeboren zu werden: »Die Rasse und das Blut ist eine Veranlagung, die erst dann recht eingeschätzt wird, wenn sie als Verantwortung aufgefasst und ausgebaut wird. Wiedergeburt in einer hohen Rassengemeinschaft birgt dann die Verpflichtung in sich, ein besonders gutes und sauberes Leben zu führen, damit die erreichte Höhe nicht wieder verloren geht. Dass einer heute hoch geboren ist, in guter Rasse, beweist nichts für seine Zukunft, sondern nur, dass er in früheren Leben solche Verdienste angehäuft hat und so rein gelebt hat, dass er hier wiedergeboren werden konnte.«[30] Der Buddhismus wende sich somit gegen eine rein biologische »Rassenvergöttlichung«, sehe aber in der rassischen Bevorzugung des Ariers ein ›karmisches‹ Privileg. Er sei die arische Religion schlechthin, denn im Gegensatz zum Christentum – so Schumacher – ist der Buddhismus kein Glaubenssystem, dass sich »einheitlich für nordische Menschen, Levantiner, Nigger, Chinesen und Eskimos« eignet. Schumacher zitiert hier zustimmend Alfred Rosenberg.[31]

Der Zeitschriftenartikel »Arische Religion« wurde »als das beste und billigste Werbemittel für den Buddhismus« gesondert gebunden und en gros als Sonderdruck angeboten, 100 Stück zu 4,00 RM und portofrei.[32] Ihm folgt noch ein kleines Statement mit dem Titel »Der deutsche Kanzler im Lichte des Buddhismus«, in dem Hitlers Tierliebe und sein Vegetarismus hervorgehoben werden: »Es dürfte von Interesse sein«, heißt es dort, »[Hitlers] Persönlichkeit unter kulturellen und rein menschlichen Gesichtspunkten zu betrachten, weil dann der gewaltige Abstand des deutschen Volkskanzlers von allen früheren ›Führern‹ besonders stark hervortritt. Von Wilhelm II., dem großen Jäger, kündet ein unscheinbarer und doch viel sagender Stein: ›Hier erledigte Seine Majestät der Kaiser seine 50.000. Kreatur.‹ […] Adolf Hitler [dagegen] ist Vegetarier und ausgesprochener Tierfreund. […] Tatsächlich sind auch bereits im Mai 1933 Tierschutzgesetze erlassen worden. Gewiss sind das kleine Züge im Charakterbild eines großen Mannes, aber für den Nachdenklichen sprechen sie mehr als dicke Bücher. Denn es ist sehr wichtig, dass ›die Ersten des Staates auch die ersten Menschen sind‹.«[33]

Im selben Jahr organisierte Schumacher den »Ersten Buddhistischen Kongress in Berlin«, an dem ca. 40 bis 50 Personen teilnahmen. 1937 geriet er für kurze Zeit mit dem Regime in Konflikt, weil er eine in Singapur erscheinende Zeitschrift mit dem Namen *Peace* herausgab. Er durfte aber weiter publizieren. Ab 1940 begann er Tibetisch zu lernen und wandte sich dem lamaistischen Buddhismus zu. Von 1943 bis 1945 gab er die Schriftenreihe *Religionsgeschichtliche Studien* heraus, die ganz auf die Kriegermentalität der Zeit ausgerichtet sind. Dort erschienen Artikel wie »Die Tugenden des geistigen Kämpfers« (1943), »Der Charakter des geistigen Kämpfers« (1944) und »Die gewaltige Predigt vom mythischen Weltenherrscher« (1944). Letztere ist eine Buddha-Rede aus dem Pâlikanon (*Cakkavatti-Sihanada-Suttanta*), in der gefordert wird, ein Weltherrscher müsse sein Reich auf Recht und

Moral gründen. Er soll Mensch und Tier schützen. Diese buddhistische Idee vom machtvollen »Chakravartin« war von Schumacher sicher nicht als Kritik an der deutschen Diktatur gedacht, sondern eher als eine buddhistische Bestätigung des Führerprinzips.

Martin Steinke – Buddhistische Erkenntnisvollkommenheit und Nationalsozialismus

Der deutsche Bankier Martin Steinke (1882–1966) gründete 1922 in Berlin eine »Gemeinde um Buddha«.[34] Am 1. November 1933 erhielt er bei Nanking/China die Ordensweihe in einem Mahayana-Kloster. Dabei wurden ihm auf dem Schädel 12 Kerzen – die zwölf Ursachen der Verhaftung (*nidana*) symbolisierend – abgebrannt. Fortan führte er den Doppelnamen Steinke – Tao Chün (»Steiler Weg«). 1934 war er Präsident des buddhistischen Weltkongresses. Während der Nazizeit hielt Tao Chün am Potsdamer Platz in Berlin spektakuläre Vorträge, bei denen er sein Publikum beschimpfte. »Hören Sie auf zu atmen!«, fuhr er seine Zuhörer an und ging dann schreiend auf einen zu: »Sie atmen ja immer noch! Sie haben Angst, zu sterben, deswegen atmen Sie!« – so sind diese öffentlichen Auftritte dem deutschen Buddhisten Helmut Klar im Gedächtnis geblieben.[35] Im Sommer 1935 veranstaltete Tao Chün in der Mark Brandenburg drei Monate lang ein buddhistisches Ferienlager. Die Stimmung war »männerbündisch« im Geiste der Zeit. So antwortete ein Teilnehmer auf die Frage, weshalb er an der Veranstaltung partizipiere: »Weil ich im ersten B[uddhistischen] F[erien] L[ager] einen Kreis von ernsthaften und unermüdlich kämpfenden [!] Buddhisten vorfinde, die unter Leitung eines zielbewussten und erfahrenen Lehrers in straffer Zucht um die eigene Befreiung kämpfen.«[36]

Vergebens versuchte Tao Chün die staatliche Anerkennung für die »Gemeinde um Buddha« als Kirche zu erlangen. Mit seinen Gesuchen an den Reichsminister für kirchliche Angelegenheiten bewirkte er das pure Gegenteil, da man ihm nicht abnehmen wollte, dass er eine ordnungsgemäße Ordination als *Bhikku* (buddhistischer Mönch) erhalten habe. Doch konnte er – gemäß Protokoll vom 9. Dezember 1936 – zwei Bescheinigungen der chinesischen Gesandtschaft vorlegen, die ihn als buddhistischen Lehrer auswiesen. Tao Chün ging aber noch einen Schritt weiter, denn er behauptete, niemand anderes außer ihm sei legitimiert, den Buddhismus in Deutschland zu lehren, da er der *einzige* ordinierte Mönch sei.[37]

Unermüdlich biederte er sich dem Regime an. In einer Schrift mit dem Titel *Erkenntnisvollkommenheit* stellte er die Behauptung auf, dass die »Vollkommenheit der Erkenntnis«, die der Buddhist erstrebt, das Gleiche sei wie die »Totalität« der Nationalsozialisten.[38] Dem Reichsminister für kirchliche Angelegenheiten, Dr. Lammers, schrieb er: »Die Wirklichkeit lehrt, dass Partei und Staatsleitung des Dritten Reichs mit starkem Einfühlungsvermögen den Forderungen des Lebens gerecht werden.«[39]

Der Höhepunkt seiner Anbiederungsversuche dürfte jedoch ein Brief sein, den er am 10. Juli 1938 an Hitler persönlich richtete: »Herr Führer und Reichskanzler!«, heißt es dort. »Im Vertrauen auf Ihr Gerechtigkeitsgefühl, auf Ihren Scharfsinn für die Zusammenhänge der Dinge des Lebens, auf Ihre Einsicht in das, was für jeden einzelnen Menschen das Ziel des Daseins ist, und im Hinblick auf das umfassende Verständnis Ihrer Mitarbeiter, wende ich mich an Sie.« Darauf folgt eine Danksagung im Namen der »Buddhistischen Arbeitsgemeinschaft« und der »Buddhistischen Gemeinde e. V.«. Gedankt wird dem »Führer« für Folgendes: »Sie haben es uns ermöglicht, im Sinne der allumfassenden Lehre des Buddha zum Wohle des deutschen Volkes zu wirken, und haben dadurch zunehmende Sympathie in der mehr als 500 Millionen zählenden buddhistischen Welt gewonnen. Meine Aufgabe ist es, das große, tiefe, alt-arische Weistum, das uns in der Lehre überliefert ist, den Menschen darzulegen und Missdeutung zu verhindern.« Es sei die Pflicht der Buddhisten »niedrige, gemeine, entwürdigende, entnervende, zersetzende Einflüsse und Mächte« zu überwinden. »Ihr Lebenswerk, Herr Führer und Reichskanzler, beweist, dass Sie die Wichtigkeit solcher Arbeit zu werten wissen.« Tao Chün bittet am Ende seines Briefes um eine monatliche Beihilfe, unter anderem damit er sich in der kalten Jahreszeit eine Heizung leisten kann. Der Brief ist unterschrieben: »Ihnen Herr Führer und Reichskanzler, Heil und Segen!«[40] 1941 wurde Tao Chün kurz von der Gestapo verhaftet und dann wieder freigelassen, aber nicht wegen seines buddhistischen Glaubens, sondern wegen illegaler Geldsammlungen.

Ignatz Trebitsch-Lincoln – »Eine indo-arische Zivilisation«

Ignatz Trebitsch-Lincoln (1879–1943) war kein deutscher Buddhist, aber seine enge Verflechtung mit der Geschichte Deutschlands, seine ständige Korrespondenz mit bedeutenden Repräsentanten der deutschen Buddhismusszene[41] und seine Zusammenarbeit mit dem deutschen Geheimdienst erlauben es, ihn diesem Milieu zuzurechnen. Da sich um seine Person zahlreiche okkulte Spekulationen, die er selber genährt hat, ranken und da er ein wildes und abenteuerliches Leben führte, gilt er heute unter Neobuddhisten als »unseriös«. Dieser Meinung waren aber weder seine buddhistischen Briefpartner im NS-Deutschland noch die ehrwürdige buddhistische Schule, in die er in China initiiert wurde. Die Chinesen sprachen von ihm »mit Rührung und Anerkennung«.[42] Chao Kung (Trebitsch-Lincoln) muss deswegen als eine durchaus »ernst« zu nehmende Persönlichkeit des westlichen Buddhismus angesehen werden.

1879 als Sohn orthodox jüdischer Eltern in Budapest geboren, heiratete er sehr jung ein Mädchen aus »guter« Familie und entschied sich Christ zu werden. Seit 1897 war er als Missionar tätig, um Juden zum Christentum zu bekehren. Zuerst ging er nach Kanada und später nach Großbritannien. Dort gelang es ihm 1910, als Abgeordneter der Liberalen ins Unterhaus gewählt zu werden. Während des Krieges war er als deutscher Agent tätig. 1919 sah man ihn in Berlin. Von der deutschen Hauptstadt aus bereitete er zusammen mit General Erich Ludendorff und dem

Oberst Max Bauer den Kapp-Putsch vor. Als Pressebeauftragter von Wolfgang Kapp traf Trebitsch-Lincoln auch mit Adolf Hitler zusammen. Im Korrespondenz-Verzeichnis des Foreign Office ist unter dem Eintragungsdatum »1923« zu lesen: »Lincoln, Trebitsch (alias Patrick Keelan). Aktivität im Zusammenhang mit chinesischer Abordnung bei General Ludendorff hinsichtlich chinesisch deutscher Beziehungen.«[43] Unruhig wanderte er – von den verschiedenen Geheimdiensten beobachtet – von Land zu Land und schloss sich der »Weißen Internationale« an, eine reaktionäre Gegenbewegung zur kommunistischen »Roten Internationale«. In China machte er sich als Berater verschiedener Warlords verdient. 1925 ging er nach Colombo (Ceylon) und studierte dort an der buddhistischen Vidyalankara-Klosterschule. Am 27. Oktober desselben Jahres hatte er im Astor-House-Hotel in Tientsin (China) ein prägendes »Erleuchtungserlebnis«. Er entschied sich danach für den »großen Verzicht« und trat nach eigenen Worten »aus dem lunatischen Asyl dieser Welt« heraus.[44] Das heißt, er betrachtete das Leben von nun an als puren Schein und beschloss buddhistischer Mönch zu werden. China sollte ihm bis zu seinem Lebensende eine Heimat werden. 1931 erschien – in deutscher Sprache – seine Autobiografie unter dem bombastischen Titel *Der größte Abenteurer des XX. Jahrhunderts – Die Wahrheit über mein Leben.*

Mit 52 Jahren wurde Trebitsch-Lincoln nahe Nanking im Kloster Pao-hua Shan zum buddhistischen Mönch ordiniert, nahm den Namen Chao Kung an und erhielt den Rang eines Bodhisattva. Ebenso wie Steinke/Tao Chün brannte man ihm während der Initiation 12 kleine Kerzen auf dem Kopf ab, die dort 12 kleine Narben hinterließen. »Das Abbrennen ist ein Symbol, das zeigen soll, dass wir alle Gefühle abgetötet haben«, erklärte er später dieses Ritual.[45] Es war das erste Mal, dass ein Europäer als Mönch des chinesischen Buddhismus ordiniert wurde. Nach dieser Zeremonie ging Chao Kung nach Peking und plante, in Europa ein »internationales buddhistisches Zentrum« zu gründen. 1932 gelang es ihm mit großen Schwierigkeiten ein deutsches Visum zu erhalten. In Bayern besuchte er seinen buddhistischen Kollegen Georg Grimm. Andere deutsche Buddhisten verhielten sich weniger gastfreundlich. Der NS-Buddhist Wolfgang Schumacher zum Beispiel bezeichnet Trebitsch-Lincoln als Okkultisten. »Dr. Schumacher verwehrte sich im Übrigen energisch gegen eine Verwechslung des echten Buddhismus mit dem vielfältigen okkultistischen, theosophischen und spiritistischen Bestrebungen, die sich häufig (Trebitsch-Lincoln) auch unter der Maske des Buddhismus breit machten«, heißt es in einem Protokoll des Ministeriums für kirchliche Angelegenheiten.[46] In der Berliner Philharmonie hielt Trebitsch-Lincoln einen Vortrag, der von der »Gemeinde um Buddha« (Martin Steinke) gesponsert wurde. Nach dem Besuch anderer europäischer Länder verweigerte man ihm 1933 nach Hitlers Machtübernahme jede weitere Einreise nach Deutschland und so fuhr Trebitsch-Lincoln zurück nach China (Shanghai).

Dort baute er eine eigene Sekte auf, die sich ausschließlich aus europäischen Adepten zusammensetzte und nicht mehr als 14 Mitglieder einschließlich ihm selbst aufwies. Seine 13 Anhänger beherrschte er intellektuell, psychisch und emotional wie ein asiatischer Guru. Man warf ihm sexuellen Missbrauch seiner Schülerinnen

Ignatz Trebisch-Lincoln inmitten seiner Sekte

vor. Zwei der Sektenmitglieder begingen Selbstmord, einer starb und andere vertrieb er in einem Anfall von Wut. Trebitsch-Lincoln war – so sein Biograf Bernard Wasserstein – »eine Mischung von despotischem Herrscher, populärem Propheten und gerissenem Betrüger«.[47]

Trebitsch-Lincoln verehrt im Panchen Lama seinen höchsten Meister

Die große Faszination dieses Mannes galt Tibet.[48] Immer wieder äußerte er, er werde sich dorthin in ein Kloster zurückziehen. Aber es ist sehr wahrscheinlich, dass er das Schneeland niemals betreten hat. Als vergeblich erwiesen sich auch seine ständigen Versuche, zum Panchen Lama, der damals in Peking residierte, durchzudringen. Es war vor allem die britische Entourage des tibetischen Kirchenfürsten, die eine solche Begegnung verhinderte. Trebitsch-Lincoln behauptete dennoch, dass »Seine Heiligkeit, die höchste spirituelle Autorität in der buddhistischen Welt«, ihn aufgefordert habe, in Kooperation mit ihm das Dharma im Westen zu verbreiten.[49] Die *New York Times* nahm diese Aussage immerhin so ernst, dass sie ihn als den »Führer des westlichen Buddhismus« vorstellte.

Auch sein Biograf Bernard Wasserstein, der für seine brillant geschriebene Studie *The Secret Lives of Trebitsch Lincoln* mit dem *Golden Dagger Award for Non-fiction* ausgezeichnet wurde, ist der Meinung, dass die Person des Panchen Lama auf die Imagination Trebitsch-Lincolns einen enormen suggestiven Einfluss ausgeübt habe. Dessen »mystisch-tantrische Lehren und dessen Fähigkeit, paranormale Kräfte auszuüben«, ließ den Bewunderer glauben, »dass auch er solche übernatürlichen Fähigkeiten besitze. Er fand im tibetischen Buddhismus Zugang zu esoterischen Wahrheiten, die ihn mit der Macht ausstatteten, die Menschheit zu retten. [...] Aus dieser Quelle schöpfte er, was er am meisten benötigte, und bestärkte dadurch seinen fundamentalen messianischen Drang.«[50]

Nachdem der Panchen Lama 1937 gestorben war, telegrafierte der britische Generalkonsul in Chungking, W. Stark Toller, an seine Botschaft, dass sich Trebitsch-Lincoln auf dem Wege nach Tibet befände und »durch eine außergewöhnliche Metempsychose vorgäbe, sowohl die Inkarnation des Dalai Lama wie die des Tashi [Panchen] Lama zu sein.«[51] Das Indian Office, das sich um alle politischen Fragen, Tibet betreffend, kümmerte und wo das besagte Schreiben anschließend hingeschickt worden war, machte sich darüber lustig und kommentierte: »Es dürfte sich eher um ein theosophisches Problem – drei Seelen, welche dieselbe Behausung besetzt halten – handeln. Vielleicht wurde der ursprüngliche T. Lincoln durch die neuen Besetzer [Dalai Lama und Panchen Lama] ausgebootet.«[52]

Am 8. Januar 1934 adressierte der buddhistische Jude einen Brief an den Deutschen Kanzler Adolf Hitler. Zu Anfang des Schreibens bekennt er, dass der nationalsozialistische »Führer« von ihm zu Beginn gar nicht so »hoch« eingeschätzt worden sei. Aber jetzt müsse er seine Meinung ändern. Die griechisch-römische Zivilisation gehe dem Abgrund entgegen. An ihrer Stelle werde eine »Indo-Arische Zivilisation, deren Grundlagen die universellen Lehren der buddhistischen Doktrin« ausmachen, treten.[53] Der Brief beinhaltet weiterhin die Bitte um ein Visum. Seine erste Begegnung mit Hitler während des Kapp-Putsches ist nicht erwähnt. Es ist auch kaum anzunehmen, dass Hitler den Brief jemals zur Kenntnis nahm. Trebitsch-Lincoln hatte erneut kein großes Glück und wartete vergebens auf sein Visum. Schlimmer noch, sein deutscher, buddhistischen Briefpartner Walter Persian wandte sich von ihm ab, ebenso wie sein Schüler Martin Steinke.

Weder sein Erleuchtungserlebnis noch seine Ordination als Mönch konnten Chao Kung alias Trebitsch-Lincoln zur Ruhe bringen. Ständig schwankte er hin und her zwischen »morbider Melancholie und mystischer Ekstase«.[54] Apokalyptische Visionen und Prophezeiungen, in denen er den Zweiten Weltkrieg voraussagte, quälten ihn: »In dieser generellen Verwirrung und Degeneration hat das Böse vollständig Besitz von der Welt ergriffen. Die Regierungen haben alle moralischen Überlegungen verloren (wenn sie überhaupt jemals welche hatten) und folgen freiwillig den verderblichen Wegen der Lüge, der Ungerechtigkeit und des Hasses.«[55] Die ständigen Zurückweisungen, die er an den Grenzen westlicher Länder erfahren musste, führte zu einer Paranoia, die er durch megalomanische Selbsteinschätzungen kompensierte, indem er sich als der spirituelle Repräsentant des chinesischen

Volkes imaginierte und vorgab, dass »Millionen von asiatischen Buddhisten« auf seinen Befehl gehorchten.[56]

Kurz vor Weihnachten 1939 rief Chao Kung zum Weltfrieden auf. In seinem Appell forderte er von England, Frankreich, Deutschland und Russland, ihre Regierungen auszuwechseln und eine globale Friedenskonferenz einzuberufen. Sollten sich die Angesprochenen weigern, dann würden die Konsequenzen verheerend sein: »In diesem Fall werden die ›Tibetisch-Buddhistischen Höchsten Meister‹ ohne Vorurteil, ohne vorherige Angaben oder Präferenzen Kräfte und Mächte entfesseln, deren pure Existenz unbekannt ist und gegen deren Operationen Sie völlig hilflos sind.« Während die Regierungschefs nur sterbliche Wesen seien, würden die lamaistischen Gurus »durch ihre unbegrenzte und ungehemmte Kenntnis der Naturgeheimnisse und durch ihre Fähigkeit, bestimmte Kräfte zu benutzen, diese Grenzen durchbrechen«.[57] Am 1. Januar 1940 gab Chao Kung bekannt, er wolle in den nächsten Tagen nach Washington reisen, um mit Präsident Roosevelt zu sprechen. Aber auch diesmal verwehrte man ihm das Visum.

Kontakte zur Gestapo und Spion der deutschen Abwehr

1940 kehrte Trebitsch-Lincoln zu seiner alten Profession zurück. Er betätigte sich wiederum als Spion und Hintertreppenpolitiker, und zwar erneut für die Deutschen. Dabei wollte er in der *Nazi-Tibet-Connection* seine Rolle spielen. Während Heinrich Himmler mit Ernst Schäfer im SS-Ahnenerbe darüber diskutierte, einen SS-Stoßtrupp von 30 Mann in den Himalaja zu schicken, um »die tibetische Armee gegen die britisch-indischen Truppen auf[zu]wiegeln«[58], schlug Trebitsch-Lincoln eine Infiltration von Osten vor. Im Februar 1941 schickte die deutsche Abwehr in Shanghai ein codiertes Telegramm nach Berlin, in dem der Abt Chao Kung, alias Trebitsch-Lincoln, als Mitglied des großen Rates der Gelbmützen-Sekte, die einen beträchtlichen politischen Einfluss in Tibet und Indien habe, vorgestellt wurde. Chao Kung schlage vor – so der Telegrammtext –, vom spirituellen Zentrum des Buddhismus, dem tibetischen Kloster Tashi Lunpho, aus mit indischen Nationalisten eine Befreiungsbewegung zu organisieren. Tibet nehme eine militärische Schlüsselrolle ein und müsse für den deutschen Einfluss gewonnen werden. Chao Kung fordere als Begleitung einen Stabsoffizier, einen Flugzeugexperten und einen Kurier. Er wolle in Südtibet eine Radiostation errichten, die nach Indien antibritische Propaganda ausstrahlen sollte. Außer den Reisespesen und Unterhaltskosten verlange er nichts. Seine Motivation bestehe in seiner Abenteuerlust und seinem Englandhass. Über die Reiseroute – schlägt das Telegramm vor – solle man Sven Hedin konsultieren. Notwendig sei ein Passport von welcher Nationalität auch immer, doch müsse dieser auf den Namen Chao Kung lauten.[59] Eine Antwort auf dieses Schreiben ist nicht bekannt.

Mitte Mai 1941 baute Trebitsch-Lincoln in China einen Kontakt zum Polizei-Attaché der deutschen Botschaft, Joseph Meisinger, auf. Meisinger unterstand direkt dem Reichssicherheitshauptamt unter Heydrich, das heißt der Gestapo. In den 1930er-Jahren leitete er dort eine Sonderabteilung, die sich mit Fällen der Homosexualität und mit Abtreibungsthemen beschäftigte. Nach der Polen-Invasion durch die Deutschen war er in Warschau tätig und soll dort die Exekution von 16.000 Juden veranlasst haben, was ihm den Namen »Metzger von Warschau« einbrachte. Der gebürtige Jude Chao Kung erzählte dem Gestapo-Mann, dass die »Weisen aus Tibet«, die eine geheime Weltregierung bildeten, beschlossen hätten, es wäre für Hitler an der Zeit, Frieden zu schließen. Sie hätten ihn, Trebitsch, auserwählt, direkt mit dem Diktator zu verhandeln. Wenn er die Gelegenheit erhalte, mit diesem unter vier Augen zu sprechen, dann würden drei der weisen Tibeter aus der Mauer hervortreten. Dies wäre der beste Beweis für ihre übernatürlichen Fähigkeiten.[60]

So phantastisch so etwas auch klingen mag, Trebitsch-Lincoln hatte offenbar die – wenn auch zeitlich begrenzte – Fähigkeit, seine Gesprächspartner zu überzeugen. Am 15. Mai 1941 schickte der deutsche Generalkonsul von Shanghai, Martin Fischer, eine Botschaft nach Berlin, in der er den großen Einfluss des Chao Kung in buddhistischen Zirkeln und dessen persönliche Qualifikationen herausstellte. Doch bald darauf korrigierte Fischer sein Schreiben, nannte jetzt Trebitsch-Lincoln einen Abenteurer und strich diesmal – umgekehrt – dessen Bedeutungslosigkeit heraus. Der buddhistische »Abt« geriet nun zwischen die Fronten zweier konkurrierender Büros – das Außenministerium (Fischer) und die Gestapo (Meisinger). Am Ende war es Heydrich persönlich, der unter die Angelegenheit einen Schlussstrich setzte, indem er Meisinger verbot, weiterhin mit dem »Juden« Trebitsch-Lincoln zu verhandeln.[61]

Damit war Chao Kungs Tätigkeit als Spion der Deutschen jedoch noch nicht zu Ende. Er arbeitete jetzt für ein drittes »Büro«, die deutsche Abwehr, unter Canaris und für den japanischen Geheimdienst. Genaueres über seine »Geschäfte« in dieser Zeit ist nicht bekannt. Am 6. Oktober 1943 starb er und wurde in Shanghai begraben. In seinem Todesjahr erschien ein Zitat von ihm in der Zeitschrift *Das Reich*, in dem der buddhistische Jude Trebitsch-Lincoln alias Chao Kung erklärte: »Nicht Stalin, Hitler und Roosevelt führen den gegenwärtigen Krieg, sondern eine Handvoll Männer, die in Tibet leben oder die mindestens dort erzogen waren und jetzt in verschiedenen Teilen der Welt stationiert sind. Wir könnten den Krieg stoppen, aber wie Gott, der schlechte Dinge sich ereignen lässt, greifen wir nicht zu früh ein, aber eines Tages, wenn die Zeit reif ist, werden wir die Menschheit aus dieser Katastrophe retten.«[62]

Sein Biograf Bernard Wasserstein fasste die Vita des Abenteurers in dem Satz zusammen. »Er teilte viele der manischen Eigenschaften der großen Diktatoren seiner Zeit, vor allem die des Pseudomessias des Dritten Reiches. [Aber] der eine entflammte ein Inferno; der andere ein leeres pyrotechnisches Schauspiel.«[63]

Tai-hsü – Der Buddha als der geistige Führer des germanischen Volkes

Als der bedeutendste »Reformer« des chinesischen Buddhismus in den 1930er-Jahren gilt Tai-hsü (1890–1947), Abt des Klosters Ta-lin Szu. Der intelligente und enthusiastische Mönch vertrat zudem die Meinung, dass dem Buddhismus eine weltweite Verbreitung bevorstehe. In seiner Jugend ließ sich der Chinese von Sozialrevolutionären wie Bakunin, Proudhon, Kropotkin und Marx inspirieren. Später bereiste er als Vertreter der chinesisch-buddhistischen Assoziation Südostasien und den Westen (1928) mit dem ehrgeizigen Projekt, eine »buddhistische Weltbewegung« aus der Taufe zu heben. In Peking organisierte er 1925 die World Buddhist New Youth Society, die mit einem »Weltpropagandateam« ausgestattet wurde, welche das Dharma (die buddhistische Lehre) zuerst in China, dann in Europa und dann in Amerika verbreiten sollte. Eines seiner Spezialgebiete war die Verbindung von Buddhismus und moderner Wissenschaft. Seine unermüdliche Aktivität brachte ihm im Westen den Namen »der Höchste Abt Tsai-hsü, der buddhistische Papst von China« ein.[64]

Am 11. August 1937 schrieb Tai-hsü einen Brief »an den Führer des Deutschen Volkes, Herrn Adolf Hitler!« Darin heißt es: »Die wissenschaftliche Zivilisation unserer Zeit ist getragen von der arischen Rasse, die religiöse Kultur der Vergangenheit aber hat ihren Höhepunkt im Buddhismus, dessen Stifter, der Buddha Shakyamuni, ebenfalls arischer Herkunft ist.« Da sich der Buddhismus mit der modernen Naturwissenschaft in Einklang bringen lasse, sei er berufen »die Religion der Völker Europas und Amerikas zu werden.« Die Völker Indiens und Chinas besäßen zwar schon die buddhistischen Tugenden »Mitleid« und »Einordnung in die soziale Rangordnung«, so der chinesische Abt, aber der volle Segen des Buddhismus könne sich bei ihnen noch nicht zeigen, da ihnen das »Wirken für Besserung« und der »Mut, Widerstände zu brechen« fehle. »Ich meine«, führt Tai-hsü in seinem Hitlerbrief fort, »dass das germanische Volk, das jetzt unter seinem Führer geeint ist, in ganz wunderbarer Weise drei Eigenschaften entwickelt hat: Wissen, Einordnung und Mut. So kann die buddhistische Religion, in der diese drei Eigenschaften Grundtugenden sind, die Religion des germanischen Volkes sein. Und nur des alten arischen Stammes vortrefflichster Spross, Shakyamuni, der Heilige, kann der religiöse Führer sein für das germanische Volk, den vortrefflichsten Spross alten arischen Stammes. – Wenn der Führer die buddhistische Religion studieren will, die für das heutige Europa und Amerika und das germanische Volk so bedeutungsvoll werden kann, so bitte ich, mir zu schreiben, und ich will gerne antworten, so viel ich weiß. Ich wünsche Ihrer Regierung furchtlose Festigkeit.«[65] Unterschrieben ist der Brief mit »Das Oberhaupt der Buddhisten in China«, Tai-hsü.

Dieser Brief an Hitler ist in dreifacher Hinsicht spektakulär: einmal weil die Deutschen als das auserwählte Volk des Buddha angesehen werden, dann weil der Abt sich dem deutschen Diktator als buddhistischer Lehrer anbietet, und drittens weil er behauptet, das Oberhaupt der Buddhisten Chinas zu sein. Das Ministerium für kirchliche Angelegenheiten, welches sich mit dem Fall beschäftigte, war verunsichert und schaltete den Missionsdirektor, Pfarrer Devarenne, von der Ostasienmission ein, um die Identität und Bedeutung des Abtes zu prüfen. In der Tat bestätigte Devarenne, dass Tai-hsü mit einigem Recht als das »Oberhaupt des Buddhismus in China angesehen werden könne«. Er unterstütze einen Reformkurs und sei deswegen mit Luther zu vergleichen. Zudem sei er ein guter Freund Deutschlands, das er in den Jahren 1924 und 1926 besucht habe. »Mithin kann Abt Tai-hsü als eine Persönlichkeit angesehen werden, der gegenüber die Beantwortung seines an den Führer und Reichskanzler gerichteten Schreibens vom 11. August 1937 nicht unangebracht erscheint.«[66]

Nachdem man sich dann auch noch im Auswärtigen Amt vergewissert hatte, dass das Kloster Ta-lin Szu »von alters her als hochberühmt bekannt« ist und dessen Abt »in der buddhistischen Welt Chinas eine geistig führende Rolle spielt«,[67] wurde das Schreiben an den Adressaten weitergeleitet. Ein Antwortbrief seitens Hitlers ist nicht bekannt.

Die Aufarbeitung der NS-Vergangenheit durch die deutschen Nachkriegsbuddhisten

Insgesamt spielten die praktizierenden deutschen Buddhisten unter dem Nationalsozialismus eine geringe Rolle und verhielten sich – mit wenigen Ausnahmen – regimegetreu und opportunistisch. Volker Zotz kommt deswegen in seinem Buch über die Geschichte des deutschen Buddhismus zu dem Schluss: »Derartigen Fällen buddhistisch Interessierter oder Bekennender mit positivem Verhältnis zum Nationalsozialismus und Mitgliedschaft in der Partei stehen aus der buddhistischen Bewegung in Deutschland wenig exponierte NS-Gegner oder keine bekannten Widerstandskämpfer gegenüber. Zöge man eine Trennungslinie zwischen Nazis, ihren Sympathisanten und Duldern einerseits und Menschen im aktiven Widerstand anderseits, scheint die Mehrzahl deutscher Buddhisten zur ersten Gruppe gehört zu haben.«[68] Zotz stellt auch die wichtigsten Elemente heraus, welche den deutschen Buddhismus mit der NS-Ideologie verbanden:

der »rassistische Grundkonsensus«;
die »gemeinsame Tradition Schopenhauers und Wagners«, die sich beide als Buddhisten bezeichneten;
die »positive Haltung zum völkischen Staat«;
die »ideologische Wertung des Buddha zum Tatmenschen«.[69]

Der Totalitätsanspruch des Nationalsozialismus verbot es *per definitionem,* andere weltanschauliche und religiöse Gruppierungen neben sich zu dulden. Deswegen

19 OKT. 1937 00098

廬山大林寺

Abt T'ai-Hsü in Kloster Ta-lin Szu

Kuling via Kiu-kiang (Kiangsi)

China.

Kuling, d.11. August 1937.

Reichsminister Kerrl Berlin
Hauptbüro
Eing.: 21. OKT. 1937

An den Führer des deutschen Volkes,

Herrn Adolf Hitler.

Die wissenschaftliche Civilisation unserer Zeit ist getragen von der arischen Rasse, die religiöse Kultur der Vergangenheit aber hat ihren Höhepunkt im Buddhismus, dessen Stifter, der Buddha Schakyemuni, ebenfalls arischer Herkunft war.

Die Menschen in Europa und Amerika sind heute nicht glücklich, offenbar weil ihr Leben allein durch Wissenschaft geordnet ist, und diese auf Fragen religiösen Inhalts ihnen keine Antwort gibt. Sie bedürfen der Religion. Nun stehen die meisten Religionen im Widerspruch zur Naturwissenschaft, nur der Buddhismus hat deren Erkenntnisse voll in sich aufgenommen, ja geht darüber hinaus. Daher ist er berufen die Religion der Völker Europas und Amerikas zu werden.

Der Buddhismus hat als grundlegende Wahrheit erkannt, dass es vier Haupttugenden gibt, die der Mensch haben muss, um vollkommen zu sein: Mitleid (mit der Not des Nächsten), Einordnung (in die sociale Rangordnung), Wirken (für Besserung) und Mut (Widerstände zu brechen). Die Völker in Indien und China besitzen zwar die ersten beiden dieser Tugenden, die letzteren beiden aber nicht in genügendem Masse, daher ist ihre Persönlichkeit nicht vollkommen, und der volle Segen des Buddhismus kann sich bei ihnen noch nicht zeigen.

Inder

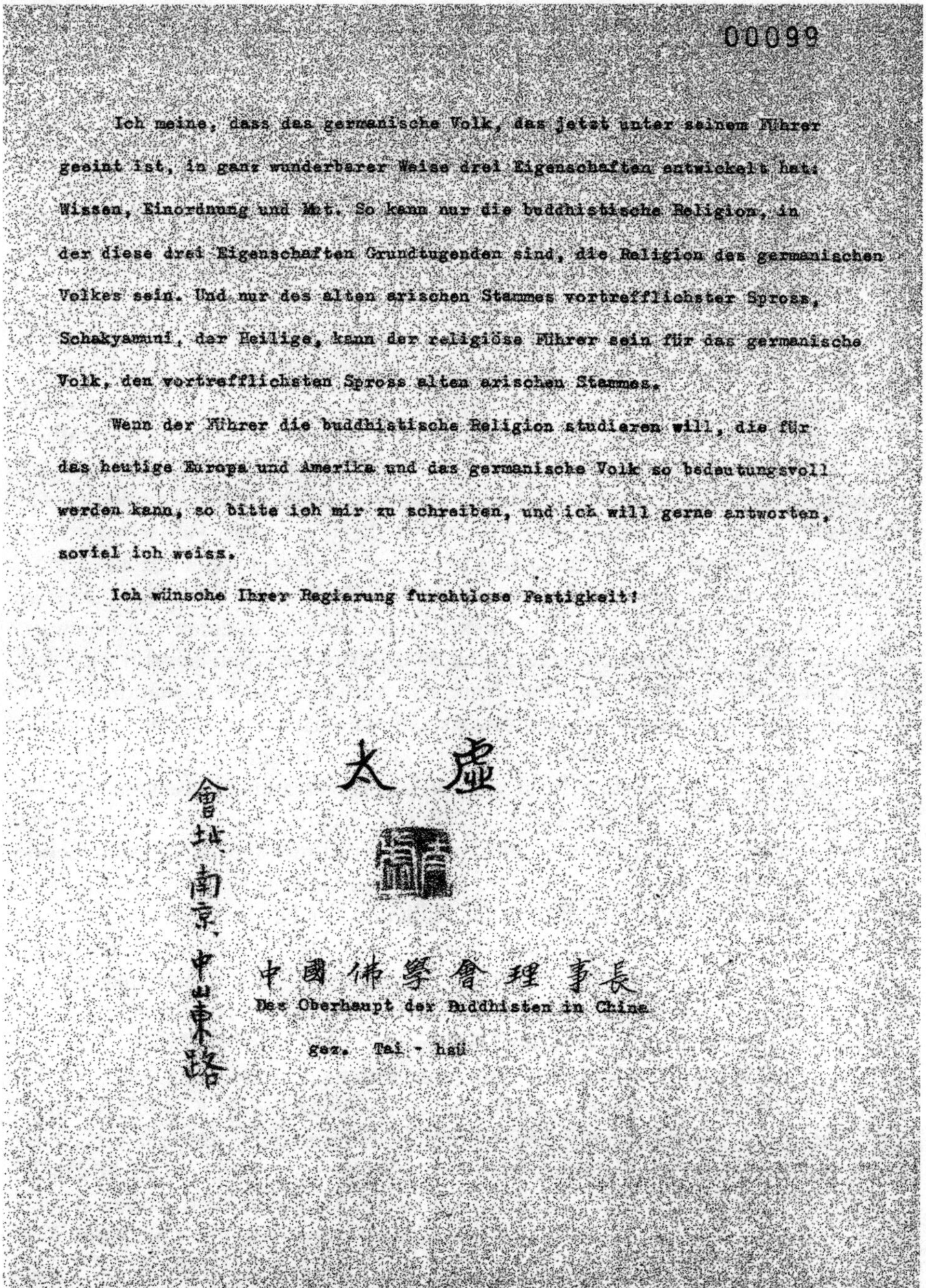

00099

Ich meine, dass das germanische Volk, das jetzt unter seinem Führer geeint ist, in ganz wunderbarer Weise drei Eigenschaften entwickelt hat: Wissen, Einordnung und Mut. So kann nur die buddhistische Religion, in der diese drei Eigenschaften Grundtugenden sind, die Religion des germanischen Volkes sein. Und nur des alten arischen Stammes vortrefflichster Spross, Schakyamuni, der Heilige, kann der religiöse Führer sein für das germanische Volk, den vortrefflichsten Spross alten arischen Stammes.

Wenn der Führer die buddhistische Religion studieren will, die für das heutige Europa und Amerika und das germanische Volk so bedeutungsvoll werden kann, so bitte ich mir zu schreiben, und ich will gerne antworten, soviel ich weiss.

Ich wünsche Ihrer Regierung furchtlose Festigkeit!

太虛

會址南京中山東路

中國佛學會理事長

Das Oberhaupt der Buddhisten in China

gez. Tai - hsü

Brief von Tai-hsü, Abt des Klosters Ta-lin Szu und Oberhaupt der Buddhisten in China, an Adolf Hitler vom August 1937 gingen die Partei und die SS mit aller Schärfe gegen solche Organisationen vor. Dabei wurden keineswegs diejenigen Gruppierungen verschont, die bei der Genesis der NS-Ideologie als Steigbügelhalter bzw. ihrem eigenen Verständnis nach als »Königsmacher« Hitlers tätig waren (Ariosophen, das Haus Ludendorff, Jakob Wilhelm Hauers »Deutsche Glaubensbewegung«, Theosophen, Anthroposophen). Weitgehend verschont jedoch blieben die Buddhisten. Nicht ihr Konformismus und Opportunismus können die Ursachen hierfür gewesen sein, denn alle die oben genannten religiösen und esoterischen Organisationen verhielten sich ebenfalls opportunistisch und regimegetreu, sondern die Buddhisten müssen schlichtweg Sympathisanten in der Partei, der Staatspolizei und der SS gehabt haben, welche sie duldeten. Aufgrund ihrer Faszination von der als »arisch« eingestuften Buddhalehre hatten Heinrich Himmler und Walther Wüst keinerlei politische und ideologische Veranlassung, gegen Buddhisten als Regimegegner vorzugehen. Magda Goebbels, die sich sehr vom Buddhismus angezogen fühlte, pflegte zu deutsch-buddhistischen Kreisen Kontakte und wurde von ihnen mit Literatur versorgt.[70] Aber es gab andererseits vom SS-Ahnenerbe auch kein Interesse daran, praktizierende deutsche Buddhisten an der NS-Religionsdebatte zu beteiligen und das wahrscheinlich aus zwei Gründen: Einmal verließ man sich lieber auf die Kompetenz der akademisch ausgebildeten Fachwissenschaftler, sprich der Orientalisten. Zum anderen bestand ja durchaus die artikulierte Absicht, zu »selektionieren«, d. h. einen von »semitisch und drawidischen Elementen« gereinigten Buddhismus als Baustein für eine Religionskonstruktion zu benutzen. Man legte also auf deutsche Eigenständigkeit großen Wert und war deswegen keineswegs, so wie das vom Hause Ludendorff behauptet wurde, buddhistisch unterwandert oder manipuliert.

Die delikaten ideologischen Bezüge ihrer Vorgänger zum NS-Regime sind den heutigen Neobuddhisten äußerst peinlich und so versucht man sie zu verdrängen, abzuleugnen, zu beschönigen oder zu verschweigen. Eines der wichtigsten Zeitdokumente, die Schrift *Buddhismus in der Nazizeit* von Helmut Klar, aus der eindeutig hervorgeht, dass deutsche Buddhisten die Billigung der NS-Behörden genossen, ist an keiner deutschen Universität erhältlich (im Jahre 2002). Die Deutsche Buddhistische Union (DBU) in München hat die Erinnerungen Klars zwar dankenswerter Weise publiziert, aber es dann offensichtlich mit der Angst zu tun gekriegt. Auf Anfrage der Bayerischen Staatsbibliothek, die den Titel in ihren Katalog aufnahm, hieß es, er sei »vergriffen«. Martin Baumann gesteht in seiner 440 Seiten starken Monografie *Über die Geschichte der Deutschen Buddhisten* dem Kapitel »Während der NS-Zeit« insgesamt zwei Seiten zu und behauptet dort, dass die Arbeit der Buddhaschüler von den Nationalsozialisten »erschwert« wurde. »Die Hitler-Zeit (1933–1945) und der Zweite Weltkrieg (1939–1945) fügten dem buddhistischen Leben in Deutschland schweren Schaden zu«, heißt es entsprechend bei Hans Wolfgang Schumann in *Buddhismus und Buddhismusforschung in Deutschland*.[71] Auch das ist falsch. Der buddhistische Zeitzeuge Helmut Klar widerspricht dem explizit.

Ein typisches Dokument der Verschleierung stammt von Franz-Johannes Litsch, Mitglied des DBU-Vorstandes, und ist als Kurzhistorie des engagierten Buddhismus im Internet abrufbar.[72] Die dort vorgestellten deutschen Buddhisten der Nazizeit erscheinen als unbefleckte Weise, die ohne Schaden an Leib und Seele das Regime überstanden hätten. So wird die Weigerung Anton W. F. Gueths alias Nyanatiloka, Juden, insbesondere seinen jüdischen Schüler Nyanaponika, zu ordinieren, nicht erwähnt. Ebenso wenig spricht der Autor über die Nazi-Connection Eugen Herrigels. Bei dem opportunistischen Karlfried Graf Dürckheim deutet er sogar zwischen den Zeilen an, dieser habe eine Anti-Nazi-Haltung aufgewiesen, da er Mitbegründer der in der NS-Zeit in die USA emigrierten »Gestaltpsychologie« gewesen sei.

Selbst Volker Zotz, der in seiner Geschichte der deutschen Buddhisten deren Anbiederungen an das NS-Regime offen zur Diskussion stellt, kommt an manchen Stellen ins Spekulieren, wenn er zum Beispiel davon ausgeht, dass die Nazis aus außenpolitischen Rücksichten die Buddhisten verschonten, weil sie Interessen in Japan und Indien hatten.[73] Dennoch ist er bisher der einzige Sympathisant des deutschen Nachkriegsbuddhismus, der das Thema »Nationalsozialismus und Buddhismus« in die Debatte einführte und dabei sehr überzeugende Argumente zu Sprache bringt. Wir werden darauf im zweiten Teil unseres Buches noch zu sprechen kommen.

Die drei Säulen einer »NS-Religion«: Krieg, Rasse, Führer und das sakrale Gründungsopfer

Der Suche nach den Wurzeln einer arischen »Urreligion« waren wegen des ausbrechenden Krieges Grenzen gesetzt. Ebenso blieb den Nazi-Visionären im SS-Ahnenerbe und in anderen NS-Institutionen nicht die Zeit, »fundamentale Glaubenssätze« auszuformulieren und zu kodifizieren.[1] Dennoch besteht kein Zweifel daran, dass die drei »theologischen« Säulen einer wie auch immer im einzelnen gestalteten Nazi-Religion »Krieg, Rasse, Führer« geheißen hätten. Alle drei Idole hätten sich hervorragend mithilfe östlicher Religionsvorstellungen konsekrieren lassen:

> Die Sakralisierung des Krieges und der Kriegerkaste aus der Ideologie der *Bhagavadgita* und aus verschiedenen Formen des Kriegsbuddhismus (Bushido, Zen);
> die Sakralisierung der Rasse aus dem altindischen Kastengesetz und dem Gesetzbuch des Manu;
> die Apotheose des Führers aus dem asiatischen Politkonzept des *Chakravartin* (des sakralen Weltenherrschers).

Die »Trinität« Krieg – Rasse – Führer galt schon von Beginn an als ein Kulturmuster der NS-Ideologen. Was jedoch fehlte, um aus dieser »Dreieinigkeit« eine »NS-Religion« zu machen, war ihre Verankerung in der Metaphysik. Zwar bleiben Erörterungen darüber, ob sich der Nationalsozialismus nach einem Endsieg zu einem neuen Glauben entwickelt hätte, spekulativ, aber sie folgen keineswegs der reinen Phantasie, denn ausgehend von den intellektuellen und geistigen Samen, welche im SS-Ahnenerbe gepflanzt wurden, und in Anbetracht der inhaltlichen Entwicklungen im religiösen Neofaschismus der Nachkriegszeit lässt sich deutlich ein eingrenzbares Religionsmuster erkennen.

Die Sakralisierung der Kriegerkaste

Ab initio war der Nationalsozialismus darum bemüht, die Kriegerkaste und den Krieger als Idealbild in das Zentrum seiner Weltanschauung zu stellen.[2] Der Krieg galt thematisch als das zentrale Ereignis, das auch in Friedenszeiten die NS-Gesellschaft geprägt hat und weiterhin hätte prägen sollen, denn der Krieg war für Hitler der Vater aller Dinge: »Was für das Mädchen die Begegnung mit dem Mann, das ist für ihn der Krieg«, erklärte er seiner Umgebung.[3] »Krieg ist das Natürlichste, Alltäglichste. Krieg ist immer, Krieg ist überall. Es gibt keinen Beginn, es gibt keinen Friedensschluss. Krieg ist Leben, Krieg ist jedes Ringen. Krieg ist Urzustand«, lässt Rauschning Hitler sagen[4] und Otto Rahn rühmte das Kriegerideal der provençalischen Dichter, die ausriefen: »*Guerra me plai*« (»Krieg ist meine Freude«).[5] NS-Zitate, die in diese Richtung weisen, sind Legion.

Von Anfang an gab es im Dritten Reich Versuche, einen »NS-Kriegerkult« zu kanonisieren – zum Beispiel durch die düster-martialischen Feiern, die zu Ehren der »Märtyrer der Bewegung« (die Erschossenen vom 9. November 1923) in München abgehalten wurden. Um dem Ersten Weltkrieg die »sakrale Weihe« zu verleihen, ließ der NS-Staat während der 1930er-Jahre ständig archaische Kriegerriten durchführen: Pompöse Schlachtenfeiern wurden organisiert, »Hallen ewigen Ruhmes« errichtet, pathetische Heldengedichte gedruckt, Totenwachen gehalten, Mausoleen gebaut. Fetischisierte Feldzeichen, in denen der Geist gefallener Helden fortlebte, wurden bei feierlichen Umzügen hochgehalten: »Darum ist die mit dem Blute der erschlagenen Krieger getränkte Flagge für immer der mythische Sammelpunkt der lebendigen und der toten Krieger«, schrieb O. J. Plassmann, führendes Mitglied des SS-Ahnenerbes.[6]

Der Krieg als *religiöses* Zentrum fordert auch die Sakralisierung des Kriegers. So wird die Schlacht in Kshatriya-Religionen zum »Sakrament« (zur »Feuertaufe« und zur »Bluttaufe«) und der Kampf zur »Initiation«. Todesmut, Lebensverachtung und Draufgängertum gelten in dieser Welt des vergossenen Blutes als »heilig«. Den absoluten Gehorsam, die männliche Askese und die völlige Gefühlskontrolle kombiniert mit einer klassischen Militärausbildung, erfährt ein Kshatriya als Gottesdienst.

Solche oder ähnliche Vorstellungen haben in der *Bhagavadgita* und in bestimmten Lehren des Zen-Buddhismus (*Bushido*) ein spirituelles Gewicht, eine intellektuelle Theoretisierung und eine mentale Technik wie sonst in keiner anderen Kultur erhalten. Wenn für die muslimischen *Mujaheddin* (»Gotteskrieger«) die emotionale Hingabe an Allah und die Aussicht auf paradiesische Freuden nach dem Märtyrertod eine entscheidende Rolle spielen, so geht es dagegen in den östlichen Kriegerkulturen um eine gefühlsfreie »Disziplin des Geistes«. Hier werden »Krieg« und »Erleuchtung« in einem Atemzug genannt und sogar in einen Bedingungszusammenhang gestellt. Das ist östliches Kulturerbe *sui generis* und keine willkürliche europäische Interpretation altindischer oder altjapanischer Weisheiten. »Du kannst die [*Bhagavad-*]*Gita* besser mit deinem Bizeps verstehen«, provozierte Swami Vivekananda seine Leser. »Was ich will sind Muskeln aus Eisen und Nerven aus Stahl, in denen ein Bewusstsein lebt, das aus demselben Stoff gemacht ist wie ein Donnerkeil. Stärke, Männlichkeit, *Kshatriya-virya* [Kriegertugend] und *Brahma-teja* [Priesterbewusstsein]«.[7]

Nach den Grundsätzen der *Bhagavadgita* darf der indo-arische *Kshatriya* nicht mit Hass, Zorn, Feindseligkeit und Verachtung töten, er muss sein blutiges Handwerk, wie grausam dieses auch sein mag, ruhig, unbeteiligt, gleichgültig, amoralisch, erbarmungslos, unerschütterlich und kalt durchführen. Dagegen verlief in der germanischen Frühgeschichte der Krieg emotional und unkontrolliert, er war »dionysisch«. Die Germanen gaben sich wie im Rausch ihren Kampfgefühlen hin. Ihr »Kriegsheld« war der brüllende, wilde, ekstatische Berserker, der mit Schaum vor dem Mund, gefolgt von den kreischenden Weibern des Stammes, auf das Schlachtfeld stürmte. Der Kriegertypus der SS dagegen war »apollinisch«. Wie Apollo oder wie ein japanischer Zen-Meister schießt er seine tödlichen Pfeile ab: konzentriert, cool, emotionslos, berechnend und mit innerer Distanziertheit.[8]

Die Ausübung sakraler Funktionen durch den »Krieger« bedeutet notwendigerweise die Entmachtung des »Priesters«. Deswegen war der erbitterte ideologische Kampf, den Himmler gegen die »Priesterkaste« führte, nicht nur auf das Christentum beschränkt; er bekämpfte das Priestertum als solches. Andererseits erkannte er, dass die Sakralisierung des Kriegers nur in einem »Orden« vollzogen werden konnte. Die SS wies nicht nur die administrativen, intellektuellen und ästhetischen Voraussetzungen auf, um als solch ein Kshatriya-Orden zu dienen, sondern auch die mythischen: »Freund und Feind waren sich einig«, schreibt der Historiker Heinz Höhne. »In der Waffen-SS kämpfte ein Kriegertum, das von keiner anderen Truppe erreicht oder gar übertroffen wurde.«[9] Oder um das bemerkenswerte »Hitler-Zitat« von Rauschning zu wiederholen: »Das Schwache muss weggehämmert werden. In meinen Ordensburgen wird eine Jugend als Dienst an der Gottheit heranwachsen, vor der sich die Welt erschrecken wird. Eine gewalttätige, herrische, unerschrockene, grausame Jugend will ich.«[10] Als Vorbild für die SS wurden zuweilen der Templer- und der Deutschritter-Orden genannt, nur hing diesen der semitische Geruch des Christentums an. So blickten Himmler, Wüst und Hauer nach Osten und fanden in der Kshatriya-Kulturen Indiens und in der Samurai-Kultur Japans machtvolle Symbolbilder und Verhaltenscodices, die übernommen werden konnten.[11]

Die Sakralisierung der Rasse

Neben der Errichtung einer Kriegerreligion wäre die absolute Vorherrschaft und die »Heiligung« der arischen Rasse die zweite Säule des »NS-Glaubens« geworden. Eine solche Vision lässt sich schon bis in die Zeit vor dem Ersten Weltkrieg zurückverfolgen. In den Schriften des Ariosophen Lanz von Liebenfels, die Hitler ideologisch beeinflusst haben sollen,[12] waren die Sakralisierung des Ariers und eine Orientierung an dem indischen Kastensystem schon vorprogrammiert. Alles, was später von NS-Ideologen hierzu gesagt wurde, sind nur Variationen der Liebenfels'schen Visionen.

Der Ariosoph nennt als direkte Bezugsperson für seinen Rassenwahn den mythischen Gesetzgeber Manu, der die legislatorischen Grundlagen der indischen Kastengesellschaft festlegte. So berichten die Nummern 22 und 23 der von ihm herausgegebenen *Ostara-Hefte* 1908 ausführlich über »das Gesetzbuch des Manu und die Rassenpflege bei den alten Indo-Ariern«. Ursprung alles Rechts – interpretierte Liebenfels das indische Werk – sei die asische [arische] Rasse und habe als Ziel die eigene »Erhaltung und Stärkung« gehabt.[13]

Weil der hinduistische Gott Indra dem Arya (dem ersten arischen Menschen) die Erde gab – so Liebenfels –, hat auch der erste asische (arische) Mensch die natürliche Rechtsautorität. Er allein kann das Richteramt ausüben, da nur er die Taten eines Asing [Ariers] richtig beurteilen kann. Auch bei Klägern, Zeugen und Angeklagten muss die Rassenzugehörigkeit in Betracht gezogen werden. Die Aussagen hochrassiger Arier habe hohen, diejenige Minderrassiger fast gar keinen Wert. Selbst wenn sich ein Hochrassiger verschulde, habe er einen »Anspruch auf mildere Behandlung«. Für die Niederrassigen habe das Justizsystem des Manu zwei Strafmaßnahmen vorgesehen: »Versklavung und Entmannung«. Wenn man unarische Verbrecher kastriere, könnten diese in ein oder zwei Generationen ausgerottet sein und dadurch würde die »ganze Rechtspflege vereinfacht und verbilligt«. Unter dem Eindruck von Manus Gesetzeswerk prophezeit Liebenfels schon vor dem Ersten Weltkrieg: »Es wird der Tag kommen, […] da man die Mischlingsbrut [die Juden] vom Erdboden [wird] hinwegtilgen müssen.« Der Asing werde »aus dem Hundeleben der Lohnarbeit« befreit werden und den »Affenmenschen wieder verknechten«. Dem werde es gut gehen, denn »der höhere Mensch ist ein tierfreundlicher Mensch«. Auch stammt der für die Rassenphilosophie des Lanz von Liebenfels zentrale Begriff der »Tschandalen« aus Indien und bezeichnet dort die Angehörigen der Mischrassen (*Candala*). »Der Candala hat nur insofern das Recht zum Leben, als er dem Arya ein williger Diener zu sein verspricht.«[14] Wirtschaftlich effektiver und ethisch wertvoller sei jedoch eine »Versklavung der Rassenminderwertigen«.[15] Noch tiefer als die »Tschandalen« stehen auf der untersten Stufe der Rassenhierarchie die »Shudra« (Cudras), mit denen sich ein Asing auf gar keinen Fall vermischen darf: »Denn wer auf diese unrechtmäßige Weise das Nass der Lippen einer Cudra [Shudra] trinkt, wer durch diesen Odem sich befleckt, wer gar ein Kind mit ihr zeugt, dessen Verbrechen erklären die Gesetze für unsühnbar.«[16] Die Rassenschande mit einer Shudra-Angehörigen zählt zu den schwersten Delikten im Gesetzbuch des Manu.

Liebenfels' Deutung von Manus Kastengesetzen ist durchaus keine westliche »Vergewaltigung« des indischen Originals. Ständig zum Ausdruck gebrachte Menschenverachtung, systematische Erniedrigung der Unterklassen, Ausschluss der Shudras von allen gesellschaftlich relevanten Entscheidungen, totale Kontrolle der Frau und ihre andauernde Degradierung – all das sind kodifizierte Inhalte dieses Gesetzbuches gegen die Menschenwürde.[17]

Heinrich Himmler, Alfred Rosenberg, Walther Wüst, Jakob Wilhelm Hauer, Hans Friedrich Karl Günther – sie alle haben die Inder für ihre repressive Sozialordnung gelobt und bewundert. Auch Julius Evola war ein absoluter Verfechter der traditionellen Kastenidee und sah darin ein adäquates Modell für seine »geistige« Rassenordnung, die den Blutsrassismus der Nazis überwinden sollte. Mit dieser »Vergeistigung« wollte er der Kshatriya-Rasse die Dimension des Göttlichen und der Transzendenz verleihen.

Die Apotheose des Führers

Der amerikanische Schriftsteller Colin Ross, von Hitler und Himmler hoch geschätzt, spricht in einem seiner Bücher (*Das neue Asien*) von den Verführungen, denen europäische Potentaten bei ihrer Begegnung mit dem Orient nicht widerstehen konnten. Ross beginnt mit Alexander dem Großen: »Es ist seltsam, dass der griechisch erzogene mazedonische Herrscher so rasch der Versuchung erlag, die ihm von den Orientalen angebotene Vergottung anzunehmen. Aber auch den römischen Kaisern erging es nicht anders. Obwohl diese aus der nüchternen, wirklichkeitsbewussten und freiheitsliebenden Republik Rom erwachsen waren, setzte sich auch in den europäischen Ländern des Imperium Romanum die göttliche Verehrung des Imperators erstaunlich rasch durch.«[18]

Der Orient ist die Heimat der vergöttlichten Weltenherrscher (*Chakravartin*) und der Priesterkönige. Ägypten, Persien, Indien, Tibet, China, Japan – sie alle kannten Regenten, die davon überzeugt waren, als Inkarnationen oder Ausstrahlungen von Göttern ihr Amt »über den gesamten Erdkreis« auszuüben. Europäische Eroberer wie Alexander und Caesar gingen als Stammesfürsten oder Republikaner nach Osten und lernten dort die Rollen dieser divinisierten Despoten kennen und schätzen. Ob Hitler nach einem gewonnenen Krieg eine ähnliche orientalische Apotheose für sich in Anspruch genommen hätte, bleibt pure Spekulation, dass sich jedoch bedeutende NS-Ideologen wie Walther Wüst auf etwas Derartiges vorbereiteten, ist nachweisbar.

Schon zu seinen Lebzeiten ist der Versuch, Hitler zu vergöttlichen, durch zahlreiche Dokumente verbürgt. Houston Stewart Chamberlain zum Beispiel feierte den zukünftigen Diktator 1924 als eine der »seltenen Lichtgestalten«, die der Menschheit zur »Rettung« geschickt wurden. Das *Schwarze Korps*, die Hauszeitschrift der SS, stellte fest: »Wenn du unseren Führer siehst, ist es wie ein Traum. Du vergisst alles um dich. Es ist, als ob Gott zu dir kommt.«[19] Im Anhang I unseres Buches führen wir mehrere Beispiele an, wie zur Divinisierung des deutschen Diktators auf christlich-messianische Bilder zurückgegriffen wurde. Hinzu kam der Gralszyklus, insbesondere Wagners *Parsifal.* Das christliche Erlöserprinzip bietet jedoch weit weniger politreligiöse Möglichkeiten als die hinduistische Avatar-Lehre, die das Erscheinen von Göttern in der Gestalt von Machtmenschen als etwas ganz »Natürliches« ansieht. Schon in den 1920er-Jahren hatte der NS-Orientalist Jakob Wilhelm Hauer beschrieben, was die Inder unter einem »göttlichen« Politiker verstehen: »Die ›heilige Person‹ macht kraft ihrer außerordentlichen Erfahrungen im Zusammenhang mit dem Übernatürlichen eine Weitung oder Verwandlung ihres Wesens ins Übermenschliche durch. Ihr eigenes Selbstbewusstsein wird dadurch ins Unermessene gesteigert, ihr Gebaren dementsprechend geändert. Aber auch die Gefühle und die Haltung ihrer Mitmenschen ihnen gegenüber erleidet eine Wandlung in eine bestimmte Richtung: eine abergläubische Scheu hebt sie in die Sphäre übermenschlicher Wesen, denen eine gläubige Menge gerne alle Eigenschaften jener übernatürlichen Macht beilegt, um ihnen bereitwillig religiöse Verehrung zu zollen.«[20] Nach dem Kriege rückt – wie wir zeigen werden – die mythologische Darstellung Hitlers als der 10. Avatar des indischen Gottes Vishnu/Kalki in das Zentrum des religiösen Neofaschismus.

Immer wieder kamen die NS-Visionäre auf den *Chakravartin*, den asiatischen Weltenherrscher, zu sprechen, der die priesterliche und königliche Gewalt in Personalunion ausübt. Walther Wüst, Jakob Wilhelm Hauer, Karl Haushofer, Julius Evola, Jean Marquès-Rivière und andere haben in dieser Institution des Ostens ein staatspolitisches Ideal gesehen. Auch Hitler hätte sich aus einer solchen Idee fruchtbar inspirieren lassen können. Er war darauf vorbereitet: In seinem Buch *Architekt der Weltherrschaft – Die »Endziele« Hitlers* zeigt Jochen Thies, dass die »Eroberung der Welt« den deutschen Diktator von Beginn seiner politischen Laufbahn an motivierte.[21] In *Mein Kampf* spricht er von der »Mission des deutschen Volkes«, das »Reich« zur »Herrin des Erdballs« zu machen.[22] Die Eroberung neuen Lebensraumes im Osten sollte nur ein Vorspiel sein. Die Idee von einem religiösen, nationalsozialistischen Weltenzentrum tauchte schon in *Mein Kampf* auf: »Die geopolitische Bedeutung eines zentralen Mittelpunktes einer Bewegung kann dabei nicht überschätzt werden. Nur das Vorhandensein eines solchen, mit dem magischen Zauber eines Mekka oder Rom umgebenen Ortes kann auf die Dauer einer Bewegung die Kraft schenken, die in der inneren Einheit und der Anerkennung dieser Einheit repräsentierenden Spitze begründet liegt.«[23] Insbesondere weisen Hitlers Architekturträume darauf hin, dass er sich als Herrscher eines *Imperium Mundi* imaginierte: In Nürnberg war das größte Stadion der Welt mit Platz für 400.000 Zuschauer geplant, in Berlin der größte Flughafen und die größte Halle der Welt, auf Rügen sollte das gigantischste Seebad des Planeten errichtet werden. »Wer die Reichskanzlei betritt«, so der Diktator, »muss das Gefühl haben, vor den Herrn der Welt [!] zu treten, und schon der Weg dahin durch den Triumphbogen [170 m breit, 119 m tief, 117 m hoch] auf den breiten Straßen an der Soldatenhalle vorbei zum Platz des Volkes soll ihm den Atem nehmen.«[24]

Den drei Säulen einer NS-Religion »Krieger – Rasse – Führer« werden wir im zweiten Teil unseres Buches, das den religiösen Neofaschismus behandelt, erneut begegnen. Dort rücken die Idole Hitler, Buddha und Krishna noch enger zusammen als in der Zeit des Dritten Reichs.

Genozid und Krieg als kulturstiftende Gründungsopfer

Innerhalb der akademischen Debatte über den Nationalsozialismus als politische Religion, die wir ausführlich im Anhang zu unserer Studie vorstellen, gibt es seit einigen Jahren eine rege Diskussion darüber, ob nicht die »Endlösung der Judenfrage« durch den Holocaust als ein von den Nazis vollzogenes »Ritualopfer« interpretiert werden kann. Insbesondere haben die beiden Religionspolitologen Michael Ley und Claus-Ekkehard Bärsch diese These ins Gespräch gebracht. Beide greifen auf den französischen Religionssoziologen René Girard zurück.

In seinem Essay über *Das Heilige und die Gewalt* geht Girard davon aus, dass am Beginn jeder archaischen Kultur ein sakraler Akt ausfindig gemacht werden kann, der eine kulturstiftende Macht hatte. Da sich der Franzose in die Tradition der beiden Religionsphilosophen George Bataille und Rudolf Otto stellt, stehen auch für ihn Sakralität und Gewalt in einem Bedingungszusammenhang. Es sind der Schrecken, die Furcht und die Faszination der Gläubigen auf der einen Seite und die Grausamkeit, die Willkür und der Zorn der Götter auf der anderen, die nach Otto, Bataille und Girard das »Sakrale« kennzeichnen, dieses »bestimmende Urgefühl«, das jeglicher Religion zugrunde liegen soll.

Ausgehend von mehreren religionsgeschichtlichen und ethnologischen Beispielen kommt Girard zu dem Schluss, dass es immer ein kollektiv begangenes Menschenopfer ist, welches die sakrale Grundlage für eine Kulturgründung schafft.[25] Erst durch eine gemeinsam begangene Bluttat – so der Autor – würden die Stammesmitglieder in einer »ursprünglich religiösen Erfahrung« vereinigt. Das Opfer habe somit eine »versöhnende Funktion« für die Täter, die nach vollendeter Tat untereinander Frieden schließen. Alle töten gemeinsam, jeder nimmt an dem kollektiven Mord teil, die ganze Gemeinde vergießt das Opferblut. Dadurch entsteht bei den Beteiligten jene gefühlsträchtige und oszillierende Mischung aus Verbrechen und Konspiration, Schuld und Verpflichtung, Gewalt und Befriedigung, Schrecken und Faszination, die dem mörderischen Kultgeschehen eine numinose Aura von Heiligkeit verleiht. Durch den Kollektivmord erhält die in die Tat verstrickte Sozietät erst ihre innere Stabilität, ihre Dauer und ihre Ordnung, nicht zuletzt auch deswegen, weil sie die Gewalt nach außen projiziert: »Es gehört zur Funktion des Opfers, interne Gewalttätigkeiten zu besänftigen und das Ausbrechen von Konflikten zu verhindern.«[26] Indem sich die Gemeinschaft vor der eigenen Gewalt (aller gegen alle) schützt, indem sie diese auf ein Opfer (den »Sündenbock«) außerhalb ihrer selbst ableitet, garantiert sie die Sicherung des gesellschaftlichen Friedens und kann deswegen kulturelle Leistungen erbringen.[27] Das Menschenopfer wird somit in der Form des »sakralen Ursprungsmordes« zu einen kulturstiftenden Ereignis. Kultur – das ist die These Girards – entsteht aus dem vergossenen Blut des Anderen.

Damit der einmal begangene »Ursprungsmord« seine gesellschaftsstabilisierende Funktionen weiterhin ausüben kann, muss er in der Erinnerung der Nachgeborenen »überleben«. Er existiert – nach Girard – innerhalb des mit seiner Hilfe geschaffenen Kulturgefüges fort, und zwar als Mythos, Symbol und Ritual. Doch tritt jetzt das kulturelle Gründungsopfer nicht mehr klar in Erscheinung. Es verlangt eine Aura des Mysteriösen, des Geheimnisvollen, des Halbbewussten: »Das Opfer ist von Geheimnissen umwittert. […] Auch heute noch ist das Geheimnis des Opfers undurchdringlich wie eh und je.«[28] Gerade diese Undurchdringlichkeit macht seine »Sakralität« und die daraus abzuleitende strukturierende Kraft aus. Mythos, Symbol und Ritual verlagern es in einen jenseitigen Raum, der dennoch immer präsent ist.

Tatsächlich charakterisieren die von Girard genannten vier Kriterien des Gründungsopfers »Gemeinsam begangener Mord – Sündenbock – Schrecken – Geheimnis« im besonderen Maße die »Endlösung der Judenfrage«. Über das Ausmaß des Schreckens gab es bei den Vollstreckern völlige Klarheit. Himmler selber hat mehrere Male hervorgehoben, wie monströs die Vernichtung der Juden sei. So benennt er in einer Rede in Posen am 4. Oktober 1943 sehr präzise den Horror, mit dem seine SS-Männer bei der Durchführung ihrer Befehle fertig werden mussten: »Von euch werden die meisten wissen, was es heißt, wenn 100 Leichen beisammen liegen, wenn 500 daliegen und wenn 1000 daliegen. Dies durchgehalten zu haben und dabei – abgesehen von Ausnahmen menschlicher Schwächen – anständig geblieben zu sein, das hat uns hart gemacht.«[29] Joseph Goebbels schrieb in Bezug auf die Deportationen in sein Tagesbuch: Es werde »ein barbarisches und nicht näher zu beschreibendes Verfahren angewandt und von den Juden selbst bleibt nicht viel übrig«.[30] Solche Aussagen, die keineswegs vereinzelt dastehen, zeigen, dass das *Schreckliche* der Tat den Vollstreckern voll bewusst war. Das gilt jedoch kaum für den Großteil der Deutschen.

Bei diesen tritt der *Schrecken* dagegen als etwas Geheimnisvolles, als Zweideutiges, Verstecktes und Geahntes ins Bewusstsein, eine Ambivalenz, die – nach Girard – für die Mythisierung eines Menschenmordes als Gründungsopfer geradezu notwendig ist. So paradox dies auch klingen mag, nicht die offene Partizipation »deutscher Volksgenossen« an den Gräueltaten, sondern das allgemein verbreitete Halbwissen davon, die Verschleierungen, die Tarnungen und die Unklarheiten hätten – nach einem gewonnenen Krieg – die »Sakralisierung« der Mordtaten ermöglicht und sie als kulturstiftenden Akt wirken lassen.[31] Der Historiker David Bankier hat diese Zwielichtzone von Wissen, Halb-Wissen und Nicht-Wissen in der deutschen Bevölkerung mit einem treffenden Satz beschrieben: Die Deutschen »wussten genug um zu wissen, dass es besser ist, wenn man nicht noch mehr weiß«.[32] So hatte die Geheimhaltung der Judenmorde, die von den einschlägigen Stellen und der SS betrieben wurde, die aber nie völlig aufrechterhalten werden konnte und auch nicht sollte, keineswegs nur rationale Gründe. Sie schuf erst das richtige Ambiente, um die Deutschen an dem Massenmord wie an einem »Mysterium« teilnehmen zu lassen. So als habe Himmler davon gewusst, dass das gemeinsam begangene Opfer von »Geheimnissen umwittert« sein muss, nannte er in der erwähnten Rede vor den SS-Gruppenführern den Judenmord ein »niemals geschriebenes und niemals zu schreibendes Ruhmesblatt unserer Geschichte.«[33] Der Reichsführer-SS befolgte durchweg den Grundsatz, den Massenmord in Schriftstücken nicht ausdrücklich zu erwähnen, und verwendete immer Umschreibungen, wenn er darauf zu sprechen kam.

So kommt der Religionspolitologe Michael Ley in seinem Buch *Genozid und Heilserwartung* zu dem Schluss, für die Nazis habe der Massenmord an den Juden einen »sakralen Opferakt« dargestellt. Dank dieses kollektiv durchgeführten »Blutopfers« sollte die arische Rasse ihre »Sakralisierung« erfahren: »Die Vernichtungslager sind die heiligen Kultstätten des Nationalsozialismus, in denen der heilige Ritus des Menschenopfers vollzogen wurde«, schreibt Ley. »Der Nationalsozialismus und der Mythos haben die gleiche Realität: den Opferkult. Das Menschenopfer ist das versöhnende Prinzip mit Gott. […] Diese Inszenierungen des Nationalsozialismus haben nicht den Charakter ausschließlicher Massenmanipulationen, sondern sind in gewissem Sinne als ›politisch-religiöser Gottesdienst‹ zu verstehen. Der eucharistische Akt wird aber nicht mehr ›symbolisch‹ vollzogen, die »nationalsozialistische Religion« begeht den Ritus real, das Menschenopfer wird in den Vernichtungsanstalten vollzogen. Diese Opferung ist Sühneopfer und intendierte Neuschöpfung zugleich.«[34] Der Konsensus der »Mörder« hätte die strukturierende Kraft gehabt, die arische Rassenlehre zu »sakralisieren« und als »Religion« bzw. als »Orthodoxie« zu verankern.

Eine ähnliche These vertritt Leys Kollege Claus-Ekkehard Bärsch. Das »Judenopfer« der Nazis war für ihn ein Mittel, »überirdische Kräfte in der Weise günstig zu stimmen, dass diese in den Kausalverlauf der Welt zugunsten des Opfernden oder seiner Wünsche [...] verändernd eingreifen.«[35] Demnach wäre die Opfertat in einer noch weitgehend säkularen Gesellschaft, wie es der Nationalsozialismus trotz seiner religiösen Strömungen immer noch war, das Mittel gewesen, die Präsenz der archaischen Götter (der »überirdischen Kräfte) herbeizuschwören.

Himmler selber war sehr am Thema »Ritualmord« interessiert, er sah darin aber eine Tat der Juden. 1943, als die Holocaust-Programme schon voll angelaufen waren, ließ er bis hinab zum SS-Standartenführer das Buch von Helmut Schramm *Der jüdischen Ritualmord* verteilen. In einem Brief an Ernst Kaltenbrunner forderte er: »Die ganze Ritualmordfrage ist von Sachverständigen in den Ländern Rumänien, Ungarn und Bulgarien aufzugreifen. Ich denke daran, dass wir diese Ritualmordfälle dann in unserer Presse bringen, um damit die Herausnahme der Juden aus den Ländern zu erleichtern.«[36]

Gemeinsam begangener Mord, der Sündenbock, der Schrecken vor dem Ungeheuerlichen und eine von Geheimnissen verdunkelte Tat hätten nach einem Endsieg der Nazis der Judenvernichtung die strukturierende Gewalt für eine archaische NS-Kultur bzw. »NS-Religionsgründung« verliehen. »Der Tod des Juden, der durch den Arier bewirkt wird, so die zentrale These meiner Beurteilung des Massenmordes an den Juden, ist in der Phänomenologie der Innenansicht Hitlers [...] ein Sakrifizium«, schreibt Bärsch. »Diese Art der Religiosität hat eine magische Komponente, insofern der Magier glaubt, durch eigenes Tun überirdische Kräfte zum Zweck der Beeinflussung irdischer Kausalverläufe manipulieren zu können [...] Meine These besagt, dass diese Form magischer Religiosität eine der Bedingungen für den Beschluss des Massenmordes an den Juden darstellt. [...] Zum Zweck des eigenen Heils werden die Juden zum Opfer im Sinne von Sakrifizium gemacht. [...] Mit der Vernichtung der Juden wollte Hitler den Willen des Allmächtigen ausführen und seine Gunst bewirken. Wird in der Konfiguration magischer Religiosität an einen Kausalnexus zwischen Völkern und überirdischen Kräften geglaubt, dann hat die Tötung des Feindes aus der Sicht des Täters den Charakter eines sakralen Rituals.«[37]

Beide Autoren, Ley und Bärsch, rekurrieren bei ihrer Ätiologie dieses gigantischen Ritualopfers an den Juden auf das christliche Passionsgeschehen, vor allem aber auf die *Apokalypse des Johannes*. Hinzu kommt für sie die abendländische Geschichte der Judenpogrome, bei denen der Opfergedanke immer wieder mit hinein gespielt habe. Dennoch ist unserer Meinung nach eine Ursachenableitung aus dem christlichen Dogma *stricto senso* nicht durchzuführen. Einmal handelt es sich bei der Kreuzigung Christi um ein »Eigenopfer« und nicht um ein »Fremdopfer« wie bei der Judenvernichtung. Zum anderen werden in der *Johannes-Apokalypse* zwar Ungläubige vernichtet, dies wird aber nicht *explizit* als ein Sakrifizium angesehen. In dieser Hinsicht sind die beiden indischen Mythentexte, der *Mahabharata* und die *Bhagavadgita*, jedoch völlig eindeutig. In ihnen wird – in der Nachfolge vedischer Tradition – das »Menschenopfer« als ein sakrales Primärereignis beschrieben und der Krieg wird ebenfalls in die sakrale Opfertheorie mit eingebunden. Unter einem solchen Aspekt gewinnt Himmlers großes Interesse an der *Bhagavadgita* einen weiteren, bisher noch nicht von uns behandelten Stellenwert.

Krieg und heilige Opferhandlung sind im *Mahabharata* identisch. An vielen Stellen spricht das Epos diese Gleichsetzung direkt an. »Die Aussage, dass die Schlacht ein Opferfest sei, kommt häufig vor, ferner zahlreiche Bilder, von einfachen Metaphern bis zum schulmäßig durchgeführten Gleichnis, wo zum Opferpersonal und zu den Opfergeräten die Parallele auf dem Schlachtfeld gewiesen wird«, schreibt Heino Gehrts in seiner Analyse des indischen Heldengedichts.[38] Ein immer wiederkehrendes Bild im *Mahabharata* ist die »Libation« (das Trankopfer), die das Verbluten ganzer Kriegerscharen ausdrücken soll. Die Kämpfer selber werden in dem heiligen Text als »Opferfeuer« oder »Opfertiere« bezeichnet, die zerstückelten Leiber dienen der »Opferglut« oder als »Brennstoff« für das »Opferfeuer«. »Leichenteile, Leichenhügel werden als eingeteilte Opferbutter, […], also als Opferstreu, oder als erloschene Opferfeuer angesehen, die Erde des Schlachtfeldes oft als der Altar.«[39] In einem Passus heißt es von einem der indischen Helden, der das Opfer der anderen noch durch das Selbstopfer krönt: Er »hat alle Vorbereitungen zum Schlachtenopferfest getroffen, hat sich den Einweihungen auf dem Schlachtfest unterworfen, und am Ende, indem er sein Leben als Trankopfer in das von seinen Feinden dargestellte Opferfeuer goss, hat er sein Opfer rechtmäßig vollendet mit dem [blutigen] Abschlussbad.«[40] Die Schlacht erreicht einen ihrer Höhepunkte, als der bärenstarke Kämpfer Bima einen Feind ergreift, ihm den Fuß auf den Hals setzt und ihm die Brust mit beiden Pranken aufreißt. Dann trinkt er Schluck um Schluck den herausspritzenden Lebenssaft. Den erstarrten Umstehenden ruft er mit blutverschmiertem Munde zu: »Bald werde ich auch das zweite Gelöbnis erfüllen und jenes andere Schlachtvieh [gemeint ist Duryodana, der Führer der gegnerischen Kurus] bei diesem Opferfest in Waffen erschlagen.«[41]

Alleiniger Nutznießer dieses schaurigen Schlachtenopfers sind die indischen Götter. Sie ernähren sich aus den »Lebenssäften« der getöteten Krieger. Das ist eine uralte indo-arische Tradition der Kshatriya-Kaste.[42] »Durchs Opfer kommt der Regenguss, das Opfer ist der Menschen Tat. Dies Tun stammt von der Gottheit her, die Gottheit aus dem ew'gen Sein, drum ist die Gottheit allerwärts vorhanden in dem Opfer stets«, lesen wir in der *Bhagavadgita* (III Gesang, 14–15). Das heißt im Klartext: ohne Opfer gibt es keine Götter.[43]

Ausgehend von der im *Mahabharata* und der *Bhagavadgita* dargestellten Opferlogik und unter Berücksichtigung der Opfertheorien von Girard, Ley und Bärsch erscheint der Zweite Weltkrieg einschließlich des Holocaust wie ein gigantisches »Schlachtenopferfest« mit der hintergründigen Absicht, die »Rückkehr der archaischen Götter« zu evozieren. Revitalisiert durch die »Opferbutter« der Gefallenen und Verbrannten, hätten nach einem Endsieg die von den Nazis herbeigesehnten barbarischen Gottheiten aus arischer Frühzeit erneut in Erscheinung treten sollen. Der Ruf nach ihnen war schon Anfang der 1930er-Jahre zu hören: »Wenn die Zeit erfüllt ist, dass die alten Götter wiederkehren und die Geister der Vorwelt ihr Amt antreten«, schrieb Friedrich Hielscher 1932, »dann brechen die Ordnungen der Völker; was hoch ist, fällt und die Tiefe kommt herauf. [...] Hier werden die Gewalten der Vorzeit wieder lebendig; hier sammelt sich, was in Jahrtausenden herangewachsen ist, hier staut sich der Strom der Zeit, hier erfüllen sich die alten Weissagungen ...«[44] Schon viele Jahre vor dem Holocaust hatte der Ariosoph Lanz von Liebenfels den Kausalnexus von jüdischem Menschenopfer und arischer Götterrenaissance beschworen. So empfahl er, Angehörige niederer Rassen als »Gottesopfer« zu »verbrennen«(!). In einer Hymne verspricht er der arischen Göttin Frauja: »Dann wirst du haben Opferspenden fein, dann wird der Schrättling [Jude] dein Altarbrand sein.«[45]

Durch die beiden »Blutopfer« (die Judenvernichtung und die Millionen von Toten auf den Schlachtfeldern) wäre wahrscheinlich nach einem Sieg der Nazis der Weltkrieg »sakralisiert« worden und die deutschen Soldaten wären als »heilige Krieger«, als neu entstandene arische Kshatriya-Kaste in die Heimat zurückgekehrt. Das gesamte NS-System tendierte von Beginn an, wenn auch nur halb bewusst, in diese religiöse Richtung. Schon 1934 hatte Alfred Rosenberg eingedenk des Ersten Weltkrieges geschrieben: »Die Toten des Krieges sind [...] die Märtyrer eines neuen Tages, eines neuen Glaubens. Das Blut, welches starb, beginnt lebendig zu werden. In seinem mystischen Zeichen geht ein neuer Zellenbau der deutschen Volkseele vor sich.«[46] Nichts hätte für die Nazis die Suprematie der Arier über die anderen Rassen mehr bewiesen als ein gewonnener Krieg.[47] Nach dem »Endsieg« wäre die »Todes- und Blutmystik« ins Gigantische gesteigert worden.[48] Die unzähligen Erschossenen, Ermordeten, Zerstückelten und Verbrannten des Zweiten Weltkrieges wären zum blutigsten aller »Gründungsopfer« in der Geschichte der Menschheit geworden, auf dem die »Kshatriya-Kaste« einer grausamen arischen »Weltreligion« ihre Tempel errichtet hätte. Im Schwarzen Orden der SS hätte sich deren Elite versammelt. Aber das Schlimmste wurde verhütet!

Teil 2

HITLER BUDDHA KRISHNA

von 1945
bis heute

Das Phantasma des religiösen Neofaschismus

Nach dem Zweiten Weltkrieg ist die »Religionsdebatte«, die im SS-Ahnenerbe und dessen Umfeld stattgefunden hat, keineswegs versiegt. Nur wurde sie jetzt von anderen Protagonisten, ohne wissenschaftlichen Aufwand geradezu »phantasmatisch« geführt. Sie geriet immer mehr in den Sog des Okkultismus. Weniger Walther Wüst und Jakob Wilhelm Hauer, sondern Karl Maria Wiligut und Edmund Kiss bestimmten das Milieu der Nazi-Okkultisten, die seit den 1960er-Jahre publizierten. Die Menge von Büchern, die sich bis heute weltweit mit Spekulationen über die okkulten Hintergründe und geheimnisvollen Hintergrundspieler des NS-Regimes befasst haben, ist nicht mehr zu überschauen. In einer wilden Mischung aus historischen Fakten, religiösen Visionen, sensationslüsterner Geheimniskrämerei, aus Anspielungen und aus Verschwörungstheorien, mit Anleihen aus den Mythen verschiedener Völker und aus der Science-Fiction-Literatur und der Ufologie, mit Fehlschlüssen und bewussten Lügen entstand neben zahlreichen Thrillern und Romanen eine Pseudo-Sachbuch-Literatur, die sich als seriöser Recherchenjournalismus ausgab und weiterhin ausgibt. Einige dieser Schriften gehen von einem »Überleben« Hitlers aus, sei es, dass dieser als real am Amazonas, im Mittleren Osten, in Tibet oder anderswo untertauchte, sei es, dass er in seinem »Astralkörper« zu seinen »göttlichen Auftraggebern« in die verborgenen Täler des Himalaja zurückgekehrt sei, um sich demnächst wieder zu reinkarnieren. Andere sehen in dem deutschen Diktator das Instrument okkulter Mächte, die ihn für ihre Machtambitionen als Medium benutzt hätten. Alle nur denkbaren Geheimgesellschaften spielen in diesem schaurigen Nazispektakel die »dunklen Hintermänner« oder wirken als »unsichtbare Hierarchien« aus dem Verborgenen heraus: Templer, Rosenkreuzer, Satanisten, weiße Bruderschaften, schwarze Bruderschaften, Theosophen und in ganz besonderem Maße tibetische Lamas. Jene mysteriöse *Nazi-Tibet-Connection*, die unter den Runenokkultisten des SS-Ahnenerbes schon gepflegt wurde, wird jetzt ins Gigantische ausgebaut.

Nun kann man sich natürlich die Frage, weshalb man sich denn überhaupt mit diesen phantasmatischen Literaturen auseinander setzen soll. Darauf lassen sich folgende Antworten geben:

Der »Nazi-Okkultismus« ist seit den 1950er-Jahren in seinen verschiedenen Varianten ein literarisches Phänomen, das weltweit Auflagen im siebenstelligen Zahlenbereich aufweist, zählt man die einzelnen Titel zusammen.

Hinter dem Phantasma dieser Literatur lassen sich religiöse Muster insbesondere aus östlichen Kulturkreisen herauskristallisieren, die schon im SS-Ahnenerbe als Grundlagen einer »arischen Urreligion« adaptiert wurden.
Dieselben Religionsmuster werden heute in großem Stil und mit viel Erfolg von Vertretern östlicher Religionen im westlichen Kulturgefüge verankert.
Die rechtsextreme Szene, die sich auf den »Nazi-Okkultismus« und die dahinter verborgenen Religionsmuster beruft, hat sich mittlerweile zu einer weltweiten, sehr aktiven Subkultur entwickelt.
Das Phantasmatische selber erweist sich als ein fruchtbarer Nährboden für Mythenbildungen und ging auch dem Nationalsozialismus als politischer Bewegung voraus.
Das Phantasma des »Nazi-Okkultismus« verbindet sich auf eine gefährliche Art und Weise mit dem Phantasma des tibetischen Lamaismus, der sich heute weltweit und mit Hilfe der Medien als anerkanntes Religionssystem etablieren kann.

Im Laufe der nächsten vier Kapitel werden wir immer wieder auf den einen oder anderen dieser sechs Punkte zu sprechen kommen. Um noch einmal die Dringlichkeit, Zeitnähe und Seriosität zu betonen, die eine Beschäftigung mit der phantasmatischen Literatur des »Nazi-Okkultismus« verlangt, möchten wir Nicholas Goodrick-Clarke zu Wort kommen lassen. Der Historiker beschäftigt sich schon seit Jahren mit der Ideengeschichte des Nationalsozialismus und Neonazismus. Er ist Senior-Mitglied von St. Edmund Hall der Universität Oxford, Vize-Vorsitzender des Keston College in Oxford und Buchrezensent der *Times*. Die historische Rolle der Sekten und okkulten Gruppen zu Beginn des 20. Jahrhunderts, von denen sich zahlreiche Nazi-Größen bis hinauf zu Adolf Hitler vor ihrer Machtübernahme inspirieren ließen, schätzt Goodrick-Clarke wie folgt ein: »Solche Menschen besaßen oft die Vorstellungskraft und Fähigkeit, eine Traumwelt zu beschreiben, die den Gefühlen und Handlungen der realitätsnäher eingestellten Männer, die sich in Positionen der Macht und Verantwortung befanden, zugrunde lag. Tatsächlich haben ihre abstrusen Ideen und seltsamen Kulte die politischen Doktrinen und Institutionen des Dritten Reiches vorweggenommen.«[1] Die Trauminhalte, die diese »Vorläufer« und »Vordenker« in ihren Bücher beschrieben haben, unterscheiden sich nicht wesentlich von den phantasmatischen Träumen des Nazi-Okkultismus der Nachkriegszeit, mit denen wir uns jetzt auseinander setzen werden.

Wir haben das umfangreiche literarische Material, so weit dies überhaupt möglich war, systematisiert und in vier Kapitel eingeteilt:

Die Apotheose Hitlers (Savitri Devi)
Die »Nazi-Mysterien« (Louis Pauwel, Jacques Bergier, Trevor Ravenscroft)
Der »SS-Mystizismus« der Schwarzen Sonne (Wilhelm Landig, Jan van Helsing)
Der »esoterische Hitlerismus« (Miguel Serrano)

Schon in den 1950er-Jahren wurde eine Apotheose Hitlers durch die Wahlinderin

Savitri Devi betrieben. Diese fanatische Propagandistin wandte die indische Avatar-Lehre, nach der sich Götter in menschlicher Gestalt inkarnieren können, auf den deutschen Diktator an.

Als »Nazi-Mysterien« bezeichnet Goodrick-Clarke eine literarische Strömung, die am Beginn der 1960er-Jahre von Frankreich ihren Ausgang nahm und die den Nationalsozialismus als das »Projekt« okkulter Gruppen, deren Wurzeln bis nach Innerasien reichen, darstellt. Die meisten Autoren der »Nazi-Mysterien« definierten sich selber als »antifaschistisch«, Hitler spielt im Großteil dieser Bücher eine negative Rolle.

Der »SS-Mystizismus« der Schwarzen Sonne ist eine sehr ähnliche »Literaturgattung«, die ihre Ursprünge in Wien hat. Sie wurde von ehemaligen SS-Männern, die sich begrenzt an die im SS-Ahnenerbe geführte Religionsdebatte anlehnten, ins Leben gerufen. Publizistisch, in der Form von Nazi-Romanen, machte sie sich erstmals zu Beginn der 1970er-Jahre bemerkbar, wenn auch nur in einem marginalisierten Milieu von Rechtsextremisten. Eine neue Generation von jungen Autoren griff jedoch Anfang der 1990er-Jahre den »SS-Mystizismus« auf und verschaffte ihm mittlerweile unter dem Zeichen der Schwarzen Sonne eine weltweite Verbreitung.

Der »esoterische Hitlerismus« schließlich ist eine Unterart des »SS-Mystizismus« und eine Konstruktion des chilenischen Diplomaten Miguel Serrano, die von ihm auch als »Cosmologia Hitleriana« bezeichnet wird.

Phantasie, Traumwelt, Symbol und Realität werden in diesem literarischen Genre nicht mehr voneinander geschieden; die Grenzen von Innen und Außen, von Seele und Erscheinungswelt, von Göttern und Menschen werden durchbrochen; zwischen Dichtung und Wahrheit, Allegorie und Geschichte besteht keine Differenz mehr. Insofern ist diese Literatur als »phantasmatisch« zu erklären. Hier geht es nicht um Aufklärung, sondern um Effekthascherei und Sensationslust. Der erfolgreichste Jungautor des »SS-Mystizismus«, Jan van Helsing, hält es deswegen auch gar nicht für notwendig, einen Wahrheitsbeweis für seine Verschwörungstheorien vorzulegen: »Ich sage auch an keiner Stelle, dass das, was ich hier vortrage, die absolute, komplette Wahrheit sei: Ich persönlich glaube, dass die Dinge im Großen und Ganzen ›wahr‹ sind, dass sie geschehen sind oder noch geschehen und zu Tatsachen werden.«[2]

Der Ritualmagie kommt in den erwähnten Literaturgattungen ein bedeutender Stellenwert zu. Letztes Ziel der magischen Nazi-Experimente, darin sind sich alle einig, sei die Erschaffung des arischen »Übermenschen« bzw. »Gottmenschen« gewesen. Geschichte – so erfahren wir weiter – werde nicht von Menschen, sondern von Göttern und Dämonen gemacht, gekämpft werde primär um Machtsymbole und erst in zweiter Instanz um Territorien. Für Miguel Serrano, dem Gründer des »esoterischen Hitlerismus«, ist die Symbolwelt der Bilder ursprünglicher als die menschliche Realität und der »Stolz der Götter« fegt jegliche Ausdrucksform des als »niedrig« eingestuften Humanismus zu Seite: »Symbole standen gegen Symbole«, erklärt der Chilene seinen Lesern den Zweiten Weltkrieg. »Wenn man hierbei irdisch-menschliche Werte zugrunde legt, wenn man dieses Phänomen auf die

Begriffsebene des Tiermenschen mit seinen Idealen von ›Gerechtigkeit‹, ›Gleichheit‹, ›Menschlichkeit‹ oder ›Humanismus‹ herabzieht, dann nimmt man an der zeitgemäßen Verwirrung teil.«[3] Zentrales Element, wenn nicht gar die Achse in dieser Mythologisierung des Nazi-Regimes ist – je nach Autor unterschiedlich – entweder die Dämonisierung oder die Vergöttlichung Adolf Hitlers, entweder die Sakralisierung oder die Satanisierung der SS. Der Schwarze Orden hat die Qualität eines »Urbildes« erlangt und soll jenseits von Raum und Zeit als ein »mystischer Kriegerorden« überlebt bzw. schon seit Ewigkeit existiert haben. Auch Deutschland gilt im »SS-Mystizismus« nicht mehr als eine Region Europas, sondern als ein transzendentes »Reich«, ja sogar als eine psychische Grundhaltung von ehemaligen SS-Männern. »Wo wir sind, da ist Deutschland«, lässt Wilhelm Landig in *Wolfzeit in Thule* Mitglieder des SS-Untergrundes nach 1945 sagen.[4]

In der Ideengeschichte des Nationalsozialismus spielen Verschwörungstheorien von Beginn an eine zentrale Rolle und werden mit einem fanatischen Rassismus und Antisemitismus verkoppelt. In letzter Instanz sind es immer die Juden, die hinter allem und jedem ausfindig gemacht werden und ihre Hände im Spiel haben. Freimaurer und andere okkulte Gruppierungen entpuppen sich deswegen irgendwann als die Handlanger oder Werkzeuge einer jüdischen Loge. Aber auch hinter den großen wirtschaftlichen und politischen Kulturen Kapitalismus und Kommunismus, Liberalismus und Sozialismus soll der »internationale Jude« die Fäden ziehen. In dieser Frage hat sich für die Nazi-Okkultliteratur wenig verändert. Im »Klub der Weltverschwörer« melden sich jedoch nicht nur pro-nazistische Autoren zu Wort, sondern ebenso anti-nazistische. Für diese stellen sich selbstverständlich die Lager umgekehrt dar. Anstatt mit einer jüdischen Konspiration haben wir es jetzt mit einer Nazi-Verschwörung zu tun. Dabei werden immer wieder diejenigen Geheimgesellschaften genannt, die den Nationalsozialismus aus dem Verborgenen heraus gesteuert haben sollen: die Thule-Gesellschaft, die Vril-Gesellschaft, der Germanenorden und dahinter lamaistische Geheimbünde aus Asien. Die »Nazi-Mysterien« und der »SS-Mystizismus« sind deswegen Produkte von Verschwörungstheoretikern, unabhängig davon, welchem weltanschaulichen Lager diese angehören.

Der Großteil des Ideengutes, das wir schon aus dem SS-Ahnenerbe und dessen Umfeld kennen, wird auch in dieser nach 1945 erschienenen Literatur des Nazi-Okkultismus genannt, verarbeitet und ausgeweitet: Hanns Hörbigers Welteislehre, die Doktrin von der Überlegenheit der arischen Rasse (Hans F. K. Günther, Herman Wirth, Alfred Rosenberg), der fanatische Antisemitismus, die Verschwörungstheorie der *Protokolle der Weisen von Zion*, der »okkulte Krieg« gegen die Freimaurer, Nietzsches »Wille zur Macht« und seine Theorie vom »Übermenschen«, okkult-völkische Ideen aus den Milieus vor dem Ersten Weltkrieg (Guido von List, Lanz von Liebenfels), das »Erberinnern« und »Bluterinnern«, das magische Weltbild Edgar Dacqués, der Polar-Mythos der *Les Polaires*, das Gralsmysterium des Otto Rahn. Insbesondere ist hier Julius Evola der intellektuelle Vordenker. Die himmlische Abstammung der Hyperboreer, die arische Urrasse und ihr Mekka Ultima Thule, die Ketzerorden (Katharer, Templer), die Alchemisten, die Rosenkreuzer – alles

Themen, die schon vor 1945 Eingang in die Religionsdebatte der Nazi-Visionäre gefunden hatten, werden von ihren Erben aufgegriffen und phantasmatisch ausgeschmückt. Es versteht sich von selbst, dass jetzt Hitler noch mehr das Subjekt der Mythologisierung ist als vorher, dies gilt in einem ganz besonderen Maße auch für die SS. Ein wirklich originärer Beitrag aus diesem Milieu ist die geradezu als »Apotheose« zu bezeichnende Verherrlichung nationalsozialistischer Waffentechnik. Die Phantasie kennt hier keine Grenze: Durch die Himmel der Nazi-Okkultisten fliegen von SS-Offizieren gesteuerte Ufos mit metaphysischen Antriebsaggregaten.

Was die östlichen Lehren anbelangt, so ist deren Einfluss auf die hier darzustellende Literatur über den religiösen Neofaschismus so eminent gestiegen, dass man – wie wir zeigen werden – eher von einer indisch-tibetischen Weltsicht, die von westlichen Autoren auf die Welt der Nazis projiziert wurde, sprechen sollte als umgekehrt von einer nationalsozialistischen Weltanschauung, die auf den indisch-tibetischen Kulturkreis übertragen wurde. Dabei spielen aber die *Bhagavadgita* und die japanische Zen- und Samurai-Tradition eine geringere Rolle, als sie in der Religionsdebatte der Nazis vor dem Krieg innehatten. Indien, vor allem aber Tibet und der tibetisch/mongolische Lamaismus sind jetzt die eigentlichen Exportländer für die religiöse Statik, welche die Architektur der »Nazi-Mysterien«, des »SS-Mystizismus« und des »esoterischen Hitlerismus« zusammenhält. Dazu zählen unter anderem: die zyklische Lehre von den Weltzeitaltern, der Shambhala-Mythos, die Avatar-Doktrin, die Idee vom Chakravartin, das Bodhisattva- und das Tulku-Prinzip, das buddhistische Kriegerethos, Yoga- und Meditationspraktiken, die Karma- und Inkarnationslehre. Der chilenische Diplomat Miguel Serrano glaubt z. B. fest daran, dass Hitler der 10. Vishnu-Avatar (der Kalki) gewesen ist, dass er nicht gestorben sei, sondern sich nach *Shambhala* zurückgezogen habe, um in einem Dritten Weltkrieg als arischer Endzeiträcher erneut in Erscheinung zu treten. Von großer Bedeutung für diese Literaturgattung sind tantrisch-alchemistische Spekulationen und Praktiken, in der Absicht, Sexualität und Eros in (faschistische) Macht zu transformieren: Kundalini-Yoga, die Chakren-Lehre, Mantra-Magie, die Schaffung eines androgynen Energiekörpers.

Der hohe Rang traditioneller Religionsvorstellungen aus dem Osten für die Nazi-Okkultliteratur lässt die Frage aufkommen, ob es sich hierbei wirklich um einen »Religionsimport« oder um einen Missbrauch und eine bewusste bzw. auch unbewusste westliche Verfälschung fremder Kulturen handelt. Die Antwort hierauf verlangt eine authentische Darstellung östlicher Religionsmuster, um anschließend zu überprüfen, ob diese Muster falsch oder verzerrt übernommen wurden oder ob sie in den Religionskonstruktionen der Nazi-Okkultisten ihre Authentizität bewahren konnten bzw. ob sie dort nur leicht variiert worden sind. Wir werden uns in diesem Zusammenhang ausführlich mit einem tibetischen Ritualtext, dem so genannten *Kalachakra-Tantra* auseinander setzen, weil der darin eingeschlossene *Shambhala-Mythos* die Phantasiewelt der »Nazi-Mysterien«, des »SS-Mystizismus« und des »esoterischen Hitlerismus« besonders stark angeregt hat und immer noch anregt.

Savitri Devi: »Hitlers Priesterin«

Eine Sakralisierung Hitlers und die Darstellung des Nationalsozialismus als Religion ist in den ersten 40 Jahren nach dem Zweiten Weltkrieg von keiner Person so konsequent und folgenschwer fortgesetzt worden wie von der Wahlinderin Savitri Devi. Der amerikanische Historiker Nicholas Goodrick-Clarke hat über sie eine detaillierte und aufschlussreiche Biografie verfasst, der wir hier im Wesentlichen folgen. Er beschreibt das »Lebenswerk« Devis mit den folgenden Sätzen: »Machtvolle antisemitische Ideen in der Form einer weltverneinenden Gnosis, arisches Heidentum als eine globale Religion weißer Übermacht und Hitler als ein göttliches Wesen innerhalb einer kosmischen Ordnung bilden zusammen die unheilige Theologie ihres arischen Mythos. In diesem Licht gesehen hat der Neo- Nazismus alle Charaktermerkmale einer internationalen Sekte mit einem religiösen Kult. Es gibt dort Unterwerfungspraktiken, Initiierte und Märtyrer, Prophezeiungen und Millenniumserwartungen und selbst Reliquien.«[1] Savitri Devi gilt als die Gründerin des »religiösen Hitlerismus«. Sie verknüpfte ihre NS-Gnosis so eng mit indischen Religionsvorstellungen, dass diese davon überhaupt nicht mehr zu trennen ist. Sie war sogar davon überzeugt, dass der Diktator selber diese Verknüpfung gesucht habe: »Es war die Absicht Hitlers, den Kontakt mit der Tradition, an die Indien glaubt, zu erneuern.«[2] Seit den 1960er-Jahren wird sie in der internationalen Nazi-Szene als »Hitlers Hohepriesterin«, als »Priesterin des esoterischen Nationalsozialismus«, als »Prophetin des arischen Revivals«, als »Philosophin von Hitlers kosmischem Entwurf«, als »Pilgerin zu den heiligen Stätten des Nationalsozialismus« hoch verehrt.[3]

Savitri Devi – Ein europäisch-indisches Leben für Hitler

Die Französin wurde am 30. September 1905 in Lyon mit dem Namen Maximiani Portas geboren. Ihre Mutter war Engländerin, der Vater Grieche. Sie verbrachte ihre Jugend in Frankreich, verachtete jedoch den »republikanischen Geist« der Franzosen. Schon als Schulkind entschied sie sich für den Vegetarismus und setzte sich für die Rechte der Tiere ein. Ein hohes Maß an engagierter Tierliebe verbunden mit einem hohen Maß an rassistischer Menschenverachtung sollte sie bis an ihr Lebensende kennzeichnen. Diesen Charakterzug teilte sie mit Adolf Hitler und Heinrich Himmler. Als Elfjährige rief sie – während des Ersten Weltkrieges – an einem Lyoner Bahnhof: »Nieder mit den Alliierten! Lange lebe Deutschland!«[4] In den Versailler Verträgen sah sie einen Verrat an den Deutschen. Ihr schon in frühester Jugend ausgeprägtes Interesse an deutscher Philosophie, national-deutscher Geschichte und Politik nahm von Jahr zu Jahr zu.

Mit Erfolg studierte sie Psychologie, Logik, Soziologie und Geschichte. Später folgten Studien in Chemie und Mineralogie, dann promovierte sie in einer mathematischen Disziplin, aber ihre intellektuellen Leidenschaften galten der Mythologie und der Tagespolitik. Im Hellenismus glaubte sie arische Wurzeln zu erkennen und erklärte ihn zu einer »Zivilisation von Eisen, die in der Wahrheit fußt, eine Zivilisation mit all den Tugenden der alten Welt, ohne die Schwächen und ohne die technischen Errungenschaften des modernen Zeitalters, ohne moderne Heuchelei, Kleinlichkeit und moralisches Getue.«[5] 1928 entschied sich Portas für die griechische Staatsbürgerschaft, nachdem sie schon vorher in einer nationalistischen, großgriechischen Bewegung (*Megali Idea*) aktiv gewesen war.

Im selben Jahr reiste sie nach Palästina und fühlte sich dort von Juden, Moslems und Christen gleichermaßen abgestoßen. Diese Reise hat sie – nach eigenen Worten – zur Nationalsozialistin gemacht.[6] Ein grenzenloser Antisemitismus und eine kompromisslose Ablehnung ihres judeo-christlichen Erbes waren die Folge. In Athen bestärkten die Swastika-Zeichen am Palast Ilion, der im 19. Jahrhundert von dem deutschen Archäologen Heinrich Schliemann bewohnt wurde, Portas' Begeisterung für die arische Sache. Sie kannte die Diskussionen, die Schliemann und andere Gelehrte im 19. Jahrhundert über die gemeinsamen »arischen« Wurzeln der homerischen Mythen und der vedischen Tradition Indiens geführt hatten. Ebenfalls berief sie sich auf den deutschen Philosophen Friedrich Schlegel. Dieser hatte schon zu Beginn des 19. Jahrhunderts in der Sanskrit-Kultur das Werk einer arischen Meisterrasse gesehen, die, vom Norden kommend, die hohe Kultur Indiens prägte – dieselbe Rasse, welche auch am Ursprung der europäischen Völker gestanden sei. Das Hakenkreuz galt – nach Devi – beiden Kulturen, der indischen wie der griechischen, als zentrales Symbol. Später erklärte sie das »Sonnenrad der Arier« (der Swastika) zum »sichtbaren Verbindungsglied zwischen Hitler und dem orthodoxen Hinduismus.«[7]

Schon sehr früh ließ sich Portas von theosophischen Schriften beeinflussen. Auch diese brachten sie in Kontakt mit Indien, das sie 1932 zum ersten Mal besuchte, um dort Religionsstudien zu betreiben und nach den »arischen Traditionen« zu suchen. Sie war von dem asiatischen Subkontinent fasziniert. Selbst die Straßenverkäufer – so Portas – könnten hier das große nationale Epos, den *Mahabharata*, zitieren. Uneingeschränkt bewunderte sie das indische Kastensystem, an dessen Spitze die Brahmanen, »der Triumph einer arischen Minorität über die Jahrhunderte«, standen.[8] Für sie hinderte die Aufteilung der Gesellschaft in Kasten die »verhängnisvolle« Vermischung der verschiedenen Rassen und garantierte die Konservierung des reinen Blutes. In der rassischen Reinheit des Brahmanentums glaubte sie die physisch-spirituelle Vollendung des Menschen (Schönheit, Intelligenz, Willens- und Durchsetzungskraft) zu entdecken. Mit Verachtung hätten die frühen Arier auf die dunkelhäutigen und breitnasigen Drawiden herabgesehen und Portas fand das gut so. Das schon mehrmals zitierte Buch von Bâl Gangadhar Tilak über den »arktischen« Ursprung der Arier (*The Arctic Home in the Vedas*) wurde für sie zur »Bibel« und so sah sie in Indien »das letzte große Land der arischen Zivilisation und großteils der arischen Sprache und Rasse, wo ein lebendiges und schönes Heidentum sowohl die Religion der Massen wie auch die der Intelligenzija darstellt.«[9]

Die zukünftige Frau »Devi« bereiste das Land, lernte Hindi und Bengali und wünschte sich den Subkontinent als Heimat. Sie war davon überzeugt, dass sich nur die indischen Götter erfolgreich der von ihr so gehassten jüdisch-christlichen Kultur entgegenstellen könnten. »Für diejenigen der Indo-Europäer, die die Eroberung des heidnischen Europas durch die Christenheit als Dekadenz betrachten, kann ganz Hindu-Indien als die letzte Festung uralter Ideale angesehen werden, von sehr alten und schönen religiösen und metaphysischen Lehren, die in Europa schon entschwunden sind. Der Hinduismus ist deswegen der letzte blühende und fruchtbare Zweig eines riesigen Baumes, der zweitausend Jahre lang abgeschlagen und zerstückelt wurde.«[10]

Um ihre Zugehörigkeit zu Indien nach außen hin zu demonstrieren, wählte Maximiani Portas ihren spirituellen Namen, unter dem sie später publizierte, aus der hinduistischen Götter-Dynastie. Sie nannte sich Savitri Devi, das heißt nach indischer Vorstellung, sie erlebte sich als eine Emanation der Göttin Savitri (Devi bedeutet Göttin). Savitri ist »die Schutzpatronin der Zauberpriesterkunst, des Brahmanentums«.[11] Man kennt daneben noch die Legende von einer irdischen Savitri, die ihren Gatten, den Prinzen Satyavan, aus dem Reiche der Toten befreite.

1937 traf Savitri Devi den Brahmanen Srimat Swami Satyananda, Präsident der Hindu-Mission in Kalkutta, und bot ihm ihre Dienste an. Satyananda war von der französischen Griechin, die Hitler und Deutschland so sehr verehrte, tief beeindruckt. Von selber verwies er auf das Hakenkreuz als das gemeinsame Symbol der beiden arischen Völker – der Deutschen und der Hindus. Dann eröffnete er ihr, dass Hitler ein Avatar (eine Inkarnation) des hinduistischen Gottes Vishnu sei. In dem NS-Führer wirke eine metapolitische Kraft, welche die kosmische Ordnung wieder herstellen könne. Die »Schüler« Hitlers seien deswegen die spirituellen Brüder der Hindus. Eine solche für Europäer erstaunliche religiöse Doktrin war jedoch für das damalige Indien nichts Außergewöhnliches. Es gab zu dieser Zeit viele Hindus, die entweder im Sowjetkommunismus oder im »Dritten Reich« einen Bündnispartner für ihren Kampf gegen die englische Kolonialmacht sahen und die Fotografien der beiden Diktatoren Adolf Hitler und Josef Stalin auf ihre Heimaltäre stellten, ihnen *bhakti* (Verehrung) entgegenbrachten und sie als die menschlichen Inkarnationen von Göttern anbeteten.[12]

Ende der 1930er-Jahre arbeitete Devi unermüdlich als Brückenschlägerin zwischen nazistischen Ideen und dem Hinduismus, suchte und fand Kontakte zu einschlägigen intellektuellen Zirkeln, die sich besonders mit den arischen Ursprüngen der indischen Kultur auseinander setzten. Sie engagierte sich in extrem nationalistischen Bewegungen wie *All India Hindu Mahasabha* und *Rashtriya Swayamsevak Sangh* (RSS). Die Mahasabha-Bewegung marschierte unter einer orangenen Flagge, die ein grünes Hakenkreuz als Symbol trug. Nach dem Einmarsch der Deutschen in die Tschechoslowakei (1939) erklärte ein Sprecher des indischen Rechtsextremismus: »Deutschlands heilige Idee einer Wiederbelebung der arischen Kultur, der Glorifizierung des Hakenkreuzes, seine Patronage des vedischen Wissens und seine glühende Unterstützung der indogermanischen Zivilisation werden von den religiösen und feinfühligen Hindus Indiens mit jubilierender Hoffnung begrüßt. […] Deutschlands Kreuzzug gegen die Feinde der arischen Kultur wird alle arischen Nationen der Welt sensibel machen und wird die indischen Hindus für die Restauration ihrer verlorenen Glorie erwecken.«[13]

Nehru und andere Kommentatoren sahen später in der RSS eine indische Variante des europäischen Faschismus.[14] In der Tat waren Kreise aus dieser Partei tief von Hitlers Rassenideologie beeindruckt: »Deutscher Nationalstolz ist zum Hauptereignis des Tages geworden«, schrieb damals der RSS-Führer Madhav Sadashiv Golwalkar. »Indem es die Reinheit seiner Rasse und Kultur aufrechterhielt, schockte Deutschland die Welt, als es das Land von den semitischen Rassen – den Juden – säuberte. Rassenstolz höchster Qualität wurde hier zum Ausdruck gebracht. Deutschland hat auch gezeigt, wie es für Rassen und Kulturen, die fundamentale Differenzen haben, fast unmöglich ist, in ein gemeinsames Ganzes zusammengefasst zu werden – eine gute Lehre für uns in Hindustan, um davon zu lernen und daraus Profit zu ziehen.«[15]

1939 publizierte Savitri Devi *A Warning to the Hindus* (»Eine Warnung an die Hindus«). In diesem Pamphlet attackierte sie den indischen Nationalkongress wegen seiner »Politik der Profanisierung« und warnte vor einer islamischen Überflutung des Landes. Ein Kapitel mit dem Titel »Indisches Heidentum: Der letzte lebende Ausdruck der arischen Schönheit« ist ihren rassistischen Ideen gewidmet. Am Ende des Textes fordert sie eine totale Militarisierung der Hindugesellschaft gegen die muslimische Gefahr.

Im gleichen Jahr begegnete sie dem bengalischen Brahmanen Asit Krishna Mukherji, ein Verleger mit großen Hitler-Sympathien und ein Rassenfanatiker. Auch Mukherji sah in der NS-Hakenkreuz Fahne eine Verwandte der Pan-Hindu-Flagge mit ihren »arischen« Symbolen Lotus, Schwert und Swastika. Er gab von 1935 bis 1937 die Zeitschrift *The New Mercury* heraus, ein indisches Nazi-Blatt, das durch das deutsche Konsulat in Kalkutta unterstützt wurde. Dort erschienen übersetzte Exzerpte aus *Mein Kampf*, ein Aufsatz über Hitlers Architekturvisionen und Spekulationen über den arktischen Ursprung der Arier. Mukherji betonte die Parallelen zwischen der Hitlerjugend und den militanten RSS-Jugendverbänden und verglich den kriegerischen Geist des Dritten Reiches mit der Kshatriya-Tradition aus dem *Mahabharata*. Im Juni 1940 heiratete Savitri Devi ihren Gesinnungsgenossen in einer Hindu-Zeremonie. Die beiden Mukherjis arbeiteten fortan als Spione für die Achsenmächte und die Japaner. Zu ihren Freunden zählte auch der Pandit Rajwade aus Poona, der Hitler als den »König Chakravartin von Europa« tituliert haben soll.[16]

Als sich der Krieg zu Ende neigte, hatte Devi eine Studie (*A Son of God*) über den ägyptischen Pharao Echnaton (Akhnaton) und seinen exzessiven Sonnenkult verfasst. Sie sah in Echnaton einen (selbstverständlich arischen) Vorläufer der modernen Physik, der schon mehr als tausend Jahre v. Chr. die physikalischen Prinzipien der Energieumwandlung erkannt habe. Diese Biografie des ägyptischen »Sonnenkönigs« war für sie wie die Flucht in einen Raum »jenseits der Zeit«, konnte aber ihre große Enttäuschung über die Niederlage der Deutschen kaum lindern. Die Nazi-Verehrerin war zutiefst entmutigt und verzweifelt. So begab sie sich im Oktober 1945 auf ein Fest der Göttin Kali im berühmten Kalighat-Tempel von Kalkutta. Kali wird im Hinduismus als die Herrin des Schreckens, der Zerstörung und des Untergangs verehrt. Am Ende der Zeiten vernichtet sie mit grenzenloser Wut alles Leben. Ihre Ikonografie zeigt, wie sie ein Schwert und einen abgeschlagenen Kopf in ihren Händen hält, aber sie hat noch zwei zusätzliche Arme, die für ihre Anhänger den Segen austeilen. Voller Verzweiflung warf sich Savitri Devi vor das Standbild der schwarzen [!] Göttin und flehte diese an, den Untergang des Dritten Reiches zu rächen und die Richter des Nürnberger Prozesses, der gerade erst begonnen hatte, zu vernichten. Sie schwor, nach Europa zu reisen und alles zu tun, um die Nazi-Ideologie am Leben zu halten und sie durch die Apotheose des »Führers« nach hinduistischem Vorbild mit neuer Kraft zu versorgen.

»Adolf Hitler, der Erwählte der Unsichtbaren Mächte«

Die Untergangsgöttin Kali muss sie gestärkt haben, denn im November 1945 verließ Savitri Devi Indien mit dem »eisernen Willen«, in Europa als ideologische Untergrundkämpferin für die Renaissance des Nazismus tätig zu sein. Zuerst ging sie nach England und von dort 1947 nach Island, um auf der Insel der Sagas eine Begegnung der alten nordischen Götter mit den hinduistischen Gottheiten zu zelebrieren, beide – nach Devi – Vertreter einer gemeinsamen arischen Urreligion. »Mitgerissen von einer religiösen Ergriffenheit«, sang sie angesichts eines Vulkanausbruchs (Hekla, 5. April 1947) das indische Mantra »AUM« und vermischte es mit dem Schrei, der aus Millionen deutscher Kehlen geklungen ist: »Sieg Heil!« Die beiden miteinander vertonten Mantren verstand sie als eine Hymne an den Gott Shiva, den Herrn der Zerstörung.[17] Während dieser Reise sollen – nach Goodrick-Clarke – die Wurzeln des mittlerweile weit verbreiteten Nachkriegs-Odinismus (Verehrung des Gottes Odin) gelegt worden sein.

1948 ging sie nach Deutschland, um Kontakte zu alten Nazis zu knüpfen und selbst aktiv zum Widerstand gegen die Besatzungsmächte aufzurufen. In Köln verteilte sie Flugblätter mit NS-Inhalten. »Männer und Frauen Deutschlands!«, war darin zu lesen. »In der Mitte unsäglicher Mühsal und Leidens haltet fest an eurem gloriosen nationalsozialistischen Glauben und leistet Widerstand! Bekämpft die Menschen, bekämpft die Mächte, die daran arbeiten, die deutsche Nation und die ganze Welt zu entnazifizieren. Nichts kann zerstört werden, was auf der Wahrheit aufbaut. Wir sind das reine Gold, das zur Prüfung in den Feuerofen gelegt wurde. Lasst den Ofen lodern und knistern. Nichts kann uns zerstören. Eines Tages werden wir rebellieren und erneut triumphieren. Hofft und wartet! Heil Hitler!«[18] Andere Flugblätter suggerierten, Hitler habe überlebt: »Und er wird bald zurückkehren, mit ungeheurer Macht. Leistet Widerstand gegen unsere Verfolger! Hofft und wartet. Heil Hitler! S. D.« Auf demselben Flugblatt ist das bekannte Nazi-Lied abgedruckt: »Wir werden weiter marschieren, / wenn alles in Scherben fällt; / denn heute gehört uns Deutschland / und morgen die ganze Welt.«[19]

Wegen nazistischer Umtriebe wurde sie von der Alliierten Kontrollkommission inhaftiert. Den untersuchenden britischen Offizier verwickelte sie ständig in Gespräche über ihre rechtsextremen Ideen: Eugenik, das Kastensystem, den Hinduismus als die einzig überlebende arische Kultur. Devi war nicht nur eine devote Nonne ihres Gottes Adolf Hitler, sondern sie arbeitete schon früh an einer dramatischen Selbststilisierung.[20] Die Tage vor dem Gerichtsurteil benutzte sie, um von sich das »tragische« Bild einer Märtyrerin, die dem Tod entgegengeht, zu malen. »Da wird nun die Freude des letzten Sonnenaufgangs auf meinem Gesicht erleuchten«, deklamierte sie, »die Vorbereitungsfreude für den größten Akt meines Lebens [...] Eingehüllt in einer meiner besten Saris – in Scharlach und Gold, wie an meinem Hochzeitstag in den 40ern (Ich hoffe, sie werden mir nicht diese Vergünstigung verweigern) – werde ich den Ort meiner Exekution betreten, das Horst-Wessel-Lied singend. Ich, Savitri Devi, als die Botschafterin des südlichsten und östlichsten Ariertums ebenso als die Tochter des nördlichen und südlichen Europas. Und, indem ich meinen rechten Arm ausstrecke, fest und weiß in der Sonne, werde ich glücklich sterben mit einem Schrei der Liebe und Freude auf den Lippen, zum letzten Mal werde ich als Herausforderung an alle Anti-Nazi-Kräfte die heiligen Worte ausrufen, in denen sich mein lebenslanger Glauben verdichtet: *Heil Hitler!* Ich kann mir kein schöneres Ende vorstellen.«[21] Dann hielt sie sich ein Bild des »Führers« an die Brust und sang Hymnen an Lord Shiva, den hinduistischen Gott der Zerstörung.

Das Urteil aber war keineswegs so dramatisch. Savitri Devi musste als unbelehrbare Nazi-Anhängerin knapp sechs Monate im Gefängnis Werl (Westfalen) verbüßen. Dort befreundete sie sich mit verurteilten KZ-Wächterinnen, die in den Euthanasie-Programmen des berüchtigten Konzentrationslagers Bergen-Belsen involviert waren. Sie spendete ihnen Trost und verkündete ihnen die Lehre von der arischen Wiedergeburt. Die engagierte Kämpferin für die Rechte der Tiere kannte nicht das geringste Erbarmen, wenn es um die »Ausrottung der Juden« ging. Dabei stellte sie die Existenz der Vernichtungslager keineswegs in Frage, sondern hielt diese für notwendig. »Gewalt« sei dort jedoch nur gegen diejenigen angewandt worden, die sich gegen die Lagerordnung aufgelehnt hätten.

Umgekehrt war sie zutiefst erschüttert von Racheakten, die Juden nach ihrer Befreiung an KZ-Wächtern begangen hatten. Savitri Devi rief die schwarze Göttin Kali zur Gegenrevanche auf: »Sie haben euch [ehemalige SS'ler] den Juden vorgeworfen, räche sie, oh erbarmungslose, unwiderstehliche Macht. Mutter der Zerstörung, räche sie!«[22] In ihren beiden Büchern *Defiance* (»Widerstand« – 1950) und *Gold in the Furnace* (»Gold im Schmelztiegel« – 1952) beschreibt sie die Zeit im

Nachkriegsdeutschland, wie sie von ihr erlebt wurde. In beiden Texten werden kleine, unbedeutende Nazis, denen sie begegnete, zu Heroen und Märtyrern hochstilisiert.

Nach ihrer Entlassung ging sie erst nach Frankreich, um 1953 zu einer nationalsozialistischen »Pilgerreise« nach Deutschland/Österreich, ins »heilige Land der Arier«, zurückzukehren. Diese Reise muss als ein Versuch angesehen werden, wichtige Lokalitäten und Territorien des NS-Bewegung in heilige Orte und Kultstätten ihrer neo-nazistischen Religion umzuwandeln. So besuchte sie Hitlers Geburtshaus in Braunau. Dort imaginierte sie das Hitler-Kind als den kommenden Messias: »Ein Kind, aus dessen Gesicht das Licht unendlicher Liebe und die Flammen des Genius schon leuchten; ihr [gemeint ist Hitlers Mutter Klara] Sohn, Adolf Hitler, der Erwählte der Unsichtbaren Mächte.«[23] Sie betete am Grab von Hitlers Eltern, »dem letzten Gliede in einer endlosen Kette privilegierter Generationen, die dazu bestimmt waren, Deutschland den Größten seiner Söhne, der westlichen Welt den einzigen Retter des eigenen Blutes zu schenken.«[24]

Am 20. April 1953 – Hitlers Geburtstag – stand sie erneut vor seiner Geburtsstätte und erkannte erneut in ihm den Boten überirdischer Kräfte, den Sohn der indoarischen Götter: »Aber die unsichtbaren Mächte, deren undurchschaubares Spiel hinter dem Mysterium der Erbfolge liegt, hatten beschlossen, dass all die Intelligenz und die Intuition, dass all die Willensmacht und das Heldentum von Generation zu Generation – in diesem Kind ihren höchsten Ausdruck finden sollte; dass das Baby göttlich sein sollte: dessen Bewusstsein eines Tages zu nichts anderem wurde als zu dem tieferen Bewusstsein seines Volkes und seiner Rasse, für alle Zeiten, die da kommen werden, und dessen Traum es war, eine neue Zivilisation zu inspirieren. [...] Und zum angezeigten Zeitpunkt – um 18 Uhr nachmittags – kam das Kind zur Welt, das unbeachtete Meisterstück eines zweifachen kosmischen Spiels: das mystische Kunstwerk des arischen Blutes in unendlicher Zeit und der mysteriöse Einfluss einer anderen Welt im unendlichen Raum. [...] Er, ein Kind der Sonne; ein vorbestimmter Kämpfer gegen die Kräfte des Todes und ein Retter des Menschen, ausgezeichnet für die Führerschaft, den Sieg, für das Sterben und die Unsterblichkeit.«[25]

In Linz traf sie auf Hitlers ehemaligen Lehrer, der nur das Schönste über seinen Schüler zu berichten wusste. Sie stieg auf den Obersalzberg mit dem »idyllischen« Berghof, an den sie bei einem späteren Besuch den Spruch schrieb: »Einst kommt der Tag der Rache!«[26] In München bewunderte sie die Feldherrnhalle und den Königsplatz, beide verbunden mit dem Putsch vom 9. November 1923, dem Bluttag des Nazi-Regimes. In Nürnberg besuchte sie die Luitpoldarena und die Zeppelinwiese, wo die gigantischen NS-Parteitage stattfanden. Dort betrat sie auch den Justiz-Palast, in dem der Internationale Militär-Gerichtshof am 18. Oktober 1945 den Nürnberger Prozess gegen hohe Nazi-Funktionäre eröffnet hatte. Dann ging sie nach Landsberg, wo Hitler *Mein Kampf* geschrieben hatte und wo die Todesurteile des Militärgerichtshofes gegen elf Chefadministratoren des Dritten Reiches vollstreckt wurden. Devi machte aus ihnen die elf Märtyrer ihrer germano-hinduistischen Religion: »Marschiert im Geiste mit in unseren Reihen«, rief sie den Gehängten, Generalfeldmarschall Wilhelm Keitel, dem SS-General Kaltenbrunner, dem NS-Chefideologen Rosenberg, dem Generalsekretär des SS-Ahnenerbes Wolfram Sievers und den anderen entgegen, »und lebt in uns für immer, ihr Großen, die ich nie gesehen habe, aber die ich liebe; enge Mitarbeiter unseres unsterblichen Führers, lebt in mir, solange ich lebe!«[27] An all diesen markanten und makabren Orten der NS-Bewegung beschwor sie als »Hohepriesterin« die alten Schreckensgeister. Immer wieder wird sie während dieser Pilgerfahrt von Visionen heimgesucht, in denen ihr der »Führer« erscheint und sie anspricht: »Lebe für mein Deutschland! Und du wirst mich niemals verlassen, wo immer ich bin!«[28]

Zwei Jahre wohnte Devi in Emstetten (Westfalen) im Hause von Nazi-Sympathisanten, wo sie in dem Buch *Pilgrimage* ihre Wallfahrten zu den »heiligen« Plätzen des Nationalsozialismus zusammenfasste. Sie vollendete hier auch ihr Hauptwerk *The Lightning and the Sun* (»Der Blitz und die Sonne«) und unternahm weitere Pilgerreisen durch das »heilige Land der Arier«, unter anderem zum Hermanns-Denkmal im Teutoburger Wald und zu den Externsteinen. Dort legte sie sich in eines der aus dem Felsen geschlagenen Gräber und empfing die mystische Vision von einem arischen Endsieg. Wieder verband sie, laut singend, die beiden Mantren, das »östliche« und das »westliche«. Zuerst rief sie den indischen Zerstörergott Shiva mit seinem Beinamen »der Schreckliche« an: »Aum Shiva-yam! Aum Rudra-yam!«, dann folgte das westliche Mantra: »Heil Hitler!«[29]

Unermüdlich war sie damit beschäftigt, ihren »religiösen Hitlerismus« zu verankern. England, Schweden, Deutschland, Spanien, Ägypten standen auf ihrer Reiseliste. In all diesen Ländern traf sie auf alte und junge Nazis, sprach ihnen Mut zu und fand mit ihrem extravaganten Hitlerkult ein offenes Gehör. Zu ihren Bekanntschaften zählten Prominente wie das Luftwaffenidol Hans Ulrich Rudel, der in Ägypten tätige Judenhasser Professor Johannes von Leers, der berühmte SS-Abenteurer Otto Skorzeny, der das Untertauchen alter Nazis durch die Geheimorganisation ODESSA ermöglicht hatte und der dabei war (mit Unterstützung der CIA), einen internationalen Ring ehemals überzeugter NS-Männer zu rekrutieren, die sich im Kampf gegen den Weltkommunismus engagieren sollten. Ihm, dem skrupellosen Pragmatiker, kam Savitri Devi als eine idealistische Ideologin sehr gelegen und er lud sie zu sich nach Madrid cin. Er las ihre Bücher und ermunterte sie zu weiteren Publikationen. In Spanien traf Devi auch auf Léon Degrelle, den belgischen faschistischen Rexisten-Führer und späteren Kommandanten der Wallonischen Waffen-SS-Division. Auch Degrelle bewunderte Devis Œuvre und schätzte sie als eine hervorragende Autorin. Sie sprach mit dem Asien-Forscher Sven Hedin und war sich mit ihm einig, dass es zu einem arischen Rivival kommen werde.

Innerhalb der neonazistischen Internationale begann man sie mehr und mehr zu schätzen. In England traf sie mit dem britischen Nazi-Führer Oswald Moseley zusammen. Sie wurde in der gesamten rechtsextremen Szene Großbritanniens herumgereicht. Sie war Mitbegründerin der World Union of National Socialists (WUNS). Aber auch unter den Neo-Nazis Amerikas, Frankreichs und Italiens galten ihre Bücher als der absolute Geheimtipp.

1971 kehrte sie nach Indien zurück und arbeitete an ihrer Autobiografie. 1977, nach dem Tode ihres Mannes, setzte sie ihre Korrespondenz mit Neonazis in Europa und Amerika fort, darunter mit dem chilenischen Diplomaten Miguel Serrano, der Savitri Devi zu einer »Priesterin Odins« erklärte. Serrano, auf den wir noch zu sprechen kommen, verdankt der Inderin sehr viel. Insbesondere übernimmt er von ihr die Vorstellung, dass Hitler ein Avatar gewesen sei. Es ist deswegen kein Wunder, dass er sie als »die größte Kämpferin nach Adolf Hitler, Rudolf Heß und Joseph Goebbels [bezeichnete], die Erste, die das Geheimnis und die spirituelle Macht hinter dem Hitlerismus erkannt hat.«[30]

1982 starb die 77-Jährige in London. Sie wollte zu einer Vortragsreihe in sieben Städten der USA aufbrechen. Eine Urne mit ihrer Asche wurde in die USA gebracht und dort in der Nazi-Ehrenhalle von Arlington aufgestellt. Ein Bild von ihr, drapiert mit einer Trauerschärpe, die Hitler gehört haben soll, kann dort »angebetet« werden. In der internationalen Neonazi-Szene hat »Hitlers Priesterin« mittlerweile den Status einer Heiligen. »Der Name Savitri Devi«, heißt es in einer Hagiografie, »wird in der weißen Geschichte als einer der wahrlich großen Namen unserer Rasse erinnert werden, wenn unsere Geschichte einst wieder von weißen Historikern geschrieben wird.«[31]

Der Vishnu Purana als mythologische Grundlage für Savitri Devis »religiösen Hitlerismus«

1958 erschien Savitri Devis Opus Magnum *The Lightning and The Sun,* in dem sie die ausgereifte Theorie von Hitler als Vorläufer des 10. Avatars des indischen Gottes Vishnu entwickelt. Die ersten Sätze des Buches lauten: »Das gottähnliche Individuum unserer Zeiten; der Mann gegen die Zeit, der größte Europäer aller Zeiten; beides Sonne und Blitz: Adolf Hitler.«[32]

Als literarische Grundlage diente ihr der *Vishnu Purana*, ein traditioneller Text, in dem das Leben auf Erden in vier zyklische Weltzeitalter aufgeteilt ist, die eine abnehmende Länge aufweisen. Der große Zyklus beginnt mit dem Goldenen Zeitalter (Krta-Yuga oder Satya-Yuga) und endet im Zeitalter des Untergangs, dem Kali-Yuga, der Epoche der Dunkelheit, welche die gesamte Menschheit in den Abgrund reißt. Die Farbe des Krta-Yuga, das auch »Zeitalter der Götter« (Deva-Yuga) genannt wird, ist weiß, die des Kali-Yuga ist schwarz.[33] Die Menschen des Goldenen Zeitalters waren kräftig, hochgewachsen, schön und erfreuten sich beständiger Jugend. Gerechtigkeit und Frieden herrschte. Die Ahnen wurden verehrt und die Angehörigen der unteren Kasten waren den oberen voll ergeben. Es gab keine »Lästerer der Götter, Brahmanen und Weisen«.[34]

Im schwarzen Zeitalter zerbricht die heilige Ordnung des Krta-Yuga vollends, nachdem sie sich schon in den beiden mittleren Zeitaltern (dem Treta- und Dvapara-Yuga) zunehmend verschlechtert hat. Das Endzeitszenario, welches uns das Kali-Yuga bietet, beschwört Zerstörung, Krieg, Sittenverfall, Vermischung, ja Auflösung der Kasten. Als besonders dekadent wird die Tatsache hervorgehoben, dass es Angehörige der untersten Kasten jetzt wagen, die heiligen Texte (die *Veden*) zu lesen und sich anmaßen, über brahmanisches Wissen zu verfügen. Am Ende des Verfalls gibt es nur noch Shudras, Mitglieder der Unterkasten. Die ganze Welt ist voll von Ketzern, Ehebrechern, Vergewaltigern, Mördern, Räubern, Dieben, Lügnern. Wenn die Leiden und Verbrechen ihren Höhepunkt erreicht haben, kommt es zum allgemeinen Kollaps.

Damit ist aber auch die Wende erreicht. Der Weltenkreislauf schließt sich und das Goldene Zeitalter kann neu beginnen. Genau an diesem Schnittpunkt zwischen dem Untergang des Kali-Yuga und der Restauration des Krta-Yuga erscheint eine messianische Gestalt, die zehnte Inkarnation des Gottes Vishnu, der kommende Avatar (*Avatara*). Schon neunmal hat sich Vishnu inkarniert und die Menschheit vor dem Untergang gerettet, in seiner achten Inkarnation erschien er als Lord Krishna, in seiner neunten als Lord Buddha und in seiner zehnten wird er als der Kalki erscheinen, als der Rächer, der die Welt von der Befleckung reinigt. Als Krishna-Vishnu sprach er in der *Bhagavadgita*: »Immer wenn das Recht darniederliegt und das Unrecht sich erhebt, erschaffe ich mich selbst zum Schutze der Guten und zur Vernichtung der Bösen, um das Recht zu befestigen, werde ich in jedem Weltenalter geboren.« (IV Vers 7–8)

Der Geburtsort des Vishnu-Kalki heißt Shambhala, sein Reittier ist ein Schimmel. »Auf seinen bloßen Gedanken werden ihm alle Streitwagen, Waffen, Kämpfer und Panzer zur Verfügung stehen; im Rechte siegreich, wird er ein weltbeherrschender König, ein *raja cakravarti* [Chakravartin] sein. Er wird die in Verwirrung befindliche Welt zum Frieden führen. Als feuriger […] Brahmana erhebt sich der Hochgesinnte und macht dem Verderben ein Ende. Er vernichtet alles und bringt das Yuga zu Ende […]. Von Brahmanen umringt, wird er die Bösen, wo immer sie sich befinden mögen, und alle Barbarenhorden und Räubervölker vernichten.«[35] Andere Texte bezeichnen den Vishnu-Kalki ausdrücklich als »Weltzerstörer«, ja setzen ihn mit der Gestalt des Todesgottes gleich.[36] Nach seinem Sieg restauriert er das goldene Zeitalter und stellt die Kastenordnung wieder her. Im *Vishnu Purana* Buch 4 Kapitel 24 heißt es: »Wenn das Ende des Kali-Zeitalters nahe ist, wird ein Teil dieses göttlichen Wesens, das aus seiner eigenen spirituellen Natur heraus in der Art des Brahma existiert und das der Anfang und das Ende darstellt, und das alle Dinge versteht, hinab auf die Erde steigen: Er wird als Kalki in der Familie des *Vishnuyasas* einem hervorragenden Brahmanen aus dem Shambhala-Dorf geboren werden und er wird ausgestattet sein mit den acht übermenschlichen Fähigkeiten […] Er wird alle diejenigen zerstören, deren Bewusstsein sich der Niedertracht hingegeben hat. Er wird dann die Gerechtigkeit auf Erden neu errichten; und das Bewusstsein derer, die am Ende des Kali-Yuga leben, soll erleuchtet werden und soll so klar sein wie ein Kristall. Die Männer, die von den Tugenden dieser besonderen Zeit [dem Kali-Yuga] verändert wurden, sollen wie der Samen menschlicher Wesen sein, und sollen eine Rasse hervorbringen, welche den Gesetzen des Krta-Yuga folgt, dem Zeitalter der Reinheit.«

Adolf Hitler: eine Teil-Inkarnation der indischen Götter Vishnu und Shiva

Nach Savitri Devi war das Krta-Yuga die paradiesische Urzeit der alten Arier. »Jeder Mann und jede Frau, jede Rasse, jede Spezies befand sich da an ihrem richtigen Ort und die gesamte göttliche Hierarchie der Schöpfung war ein Kunstwerk, dem nichts hinzuzufügen und von dem nichts wegzudenken war.«[37] Das Kali-Yuga beginnt für sie ungefähr 3000 v. Chr. Es sind die monotheistischen Religionen (Juden, Christen, Moslems) die den allgemeinen Untergang beschleunigen. Danach folgt die moderne Welt mit ihren rationalen Ideen von Gleichheit, Freiheit und Brüderlichkeit.

1948 beschreibt sie die Dekadenz, Banalität, Selbstsucht, Heuchelei und den Zynismus des modernen Zeitalters als Ausdrucksformen des Kali-Yuga. Humanismus, individuelle Freiheit, religiöse Toleranz, Gleichberechtigung der Rassen erscheinen ihr als Verfallsformen. Ihre Kritik an der Konsumgesellschaft ist vernichtend. Weltgeschichte ist für sie Rassengeschichte. Sie beginnt mit dem Niedergang der schönen, starken und kriegstüchtigen arischen Urrasse und deren Wiederauferstehen. Ursache für den Verfall ist die Promiskuität mit Niederrassen. Devi zitiert auch hier einen Passus aus der *Bhagavadgita*: »Aus der Korruption der Frauen entsteht die Vermischung der Kasten und der Verlust der Erinnerung; aus dem Verlust der Erinnerung der Mangel an Verständnis und daraus alles Übel.«[38] Wir leben in einem Zeitalter, »in dem die Falschheit als Wahrheit ausgegeben wird und die Wahrheit als Falschheit oder wo sie als ungesund verspottet wird; in dem die Exponenten der Wahrheit, die göttlich inspirierten Führer, die wahren Freunde ihrer Rasse und allen Lebens – die gottgleichen Menschen – überwältigt, ihre Anhänger gedemütigt und das Gedenken an sie verleumdet werden, während man die Meister der Lüge als ›Retter‹ willkommen heißt; ein Zeitalter, in dem sich jeder Mann und jede Frau an ihrem falschen Platz befindet, und die Welt von niedrigen Individuen, bastardisierten Rassen und schändlichen Lehren beherrscht wird, alles Teile und Segmente eines inhärenten Schmutzes, schlimmer als die völlige Anarchie. [...] Die menschliche Geschichte, weit von einem Aufstieg zu etwas Besserem entfernt, befindet sich in einem ständig hoffnungslosen Prozess der Bastardisierung, der Entmännlichung und Demoralisierung der Menschheit; in einem unaufhaltsamen ›Fall‹.«[39] In den Juden mit ihrer Rassenmischung, ihrem Kosmopolitismus, Skeptizismus, Individualismus, Materialismus und Liberalismus verdichten sich die Unmenschen des Kali-Yuga.

Gegen die sich beschleunigende Dekadenz des Kali-Yuga lehnten sich – nach Savitri Devi – drei historische Persönlichkeiten auf, die sich typologisch unterschiedlich zur »Zeit« verhielten: Dschingis Khan kämpfte »in der Zeit«, der ägyptische Pharao Echnaton oder Akhnaton kämpfte »jenseits der Zeit« und Adolf Hitler kämpfte »gegen die Zeit«. Alle drei Herrschergestalten werden von ihr mit Sonnen- und Blitzsymbolen in einen Zusammenhang gebracht.

Unter den »Männern in der Zeit« versteht sie äußerst intelligente, manchmal sehr weitsichtige, aber immer bis zum äußersten skrupellose und despotische Kriegsherren des Kali-Yuga. Diese erbarmungslosen »Wirkagenten der Todeskräfte auf Erden« sind egozentrisch, materialistisch, skrupellos, gierig nach Macht, Gold und öffentlicher Anerkennung.[40] Dennoch handeln sie in einem göttlichen Auftrag. Ihre Amoralität ist geradezu die *conditio sine qua non*, damit sie zu den schrecklichen Vollstreckern des zyklischen Weltbildes werden können. Die »Männer in der Zeit« arbeiten »ohne Zögern und ohne Gewissensbisse im Sinne des nach unten treibenden Geschichtsprozesses und auf seine logische Schlussfolgerung hin: die Vernichtung des Menschen und des Lebens«.[41] In dieser Beschleunigung des Untergangs besteht ihr kosmischer Auftrag. Devi sieht in Dschingis Khan den typischen Vertreter eines »Mannes in der Zeit«. Der Mongole habe keinerlei Ideologie verfolgt, reines Überleben und die Akkumulation von immer mehr Macht seien die beiden einzigen Motive gewesen, die ihn angetrieben hätten. In Dschingis Khan manifestierten sich die schrecklichen Zerstörungskräfte der indischen Götter Shiva und Mahakala.[42] Sein hervorstechendes Symbol war der »Blitz«, seine Feldzüge waren »Blitzkriege«.

»Männer jenseits der Zeit« sind dagegen »Heilige«, welche noch die spirituelle Autorität des Satya-Yuga (oder Krta-Yuga), des »Zeitalters der Wahrheit« repräsentieren, auch wenn sie im Kali-Yuga leben. Im alten Indien waren es die Brahmanen, die Berater und Mentoren der Könige und Krieger. Heute, in der Epoche der Dekadenz, komme solchen Männern immer weniger Bedeutung zu. Ihre rein spirituelle Ausrichtung gebe ihnen nicht die Kraft, gesellschaftspolitische Veränderungen auszulösen. Buddha und Christus, denen Savitri Devi eine arische Abstammung unterstellt, gelten als repräsentative »Männer jenseits der Zeit«. Als Hauptbeispiel verweist sie auf Akhnaton, den ägyptischen Pharao, der einen exzessiven Sonnenkult in Ägypten einführte. Schon in ihrem Buch *A Son of God* hatte sie ihn als einen »Mann jenseits der Zeit« glorifiziert, »der versucht habe, seine lichten Ideale auf das dunkle Zeitalter zu übertragen, ohne die Tatsache in Rechnung zu stellen, dass Gewalt das Gesetz jeglicher Revolution innerhalb der Zeit ist, vor allem im dunklen Zeitalter (dem Kali-Yuga der Hindus)«.[43] Echnatons Symbol war die »Sonne«. Sein Reich sollte an das leuchtende Goldene Zeitalter am Beginn eines Weltenzyklus erinnern, das auch in seinen Tagen schon längst untergegangen und vergessen war. Wissenschaft und Frieden galten als die beiden Grundlagen, auf denen Echnatons Sonnenkult aufbaute.

Was charakterisiert nun die »Männer gegen die Zeit«? Sie agieren als mutige Helden gegen das Kali-Yuga in der Absicht, das verlorene Goldene Zeitalter zu restaurieren. Obgleich sie vom Licht, das von den »Männern jenseits der Zeit« (wie Echnaton oder Buddha) ausstrahlt, ebenfalls durchleuchtet werden, wissen sie, dass ohne Gewalt das dunkle Zeitalter nicht überwunden werden kann. So stellen sie sich mit Todesverachtung gegen die herrschende Zeit, um die Welt aus den Fängen der Dunkelheit zu befreien. Ihre Gewaltbereitschaft und Skrupellosigkeit, ihr eiserner Wille und ihre militärische Ausrichtung sind Qualitäten, welche die »Männer in der Zeit« auszeichneten. Ihre hohe Ethik, ihre Güte [!], ihr spirituelles Selbstverständnis erweise sie als »Männer jenseits der Zeit«. So verbänden sie »Blitz« (*Light-*

ning) und »Sonne« (*Sun*) in einer Person. Sie seien gleichzeitig Zerstörer und Kulturgründer, Todesboten und Visionäre. Die »Männer gegen die Zeit« erweisen sich als militante Mystiker, die mit Flammenwerfern Länder und Völker verbrennen und gleichzeitig den Sonnenschein einer neuen Ordnung, der göttlichen Gerechtigkeit zum Scheinen bringen.

Hitler kombinierte nun für Devi beide Lichtmetaphern in seiner Person: den »Blitz« und die »Sonne«. Als Kriegsherr und als Vernichter der jüdischen Rasse war er eine Gestalt des »Blitzes«, als Architekt und Staatsmann eine Gestalt der »Sonne«. Seine Liebe für Kinder, Mütter und Hunde, seine Sorge um die Jugend, sein Vegetarismus und seine persönliche Bescheidenheit zeigten Hitler als einen gütigen, spirituellen Menschen, als einen »Mann jenseits der Zeit«. Seine kompromisslose Haltung gegenüber den Juden, sein entschiedener Einsatz für die reinblütige germanische Rasse, sein unerbitterliches und todesmutiges Kriegethos, seine stählerne Willenskraft erwiesen ihn als »Mann in der Zeit«. Er kämpfte wie Dschingis Khan mit Gewalt »in der Zeit«, aber er kämpfte für ein Friedensreich »jenseits der Zeit«, welches an das »Sonnenimperium« des Akhnaton erinnern sollte. Adolf Hitler war deswegen ein Mann »gegen die Zeit«, zugleich »Sonne« und »Blitz«.

Savitri Devi verehrte in ihm den Führer der pan-arischen Welt gegen das degenerierte System des Westens, gegen das dunkle Zeitalter, das durch Rassenmischung seinem Untergang entgegenstürzt. Hitler wollte – ihrer Meinung nach – das traditionelle Kastengesetz des Manu und damit das reine Blut der höheren Rassen auf weltweiter Ebene zur absoluten Herrschaft bringen. Die Quintessenz seiner Philosophie – so Devi – sei in der *Bhagavadgita* zusammengefasst: »In der Tat, die Lehre der *Bhagavadgita* ist nichts anderes als die Philosophie des vollendeten Mannes ›gegen die Zeit‹, ein Yogi im Geist und ein Krieger im Handeln.«[44] Wie ein Komet erschien der Diktator auf Erden in den Tagen der Finsternis, um als die Sonne einer neuen Ordnung arischer Krieger und Priester zu leuchten.[45]

Adolf Hitler: der letzte Mann vor dem Endzeiträcher Vishnu-Kalki

In Vishnu-Krishna sah Devi Hitlers Vorgänger und sie zitiert dieselben berühmten Sätze aus dem vierten Gesang der *Bhagavadgita*, die schon Heinrich Himmler auf den Führer angewandt hatte: »Immer wenn das Recht darniederliegt und das Unrecht sich erhebt, erschaffe ich mich selbst zum Schutze der Guten und zur Vernichtung der Bösen, um das Recht zu befestigen, werde ich in jedem Weltenalter geboren.«[46] (IV Vers 7–8) Es waren die (arischen) Lichtgötter (»the Shining Ones«), die durch Hitler die (semitischen) »Kräfte der Dunkelheit und des Todes« bekämpften.[47] Auch wenn sein Russlandfeldzug von einem rein politisch-militärischen Standpunkt als eine Wahnsinnstat angesehen werden muss, so war dieser – nach Devi – notwendig »›im Interesse des Universums‹, um die Sprache des uralten Buches der arischen Weisheit, die *Bhagavadgita*, deren Geist sich in unserer Zeit im ursprünglichen Nationalsozialismus verkörperte, zu benutzen.«[48]

Aber Hitler darf noch nicht als der Vishnu-Kalki, der letzte Rächer der Endzeit angesehen werden, weil er – das mag einen verwundern – zu viel »Sonne« besaß und zu wenig »Blitz«. Er ging – nach Devi – zu milde und zu tolerant mit seinen Gegnern um. In Dünkirchen ließ er die Engländer entkommen, die Juden habe er zu spät in die Konzentrationslager geschickt, die Pogrome in der Reichskristallnacht habe er nicht gebilligt. Kurz: Hitler habe zu viel Mitgefühl, zu viel »Sonnenschein« gezeigt. Diese erstaunliche Schlussfolgerung bekommt der Leser von *The Lightning and the Sun* immer und immer wieder und in allen möglichen Varianten vorgesetzt: »Ich wiederhole«, so Devi, »im Gegensatz zu dem Propheten Mohammed und Lord Krishna und im Gegensatz zu allen Männern ›gegen die Zeit‹ – die beides waren ›Sonne‹ und ›Blitz‹ und die als Sieger starben – hatte unser Führer in seinem persönlichen Charakter zu viel Sonnenschein im Verhältnis zu seiner ›Blitzmacht‹.«[49] Weil Hitler zu »herzensgut« war, konnte er den Krieg nicht gewinnen, um anschließend das im *Vishnu Purana* angekündigte »Reich der Vollendung«, das »wiedererschaffene Ariertum des erwarteten Goldenen Zeitalters«, das »Königreich der Götter auf Erden« zu errichten.[50]

In diesem Zusammenhang wagt die Autorin einen Vergleich Hitlers mit Heinrich Himmler. Himmler war für sie ein Mann des reinen »Blitzes«. Er hatte keine »Sonne« im Herzen wie der »Führer«, deswegen sei er kein »Souverän« gewesen. Aber Hitler hätte dennoch mehr auf den Chef der SS, auf seine »blitzende Ergänzung« (*lightning counterpart*), hören sollen. Hätte der Diktator härter, grausamer und gnadenloser durchgegriffen, hätte er auch noch die »abstrakte, exakte, rücksichtslose und mechanische Zerstörungsgewalt« eines Heinrich Himmler besessen, dann wäre es zur arischen Zeitenwende gekommen und »der gloriose Hakenkreuzglaube hätte triumphiert«.[51] Deswegen hätte er Himmler schon 1933 mit denselben weitreichenden Machtbefugnissen ausstatten sollen, die dieser erst später erhielt. Dann wären jüdische Intellektuelle und jüdische Banker schon früher in Auschwitz interniert worden und hätten nicht als Emigranten gegen Deutschland Propaganda treiben können.[52] Wie kein anderer habe Himmler die Devise aus *Mein Kampf* »Tyrannei kann nur durch Tyrannei und Terror nur durch größeren Terror gebrochen werden« zur Durchführung gebracht.[53] Kurz: Hätte Heinrich Himmler das Sagen gehabt, dann wäre der Krieg gewonnen worden. »Er hätte von Anfang an jeden und alles dem einen Ziel aufgeopfert – wann immer das Opfer die höchste praktische Rechtfertigung aufgewiesen hätte. Er hätte sich keine Gedanken über die Verluste gemacht.«[54] Aber – so fährt Devi fort – Himmler wäre nicht der Kalki gewesen, weil ihm die »Sonne« fehlte.

Die Bhagavadgita – das Heilige Buch der SS

Die SS war für Savitri Devi eine übernatürliche Legion von arischen Supermännern, die das Goldene Zeitalter ankündigten.[55] Der Schwarze Orden habe das Potential in sich getragen, »Jahrtausende des Verfalls« zu überwinden.[56] Eine der »positiven«

Eigenschaften der SS-Männer sieht die Autorin darin, dass sie es sich ohne Skrupel zur Aufgabe gemacht hätten, die Schwachen auszulöschen und die Unwerten zu vernichten: »Entsprechend dem Stolz und der gnadenlosen Weisheit«, schreibt sie, »die im Wesen der SS sowohl kriegerisch und ästhetisch sind, hatte die höchste Blutaristokratie der Menschheit (die militante Elite der menschlichen Rasse) nicht ihre Minderwertigen zu ›retten‹, sondern sich selber zu perfektionieren, wie es die Natur verlangt: Es war nicht ihre Aufgabe, ›alle Menschen zu lieben‹ und den Rest des schönen Lebensreiches für ›menschliche‹ Ziele zu opfern, sondern die Vollendung zu lieben – die Gesundheit in all ihrer Glorie – sowohl bei ihren eigenen Mitgliedern als auch in den liebenswerten, gesunden Vertretern aller natürlichen Gattungen [...] und immer und überall, das Kranke und das Defiziente dem Gesunden zu opfern, das Schwache dem Starken, das Unperfekte dem Perfekten. [...] Sie besaß die Gnadenlosigkeit von Nietzsches Krieger – nicht die des Narren, der nicht weiß, weshalb er tötet; noch die des Passionierten, der glaubt es zu wissen, der aber den Fehler macht, seine eigene Gewalttat, nachdem sie vorüber ist, zu bedauern, sondern die des Weisen, der sich über die Notwendigkeit der Gewalt nicht im Interesse des gefallenen Menschen, sondern im Interesse des ›Universums‹ bewusst ist (um erneut ein Wort aus der *Bhagavadgita* zu benutzen); die Gnadenlosigkeit des Weisen im Interesse der Vollkommenheit, die er repräsentiert und die er vorbereitet.«[57]

Dieser ausgesprochene Zynismus gegenüber allem Schwachen und Hilflosen wird zur höchsten »Tugend« eines wirklichen SS-Mannes. Er muss selbst die Coolness haben, jüdische Kinder ohne Gefühlsregung zu ermorden: »Denn wie auch immer: Ein zwei Jahre alter Jude ist ein Jude. Und in 20 Jahren wird er 22 sein und er wird gegen uns und gegen unsere Ziele arbeiten. [...] Weshalb sollten wir ihn als Keim [d. h. als Kind] verschonen? Weil Gott ›ihn geschaffen hat‹? ›Gott‹ hat alle Arten von Parasiten geschaffen: Fliegen, Insekten, Läuse und was noch immer. Verschonst du diese? Oder ihre Eier?«[58] Die 90.000 Exekutionen, die dem Kommandeur der SS-Einsatzgruppe D, Otto Ohlendorf, von den Alliierten zur Last gelegt wurden, sah »Hitlers Priesterin« ebenfalls als eine Tat aus dem Geiste der *Bhagavadgita.* Sie nannte Ohlendorf, der in Nürnberg zum Tode durch den Strang verurteilt wurde, einen »arischen Kshatriya«. Als sich der SS-Führer mit dem Satz verteidigte: »Im Krieg wie im Frieden spielt das individuelle Leben keine Rolle. Allein die Pflicht zählt«, erkannte sie darin ebenfalls eine uralte indo-arische Kriegerweisheit Vishnu-Krishnas.[59]

Neben die Aufkündigung des Mitgefühls tritt als zweite »SS-Tugend« die Transformation des Menschen in eine Kriegsmaschine: »Seite bei Seite«, schreibt Devi, »mit einer tödlichen, maschinengleichen Effizienz, durch einen intensiven Drill bis an die Grenzen der Perfektion hochgezüchtet [...] wurden unter den SS-Männern jene außergewöhnlichen Charaktereigenschaften kultiviert, die persönliche Werte *ebenso* wie Effizienz beinhalten: eine vollständige Meisterschaft über die Nerven; eine gelassene Indifferenz angesichts des eigenen Schicksals; absolute Losgelöstheit verbunden mit höchster Gründlichkeit und höchster Fachkenntnis. In anderen Worten, von der SS wurde nicht nur erwartet, dass sie die physische und rassische

Elite sei, sondern zur selben Zeit eine perfekt Organisation und eine perfekte Aristokratie des Charakters und tieferer Intelligenz; ein unfehlbares Kriegsinstrument [...] und eine Bruderschaft wirklicher Übermenschen [*supermen*]; die all-round Bewusstseinselite unseres Zeitalters: Helden ›gegen die Zeit‹, die alle Bedingungen ihrer außerordentlichen Mission akzeptierten; sie akzeptierten die mechanisierende Tyrannei des Drills – zwölf Stunden am Tag exaktester militärischer Übungen – und das ohne ›Resignation‹, aber mit Verständnis und mit Freude, weil sie wussten, dass dies ein Mittel ihrer Unbesiegbarkeit war, auf jeden Fall ein Mittel für die schreckliche Wirksamkeit in der Erfüllung ihrer Pflicht; sie liebten die Pflicht – ihre Pflicht, ihre Aktion für den Triumph der Wahrheit auf Erden, aber an erster Stelle ihren Kampf ›im Interesse des Universums‹.«[60] Diese menschlichen Kriegsroboter erscheinen Devi wie Wiedergeburten aus der großen Schlacht auf dem Kurukshettra-Feld, auf dem, wie in der *Bhagavadgita* beschrieben, das große Blutopfer an die Götter vollzogen wurde.

Die schwarze Uniform der SS weise sie – so die Autorin – als die machtvollste Legion gegen die dunklen Mächte aus, »denn diese Kräfte können nur von Kräften der gleichen Natur niedergeworfen werden.«[61] Ihre »Lehre vom höheren Blut«, vom »kollektiven Übermenschentum«, ihre pure »Freude am Krieg« stelle die SS-Männer naturwüchsig in die Tradition der indischen Kriegerkaste. Erneut zitiert sie mehrere Passagen aus der *Bhagavadgita*, die sie als den »heiligen Text« erkennt, der im Verborgenen hinter dem Schwarzen Orden seine Wirksamkeit entfaltete: »Auch wenn du deine Pflicht bedenkst, geziemt es nicht für dich zu zittern, / denn für den Krieger gibt es ja nichts Bessres als gerechten Kampf.« (*Bhagavadgita* II, Vers 31) Und Devi zitiert weiter: »Glücklich der Kshatriya, der einen solchen Kampf führen darf, der ihm ungewollt als offene Pforte in den Himmel geschenkt wurde.« (II, Vers 32) – »Erschlagen wirst du den Himmel gewinnen, als Sieger wirst du dich der Erde erfreuen.« (II, Vers 37) – »Indem du Freude und Leid, Gewinn und Verlust, Sieg und Niederlage als dasselbe ansiehst, gürte dich zum Kampf; so wird kein Übel dir zuteil.« (II, Vers 38) Wieder betont Devi, dass die SS-Männer »arische Krieger« seien, »Kshatriyas« des Westens. »Und wenn ›nationalsozialistischer Fanatismus kombiniert mit Drill‹ in ihnen eine solche Haltung schuf und verstärkte, so sollten wir sagen, dass ›nationalsozialistischer Fanatismus kombiniert mit Drill‹ echte ›Karma Yogis‹ aus ihnen machte.«[62]

Die SS-Männer, diese »geborenen Kämpfer, [...] für die das Unmögliche eine eigenartige Faszination ausübt«, sind nach dem Zweiten Weltkrieg nicht verschwunden. Sie existieren – so Devi – weiter unter uns, verborgen und im Untergrund wie terroristische Schläfer: »Sie arbeiten. Sie warten. Sie leben. Sie sind in diesem finsteren dunklen Zeitalter das nicht mehr reduzierbare Element ›gegen die Zeit‹.«[63] – Und auf wen warten sie? »Ob sie es wissen oder nicht, sie warten auf den Kalki; Kalki, der letzte Mensch ›gegen die Zeit‹; derjenige, den Hitler voraussah [...], der Rächer, der ihnen oder ihren Kindern die Welt geben wird.«[64]

Was prophezeit Savitri Devi für die Zukunft?

Vishnu-Kalki, der Rächer der SS, so verspricht Savitri Devi, wird das Kali-Yuga beenden. In der Gestalt des Kalki vereinigen sich mit ungeheuerlicher Macht die Kräfte der Sonne (Vishnu) und die des Blitzes (Shiva). Als »Blitz« wird der Kalki die schrecklichen Energien von Rudra-Shiva, dem Zerstörer-Gott, in sich aufnehmen, so wie die des Gottes Mahakala, der die destruktive Zeit selbst personifiziert. Der Kalki trägt auch den Namen »Hari-Hara«, das heißt Vishnu und Shiva in einer Person. Kalki, der schaurige archetypische Kshatriya, erscheint als »Blitz« und entfesselt einen gnadenlosen Krieg, in dem er die Welt in Schutt und Asche legt. Aber nach dem Untergang des Kali-Yuga wird er als »Sonne« die neue Weltordnung errichten und den »Gottmenschen« erschaffen.

Vielleicht, so spekulierte Savitri Devi noch 1956, ist es Adolf Hitler selber, der als Kalki zurückkehrt. Sie griff damit die damals noch weit verbreitete Mär auf, der Diktator habe sich aus Berlin retten können. Aber auch wenn Hitler gestorben sein sollte, so die Autorin, dann werde sicher die gewaltsame Kraft, die in der Person des NS-Führers wirksam war und die schon in der *Bhagavadgita* das Wort ergriffen hatte, erneut emanieren. Denn der kommende Kalki »wird beides sein, derjenige, der [als Krishna] zu dem arischen Krieger Arjuna auf dem Kurukshettra-Feld sprach, *und* derjenige, der [als Adolf Hitler] zum deutschen Volk sprach – und zu jedem rassenbewussten arischen Individuum in der Welt – im Hofbräufestsaal, in der Luitpold-Arena und im deutschen Reichstag. Denn diese beiden sind ein und derselbe: derjenige, der zurückkommen wird und der immer wieder zurückkommt.«[65]

Keinem der historisch bekannten Herrscher stehe der Kalki näher als Adolf Hitler. In den Zeiten der Hoffnungslosigkeit werde er erscheinen und das blutige Werk seines NS-Vorgängers (Hitlers) zu Ende bringen. Er werde mit einer unvorstellbaren Gewalt vorgehen und – im Gegensatz zu Hitler – keinen einzigen seiner Feinde aussparen. Auch die Lauwarmen, die Opportunisten, die Häretiker, die rassischen Bastarde, die Ungesunden, die Zögernden und die Allzumenschlichen werde er zerschmettern. Ihm zu Seite steht das »letzte Bataillon« der im Untergrund tätigen SS-Männer, diejenigen »die ich als Götter auf Erden oder als die Eltern von diesen bezeichnet habe«. Das Finale ist vorgegeben: »Der Kalki wird sie durch die Flammen des großen Endes in den Sonnenschein des neuen goldenen Zeitalters führen.«[66] Dschingis Khan, Akhnaton und Hitler versuchten noch, sich gegen die dunkle Zeit aufzulehnen, jeder auf seine Weise. Der Kalki aber, der kommende Rächer, werde die alte Zeit mit Schrecken zu Ende bringen. Adolf Hitler ist deswegen im eschatologischen Heilsgeschehen der Savitri Devi nur der Vorläufer, nicht mehr und nicht weniger. Er war – ihrer Sicht nach – eine Teil-Inkarnation des Kalki-Vishnu, also noch nicht der voll ausgereifte »Erlöser«.

Das Werk der NS-Fanatikerin Savitri Devi lässt ahnen, welche Entwicklung der Nationalsozialismus nach einem gewonnenen Kriege hätte einschlagen können, zumindest wenn er sich an Vorstellungen orientiert hätte, die im SS-Ahnenerbe diskutiert wurden. Die beiden zentralen indischen Texte, auf die sich »Hitlers Hohepriesterin« immer wieder und in allen ihren Werken beruft und welche die weltanschauliche Grundlage ihres »religiösen Hitlerismus« ausmachen, die *Bhagavadgita* und der *Vishnu Purana*, waren dem Kurator und Orientalisten Walther Wüst aufs beste vertraut. Sein Fachkollege und SS-Kamerad Jakob Wilhelm Hauer diskutierte den Vishnu-Kalki-Mythos als Beispiel für die »Vergöttlichung großer geschichtlicher Gestalten«.[67] Schon 1935 hatte sich Julius Evola auf den Kalki-Mythos berufen, um die Geschichte der Gegenwart zu deuten: »Die Welt ist im Begriff, sich zu verdunkeln«, zitierte er den *Vishnu Purana*, »die Sonne des unbefleckten Gesetzes geht unter. Das Elend der langen Nächte fängt an. [...] Der große Tod ist gekommen«.[68] Himmler selber hat – worauf schon mehrmals hingewiesen wurde – Hitler mit Vishnu-Krishna verglichen. Savitri Devi wird diese indische Spekulation des Reichsführers-SS und die Diskussionen im SS-Ahnenerbe kaum gekannt haben, sonst hätte sie sich mit Begeisterung darauf berufen. Es ist deswegen umso erstaunlicher, mit welcher Instinktsicherheit sie den Vishnu-Mythos als Grundlage für ihren »religiösen Hitlerismus« einsetzt und damit unbewusst die Religionsdebatte des SS-Ahnenerbes fortführt.

Indem sie den Nationalsozialismus in den *Vishnu Purana* und in die *Bhagavadgita* einbettet, gibt sie ihm eine kosmologische Bedeutung. Sie erhöht ihn einerseits, indem sie ihn »sakralisiert«, ordnet ihn aber anderseits unter, indem sie die indische Tradition als das übergeordnete und als das umfassende Religionssystem voll anerkennt. Das ergibt sich auch daraus, dass sie die kommenden Generationen der arischen Sieger anfleht, immer ihres Vorläufers Adolf Hitler zu gedenken: »Der Kalki wird sie durch die Flammen des großen Endes führen und in die Sonne des neuen Goldenen Zeitalters. Wir hoffen sehr, dass die Erinnerung an den ›Einen vor dem Letzten‹ und an den Heroischsten aller Männer gegen die Zeit – Adolf Hitler – zumindest in Gesängen und Symbolen überleben wird. Wir hoffen sehr, dass die Herren des [kommenden] Zeitalters, die Männer seines eigenen Blutes und Glaubens, ihm die göttlichen Ehren erweisen werden, durch Rituale voller Bedeutung und voller Kraft, in den kalten Schatten der sich immer wieder erneuernden Wälder, an den Stränden oder auf unbetretenen Bergspitzen im Antlitz der aufgehenden Sonne.«[69]

So gelingt es ihr mit Hilfe des *Vishnu Purana* und der *Bhagavadgita*, Hitler und die NS-Bewegung in der Transzendenz zu verankern. Eric Voegelins Trennung zwischen politischen und transzendenten Religionen kann für ihren »NS-Glauben« nicht mehr aufrechterhalten werden. Savitri Devis »Hitlerismus« erfüllt sowohl die Kriterien einer politischen wie die einer transzendenten Religion, eine Verbindung, die für den indischen Kulturkreis eher die Regel als die Ausnahme darstellt.[70] 1950 schrieb der deutsche Indologe Agehananda Bharati, dass politisch aktive Hindus alle Diktatoren lieben, dank ihrer »unheilbaren Heroen-Anbetung«. Dies führt er auf die Avatar-Idee zurück, nach der in jedem machtvollen Politiker kosmische Kräfte leben, die sich schon in den Gottkönigen und Helden des Epos und der Mythologie niedergesenkt hätten.[71] »Unverblümt wird Hitler in [im heutigen] Indien bewundert«, vermerkt der Journalist H. Kurzke. »Nur die verwestlichte indische Elite äußert die routinemäßigen Negativa. Die Masse fühlt ganz anders. Hitler ist ein ›Avatar‹, ein Herabgestiegener, ein Träger des göttlichen Funkens. Er gilt als Asket, als Zölibatär und als Yogi, der ausgesandt war, die verhassten Engländer zu bedrücken. Das Hakenkreuz als traditionelles indisches Heilssymbol beglaubigt seine mythische Sendung.«[72]

Savitri konstruierte nicht einmal einen Synkretismus (wie später Miguel Serrano mit seinem »esoterischen Hitlerismus«), denn sie versuchte nicht, die »Heiligen Texte« unorthodox auszulegen, sondern fand in den *Veden*, im Gesetzbuch des Manu, im *Vishnu Purana* und in der *Bhagavadgita* zahlreiche Prophezeiungen, Handlungsanweisungen, Weltinterpretationen und Glaubenssätze, in die sich die NS-Ideologie schlüssig eingliedern ließ. Diese Möglichkeit war schon den Orientalisten des SS-Ahnenerbes aufgefallen: das Kastensystem, das Menschenopfer, die Endzeitschlacht, die These vom Kali-Yuga, das kommende goldene Zeitalter, der autoritative Staat, die Verherrlichung der Gewalt, die Sakralisierung des Krieges, die Renaissance der Kriegsgötter, die Lehre vom Chakravartin, der Kampf zwischen Licht und Dunkel und vieles mehr konnte aus den archaischen Religionen Indiens akzeptiert werden. Selbst für die verhängnisvolle NS-Rassenideologie ließen sich Korrespondenzen in den indischen Texten ausfindig machen. Mit den Nürnberger Gesetzen, welche die Heirat und den sexuellen Kontakt zwischen Ariern und Juden verboten, setzte Hitler – nach Savitri Devi – erneut das alte indische Kastensystem in Kraft.

Die »Nazi-Mysterien« und der Shambhala/Agarthi-Mythos

In frühen 1960er-Jahren kommt es vor allem in Frankreich zu einer Literaturwelle, die eine sensationslüsterne Mystifikation des Nationalsozialismus, seiner Institutionen und seiner Protagonisten betreibt. Die in Thrillern und »Sachbüchern« dargestellten Sujets beschwören bewusst das Okkulte, das Ungeheuerliche, den Schrecken und das Mysteriöse. Hitler tritt in diesem literarischen Genre nicht mehr als »Feldherr«, sondern als »Großmagier«, nicht mehr als »Parteichef«, sondern als »Logenmeister«, nicht mehr als »Kanzler«, sondern als »Hohepriester«, nicht mehr als »Demagoge«, sondern als »Schamane«, nicht mehr als »Diktator«, sondern als »Dämonenfürst«, nicht mehr als »Willensmensch«, sondern als »Besessener« auf und die NS-Geschichte wird zur Knetmasse »dunkler Kräfte«, »unsichtbarer Hierarchien« oder »unbekannter Meister aus dem Osten«. Bruchstückhafte Informationen und Halbwahrheiten, welche von den einschlägigen Autoren über das SS-Ahnenerbe gesammelt wurden, verweben sie mit archaischen Religionsmustern, stricken daraus dramatische Kosmogonien und düstere Kultrituale. Der gesamte NS-Staat erscheint als ein Megaprojekt schwarzmagischer Hintermänner, deren Wurzeln in ein »Reich der Schatten« führen. Der britische Historiker Goodrick-Clarke bezeichnet diese Literatur als die »Nazi-Mysterien«. Unter »Mysterien« versteht man kultisch vollzogene Einweihungen, bei denen die Initianten (*Mysten*) mit einer Gottheit oder einem Dämon, das heißt allgemein mit der »Transzendenz«, in Kontakt treten. Solche Kontakte können bis hin zur Besessenheit führen. Die Orte, an denen die Initiationen durchgeführt werden, heißen »Mysterienstätten«. In diesem Sinne sind die »Nazi-Mysterien« der literarische Versuch verschiedener Autoren, den Nationalsozialismus insgesamt oder einzelne Protagonisten oder Gruppierungen wie die SS aus der Transzendenz abzuleiten.

Frankreich muss als das eigentliche Geburtsland dieser Literaturgattung angesehen werden. Schon 1934 hatte der christliche Autor René Kopp, von »unsichtbaren spirituellen Kräften« gesprochen, die sich Hitlers bedient hätten. Der Schriftsteller Edouard Saby sah 1939 in dem deutschen Diktator ein »Medium«, einen »Zauberer« und einen »Initiierten«. Im selben Jahr wurde *Hitler m'a dit* (»Gespräche mit Hitler«) von Hermann Rauschning in Frankreich publiziert. Der Danziger Senatspräsident erklärte seinen Lesern: »So gehen unleugbare Kräfte durch Hitler durch; echt dämonische Kräfte, die den Menschen Hitler nur zum Werkzeug machen.«[1] Diese und andere »Vorläufer« waren ebenso wie die eigentlichen Autoren der

»Nazi-Mysterien« keine Anhänger des NS-Regimes. Im Gegenteil, sie sahen sich als entschiedene Gegner des nationalsozialistischen Terrors. Zwei der Protagonisten (Trevor Ravenscroft und Jacques Bergier) haben jahrelang in KZs bzw. deutschen Kriegsgefangenenlagern verbringen müssen. Dennoch wurden ihre phantasmatischen Spekulationen schon sehr früh in den rechtsextremen »SS-Mystizismus« integriert, der Anfang der 1970er-Jahre mit den Büchern Wilhelm Landigs zum ersten Mal an eine kleine Öffentlichkeit trat.

Wer nach den okkulten Hinterräumen in den »Nazi-Mysterien« fragt, den verweist die einschlägige Literatur immer wieder auf zwei verborgene spirituelle Zentren, die sich – je nach Text – im Himalaja, in Tibet oder in der Wüste Gobi befinden. Die Namen dieser beiden Mysterienstätten lauten *Shambhala* und *Agarthi*.[2] Wir sind ihnen schon bei den *Les Polaires*, bei Jean Marquès-Rivière, René Guénon, Julius Evola und zuletzt bei Savitri Devi begegnet. »Hitlers Priesterin« spricht die Stadt Shambhala als den Geburtsort des Vishnu-Kalki an. Julius Evola und René Guénon bezeichneten Shambhala als den verborgenen Sitz des Weltenkönigs, des *Chakravartin*, der das Hakenkreuz als Herrschaftssymbol in seinen Händen hält. Für Jean Marquès-Rivière laufen in Shambhala alle Fäden der Weltgeschichte zusammen.

Es erscheint uns zunächst sinnvoll, den traditionellen *Shambhala-Mythos* vorzustellen, dann auf dessen Rezeptionsgeschichte im Westen einzugehen und zuletzt seine Verarbeitung in den »Nazi-Mysterien« darzustellen. Die ursprüngliche Shambhala-Vision hat ihre machtvollste Ausprägung im so genannten *Kalachakra-Tantra* des tibetischen Buddhismus gefunden. Parallel zur weltweiten Verbreitung des Lamaismus gewinnt sie heute immer mehr an Verbreitung und hat sich mittlerweile als religiöses Symbolbild tief in der westlichen Kultur verankern können.

Der Shambhala-Mythos des Kalachakra-Tantra: eine Kriegereschatologie

Der Legende nach lehrte der historische Buddha Shakyamuni dem König von Shambhala mit dem Namen Suchandra das *Kalachakra-Tantra* und weihte ihn in diese geheime Doktrin ein. Historisch nachweisbar aber taucht dieser Ritualtext erst im 10. Jahrhundert n. Chr. auf. Das bedeutendste Tantra des tibetischen Buddhismus beinhaltet unter anderem eine Kosmogonie, eine Kalenderordnung, eine Apokalypse, eine Eschatologie, alchemistische und sexualmagische Anweisungen, verschiedene Yoga-Praktiken und den Mythos vom Königreich Shambhala. Seit Jahrhunderten wurde dieses Wunderland von tibetischen Lamas bewusst »mystifiziert«, sodass unklar bleibt, ob es sich um ein imaginatives oder ein reales Reich handelt. Fest steht jedenfalls, dass nur Buddhisten, die schon einen gewissen Erleuchtungsgrad erreicht haben, Shambhala betreten dürfen. Über seine mögliche geografische Lage sind zahlreiche Spekulationen im Umlauf. Aus dem Kalachakra-Text weiß man nur, dass es sich nördlich von Indien, »jenseits des Sita-Flusses« befindet.

Als »geistiger« Herrscher ist der Shambhala-König der Repräsentant des höchsten Buddha (Adi Buddha), als »weltlicher« Potentat ist er ein *Chakravartin*, im Kriegsfall ist er ein Feldherr, der über eine gigantische Armee befehligt. Er regiert an der Spitze einer hierarchischen Pyramide, die aus Millionen von Vizekönigen, Gouverneuren und Beamten besteht, welche alle die Befehle des absoluten Souveräns ausführen. Der *Chakravartin* sitzt auf einem goldenen Thron, der durch acht Löwenskulpturen gestützt wird. In seinen Händen hält er ein Juwel (*Mani*), welches ihm jeden Wunsch erfüllt. Nichts entgeht seinem wachsamen Auge. Er hat die Fähigkeit und das Recht, bis in die tiefsten Seelenwinkel seiner Untertanen, ja jedes Menschen zu blicken.

Im Jahre 2327 (oder 2427) – so lauten die Prophezeiungen – besteigt Rudra Chakrin (»Der zornige Raddreher«) den Thron Shambhalas. Rudra Chakrin erscheint in einer Zeit, in der die buddhistische Lehre weitgehend ausgerottet ist. Die Zustände in der Welt haben sich extrem verschlimmert. Naturkatastrophen, Hungersnöte, Epidemien und Kriege überschwemmen den Planeten. Die Menschen werden immer materialistischer und egoistischer. Wahre Religiosität schwindet. Die Sitten verwahrlosen. Macht und Reichtum sind die einzige Götzen. Ein despotischer »Barbarenkönig« wird in diesen Zeiten des Niedergangs (des Kali-Yugas) alle Nationen außerhalb von Shambhala unter seine Herrschaft zwingen, so dass am Ende nur noch zwei große Parteien übrig bleiben. Es kommt zu einem mörderischen Weltenkrieg.

Nach gewonnener Endschlacht – so prophezeit das *Kalachakra-Tantra* weiter – errichtet Rudra Chakrin das »goldene Zeitalter«. Ein rein buddhistisches Paradies entsteht auf Erden. Freude und Reichtum werden herrschen. Es gibt keinen Krieg mehr. Jedermann verfügt über hohe magische Kräfte, Wissenschaft und Technik gedeihen. Die Menschen erreichen ein hohes Alter und brauchen den Tod nicht zu fürchten, weil sie in einem noch schöneren Eden wiedergeboren werden. Der Ursprungsmythos für diese eschatologische Vision stammt zweifelsohne aus dem indischen *Vishnu Purana*. Rudra Chakrin ist die tantrisch-buddhistische Variante des 10. Vishnu Avatars, des Kalki, der am Ende der Zeiten die Feinde des rechten Glaubens vernichtet und dann die Gerechten in ein Paradies führt.[3]

Westliche Varianten des Shambhala-Mythos: Geheime Reiche unter der Erde

Die ersten westlichen Berichte über Shambhala stammen von Jesuiten und Kapuzinern, die im 17. und 18. Jahrhundert Asien bereist und darüber geschrieben haben.[4] Jedoch war für sie Tibet insgesamt ein mysteriöses Land, voll von seltsamen Bräuchen und magischen Geheimnissen, sodass ein noch hinter diesem »Phantasma« verborgener Mythenraum wie Shambhala nicht in das Zentrum ihres Interesses trat.

Madame Blavatsky und der Shambhala-Mythos

Es ist wiederum die Mutter der Theosophie, die für den Import östlicher Religionsinhalte so rührige Madame Helena Petrowna Blavatsky, die bedeutende Schritte zur Verbreitung des *Shambhala-Mythos* im Westen machte. Tibet war die große Obsession der russischen Okkultistin. Auch wenn ihr esoterisches System ein Synkretismus aus allen Religionen und allen möglichen esoterischen Lehren darstellt, so nimmt der tibetische Buddhismus seit den Arbeiten an der *Secret Doctrine* (veröffentlicht 1888) den Königsplatz ein. Die Grundlage für ihre Lehre bildete das mystische *Buch von Dzyan*, das sie von einem Lama empfangen haben will und zu dem sie ihre *Geheimlehre* als Kommentar schrieb.

Nach Madame Blavatskys Erkenntnissen flohen in Urzeiten Angehörige einer überlegenen arischen Rasse (Arier von »körperlicher Schönheit und Stärke«) aus dem untergehenden Atlantis nach Innerasien und gründeten dort in der Wüste Gobi die Mysterienstadt Shambhala. Die Regierungsgeschäfte übte eine geheime »weiße Bruderschaft« aus, deren Organisation im 14. Jahrhundert n. Chr. von dem Gründer des lamaistischen Gelugpa-Ordens, Tsongkhapa, reformiert worden sein soll. Dieser Geheimbund existiere immer noch, wenn auch vor allen irdischen Blicken verborgen, und wirke auf die Geschicke der Menschheit ein. Seine Mitglieder seien »Übermenschen«, welche die Evolution der Erdenbürger überwachten. Auch das *Vishnu Purana*, das im »religiösen Hitlerismus« der Savitri Devi eine so bedeutende Rolle spielt, war für Madame Blavatsky eine wichtige Quelle. Vom Kalki, dem kommenden Endzeitherrscher, schreibt sie dort: »Er [...] wird geboren werden als ein hervorragender Brahmane aus *Shambhala* [...] begabt mit den acht übermenschlichen Kräften. Durch seine unwiderstehliche Macht wird er [...] alle vernichten, deren Herzen der Bosheit ergeben sind. Er wird die Rechtschaffenheit auf Erden wieder aufrichten.«[5]

In der theosophischen Nachtfolge der Russin beschreiben Annie Besant (1847–1933) und Charles Leadbeater (1847–1934) Shambhala als eine mythische Stadt, die vor ca. 70.000 Jahren von Führern jener »arischen« Superrasse aus Atlantis in Zentralasien gegründet worden sei.[6] Die durch einen mysteriösen »Tibeter« (Djwhal Khul) inspirierte Theosophin Alice A. Bailey (1880–1949) bezeichnet Shambhala als den Sitz des Weltenkönigs. An der Spitze ihres Systems steht Jesus Christus und darüber thront der Buddha.[7] Für den Anthroposophen Rudolf Steiner (1861–1925) haben sich die »Weisen« von Shambhala von den Geschäften dieser Welt zurückgezogen. Das Land dürfe nur noch von Eingeweihten betreten werden.[8]

Louis Jacolliot, Yves d'Alveydre und der Agarthi-Mythos

Wir werden sehen, wie sich die Mythen von Shambhala und Agarthi literarisch zunehmend miteinander mischen, sodass sie geradezu austauschbar werden. Es war

Louis Jacolliot (1837–1890), der den Agarthi-Mythos nach Frankreich brachte. Der französische Kolonialbeamte diente in Indien als oberster Richter und wirkte später in Tahiti. 1874 kehrte er in seine Heimat zurück und widmete sich der Schriftstellerei. Er verfasste insgesamt 21 Bücher über den asiatischen Subkontinent, in denen von vielen Wunderdingen die Rede ist: von Fakiren, von Eingeweihten, von geheimen Wissenschaften und von einem spirituellen Weltenzentrum mit dem Namen Asgartha (Agarthi), Sitz des Oberpriesters aller Brahmanen, deren spirituelle Willenslenkung sich auf den gesamten Planeten erstrecken soll: »Dieses unbekannte Land wurde nie von einer menschlichen Macht okkupiert – nicht einmal die mongolischen und europäischen Invasionen unserer Zeit vermochten es, die Geheimnisse der Tempel von Asgartha zu ergründen [...] Jene, die dort wohnen, besitzen große Macht und wissen alles, was in der Welt vor sich geht.«[9]

Entscheidend beeinflusst von dieser Vision Jacolliots wurde Saint Yves d'Alveydre (1842–1909). Dieser kam aus bescheidenen Verhältnissen, ehelichte jedoch eine Comtess Keller, die ihm den Titel eines Marquis einbrachte. Dazu kam ein beträchtliches Vermögen, das ihm erlaubte, sich seinen okkulten Neigungen hinzugeben. Er lernte Sanskrit, Hebräisch, Arabisch und legte sich eine umfangreiche esoterische Bibliothek zu. D'Alveydre war Humanist. Mit dieser Grundeinstellung schuf er einen politisch-religiösen Entwurf, der alle unversöhnlichen Kräfte seiner Zeit in einer Gemeinschaft, die er »Synarchie« nannte, verbinden wollte: die Linke und Rechte, Arbeiter und Kapitalisten, Wissenschaftler und Priester, insbesondere die Weltreligionen (Islam, Christentum, Judentum, Hinduismus, Buddhismus, Taoismus). Seine soziale Utopie zeigt ein außergewöhnlich hohes Bedürfnis nach Harmonie, sie war jedoch mehr als ein politisches Programm. Dank Jacolliot entdeckte er jenes geheimnisvolle Agarttha (Agarthi), wo er seine Synarchie in einer Art Gelehrtenstaat schon verwirklicht sah. Dabei handelte es sich immerhin um ein Gemeinwesen von ca. 20 Millionen Seelen. Ausgehend von den telepathischen Botschaften, die der Marquis angeblich vom tibetanischen Dalai Lama erhielt, soll sich Agarttha unter dem Himalaja in einem Höhlensystem befinden.[10] In seinem 1886 erschienenen Buch *Mission de l'Inde en Europe – Mission de l'Europe en Asie* (»Die Mission Indiens in Europa – die Mission Europas in Asien«) wird dieses »spirituelle Weltenzentrum« dem europäischen Publikum vorgestellt.

Was die ideale Staatsform Agartthas anbelangt, so erwies sich der Marquis, trotz häufiger Bekenntnisse zur Demokratie, letztlich doch als Royalist, oder besser, er war Anhänger einer »humanistischen« Theokratie, denn über den edelsten Vertretern der Weltreligionen und politischen Parteien regiert in Agarttha der »Weltenkönig« mit seinen 12 Beratern. Der *Souverain Pontife* (»sakraler Herrscher«) vereinigt die weltliche und priesterliche Macht in einer Person und ist der Rektor einer Universität, in der unter anderem die weiße Magie und die Tugenden einer synarchischen Initiationswissenschaft gelehrt werden. Das Buch akkumuliert in der Mahnung d'Alveydres an Europas Völker, beizeiten die synarchische Staatsform einzuführen, um nicht in einer daherbrandenden asiatischen Völkerwelle zu ertrinken.

Ferdinand Ossendowski und der »König der Welt«

Der polnisch-russische Schriftsteller und Abenteurer Ferdinand Ossendowski (geb. 1876) nahm die Ideen von Yves d'Alveydre auf und vermischte sie geschickt und spektakulär mit dem buddhistischen Ursprungsmythos von Shambhala. Er war von Beruf Geologe und Experte für Bergbau in Sibirien, wo er sich einer Separatistenbewegung anschloss und deswegen von einem russischen Gericht zum Tode verurteilt wurde. Da er als Kapazität auf seinem Gebiet galt und Fürsprecher hatte, ließ man ihn jedoch frei. Er brachte es zu einer Professur an den Universitäten von St. Petersburg und Omsk. 1917 ging er als Gegner der Bolschewiki erneut in den Osten und musste dann über die Mongolei fliehen. Der gebürtige Pole fühlte sich in verschiedenen okkulten Milieus, die vor dem Ersten Weltkrieg in Europa en vogue waren, heimisch. Er hatte Rasputin kennen gelernt und an Séancen des französischen Okkultpapstes Papus teilgenommen.

1922 veröffentlichte Ossendowski, zuerst in englischer Sprache, seinen Bestseller *Tiere Menschen und Götter – Das Rätsel des Königs der Welt* (dt. 1924). Das Buch wurde zu einem »absoluten Renner«. Ein Jahr nach der Veröffentlichung waren 300.000 Exemplare verkauft. Ossendowski schildert darin seine abenteuerliche Flucht, das grausame Kriegserleben des weißrussischen Generals Baron Roman Fjodorowitsch von Ungern-Sternberg und kommt im letzten Abschnitt (»Teil V – Das Mysterium der Mysterien – Der König der Welt«) auf jenes geheimnisvolle, unterirdische Mythenreich mit dem Namen Agarthi zu sprechen, in dem der »König der Welt« residiert. Der mongolische *Dominus Mundi* »vermag in den Seelen der Menschheit und dem großen Buch ihres Geschickes zu lesen. Unsichtbar regiert er über acht Millionen Menschen, die die Erdoberfläche bewohnen. Sie sind jedem seiner Befehle unterworfen.«[11] Er habe die Fähigkeit, die Herrschaftseliten unseres Planeten mental zu lenken, wenn er ein bestimmtes Ritual durchführt: »In diesem Augenblick steht der König der Welt in Berührung mit den Gedanken aller Männer, die das Los und Leben der Menschheit beeinflussen, mit den Königen, Zaren, Khanen, kriegerischen Führern, Hohepriestern, Männern der Wissenschaft und allen anderen starken Persönlichkeiten. [...] Er war der erste Mensch, der Gott kannte und der die Menschheit Glauben und Hoffnung und den Kampf mit dem Bösen lehrte. Darauf gab ihm Gott die Macht über alle Kräfte, die die sichtbare Welt beherrschen.«[12] Sein subterranes Imperium Agarthi, dessen Zentrum in Innerasien liegen soll, habe überall auf der Erde seine Zweigstellen aufgebaut: »Ich hörte, wie ein gelehrter Lama aus China dem Bogdo Khan [der sakrale Staatschef in der mongolischen Buddhokratie] erzählte, dass die unterirdischen Höhlen in Amerika von der ehemaligen Bevölkerung dieses Kontinents bewohnt seien. Alle unterirdischen Völker und unter der Erde befindlichen Räume werden von Herrschern regiert, die dem König der Welt untertan sind.«[13]

Yves d'Alveydre hatte eine ökumenische Gemeinschaft aus den Weisen aller Weltreligionen angestrebt, Ferdinand Ossendowski dagegen betonte das kriegerisch-eschatologische Element in seiner Agarthi-Vision und näherte sich damit inhaltlich sehr dem originalen *Shambhala-Mythos* aus dem *Kalachakra-Tantra* und dem dort beschriebenen Endzeitkrieg. Mit expressionistischen Worten beschreibt er das buddhistische Armageddon: »Eine schreckliche Schlacht wird unter allen Völkern stattfinden. Die See wird sich röten … Die Erde und der Meeresboden werden mit Knochen bedeckt sein … Königreiche werden der Auflösung verfallen … Ganze Völker werden dahinsterben … Hunger, Krankheit und Verbrechen, wie die Welt sie vorher nie gesehen hat, werden herrschen. […] Die größten und schönsten Städte werden im Feuer vergehen … Eins, zwei, drei … Der Vater wird gegen seinen Sohn, der Bruder gegen seinen Bruder und die Mutter gegen ihre Tochter aufstehen. … Dann werde ich ein Volk, ein jetzt unbekanntes Volk senden, das das Unkraut der Tollheit und des Lasters mit starker Hand ausreißen und diejenigen, die dem Geiste der Menschheit treu geblieben sind, zum Kampf gegen das Böse anführen wird.«[14] Gegen Ende des Gemetzels werden Agarthis Heerscharen aus ihren unterirdischen Höhlen hervortreten. Diese haben dann die Macht, »die ganze Oberfläche unseres Planeten in die Luft zu sprengen und sie in eine Einöde zu verwandeln. Die Bewohner von Agarthi können Meere trocken legen, Kontinente in Ozeane verwandeln.«[15]

Alle Grenzen zwischen einem buddhistischen Mönch und einem buddhistischen Kshatriya werden von Ossendowski völlig niedergerissen. Die »Rache der ewig wandernden Krieger«, das »Mysterium der tibetanischen Könige« und die »Mönche des tugendhaften Ordens« verschmelzen bei ihm zu einer aggressiven martialischen Vision, die das »Rivival« des Dschingis Khan beschwört: »In der Nähe von Karakorum und an dem Ufer von Ubsa Nor sehe ich riesige vielfarbige Lager … Darüber sehe ich die alten Banner Dschingis Khans, der Könige von Tibet, Siam, Afghanistan und indischer Fürsten, die Zeichen aller lamaistischen Hohenpriester, die Wappen der Khane des Olets und die einfachen Zeichen der nordmongolischen Stämme. … Dort sind das Gebrüll und das Krachen des Feuers und wilder Kampfeslärm zu hören. Wer führt die Krieger an, die unter dem geröteten Himmel ihr eigenes Blut und das Blut anderer vergießen? … Ich sehe … eine neue große Wanderung, den letzten Marsch der Mongolen.«[16]

Ossendowskis Bestseller hatte, obgleich ein Werk der Populärkultur, einen nachhaltigen Einfluss auf dic gesamte europäische Okkultszene. Der französische Autor René Guénon stützte sich in seiner schon von uns besprochenen Schrift *Le roi du monde* (»Der König der Welt«) darauf. Auch Heinrich Himmler las das Buch im Jahre 1924 und kommentierte in seiner Leseliste, es handele von den »ganzen großen Mysterien und Geheimnissen der Mongolei«.[17] Vielleicht hat ihn das expressionistische Titelbild der deutschen Ausgabe beeindruckt, das eine steinerne Buddhastatue mit einem Hakenkreuz auf ihrer Brust darstellt. Ebenfalls im Jahre 1924 brachte der englische Dichter D. H. Lawrence das Aufkommen der Barbarei in Deutschland mit der weit verbreiteten Lektüre von Ossendowskis Text in einen Zusammenhang: »Der germanische Geist lehnt sich wieder einmal nach Osten, in Richtung Russland und der Tartarei. Der eigenartige Strudel der Tartarei ist erneut zum positiven Zentrum geworden, die Positivität Westeuropas ist zerbrochen. So dass ganz Deutschland *Tiere Menschen und Götter – Das Rätsel des Königs der Welt* – mit einer Art von Faszination liest und so zu der Faszination des destruktiven Ostens zurückkehrt, der Attila hervorbrachte.«[18]

Der spektakuläre Bucherfolg Ossendowskis musste einen anderen ebenso populären wie eitlen Erfolgsautor und Asienreisenden, Sven Hedin, geradezu herausfordern. In der Tat konnte der Schwede nachweisen, dass der Pole – entgegen seiner Behauptung – Tibet niemals betreten hatte und dass seine Agarthi-Vision »aus einem anderen Werk gestohlen ist, einem Werk, das in das Gebiet theosophischer Spekulation gehört, deren Sprache das Sanskrit und deren Schauplatz Indien und die Himalajaländer waren«.[19] Hedin verwies mit Recht auf Saint-Yves d'Alveydres *Mission de l'Inde en Europe*. Dennoch hatte Ossendowski keineswegs alles erlogen, denn er verarbeitete in seinem Buch durchaus Elemente des in der Mongolei und Tibet weit verbreiteten *Shambhala-Mythos*, und was das »Mysterium der Mysterien« anbelangt, so konterte er: »Sven Hedin glaubt nicht an okkulte Erlebnisse unter den Lamas. Was soll ich darauf antworten? Die Umstände und die Umgebung machen die Menschen empfänglich für Suggestion und Autosuggestion, für Aberglauben aller Art. Eine bekannte Tatsache [...] Fügt man noch die hypnotische Fähigkeit hinzu, die einige Lamas zweifellos besitzen, dann haben wir damit schon den Boden für Geheimnisse, wenn man die Erscheinungen so benennen will! Verwirft Sven Hedin so radikal jeden Okkultismus, Spiritismus, jede Hellseherei nur deshalb, weil er ihn selber nie erlebt hat?«[20] Das ist – nach einer Lektüre von Hedins Büchern – durchaus stimmig. Doch immerhin hatte der Schwede die Absicht geäußert, in den Sanddünen der Gobi-Wüste nach einer »untergegangenen Kultur« zu suchen.[21]

Roman Fjodorowitsch von Ungern-Sternberg und der Agarthi-Mythos

Eine der Hauptgestalten in Ossendowskis Abenteuerbuch ist der Baron von Ungern-Sternberg (1885–1921).[22] Der geborene Balte machte eine schnelle Karriere in der russischen Armee und war bekannt wegen seines tollkühnen Lebensstils. Er focht mehrere Duelle aus und soll zeitweise in der Einsamkeit als Räuber gelebt haben. Nach einer Europa-Reise kehrte er 1912 nach Sibirien zurück, wo er sich schon früher aufgehalten hatte. Sein Mut und seine Wildheit brachten ihm mehrere Dekorationen ein. Nach Ausbruch der russischen Revolution schloss er sich der sibirischen Armee unter Ataman Semenow an, der den Balten zum Generalmajor ernannte. »Von da an begann ein brutales Abenteuer«, schreibt der Historiker James Webb, »das den Baron [...] mehr zu einer Legende als zu einer historischen Figur machte.«[23] Lama-Priester hatten in ihm die Inkarnation des mächtigen Mongolenherrschers Tamerlan/Timur (1336–1405) erkannt. Von Ungern-Sternberg nahm diese Erkenntnis mit Stolz entgegen und baute weitgehend unabhängig seine eigene Armee auf. In deren Zentrum stand – glaubt man Ossendowski – der »Orden der Militärischen Buddhisten«, dessen Mitglieder das Gebot sexueller Enthaltsamkeit einhalten mussten und die sich nach dem lamaistischen Glauben zu richten hatten.[24] Als die Verkörperung des mongolischen Großkhans Tamerlan entwarf Ungern-Sternberg die Vision von einem asiatischen Weltreich »als militärische und moralische Verteidigung gegen den verrotteten Westen.«[25] Er führte seine Feldzüge mit sadistischer Grausamkeit, bis ihn dann die Bolschewiki arretierten und erschossen. »In Asien wird es einen großen Staat von dem Pazifischen und Indischen Ozean bis an das Ufer der Wolga geben«, lässt Ossendowski den Baron prophezeien und macht ihn damit zu einem »Sendboten« von Agarthi. »Die weise Religion Buddhas wird sich nach Norden und Westen ausbreiten. Es wird der Sieg des Geistes sein. Ein Eroberer und Führer wird erstehen, der stärker und kühner sein wird als Dschingis Khan ... und er wird die Macht bis zu dem glücklichen Tage in der Hand behalten, an dem der König der Welt aus seiner unterirdischen Hauptstadt an das Tageslicht heraustreten wird.«[26]

Graf Hermann Keyserling, ein Verwandter Ungern-Sternbergs, bezeichnete diesen als eine der »okkultesten« Persönlichkeiten, die er jemals getroffen habe, und erzählte Sven Hedin, der Baron hätte geometrische Symbole benutzt, um sich verständlich zu machen. Seine metaphysischen Ideen habe er aus tibetischen und indischen Quellen bezogen.[27] Der extreme Hass des Balten auf die Bolschewiki, die er als »böse Geister in menschlicher Gestalt« fürchtete, sein radikaler Antisemitismus, aufgrund dessen er in dem berüchtigten »Befehl Nr. 15« die Ausrottung der Juden von Urga anordnete,[28] und die Tatsache, dass – wie es Ossendowski behauptet – seine asiatischen Soldaten Achselstücke mit dem »Swastika des Dschingis Kahns« trugen,[29] machten ihn für die Nazis besonders interessant. Denn seine abenteuerliche Vita erinnerte sie an das Bild vom grausamen Mongolenfürsten, der als ein Eroberer von arischer Rasse seine gelben Horden anführt.

So schwärmte der Schriftsteller Bernd Krauthoff in seinem 1938 erschienenen Historienroman *Ich befehle – Kampf und Tragödie des Barons Ungern-Sternberg* mit Begeisterung: »Dies ist die Geschichte des russischen Generals Baron Roman Fjodorowitsch Ungern-Sternberg, den seine Gegner den Blutigen Baron, seine Soldaten das Strenge Großväterchen nannten. Die Mongolen aber, die er befreite, sahen in ihm den wiedergeborenen Gott des Krieges. [...] Seine Offiziere verrieten ihn, seine Feinde erschossen ihn. Kein Stein zeichnet sein Grab. Die Mongolen aber glauben nicht an seinen Tod. Im Dämmer der zahllosen Tempel, im Rauch der Jurtenfeuer beschwören sie betend sein Bild. Und nachts, im Brausen des Sturmwinds, glauben sie den Hufschlag seines grauen Rosses zu vernehmen, auf dem er über die unendlichen Steppen sprengt: der unverwundbare Gott des Krieges.«[30] Auch in der extremen Rechten der Nachkriegszeit taucht der blutige Balte als Bezugsperson auf. Die italienische Zeitschrift *Storia del XX Secolo* berichtete 1995: »Ungern hatte Ende Februar auf einer panmongolischen Konferenz [...] seine eigene Intention bekannt gegeben, die lamaistische Theokratie zu restaurieren, die eine Großmongolei vom Balkan bis nach Tibet schaffen sollte, um als Ausgangsbasis für einen grandiosen Feldzug gegen den Westen nach dem Vorbild des Dschingis Khan zu dienen.«[31]

Nicholas Roerich und die Suche nach Shambhala

Der Russe Nicholas Roerich (1874–1947) neigte wie viele Künstler, Wissenschaftler und Intellektuelle im Russland der Jahrhundertwende dem Buddhismus zu. Entscheidend für sein Leben wurde die Begegnung mit dem burjatischen Lama Agvan Dorzhiev, mit dem er sich bald anfreundete. Dorzhiev, ein enger Vertrauter des XIII. Dalai Lama, für den er wichtige Staatsämter ausübte, war ein fanatischer Verfechter der tibetischen Shambhala-Idee und verknüpfte diese mit der Realpolitik. Seiner Vision nach sollte das Shambhala-Imperium in der Gestalt des Zarenreichs sichtbar werden. Unter dieser Perspektive ließ er in St. Petersburg jenen prachtvollen, ersten westlichen Kalachakra-Tempel bauen, den die Tibetologen und Mongolisten aus dem SS-Ahnenerbe untersuchen wollten.

Roerich, der als Künstler die Glasfenster dieses lamaistischen Sakralbaus entworfen hatte, war von dem Shambhala-Mythos so fasziniert, dass er sich in den Jahren 1924 bis 1928 auf die Suche nach dem mythischen Königreich aufmachte und eine Expedition nach Innerasien organisierte. Der eigentliche Erfolg blieb jedoch aus. Dennoch sammelte der Russe eine große Anzahl von Legenden, Sagen und Anekdoten, die ihm die »reale« Existenz des mythischen Imperiums bestätigten.[32] Trotz mancher phantastisch anmutenden Behauptungen in seinem Buch genießt dieser besessene Shambhala-Sucher insofern Glauben, dass er die Vorstellungen der tibetischen Lamas, die ihm begegneten, korrekt wiedergegeben hat.[33]

In Shambhala herrscht auch nach Roerich der Weltenkönig: »Gleich einem Diamanten glüht das Licht aus dem Turm von *Shambhala*. Er ist da – *Rigden-jyepo*, unermüdlich, immer wachsam um der Menschheit willen. Seine Augen schließen sich niemals. In seinem Zauberspiegel sieht er alles, was auf Erden geschieht. Und die Macht seiner Gedanken dringt zu den fernen Landen.«[34] Shambhala, die »Stadt des Glücks«, gilt als der Sitz der »Interplanetaren Regierung im Transhimalaja«. Diese »besteht aus kosmischen Ämtern, die von den Hierarchen je nach Aufgabe und Zeitalter besetzt werden.«[35]

Bevor jedoch die Erde in ein globales Shambhala-Paradies verwandelt werden kann, muss die Menschheit die Feuertaufe eines apokalyptischen Weltenkrieges durchlaufen, in dem die Feinde der wahren Buddhalehre vernichtet werden. »Hart ist das Schicksal der Feinde Shambhalas. Viele sind schon niedergestreckt, und ihre Feuerwaffen, ihre großen Hüte und all ihre Habe sind auf dem Schlachtfeld zerstreut. Einige liegen im Sterben, vernichtet von gerechter Hand. […] Mehrere Feinde flehen auf Knien um Gnade oder versuchen, […] ihrem Schicksal zu entgehen. Aber das Schwert der Gerechtigkeit holt die Verleumder ein.«[36] Auch mit dieser Prophezeiung hält sich der Russe an das tibetische Original.

All die hier genannten westlichen Interpreten des Shambhala/Agarthi-Mythos haben – wie wir zeigen werden – zur Herausbildung der »Nazi-Mysterien« und später des »SS-Mystizismus« und des »esoterischen Hitlerismus« beigetragen. Ohne die imaginären Mysterienstätten Shambhala und Agarthi sind diese Literaturgattungen überhaupt nicht denkbar.

Die antifaschistischen Gründungsväter der »Nazi-Mysterien«

Die beiden französischen Autoren Louis Pauwels und Jacques Bergier müssen als die eigentlichen Gründungsväter der »Nazi-Mysterien« angesehen werden. Sie wussten mehr oder weniger über die gerade besprochene Shambhala/Agarthi-Literatur Bescheid, kannten sehr wahrscheinlich die Werke der *Les Polaires* und die tibetisch-tantrischen Texte von Jean Marquè-Rivière. Insbesondere waren Pauwels und Bergier von René Guénons Theorie über den Weltenkönig angetan. Sie hatten Hermann Rauschnings *Hitler m'a dit* gelesen. Dieses okkulte Wissen verknüpften sie mit Fakten aus der NS-Geschichte, insbesondere aus der Historie der SS und strickten daraus einen phantasmagorischen Albtraum vom Dritten Reich als einem Projekt okkulter Gruppen aus Innerasien.

Louis Pauwels und Jacques Bergier: Der Morgen der Magier

1961 veröffentlichten Louis Pauwels (1920–1997) und Jacques Bergier (1912–1978) das Buch *Le Matin des Magiciens* (»Der Morgen der Magier«). 1962 erschien dieses auf Deutsch mit dem Titel *Aufbruch ins dritte Jahrtausend – Von der Zukunft der phantastischen Vernunft*. Beide Autoren gehen davon aus, dass hinter geschichtlichen Ereignissen verborgene Kräfte und Mächte wirken, die das historische Geschehen mit ihrem Willen prägen. Dies habe in ganz besonderem Maße für Adolf Hitler und den Nationalsozialismus gegolten.

Der Konservative Louis Pauwels beschäftigte sich während des Krieges mit »hinduistischen Studien«. Später wurde er Anhänger des georgischen »Großmagiers« Georg Iwanowitch Gurdjieff und schrieb ein Buch über ihn (1971). Er publizierte die Zeitschrift *Planète*, von der in Bestzeiten über 100.000 Stück pro Exemplar verkauft wurden. Während der 68er-Revolte brach die Redaktion von *Planète* auseinander. Neun Jahre zog sich Louis Pauwels aus der Medienlandschaft zurück, bis er 1977 die Kulturredaktion des *Le Figaro* übernahm. Mit seiner heftig diskutierten These von der »natürlichen« Ungleichheit zwischen den Menschen bereitete er den Boden für Frankreichs »Neue Rechte« vor.

Jacques Bergier war ein aus Odessa gebürtiger Jude. In Frankreich studierte er Physikochemie und Kernphysik. Später machte er einige wichtige Entdeckungen auf diesem Gebiet. Parallel hierzu interessierte er sich für traditionelle Alchemie und für Science-Fiction-Literatur. Mit dem amerikanischen Autor Howard Phillips Lovecraft, den er hoch verehrte und dessen Bücher er in Frankreich bekannt machte, stand er in Briefkontakt. Schon 1935 engagierte er sich im antifaschistischen Widerstand und verteilte während einer Deutschlandreise Flugblätter gegen das Nazi-System. Ab 1940 schloss er sich der *Résistance* an und war sowohl als Hersteller von Sabotagebomben wie als Gegenpropagandist durch die Herausgabe einer deutschsprachigen Untergrundzeitung tätig. 1943 wurde er von der Gestapo gefasst, zuerst in das KZ Neue Bremme (Saarland) eingeliefert und dann später nach Mauthausen gebracht. Er überstand die Folter und organisierte noch in den letzten Kriegstagen einen Widerstand von Insassen des Konzentrationslagers. Später half er den alliierten Geheimdiensten beim Aufspüren von Nazi-Verbrechern und von »militärischen Geheimnissen«.

Beide Autoren, Pauwels und Bergier, fühlten sich einem »phantastischen Realismus« verpflichtet. Verstanden wurde darunter ein »Bündnis zwischen dem Wunderbaren und dem Positiven«. Im Kern lief das Ganze hinaus auf die literarische Verknüpfung der traditionellen Geheimwissenschaften mit Erkenntnissen der modernen Wissenschaft. Zudem entdeckten sie hinter der Menschheitsgeschichte ein Geflecht aus Großmagiern, Übermenschen und Göttern, die aus dem Verborgenen heraus die politischen Fäden ziehen. Ihre okkulten Hierarchien sollen durch Idee, Ritual und Tat auf den Nationalsozialismus und dessen Genesis eingewirkt haben. Es ist leicht nachweisbar, dass die beiden antifaschistischen Intellektuellen Bergier und Pauwels mit ihrer phantastischen »Natur- und Kulturwissenschaft« die Tore für eine esoterische Geschichtsinterpretationen geöffnet haben, an der sich auch die Vertreter des rechtsextremen Nazi-Okkultismus orientieren konnten.

Ausgehend von Hanns Hörbigers Welteislehre und der im Dritten Reich diskutierten Hohlwelttheorie, nach der die Erde innen hohl und bewohnbar sei, unterstellen die Franzosen sogar, dass schon unter NS-Wissenschaftlern eine dem westlichen Weltbild widersprechende Kosmologie gegolten habe. Ihrer Meinung nach versuchte Hitler ausgehend von einer mystischen Erkenntnislehre »den Geist der alten Zeiten wieder zu erwecken, laut dem der Mensch, die Gesellschaft und das Universum denselben Gesetzen unterworfen sind und eine wechselseitige Beziehung zwischen den Bewegungen der Seelen und denen der Gestirne besteht.«[37] Neben dieser Reaktivierung der Mikro-Makrokosmostheorie habe unter den Nazis der hermetische Grundsatz »das, was oben ist, ist wie das, was unten ist« gegolten. »Hier«, so Pauwels/Bergier, »sind wir bei den eigentlichen Grundlagen des Hitler'schen Denkens angelangt.«[38] Dieses sei der Absicht gefolgt, durch die Mutation der menschlichen Rasse den Übermenschen beziehungsweise den »Gottmenschen« zu schaffen. Der Gottmensch »bemächtigt sich der psychischen Kräfte der Gemeinschaft und lenkt sie nach seinem Willen. Er dirigiert das Strahlenbündel so, dass der Lauf der Gestirne aufgehalten und die Katastrophe hinausgeschoben wird. Hierin liegt die wesentliche Funktion des Riesenmagiers. Er herrscht über eine Art Energiezentrale: sein Königreich. Die Kraft aber, über die er verfügen kann, ist ein Teil der kosmischen Energie.«[39]

Eingedenk einer solch magisch-archaischen Orientierung des NS-Regimes standen sich – nach Pauwells/Bergier – im Nürnberger Prozess zwei unvereinbare Welten gegenüber. Die Richter hatten dort nicht nur über Schuld und Nicht-Schuld zu urteilen, sondern über zwei miteinander nicht mehr kompatible Weltbilder: »Es ging [ihnen] darum, die Idee von der Dauer und Allgemeingültigkeit der humanistischen und kartesianischen Kultur aufrechtzuerhalten. [...] Das Gleichgewicht des abendländischen Bewusstseins stand auf dem Spiel.«[40] Denn Nazi-Deutschland habe in nur wenigen Jahren eine atavistische Kultur restauriert, deren zutiefst

»magischer Charakter« durch die deutsche Wissenschaft, die deutsche Technik und die deutsche Organisation verschleiert werden konnte: »Das unerhört Neue im nationalsozialistischen Deutschland liegt darin, dass sich hier der Wirtschaft und Technik ein magisches Denken angegliedert hatte.«[41] Aber nicht nur die Magie, sondern auch die »Mystik« habe die Protagonisten des NS-Regimes motiviert. Pauwels und Bergier stellen fest: »Eine Nation, die in einen Krieg verwickelt ist, in dem die Technik alles bedeutet, verlangt im Jahre 1942 von der Wissenschaft, sie solle die Mystik unterstützen, und von der Mystik, sie solle die Technik bereichern.«[42] Auch sei die buddhistische Doktrin von der Welt als Illusion (*maya*) unter den NS-Intellektuellen weit verbreitet gewesen, ja die Maya-Lehre habe geradezu eine Grundanschauung des Schwarzen Ordens ausgemacht. »Für die Führer der SS«, schreiben die beiden Franzosen, »genau wie für die Weisen der Hindu vor 2000 Jahren […] war die Welt nur eine Illusion, und ihre Struktur ließ sich durch den wirkenden Gedanken der Eingeweihten verändern.«[43] Über den Ursprung und den Aufbau von Hitlers SS und das Forschungsamt Ahnenerbe wollen sie eine tausendseitige (unveröffentlichte) Dokumentation verfasst haben.[44]

Trevor Ravenscroft: Hitler als Klingsor

Der dritte Gründungsvater der »Nazi-Mysterien« ist der Brite Trevor Ravenscroft (1921–1989) mit seinem 1973 erschienenen Bestseller *The Spear of Destiny* (»Der Speer des Schicksals«). Nach Angabe seines Verlages wurde er 1921 in England geboren und erhielt eine Ausbildung im Sandhurst Military College. Während des Zweiten Weltkrieges soll er Kommando-Offizier in der englischen Armee gewesen sein und geriet bei einem Überfall auf Rommels Hauptquartier in Nordafrika in deutsche Gefangenschaft. Die Jahre 1941 bis 1945 überlebte Ravenscroft als Kriegsgefangener. Später arbeitete er als Journalist und hielt in London und Edinburgh Vorlesungen über Geschichte.

In der Einleitung zu seinem effektvollen Okkultreißer schreibt der Autor, er habe während des Krieges in einem »Nazi-KZ« eigene Erfahrungen mit höheren Bewusstseinszuständen gemacht. Die damit verbundenen transzendentalen Erlebnisse hätten ihn dazu veranlasst, den Gralsmythos und die Historie der in der Wiener Hofburg ausgestellten Lanze des Longinus (eine der Reichsinsignien) zu erforschen. Da sei in ihm die Vermutung aufgestiegen, beide (die Lanze und der Gral) stünden in einem schicksalhaften Zusammenhang mit der Weltgeschichte, speziell mit der Geschichte des Nationalsozialismus. Nach dem Krieg bestätigte ihm das ein gewisser Walter Johannes Stein, geboren 1891 in Wien, Doktor der Philosophie, gestorben 1957 in Großbritannien. Stein war Anthroposoph, früher Mitarbeiter von Rudolf Steiner und glaubte die historische Existenz der Gralsfamilie nachgewiesen zu haben.[45] Nach Ravenscroft ordnete Heinrich Himmler 1933 die Verhaftung des Anthroposophen in Stuttgart an. Dieser musste deswegen aus Deutschland fliehen. Während des Zweiten Weltkrieges avancierte er dann zum vertraulichen Berater Sir

Winston Churchills, um den englischen Premier über Gedanken und Beweggründe Adolf Hitlers und leitender Mitglieder der Nazi-Partei zu informieren. Er sei dazu qualifiziert gewesen, weil er Begegnungen mit dem zukünftigen Diktator in dessen Wiener Zeit gehabt habe. Was immer daran stimmen mag, Stein inspirierte Ravenscroft, das Buch *Der Speer des Schicksals* zu verfassen.

Hier eine kurze Zusammenfassung dieses bekanntesten aller Produkte aus der Literaturfabrik der »Nazi-Mysterien«. Im *Speer des Schicksals* wird berichtet, dass Rudolf Steiner die Reinkarnation des lichten Gralsträgers Parsifal war und Adolf Hitler diejenige seines dunklen Gegenspielers Klingsor. Auf höchster Ebene aber wirkten hinter den beiden die zwei »Entelechien« (Ausstrahlungskörper) Christus und Ahriman. Zentrales Kultobjekt, um das zwischen den Genannten gestritten wird, ist die Lanze des Longinus. Die Legende vom »Schicksalsspeer« beginnt demnach mit dem in den Evangelien erzählten Ereignis, wonach der römische Legionär Longinus das Herz Christi mit jener Lanze durchsticht (Joh. 19, 34–37). Seit diesem Zeitpunkt wies – so Ravenscroft – diese Waffe gewaltige, übernatürliche Kräfte auf: »Wer den Speer besaß und die Mächte verstand, denen er diente, hielt das Schicksal der Welt auf Gedeih und Verderb in seinen Händen.«[46] Es werden nun die historischen Persönlichkeiten vorgestellt, die im Laufe der Geschichte das magisch aufgeladene Herrschaftssymbol ihr Eigen nannten (Konstantin, Theoderich, Justinian, Barbarossa usw.) oder die vergeblich danach greifen wollten (Napoleon). So gelangen wir schließlich ins 20. Jahrhundert. Im Jahre 1912 will nun der oben erwähnte Walter Johannes Stein den jungen Adolf Hitler in der Wiener Schatzkammer beim Anblick des Longinusspeeres beobachtet haben. Der zukünftige Diktator habe damals einen Pakt mit dem Bösen geschlossen und nichts anderes mehr im Sinn gehabt, als die Insignie der Weltherrschaft in Händen zu halten. Dies sei ihm dann nach dem Anschluss Österreichs auch gelungen. Im Triumphzug brachte er den »Speer des Schicksals« nach Nürnberg, in die »geheime Hauptstadt des Reiches«, und ließ ihn dort ausstellen. Kurz nach Ende des Krieges wurde dieser zusammen mit anderen versteckten Reichsinsignien von den Alliierten ausfindig gemacht und am 6. Januar 1946 wieder nach Wien zurückgebracht.

Hitler begehrte den »Speer des Schicksals«, ebenso wie dieser einst von seiner Vorinkarnation Klingsor (dem Gegenspieler Parsifals) begehrt worden war. Sexuelle Perversionen, sadistische Lust am Menschenopfer und ein abgrundtiefer Hass gegen das Leben als solches charakterisierten – so Ravenscroft – den kastrierten Schwarzmagier (Klingsor) ebenso wie seine Wiedergeburt im 20. Jahrhundert (Adolf Hitler). Heinrich Himmler, der »Schatten« des deutschen Diktators, sei die »wohl schrecklichste Verkörperung von Terror und Inquisition in der gesamten Geschichte der Menschheit« gewesen.[47] In einem gigantischen »okkulten« Krieg, der 25 Millionen Menschen das Leben kostete, konnten schließlich doch die guten Kräfte (dank der Unterstützung Steiner/Parsifals aus den geistigen Räumen) die bösen Mächte (unter der Führung von Hitler/Klingsor) besiegen. Am Ende dieses makabren Spektakels, das in den Geschichtsbüchern als der Zweite Weltkrieg bekannt wurde, triumphierten die Lichtmenschen (die Alliierten) und die Lanze des Longinus ruht jetzt wieder in der Wiener Hofburg und wartet darauf, dass sich ein anderer ihrer bemächtigt – zum Guten oder zum Bösen – das wird die Geschichte zeigen.

Pauwels/Bergier und Ravenscroft, die Trinität der »Nazi-Mysterien«, haben eine unübersehbare Anzahl von Epigonen hervorgebracht. Sie lösten geradezu eine Welle von Schriften aus, die bis heute immer noch nicht verebbt ist: die Nazi-Okkultliteratur.[48] In den meisten Produkten dieses Genres ist davon die Rede, Hitler habe sich mit tibetischen Lehren auseinander gesetzt, sei von tibetischen Lamas initiiert oder von ihnen dirigiert worden. Ravenscroft geht sogar davon aus, der deutsche Diktator sei selber mit Yogapraktiken vertraut gewesen und habe sich an östlichen Reinkarnationstheorien orientiert, er sei jedoch zu der Schlussfolgerung gelangt, dass sich der Hatha-Yoga nicht für ihn eigne. Zudem habe er sich eine eigene Doktrin von der Wiederverkörperung zusammengestellt: »Adolf Hitler hatte oft von der immer noch lebendigen indischen Reinkarnationstradition gesprochen, die er für negativ und rückschrittlich hielt, denn er weigerte sich, das Rad des Lebens als ein ›Rad des Leidens‹ anzusehen, dem der Mensch um jeden Preis entkommen müsse.«[49] Was jedoch die Praxis des Kundalini-Yoga anbelangt, so habe sich der deutsche Diktator dieser Methode, die unmittelbar die Herstellung von Macht (*shakti*) zum Ziel hat, mit großem Erfolg hingegeben: »Zum Beispiel«, belehrt Ravenscroft seine Leser, »führt der buddhistische ›achtfache Weg‹ zum Erwerb von acht Eigenschaften, durch welche die achtblättrige Lotusblume [das höchste Chakra-Zentrum], die mit der Schilddrüse in Verbindung steht, zum Wachstum gebracht werden und zur Vision aktiviert wird.«[50] Solche Yogapraktiken setzten – fährt der Autor fort – ganz außergewöhnliche Kräfte frei, zum Beispiel die Fähigkeit, verborgene Gedanken und heimliche Motive von Menschen zu erkennen. Eine Aktivierung der inneren Energiezentren (*Chakren*) sei an sich ethisch neutral und könne sowohl dem Guten wie dem Bösen dienen. Auch ein Halunke wie Hitler sei deswegen befähigt gewesen, seine Chakren »rotieren« zu lassen: »Wir haben kurz die anfechtbare und ganz und gar unzulässige Art beschrieben, in der Adolf Hitlers Zentren [Chakren …] durch obszöne und sadistische Einweihungsrituale geöffnet wurden.«[51]

Quellenangaben hierfür bleiben aus. Nachweisbar ist allein, dass in Deutschland dem NS-System verpflichtete Intellektuelle »hinduistische und tibetanische Schriften« gelesen haben – wie es Pauwels/Bergier behaupten. Im Folgenden wollen wir die *Nazi-Tibet-Connection* der »Nazi-Mysterien« systematisch unter drei Aspekten darstellen:

Das mythische Königreich Shambhala – Zentrum der »Nazi-Mysterien«
Hitler: ein Besessenheitsmedium tibetischer Lamas?
Die Hakenkreuzdebatte und die Nazi-Tibet-Connection

Das mythische Königreich Shambhala – Zentrum der »Nazi-Mysterien«

Shambhala und Agarthi werden in den »Nazi-Mysterien« zur okkulten Gebärstätte des Nationalsozialismus. »Shambhala«, so der Brite Nigel Pennick über den »arischen« Ursprung des Mythos, »ist aufs engste verbunden mit den heiligen Bergen der Arier, diesen mystischen Verdichtungen der Erdenergie, die von Himmlers Geomanten ausfindig gemacht wurden. Berge wie der Elbruz im Kaukasus, Bolluka im Altai-Gebirge und der Pamir sind traditionell Verbindungsglieder in der heiligen Kette, die nach Shambhala führt, als die Arier und ihre Götter [dorthin] kamen. Nach dieser esoterisch okkulten Geschichtsschreibung hatten die Arier eine große Zivilisation dort aufgebaut, wo sich jetzt die Wüste Gobi befindet. Als das Resultat eines weiten Kataklysmus, vielleicht einer nuklearen Explosion, wurde die Gobi unfruchtbar gemacht und diese Zivilisation ausradiert. Die Überlebenden emigrierten aus den unbewohnbaren Wüsteneien. Eine Gruppe wanderte nach Europa aus, während eine andere in den Kaukasus ging. Die europäische Kolonie wurde von zwei weisen Initiierten angeführt, die später als die nordischen Götter Odin und Thor deifiziert wurden. Die Anführer der Zivilisation, die Welt Weisen Meister (*World Wise Masters*), stiegen in ein Superbunkersystem, das in der Nähe des Himalaja gegraben wurde. Später trennten sich diese Nachfahren der Atlanter in zwei Fraktionen, eine die den rechten Weg der Magie, und eine, die den linken Weg verfolgte. Die eine hatte ihr Zentrum in Shambhala, die andere in Agarthi.«[52]

Nach Pauwels/Bergier folgten die Parteigänger von Agarthi dem »Weg der rechten Hand« und die Parteigänger Shambhalas dem »Weg der linken Hand«. Das sind aus dem Tantrismus entliehene Begriffe. Annähernd korrekt bestimmen die beiden Autoren den »rechtshändigen Weg« als den Pfad der Kontemplation bzw. des Nicht-Teilhabens und den »Weg der linken Hand« (Tantrismus) als den Pfad der Gewalt. Tatsächlich werden im traditionellen *Tantrayana* gewalttätige und sexualmagische Riten durchgeführt. Dementsprechend üben – nach Pauwels/Bergier – die »Linkshändler« aus Shambhala einen negativen Einfluss auf die Weltpolitik aus. Shambhala (von den beiden Autoren als »Shampullah« bezeichnet) ist die »Stadt der Macht und Gewalt, deren Kräfte über die Elemente und die Massen der Menschen geboten und sie der ›großen Zeitwende‹ entgegenführten. Den großen Magiern anderer Völker war es möglich, durch Gelöbnisse und Opfer einen Pakt mit *Shampullah* zu schließen.«[53]

Magisch manipulierten – nach der Vorstellung der beiden Franzosen – diese »Linkshändler« aus Shambhala insbesondere die 1918 gegründete Thule-Gesellschaft, die in den »Nazi-Mysterien« *unisono* als die okkulte Hintergrundorganisation der sich entwickelnden NS-Bewegung angesehen wird.[54] Thule-Mitglieder und ihr Ordensmeister Rudolf von Sebottendorf (1875–1945) erhielten ihre Instruktionen direkt »vom ›Herrn der Welt‹, dem König der unverletzbaren Geheimnisse: der Herr von Thule und von Shambhala. Für Sebottendorf, war das keine besondere Entdeckung. Für ihn handelte es sich um eine Tatsache. Tatsächlich hatte er schon im Werk Jacolliots (*Les Fils de Dieu* und *Traditions indo-européennes*) über die Legende von Thule und von Shambhala gelesen, diese initiatorischen Zentren, die von profanen Menschen ignoriert werden und aus denen die Vril- Kraft [eine übernatürliche Energie] und die Geheimorden, welche die Welt regieren, hervorkommen.«[55]

Pauwels/Bergier sahen in der Thule-Gesellschaft einen Geheimorden, der selbst nicht davor zurückschreckte, in magisch-politischer Absicht sakrale Menschenopfer durchzuführen. Nicht zuletzt habe er deswegen in der SS seine Nachfolgeorganisation gefunden: »Für die höchsten Stellen ging es offenbar darum«, so die beiden Franzosen, »die Gleichgültigkeit der überirdischen Mächte zu bezwingen und ihre Aufmerksamkeit zu erregen. In diesem Bestreben liegt der Sinn aller Menschenopfer von den Mayas bis zu den Nationalsozialisten.«[56] Ganz allgemein erhält der »Schwarze Orden« in der Nazi-Okkultliteratur einen satanisch-morbiden Charakter, der ihn für bestimmte Kreise attraktiv macht. SS-Männer wurden nicht nur als Kampfmaschinen ausgebildet, sondern planmäßig in die »Mysterien des Todes« eingeweiht. Sie lernten – Pauwels/Bergier zitieren einen Artikel aus dem *Schwarzen Korps* vom 26. November 1942 – »den Tod zu geben und zu empfangen«. Zentral sei es bei dieser Todesinitiation gewesen, sein »Ich abzutöten«.[57]

Während die Verbände der Waffen-SS die Peripherie des Schwarzen Ordens bildeten, zählten – so die beiden Autoren – »die kämpfenden Mönche der Totenkopf-SS« schon zu den inneren Zirkeln. Im »heiligen Zentrum« befanden sich die Intellektuellen des SS-Ahnenerbes.[58] Insbesondere gelten Friedrich Hielscher und Wolfram Sievers, der Geschäftsführer des SS-Vereins, für Pauwels/Bergier als die machtvollen Priesterkrieger, die die »sakralen« Gräueltaten der Schutzstaffel befahlen: »Wolfram Sievers wurde zum Vollstrecker, zum priesterlichen Henker, zum rituellen Würger ernannt.«[59] Unmittelbar hinter ihm wirkte als eine Art Dämonenfürst sein Mentor Friedrich Hielscher, dessen »Theorien« mit »gewissen ›magischen‹ Vorstellungen der großen Meister des Nationalsozialismus« übereinstimmen.[60] Selbst der völlig agnostische Sven Hedin erhält einen Agentenauftrag in diesem okkulten Netzwerk der SS-Magier. Er habe eine wichtige Vermittlerrolle zwischen »Tibets Geheimgesellschaften« und dem Nationalsozialismus gespielt, ebenso Professor Wust (gemeint ist Walther Wüst), »der an der Universität München Vorlesungen über Sanskrit gehalten hatte«, und Ernst Schäfer, der »zahlreiche Beziehungen mit Lama-Klöstern« aufnahm.[61] Sie und andere SS-Leute sahen sich – nach Pauwels/Bergier – als »kämpfende Mönche, die einen Pakt mit den überirdischen Mächten geschlossen hatten«, als »Opferpriester, die die Wahrheit im schwarzen Spiegel lasen«, als »Erben des heiligen Gral«, als »Verbündete von Shampullah [Shambhala]«.[62] Sie waren die Boten des »Herrn der Welt«, des »Königs der Angst«. Diejenigen, die mit diesem ein Bündnis eingehen, »werden auf Jahrtausende hinaus das Antlitz der Erde verändern und der Menschheitsgeschichte einen neuen Sinn verleihen.« Und das sei – so die Autoren – das eigentliche Interesse Hitlers und der »Mitglieder seines engeren Kreises« gewesen.[63]

Auch nach Trevor Ravenscroft streiten Agarthi und Shambhala (»Die bösen Zwillinge«) um die Weltenmacht. Genau genommen lässt er drei Protagonisten auf seiner kosmischen Bühne auftreten: Luzifer und Ahriman auf der einen Seite, welche beide das Böse repräsentieren. Christus auf der anderen Seite, der das Gute darstellt. Luzifer missbraucht seine magischen Kenntnisse und weckt den Egoismus. Ahriman benutzt sexuelle Begierden und veranstaltet schwarzmagische Rituale. Luzifers Höhle wurde Agarthi genannt. Seine Adepten beschäftigten sich vornehmlich mit Astralprojektionen und versuchten, den Menschen falsche politische und geistige Führer anzudrehen. Ahrimans Höhle dagegen hieß Shambhala. Seine Anhänger waren rein materialistisch orientiert. Zwischen 1929 und 1942 sollen – nach Ravenscroft – von den Nazis jährlich (!) Expeditionen nach Tibet geschickt worden sein, um dort sowohl mit Shambhala als auch mit Agarthi Kontakte zu knüpfen. Man wollte sich deren Unterstützung bei der Schaffung des reinrassigen Übermenschen versichern.

Beide tibetischen Initiationsstätten hätten sofort positiv auf diese Annäherungsversuche reagiert und eine beachtliche Anzahl von Lamas nach Deutschland geschickt. Diese bauten in Berlin, München und Nürnberg klosterähnliche Zweigniederlassungen auf. Luzifers Agharti-Leute waren mit uneingeschränkter Solidarität zur Kooperation mit den Nazis bereit. Ahrimans Shambhala-Adepten aber ließen es an Loyalität mangeln, ohne dies jedoch nach außen hin zu erkennen zu geben. Insgeheim aber arbeiteten sie mit Geheimlogen aus England und Amerika zusammen, da sie den »Materialismus und das Maschinenzeitalter fördern wollten«.[64] Die Agarthi-Leute agierten in Berlin unter dem Namen »Gesellschaft der grünen Männer«. Hitler selber soll mit einem »tibetischen Führer in der deutschen Hauptstadt, einem Mann mit erprobten hellseherischen Fähigkeiten« in Kontakt gestanden sein.[65] Insbesondere aber – so Ravenscroft – hätten die tibetischen Lamas großen Einfluss auf den »Antimenschen« Himmler ausgeübt und ihn dazu veranlasst, das SS-Ahnenerbe zu gründen. Ihre Macht sei wirklich »ungeheuerlich« gewesen: »Viele der führenden Wissenschaftler Deutschlands wurden gezwungen, sich der Organisation *Ahnenerbe* anzuschließen, die neunundvierzig Abteilungen um-fasste. So stark war der Einfluss Agarthis im nazistischen Deutschland.«[66] Mitglieder des Schwarzen Ordens seien – unter Aufsicht von Tibetern – zu Kursen in »Meditation, Transzendentalismus und Magie« abkommandiert worden.[67] Ziel des SS-Vereins sei die Erforschung der »indogermanischen Rasse« gewesen: »Der Chef dieser Forschungsabteilung war ein naher Freund Karl Haushofers, ein gewisser Professor Wirrst [sic!], der an der Universität in München Sanskrit lehrte und Vorlesungen über die heiligen Texte hielt.«[68] Gemeint ist fraglos der Kurator Walther Wüst, den Ravenscroft mit dessen Vorgänger im SS-Ahnenerbe Herman Wirth vermingelt, um daraus einen »Wirrst« zu drehen – ein schönes Beispiel für die hemmungslosen Verwirrspiele, die in der okkulten Literatur der »Nazi-Mysterien« betrieben werden.

Wie auch immer – der tibetische Spuk war mit der Niederlage in Stalingrad (1942) zu Ende und die führenden Nazis hatten kein Vertrauen mehr in die magischen Fähigkeiten der Lamas. Hitler war so wütend, dass er – so Ravenscroft – die von Shambhala abkommandierten Himalaja-Mönche auf die gleiche Hungerration wie die KZ-Insassen setzte. Um nicht in die Hände der Roten Armee zu fallen, hätten sich die Tibeter 1945 in einem orientalischen Suizid-Ritual selber ausgelöscht. Ihre Leichen seien von den Russen in Berlin aufgefunden worden.[69]

Hitler: ein Besessenheitsmedium tibetischer Lamas?

Von Hermann Rauschning stammt die Aussage, Hitler sei »besessen« gewesen: »So gehen unleugbare Kräfte durch Hitler durch; echt dämonische Kräfte, die den Menschen Hitler nur zum Werkzeug machen«, schreibt der Danziger Senatspräsident und fährt fort, »Hitler lieferte sich Kräften aus, die ihn mit fortrissen. Kräfte dunkler und zerstörender Gewalt. [...] Und statt eines Mannes, der sich im Höhersteigen von Stufe zu Stufe der Schlacken einer dunklen Vergangenheit entledigte und freier und klarer wurde, sah man ein Wesen, das mehr und mehr zum Besessenen wurde, mit jedem Schritt gebundener, knechtischer, ohnmächtiger, der Raub von Mächten, die sich seiner bemächtigten und ihn nicht mehr losließen.«[70] Ebenfalls sah Rauschning im Hitlerismus den Ausbruch einer atavistischen Kulturströmung: »Die Schamanentrommel dröhnt um Hitler. Asiatische, afrikanische Kulte und Beschwörungen sind das eigentliche Element seiner Bezauberung. Rasende Tänze bis zur Erschöpfung. Es ist der Einbruch des Primitiven in das Abendland.«[71]

Wie immer man das bewerten mag – diese These von Hitlers Besessenheit wurde nach dem Krieg in okkulten Kreisen jeglicher Couleur begierig aufgegriffen, insbesondere gilt dies jedoch wiederum für Frankreich, zumal Rauschnings Bestseller *Gespräche mit Hitler* zuerst in französischer Sprache erschien. Auch für die beiden Gründungsväter der »Nazi-Mysterien« Pauwels/Bergier ist Rauschning ein Kronzeuge, doch sie fragen weiter: »Hinter dem Medium [gemeint ist Hitler] aber hat man zweifellos nicht einen einzelnen Menschen zu suchen, sondern eine Gruppe, eine Energiegemeinschaft, eine magische Zentrale. Und eins erscheint uns sicher: Hitler wurde von etwas anderem angetrieben als von dem, was er selbst darstellte: von Kräften und Richtungen, die sich zwar nicht ganz deutlich abzeichnen, die aber unendlich gefährlicher waren als die bloße nationalsozialistische Theorie.«[72]

»Kam nicht aus Tibet [...] der ›Geist‹, der letztendlich Hitler besessen hat und der, vorgeformt durch die Übungen von Sebottendorf, als Gefäß diente? Und was kann er [der deutsche Diktator] anderes sein als ein ›Tulku‹ [die Inkarnation eines Buddhawesens]«, lesen wir bei Jean Robin.[73] Es ist wirklich sehr auffällig, wie die meisten Autoren der »Nazi-Mysterien« die »Besetzer« Hitlers im lamaistischen Kulturkreis ausfindig machen. Das liegt zum einen daran, dass diese Literaturgattung auf den oben vorgestellten Schriften der Shambhala/Agarthi-Visionäre aufbaut, und zum anderen daran, dass Besessenheitsphänomene den Lamaismus wie kaum eine andere Religionsströmung bestimmen. Darauf kommen wir am Ende dieses Abschnittes noch einmal zu sprechen. Unter den zahlreichen literarischen Varianten, die von einer »lamaistischen Manipulation« Hitlers ausgehen, möchten wir drei etwas detaillierter darstellen: die Haushofer-Legende, der »Mann mit den grünen Handschuhen« und Hitler als Instrument tibetischer Schwarzmagier.

Die Haushofer-Legende

Eine »okkulte« Beziehung zwischen Haushofer und Hitler kann nicht nachgewiesen werden[74], wenn überhaupt, dann bestand eine solche zwischen dem General und seinem Freund Rudolf Heß, da sich Letzterer für esoterische Themen interessierte. Dass Haushofer in den 1920er-Jahren Mitglied der Thule-Gesellschaft war, auch dafür gibt es keine Beweise. Es sind aber gewisse Interessen des Generals an paranormalen Phänomenen belegbar. So entdeckte er während des Ersten Weltkrieges bei sich die »Gabe des zweiten Gesichts«, die von ihm auch als »Ferngefühl« oder »Schicksalsgabe« bezeichnet wurde. Das sollte man jedoch noch nicht als »okkult« bezeichnen. Offenkundig dagegen ist – wie wir im ersten Teil unseres Buches gezeigt haben – sein mystisch-metapolitisches Interesse an der Sakralität des Herrschers und des Reiches, für ihn am anschaulichsten repräsentiert durch die Person des japanischen Kaisers.

Doch dies reicht auch nicht hin, um ihn zum »großen Magier« hinter Hitler zu machen. Aber genau das ist eine der gängigsten Konstrukte der »Nazi-Mysterien«. Der General erscheint in der entsprechenden Literatur als der bedeutendste okkulte »Einflüsterer« des Diktators, auf dessen Ideen insbesondere das NS-Grundlagenwerk *Mein Kampf* zurückzuführen sei. Die ersten Konstrukteure der Haushofer-Legende waren wieder einmal Louis Pauwels und Jacques Bergier. Sie erklärten Haushofer zur grauen Eminenz der Thule-Gesellschaft. In den 1920er-Jahren habe er diese rassistische Organisation, »deren Mitglieder in Verbindung mit dem Unsichtbaren« standen, zum »magischen Mittelpunkt des Nationalsozialismus« gemacht. Der General erscheint als der »Beschwörer« und Hitler als sein »Medium«.[75]

Die Linie der Hintergrundspieler geht jedoch weiter. Pauwels/Bergier unterstellen ohne weitere Quellenangaben, dass Haushofer in Japan »einer der bedeutendsten buddhistischen Geheimgesellschaften beigetreten sei und sich verpflichtet habe, falls seine ›Mission‹ scheitern sollte, den vorgeschriebenen zeremoniellen Selbstmord zu begehen«.[76] Sein mit Gift vollzogener Suizid im Jahre 1946 wird denn auch von den beiden Autoren in mythisierender Absicht in einen Harakiri-Selbstmord umgedeutet. Der andere Weg zu den Drahtziehern hinter Haushofer führt direkt nach Tibet. Das klingt verwunderlich, da der General doch von seiner Lebens- und Ideengeschichte her ausschließlich auf Japan fixiert war und niemals das Schneeland betreten hat. Es ist jedoch mittlerweile zu einem Gemeinplatz in den »Nazi-Mysterien« geworden, Haushofer sei von dem russischen Guru Georg Iwanowitch Gurdjieff in die »tibetanischen Mysterien« eingeweiht worden und habe Tibet mindestens dreimal besucht. Der amerikanische Autor Gerald Suster will sogar wissen, der General sei mit Gurdjieffs in den Jahren 1903, 1905, 1906, 1907 und 1908 in den

Himalaja gereist.[77] Dieser ging jedoch erst 1908 in den fernen Osten. Susters Phantasie schwappt noch weiter: Haushofer, so der Autor, habe Hitler in nicht weniger als drei spirituelle Disziplinen eingeführt: in die Sufi-Mystik (über Gurdjieff), in die Lehren tibetischer Lamas und in den Zen-Buddhismus der japanischen Green Dragon Society: »Diese Lehren gehen von der Existenz bestimmter Machtzentren oder *Chakren* im menschlichen Körper aus, die dem endokrinen Drüsensystem der westlichen Wissenschaft entsprechen. Bei den meisten menschlichen Wesen sind diese *Chakren* in einem schlafenden Zustand, aber sie können kraft yogischer oder magischer Übungen aktiviert werden und bringen dem Praktikanten einige außergewöhnliche Kräfte, worunter vor allem diejenige zu nennen ist, die es erlaubt, anderen den eigenen Willen aufzuoktroyieren.«[78]

Der angeblich in die lamaistischen Mysterien initiierte Gurdjieff zählt – nach Vorstellungen des »Sachbuchautors« Dietrich Bronder – ebenfalls via Karl Haushofer zu den Drahtziehern hinter dem NS-Regime: »Durch Gurdjieff wurde Haushofer mit den okkultistischen Geheimlehren Tibets und gewissermaßen zu ihrem eingeweihten ›Mysten‹. Durch ihn unmittelbar angeregt […] soll die Thule-Gesellschaft über die starke tibetanische Kolonie in Berlin, zu der Haushofer laufend Kontakte hatte, die Verbindungen zu den mönchischen Geheimgesellschaften Tibets aufgenommen haben, die selbst während des Zweiten Weltkrieges nie abgerissen sind. Als Schlüssel für die in dieser Zeit zwischen Berlin und Lhasa, der tibetanischen Hauptstadt, gewechselten Funksprüche diente das *Buch Dzyan*, ein geheimes Zauberbuch tibetanischer Weiser.«[79] Der französische Schriftsteller Jean Claude Frère weiß sogar: »In Asien hatte General Haushofer mehrere hinduistische Klöster besucht und – in der Wüste Gobi – nach dem mysteriösen Agarthi gesucht. In Tibet konnte er Kontakte mit esoterischen Meistern herstellen. Die tibetanischen Lamaserien blieben im Übrigen ein Fixpunkt in der Nazi-Mystik. In der Folge führte Alfred Rosenberg diese Strömung nicht nur durch seine Kontakte mit den tibetischen Weisen fort, sondern auch durch zahlreiche Referenzen zu deren Zivilisation im *Mythos des 20. Jahrhunderts*«.[80] Dass von Frère gerade der entschiedene Lamaismus-Gegner Alfred Rosenberg zum »Logenbruder« der tibetischen Mönchspriester gemacht wird, zeigt die hemmungslose Gleichgültigkeit dieser Okkultautoren gegenüber den historischen Quellen.

Ebenso phantasmatisch und »lamaistisch« strickt Trevor Ravenscroft an der Haushofer-Legende. »Dieser bemerkenswerte und geheimnisvolle Mann hatte zwei völlig verschiedene Gesichter«, schreibt er über den General.[81] Sein okkulter Auftrag habe darin bestanden, eine tibetische Geheimlehre an Hitler zu übermitteln. *Mein Kampf* sei nichts anderes als das Substrat aus den okkulten Geheimnissen, die schon vor etwa 10.000 Jahren unter den Meistern Alt-Tibets gehütet wurden. Dieses Urwissen hätten die Lamas »nicht verstandesmäßig gelehrt oder von Generation zu Generation weitergegeben. Erst wenn die Zentren im Astralleib eines Novizen zur Entfaltung gebracht worden waren und sein ätherischer Organismus sich voll entwickelt hatte, konnte ihm die heimliche Lehre erschlossen werden.«[82] Hitler wurde – nach Ravenscroft – über Haushofer in die Doktrin, welche die Rückzüchtung jener übermenschlichen Rasse, die einst Atlantis bevölkerte, zum Inhalt gehabt habe, eingeweiht: »Was Karl Haushofer über die Führer der Atlantiszeit aussagte, sollte einen sehr entscheidenden Einfluss darauf ausüben, wie Hitler später seine eigene Rolle als Führer des deutschen Volkes auffasste. [...] Sie [die Atlanter] hatten seelische und geistige Eigenschaften übermenschlicher Natur, sie erschienen ihren Zeitgenossen als Übermenschen. Man könnte sie ein Zwischending zwischen Gott und Mensch, eine Art Gott-Menschen nennen.«[83]

Der junge rechtsextreme Kultautor Jan van Helsing spekuliert, dass es die »Gelbmützen« (*Gelugpa*), der größte Orden Tibets, waren, die Haushofer dirigierten: Er »knüpfte während des Ersten Weltkrieges Kontakte mit einer der einflussreichsten Geheimgesellschaften Asiens: den ›Gelbmützen‹. Diese wurden 1409 von dem buddhistischen Reformator Tsongkhapa gegründet. Haushofer wurde eingeweiht und schwor, wenn seine ›Mission‹ misslingen sollte, Selbstmord zu begehen. Die Kontakte zwischen Haushofer und den Gelbmützen führten dazu, dass sich in den Zwanzigerjahren tibetanische Gemeinden in Deutschland bildeten.«[84]

Es fragt sich nun, wie es überhaupt zur Konstruktion dieser phantasmatischen Haushofer-Legende und ihrer Tibet-Connection kommen konnte. Der einzige historisch nachweisbare Hinweis hierfür führt zu Albrecht Haushofer, dem von der Gestapo hingerichteten Sohn des Generals. Aus dessen in seiner Gefängniszeit verfassten *Moabiter Sonetten* wird immer wieder folgender Passus zitiert, der auf die okkulten Aktivitäten seines Vaters hindeuten soll: »Für meinen Vater war das Los gesprochen«, heißt es dort, »Es lag einmal in seines Willens Kraft, / den Dämon heimzustossen in die Haft. / Mein Vater hat das Siegel aufgebrochen. / Den Hauch des Bösen hat er nicht gesehn. / Den Dämon ließ er in die Welt entwehn.«[85] Das mag einen tieferen Sinn haben, aber dahinter steht noch nicht Tibet. Anders jedoch in einem weiteren Sonett mit dem Titel »Tibetisches Geheimnis«, in dem Albrecht Haushofer auf die lamaistischen Zauberer aus dem Schneeland zu sprechen kommt:

Tibetisches Geheimnis[86]

In jenem Land, wo klare Winterstürme
Die höchsten Gipfel dieser Welt umwehn,
Soll man auf seltne Künste sich verstehn,
Geborgen in den Schutz der Klostertürme.

Die Weisesten der Weisen leben dort,
In Zellen eingemauert, ihrem Denken.
Der Seele streng beherrschte Strahlung lenken
Sie Andern zu, gelöst von Zeit und Ort.
Was Fugenspiel und Symphonie dem Tauben,
Was Rot und Grün dem Farbenblinden scheinen,
Gilt solche Kunst für stoffgebundnes Meinen.

Wo Geistes-Wunder, sonst ein scheues Glauben,
Schon hohes Können ist, verwandelt sich
Ins große Du hinein das kleine Ich.

Dieses Sonett lässt zwar vermuten, dass in der Familie Haushofer über paranormale Kräfte tibetischer Lamas gesprochen wurde, aber nicht, dass der General in einem irgendwie gearteten Kontakt mit tibetischen Geheimbünden gestanden sei.

Der Mann mit den grünen Handschuhen

Dass der ungarische Buddhist und Abenteurer Ignatz Trebitsch-Lincoln okkulte Absichten verfolgte und in dem Wahn verfangen war, als Mittler zwischen Asiens Geheimgesellschaften und dem Dritten Reich zu fungieren, haben wir im ersten Teil unseres Buches schon erwähnt. So wenig er von Seiten der Nazis ernst genommen wurde, so wichtig ist später seine Rolle in der Literatur der »Nazi-Mysterien«. »Als Mitglied der tibetanischen Agartha«, schreibt Dietrich Bronder über Trebitsch-Lincoln, »d. h. der Priesterschaft der Lamas, hat er Anteil an deren japanischen Filiale, dem berühmten ›Schwarzen Drachen‹, [...] sowie an dem chinesischen Zweig, dem ›Grünen Drachen‹, der wiederum in Verbindung mit dem roten Revolutionär Mao Tse-tung stand.«[87] Das dürfte kaum der Wahrheit entsprechen, wohl aber dem Charakter des »Hochstaplers«, der sich überall präsent fühlte.

Trebitsch-Lincolns Name wird von Pauwels/Bergier auch mit einem mysteriösen Asiaten in Zusammenhang gebracht, der Hitler mithilfe seiner Magie an die Macht gehievt haben soll.[88] Ursprung dieser Legende ist ein 1933 von einem französischen Geheimagenten mit dem Decknamen »Teddy Legrand« veröffentlichtes Buch mit dem Titel *Der Mann mit den grünen Handschuhen*.[89] Es habe sich dabei um einen »Tibeter« oder »Chinesen« mit einem »grausamen, durchdringenden und raffinierteren Blick« gehandelt, der in den 1920er-Jahren spiritistische Séancen in Berlin abhielt. Bei einer dieser Sitzungen sprach er die Anwesenden mit folgenden Worten an: »Auch wenn keiner von Ihnen von meiner Rasse ist, meine Herren, die grüne Hand wird Ihnen gereicht, denn Sie tragen die Schlüssel, welche die 110 Schlüssellöcher des geheimen Königreichs Agarthi öffnen.« Legrand vermutete eines der Wesen vor sich zu haben, »deren okkulte Aktion Europa in das Chaos stürzen sollte«.[90] Gerald Suster meint sogar, Hitler habe in ständigem Kontakt zu diesem Asiaten gestanden.[91]

1942 machte der »grüne Bote« aus Asien erneut von sich reden: »Es gab in Berlin 1942 einen Mönch aus Tibet, der allgemein als ›der Mann mit den grünen Handschuhen‹ und als ›Schlüssel zu Agarthi‹ bekannt war. Dieser und einige seiner Bundesbrüder waren mit der letzten SS-Expedition als offizielle Abgesandte ihrer Geheimgesellschaft nach Berlin geschickt worden. Sie waren Mitglieder des tibetanischen Geheimordens ›Gesellschaft der grünen Männer‹. Von ihnen gab es Kolonien in Berlin, Nürnberg und München, deren Mitglieder bei Kriegsende Selbstmord begingen«, erfahren wir in einer Ausgabe der rechtsextremen Zeitschrift *Innere Erde Gemeinschaft*.[92]

Sogar nach dem Kriege tauchte der »Lama mit den grünen Handschuhen« wieder auf, um die arisch-rassistische Tradition der Nazi-Okkultisten fortzusetzen. Der französische Schriftsteller Serge Hutin soll in den 1950er- oder 1960er-Jahren ein Dokument von einem rätselhaften Zirkular-Rat, Nom-Khan mit Namen, erhalten haben. Unterzeichner sei ein Ehren-Großmeister Lama Dshorni Dshen Rimposch [wahrscheinlich Rinpoche] gewesen, eben jener besagte »Lama mit den grünen Handschuhen«. Dieses Dokument fordert die Verbindung nordischer Mythen mit den tibetischen Geheimlehren: »Lange Zeit«, heißt es dort, »wird sich der Z. R. N. K. [Zirkular-Rat Nom-Khan] frei entwickeln, ohne hierarchischen Aufbau, ohne Beiträge, Presseorgane, Listen, Zeremonielle, Zeichen oder Symbole: was die Hierarchie angeht, werden die freien Mitglieder nur vom Großmeister der Gesellschaft abhängen und nur ihn persönlich kennen. [...] Auf weite Sicht aber wird der Z. R. N. K. die Fundamente zur arischen Kirche legen, die sich auf die Lehre des Asgarda-Weda stützt. Die arische Kirche wird den Namen ›Massenweltkirche für das Ende des Kali-Yuga‹ erhalten. Kali-Yuga ist die Bezeichnung für den letzten Abschnitt des gegenwärtigen Erdenzyklus.«[93] Dann folgt eine interessante Ausführung für ein Langzeitprogramm mit dem Titel »Einführungsarbeit auf lange Sicht«, in dem folgende zwei Punkte genannt werden:

> »Die tantrische Erwicklung der Kundalini (ein Name, welche der mächtigen magischen Energie gegeben wird, welche unter gewöhnlichen Umständen der Existenz durch die Sexualität getarnt wird).«
> »Die Erwerbung des King-Kang-Kaya (tibetanischer Ausdruck für ›Leib des Lichts‹), Beherrschung des VRIL [eine paranormale Energie]. Die Auswahl der Freien Mitglieder erfolgt auf zwei Ebenen, der magischen und der biologischen. Die daraus hervorgehende Gemeinschaft der Magier wird die Aufgabe haben, eine universelle Synthese der großen Religionen und der Führungskräfte auszuarbeiten [...] Diese Hierokratie oder Priesterschaft wird den Rahmen für die postatomare Gesellschaft abgeben.«[94]

Es ist immerhin ideengeschichtlich interessant, dass all diese von dem »Lama mit den grünen Handschuhen« angesprochenen spirituellen Disziplinen und Visionen (Entwicklung der Kundalini, Beherrschung der Vril-Energie, Schaffung einer arische Kirche) bei den Autoren des »SS-Mystizismus«, auf den wir im nächsten Kapitel zu sprechen kommen, eine wichtige Rolle spielen.

Hitler: ein Instrument tibetischer Schwarzmagier

Der deutsche Verleger und Publizist Dieter Rüggeberg zählt zu den Altvätern der Weltverschwörungsszene. Zwei Kenner des Milieus, die österreichischen Historiker

Eduard Gugenberger und Roman Schweidlenka, bezeichnen ihn sogar als eine Art »graue Eminenz«.[95] Obgleich entschieden antisemitisch und strikt gegen jegliche Rassenmischung eingestellt, sieht sich Rüggeberg als ein ausgesprochener Feind Hitlers, und zwar aus einem Grunde, den man nicht so leicht erwartet hätte: Der deutsche Judenhasser sei eigentlich ein *Agent Provocateur* des Weltjudentums gewesen. Bei dem Massenmord an den Juden habe es sich – so müssen wir uns sagen lassen – um eine Tat der Zionisten gehandelt, die so die jüdischen Überlebenden zwingen wollten, nach Palästina auszuwandern, um dort den Staat Israel zu gründen. Nicht der Diktator, sondern Alfred Rosenberg habe die Vision des Dritten Reichs, die eine Scheidung der Rassen voraussah, formuliert. Dieses offene Bekenntnis zum Chefmythologen der Nazis mag auch seine negative Haltung gegenüber dem Lamaismus beeinflusst haben, denn Rosenberg findet die tibetischen Lamas schlichtweg abstoßend. Nach Rüggeberg arbeiteten im Zweiten Weltkrieg jüdisch-angloamerikanische Logen mit der Unterstützung des Vatikans und mit der Hilfe tibetischer Sekten an der Vernichtung Deutschlands und Mitteleuropas. »Während also die angloamerikanischen Logen Hitler förderten, um ihn als Werkzeug zur Kriegsvorbereitung zu benutzen, geriet er auf der anderen Seite über den ›Thule-Orden‹ unter den Einfluss einer Gruppe tibetischer Schwarzmagier, die ebenfalls versuchten, ihre Ziele durch ihn zu verwirklichen. Ein Ergebnis dieses asiatischen Einflusses war die Wahl des linksdrehenden Swastika oder Hakenkreuzes als deutsches Hoheitszeichen.«[96] – und Rüggeberg fährt fort: »Nur wer diese Tatsachen kennt, kann den Satz verstehen, der sich in Hitlers Rede vom 30. 1. 1945 findet: ›Es wird auch in diesem Kampf nicht *Innerasien* siegen, sondern Europa – und an der Spitze jene Nation, die seit ein-einhalb Jahrtausend Jahren Europa als Vormacht gegen den Osten vertreten hat und in alle Zukunft vertreten wird: Unser Großdeutsches Reich, die deutsche Nation!‹«[97] Dieser Ausspruch müsste eigentlich das Konträre beweisen, denn schließlich sieht Hitler hier die Asiaten als seine Hauptfeinde und nicht als seine verbündeten Logenbrüder. Aber Rüggeberg gibt uns für diesen Widerspruch eine simple Erklärung: »Offensichtlich hatten seine ›asiatischen Freunde‹ ihn in der Stunde der Not im Stich gelassen.«[98]

Was da in Asien metapolitisch geplant wurde, erfahren wir dann aus den Tagebüchern des deutschen Himalajareisenden Hans-Hasso von Veltheim-Ostrau, der von Rüggeberg zitiert wird: »Die Lamas erklärten weiter«, heißt es dort: »›Der Westen ist laut; er schreit seine Lehren und seine materialistische Zivilisation so laut heraus, dass wir es selbst in den abgelegensten Klöstern Tibets hören. Wir hören diesen immer lauter werdenden Schrei als den eines ertrinkenden, der nicht sterben will, obwohl er nicht mehr leben kann. Das dem ewigen, kosmischen Leben noch verbundene Asien hört dies wohl. Es wird schweigend in sich ruhen und den Sterbenden nicht stören, bis es im Westen still geworden ist. Erst dann wird Asien aus der Gegebenheit heraus handeln in der Erkenntnis des Todeswissens und aus dem Bewusstsein, dass jedes Sterben eine Wandlung und Vorbedingung für eine Wiedergeburt ist. Nicht nur von den tibetanischen Lamas, die ich in Simla traf, hörte ich die folgende Prophezeiung, sondern auch von anderen Personen in Indien, mit denen ich darüber sprach: ›Die 1938 bevorstehenden kriegerischen Auseinandersetzungen in Europa und Asien werden von den tibetanischen Großlamas nur als ein Vorspiel zum entscheidenden Kampf um die Herrschaft der Erde betrachtet.‹«[99]

Auch wenn diese verschiedenen Spekulationen über Hitlers Besessenheit und seine Manipulation durch tibetische Lamas historisch und psychologisch nicht nachweisbar sind, so rekurrieren diese doch auf ein Phänomen, das für den lamaistischen Kulturkreis prägend und spezifisch ist. Die schamanistisch orientierte Arbeit mit »Besessenheitsmedien« bestimmt im Himalaja seit jeher das traditionelle Gesellschaftsleben. »Eines der großen Mysterien des Alten Tibet war die Existenz von Besessenheitsmedien. In nahezu jeder Talschaft, jedem Dorf gab es Frauen und Männer, die meist schon im Kindesalter durch Anfälle von Raserei und Besessenheit aus dem Alltag gerissen wurden. [...] Stets setzten die Tibeter großes Vertrauen in das Wissen und Können dieser begnadeten Trancemedien und nur selten wurden sie enttäuscht«, schreibt der österreichische Ethnologe Gerhardt Schuster.[100] Das berühmteste aller Medien aus dem Schneeland ist das so genannte Staatsorakel (Nechung) des Dalai Lama, das die politischen Entscheidungen des Kirchenfürsten auch heute noch mitbestimmt. Dabei handelt es sich um einen mongolischen Kriegsgott (*Pehar*), der in einen Mönch »einfährt« und durch dessen Mund »orakelt«. Ernst Schäfer durfte einer Trancesitzung des Nechung-Orakels beiwohnen: »Als ob alles Menschliche aus ihm entwichen wäre«, so der Leiter der SS-Tibetexpedition, »als ob ein anderer aus ihm spräche, von Krämpfen und Zuckungen völlig entstellt, starrt der *Taluma* [das tibetische Staatsorakel] und das Gefühl, einen wahrhaft Besessenen vor mir zu haben, den irgendeine unkontrollierte Macht gefangen hält, wird immer mächtiger in mir.«[101] Ebenso fasziniert ist der SS-Akademiker von den angeblichen Möglichkeiten der Lamas, das Bewusstein anderer Menschen zu manipulieren: »Jenseits von Gut und Böse, über Lob und Tadel erhaben, selbstlos unter den Selbstsüchtigen, begierdelos unter den Begierigen strahlen ihre Seelenkräfte aus der Mitte ihres Wirkungsvermögens ins Unbegrenzte aus. So üben sie Macht, eine anonyme, grenzenlose Macht über sich selbst und andere. Mit solchen, ans Wunderbare grenzenden psychischen Fähigkeiten experimentieren sie mit dem Dämonischen im Menschen, das man bei uns so oft geflissentlich überging, um es durch Vernunft und Wissen zu ersetzen, glaubend, es auf diese Weise aus der Welt zu schaffen.«[102] Dass die Lamas solche paranormalen Fertigkeiten tatsächlich für sich in Anspruch nehmen, darauf kommen wir in dem Kapitel über das *Kalachakra-Tantra* zu sprechen.

Hakenkreuzspekulationen und die okkulte Nazi-Tibet-Connection

Hitler hatte in *Mein Kampf* proklamiert: »Im Hakenkreuz sehen wir die Mission des Kampfes für den Sieg des arischen Menschen und zugleich mit ihm auch den Sieg des Gedankens der schaffenden Arbeit.«[103] Über den arischen Ursprung des Swastika, dem »Ursymbol aller Indogermanen«, diskutierten im 19. Jahrhundert die beiden Archäologen Heinrich Schliemann und Emile Burnouf. Gemeinsam hatten sie bei ihren Grabungen in Griechenland an Hunderten von Artefakten Swastikas entdeckt. Burnouf behauptete, das Hakenkreuz sei kulturgeschichtlich immer von den Juden abgelehnt worden, und machte das Zeichen schon 1872 zu einem hervorstechenden Symbol des Antisemitismus. Im Gegensatz dazu sollte es eine tiefe rassische Verbindung der indischen mit der germanisch-europäischen Kultur zum Ausdruck bringen: »Auch Schliemann sah den Swastika als die Fußspur seiner uralten rassischen Vorahnen, das die Trojaner, Thraker, alten Germanen und vedischen Inder miteinander verband. Der Glamour von Gold, Silber und homerischen Legenden hatte Schliemann dazu befähigt, die Idee zu popularisieren, dass der Swastika ein einzigartiges arisches Symbol sei, dessen räumliche Verbreitung die rassische Kontinuität des alten Westens mit dem mysteriösen Osten herstelle.«[104] In der Tat ist das Hakenkreuz ein in Indien, Sri Lanka, Tibet, Nepal, China, Japan und in anderen Ländern des östlichen Asiens weit verbreitetes Symbol. Er gilt dort primär als Glücks- und Sonnenzeichen. Insbesondere im Buddhismus spielt das Hakenkreuz eine zentrale Rolle, doch ebenso in der vorbuddhistischen Bon-Kultur Tibets.

Helena Petrovna Blavatsky, die mit den Theorien Schliemanns und Burnoufs vertraut war, suchte bekanntlich die Hauptquelle ihrer Inspiration im indisch-tibetischen Kulturkreis. Dem vedisch-buddhistischen Swastika gestand auch sie einen hohen Symbolwert zu. Auch sie verband dieses Zeichen mit germanischen Mythen, indem sie darin den »Hammer« des nordischen Gottes Thor wiedererkannte. Wir erfahren von ihr, dass sich die »Arier«, die Nachkommen der Atlanter, unter dem Signum des Hakenkreuzes gesammelt hätten. Im Jahre 1881 wurde der Swastika von Madame Blavatsky zum Zentralsymbol der theosophischen Gesellschaft erhoben und ihrem eigenen Wappen beigefügt.

Dagegen spielte der Asienbezug in völkischen Kreisen um die Jahrhundertwende, für die das Hakenkreuz ebenfalls zu einem Markenzeichen wurde, nur eine untergeordnete Rolle. Für die Ariosophen war der Norden und nicht der Osten das Verheißungsland.[105] So verwarfen sie die These, dass der Swastika aus Zentralasien stamme, und der Hohe Norden (Ultima Thule) galt als dessen eigentliches Ursprungsland. Dagegen war der französische Orientalist Jean Marquès-Rivière der Meinung, dass das Hakenkreuz vom Westen in den Osten gewandert sei: »Die Tradition besagt, dass vor der glorreichen Dynastie von Lhasa, vor dem Weisen Passepa, vor Tougkapa, der allmächtige Meister im Westen regiert, auf einem Berg, der von großen Wäldern umgeben war. In dieser Zeit gab es die Rose auf dem Hakenkreuz. […] Aber die dunklen Zyklen haben den Meister des Westens vertrieben und er ist in den Osten gekommen, zu unserem Volk. Er hat die Blume ausgelöscht und nur der *Swastika* ist geblieben, Symbol der zentralen Macht des Himmelsjuwels.«[106]

Auch die schon mehrmals erwähnte Thule-Gesellschaft des Freiherrn von Sebottendorf wählte das Hakenkreuz zu ihrem Hauptsymbol. Im Mai 1919 legte Friedrich Krohn, Mitglied der Thule-Gesellschaft, ein Papier mit dem Titel vor: »Ist das Hakenkreuz als Symbol der nationalsozialistischen Partei geeignet?« Er schlug den linksgerichteten Swastika vor und »bevorzugte diese Ausrichtung des Zeichens offensichtlich aufgrund dessen buddhistischer Interpretation als Talisman für Glück und Gesundheit, wogegen das rechtsgerichtete Gegenstück ein Symbol des Untergangs und Todes wäre«, meint der britische Historiker Goodrick-Clarke.[107] 1920, anlässlich eines Gründungstreffen der örtlichen Starnberger Gruppe der NSDAP, wehte erstmals die von Hitler mitentworfene Nazi-Flagge. Durch das Reichsflaggengesetz von 1935 wurde dann die Hakenkreuzfahne zum Symbol des NS-Staates.

Es liegt nahe, dass im SS-Ahnenerbe die vedisch-buddhistischen Bezüge des Hakenkreuzes besonders betont wurden. Der »Vorzeitforscher« Herman Wirth verwies auf die Beziehung des Swastika zum *rta* der arischen Inder, die damit »die Drehung, den Umlauf, die kosmische Weltordnung, das Weltgesetz, die Gesittung, das göttliche Recht« angesprochen hätten.[108] Der Indologe Jakob Wilhelm Hauer sprach sogar von einer arischen »Hakenkreuzkultur«, die sich zur Zeit der Bandkeramik (5.–4. Jtsd. v. Chr.) von der Donau ausgehend bis hin in das Industal erstreckt habe: »So kam das Hakenkreuz zu den Indoariern und von ihnen verbreitete es sich vornehmlich durch die Mission des Buddhismus bis nach dem fernen Osten und dem indischen Archipel.«[109] Das Hakenkreuz wird jetzt zu einer unbestreitbaren Erkennungsmarke der arischen Rasse. »Fremdrassen« können – nach Hauer – den Swastika überhaupt nicht verwenden. Deswegen müssten überall dort, wo dieser auftritt, bei den Ägyptern, bei verschiedenen Indianerstämmen, in China, ja selbst im schwarzen Afrika, arische Nordmänner am Werk gewesen sein.[110]

Solche bizarre Vorstellungen wurden offensichtlich auch von den Mitgliedern der SS-Tibetexpedition ernst genommen. Bruno Beger begründete zum Beispiel den »nordrassischen Einschlag« bei den Tibetern damit, dass sie das »arische Hakenkreuz« verwendeten.[111] Die sehr häufige Benutzung des Swastika durch die tibetische Bon-Kultur war einer der Gründe dafür, dass die SS-Tibetexpedition mehr an dieser Religion interessiert war als am Lamaismus. Ernst Schäfer beobachtete genau: »Die Anhänger der Bon-Lehre unterscheiden sich in ihren alltäglichen Ritualhandlungen von den tibetischen Buddhisten hauptsächlich dadurch, das sie ihre Gebetsmühlen nach links drehen, die Häkchen des Glück verheißenden Swastika nach links gewendet haben und die Heiligtümer gegen den Uhrzeigersinn umrunden.«[112] Als Schäfer vor dem Thron des tibetischen Regenten stand, saß dieser auf einem Teppich, auf dem vier Swastika eingestickt waren. Traditionsgemäß schmückt ein solcher Teppich auch den Thron des Dalai Lama. Nach Helmut Uhlig soll selbst das höchste Heiligtum des tibetischen Buddhismus, der Jokhang-Tempel, auf einem »swastikaartigen Bauplatz« errichtet worden sein.[113] Vielleicht hat diese architektonische Tatsache den Schriftsteller Dietrich Bronder dazu veranlasst, zu behaupten:

»Thibetische Religions Gebräuch«: ein Bild aus dem 17. Jahrhundert zeigt neben diversen rituellen Bestattungsformen das »östliche Hakenkreuz«

»Schäfers SS-Männer durften […] den lamaistischen Prachttempel, der nur ein riesiges Symbol enthielt, das heiligste des Mongolentums: das Hakenkreuz« betreten.[114]

Im Übrigen übte die Hakenkreuzsymbolik in der tibetischen Kultur nicht nur auf die Nazis eine besondere Faszination aus. Schon bei den Asienreisenden des 17. und 18. Jahrhunderts spielte sie eine Rolle. Dies zeigt ein Stich aus dieser Zeit mit dem Titel »Thibetische Religions Gebräuch«. Darauf tragen die tibetischen Mönchspriester katholische Gewänder und Kopfbedeckungen. Dem militärischen Aspekt der tibetischen Kultur wird hier ein großer Raum zugestanden, ebenso wie den verschiedenen Riten der Leichenbestatter. Interessant an diesem Bild ist, dass es offensichtlich das Hakenkreuz als das Hauptsymbol des Lamaismus (»ihre Kreuzform«) herausstellt. Swastikas schmücken sowohl den Zentraltempel als auch die Brust des Hohenpriesters (wahrscheinlich des Dalai Lama) als auch die Gewänder der Lama-Bischöfe.

Über die jeweilige Drehrichtung des Hakenkreuzes und über die Orientierung der Querbalken ist in okkulten Kreisen eine heillose Debatte entstanden, die bis heute anhält. Diese kam schon unter den Theosophen[115] und Ariosophen auf. Sie ist sogar in der Gründungsgeschichte des Nationalsozialismus nachweisbar.[116] Dabei geht es von Anfang an um »gut« und »böse«, »negativ« und »positiv«, nur wird die Ausrichtung der jeweiligen Drehbewegung von den jeweiligen Autoren so unterschiedlich und widersprüchlich beurteilt, dass es ein paar Seiten bräuchte, um die verschiedenen sich widersprechenden Deutungen darzustellen. Nach dem Zweiten Weltkrieg scheint jedoch alles klar zu sein: Das NS-Hakenkreuz drehte sich in eine negative Richtung und war deswegen ein Zeichen des Untergangs und der Zerstörung.

Entsprechend denkt auch der Tiefenpsychologe Friedrich W. Doucet, der das »Hoheitszeichen des Dritten Reiches« mit dem tibetischen Swastika in einen symbolischen Zusammenhang stellt: »Zur Bedeutung des Hakenkreuzes«, so Doucet, »ist noch eine Mitteilung des bekannten Asienforschers Sven Hedin erwähnenswert. Nach ihm bezeichnet das rechtsläufige Hakenkreuz in Tibet eine Gebetsformel. In seiner linksläufigen Form – so wie das nationalsozialistische Hakenkreuz – kennzeichnet es die orthodoxen Gelbmützen. […] Denn die Gelbmützen sind es, die das geistige Reglement im tibetischen Priesterstaat überwachen und auch die weltliche Macht ausüben. […] Bei Berücksichtigung der nachweislichen Verbindung des ›Thule-Kreises‹ zu Tibet und die Übernahme tibetischer Geheimlehren könnten das rückläufige Hakenkreuz und auch die gelbe Farbe der Parteiuniformen von der Sekte der Gelbmützen übernommen worden sein.«[117] Das hieße konkret, dass die lamaistische Schule, die den Dalai Lama stellt, bei der Genesis des Nationalsozialismus tätig wurde.[118]

Wenn sich das »Negativum« wirklich aus der Drehbewegung ergeben soll, dann müsste folgerichtig die einfache Umkehr des Zeichens pures Glück bescheren. Jedenfalls sieht dies der Nietzscheforscher Jochen Kirchhoff so, der Begriffe wie »Chakravartin, Shambhala, Agarthi, Gral, Hakenkreuz« positiv umkehrt: »Der Chakravartin, der das Rad der Lehre in Bewegung setzende Weltmonarch, ist die ›weltliche‹ Ergänzung oder Entsprechung des Buddha: der König von Shambhala und zugleich der verborgene König der Welt, von dem der mongolische Agarthi-Mythos zu berichten weiß. Der Gralskönig ist eine Manifestation des Chakravartin; und mit Einschränkungen kann der (rechtsläufige) Swastika auch als Gralssymbol gesehen werden, als Symbol der Erlösung der Natur.«[119]

Aber eine solche Umkehr wird auch von fanatischen Antisemiten und Rassisten wie Wilhelm Landig, der noch vorzustellende Begründer des »SS-Mystizismus«, vollzogen. Landig ist der Meinung, Hitler habe das falsche Hakenkreuz gewählt und damit letztlich die Katastrophe des Dritten Reichs ausgelöst: »Die Unwissenheit bei der Zeichenwahl barg Unheil in sich, denn das gewählte Parteiabzeichen gilt als Unglücksmal, das in den Untergang weist. Das uralte arische Glückszeichen dreht sich in der umgekehrten Richtung, so wie man es immer wieder in Asien antrifft. Die buddhistischen Tempel und Klöster in Mittel- und Ostasien tragen auf den Giebeln ihrer Schwungdächer überall das glückhafte Sonnenzeichen, das Hakenkreuz.« Die Rechtsdrehung bedeute das »Theonium« (Reich der Götter) und die von Hitler gewählte Linksdrehung das »Dämonium« (Reich der Dämonen).[120] Für Miguel Serrano, dem Begründer des »esoterischen Hitlerismus«, ist es schließlich völlig gleichgültig, in welche Richtung sich das Zeichen dreht. Beide Formen sind für ihn Symbole einer urarischen Kriegerkultur: »Mit dieser Erklärung sollte klar geworden sein, wie absurd all jene vereinfachenden Deutungen des linksdrehenden Hakenkreuzes als dämonisch und des rechtsdrehenden als wohltätig sind. Auch die Bon-Religion des alten Tibet, die dem Mahayana-Buddhismus vorausging, verwendete als Emblem das linksdrehende Hakenkreuz des Hitlerismus. Der Swastika, in welcher Richtung er sich auch immer zeigen mag, ist ursprünglich ein Runensymbol heroischer arischer und weißer Völker göttlichen Ursprungs.«[121]

Ein indisch-tibetisches Religionsmuster hinter den »Nazi-Mysterien«?

Die okkulte Literatur über die »Nazi-Mysterien« arbeitet mit Unterstellungen, Fälschungen, Übertreibungen, Fehldeutungen, Phantasmen usw. Aber damit ist das Problem nicht *ad acta* gelegt. Trotz dieses aus Verschwörungen, geheimnisvollen Sitzungen, okkulten Meistern und Mysterienstätten gewobenen Mythennetzwerks lässt sich auch hier, wenn man sich die Mühe macht, ein mehr oder weniger eingrenzbares religiöses Muster herausschälen, das schon für die Nazi-Visionäre des SS-Ahnenerbes und für Julius Evola richtungsweisend war und von dem die glaubten, dass es sich hierbei um das in den asiatischen Religionen gespeicherte arische Urwissen handele. Dazu rechnen buddhistische Dogmen wie die »Abtötung des Ichs«, die Karma- und Reinkarnationslehre, die Vorstellung magisch auf politische Ereignisse einwirken zu können, die primäre Bedeutung von Initiationen und Ritualen, der Tantrismus, die Idee vom Chakravartin, die Mikro-Makrokosmostheorie, festmachbare Mythen wie die Shambhala-Vision, der *Vishnu Purana* und vieles mehr, auf das wir noch zu sprechen kommen. Dieses religiöse Muster aus dem Wust von Phantasmen und Falschmeldungen herauszuarbeiten und bewusst zu machen, muss als ein Hauptanliegen unserer Arbeit angesehen werden. Wir werden uns in den beiden folgenden Kapiteln noch mit zwei weiteren Varianten der okkulten *Nazi-Tibet-Connection* auseinander setzen müssen, um dann in dem Kapitel »Das Ideengebäude der Nazi-Visionäre und das Kalachakra-Tantra« die Frage zu beantworten, ob es tatsächlich Konvergenzen und innere Affinitäten zwischen lamaistischen und rechtsextremistischen Religionsinhalten gibt.

Der »SS-Mystizismus« und seine Anleihen aus dem Lamaismus

Von den mehr als 900.000 Männern der Waffen-SS waren am Ende des Krieges 200.000 nicht »deutschstämmig«. Die Rekrutierung aus »Fremdvölkern« geschah primär aus militärischen Zwängen, sie entsprach aber auch den Ideen eines Friedrich Hielscher oder Julius Evola. Ohne dass sich die beiden traditionalistischen Kulturphilosophen innerhalb des SS-Ahnenerbes hätten ideologisch durchsetzen müssen, überwand die Waffen-SS ihren ursprünglich »germanischen« Rassencharakter aus sich selbst. Sie wurde zu einer europäischen Institution. Für die Zugehörigkeit zählte weniger die rassische Abstammung, sondern die Eignung als Kshatriya.

Viele Mitglieder des Schwarzen Ordens gingen nach dem Krieg in den Untergrund. Dabei war die »Organisation der ehemaligen SS-Angehörigen« (ODESSA), eine schon in den letzten Kriegstagen gegründetes Fluchtnetzwerk, besonders behilflich. ODESSA befreite Gefangene aus alliierter Haft, half Untergetauchten und schleuste sie nach Südamerika, Spanien oder andere »faschistische« Länder, wo sie Unterschlupf finden konnten. Ein einmaliger Glücksfall für eine Anzahl von SS-Männern war das Aufkommen des Antikommunismus, denn der Kalte Krieg führte dazu, dass Ehemalige ohne große Nachfragen von westlichen Geheimdiensten übernommen wurden. ODESSA und andere SS-Netzwerke erfuhren sehr bald in rechtsextremen Kreisen eine Mythologisierung und bildeten die historische Grundlage für die Sage von einem überall in der Welt verstreuten SS-Untergrund, der im Verborgenen und von geheimen Stützpunkten aus für die Ideale des Dritten Reichs »weiterkämpfte«.

Als »SS-Mystizismus« bezeichnen wir eine okkulte Strömung des Rechtsextremismus in der Nachkriegszeit, die sich um das Symbol der »Schwarzen Sonne« gruppiert. Dabei handelt es sich nicht um eine strikte Geheimgesellschaft mit einer Doktrin und ihren Riten. Man muss eher von einem lockeren Verband einzelner Autoren ausgehen, denen es gelang, durch Romane, »Sachbücher« und Aufsätze ein zuerst kleines, wenn auch sehr aktives subkulturelles Milieu zu schaffen. Dieses wurde von der Vorstellung beherrscht, innerhalb der SS habe es einen okkulten Kern gegeben, die in eine Mysterienschule mit dem Namen »Schwarze Sonne« eingeweiht worden sei.

Es sind insgesamt drei historische Wurzeln des »SS-Mystizismus« zu erkennen. Die erste ist der Kreis der Runenokkultisten innerhalb und außerhalb des SS-

Ahnenerbes (Karl Maria Wiligut, Edmund Kiss, Ernst Rüdiger u. a.). Die zweite ist eine Gruppierung von rechtsextremen Esoterikern, die sich während der 1950er- und 1960er-Jahre in Wien unter der Leitung der beiden ehemaligen SS-Offiziere Wilhelm Landig und Rudolf J. Mund trafen. Die dritte Wurzel sind die Schriften von jungen Autoren, die mit ziemlichem Erfolg seit Beginn der 1990er-Jahren publizieren. Bis zu dieser Zeit spielte die Literatur des »SS-Mystizismus« nur eine marginalisierte Rolle und war ausschließlich Insidern bekannt. Erst als Jan van Helsing sein Buch *Geheimgesellschaften und ihre Macht im 20. Jahrhundert* (1993) veröffentlichte, kam es zu einer Explosion des Interesses. Es entstand eine internationale betriebsame Bewegung unter dem Zeichen der »Schwarzen Sonne«. Der »SS-Mystizismus« entwickelte sich zu einer starken Strömung innerhalb der rechtsextremen Subkultur.

Die Hauptwerke des »SS-Mystizismus«, die wir insbesondere unter dem Aspekt östlicher Einflüsse untersuchen, sind die Roman-Trilogie von Wilhelm Landig: *Götzen gegen Thule* (1971), *Wolfzeit um Thule* (1980) und *Rebellen für Thule* (1991). Dazu kommen drei Bücher von Jan van Helsing *Geheimgesellschaften und ihre Macht im 20. Jahrhundert* (1993), *Geheimgesellschaften II* (1999), *Die innere Welt – Das Geheimnis der Schwarzen Sonne* (1998). Weiterhin die beiden Politthriller von Russell McCloud *Die Schwarze Sonne von Tashi Lhunpo* (1997) und von Peter Moon *Die Schwarze Sonne – Montauk's Nazi-Tibet-Verbindung* (1998). Daneben verarbeiten wir weitere Bücher, Pamphlete, Zeitschriftenartikel und Internetseiten. Das ganze Genre bildet eine wilde Mischung aus Thrillern, Science-Fiction, pseudowissenschaftlichen Abhandlungen, Märchen und NS-Geschichte. Dahinter verbirgt sich jedoch – wie wir noch zeigen werden – ein mythologisches Muster.

Außer den okkulten »Klassikern« (Blavatsky, Guénon, Ossendowski, Roerich) und den Verfassern der »Nazi-Mysterien« (Bergier/Pauwels, Ravenscroft) werden in der Literatur des »SS-Mystizismus« die schon bekannten Autoren und Themen aus der NS-Zeit verarbeitet: die Welteislehre von Hanns Hörbiger, die Atlantisforschungen von Edmund Kiss, Herman Wirths Vorstellung von einer nordischen Urkultur, die Spekulationen der Runenokkultisten (Rudolf John Gorsleben, Karl Maria Wiligut), Otto Rahns Gralsmystik, das magische Weltbild Edgar Dacqués, selbst die Reiseberichte von Sven Hedin. Alle einschlägigen Publizisten des »SS-Mystizismus« sind jedoch direkt oder indirekt beeinflusst von Julius Evolas Standardwerk *Erhebung wider die moderne Welt* (1935). Der dort beschriebene Zerfall der westlichen Zivilisation, der kosmische Kampf zwischen den männlich-heroischen Lichtkräften und weiblich-dekadenten Dunkelmächten, die real- und metahistorische Aufgabe eines Kshatriya-Ordens, die politische Bedeutung des Rituals und der Initiation – all das wirkte entscheidend auf ihre Ideenbildung und ihre Phantasie. Insbesondere auch Evolas Thule-Mythos, seine Theorie vom Polarstern als der arischen Weltenachse (*axis mundi*) und seine »Erinnerung« an ein hyperboreisches Nordreich. Dazu kommen zahlreiche Bilder und Philosophien aus dem indisch-tibetischen Kulturkreis, die uns im Folgenden besonders interessieren.

Die Schriften des »SS-Mystizismus« weisen, bei Außerachtlassung geringer Abweichungen, bestimmte Grundmuster auf. Als Basis haben alle eine globale Verschwörungstheorie. Entsprechend ihrem gnostischen Weltbild stehen sich auf unserem Planeten die »Bösen« und die »Guten« gegenüber. Auf der einen Seite finden wir die schwarzmagischen Orden, auf der Gegenseite die lichten Bruderschaften, die für die Gerechtigkeit kämpfen. Bei Landig besteht die Fraktion der Dunkelkräfte aus jüdischen, freimaurerischen, kapitalistischen und kommunistischen Geheimgesellschaften. Van Helsing fasst diese Kreise unter der Rubrik »Illuminaten« zusammen und fügt noch hinzu: die trilaterale Kommission, den Club of Rome, den Vatikan, den Schwarzen Adel und die sozialistische Internationale. Der hebräische Einfluss in diesen Organisationen mache sie alle in letzter Instanz zu internationalen Zweigen des Weltjudentums. Verborgene jüdische Machthaber waren es – so van Helsing ohne Hemmungen –, die hinter dem Einsatz der Gaskammern von Auschwitz gestanden seien, weil sonst die Juden nie bereit gewesen wären, nach Israel auszuwandern. Wilhelm Landig zählt zu den Auschwitz-Leugnern.

Die Seite der Bösen ist – so erfahren wir – nach dem »verlorenen« Krieg von überwältigender Übermacht. Winzig dagegen wirkt der »verschworene Haufen« aus den versprengten Kriegern des SS-Untergrundes. Aber sie sind nicht allein! Sie werden sekundiert von kosmischen Mächten wie »Göttern« oder »Außerirdischen« und haben ein Bündnis mit den tibetischen Lamas, das jedoch jederzeit brechen kann. Der Kampf zwischen den Guten (sprich: Ariern) und den Bösen (sprich: Hebräern) lässt sich – so alle Autoren des »SS-Mystizismus« – bis in die Frühgeschichte, nach Sumer und Ägypten zurückverfolgen. Ja darüber hinaus. Alles beginnt in Atlantis. Von dort aus verteilten sich die Arier über die Kontinente und gründeten schon in Urzeiten Stützpunkte, von denen sie aus als Kulturgründer tätig wurden. Aber von Beginn an waren sie in ihre Kämpfe mit den Dunkelmächten verstrickt. Einige der Autoren lassen durchblicken, dass es sich hierbei letztlich um einen Götter- und Dämonenkrieg handele, der auch außerhalb der Erde tobe. In der abendländischen Geschichte sind es vor allem die Ketzer, die Templer, die Katharer, die Albigenser und Bogumilen, die auf der gerechten Seite kämpften. Das gesamte Szenario des »SS-Mystizismus« ist eschatologisch angelegt: Wir leben in einer Zeit der Unterganges (im *Kali-Yuga*) und die Verschlechterung der Weltenlage beschleunigt sich. Alles treibt auf einen gewaltigen Endkampf hin.

Das Dritte Reich war – so die Autoren des »SS-Mystizismus« – der gigantische Versuch, das Rad der Zeit herumzudrehen und die guten »Arier« weltweit an die Macht zu bringen. Adolf Hitler wollte – nach van Helsing – ein »Lichtreich« schaffen und die »Weisen von Zion« mitsamt ihren Weltherrschaftsplänen vernichten. Die esoterischen Fäden für dieses Projekt liefen bei einer Gruppe von Eingeweihten innerhalb der SS (den »Adepten der Schwarzen Sonne«) zusammen, die von geheimen Einweihungszentren in Asien ihre Befehle erhielt. Diese SS-Eliteeinheit verfügte über ein hohes esoterisches und technisches Wissen und war in der Lage, Flugscheiben (Ufos) zu konstruieren. Nach dem Kriege bauten sie weltweit Stützpunkte auf. Ihre Niederlassungen befinden sich in der Arktis und Antarktis, in Südamerika (Argentinien, Bolivien, Brasilien, Chile), im Himalaja, in Höhlensystemen unter der Erde oder sogar innerhalb der Erde (Hohlwelttheorie).

Üppig und teilweise mit Fachkenntnis haben sich die Autoren des »SS-Mystizismus« aus dem indischen und tibetischen Kulturkreis bedient. Im Folgenden werden wir diesen Kulturimport detaillierter anhand der folgenden Themenstellungen untersuchen:

Allgemeine indische und tibetische Lehrinhalte im »SS-Mystizismus«
SS-Männer auf der Suche nach dem verborgenen Wissen in tibetischen Klöstern
Shambhala versus Agarthi in der Literatur »SS-Mystizismus«
Der Kampf um den Weltenthron zwischen Ariern und Tibetern
Die Rassenfrage im »SS-Mystizismus«
Der Dalai Lama als »Schlüsselhalter« und Beschützer des »SS-Mystizismus«
Die »Schwarze Sonne«: das Hoheitszeichen des »SS-Mystizismus«
SS-Magier und lamaistische Großzauberer (»Maha Siddha«)
Das Dritte Reich – ein Projekt tibetischer Lamas und deutscher Templer
Die Nazi-Ufo-Manie und ihre tibetisch-indischen Quellen
Die Vril-Energie des »SS-Mystizismus« und der Kundalini-Yoga

Bevor wir uns jedoch diese Ost-West-Spekulationen ansehen, möchten wir die drei wichtigsten Protagonisten des »SS-Mystizismus« vorstellen.

Die drei Protagonisten des »SS-Mystizismus«

Anfang der 1950er-Jahre trafen sich im fünften Wiener Bezirk, Sonnenhofgasse Nr. 6, die beiden Ziehväter des »SS-Mystizismus« Rudolf J. Mund und Wilhelm Landig. Ihnen schloss sich der Schweizer Ingenieur Erich Halik an, Herausgeber der esoterischen Zeitschrift *Mensch und Schicksal*. Die Gruppe aus der Sonnenhofgasse ging von der Vorstellung aus, dass der schon mehrmals erwähnte esoterische Zirkel innerhalb der SS mit dem spirituellen Weltenzentrum von Agarthi/Shambhala in Verbindung gestanden sei. Ob sich dieses nun in der Arktis oder im Himalaja befinde, wurde von Fall zu Fall unterschiedlich beantwortet. Landig spricht in *Götzen gegen Thule* von einer »blauen Insel«, nahe dem Polarzentrum. Dort erhebe sich der »Mitternachtsberg« – eine geheimnisvolle Versammlungsstätte von Kshatriya-Kämpfern. Halik behauptete dagegen, dass sich die okkulte Kerntruppe in der SS an Ferdinand Ossendowskis Agarthi-Mythos orientiert habe.[1] Durch meditative Techniken sollte es diesen esoterisch orientierten SS-Männern möglich gewesen sein, sich mit dem Weltzentrum und seinen Herrschern in Verbindung zu setzen.

Rudolf J. Mund: Nachlassverwalter der Runenokkultisten

Schon vor dem »Anschluss« Österreichs an NS-Deutschland war Rudolf J. Mund (1920–1985) in Wien an illegalen Aktionen der Nationalsozialisten beteiligt. 1939 meldete er sich bei der SS und nahm noch im selben Jahr an der Okkupation Polens teil. Er wurde an der Ostfront und später in den Ardennen eingesetzt. 1941 verwundet, verbrachte er mehrere Wochen in einem Lazarett in Warschau und führte dort mit einem Kriegskameraden Gespräche über die »Ur-Religion der Engel und Walküren im biblisch-nordischen Schrifttum«.[2] 1943 besuchte er die SS-Junkerschule in Bad Tölz. Im gleichen Jahr wurde er zum Leutnant der Waffen-SS befördert. Am 10. Januar 1945 geriet er in amerikanische Gefangenschaft. Während seines Aufenthalts in mehreren POW-Camps kam er mit dem »bekannten Schriftsteller und Strandlinienforscher« und ehemaligen Mitarbeiter des SS-Ahnenerbes Edmund Kiss zusammen, dessen Bücher er alle kannte und den er als bedeutenden Esoteriker bewunderte. »Wir hatten äußerst interessante Gespräche über weite Gebiete; über das Gestern, Heute und … Morgen?«, so Mund über seine Freundschaft mit Kiss.[3] Diesen betrachtete er wie einen väterlichen Lehrer, der ihn in die Geheimnisse des Nazi-Okkultismus einführte, und zwar mit einigem Erfolg.

1958 wurde Mund Mitglied des Neu Templer Ordens (ONT). Dessen Gründer, der Ariosoph Jörg Lanz von Liebenfels (1874–1954) hatte behauptet, mit seinen rassistischen Ideen Hitler zu seiner rassistischen Revolution motiviert zu haben. Mund studierte die ariosophischen Schriften und schrieb eine Biografie über den ehemaligen Prior des Ordens: *Jörg Lanz v. Liebenfels und der Neue Templer Orden: die Esoterik des Christentums* (1985). Schon 1979 avancierte er zum Großmeister des ONT. Als solcher fühlte er sich eng mit dem »Gralsmysterium« verbunden, denn schon Liebenfels und seine okkulte Entourage verstanden sich als »Tempeleisen« und als Hüter von Gralsgeheimnissen.

Seine Zugehörigkeit zur Waffen-SS, die hohe Achtung, die er dem Atlantis-Forscher Edmund Kiss entgegenbrachte, und eine esoterische Grundeinstellung sensibilisierten Rudolf J. Mund ganz besonders für die »Mystiker« im SS-Ahnenerbe. Über Kiss muss er auf Karl Maria Wiligut, dem er persönlich nie begegnet ist, gestoßen sein. Seine Publikationen, insbesondere sein 1982 erschienenes Buch *Der Rasputin Himmlers – Die Wiligut Saga,* hinterlassen den Eindruck, dass er den Oberst als den eigentlichen okkulten Hintergrundspieler der SS angesehen hat und dass er ihn als »Religionsgründer« hoch verehrte. Aber erst nach Munds Tod werden von seiner Frau die *Fragmente einer verschollenen Religion* herausgegeben, in denen Wiliguts »Irminenglauben« dargestellt ist. Über dessen bizarre Kosmogonie lernte der Wiener auch den Mythos von der »Schwarzen Sonne« (*Santur*) kennen und leitete daraus, zusammen mit Wilhelm Landig, das Zentralsymbol des »SS-Mystizismus« ab. Dieses mittlerweile machtvolle Sinnbild des Rechtsextremismus werden wir noch gesondert behandeln.

Von Wiligut übernahm Mund ebenfalls die okkulte *Nazi-Tibet-Connection*, die sich wie ein roter Faden durch sein Werk zieht. Offensichtlich war auch er wie die Autoren der »Nazi-Mysterien« der Meinung, dass übermenschliche Mächte aus Asien bei der Genesis des NS-Bewegung ihre Hände im Spiel hatten. So kommt er auf Günther Kirchhoffs Behauptung, Wien sei das Einfallstor asiatischer Geheimlehren, zu sprechen und erwähnt in diesem Zusammenhang diejenigen Esoteriker,

»die glaubten, unter den ›Lamas‹ von Tibet die geistigen ›Menschheitsführer‹ suchen zu müssen. Wien scheint also tatsächlich in dieser Hinsicht ein ›gefährliches Pflaster‹ zu sein. Vielleicht kann man auch ›Hitlers Lehrjahre‹ in Wien unter solchen Gesichtspunkten beurteilen, man darf aber nicht vergessen, dass da auch ›seelische Resonanz‹ eine große Rolle spielt.«[4] Gemeint ist die seelische Resonanz mit dem lamaistischen Kulturkreis.

Die Donaumetropole wird für Mund zu einer Art Drehscheibe in der Metageschichte der Menschheit. Wieso? Weil sie – so der SS-Mystiker – die Insignien der Weltenherrschaft in ihren Mauern birgt: »Was wussten die SS-Führer des R.u.S. Hauptamtes [Rasse- und Siedlungshauptamtes] in Berlin, die glaubten, Brigadeführer Weisthor belächeln zu müssen, von Wien, außer, dass man hier Wein trinkt und Schrammelmusik zuhört? [...] Hier liegt die alte Kaiserkrone der weltlichen Herrschermacht, zu der alle aus dem Ausland nach Wien kommenden Staatsmänner pilgern, ob sie nun Nehru, Chruschtschow oder Kennedy hießen; hier liegt die Habsburgerkrone mit ihrer Bischofsmitra, gleichsam die weltliche wie die geistige Macht verkörpernd, wie das auch von ihrem Initiator beabsichtigt wurde. Hier liegt auch die Krone Quezalcoatls, des mexikanischen Regengottes, als Sinnbild und Vermächtnis hoher Ahnen, die einst wiederkommen werden, um ihre Herrschaft anzutreten.«[5]

Wilhelm Landig: SS-Ufologie unter dem Zeichen der »Schwarzen Sonne«

Schon als Mittelschüler hatte sich Wilhelm Landig (1909–1997) verschiedenen Freikorps angeschlossen. Er nahm in Wien am niedergeschlagenen NS-Putsch von 1934 teil und floh anschließend nach Deutschland, wo er der SS beitrat. Landig war Mitglied der 8. SS-Kavalleriedivision »Florian Geyer«. In Berlin arbeitete er am »Arbeitswissenschaftlichen Institut«, das der Deutschen Arbeitsfront (DAF) unterstand. Nach dem Anschluss kehrte er mit einer Sondergenehmigung des Reichsführers-SS Heinrich Himmler nach Wien als Sachbearbeiter des Sicherheitsdienstes zurück. 1942 bis 1944 kämpfte er im Rang eines Oberscharführers der Waffen-SS auf dem Balkan und erhielt mehrere Tapferkeitsauszeichnungen für seine Aktivitäten im Partisanenkrieg. 1944 wurde er für Spezialaufgaben, die neue Militärtechnologien betrafen, wieder nach Wien beordert. In dieser Funktion will Landig an der Entwicklung von Ufos beteiligt gewesen sein. Nach dem Krieg von den Briten arretiert, verbrachte er die Zeit bis 1947 in einem POW-Camp als Gefangener. In den 1950er-Jahren war er für einen westlichen Spionagering gegen die damalige Sowjetunion tätig.

Landig pflegte jedoch weiterhin rechtsextremistische Aktivitäten. Er war Mitglied des »Verbandes der Unabhängigen« (VdU), stellvertretender Obmann der neofaschistischen »Österreichischen Sozialbewegung« sowie ab 1958 Obmann der »Demokratisch-Nationalen Arbeiterpartei« (DNAP). Zur internationalen Nazi-Szene hielt er die engsten Kontakte. Ende der 1950er gründet er den Wiener

»Volkstum Verlag« und gab den nationalsozialistischen und antikommunistischen Informationsdienst *Europa-Korrespondenz* heraus. 1970 sieht man ihn als österreichischen Delegierten der World Anti-Communist League (WACL), die das bedeutendste internationale Netzwerk der extremen Rechten in dieser Zeit aufgebaut hatte.

Seine literarische Produktion kulminiert in einer Romantrilogie: *Götzen gegen Thule* (1971), *Wolfszeit um Thule* (1980), *Rebellen für Thule* (1991). In allen drei Büchern, die eine Mischung von Science-Fiction, Abenteuerroman, Thriller, Okkultliteratur und NS-Lehrplänen darstellen, sind ehemalige SS-Männer die Protagonisten. Das literarische Vorbild ist Edmund Kiss, der schon in den 1930er-Jahren den Thule-Mythos ins Zentrum einer Romantetralogie gestellt hatte. Kiss war auch für Landig der Prophet der kommenden arischen Weltreligion: »Trotz seiner Dienstverpflichtungen [als SS-Wachhauptmann im Führerhauptquartier]«, erfahren wir über den Atlantisforscher, »trug er sich mit Gedanken um eine neue Religion, die auf altes Wissen gestützt sein sollte.«[6] Das intellektuelle Vorbild für Landig aber ist Julius Evola. Dessen traditionalistischer Faschismus und dessen Kshatriya-Philosophie bilden sozusagen das »philosophische Gerüst«, um das der SS-Mystiker seine Romane aufbaut.

Jan van Helsing: Die neue Generation der »SS-Mystiker«

1993 erschien ein Buch mit dem Titel *Geheimgesellschaften und ihre Macht im 20. Jahrhundert oder wie man die Welt nicht regiert – Ein Wegweiser durch die Verstrickungen von Logentum und Hochfinanz und Politik,* das weit über den rechtsradikalen Untergrund hinaus einen beachtlichen Erfolg verzeichnen konnte. Dieser Text soll eine Auflagenhöhe von 100.000 Exemplaren erreicht haben. Er beinhaltet die Verschwörungstheorie von der Weltherrschaft der semitisch durchsetzten Illuminaten, die schon zwei Weltkriege angezettelt hätten. Fraglos handelt es sich hierbei um ein Produkt des »SS-Mystizismus«, denn als Widerstandsgruppe gegen die jüdischen »Schwarzmagier« werden die Kämpfer der »Schwarzen Sonne« (SS) herausgearbeitet, die sich unter anderen aus ehemaligen Angehörige der SS zusammensetzen. Als Verfasser zeichnet Jan van Helsing. Dabei handelte es sich um das Pseudonym für Jan Udo Holey (geb. 1967). »Jan van Helsing gelang der wohl bedeutendste Coup des Rechtsextremismus nach 1945. Mit ihm wurde die Esoterik zum wichtigsten zeitgenössischen Einfallstor für rechtsextreme Konzepte und Weltanschauungen«, schreiben Kenner der Szene.[7] Im Januar 1996 beschlagnahmte die Schweizer Staatsanwaltschaft *Geheimgesellschaften* wegen Verstoßes gegen das Antirassismus-Gesetz. Im März gleichen Jahres kam es in Deutschland zu einem Verbot wegen Volksverhetzung und antisemitischer Äußerungen. Die weiteren Veröffentlichungen des Autors sind auf dem freien Markt zu erhalten: *Buch 3 – der Dritte Weltkrieg* (1996) befasst sich mit dem Weltuntergang, der sich – nach van Helsing – bald ereignen wird. In *Unternehmen Aldebaran – Kontakte mit Menschen aus einem ande-*

ren Sonnensystem (1997) ist über böse und gute Außerirdische (die Aldebaraner) und die Rassenzüchtung von Übermenschen die Rede. In *Die innere Welt – das Geheimnis der Schwarzen Sonne* (1998) verarbeitet van Helsing die Hohlwelttheorie und den Mythos von dem dunklen Gestirn, das zum Zentralsymbol des »SS-Mystizismus« geworden ist.

Sein Pseudonym entlieh Holey von Professor Jan van Helsing, dem Vampirjäger aus Bram Stokers berühmtem Roman *Dracula*. »Der junge Vampirjäger«, schreiben Gugenberger und Schweidlenka, »ist ein unglaublicher Tausendsassa: Er erlernte mehrere Berufe, arbeitete in verschiedenen Ländern, war Punk, Rocker, Anti-Fa-Aktivist, Unternehmer, wurde von Schwarzmagiern benutzt, erlernte magische Drogenarbeit, reiste per Astralkörper an verschiedene Orte und beschattete so geheime Politikertreffen. Magisch versiegelte Auren durchbricht er mühelos, Feuersbrünste bringt er magisch unter Kontrolle ... Selbst die Illuminati zittern vor ihm.«[8] Van Helsing baut seine Verschwörungstheorie auf Landigs Romanen auf, die er als Fundquellen benutzt. Aber während die Thule-Trilogie immer eine Lektüre für Insider blieb, trug der junge Autor mit seinen Büchern entscheidend zur Ausweitung einer rechtsextremen Subkultur bei, die das Symbol der »Schwarzen Sonne« auf ihre Fahnen geschrieben hat.

Allgemeine indische und tibetische Lehrinhalte im »SS-Mystizismus«

An vielen Stellen in seiner Thule-Trilogie kommt Wilhelm Landig auf östliche Weisheitslehren zu sprechen und präsentiert diese als arisches Urwissen. Die Romanhelden, ehemalige SS-Männer und auch einige tibetisch/mongolische Lamas, zitieren gewandt und heimisch aus den *Sutras*, dem *Rigveda*, aus der *Bhagavadgita* und parlieren fachkundig über Yogatechniken, das »Dritte Auge«, über das vedische Soma-Opfer, über Mandalas, Mantras, über die Samsara-Lehre (die Welt als Illusion), über Atemtechniken und über Chakren. Überraschend präzise ist Landig in *Götzen gegen Thule* über die tibetische Götterwelt und über die großen Äbte des Schneelandes informiert. Er kennt die Namen der Dhyani-Buddhas und diejenigen verschiedener Bodhisattvas. Seine Roman-Lamas geben dieselben Kernsprüche über Karma, Nirwana, Karuna (Mitgefühl), Samya (rechtes Verhalten), Kama Loka (die Welt der Begierde), die Reinheit des Lotus usw. zum Besten, wie wir sie von den Originalschriften her kennen, aus denen sie offenbar übernommen wurden. SS-Offizier Gutmann aus *Götzen gegen Thule* lässt sich sogar mit einem tibetischen Gelehrten auf eine buddhologische Debatte ein, die er glänzend besteht: »Der Stein der Weisen, der wie ein ewiger Baum sich ausbreitet, ist der reine Quell des Wissens, dem die Vernunft dient. Möge Buddha diesen Stein vor euren Augen zum Leuchten bringen und damit Licht in eure Gedanken, die sich nach unerforschlichem Scheinenden quälen«, sagt der Lama-Abt Jampel-tsun zu den vor ihm sitzenden SS-Männern und Gutmann erwidert ohne Zögern: »Nicht das Licht allein bezeigt Buddhas Gnade, sondern das Hinführen zum Pfade, der begangen werden muss. Nur wer sich des Weges gewiss ist, wird diesen bewusst beschreiten.« Das war mit Kenntnis geantwortet und Jampel-tsun zollt dem SS-Mann seine volle Anerkennung: »Herr, du hast wie ein Chela [Schüler] vor der Weihe gesprochen. Ich lese in deinen Gedanken, dass du dir deines Weges bewusst bist.«[9]

Landigs Thule-Trilogie zeigt nur allzu deutlich, wie sehr sich der »SS-Mystizismus« tibetischen und indischen Lehrinhalten verpflichtet fühlt: »In den Geheimlehren Tibets heißt es auch«, so belehrt uns der Autor, »dass die Pfade des Nordens den Yogi zur letzten Befreiung führen. Dort ist, wie es in den Texten der *Mahabharata* und der *Veden* heißt, *çveta-dvipa*, die Insel des Glanzes.«[10] An anderer Stelle zitiert der Autor einen *Upanishaden*-Text, der ebenfalls den »Norden« als spirituelles Zentrum anvisiert: »Das ist der Weg, der nach Norden vorgezeichnet ist, auf dem die Götter gehen und die Väter und die Rishis [heilige Yogis] zum Höchsten des Höchsten, zum höchsten Ziel.«[11] Selbst die mythische Geografie des Kosmos übernimmt der »SS-Mystizismus« aus den indischen Schriften: Der Berg Meru, das Weltenzentrum in der buddhistischen Kosmologie, ist für Landig kein anderer als der »Mitternachtsberg« im hohen Norden, der geheimnisvolle Versammlungsort der arischen Kshatriya-Kaste.

Diese Ableitung ihrer nordisch-arischen Ideenwelt aus dem indisch-tibetischen Kulturkreis (viel mehr als etwa aus dem germanischen) gilt auch für alle Folgeschriften des SS-Mystizismus. So für den Erfolgsautor Jan van Helsing, der sich in diesem Fall strikt an die Vorlagen seines Meisters Landig hält. In *Geheimgesellschaften I* und *II* plaudert auch er kompetent über buddhistische Themen, über das »Rad der Wiedergeburt«, über Inkarnation, über die Karma-Lehre und ihr Verhältnis zum Dharma. Aber van Helsing hat damit begonnen, die buddhistischen Begriffe im Sinne einer New-Age-Philosophie zu »psychologisieren«, im Gegensatz zu Wilhelm Landig, der noch versucht, sie philosophisch korrekt darzustellen. Hier ein Beispiel für van Helsings New-Age-Buddhismus: »Als Dharma dagegen bezeichnet der Buddhismus all die konstruktiven und eher angenehmen Erfahrungen, die Sie in Ihren vielen Vorleben zusammengebracht haben und welche die Balance zu Ihrem Karma bilden. Das Dharma sind Ihre Fähigkeiten und Ihre Talente, die Sie mitbringen, um dieses Leben erfolgreich zu führen, und es ist immer ein klein bisschen mehr als Ihr Karma, damit die karmischen Erfahrungen auch abzutragen sind.«[12] Was für Landig eine heroische Weltanschauung darstellt, zerfällt bei van Helsing nicht selten zum lockeren Psychotraining. Mit dieser Abmilderung verschaffte sich der junge Autor des »SS-Mystizismus« jedoch einen Zugang in die softe Esoterik-Szene, in der seine Bücher weit verbreitet sind, während der Name Wilhelm Landig dort kaum bekannt sein dürfte.

SS-Männer auf der Suche nach dem verborgenen Wissen in tibetischen Klöstern

Für den Runenokkultisten Rudolf John Gorsleben galt es schon in den 1920er-Jahren als eine Tatsache, dass die »arisch-atlantische Priesterschaft, die jene Ur-Religion lehrte, die noch in äußerster Verdünnung ihres Gehaltes bei allen Völkern der Erde in Geltung ist«, ihre geheimen Schriften in den Klöstern Tibets versteckt habe.[13] Karl Maria Wiligut übernahm diese *idée fixe* und Himmler ist ihr wahrscheinlich ebenfalls gefolgt.

Auch alle einschlägigen Autoren des »SS-Mystizismus« sind der Meinung, dass das verborgene »transzendentale Wissen« ursprünglich von Atlantis (oder Hyperborea) nach Innerasien transportiert wurde. Es seien arische und mongolische Urstämme gewesen, die es aus dem mythischen Kontinent mitgebracht hätten: »Sie sahen den Kataklysmus des dunklen Yuga [Zeitalters] nahen«, lesen wir bei Peter Moon, »und es war ihr Ziel, das Wissen zu schützen und ebenso es davor zu bewahren, dass es in die Hände derjenigen fiel, die es missbrauchen würden. Schließlich wurden die Höhlen von Tibet ein Zufluchtsort. Die Klöster wurden die Hüter des Wissens.«[14] Diese Wissensschätze zu heben sei die explizite Absicht der SS-Schäferexpedition von 1938/39 gewesen. »Eines der weniger bekannten Rätsel von Tibet betrifft das Interesse der Nazis an dieser Region«, schreibt Moon. »Als sie die Region durchstreiften, suchten die Nazis nach altem Wissen. Die Arcantafeln, nach denen die Nazis suchten, enthielten Informationen. Das Beste, das diese Tafeln anbieten, ist die Eröffnung der Geheimnisse des Bewusstseins. Obwohl sie keine sofortige Erleuchtung garantieren, so offenbaren sie dennoch, wie man ein kraftvolles und kräftiges Bewusstsein erlangen kann.«[15] Auch Wilhelm Landig bestätigt, dass das »transzendentale Wissen« der tibetischen Lamas und »ihre Kräfte […] hochwertig entwickelt [sind], während wir Europäer noch vor einem uns verschlossenen Tore stehen.«[16] Leider – so bedauert er – sei es Ernst Schäfer und seinen Leuten nicht gelungen, »gewisse esoterische Aufgaben zu lösen und Einblick in geheime Bücher der Bibliothek im Potala« zu erhalten.[17]

Nach Nigel Pennick sollte von den SS-Männern auch nach »arischen Weisheitslehrern« gesucht werden: »Himmlers Günstlinge, gefüttert mit Geschichten von Blavatsky, Ossendowski, Roerich und Haushofer, glaubten unaufhörlich daran, die ›Hallen der Weisheit‹ entdecken zu müssen, wo die ›Welt Weisen Männer‹ [*World Wise Men*] wohnten, als deren Diener sie sich sahen. Mehrere Expeditionen wurden in aller Eile nach Tibet ausgerüstet mit der expliziten Absicht, diese Meister als Hilfe im Nazi-Krieg um die Welteroberung zu gewinnen.«[18]

Noch Phantastischeres über die SS-Expedition lesen wir in einem rechtsextremen spanischen Text aus dem Internet: »So wurde behauptet, dass Himmler vor Antritt der Expedition seinen Führer empfangen habe und ihm mitteilte, was zu ›entdecken‹ sei. Es hieß weiter, dabei habe es sich um einen Stein gehandelt, in den ein ursprünglicher Swastika eingelassen war und den er dem Führer als Geschenk anbieten wollte. Es wurde auch berichtet, dass dieser Stein von den Sowjets beschlagnahmt wurde und in einem unbekannten Museum in Moskau läge. Weiterhin wurde noch behauptet, dass Schäfer dem Führer ein Dokument von unschätzbarem Wert überbracht habe, welches dieser in einem verschlossenen Raum ohne Fenster im Bunker von Rastenburg [Wolfsschanze] aufbewahrt habe, in der Kammer, wo er angeblich meditierte. Dieses besagte Dokument sei nichts Geringeres gewesen als ein Pergament, auf welchem der Dalai Lama einen Freundschaftsvertrag mit Nazi-Deutschland unterzeichnet und Hitler als Führer der Arier anerkannt habe.«[19] Der XIV. Dalai Lama war damals vier Jahre alt und noch nicht inthronisiert.

Aber es soll – so die »SS-Mystiker« – auch umgekehrt, von lamaistischer Seite, ein Interesse an den »Heiligen Schriften« des Nationalsozialismus gegeben haben. Unter dem Titel »*Mein Kampf* in Tibet« erschien 1996 ein Artikel in der Zeitschrift *Nexus*, in dem – ohne Quellenangabe – behauptet wird, der XIII. Dalai Lama (gest. 1933) habe sich Hitlers Kampfschrift ins Tibetische übersetzen lassen: »Er füllte seine Ausgabe mit begeisterten Anmerkungen [...]. Er glaubte auch, dass eine Synchronizität vorliege, dass die NS und der alte Bon-Buddhismus und seine Kriegermönche den Swastika als Symbol gewählt hätten.«[20]

Shambhala versus Agarthi in der Literatur des »SS-Mystizismus«

Über die Ursprünge von Shambhala und Agarthi sind sich alle »SS-Mystiker« *grosso modo* einig. Am Anfang seien die Hyperboreer als Außerirdische aus dem Sonnensystem Aldebaran (Hauptgestirn im Sternbild Stier) eingewandert. Sie seien ca. vier Meter groß, weiß, blond und blauäugig gewesen, hätten keine Kriege gekannt und hätten sich vegetarisch ernährt. »Hitler übrigens auch«, fügt Jan van Helsing hinzu.[21] Ultima Thule sei die Hauptstadt des von ihnen bewohnten arktischen Kontinents Hyperborea gewesen. Von ihnen stammten die Urarier ab. Als Hyperborea und etwas später der Restkontinent mit dem Namen Atlantis zu versinken drohten, flohen Teile der arischen Herrschaftselite in die Himalaja-Region und gruben dort ein riesiges Tunnelsystem, um sich unter der Erdkruste anzusiedeln. Ihr subterranes Reich trug den Namen Agarthi und dessen Hauptstadt wurde Shambhala genannt. Doch herrscht in dieser Frage keine Einigkeit. Manchmal ist von zwei sich bekämpfenden Reichen – Agarthi gegen Shambhala – die Rede, manchmal ist Agarthi das Reich und Shambhala dessen Hauptstadt oder umgekehrt. Selbst Rudolf J. Mund leidet unter dieser Verwirrung: »Gehen ihre Fäden doch bis in das mysteriöse und geheimnisvolle Tibet, hinunter in das Höhlenreich Agarthi oder nach Shambhala – wer kann das schon auseinander halten?«[22] Widersprüchliche Auffassungen gibt es auch im ethischen Urteil über die beiden Imperien. In Landigs erstem Roman *Götzen gegen Thule* ist Agarthi »gut« und kollaboriert folgerichtig mit den SS-Männern, Shambhala dagegen ist »böse« und unterstützt die Kommunisten. Dort sammeln sich die »materiellen Kräfte der linken Hand, [...]; in der oberirdischen Stadt der Gewalt und der Macht, die von einem großen König der Furcht regiert wird.«[23]

Der Herrscher von Agarthi dagegen ist ein guter Großzauberer (*Maha Siddha*) mit dem Namen Lugtog Chohan: »Wir wissen«, so Landig, »dass dem Maha Chohan sieben weitere Chohans unterstehen, welche zuvor die verschiedenen Weihegrade durchschritten haben. Dieser Rat bildet die innere Regierung der Welt und ist Beherrscher der großen Mysterien. Diesem Rat unterstehen die vielen göttlichen Inkarnationen in den verschiedenen Klöstern dieses Landes. Die asiatischen Bruderschaften und die lamaistischen Klöster sind die profanen Werkzeuge.«[24] Lugtog Chohan lässt kurz vor Ende des Zweiten Weltkrieges einer Gruppe von verstreuten SS-Männern und anderen Kshatriya-Kämpfern Folgendes übermitteln: »Ich bringe die Lampe dar, welche alle Reiche der Welt erleuchtet und mit dem Lichte der Sonne und des Mondes erfüllt ist. [...] Die Lampe erleuchtete die Welt, die im Begriffe steht, in einem Chaos unterzugehen, wenn sich die Menschen nicht rechtzeitig besinnen. [...] Die Botschaft des Ngönkyi Tsao Kung vom Herrn der Welt erreichte nicht den Herrscher im Westen [gemeint ist Hitler], der seine Soldaten gegen die ganze Welt kämpfen lässt. Er ist nicht gewarnt und seine Feinde werden daher Nutzen davon haben.«[25] Mit Ngökyi Tsao Kung ist offensichtlich Ignatz Trebitsch-Lincoln gemeint, der mit dem Namen Chao Kung in den chinesischen Buddhismus eingeweiht wurde. Trebitsch-Lincoln hatte – wie wir schon berichteten – mehrmals versucht, mit Hitler Kontakt aufzunehmen.

Weiterhin lag der Fehler, weshalb die Deutschen den Krieg verloren haben, im Stalin-Hitler-Pakt, der im Verborgenen eine Kooperation mit den Kräften des »bösen« Shambhala beinhaltete, denn der russische Diktator »hatte die Unterstützung des Herrn der Furcht und Gewalt gegen euer Reich«, werden die SS-Männer in *Götzen gegen Thule* aufgeklärt.[26] Zwar verfügten die Achsenmächte über einen Support aus Agarthi, aber da sie sich mit den dämonischen Shambhala-Kräften (sprich: Kommunisten) einließen, war diese Hilfe wirkungslos. Endziel der »indoarischen Gruppen« (sprich: Nationalsozialisten) ist jedoch – so Landig – nicht die Zerstörung Shambhalas, sondern es geht ihnen im Grunde um die Vereinigung der beiden Mysterienstätten: Nur wenn sich Agarthi und Shambhala zusammenschließen, können sie siegen: »Die Quelle der linken Hand ist eine gute, wenn sie mit der rechten Hand vereinigt wird. Wer ihr allein dient, ist verloren. Dann kehren sich die Kräfte der Gewalt als böse Saat gegen ihre Diener, statt ein Instrument höherer Gesetze zu werden.«[27]

Während sich Wilhelm Landig noch an Blavatskys, Ossendowskis, Guénons, Roerichs und Evolas Shambhala/Agarthi-Vision orientierte, verknüpft sich der »SS-Mystizismus« der jungen Generation immer mehr mit dem traditionellen tibetischen Mythos. Insbesondere erkennt man eine Verarbeitung des neobuddhistischen Klassikers zu diesem Thema *Der Weg nach Shambhala – Auf der Suche nach dem sagenhaften Königreich im Himalaja* von Edwin Bernbaum. Auch Jan van Helsing bedient sich aus diesen buddhistischen Quellen, wenn er die »Innere Welt« als ein Friedensreich von mehreren Millionen Menschen darstellt, ausgestattet mit übernatürlichen Techniken. Der Kalender seines Shambhala-Imperiums zählt 360 Tage, es gibt kaum

Krankheiten und eine sehr hohe Lebenserwartung. All das entspricht Aussagen aus dem tibetischen Originalmythos. Nach van Helsing besteigt der Erbmonarch Haakkuuss II. 1928 den Thron, nach dem tibetische Original übernahm der letzte Shambhala König 1927 seine 100 Jahre dauernde Macht. Trotz seines Anspruchs, eine Friedensgesellschaft zu sein, wird – in van Helsings Version – dieses unterirdische Agarthi/Shambhala zu einer Zufluchtstätte ehemaliger SS-Männer. Diese haben sich dort im Laufe der Jahrzehnte vermehrt und bilden eine unterirdische Community von sage und schreibe zwei Millionen nationalsozialistisch gesinnten Deutschen, die insgesamt 24.000 Flugscheiben (Ufos) ihr Eigen nennen.[28]

Der Kampf um den Weltenthron zwischen Ariern und Tibetern

Die in der Literatur des »SS-Mystizismus« dargestellte Beziehung zwischen den tibetischen oder mongolischen Lamas auf der einen Seite und den SS-Männern der »Schwarzen Sonne« auf der anderen zeigen Gemeinsamkeiten und Unterschiede. Beide »Kulturen« vertreten eine vergleichbare Weltanschauung und beide kommen der Legende nach ursprünglich aus Atlantis/Hyperborea, aber beide haben sich nicht darüber geeinigt, wem denn von ihnen die Weltenherrschaft wirklich zustehe, dem großen tibetisch-mongolischen Khan oder dem großen arisch-germanischen Avatar Vishnu/Kalki/Odin.

In *Wolfzeit um Thule* ist vom »Chakravartin, dem Herrn der Welt« die Rede, der »den Fürsten, Khanen und Großen der Welt durch die Kraft seiner Gedanken Befehle übermitteln kann«.[29] Die ehemaligen SS-Männer des Romans wollen mit diesem Chakravartin Kontakt aufnehmen. Sie dringen jedoch nur bis zu einem mongolischen Warlord (Gusdä) durch, der vor den Kommunisten fliehen musste und der dem Weltenherrscher als Sprachrohr dient: »Wenn die Zeit erfüllt ist«, prophezeit der Gusdä, »dann erscheint der König von Shambhala aus dem Palast unter der Gobi und wird die Guten und Standhaften von den Leiden dieser Welt erlösen. Wer aber dem König aus der Tiefe Widerstand leistet, wird unter schrecklichen Qualen vernichtet werden.«[30]

Die SS-Männer verweisen nun auf einen vergleichbaren Endzeitmythos der Deutschen, wonach im Untersberg bei Salzburg der Erlöserkaiser Karl schläft: »Siehe, Gusdä, in Deutschland, das gegen den Bolschewismus gekämpft hat, gibt es eine Überlieferung, in der es heißt, dass ein großer Kaiser im Inneren eines Berges harrt, bis die Zeit seiner Wiedererweckung gekommen ist. Dann wird er mit seinen Getreuen die letzte große Schlacht schlagen. Das wird zu einer Zeit sein, da die Scharen der Apokalypse auf dem Weg zur Eroberung der Welt hereinbrechen werden in das Vorfeld der Mitternacht. Das sind zwei Verheißungen, die gleiche Wurzeln haben! – Wäre es da nicht sinnvoll, eine Brücke zu suchen?«[31] Doch Vorsicht! Es könnte auch anders kommen: »Eine Prophezeiung hat Innerasien die Auferstehung eines neuen Khans und eines neuen Weltreiches verheißen«, mahnt Landig seine Leser. »Der Hochsitz ist dann nicht der Mitternachtsberg [der Sitz der Arier in der Nähe des Nordpols], sondern der Pamir, das Dach der Welt.«[32] So gilt es bei den tibetischen Lamas höllisch aufzupassen, denn »östlicher Mystizismus überwuchert zu diesem Zeitpunkt bereits die alte arische Mystik«.[33] Das Misstrauen der SS-Männer bricht immer wieder durch: »Wie können wir beurteilen, wo gemeinsame Interessen liegen? – Hat man uns nicht schon früher verwehrt, im Potala Zugang zu den apokryphen Schriften zu erhalten [gemeint ist die SS-Tibetexpedition unter Ernst Schäfer]? Ihr verbergt Dinge, die kein weißer Mann aus dem Westen wissen darf. Wie können wir da unsere Hand dazu leihen, wenn sich ein Stoß gegen uns selbst richten sollte.«[34]

Es ist jedenfalls bemerkenswert, dass Landig in seinen Romanen die Eschatologie des tibetischen Shambhala-Königs weit mehr ins Zentrum spielt, als die blasse Sage vom Untersberg, die von ihm als deutsches Pendant eingeführt wird. Die großen asiatischen Prophezeiungen genießen eindeutig den Vorzug. Immer wieder ist davon die Rede, was schon im ersten Roman *Götzen gegen Thule* ausgesprochen wird: »Und es könnte sein, dass unsere Zeit kommen wird, um die Prüfungen zu beenden. Wenn sie erfüllt ist, erscheint der König von Shambhala und wird jene erlösen, die gläubig sind und sie aus den Leiden dieser Welt in sein Wonnereich geleiten, das schöner ist als Amithabas Paradies.[35] Wer aber widersteht, wird vernichtet werden und muss vorher Qualen erleiden, um dann, durch diese geläutert, in die Seligkeit zu ziehen. Das ist der letzte Kampf auf diesem Erdenrund, der letzte Streit der drei Welten. Dann wird die Lehre Tsongkhapas [der Lamaismus] das All beherrschen und alle Segnungen und Gaben werden allen Menschen gemeinsam sein.«[36] Das ist eine knappe und annähernd korrekte Zusammenfassung des tibetischen Original-Mythos, in dem ebenfalls eine Weltherrschaft des Buddhismus vorausgesagt wird.

Wilhelm Landig ist davon überzeugt, dass der Westen durch den Osten buddhisiert wird: »Es ist eine alte Verheißung, dass ein großer Khan wieder nach dem Westen kommen wird und dass ein großes Reich entstehe. Das geheime Reich lebt hier in der Weite Asiens, der Thron ist das Dach der Welt und hier wird es zum Leben erstehen, in sichtbare Erscheinung treten, wenn die Zeit der Verheißung erfüllt ist«, heißt es in *Götzen gegen Thule*.[37] Dabei nimmt der Roman-Lama, der diese Prophezeiung ausspricht, insbesondere auf den Bodhisattva Chenrezi (Sanskrit: *Avalokiteshvara*) Bezug, dessen bekannteste Inkarnation der XIV. Dalai Lama darstellt: »Das abendländische Paradies der großen Glückseligkeit wird erreicht sein, wenn das Licht aus dem Osten und die Gnade Chenrezis bis zum westlichen Großmeer strahlt.«[38]

Auch wenn sie den mongolisch-tibetischen Lamas mit Misstrauen und Vorsicht begegnen, so haben Landig und Co. vor einer Buddhisierung des Westens, vor einer Verbreitung der Lehre Tsonkhapas, keinerlei Angst. Im Gegenteil, die Doktrin des Buddha – das wissen sie von Arthur Schopenhauer, Richard Wagner, Julius Evola, Walther Wüst und sogar Alfred Rosenberg – ist eine »arische« Doktrin und verträgt sich ausgezeichnet mit ihrer nationalsozialistischen Weltanschauung. In dieser »Erbfolge« kann auch der Mitbegründer des »SS-Mystizismus« Rudolf J. Mund den »Buddhismus« bedenkenlos als die Zukunftsreligion der weißen Rasse präsentieren:

»Die asiatischen Religionen unternahmen niemals den törichten Versuch, die Primitivvölker zu missionieren. Es war ihnen von Haus völlig gleichgültig, was die Neger in Innerafrika oder die Australneger und Eskimos glaubten oder nicht glaubten. Ob sie einen Lendenschurz umhatten oder nackt gingen. Zu deutlich konnten sie beobachten, was aus den christlichen Religionen, allein gelassen, in Brasilien und auch Westindien wurde und welche primitiven heidnisch christlichen Kulte daraus entstanden. Ihre Tätigkeit richtete sich von allem Anfang an konzentriert auf die Seele des weißen Abendländers als einzig lohnendem Missionsobjekt.«[39] Die Frage, wer denn dann in der kommenden Buddhokratie an den Schalthebeln der Macht sitzt, »Gelbe« oder »Weiße«, ist damit aber immer noch nicht beantwortet.

Die Rassenfrage im »SS-Mystizismus«

Gegen Ende des Zweiten Weltkrieges partizipieren die Protagonisten von *Götzen gegen Thule*, darunter der Hauptheld SS-Offizier Gutmann, an einem geheimnisvollen Botentreffen in der Arktis. Erstaunlichweise sind Anhänger unterschiedlicher Rassen (Äthiopier, Perser, Araber, Tibeter, Japaner, Hindus, Indianer) und Religionen (Schamanisten, Moslems, Hinduisten, Shinto-Anhänger, Buddhisten und Lamaisten) anwesend, jedoch keine Juden und Christen.[40] Der Arierbegriff wird somit von Landig relativiert. Als Zugehörigkeitskriterien gelten jetzt nicht mehr die Hautfarbe, sondern der hohe Wuchs, ein sportlicher Körper und eine gerade Nase (wie bei den Äthiopiern). Trotz ihrer Unterschiede haben alle Boten etwas gemeinsam: Sie zählen zu den exponiertesten Mitgliedern einer globalen Kshatriya-Tradition. Landig steht mit dieser Sicht ganz im Erbe von Julius Evolas »differenziertem« Rassismus. Auch Jan van Helsing berichtet davon, dass Kshatriya-Kämpfer aller Hautfarben ihre Stützpunkte über und unter der Erde errichtet hätten. Trotz dieser Interkulturalität komme den »Weißen« der höchste Rang zu, da sie direkt von den göttlichen Extraterrestriern abstammen sollen: »All diese Personen waren sich der Anwesenheit Außerirdischer bewusst sowie auch der Abstammung speziell der weißen Menschen von diesen.«[41]

Gegner der »Schwarzen Sonne« (SS) sind Juden, Freimaurer, Christen, Kommunisten, Kapitalisten, der Papst und die Protestanten sowie alle »breitnasigen« Rassen (Afrikaner, Drawiden, australische Aborigines). »Neger« und »Juden« sehen für Landig wie »dressierte Schimpansen« aus. *Rebellen für Thule* ist mehr noch als die beiden vorausgegangenen Werke des Autors mit widerlichen rassistischen Randbemerkungen gespickt, zum Beispiel, dass in den Restaurants der USA die schwarzen Kellner in die Suppe spucken und ihre Wohnungen anzünden, wenn sie keine Miete mehr zahlen könnten.[42] Überall seien die Nieder-Rassen im Vordringen, manipuliert von einer Gruppe machtbesessener Juden. Wie in allen NS-Verschwörungsschriften werden auch hier *Die Protokolle der Weisen von Zion* als Beweis für den jüdischen Anspruch auf den Weltenthron zitiert. Das Rassenthema ist für Landig mehr als eine soziale Frage, es erfährt – ganz in der Tradition des SS-Ahnenerbes – eine kosmische

Dimension: »Nicht der von Dogmen gezeichnete Teufel, sondern der Tiermensch ist der Träger des Bösen im ewigen Widerstreit mit dem Gottmenschen des Guten. Das ist der Kampf, den der ethische Mensch unentwegt mit dem Tiermensch-Teufel, dem Bastard ohne tierischen Instinkt und ohne menschliche Vernunft, auszufechten hat.«[43]

Die »gelbrassigen« Tibeter und Mongolen jedoch, die über das »arische Geheimwissen« aus atlantischer Urzeit verfügen, nehmen in allen Romanen des »SS-Mystizismus« eine Sonderstellung ein. So schildert Landig die Lamas als »interessant«, aber auch als »seltsam und undurchdringlich«. Ihre Gesichter gleichen »geschnitzten Masken«. Sie verfügen über magische Kräfte, beherrschen die Telekinese, können ihren Körper verlassen und andere Menschen besetzen.[44] »Buddhas ears are everywhere!«, ist ein stereotyp wiederholter Satz in *Rebellen gegen Thule*, der besagen soll, dass die Mönchsprieter Gespräche und Gedanken der Menschen (auch die der Romanhelden) telepathisch »abhören«. So belauschen sie alles und jedes und bilden ein perfektes paranormales Spitzelsystem. Kann man solchen Menschen überhaupt trauen?, fragen sich Landigs SS-Männer.

Klar ist für den Autor, dass es sich bei Mongolen und Ariern um zwei Unterrassen handelt, welche aus Atlantis fliehen mussten; klar ist aber auch, dass sich die »arische Rasse als Führungsgruppe hervorgehoben« habe.[45] Der mongolische Warlord (Gusdä) aus *Wolfszeit um Thule* gibt sich jedoch bei dieser delikaten Frage um die Vormachtstellung etwas reservierter, aber dann erhalten die SS-Männer doch noch eine Art Bestätigung, denn der Mongole erzählt, wie in Ostturkestan, in der Gobi-Wüste und an anderen Orten Zentralasiens weiße Menschen gesichtet wurden, die hin und wieder aus Höhlen hervorgekrochen seien. Die unterirdischen Reiche, aus denen sie stammen, sind also nicht nur von »Gelben«, sondern ebenso von »Weißen« bevölkert. So besteht auch für den Gusdä eine enge Verbindung zwischen den beiden Rassen und ihrer Weltanschauung: »Du siehst«, sagt er zu den SS-Männern, »es ist so, wie es auch dein Freund sagt; der Berg Meru – euer Mitternachtsberg, euer Asgard – unser Agartha und Shambhala stehen an den Enden der Brücke, über welche die Sonnensöhne schreiten.«[46] Tibetische und SS-Prophezeiungen decken sich demnach und die SS-Männer bestätigen die Aussagen des Gusdä: »Das ist arische Überlieferung, die uralte Mythen in sich trägt. […] Irgendwo wächst die Rata, die Wurzel unseres Wissens, in einer gemeinsamen Erde!«[47]

Der Dalai Lama als »Schlüsselhalter« und »Beschützer« des »SS-Mystizismus«

»Himmlers Rasputin«, Karl Maria Wiligut, hatte sich in mysteriösen Anspielungen auf den Dalai Lama bezogen und seinem Kollegen aus dem SS-Ahnenerbe, Ernst Schäfer, gegenüber geäußert: »Einer der Schlüssel liegt beim Dalai Lama und in den tibetischen Klöstern.«[48] Er hatte sogar den tibetischen Kirchenfürsten im 68. *Halgarita-Spruch* als die »ewige Erinnerung an Baldr-Krestos« bezeichnet und ihm damit den Rang eines arischen Messias zugestanden.[49] Selbst die heilige Gebetsformel des Dalai Lama *om mani padme hum* wurde von ihm in das eigene (»irministische«) Religionssystem integriert. Noch häufiger aber berufen sich die Literaten des »SS-Mystizismus« auf das Oberhaupt des tibetischen Buddhismus als ihren Kronzeugen.

»Nach den Aussagen tibetanischer Lamas und des Dalai Lama persönlich«, versichert uns Jan van Helsing, »existieren die Leute aus Agarthi heute noch. Das unterirdische Reich, das in fast allen östlichen Lehren verankert ist, hatte sich demnach über die Jahrtausende unter der gesamten Erdoberfläche verbreitet.«[50] Ebenso als Zeugen für die in diesem Milieu weit verbreitete Hohlwelttheorie, nach der die gesamte Erde innen hohl und besiedelt sei, zitiert van Helsing den tibetischen Potentaten: »Demnach sollte auch die Erde hohl sein – was übrigens auch mit den Aussagen der tibetanischen Lamas und des Dalai Lama übereinstimmen soll – und einen Nukleus, also eine Zentralsonne haben, die dem Erdinneren ein gleichmäßiges Klima und permanentes Sonnenlicht verleiht.«[51]

Die Keller des Potala, der Palast des Dalai Lama in Lhasa, scheinen noch unergründlicher zu sein wie die Keller des Vatikans. Das hatte schon der Runenokkultist Rudolf John Gorsleben, der Vorläufer der *Nazi-Tibet-Connection*, behauptet. Aber selbst den »wackeren« SS-Männern der Schäferexpedition gelang es nicht – so Landig –, sich dort einen Zugang zu verschaffen, als sie »nach der Gesinnung und nach den Geheimnissen im Potala forschten. [...] Diese Männer haben sicher gute Freunde gefunden. Aber das Archiv im Potala hielt vor ihnen viele Geheimnisse verborgen.«[52] Angesichts der tibetischen Mystik und Magie können die Romanhelden aus *Götzen gegen Thule* nur staunen: »Hier sind Mächte am Werk, die alte Weissagungen zu erfüllen trachten und die mit allen Mitteln die Dienste brauchbarer Leute zu gewinnen versuchen«, sagt einer und ein anderer antwortet: »Wohl die im Potala zu Lhasa verborgenen Weissagungen...« – »So ist es! Es geht um das gelbe Weltreich, das sich keine Grenzen setzt.«[53]

Der britische Autor Maclellan[54] weiß sogar, dass sich im Potala ein Eingang ins unterirdische Königreich Agarthi befindet: »Zudem glaube ich, dass dieses Tor [nach Agarthi] heute noch existiert: Im Herzen des Palastes des verbannten Dalai Lama, der auf einem kleinen Berg inmitten von Mönchsklöstern und Tempeln steht.«[55] Zustimmend kommentiert Heiner Gehring diese Feststellung: »Wer nun an der Ernsthaftigkeit dieser Worte zweifelt, möge bitte bedenken, dass der ehrwürdige Dalai Lama Schlüsselbewahrer zum Zugang zu Agarthi und dessen Botschafter ist und dies auch selbst betont. Tibet gilt allgemein als ein Ort, von dem aus man nach Agarthi gelangt.«[56]

Geheimnis über Geheimnis, der Potala wird zur Schaltstelle eines asiatischen Netzwerkes, das sich im wörtlichen Sinne im »Untergrund« aufhält und das die Epiphanie des kommenden »gelben« Messias vorbereitet: »Hier spinnen sich Fäden eines geheimen Reiches, das sich bis nach Indien hinein, nach Thailand, Afghanistan und über die mongolischen Steppen und Landschaften bis an die Chinesische Mauer zieht. Und die Menschen dieses Reiches harren auf die Eröffnung eines großen Mysteriums; auf das Kommen des Herrn der Welt, der aus Agarthi kommend, dem neuen großen Khan den Weg für seine Völker weisen wird.«[57]

Ist der große Khan – nach Landig – vielleicht der Dalai Lama? Der tibetische Kirchenfürst darf – seiner eigenen Doktrin nach – nicht als ein gewöhnlicher Mensch angesehen werden. In ihm inkarniert sich der Bodhisattva Avalokiteshvara, in Tibetisch »Chenrezi«, und hinter diesem verbirgt sich in tiefer Versenkung der Meditationsbuddha Amitabha. Buddha und Bodhisattva strahlen Liebe und Mitgefühl aus und schenken diese besonders dem deutschen Volk, aber mehr noch den ehemaligen Angehörigen der SS – dies ist jedenfalls die Meinung von Wilhelm Landig: »Chenrezi – Buddha Amitabha ist die Liebe und das große Licht der Brüderlichkeit unter den Menschen! – Es sind seine Gebote, gastfrei und mit Güte zu leben mit allem, was lebt und seinen Atem in die Welt dieses scheinbaren Seins haucht«, sagt einer der Roman-Lamas zu dem SS-Junker Gutmann. »Ich habe gehört, dass die Germans jetzt einige Jahre zusammen mit den Japanern gegen die ganze Welt gekämpft haben. Wenn auch die Welt nicht nach Chenrezis Gesetzen lebt, ich kann nicht umhin, ein Volk wie das der Germans zu achten. Buddha Avalokiteshvara, der Herr der Welt und der überall Herabschauende, muss euch sehr gewogen sein, dass Ihr hier nach der großen Verfolgung in der Welt des finsteren Geistes auf dem Weg einer großen Suche sein könnt!«[58] Auch hierbei blitzt ein Funken Wahrheit auf, denn als die SS-Vergangenheit Heinrich Harrers 1998 bekannt wurde, verteidigte ihn die ranghöchste Inkarnation des Bodhisattva Avalokiteshvara, der XIV. Dalai Lama, mit den Worten: »Natürlich wusste ich, dass Heinrich Harrer deutscher Abstammung war – und zwar zu einer Zeit, als die Deutschen wegen des Zweiten Weltkrieges weltweit als Buhmänner dastanden. Aber wir Tibeter haben traditionsgemäß schon immer für Underdogs Partei ergriffen und meinten deshalb auch, dass die Deutschen gegen Ende der 40er-Jahre von den Alliierten genügend bestraft und gedemütigt worden waren. Wir fanden, man sollte sie in Ruhe lassen.«[59]

SS-Magier und lamaistische Großzauberer (Maha Siddha)

Bei dem jüdisch-freimaurerischen Antiheer des Bösen, das gegen die »guten« SS-Mystiker der Schwarzen Sonne antritt und das von Jahwe, dem Gott der Finsternis, angeführt wird, handelt es sich – nach Landig – nicht um »Schwarzmagier«, sondern um die Anhänger einer diffusen, wenn auch sehr mächtigen »Graumagie«. Schwarz und Weiß teilen sich – so der Autor – die »indo-arischen Gruppen, die eine atlantische Renaissance erstreben. [...] Bis dahin müssen wir im Zeichen der schwarzen Sonne durch Abwehrreaktionen verhindern, dass graumagische Kräfte in den Bereich des weißen Kreises hineinstoßen.«[60]

Das heißt mit klaren Worten, die Indo-Arier sind sowohl Meister der schwarzen wie der weißen Magie. Das macht sie zu mächtigen Großzauberern nach dem Vorbild der tantrisch-buddhistischen *Maha Siddha*, denn auch diese beherrschen beide

Künste. Sie vermögen es, »das magische Band zwischen der sichtbaren, außerweltlichen und der unsichtbaren, inner- und überweltlichen Sphäre herzustellen und aus dem irdischen Leib ein möglichst vollkommenes Instrument des Yoga und der reinen Erkenntnis zu machen«, lesen wir in *Götzen gegen Thule* aus dem Jahre 1971.[61] 20 Jahre später (1991) wiederholt Landig diese Bewunderung für die tantrischen Maha Siddha in *Rebellen gegen Thule*: »Indischen Yogis und tibetischen Gyud-Lamas wird nachgesagt, dass sie imstande wären, mit Hilfe einer erlernten Atemtechnik und einer dazu abgestimmten Musik diese Prana-Energie anzapfen zu können. Für die Wissenden der buddhistischen Erkenntnislehre ist also die Musik in entsprechender Anwendung auch eine magische Leiter zum außerweltlichen Bereich des Alls.«[62] Telekinese, Telepathie, Teledynamik und andere magische Künste sind Disziplinen, deren Beherrschung sich die SS-Mystikern ebenfalls wünschen, kurz die »Adepten der Schwarzen Sonne« würden gerne zu »Göttern« werden.

Auch das hat tibetische Tradition. In den höchsten Tantra-Übungen imaginiert sich der Praktikant als Gottheit, die entsprechende Yoga-Praxis wird »Gottheitsyoga« genannt. Der in den Himalaja geflüchtete SS-Mann Steiner aus dem Politthriller *Die Schwarze Sonne von Tashi Lhunpo* hat sich offensichtlich mit solchen Übungen vertraut gemacht: »Die Schwarze Sonne, das Zeichen Agarthis, lebt«, ruft er aus. »Das ist die Wahrheit. [...] Die Schwarze Sonne wird wieder emporsteigen, hinauf aus der Mitternacht der Welt zu einem großen Mittag. Die Götter werden wieder zu tanzen beginnen und wir werden sie in uns tanzen lassen. Schon bald. In wenigen Wochen ist es so weit. Dann werden wir das Schicksal wieder in die Hand nehmen. Hinter uns, den Männern von Agarthi, wird vergehen, was heute noch gilt.«[63]

Tantrisch-buddhistisch an dieser Prophezeiung ist die Aussage, dass die Götter »in uns tanzen« werden. Ein Yogi, der den Tantrapfad beschreitet, kann sie hervorrufen, aber er kann sie ebenso wieder in »Nichts« auflösen. »Auch Götter sind Schein und Licht der eigenen Seele!«, lässt sich der SS-Kämpfer Gutmann in *Götzen gegen Thule* von einem Lama belehren. Sein »Kamerad« Steiner aus *Tashi Lhunpo* macht jedoch einen Unterschied zwischen dem »Gottheitsyoga« der Shambhala-Leute und demjenigen der Agarthi-Leute: »Die einen, die dem Weg zur linken Hand folgen [Agarthi], wollten den Menschen den Hauch des Göttlichen verleihen. Und die anderen, die den Weg zur rechten Hand beschritten [Shambhala] wollten sich als Götter verehren lassen.«[64]

Ein Hauch von »Göttlichkeit« umweht auch den SS-Führer Gutmann in *Götzen gegen Thule*: »Dann gehört Ihr wohl zu den Männern, von deren Geheimnissen die Winde leise raunen. Ihr seid der Beginn einer neuen Macht, auf die man hofft und die man zugleich fürchtet«, prophezeit ihm ein wohlgesinnter Roman-Lama. Aber dann kommt gleich wieder die Warnung vor der tibetischen Konkurrenz auf dem Weg zur Weltenherrschaft: »Wenn ich euch raten darf, geht dem Maha Siddha, dem großen Weisen, aus dem Wege. Er ist klug und wird euch wohl Freundschaft bezeigen, aber diese ist gefährlich.«[65]

Das Dritte Reich – ein Projekt tibetischer Lamas und deutscher Templer?

Jan van Helsing stellt in seinem Buch *Geheimgesellschaften II* alle bisher geschilderten Phantasmen in den Schatten, indem er nämlich behauptet, dass die Gründung des Dritten Reiches eine gemeinsame Tat tibetischer Lamas und deutscher Tempelritter gewesen sei: »Auch die Jahrtausende alte Prophezeiung der ›Gelugpa‹ – der Gelbkappen (höchste tibetanische Loge) sagt, dass das ›Dach der Welt‹ (Tibet) in das ›Land des Mitternachtsberges‹ übertragen werden wird – nämlich Deutschland. Daher nahmen sie Karl Haushofer (Mitgründer der reichsdeutschen Thule-Gesellschaft) in ihre Loge auf. Man versprach die geistige und praktische Unterstützung bei der Errichtung des ›neuen Lichtreiches‹ auf Erden und im Gegenzug wurden in Deutschland die ersten tibetanischen Kolonien gegründet. Die tibetanischen Mönche halfen im Hintergrund zusammen mit den Tempelrittern (›Marcioniterorden‹ und den ›Herren vom Schwarzen Stein‹) bei der Errichtung des Dritten Reiches und der Gründung der ›Thule-Gesellschaft‹ und der ›Schwarzen Sonne‹ (höchste Loge damals). Ziel dieser Logen war es, Deutschland von den Illuminaten absolut autark zu machen. Dazu gehörte die Unabhängigkeit vom ausländischen Kapital …«[66] 1917 traf man sich am sagenumwobenen Untersberg in der Nähe von Salzburg. Dieses »geschichtsträchtige« Treffen führte »zur Gründung der Thule-Gesellschaft […], aus der später in Zusammenarbeit mit tibetanischen Mönchen der Gelb- und Schwarzkappen das Projekt ›Drittes Reich‹ hervorging.«[67] Die Tibeter hätten dann – so van Helsing – in der Wewelsburg SS-Männer in die höheren Mysterien eingeweiht. Doch schon 1941 wussten die Anhänger der »Schwarzen Sonne« (SS), dass das von den Deutschen und Tibetanern begonnene Projekt Drittes Reich zum Scheitern verurteilt sei. Auch Hitler sei darüber informiert gewesen. Er habe für den Fall einer Niederlage ein »letztes Bataillon« von ausgesuchten SS-Männern zusammenstellen lassen, das nach dem Kriege Zuflucht im Himalaja fand.[68]

Die »Schwarze Sonne«: das Hoheitszeichen des »SS-Mystizismus«

Das letzte Kapitel von *Rebellen gegen Thule* ist der »Schwarzen Sonne« gewidmet. Die »Entdeckung« dieses Symbols darf wohl als die nachhaltigste und prekärste Wirkung von Munds und Landigs literarischen Aktivitäten angesehen werden, denn die »Schwarze Sonne«, über die von den ehemaligen SS-Männern in der Wiener Sonnengasse 6 Anfang der 1950er-Jahre diskutiert wurde, ist mittlerweile zu einem machtvollen, internationalen faschistischen »Widerstandssymbol«, zu einem Kampfzeichen der neo-arischen Sendungsüberlieferung geworden. Unter dieser Signatur sollen heute die Urtraditionen der Arier vom Joch des jüdisch-amerikanischen Materialismus befreit werden. Wir werden uns deswegen etwas ausführlicher mit diesem Symbol befassen.

Genau genommen sind Mund und Landig nicht die »Entdecker« des Mythos und wollen das auch gar nicht sein. Er hat schon eine Tradition bei den Theosophen. In Madame Blavatskys *Geheimlehre* ist von einer geheimnisvollen Zentralsonne die Rede, die als der unsichtbare Mittelpunkt des Universums leuchtet. Aus ihr ströme ein schwarzes Licht und sie sei das Zentrum der schöpferischen Lebenselektrizität. Bemüht wird auch ein 1910 erschienenes Buch des esoterischen Schriftstellers Peryt Shou, das ebenfalls von einer Zentralsonne im Mittelpunkt des Universums spricht (*Das Mysterium der Zentralsonne*). Ebenso ist bei Julius Evola die »schwarze Sonne« (*sol niger*) ein mehrmals erwähntes Mythologem. Der Baron bringt es insbesondere mit der Alchemie in einen Zusammenhang. Verbunden mit *Sol Niger* ist auch eine Mitternachtsmystik, die sich ausgeprägt bei Otto Rahn findet: Für ihn sind es die Ketzer, die »zu einem ›Berg der Versammlung in der fernsten Mitternacht‹, wenn auch unbewusst, gegangen sind, um Hilfe zu holen und den Menschen ihres Blutes zu bringen.«[69]

Als der eigentliche Spiritus Rector für den Nazi-Mythos von der »Schwarzen Sonne« muss jedoch Karl Maria Wiligut mit seiner Santur-Lehre angesehen werden. Die Runenokkultisten, die sich um seine Doktrin geschart hatten (Werner von Bülow, Ernst Rüdiger, später Manfred Keyserling und Rudolf J. Mund) sind heute im rechtsextremen Milieu als »Kosmotechniker der dunklen Gegensonne« bekannt.[70] Aus diesem Umfeld stammt auch der Satz: »Die dunkle – schwarze – Gegensonne wird als ›Thron der alles beherrschenden Lenkung‹ betrachtet. Dieser Lenkung obliegt die organische, seelische und geistige Entwicklung auf der Erde.«[71] Insbesondere aber ist Karl Maria Wiligut das Verbindungsglied, das die »Schwarze Sonne« (SS) mit Hitlers Schutzstaffel (SS) verknüpft. »Die in der Forschung des Wiligut'schen Arbeitskreises und – wenn wir das so beurteilen dürfen – der modernen Wissenschaft eindeutig als astronomisches Phänomen erkannte ›schwarze Sonne‹ scheint im Laufe der Jahrtausende mehrmals religiösen Sinngehalt verkörpert zu haben«, fasst Mund vielwissend zusammen.[72] Wilhelm Landig geht nun diesem »religiösen Sinngehalt« in der ägyptischen und sumerischen Kulturgeschichte nach.

Dort entdeckt er Bilder von der »Schwarzen Flamme« und vom »Schwarzen Feuer«. In der Verehrung der ägyptischen Göttin Se-khem glaubt er einen Schwarzsonnenkult vor sich zu haben und bei den Sumerern soll es die Göttin Ishtar sein, die mit einer vergleichbaren Religion verbunden sei. Plato habe sich während seines Aufenthalts bei den Priestern von Sais ganz besonders für das Geheimnis des schwarzen Gestirns interessiert, durfte aber nichts Näheres erfahren.

Im Mittelalter zählte der Templer-Orden zu den Hoch-Initiierten der »Schwarzen Sonne« (SS) – und dann, im 20. Jahrhunderts, ein geheimer Zirkel innerhalb der SS: »Zuletzt war es ein kleiner Kreis Wissender aus dem Bereich der Schutzstaffeln [SS] des Dritten Reiches, der sich wenig um die Linie und Politik der die Macht innehabenden Partei kümmerte und unter dem Schutz des Reichsführers der Schutzstaffeln eine eigene Richtung verfolgte. Dieser Kreis, dessen Angehörige fast durchwegs höhere Ränge waren und aus dem Hintergrund die Fäden ziehen konnten, war es auch, der die Schwarze Sonne als inneres Licht in das Wissen und als Erkennungszeichen aufnahm. Dieser Kreis vermochte es durchzubringen, dass die Schwarze Sonne als Schwarze Ronde zum zusätzlichen Hoheitszeichen der noch knapp vor Kriegsende in Aufstellung begriffenen Schutzstaffel-Luftwaffe gezeigt wurde.«[73] Die »esoterischen« Einheiten der SS streckten nach dem Kriege nicht ihre Waffen und wurden weiter von Juden und Freimaurern »als Soldaten verfolgt wie früher die Templer, die Katharer und volksbewusste Kräfte anderer Nationen.«[74] Für die Kameraden des okkulten SS-Untergrundes galt nach Mund folgender Gruß: »Möge dir die Schwarze Sonne noch lange leuchten.«[75]

In *Götzen gegen Thule* ergeht auf dem Kshatriya-Stützpunkt 103 in der Arktis der Befehl, dass alle ehemaligen SS-Männer ihre Insignien ablegen und durch die »Ronde« der Schwarzen Sonne ersetzen sollen. Flugzeuge und fliegende Untertassen tragen jetzt das neue »Hoheitszeichen«, erfahren wir aus dem Roman: »Dieser schwarze Punkt, wie ihr ihn bezeichnet, ist *Sol nigra* [richtig: *niger*], oder die Schwarze Sonne, wie es auf Deutsch heißt. Sie hat eine tiefe symbolische Bedeutung [...] Es ist Sol Nigra der Alchemie, in der Farbe eine bestimmte Phase des Lapis [Stein der Weisen] andeutend.«[76]

In *Wolfzeit um Thule* werden die Einheiten der Schwarzen Sonne zum Stützpunkt 211 in die Antarktis umgesiedelt. Ihre dortige Anwesenheit steht mit ihrer Kshatriya-Rolle in einem symbolischen Zusammenhang, denn der »Süden« gilt als die Heimstatt des germanischen Kriegsgottes Surtur. Landig verweist auf eine Stelle in der *Edda*: »Von Süden kommt Surtur mit sengender Lohe, hell leuchtet des Schlachtgottes Stahl. Surtur der Feuerriese von Muspelheim, wird als der ›Schwarze‹ übersetzt.«[77] Der Süden wurde zum Stützpunkt des Schwarzen Ordens, weil sich dieser in unserer dunklen Zeit des Untergangs auch dunkler Mittel bedienen muss. Nur durch die Entfesselung eines dämonischen Dritten Weltenkrieges und nach einem Endsieg über den »Juden« können arische *Kshatriya* wieder ins Reich des Lichts, d. h. den Nordpol und die Arktis zurückkehren.

Die Schwarze Sonne symbolisiert – nach Wilhelm Landig – das Gestirn der Wissenden, »das Zeichen der unsichtbaren Gottheit, die über dem materiellen Goldschein des Tageslichtes steht, nachdem die Goldene Sonne der Atlanter von den Dienern des Mammons und Freimaurerei usurpiert wurde.«[78] Der Autor glaubt fest daran, »dass die Schwarze Sonne hoch über dem Mitternachtsberg immer dem Reich der Deutschen leuchten wird.«[79] Für Jan van Helsing repräsentiert das Gestirn die »verborgene Kraft der Zentralsonne«, um die sich die Galaxis dreht, von der sich aber auch ein Duplikat im Inneren der Erde befindet. »Daher symbolisiert sie auch die Kraft der esoterischen Loge, die im Hintergrund, im Verborgenen und Unsichtbaren Ereignisse und Geschicke steuert und das Gute unterstützt, ohne selbst in Erscheinung, ins Licht zu treten.«[80] Wer das Mysterium des *Sol Niger* kennt, zählt – so Landig – zu den Hochgraden der Eingeweihten: »Die Jagd nach dem Urwissen bedeute nichts anderes als einen Wettlauf zur Schwarzen Sonne, um durch diese das Innere Licht und damit das große Wissen um das ewige Buch zu erhalten. Die Schwarze Sonne, das Zeichen für das Urwissen und die Weisheit, steht neben der Daseinserkenntnis der weißen Sonne und öffnet den Weg zum Göttlichen und zum Anfang aus dem sich erneuernden Ur.«[81]

Als das sichtbare Urbild der »Schwarzen Sonne« wurde von den »SS-Mystikern« ein Bodenornament in der Wewelsburg, Himmlers SS-Zentrum, anerkannt. In dem von 12 Säulen getragenen Rundbau des Obergruppenführersaales befindet sich in der Mitte ein schwarzer Kreis, von dem insgesamt 12 Sigill-Runen (das entspricht sechs SS-Zeichen) ausstrahlen, welche die zwölf Speichen des Sonnenrades darstellen sollen. Dieses Intarsie hat mittlerweile für viele Neonazis das Hakenkreuz ersetzt. Ob die Wewelsburger »Ronde« ursprünglich als Kopie einer »Schwarzen Sonne« geplant war, ist fraglich. Bei Heinrich Himmler lässt sich keinerlei Kenntnis von diesem Mythos nachweisen, und ob Karl Maria Wiligut in diesem Fall die Hand im Spiel hatte, ist nicht bekannt.

Die Schutzstaffeln der »Schwarzen Sonne« sind – nach Landig – über unseren gesamten Planeten verstreut und halten gute Kontakte zu tibetischen Lamas: »Die Schwarze Sonne ist das Symbol eines kleinen, aber einflussreichen esoterischen Schutzstaffelkreises, dessen Verbindungen über die ganze Welt laufen. Eine der wichtigsten Verbindungen geht nach Tibet zu den Gelbmützen-Lamas [Gelugpa] und zu der Schwarzmützensekte [Bon-po]. Obwohl Himmler über diese Dinge einigermaßen informiert ist, gehört er diesem Kreis, dem er seinen Schutz gab, nicht an.«[82]

So ist es kein Wunder, dass von den »SS-Mystikern« Konvergenzen zwischen der »Schwarzen Nazi-Sonne« und entsprechenden buddhistischen Symbolbildern herausgestellt werden. In einem Aufsatz von Gerhard Heß über die Intarsie in Himmlers Obergruppenführersaal heißt es: »Das Wewelsburger Sonnenrad, bestehend aus 12 S-Runen der Wertigkeit 9, impliziert die Rechnung: 12 x 9 = 108. Diese mystische Zahl besitzt eine besonders weitreichende Aussagekraft: […] 108 Perlen besitzt der buddhistische Gebetskranz, die ›Kette der Welten‹; 108 Heilige (Arhats) kennt dieser Glauben. Der hinduistische Krishna tanzt seinen Zeitenreigen im Kreise von 108 Gopis [Kuhhirtinnen]. 108 Glockenschläge erfolgen zum japanischen Neujahrsfest, gegen die 108 Übel des vergangenen und für die 108 Freuden des kommenden Jahres. 108 Weihestätten muss der Lamapriester auf seinen Meditationsreisen aufsuchen usw.«[83] Auf den Schwarzsonnen-Mythos des tibetischen *Kalachakra-Tantra* und sein Verhältnis zur schwarzen Nazi-Sonne kommen wir noch zu sprechen.

Seit Beginn der 1990er-Jahre gewinnt der Mythos von der »Schwarzen Sonne« in der rechtsextremen Kulturszene eine immer größere Streuung. Skinheads, Neuheiden, Evolianer, Satanisten, rechtsextreme Okkultisten und Ufologen, Heavy-Metal-Gruppen und Runenrauner sind davon überzeugt: *In hoc signo vinceremus* – »in diesem Zeichen werden wir siegen«. Mittlerweile blühen im Kometenschweif der Schwarzsonne neue Industriezweige der faschistischen Subkultur. Das Symbol aus Himmlers Wewelsburg schmückt CDs, T-Shirts, Stickers, Kaffeetassen, Kataloge, Web-Seiten, Disco-Flyer und Armbanduhren. Es ist ein beliebtes Tattoo für junge arische *Kshatriya*. Seit Jahren sieht sich die Wewelsburg, dieses düstere Gebäude in Westfalen, mit einem nie abflauenden Besucherstrom konfrontiert, der das allerheiligste Zeichen des »SS-Mystizismus« im Rundbau des Obergruppenführersaales bestaunen will. »Das uralte Symbol der Schwarzen Sonne ist zum mystischen Symbol einer Geisteshaltung geworden«, lesen wir in einem rechten Werbeprospekt.[84] Rüdiger Sünner hat den »modernen« rechtsextremen Rummel um das dunkle Gestirn in seinem Buch *Schwarze Sonne – Entfesselung und Missbrauch der Mythen im Nationalsozialismus und rechter Esoterik* ausführlich beschrieben.

Die Nazi-Ufo-Manie und ihre tibetisch-indischen Quellen

Am Ende des Krieges zählte die Nazi-Propaganda von den »Wunderwaffen«, die den Schlachtenverlauf auf einen Schlag zugunsten der Deutschen verändern sollten, zu den Überlebensstrategien inmitten einer verzweifelten Bevölkerung. Gemeint war damit nicht nur die »Atombombe«, an der deutsche Wissenschaftler unter Werner Heisenberg arbeiteten, sondern ebenso die Entwicklung von neuen Flugkörpern, insbesondere Raketen. Diese Wunschträume von omnipotenten NS-Kriegsgeräten, die alles Bisherige überstiegen, wurden nach 1945 weiter gesponnen. Mehrere deutsche Techniker gaben an, an solchen Projekten beteiligt gewesen zu sein. Der Erfinder Viktor Schauberger soll schon 1940 ein Antigravitationstriebwerk entworfen haben. Zu Beginn der 1950er-Jahre berichteten die deutschen Zeitschriften *Der Spiegel* und *Die Welt am Sonntag*, dass NS-Ingenieure an einem 14 Meter breiten tellerförmigen Flugkörper gearbeitet hätten, das Spitzengeschwindigkeiten erreichte. Eine Verknüpfung mit der in dieser Zeit aufkommenden Ufo-Hysterie lag auf der Hand.

In allen Romanen des »SS-Mystizismus« spielen Ufos eine zentrale Rolle, der Untergrund der »Schwarzen Sonne« benutzt sie als Transportmittel. Die Flugscheiben – so lesen wir in der einschlägigen Literatur – wurden schon während des Krieges von Ingenieurtrupps des Schwarzen Ordens entworfen und erprobt. Landig, den die Waffen-SS 1944 für die Entwicklung neuer Militärtechnologien abstellte, befand sich als Schriftsteller in seinem Element: Er konnte seine okkulten Spekulationen mit nationalsozialistischen High-Tech-Phantasien kombinieren. Mittlerweile ist die Nazi-Ufo-These zu einem literarischen Dauerthema über die Grenzen der extremen Rechten hinaus geworden. In einer unüberschaubaren Literatur fliegen SS-Männer mit gesteuerten Flugscheiben durch den Himmel, holen Hitler aus dem zerbombten Berlin, besuchen tibetische Lamas im Himalaja, bewachen die Weltmeere oder warten als schwarze Sonnenritter auf ihren Großeinsatz in einer apokalyptischen Endschlacht. Die Start- und Landeplätze befinden sich meist unter der Erde, insbesondere in der Arktis und Antarktis, aber auch in Shambhala/Agarthi. Seit den 1990er-Jahren mischen die Autoren Außerirdische aus dem Sonnensystem Aldebaran oder »Saturnier« unter die SS-Einheiten.

»Hier kommen wir auf eine Grundlage der neuen, der deutschen, nationalsozialistischen Wissenschaft«, schreibt van Helsing 1998. »Wir sprengen die Grenzen und befreien den Geist von der Enge. [...] Die diesseitigen Naturgesetze sind zu den alleinigen erklärt worden. Es gibt aber ein Jenseits. Und es gibt folglich Naturgesetze des Jenseits, die über den diesseitigen stehen [...] Allein wer die Naturgesetze des Jenseits kennt, kennt das große Ganze. – Das Geheimnis des Sternfluges liegt also in der Erkenntnis der Verwobenheit von Diesseits und Jenseits. [...] Wir stehen dicht vor dem Aufbruch in ein vollkommen neues Zeitalter, in dem ein neuer Geist sich durchsetzen wird. Es ist unser Geist, der Geist des großdeutschen Reiches.«[85] Ca. 30 Jahre vorher hatte Wilhelm Landig den literarischen Flug der SS-Flugscheiben in *Götzen gegen Thule* (1971) öffentlich gemacht: »Die Manisolas – ich spreche von den Flugkreiseln – manifestieren die weiße Macht: Ihre zunehmende Zahl weist auf die Bedeutung des anbrechenden Wassermannzeitalters hin.«[86]

Die »Manisola«, das war – nach Otto Rahn – das heilige Mahl, an dem die Ketzer als ihrem höchsten Mysterium partizipierten. Erinnern wir uns daran zurück, was der Verfasser von *Kreuzzug gegen den Gral* über die Beziehung zwischen Katharern und tibetischem Buddhismus geschrieben hatte: »Ein von den Cathari aus dem Buddhismus übernommenes Symbol des Geistes, der Gott ist, war die Mani, ein leuchtender Edelstein, der die Welt erhellt und der alle irdischen Wünsche vergessen lässt. Die Mani ist das Emblem des buddhistischen Gesetzes, das die Nacht des Irrtums vertreibt. In Nepal und Tibet gilt sie als das Symbol des Dhyanibodhisattva Avalokiteshvara oder Padmapani, der Nächstenliebe.«[87] Die buddhistische Mani wird von Rahn, unter Einfluss der *Les Polaires*, mit dem Ketzergral gleichgesetzt. Wie gewagt ein solcher Vergleich auch immer sein mag, weit abenteuerlicher ist die Identifikation der Mani mit einem Ufo. Aber genau das geschieht bei den »SS-Mystikern«.

Spiritus Rector für dieses Phantasma ist der schon erwähnte Ingenieur Erik Halik aus der Wiener Kerntruppe um Landig und Mund. In seinem Esoterik-Magazin *Mensch und Schicksal* schrieb er 1954 einen Artikel, der zusammen mit einigen anderen von ihm verfassten Schriften aus dieser Zeit als der eigentliche Anstoß zur SS-Ufologie gelten kann und in dem er definierte, dass »die Mani als Sammellinse für kosmische Einflüsse zu denken ist.« Der Schweizer Ingenieur will weiterhin wissen, »dass die Bhamani Vimaanas (Luftfahrzeuge) der brahmanischen Indo-Arier (Indogermanen) durch Manis [...] zum Schweben gebracht werden. Diese ›Manis‹ hatten auf Grund ihrer besonderen Zusammensetzung eine physikalische Affinität zu bestimmten Himmelskörpern (insbesondere der Sonne) und ermöglichten durch diese ›Entsprechung‹ eine schwerefreie Levitation jenen Objekten, in die sie eingebaut wurden. Genau dieses Levitationsvermögen wird aber in vielfältigen Überlieferungen dem Gral zugeschrieben [...] Demnach wäre die Mani ein Edelstein, ein hochwertiger zu Linsen geschliffener Kristall (?), durch den die Sonnenstrahlen einfallen und in einem Punkt gebündelt zu hochwertiger Energie umgewandelt werden. Wodurch jedes Raumfahrzeug, in das die Mani eingebaut sind, zu einem levitierenden Gralsvehikel wird.«[88]

Landig verarbeitet später diese »levitierenden Gralsvehikel« in *Götzen gegen Thule.* Auch er geht von der buddhistischen Mani als metaphysisches Antriebswerk aus und paraphrasiert in diesem Zusammenhang Otto Rahns obige Definition des Ketzergrals: »Im Mittelpunkt stand die Mani als das Symbol des Geistes; ein leuchtender Edelstein, der die Welt erhellt! Auch als Zeichen des buddhistischen Gesetzes vertrieb sie die Nacht des Irrtums.«[89] Die Mani erscheinen als flammende Zeichen am Himmel, die aus dem Schoße der Erde herausstürzen. »Die Manisola sind energetische Lichtkreise im erststufigen Vorgang, die als Emanationen aus der Mani, dem ›Stein‹, durch Kreiskommunikation hervorgerufen werden. Die zweite Strukturform dieser Biomachina ist der Vorgang einer allmählichen Verhärtung bis zu kristalliner, metallischer Form mit hohem Zirkongehalt. Als Bio-machina ist sie hier feminin, also materiell, man denke an die Große Mutter – mit einem indifferent enthaltenen energetischen Element.«[90] Tagsüber haben die Manis einen goldenen oder silbernen Glanz, nachts leuchten sie rot oder blau und stieben Funken ab. Sie verfügen über eine biotechnische Intelligenz: »Bemerkenswert ist die Reaktionsfähigkeit gegenüber Verfolgern, die einem denkenden Lebewesen entspricht und jede mögliche elektronische Selbststeuerung und radiotechnische Fernsteuerung bei weitem übertrifft.«[91] Als Treibstoff benutzen sie eine Art Äther, das *Vril.*

Wenn die Manis, also die Antriebsaggregate, aus dem buddhistischen Kulturkreis abgeleitet werden, so entdeckt Landig die eigentlichen Flugkörper in spätvedischen Schriften, wo sie als »Vimanas« bekannt sind.[92] Von »Vimanas« erzählt auch das Epos *Ramayana* und auch im *Mahabharata* fliegen sie durch die Luft. Landig zitiert noch weitere indische Texte.[93] Im *Mahabharata* gäbe es auch »Hinweise auf eine entsetzliche Waffenwirkung. Im achten Buche sind dann frappante Einzelheiten, die völlig auf Kernwaffen hinweisen«, erfahren wir.[94]

Als das Standardwerk für die Ableitung der SS-Ufologie aus dem indischen Kulturraum dürfte jedoch eine 1994 erschienene Schrift mit dem Titel *Über die vermutlich wahre Herkunft der so genannten ›Ufos‹* sein. Als Autor zeichnet ein Dr. Axel Stoll. Gleich zu Anfang gibt er ein pathetisches Bekenntnis ab: »Ich huldige dem göttlichen Prinzip der Schwarzen Sonne, deren Rune nicht zufällig auf einigen so genannten Piktogrammen deutlich erkennbar ist. Ich huldige der geheimnisvollen Esoterik uralter Hochkulturen, wie z. B. der alten Inder (siehe Rama-Imperium), der Babylonier, Assyrer, Kathager u. v. m. […] Und nicht zuletzt huldige ich damit hervorragende Leistungen deutscher Techniker und Wissenschaftler. […] Das wahre Geheimnis liegt ganz offensichtlich in der sagenumwobenen Esoterik des Dritten Reiches. Flugscheiben wurden von deutschen Technikern und Wissenschaftlern entwickelt, ganz im Zeichen der Schwarzen Sonne.«[95] Dieses inbrünstige Gebet will Stoll schon im Jahre 1948 gemacht haben. Gerade die Entwicklung von Flugscheiben – so der Autor – zeige die »Korrelation der Esoterik des Dritten Reiches mit einer uralten indischen Hochkultur«.[96] Dieses alte Wissen über schwerelose Flugobjekte werde geheim gehalten – in Tibet, im Vatikan, in der Antarktis und in den ägyptischen Pyramiden.[97]

Der primäre Inhalt von Stolls Buch besteht aus einer ursprünglich in Sanskrit verfassten Schrift mit dem umfangreichen Titel *Vymaanika-Shaastra oder Wissenschaft über die Flugkünste – Teil seiner unbekannten Arbeit ›Yantra-Savasva oder alles über*

Maschinen‹ – Über die Enthüllungen des Geheimnisses des verehrungswürdigen Pandit Subnaraya Sastry. Als indischer Autor zeichnet ein Mahashri Bharadwaaja. Der Text lag Stoll in Englisch vor und wurde von ihm ins Deutsche übersetzt. Die hier dargestellten Geheimnisse des »verehrungswürdigen Pandits« betreffen runde Fluggeräte, »Vimanas« oder »Yantra« genannt. Wir erfahren detaillierte Angaben über die Größe, das Transportvolumen, die Geschwindigkeit, über die Metalllegierungen, die Implosionsmotoren, die »Elektrogravitationsantriebe«, die Brennstoffe, über Spiegelmagie, über die aerodynamische Konstruktion, über Drehkreise, über die Steuerung durch die Piloten, über deren Diät, die irgendwie mit der Bedienung der Vimanas in einem Zusammenhang steht. Gegen Ende des Textes werden weit über 100 verschiedene Vimana-Typen vorgestellt.[98] Mit einem Verweis auf das beginnende Wassermannzeitalter beendet Stoll sein Buch mit dem Satz: »Und wie bekanntlich bereits in der Bergprädigt [sic!] zu lesen ist, so ist das deutsche Volk dazu auserkoren, eine Welt frei von Knechtschaft, Hunger und unsäglichen Leides zu errichten.«[99]

Die Vril-Energie des »SS-Mystizismus« und der Kundalini-Yoga

Erstmals taucht der Begriff »Vril« bei dem französischen Schriftsteller Louis Jacolliot auf. Der Autor spricht von einer omnipotenten Energieform mit dem Namen Vril. Er behauptet, diese Vorstellung aus Indien von einer Sekte mitgebracht zu haben, die einen Sonnenkult praktizierte. Der Idee wird von dem britischen Romancier und Erfolgsautor Edward Bulwer-Lytton (1803–1873) übernommen und literarisch ausgeschlachtet. Sie erhält in seinem 1871 erschienen Roman *The coming Race* (dt. *Vril oder Eine Menschheit der Zukunft*) einen zentralen Stellenwert. Seine Geschichte erzählt von einer unterirdisch lebenden Menschenrasse, den *Vril-ya*, die über außergewöhnliche Fähigkeiten verfügt. Telekinese und Telepathie zählen zu ihren Spezialitäten, so können sie aus weiter Ferne das Bewusstsein von Personen beeinflussen. Ursprünglich stammen die *Vril-ya* von den »großen arischen Familien« ab, die alle Hochkulturen der Welt begründet hätten. Sie sehen sich als eine überlegene Spezies und glauben an das Recht des Stärkeren. »Wenn wir kultiviertes Land anderer einnehmen wollen, so müssen wir erst die bisherigen Einwohner völlig vertilgen«, lautet eine ihrer rassistischen Grundsätze.[100]

Die Okkultliteratur über das Dritte Reich unterstellt, dass *The Coming Race* zur bevorzugten Lektüre der Nazi-Prominenz, ja selbst Hitlers gezählt habe. Für diese Behauptung gibt es zwar keinerlei Quellen, was jedoch den extremen Rassismus in Bulwer-Lyttons Roman anbelangt, so deckt sich dieser durchaus mit entsprechenden NS-Vorstellungen. »Der zukünftige Meister des Dritten Reichs«, schreibt der französische Autor Jean-Claude Frère über Hitler, »sah darin [in: *The Coming Race*] so etwas wie den Entwurf seiner geheimsten Projekte. Die kommende Rasse, die des Weltenkönigs, der insgeheim in seinem unterirdischen Palast von Agarthi lebt, ist die arische Rasse, erneuert durch die Germanen [Deutschen]. Diese allein sind dazu fähig, denn die Energie des VRIL, die durch westliche Initiierte neu entdeckt wurde, sollte der gesamten germanischen Rasse eingeblasen (*insouffler*) werden.«[101] Ein jüngerer, in der rechtsextremen Szene recht beliebter Autor (Alec Mclellan) geht noch einen Schritt weiter und unterstellt, dass die Lektüre des Buches bei Hitler den Wunsch nach einer selbst durchgeführten Tibetexpedition ausgelöst habe: »Es besteht kein Zweifel daran, dass er dort in der Einsamkeit seiner Zelle [in Landsberg] beim Blättern in Bulwer-Lyttons seltsamer Geschichte begann, sich nach dem Tag zu sehnen, an dem er sich selbst unter den schneebedeckten Bergen Tibets von der Existenz der geheimen Kultur überzeugen konnte.«[102]

Indem der französische Okkultist Jean-Claude Frère Vril mit Agarthi und der SS kombinierte, hatte er einen weiteren Beitrag zum »SS-Mystizismus« geleistet: »So besteht die Grundidee darin, dass die Welt, wie wir sie heute vorfinden, eine rohe Materie darstellt, die es zu transformieren gilt. Eine Energie wird im Inneren dieser Materie gefangen gehalten; sie wurde dort von den Magiern und Weisen des antiken Hyperborea und aus Agarthi konzentriert. Diejenigen, die das Mittel gefunden haben, diese Energie freizusetzen, die einige als Vril bezeichnen, sind fähig mit den ›Mächten von Draußen‹ Kontakt aufzunehmen, den ›Unbekannten Führern‹, denjenigen, die ›von Außen‹ den Orden der SS befehligten.«[103]

Die deutschen Ursprünge des Vril-Mythos lesen sich jedoch nicht ganz so pathetisch. Sie lassen sich auf eine obskure Gesellschaft mit dem profanen Namen »Reichsarbeitsgemeinschaft für das kommende Deutschland« zurückführen. In einer Schrift des Autors Johannes Täufer mit dem Titel *Vril – Die kosmische Urkraft – Wiedergeburt in Atlantis* (1930) bezeichnet sich der Verein als »unpolitisch« und »unparteiisch« und wendet sich an die »Tatguten aller Religionen«. Seine Parole lautete: »Durch Tat-Strahlung – frei!«[104] Ein einleitendes Gedicht »Deutschland wach auf!« annonciert die nationaldeutsche und philogermanische Orientierung. Ansonsten schwärmt der Text von einer »Lebenskraft«, die aus Atlantis stammen soll, von einer Ur- oder Vitalenergie mit dem Namen Vril. Diese kann segensbringend und zerstörerisch sein, wie im Falle des Untergangs von Atlantis: »Das Vril erschütterte die Grundfesten des ganzen Kontinents und hätte vielleicht den Erdball zertrümmert, wenn es in der göttlichen Vorsehung nicht anders beschlossen gewesen wäre.«[105] Jedenfalls erfahren wir, dass das göttliche Vril auch technisch zu nutzen ist und in einer Verbindung von »Mechanotechnik und Bio-Dynamik« großen Segen verspricht.

Es ist keineswegs sicher, ob die besagte »Reichsarbeitsgemeinschaft« jemals den Namen Vril-Gesellschaft getragen hat. Jedenfalls beginnt deren Mythisierung erst nach dem Krieg durch den schon 1933 nach Amerika emigrierten deutscher Raketeningenieur Willy Ley. In einem kritischen Aufsatz »Pseudo-Wissenschaften unter dem Naziregime« (*Pseudoscience in Naziland*) aus dem Jahre 1947 hatte sich Ley über irrationale Forschungsprojekte unter den Nazis lustig gemacht. Er nennt in diesem Zusammenhang auch eine Berliner Sekte mit dem Namen »Loge der Brüder vom Licht« oder »Vril-Gesellschaft«, die mit Energieformen experimentiert habe.

Aus diesen beiden mageren historischen Begebenheiten, d. h. aus einer Broschüre von genau 55 Seiten und dem spöttischen Aufsatz eines Emigranten wurde die Legende geboren, SS-Einheiten hätten sich der Vril-Energie bedient, um Superwaffen und Ufos zu konstruieren. Die beiden Franzosen Pauwels und Bergier waren auch hier federführend. Die recht naive »Reichsarbeitsgemeinschaft für das kommende Deutschland« wird von ihnen zum okkultesten aller deutschen Geheimbünde, zur Vril-Gesellschaft, hochstilisiert, der auch Karl Haushofer angehört haben soll und die zusammen mit dem Germanenorden die eh schon berüchtigte Thule-Gesellschaft aus dem Hintergrund heraus steuerte. Auch für Trevor Ravenscroft ist die Vril-Gesellschaft das Zentrum schwarzmagischer Nazi-Gräuel: »Das einzige Ziel dieser Loge war, weitere Forschungen nach dem Ursprung der arischen Rasse zu betreiben und herauszufinden, wie die magischen Fähigkeiten, die im arischen Blut schlummerten, so reaktiviert werden könnten, dass sie zum Werkzeug übermenschlicher Kräfte würden.«[106] Nach Ravenscroft rekrutierten die dunklen Logenbrüder ihre Mitglieder nicht nur aus europäischen Geheimbünden, sondern zogen »auch Eingeweihte aus allen Gegenden der Welt an sich, so aus Tibet, Japan, Indien, Kaschmir, Turkestan und Ceylon. In der Hauptniederlassung der Gesellschaft in Berlin saßen tibetische Lamas, japanische Buddhisten und Angehörige anderer orientalischer Sekten.«[107]

Im Vril-Kreis verkehrten zudem noch »Boten« aus Shambhala/Agarthi: »Diese Gesellschaft gab vor«, phantasiert Nigel Pennick, »ein Instrument der Geheimen Führer (*secret chiefs*) von Tibet zu sein, anderswo bekannt als ›Weiße Loge‹ oder ›Welt – Weise – Männer‹ (*World Wise Men*), von denen angenommen wurde, dass sie vom König des Schreckens oder vom König der Welt regiert würden, ein ›unbekannter Übermensch‹, der eines Tages erneut den Erdkreis beherrschen würde. Unter den okkulten Praktiken der Gesellschaft gab es eine Divinationsform, die ein spezielles Tibetisches Tarot benutzte. Mit Hilfe dieser Karten gaben die in der Thule-Gesellschaft Initiierten vor, sie könnten ihren geheimen Meister, den König des Schreckens, kontaktieren.«[108] Durch solche und ähnliche Phantasmen beflügelt, behaupteten die beiden Österreicher Norbert Jürgen-Ratthofer und Ralf Ettl, die Vril-Energie habe als Treibstoff für Nazi-Ufos und die Vril-Gesellschaft als ein NS-Ingenieurbüro zur Konstruktion von »fliegenden Untertassen« gedient.[109] Sie konnten dabei auf Wilhelm Landig rekurrieren, der schon in *Götzen gegen Thule* vom »Vril der alten Atlanter« sprach und darin ebenfalls eine Art »metaphysisches Benzin« für Ufos entdeckt zu haben glaubte.[110]

Wie auch immer – Jacques Jacolliot hatte seine Vril-Energie-Vorstellungen aus Indien importiert. Auch Johannes Täufer, angeblicher Chef der geheimnisvollen Vril-Gesellschaft, bezieht sich in seiner Broschüre explizit auf die indische Prana-Lehre und spricht, in dem er die beiden hinduistischen Götter Shiva und Vishnu benennt, von einem zerstörerischen »Shiva-Prana« und einem kreativen »Vishnu-Prana«, beides Aspekte des Vril, jener »Grundkraft des ganzen Weltdynamismus«.[111] Nach Täufer ist die Vril-Energie auch mikrokosmisch durch Yogatechniken aktivierbar und kann dann makrokosmische Wirkungen zeitigen.[112] Das bringt sie mit dem indischen Kundalini-Yoga in einen direkten Zusammenhang. Die yogische Entfesselung der *Kundalini*, dieser im Menschen schlummernden kosmischen Energieform, soll Macht (*shakti*) bringen, pure, nackte Macht, das haben wir schon aus Julius Evolas Buch *L'Uomo della Potenza* (»Der Machtmensch« – 1925) erfahren. Gelangt die Vril-Kraft in verantwortungslose Hände, »dann steht Ungeheuerliches auf dem Spiel«, lesen wir bei Täufer.[113] Das Gleiche sagt der indische Pandit Gopi Krishna (der spirituelle Lehrer Carl Friedrich von Weizsäckers) vom Kundalini-Yoga: »Wenn die Schlangenkraft [Kundalini] die Quelle ist, die hinter dem Genie und den intellektuell und künstlerisch hoch entwickelten Talenten liegt, dann muss sie auch verantwortlich sein für die genialen Bösewichter der Geschichte, für die hochbegabten militärischen Befehlshaber, Diktatoren und Demagogen, die die Menschheit in Blut tränkten, und ebenso für die unmenschlichen Ungeheuer, die, jedem moralischen Gefühl entfremdet, mit ihrem Trieb und Genius für das Verbrechen die fürchterlichsten Handlungen ausführen.«[114]

Das gefährliche Phantasma des »SS-Mystizismus«

Der »SS-Mystizismus« mit seinen Ufos, unterirdischen Basen, Vril-Energien usw. ist so »irreal« und so versponnen, dass er kaum als Vorlage für den politischen Rechtsextremismus dienen kann. Aber das will er auch gar nicht! Es kommt ihm weniger darauf an, »Wahrheiten« zu transportieren, sondern sein Ziel ist es, ein mythisch-mystisches Faszinosum zu schaffen, das ohne Hinterfragung, je nach *gusto* als rechtsextreme Unterhaltungsliteratur, als rechtsextreme gesellschaftskritische Parabel oder als rechtsextreme Einweihung in »Geheimschriften« gedeutet werden kann. Wilhelm Landig (ebenso wie sein Schüler, der kanadische Verleger, Holocaust-Leugner und Ufologe Ernst Zündel) fuhr grundsätzlich mehrspurig. Neben seinen »Phantasmen« war er jahrelang aktiv in Nazi-Organisationen der Nachkriegszeit. Er reiste durch »fast alle Länder der Erde« und sah – wie Savitri Devi, die er in Wien beherbergte – seine wesentliche Aufgabe darin, den SS-Untergrund ideologisch zusammenzuhalten. Dabei verband er kalkulierte Realpolitik mit esoterischen Spekulationen und setzte damit eine Mischung fort, die ja schon im SS-Ahnenerbe üblich war. Seine Zuhörer forderte er höchst realpolitisch auf, nicht »däumchendrehend« auf den militärischen Einsatz von Ufos zu warten, sondern gefälligst selber politisch aktiv zu werden.[115] Landigs *Thule-Trilogie* kann von einem rassistischen Okkultisten ebenso geschätzt werden wie von einem politisch orientierten »Straßenkämpfer« aus der Skinhead-Szene oder von einem nostalgischen Alt-Nazi. Letzterer wird in den mysteriösen Stützpunkten der »Schwarzen Sonne« (SS) Allegorien des SS-Untergrundes sehen, dessen Mitglieder nach 1945 tatsächlich in vielen Teilen der Welt »Kolonien« gegründet haben. Ein faschistischer Intellektueller wird die Ufos und Vril-Kräfte nicht wörtlich nehmen, sondern sie als literarische Metaphern für die technische und rassische Überlegenheit der Deutschen bzw. weißen Rasse lesen. Der Nazi-Okkultist wird all das, was in diesen Büchern steht, ernst nehmen.

Van Helsings Verschwörungstexte sind das rechtsextreme Pendant zu Robert Sheas und Robert Anton Wilsons *Illuminatus-Trilogie*, die Mitte der 1970er-Jahre erschien und vor allem in der damals anarchistisch orientierten Gegenkultur geschätzt wurde. Hier wie dort werden die Grenzen zwischen Politik, Phantasie, Mythos, Geschichte, Symbol und Realität, Zukunft und Vergangenheit niedergerissen, auch wenn sich die politischen Inhalte und Zielsetzungen konträr widersprechen. Landig und van Helsing fragen ebenso wie Shea und Wilson nicht nach der »Wahrheit«, sondern nach der Faszination und Effektivität ihrer Bilder. Ihr »virtueller Faschismus« widersteht jeglicher Falsifikation, weil er überhaupt nicht »wahr« sein will.

Im Großen und Ganzen »wahr« in dieser Literatur sind jedoch die in ihr enthaltenen Muster einer arischen Kshatriya-Religion. Damit ist an erster Stelle die Metaphysik und die politische Theorie Julius Evolas gemeint: Die Sakralisierung einer weltweiten Kriegerelite im Kampf gegen die Mächte der Finsternis. Die Anleihen aus dem indisch-tibetischen Kulturkreis haben sich hier gegenüber den Religionsimporten des SS-Ahnenerbes noch gesteigert: die zyklische Lehre von den Weltzeitaltern und vom Chakravartin, der Shambhala-Mythos und das magische Weltbild, Yogatechniken und Entsprechendes drängen sich immer mehr in den Vordergrund. Der absolute Höhepunkt des »SS-Mystizismus«, aber auch des indisch-tibetischen Kulturimportes dürfte jedoch das Werk des Chilenen Miguel Serrano sein, das wir im folgenden Kapitel vorstellen.

Miguel Serrano – Begründer des »esoterischen Hitlerismus«

Miguel Serrano wurde 1917 in Santiago de Chile geboren. Landadelige, Dichter und Diplomaten zählten zu seinen Vorfahren. Die Mutter starb, als er fünf Jahre alt war, seinen Vater verlor er mit acht Jahren. Die Erziehung des jungen Serrano übernahm die Großmutter väterlicherseits. Von 1929 bis 1934 besuchte er das Internado Nacional Barros Arana, ein Gymnasium, das bekannt war für seine Orientierungen an der deutschen Kultur. Nach einer kurzen journalistischen Tätigkeit für das marxistische Lager wechselte er zur Gegenseite und trat 1938 der chilenischen Nazi-Partei bei. 1941 bis 1945 zeichnete er als Herausgeber der faschistische Zeitschrift *Das Neue Zeitalter* (*La Nueva Edad*). Serrano unterhielt damals enge Kontakte zur deutschen Botschaft. Er freundete sich mit einem SS-Mann an und wurde von diesem in die jüdisch-freimaurerische Weltverschwörungstheorie eingeführt. 1941 las er zum ersten Mal die *Protokolle der Weisen von Zion*, die ihn tief beeindruckten und ihn zu einem fanatischen Antisemiten machten. 1947/48 besuchte er die Antarktis, wohin er später noch weitere Reisen unternahm. Eines der dortigen Bergmassive, das er bei einer Expedition erforschte, trägt heute seinen Namen. Serrano war als Diplomat Chiles in mehreren Ländern tätig, unter anderem in Indien (1953–1962), Jugoslawien, Rumänien, Bulgarien (1962–1964) und Österreich (1964–1970). Als Botschafter arbeitete er auch in der internationalen Atomenergie-Kommission in Wien und bei der UN-Organisation für industrielle Entwicklung (UNIDO).

In seinem im Westen bekanntesten Werk schildert er die Begegnungen mit dem deutschen Dichter Hermann Hesse und dem Tiefenpsychologen Carl Gustav Jung. Die deutsche Ausgabe dieses in mehrere Sprachen übersetzten Buches lautet *Der Hermetische Kreis – Unterhaltungen, Briefwechsel und Erinnerungen an Hermann Hesse und C. G. Jung.* Schon der Titel soll signalisieren, dass sich der Autor mit Jung und Hesse als Verschworene einer esoterischen Bruderschaft sah, eine Art Triumvirat von Hermetikern, welches sich einen Zugang zu den archetypischen Lagerhäusern des menschlichen Unterbewusstseins verschaffen konnte. Jungs Lehre von den Archetypen spielt im Œuvre Serranos eine wichtige Rolle, jedoch sieht er in ihnen nicht nur »Urbilder« und »Urkräfte«, sondern erlebt diese als real handelnde Gottheiten. Der Schweizer Tiefenpsychologe fand den jungen chilenischen Diplomaten sympathisch und schrieb zu dessen Erzählung *Die Besuche der Königin von Saba* ein begeistertes Vorwort: »Dieses Buch ist außergewöhnlich«, so Jung. »Es ist ein Traum inmitten anderer Träume, so könnte man sagen, und ganz anders als die spontanen Schöpfungen des Unbewussten, mit denen ich vertraut bin.«[1]

Interessant ist, dass Serrano sowohl Hermann Hesse wie Julius Evola als die zwei Gesprächspartner benennt, die ihn auf den kriegerischen Geist des Buddhismus aufmerksam gemacht hätten: »Beiden habe ich es zu verdanken, dass ich den Buddhismus als einen Weg des Kriegers kennen lernte. Evola legt dar, dass die Religion des Gautama hauptsächlich eine kriegerische Lehre ist, die von einem Fürsten ausging, welcher der indischen Kriegerkaste, den *Kshatriya*, angehörte.«[2] Serrano war auch ein großer Verehrer des amerikanischen Dichters Ezra Pound, der ideologisch den italienischen Faschismus unterstützte. Zusammen mit der Witwe Pounds, Olga Rudge, und dem Prinzen Ivanici ließ er in Italien für den Dichter einen Gedenkstein errichten. Er traf mit dem englischen Schriftsteller Aldous Huxley, mit dem italienischen Regisseur Roberto Rosselini, der amerikanischen Filmschauspielerin Jennifer Jones, dem britischen Historiker Arnold Toynbee und anderen Berühmtheiten zusammen. Jahrelang zählte der chilenische Diplomat zur etablierten Gesellschaft.

Daneben aber pflegte er schon sehr früh freundschaftliche Kontakte zu ehemaligen Größen der Nazi-Prominenz: zu Léon Degrelle, dem belgischen Rexisten-Führer und General der Waffen-SS, zum SS-Draufgänger und Initiator von ODESSA, Otto Skorzeny, zu den beiden NS-Flugassen Hans-Ulrich Rudel und Hanna Reitsch, zu dem Mitbegründer des SS-Ahnenerbes Herman Wirth, zu Arno Breker, dem Bildhauer des Dritten Reiches, zu Hitlers SS-Adjutanten Krause, der ihm für ein Foto mit dem Bademantel des »Führers« in der Hand posierte. Savitri Devi wurde von ihm wie eine Heilige verehrt. Er nennt sie die »odinische Priesterin des esoterischen Hitlerismus«.[3] Der Mitbegründer des »SS-Mystizismus der Schwarzen Sonne«, Wilhelm Landig, beeinflusste Serranos Œuvre weit mehr, als dieser zugeben will. Im Gegenteil, wenn man beide Literaturen miteinander vergleicht, muss man zu dem Schluss gelangen, dass der Chilene den Namen Landig bewusst (wahrscheinlich aus Konkurrenzgründen) zu verschweigen sucht. In Rom besuchte Serrano den Altmeister Julius Evola in dessen Wohnung am Corso Vittorio Emmanuele. Zu seinem Bekanntenkreis zählte auch der französische Waffen-SS-Mann Saints Loup, der wesentlich zur Mystifikation der SS als Gralssucherorden beigetragen hat. Saints Loups SS-Phantasien werden von Serrano ebenso übernommen wie die Ideen eines anderen Franzosen, Robert Charroux. Der ehemalige Minister in der Vichy-Regierung schrieb nach dem Kriege mehrere Bestseller, in denen er, wie Edmund Kiss im Dritten Reich, weiße Götter als die eigentlichen Gründer der süd- und mittelamerikanischen Indianerkulturen vorstellt.

Ende der 1970er kehrte Serrano nach Chile zurück. Sein Verhältnis zur 1973 an die Macht gelangten Junta war eher reserviert, da sie ihm zu pragmatisch vorging. Bisher hatte er seine ekstatische Hitlerverehrung nicht zur Sprache gebracht. Erst seit 1978 wagte sich der Chilene mit einem offenen Bekenntnis zu dem deutschen Nazi-Diktator an die breite Öffentlichkeit und publizierte seine Hitlertrilogie: *El Cordón Dorado – Hitlerismo Esoterico* (1978 – dt.: *Das goldene Band – Esoterischer Hitlerismus* – 1987)[4]; *Adolf Hitler, el Ultimo Avatara* (1982 – »Adolf Hitler, der letzte Avatar«); *Manu – por el hombre que vendra* (1991 – »Manu – für den Menschen, der kommen wird«). Die in diesem Büchern aufgeschriebene Ideologie nannte er »esoterischen Hitlerismus«.

In seiner Heimat ließ sich der Hitlerfanatiker als »Führer« der *Nationalsozialistischen Partei Chiles* feiern. Am Grab des SS-Mannes Walter Rauff, der wegen Mordes an 97.000 Juden gesucht wurde, aber nach Chile entkommen konnte und dort starb, salutierte er demonstrativ mit dem Hitlergruß. Seine Zeitrechnung beginnt Serrano mit dem Geburtsjahr des »Führers«, 1889, dem Jahre 0 des neuen Äons. 1989, zum 100. Geburtstag Hitlers (für Serrano das Jahr 100), fand eine Gedenkfeier statt, wo er und internationale Vertreter des »esoterischen Hitlerismus« aus Chile, Spanien, Italien und Deutschland ihre Reden hielten: »Auf dem Gipfel eines Berges des Anden-Gebirgszuges, welcher Santiago beherrscht«, schrieb die chilenische Zeitung *La Epoca*, »und unter den Klängen des *Walkürenmarschs* aus Wagners *Ring des Nibelungen* gedachten in der Abenddämmerung des gestrigen Tages etwa 100 chilenische Anhänger sowie Ausländer Adolf Hitlers und versprachen, dass im neuen hitlerischen Zeitalter der fortführende Triumph seiner Ideen von Chile ausgehen werde. … Hitler, so meinte Serrano, werde von den Anden her (›Anden‹ bedeutet ›vollendeter, totaler Mensch‹) wieder auferstehen und er werde es tun wie der *Caleuche* (mystischer Held Chiles, dessen Name bedeutet, ›der Mensch, der zurückkehrt‹) und das Zeitalter Hitlers einleiten.«[5]

Von 1996 bis 1999 erschien in jährlichen Abständen Serranos vierbändige Autobiografie *Memorias de EL and YO*. Die Bände und damit die in ihnen abgehandelten Lebensabschnitte sind konzipiert als die vier Stadien des alchemistischen Werkes. Bd. I: das *Nigredo* (die »Schwärzung«); Bd. II: das *Albedo* (die »Weißung«); Bd. III: das *Rubedo* (die »Rötung«) und zum Schluss das *Aurum*, der goldene Endzustand, die »Vollendung« (Bd. IV). Die Biografie wirkt ziemlich zerrissen, weil Serrano versucht, sein Leben als Diplomat und seine Existenz als »Eingeweihter des esoterischen Hitlerismus« miteinander zu verknüpfen. Da er aber offensichtlich das Diplomatendasein sehr genossen hat (obgleich er es manchmal verächtlich macht), kommt es immer wieder zu grotesken und lächerlichen Szenen, in denen sein Berufsleben mit seiner imaginativen Welt kollidiert. Serrano lebt heute (2002) einige Kilometer von Santiago entfernt in einer Villa, die er mit Symbolen seiner »NS-Religion« ausgeschmückt hat.

Das apokalyptische Grundmuster des »esoterischen Hitlerismus«

Nie – so Serrano – habe er den »Hitlerismus« als eine rein politische Bewegung angesehen. »Er war viel mehr eine Religion; er war der Wille, den Übermenschen zu schaffen.«[6] Nach seiner dualistischen Weltsicht agieren hinter der historischen Bühne Götter und Dämonen, die seit Urzeiten einen kosmischen Machtkampf miteinander ausfechten. Die Geschichte ist nichts als das sichtbare Ereignis dieses Götterkampfes. »Unsere Sicht der Welt, oder unsere *Weltanschauung* [im Original auf Deutsch] ist einfach und grandios: sie ist der kosmische Krieg.«[7] Auf der einen Seite steht die arische Götterrasse, stehen die »hyperboreischen Siddhas« (nordische Großzauberer), auf der anderen Seite die Teufelsrasse der Juden mit Jahwe als Demiurgen, der die Tiermenschen anführt. Diese kann man – nach Serrano – nicht einmal als Rasse bezeichnen, sie sind eine »Anti-Rasse«, Anhänger einer »Gegeninitiation«.[8] Gut und Böse bekämpfen sich. Reinheit, Selbstlosigkeit und Idealismus vernichten Niedertracht, Egoismus und Materialismus. Für Serrano ist der ständige Kampf zwischen dem Herrn des Lichts (repräsentiert durch Wotan, Vishnu oder Buddha) und dem Herrn der Finsternis (repräsentiert durch Jahwe) ein Paradigma. Die Mächte der Finsternis, der Trägheit, des Chaos und des Nichts sind bereit, die Menschheit in den Abgrund zu treiben. Trotz all ihrer Dämonie sind sie die Vollstrecker eines metaphysischen Gesetzes, denn nach Serranos »Cosmogonia Hitleriana« ist der Untergang der Menschheit eine göttliche Vorsehung. Diese richtet sich explizit nach der indischen Lehre von den vier Weltzeitaltern. Der Ablauf dürfte mittlerweile hinreichend bekannt sein: Beginn mit dem Satya-Yuga (Goldenes Zeitalter, von *satya* = Wissen) dann ständiger Verfall bis hinein in die aktuelle Endzeit, dann die Katastrophe und danach die Restauration des Goldenen Zeitalters. In unseren Tagen herrscht eine »anorganische Religion ohne Götter und ohne Gott auf einem bleiernen Planeten am Höhepunkt des Kali-Yuga. Die dunkelste Epoche der Erde!«[9] Der Zyklus ist seit ewig festgelegt und wird sich in »ewiger Wiederkehr« erneut ereignen. Das Universum zerfällt und kehrt zurück. Über allem thront der Zeit-Gott, der mit seinem »Willen zur Macht« in einer »vampirischen Aktion« den Kosmos verschlingt und wieder hervorbringt.[10]

Die ursprünglichen Arier sind – nach Serrano – als *divja* und *vîra*, als »Götter« und »Halbgötter«, vom Himmel bzw. von anderen Planeten auf die Erde hinabgestiegen. Sie hatten in dieser Zeit den Namen Hyperboreer angenommen. Ihr spirituelles Zentrum war Ultima Thule im hohen Norden. Nach einer Flutkatastrophe emigrierte ein Teil der Hyperboreer in den Himalaja, ein anderer zum Südpol und ein dritter in das Innere der Erde, die nach Serrano hohl und bewohnbar ist. Die Hyperboreer (Arier) versündigten sich, weil sie mit den Frauen der normalen Tiermenschen kopulierten. Aus diesen Verbindungen entstanden gefährliche Mischrassen, die niedere Instinkte aufwiesen, aber über hohe technische Intelligenz verfügten, und so wurden sie zu Todgegnern der reinrassigen, gottgleichen Hyperboreer. Zwischen beiden kam es zu zahlreichen Kriegen. Die Dunkelrassen haben heute de facto den gesamten Planeten erobert und mit ihrer dekadenten Kultur (Kapitalismus, Kommunismus, Demokratismus, Rationalismus, Aufklärung, Christentum und Judentum) überzogen, sodass die Reste der arischen Hochrasse dazu gezwungen wurden, sich in die verborgensten Regionen des Himalaja und der Antarktis zurückziehen. Erst nach einer eschatologischen Endschlacht, in der sich erneut Arier und Juden, Gut und Böse gegenüberstehen, kann – nach Serrano – der ursprüngliche paradiesische Zustand, das Goldene Zeitalter der Hyperboreer wieder restauriert werden. Doch letztlich ist dies erst nach einer großen Purifikation des Blutes, d. h. nach einer strikten Befolgung der Rassengesetze, möglich. Der Zweite Weltkrieg war nur ein Vorspiel, aber er war schon, ebenso wie die kommende Endschlacht, ein »heiliger Krieg«, grandioser noch – so Serrano – als der Krieg, der in der *Mahabharata* beschrieben ist, »setzte er doch das Zeichen für das Ende der Zeiten, eines Manvantaras, eines kosmischen und irdischen Kreislaufes.[11]

Serranos »esoterischer Hitlerismus«, seine »Cosmogonia Hitleriana«, verarbeitet einen Großteil der Autoren, die wir aus dem SS-Ahnenerbe und dessen Umfeld kennen: Hanns Hörbiger, Hans F. K. Günther, Herman Wirth, Edmund Kiss, Otto Rahn usw. Insbesondere muss auch in diesem Fall Julius Evola als bestimmender Vordenker angesehen werden, obgleich Serrano wegen dessen nicht-biologischem Rassenbegriff und dessen aristokratischer Verachtung gegenüber der Person Hitlers immer wieder auf Distanz gegangen ist und auch nur selten den Baron, dem er so vieles verdankt, mit Namen benennt. Der Chilene verwertet weiterhin alle okkulten Spekulationen der »Nazi-Mysterien«, die nach dem Krieg von Louis Pauwels, Jacques Bergier und Trevor Ravenscroft verbreitet wurden, und baut sie – positiv »transformiert« – in seine Hitler-Mythologie mit ein. Es ist aber vor allem Savitri Devi, »Hitlers Priesterin«, die er wie eine Göttin verehrt. Einen eminenten Einfluss hat das Werk Wilhelm Landigs auf Serrano gehabt, obgleich auch der Gründungsvater der »Schwarzen Sonne« von dem Chilenen kaum genannt wird. Es ist sehr wahrscheinlich, dass seine *Nazi-Ufo-Connection* auf Landig zurückzuführen ist. Weit mehr als in jedem anderen Werk der »Nazi-Mysterien« und des »SS-Mystizismus« sind für Serrano tibetisch-indische Spekulationen konstitutiv.

Serranos Auftrag durch den »Heiligen Orden von Tibet und Hindustan«

Alles beginnt mit dem spirituellen Auftrag jenes mysteriösen Gurus, der wie ein »Geist« durch das Gesamtwerk Serranos spukt. Es handelt sich hierbei um den Großmeister eines chilenischen Geheimordens, deren Mitglieder behaupteten, sie hätten Kontakte zu einem brahmanischen Zentrum im Himalaja. Serrano nennt dieses Zentrum den »Heiligen Orden von Tibet und Hindustan«.[12] Die mystische Kerngruppe soll nicht mehr als zwölf Mitglieder aufweisen und in einem Tempelpalast unter der Erde residieren. Von der »Astralebene« aus nehmen die zwölf Einfluss auf die »Neuzugange« in den verschiedenen sichtbaren Organisationen.

Was die reale Person von Serranos Meister anbelangt, so erfahren wir in der *Hitler-Trilogie* nicht sehr viel über ihn, nur dass er von mittlerer Statur war, klare blaue [!] Augen hatte und ursprünglich die deutsche Nationalität besaß, bevor er schon vor dem Zweiten Weltkrieg nach Chile emigrierte. Auch der ungenannte »Meister seines Meisters« stammte aus Deutschland.[13] Sein Name trägt die Initialen »F. K.«. Dieser F. K. war ein »aktiver Magier mit starkem Willen, der auf den unsichtbaren ›astralen‹ Ebenen mit dem Schwert in der Hand kämpfte. Er befahl den Elementarwesen«, erfahren wir und der Chilene fährt fort: »Auch mein Meister besaß einen eisernen Willen, wie derjenige von F. K., wie derjenige von Hitler, wie ihn die Sonnen-Magier (der Schwarzen Sonne), die Söhne des Lichts, besitzen.«[14] Der besagte

F. K. hatte – nach Serrano – Kontakte zur Thule-Gesellschaft und nahm okkult auf die Herausbildung des Nazismus Einfluss.[15] Als der Nachfolger von F. K. erhielt Serranos Meister dessen mit Brillianten besetztes Schwert.

Schon 1941 trat der Chilene dieser Bruderschaft kriegerischer Rassisten bei. 1942 weihte man ihn als »Magier dritten Grades« ein. Auch er erhielt bei seiner Initiation ein Schwert, das »Schwert der Bluterinnerung«. Dieses war aus »männlichem« Stahl gefertigt. »Der astrale Stahl, der von den Kriegern der Schwarzen Sonne gehalten wird. Deswegen trugen die SSler einen Dolch; einige wenige ein Schwert [einen Degen].«[16] Serranos Meister nahm für sich – ganz in der Tradition hinduistischer Gurus – in Anspruch, die absolute Wahrheit zu vertreten: Er »sprach *ex cathedra* und hatte Teil an der Unfehlbarkeit. Der Schüler musste *ad cadaverem* gehorchen, ohne jemals zu diskutieren.«[17]

Als der Guru 1974 starb, war Serrano verzweifelt: »Es war der Tod eines Kriegers aus dem ältesten und heiligsten Kriegerorden, der den Osten wie den Westen regiert und der die (heiligen) Zeichen aufbewahrt und der die Sprache von Atlantis und Thule kennt.«[18] Der Meister ermahnte ihn mit seinen letzten Worten, niemals das Schwert loszulassen, das ihn ewig an Hitler binde, dessen unbesiegbarem Willen, dessen Idealen, dessen hyperboreischem Rassenbekenntnis, dessen Kampf er nacheifern solle. »Es ist der größte Mensch, der gekommen war, und es ist der größte Mensch, der kommen wird. Hitler lebt, er muss zurückkehren«, sprach der Meister.[19] Nach seinem Tod übernahm Serrano den führenden Ordensitz: »Er ist in mir, in meinem Herzen! Also bin ich jetzt der Meister!«[20]

Der rassistische Okkultorden praktizierte magische Rituale, Übungen des Kundalini-Yoga und verschiedene Meditationstechniken, um »einen Dialog mit den unsichtbaren Kräften zu führen«.[21] »Astralreisen« und die »Herstellung höherer Bewusstseinszustände« zählten zu den am indischen Kulturkreis orientierten Disziplinen. Verschiedene östliche Praktiken wurden mit Nietzsches Lehre vom Übermenschen, der gesamten NS-Ideologie und einem ekstatischen Hitlerkult kombiniert. Alles zusammen genommen ergab eine »Cosmogonia Hitleriana«. Hitler war für die Ordensmitglieder der arische Heiland, der gekommen war, um die Welt in das goldene Zeitalter zu führen.

Immer wieder sprach der Guru mit seinem Schüler Serrano über die Weltgeschichte, die zugleich die Geschichte seines Kriegerordens gewesen sein soll. Die arischen Kshatriya seien nach dem Untergang von Atlantis nach Shambhala und Agarthi im Himalaja und in die *Ciudad de Los Césares* emigriert. Die »Stadt der Cäsaren« befinde sich unter dem Berge Melimoyo in Patagonien. Zutritt in das unterirdische Reich von Shambhala verschaffe man sich auf der tibetischen Seite des Mount Kailash. Es sei die Mission der Ordensmitglieder, die geomantisch bedeutsamen Plätze der Erde mit ihrem arischen Geist zu befruchten (so wie die Bienen Pollen von Blume zu Blume tragen), um dann unseren Planeten mit dem Energienetz des »esoterischen Hitlerismus« zu überziehen, so lange bis Hitler wieder zurückkehre und in der letzten Schlacht die paradiesische Urordnung erneut herstelle.[22]

Der Krieger-Guru forderte Serrano nun auf, in den Himalaja zu reisen, um dort den Zugang zu dem unterirdischen Königreich Shambhala zu entdecken. Er solle den »verborgenen Tempel der Führer, die *Siddhas* [Großmagier],« aufsuchen, die im »ältesten und mächtigsten Kriegerorden der Welt« organisiert seien und die schon seit Urzeiten den »geheimen Hitlerismus und dessen Esoterik« kultivierten.[23]

Die gewichtigen Meisterworte zu diesem Auftrag sind im dritten Band der *Memoiren* abgedruckt: »Mit dem *corpus sutil* [Astralkörper]«, spricht dort der Guru zu Serrano, »besuche ich die Meister unseres Ordens. Wie ich bereits erwähnte, bewohnen diese einen unterirdischen Ort im Innern eines Berges. Dort leben sie in Zellen, die von einem weißen Licht durchflutet sind, welches nicht auf Elektrizität beruht. Wie Sie sich sicher erinnern können, berichtete ich Ihnen, dass ich Hitler an einem unterirdischen Ort gesehen habe, und zwar fast unmittelbar nach dem Krieg. 1945 war er am Leben und besaß einen physischen Körper. Das Zentrum unseres Ordens befindet sich also in einem Berg im Transhimalaja, zwischen Tibet und Indien. Es handelt sich um den Berg Kailash, der Hindus und Buddhisten heilig ist, und dort – direkt am Manasarovar-See, gegenüber dem Dorf Dirapukh – befindet sich der Eingang zu jenem Tempel und jener unterirdischen Welt.«[24]

Serrano hatte verstanden. Er nahm den Auftrag an: »Als ich 1953 nach Indien aufbrach, war das eigentliche Ziel meiner Mission Tibet. Der Kailash liegt im Transhimalaja.«[25] Dort sollte er nach jenem unterirdischen Ordenszentrum (*Shambhala/Agarthi*) suchen und mit dem Avatar Adolf Hitler Kontakt aufnehmen. »Tatsächlich ist ja Shambhala, gleich Kambala, das esoterische Zentrum des Hitlerismus.«[26] Als vorläufiger Abschluss dieser Expedition sei eine spirituelle »Brücke« zwischen den beiden heiligen Bergen Kailash (Indien) und Melimoyu (Chile) zu bauen. Zum Erstaunen seiner Zuhörer gab der 1953 als akkreditierter Botschafter Chiles in Indien auf seiner Pressekonferenz pathetisch bekannt: »Ich komme, um die Verbindung zwischen dem Kailash und dem Melimoyu herzustellen.«[27]

Serrano – so hatte es sein Meister von ihm verlangt – sollte, bevor er sich auf die Suche nach Shambhala machte, »das Denken der arischen Inder kennen lernen und in deren philosophische Systeme eindringen«.[28] Neben den Klassikern, den *Veden*, den *Upanishaden*, dem *Mahabharata*, der *Bhagavadgita*, den Buddha-Reden und Ideengebäuden Indiens stand ganz oben auf der Liste das Buch des Brahmanen Lokamanya Lal Gangâdhar Tilak *The Arctic Home in the Vedas*, in dem – wie wir schon mehrmals berichtet haben – der Autor die These aufstellt, die Arier seien während der Eiszeit aus einer arktischen Stadt mit dem Namen Aryana Baiji eingewandert. Diese Stadt sei identisch mit dem nordischen Ultima Thule. Ebenfalls auf Empfehlung seines Gurus studierte Serrano die Reisebücher Sven Hedins, »des großen schwedischen Transhimalaja-Forschers anfangs des Jahrhunderts und Freund Adolf Hitlers, der über den Kailash meditierte, ihn fotografiert und gezeichnet hatte«.[29] In seinen Memoiren zitiert der Chilene mehrere Sätze Hedins, in denen dieser Hitler als »eine der größten Figuren der Weltgeschichte« bezeichnete.[30] Mit Eifer las Serrano auch die Bücher anderer bekannter Tibetforscher: L. Austin Waddel, Frank E. Younghusband, Giuseppe Tucci, Fosco Maraini, Alexandra David-Neel, Nicholas Roerich, Anagarika Govinda, Heinrich Harrer usw. Er vertiefte sich ebenfalls in Madame Blavatskys *Geheimlehre* und sah in ihrer Behauptung, dass sich im Himalaja ein okkultes Zentrum von Großmagiern befinde, welche die Geschicke der Welt beeinflussten, eine Bestätigung für die Existenz des geheimen Kriegerordens, dem er selber glaubte anzugehören.

In Indien suchte der Diplomat die verschiedene Ashrams auf und fragte die jeweils leitenden Gurus (Swami Shivananda, Swami Ashokananda, Swami Ashahaval, Swami Bhumananda, Swami Krishna Menon und auch seinen »Freund« Lama Anagarika Govinda) nach den Höhleneingängen in das Innere des Mount Kailash. Keiner von diesen heiligen Männern habe die Existenz Shambhalas angezweifelt, aber jeder schickte ihn zum nächsten Meister, wenn Serrano etwas Konkreteres erfahren wollte. In Kalimpong begegnete er dem Tibetologen George N. Roerich, Sohn von Nicholas Roerich, der sich schon in den 1920er- und 1930er-Jahren auf die Suche nach dem geheimnisvollen Shambhala aufgemacht hatte. Auch der jüngere Roerich bestätigte Serranos Glauben an die okkulten Zentren im Himalaja, an die *Ashrams de los Siddhas* (Ashrams der Großmagier). Er nannte ihm mehrere Namen hierfür und resümierte: »Es gibt zwei Städte im Himalaja – Agarthi und Shambhala.«[31]

Immer wenn es die Zeit zuließ, wanderte der Diplomat durch die südlichen Abhänge der Riesenberge – ständig auf der Suche nach Zeichen und Begegnungen der besonderen Art. Am Rohtang-Pass führte er Mantra-Übungen durch und hatte dort eine Licht-Vision. Eines Tages traf er auf einen Unbekannten. Serrano sprach mit ihm über seinen esoterischen Auftrag. Später schickte ihm der Fremde einen Brief : »Nach unserem Zusammentreffen im Himalaja begann ich, über Ihren Orden zu forschen und entdeckte Folgendes: Er war höchst bedeutend und griff entscheidend in die Ereignisse des letzten Großen Krieges ein… Ich werde Sie unterrichten, aber nicht schriftlich, sondern bei unserem nächsten Treffen«, war in diesem Brief zu lesen.[32] Das Treffen fand jedoch niemals statt.

Eines Tages fuhr Serrano an die tibetische Grenze, um dort den Prinzen von Sikkim, den Maharaja-Kumar, der von einem Besuch beim XIV. Dalai Lama zurückkehrte, zu treffen. Der Prinz und der chilenische Shambhala-Sucher befreundeten sich und plauderten über Religion und Politik. Eines Tages machte ihm der Maharaja-Kumar ein Geschenk von »tiefer symbolischer Bedeutung«. Er überreichte ihm einen Umhang aus chinesischer Seide, über und über mit kleinen Hakenkreuzen bestickt. Serrano ist überglücklich und fabuliert, dass es sich hierbei um den linksgerichteten Swastika handele, der ursprünglich aus der Religion der Bön stammen soll, »die dem tantrischen Buddhismus vorausging und die Anhänger des esoterischen Hitlerismus gewesen seien.«[33]

All seine Bemühungen, das unterirdische Reich Shambhala zu finden, blieben jedoch erfolglos. »Deshalb versuchte ich fast 10 Jahre lang, ihn [den Mount Kailash] zu erreichen, indem ich um alle Tore, die zu ihm führen, kreiste, ohne dass sie sich öffneten. Es scheint, als sei es mein Schicksal in diesem Leben, nach den beiden Heiligen Bergen, dem Kailash und dem Melimoyu, den Antipoden dieser Erde zu streben, ohne mich doch jemals dort einrichten zu können oder sie physisch zu durchdringen.«[34] Von 1953 bis 1962 hatte er sich vergeblich abgerackert, als er enttäuscht seinen Guru anflehte: »Meister! Ich kann nicht länger meine Mission in der äußeren Welt erfüllen. Ich gelange nicht zum Kailash. Die Lemuren hindern mich daran!«[35] Die »Lemuren« sind diesmal nicht die Juden, sondern die Chinesen. Ohne Erfolg blieben nämlich Serranos diplomatische Anstrengungen, ein chinesisches Visum zu erlangen, um die tibetische Seite des Kailash-Gebietes betreten zu können. Der Chilene machte deswegen die Kommunisten aus Beijing für das Scheitern seiner kosmischen Mission verantwortlich und erklärt sie zu jener dämonischen Gegenkraft, die ihm letztendlich verwehrten, mit Hitler in Shambhala Kontakt aufzunehmen. Und siehe, sein Meister zeigte Verständnis und interpretierte schnurstracks den Misserfolg in einen Erfolg um. »Aber das macht gar nichts«, beruhigte er den deprimierten Serrano. »Nichts geht von einer Anstrengung verloren, wenn sie bis ans Ende durchgeführt wird. Wie Hitler, haben Sie den Krieg gewonnen, indem Sie ihn verloren haben [...] Trotzdem, es ist noch nicht die Stunde des Rückzugs nach Chile. Sie müssen andere Spuren in Europa verfolgen«.[36]

In Europa unternahm der Chilene wie vor ihm die Wahlinderin Savitri Devi Pilgerfahrten zu den »heiligen Stätten« des Nationalsozialismus und besuchte zahlreiche Mitglieder des SS-Untergrundes. Im berüchtigten Nordturm von Himmlers Wewelsburg führte er mit Gleichgesinnten magische Rituale des Runen-Yoga durch und sang Mantren, welche die Rückkehr Hitlers beschworen. Der Raum habe sich durch den Gesang völlig verwandelt und Kontakte mit anderen Welten ermöglicht. Er ging auf die Spuren von Otto Rahn und betete an den »Gralsheiligtümern« der Katharer in Südfrankreich.

Man sollte nun nicht glauben, dass Serrano wegen seiner virtuellen Welt den Kontakt zur Realität verloren oder seine diplomatischen Pflichten vernachlässigt hätte. Im Gegenteil, er war ein charmanter und gern gesehener Gast auf allen Empfängen. Zu Ministerpräsident Nehru konnte er eine persönliche Freundschaft aufbauen. Zwischen beiden gab es eine ständige und private Korrespondenz, die in Serranos Memoiren abgedruckt ist. Der chilenische Diplomat versuchte den Premier auch in seine okkulten Spiele mit einzubeziehen und überreichte ihm Gebetsteine vom Rothang-Pass, wo er seine Lichtvisionen hatte. Er sah in Nehru einen *Virya*, d. h. einen Halbgott, eine größere Gestalt als Mahatma Gandhi. Immer wieder betont er in seinen Memoiren die »arischen« Wurzeln des indischen Staatsmannes. Das gleiche gelte für dessen Tochter und Nachfolgerin Indira Gandhi, die ebenfalls zu Serrano eine Freundschaft empfand. »Sie war eine Kshatriya mit dem Willen und dem Temperament eines Kriegers.«[37] Auch in seiner Totenrede auf die ermordete Politikerin beschwört er sie als »Kriegskameraden, als Walküre ... geopfert in einem Jahrhundertkampf.« Er werde immer an sie, die jetzt in Walhalla weilt, denken. Mit den Worten »Heil, Indira, Sieg Heil!«, beendet Serrano seine *Memento mori*.[38] Eine weitere Freundschaft verband ihn mit dem jugoslawischen Präsidenten Josip Tito.

Der »esoterische Hitlerismus« ist so eng an das indisch-tibetische Religionssystem gekoppelt, dass er eher wie eine indischen Lehre, welche die Nazi-Ideologie integriert, erscheint als umgekehrt wie eine Nazi-Lehre, die indische Religionsvorlagen benutzt. Dieses Phänomen haben wir schon bei Savitri Devis »Hitlerismus« beobachtet, für die ja, ebenso wie für Serrano, Indien zu einer zweiten Heimat wurde. Zudem sind alle indischen Szenarien, die wir von Julius Evola her kennen, bei Serrano wiederzufinden. Mit dem italienischen Faschisten teilt der Chilene vor allem die tantrische Weltsicht. Aus dem umfassenden Angebot seiner östlichen Lehrinhalte werden wir nur drei sehr spezifische herausgreifen und darstellen, wie er sie mit seinen Nazi-Visionen verbindet:

Serranos Hitler: Avatar, Bodhisattva, Tulku und Chakravartin in Einem
Serranos SS-Mystizismus: die »Schutzstaffel« aus dem Königreich Shambhala
Serranos tantrische Sexualmagie: Die Geheimlehre des »esoterischen Hitlerismus«

Serranos Hitler: Avatar, Bodhisattva, Tulku und Chakravartin in einem

Serranos Guru »war *Hitlerista* [Hitleranhänger] von Anfang an, er war es schon immer und wird es bis zum Ende bleiben«.[39] Er versicherte, dass er mehrere astrale Begegnungen mit dem »Führer« gehabt habe, und er verbrachte sehr viel Zeit damit, diese paranormalen Kontakte immer wieder herzustellen. Einmal sah er den astralen Hitler in seinem Teehaus auf dem Adlerhorst des Kehlsteins in Berchtesgaden. Der Diktator trug ein Fernglas in den Händen und schaute aus dem Fenster. Als er den Meister kommen sah, rief er ihm zu: »Wanderer! Zieh dahin deines Weges!«[40] Die wohl nicht beabsichtigte Komik steigert sich noch, als der Guru das Gespenst erneut unter der Erde erblickte: »Er hat sich verändert – sein Schnurbart ist jetzt lang. Wir haben uns Auge in Auge gegenübergestanden. Dann drehte sich Hitler um und entfernte sich schnell. Ich nannte ihn beim Namen, er aber verschwand im Halbdunkel nach unten.«[41] Trotz dieser offenkundig sperrigen Haltung des Diktator-Gespenstes war für Serranos Meister alles klar: »Hitler ist ein Eingeweihter, er kann sich mit in der Astralebene Weilenden verständigen. Es ist mir nicht bekannt, welche seine geistigen Führer sind, aber ich habe mich entschlossen, ihm zu helfen. Hitler ist ein Wesen mit einem eisernen, unerschütterlichen Willen, welchen er unweigerlich in die Tat umsetzt. Er weicht niemals zurück. Ich bin mit ihm in Verbindung gestanden.«[42]

Auch für Serrano ist Hitler kein Mensch, sondern ein Übermensch, »nicht von dieser Erde, […] Träger eines Energiestrahles, der die Erde und die Menschheit umwandelt.«[43] Der deutsche Diktator inkarnierte auf unserem Planeten, um die Welt vor dem Untergang zu retten: »Zweifellos war Hitler einer der letzten Führer, der vor Hereinbrechen der Katastrophe versuchte, die grobe Verstofflichung des Eisernen Zeitalters, des Kali-Yuga zu überwinden und aus ihr herauszuführen, um zur Rückkehr der Erde in das Goldene Zeitalter mitzuhelfen.«[44] Er sei die Erscheinung eines Avatars, eines Gottes in Menschengestalt, gewesen. »Avatara ist der Sanskritbegriff für die Inkarnation einer Gottheit. Er stammt ursprünglich aus der Zivilisation der Hyperboreer und gelangte mit den Ariern nach Indien, nachdem die Zivilisation in der Wüste Gobi zerstört worden war. Im Hinduismus ist der Avatara immer die Inkarnation des polaren, weißen und blonden Gottes – Vishnu«, erfahren wir von Serrano.[45] Vishnu und der germanische Gott Wotan bilden für ihn eine Einheit. »Hitler als Avatar ist die Inkarnation Wotans« und damit »Vishnus«.[46]

Der Diktator war der »letzte« Avatar (*Ultimo Avatara*), der Kalki, aus dem *Vishnu Purana*. An mehreren Stellen seines Werkes spricht Serrano von »Kalki-Wotan-Hitler«. Er behauptet auch, es habe im Hausorgan der SS, dem *Schwarzen Korps*, eine Zeichnung gegeben, die den Kalki zeige.[47] So war Hitler für den Chilenen nicht – wie das Savitri Devi gesehen hat – der »Letzte« vor dem, der da kommen wird, sondern er ist der, der gekommen ist, der dann in die Verdeckung ging und der wieder erscheinen wird. »Der Letzte Avatar kam in der Gestalt Hitlers und wird als der Kalki auf einem weißen Pferd zurückkehren.«[48] Hitler ist für Serrano die »Verkörperung des Mythos, seiner Rückkehr und seiner Wiederverkörperung«.[49] In seiner Epiphanie als Kalki ist er der »Rächer«, in seiner Erscheinung als Manu wird er der »Staatsmann« sein, der die arischen Rassengesetze wieder einführt. Manu stellt deswegen die friedliche Seite des kriegerischen Kalki dar, die jedoch erst nach der apokalyptischen Endschlacht zwischen Ariern und Juden zum Tragen kommt, nachdem der Demiurg Jehova vernichtet wurde. Mit Manu beginnt das neue Zeitalter der Gottmenschen, ein neuer Zyklus des Lichts, die Rückkehr der Götter. Manu ist der Gott des Goldenen Zeitalters, der kommen wird, aber er ist ebenfalls Hitler als »Friedensfürst«.[50]

Denn als göttliches Wesen kann der deutsche Diktator überhaupt nicht sterben. Serrano konstatiert: »Ein Archetyp nimmt sich nicht das Leben [...] Ein Gott bringt sich nicht um.«[51] Er lebt weiter, wenn auch in der Verborgenheit: »In der Apokalypse, der Götterdämmerung, fiel Berlin. Der unterirdische Bunker Hitlers war von Flammen umgeben und wurde vom Kugelregen überschüttet. Dieses Geschehen war von Sphärenmusik begleitet, welche von den Helden des Firmamentes herrührte. Und doch fand Hitler dort nicht den Tod. Er wurde lebend heraus- und weit weggebracht.«[52] Womit? – mit einem Ufo! – Wohin? – nach *Shambhala*, ins unterirdische Mythenreich des Himalaja. Später ging es dann in die Antarktis, wo der »Führer« in einem »irdischen Paradies« von seinen getreuen Kriegern aus der SS geschützt wurde, seit einigen Jahren verbringt er jedoch seine Zeit in der Hohlwelt des Erdinneren und ist ständig mit den logistischen Vorbereitungen seiner Wiederkunft beschäftigt.[53] Hitler kann, so Serrano, »nach Belieben zur Erde zurückkehren oder sich auf Erden verkörpern, weil [er] an kein Karma mehr gebunden ist, weil er ein *Jivamukti*, ein ›Befreiter‹ ist.«[54]

So wird das »Mysterium Hitler« von Serrano primär durch die hinduistisch-buddhistische Avatar-Lehre erklärt: »Das *Führer-Mysterium* hängt mit diesem entscheidenden Moment zusammen«, lesen wir in *Manu*. »Wir verwenden den Begriff Mysterium im Sinne der antiken griechischen und ägyptischen Initiationsriten. Ein Mensch wird vom kollektiven Geist eines Gottes ergriffen, von seinem göttlichen

Geist – nur für einen Augenblick. Darüber hinaus (und das macht die unergründliche Tiefe des Dramas erst aus) gibt es die Beseelung durch einen *Avatara*, die Inkarnation eines *Avatara*. Dieser ist mehr als ein Gott – er ist ein *Befreiter*, ein auferstandener Held, ein *Bodhisattva*, ein *Chakravartin*, ein *Tulku* – ein sich seiner selbst bewusster absoluter Mensch, der kommt, um die gefangenen Helden zu erwecken und den Kameraden im Kampf beizustehen.«[55]

Hitler sei ein *Bodhisattva*, weil er sich entschlossen hatte, »nicht im *Nirwana* zu bleiben, sondern zurückzukehren um zu helfen. *Bodhisattva* bedeutet ›Herr der *Sattvas*‹, der Hauptbestandteil aller Manifestation; dieser hat alle *Chakras* reaktiviert und ist *vollkommen bewusst*. Er kehrt als *Avatar* zurück, als Inkarnation eines Gottes (Wotan, Vishnu) und bedient sich für Momente oder kurze Zeit der Körper verschiedener *Viras* [Helden] gleichzeitig, aber nur einer wird zu seinem *Lieblingskörper*, seinem energetischen Zentrum, und zwar nur *jener*, welcher behutsam darauf vorbereitet wurde, ihn zu *empfangen*.«[56] Und dieser ausgewählte *Lieblingskörper* hieß im vergangenen Jahrhundert Adolf Hitler.

Ein Bodhisattva ist für Serrano ein Krieger, eine Art Samurai. Auch mit dieser Meinung steht der Chilene durchaus in einer buddhistischen Tradition, die wir aus Indien, Tibet, China und Japan kennen.[57] Ebenso betont er im Zusammenhang mit dem historischen Buddha das kriegerische Element: »Wie schon erwähnt, war Buddha ein Krieger aus der Kaste der *Kshastriya*, der Prinzen, und keineswegs der pazifistische und antirassistische Scheinheilige, zu dem ihn das vedantische und dravidische Indien – das Mischlingsindien – im Laufe der Jahrtausende gemacht hat.«[58] Buddha revoltierte als *Kshatriya* gegen die Übermacht der brahmanischen Priesterkaste. In den 32 ausgewiesenen Körpermerkmalen, die ihn der Tradition nach von gewöhnlichen Menschen unterscheiden, sieht Serrano die »Attribute der arischen Rasse«.[59] Im Übrigen ist Hitler als der 10. Avatar Vishnus – nach serranoischer Logik – der unmittelbare Nachfolger des Buddha, der im *Vishnu Purana* und anderen Schriften als der 9. Avatar Vishnus aufgezählt wird, oder besser Buddha und Hitler sind danach die Erscheinungsformen derselben göttlichen Substanz. Eine Idee, mit der schon der Kurator des SS-Ahnenerbes Walther Wüst im Münchner Hacker-Keller spekuliert hatte.

Bei dem tibetischen Phänomen eines Tulku (tibet. *sprul sku* = Erscheinungskörper) handelt es sich ebenfalls um die Inkarnation eines Buddhas oder eines Bodhisattva oder einer Gottheit.[60] So wie ein Tulku nicht nur in der Gestalt einer einzigen Person auf Erden erscheinen kann, sondern in der Lage ist, viele Ausstrahlungen seiner selbst hervorzubringen, so waren – nach Serrano – die verschiedenen nationalen faschistischen Führer in der ersten Hälfte unseres Jahrhunderts die Emanationen des mächtigsten und zentralen Tulkus und Shambhala-Fürsten Adolf Hitler: Benito Mussolini in Italien, Oliveira Salazar in Portugal, Corneliu Zelea Codreanu in Rumänien, Leon Dégrelle in Belgien, José Antonio Primo de Rivera in Spanien, Plinio Salgado in Brasilien, Jacques Doriot in Frankreich, Jorge González de Marée in Chile und Subhash Chandra Bose in Indien. Im deutschen Führer Hitler ballte sich jedoch die gesamte faschistische Energie der damaligen Zeit zusammen, die sich dann epidemieartig über die ganze Welt ausbreitete: »Der Tulku«, so Serrano, »in diesem Fall ist es Hitler, strahlt von einem höheren Machtzentrum aus, das wie eine gewaltige Sonne alle in sich aufnimmt und sie in sein Feuer und in sein Schicksal hineinzieht. Fällt ER, dann fallen alle anderen auch, der ER ist ja ALLE. Die Idee eines kollektiven Karmas findet hier seinen höheren, dramatischen Ausdruck. Der Tulku ist also eine Art ›Herr des Karmas‹, der sich verkörpert, um es zu erfüllen.«[61] Ein Tulku kann sich sogar in einer Armee oder im »Volk des *Führers*, das des *Vierten Reiches*, inkarnieren, welches zusammen mit dem Wiederauftauchen Hyperboreas erscheinen wird – in einem neuen Goldenen Zeitalter. *Ein Führer, Ein Reich, Ein Volk!*«[62]

In der Gestalt des deutschen Diktators erschien zudem – nach Serrano – der *Chakravartin* mit dem »Rad der Lehre« (dem Hakenkreuz) in seiner Hand: »Für die Eingeweihten der SS war Hitler jener geheimnisvolle Prophet oder Magier, der [...] den Sinn für die königliche Würde wiederbrächte, wo der König der Welt, der Imperator, der Priester aller Priester und König aller Könige ist; es ist der Führer, der für tausend Jahre und länger ein neues Goldenes Zeitalter errichten wird.«[63] Hitler hielt – nach Serrano – beide Schlüssel, denjenigen, der die Tore zur profanen, und denjenigen, der die Tore zur sakralen Macht öffnet.[64] Weil er die Doktrin des »Hitlerismus« lehrte, war er zudem ein *Dharmaraja*, ein »König der Lehre«. Er war ein »Wesen des absoluten Willens«, ein *Shudibudishvabhava*, wie es im Sanskrit heißen soll.[65]

Der deutsche Diktator habe zwar den Krieg verloren, aber durch sein Opfer und sein Beispiel habe er die Ideale der ursprünglichen Kriegerkaste aus Shambhala gerettet. Er wird an der Spitze des »wilden Heeres« oder des »letzten Bataillons« erneut den Kampf aufnehmen, um endgültig die weiße Rasse vom Despoten der Finsternis (*Jehova*) in einer fürchterlichen Endschlacht zu befreien: »Das ist die Dimension von Hitler, dem Gesandten der hyperboreischen (nordischen) *Siddha*, dem *Tulku*, dem *Bodhisattva*, dem *Chakravartin*, dem Führer der Arier, sodass der Demiurg *Jehova* alle seine irdischen und außerirdischen Legionen mobilisieren muss.«[66] Hitler steigt am Ende des Kali-Yugas mit seiner Ufo-Armee aus dem Inneren der Erde hervor. An seiner Seite werden Serrano und dessen Meister »den *Letzten Kampf* entfesseln und triumphieren.«[67]

Serranos SS-Mystizismus: die »Schutzstaffel« aus dem Königreich Shambhala

Serrano unterscheidet eine »innere« und eine »äußere« SS, einen esoterischen Zirkel und eine exoterische Organisation.[68] Die »exoterische SS« war dazu ausersehen, »in der äußeren Welt mit den schwierigsten Aufgaben und Abenteuern fertig zu werden.« Ihr war »von der Esoterik des Schwarzen Ordens, seinen Praktiken und Lehren, seinen unsichtbaren Verbindungen und seinen okkulten Doktrinen nichts bekannt.«[69] Der »innere Kreis« der SS bestand aus »Sonnenmenschen, Supermännern, Menschengöttern, dem totalen Mensch, dem Menschen-Magier.«[70] Diese pflegten Kontakte mit den *Siddhas* (Magiern) aus dem unterirdischen Königreich Shambhala. »Einmal jährlich«, so erfahren wir von Serrano, »traf sich der innere Kreis der SS-Leute mit seinen höchsten Führern für einige Tage der Zurückgezogenheit, der Einsamkeit und der Meditation. Man übte dabei eine Art westlichen Yoga, worüber aber nichts bekannt geworden ist.«[71]

Himmler zählte nach dem Autor zur »äußeren« SS, obgleich er über die okkulte Kerngruppe Bescheid wusste. Eine Art Brückenstellung zwischen den »höchsten unbekannten Leitern des Hitlerismus« und der exoterischen Orden nehmen einige bekannte Namen ein: »Friedrich Hielscher, der Eingeweihte und geistige Leiter der SS. [...] Wie auch Professor Wirst [sic! – gemeint ist Walther Wüst], ein Gelehrter auf dem Gebiete der östlichen Philosophie, der an der Universität München Sanskrit lehrte und tibetische Texte veröffentlichte.«[72] Hinter diesen Zwischenmännern wirkten weit mächtigere Wesenheiten: »Bei der SS wie auch bei den Templern geht der Chef, der *Große Sichtbare Meister* über in einen anderen unsichtbaren, unbekannten.«[73] Dieser geheimnisumwitterte Unbekannte entscheidet über Fortbestand oder Untergang des Ordens in der Erscheinungswelt. Die »äußere« SS hatte den Krieg verloren und musste untergehen, die »innere« SS dagegen existierte weiter und kämpft auch heute noch aus dem Verborgenen heraus. Sie verfügt über geheime Stützpunkte, über Ufos und paranormale Fähigkeiten.

Himmler hatte Hitler verraten und fiel deswegen bei den spirituellen Leitern des Schwarzen Ordens in Ungnade. Es versteht sich von selbst, dass er nicht wie der »Führer« mit einem Ufo gerettet und nach Shambhala ausgeflogen wurde.[74] Der Leib dieses Verräters – so Serrano – ist zu Staub verfallen, während die beiden Getreuen Heß und Goebbels wiederbelebt werden und einen unsterblichen Diamantenkörper (tibet. *Vajrakaya*) erhalten.[75] Erneut unter der Führung Hitlers, der selber nie gestorben ist, werden sie im letzten Bataillon des *Ultimo Avatara*, des Kalki, zur kosmischen Endschlacht antreten.

Dem esoterischen Kreis des Schwarzen Ordens durfte man erst angehören, nachdem man mehrere Einweihungsriten durchlaufen hatte. Dazu zählten – nach Serrano – körperliche und mentale Übungen und, wie in der *Bhagavadgita*, die permanente Bereitschaft, Krieg zu führen: »Der Kampf ist für diese wehrhaften Mönche eine Einweihungsaskese, ein Yoga zur Überwachung der inneren Regungen, eine Disziplin der mystischen, magischen Ritterschaft.«[76] Zu den weiteren Disziplinen zählte auch das »Rückerinnern« an den arischen Ursprung der Kriegermönche: »Die Einweihung besteht teilweise in der Kunst, das Bluterinnern wieder aufleben [...] zu lassen.«[77]

Als höchste Mysterienstätte dieser nordischen »Priester-Krieger« gilt das Königreich Shambhala. »In *Shambhala*«, so der Autor, »lehrt man den Gebrauch der Kraft, durch welche die Mutation der Erde und des Menschen vollzogen werden kann, und man führt letzteren in die *kriegerische* Einweihung ein, die das ermöglicht. [...] Diejenigen, welche diesem Einweihungsfluss folgen, haben gekämpft, um hier auf der gegenwärtigen Erde einen neu alten Orden zu gründen [...] mit dem

Ziel, das Goldene Zeitalter wiederzuerwecken.«[78] Die Soldaten des Shambhala-Ordens suchen schon seit Jahrhunderten unsere Welt mit ihren blutigen Taten heim – als Kämpfer der *Bhagavadgita*, als Argonauten, als Gralsritter, als Templer, als Rosenkreuzer und zuletzt als die Elite der SS.

Nach Serrano hatte der okkulte Kern des Schwarzen Ordens ebenso wie die Templer die Aufgabe, den Gral zu hüten. Der Autor lässt seine Leser unter Berufung auf den ehemaligen französischen SS-Mann und Schriftsteller Saint Loup wissen, dass der Schwarze Orden den Gral besessen habe. Die Wunder, die davon ausstrahlten, hätten sich in den außergewöhnlichen Leistungen des NS-Regimes offenbart: »Untersucht man das von den Hitleranhängern in allen Bereichen der Schöpfung innerhalb eines Zeitraumes von nur sechs Jahren Erreichte, so kann man nicht umhin, dieses Wunder zu bewundern und einen Vergleich mit dem Templerorden anzustellen. Und man gelangt zu dem Glauben, dass die SS den Gral gleichfalls gefunden und ihn sogar enträtselt hat.«[79] Früher habe sich der Gral im Königreich Shambhala befunden.[80]

Aber nicht nur für den Krieg, sondern auch für die Reinhaltung und Aufzucht der arischen Rasse war die SS zuständig. Daran hat sich auch bei Serrano nichts geändert. Kreise der SS hätten – so der Chilene – an der Mutation der menschlichen Rasse gearbeitet oder besser, sie hätten die genetische Rückgewinnung des ehemals hoch stehenden arischen Gottmenschen betrieben. Entsprechende Experimente sollen in der Wewelsburg, dem okkulten Zentrum des Schwarzen Ordens, stattgefunden haben. Dort hätten sich »Laboratorien der linksgerichteten Magie« zur Restauration ursprünglicher Rassenreinheit befunden.[81] Diese seien Zweigstellen entsprechender Institutionen aus dem Mythenreich Shambhala gewesen. »In Shambhala lehrt man den Gebrauch der Kraft (*Hvareno, Vril*), durch welche die Mutation der Erde und des Menschen vollzogen werden kann, und man führt Letzteren in die kriegerische Einweihung ein, die das ermöglicht. Da das, was innen, so auch außen ist, führt die Mutation des Menschen in halbgöttliche und göttliche Wesen gleichzeitig auch zur Transfiguration des Planeten. Diejenigen, welchen diesem Einweihungsfluss folgen, haben gekämpft, um hier auf der gegenwärtigen Erde einen Neuen-Alten Orden [die SS] zu gründen, der seine Wurzeln in den transzendenten Ursprüngen hat, mit dem Ziele, das Goldene Zeitalter wieder zu erwecken ...«[82] Im Epilog zu *Das Goldene Band* werden die Zuchtergebnisse der arischen Mutanten kurz vorgestellt: »Ihre Körper sind unvergänglich; denn sie verstehen aus dem unverderblichen Stoff Vajra. Niemand kann sie im Kampf überwinden, da sie sich selbsttätig und in allen Teilen gleichzeitig regenerieren. Einige wenige von ihnen können ganze Armeen vernichten.«

Das kriegerische und das priesterliche Amt fällt bei Serranos mystischen SS-Männern zusammen. »Wir werden die Priester-Krieger der neuen Religion des esoterischen Hitlerismus sein, jener alt-neuen Religion.«[83] Dieser Ausruf annonciert, dass nicht allein mit der Waffe in der Hand, nicht allein mit Ufos noch mit atomaren Sprengkörpern der kommende kosmische Krieg gewonnen werden kann. Die Kämpfe zwischen Ariern und Nicht-Ariern finden ebenso auf der symbolischen und okkulten Ebene statt. So heißen die »Waffen« in diesem Krieg der Symbole ebenfalls Magie, Beschwörung, Ritual, Einflussnahme auf das Weltgeschehen durch meditative Konzentration. Dazu zählt nach Serrano auch die »uralte tibetische Praxis des Nachaußenprojizierens des subtilen Körpers eines Magiers in den Körper eines anderen Menschen, lebend oder sterbend, [...] den man dann unter einem fremden Willen zu Handlungen veranlasst, ohne dass er davon weiß und wobei er des Glaubens ist, nach eigenem Willen zu entscheiden ...«[84]

Als die Meister solcher Techniken gelten die *Siddha* (Großmagier), die eigentlichen Hintermänner, die aus dem Verborgenen heraus den Schwarzen Orden steuern. »Der Siddha oder Gottmensch«, erfahren wir von Serrano, »ist der selbst vom Einfluss der Sterne Befreite, ihn berühren die Gestirneinflüsse nicht mehr, er ist Chakravartin, der König der Welt.«[85] Die Siddha sind Weltvernichter und Weltschöpfer in einer Person: »Sie zerstörten diese Welt und schufen eine andere mit Hilfe eines geheimen Wissens. [...] Sie erstrebten keine endgültige Vereinigung in höchster Seligkeit, sondern die endgültige Trennung, die letzte Einsamkeit. Diese Wesen waren die Siddhas. Sie wohnten in zwei Städten des Himalaja, Agarthi und Shambhala.«[86]

Mit einem gewissen Recht konstatiert Serrano, dass die Gestalt des *Siddha* oder »Übermenschen« im tibetischen Buddhismus ihre authentischste Ausdrucksform gefunden habe: »Der Buddhismus verändert sich durch den Einfluss der geheimnisvollen tibetischen Tradition. Er wird magisch und vermischt sich mit dem hinduistischen Polytheismus. Die Tradition eines ganz eigentümlichen Yoga und einer unbekannten psychischen Technik aus weit vorbuddhistischer und vorarischer Zeit verändern den Buddhismus und gehen weit über seine *mahayanische* Ausprägung hinaus. Es ist dies die geheimnisumwitterte hyperboreische Tradition der *Siddhas*, der Vorfahren der Arier. [...] Der *Siddha* ist ein geheimnisvolles, halbgöttliches Wesen, die *Wiederverkörperung* des göttlichen *Divya* über dem polaren Hyperborea. Die *Siddhas* haben den Ariern die ungeschriebene offenbarte Weisheit überliefert, die lehrt, wie physische und seelische Unsterblichkeit des Individuums erlangt werden kann – eine Weisheit, die viel älter ist als die Lehre dieses entstellten Buddhismus und des *Vedanta*, die die Rückkehr zum Einen und die Abschaffung jeder eigenen Individualität anstreben.«[87]

SS – das sind ebenfalls für Serrano die Initialen der »Schwarzen Sonne«. Er nennt die Mitglieder seines Ordens auch, »die Männer der Schwarzen Sonne«. *Sol Niger* interpretiert er alchemistisch und mystisch: Um zur »goldenen Sonne« zu gelangen muss der Eingeweihte zuerst den Weg der »schwarzen Sonne« durchschreiten. Die »Schwarze Sonne« ist deswegen auch ein Symbol des mystischen Todes, den die SS-Initiierten erleiden, um dann wieder gereinigt auferstehen zu können. In seinem Hymnus an das dunkle Gestirn wird die »Wiederauferstehung« Hitlers als der Avatar (*Kalki*) beschworen: »O Schwarze Sonne! – Nimm mich auf in deinem linksdrehenden Licht – Das stärker ist als das Licht – Der Goldenen Sonne – Und trage mich hinein in – Das Nichtsein – Des Grünen Strahls – Wo die Meister – meines Meisters wohnen – Und die größten Führer des Esoterischen Hitlerismus – [...] – Und hilf mir, die unmöglichen Träume – wahr werden zu lassen – [...] – Die Rückkehr des Führers, Adolf Hitler – Die Wiedererschaffung des Esoterischen Hitlerismus – Und die Beseelung durch den Archetypus – Bis hin zur Vollendung seines Mythos – Und seiner Legende – In der Auferstehung seines Körpers – Von unsterblichem Vraja[88] – Erlaube mir die Rückkehr zur Schwarzen Sonne – O Schwarze Sonne! – Nimm mich wieder auf in deinem rechtsdrehenden Licht.«[89] Die »Schwarze Sonne«, das ist auch die Brennkammer, in der das mystische Opferritual vollzogen wird, das der SS die Wiederauferstehung garantieren soll: »Einzig und allein durch das Blut der Aufopferung kann er [der Hitlerismus] geläutert wieder aus der Asche entstehen in seiner ganzen esoterischen Reinheit.«[90]

Während seines Wiener Aufenthaltes pflegte Serrano Kontakte zu Wilhelm Landig und Rudolf J. Mund, den beiden Gründungsvätern des »SS-Mystizismus der Schwarzen Sonne« (SS). Er kannte auch das Buch Munds über Karl Maria Wiligut *Himmlers Rasputin*. In *Adolf Hitler, el Ultimo Avatara* empfiehlt er wärmstens *Die Hochzeit der Menschheit* von Rudolf John Gorsleben. So war er über die Runenokkultisten im Umfeld des SS-Ahnenerbes ziemlich genau informiert. Es ist deswegen erstaunlich, dass er sie in seiner *Hitler-Trilogie* nicht als Gruppe erwähnt, sondern nur von einem Geheimzirkel innerhalb der SS spricht, ohne Namen zu nennen. Zuweilen ist von ominösen »Zivilisten« die Rede, die als direkte Boten aus Shambhala Instruktionen an die SS weiterleiteten. Trotz seiner Zurückhaltung gegenüber Wiligut und Co. kann nicht übersehen werden, dass der »esoterische Hitlerismus« immer wieder Begriffe benutzt, die sehr spezifisch für den Religionsentwurf von »Himmlers Rasputin« und seine Anhänger waren. Zentral für Serranos Weltbild ist der Runen-Yoga, eine Praxis, die auch Wiligut kannte und die von Rudolf J. Mund weitergepflegt wurde.[91] Dann steht Serranos Baldr-Krestos-Mythos, seine arische Interpretation des Christentums, mit demselben Inhalt und Begriff (Baldr-Krestos) im Zentrum von Wiliguts *Religionsfragmenten*. Der Chilene spricht sogar vom Zeitalter des Saturno-Sandur, das dem Äon des Jahwe-Kronos vorausgegangen sein soll. Wiliguts Begriff Santur oder Sandur (bei Wiligut die »Schwarze Sonne«) ist so einmalig, dass ihn der Chilene nur von ihm oder seinem Umfeld übernommen haben kann. Selbst die eigenwillige Aussage, das »Geschick« des Dalai Lama sei »eng mit demjenigen Hitlerdeutschlands verbunden [...] aufgrund noch nicht entdeckter Verbindungen«[92] weist Parallelen zu Wiligut auf. Immerhin hatte dieser 1938 gegenüber Ernst Schäfer geäußert: »Eine neue Ära wird kommen, denn die Schöpfung unterliegt nur einem großen Gesetz. Einer der Schlüssel liegt beim Dalai Lama und in den tibetischen Klöstern.«[93]

Günther Kirchhoffs Vorstellungen von Energielinien zwischen alpinen Orten und lamaistischen Hochburgen, die er dem SS-Ahnenerbe mitteilte, finden auch bei Serrano ihren Niederschlag: »Bei meinen Besuchen in Berchtesgaden wurde meine Aufmerksamkeit stets durch eine tellurische Kraft, eine spürbare Schwingung in der Luft gefesselt, welche diesen Punkt augenblicklich mit dem tibetischen Himalaja und Transhimalaja verbindet: den hoch gelegen Zufluchtsort Hitlers mit dem Lhasa des Dalai Lama, mit Kambala [Shambhala]. Aus irgendeinem bestimmten Grunde hat der esoterische Hitlerismus diesen Punkt, der voller unmittelbarer Verbindungen, magnetischer und mit den Sternen in Berührung Stehender ist, als das heilige Zentrum seines neuen Ordens ausgesucht.«[94]

Der Romanist Otto Rahn ist für Serrano eine der wichtigsten und oft zitierten Bezugspersonen aus dem SS-Milieu. Dessen französisches Umfeld der *Les Polaires* inspirierte den Chilenen ebenfalls zu seiner *Montségur-Tibet-Connection*: »Auch in Montségur«, so Serrano, »besteht die Möglichkeit eines ›augenblicklichen‹ und ›unmittelbaren‹ Kontaktes zu Tibet.«[95] Von Mund und Landig stammt die von Serrano weiter ausgebaute SS-Ufologie.[96] Die Beispiele, zu denen sich noch viele hinzufügen ließen, zeigen, dass der Gründer des »esoterischen Hitlerismus« durchaus in einer Tradition steht, die ihre Wurzeln bei den Okkultisten des SS-Ahnenerbes und deren unmittelbaren Erben hat.

Die tantrische Sexualmagie des »esoterischen Hitlerismus«

Was den »esoterischen Hitlerismus« gleichsam zu einer rein »indischen« Lehre macht, ist seine enge Verknüpfung mit dem Tantrismus. Serrano hat, wie keiner vor ihm aus dem okkult-faschistischen Lager, auf die Tantra-Kultur Indiens zurückgegriffen. Zahlreiche Kapitel und viele Hunderte von Anspielungen seiner *Hitler-Trilogie* sind direkt oder indirekt Ausführungen seiner tantrischen Weltanschauung. Der Chilene hat auch, wie keiner vor ihm, historische und politische Ereignisse mit dem sexualmagischen Weltbild der Tantras verflochten. Alles begann damit, dass er im Jahre 1941 eine »spontane« Kundalini-Erfahrung machte. Wie ein Blitz stieg dreimal hintereinander ein Energiestrahl in ihm auf, der ihn für einige Zeit völlig bewegungslos werden ließ. Keiner konnte ihm diesen Vorgang erklären, außer sein späterer Meister, dem er ungefähr zur gleichen Zeit begegnete. Serrano war also mitnichten ein reiner Theoretiker, sondern – ebenso wie Julius Evola und Jean Marquès-Rivière – ein echter *Tantrika*, ein Praktikant tantrischer Rituale. Tantrismus und Zen-Buddhismus stellt der Chilene als die beiden Gegenpole zur jüdischen Kabbala heraus: »Der Zen-Buddhismus bewahrt den esoterischen Kern der Buddha-Lehre. In Japan wurde der Shinto und der Zen von einer rassisch höher stehenden Kriegerkaste, den Samurai, praktiziert. Die okkulteste Seite des Tantrismus findet sich im Tantrismus, insbesondere im Orden der Kaula oder Kula.«[97] Wir kennen also die tantrische Sekte, in die Serrano initiiert wurde. Es handelt sich dabei um die *Kaulas*, die eine sehr radikale Disziplin des Kundalini-Yoga praktizieren und sich gänzlich außerhalb des gesellschaftlichen Normsystems stellen.[98]

Serranos tantrische Grundlagen wurden von ihm vor allen in vier Büchern aufgeschrieben: *Las Visitas de la Reina de Saba* (1960 – dt. Ausgabe: *Die Besuche der Königin von Saba* – 1980); *La Serpiente del Paraiso* (1963 – »Die Paradiesschlange«); *EL/ELLA – Libro del Amor Mágico* (1973 – dt. Ausgabe: *El/Ella – Das Buch der Magischen Liebe* – 1986); *Nos, libro de la resurrécion* (1980 – engl. Ausgabe: *Nos – Book of the Ressurection* – 1984). In allen vier Texten wird der »esoterische Hitlerismus« nicht mit Namen genannt, obgleich Serrano schon seit den 1950er-Jahren an diesem »Projekt« arbeitete. Dennoch ist die in diesen Büchern beschriebene tantrische Sexualmagie das mystische Zentrum von Serranos faschistischer Weltanschauung und so gelangt er selber zu dem Schluss: »Der esoterische Hitlerismus ist tantrisch.«[99]

Der Wille zur absoluten Macht

Das von Serrano dargestellte tantrische Muster unterscheidet sich nicht wesentlich von dem, was wir schon von Julius Evola her kennen. Zentral ist auch für ihn ein sexualmagisches Ritual mit einer realen Frau. »Im Tantra wird das Universum durch die geschlechtliche Vereinigung von Shiva [dem männlichen Teil] und Shakti [dem weiblichen Teil] durch den magischen Koitus in der ›Liebe ohne Liebe‹ erschaffen, wobei Shiva unerschütterlichen Gleichmut bewahren muss und nur Shakti bewegt und aktiv sein darf.«[100] Die Frau spielt hierbei die Rolle der Shakti oder Maya, unter beiden Begriffen versteht der Chilene, ebenso wie Evola und ebenso wie die indischen Originaltexte, Macht, Macht in all ihren Ausdrucksformen: magische, politische, gesellschaftliche, intellektuelle, militärische und priesterliche Macht. »Maya ist somit Wille zur Macht, Machtwille, Macht an sich, nahezu Nietzscheanische Macht.«[101] Das Ziel des tantrischen Rituals besteht darin, sich diese durch die Frau symbolisierte Macht anzueignen, sie in sich zu absorbieren, um zu einem Androgyn, einem mann-weiblichen Übermenschen (Maha Siddha) zu werden, das jetzt sowohl über die männlichen als auch weiblichen Energien verfügt. »Die Macht wird in das Männliche wieder eingesetzt, die Shakti tritt in Shiva ein, die Frau in den Mann. Es entsteht hierbei der allmächtige Siddha, der Androgyn.«[102]

Hat der tantrische Adept einmal die weiblichen Kräfte in sich absorbiert, dann sprechen die Ritualtexte von der »inneren Frau« oder der Kundalini, der »Schlangenkraft«[103]: »Dieses Wissen ist uns von der Schlange (*Kundalini*) überliefert worden, die auf dem Meeresgrund überlebte, als die Welt der Gottmenschen zerstört wurde, in der die Frau nicht außen, sondern innen war und wo Mann und Weib eins waren. [...] Ehe du nicht mit der Frau eins wirst [...], wirst du kein Priesterkönig sein ... Der Hengst muss zur Stute, der Mann zur Frau werden ...«[104]

Zur Machtgewinnung bedarf es der absoluten Kontrolle über den Sexualakt, insbesondere ist dazu die Retention des männlichen Samens vonnöten: »Die letzte Prüfung der tantrischen Initiation besteht nach einem langen Prozess der Idealisierung des Ewigen Weiblichen in der Vollziehung des *Maithuna*, des magischen Koitus, bei dem der tantrische Initiierte seinen Samen *(Bundi)* nicht nach außen vergießen darf, sondern nach innen lenken muss, sodass er sich selbst schwängert und befruchtet«, heißt es in *Manu*.[105] In *Das Goldene Band* schreibt Serrano über »die magische Liebe, die in Shambhala gelehrt wird«: »Der Samen darf hierbei nicht austreten und nach außen hin in der Frau verloren gehen, sondern er muss sich im Körper seines Besitzers nach innen ergießen, um diesen mit dem Androgyn [...] zu schwängern.«[106]

Das tantrische Frauenopfer

Was geschieht nun mit der äußeren Frau während des tantrischen Rituals? In letzter Konsequenz muss sie – auf jeden Fall symbolisch – getötet werden bzw. sich freiwillig selber opfern, damit ihre Energien auf den Mann überfließen können. Die »Tötung« der *äußeren* Frau ist notwendig, damit die *innere* Frau entstehen kann. Serrano hat keine Scheu, das »tantrische Frauenopfer« direkt anzusprechen: »Nur diejenigen, welche die Frau derart lieben können, dass sie sie äußerlich töten [!], um ihre innere Wiedergeburt zu ermöglichen, werden die unsterbliche Stadt *Agarthi* finden«, lesen wir in *EL/ELLA*.[107]

In dem Buch *NOS – Book of the Resurrection* (»Wir – Das Buch der Auferstehung«) wird das tantrische Frauenopfer ausführlich beschrieben. Durch den freiwilligen Selbstmord von Allouine, Serranos tantrischer Partnerin, geht deren *Gynergie* auf ihn über und er erlangt Unsterblichkeit. »Die Frau stirbt. Sie ist tot. Sie muss sterben … Sie ist die Begleiterin des Kriegers (Yogis), die nur in seinem Bewusstsein, in seinem Geist existiert«, heißt es dort.[108]

»Die authentische, absolute Frau opfert sich selbst freiwillig«, lesen wir in *NOS*. »Sie bringt sich selbst als Opfer dar, um ihre Ewigkeit ihrem Liebhaber zu schenken. […] Die Geliebte ist nun die verborgene Geliebte, die starb und die sich selbst in deinen Knochen und deinen Venen begraben hat. Die weibliche Sophia, die Lehrerin der Seele, die durch das Blut fließt, der weibliche Philosoph, Sophia, die Weisheit, die Taube, die Gnosis.«[109] Sterbend sagt seine »Weisheitsgefährtin« zu ihm: »Ich werde dich besser lieben, nach meinem Tode. Ich gebe dir meine Ewigkeit […] Mein Geliebter, du wirst mein Sarg sein, aus duftendem, wertvollen Holz.«[110] Nach dem physischen Tod von Allouine, ewig vereint mit ihrer *Gynergie*, begräbt der nekrophile Romanheld ihre Leiche und setzt auf ihr Grab einen Stein, in den er ein linksläufiges Hakenkreuz gemeißelt hat, das höchste Symbol des »esoterischen Hitlerismus«.

Das tantrische Frauenopfer und das Kultleben einer faschistisch-esoterischen Kriegerkaste bilden für Serrano eine Einheit: »Komm nimm mich wie ein *Krieger*!«, sagt in *EL/ELLA* die Geliebte. »Ich gebe dir mein Herz, auf dass du es verschlingst. Lass uns unser Blut trinken.«[111] Dort empfiehlt der Autor auch dem in die Tantras eingeweihten Helden: »Der *Krieger* soll dem Tod das Gesicht seiner Geliebten geben, so wird die feurige Weiblichkeit des Todes hervorgerufen.«[112]

Der Energiekörper des Tantrikers

Der tantrische Androgyn weist einen vollendeten Energiekörper auf. Dabei handelt es sich um den in der indischen und tibetischen Tradition bekannten mystischen Leib, der aus drei zentralen Energiekanälen und deren zahlreichen Abzweigungen (*nadis*) besteht. Hinzu kommen, je nach Schule, fünf oder sieben Energiezentren, die so genannten *Chakren* (Räder). Jeder Mensch hat nach dieser Lehre einen solchen mystischen Leib, aber nur wenige verstehen es, ihn bewusst zu aktivieren und zu steuern. Es zeichnet geradezu einen tantrischen Meister aus, dass er durch Meditation und Yogatechniken seine inneren energetischen Ströme kontrollieren kann. Auch in diese Geheimnisse der Körpermystik wurde Serrano von seinem Meister eingeführt. Wenn er seine Übungen fachgerecht durchgeführt habe, so »wirst du ein Priesterkönig sein wie die Pharaonen, die *Rishis* [indische Heilige] und wie der Führer«, prophezeit ihm sein Guru.[113]

Serranos Unterscheidungen zwischen »Energiekörper« und »Astralkörper« bleiben weitgehend unbestimmt. Es handelt sich bei ihm offensichtlich um dasselbe Phänomen, das auch dem aus dem tibetischen Buddhismus übernommene »Diamant-Körper« (*Vajra-Kaya*) entsprechen soll. Jedenfalls sind alle diese Körperarten unsterblich, sie sind unverletzlich und bestehen aus reiner Energie und nicht aus Materie. In jedem Augenblick können sie sich jedoch »materialisieren«. Auch Hitler bewegt sich nach Serrano abwechselnd in einem solchen »Geistkörper« und dann wieder in einem Körper aus Fleisch und Blut.

Elemente der indisch-tibetischen Ritualmagie wie *Mantras* (Zaubersprüche), *Mudras* (Zauberzeichen) und *Yantras* (Zauberbilder) und *Chakras* (Energiezentren) werden zudem mit bestimmten Körper- und Sprachritualen der NS-Kultur kombiniert. Das Hauptmantra des »esoterischen Hitlerismus« ist »Sieg Heil!«. Das Hauptyantra ist das Hakenkreuz, das mit dem höchsten Schädelchakra in Verbindung stehen soll. Das Hauptmudra ist der Hitlergruß. Eine Zeichnung zeigt, wie dieser mit der Sieg-Rune und den verschiedenen körperlichen Energiezentren (Chakras) verbunden wird. Handreichungen Adolf Hitlers mit Rudolf Heß werden von Serrano als Energieübertragungen gedeutet.[114]

Ein besonderes Kriterium des Tantra-Yoga ist es, makrokosmische Ereignisse mit mikrokosmischen Vorgängen im mystischen Körper des Yogis zu parallelisieren. Was »innen« ist, ist auch »außen«. So werden bei Serrano sowohl kosmische Vorgänge wie die »Weltzeitalter« mit dem *corpus mysticum* verkoppelt als auch geografische. Die Anden bilden zum Beispiel die Wirbelsäule von Südamerika. Die einzelnen Chakren entsprechen bestimmten geomantischen »Kraftfeldern« dieses Kontinents. Schließt sich ein Yogi an das Energiefeld »Südamerika« an, dann kann er in einer synchron wirkenden Meditation mit seinen inneren Kräften auf die äußeren geologischen Kraftfelder Einfluss gewinnen und dort metapolitische Akzente setzen. Auch die Erde insgesamt weist nach Serrano einen »Ätherkörper« mit einer Wirbelsäule (die Polarachse) und verschiedenen Chakren auf, die Entsprechungen im mystischen Leib des Tanrikers haben. Das Gleiche gilt für die Sternenbilder. Die Wissenschaft von der »planetarischen Akupunktur« soll aus Shambhala stammen.[115]

Der Tantrismus als arische Weltkultur

Der Chilene sieht im tantrischen Weg die Einweihung einer hyperboreisch-solaren Tradition, welche einer semitisch-lunaren Einweihung entgegensteht. Der Tantrismus ist für ihn ein esoterischer Weltkult: Bei den Ägyptern, den Templern, den

Katharern, den Rosenkreuzern und bei den Geheimgesellschaften hinter Hitler (Thule-Gesellschaft) entdeckt er die tantrischen Mysterien. Die *soror mystica*, die mystische Schwester der Troubadoure, und die germanischen Walküren sind für ihn Formen der »Mujer Absoluta«, der absoluten Frau, die sich der Mann interiorisiert hat. Ebenso sollen die unterschiedlichen rituellen Verfahren, seine innere Frau zu entwickeln, in der SS bekannt gewesen sein. Sie habe einen »abendländischen Tantra-Yoga« praktizierte, der jedoch mit »den Überlieferungen des hinduistischen und tibetischen Tantrismus in Verbindung gebracht werden« muss. In Himmlers Wewelsburg hätten sich entsprechende tibetische Manuskripte befunden.[116] Die im Kaula-Tantrismus und dem dort verankerten Prinzip hyperboreischer Männlichkeit seien auch für die innere SS gültig gewesen: »Unser *Brahma* ist von der Brahmanischen Doktrin verschieden«, heißt es bei den Kaulas. »Er ist der Himmel und die Hölle, die Tugend und die Sünde, der Wunsch und die Zerstörung. Er ist überall im Bewusstsein und im Unbewussten im zweipoligen Spiel beider. Er ist es, der die Sklaverei verursacht und auch die Befreiung.«[117] Ein *Kaula* und ein SS-Mann sind aus demselben Holz geschnitten: »Ein Kaula und ein SS-Mann stellen sich jenseits jeder Antithese: *Upeksha*. Es gibt nichts, was sie nicht zu tun vermöchten, und sie fühlen das Gleiche vor dem Feinde wie vor dem Freunde oder vor sich selbst: *Upeksha* – die letztliche Gleichgültigkeit gegenüber Vergnügen und Schmerz, Himmel und Hölle, Gut oder Böse, Tag oder Nacht, Liebe oder Hass, Reichtum und Armut, gegenüber einer Prostituierten, der Mutter, der Schwester, der Tochter und der Gattin [...], gegenüber der Wirklichkeit und dem Traum, dem Ewigen und Vergänglichen.«[118] Aber es gibt dennoch ein Gesetz, an das sich ein *Kaula* und ein SS-Mann absolut gebunden fühlen: »Der unbedingte Gehorsam gegenüber dem Guru, dem Führer. Darin wird die Grenze nicht überschritten. Über den Gehorsam gibt es keine Erörterungen. Jeder beliebige Befehl wird augenblicklich, wie von einem Automaten ohne Bedenken ausgeführt, wie absurd dieser Gehorsam auch immer sein mag.«[119]

Der Chilene glaubt fest daran, dass der »Tantrismus« ursprünglich der zentrale Initiationsritus der »hyperboreischen« Kriegerkaste gewesen sei und dass sexualmagische Riten auch in der SS praktiziert wurden. Entsprechend ihrer tantrischen Weltanschauung standen die SS-Männer »jenseits von Gut und Böse« und ihre »schrecklichen Taten« werden deswegen von Serrano (wie vorher schon von Savitri Devi) gerechtfertigt, da die Ausrottung der Niederrassen (der Juden) ein kosmisches Gesetz erfülle. Sie handelten »ausschließlich auf der Suche nach jenem Zentralpunkt des Wesens, der transzendenten, solaren Männlichkeit.«[120] Die Befehle für ihre Taten erhielt die SS letztlich von ihren verborgenen Hintermännern. So soll zum Beispiel die »Endlösung der Zigeunerfrage« [viele Zigeuner kamen in den KZs um] direkt »aus Tibet an Hitler, sicherlich aus *Shambhala*« ergangen sein. Die Zigeuner hätten früher in Shambhala gelebt und wären von dort vertrieben worden. »Die Gründe hierfür«, so Serrano, »waren im Tibet des Dalai Lama bekannt.«[121]

Es ist nur konsequent, dass Serrano auch Hitler zu einem *Tantrika* erklärt. »Das Hakenkreuz«, schreibt Serrano, »ist das Symbol des Esoterischen Tantrismus Hitlers.«[122] Dass der Führer sexualmagische Praktiken mit einer »Weisheitsgefährtin«

(Karma Mudra) durchführte, ist für Serrano keine Frage. Eva Braun, die Geliebte und spätere Frau des Diktators, scheint diese Aufgabe jedoch nur zum Teil erfüllt zu haben. Hinter ihr – so Serrano – stand wieder einmal eine Größere: »Wir müssen deshalb in Betracht ziehen, dass die Beziehungen zu Eva Braun solche waren wie die zwischen Jesus und Magdalena in der christlichen Legende, wie die eines Alchemisten zu seiner mystischen Schwester ... Die Gegenwart der Frau, ihre telepathische, sich mitteilende Energie, die hierdurch erzeugten Spannungen sind für einen tantrischen Magier, für einen Kraftträger dieser Art unerlässlich. Die mystische Gemahlin Hitlers war jedoch nicht Eva Braun, sondern eine andere.«[123]

Serranos vier Begegnungen mit dem XIV. Dalai Lama

Wenn er sich auch keinen Zugang in das unterirdische Königreich Shambhala verschaffen konnte, so verschaffte sich Serrano jedoch einen mehrmaligen Zugang zum XIV. Dalai Lama. Immerhin gilt der tibetische »Gottkönig« nach eigener Tradition als diejenige Persönlichkeit, die gemäß den Lehren des *Kalachakra-Tantra* in ständigem rituellen und geistigen Kontakt mit dem Shambhala-Reich steht. So wurden für den Chilenen alle vier Treffen, die er mit dem Dalai Lama hatte (1959 an der indischen Grenze, in Delhi 1960 (?) und 1984, 1992 in Santiago de Chile) zu einem großen Ereignis auf seinem »Initiationsweg«. Seine Dalai-Lama-Kontakte geben an einem sehr konkreten Beispiel Aufschlüsse über die delikaten Beziehungen zwischen dem »SS-Mystizismus« und dem tibetischem Lamaismus.

Am 11. Juni 1959 begrüßte der Gründungsvater des »esoterischen Hitlerismus« – nach eigener Aussage – als »einziger und erster Ausländer« den aus Lhasa geflohenen »Gottkönig«, als dieser die indische Grenze überschritt. »Kurz vor der Einnahme Tibets durch die Truppen von Mao«, berichtet Serrano später in einem Interview, »gelingt dem Dalai Lama die Flucht nach Indien. Ich reiste in den Himalaja, um dort auf ihn zu warten.«[124] Angeführt wurde das Begrüßungskomitee von Ministerpräsident Jawaharlal Nehru, der – nach Serrano – dem tibetischen Kirchenfürsten auf einem Schimmel entgegenritt. Der Chilene erlebte dieses Treffen als ein Zeichen aus dem unterirdische Shambhala: »Auch ich entschloss mich hinzugehen. Nicht umsonst war mein Heiliger Orden für Tibet und Hindustan zuständig.«[125] Er trat also als der Repräsentant seines tantrischen Kriegerordens vor das Oberhaupt des tibetischen Buddhismus. Zum Empfang legte er den prachtvollen Brokatumhang an, den er kurz zuvor vom Maharaja-Kumar von Sikkim als Geschenk erhalten hatte und der über und über mit kleinen Hakenkreuzen bestickt war. Das Treffen verlief förmlich, doch der Dalai Lama sollte ihn – so Serrano – nie mehr vergessen: »Er bestand darauf, von uns Fotos machen zu lassen.«[126]

Das nächste Mal (wahrscheinlich 1960) traf der Chilene den »Gottkönig« in Neu-Delhi und erzählte ihm von seinen Astralreisen. »In Gegenwart seiner Würdenträger«, lesen wir in den Memoiren, »wollte er nicht weiter auf das Thema eingehen. Er äußerte sich im Gegenteil skeptisch über Lobsang Rampa und gerade auch über

Harrer und behauptete, dass sie bezüglich Tibet viele Dinge erfunden hätten.«[127] Schon damals gab sich der 25-Jährige in Gesprächen mit Ausländern »rationalistisch« und war äußerst vorsichtig, wenn die okkulte Seite seines Systems zur Sprache kam. Doch Serrano ließ in seiner Sucht nach dem Außergewöhnlichen nicht locker: »Daraufhin erinnerte ich ihn daran«, erfahren wir, »was Harrer über ihn in seinem Buch *Sieben Jahre in Tibet* geschrieben hatte. Dort berichtet er, dass der Dalai Lama bereits in jungen Jahren Texte der *Siddhas* über Techniken zur Loslösung des ›Astralkörpers‹, des *Lingasarira*, studiert habe. Und ich fragte ihn, ob auch er glaubte, dass es möglich sei, den psychischen Körper *(corpus sutil)* willentlich in die Ferne zu lenken. Er antwortete: ›Ja, das ist möglich. Dieser Prozess besteht aus verschiedenen Stufen. Wie die Schriften lehren, steht am Anfang die Konzentration auf ein Objekt; darauf folgt die teilweise Dissoziation des Geistes, wo man das Objekt wahrnimmt und gleichzeitig in ihm und nicht in ihm ist. Und auf der dritten Stufe ist man schon nicht mehr im Objekt sondern hat es bereits durchdrungen bzw. transzendiert, sodass es dasselbe ist, als wäre man nicht in ihm, da man eins mit dem Objekt ist. […] Für all dies braucht man Disziplin und einen geeigneten Meister… Es ist gefährlich, sich ohne einen Meister auf diesen Weg zu begeben …‹ – Sorgfältig bedachte er jedes einzelne Wort, umringt von seinen Würdenträgern, die jede seiner Äußerungen genau registrierten.«[128]

Was geschah nun weiter? »Wir verständigten uns mit Hilfe eines Dolmetschers, da er zu jener Zeit noch nicht Englisch sprach«, fährt Serrano fort. »Ich hatte ihm als Geschenk eine bescheidene Keramik aus Quinchamalí mitgebracht, einen schwarzen Fisch. ›Als Zeichen des Fische-Zeitalters, das zur Neige geht‹, sagte ich. ›Wir wollen hoffen, dass im Wassermann-Zeitalter Eure Heiligkeit Tibet zurückerlangt.‹ Er ließ mich wissen, dass er mir ebenfalls etwas schenken wollte, und fragte mich, was ich wünschte. Um irgendetwas zu sagen – fast im Spaß – antwortete ich: ›Einen von diesen honigfarbenen tibetischen Hunden mit den Haaren über den Augen, die *The Lyon of the Back Door of the Temple* genannt werden‹ (der richtige Name ist *Aspso-Lhasa*). Und der Dalai Lama bekundete sein Wohlgefallen mit einem spontanen Lachen. Er willigte ein. Eine Woche später meldete man mir von Seiten des Sekretärs des Dalai Lama, dass ich in seinem Haus das Geschenk abholen könnte. Es war eine Hündin, die den Namen einer tibetischen Göttin trug: *Dolma* [Dölma]. Ein wahrlich bezauberndes Geschenk, wohl die Inkarnation dieser Göttin oder von irgendjemandem, der auf die Erde kommen wollte um mich zu begleiten.«[129] Serrano wird diese Hündin über ihren Tod hinaus abgöttisch als eine Tierverkörperung der tibetischen Tara (Dölma) verehren, die ihm von dem »Gottkönig« zur Seite gestellt wurde. Er dürfte kaum gewusst haben, dass Ernst Schäfer von seiner SS-Tibetexpedition (1938/1939) ebenfalls einen solchen Lhasa-Apso-Hund als Geschenk des damaligen Regenten Reting Rinpoche an den »trefflichen Herrn Hitler (König) der Deutschen, der erlangt hat die Macht über die weite Erde!« mitbrachte.[130] Serrano hätte diese Tatsache sicher als einen Wink kosmischer Mächte gedeutet und sie ausführlich in seinen Schriften kommentiert. Hitler dagegen (ein Liebhaber von Schäferhunden) brachte für das Geschenk des kleinen Hundes kein großes Verständnis auf.[131]

Wie Hitler, Himmler und Devi so ist auch Serrano sehr tierliebend. Der letzte Band seiner Memoiren endet mit dem Nekrolog auf seinen Schäferhund Thor. Er weiß, dass Thor nach Walhalla eingegangen ist und dort auf Dolma und Blondi, Hitlers Lieblingshund treffen wird und dass alle drei Hunde als Berserker wiedergeboren werden, um an der Endschlacht für das kommende *Vierte Reich* teilzunehmen.[132]

Die dritte Begegnung Serranos mit dem Dalai Lama fand 1984 bei der Totenfeier für die von einem Fanatiker erschossene Indira Gandhi statt, also zu einem Zeitpunkt, als die gigantische Hitler-Apotheose des Chilenen (*Adolf Hitler, el Ùltimo Avatâra* – 1982) schon publiziert war. Der tibetische »Gottkönig« kam aus Dharamsala direkt nach Delhi, hielt sich jedoch während der Trauerzeremonien die ganze Zeit über im Hotel Ashoka auf, um keine Komplikationen mit China heraufzubeschwören. Er selber soll es gewesen sein, der Serrano zu sich bestellte. Gesprächsthema zwischen beiden war zuerst die Beziehung Tibets zu China. Die Chinesen hätten ihm ein Angebot für seine Rückkehr gemacht, erzählte dieser und fragte anschließend den Diplomaten, ob er diese Offerte annehmen solle: »Niemals!«, antwortete Serrano. »Schauen Sie doch, was mit dem Panchen Lama passiert ist. Mit China kann man sich auf keinerlei Verhandlungen einlassen, wenn man nicht in der stärkeren Position ist. China hält sich nicht an Verträge; sie respektieren nur Stärke und Macht. – ›Wir Tibeter haben große Fehler begangen und bezahlen jetzt dafür‹«, antwortete der Dalai Lama und Serrano fuhr fort: »Das Schicksal Tibets ist auf geheimnisvolle Weise mit dem *Dritten Reich* Deutschlands verbunden. Beide fallen praktisch gleichzeitig, innerhalb weniger Jahre.« Darauf antwortete der Dalai Lama: »Aber wir sind keine Arier, wenn auch eine starke Rasse ...« Serrano erwidert: »Der tantrische Buddhismus, die Sehnsucht nach Umwandlung des Menschen, nach Wiedererlangung einer verlorenen Macht ist arisch. Vielleicht waren die weißen Riesen ursprünglich *ainos*. Und das linksdrehende Hakenkreuz der *Bön*! Ich glaube, Eure Heiligkeit, dass wenn Tibet zusammen mit Hitler gefallen ist, es auch mit ihm zusammen zurückkehren wird. Wissen Sie, dass die ›Fliegenden Untertassen‹, die *Ufos*, die *Vimanas*, von Hitler sind und im *Dritten Reich* produziert wurden?«[133] Der Dalai Lama habe sich nicht überrascht, aber dennoch sehr interessiert gezeigt.

Serrano sieht also in der Rassenzugehörigkeit den wesentlichen Unterschied zwischen Lamaismus und »esoterischem Hitlerismus«, während es für ihn in anderen Fragen zahlreiche Berührungspunkte, Parallelen, Konvergenzen und Affinitäten zwischen den beiden Weltanschauungen gibt: »Zweifelsohne gehört der Dalai Lama als Person, auch durch seine Erziehung, nicht jenem [arischen] Tibet an. In der lamaistischen Gemeinschaft kann der Höchste Führer aus jeder sozialen Schicht stammen, ohne Rücksicht auf seine Herkunft, einzig bestimmt durch die Inkarnation. Es handelt sich also um eine rein spirituelle Aristokratie. Wie ich meine, besteht hierin der Irrtum. Die spirituelle Aristokratie reicht nicht aus, sie zählt, aber im gleichen Maße wie die rassische Aristokratie.«[134]

Die zunehmende »Kollaboration« des Dalai Lama mit dem »verhassten Westen«

erweist sich für Serrano immer mehr als Verrat an seiner höheren Aufgabe: »Er hat den ›Friedensnobelpreis‹ angenommen und wird nun dafür bezahlen, für seinen Lobgesang auf die Demokratie und die Erklärung, er werde sie einem ›regenerierten‹ Tibet auferlegen; einem Tibet, wo er oder ein anderer durch ›Volksabstimmung‹ gewählt werden, da er *›niemals ein Gott gewesen‹* sei. Mehr noch: Er wird McDonald's nach Lhasa holen und den Lamas Blue Jeans anziehen! Heute denke ich, dass er vielleicht besser das chinesische Angebot angenommen hätte und so zwar physisch verschwunden wäre, aber durch das Opfer seiner irdischen Existenz den *Mythos* erhalten hätte. Und ich bereue den Rat, den ich ihm damals gab.«[135]

Serrano ist angesichts einer solchen Entwicklung zutiefst enttäuscht und fasst zusammen: »Dieser Dalai Lama, der mein Freund war, ist ›demokratisch‹ geworden; er hat sich mit jüdischen Beratern und Dolmetschern umgeben und sich seinen Weltreisen gewidmet, um ›Disneyland‹ zu besuchen, Hollywood, sich mit Künstlern, mit Rocksängern Arm in Arm aufnehmen zu lassen in dem Glauben, dass die Demokratien und ›Menschenrechtsorganisationen‹ ihm sein Vaterland im Himalaja zurückgeben könnten. Auf diese Weise hat er den letzten Großen Traum seines Volkes zunichte gemacht. Und auch den vieler anderer. Er hat den *Archetypen* entweiht.«[136]

So ging der Chilene zu der letzten Begegnung, die 1992 in Santiago de Chile stattfand, ohne große Erwartungen hin, ja mit einem gewissen Sarkasmus: »Er [der Dalai Lama] war von einer dieser unzähligen Organisationen von Schwachsinnigen nach Chile geholt worden, die ohne es zu wissen – oder vielleicht auch wissentlich – alle zunichte machen; die sich Buddhisten nennen, ohne zu wissen, was das bedeutet, und die unsere Nationalitäten dem entsetzlichen Totalitarismus einer kleinen Gruppe Krimineller opfern, die uns schließlich versklaven werden. Und der Dalai Lama, betrogen oder nur naiv, hat sich dazu missbrauchen lassen, in dem Glauben, dass er auf diese Weise sein magisches Vaterland zurückgewinnen und die Chinesen vertreiben könne.«[137] Trotz dieser »ernüchternden« Einsicht und scheinbar unüberbrükkbarer Grenzen ließ der Gründer des »esoterischen Hitlerismus« nicht locker. Er suchte erneut das Gespräch mit dem Kirchenfürsten.

33 Jahre nach dem ersten Treffen zog er wieder dasselbe Hakenkreuz-Kleid an, das ihm der Maharaja-Kumar von Sikkim geschenkt hatte, und ging zum Flughafen. Dort gelang es ihm – nach eigenen Worten »durch höchste Konzentration« – die alte mystische Freundschaft erneut »aufblitzen« zu lassen: »Durch meine Anstrengung, auf magische Art und Weise die Schranken zu durchbrechen und bis zu ihm vorzudringen, war in Chile für einen Moment, einen winzigen Augenblick die tibetische Magie, die des *Swastika* der *Bön,* im Glanz der heiligen Anden aufgeblitzt und hatte uns beide wie ein sagenhafter Lichtschein umfangen. Als er mich sah, wie ich ihn dort am Flughafen erwartete, verwandelte sich seine gesamte Erscheinung: der Dalai Lama vergaß die anderen und kam direkt auf mich zu. *›Om Mane* [sic] *Padme Hum‹* – ›Heil, o Lotusblume im Sumpf!‹«[138] – Diese Auslegung ist zwar eigenartig, denn üblicher Weise wird das berühmte Sanskrit-Mantra mit »O Kleinod im Lotus« übersetzt, aber Serrano mag sich etwas dabei gedacht haben.

1992 trifft Miguel Serrano, der Begründer des »esoterischen Hitlerismus«, zum vierten Mal den XIV. Dalai Lama.

Nach dieser letzten Begegnung hatte der Gründer des »esoterischen Hitlerismus« erkannt, dass der Dalai Lama als »Archetyp« immer noch derselbe ist; dass die Buddhawesen und Gottheiten, die ihn besetzen und denen er als »körperliches Gefäß« dient, sich nicht geändert haben, gleichgültig, welche politische Taktik der Dalai Lama als »Mensch« auch einschlagen mag.[139] Er ist und bleibt ein Produkt – so Serrano –, entstanden aus »der Wissenschaft der tantrischen Siddhas [Großmagier] und der lamaistische Buddhismus ist weiterhin mit dem verlorenen Wissen aus Atlantis verbunden.«[140] Die klare Unterscheidung zwischen dem Dalai Lama als »Mensch« und dem Dalai Lama als »Gottheit« (oder Siddha), die Serrano vollzieht, ist ein Glaubenssatz in der tantrisch-buddhistischen Lehre, die dem gesamten System zugrunde liegt. Im folgenden Kapitel über das *Kalachakra-Tantra* werden wir ausführlich darauf zu sprechen kommen.

Die skeptische und schwankende Haltung Serranos gegenüber dem XIV. Dalai Lama erstaunt einen nicht, wenn man weiß, dass alle Anhänger des »SS-Mystizismus« davon überzeugt waren, im tibetischen Buddhismus sei vorbuddhistisches, arisches, atlantisches und hyperboreisches Wissen gespeichert. Das führte einerseits zu einer großen Faszination von der lamaistischen Kultur, anderseits zu einem Misstrauen gegenüber den mongolisch-tibetisch-gelben Verwaltern der ehemals indo-arisch-weißen Urtradition. Doch scheint der Chilene etwas vertrauensvoller zu sein als sein »SS-Kollege« Wilhelm Landig, der – bei allem Respekt vor dem Lamaismus – höchste Vorsicht angesichts der tibetischen Mönchskaste gefordert hatte, da sie ganz ähnliche metapolitische Ziele verfolge wie die Kriegerkaste der »Schwarzen Sonne«. Beiden gehe es um den Platz auf dem Weltenthron, Frage sei nur, welcher »Führer« von beiden diesen besetzen werde, der mongolisch-tibetische »Große Khan« oder der arische »Vishnu-Wotan-Hitler-Avatar«. Eine solch ehrgeizige Ambition des Lamaismus und des Dalai Lama auf den Chakravartin-Posten – wie es Landig befürchtet hat – wird im Werk Serranos nicht angesprochen. In seiner *Cosmogonia Hitleriana* haben die Tibeter und Mongolen ausschließlich eine dienende Rolle. Sie sind so genannte »Wächtervölker«, welche »die Eingangstore zur unterirdischen Welt Agarthis und Shambhalas, dem Zufluchtsort der großen hyperboreischen Führer, an der Erdoberfläche bewachen.«[141] Zudem kommen ihnen Botenfunktion zu: »Die Verbindungen des Hitlerismus zu den Tibetern oder Mongolen bestanden sodann nicht unmittelbar, sondern mittelbar insofern, als diese den Kontakt zu den Hyperboreern der versunkenen Welt herstellten und den freien Durchgang sowie die Überbringung physischer Botschaften ermöglichten. Tibeter und Mongolen waren ihre Vasallen.«[142] In *Manu* klagt er gar den tantrischen Lamaismus an, »die Kriegerzivilisation der weißen *Dropas*« zerstört zu haben. Bei den Tibetern handele es sich um eine Mischrasse zwischen den hellhäutigen *Dropas* und den Mongolen.[143]

Die metaphysische Konkurrenz zwischen Lamas und Ariern durchzieht die gesamte Literatur des »SS-Mystizismus«. Es handelt sich hierbei aber ausschließlich um eine mit dem Rassen- und dem Kastengesetz (Priester gegen Krieger) begründete Differenz, die hier zur Debatte steht, nicht aber um einen konzeptionellen Unterschied im Weltbild der beiden »Rassen«. Inhaltlich werden die indisch-tibetische Lehren von den Nazi-Visionären als geistige Schatzkammern, oft sogar als gemeinsames Erbe angesehen. Die Werke Evolas, Devis, Landigs und Serranos sind so durchwachsen von Bildern und Denkmodellen aus dem asiatischen Kulturkreis, dass sich die Anleihen aus nordisch-germanischen Traditionen im Vergleich hierzu als ziemlich mager erweisen. Auf die Frage, ob es hierbei nur um faschistische Projektionen auf die östlichen Religionen oder um tatsächliche Kulturimporte handelt, werden wir im nächsten Kapitel zu sprechen kommen.

Serranos Hitlerismus muss als der Höhepunkt des »SS-Mystizismus« bezeichnet werden. Trotz seiner Phantasmen wiederholt er im Kern alle Denkinhalte, die wir schon vom SS-Ahnenerbe her kennen und die damals von einem Großteil der deutschen Orientalisten vertreten wurden. Das virtuelle Universum des Chilenen baut jedoch nicht nur auf asiatischen Mythologemen auf, sondern bedient sich auch der buddhistischen Erkenntnistheorie. Für Serrano ist die Welt, wie wir sie vorfinden, eine Welt bloßer Erscheinungen, sie ist im Kern eine rein mentale Schöpfung. Wer sich in der Handhabung machtvoller Symbole auskennt, der kann die Realität magisch verändern und ihr seine »Imagination« aufzwingen. Dieses erkenntnistheoretische Paradigma teilt der Gründer des »esoterischen Hitlerismus« mit allen Schulen des Tantrismus.

Eine satanistische Interpretation der »Schwarzen Sonne«

»Serranos mystischer Neo-Nazismus [...] hat einen besonderen Reiz für die jüngere Generation«, schreibt der Historiker Goodrick-Clarke. »Hier wird der Nazismus zu einer Pop-Mythologie, abgetrennt von dem historischen Kontexten des Dritten Reichs. Die gnostischen Katharer, die Rosenkreuzer-Mysterien, die Hindu-Avatare, die außerirdischen Götter üben eine sensationelle und okkulte Wirkung auf machtvolle elitistische Mythen vom planetarischen Schicksal, von der kosmischen Verschwörung der Juden, von der Rassenideologie und weißer Überlegenheit aus. Serranos Bücher [...] zirkulieren heute in Kreisen der Neuheiden, der Satanisten, der Skinheads, der Nazi-Metal-Music-Fans in den USA, Skandinavien und Westeuropa.«[144] Ihre schwarze Uniform, Totenkopfring und Totenkopfmütze sowie ihre enge Beziehung zu Leichen brachten es mit sich, dass SS-Männer in diesem internationalen Subkulturmilieu als Ikonen des Krieges, der Gewalt, der Rebellion und des Todes verehrt werden. Ein düsterer, nekrophiler, sadistischer, sexistischer, aggressiver, manchmal auch melancholischer »SS-Mystizismus« ist dort international verbreitet. Einige der einschlägigen Musikgruppen haben CDs mit einer Auflagenhöhe von 100.000 Stück produziert. Die Titel (hier alle ins Deutsche übersetzt) sprechen für sich: »Weiße Revolution ohne Gnade«; »Eher tot als ehrlos«; »Blitzkrieg«; »Zerdrücke die Schwachen«; »Geboren, um zu hassen«; »Kult des heiligen Krieges«; »Evangelium der Unmenschlichkeit«; »Hitler hatte Recht«; »Ein Haufen toter Juden«. Die Namen verschiedener Bands lauten Aryans, Svastika, Das Reich, Nordic Thunder, White Power, Warlord, No Remorse, The Order, Storm Section, Glorreiche Taten, Nordland, Valhall, Posessed, Kristallnacht, SS-1488, Ragnarök, Spear of Longinus, Blood Axis, Allerseelen, Sol invictus und so weiter. Auch in rein satanistischen Kreisen werden Ideen von Miguel Serrano, Savitri Devi, Otto Rahn, Corneliu Codreanu, Julius Evola, Karl Maria Wiligut und Lanz von Liebenfels verarbeitet. Die »Schwarze Sonne« ist hier zu einer machtvollen Symbolfigur geworden. In der einschlägigen Literatur dieses Milieus werden Vril, Thule und das SS-Ahnenerbe zu Metaphern der Unterwelt. Himmler gilt als satanistischer Eingeweihter.

Als Beispiel für den SS-Satanismus möchten wir zwei Songs des in Malaysia geborenen englischen Komponisten und erfolgreichen Musikstars David Tibet vorstellen. Tibet bezeichnet sich als Apokalyptiker, Sympathisant des Teufels, Bewunderer des Drachens und der großen Hure aus der *Johannes-Offenbarung*, Anhänger des englischen Magiers Aleister Crowley und der Schwarzen Romantik (Baudelaire, Huysman, Lautréament) und als tantrischer Buddhist. »Mein Hauptinteresse konzentrierte sich auf den tibetischen Buddhismus«, bekennt Tibet in einem Interview über seinen geistigen Werdegang.[145] Das war auch der Grund, weshalb er den Künstlernamen »Tibet« wählte. Die makabre Welt der tibetischen Tantras, der morbiden Ritualgegenstände, die magisch aufgeladene lamaistische Ritualmusik faszinierten den Musiker. Als Instrumente wurden von ihm auch traditionelle tibetische Mikang-Lingbus benutzt. Das sind aus menschlichen Oberschenkelknochen hergestellte Trompeten, die im lamaistischen Ritualwesen eine besondere Bedeutung haben.

In einem Song mit dem Titel *Swastikas for Noddy* beschwört »Tibet« die »Schwarze Sonne« als das Gestirn der Weltvernichtung: »Die Sonne wird schwarz, die Erde versinkt / die hellen Sterne kippen / Feuer und Dünste schlagen nach oben und brechen / mit dampfender Hitze gegen den Himmel selbst. / Bruder kämpft mit Bruder / Sie schlachten sich gegenseitig / Töchter und Söhne mischen sich im Inzest / Der Mensch ist Spielzeug von Mächten der Unzucht / Eine Achsen-Zeit, eine Schwert-Zeit …«[146]

»Tibets« bekanntestes Lied *Hitler as Kalki* war ein durchschlagender Erfolg. »Wir werden Gott nicht mehr gedemütigt auf einem Esel sehen«, heißt es in dem Text. »Sondern sieh, sieh auf einem weißen Pferd kommt er daher, ein flammendes Schwert in der brennenden Hand.« Und jetzt zitiert »Tibet« die *Bhagavadgita*: »So – ich werde zum Tod, der Zerstörer der Welten.« Der Refrain des Songs lautet: »Hitler kommt als Kalki – Kalki kommt als Hitler«. Wie eng sich der Komponist bei dem Song an Bildern des lamaistisch-buddhistischen Tantrismus orientiert hat, zeigen die folgenden Zeilen mit den (mitgesungenen) tibetischen Übersetzungen in den Klammern: »Alles wird zur Leere, aber geht durch das Feuer. Geheime Mutter (gsang yum chen mo) – Geheimer Vater (gsang yab chen po).«[147]

Aus diesem Bezug zum tibetischen Kulturkreis lässt sich weiterhin schließen, dass in Tibets Song nicht der Kalki des indischen *Vishnu Purana* gemeint ist, sondern der 25. Kalki-König von Shambhala (»Rudra Chakrin«) des tibetisch-buddhistischen *Kalachakra-Tantra*. Dieses hat den Kalki-Mythos des *Vishnu Purana* übernommen. Auch der Shambhala-König wird als Rächer (er trägt Shivas Namen »Rudra« und Vishnus Namen »Kalki«) in einer Endschlacht alle Andersgläubigen vernichten. Ein weiterer Bezug zum *Kalachakra-Tantra* in Tibets Song besteht in dem Satz: »Alles wird zur Leere – aber geht durch das Feuer.« Dies ist exakt das kosmische Szenario, das in diesem »Heiligen Text«, mit dem wir uns im nächsten Kapitel auseinander setzen werden, beschrieben ist.[148] Der Song endet mit den Zeilen: »Oh – eines Tages wird die Welt sehen: Hitler als Kalki – Kalki als Hitler. […] Zuerst kommt er – von einem Hügel – dann rennt er durch die Stadt – dann steht er: Leer von Frieden, leer vom Ort, leer von Mitleid […] Hitler als Kalki.«[149]

Das Ideengebäude der Nazi-Visionäre und das Kalachakra-Tantra

Was real im Dritten Reich stattfand, war ein bewusst betriebener Kulturimport asiatischen Gedankenguts durch das SS-Ahnenerbe und sein Umfeld. Tibetischen Lamas kam in dieser Zeit und bei diesem Vorgang keinerlei sichtbare und aktive Rolle zu. Es waren ausschließlich faschistisch gesinnte »Westler«, die sich aus dem Schatzhaus östlicher »Weistümer« (wie es damals hieß) bedienten, aber darunter befanden sich neben obskuren Okkultisten wie Karl Maria Wiligut auch so hoch qualifizierte Orientalisten wie Walther Wüst, Jacob Wilhelm Hauer, Erich Frauwallner, im gewissen Sinne auch Jean Marquès-Rivière und so kenntnisreiche Kulturphilosophen wie Julius Evola. Bei all diesen am Faschismus orientierten Gelehrten bestand ein Konsensus darüber, dass die indischen Lehren (die *Veden*, die *Bhagavadgita* und der Buddhismus) »arischen« Ursprungs seien. War diese Voraussetzung einmal »geklärt«, dann konnten ganze »Blöcke« der östlichen Glaubensrichtungen zur Rekonstruktion einer vermeintlichen »arischen Urreligion« übernommen werden. Die Frage ist nun zu beantworten, ob diese »Blöcke« tatsächlich und korrekt die traditionellen Lehren der *Veden*, des Buddhismus, des Lamaismus usw. beinhalteten oder ob die verschiedenen asiatischen Doktrinen von den Nazi-Visionären und ihren Erben missverstanden oder bewusst falsch interpretiert wurden, um sie anschließend für ihre faschistischen Machtträume auszubeuten.

Verschwörungstheorien und die Nazi-Tibet-Connection

Eminent erschwert wird eine aufklärende Auseinandersetzung über das Thema »Buddhismus und Faschismus«, insbesondere aber über die *Nazi-Tibet-Connection*, von der Tatsache, dass dieses Territorium von Verschwörungstheorien völlig kontaminiert ist. Wir befinden uns hier in einem Milieu des Okkultismus, das seinesgleichen sucht. Gegner wie Befürworter des Lamaismus sind beide darin verwickelt, ebenso wie Nazis und Anti-Nazis. Die Bezüge gestalten sich noch komplizierter, weil alle von der paranormalen Fähigkeit tibetischer Lamas ausgehen, das Bewusstsein anderer Menschen durch Gedankenkraft manipulieren zu können. Selbst von höchster lamaistischer Stelle werden solche fragwürdigen und phantastischen Fertigkeiten in Anspruch genommen. Wir haben schon erwähnt, wie der junge XIV. Dalai Lama vor seinem Mentor Heinrich Harrer damit prahlte, er vermöge es, aus der Ferne auf das Denken anderer einzuwirken: »Er erzählte mir«, so Harrer, »dass er sich gerade mit Büchern beschäftige, die uraltes Wissen über die Wege der Trennung von Körper und Geist überlieferten. Denn die Geschichte Tibets weiß von vielen Heiligen, denen es gelang, ihren Geist Hunderte von Meilen entfernt wirken zu lassen, während ihr Körper in Meditation versunken dasaß. Der junge Dalai Lama war überzeugt, dass er es kraft seines Glaubens und mit Hilfe der vorgeschriebenen Riten dazu bringen könne, an weit entfernten Orten, zum Beispiel Samye, zu wirken. Wenn er so weit wäre, wollte er mich dorthin schicken und mich von Lhasa aus dirigieren.«[1] Auch heute ist der XIV. Dalai Lama davon überzeugt, seine Religion verfüge über entsprechende mentale Superkräfte. Er spekuliert sogar darüber, ob der vom Körper getrennte Geist eines Yogi nicht in einem Computer »überleben« könne, um von dort aus wirksam zu sein: »Ich kann aber die Möglichkeit nicht ausschließen«, so der Gottkönig, »dass ein vorhandener Bewusstseinsstrom in den Computer eintritt, wenn die entsprechenden äußeren und karmischen Bedingungen gegeben sind … ganz so wie bei der gewöhnlichen Reinkarnation auch. Solch eine Wiedergeburt wäre dann halb Mensch, halb Maschine.«[2] Solche und ähnliche Selbsteinschätzungen vom höchsten Repräsentanten des Lamaismus fördern selbstverständlich »Verschwörungstheorien« aller Art.

Will man eine sachliche Diskussion über die tatsächlichen Religionsinhalte des Lamaismus und deren mögliche Konvergenzen mit Inhalten des religiösen Faschismus eröffnen, dann muss man sich von jeglicher »Konspirationsspekulation« fernhalten. Denn ob es so etwas wie eine »lamaistische Verschwörung« überhaupt gibt oder nicht, ist für diese Debatte nicht entscheidend, ausschlaggebend sind allein die religiösen Ideen und Praktiken, die der Lamaismus seit einigen Jahrzehnten weltweit und mit großem Erfolg verbreitet und deren Überprüfung auf Affinitäten mit Nazi-Visionen. Wenn es solche Affinitäten oder Konvergenzen zwischen den beiden Systemen überhaupt nicht gibt, wenn der tibetische Buddhismus tatsächlich, wie es der XIV. Dalai Lama ohne Unterlass kundtut, mit einem an humanistischen Werten orientierten Weltbild übereinstimmt und zu einer Friedenspolitik beiträgt, dann könnten etwaige von Lamas getätigte »geheime Verschwörungen« sogar etwas Förderliches sein.

Grundlagen buddhistischen Denkens und die Weltanschauung des Nationalsozialismus

Der Lamaismus, mit dem wir uns in diesem Kapitel primär auseinander setzen, erklärt sich selber zum Höhepunkt in der langen Entwicklungsgeschichte des Buddhismus. Obgleich sie ein sehr spezifisches Religionssystem entwickelt haben, leiten die Lamas ihr Lehrgebäude aus Grundsätzen des Frühbuddhismus ab. So ist, bevor wir also auf die eigentliche *Nazi-Tibet-Connection* zu sprechen kommen, zu fragen, ob nicht schon zwischen bestimmten Grundgedanken des Buddha Shakyamuni und dem Weltbild der Nazis und Neonazis »Affinitäten« festzustellen sind. Dankenswerterweise ist der Buddhismusforscher Volker Zotz vor dieser delikaten Frage nicht zurückgeschreckt: »Beruhen die Berührungspunkte, die sich zwischen Buddhismus und Nationalsozialismus zeigten, auf bloßen Fehlinterpretationen ursprünglich buddhistischer Anliegen in westlicher Wahrnehmung? Oder bestehen jenseits rezeptionsbedingter Verzerrungen innere Affinitäten?«, fragt Zotz in seinem Buch *Auf glückseligen Inseln – Buddhismus in der deutschen Kultur* eingedenk der Tatsache, dass sich in der Zeit des Dritten Reichs so viele deutsche Buddhisten von den Ideen der Nazis angezogen fühlten.[3]

In seinen Antworten weist Zotz erst einmal darauf hin, dass der Urbuddhismus als eine originäre Doktrin kaum zu rekonstruieren ist. Dies werde schon durch das sehr frühe Auftreten unterschiedlicher Schulrichtungen unmöglich gemacht. Hinzu komme die Verbreitung der Buddha-Lehre in Ländern mit differierenden Kulturen. Immer wieder zeige sich bei deren Begegnungen mit dem Buddhismus ein synkretistischer Zug, in China würden die Texte daoistisch, in Japan shintoistisch und in Deutschland idealistisch interpretiert. So erscheine diese anpassungsfähige östliche Lehre in der jeweiligen Kultur, in der sie sich zu verankern suche, in den Kostümen dieser Kultur, d. h. im NS-Regime als nazistisch, unter Mussolini als faschistisch, unter Lenin als kommunistisch und in Amerika als demokratisch. Dies ist nun nicht als reiner Opportunismus zu bezeichnen, sondern ergibt sich konsequenterweise aus dem buddhistischen Paradigma, dass alle Erscheinungen der Außenwelt keine inhärente Existenz haben und deswegen relativ sind. Entsprechendes muss auch für die Politik wie für andere gesellschaftliche Machtverhältnisse gelten. Dennoch ist die Begegnung des Buddhismus mit dem Nationalsozialismus von anderer Natur als zum Beispiel seine Begegnung mit dem Christentum oder mit dem westlichen Kapitalismus. Immerhin sahen bedeutende NS-Kulturwissenschaftler im »arischen Buddha« einen deutlichen Repräsentanten der eigenen, verschütteten arischen Urreligion, die man jetzt wieder in den germanischen Ländern restaurieren wollte. Die Nazi-Visionäre verehrten also den »Religionsgründer« Buddha Shakyamuni als einen der »ihren« und glaubten, in dessen Lehre etwas wiedergefunden zu haben, was ihrer »Rasse« vor Jahrtausenden verloren gegangen war.

In seiner Geschichte des deutschen Buddhismus hat Volker Zotz nicht nur auf personale Verbindungen von Buddhisten zum NS-Regime hingewiesen, sondern auch buddhistische Lehrinhalte auf ihre »inneren Affinitäten« mit faschistischen Grundeinstellungen hin untersucht. Insgesamt vier dieser Lehrinhalte möchten wir hier kurz darstellen:

Die Amoralität der Lehre
Die Karma-Lehre
Die Anatta-Lehre
Das Guru-Prinzip

Die Amoralität der Lehre

Schon Friedrich Nietzsche hatte in seiner Schrift *Der Antichrist* (§ 20) auf die Amoralität des Buddhismus hingewiesen: »Er steht, in meiner Sprache geredet, jenseits von Gut und Böse.« Der deutsche Philosoph des »Übermenschen« und der faschistische Traditionalist Julius Evola betonten mit Recht, dass die ursprüngliche Buddha-Lehre keine ethischen Absichten verfolge.[4] Der Frühbuddhismus ist vor allem eine Methodenanleitung zur »Erleuchtung« und keine Moraltheologie. Das soll nun nicht heißen, dass er deswegen zu »bösen« Handlungen aufruft, sondern vielmehr, dass für ihn ethische Erwägungen keine primäre Bedeutung haben. »Im Erloschensein, in der Leerheit, im Nichts lässt sich kein moralisches Gesetz verankern. Warum darf ich nicht töten, nicht stehlen, wenn letztlich alles gleich unwert ist, daran zu haften, wenn alles loszulassen ist? Tatsächlich ist nach alter buddhistischer Lehre die Befreiung nicht durch moralisches Tun zu erlangen, sondern einzig durch Aufgabe alles Anhaftens an den Dingen und Wesen der Welt einschließlich seiner selbst«, schreibt Zotz.[5]

Auch die von Buddha geforderte Überwindung von Hass, Gier und Nichtwissen wird nicht als ein »ethisches« Postulat verstanden, sondern gilt vielmehr als eine »Hygiene des Geistes«. Dieser geforderte Gleichmut, diese Unabhängigkeit von Wollen und Nichtwollen, von lebendig oder tot sein, von Entstehen und Vergehen lassen soziale Themenstellungen entweder in die Bedeutungslosigkeit fallen oder als »gegeben« und »unveränderlich« hinnehmen, wie grausam diese auch sein mögen: »Der Buddha erschaut das Entstehen und Vergehen der Vielzahl von Welten, die Geburt und das Sterben der Masse von Lebewesen und lässt alle gleichermaßen los«, lesen wir bei Volker Zotz und er fährt fort: »Die körperliche Liebe, die Geburt eines Kindes und die Verbrechen von Auschwitz sind aus dieser Warte nichts anderes als die vermeintliche Existenz der eigenen Person, nämlich ein ungezählte Male schon da gewesener bedingt entstandener Ausdruck blinden Durstes, substanzlosen Geschehens, der Mühe einer Teilnahme nicht wert.«[6]

Weltanschauliche Probleme von nationalsozialistischer Seite gab es jedoch damit, dass die buddhistische »Amoralität« primär Ausdruck einer »Philosophie des Nicht-Handelns« war, während sich das NS-Regime an einer »Philosophie der Tat« orientierte. Gelöst wurde dieser Widerspruch, in dem man sich entweder auf zenbuddhistisch geprägte Aktionsstile wie den japanischen Samurai-Kult bezog oder sich über eine Kombination von »Handeln« und »Nicht-Handeln« Gedanken machte – auch dabei konnte man auf buddhistische Schulrichtungen zurückgreifen. Zum Beispiel ist der »meditative Einfluss« auf die »Welt der Tat« durch die »allmächtigen« Gedanken eines Yogis eine »spirituelle Disziplin« des tantrischen Buddhismus, die insbesondere Julius Evola und Miguel Serrano, aber auch Jakob Wilhelm Hauer interessierte.

Die Karma-Lehre

Die buddhistische Karma-Lehre besagt, dass der Mensch ausschließlich das Produkt seiner Handlungen ist, die er in vorangegangenen Leben begangen hat. Eine solche Weltsicht lässt sich auf barbarische Weise mit dem nazistischen Rassenwahn kombinieren: »Konsequent angewandt verneint diese Idee, dass es unschuldige Opfer geben könne«, schreibt Volker Zotz. »Wie man aus vorgeburtlichem Wirken arm oder reich ist, lassen sich mit dem Karma alle Ungleichheiten zwischen Menschen und das daraus folgende Leid als letztlich selbst verursacht erklären. Dass der verfolgte Jude nicht als Arier geboren wurde, dass der Behinderte mit eingeschränkten Möglichkeiten zur Welt kam, dass eine Frau Opfer einer Vergewaltigung wird, allem, was Menschen erleiden, haftet der Geruch früherer Schuld an. [...] Was im nationalsozialistischen Deutschland zum Beispiel mit Juden geschah, brauchte den buddhistisch bewegten Arier nicht zu kümmern, vollzogen sich doch hier gesetzmäßige Wirkungen des Karma.«[7] Auch in buddhistischen Ländern dient die Karma-Lehre als ein Argument für rassistische Ideologen, zum Beispiel im Konflikt zwischen Singhalesen und Drawiden in Sri Lanka. »Auf Ideen des buddhistischen Erneuerers Anagarika Dharmapala, der sich dazu im westlichen Rassismus inspiriert haben soll, geht das Konzept der arischen buddhistischen Singhalesen zurück. Besonders in Deutschland hätte Dharmapala in der indologischen und buddhistischen Literatur zahlreiche Impulse aufnehmen können.«[8]

Die Anatta-Lehre

Die buddhistische Anatta-Lehre (*anatta* = Nicht-Selbst) setzt sich mit dem »Selbst« und dem »Subjekt« der Befreiung, d. h. mit dem Individuum, auseinander. Sie vertritt das Dogma von der »Illusion eines Ichs« und fordert als Disziplin die »Aufgabe des Ichs«. Edward Conze, der bedeutendste westliche Spezialist des Mahayana-Buddhismus, glaubte in dieser Doktrin eine große Affinität zwischen Buddhismus und Kommunismus entdeckt zu haben, da Letzterer die »Aufgabe des Ichs« im Kollektiv einfordere. Entsprechendes lässt sich jedoch auch für den Nationalsozialismus sagen, nur ist das Kollektiv in diesem Fall nicht das »Proletariat«, sondern die »Volksgemeinschaft« beziehungsweise die »arische Rasse«.

Der australische Wittgensteinforscher Kimberley Cornish vertritt sogar die Meinung, Adolf Hitlers gesamte Denkstruktur sei schon vor dem Ersten Weltkrieg über die Bücher des Buddhismuskenners Arthur Schopenhauer von der Anatta-Lehre geprägt worden. Diese Lehre – so Cornish – beinhalte den Glauben an die Nicht-Existenz eines individuellen Ichs und spreche von der Aufhebung einer Subjekt-Objekt-Trennung. Sie gehe ebenfalls aus von der »Nicht-Subjektivität« des Geistes, die Schopenhauers »universellem Willen« entspreche. Hitler habe diesen durch den von ihm ständig strapazierten Begriff des »Volkswillens« ersetzt.[9] Auch Volker Zotz gesteht Affinitäten zwischen der im Buddhismus geforderten Ich-Aufgabe und dem nationalsozialistischen Kollektivismus zu: »In der Konsequenz finden wir hier [...] eine ähnliche Struktur in Buddhismus und Nationalsozialismus: Der Mensch wird wirklich bedeutend, indem er aufgab, was seine Einzigartigkeit, sein individuelles Wünschen und Wollen ausmachte. Er wird wichtig, indem all das, was er als Persönlichkeit war, unwichtig wurde, um dem Wirken für ein Programm Raum zu geben.«[10] Zotz verweist zwar auf den Unterschied, dass – nach der Mahayana-Lehre – ein Buddhist sein Ich auflöse für die »Befreiung« aller leidender Wesen und ein Nationalsozialist für »Volk und Rasse«, doch »konnte dies in der Geschichte des Buddhismus auch immer wieder bedeuten, dass es geboten sei, aus Mitleid und Weisheit zu töten.«[11] Was darunter zu verstehen ist, werden wir im Zusammenhang mit dem *Kalachakra-Tantra* erörtern.

Das Guru-Prinzip

Das Verhältnis des buddhistischen Schülers zu seinem Guru (Lama) hängt eng mit der Anatta-Lehre zusammen, denn die gesamte Guru-Praxis hat in der ersten Phase den Sinn, das »Ich« des Schülers auszulöschen. An die Stelle des Individuums tritt dann je nach Schule und je nach »Erleuchtungsgrad«: der Meister und seine Linie oder ein Buddhawesen oder eine friedliche oder zornvolle Gottheit – in letzter Instanz die Leerheit (Nirwana). Das Guru-Prinzip verlangt vom Schüler die absolute Unterwerfung unter den Willen des Meisters und die völlige Vernichtung seines eigenen individuellen Willens. Hören wir hierzu den Ende der 1980er-Jahre verstorbenen und als Heiligen verehrten tibetischen Lama Kalu Rinpoche: »Du sollst beten, deinen Guru in all deinen Leben zu begleiten, wie der Schatten einen Leib begleitet, um nicht einmal für einen Augenblick von ihm getrennt zu sein. Was immer du tust, soll zur Freude des Gurus getan sein. Ohne Guru ist Erleuchtung unmöglich. Der Guru ist der Buddha. Alles, was dir geschieht, ob gut oder schlecht, trägt den Segen und das Mitgefühl des Guru. Wenn es gut ist, dann danke deinem Guru; wenn es schlecht ist, half es dir ›wach‹ zu werden und so solltest du wiederum deinem Guru dankbar sein. Den Guru als normale Person zu betrachten ist eine perverse Haltung. Was immer auch der Guru tut, du musst es als Lehre akzeptieren.«[12] Folgt der Schüler den Anweisungen seines Meisters nicht, dann drohen ihm schreckliche Strafen: »Was ich dir auftrage, das musst du tun«, sagt zum Beispiel der Dalai Lama zu einem Initianten im berühmten Kalachakra-Ritual. »Du sollst mich nicht gering schätzen, und falls du es tust, wird die Zeit des Todes kommen, ohne dass die Angst von dir weicht, und du wirst in eine Hölle stürzen.«[13] Es bedarf keiner weiteren Erörterung, dass sich ein solch grenzenloses Unterordnungsgebot bestens mit dem von einem SS-Mann geforderten Kadavergehorsam verträgt. »Es gibt jedoch für den […] Helden, den Saddhaka [Schüler] ebenso wie für den SS-Mann eine einzige Grenze«, schreibt Miguel Serrano, der Gründer des »esoterischen Hitlerismus«. »Der unbedingte Gehorsam gegenüber dem Guru, dem Führer.

Darin wird die Grenze nicht überschritten. Über den Gehorsam gibt es keine Erörterungen. Jeder beliebige Befehl wird augenblicklich, wie von einem Automaten ohne Bedenken ausgeführt, wie absurd dieser Gehorsam auch immer sein mag.«[14]

Das »magische Weltbild« im Lamaismus und unter den Nazis

Im Gegensatz zum Frühbuddhismus, der magische Manipulationen jeglicher Art strikt ablehnte, ist der tibetische Buddhismus von einer zutiefst magischen Weltsicht beherrscht. Dafür gibt es zwei Wurzeln: Erstens der buddhistische Tantrismus, der von Indien nach Tibet importiert wurde, und zweitens die autochthonen schamanistischen Traditionen des Landes. »In Tibet«, so der österreichische Ethnologe Gerhardt W. Schuster, »verschmolzen die jahrtausendalten schamanistischen Trance- und Ekstasetechniken und ihre Fülle magischer Praktiken mit dem aus Indien stammenden, höchst anspruchsvollen esoterischen Lehrsystem des tantrischen Buddhismus mit seinen ungemein wirkungsvollen, bewusstseinsverändernden Meditations- und Yogatechniken. Auf diese Weise vermochten die Tibeter im Verlauf vieler Jahrhunderte in viele der faszinierenden Mysterien menschlicher Existenz einzudringen und wahrhaft erstaunliche und allgemein gültige Erkenntnisse zu gewinnen.«[15]

Es ist das Besondere am magischen Weltbild der Tibeter, dass es bis hinein in die Jetztzeit eine enge Verbindung mit dem Staat eingegangen ist. Nicht nur religiöse, familiäre oder gesundheitliche Lebensbereiche werden »magisch« erfahren und bewältigt, sondern ebenfalls staatliche Aufgaben wie Regieren, Verwalten, aber auch das Finanzwesen und das Militär. So führte man im Alten Tibet die Kriege nicht nur mit der Waffe in der Hand, sondern bekämpfte den Gegner auch mit Ritualen und Bannsprüchen. Schuster kommt deswegen zu dem Schluss: »In einer Gesellschaft, in der das Magische eine so bedeutende Rolle spielte, ist es nicht weiter verwunderlich, das auch von staatlicher Seite Zuflucht zu schwarzmagischen Praktiken genommen wurde.«[16] Die enge Verbindung von Staat und Magie veranlasste einen anderen Ethnologen, Geoffrey Samuel, dazu, die Lama-Priester, die ab dem 9. Jahrhundert n. Chr. damit begannen, das Schneeland zu beherrschen, als »zivilisierte Schamanen« (*civilized shamans*) zu bezeichnen. Im Alten Tibet verbanden sich demnach Schamanismus und buddhokratische Staatspolitik zu einer spezifischen Kultur, dem Lamaismus.[17] Auch heute noch trifft der XIV. Dalai Lama keine wichtige politische Entscheidung, ohne vorher sein Staatsorakel (*Nechung*) befragt zu haben. Dabei handelt sich um ein in Trance versetztes Medium, durch dessen Mund ein tibetischer Kriegsgott (*Pehar*) spricht.

Das magische Bewusstsein weist drei Aspekte auf: Erstens, dass alles mit allem verbunden ist; zweitens, dass der Geist die Materie bestimmt; drittens, dass durch das Ritual die Realität geformt werden kann. Nach Sigmund Freuds Definition treten für den magischen Menschen die psychologischen Gesetze an die Stelle der natürlichen, so dass dieser glaubt, eine Kontrolle über die Natur sei durch bloße

Gedankenkraft möglich: »Das Prinzip, welches die Magie, die Technik der animistischen Denkweise, regiert«, so Freud, »ist das der *Allmacht der Gedanken*.«[18] Damit ist auch die Denkart des Lamaismus gut beschrieben: Die Realität soll sich der Imagination beugen, die Geschichte dem Mythos, die Politik dem Ritual, der gesellschaftliche Entscheidungsprozess den Orakelgöttern. Historisch gesehen ist das »tibetische Modell« keineswegs etwas Einmaliges, es entspricht grundsätzlich dem »archaischen Staat«, wie wir ihn aus traditionellen Theokratien der Azteken, der alten Ägypter und Chinesen und vieler anderer Völker her kennen. Der Unterschied besteht darin, dass das »tibetische Modell« bis in die Mitte des 20. Jahrhundert überlebt hat und unter den Exillamas – wie wir noch zeigen werden – weiterlebt, ja anfängt, sich über die Medien in das westliche Kulturgefüge einzupflanzen.

Die Faszination der Nazis für historische Modelle des archaischen Staates ist unbestritten. Mythos, Magie und Ritual waren auch für sie ein großes Kulturthema. In einem 1938 publizierten und damals viel gelesenen Buch von Edgar Dacqué mit dem Titel *Das verlorene Paradies – Zur Seelengeschichte des Menschen* macht der Autor ein Plädoyer für die Renaissance des »verschütteten« magisch-mythischen Weltbildes. »Das echt mythische wie das hoch magische Zeitalter ist verschwunden, überall wurde der Mensch mehr und mehr intellektualisiert.«[19] Damit sei ein bedeutendes Erbe der Kultur- und Naturgeschichte verloren gegangen. Die Zeit sei gekommen, sich erneut an die archaischen Wurzeln unserer Vorfahren zu erinnern: »Das Mythische, worin sich jede höhere Wahrheit darstellt, trägt in sich zwei Pole. Der eine ist der ›Geist‹ und führt zu Gnosis und Mysterien; der andere ist die ›Naturseele‹ und führt zur magischen Lebensverfassung.«[20] Ebenso wird die »Rückkehr der Götter« von Dacqué beschworen: »Das Wesen der Götter durchdringt ebenso die Natur, wie es den Menschen und seine Naturseele [...] durchdringt.«[21]

Auch die für archaische Gesellschaften so charakteristische Verbindung von Magie und Staat blieben unter den Nazis keineswegs bloße Theorie. Der Religionspolitologe Klaus Vondung hat in seiner Studie *Magie und Manipulation – Ideologischer Kult und politische Religion des Nationalsozialismus* auf die große Bedeutung magischer Handlungsformen in der NS-Gesellschaft hingewiesen und diese als eine »spezifisch inhaltliche Manipulation der Realität im Bewusstsein und entsprechend instrumentelle Manipulation der äußeren Wirklichkeit einschließlich der Gesellschaftsmitglieder« bezeichnet.[22] Während Vondung insbesondere die groß angelegten NS-Staatsrituale (Aufmärsche, Blutschwüre, Lichtdome usw.) im Blick hat, kommt in der Literatur des Nazi-Okkultismus die »Ritualmagie« hinzu, welche je nach politischer Couleur der Autoren als »schwarz« oder als »weiß« eingestuft wird. In diesem Sinne meint Trevor Ravenscroft, Autor des Okkultthrillers *Der Speer des Schicksals*, es habe »Einweihungsriten und Praktiken der schwarzen Magie« gegeben, »die vom inneren Kern der führenden Nazis ausgeübt« wurden.[23] Dieses gesamte Szenario von Staatsmagie und politisch motivierter Ritualmagie kann man in der lamaistischen Kultur bis heute wiederfinden und dort unmittelbar studieren.

Das Kalachakra-Tantra und der Shambhala-Mythos im Vergleich mit Nazi-Visionen

Derjenige lamaistische Text, der Mythos, Magie, Mysterien, Ritual, Gnosis, Vision, Politik und Kosmologie in einer grandiosen Kombination vereinigt, ist das *Kalachakra-Tantra* und der darin enthaltene *Shambhala-Mythos*. Da diese »heiligste Urschrift« des tibetischen Buddhismus zahlreiche Inhalte aufweist, welche auch die Nazi-Visionäre und ihre Erben fasziniert haben, werden wir sie, ausgehend von den Originalfassungen und unter Einbeziehung traditioneller und moderner Kommentare, untersuchen und nach ihren »inneren Affinitäten« zum Weltbild des religiösen Faschismus hinterfragen.

Auf den ersten Blick erscheint eine solche Hinterfragung nach Konvergenzen mit Nazi-Visionen geradezu absurd, schließlich wird nach außen hin das *Kalachakra-Tantra* und das sich darauf beziehende, öffentlich aufgeführte Megaritual von den tibetischen Lamas als eine höchst spirituelle Demonstration des Friedens vorgestellt. Die Kalachakra-Riten sollen – so die offizielle, für den Westen zugeschnittene Präsentation – den Weltfrieden (*Kalachakra for World Peace*), den interreligiösen Dialog, die Toleranz zwischen den Völkern und Rassen, das ökologische Bewusstsein, die Gleichberechtigung der Geschlechter, Herzensfreude und allgemeine Glückseligkeit fördern. Der XIV. Dalai Lama, der weltweit und zumindest einmal im Jahr das Kalachakra-Ritual persönlich durchführt und leitet, versichert, er tue dies, »weil wir alle diesen kleinen Planeten Erde teilen, deswegen haben wir zu lernen, in Harmonie und Frieden miteinander und mit der Natur zu leben«.[24] Er hat mit solch erhebenden Worten, wie kann es anders sein, offensichtlich Erfolg, und zwar nicht nur bei Anhängern, sondern selbst bei westlichen Staatsbeamten. In Österreich, wo die nächste Kalachakra-Einweihung Anfang Oktober 2002 stattfinden soll, gibt das Bundesministerium für Wirtschaft und Arbeit offiziell bekannt: »Die [sic] Kalachakra ist eine Plattform für den Frieden und die Toleranz, mit deren Hilfe [sich] Österreich und im speziellen Steiermark als Platz der Hoffnung, des Friedens und der spirituellen Kraft positioniert. Wir sind stolz, dieses Projekt unterstützen zu können.«[25] Diese positive Einstellung seitens einer Wirtschaftsinstitution ist verständlich, denn der zwölftägige Auftritt des XIV. Dalai Lama in Graz soll nicht nur an die 100.000 Übernachtungen bringen, sondern auch Superstars aus Hollywood wie Richard Gere, Sharon Stone, Madonna und Steven Segal in die »Steiermarkmetropole« locken und diese weltweit bekannt machen. 60 Fernsehstationen stehen mit ihren Kameras bereit, um dieses »Ritual für den Weltfrieden« global auszustrahlen. Der deutsche Filmregisseur und Altmeister Werner Herzog wird einen barocken Dokumentarfilm über das Ereignis drehen.

Viele Hunderttausende hat der XIV. Dalai Lama seit über 25 Jahren in das *Kalachakra-Tantra* »eingeweiht«. Dazu zählen in Indien zahlreiche Menschen, die weder lesen noch schreiben können. Aber auch die »gebildeten« Teilnehmer und Teilnehmerinnen an den westlichen Aufführungen erfahren kaum etwas darüber, was sich auf und hinter der Bühne dieses groß angelegten Spektakels abspielt, denn neben dem öffentlichen Teil weist das *Kalachakra-Tantra* auch einen streng geheimen Teil auf. Publik gemacht wurden vom XIV. Dalai Lama ausschließlich die sieben unteren Initiationen, die acht folgenden der insgesamt 15 Einweihungen bleiben weiterhin *top secret*. »Es gibt nur wenige Lamas, die von allen diesen Gottheiten [des *Kalachakra-Tantra*] wissen«, schreibt der Tibetologe Edwin Bernbaum, »und noch wenigere verstehen ihre Bedeutung. [...] Die Tibetologen betrachten das Kalachakra im Allgemeinen als das schwierigste aller tibetischen Systeme, besonders aufgrund seiner komplizierten Rituale und seines vielschichtigen Symbolismus. Damit wird es wahrscheinlich die unbekannteste und unzugänglichste aller tantrischen Lehren bleiben.«[26] Das heißt, die Hunderttausende, die bisher schon eine öffentliche Kalachakra-Zeremonie erlebt haben, hatten keine Ahnung davon, auf was sie sich hierbei eingelassen haben.

»Kalachakra« bedeutet »Rad der Zeit« und ist zugleich der Name für den höchsten tibetischen »Zeitgott«. Der Text, der im 10. Jahrhundert n. Chr. verfasst wurde, gilt als das letzte und jüngste aller kodifizierten Tantra-Texte des tibetischen Buddhismus. Dennoch behauptet die legendäre Überlieferung, das Kalachakra-System sei in Südindien von Buddha Shakyamuni höchstpersönlich dem König Suchandra und 96 Fürsten seines Reiches gelehrt worden. Dieser habe die Doktrin in sein Königreich Shambhala mitgenommen und dort zur Staatsreligion erklärt. Erst im 10. Jahrhundert n. Chr. sei das Tantra wieder nach Indien zurückgebracht worden, um dann Anfang des 11. Jahrhunderts nach Tibet importiert zu werden.

Östliche und westliche Experten bezeichnen das *Kalachakra-Tantra* als die *Summa Theologia*, als die »Wurzel« und »Krone« der lamaistischen Lehre, als das »Haupt-Tantra unseres Zeitalters«, als den »Gipfel aller buddhistischen Systeme«. Von den anderen tantrischen Lehrgebäuden unterscheidet es sich durch seinen enzyklopädischen Charakter. Unter anderem beinhaltet es eine Kosmogonie und eine Eschatologie. Letztere ist aufgeschrieben im so genannten *Shambhala-Mythos*, der Teil des *Kalachakra-Tantras* ist und den wir schon im Kapitel über die »Nazi-Mysterien« kurz vorgestellt haben. Es besteht kein Zweifel daran, dass dieses Ritual die tibetische Kultur prägend beeinflusst hat. Zum Beispiel orientiert sich das Kalenderwesen des Alten Tibets an Daten aus dem *Kalachakra-Tantra*.

Der Originaltext unterscheidet ein äußeres, ein inneres und ein alternatives Kalachakra. Das äußere Kalachakra behandelt die kosmologischen Zusammenhänge (Raum, Zeit, Planeten, Entstehen und Vergehen des Universums usw.), das innere Kalachakra spricht über die Energieströme und Sekrete im menschlichen Körper und deren mentale Beherrschung. Das alternative Kalachakra bringt beide Bereiche in einen Zusammenhang. Demnach liegt dem Tantra eine Mikro-Makrokosmos-Theorie zugrunde, wobei es dem Verfasser vor allem darauf ankam, zu zeigen, wie man durch einen kontrollierten Umgang mit den inneren Energieströmen auf das kosmische Geschehen Einfluss gewinnen kann.

Früher war das gesamte Tantra jahrhundertelang geheim. Heute weist es, nachdem es vom XIV. Dalai Lama zum ersten Mal für Masseneinweihungen publik gemacht wurde, einen öffentlichen und einen geheimen Teil auf. An den öffentlichen Zeremonien dürfen Schüler mit geringer, sogar Personen mit gar keiner Kenntnis des tibetischen Buddhismus teilnehmen. Die geheimen Initiationen sind dagegen nur für wenige »Auserwählte« zugänglich. Sie beinhalten die eigentlichen Mysterien, die »sexualmagischen Riten«.

Von den traditionellen Texten des *Kalachakra-Tantra* sind eine Kurzfassung (*Shri Kalachakra*), zahlreiche Fragmente des eigentlichen Originals (darunter der *Sekoddesha*), mehrere umfangreiche Kommentare (darunter der *Vimalaprabhā*) und viele einzelne Statements in Tibetisch und Sanskrit vorhanden. Beachtliche Stücke davon wurden in mehrere westliche Sprachen übersetzt. Die bisher authentischste Übersetzung von Teilen des *Shri Kalachakra* und des *Vimalaprabhā* stammt von dem Tibetologen John Ronald Newman, an der wir uns vor allem orientieren.[27] Vieles lässt sich auch aus den zahlreichen Kommentaren in Englisch, Französisch, Italienisch und Deutsch rückschließen.[28] Ein offizieller Interpret des Tantras, der Amerikaner Alexander Berzin, ist dabei, ein Kalachakra-Archiv aus 30.000 Textseiten ins Internet zu stellen.[29] Wer sich die Mühe macht, der kann sich heute im Westen anhand der vorliegenden Fachliteratur ein ziemlich klares Bild über den Inhalt und die Intentionen dieses Tantras machen. Die Lektüre der einschlägigen Übersetzungen des Originals und von deren Kommentaren setzt jedoch eine gewisse Vertrautheit mit dem wissenschaftlichen Apparat voraus. Die bisher umfangreichste kritische Auseinandersetzung mit dem *Kalachakra-Tantra* haben wir 1999 mit unserem Buch *Der Schatten des Dalai Lama – Sexualität, Magie und Politik im tibetischen Buddhismus* vorgelegt und darin gezeigt, dass es sich hierbei keineswegs um ein »Friedensritual« handelt, sondern um einen sehr problematischen Text, der zumindest mehreren fundamentalistischen Gruppen – wie wir noch zeigen werden – als Orientierung gedient hat. Anhand der folgenden Punkte möchten wir in einem »Kulturvergleich« die möglichen Konvergenzen und »inneren Affinitäten« zwischen dem *Kalachakra-Tantra* und dem religiösen Faschismus zur Diskussion stellen:

Das zyklische Weltbild
Die indische Kosmografie
Die Idee von einem okkulten Weltenzentrum
Die Institution des Chakravartin
Die Errichtung einer globalen Buddhokratie
Endzeitkrieg und Millenniumserwartungen
Der Vishnu Purana als Ursprungsmythos
Das Avatar- und Tulku-Prinzip
Die Verbindung von Krieger- und Priesteramt
Der Einsatz von tödlichen Wunderwaffen
Ufologische Phantasien
Der »kleine« und der »große« buddhistische Djihad
Antisemitische Töne
Die Verherrlichung des indischen Kulturkreises

Der Shambhala-Gral-Vergleich
Aufhebung ethischer Normen
Morbidität und Aggressivität
Sexualmagische Praktiken
Macht und Androgynie
Übermenschen und Götter
Die Mikro-Makrokosmos-Theorie
Der Mythos von der »Schwarzen Sonne«

Das zyklische Weltbild

Das *Kalachakra-Tantra* übernimmt die aus dem indischen Kulturkreis stammende Lehre von den vier Weltzyklen (*Yugas*), welche ursprünglich auf vedische Quellen zurückgeht. Unser gegenwärtiges Zeitalter wird in diesem Text explizit als das Kali-Yuga, als das Zeitalter des Untergangs, bezeichnet. (*Shri Kalachakra* I. 22)[30] Erst nach einer dunklen Phase von Terror, Verwüstung und Schrecken – so die Doktrin – kann es zur Errichtung eines buddhokratischen Paradieses kommen: »Zuvor werden noch Naturkatastrophen, Krankheit, Hungersnot und Krieg über die Welt hineinbrechen. Materialistisches Denken wird unter den Menschen jegliche Religiosität verdrängt haben. Nach gewissen Mutmaßungen werden dann zwei Großmächte über die Welt herrschen und gegeneinander antreten«, schreibt Michael Henss in seinem Kalachakra-Kommentar.[31]

Die indische Yuga-Lehre, auf die wir schon ziemlich oft zu sprechen gekommen sind, ist zu einem festen kosmologischen Fundament des religiösen Faschismus geworden. Angefangen von Walther Wüst, Jakob Wilhelm Hauer und anderen NS-Orientalisten über Julius Evola bis hin zu Savitri Devi und Miguel Serrano – sie alle haben das zyklische Weltbild als Grundlage für ihre faschistische Weltanschauung adaptiert, sie alle sprechen von unserem gegenwärtigen Zeitalter als dem Kali-Yuga.

Die Kalachakra-Prophezeiung unterscheidet insgesamt zwei Zyklen des Niedergangs, man könnte sagen eine »kleine« und eine »große« Weltvernichtung. Die erste endet mit der von dem Shambhala-König Rudra Chakrin in ca. 300 (nach anderer Version: 400) Jahren siegreich geschlagenen Schlacht gegen seine islamischen Herausforderer und der anschließenden Errichtung eines weltweiten Friedensreiches unter buddhistischer »Flagge«. Dieses ist jedoch nicht von ewiger Dauer: »Eintausend Jahre lang wird echte Religiosität gelehrt«, belehrt uns der Bruder des XIV. Dalai Lama, Thubten Jigme Norbu, im Hinblick auf die Prophezeiungen des *Kalachakra-Tantra*, »aber danach kommt das Ende der Welt. Auf Feuer folgt der Wind, der alles zerstören wird, was wir erbaut haben. Danach kommt das Wasser; es wird alles bedecken, was wir kennen. Nur wenige werden die Katastrophen in Höhlen oder auf Baumwipfeln überleben.«[32] Das erwähnte Tausendjährige Reich ist also nur eine Zwischenphase, nach deren Abschluss der endgültige Weltuntergang eintritt. Im Originaltext bleiben dann nicht einmal »Höhlen« oder »Baumwipfel«, sondern nur noch »Raumpartikel« übrig. Danach kommt es zur Neuschöpfung des gesamten Universums aus dem »Nichts« und ein weiterer Zyklus kann beginnen, angefangen von einem paradiesischen Urzustand bis hin zu einem erneuten Verfall aller Sitten in einem kommenden Kali-Yuga und der folgenden totalen Vernichtung. Und dieses Szenario wiederholt sich in alle Ewigkeit. Die zwei Visionen vom »kleinen« und »großen« Weltuntergang lassen sich nach dem Originaltext des *Kalachakra-Tantra* nicht immer klar auseinander halten, beide folgen jedoch strikt einem apokalyptischen Muster, nach dem eine Zerstörung durch Krieg und Feuer die Vorraussetzung für die Errichtung eines Paradieses schafft. Das apokalyptische Szenario vom Untergang als der Bedingung für ein tausendjähriges Friedensreich beschreibt auch der Kalachakra-Experte Jean Marquès-Rivière: »In diesem Konzept von Shambhala gibt es die Erwartung einer radikalen *renovatio* [Erneuerung], die Hoffnung *ab initio* mit dem *Millennium* zu beginnen«.[33]

Dies ist ebenfalls ein Muster, das allen Nazi-Visionären und ihren Erben »heilig« war und ist. Unter ihnen ist es geradezu ein Allgemeinplatz geworden, die in der *Edda* beschriebene »Götterdämmerung« (*Ragnarök*) und die dort prophezeite Rückkehr des Lichtgottes Baldur als eine Variante der indischen Yuga-Lehre darzustellen.

Die indische Kosmografie

Nach der Kosmografie des *Kalachakra-Tantra*, welche aus dem *Abhidharmakosha* des Vasubandhu (ca. 320–400 n. Chr.) übernommen wurde, erhebt sich im Mittelpunkt unseres Universums ein gigantischer Berg (*Meru*), um den sich in einem gewaltigen Ozean zwölf verschiedene Kontinente gruppieren. Einer davon ist unsere Erde (*Jambudvipa*), der Wohnort der Menschen und Tiere (*Shri Kalachakra* I. 10/11). Der Berg Meru bildet sozusagen die Achse des buddhistischen Kosmos (*axis mundi*). In seinen unterirdischen Segmenten finden sich acht kalte und acht heiße Höllen, in seinem Gipfel wohnen die Götter. »Das buddhistische Weltbild«, schreibt ein Experte für die Kosmografie des *Kalachakra-Tantra*, Martin Brauen, »setzt im Gegensatz zur Kosmologie des europäischen Mittelalters nicht die Erde und den Menschen ins Zentrum. Vielmehr bilden hier die Götter und ihre Welten, die körperlichen, feinstofflichen bis geistigen und formlosen Wesen die ›theozentrische‹ Mitte des Weltganzen, während die Menschen und andere Lebewesen ein Dasein am Rande des Zentrums fristen.«[34]

Im *Kalachakra-Tantra* wird die Grundstruktur des buddhistischen Weltalls als überdimensionales Mandala dargestellt, wobei die kosmografischen Beschreibungen sowohl einen realen als auch einen symbolischen und mikrokosmischen Wert haben. »Real« bedeutet, dass der Kosmos tatsächlich so aufgebaut ist, wie er im *Abhidharmakosha* beschrieben wird. »Symbolisch« heißt, dass alle Elemente des Kosmos – ob Berge, Ozeane oder Himmelskörper – mit religiösen Inhalten des Buddhismus in

Beziehungen gebracht werden: Bestimmte Ozeane zählen zum »Reich der Freudlosigkeit« und symbolisieren die »Verblendung«; die Kontinente repräsentieren das »Reich der Begierde« und bestimmte Ebenen auf der Spitze des Merus das »Reich der Formen« (in »westlichen« Worten gesprochen: der Archetypen). »Mikrokosmisch« bedeutet, dass der gesamte Kosmos im Energiekörper jedes einzelnen Menschen seine Entsprechungen hat, wobei die Wirbelsäule dem Berg Meru entspricht.[35]

Der Traditionalist Julius Evola ist an mehreren Stellen seines Werkes auf die indisch-buddhistische Weltbeschreibung, die sich aus vedischen Quellen ableitet, zu sprechen gekommen. Er hat auf jeden Fall deren »symbolische« und »mikrokosmische« Bedeutung akzeptiert und diese in sein eigenes faschistisches Religionssystem eingebaut. Der »SS-Mystiker« Wilhelm Landig identifizierte den Berg Meru mit dem »Mitternachtsberg«, auf dem sich von Zeit zu Zeit die sakralen Krieger der »Schwarzen Sonne« treffen. Der Polarstern, heiliges Symbol arischer Religionskonstrukteure, gilt auch nach dem *Abhidharmakosha* als die Spitze des Meruberges.[36] Es ist jedoch vor allem Miguel Serrano, der ohne die geringsten Beweisängste das indische Weltbild in seine nazistische Religionskonstruktion einbaut. Ganz besonders interessierten den Gründer des »esoterischen Hitlerismus« die mikrokosmischen Möglichkeiten, um mit dem eigenen Energiekörper auf das gesamte Weltall Einfluss zu gewinnen.[37] Darauf werden wir noch einmal zu sprechen kommen.

Wie bringen nun buddhistische Kalachakra-Anhänger ihre eigenartigen Kosmosvorstellungen mit dem modernen wissenschaftlichen Weltbild in Einklang? Die Voraussetzungen hierfür sind höchst simpel: Da für sie die »Relativität aller Erscheinungen« ein erkenntnistheoretisches Paradigma darstellt, sehen sie sich ohne weiteres dazu legitimiert, die astrophysikalische Struktur unseres »westlichen« Universums zu relativieren. Entsprechend antwortete der Kalachakra-Meister Kalu Rinpoche auf die Frage, inwieweit sich das Weltbild des *Abhidharmakosha* mit der Naturwissenschaft vertrage: »Jede dieser Kosmologien ist vollkommen für die Wesen, deren karmische Projektionen sie dazu veranlassen, ihr Universum in dieser Weise zu erfahren. Es gibt eine gewisse Relativität in der Art, wie man die Welt erfährt. ... Deshalb ist auf einer relativen Ebene jede Kosmologie gültig. Auf einer letzten Ebene ist keine Kosmologie absolut wahr. Sie kann nicht universell gültig sein, solange es Wesen in grundverschiedenen Situationen gibt.«[38] Das bedeutet auch, dass sich die Kosmologie des Lamaismus in der vom *Kalachakra-Tantra* prophezeiten weltweiten Buddhokratie durchsetzen könne. Im Kalachakra-Kommentar des Pundarika ist die Rede davon, dass der Kosmos nur eine Erscheinung des Bewusstseins sei. Auch dort steht geschrieben, dass jeder entsprechend seiner geistigen Verfassung die Welt unterschiedlich wahrnimmt.[39] Selbst der XIV. Dalai Lama lässt es offen, ob der Berg Meru existiert oder nicht, er könne ja unsichtbar sein. Jedenfalls kommt er im Zusammenhang mit dieser Frage zu dem folgenden Statement: »Die Tantras und Sutras [Buddha-Reden] sind die letzte Autorität, nicht wir.« Die heiligen Texte seien ausschlaggebend und es sei nicht notwendig, nachzuweisen, dass der »Buddha in seinem Bewusstsein Analogien mit der westlichen Religion oder Wissenschaft« gehabt habe.[40]

Louis Pauwels und Jacques Bergier sahen in solchen Spekulationen über »alternative« Kosmografien geradezu ein Charaktermerkmal für NS-Wissenschaftler. Unter Bezug auf die im Dritten Reich diskutierte Welteislehre und Hohlwelttheorie stellten sie fest: »Es erscheint uns völlig unbegreiflich, dass Männer, die die Führung einer Nation übernommen hatten, sich in ihren Maßnahmen teilweise nach mystischen Intuitionen richteten, welche die Existenz unseres Universums leugneten.«[41] Nach Unterstellung der beiden Franzosen soll sich Hitler eine ähnliche relativistische Weltsicht, die sehr an die Position Kalu Rinpoches erinnert, zu Eigen gemacht haben. Gefragt nach der Welteislehre Hörbigers und deren Verhältnis zur Schulmeinung der Astrophysiker, habe er geantwortet: »Wir brauchen gar keine einheitliche Struktur der Welt. Sie können alle beide Recht haben.«[42] Selbst wenn dieses Zitat nicht durch eine Quelle nachgewiesen wird, so beweist es dennoch, dass in den »Nazi-Mysterien« ein solch relativistisches Weltbild als ein Kriterium des religiösen Faschismus angesehen wird.

Eine Anekdote von Heinrich Harrer erzählt, wie ein derartiges kosmologisches »Relativieren« noch nach dem Krieg unter »Ehemaligen« ein Thema war. Der »ehemalige« SS-Mann und Mentor des XIV. Dalai Lama sah sich damit beauftragt, den Tibetern das moderne wissenschaftliche Weltbild beizubringen. Als er im Jahre 1948 auf einer Party eine Gruppe von tibetischen Adeligen darüber aufklären wollte, dass unsere Erde rund und weder eine Fläche noch ein Kontinent sei, wie es das *Kalachakra-Tantra* lehrt, rief er, um seine These zu untermauern, den ebenfalls anwesenden berühmten italienischen Tibetologen und »ehemaligen« Faschisten Giuseppe Tucci als seinen Zeugen an. »Zu meiner größten Überraschung«, lesen wir bei Harrer, »stellte er [Tucci] sich auf die Seite der Zweifler, denn er meinte, alle Wissenschaften müssten ihre Theorien dauernd revidieren und eines Tages könne sich ebenso gut die tibetische Lehre als richtig herausstellen.«[43]

Die Idee von einem okkulten Weltenzentrum

Der *Shambhala-Mythos* von einer asiatischen Mysterienstätte, von der, aus dem Verborgenen heraus, Weltgeschichte gemacht wird, beherrscht seit Madame Blavatskys Zeiten alle nur denkbaren Spielarten des Neobuddhismus. In Shambhala hat »der große, spirituell allmächtige Bodhisattva, der König dieses Reiches, seinen Wohnsitz. Dort wartet er auf die Stunde der Erneuerung und auf die Ankunft des goldenen Zeitalters. In der Zwischenzeit dirigiert er die spirituellen Schicksale der Welt und lehrt die besten Söhne der Menschen die Initiationsgrade des Kalachakra«, schreibt der von lamaistischer Seite als kompetenter Kalachakra-Experte anerkannte Orientalist Jean Marquès-Rivière.[44] Der Mythenkönig gilt als allwissend und durchdringt allgegenwärtig die Seelen der Menschen. Er »residiert sowohl in seinem Königreich Shambhala als auch im Herzen jedes lebenden Wesens.«[45] Von ihm heißt es weiter: »Als Meister des Universums, Kaiser der Welt, geistiger Regent über die mächtigen subtilen Energieströme, welche sowohl die kosmische Ordnung als auch das Leben der Menschen regeln, dirigiert der Kulika (König) von *Shambhala* die spirituelle Entwicklung der menschlichen Massen, die in die schwere und blinde Materie hineingeboren wurden.«[46] Umgeben ist der »große, spirituell allmächtige Bodhisattva« von einem kompetenten Beraterstab: »Shambhala«, so Marquès-Rivière, »wäre demnach eine Gemeinschaft von Weisen, die sich an einem Ort versammelt haben oder über die gesamte Welt als eine geheime und machtvolle Bruderschaft verstreut sind und deren Mitglieder untereinander durch übernormale Kräfte verbunden sind.«[47] Gesandte aus dem Königreich können nur Wesenheiten sein, die in das *Kalachakra-Tantra* eingeweiht wurden. Das jedoch zu entscheiden liegt – nach Marquès-Rivière – allein im Ratschluss des XIV. Dalai Lama: »Zur Zeit hat [dieser] darüber die Macht und beschränkt die Initiation nur auf wenige Personen. […] Die Aktion des Priesterkönigs ist spirituell und spielt sich auf einer subtilen Ebene ab, wo die Kirchen, die Gruppen, die Zentren und die ›Persönlichkeiten‹, so bedeutend sie auch sein mögen, nichts zu suchen haben.«[48]

Auch der tibetische Gottkönig ist der Meinung, von dem Mythenreich gehe ein Einfluss auf unsere planetare Gemeinschaft aus. Als ein direkter Vermittler zwischen Shambhala und der Realität soll das Kalachakra-Sandmandala dienen[49]: »Obwohl kein Mensch weiß, wo Shambhala liegt«, erfahren wir von dem Kirchenfürsten, »so scheint es dennoch zu existieren. Obwohl normale Menschen in diesem Augenblick Shambhala weder sehen noch mit ihm mit normalen Mitteln in Kontakt treten können, wird einem nach einiger Zeit dennoch bewusst, wie dies möglich ist. In den Schriften heißt es, dass Shambhala schließlich mit unserer Welt in Kontakt treten wird. Kurz gesagt ist das Kalachakra-Mandala nicht wie andere Mandalas. Andere tantrische Praktiken beziehen sich auf das Individuum, aber das Kalachakra bezieht sich auf die Gemeinschaft, die Weltgesellschaft als Ganzes.«[50] Die im *Kalachakra-Tantra* erwähnten 96 Fürsten Shambhalas nennen jeder ein magisches Zepter ihr eigen, welches den Namen trägt »Besitz der Macht des Geistes«. Dieses Szepter »versetzt sie in die Lage, Boten in einem kurzen Augenblick wohin auch immer auszusenden«.[51]

Die rechtsextremen Shambhala/Agarthi-Spekulationen haben wir bereits so ausgiebig dargestellt, dass wir hier nicht mehr darauf zurückkommen. Wir wollen nur noch daran erinnern, dass Julius Evola schon 1935 in Shambhala »das Zentrum der hyperboreischen Tradition und […] den mystischen Sitz der ›polaren‹ Kräfte« erkannt zu haben glaubte.[52] Pauwels, Bergier, Ravenscroft, Landig, van Helsing und Serrano, sie alle unterstellen in ihren Schriften, dass von diesem Ort aus Weltpolitik gemacht wird.

Die Institution des Chakravartin

Mit Nachdruck repräsentiert sich der XIV. Dalai Lama heute als Demokrat und stößt mit diesem Bekenntnis auf allgemeine Gutgläubigkeit. Auf einer Konferenz im *Palais des Sports* von Toulouse, erklärte der tibetische Kirchenfürst: »Ich glaube nicht, dass es einen Unterschied zwischen Demokratie und Buddhismus gibt. Ich würde sogar sagen, dass der Mahayana-Buddhismus die Religion der Demokratie darstellt.«[53] Dieser von ihm mit kleinen Variationen ständig wiederholte Satz mag – bei einer großzügigen Interpretation – allenfalls für den Mahayana gelten, auf keinen Fall trifft er für den buddhistischen Tantrismus zu, der jedoch im Zentrum der lamaistischen Religionsausübung steht.

Insbesondere aber ist das vom XIV. Dalai Lama immer wieder durchgeführte Kalachakra-Ritual alles andere als demokratisch. Es hat ohne jeden Zweifel die »Beschwörung« eines gottähnlichen Weltenherrschers (*Chakravartin*) zum Inhalt, der gleichgesetzt wird mit dem Shambhala-König. Die Hauptstadt seines Reiches heißt Kalapa. Dort gebietet er »mit der Macht und dem Reichtum eines Weltenherrschers (*Chakrin*) in einem von Gold und Edelstein glänzenden Palast.«[54] Der übermenschliche Despot verfügt über »ausgezeichnete Minister, Generäle und eine große Anzahl von Königinnen.«[55] In Bildern der tibetischen Kunst hält er ebenso wie die Dalai Lamas »das Rad der Lehre bzw. Weltenrad in der Hand. Dieses buddhistische Symbol macht sie [die Shambhala-Könige] zu Garanten des Dharma [der buddhistischen Lehre], zu den ›Königen des Gesetzes‹, ist aber zugleich ein Sinnbild ihrer weltlichen Herrschaft. Als *Chakravartin* halten sie das auf das kreisrunde Universum anspielende Weltenrad in den Händen. Denn der Dharma ist nicht nur das religiöse Gesetz, sondern gleich im profanen Alltag gültig. Beides ist nicht zu trennen.«[56] Das heißt, weltliche und geistige Herrschaftsgewalt fallen in der Person des Shambhala-Königs zusammen. Er ist deswegen ein »Priesterkönig«, ein sakraler Weltenherrscher, ein *Chakravartin*. Hinzu kommt als drittes Element seine militärische Befehlsgewalt, die er als oberster Kriegsherr einer gigantischen Armee ausübt, und die ihn zu einem heiligen »Krieger-Priester-König« macht.

Entsprechend ist die Organisation des gesamten Shambhala-Staates absolutistisch, totalitaristisch und höchst undemokratisch. Es handelt sich dabei um die Idealkonstruktion einer »Buddhokratie«, deren irdisches Abbild wir im System des Lamaismus mit dem Dalai Lama an der Spitze wiederfinden und die bis zu dessen Flucht aus Tibet *de jure* voll in Geltung war. Als absoluter Monarch setzt der Souverän von Shambhala alle Rechtsnormen, sein Führerwille ist Gesetz. Eine Gewaltenteilung und eine Kontrolle durch Mitglieder des Gemeinwesens sind hier unbekannt. Buddha, Priester, König, Staat und Kirche bilden eine mystische Einheit. Deswegen gelten die verschiedenen Verwaltungsebenen des Shambhala-Staates (Vizekönige, Gouverneure und Beamte) als die verlängerten Glieder des sakralen Herrschers. Die soziale Rangordnung Shambhalas, vom König herab bis zum einfachen »Bürger«, soll – so sagen es die Kommentatoren des Tantras – den unterschiedlichen Einweihungsgraden, die in der Kalachakra-Initiation gegeben werden, entsprechen.[57]

Die buddhokratische Staatsform mit einem Weltenherrscher an der Spitze hat eine außergewöhnlich große Faszination auf Walther Wüst, auf Jakob Wilhelm Hauer, auf Julius Evola, auf alle Protagonisten des »SS-Mystizismus« der Nachkriegszeit und auf Jean Marquès-Rivière ausgeübt. Jedem von ihnen galt der buddhistische Kaiser Ashoka (ca. 269–232 v. Chr.) als großes Vorbild, für sie alle war ein »weißer« arischer Priesterkönig, der – wie im tibetischen Buddhismus der »gelbe« Dalai Lama und im Shintoismus der »gelbe« Tenno – sowohl die weltliche als auch geistige Macht in Personalunion vereinigt, ein machtpolitisches Traumbild.

Die Errichtung einer globalen Buddhokratie

Wenn in der ersten Strophe des *Kalachakra-Tantra* gesagt wird, der Buddha habe dieses Ritual zur »Befreiung der Menschheit« gelehrt (*Shri Kalachakra* I 1), dann ist damit nichts anderes als die »Freiheit« in einem autoritativen Buddha-Reich zu verstehen. Die Buddhokratie als ideale Staatsform – das ist die explizit in diesem Text zum Ausdruck gebrachte Zielsetzung. Sie soll sich weder auf ein lamaistisches Tibet beschränken, noch soll es reine Imagination bleiben, vielmehr wird sie als religionspolitische Vision für das angebrochene Millennium empfohlen. Diesen Standpunkt vertritt jedenfalls der Amerikaner Robert A. Thurman, Vater der bekannten Hollywood-Schauspielerin Uma Thurman. Der Tibetologe gilt als das »Sprachrohr des Dalai Lama in den USA« (*Time Magazine*). Er soll der erste ordinierte westliche Mönch des tibetischen Gelugpa-Ordens gewesen sein und wurde in die Mysterien des *Kalachakra-Tantra* eingeweiht. Der wortgewandte Thurman tritt als exponierter Propagandist eines buddhokratischen Weltsystems auf. Wenn die Zeit für eine globale Machtübernahme durch die Lama-Priester reif sei, so der Amerikaner, »dann braucht die klösterliche Bewegung als gesellschaftliche Gegenkultur [...] nicht länger im Hintergrund zu wirken. Erleuchtete Weise können nun damit beginnen, ihren königlichen Eleven [den Politikern] Ratschläge zu erteilen, wie sie ihre gesellschaftlichen Tagesgeschäfte erledigen, also ihre politische Praxis gestalten sollten. [...] Die Erleuchtungsbewegung [der Lamas] als Gegenkultur wird zur Hauptströmung und übernimmt offiziell die Verantwortung für die gesamte Gesellschaft, wie dies schließlich in Tibet der Fall war.«[58] – »Ja, nicht Theokratie, sondern Buddhokratie«, rief Thurman auf der Bonner Tibetkonferenz 1996 aus. »Ich liebe es nicht, von Theokratie zu reden, weil dies eine Zuordnung zum Heiligen Römischen Reich herstellt [...] weil es die Konzeption von einem autoritären Gott hat, der das Universum kontrolliert.«[59]

Thurman spricht offen aus, was im okkulten Szenario des *Kalachakra-Tantra* kodifiziert ist. Im September 1979 hatte er, kurz bevor er den XIV. Dalai Lama nach acht Jahren wieder zum ersten Mal sah, folgende Vision: »In der Nacht vor seiner Landung in New York träumte ich, [der Dalai Lama] manifestiere sich ganz oben auf der Spitze des Waldorf Astoria im Mandala-Himmelspalast des Kalachakra-Buddha. Die große Schar der Honoratioren – Bürgermeister, Senatoren, Firmenvorstände und Könige, Scheiche und Sultane, Prominente und Stars, sie alle wurden mitgerissen von dem Strudel der 722 tanzenden Gottheiten [das sind die 722 Zeitgötter, die durch das Kalachakra-Ritual evoziert werden] der drei Gebäude des Diamantenpalastes und umschwärmten gleichsam wie Bienen im Nadelstreif eine riesige

Honigwabe. Erstaunlich an dieser Überfülle an ausstrahlender Kraft und Schönheit des Dalai Lama war für mich, dass ihm alles überhaupt keine Mühe zu machen schien. Ich spürte gleichsam die Leere im Herzen Seiner Heiligkeit, dem diese Wirkkraft entströmte. Er war gelassen, gleichmütig, ein wahrer Quell der Unendlichkeit.«[60] Anschaulicher ist die charismatische Ausstrahlung des höchsten Kalachakra-Meisters als buddhokratischer Weltenherrscher kaum zu illustrieren. Mitten in New York lässt er um seinen Thron die Großen dieser Welt nach seinem Willen tanzen. Nicht orange gekleidete Mönche, sondern das westliche Establishment aus Politik, Wirtschaft und Showbusiness führt diesen tranceartigen Throntanz auf. Wer darüber Bescheid weiß, welch eminente Bedeutung solchen Träumen im tibetisch-buddhistischen Initiationswesen zukommt, der wird in Thurmans Vision ohne weiteres das metapolitische Programm erkennen, das im *Kalachakra-Tantra* kodifiziert ist.

Die Idee vom Buddhismus als der Metaphysik einer globalen Herrschaftselite schwebte auch Julius Evola vor. Sein Weltbild kann durchaus als »Buddho-Faschismus« bezeichnet werden. In Wilhelm Landigs Nazi-Roman *Götzen gegen Thule* lesen wir die folgende Prophezeiung: »Das ist der letzte Kampf auf diesem Erdenrund, der letzte Streit der drei Welten. Dann wird die Lehre Tsongkhapas das All beherrschen und alle Segnungen und Gaben werden allen Menschen gemeinsam sein.«[61] Die »Lehren Tsongkhapas«, das sind die Lehren des Gelugpa-Ordens, denen auch der Dalai Lama angehört. Auch sie beinhalten als die höchste Doktrin des tibetischen Buddhismus das *Kalachakra-Tantra.* Ebenfalls war es für den zweiten Protagonisten des »SS-Mystizismus«, Rudolf J. Mund, klar, dass der Buddhismus die »Zukunftsreligion der weißen Rasse« sein werde.[62]

Endzeitkrieg und Millenniumserwartungen

Die im *Kalachakra-Tantra* enthaltene Shambhala-Vision prophezeit, dass in ca. 300 (nach anderer Version 400) Jahren ein fürchterlicher Weltkrieg ausbricht, in dem sich Buddhisten und Moslems (*mlecchas*, Barbaren) als erbitterte Feinde gegenüberstehen.

»Am Ende der Zeiten wird der Chakravartin aus der Götterstadt, die auf dem Berge Kailash errichtet wurde, erscheinen«, heißt es im Originaltext des *Kalachakra-Tantra.* »Der Herr der Götter zusammen mit den zwölf Kriegslords wird die Barbaren zerstören. – Er wird in einer Schlacht mit seiner eigenen aus vier Divisionen bestehenden Armee die Barbaren in allen Teilen des Erdkreises niederwerfen.« (*Shri Kalachakra* I. 167/161/159)[63] Sein Heer besteht aus »äußerst wilden Kriegern«, die mit »scharfen Waffen« ausgestattet sind (*Shri Kalachakra* I. 163). Der Name des göttlichen Feldherrn lautet *Rudra Chakrin* (»zorniger Raddreher« oder auch »zornerfüllter Weltenherrscher«). »Für Sadhus [Heilige: Buddhisten oder Hindus] wird er in seiner friedfertigen Form ein ›Segensbringer‹ sein; aber er wird zugleich die Rasse der Barbaren [*race of barbarians*] vernichten. Er wird auf einem Bergpferd reiten, mit einem kurzen Speer in seiner Hand, strahlend wie die Sonne wird er alle Feinde niederschmettern.« (*Shri Kalachakra* I. 159) Rudra Kalki, der »Herr der Götter«, ist identisch mit dem König von Shambhala, der im Jahre 2327 oder 2427 den Thron des Mythenreiches besteigt. »Von Shambhala«, schreibt der Kalachakra-Kommentator Michael Henss, »werden am Ende des gegenwärtigen Zeitalters die apokalyptischen Heerscharen kommen, um die Feinde des Buddhismus zu vernichten.«[64] Ziel dieses Religionskrieges ist die »Zerstörung des barbarischen Dharmas«, das heißt aller nicht-buddhistischen Glaubensbekenntnisse (*Shri Kalachakra* I. 170). »Nach seinem Sieg wird [der zornige Raddreher] seine Herrschaft über die gesamte Welt ausdehnen und das Goldene Zeitalter einrichten.«[65]

Wie bewusst die Shambhala-Vision die Kriegsbereitschaft anheizt, zeigt – selbstredend – ein populäres Gedicht des III. Panchen Lama: »Die gewaltige Schar deiner Krieger«, heißt es dort von Rudra Chakrin, »wird in vielen Farben erscheinen / Vierhunderttausend wutentfesselte Elefanten, / goldene Streitwagen mit jungen bewaffneten Kriegern / werden sich in die rasende Schlacht werfen. / Deine Elefanten werden die anderen Elefanten besiegen. / Deine Steinpferde werden andere Pferde töten. / Deine Streitwagen werden andere Streitwagen zu Staub zermalmen. / Deine Fürsten werden die anderen Fürsten vernichten. / Wenn all dies geschehen ist, wird das Geschlecht / der Barbaren für immer ausgerottet sein.«[66] Seinen »Religionskrieg« führt der Shambhala-König mit aller Härte und Grausamkeit: »Die äußerst wilden [buddhistischen] Krieger werden die barbarische Horde niederwerfen« und »zusammen mit ihren Anhängern eliminieren«, prophezeit der Originaltext (*Shri Kalachakra* I. 163/165). Shambhala-Krieger kennen kein Pardon!

Ebenso schildern westliche Anhänger der Kalachakra-Idee diesen buddhistischen Endzeitkrieg in apokalyptischen Farben, zum Beispiel der schon erwähnte russische Maler, Philosoph und Shambhala-Enthusiast Nicholas Roerich: »Hart ist das Schicksal der Feinde Shambhalas«, lässt der Russe einen Lama, den er auf seiner Tibetexpedition getroffen haben will, erzählen. »Ein gerechter Zorn färbt die Wolken purpurblau. In glänzender Rüstung mit Schwertern und Speeren verfolgen die Krieger des Rigden-jyepo [Rudra Chakrin] ihre entsetzten Feinde. Viele sind schon niedergestreckt und ihre Feuerwaffen, ihre großen Hüte und all ihre Habe sind auf dem Schlachtfeld zerstreut. Einige liegen im Sterben, vernichtet von gerechter Hand. Ihr Anführer ist bereits erschlagen und liegt niedergestreckt unter dem Ross des großen Kriegers, des gesegneten Rigden-jyepo. Dem Herrscher folgen auf Kampfwagen fürchterliche Kanonen, denen keine Mauer standhalten kann. Mehrere Feinde flehen auf Knien um Gnade oder versuchen [...] ihrem Schicksal zu entgehen. Aber das Schwert der Gerechtigkeit holt die Verleumder ein. Das Dunkel muss vernichtet werden.«[67]

In den Tagen der prophezeiten Shambhala-Schlacht kann sich der Kriegsbuddhismus ohne irgendwelche Schranken des Mitgefühls voll entfalten – so jedenfalls sieht es der Orientalist und Kalachakra-Experte Jean Marquès-Rivière: »Wenn die Gesamtheit des Dharma, d. h. sowohl die menschliche als auch die kosmische Ordnung, durch die Unordnung getrübt ist, dann zeigt sich der Priesterkönig von

Shambhala – wie wir sehen werden – als eine schreckliche und zornvolle Macht, die ohne Mitgefühl [*sans pitié*] die notwendige Harmonie zur Entwicklung der Welt wiederherstellt. Ein [...] dritter Weltkrieg, in dem sich zwei feindliche Blöcke gegenüberstehen, wird entfesselt werden und der Chef der Siegerpartei wird zum Beherrscher der Welt – politisch und ökonomisch.«[68] – »In dem schrecklichen Kataklysmus, der am Ende dieses Weltzeitalters die Menschheit erschüttern wird«, fährt Marquès-Rivière an anderer Stelle fort, »erhält die zukünftige Rolle dieses sakralen [Shambhala-]Herrschers [*pontife*] einen entscheidenden Stellenwert, da er der Architekt (dieser Zerstörung) sein wird. Er ist sowohl ein Bodhisattva, voller Mitgefühl und Liebe zu allen lebenden Wesen, denen er hilft und die er jeden Augenblick unterstützt, als auch der große Richter, der auf einem weißen Pferd an der Spitze seiner unbesiegbaren Armee reitet, um die Ordnung der Welt, das *Dharma* [die buddhistische Lehre], wiederherzustellen.«[69]

Ein Beispiel für moderne lamaistische »Friedenspolitik« liefert uns der vom XIV. Dalai Lama mit der Verbreitung und Erklärung des *Kalachakra-Tantra* beauftragte Buddhist und Tibetologe Alexander Berzin. Der in Berlin lebende und lehrende Amerikaner beschwichtigt seine Zuhörer, von denen wohl die meisten den buddhistischen Weg aus pazifistischen Motiven heraus gewählt haben: »Wir brauchen uns aber keine Sorgen zu machen, dieser Krieg wird nicht die ganze Erde zerstören. In diesem Krieg werden die Truppen von Shambhala eingreifen und uns helfen und die Guten werden gewinnen. Dann fängt das Goldene Zeitalter an.«[70] Dieses wurde vom III. Panchen Lama auch als das »Große Tantrische Zeitalter« bezeichnet.[71]

Alle Nazi-Visionäre und ihre Erben waren und sind ganz besonders an den kriegerischen Formen des Buddhismus interessiert und sie konnten dort, wie wir gezeigt haben, vielerorts fündig werden. Szenarien wie der im *Shambhala-Mythos* des *Kalachakra-Tantra* prophezeite Endzeitkrieg, wie die dort geschilderten Grausamkeiten, wie das triumphale Auftreten eines messianischen Feldherrn, wie dessen »Endsieg« und wie der dort angesprochene Millenniumstraum sind *con variatione* ebenfalls ein beliebtes Repertoire auf der machtpolitischen Bühne der NS-Mythenmacher, angefangen von Walther Wüst bis hin zu Miguel Serrano. Dabei haben sich einige von ihnen direkt auf den *Shambhala-Mythos* bezogen: »Zweifellos war Hitler einer der letzten Führer«, schreibt zum Beispiel Miguel Serrano, »der vor Hereinbrechen der Katastrophe versuchte, die grobe Verstofflichung des Eisernen Zeitalters, des Kali-Yuga, zu überwinden und aus ihr herauszuführen, um zur Rückkehr der Erde in das Goldene Zeitalter mitzuhelfen.«[72] Da ihm dies im Zweiten Weltkrieg nicht gelang – so der Chilene – kehrt er erneut in die Weltgeschichte zurück, um seine eschatologische Aufgabe zu erfüllen. Heiner Gehring, ein junger Autor der »Schwarzen Sonne«, spricht direkt das kommende, mit Waffengewalt eroberte irdische Shambhala-Paradies an: Dann »wird sich Shambhala der übrigen Welt offenbaren und in einem militärischen Großschlag alle Feinde vernichten. Danach wird eine 1000-jährige Periode des Friedens anbrechen.«[73]

Der Vishnu Purana als Ursprungsmythos

Wir haben schon einmal darauf hingewiesen, dass der im *Shambhala-Mythos* als Kriegsmessias agierende *Rudra Chakrin* eindeutig eine buddhistische Variante des im *Vishnu Purana* auftretenden Endzeiträchers *Vishnu-Kalki* darstellt. Auch Rudra Chakrin hat den Namen Kalki. Beide Feldherren stammen aus einer Örtlichkeit, die den Namen Shambhala trägt, beide führen ihre Heere auf einem Schimmel an, beide setzen »Rotationswaffen« gegen ihre Feinde ein, sodass der amerikanische Übersetzer des *Kalachakra-Tantra*, John Ronald Newman, wie die meisten westlichen Experten zu dem Schluss kommt: »Die Kalachakra-Eschatologie ist klar und eindeutig eine Adaption des *puranischen* Kalki-Epos und -Mythos.«[74] Auch von tibetischen Kommentatoren des *Kalachakra-Tantra* wird explizit betont, Rudra Chakrin habe den Namen Vishnu-Kalki angenommen.[75] Im Originaltext des Tantras sind acht Inkarnationen des Vishnu als die Vorläufer des »zornigen Raddrehers« (Rudra Chakrin) genannt, darunter auch Krishna.[76] Diese werden die »Familie der Dämonen mit Schrecken überziehen.« (*Shri Kalachakra* I. 153) Der Tibetologe Edwin Bernbaum, bekanntester Interpret des *Shambhala-Mythos,* unterstellt sogar, dass die buddhistische Shambhala-Vision ursprünglicherer Natur sein könnte als der *Vishnu Purana*: »Obwohl es wahrscheinlich ist, dass der buddhistische Mythos von hinduistischen Quellen beeinflusst wurde, ist auch das entgegengesetzte Abhängigkeitsverhältnis denkbar. Die Prophezeiung des Kalkis ist eine relativ späte Entwicklung der hinduistischen Mythologie, die ebenso gut von buddhistischen Einflüssen geprägt sein kann.«[77]

Ganz entscheidend waren und sind in der religionspolitischen Eschatologie der Nazi-Visionäre und ihrer Erben zwei Epiphanien des indischen Gottes Vishnu, seine achte Inkarnation als Krishna und seine kommende zehnte Inkarnation als der Kalki, die im *Vishnu Purana* prophezeit wird. Von Walther Wüst über Jakob Wilhelm Hauer, Julius Evola und Savitri Devi bis hin zu den Autoren des »SS-Mystizismus« – immer wieder ist in deren Schriften von dem Krishna der *Bhagavadgita* oder vom zukünftigen Kalki des *Vishnu Purana* die Rede. Einen Hitler-Krishna-Vergleich kennen wir von Heinrich Himmler. Auch Savitri Devi hat diesen Vergleich mehrfach »ausgekostet«. »Hitlers Priesterin« vertritt zudem in ihrem Hauptwerk *The Lightning and the Sun* die Meinung, der deutsche Diktator sei der Vorläufer des Kalki gewesen, »der Letzte vor dem, der da kommen wird«, während Miguel Serrano ihn direkt als den Kalki anspricht und auch den Bezug zum tibetischen *Shambhala-Mythos* macht: Hitler als reinkarnierter Shambhala-Herrscher, der mit seinem »wilden Heer« einen dritten Weltkrieg entfesselt.

Das Avatar- und Tulku-Prinzip

Die eschatologischen Aufgaben des Vishnu-Kalki respektive Rudra Chakrin geben beiden den Status eines *Avatars*, d. h. sie sind die Inkarnation eines Gottes, obgleich dieser Begriff im Lamaismus so nicht existiert. Hier spricht man jedoch mit sehr ähnlicher Bedeutung von einem *Tulku*, von einem Menschen, der als die Emanation bzw. als die Epiphanie eines Bodhisattva oder einer Gottheit anerkannt wurde. Ein Bodhisattva ist ein Buddha, der auf den Eintritt ins Nirwana [den Zustand des Nichts-Seins] verzichtet hat, in der mitfühlenden Absicht, alle leidenden Wesen zur »Erleuchtung« zu führen. Es ist der Bodhisattva Avalokiteshvara (tibet. Chenrezi), der sich in der Gestalt des Dalai Lama hier auf Erden verkörpert. Neben einem »milden« hat ein Bodhisattva auch einen »zornvollen« Aspekt und kann deswegen auch als schreckenerregende Gottheit (*Heruka*) in Erscheinung treten. Dies gilt insbesondere für unser Zeitalter des dunklen Kali-Yuga, in dem – wie es die Shambhala-Prophezeiung ankündigt – ein Bodhisattva als »rasender Kriegsherr« (Rudra Chakrin) an der Spitze eines gigantischen Heeres die Feinde des Dharmas, der buddhistischen Lehre, vernichtet. Kamtrul Rinpoche will in einer visionären Meditation den XIV. Dalai Lama höchstpersönlich als diesen zu erwartenden martialischen Endzeit-Bodhisattva geschaut haben: »Meine Begleiterin [eine Dakini] sagte mir«, so der tibetische Lama, »dass auch der letzte Kulika-König, der ›Rudra mit dem Rad‹ genannt wird, kein anderer sein wird als Seine Heiligkeit der Dalai Lama, der alles Böse im Universum unterwirft!«[78] Der neobuddhistische Shambhala-Experte Edwin Bernbaum hält eine Mehrfach-Epiphanie des buddhistischen Endzeiträchers für möglich: »Nach Aussagen des *Purana*«, so Bernbaum, »wird Kalki nicht nur einmal erscheinen, sondern er tritt immer dann auf den Plan, wenn die Welt am Ende eines Zyklus des Verfalls angelangt ist. Die Prophezeiung Shambhalas könnte also ebenfalls einen Prozess symbolisieren, der in ähnlicher Weise immer wiederkehrt.«[79]

Schon Jakob Wilhelm Hauer hatte darauf hingewiesen, welch hohe Bedeutung dem Avatar-Prinzip im indischen Kulturkreis zukommt und wie es dort auf politische Führer übertragen wird. So als habe sich der »SS-Mystiker« Wilhelm Landig die Schau Kamtrul Rinpoches zu Eigen gemacht, nennt er in *Götzen gegen Thule* explizit den Bodhisattva Chenrezi (das ist Avalokiteshvara) als den Bodhisattva der Zukunft, der den Westen mit seinen Ideen erobert: »Das abendländische Paradies der großen Glückseligkeit wird erreicht sein, wenn das Licht aus dem Osten und die Gnade Chenrezis bis zum westlichen Großmeer strahlt.«[80] Alle drei Erscheinungsformen eines übermenschlichen Wesens – Avatar, Bodhisattva und Tulku – überträgt Miguel Serrano auf Adolf Hitler. Für den Gründer des »esoterischen Hitlerismus« wird der Kalki/Hitler »erneut«, aus dem Königreich Shambhala zurückkehrend, erscheinen, um die Kräfte des Bösen im Universum durch einen fürchterlichen Weltkrieg zu besiegen und das Goldene Zeitalter einzuleiten.

Die Verbindung von Krieger- und Priesteramt

Alle Teilnehmer an einer Kalachakra-Einweihung erhalten das zweifelhafte »Privileg«, sich in ca. drei Jahrhunderten als »Shambhala-Krieger« reinkarnieren zu dürfen: »Mit der Initiation in das Kalachakra wird sichergestellt, dass der Eingeweihte während der letzten Schlacht gegen die Mächte der Finsternis wiedergeboren wird.«[81] Die »Wiedergebornen« kämpfen dann in dem prophezeiten Weltenkrieg als Soldaten Buddhas gegen die Feinde der wahren Lehre. Sie bilden wahrscheinlich das Fußvolk einer Armee, die nach traditionellen Kommentaren sechs Millionen Infanteristen aufweist,[82] denn im Offizierkorps finden sich die höheren Lamaränge wieder: »Dem Heer von Shambhala werden auch die Reinkarnationen vieler tibetischer Lamas als befehlsführende Offiziere angehören. [...] Einige von ihnen wissen bereits jetzt ihren zukünftigen Namen und kennen den Rang, den sie innehaben werden«, heißt es in einer modernen Interpretation des Shambhala-Experten Edwin Bernbaum, die sich auf tibetische Quellen beruft. »So soll der Abt des Klosters Reting in der Nähe von Lhasa zum Beispiel als der General wiedergeboren werden, der die Truppe der rechten Gebirgsflanke befehligen wird. [...] Der ältere der beiden Lehrer des Dalai Lama zum Beispiel wird ein Oberst sein und die fünfte Division befehligen. Sein Name ist Senge Rinpoche.«[83] Die Grenzen zwischen Priester und Krieger, zwischen Mönch und Soldat, zwischen General und Abt sind hier aufgehoben, denn es wird explizit darauf hingewiesen, dass alle Einwohner Shambhalas Mitglieder des Sangha, des buddhistischen Mönchsordens, sind. Aus dieser martialischen Zukunftsperspektive lässt sich rückschließen, dass sich die Kalachakra-Initianten meditativ, imaginär, rituell und ideologisch auf einen Religionskrieg und auf den weltweiten militärischen »Endsieg« des Buddhismus vorbereiten sollen, an dem sie dann in ihren späteren Wiederverkörperungen als Kämpfer partizipieren dürfen.

Für Heinrich Himmler, Walther Wüst, Jakob Wilhelm Hauer, selbst für Alfred Rosenberg war die »Sakralisierung« des Kriegers und des Krieges ein zentrales Anliegen. Himmler forderte explizit die »Vereinigung von Führer- und Priesteramt« in der Person eines *jeden* SS-Einheitsführers.[84] Alle Genannten wussten, dass dies organisatorisch nur in einem Orden zu bewerkstelligen sei. Bei ihren neofaschistischen Erben hat sich in dieser Frage wenig geändert. Auch dort verzahnen sich Krieg, Erlösung, Generalität, Priesteramt und Inkarnationsfragen, so wie wir es auch aus dem *Kalachakra-Tantra* kennen. Für Miguel Serrano ist die »mythische SS« identisch mit den Kampftrupps aus Shambhala. Am Anfang dieser martialischen Vision stand wohl Himmlers folgenschwerer Ausruf im Gründungsjahr der SS: »Kschatrijakaste, das müssen wir sein. Das ist die Rettung!«[85]

Der Einsatz von tödlichen Wunderwaffen

Das angeblich friedensfördernde *Kalachakra-Tantra* kommt auf höchst aggressive und erstaunliche Waffensysteme zu sprechen, die in der zukünftigen Endschlacht von Seiten der Shambhala-Krieger gegen die Feinde der buddhistischen Lehre zum Einsatz kommen sollen. Kommentatoren des Tantras schwelgen geradezu in morbiden Waffen- und Aggressionsphantasien. Diesen sind in dem Originaltext mehr als 20 Strophen gewidmet. (*Shri Kalachakra* I. 128 bis I. 149)

»Jetzt werden die Maschinen vorgestellt, um die Forts der bösen Feinde zu zerstören.« Mit diesen Worten beginnt Pundarika seinen ausführlichen Kalachakra-Kommentar über die »Superwaffen«.[86] Dabei handelt es sich um verschiedenartige Rotationsscheiben. Mit ihnen kann man unter anderem blitzschnell die Köpfe seiner Feinde abrasieren und ganze Militäranlagen »pulverisieren«. Die im Text beschriebenen Kriegsmaschinen durchschießen, zerstückeln, verstümmeln, verbrennen, töten, vernichten. Eine »Windmaschine« wird gegen Bergforts eingesetzt. Sie schwebt über der feindlichen Armee und lässt brennendes Öl auslaufen. Eine »Schwert-im-Boden-Maschine« reißt jeden in Stücke, der sich dem Shambhala-König Rudra Chakrin unrechtmäßigerweise nähert. Die »Harpunen-Maschine« ist eine Art Stalinorgel (*Katjuscha*). Nach einem Fingerabzug »schießt sie viele starke Pfeile und scharfe Harpunen ab, die durch den Körper eines durch die Rüstung geschützten Elefanten dringen und ihn in Stücke schneiden«, heißt es in der Originalschrift (*Shri Kalachakra* I. 140).

Tibetische Lamas erkennen heute in solchen Kriegsszenarien die Schilderung hochmoderner Militärschläge. Zum Beispiel glaubt der ehrenwerte Khenpo Lodrö Sangpo, dass die »Barbaren« zuerst versuchen, einen Luftkrieg über Shambhala zu entfesseln: »Einige dieser Flugzeuge werden in den Fluss stürzen, der am Palast im Herzen Shambhalas entlang fließt, so dass sich das Wasser mit Menschenblut rot färbt. Durch diesen Anblick von tiefer Wut erfasst, wird Rudra Chakrin den Eindringlingen, die sein Königreich entweihen, entgegenstürmen und sie vernichten.«[87] Es ist auch in einem traditionellen Kommentar zum *Kalachakra-Tantra* von »Steinpferden mit der Kraft des Windes«, die als Waffen zum Einsatz kommen, die Rede. Lama Chopgye Trichen Rinpoche spekuliert darüber, dass mit dem »Stein« der Brennstoff der Flugzeuge gemeint ist, »der aus den Felsen in der Erde gebohrt wird. Andere [Lamas] interpretieren den ›Stein‹ als Rohmaterial, das zur Herstellung der Flugzeuge benötig wird. Wie dem auch sei, die Meditation über das Beste aller Pferde befähigt Rudra Chakrin dazu, alle Waffen und Fahrzeuge zu materialisieren, die die Barbaren mit Hilfe ihrer Wissenschaft und Technik herzustellen in der Lage sind.«[88]

Ein sehr bezeichnendes Charaktermerkmal des Neonazismus ist seine Mythisierung der Waffensysteme, welche NS-Ingenieure und NS-Wissenschaftler während und dann später nach dem Zweiten Weltkrieg erfunden und produziert haben bzw. haben sollen. Angesichts der unvermeidlichen Niederlage des Nazi-Regimes setzte gegen Ende des Krieges eine Propagandawelle ein, die den Sieg Deutschlands durch angebliche »Wunderwaffen« in Aussicht stellte. Hier liegt die Ursache für die Spekulationen über ein phantasmagorisches Waffenarsenal, dass sich später in der Literatur des »SS-Mystizismus« allergrößter Beliebtheit erfreut.

Ufologische Phantasien

Auch für ufologische Phantasien liefern die im *Kalachakra-Tantra* erwähnten runden Flugkörper (»Yantras«) die Reizmaterialien. Lamas und Neobuddhisten sehen hier einen Hinweis auf die Intervention Außerirdischer. »Einige Meister sagen«, so der Kalachakra-Experte Alexander Berzin, »dass Shambhala auf einem anderen Planeten liegt […]. Und es heißt, dass sie in großen fliegenden Schiffen kommen, die von der Kraft des Windes angetrieben werden, und einige Leute sagen daher, dass die fliegenden Untertassen aus Shambhala kommen. […] Es gibt einen bekannten Autor von Däniken und Däniken schrieb in seinen Büchern, dass Wesen von anderen Planeten kamen und den Menschen beigebracht haben, wie man einen Kalender führt, man kann also weder leugnen noch bestätigen, dass diese fliegenden Untertassen aus Shambhala kommen, aber es passt sehr gut zu den Beschreibungen von den Texten über Shambhala, wo auch der Kalender beschrieben wird.«[89]

Eingedenk des zu erwartenden Endzeit-Krieges fragt der französische Kalachakra-Experte, der Orientalist Jean Marquès-Rivière: »Dann wird eine Armee aufstehen; die Texte vermischen hier das Reelle und das Fantastische. Übernatürliche Wesen kämpfen mit den Soldaten aus Shambhala und mit machtvollen Waffen, mit Harpunen und himmlischen ›Rädern‹, die den Letzteren zu Hilfe kommen. Muss man hier die Intervention von Außerirdischen erkennen?«[90] Selbst der XIV. Dalai Lama spekuliert offen darüber, ob nicht die Shambhala-Krieger von den Sternen stammen: »Es gibt noch eine andere Möglichkeit, es könnte sich nämlich [bei Shambhala] um einen anderen Planeten handeln. […] In der Hoffnung, diese Leute seien nicht, wie in den Science-Fiction-Romanen, böse kleine grüne Männer, um die Menschen zu knechten … Nein, zweifellos nicht, denn es heißt, der Herrscher von Shambhala sei sehr schön und sehr intelligent und besitze alle Gaben der Gerechtigkeit und des Mitleids. Man wird sehen, nicht wahr?«[91]

Mit SS-Männern bemannte Ufos, die aus dem unterirdischen Stützpunkt Shambhala starten, sind ein Königsthema in den Schriften des »SS-Mystizismus und des »esoterischen Hitlerismus«. Nach Jan van Helsing warten dort 24.000 NS-Flugscheiben auf ihren Einsatz in einem kommenden Weltkrieg.[92]

Der »kleine« und der »große« buddhistische »Djihad«

Immer wieder ist in der etwas populistischeren Literatur zum *Kalachakra-Tantra* zu lesen, dass die dort prophezeiten Kriegsszenarien »Prozesse« darstellen, welche sich allein im »Inneren« des Menschen abspielen. Die Shambhala-Krieger symbolisierten demnach das zur Erleuchtung drängende Bewusstsein des Initianten und die zu bekämpfenden Barbaren (*mlecchas*) seien nichts anderes als Hass, Zorn, Unwissenheit und so weiter. »Von diesen Beispielen aus gesehen«, schreibt Alexander Berzin, »scheint es so, dass im Buddhismus der Ruf nach dem ›heiligen Krieg‹ eine rein innere, spirituelle Angelegenheit ist.« Aber, so fügt der Kalachakra-Experte im nächsten Satz hinzu: »Das *Kalachakra-Tantra* dagegen offenbart eine zusätzliche äußere Dimension.«[93] Eine einseitig innere Deutung kollidiert nämlich nicht nur mit den im Originaltext beschriebenen militärischen Aktionen und Kriegsmaschinen, sondern ebenfalls mit der Lehrmeinung bedeutender, traditioneller Kommentatoren, die es explizit ablehnen, von einem rein symbolisch-inneren Vorgang zu sprechen. Der tibetischen Gelehrte Kaydrubjey (1385–1438) zum Beispiel erklärte, der prophezeite Shambhala-Krieg dürfe keinesfalls als bloße »Metapher« und ohne Bezug zur Geschichte gesehen werden. Denn dann müsste sich die im *Kalachakra-Tantra* dargestellte Astrophysik auch nur auf innere Vorgänge im mystischen Körper des Yogis beziehen und stünde in keinem Zusammenhang mit dem äußeren Universum und seinen Planeten, Sonnen und Monden.[94] Es ist deswegen die herrschende Meinung bei den traditionellen und modernen Kalachakra-Kommentatoren, dass der Shambhala-Krieg sowohl »innen« als auch »außen« stattfindet.

Was nun diese Doppeldeutigkeit von »innen« und »außen« angeht, so hat diese eine Korrespondenz in der moslemischen Djihad-Tradition. Auch dort wird von einem »inneren« und »äußeren« heiligen Krieg gesprochen. Der innere (große) Krieg (*djihad akbar*) ist der Kampf gegen die ungezügelten Leidenschaften, der äußere (kleine) Krieg (*djihad asghar*) der Kampf gegen die Feinde der islamischen Lehre. Entsprechend kommt der ägyptische Fundamentalist Sayyid Qutb zu dem Schluss: »Der Krieg ist zuerst ein innerer Krieg der Reinigung, dann ein permanenter Kampf, eine mystische, politische und militärische Erfahrung *sui generis*, es gibt keinen Vergleich mit irgendeinem anderen Krieg.«[95]

Beide Formen des heiligen Krieges – der »innere« wie der »äußere« – werden nicht nur im Islam, sondern auch in der Kalachakra-Vision als notwendig angesehen! Deswegen kann der vom XIV. Dalai Lama designierte Interpret des Tantras, Alexander Berzin, sagen: »Die Kalachakra-Darstellung des Shambhala-Krieges und die islamische Diskussion über den Djihad zeigen bemerkenswerte Ähnlichkeiten.«[96] Wir haben es also im Falle des Shambhala-Krieges zugestandenermaßen mit einer buddhistischen Version des Djihad zu tun und das ganz unabhängig davon, ob man nun von einer »sanften« oder einer »aggressiven« muslimischen Interpretation des »heiligen Krieges« ausgeht. Nach der »sanften« Deutung ist der islamische Djihad defensiv und richtet sich nur gegen Gegner, die den Islam angreifen. Nach der »aggressiven« Interpretation ist der Djihad ein »heiliger Krieg« mit dem Ziel einer Welteroberung. Nach dem Originaltext fällt es schwer, wie dies Alexander Berzin vorschlägt, den Shambhala-Krieg als rein »defensiv« zu interpretieren, da er ja nicht endet, bis das »barbarische Dharma« zerstört und das »buddhistische Dharma« weltweit etabliert ist, und da er mit sehr grausamen Mitteln geführt wird. Wie auch immer – ob aggressiv oder defensiv, ob innerlich oder äußerlich – der Shambhala-Krieger erweist sich in allen Fällen als eine buddhistische Entsprechung zum Mujaheddin, zum islamischen »Gotteskrieger«.

Man könnte nun meinen, die in diesem Abschnitt angesprochenen »inneren« Aspekte des heiligen Krieges hätten für den religiösen Faschismus keinerlei Wert. Das Gegenteil ist der Fall! In diesem Milieu ist man sich durchaus der Doppelbedeutung des heiligen Krieges bewusst: »Der ›große heilige Krieg‹ ist der Kampf der Menschen gegen die Feinde in seinem Inneren«, lesen wir bei Julius Evola. »Genauer, er ist der Kampf des Außermenschlichen des Menschen gegen alles Menschliche in ihm und damit gegen das Tiefwurzelnde der Begierde und in der Leidenschaft Gebundene – somit vom Prinzip des Chaos und der Unordnung Beherrschte.«[97] Der »kleine heilige Krieg« dagegen – so Evola – ist der »äußere« Djihad, der von einem Kshatriya geführt wird.

Antisemitische Töne

Der Kalachakra-Text lässt sich, wenn man das will, »antisemitisch« interpretieren, da im Original als Gegner des Buddhismus die »Führer« der drei monotheistischen Weltreligionen genannt werden: »Adam, Henoch, Abraham, Moses, Jesus, der im weißen Gewand [Mani], Mohammed und Mathani [der Mahdi]«, lesen wir in *Shri Kalachakra* I 154.[98] Das Tantra bezeichnet sie als »die Familie der dämonischen Schlangen«, die mit *tamas* ausgestattet sind, das heißt mit Eigenschaften der Finsternis, der Täuschung und der Unwissenheit.[99] In der gewaltigen Endschlacht der Shambhala-Vision stehen sich, wie aus weiteren Textstellen zu entnehmen ist, die Anhänger Mohammeds und die Anhänger Buddhas als erbarmungslose Feinde gegenüber.[100] Das Original spricht davon, dass »das machtvolle, gnadenlose Idol der Barbaren, die dämonische Inkarnation« in Mekka »lebt« (*Shri Kalachakra* I 154). Von den Hauptgegnern Rudra Chakrins erfahren wir, dass sie *mleccha* heißen, das bedeutet sowohl »Barbaren« als auch die »Einwohner Mekkas« oder ganz allgemein Muslime.[101] Ein weiterer Kalachakra-Kommentar spricht von dem kommenden Shambhala-König als dem »Töter der *Mlecchas*«.[102]

In Anbetracht solcher Passagen vermutete der indische Gelehrte B. Bhattacharya in den 1940er-Jahren, dass das Tantra »von einer besonderen Sekte eingesetzt wurde, die die Einigung der Hindus und Buddhisten unter dem gemeinsamen nicht-sektiererischen Banner des Zeitgottes *Kalachakra* wünschten, um eine geeignete Front gegen die Beeinflussung durch semitische Völker zu bilden, die bereits in Zentralasien und in den Iran eingedrungen waren.«[103] Im religiösen Neofaschismus wird diese antisemtische Interpretation des Tantras vom Italiener Sandro Consolato, einem Buddhismusforscher und Schüler Julius Evolas, erneut aufgegriffen. Consolato lobt das *Kalachakra-Tantra* als das »lichte« Gegenmodell zu den »dunklen Kräften« der nicht-arischen Religionen: »Seltsamerweise«, so der Religionswissenschaftler, »werden im *Kalachakra-Tantra* die Lehren der semitischen Propheten, die alle ganz klar mit Abraham, Moses, Jesus und Mohammed genannt sind – als Ausdruck der kosmisch dunklen Kräfte (*tamas*) aufgezeigt.«[104] Eine antisemitische Interpretation des *Shambhala-Mythos* findet sich auch in dem Schweizer Esoterik-Magazin *ZeitenSchrift*. Bei den Herausgebern handelt es sich – nach Aussage des Schweizer Sektenforschers Hugo Stamm – um die Mitglieder einer Gruppierung mit rassistischen Ideen, die vorgibt, im »geistigen Auftrag« der Übermenschen von Shambhala zu handeln.[105]

Es wäre jedoch falsch, in das *Kalachakra-Tantra* einen arischen Blutsrassismus, wie ihn die Nazis vertreten haben, hineinzuinterpretieren, noch richtet sich der Ritualtext ausschließlich gegen die »Juden« als Semiten. Gegner sind alle drei monotheistische Religionen, die »Familie der dämonischen Schlangen«, die »das barbarische Dharma lehren«.[106] Dagegen ließe sich der »spirituelle Rassismus« eines Julius Evola ohne weiteres mit dem Kalachakra-Text in Einklang bringen.

Die Verherrlichung des indischen Kulturkreises

So eindeutig sich das *Kalachakra-Tantra* von den drei monotheistischen Religionen absetzt, so eng sucht es gute Beziehungen zum indischen Kulturkreis aufzubauen. An zwei Stellen berichtet der Originaltext überraschenderweise, Buddha habe nicht nur die *Sutren*, sondern auch die *Veden* gelehrt.[107] Im Kampf gegen die »Familie der dämonischen Schlangen« stehen dem Kalki (*Rudra Chakrin*) die indischen Götter Rudra (das ist Shiva), Skanda, Genendra und Hari (das ist Vishnu in seiner Inkarnation als Löwenmann) mit ihren gewaltigen Armeen bei.[108] Sein General Hanumanda dürfte kein anderer sein als eine Reinkarnation des Affengottes Hanuman, der dem König Rama, einem früheren Avatar Vishnus, in einer Dämonenschlacht sekundierte. Einer der Shambhala-Könige trägt ebenfalls den Namen Rama.[109] In einem von Alexander Berzin übersetzen Kalachakra-Gebet ist davon die Rede, dass der vedische Gott Indra in Kapala, der Hauptstadt von Shambhala, einen eigenen Palast besitze. Ein weiterer traditioneller Text bezieht die indischen Götter Agni, Ganesha, Indra, Brahma, Rudra, Kubera und Vishnu in die Kalachakra-Mythologie mit ein.[110]

Interessant ist die im *Kalachakra-Tantra* erwähnte Geschichte, dass eine Gruppe von Brahmanen unter dem Shambhala-König Yashas das mythische Reich verlassen wollte, um sich ausschließlich nach den Gesetzen der *Veden* zu richten und nicht mehr nach der Doktrin des buddhistischen Tantrismus.[111] So beschlossen sie, in das »Land der Arier« [!] südlich des Himalaja auszuwandern.[112] Aber sie kamen nicht weit, denn König Yashas war davon überzeugt, dass ihr Exodus demoralisierende Auswirkungen auf die »Kshatriya und anderen Leute« des Landes haben könnte, und so führte er ein magisches Bannritual mit dem Namen »Bezwinger aller Familien Vishnus, Brahmas und Rudras [Shivas]« durch.[113] Der Bannspruch wirkte und die Brahmanen wurden durch die Luft nach Shambhala zwangsrepatriiert. Dort unterwarfen sie sich dem mächtigen Magierkönig Yashas und gehorchten ihm.

Die Revolte und der Exodus der Brahmanen mögen die Ursache dafür gewesen sein, dass Yashas das indische Kastensystem für die Einwohner Shambhalas aufhob. Er fasste die vier Kasten in einem einzigen Clan, der so genannten *Vajra-Familie*, zusammen, »indem er sie nicht in der Brahmanenfamilie integrierte«.[114] Die Tatsache, dass alle Einwohner des Mythenreiches in einem gewissen Sinne als »erleuchtet« gelten, dass alle die tantrischen Riten praktizieren, dass sie aktiv als Militärs an der prophezeiten Shambhala-Schlacht teilnehmen werden und dass explizit die Macht der Priesterkaste (*Brahmana*) gebrochen wurde, lässt die Vajra-Familie als eine Art sakrale Kriegerkaste (*Kshatriya*) erscheinen. Dieses Argument wird auch dadurch unterstützt, dass Yashas jetzt den Namen Kalki annahm, was so viel bedeutet wie der »Halter der Kasten«.[115] Kalki ist aber ebenso der Name der 10. Vishnu-Inkarnation, des kommenden Endzeiträchers aus dem *Vishnu Purana*.

Auch hier zeigen sich wiederum Parallelen: Alle (!) von uns vorgestellten Nazi-Visionäre und ihre Erben lehnen die monotheistischen Religionen als Bezugssysteme strikt ab und verherrlichen den indischen Kulturkreis als ein Reservat »urarischen« Wissens.

Der Shambhala-Gral-Vergleich

In modernen, neobuddhistischen und pro-lamaistischen Kreisen ist die Verbindung von Shambhala und Gral mittlerweile zu einem esoterischen Highlight geworden.[116] »Die Reise nach Shambhala«, schreibt der populärste Interpret des Shambhala-Mythos, Edwin Bernbaum, »erinnert außerdem an die Suche nach dem heiligen Gral, ein bedeutendes Thema der europäischen Literatur.«[117] Anschließend rekurriert er auf die Parsifal-Erzählung: »Der zweite Teil der Parsifal-Legende ähnelt der Reise nach Shambhala, die ebenso eine überlegte Suche nach etwas ist, das bereits offenbar geworden ist. Im Falle von Shambhala hat der Pilger in den Schriften über die Reise gelesen oder es im Traum oder in einer Vision gesehen, beides Zeichen dafür, dass er für die Pilgerreise bereit ist. Wie Parsifal ist auch der Pilger auf der Reise nach Shambhala durch eine Ahnung seines Zieles berufen; dennoch bedarf es der Mühen der tatsächlichen Pilgerschaft, damit er sich seines Zieles auch würdig erweist.«[118]

Nun kommt Bernbaum auf eine Anzahl weiterer »interessanter Parallelen« zu sprechen. Als erste nennt er die »Präsenz« weiblicher Wesen auf dem Erleuchtungsweg, ohne jedoch auf die Sexualmagie im Kalachakra-Tantra bei dieser »Präsenz« hinzuweisen: »In beiden Fällen geleitet eine Art weibliche Schutzgottheit den Suchenden durch den letzten Abschnitt seiner Reise zu dem König eines verborgenen Heiligtums – dem heiligen Gral oder den Schriften und dem Mandala des Kalachakra.«[119] Ebenso hätten sich der alte Grals- und der Shambhala-König erst einmal politisch passiv verhalten, so dass die Erde von Barbaren verwüstet werden konnte. Beide Mythen sprächen auch von einem kommenden »Goldenen Zeitalter«, nachdem die »Kräfte des Bösen« vernichtet worden seien. Bernbaum erwähnt zudem den »alle Wünsche erfüllenden Edelstein« (*mani*), der sich in Shambhala befinde, und setzt diesen, wie es schon Otto Rahn getan hatte, mit dem Gral gleich. Insbesondere sollen aber die im Zentrum von Shambhala errichteten Kalachakra-Mandalas – von denen es heißt: »Schon ihr Anblick verleiht höchste Verwirklichung!« – mit dem Gral identisch sein.[120]

Anlässlich der Inszenierung von Wagners *Parsifal* in der »Nederlandse Opera« wurde dort Ende der 1980er-Jahre eine Ausstellung zum Thema Gral gezeigt. Der deutsche Kunsthistoriker Wolfgang Storch stellte hierzu einen Bildband mit dem Titel *Auf der Suche nach dem Gral* (Op zoek naar de Graal) zusammen. Sein Begleittext, der alle möglichen Gralstraditionen behandelt, endet mit der Shambhala-Vision als einer archetypischen, aber dennoch höchst aktuellen Version des Themas: »Wenn die Zeiten der Unterdrückung und der Bosheit auf Erden ihren Höhepunkt erreicht haben werden – und das wird bald sein – «, schreibt Storch, »wird Shambhala aus dem Nebel auftauchen, sichtbar für alle, und der 25. König, Rudra Chakrin, wird, von Zorn erfasst, das scharfe eiserne Rad, das vom Himmel gefallen ist, ergreifen und mit seinen Getreuen dem Feind entgegentreten. Nach seinem Sieg wird ein goldenes Zeitalter anbrechen und die Weisheit von Shambhala wird sich über die ganze Erde ausbreiten. Dieses Reich des Friedens und des Glücks wird Tausend Jahre [!] währen.«[121] Ein tibetisches Thangka, betitelt »Shambhala – das nördliche Paradies«, galt als das ikonografische Zentrum dieser Gralsaustellung. Ganz im Sinne des Ursprungsmythos ziehen – nach Storch – die Shambhala-Krieger gegen den Islam ins Feld: »Das ist die neue Front. Die Suche nach dem Gral führt dorthin, wo heute gekämpft wird, nach Jerusalem, nach Armenien, das so verzweifelt eingeschlossen ist, nach Aserbaidschan, das halbiert ist, nach Persien, das seine nationale Geschichte betreiben will und doch zugleich Führer sein will der islamischen Welt.«[122]

Schon Julius Evola hatte Andeutungen gemacht, dass das Gralsreich und das Königreich Shambhala in einem Zusammenhang stehen könnten. Von ihm stammt auch die Aussage, das Gralsreich habe ebenso wie das Shambhala-Reich seine Entsprechungen im Energiekörper des Initianten. »Von *Shambhala*«, so der italienische Faschist, »der mystischen ›Stadt des Nordens‹, wo die ›nordischen Wege‹, besser gesagt die ›Wege der Arier‹ (*devayana*) hinführen, sagen die tibetischen Asketen: ›Es ist mein Geist.‹«[123] Diese Verinnerlichung des Shambhala-Reiches korrespondiert durchaus mit der offiziellen Lehre des *Kalachakra-Tantra*: »Wenn du Deinen Körper [spirituell] zu nutzen verstehst, wird dieser Körper zu *Shambhala*, und alle Handlungen der 96 Fürstentümer [in die *Shambhala* unterteilt ist] sind aufeinander abgestimmt«, heißt es in dem Kommentar von Edwin Bernbaum.[124] Der »SS-Gral und Shambhala« sind ein Zentralmythos des Nazi-Okkultismus, Gralsreich und Shambhala-Reich werden hier oft als Einheit gesehen. Heiner Gehring, ein am Rande des »SS-Mystizismus« angesiedelter Autor, lässt die Linie »Gralskönig – Priesterkönig Johannes – Shambhala-König« direkt in der Person des Dalai Lama enden: »Die Ankunft [der] neuen Zeit«, lesen wir bei Gehring, »ist verbunden mit dem Gral, einem von einem anderen Planeten kommenden Gegenstand, der Shambhala gehört. Natürlich ist dieser Gral nichts anderes als einer der Schwarzen Steine, der die Verbindung zur Schwarzen Sonne [!] herstellt.

[...] Der Dalai Lama gilt auch als Abbild des Priesters Johannes in der äußeren Erde. Da unter den Päpsten viele nicht von der positiven Art waren, unternahmen sie alles, um das Wissen über Shambhala zu unterdrücken, die Briefe vom König der Welt wanderten in die vatikanischen Geheimarchive. Später dann übernahm [Nicholas] Roerich eine Botenfunktion für Shambhala und überbrachte unter anderem Briefe an die Sowjet-Regierung und den US-Präsidenten. Auch das Dritte Reich hat Briefe aus Shambhala erhalten.«[125]

Die Aufhebung ethischer Normen

Wenn wir die traditionellen und modernen Kommentare zum *Kalachakra-Tantra* lesen, dann ist dort einerseits von der Einhaltung bestimmter Verhaltensnormen (Gelübden) die Rede,[126] andererseits aber werden die Schüler in den Originaltexten dazu aufgefordert, die ethischen Gebote bewusst zu verletzen. Diese Paradoxie erscheint befremdlich, ist jedoch Teil des tantrischen Spiels. Die »Macht« (*shakti*), die aus solchen Ritualen gezogen wird, soll sich ja gerade dadurch ergeben, dass buddhistische Mönche, die normalerweise einem strikten monastischen Regelsystem (Zölibat, Fasten, Friedfertigkeit) unterworfen sind, dieses übertreten und dennoch die völlige geistige Kontrolle über die Situation behalten. Nur durch extreme mentale und physische Übungen kann – das ist die Vorstellung – ein nicht mehr der Welt verhafteter Zustand, ein Bewusstseinszustand »jenseits von Gut und Böse« erreicht werden.

Auch im *Kalachakra-Tantra* verpflichtet sich der Schüler, der während der Einweihung verschiedenen »Buddha-Familien« zugeordnet wird, zuerst, gewisse ethische Verhaltensweisen zu befolgen. Dann aber, ab der siebten Einweihungsstufe, fordert der Originaltext offen zu folgenden »Untaten« und »Verbrechen« auf: töten, lügen, stehlen, die Ehe brechen, Alkohol trinken, sexuell mit Mädchen aus den Unterklassen verkehren. »Die aus der Buddha-Familie des Vajra sollten zweifellos töten; diejenigen aus der Buddha-Familie des Schwertes (sollten) die Unwahrheit (sagen). – Diejenigen von der Juwelen-Familie sollten anderer Menschen Besitz stehlen; diejenigen aus der Lotos-Familie anderen den Gatten fortnehmen. – Diejenigen aus der Familie des Rades sollten von berauschenden Substanzen, den Buddhalampen [das sind die fünf tabuisierten Fleischarten, darunter Menschenfleisch] und allen angenehmen Objekten Gebrauch machen. – Diejenigen aus der Familie des Hackmessers sollten bei keiner Frau, nicht bei solchen gewöhnlicher Art und so weiter, den Himmels-Lotus [die Vagina] gering schätzen«, zitiert der XIV. Dalai Lama höchstpersönlich in dem von ihm verfassten Kalachakra-Kommentar.[127]

Ausgehend von den Grundsätzen des Mahayana-Buddhismus versucht der tibetische Kirchenfürst und höchste Kalachakra-Meister diese Überschreitungen ethischer Normen aus dem Mitgefühlsgebot heraus zu legitimieren. Dabei verschweigt er jedoch die Tatsache, dass der buddhistische Tantrismus seinem Wesen nach auf dem Prinzip der Normverletzung beruht und dass durch das tantrische Ritual ein normfreier Zustand, der alle menschlichen Gesetze und Grenzen hinter sich lässt, erreicht werden soll.[128] Das heißt, es darf durchaus, ja muss sogar getötet, gestohlen, gelogen, getrunken usw. werden, sollte sich dies für die spirituelle Fortentwicklung des Initianten als notwendig erweisen.

So legitimiert es der XIV. Dalai Lama, wenn ein Kalachakra-Initiant (unter gewissen Bedingungen) eine Person umbringt: »Von Mitgefühl motiviert, könnten diejenigen aus der Buddha-Familie von Akshobhya [die Vajra-Familie] – unter bestimmten Umständen – Menschen töten, die der Lehre Schaden zufügen [!] beziehungsweise die empfindende Wesen hassen und sich anschicken, abscheuliche und unheilvolle Handlungen zu begehen, von denen sie mit anderen Mitteln nicht abzuhalten sind.«[129] Mit einer ähnlichen Argumentation zerschmetterte der Gründer des tibetischen Buddhismus, Guru Rinpoche (Padmasambhava), einem Kleinkind den Schädel, weil er erkannt haben will, dass dieses in seinem zukünftigen Leben vielen Menschen Schaden zufügen wird – so erzählt es die Legende.[130] Auch der Tokioer Giftgasguru Shoko Asahara berief sich auf dieses tantrische »Mitgefühlsgebot«, als er den einjährigen Sohn des Rechtsanwaltes Sakomoto, der den Sektenführer juristisch verfolgte, mit einer Giftspritze ermorden ließ.[131] Die Geschichte des Lamaismus ist voll mit Beispielen, in denen »aus Mitleid und Weisheit« getötet wurde.[132]

Um nicht die amoralische Seite des *Kalachakra-Tantra* ins Gespräch zu bringen, fallen die weiteren Legitimationen oben genannter »Verbrechen« und »Schandtaten« in den Worten des XIV. Dalai Lama ziemlich gewunden aus. Zum Beispiel soll es sich bei der »Wegnahme« des Gatten oder der Gattin, die von einem Anhänger der »Lotus-Familie« durchzuführen ist, »um die Hilfe für ein empfindendes Wesen [handeln], das besonders stark an seiner Gattin beziehungsweise seinem Gatten hängt und aufgrund dessen negatives Karma ansammelt.«[133] Das heißt im Klartext, dass zwei Eheleute, die sich besonders lieben, schlechtes Karma ansammeln und dass es die Pflicht eines Tantrikers aus der Lotus-Familie ist, deren Ehe zu brechen. Sehr aufschlussreich sind die Ausführungen des Dalai Lama zu der in dem Kalachakra-Text geforderten »Lüge«: Diejenigen aus der »Buddha-Familie des Schwertes« sollen »zur Vermittlung eines wichtigen Lehrinhalts oder im Interesse der empfindenden Wesen […] auch Aussagen zulassen, in denen die Erscheinungsform der Phänomene nicht genau beschrieben wird, wie es ihrer tatsächlichen Seinsweise entspricht«.[134] Mit einer solchen geradezu verschmitzt zu nennenden Umschreibung der Lüge stellt sich der tibetische Kirchenfürst selber den Freipass aus, über »wichtige Lehrinhalte« und damit auch über die unethischen Gebote des *Kalachakra-Tantra* die Unwahrheit zu sagen bzw. dessen eindeutig kriegerischen Inhalte in ein »Gebet für den Weltfrieden« umzudeuten.

Schon zu Beginn dieses Kapitels haben wir darauf hingewiesen, dass die letztendliche Indifferenz der buddhistischen Lehre gegenüber einer »Sozialethik« die intellektuelle Elite unter den Nazi-Visionären und ihren Erben besonders angezogen hat und dass diese glaubten, dort Nietzsches Übermenschenpostulat »Jenseits von Gut und Böse« wiederzuerkennen. »Die Reduzierung des Buddhismus auf ein einfaches moralistisches Regelsystem erscheint als die Spitze der Absurdität«, schrieb Julius Evola unmissverständlich.[135] Umso mehr musste er sich von der »disziplinierten« Amoralität des Tantrismus angezogen fühlen, in dem er die adäquate Praxis für seine sakrale Kshatriya-Elite erkennt. Die Mitglieder von Miguel Serranos »mythischer SS« werden dank ihrer tantrischen Praktiken zu Nietzscheanischen »Übermenschen« emporgezüchtet.

Morbidität und Aggressivität

Das *Kalachakra-Tantra* benutzt in zentralen Phasen der Zeremonie Ritualgegenstände von Toten: Schalen aus Menschenschädeln, Trompeten aus Beinknochen, Knochengewänder und Knochenketten. Schon die Hauptgottheit des Zeit-Tantras, die ebenfalls den Namen *Kalachakra* trägt, weist aggressive und morbide Züge auf. Es genügt ein Blick auf das große Kalachakra-Thangka (Wandbild), das während einer öffentlichen Zeremonie ständig über dem Thronsitz des XIV. Dalai Lama hängt, um das zu erkennen. Der darauf dargestellte Zeitgott und seine Gefährtin, die sich stehend sexuell vereinigen, halten in ihren insgesamt 32 Händen 24 Gegenstände von morbider und kriegerischer Natur (Haken, Schwert, Hackmesser, Trommeln und Gefäße aus Schädelschalen, eine Art Zepter, dessen Spitze drei abgeschlagene Menschenköpfe zieren usw.). Mit ihren Füßen zertrampeln sie die beiden indischen Götter Mara und Rudra, die Gier und Wut symbolisieren sollen. Dabei treiben sie jedoch den Teufel mit dem Beelzebub aus, denn die Ausfallsschritte der beiden Zeitgottheiten sind wutentbrannt und ihre Gesichtszüge sind selber voller Gier.

Das Pandämonium wird noch gesteigert, wenn die Kalachakra-Gottheit in der Form des zornvollen Vajravega erscheint: »Auf dem Kopf trägt Vajravega ein Rad mit acht Speichen«, heißt es in einer ikonogrfischen Beschreibung. »Am Ende der Radspeichen befinden sich fünf menschliche Schädel. Die Augenhöhlen sind sehr groß, im Mund gibt es Fangzähne. Auf jedem dieser Schädel befindet sich eine Art Auswuchs, aus dem die fünf Buddha-Klassen hervorgehen. Zwei Ketten aus Knochenperlen hängen von Mund zu Mund zwischen den menschlichen Schädeln. Hinzu kommt, dass drei Gehänge aus Knochen von oberhalb der Augenbrauen der Schädel herabhängen.«[136] Dem Schüler wird beigebracht, unzählige Gestalten des aggressiven Vajravega durch Imagination aus sich hervorzubringen. Kädrub Geleg Pälsang, ein bedeutender Kommentator des *Kalachakra-Tantra*, nach dessen Ausführungen der XIV. Dalai Lama die öffentlichen Kalachakra-Einweihungen durchführt, sah in einem Traum das »Rad der Zeit« als »ein großes Rad mit Hunderten auf der Spitze stehenden Schwertern, deren Griffe zum Zentrum des Rades wiesen«.[137]

Des Weiteren werden in den geheimen Riten so genannte »unsaubere Substanzen« wie Exkremente, Urin, Schweiß und Alkoholika sowie verschiedene, ansonsten (in Indien) tabuisierte Fleischarten (wie Hunde- und Kuhfleisch) benutzt. Dies geschieht in der vorgeblichen Absicht, durch die Kraft der Imagination Unsauberes in Sauberes, Wertloses in Wertvolles zu verwandeln. Zu den benutzten rituellen

Ingredienzien zählt auch Menschenfleisch (*maha mamsa*). Gewöhnlich stammt es von Toten und ist das »Fleisch von denen, die aufgrund ihres eigenen Karmas starben, die in der Schlacht aufgrund ihres schlechten Karmas oder aufgrund eigener Fehler getötet wurden«, schreibt der tantrische Großmeister und Shambhala-König Pundarika in seinem traditionellen *Kalachakra*-Kommentar und führt aus, es sei sinnvoll, diese Substanzen in der Form von Pillen zu sich zu nehmen. Das Fleisch von unschuldigen Menschen, die von ihren Mördern als Gottesopfer, aus Furcht, innerhalb eines Ahnenkultes, aus Begierde (Gewinnsucht) oder gegen Lohn getötet wurden, ist mit »unaussprechlichem Makel« behaftet und darf im Ritual nicht verwendet werden. »Aber wenn etwas davon ungefragt in die Bettelschale fällt, ist es ohne unaussprechlichem Makel« und seine Benutzung ist deswegen erlaubt. Des Weiteren empfiehlt Pundarika, das Fleisch von nur *einer* Person rituell zu essen: »Ein einzelner Mann sollte nicht das Fleisch von vielen lebenden Wesen essen!« Der Adept versetzt sich bei diesem kannibalischen Mahl in einen Bewusstseinszustand der »Formlosigkeit« und soll dabei sein Mitgefühl mit allen leidenden Wesen ausdrücken.[138] Auch als Heilmittel wird der Konsum von Menschenfleisch empfohlen. In Kapitel VI Strophe 125 des *Kalachakra-Tantra* heißt es: »Der Verzehr von Stoffen aus Fäkalien und Urin, aus Sperma und Menstruationsblut vermischt mit menschlichem Fleisch verlängert das Leben.«[139] Weiterhin werden als rituelle Opfergaben genannt: Knochen, Knochenmark, Lungen, Haut, Galle, Leber, Herzen, Fett, Tränen, Spucke, Schweiß usw.[140]

Wir haben in dem Kapitel über die SS-Tibetexpedition unter Berufung auf Erich Fromms psychoanalytische Studie über die »Anatomie der menschlichen Destruktivität« ausführlich die nekrophilen Züge im Charakter von SS-Männern herausgearbeitet und sie mit makabren Entsprechungen in der lamaistischen Kultur verglichen. Seine Faszination am Morbiden machte Ernst Schäfer im *Völkischen Beobachter* öffentlich, als er dort das Foto eines aus Sikkim stammenden Tischchens abbilden ließ, das, von drei Menschenskeletten getragen, mit vielen Hakenkreuzen als Glückszeichen verziert war. Das Bild zeigt ein Ambiente, welches in erschreckendem Maße an Heinrich Himmlers Tischchen und Lampenschirm erinnert, die aus Haut und Knochen von KZ-Häftlingen gefertigt worden waren (siehe Foto Seite 153).

Sexualmagische Praktiken

Im geheimen Zentrum des *Kalachakra-Tantra* steht ein sexualmagisches Ritual. Während die ersten sieben öffentlichen Einweihungen nur symbolisch auf die sexuellen Inhalte hinweisen, kann ab der achten Einweihungsstufe auch mit realen Frauen (*Karma Mudras*) der Geschlechtsakt praktiziert werden.[141] Der Schüler schenkt dem Kalachakra-Meister ein Mädchen oder eine junge Frau zwischen 11 und 20 Jahren. Dieses Präsent wird als »geheimes Opfer« bezeichnet. Im Kalachakra-Kommentar des Pundarika heißt es: »Schüler sollten ständig begehrenswerte Dinge – Frauen, Töchter und geliebte Söhne – den Buddhas und Gurus darbringen. [...] Nachdem er die Mudra [Sexualpartnerin] ständig mit Parfums, Weihrauch, Lampen und so weiter, mit Speisen, Getränken, Kleidern und so weiter verehrt hat, übergibt sie der edle Sohn dem Guru.«[142]

Die Aussage, dass die in den höheren und höchsten Kalachakra-Riten benutzten Frauen nur in der Imagination des Initianten existieren, muss als Schutzbehauptung angesehen werden, damit in der Öffentlichkeit kein kompromittierendes Licht auf das »*Kalachakra-Tantra* für den Weltfrieden« fällt. Jedenfalls sind sich alle ernst zu nehmenden traditionellen und modernen buddhistischen Kommentatoren darin einig, dass die sexualmagischen Rituale unter bestimmten Voraussetzungen mit realen Partnerinnen stattfinden können, ja sogar müssen.[143] Der tibetische Kalachakra-Spezialist Lharampa Ngawang Dhargyey schreibt sogar, der Schüler einer Grundverletzung der von ihm eingeforderten Gelübde mache sich schuldig, wenn er sich weigere, eine »externe« Sexualpartnerin zu benutzen und diese nur »imaginieren« möchte.[144] Einer der zur Zeit bedeutendsten Kalachakra-Experten, Gen Lamrimpa (Lobsang Jampal Tenzin), geht ohne weitere Diskussion davon aus, dass eine *Karma Mudra* verwendet wird.[145] Auch in dem vom XIV. Dalai Lama herausgegebenen und zum Großteil selbst verfassten Klassiker *Kâlachakra-Tantra – Der Einweihungsritus* heißt es: »Und im Höchsten Yoga-Tantra wird die mit der geschlechtlichen Vereinigung einhergehende Begierde für den Weg genutzt.«[146]

Die erste der höheren Ermächtigungen ist die »Vasen-Einweihung«. Unter den symbolischen »Vasen« werden die »Brüste des Mädchens« verstanden. Diese müssen, nachdem der Meister die ihm vom Schüler geschenkte Sexualpartnerin zurückgegeben hat, von dem Schüler berührt werden, wobei dieser höchste Glückseligkeit empfindet. In der anschließenden neunten »geheimen Einweihung« vereinigt sich der Kalachakra-Meister selbst mit der Partnerin. Nach vollzogenem Sexualakt nimmt er etwas von seinem weißen Sperma und legt es in den Mund des Schülers, sodass dieser dadurch erneut große Glückseligkeit erfahren kann. Das gleiche macht die »Weisheitsgefährtin«: Sie nimmt einen Tropfen des roten *Bodhicitta* (nach einigen Autoren handelt es sich dabei um das Menstruationsblut, nach anderen um den »weiblichen« Samen) und legt diesen ebenfalls in den Mund des Schülers. Erst in der dritten Ermächtigung der vier höheren Initiationen (»Einweihung in das Weisheitswesen«) vereinigt sich der Schüler selber sexuell mit dem Mädchen. Dabei darf er auf keinen Fall seinen Samen verlieren. Das ist ein unumstößliches Gesetz. Falls er es verletzt, verstößt er gegen eines der Grundgelübde, was Höllenqualen nach sich ziehen kann.[147]

In den nun folgenden vier »höchsten Initiationen« nehmen der Guru, der Schüler und zehn Sexualpartnerinnen teil. Die Abläufe dieses als *Ganachakra* bezeichneten sexualmagischen Rituals entsprechen weitgehend den vorangegangenen Initiationen mit nur einer *Karma Mudra*: Zuerst betastet der Schüler die Brüste der anwesenden Frauen. Ob der Guru sich dann mit allen zehn Frauen sexuell vereinigt und der Schüler anschließend von den »heiligen Substanzen«, dem Sperma des Meisters und dem »weiblichen Samen« der einzelnen Sexualpartnerinnen, kostet oder ob sich der Lehrer nur mit einer der anwesenden Frauen vereinigt und der Schüler die anderen neun nur lange betrachtet, wird von den Kommentatoren unterschiedlich behandelt.[148]

Die in diesen geheimen Riten benutzten Mädchen und Frauen symbolisieren je nach Jahrgang verschiedene Elemente und Energieformen, über die der Tantra-Meister seine Macht erringen will: eine 11-Jährige repräsentiert die Luft, eine 12-Jährige das Feuer, eine 13-Jährige das Wasser, die 14-Jährige die Erde, die 15-Jährige den Ton, eine 16-Jährige den Tastsinn, eine 17-Jährige den Geschmack, die 18-Jährige die Form, die 20-Jährige den Geruch – lesen wir bei dem als bedeutende Autorität anerkannten Großmeister und Kommentator des *Kalachakra-Tantra* Naropa aus dem 11. Jahrhundert.[149] Auch die rituelle Vereinigung mit Prostituierten und Inzestpartnerinnen ist im *Kalachakra-Tantra* vorgesehen. Der Text empfiehlt diesen »verbotenen sexuellen Verkehr« in der Absicht, um »die Verhaftung an die [natürliche] Familie« zu zerstören.[150]

Es ist wirklich erstaunlich, dass solche Sexualriten mit minderjährigen Mädchen bei westlichen Vertrauten des XIV. Dalai Lama wie zum Beispiel dem Münchner Theologieprofessor Michael von Brück auf Verständnis stoßen: »Wenn in einigen Tantras die sexuelle Vereinigung mit einer Zwölfjährigen empfohlen wird«, schreibt von Brück im Kontext mit dem *Kalachakra-Tantra*, »so ist zu bedenken, dass zu jener Zeit in Indien die Mädchen mit 11 oder 12 Jahren im Heiratsalter waren.«[151]

Insbesondere für Julius Evola und Miguel Serrano bilden die sexualmagischen Riten der Tantras ein zentrales Element in ihren faschistischen Weltentwürfen. Sie sind sozusagen das eigentliche Mysteriengeschehen, das den geheimsten Kern ihrer Philosophie ausmacht. Obgleich beide Autoren in hinduistische Tantrasysteme eingeweiht wurden, unterscheiden sich diese – bei allen Differenzierungen im Einzelnen – nicht prinzipiell vom »Tantrayana« des Buddhismus, insbesondere nicht vom *Kalachakra-Tantra*, das einige wichtige hinduistische Elemente zu integrieren wusste. Evola hat in seinem Standardwerk *Metaphysik des Sexus* seine eigene, extrem frauenfeindliche Sexualtheorie auf der Grundlage des Tantrismus entwickelt. In diesem Buch geht er auch auf verschiedene Formen des Vajrayana (des tantrischen Buddhismus) ein. Miguel Serrano ist der Meinung, dass in der SS tantrische Riten durchgeführt wurden, die ursprünglich aus dem Königreich Shambhala stammen sollen.

Macht und Androgynie

Das selten ausgesprochene Geheimnis der traditionellen Tantra-Praxis ist die Übertragung weiblicher Energien (Gynergie) auf den Tantra-Meister beziehungsweise dessen Schüler: »Durch die Kraft der Vereinigung wird die herabströmende Energie vom Zentralkanal der Sexualpartnerin in den Zentralkanal der männlichen Gottheit ausgestoßen«, heißt es im Kalachakra-Kommentar Lobsang Jampal Tenzins.[152] Die männliche Gottheit »inkarniert« sich entweder in der Person des ausführenden Lamas oder in der Person seines Schülers. Ist die Gynergie auf den männlichen Partner übergegangen, so spielt die Sexualpartnerin keinerlei Rolle mehr. »Die Karma Mudra [...] hat eine rein pragmatische und instrumentale Bedeutung und ist am Ende überflüssig«, schreibt der italienische Tibetologe Raniero Gnoli in der Einleitung zu einem der wichtigsten Kalachakra-Texte, dem *Sekkodesha*.[153] Die Absorption der Gynergie schafft die Voraussetzung zur Kreation einer »inneren Frau«, die zum Teil des männlichen Energiekörpers wird, zur *Maha Mudra*. Sie ist jetzt die »Eingeborene«, die ihm die Macht (*shakti*) bringt. Sie produziert im Energieleib des Tantrikers die »eingeborene Freude des Körpers, die eingeborene Freude der Sprache, die eingeborene Freude des Geistes und die eingeborene Freude des Bewusstseins«.[154]

In den höchsten Einweihungen werden die weiblichen »Energien« aller zehn anwesenden Frauen absorbiert: »Die zehn Shaktis lösen sich in die zehn Shaktis deines Körpers auf. Auch sämtliche Einweihungsgottheiten werden herbeigerufen und lösen sich in deine, zu den zehn Shaktis geläuterten, zehn Winden auf.«[155] Der Initiant hat sich jetzt zum Adi-Buddha (höchsten Buddha) entwickelt, zum absoluten Herrscher über die »zehn Mächte« (Sanskr. *Dasakaro Vasi*; Tibet. *Namtschuwangdan*): »Er hat zehn Aspekte, sein Ziel sind die zehn Ziele. Er ist der Herr der Weisen, er gebietet über die zehn Mächte, er ist der Überherr. Er führt alle Absichten des Universums aus; er ist der Mächtige der zehn Aspekte, er ist der Große.«[156] Die »zehn Mächte« oder »zehn Winde« kann der Kalachakra-Meister durch seinen Atem in bestimmte Richtungen wehen lassen und damit, nach tantrischer Sicht, einen Einfluss auf das Weltgeschehen ausüben. Er kann, in letzter Instanz, mit ihnen die Welt vernichten und dann wieder zum Entstehen bringen.[157] Da er über beide kosmische Energieformen, die männlichen wie die weiblichen, verfügt, ist er der omnipotente Androgyn, die »zehn machtvollen Göttinnen« sind zu einem Teil seines eigenen mystischen Körpers geworden.[158] Er hat absolute Macht erlangt. Jetzt verspürt er in sich »den glückseligen Kuss der inneren männlichen und weiblichen Kräfte.«[159] Schon in den sieben unteren öffentlichen Einweihungsstufen müssen die Teilnehmer und Teilnehmerinnen den ausführenden Lama als Androgyn in seinem Vater- und Mutter-Aspekt imaginieren.[160]

Die Herstellung omnipotenter Androgynität ist ein Königsthema in den Werken Julius Evolas und Miguel Serranos. Beide untersuchen die entsprechenden Vorgänge in den verschiedensten traditionellen tantrischen Schulen. In *Metaphysik des Sexus* führt Julius Evola detailliert aus, wie der Tantriker durch die Absorption der weiblichen Energien zu einem »Buddha« werden kann. Deswegen trage die Sexualpartnerin auch die Bezeichnung *prajnā* (Weisheit, Erleuchtung), »damit will man zum Ausdruck bringen, dass die [inkorporierte] Frau das Prinzip verkörpert, welches die potentielle Buddha-Eigenschaft des Mannes erwecken kann.«[161] – »Die Macht wird in das Männliche wieder eingesetzt, die Shakti tritt in Shiva ein, die

Frau in den Mann. Es entsteht hierbei der allmächtige Siddha, der Androgyn«, schreibt Serrano. »Der Siddha oder Gottmensch ist der selbst vom Einfluss der Sterne befreite, ihn berühren die Gestirneinflüsse nicht mehr, er ist Chakravartin, der König der Welt.«[162]

Übermenschen und Götter

Neben dem transzendentalen Ziel der »Erleuchtung« strebt das *Kalachakra-Tantra* reale, das heißt weltliche Macht an: »Die Absicht besteht in der Vollendung weltlicher Siddhis!«, heißt es in Pundarikas Kommentar.[163] Was ist unter *wordly siddhis* zu verstehen? Es handelt sich dabei um magische Kräfte, die dem Initiierten letztlich Allmacht über die Realität verleihen sollen und die in den meisten Tantras beschrieben sind. Dazu zählt unter anderem neben Reichtum auch militärische Macht: »Er wird all diese Feinde [...] mit seinen eigenen Waffen erobern und wird den Ruhm des Sieges gewinnen«, schreibt Pundarika von einem erfolgreichen Kalachakra-Absolventen.[164] Dieser erreicht nach Abschluss der Initiationsstufen den Status eines *Maha Siddha*, was wohl am besten mit »Großmagier« zu übersetzen ist, denn Magie gilt als das allpräsente Elixier, das jedes buddhistische Tantra durchdringt. Ein hervorragender Kenner der Materie, der Tibetologe David Snellgrove, kommt deswegen zu dem Schluss: »Man muss leider antworten, ob man es mag oder nicht, dass sich der größte Teil der Tantras genau mit vulgärer Magie beschäftigt, denn daran waren die meisten Leute interessiert.«[165] Das *Kalachakra-Tantra* unterscheidet sich jedoch von den anderen Tantras dadurch, dass es den magischen Machtanspruch eines Maha Siddha mit religionspolitischen Visionen verknüpft.

Genau das ist auch das Anliegen im faschistischen Tantra-Verständnis eines Julius Evola und eines Miguel Serrano. Die indisch-tibetischen Großmagier werden von diesen beiden Autoren als »arische Überwesen« angesehen, die in den Verlauf der Menschheitsgeschichte eingreifen können. Evola erklärte den Maha Siddha explizit zum kommenden Kulturträger in einem faschistisch-traditionalistischen Europa: »Jenseits des Philosophen und des Wissenschaftlers steht nicht der Künstler, der Mystiker, der Heilige und der kontemplative Mensch, sondern der Magier: der Herrscher und der Herr (*il Dominatore, il Signore*), das ist der Typus der zukünftigen Kultur!«, schrieb er schon 1926 unter Bezug auf die tantrischen Großmagier.[166] Für Serrano kultivierten die Maha Siddha seit Urzeiten den »geheimen Hitlerismus und dessen Esoterik«.[167]

Die Maha Siddha sind »Götter«, die in Fleisch und Blut über die Erde wandeln. Im so genannten »Gottheitsyoga« des *Kalachakra-Tantra* werden die Voraussetzungen dafür beschrieben, wie sich buddhistische Überwesen in menschlicher Gestalt inkarnieren können. Der Schüler hat seine menschliche Individualität abzubauen und sich ständig mit »göttlichem Stolz« aufzufüllen. »Je mehr man solch einen Stolz kultivieren kann, umso mehr leidet die Vorstellung von inhärenter Existenz [des eigenen Ichs] – die Wurzel des Daseinskreislaufes.«[168] Der eigentliche Vorgang besteht also darin, »den Adepten in ein Gefäß zu verwandeln«, schreibt der I. Dalai Lama.[169] Dieses menschliche Behältnis nimmt dann die Energien von Göttern auf, solange es sich dazu eignet, denn der Körper des Menschen vergeht, aber »der Körper einer Gottheit ist nicht vergänglich, er bleibt stabil da, ohne sich zu degenerieren.«[170] Dennoch muss sich der Gott – nach tantrischer Lehre – der Leiber von Menschen bedienen, um in Erscheinung treten zu können. In den einzelnen Phasen der Kalachakra-Initiation nehmen die menschlichen »Gefäße« auch die Energien höchst aggressiver Schutzgötter (*Dharmapalas*) auf. Der Schüler soll, so heißt es, »die Vollendung der schreckensvollen Gottheiten erlangen«.[171] Ständig werden im *Kalachakra-Tantra* solche Wesenheiten wie »zornvolle Könige«, »unterirdische Könige der Kobraschlangen« oder andere Schreckensgottheiten angerufen, die in ihren Händen Schwerter, Haken, Äxte, Hackmesser, Dreizacke, Schädelschalen, Totenkopfzepter oder abgeschlagene Köpfe halten.[172]

Die Idee von »gottähnlichen Übermenschen« oder von »Göttern in menschlicher Gestalt« hat alle Nazi-Visionäre und deren Erben fasziniert und wurde von ihnen als wichtiger Baustein in ihrer »Religionsarchitektur« eingebaut. Miguel Serrano betont immer wieder, dass nach der tantrischen Doktrin der Mensch und das Ich vernichtet werden müssen, damit der Gott und der »Übermensch« entstehen können. Er empfiehlt deswegen einen Yoga, der zuerst zur Selbstzerstörung und anschließend zur Apotheose als »Gottmensch« führt.[173] Ebenso ist in den »Nazi-Mysterien« eines Louis Pauwels und Jacques Bergier der »Übermensch« ein zentrales Thema: Er »bemächtigt sich der psychischen Kräfte der Gemeinschaft und lenkt sie nach seinem Willen. Er dirigiert das Strahlenbündel so, dass der Lauf der Gestirne aufgehalten und die Katastrophe hinausgeschoben wird. Hierin liegt die wesentliche Funktion des Riesenmagiers. Er herrscht über eine Art Energiezentrale: sein Königreich. Die Kraft aber, über die er verfügen kann, ist ein Teil der kosmischen Energie.«[174] Julius Evola und Miguel Serrano übernahmen auch die mit dem tantrischen »Gottheitsyoga« verbundene »Gefäßtheorie« und der Gründer des »esoterischen Hitlerismus« schätzt die »uralte tibetische Praxis«, den Körper eines Lebenden oder Toten zu besetzen.[175] »Kam nicht aus Tibet [...] der ›Geist‹, der letztendlich Hitler besessen hat und dem [er] als Gefäß diente?«, schreibt Jean Robin, ein weiterer Autor der »Nazi-Mysterien«. – »Und was kann er [der deutsche Diktator] anderes sein als ein ›Tulku‹?«[176]

Die Mikro-Makrokosmos-Theorie

Das *Kalachakra-Tantra* geht von der Vorstellung aus, das gesamte Universum existiere als Entsprechung im Körper eines Tantra-Meisters. »Wie es draußen ist, so ist es auch im Körper«, heißt es in Pundarikas Kalachakra-Kommentar.[177] Der Originaltext beschreibt auch die Korrespondenz zwischen der zyklischen Zeit im Universum und den Energieströmen innerhalb des menschlichen Körpers. Demnach muss der »externe« Weltuntergang seine »innere« Entsprechung haben und in der Tat kennt das Tantra ein »internes Armageddon«, das sich im mystischen Leib des Kalachakra-Meisters abspielt. Bei allen möglichen Gemeinsamkeiten mit den Apokalypsen der monotheistischen Religionen gibt es in diesem Punkt einen wesentlichen Unterschied. Während im Islam, im Christentum und im Judentum dem Weltuntergang ein Ratschluss Gottes vorausgeht, wird in den geheimen höheren Einweihungen des *Kalachakra-Tantras* die Vernichtung des gesamten Universums imaginativ und meditativ vom Tantra-Meister selbst simuliert. Der Text beschreibt eine durch Rituale, Gebete, Meditationen und Symbolhandlungen inszenierte »Weltvernichtung«, die sich gleichzeitig im Energiekörper des Meisters und in der Außenwelt, im Universum, abspielen soll. Aus den unteren Schichten des Universums steigt ebenso wie aus den unteren Bereichen des Energiekörpers ein Feuer (*Candali*) empor, das den ganzen Kosmos respektive alle grobstofflichen Körperaggregate des ausführenden Tantra-Meisters verbrennt. Menschen und Götter, Erde und Himmel werden in diesem Inferno verzehrt, ebenso wie sich alle körperlichen Elemente des praktizierenden Yogis in Flammen auflösen. Die Schöpfung versinkt, nur noch wenige »galaktische Samen« bleiben übrig.[178] Nachdem das Universum zerfallen ist, kann es *ex nihilo* durch den übrig gebliebenen »Geist« rekreiert werden. Regisseur dieses gewaltigen apokalyptischen Szenarios ist der jeweils ausführende Kalachakra-Meister. Er erhebt sich – jedenfalls in seiner eigenen Imagination – zum gottgleichen »Vernichter« und »Schöpfer« der Welten, zum Adi-Buddha.[179]

Die Mikro-Makrokosmos-Theorie war bei allen Nazi-Visionären und ihren Erben ein unbestrittenes Paradigma, aber keiner von ihnen hat sich intensiver und detaillierter mit der Entsprechungslehre der Tantras auseinander gesetzt wie der Gründer des »esoterischen Hitlerismus«, Miguel Serrano. Sein Buch *NOS – Book of the Resurrection* muss als ein tantrischer Lehrtext gelesen werden, der – wenn auch in einer verschlüsselten Form – Anweisungen enthält, wie durch den Umgang mit den inneren Energieströmen auf das kosmische Geschehen Einfluss gewonnen werden kann.[180]

Der Mythos von der »Schwarzen Sonne«

Die tibetische Astronomie und Astrologie (die nicht voneinander geschieden sind) weisen neben den sieben Wandelsternen (Sonne, Mond, Merkur, Venus, Mars, Jupiter, Saturn) noch einen weiteren Planeten mit den Namen *Rahu* aus. Dieser ist nicht sichtbar. Er erscheint nur im Falle einer Sonnen- oder Mondfinsternis. Seine Farbe ist schwarz oder dunkelrot. Nach einer vedischen Erzählung war Rahu früher ein dunkler Dämon, dessen Kopf von dem Sonnengott Indra abgeschlagen wurde. Seither existiert nur noch der durch den Himmel schwebende Kopf des »Dunkeldämons«, der versucht, mit seinem großen Rachen nach Sonne und Mond zu schnappen. Er wird deswegen auch der »Verschlinger von Sonne und Mond« genannt. Nur fallen die beiden Himmelslichter jetzt unverletzt durch ihn hindurch und erscheinen bald wieder befreit aus seinem unteren Halsende. Astronomisch bedeutet dieser Vorgang das Ende einer Sonnen- beziehungsweise Mondfinsternis. Mythisch erinnert die Geschichte auch an den Fenriswolf aus der *Edda*, ein Ungetüm, das am Ende der Tage (*Ragnarök*) Sonne und Mond verschlingt.

Im *Kalachakra-Tantra* agiert der »Planetendämon« *Rahu* auf zwei Ebenen, einer makrokosmischen und einer mikrokosmischen. Makrokosmisch wird der »Finsternisplanet« letztendlich zum Zerstörer des Universums. Er ist es, der zusammen mit *Kalagni* (dem Weltenfeuer) Himmel und Erde, Sonne, Mond und Sterne in Schutt und Asche legt, sodass nur noch kleinste »Raumelemente« übrig bleiben, aus denen sich dann ein neues Universum zusammensetzen kann. Die apokalyptische Vernichtungsorgie des *Rahu* erreicht ihren Höhepunkt am Ende des Kali-Yuga, dem dunklen Zeitalter. Dieses makrokosmische Weltuntergangszenario hat seine mikrokosmische Entsprechung im Energiekörper eines Yogi, wenn er bestimmte im *Kalachakra-Tantra* vorgesehene Praktiken durchführt. Das Ziel der dort beschriebenen Übungen besteht darin, die gesamten »Körperaggregate« durch ein »inneres Feuer« (*candali*) zu verbrennen, d. h. konkret seine eigene Selbstdestruktion zu imaginieren, um einen Zustand des »Nichts« zu erreichen, aus dem das Universum neu und frei von allen Befleckungen (*klesha*) wie der Phönix aus der Asche emporsteigen kann.

»Anatomisch« geht die mystische Physiologie des Tantras davon aus, dass es im menschlichen Körper drei Hauptenergiekanäle gibt, die entlang der Wirbelsäule laufen. Von diesen zweigen insgesamt 72.000 kleinere Energiekanäle ab. Zwei der drei Hauptkanäle sind je der Sonne und dem Mond zugeordnet. Der dritte, mittlere Hauptkanal (*avadhuti*), wird Rahu genannt und heißt auch hier der »Verschlinger von Sonne und Mond« oder »Leitkanal der Dunkelheit«.[181] Der Yogi presst nun alle Energien des Sonnen- und Mondkanals in den mittleren Rahu-Kanal und entfacht dort ein Feuer, nachdem er die beiden Nebenkanäle zum Versiegen gebracht hat. Erst derjenige Initiant erreicht das Endziel, »bei dem die Wege von Sonne und Mond völlig zerstört sind«, besagt der *Kalachakra*-Text.[182] All das geschieht in einer meditativen Imagination. Da diese innere Verbrennung aber makrokosmisch einer »Weltvernichtung« entspricht, simuliert der Yogi in seiner Vorstellung eine Apokalypse.

In der Kosmologie des *Kalachakra-Tantra* spielt der Rahu-Mythos eine so hervorragende Rolle, dass die mit ihm verbundenen Ereignisse nach einer Aussage des Tibetologen Helmut Hoffmann geradezu eine eigene »Finsternistheologie« ausmachen.[183] Nach der Interpretation des Orientalisten Albert Grünwedel findet im *Kalachakra-Tantra* ein regelrechter »Sonnenkrieg« statt. Als Todfeinde stehen sich zwei Sonnen gegenüber. Die eine Sonne repräsentiert den historischen Buddha, die andere den Adi-Buddha des *Kalachakra-Tantra*, den Grünwedel mit dem Dunkeldämon *Rahu* (»die schwarze Sonne«) in eins setzt. Die erste Sonne wird durch eine Feuerkatastrophe vernichtet, damit sich die »aufflammende neue Sonne« regenerieren kann.[184] Gleichzeitig kommt es zu einer Zerstörung der gesamten kreatürlichen Welt und danach findet eine Neuschöpfung statt.[185]

Diese Deutung ähnelt in verblüffender Weise der Wiligut'schen »Zwei-Sonnen-Lehre«, nach der SANTUR (die »schwarze Sonne«) die Energien von SOL (die sichtbare Sonne) absaugt. Karl Maria Wiligut, der *Spiritus Rector* der »Schwarzen Sonne«, kannte sehr wahrscheinlich das *Kalachakra-Tantra* nicht, obgleich sich die Tibetologen des SS-Ahnenerbes dafür interessierten. Dennoch gibt es in seiner von Emil Rüdiger systematisierten Kosmogonie sowohl die Vorstellung von einer mikro-makrokosmischen Entsprechung zwischen dem Energiekörper eines Yogis und dem Universum, als auch die Lehre vom destruktiven Charakter des *Sol Niger*, der ebenfalls im *Kalachakra-Tantra* beschrieben ist. Diese Koinzidenz ist erstaunlich.

Was die Beschreibung der mikrokosmischen Struktur des menschlichen Energiekörpers anbelangt, so kennt man die indische Quelle der beiden Runenokkultisten (Wiligut/Rüdiger). Es handelt sich dabei um die 1920 ins Deutsche übersetzte Sanskrit-Schrift *Die feineren Naturkräfte und die Wissenschaft des Atmens,* herausgegeben von einem Inder namens Râma Prasâd. Der dort beschriebene »feinstoffliche Körper« des Menschen entspricht mit seinen drei Haupt- und 72.000 Nebenkanälen sowie den verschiedenen Energiezentren (*Chakren*) weitgehend demjenigen, der auch im *Kalachakra-Tantra* beschrieben wird. Als eine zusätzliche Quelle für ihre Mikro-Makrokosmos-Lehre diente Wiligut/Rüdiger das Büchlein eines theosophisch orientierten Autors namens Peryt Shou (*Das Mysterium der Zentralsonne*). Auch darin werden Yogaübungen zur »Emanation der Zentralsonne« beschrieben.[186] Somit ist der gesamte mikro-makrokosmische Entwurf einer »Schwarzen Sonne«, wie ihn die beiden »Kosmotechniker der Schwarzen Sonne«, Wiligut und Rüdiger, vorgelegt haben, entscheidend von indischem Gedankengut beeinflusst, welches sie mit germanischen Traditionen (der Runen-Lehre) kombinierten. Analogien mit dem *Kalachakra-Tantra* ergeben sich auch in diesem Fall dadurch, dass dieser historisch späte und synkretistische Ritualtext die gleichen indischen Primärquellen verarbeitet, auf die auch die Runenokkultisten zurückgegriffen haben.

Konvergenzen zwischen dem Kalachakra-Tantra und dem religiösen Faschismus

Zusammenfassend können wir sagen, dass der Originaltext des *Kalachakra-Tantra*, der *Shambhala-Mythos* und deren Exegese durch traditionelle und moderne Kommentatoren inhumane, despotische, undemokratische, frauenfeindliche, manipulative und zerstörerische Aspekte aufweisen. Sie fördern eine kriegerisch-aggressive Mentalität, zielen auf einen »Krieg der Religionen« (*djihad*) und verbreiten Vorstellungen von einer buddhokratischen Weltherrschaft. Sie teilen die Welt in eine islamische und eine buddhistische Front, die sich in einem grausamen Endkampf gegenüberstehen. In letzter Instanz werden apokalyptische Szenarien auf allen Ebenen des Seins ausgelöst. »Was ist *Kalachakrayana* [der »Weg des Kalachakra]?«, fragt deswegen einer der bedeutendsten Experten auf dem Gebiet des Tantrismus, der Inder Shashi Bhusan Dasgupta, und antwortet ohne Beschönigung: »Das Wort *Kala* bedeutet Zeit, Tod und Zerstörung. *Kala-chakra* ist das Rad der Zerstörung.«[187]

Die hohe Zahl der Konvergenzen und »inneren Affinitäten« zwischen dem *Kalachakra-Tantra* und seinen offiziellen Kommentaren auf der einen Seite und den verschiedenen Spielarten des religiösen Faschismus auf der anderen ist beängstigend. Um sich diese noch einmal klar vor Augen führen zu können, möchten wir sie hintereinander auflisten. Wir haben in dieser Liste noch einige Aspekte hinzugefügt, die in den oben behandelten 22 Punkten nicht erwähnt wurden:

Das magische Weltbild ~ Die vedische Lehre von den vier Weltzeitaltern ~ Die Vorstellung, dass wir in einer Zeit des Untergangs leben (Kali-Yuga) *~ Die Orientierung der Weltgeschichte an Prophezeiungen ~ Die buddhistische Kosmografie ~ Die Idee vom Weltenherrscher ~ Die Verbindung von religiöser und politischer Macht in der Person des Souveräns ~ Ein streng hierarchischer, undemokratischer Staatsaufbau ~ Die durch und durch patriarchale Ausrichtung der Shambhala-Gesellschaft ~ Der absolute Gehorsam des Schülers gegenüber dem Meister ~ Das Avatar-, Inkarnations- und Bodhisattva-Prinzip ~ Die Vorstellung von einem okkulten Machtzentrum in Asien, von dem aus ein Einfluss auf die Weltpolitik ausstrahlt* (Shambhala/Agarthi-Mythos) *~ Okkulte Manipulationstechniken des Bewusstseins ~ Das geistig-politische Erlösungsmotiv ~ Die Übernahme der Vishnu-Kalki-Eschatologie aus dem* Vishnu Purana *~ Ein »buddhistisches« Kriegerethos ~ Die Theorie vom »kleinen« und vom »großen« Djihad ~ Die Typologie des »heiligen Kriegers« ~ Das Denken in Feindbildern ~ Gnostische Vorstellungen von der »Gemeinschaft der Guten« und der »Achse des Bösen« ~ Der bewusste Einsatz von Zorn und Aggression gegen die »Feinde der Lehre« ~ Die Faszination für Wunderwaffen ~ Eine mörderische Kriegstechnologie ~ Ufologische Phantasien ~ Spekulationen über das Eingreifen Außerirdischer in das Weltgeschehen ~ Die Teilnahme von Göttern und Dämonen an den Kriegen der Menschen ~ Die Vision von einer apokalyptischen Endschlacht ~ Das Ziel einer gewaltsamen Welteroberung ~ Die bevorzugte Kooperation mit dem indischen Kulturkreis ~ Die strikte Ablehnung und Bekämpfung der drei (semitischen) Religionen (Judentum, Christentum, Islam) ~ Die Errichtung eines irdischen Paradieses nach erfolgtem Endsieg ~ Das »Tausendjährige Reich« ~ Der Buddhismus als die einzige Weltreligion ~ Der Mythos von der »Schwarzen Sonne«* (Rahu-Mythos im Kalachakra-Tantra) *~ Alchemistische Spekulationen ~ Die Rolle des Feuers als Zerstörungsenergie ~ Orientierung an astrologischen Daten ~ Die Mikro-Makrokosmos-Theorie ~ Die »mystische Physiologie« des menschlichen Körpers* (Chakren, Nadis) *~ Die Aufhebung von »innen« und »außen« ~ Die Abtötung aller Gefühle durch die »Disziplin des Geistes« ~ Der nekrophile Umgang mit morbiden Szenarien ~ Die »Vorliebe« für Totenköpfe ~ Die bewusste Außerkraftsetzung ethischer Normen ~ Magische Beschwörungen* (Mantra-Magie) *~ Sexualmagische Praktiken, um Eros und Sexualität in weltliche und spirituelle Macht zu transformieren ~ Die Funktionalisierung des weiblichen Prinzips für religionspolitische Zwecke ~ Die Entfesselung der Kundalini ~ Die Lehre von der »inneren Frau« ~ Die sexualmagische Herstel-*

lung der Androgynität als Herrschaftsziel ~ Yogapraktiken zur Vernichtung des Individuums und des Ichs ~ sakrale Techniken zur Schaffung des Übermenschen ~ Die Verwandlung von Menschen in Gefäße, die Götter in sich aufnehmen sollen ~ Zahlensymbolik und Zahlenmegalomanien[188] *~ Anlehnungen an die Gralsmystik ~ Das Wunschjuwel Cintamani* (Mani) *als Symbol der Weltherrschaft.*

Bei diesen Konvergenzen zwischen dem *Kalachakra-Tantra* und dem religiösen Faschismus sollten nicht nur die einzelnen Punkte, von denen mehrere für sich genommen harmlos oder vieldeutig sind, in Betracht gezogen werden, sondern das gesamte »Paket« an Inhalten und Methoden und ihre gegenseitige Vernetzung. Am Anfang unseres »Kulturvergleichs« stand das mehr oder weniger ausformulierte »religiöse Muster«, welches sich die Nazi-Visionäre und ihre Erben mit Anleihen aus den indisch-tibetischen Religionen zusammengestrickt haben. Dieses »religiöse Muster« zeigt kaum zu leugnende Affinitäten zum *Kalachakra-Tantra.*

Dabei spielt jedoch dieser tibetische Ritualtext als *direkte* Bezugsquelle erst in der jüngsten Zeit eine Rolle. Man hatte zwar in den einschlägigen Nazi-Kreisen schon immer geahnt, dass hier ein »Wissensschatz« begraben liegen könne, aber man hatte – aufgrund der Zeitumstände und sprachlicher Unkenntnis – nicht die Möglichkeit gehabt, diesen »Wissensschatz« zu heben. Diese »Ahnung« reicht zurück bis ins SS-Ahnenerbe, als Ernst Schäfer in seiner *Desiderata*-Liste folgende zwei Fragen mit auf seine Tibetexpedition mitnahm: »Gibt es besondere Örtlichkeiten, an denen noch heute der Kalacakra(tibetisch: *Dus kyi akhor lo*)-Kult geübt wird? Ist ein jetziger lebender dafür berühmter Gelehrter namentlich und mit seiner Anschrift bekannt?«[189] – Oder als Bruno Beger dem Tibetologen Johannes Schubert den Vorschlag unterbreitete: »Eigentlich sollten wir uns bei der kommenden Eroberung Leningrads [St. Petersburg] den dortigen lamaistischen [Kalachakra-] Tempel irgendwie sichern oder die Verbindung mit diesem anknüpfen. Was halten Sie davon und wie könnten wir da vorgehen?«[190]

Wie kommt es nun, dass – obgleich der Originaltext des *Kalachakra-Tantra* bei den Nazi-Visionären kaum bekannt war – dennoch so viele Inhalte in den beiden Systemen miteinander konvergieren? Dies hat einen ganz einfachen Grund: Das aus dem 10. Jahrhundert n. Chr. stammende *Kalachakra-Tantra* ist keine originäre »Offenbarung«, sondern es kombiniert verschiedene indische Religionsmuster, die schon vorher in Schulen des Buddhismus, des Hinduismus und in den *Veden* existiert haben. Und genau auf die gleichen Muster und Mythologeme wurde von den Nazi-Visionären und ihren Erben ebenfalls zurückgegriffen, um mit ihnen ihre »arische Religion« zu konstruieren. Dazu zählen: Die Lehre von den vier Weltzeitaltern aus den *Veden*, die *vedische* Kosmografie mit dem Berg Meru als Weltenachse, die Kalki-Eschatologie des *Vishnu Purana*, verschiedene Yogapraktiken (*Sadanga-Yoga*), buddhistische und shivaitische Tantra-Traditionen, die aus dem *Mahayana*-Buddhismus stammende Idee vom *Chakravartin* – kurz alle von uns im Zusammenhang mit dem *Kalachakra-Tantra* behandelten Aspekte, die sich – auch von diesem Tantra getrennt – in der indischen Kultur wiederfinden lassen.

Das Kalachakra-Tantra – ein konkretes Bezugssystem für den »SS-Mystizismus«?

Erst in der letzten Jahren, nachdem das *Kalachakra-Tantra* durch den XIV. Dalai Lama weltweit verbreitet wurde und große Teile davon in westliche Sprachen übersetzt sind, greift auch die rechtsextreme Okkultszene unmittelbar, explizit und zunehmend kompetent auf diesen »wichtigsten« Text des tibetischen Buddhismus zurück.

Als Erstes möchten wir auf Peter Moon, einen jungen Autor des »SS-Mystizismus«, verweisen, der einen direkten Zusammenhang zwischen dem *Kalachakra-Tantra* und den Nazis konstruiert. »In seiner herrlichsten Form«, so der Autor in seinem Horrorthriller *Die Schwarze Sonne – Montauk's Nazi-Tibet-Verbindung*, »enthält das Kalachakra die vollständigen Informationen, die dem Universum innewohnen. Sie könnten die universelle Weisheit genannt werden und aus diesem ›Rad der Zeit‹ entspringt alles Wissen. Dies ist die religiöse Erklärung für die umfangreiche Weisheit, die in unserem orientalischen Erbe gefunden werden kann. Sie enthält das gesamte Meridiansystem des menschlichen Körpers, [...], die verschiedenen Yoga-Lehren und wie sie benannt werden.«[191] Moon hat sich durchaus informiert, denn eine solche Darstellung korrespondiert mit der einschlägigen lamaistischen Literatur. Ebenso hat er sich über die sexualmagischen Rituale des Tantras kundig gemacht.[192]

Der Autor ist jedoch (fälschlicherweise) der Meinung, das *Kalachakra-Tantra* sei ursprünglich ein Lehrsystem der Bon-Priester gewesen.[193] Ausgehend von dieser These präsentiert *Die Schwarze Sonne – Montauk's Nazi-Tibet-Verbindung* seinen Lesern und Leserinnen folgendes Szenario: In vorbuddhistischen Zeiten verfügten die Bon über das Geheimwissen des *Kalachakra-Tantra* und des darin verborgenen Mysteriums der »Schwarzen Sonne«. Dieses wurde ihnen dann von den Gelbmützen-Lamas (Gelugpa) geraubt.[194] Das SS-Ahnenerbe war, als dritte Partei, daran interessiert, sich das als arisch eingestufte Wissen in diesem Tantra anzueignen, und organisierte deswegen die SS-Tibetexpedition unter Ernst Schäfer. »Die Nazis«, so Moon, »versuchten auf magische Weise die versteckte Macht der Schwarzen Sonne selbst anzurufen.«[195] Im religiösen Wettstreit zwischen den Bon und den Gelugpas unterstützt Moon die Bon und fordert: »Die alte Religion muss entschleiert werden, damit den wahren Tibetern ihr Heimatland wiedergegeben werden kann.«[196] Dies entspricht in gewissem Sinne einer Position im SS-Ahnenerbe, wo vermutet wurde, die Religion der Bon stünde einer arischen Urreligion sehr nahe.

Als Nächstes möchten wir einen spanischen Internet-Artikel mit dem Titel *Enviados de Hitler en el Tibet* (»Die Boten Hitlers in Tibet«) vorstellen, der wahrscheinlich aus dem Umkreis von Miguel Serrano stammt. Dort ist zu lesen, dass die SS-Tibetexpedition unter Ernst Schäfer »auf die Suche nach dem Ritual des *Kalachakra-Tantra*« in den Himalaja geschickt worden sei und dabei Erfolg gehabt habe. Korrekt spricht der Autor (der nicht mit Namen genannt wird) davon, es handle sich im Falle dieses Rituals um die »höchste Initiation« des tibetischen Buddhismus und dieses garantiere eine »Wiedergeburt im Königreich Shambhala«. Er vergleicht den Shambhala-Krieg mit der in der *Edda* geschilderten Götterdämmerung (*Ragnarök*). Das Erstaunliche am *Kalachakra-Tantra* sei jedoch, dass nicht nur buddhistische Mönche, sondern ebenso »Profane« darin eingeweiht werden könnten. (Diese Aussage ist durchaus richtig, zumindest für die unteren sieben Initiationsstufen.) »Aber das ist nicht alles«, so der Autor, »es handelt sich dabei um eine speziell auf die Kriegerkaste zugeschnittene Initiation.« Zur Stützung seiner These zitiert er einige Passagen aus den Schriften des Rotmützen-Lamas Chögyum Trungpa, der sich besonders mit dem Mythos des Shambhala-Kriegers auseinander gesetzt hat und auf den wir noch zu sprechen kommen. Der Artikel endet mit den Sätzen: »Die SS, ein Kriegerorden, ging nach Tibet auf der Suche nach einer Krieger-Initiation. [...] Und die SS fand dieses Feuer [der Kriegertradition] in Tibet. Sie identifizierte ihre eigenen Kriegerideale mit den [tibetischen] Traditionen vom ›König der Welt‹ und von ›Shambhala‹ und verbrüderte sich mit ihnen.«[197]

Ein anderer spanischer Aufsatz eines gewissen Enrique de Vicente aus dem rechtsextremen Lager trägt den Titel *Una Guerra Magica* (»Ein magischer Krieg«). Hier ist davon die Rede, Hitler habe aus reinen Machinteressen seine ursprüngliche Aufgabe, eine germanisch-arische Religionsgründung durchzuführen, nicht erfüllt und musste deswegen scheitern. Zwischen den Zeilen lässt der Autor durchblicken, hätte sich der deutsche Diktator nach der »Kriegerinitiation« des *Kalachakra-Tantra* orientiert, wäre ihm der Endsieg gelungen. Der Artikel endet mit dem Kapitel »Las SS y el Tantra de Kalachakra«. Dort heißt es: »Im November 1994 erteilte der Dalai Lama in Barcelona die Einweihung in das *Kalachakra-Tantra*, die höchste Initiation des tibetischen Buddhismus, die seinen Anhängern nach dem Tode eine Wiedergeburt in Shambhala garantiert. Es handelt sich dabei um eine Kriegerinitiation, die einen Platz in den Reihen derjenigen, die in der Endschlacht gegen die Kräfte des Bösen kämpfen werden, zugesteht. Das Ritual des *Kalachakra-Tantra* wurde zum erstenmal von der SS-Expedition unter der Leitung von Schäfer nach Europa gebracht. Es entsprach den Interessen jener Minderheiten des Nazismus, die den Kontakt mit Repräsentanten der ältesten Traditionen wiederherstellen wollten, um – ausgehend von deren Riten – eine neue asketische und militärische Elite zu schmieden, die fähig ist, sich ohne innere Teilnahme mit den Zerstörungskräften des Krieges zu konfrontieren.«[198]

Auch die intellektuelle Evola-Szene hat schon das *Kalachakra-Tantra* als Bezugssystem entdeckt, so stellt zum Beispiel Sandro Consolato Vergleiche zwischen dem »Zeit-Tantra« und Evolas Buddhismus an.[199]

Die historischen Realisierungen des Shambhala-Mythos

Der *Shambhala-Mythos* des *Kalachakra-Tantra* und der *Shambhala-Mythos* des »SS-Mystizismus« sind beides autoritative Utopien. Aber während sich – wie wir gleich sehen werden – die tibetische Vision von Shambhala schon in einigen geschichtlichen Ereignissen manifestiert hat, existiert das kriegerische »Nazi-Shambhala« bisher nur in der Imagination von Schriftstellern, die sich einem rechtsextremen, rassistischen und kriegerischen Okkultismus verpflichtet fühlen. Aber auch die »pazifistische« Shambhala-Vision, die für ein literarisches Friedensreichs mit dem Namen *Shangri-La* Pate gestanden ist, blieb das Produkt einer Imagination. Dieses im Himalaja versteckte fiktive Refugium der Wissenschaft und Kunst, welches durch den Bestseller von James Hilton – *Der verlorene Horizont* – in den 1930er-Jahren erfunden und bekannt gemacht wurde, hat den seither oft geträumten Traum von Tibet als einem Friedensgarten weltweit populär gemacht. Rein utopisch und imaginär geblieben sind ebenfalls die bisher von den Kalachakra-Anhängern mit großem Pathos gepriesenen, Frieden stiftenden und Völker und Religionen verbindenden Auswirkungen ihres Rituals. Seitdem dieses vom Dalai Lama seit 25 Jahren international mit großer Prachtentfaltung aufgeführt wird, verschlechtern sich eher die globalen Kriegsszenarien und geraten zudem immer mehr in religiöse fundamentalistische Fahrwasser. (Was im Übrigen den Voraussagen der kriegerischen Shambhala-Vision durchaus entspricht.) Auch das während des Kalachakra-Rituals konstruierte Sandmandala, das den Palast der 722 Zeitgötter symbolisieren soll und das am Ende rituell demoliert und ins Wasser geschüttet wird, hat kaum die segenbringenden Ausstrahlungen gehabt, die ihm immer wieder unterstellt werden.[200] Keinesfalls gilt dies für jenes berühmte Sandmandala, das der Dalai Lama 1991 ganz in der Nähe eines mittlerweile symbolträchtigen Ortes aufbauen ließ und dort anschließend zerstörte: das Sandmandala beim World Trade Center in New York City.[201] Und dies gilt auch nicht für das Kalachakra-Sandmandala, das der ehrenwerte Lama Ngawang Choejor 1994 im WTC selbst konstruierte.[202]

In jenen Fällen, in denen der im *Kalachakra-Tantra* aufgeschriebene *Shambhala-Mythos* geschichtlich wirksam wurde, entwickelte er eine extrem zerstörerische Explosionskraft. An vier historischen Beispielen wollen wir zeigen, wie »Shambhala« zum Synonym für Grausamkeit, Brutalität, Terror, Wahn, Paranoia, Welt- und Menschenverachtung werden konnte:

Die Verbreitung des Shambhala-Mythos in der Mongolei
Chögyum Trungpa: Ein Shambhala-Krieger als Leitfigur für den militanten Neofaschismus
Der Giftgasguru und Hitlerverehrer Shoko Asahara inspiriert sich aus dem Shambhala-Mythos
Ole Nydahl: Buddha als Kshatriya

Es handelt sich bei den aufgeführten Beispielen um Ereignisse und Personen, die nicht direkt dem religiösen Rechtsextremismus zuzurechnen sind, wie wir ihn in diesem Buch beschrieben haben. Sie zeigen aber umso mehr, dass der *Shambhala-Mythos* des *Kalachakra-Tantra* auch in anderen Fällen zu äußerst aggressiven und kriegerischen Wahnvorstellungen führen kann.

Die Verbreitung des Shambhala-Mythos in der Mongolei

Seit Ende des 16. Jahrhunderts fand die aggressive Shambhala-Vision in der Mongolei eine immer größere Verbreitung und verband sich dort mit dem militaristischen Gesar-Mythos (der mythische Gesar gilt als »Nationalheld« in ganz Zentralasien) und mit einer Dschingis-Khan-Eschatologie. Noch heute wird der mongolische Feldherr als der »größte Kriegsfürst der Weltgeschichte« und als Bodhisattva verehrt: »Die Mongolen haben traditionell beide, sowohl den König Suchandra von Shambhala als auch Dschingis Khan, als Inkarnationen des [Bodhisattva] Vajrapani angesehen. So bedeutete ›für Shambhala kämpfen‹ gleichzeitig für Dschingis Khan und für die Mongolei kämpfen«, schreibt der Kalachakra-Forscher Alexander Berzin.[203] Im Krieg zwischen Bolschewiki, Weißrussen, Chinesen, mongolischen Nationalisten und lamaistisch eingestellten Traditionalisten Anfang der 1920er-Jahre sahen sich die Letzteren als Shambhala-Krieger. Eines ihrer Militärgesänge lautete: »Wir erhoben die gelbe Fahne / Für die Größe der Buddha-Lehre. / Wir, die Schüler des Khutuktu [das lamaistische Oberhaupt der Mongolei] / Zogen in den Kampf von Shambhala.«[204] Aber auch die Nationalisten beriefen sich auf diese Kriegervision. Ihr Führer, Sukhe Bator, verfasste für seine Truppen ein Marschlied, in dem es heißt: »Lasst uns in diesem Krieg sterben und als Krieger des Königs von Shambhala wiedergeboren werden!«[205] Als Gouverneur des Khutuktu tyrannisierte der »Rächerlama« Dambijantsan (der grauenhafte Menschenopfer nach tantrischem Ritus durchführte, um seine Gegner durch Schwarzmagie zu schwächen) die Westmongolei mit einer Gewaltherrschaft »jenseits aller Vernunft und Grenzen«.[206] Der »moderne« Shambhala-Krieg am Anfang des 20. Jahrhunderts wurde in der Mongolei mit Grausamkeit und ohne Mitgefühl geführt. Später, in den 1930er-Jahren, versuchten die Japaner die Mongolen auf ihre Seite zu ziehen, indem sie in einer Propagandakampagne verbreiteten, das faschistische Japan sei das Königreich Shambhala.[207]

Schon seit Beginn des 20. Jahrhunderts hatte sich in Innerasien und Russland eine pan-buddhistische Bewegung unter der Führung des Burjaten Agvan Dorzhiev organisiert. Der buddhistische Mönch zählte zu den engsten Vertrauten des XIII. Dalai Lama und orientierte sich zeit seines Lebens an den Lehren des *Kalachakra-Tantra* und an der Shambhala-Vision: »Es war sein besonderer Beitrag«, schreibt der Historiker John Snelling über den Burjaten, »den Pan-Mongolismus, der als die ›einzig machtvolle Idee Zentralasiens im 20. Jahrhundert‹ bezeichnet wurde, zu dem noch expansiveren Pan-Buddhismus erweitert zu haben, den er auf dem Kalachakra-Mythos aufbaute, einschließlich der Legende vom messianischen Königreich Shambhala«.[208] Dorzhiev »proklamierte, dass Russland Shambhala sei und der Zar ein Kalki-König. So versuchte er den XIII. Dalai Lama dahin zu überzeugen, sich mit Russland gegen die britischen *mleccha* [Barbaren] im Kampf um die Kontrolle über Zentralasien zu verbinden.«[209] Seine Vorstellungen deckten sich mit den damals in Russland weit verbreiteten politischen Prophezeiungen, nach denen der Untergang der europäischen Kultur als die gemeinsame Tat von Russen und Mongolen angesehen wurde. Heute werden Dorzhievs Visionen erneut, wenn auch in etwas variierter Form, von Vertretern des Neobuddhismus aufgegriffen: »Wer weiß«, schrieb der Generalsekretär der buddhistischen Gesellschaft in England 1993, »ob das, was ich als Dorzhievs *Shambhala-Projekt* für eine große buddhistische Konföderation von Tibet bis nach Sibirien bezeichne, nicht bald eine sehr reale Möglichkeit sein mag, aber jetzt mit Verbindungen über Westeuropa und sogar auf internationaler Ebene?«[210] Der Burjate ließ in St. Petersburg den schon erwähnten großen Kalachakra-Tempel bauen, den Bruno Beger als Forschungsobjekt in das Sven-Hedin-Institut des »SS-Ahnenerbes« integrieren wollte.

Chögyum Trungpa: Ein Shambhala-Krieger und der militante Neofaschismus

Die buddhistischen Organisationen (Dorje Kasung oder Vajradhatu), die von dem tibetischen Lama Chögyum Trungpa (1939–1987) Anfang der 1970er-Jahre im Westen aufgebaut wurden, basierten anfangs auf dem Prinzip der »Nicht-Aggression«. Selbst die *martial arts* waren in den frühen Trungpa-Zentren kein Lehrstoff. Der junge, unkonventionelle und dynamische Tibeter konnte damals Tausende von Westlern an den tibetischen Buddhismus binden. Als Privatuniversität der Gruppe fungierte das *Naropa-Institut* in Denver, USA, wo man neben verschiedenen buddhistischen Disziplinen auch die Freien Künste lehrte.

Zuerst gab sich Trungpa antiautoritär und anarchisch. Er hatte die außergewöhnliche Fähigkeit, seine eigenen Exzesse als »spirituelle Disziplinen« herauszustellen: »Ob Alkohol Gift oder Arznei ist«, belehrte der chronische Alkoholiker seine Schüler, »hängt von der eigenen Achtsamkeit ab. Bewusstes Trinken – wenn sich der Trinker also seiner selbst bewusst bleibt – verändert die Wirkung des Alkohols. Hier wird das System durch Achtsamkeit gestählt. Alkohol wird zum intelligenten Schutzmechanismus. Er wirkt aber zerstörerisch, wenn man sich der Gemütlichkeit hingibt.«[211] Trungpas Alkoholismus wurde allenfalls von seinem sexuellen Heißhunger übertroffen, den er ebenso hemmungslos mit seinen weiblichen Anhängerinnen befriedigte.

Eines Tages veränderte sich die pazifistische Orientierung des Lamas radikal unter dem Einfluss des *Shambhala-Mythos*. Der Guru geriet in den Sog dieser aggressiven Vision, die er unter dem Symbol der »tiefen, glänzenden, gerechten, machtvollen und alles besiegenden östlichen Sonne« zusammenfasste.[212] 1984 publizierte er seine Ideen in dem folgenreichen Buch *Shambhala: Der heilige Weg des Kriegers*. Trungpa erzählte einem seiner Schüler, er könne in seinen Tiefenmeditationen einen Blick nach *Shambhala* werfen. Direkt aus dem Königreich habe er dann die Lehre für sein »Shambhala-Training« erhalten. Dieses sieht als Programm fünf Stufen vor: 1. – Einfache Magie. 2. – Die Geburt des Kriegers. 3. – Der Krieger und die Welt. 4. – Erwachtes Herz. 5. – Offener Himmel: Urknall. Wer alle Stufen durchlaufen hat, gilt als vollendeter Shambhala-Krieger. Erste Voraussetzung für das

Training sei, einen Zustand der »Ichlosigkeit« herzustellen. Diese Ausschaltung des Individuums sei »in den *Shambhala*-Lehren von großer Wichtigkeit«, schreibt Trungpa. »Es ist unmöglich, ein Krieger zu sein, solange Sie die Ichlosigkeit nicht erlebt haben. Ohne Ichlosigkeit wird Ihr Bewusstsein immer mit Ihrem Ich, Ihren persönlichen Plänen und Vorhaben erfüllt sein.«[213]

Durch das Shambhala-Training wurde die Atmosphäre in den Vajradhatu-Gruppen zunehmend militarisiert. Sprache, Aussehen und Organisationsformen änderten sich und orientierten sich jetzt an Begriffen und Symbolen der Armee. Häufig pries Trungpa die Samurai-Tradition der Japaner als Vorbild an. Er selber leitete seine Kurse unter dem Namen *Dorje Dradul*, das bedeutet »unbesiegbarer Krieger«. Zuerst hatte er sich nur eine uniformierte Truppe aus Bodyguards gehalten, dann mussten alle seine Schüler und Schülerinnen Militäruniformen tragen. Wenn sie hohe tibetische Lamas, die zu Besuch kamen, zum Flughafen begleiteten, taten sie dies quasi als »Eskorte« oder sie traten als Schutz-Staffel (*security guard*) bei öffentlichen Ereignissen auf. Statt in Klöstern zu meditieren wurden Militärcamps errichtet. »Es war ein richtiger Armeedrill«, erzählt einer der Teilnehmer.[214] Ein weißer Südafrikaner, der in der Frühphase die Ausbildung leitete, hatte in der Armee des Apartheid-Regimes gedient, bevor er Buddhist wurde und in die USA emigrierte. Statt Lehrinhalte zu vermitteln, wurden jetzt Befehle erteilt. Trungpa selber legte eine Generalsuniform mit Schirmmütze, Epauletten, Seitenriemen, Koppel und Schaftstiefel an und galoppierte auf einem Schimmel über die Felder wie dereinst Rudra Chakrin, der »zornige Raddreher« aus Shambhala.[215] Der gesamte repressive Stil, mit dem die Lamas im traditionellen Tibet jahrhundertelang ihre Untertanen schikaniert hatten, wurde von Trungpa in den Westen importiert. Er, der in seiner früheren Phase als antiautoritärer, anarchistisch gesinnter Protestler die Bewunderung Tausender von jungen Leuten gewann, endete als autoritativer Klein-Diktator auf einem Buddha-Thron und die meisten seiner Anhänger, das ist das Erstaunliche, akzeptierten das. Es gab jedoch auch Ausnahmen. Der ehemalige Trungpa-Anhänger P. Marin, ein scharfer Kritiker des Naropa-Instituts, ist der Meinung, dass die Shambhala-Sekte »eine feudale Priestertradition verkörpert, die in ein kapitalistisches Umfeld transplantiert wurde.«[216]

Die von Trungpa konzipierten militärischen Szenarien wurden als »Formen des Bewusstseinstrainings« bezeichnet, um damit den Eindruck zu erwecken, als hätten diese nichts mit einer kriegerischen Außenwelt zu schaffen. Die Mitglieder der Sekte konnten so – ohne schlechtes Gewissen – Trungpas extrem aggressiven Lebensstil kultivieren und gleichzeitig ständig von »Mitgefühl für alle lebenden Wesen« reden. Ein solcher Stil ist jedoch keineswegs etwas Atypisches für den Lamaismus, denn es zeichnet sich geradezu als eine Tradition Tibets aus, zornvolle Gottheiten in das eigene System zu integrieren, um sie, ohne sie zu pazifizieren, als wilde Schutzdämonen (*Dharmapalas*) zur Verteidigung der buddhistischen Lehre einzusetzen. Meist waren es solche zornvollen *Dharmapalas*, mit denen sich Trungpas Anhänger zu identifizieren hatten oder – fachkundiger ausgedrückt – als deren menschliche »Gefäße« sie dienen mussten.

Anstatt die Vision vom Shambhala-Krieger weiter zu diskutieren, was wir ausführlich in unserem Buch *Der Schatten des Dalai Lama* gemacht haben, zitieren wir hier eine Rezeption von Trungpas Schriften aus neo-faschistischen Kreisen. Die rechtsextreme Zeitschrift *Innere Erde Gemeinschaft* sieht in den Lehren des tibetischen Lamas die Richtlinien zur Entfesselung einer kommenden Kriegerkultur: »Hierbei hilft uns Shambhala, und wenn nicht unmittelbar durch das Erscheinen der Dritten Macht, so doch unmittelbar durch seine Weisheit. Diese Weisheit wurde dem Buch des Lamas Chögyum Trungpa entnommen und es handelt sich dabei um *Die Shambhala-Lehren vom Pfad des Kriegers* [*Shambhala: Der heilige Weg des Kriegers*]. Man merke bitte auf, vom ›Pfad des Kriegers‹ ist die Rede im Gegensatz zum Schongang esoterischer Softies, die man sonst aus der Ecke kennt. Dieser ›Pfad des Kriegers‹, so das Buch, entstammt weder aus dem Westen noch aus dem Osten, sondern ist die Tradition menschlicher Kriegerschaft, für die es aus Zeiten und Kulturen Zeugnisse gibt. [...] Wer den Weg hin zur Kriegerschaft gehen will, bedarf Anführer, bedarf des Meisterkriegers, der den Weg weisen kann. Ein jeder, der furchtlos gesucht und furchtlos verkündet hat, der gehört der Linie der Meisterkrieger an. Ihnen verdanken wir, dass wir inmitten dieses Zeitalters der Degeneration an eine erleuchtete Gesellschaft denken können.«

Und weiter heißt es in dem Text aus dem Jahre 1996: »Dem würdigen Shambhala-Krieger dämmert der Morgen der Gegenwart. In diesen Morgen hineinzutreten, mutig und zugleich sanft, das ist die Herausforderung der Kriegerschaft. Dieser Morgen ist der Morgen der Sonnenaufgangswelt, nicht der Sonnenuntergangswelt, in der wir uns befinden. Die Kriegerschaft muss heute warten mit dem Hineintreten in die Gegenwart, damit sie nicht von der Sonnenuntergangswelt vernichtet wird. Noch ist der Zeitpunkt nicht gekommen. Noch nicht. Doch er wird kommen. Guénon, der Verfasser eines tiefgründigen Werkes über Shambhala, zitiert am Ende seines Buches eine innere Stimme, einen Orakelspruch: ›Wir müssen uns bereithalten für ein ungeheures Ereignis in der göttlichen Ordnung, dem wir mit einer Beschleunigung entgegengehen, die jeden in Erstaunen setzen muss. Orakel künden schon, dass die Zeit gekommen ist.‹«[217]

Was das geistige und weltliche Erbe anbelangt, das Chögyum Trungpa hinterließ, so kann dies nur als eine Katastrophe bezeichnet werden. Der von ihm als Nachfolger benannte Amerikaner Thomas Rich (Ösel Tendzin) krönte sich selbst mit dem Titel »The Regent« und verhielt sich entsprechend herrschaftlich mit eigener Schutz-Staffel, eigener Limousine, eigenem Headquarter, mit zahlreichen Dienern und einer devoten Gefolgschaft. Er war HIV-positiv und steckte als Bisexueller einen ganzen Schwarm von seinen Schülerinnen und Schülern an. Nicht nur das, sondern er gab AIDS-Infektionen als Spielarten des Shambhala-Trainings aus, gegen die Shambhala-Krieger letztendlich immun seien.[218] Nachdem er 1991 gestorben war, übernahm Trungpas Sohn Sawang Ösel Rangdroel die Leitung. Aber damit verschwand keineswegs das militaristische Gehabe: Uniformen, Rapport und Militärparaden gehören weiterhin zum Repertoire dieser Sekte.

Der Giftgasguru und Hitlerverehrer Shoko Asahara

Der japanische Sektenführer Shoko Asahara war der Erste, der den Massenterror in menschlichen Ballungszentren als religionspolitisches Mittel einsetzte. Am 20. März 1995 fand in Tokios U-Bahnen ein Giftgasanschlag statt, dem mehrere Tote und circa 5500 Verletzte zum Opfer fielen und der die Weltöffentlichkeit erschütterte. Shoko Asahara hatte hierzu den Befehl erteilt und Mitglieder seiner AUM-Sekte hatten diesen Befehl ausgeführt. Der Giftgasguru öffnete somit das Tor für eine Form des Terrors, die im 11. September 2001 ihren bisherigen Höhepunkt erreichte.

Die Metaphysik und die spirituellen Praktiken von AUM-Schinrikyo (Höchste Wahrheit) wurden vor allem durch tibetisch-buddhistische Bilder und Übungen geprägt. »Im Grunde war AUM-Höchste Wahrheit«, so erfahren wir von den beiden Journalisten David E. Kaplan und Andrew Marshall, die eine ausführliche Studie über die Sekte geschrieben haben, »eine populäre New-Age-Mischung aus östlicher Religion und Mystik. Ihre Rituale und Anschauungen entsprachen stark dem tibetischen Buddhismus, ihr physischer Rigorismus dem Yoga«.[219] Asahara selbst bezeichnete sein Ritualwesen als »tibetischen Buddhismus«.[220] Die sexualmagischen Praktiken des lamaistischen Tantrismus spielten in seinem System eine zentrale Rolle.[221]

Sucht man noch konkreter nach den polit-religiösen Hintergründen, die den Guru motiviert haben, so stößt man an erster Stelle auf den im *Kalachakra-Tantra* aufgeschriebenen *Shambhala-Mythos*: »Es wird eine letzte Schlacht zwischen *Rudra Chakrin*, dem König von *Shambhala*, und einem Narren namens *Vemacitta* geben. Der Krieg am Ende dieses Jahrhunderts ist das letzte Ereignis, das von vielen Propheten aus den vergangenen Jahrtausenden vorausgesehen wurde. Wenn es passiert, dann möchte ich mutig mitkämpfen«, ließ der Guru am 4. Dezember 1994, vier Monate vor den Tokioter Attentaten, über seinen eigenen Rundfunksender verlautbaren.[222]

Rudra Chakrin, der militante Endzeitkönig von Shambhala, ist auch ein Beiname des Gottes Shiva. Der hinduistische Zerstörergott und die verschiedenen Buddha-Wesen des Lamaismus flossen für Asahara zusammen und verdichteten sich schließlich in seiner eigenen Person. Entsprechend forderte er von seinen Schülern: »Das Erste, was ihr tun sollt, ist, den Großen Herrn Shiva, die Buddhas und den Guru [damit ist er selber gemeint] als einen aufzufassen, als die Verkörperung der Wahrheit, und bei ihnen Zuflucht zu nehmen. Zuflucht heißt, ihre Lehren zu lernen, Opfer zu geben und für sie Dienste zu tun.«[223] Schon im Frühjahr 1985, während er auf dem Strand von Miura südlich von Tokio meditierte, soll ihm Shiva, »der Gott des Lichtes, der die Armeen der Götter befehligt«, erschienen sein und ihn beauftragt haben, »eine ideale Gesellschaft aufzubauen mithilfe derjenigen, die übernatürliche Kräfte erlangt hätten, eine Gesellschaft, die das Königreich von *Shambhala* genannt werde.«[224] Mit gewaltiger Stimme sprach Shiva ihn mit den Worten an: »Du bist auserwählt, die Armee Gottes zu führen.«[225] – »Asaharas Strand-Epiphanie«, kommentiert der amerikanische Schriftsteller D. W. Bracket, »war der Auslöser für seinen Glauben, der Messias zu sein und im Armageddon oder im Endkrieg, in dem

Japan zerstört werden sollte, die Führerrolle zu spielen.«[226] Zuvor hatte er jedoch noch einen »Shambalisierungsplan für Japan« vorgelegt. Dieser sei »der erste Schritt zur Shambhalisierung der Welt. Wenn Sie daran teilnehmen«, klärte er seine Leser auf, »werden Sie große Tugend erreichen und in eine höhere Welt aufsteigen.«[227]

Ein Pamphlet der Sekte suggerierte sogar, dass Asahara selber aus *Shambhala* stamme und von dort aus in die Welt hinabgestiegen sei, um diese zu richten und zu retten: »Dieses Königreich (*Shambhala*), das von dem Gott Shiva regiert wird, ist eine Welt, die nur von denjenigen Seelen betreten werden darf, welche die vollständige Wahrheit des Universums erreicht haben. In *Shambhala* haben die asketischen Praktiken messianischer Personen große Fortschritte gemacht, um die Seelen in den *gedatsu* (in die Befreiung) zu führen. Meister Asahara wurde von dort [Shambhala] aus in der menschlichen Welt wiedergeboren, damit er die Mission eines Messias erfüllen kann.«[228] Asahara selbst sah sich ebenfalls als die Reinkarnation des Buddha Shakyamuni. In Bihar (Indien) setzte er sich auf einen heiligen Stuhl und gab den Anwesenden bekannt: »Ich bin der Buddha!« – »Meister Shoko Asahara ist der Buddha unserer Zeit!«, so priesen ihn seine Schüler.[229] Und seinen Anhängern verkündete der Guru: »Ihr selbst sollt Buddha werden. Ihr sollt meine Lehren verkünden, oder vielmehr die kosmische Wahrheit, und sollt viele Buddhas hervorbringen. Verbreitet das Trainingssystem von AUM in einem globalen Ausmaß und verstreut Buddhas über die ganze Welt. Wenn wir dies vollbringen, werden alle Schlachten und Konflikte zu einem Ende kommen.«[230]

Auch die buddhistische Doktrin vom Weltenherrscher inspirierte ihn und die Besetzung des Weltenthrons war das Fernziel seiner Terrorakte: »Ich beabsichtige, ein spiritueller Diktator zu werden, ein Weltbeherrscher!«, rief der *Doomsday*-Guru pathetisch aus.[231] Er nannte seinen buddhokratischen Entwurf den »Höchsten Staat«. Kaplan und Marschall kommentieren die Metapher mit folgenden Worten: »Diese Bezeichnung erlaubt keinerlei Zweifel, wer die Welt erben soll. Über dem Imperium, den ganzen Kosmos regierend, thront Shoko Asahara, der per Gesetz zum ›Kaiser der Heiligen Mönche‹ ernannt wurde.«[232]

Kein Wunder, dass sich der Sektenführer von Adolf Hitler angezogen fühlte. »Asahara war ein großer Bewunderer von Hitler und teilte dessen Traum vom Tausendjährigen Reich«, schreiben Kaplan und Marshall weiter.[233] Er sprach von dem Diktator als einem Vorbild. AUM-Kinder wurden aufgefordert, Hitler wie ein Überwesen zu verehren, und ihnen wurde gesagt, dieser sei noch immer am Leben.[234] Die Sekte machte sich ebenfalls antisemitische Positionen zu eigen. In einer ausführlichen Broschüre mit dem Titel »Handbuch der Furcht« (*manual of fear*) wird die unter den Nazis ohne Unterlass beschworene Kooperation von Juden und Freimaurern erneut in den Mittelpunkt gestellt und es wird suggeriert, diese beiden Mächte wollten zuerst Japan zerstören und dann einen Weltkrieg entfesseln. 100 Seiten lang zitiert AUM in dieser Schrift die *Protokolle der Weisen von Zion* und ähnliche rassistische Traktate. Die Juden seien schuld an den Massakern in Kambodscha, Bosnien und Ruanda. »Jude« wurde zu einem Schimpfwort, das man auf alle Gegner von AUM anwandte, auch wenn man damit die eigenen Landsleute ansprach. Asahara rief nach den Waffen, um die »Juden« zu bekämpfen[235] und wählte Tokio als Ort des Giftanschlages, weil er die Stadt als das »jüdische Herz« Japans ansah.[236]

Folgende Worte, die er seinen Schülern gesagt haben soll, wurden ihm in der Anklageschrift zur Last gelegt: »Wenn euer Guru euch befiehlt, das Leben von jemandem zu nehmen, ist es ein Anzeichen dafür, dass die Zeit dieses Menschen bereits abgelaufen ist. Mit anderen Worten, ihr tötet diese Person genau zur rechten Zeit und ermöglicht das *Phowa* dieser Person. [...] Der Zweck rechtfertigt die Mittel. Beispielsweise gibt es einen Menschen, der dermaßen viel Laster hat, dass er bestimmt in die Hölle kommt, wenn er stirbt. Wenn eine erleuchtete Person entscheidet, dass es das Beste ist, seinem Leben ein Ende zu bereiten, und ihn wirklich tötet, würde diese Tat allgemein von der Gesellschaft schlicht als Mord angesehen werden. Aber im Lichte unserer Lehre läuft das Töten darauf hinaus, diesem Menschen sein *Phowa* zu ermöglichen. Jede erleuchtete Person wird sofort sehen, dass sowohl der Mörder wie der Ermordete durch die Tat Gewinn haben.«[237]

Nach tibetischer Sicht versteht man unter *Phowa* das bewusste Hinführen einer Seele auf eine höhere spirituelle Ebene, damit diese von dem an ihr haftenden, schädlichen Karma in ihrem jetzigen Leben befreit werden kann. *Phowa*-Praktiken können somit – unter gewissen Umständen – auch in der Tötung eines Menschen bestehen. Erinnern wir uns zurück an ein Zitat des XIV. Dalai Lama aus der siebten Einweihungsstufe des *Kalachakra-Tantra*: »Von Mitgefühl motiviert, könnten diejenigen aus der Buddha-Familie von Akshobhya – unter bestimmten Umständen – Menschen töten, die der Lehre Schaden zufügen beziehungsweise die empfindende Wesen hassen und sich anschicken, abscheuliche und unheilvolle Handlungen zu begehen, von denen sie mit anderen Mitteln nicht abzuhalten sind.«[238]

Durch ein Schwurgebet mit dem Titel »The Vajrayana Vow«, das die Aufforderung, *Phowa* zu praktizieren, zum Inhalt hat, verpflichtete Asahara die Sektenmitglieder zum Mord. Es wurde gefordert, dieses Mordgebet an den Buddha »a thousand, a million, a billion times« zu wiederholen. Der Refrain lautete: »Die Endschlacht überkommt uns – Ich werde unter den Heiligen Truppen dieser letzten großen Schlacht sein –die Bösartigen werde ich *phowa* [ermorden] – Einen oder zwei Bösartige werde ich *phowa* – *Phowa* [Mord] ist die höchste Tugend – und *Phowa* ist der Weg zu der höchsten Seinsebene.«[239] Selbst Asahara musste bekennen: »Die Lehren des esoterischen Buddhismus von Tibet waren ganz schön grausam. Wenn beispielsweise ein Guru einem Schüler befahl, einen Dieb zu töten, vollzog der Schüler dies und tat es als Akt der Tugend. In meiner vorherigen Existenz habe ich selbst aufgrund des Befehls des Gurus jemanden getötet.«[240]

Asahara genoss vor seinen Terrorakten den Respekt bedeutender buddhistischer Lehrer. Er traf Kalu Rinpoche, den Kalachakra-Spezialisten des Kagyüpa-Ordens. Der tibetische Gelehrte Khamtul Rinpoche stellte dem japanischen Sektenführer in Dharamsala am 24. Mai 1989 ein Empfehlungsschreiben folgenden Inhalts aus: »An alle, die sich dafür interessieren. Lehrer Asahara ist mein alter Freund und ich halte das für eine Ehre, das Folgende zugunsten von ihm und seiner Religionsaktivität zu sagen: 1. Ich bin grenzenlos erfüllt von Bewunderung für Lehrer Asaharas angebo-

Der XIV. Dalai Lama und der Giftgasguru Shoko Asahara

rene Buddhismuseigenschaften, wie Arbeitsergebenheit, Güte, Freigebigkeit und Selbstlosigkeit. – 2. Er ist ein erfahrener und qualifizierter Meditations-, Tantra- und Yogalehrer. – 3. Unter der Bedingung, dass er die gebührende Unterstützung bekommt, kann Lehrer Asahara ein wirklich bekannter Buddhismuslehrer werden, der imstande ist, die wahrhafte Doktrin der Dharma in Japan wiederherstellen. – 4. Ich weiß auch, dass AUM Schinrikyo, Lehrer Asaharas Religionsorganisation, eine Religionsvereinigung ist, die sich durch Disziplin und gute Organisierung auszeichnet und vielfältige Aktivitäten durchführt, um Gesellschaftswohlstand wohlständig zu fördern. – 5. Lehrer Asaharas Sympathie und Hilfe in Bezug auf das Volk und die

Kultur von Tibet ist ein Beispiel der Freigebigkeit und Sorge für die Armen. – 6. Es tut mir weh, einzusehen, dass AUM, ungeachtet seiner guten Vorsätze und Aktivität, die gebührende Anerkennung und Unterstützung der japanischer Regierung bisher nicht gefunden hat. – 7. Ich will inständig empfehlen, dass der mit Recht verdiente Status der unsteuerpflichtigen [sic!] Organisation AUM überlassen werden muss, und ebenfalls alle [jeder] andere nötige Regierungs- und Gesellschaftsstatus. – *Vielen Dank, Khamtul Giamjang Dontup Rinpoche. Tektschen Tschoeling, Dharamsala*«[241] Im Februar 1987 stand Shoko Asahara zum ersten Mal vor dem XIV. Dalai Lama. »Lieber Freund«, habe der Kirchenfürst zu ihm gesagt, »betrachte den Buddhismus im modernen Japan. Er ist zu einem bloßen Zeremoniell verkommen, aus dem die essentielle Wahrheit seiner Lehre entwichen ist. Wenn dieser Zustand anhält, dann wird der Buddhismus aus Japan verschwinden. Es muss etwas geschehen. Verbreite den wahren Buddhismus in deiner Heimat. Du bist für diese Aufgabe genau der Richtige, denn du hast die Gesinnung eines Buddha. Wenn du dies tust, werde ich sehr glücklich sein, denn du wirst damit meiner Mission helfen.«[242] Diesem Inhalt des Gesprächs wurde nach dem Attentat von Seiten der tibetischen Exilregierung widersprochen. Wie auch immer – laut eines Berichtes der deutschen Illustrierten *Stern* haben sich der XIV. Dalai Lama und der japanische Sektenführer seit 1987 fünfmal getroffen. Noch als die Verbrechen Asaharas bekannt waren, nannte der tibetische »Gottkönig« den japanischen Guru einen »Freund, wenn auch nicht unbedingt einen vollkommenen.«[243]

Der hier in aller Kürze dargestellte »Fall Asahara«, den wir weit ausführlicher in unserem Buch *Der Schatten des Dalai Lama* behandelt haben, zeigt, welch verheerende Auswirkungen der *Shambhala-Mythos* und die im *Kalachakra-Tantra* aufgeschriebene Eschatologie haben können.

Ole Nydahl: Buddha als Kshatriya

Nach dem Zweiten Weltkrieg ist die These vom Buddha als Arier und als Krieger nicht ganz verschwunden. Ohne erklärenden Kommentar erscheint weiterhin in mehreren Neuauflagen Georg Grimms Buch *Die Lehre des Buddho* mit seinen schon erwähnten kompromittierenden Arier-Passagen.[244] 1999 schreibt Hans Wolfgang Schumann in seiner gut verkauften Buddha-Biografie (*Der historische Buddha*): »Soziale Ungleichheit ist ein Ergebnis früherer Taten; jeder hat sich seinen Stand kammisch [karmisch] verdient. An der Kastenordnung rütteln zu wollen, wäre nach Gotamas Weltverständnis ebenso grundlos wie vergebens gewesen.«[245] Und der Autor fährt fort: »Dass von den vier Kasten die der Kriegeradeligen (khattiiya) die höchste sei und über der der Brahmanen rangiere, stand für Gotama und die meisten Bewohner des Mittleren Landes fest.«[246]

Auch in den »Nazi-Mysterien« der Nachkriegszeit wird die These vom »arischen Krieger Buddha« vertreten: »Er [der Buddha] zählte zur Kaste der Prinzen, der Könige und der Krieger, derjenige der Kshatriya, zum Stamm der weißen Rasse, der

Cakyas«, schreibt der Franzose Werner Gerson 1976. »Siddharta stammte von der weißen Rasse und war von reinem arischen Blut. Sein Verzicht auf alle Güter dieser Welt hat ihn nicht seinen königlichen Charakter verlustig werden lassen und seine Schüler haben ihn zum wiederholten Male mit einem brüllenden Löwen verglichen.«[247]

Einen zunehmend militanten Buddhismusstil vertritt ebenfalls der »Lama« Ole Nydahl. Der Däne, der von dem verstorbenen XVI. Karmapa mit einer Lehrbefugnis ausgestattet worden sein soll, gilt als der erfolgreichste weiße Missionar des tibetischen Buddhismus. Nach eigenen Angabe habe er mittlerweile viele Tausende von Menschen in die östliche Lehre eingeweiht. Er sei der »Schutzherr« von 300 über die Welt verstreute Zentren, in denen sich an die 100.000 Gläubige vor dem Buddha verbeugen würden. Ebenfalls nach eigener Aussage wurde Ole Nydahl in eine Kalachakra-Linie des Kagyüpa-Ordens eingeweiht und erhielt die Ermächtigung, diese Initiation an andere weiterzugeben.[248]

Seit einigen Jahren gerät der Däne wegen vorgeblich rassistischer und militaristischer Äußerungen ins Gerede. Das Internet quillt über mit Nydahl-Schelten und Nydahl-Apologien. Dort, insbesondere in zahlreichen *Newsgroups*, werden ihm folgende Aussagen zur Last gelegt: Ausländer aus den warmen Regionen gefährdeten unsere Zivilisation; Südländer neigten zur Kriminalität; es sei nicht normal, sich mit anderen Rassen zu vermischen; Türken seien keine Weißen und Ähnliches.[249] Der weiße Lama soll auch die These von den »arischen« Wurzeln des indischen Religionsgründers Buddha Shakyamuni vertreten – so jedenfalls in einem im Internet verbreiteten Zitat, das unserem Wissen nach bisher nicht dementiert wurde.[250]

Jedenfalls predigt Nydahl den Buddhismus nicht mehr als eine reine »Religion des Friedens«, sondern propagiert ihn als eine militante Philosophie, die den Krieg nicht ausschließt: »Schließlich war er [der Buddha] selbst ein *Kshastri*, also aus der Kriegerkaste des alten Indien«, belehrt er seine Schüler und Schülerinnen und empfiehlt ihnen, Militärdienst zu leisten. In einer neo-buddhistischen »Kriegerkaste« sieht sich der Däne an der Spitze einer Militärhierarchie, schließlich habe ihn der XVI. Karmapa schon als »Dharmageneral«, als *Khampa* (Angehöriger eines tibetischen Kriegerstammes) und als »Schützer« (*Dharmapala*) angesprochen. Buddhistischer Pazifismus erscheint ihm als bedauernswerte Schwäche, buddhistischer Militarismus dagegen als Stärke: »Der Schwache war immer für den Frieden!«, ruft er verachtend aus und kommt ohne Beschönigung auf die militante Seite des Dharmas zu sprechen: »Friede, Freude, Eierkuchen war bestimmt nicht Buddhas Ding.«[251] Er selber habe »im letzten Leben die Zivilbevölkerung Osttibets vor chinesischen Soldaten geschützt – als Freischärler.« Am »besten« fühle er sich »in Militärkleidung«, am wohlsten in Klamotten der deutschen Wehrmacht: »Weil einige Freunde entdeckten, dass mir die ausgemusterte graue deutsche Militärhose Größe 6 (schmal, erste Auslese) gut passt«, so Nydahl salopp, »ist schon jetzt für meine nächsten Wiedergeburten vorgesorgt. Mein Denken ist erst strategisch und dann taktisch und ich rede auch so.«[252] Es muss dieser Geist seines »Kshatriya-Buddha« gewesen sein, der Ole Nydahl während einer Deutschlandtournee im Frühjahr 2002 veranlasste, vor laufender Kamera des *ZDF-Reporters* einem NPD-Mitglied, das ihm vorgestellt wurde, mit den Worten »Ja viel Glück! Bei uns ist jeder politisch frei und kann denken, was er will!« Kopf, Hals und Herz zu segnen.[253]

Oktober 1994 errichteten der Däne und der Lama Tsechu Rinpoche einen der Kalachakra-Gottheit geweihten Stupa (*Karma Gon*) in Spanien: »Während der Initiation«, so Nydahl, »füllte ich den Stupa mit meinen stärksten Wünschen auf, dass er die Freiheit in Europa, insbesondere die Freiheit unserer Frauen schützen möge. Karma Gon ist an der Südküste des Mittelmeeres gelagert, direkt in Front einer überbevölkerten islamischen Welt, die in Opposition zu solchen Freiheiten steht.«[254] Mit solchen rituellen Handlungen werden bewusst oder unbewusst die Samen für den im *Shambhala-Mythos* des *Kalachakra-Tantra* prophezeiten Endkrieg zwischen Buddhisten und Moslems ausgesät.[255]

Am 6. April des Jahres 2002 hielt der weiße Lama von einem buddhistischen Thron aus vor seinen Anhängern im geschichtsträchtigen Auditorium Maximum der Münchner Universität einen Vortrag. In demselben Raum hatte mehr als 60 Jahre vorher (1936) der Professor für Arische Kultur- und Sprachwissenschaften, Walther Wüst, jene spektakuläre Rede mit dem Titel »Des Führers *Mein Kampf* als Spiegel indogermanischer Weltanschauung« unter andauerndem Applaus beendet, in der er behauptete, zwischen dem Nationalsozialismus und dem Buddhismus, zwischen den Worten des »Führers« und den Buddha-Reden bestehe eine »erbverwandte Dauerüberlieferung«.[256] Ebenfalls im Auditoium Maximum der Münchner Universität wurde am 16. Januar 1943 dem Tibetforscher Sven Hedin die Ehrendoktorwürde durch den Kurator des SS-Ahnenerbes, Walther Wüst, verliehen. Anschließend gingen die Herren in den Ufa-Palast, um sich die Uraufführung von Ernst Schäfers Propagandafilm *Geheimnis Tibet* anzusehen. Dort tritt in einer der ersten Szenen der Dämon Mahakala in einem Maskentanz auf. »Du wilder, stolzer, unbesiegbarer Mahakala«, beten ihn die Lamas an, »Berge von Leichen bilden deinen Festschmaus, Meere von Blut trinkst du mit Wohlbehagen, Augen, Ohren und Zungen aber bilden deine göttliche Nachspeise.«[257] Schon im Februar 1939 waren die Deutschen im *Völkischen Beobachter* durch Mahakala-Fotos, die Schäfer von seiner Expedition geschickt hatte, zum »Kriegstanz« aufgefordert worden: »Es sind Bilder von dem Kriegstanz der Götter, eine rauschende Symphonie von Farben schwerseidener Gewänder, ein Getön von Hörnern, Pauken, Trompeten, ein Wirbel von gleitenden Leibern, ein Jubelrufen entzückter Dämonie: Kiki – huhu – kiki – huhu – Heil Mahakala, dem Geist aller Toten.«[258] Der weiße Lama Ole Nydahl gilt, das gibt er öffentlich und ohne jegliche Irritation kund, als die »Inkarnation«, als die »Ausstrahlung« oder als das »Gefäß« dieses grausamen Schutzgottes Mahakala …

Die Fälle Chögyum Trungpa, Shoko Asahara und Ole Nydahl zeigen klar, wie sich innerhalb der neo-buddhistischen Szene die »pazifistische« Buddha-Lehre in einen »Kriegsbuddhismus« verwandeln kann. In diesem Prozess bildet der *Shambhala-Mythos* des *Kalachakra-Tantra* die ideologische Orientierung für die betroffenen Shambhala-Krieger. Affinitäten zwischen ihrem Weltbild und gewisse Ideen aus dem neofaschistischen Kshatriya-Milieu sind beunruhigend. Wie es schon die Reli-

Eine Maske des buddhistischen Schutzgottes Mahakala, aufgenommen von der SS-Tibetexpedition

gionsdebatte innerhalb des SS-Ahnenerbes ahnen lässt, besteht die konkrete Gefahr, dass es zwischen beiden Systemen, dem Shambhala-Buddhismus und dem religiösen Faschismus, zu einer Fusion kommt.

Die Verantwortung des XIV. Dalai Lama

Es sollte klar geworden sein, dass das *Kalachakra-Tantra* eine kriegerische Eigendynamik innerhalb des Buddhismus entwickelt hat, aber dass es darüber hinaus ein ideologisch-religiöses Potential enthält, welches sehr effektiv für rechtsextreme Religionsbildungen »ausgeschlachtet« werden kann beziehungsweise schon »ausgeschlachtet« wurde. Dank der großen Faszination, die Tibet und der Lamaismus auf die westliche Einbildungskraft in unseren Tagen ausüben, werden die genannten problematischen Inhalte des Tantras weniger durch den religiösen Neofaschismus als durch die ständigen, weltweiten Kalachakra-Aufführungen des XIV. Dalai Lama in das Kulturgefüge Europas, Amerikas und Asiens eingepflanzt. Dies geschieht selbstverständlich nicht mit den inhaltlichen Begründungen, die aus der Nazi-Szene bekannt sind, sondern – geschickt angepasst – an die heute noch im Westen herrschenden kulturellen Wertvorstellungen, mit friedensfördernden und humanistischen Argumenten. So ist es nur folgerichtig, dass das im Kern kriegerische und buddhokratische *Kalachakra-Tantra* vom XIV. Dalai Lama als ein »Ritual für den Weltfrieden« und als ein »Beitrag zur Weltökumene« präsentiert wird, weil diese beiden Ausrichtungen seine Verankerung im vom tibetischen Buddhismus faszinierten, wenig aufgeklärten Westen am besten garantieren.

Wir wiederholen: Von »Weltfrieden« und »religiöser Toleranz« ist weder im Originaltext noch in den traditionellen Kommentaren etwas zu lesen, sondern diese sind ganz wesentlich bestimmt vom Feindbilddenken und von aggressiven Verhaltensweisen auf verschiedenen Ebenen des Seins. Es ist noch doppelzüngiger, diesen aus dem 10. Jahrhundert stammenden Ritualtext, als »ökumenisches« Ritual zu präsentieren. Mit Ausnahme der indischen Religionen spielen im *Kalachakra-Tantra* alle anderen Glaubensbekenntnisse eine Feindesrolle. Offen und mit bösen Worten werden die höchsten Religionsvertreter des Juden- und Christentums gebrandmarkt und mit Nachdruck wird der Islam zum physischen und metaphysischen Hauptfeind der Buddhisten erklärt. Am absurdesten ist jedoch die Behauptung, das *Kalachakra-Tantra* verfolge irgendwelche ökologischen Ziele. Im Gegenteil: dieses Ritual ist extrem natur- und körperfeindlich. Es zielt in seiner letzten Konsequenz auf eine Vernichtung allen irdischen Lebens durch Feuer in einer bewusst inszenierten Apokalypse.

Die pazifistische Tradition des Buddhismus

So steht das *Kalachakra-Tantra* und die darin enthaltene Shambhala-Vision im krassen Gegensatz zur ursprünglich pazifistischen Tradition des Buddhismus. Die Lehre des Buddha Shakyamuni war nicht wie die *Bhagavadgita* primär auf Krieg aus, auch wenn die Pâli-Schriften teilweise ein recht martialisches Vokabular benutzen, um den Erleuchtungsweg zu beschreiben. Jedenfalls kommt der Religionswissenschaftler Kashi Nath Upadhyaya bei einer Gegenüberstellung des Frühbuddhismus mit dem indischen Lehrgedicht zu dem Schluss: »In der Tat ergibt sich die Unvereinbarkeit des Bhagavadgita-Ideals mit dem Buddhismus-Ideal aus der einfachen Feststellung, dass der Buddha, obgleich als *Kshatriya* geboren, auf seine königlichen Pflichten verzichtet und mit rasiertem Kopf umherwanderte.«[259] Der Krieg als solcher entstand für den »Erhabenen« aus einer niedrigen Gefühlslage: »Es ist wegen Leidenschaft und der Gier, dass Könige mit Königen und *Kshatriyas* mit *Kshatriyas* streiten« – und der Buddha prophezeite diesen eine Wiedergeburt in der Hölle.[260] »Man mag tausend und tausend Männer auf dem Schlachtfeld erobern, aber nur der ist der edelste Sieger, der sein eigenes Selbst erobert« – solche Lehrsprüche lassen sich viele finden.[261] Deswegen gibt es nach Upadhyaya für den Frühbuddhismus keinen »gerechten« und schon gar keinen »heiligen« Krieg. Für die ersten Anhänger des Buddha handelt es sich hierbei um eine *contradictio in adjecto*, denn für sie konnten Gerechtigkeit und Krieg niemals Hand in Hand gehen.[262] An diese ursprüngliche Tradition knüpft der XIV. Dalai Lama »verbal« an und präsentiert sich nach außen hin entsprechend »pazifistisch«. In unserer Welt ständiger Kriege berühren seine Friedens-, Toleranz- und Glücksappelle viele Menschen tief und die westliche Presse ist voll des Lobes: »Ein Bekenntnis, mit dem man nichts falsch machen kann«, schrieb der *Spiegel* 1998 in einer Titelgeschichte über die Lehre des Buddha und ihre ständige Verbreitung im Westen. »Zweieinhalbtausend Jahre Friedfertigkeit statt Inquisition, stets heiter wirkende Mönche statt präpotenter Kirchenfürsten, Nirvana-Hoffnung statt *Djihad*-Drohung – der Buddhismus tut keinem weh und ist *trendy* geworden.«[263]

Nicht einmal für eingeschworene Neo-Buddhisten ist diese pazifistische Umdeutung ihrer Religionsgeschichte so eindeutig. Im Grunde weiß man dort darüber Bescheid, was sich historisch abgespielt hat und was in den heiligen Texten steht: »Die Kalachakra-Darstellung des Shambhala-Krieges und die islamische Diskussion über den *Djihad* zeigen bemerkenswerte Ähnlichkeiten«, versichert uns zum Beispiel Alexander Berzin, vom XIV. Dalai Lama designierter Interpret des Tantras.[264] Im Namen des Buddhismus sind unzählige Kriege geführt worden. Spätestens seit der Machtübernahme des Kaisers Ashoka im 3. vorchristlichen Jahrhundert waren auch Buddhisten mit der Kriegsfrage konfrontiert. Sie haben sich dabei keinesfalls immer für die Partei des Friedens entschieden, im Gegenteil – sie haben sogar zur metaphysischen Begründung eines der kriegerischsten aller Kriegertraditionen, des Samurai-Kultes, beigetragen.

Auch die Geschichte des tibetischen Buddhismus war von Beginn an bestimmt durch Kriege, Mord, Folterungen, sozialer Unterdrückung, von Sklaverei, Hass und Machtgier. Die Erobererkönige der Yarlung-Dynastie, die vom 6. bis 9. Jahrhundert n. Chr. Tibet beherrschten, wurden wegen ihrer gnadenlosen Kriegsführung in ganz Innerasien gefürchtet. Dennoch gelten die meisten von ihnen der Doktrin nach auch heute noch als mitfühlende Bodhisattvas. Der aus Indien stammende Großzauberer Padmasambhava, der seit dem Ende des 8. Jahrhunderts n. Chr. das Schneeland buddhisierte, benutzte dazu Totschlag und Schwarzmagie. 842 wurde der letzte Yarlung-Herrscher, König Langdarma, von einem buddhistischen Mönch ermordet, obgleich das Töten von Menschen nach der Lehre des Buddha verboten ist. Seit diesem Königsmord lag die Herrschaft über das Land in den Händen der Lama-Mönche und der Klöster. In der Folgezeit lieferten sich die untereinander zerstrittenen buddhistischen Sekten unzählige Kleinkriege, die eine größere Staatenbildung verhinderten. Dabei war sich keine der Richtungen zu schade, Fremde, insbesondere Mongolen und Chinesen, ins Land zu holen, um mit deren Hilfe aufeinander loszuschlagen. Im 17. Jahrhundert fand ein extrem blutiger Bürgerkrieg zwischen den Gelugpa- und den Kagyüpa-Orden statt, aus dem der V. Dalai Lama als gefeierter Schlachtenheld und Despot hervorging. Insgesamt wurden fünf Dalai Lamas, einige davon Kinder, zwischen dem 17. und 19. Jahrhundert aus machtpolitischen Motiven ermordet. Während der Jugendzeit des jetzigen XIV. Dalai Lama gab es blutige Gemetzel zwischen zwei verfeindeten Anwärtern auf den Regentensitz. Heillos zerstritten sind der XIV. Dalai Lama und die so genannte Shugden-Sekte. Bei diesem Konflikt kam es 1997 in Dharamsala zu einem Mord an drei Mönchen. Die heute immer wieder hervorgehobenen friedensstiftenden Ausstrahlungen des Kalachakra-Rituals, das in Tibet seit dem 11. Jahrhundert durchgeführt wird, hat offensichtlich für dieses Land keine besonderen Effekte gezeitigt.

Die Grausamkeiten in der tibetischen Geschichte und die Grausamkeiten in den »heiligen Texten« klaffen keineswegs auseinander, ebenso wie die Aggressivität des Lamaismus in der Ikonografie seiner »Schutzgötter« sichtbar wird. Dort wimmelt es geradezu von scheußlichen Kriegertypen, von Dämonen, Vampiren, Monstren, Schwertträgern, Flammenmagiern und Rachegeistern, die über ein bis oben hin voll gestopftes Waffenarsenal aus Speeren, Spießen, Pfeilen, Schilden, Keulen, Haken, Schlingen, Messern, Dolchen und allerlei Tötungsmaschinen verfügen. Geradezu eine Ausgeburt von Intoleranz ist die persönliche Schutzgöttin des Dalai Lama, des ganzen Landes und seiner Hauptstadt Lhasa. Sie trägt den Namen *Palden Lhamo*. Entsprechend der Vielseitigkeit ihrer Aufgaben wird ihr ein außerordentlich hoher Platz im Pantheon des tibetischen Buddhismus zuteil. Mit fletschenden Zähnen, herausquellenden Augen und einem schmutzig blauen Körper reitet sie auf einem wilden Maultier dahin. Unter dessen Hufen erstreckt sich ein Blutmeer, das aus den Adern erschlagener Feinde geflossen ist. Abgehackte Arme, Köpfe, Beine, Augen und Gedärme schwimmen darin herum. Der Sattel des Maultiers besteht aus einer abgezogenen Menschenhaut. Das wäre schon abstoßend genug, aber das Grauen überkommt einen, wenn man erfährt, dass es sich dabei um die Haut ihres eigenen Sohnes handelt, der von der Göttin getötet wurde, als er sich widersetzte, ihrem Beispiel zu folgen und die buddhistische Lehre anzunehmen.

1986 – als die lamaistische Kulturwelle noch nicht den kritischen Journalismus in Fragen Tibet und Dalai Lama hinweggeschwemmt hatte, schrieb Tilman Spengler in der Zeitschrift *GEO* anlässlich einer Kalachakra-Einweihung: »Dabei hat der Ursprung des Kalachakra zunächst wenig mit Frieden zu tun. Kalachakra bedeutet ›Rad der Zeit‹, und so heißt auch ein machtvoller Gott der Buddhisten, dem es um die Überwindung negativer Kräfte und die Errichtung des mythischen Reiches Chambhala ging – wozu allerdings auch die Vertreibung der Muslime, der Erzfeinde der Buddhisten, gehörte. So kann man es im Kalachakra-Tantra, dem Lehrsystem des Kalachakra, nachlesen, einem der bedeutendsten Lehrsysteme des tibetischen Buddhismus.« Und zum Thema Tantra-Yoga führt Spengler aus: »Historisch blieb es nicht auf Erleuchtung beschränkt, bald wurden magische Formeln – Mantras –

auch für irdisches Mühsal bemüht, für gutes Wetter oder die Vernichtung von Feinden, zur Heilung von Krankheiten oder für die Suche nach einem Schatz.«[265] Solche Sätze über den tibetischen Buddhismus sind heute selten in der Presse zu lesen.

Noch einmal ein paar Worte zu dem ständig wiederholten Argument, das *Kalachakra-Tantra* werde nach ethischen Grundsätzen durchgeführt und es diene »dem Wohle aller leidenden Wesen«. Jedem aufmerksamen Interpreten erscheint diese Aufforderung aus dem Mahayana-Buddhismus schon deswegen als leere Formel, weil sie nicht nur mit den explizit inhumanen Textinhalten der buddhistischen Tantras, die vom Okkultismus und der Sexualmagie völlig beherrscht werden, in Konflikt gerät, sondern weil sie auch – wir wiederholen es – dem Sinn des tantrischen Rituals als solchem widerspricht, das ja gerade die »Normverletzung« zu einem wichtigen Schritt auf dem Erleuchtungsweg macht. Die »Mahayana-Formel« ist mittlerweile zu einer Art »ethischem Freibrief« für all das geworden, was nach den buddhistischen Tantras an Schrecklichem und Menschenverachtendem praktiziert werden soll. Edward Conze, der bedeutendste westliche Kenner des Mahayana-Buddhismus, stand deswegen dem lamaistischen Tantrismus äußerst reserviert, wenn nicht ablehnend gegenüber und sah darin eine auf Magie basierende Machtlehre: »Der Glaube an das Okkulte, an Magie und Wunder«, schreibt Conze im Hinblick auf die buddhistischen Tantras, »war zu allen Zeiten ein integraler Bestandteil des Buddhismus, obschon es sich hierbei mehr um die Anerkennung einer feststehenden Tatsache als um eine Angelegenheit von praktischer Dringlichkeit handelte. Als jedoch die geistige Kraft des *Dharma* [der Lehre] dahinschwand und man fühlte, dass die geschichtliche Entwicklung immer ungünstiger verlief, vertraute man zunehmend auf die Magie.«[266] Dies gilt insbesondere für das *Kalachakra-Tantra*.

Man sollte vielleicht in diesem Zusammenhang kurz einen Blick auf die gesellschaftliche Wirkkraft des Mitgefühlsgebots im Alten Tibet werfen. In seiner mit Walther Heissig verfassten Schrift *Die Religionen Tibets* kommt der Grandseigneur der Tibetologie, Giuseppe Tucci, zu dem Schluss: »Ein bemerkenswertes Kennzeichen der tibetischen Religiosität ist ihr auffallender Mangel an sozialem Mitgefühl.«[267] Ein Beispiel von vielen ist das tibetische Kriminalrecht: Es stand unter starkem mongolischen Einfluss, leitete sich von dem *Yasa* (Gesetzbuch) des Dschingis Khan ab und war wie der Strafvollzug im europäischen Mittelalter extrem grausam. Bizarre Verstümmlungen wie Blendungen, das Abschneiden von Gliedern und das Herausreißen der Zunge, bewusst inszenierte Erfrierungen, Pranger, Anketten, Einsperren in ein Joch, lebenslange Einkerkerungen in feuchten Gruben zählten zu den gängigen Strafmaßnahmen bis hinein ins 20. Jahrhundert, auch nachdem der XIII. Dalai Lama einige Milderungen eingeführt hatte. Ein britischer Gesandter sah noch 1940 »überall in Tibet Menschen, denen wegen Diebstahl ein Arm oder ein Bein abgehackt worden war«.[268]

Die Nazi-Kontakte des XIV. Dalai Lama

Es war sicher nicht der buddhistische Pazifismus, der die Nazi-Visionäre und ihre Erben zu »Bewunderern« der tibetischen Dalai Lamas machte, es war deren absolute, buddhokratische Machtkompetenz. Schon 1940 hatte der britische Tibetreisende Spencer Chapman über die Institution des »Gottkönigs« vom Dach der Welt geschrieben: »Selbst in den Tagen der Diktatoren kann man nur erstaunt darüber sein, welche konkurrenzlose Macht er besitzt.«[269] 1935 führte der Bewunderer der SS, Julius Evola, im Hinblick auf das sakrale Weltenkönigtum aus: »In der die tibetanischen Priester-Könige (die Dalai Lamas) betreffenden Lehre kommt dieser Gedanke in der durchsichtigsten und bewusstesten Weise zum Ausdruck.«[270] Der SS-Mann Otto Rahn sah in der *Mani* (das »Wunschjuwel«, das den Gral der Katharer repräsentieren soll) ein »Symbol des Dhyani Bodhisattva Avalokiteshvara oder Padmapani der Nächstenliebe.«[271] Nach tibetischer Sicht inkarniert sich der Bodhisattva Avalokiteshvara hier auf Erden in der Person des Dalai Lama. Und der »Vater des SS-Mystizismus« Wilhelm Landig hatte prophezeit: »Das abendländische Paradies der großen Glückseligkeit wird erreicht sein, wenn das Licht aus dem Osten und die Gnade Chenrezis [der tibetische Name von Avalokiteshvara, dem Bodhisattva hinter dem Dalai Lama] bis zum westlichen Großmeer strahlt.«[272] Jan van Helsing, Jungautor des »SS-Mystizismus«, zitiert den Kirchenfürsten als Kronzeugen für seine Unterwelttheorien: »Nach den Aussagen tibetanischer Lamas und des Dalai Lama persönlich existieren die Leute aus Agarthi heute noch.«[273] Schließlich erklärt Miguel Serrano, der die SS als einen mystischen Kriegerorden aus dem Königreich Shambhala verehrt, das »Geschick« des Dalai Lama sei »eng mit demjenigen Hitlerdeutschlands verbunden [...] aufgrund noch nicht entdeckter Verbindungen.«[274] Alle diese Aussagen annoncieren das große Interesse des religiösen Faschismus am exponiertesten Repräsentanten des tibetischen Buddhismus.

In Anbetracht solcher *Hommagen* und mysteriöser Andeutungen aus dem rechtsextremen Lager und in Anbetracht der zahlreichen Konvergenzen von Inhalten des *Kalachakra-Tantra* mit Inhalten des religiösen Faschismus erscheinen die »realen« Kontakte des XIV. Dalai Lama mit Personen, die einmal Adolf Hitler und der SS gedient oder diese mythisiert haben, unheimlich, auch wenn sich einige davon nicht okkult betätigten. Als Erster ist hier der ehemalige SS-Mann Heinrich Harrer zu nennen, der nach seiner Flucht aus einem britischen Kriegsgefangenenlager in Indien zum Mentor des jungen tibetischen »Gottkönigs« wurde. Der Österreicher hat durch seine auflagenstarken Reisebücher am meisten zur Popularisierung des »Tibet-Mythos« im Westen beigetragen und zählt weiterhin zu den engsten Freunden des XIV. Dalai Lama. Dann der Rassenspezialist des SS-Ahnenerbes, Bruno Beger, wegen Beihilfe zum gemeinschaftlichen Mord in 86 Fällen verurteilt: Beger wurde immer wieder von den Exiltibetern als Kronzeuge für die Souveränität ihres Landes vor dem Zweiten Weltkrieg bemüht und der XIV. Dalai Lama hat ihn mindestens fünfmal getroffen. Weiterhin der »SS-Mystiker« Miguel Serrano, Gründer des »esoterischen Hitlerismus«, der den Kirchenfürsten zum ersten Mal begrüßte, als dieser die Grenze nach Indien überschritt, und ihm danach noch dreimal begegnete. Zuletzt die fünf Audienzen mit dem japanischen Hitlerverehrer und *Doomsday*-Guru Shoko Asahara, den er noch nach dem begangenem Terrorakt als einen »Freund, wenn auch nicht unbedingt einen vollkommenen«, verteidigte.[275]

Eine Sonderrolle in diesem Begegnungskatalog nimmt Jean Marquès-Rivière ein, denn der von seinen Fachkollegen hoch geschätzte französische Orientalist und Indienreisende – ehemaliges Mitglied der *Les Polaires*, fanatischer Antisemit und Polizeichef zu Zeiten der Vichy-Regierung, »Spürhund« der SS, nach dem Krieg in Frankreich wegen der Auslieferung von Freimaurern und Juden an die Gestapo zum Tode verurteilt – zählt zu den ersten Vorkämpfern für die westliche Verbreitung des *Kalachakra-Tantra*. 1985 publizierte er in Paris ein Buch mit dem Titel »Kalachakra – Die tantrische Initiation des Dalai Lama« (*Kalachakra – Initiation tantrique du Dalai Lama*).[276] Dieser Text fasst sehr übersichtlich die Inhalte des Tantras zusammen, sodass er in jeder offiziellen Literaturliste, die für ein Studium des Rituals wirbt, zu finden ist. Der Autor genießt nicht zuletzt deswegen ein hohes Maß an Authentizität, da der qualifizierte Orientkenner und Sanskritist auf eine beachtliche Zahl tibetischer Lamas und Fachkollegen als »Berater« zurückgreifen konnte. Um die Gewichtigkeit dieses Gremiums herauszustellen, wollen wir uns seine »Nomenklatur« etwas genauer ansehen: Darunter befinden sich Dr. Tsepak Rigzin, von der tibetischen Archivbibliothek Gangchen Kyishong in Dharamsala; M. Svetaslav Roerich (Bruder des Tibetologen George Roerich); Lama Geshe Rabten von Tharpa Choling, Spezialist für das Kalachakra-Mandala; der Tibetologe Dr. Lokesh Chandra; der Schriftsteller und Tibetreisende Marco Pallis; aus dem Kloster Sarnath der Lama Je Rinpoche Lobsang Tsondul, ein bedeutender Experte des tibetischen Tantrismus; aus der Kagyüpa-Schule Nichang Rinpoche Thubten Chodag und Lobsang Tenzin Rikha vom tibetischen Kulturinstitut. »Alle diese *upa-guru* [»Obergurus«] haben mir den Weg nach Shambhala gewiesen«, schreibt Jean Marquès-Rivière. »Meine tiefe Dankbarkeit ist ihnen gewiss.«[277]

Kurz nach dem Tode des französischen Orientalisten im Jahre 2000 erschien ein Büchlein von einer in Frankreich lebenden Mariane Kohler, das die lebenslange Korrespondenz mit ihrem »spirituellen Freund und Lehrer« enthält. Dieser wollte, so die Autorin, nicht mit Namen genannt werden, da er jeglichen Guru-Kult verabscheue. Der eigentliche Grund dürfte jedoch das vielschichtige Leben ihres »spirituellen Freundes« gewesen sein, der kein anderer war als Jean Marquès-Rivière. Der Briefwechsel reicht von den 1970er-Jahren bis 1999. Dieses Büchlein gibt auch Auskunft über die Kontakte des ehemaligen SS-Kollaborateurs mit Tenzin Gyatso, dem XIV. Dalai Lama: »Ich kenne den Dalai Lama«, schreibt Marquès-Rivière an seine Freundin. »Ich habe ihn mehrmals gesehen, von Auge zu Auge, in Benares im großen Kloster von Sarnath, wo ich selbst vor 100 Lamas gesprochen habe, die dort studierten; ich habe ihn erneut in Genf gesehen. Ich war in Kontakt mit seinem offiziellen Delegierten bei der UNO in Genf und ich habe mehrmals mit ihm gespeist. Ich bin einer der europäischen Professoren, die am Aufbau des tibetischen Klosters in der Nähe von Zürich beteiligt waren. Ich war auch auf dem Pilgerberg [*mont pèlerin* – wahrscheinlich ist der Mount Kailash gemeint] und kenne den Geshe [Gelehrten], den Sie kennen. Er hat mir sogar das äußerst geheime Mantra von *Shambhala* gegeben. […] Dutzende von Tulkus [Inkarnationen von Buddha-Wesen] habe ich kennen gelernt, unter ihnen bemerkenswerte Personen bis hin zu kleinen, lügnerischen und diebischen Gaunern.«[278]

Es soll der XIV. Dalai Lama gewesen sein, der Marquès-Rivière in einige Geheimnisse des *Kalachakra-Tantra* einweihte.[279] »Ich muss mich am Ende bei all denen bedanken«, so der Orientalist, »die mir direkt oder indirekt dabei geholfen haben, die Arbeit [an seinem Kalachakra-Buch] zu realisieren. An erster Stelle ist hier S. H. der Dalai Lama zu nennen, der mir während einer erinnerungswürdigen Begegnung in Benares den Symbolismus des Kalachakra-Siegels (das *rNam.beu.dbang.idan* – d. h. ›die zehn Mächtigen‹) erklärte. Dabei handelt es sich um ein Mantra aus zehn Silben, deren Buchstaben zu einem schönen symbolischen Zeichen des Vajrayâna [»Weg des Tantra«] verknüpft werden. Wir waren die Gäste des Maharaja von Benares und erwarteten den Besuch, ich weiß nicht mehr von welchem bedeutenden Politiker aus Delhi, der übrigens überhaupt nicht erschien. Dank dieser langen Wartezeit und indem wir uns über das Siegel beugten, das ich eingraviert auf meinem Ring trage, initiierte mich der Dalai Lama in die verschiedenen Symbole dieses *Yantra* [Siegels].«[280] Als Ringträger dieses höchsten Siegels durfte sich Marquès-Rivière nun zu den Auserwählten des *Kalachakra-Tantra* zählen. Der XIV. Dalai Lama schenkte diesem Mann, der für seine Verbrechen gegen die Menschlichkeit *in absentia* zum Tode verurteilt worden war, ein Selbstporträt mit dem handgeschriebenen Satz: »In Erinnerung, mit meinen Wünschen und meinen Gebeten für die leichte Realisierung Eurer zeitlichen und letzten Wünsche.«[281] Auf die Frage, woher er die Legitimation nehme, die Geheimnisse dieses Textes offen darzustellen, antwortete Jean Marquès-Rivière enigmatisch: »Um die Autorisation hierfür wurde von Stimmen der Tradition gebeten und ihr wurde stattgegeben.«[282] Es ist sehr wahrscheinlich, dass es der XIV. Dalai Lama selber war, der diese Autorisation erteilte, über das höchste Mysterium seiner Religion zu schreiben, denn wer sonst sollte dazu legitimiert gewesen sein?

Auch wenn der tibetische Kirchenfürst nichts von der Vergangenheit des Franzosen gewusst haben mag, so zeigt doch die Begegnung mit Jean Marquès-Rivière die tiefe innere Affinität zwischen zwei Kulturentwürfen, deren Repräsentanten sich magnetisch anzuziehen scheinen. Es sind, wie es Miguel Serrano ausgedrückt hat, die »Archetypen« und die »Gottheiten«, die hinter dem Dalai Lama und dem *Kalachakra-Tantra* wirken, die sich den »Archetypen« und die »Gottheiten« des religiösen Faschismus sehr annähern und die bisweilen von den Nazi-Visionären als deckungsgleich angesehen werden. Die beiden Systeme lassen sich ohne weiteres miteinander kombinieren. So kann Jean Marquès-Rivière in seinem 1985 erschienen Kalachakra-Buch die nordisch-hyperboreische Vision, an der sich alle Nazi-Visionäre orientierten, ungehindert und erneut zur Sprache bringen und das Shambhala-Paradies mit dem Reich der Hyperboreer, »dessen Hauptstadt Thule ist«, vergleichen.[283] Ganz im Sinne von Herman Wirth, Edmund Kiss, Karl Maria Wiligut,

Julius Evola, Savitri Devi, Wilhelm Landig und Miguel Serrano führt der Franzose aus: »Diese Hyperboreer, die ersten ›Väter‹ der aktuellen Menschheit, waren – nach gewissen initiatischen Traditionen – die Herrschaftselite der Atlanter. Der Ruf des Nordens dürfte in der Tat die unterbewusste Erinnerung der Völker an ihren längst vergangenen Ursprung zur Ursache haben.«[284]

Nachdem all diese einschlägigen Begegnungen des XIV. Dalai Lama in der Öffentlichkeit für heftige Kritik gesorgt hatten, werden sie heute von Sprechern der Exiltibeter und westlichen Neobuddhisten als bloße Zufälle abgetan, als unbedeutende Ereignisse angesichts der unendlich großen Zahl von Personen, die der Dalai Lama sonst noch in seinem Leben überall auf der Welt empfangen habe. Das mag statistisch richtig sein, inhaltlich unterscheiden sich diese prekären Treffen jedoch deswegen von anderen Audienzen, weil der tibetische »Gottkönig« und seine Religion von den oben genannten Personen als der »Träger und Reservat eines verborgenen Wissens« angesehen wurde, das sie mehr oder weniger mit ihrer faschistischen oder faschistoiden Weltsicht verknüpfen konnten.[285]

Die notwendige öffentliche Debatte über das Kalachakra-Tantra

Dass eine öffentliche Kulturdebatte über das *Kalachakra-Tantra* und den darin enthaltenen *Shambhala-Mythos* dringend notwendig ist, dürfte aus dem bisher Gesagten schlüssig sein. Sie hätte unter anderem auf die folgenden vier Fragen zu antworten:

Ist das *Kalachakra-Tantra* tatsächlich ein »Ritual für den Weltenfrieden« und für den »Dialog der Kulturen«, wie es der XIV. Dalai Lama im Westen propagiert, oder enthält es einen kriegerischen Religionsentwurf, der den »Kampf der Kulturen« fördert?

Basiert das *Kalachakra-Tantra* und der darin enthaltene *Shambhala-Mythos* auf dem Respekt gegenüber anderen Glaubensrichtungen und gegenüber demokratischen Errungenschaften wie Gewaltenteilung, Menschenrechten und der Gleichheit vor dem Gesetz oder handelt es sich hierbei um die Vision von einer globalen Buddhokratie mit einem buddhistischen Weltenherrscher an der Spitze?

Dienen das *Kalachakra-Tantra* und der *Shambhala-Mythos* zur Abwehr fundamentalistischer Religionsströmungen oder können sie aggressiven Sekten als ideologische Vorlage dienen?

Sind das *Kalachakra-Tantra* und der *Shambhala-Mythos* strukturell, inhaltlich, ideologisch und metaphysisch inkompatibel mit dem religiösen Faschismus oder weisen sie innere Affinitäten mit diesem auf?

Dass eine solche Debatte kein Randthema behandelt, sondern einen zentralen Stellenwert für die Zukunft des Westens und der Welt insgesamt hat, ergibt sich aus dem großen Erfolg, mit dem der XIV. Dalai Lama sein problematisches Ritual unter der Vorgabe eines Beitrags zum Weltfrieden in das abendländische Kulturgefüge mit Hilfe einer enormen Medienunterstützung einpflanzt.

Der tibetische »Gottkönig« ist sicher nicht dafür verantwortlich zu machen, wenn Nazi-Fanatiker und Terroristen ihre »Weisheiten« aus dem tibetischen Buddhismus, dem *Kalachakra-Tantra* und dem *Shambhala-Mythos* beziehen und in ihre rechtsradikale Weltanschauung einbauen, wenn es sich dabei um Missbräuche, Verzerrungen und Fehldeutungen des Rituals handeln sollte. Er hätte jedoch die Frage zu beantworten, weshalb es überhaupt dazu kommen kann, dass seine Religion so ungeheuerlich inspirierend auf rechtsextreme Ideologen wirkt, obgleich der Lamaismus – glaubt man den Worten seines höchsten Repräsentanten – auf Toleranz, Frieden, Menschenwürde und sozialer Gerechtigkeit aufbaut. Ebenfalls hätte er die Frage zu beantworten, weshalb er mit Leuten aus dem rechtsextremen Milieu während seines ganzen Lebens persönliche Kontakte gepflegt hat. Eine Aussage von ihm über Adolf Hitler wirkt eher befremdend als aufklärend: »1959, in Lhasa, schossen Chinesen aus Flugzeugen mit Maschinengewehren auf tibetische Familien«, sagte er 1998 im *Daily Telegraph.* »Systematische Zerstörung im Namen der Freiheit gegen die Tyrannei des Dalai Lama! Was Hitler anbelangt, so war er ehrenvoller. In den Konzentrationslagern machte er klar, dass er die Juden vernichten wollte. Die Chinesen aber nannten uns ihre Brüder. Großer Bruder tyrannisiert kleinen Bruder! Es ist weniger ehrenvoll!«[286]

Voll verantwortlich ist der XIV. Dalai Lama auf jeden Fall für die »tatsächlichen« Inhalte seiner Religion. In einer Gesellschaft, die den Dialog und die öffentliche Debatte zu Werten des menschlichen Zusammenlebens gemacht hat, kann er nur glaubwürdig sein, wenn er die Lehrinhalte und Praktiken des *Kalachakra-Tantra* und die Visionen des *Shambhala-Mythos* offen und ohne Verschleierung zur Diskussion stellt. Erst dann ist es möglich, etwaige »Missbräuche« und »Verzerrungen« durch Nazi-Okkultisten und Terrorsekten zu korrigieren und aus der Welt zu schaffen.

Aber ein solcher öffentlicher Diskurs dürfte dem höchsten Kalachakra-Meister nicht leicht fallen, denn die geheimen Einweihungen dieses tibetischen Rituals gelten als *top secret*. Wer gegen das Geheimnisgebot verstößt und offen über die sexualmagischen Praktiken spricht, dem werden schlimme Dinge passieren – so können wir es in den offiziellen Tantra-Kommentaren nachlesen. Kaum wird auch etwas von denjenigen, die in die höheren Einweihungsstufen initiiert wurden, nach außen dringen, denn der die Riten durchführende Lama legt dem Schüler schon in der Frühphase des Kalachakra-Rituals einen *Vajra* (einen Ritualgegenstand) auf den Kopf und fordert ihn auf, über die Inhalte völliges Stillschweigen zu bewahren: »Er [der Vajra] wird dir den Kopf spalten, falls du über diese Methode mit jemandem sprichst, der dafür nicht qualifiziert ist«, konstatiert der XIV. Dalai Lama persönlich als oberster Ritualmeister.[287] Zudem droht er einem »ungehorsamen« Schüler mit Höllenstrafen: »Was ich dir auftrage, das musst du tun. Du sollst mich nicht gering schätzen, und falls du es tust, wird die Zeit des Todes kommen, ohne dass die Angst von dir weicht, und du wirst in eine Hölle stürzen.«[288]

Die öffentliche Debatte über die Inhalte des *Kalachakra-Tantra*, über den *Shambhala-Mythos* und über die *Nazi-Tibet-Connection* wird deswegen weitgehend die Tat aufgeklärter Kultur-, Religions- und Politikwissenschaftler, kritischer Tibetologen, selbstkritischer Buddhisten, differenzierter Journalisten und verantwortungsvoller Bürger sein. Das Wort »aufgeklärt« ist in diesem Kontext wichtig, denn mittlerweile hat sich um den Lamaismus eine schützende Phalanx ideologisch voreingenommener Orientalisten, Ethnologen, Schriftsteller und Medienleute gruppiert, die sich als eine Art Dharmapalas (»Schützer der Lehre«) verstehen und von denen viele selber Buddhisten sind. Die unparteiische Diskussion über die Inhalte der *Nazi-Tibet-Connection* wird von ihnen als ein »Schattenboxen mit Trugbildern« abgeschmettert. Ihre Position hierzu ist in dem knappen Satz der Ethnologin Ludmilla Tüting zusammengefasst: »Verbindungen zwischen Tibet und den Nazis gehören ins Reich der Phantasie.«[289] Tütings Behauptung ist nicht so ganz falsch, auch wenn sie – wie wir gezeigt haben – nur die Hälfte der Wahrheit ausmacht. Der religiöse Neofaschismus »oszilliert« bewusst zwischen »Phantasie und Wirklichkeit«, zwischen »Symbol und Realität« und dieses Oszillieren teilt er mit dem Lamaismus. Über die formale Affinität zwischen den beiden Systemen möchten wir uns zum Schluss noch einige Gedanken machen.

Die »Unschärferelation« im Lamaismus und Nazi-Okkultismus

In den letzten Jahren erschien eine Anzahl von Büchern, die den »Mythos Tibet« zum Inhalt hatten. Die Autoren (Martin Brauen, Thierry Dodin, Peter Bishop, Ludmilla Tüting) verstehen darunter ein im Westen konstruiertes Tibet-Bild, in das Sehnsüchte, Wünsche, Phantasien, Wunderbilder und Albträume hineinprojiziert werden und das mit dem »realen« Tibet und dem »echten« Lamaismus nichts zu schaffen habe.[290] Zu diesen phantasmatischen Projektionen soll auch die *Nazi-Tibet-Connection* zählen.[291] Obgleich dieser Diskurs sicher interessante Einsichten liefern mag, halten wir eine solche Interpretation des »Tibet-Mythos« für einseitig, ja sogar für eine bewusste Manipulation, denn sie geschieht bei den meisten der angesprochenen Autoren, die weltanschaulich dem tibetischen Buddhismus nahe stehen, in der verdeckten Absicht, den Lamaismus für seine heiklen Religionsinhalte, die er im Westen und der ganzen Welt verbreitet, aus der Verantwortung zu nehmen.[292]

Schon die Voraussetzungen in diesem Diskurs, der ein »reales« und ein »imaginäres« Tibet gegeneinander ausspielt, sind falsch. Tibet ist kein »Land wie jedes andere auch«. Wer in diese Kultur einmal eingetaucht ist und ihre Repräsentanten kennengelernt hat, weiß dies. Das »Phantasmatische« war von Anfang ein Wesenszug des tibetischen Buddhismus, eine Religion, in der die Schnittstellen zwischen Symbol und Wirklichkeit, Aberglaube und Rationalität, Gott und Mensch niemals existiert haben. Man lese nur die »Hagiografie« Guru Rinpoches (Padmasambhava), jenes indischen Yogis, welcher die tantrischen Lehren am Ende des 8. Jahrhunderts n. Chr. in Tibet einführte. Magie wird hier als etwas sehr Reales angesehen. Mit Zauberworten, Bannsprüchen, Beschwörungen und sexualmagischen Riten eroberte Padmasambhava das Schneeland für die Buddha-Lehre. Auch heute noch orientiert sich der XIV. Dalai Lama und mit ihm die tibetische Exilregierung bei allen wichtigen politischen Fragen nach einem Besessenheitsmedium, dem offiziellen Staatsorakel (Nechung), wobei als delikate Nebenerscheinung erwähnt werden muss, dass durch das Nechung-Orakel keineswegs ein friedlicher Buddha spricht, sondern ein ehemaliger mongolischer Kriegsgott (*Pehar*). »Selbst einige Tibeter«, erfahren wir durch den Kirchenfürsten, »die sich als *progressiv* begreifen, stellen meinen fortwährenden Rückgriff auf diese alte Methode der Informationsermittlung in Frage. Ich halte aber aus dem einfachen Grund daran fest, weil ich im Rückblick auf zahlreiche Befragungen feststellen konnte, dass das Orakel noch immer Recht hatte.«[293] 1998 bekannte der Kirchenfürst: »Ich glaube nicht nur an Geister, sondern an verschiedene Arten von Geistern! [...] Zu dieser Kategorie gehört das Staatsorakel Nechung. Wir halten diese Geister für zuverlässig, denn sie haben eine lange Geschichte ohne jede Kontroverse in über 1000 Jahren.«[294]

Im Lamaismus steht einer metaphysischen Dimension nicht die »Realität« gegenüber, es gab auch niemals den Gegensatz zwischen einem »realen« Tibet und einem »spirituellen« Tibet, sondern wir haben es in diesem Fall mit einer zwischen äußersten Extremen oszillierenden Kultur zu tun. Der bekannte und feinspürige slowakische Philosoph Slavo Žižek beschreibt dieses Kulturphänomen mit sehr treffenden Worten: »Die Gesellschaftsordnung [Tibets] wird als ein Modell organischer Harmonie präsentiert *und* als die Tyrannei einer grausamen, korrupten Theokratie, die gewöhnliche Menschen in Unwissenheit hält. Der tibetanische Buddhismus wird zugleich als die spirituellste aller Religionen gepriesen, als der Hort aller Weisheit, und als primitiver Aberglaube, der sich auf Gebetsmühle und ähnlichen Hokuspokus stürzt.« Diese Extreme lassen sich – so Žižek weiter – an dem gigantischen Wahrzeichen von Lhasa, dem Potala, illustrieren: »Der die Stadt dominierende Palast ist eine Art himmlische Residenz auf Erden, die auf magische Weise in der Luft zu schweben scheint, *und* ein Labyrinth schmuddeliger Räume und Korridore, voller Mönche, die sich allen möglichen magischen Ritualen und sexuellen Perversionen hingeben. [...] Dieses Oszillieren zwischen Juwel und Scheiße ist nicht das zwischen der idealisierten ätherischen Phantasie und der rauen Wirklichkeit, sondern ein Oszillieren, bei dem beide Extreme phantasmatisch sind: d. h., der phantasmatische Raum ist eben jener Raum des unmittelbaren Übergangs vom einen Extrem zum anderen.«[295]

Solch ein Vergleich klingt ziemlich barsch und bissig, aber Žižek hat völlig Recht mit seiner Beschreibung, denn es existiert in der lamaistischen Weltsicht überhaupt kein Unterschied zwischen Imagination und Realität, Symbol und Wirklichkeit, Göttern und Dämonen, zwischen »Juwel und Scheiße«. Die Subjekt-Objekt-Trennung wird hier vollständig aufgehoben. Alles ist möglich, alles bleibt unbestimmt, alles ist rätselhaft. Phantasie und Wirklichkeit, Oben und Unten, Innen und Außen, der menschliche Körper und der Sternenhimmel werden miteinander verwoben. Blitzschnell verstehen es im Westen geschulte Lamas, von der einen Bewusstseinsebene auf die andere überzuwechseln. Morgens argumentieren sie als Rationalisten, mittags zelebrieren sie als Magier und abends lassen sie sich als die Emanationen von Göttern anbeten. Deswegen ist die Kommunikation mit ihnen von einer betäubenden »Unschärferelation«, die Westler stark in ihren Bann ziehen kann. Fragen nach der »Wahrheit« kommen hier überhaupt nicht mehr auf, denn »everything goes«, alles ist relativ und doppelbödig. Als ein schönes Beispiel für diese »Unbestimmtheit« kann ein Lieblingswort des XIV. Dalai Lama genannt werden, mit dem er oft auf alle möglichen Fragen an ihn antwortet: »May be! – May be not!« – »Mag sein, dass das Königreich Shambhala wirklich existiert, mag aber auch nicht sein!« Dass unter einem solchen Mantel von Unklarheiten und Unfassbarkeiten, die dazu noch mit frommen Spruchweisheiten kombiniert werden, eine festgelegte religionspolitische Strategie verfolgt wird, ist in der Tat nur schwer zu erkennen.

Ein sehr ähnliches Spiel mit Extremen beherrscht auch die in unserem Buch vorgestellte Literatur des »Nazi-Okkultismus«. Die Schriften von Savitri Devi, Jacques Bergier, Trevor Ravenscroft, Wilhelm Landig und Miguel Serrano, sie alle »oszillieren« zwischen historischen Fakten und Symbolen, zwischen Mythen und politischen Prozessen, zwischen wissenschaftlichen Erkenntnissen und Phantasien, zwischen »innen« und »außen«. Wenn Miguel Serrano von einem »Shambhala in uns« und einem »Shambhala außerhalb von uns« spricht, dann steht er damit völlig in der spirituellen Tradition des XIV. Dalai Lama. »Ich badete in den heiligen Flüssen und suchte die Stadt der Unsterblichkeit [Agarthi/Shambhala] außerhalb meiner selbst«, bekennt der Gründungsvater des esoterischen Hitlerismus, »um schließlich zu verstehen, dass alles Äußere nichts als eine trübe Spiegelung meines eigenen inneren Wesens ist. Der wahren Kailash findet man in sich selbst, wie auch [...] die Stadt Agarthi.«[296] – »Alle Wahrheit ist relativ«, so etwas hört man nicht nur aus dem Munde tibetischer Buddhisten, sondern ebenso aus dem »moderner« Nazi-Okkultisten: »Ich sage auch an keiner Stelle, dass das, was ich hier vortrage, die absolute, komplette Wahrheit sei«, erfahren wir von dem bekanntesten Jungautor des »SS-Mystizismus«, Jan van Helsing. »Ich persönlich glaube, dass die Dinge im Großen und Ganzen ›wahr‹ sind, dass sie geschehen sind oder noch geschehen und zu Tatsachen werden.«[297]

Es stellt sich also nicht nur die Frage, ob die Literatur der »Nazi-Okkultisten« ihre Inhalte aus dem »lamaistischen« Kulturraum bezogen hat, sondern auch, ob sie nicht ebenso in ihrer Denkform »lamaistisch« ist, weil sie ebenfalls die Schranken, die sich die europäische Vernunft gesetzt hat, niederreißt. Magie, Götter und Dämonen, Beschwörungen, Lichtheere und Dunkelmächte beherrschen bei den Nazi-Visionären ebenso wie im Lamaismus die Geschichte. In mancher Hinsicht gilt eine solche Weltsicht schon für das SS-Ahnenerbe, und wenn Louis Pauwels und Jacques Bergier von Heinrich Himmler, Walther Wüst, Friedrich Hielscher und Wolfram Sievers behaupten, sie hätten das »rationale Denken in den Dienst des Irrationalen« gestellt – so liegen sie damit nicht so ganz falsch.[298] Nach den Worten Wilhelm Landigs, des Mannes, der das Erbe der Nazi-Visionäre aus dem SS-Ahnenerbe nach dem Krieg fortsetzte, sind die tibetischen Lamas deswegen so mächtig, weil sie den »Gehorsam vor dem Irrationalismus« üben. Aus diesem Grunde, sagt sein Romanheld, der SS-Kämpfer Gutmann, wird »Tibet unser bester Verbündeter sein«.[299]

Epilog: Die Gefahr einer weltweiten »Kriegerkultur«

Drei Themenbereiche, die in diesem Buch zur Sprache gekommen sind, haben einen hohen Aktualitätswert:

Der weltweite Aufstieg des Rechtsextremismus und des religiösen Rechtsokkultismus
Der unkritische Import von östlichen Religionssystemen und Glaubenslehren in den Westen
Die globale Aktivierung aggressiver Kriegermythen und Kriegerlehren als Inspirationsquelle für den religiösen Fundamentalismus und für eine weltweite Kshatriya-Kultur

Alle drei »kulturellen« Sachverhalte, das haben wir gezeigt, können in einen engen Zusammenhang miteinander treten und zu einer äußerst aggressiven Ideologiebildung führen.

Der weltweite Aufstieg des Rechtsextremismus und des religiösen Rechtsokkultismus

Seit den 1990er-Jahren haben nicht nur die »politischen« Bewegungen des Rechtsextremismus auf der ganzen Welt eine Renaissance erlebt, sondern in derselben Zeit konnte das rechtsradikale »Okkultmilieu« unter dem Zeichen der »Schwarzen Sonne« eine internationale Subkultur aufbauen. Der britische Historiker Nicholas Goodrick-Clarke zeigt in seinem neuesten Buch *Black Sun – Aryan Cults, Esoteric Fascism and the Politics of Identity*, wie effektiv sich Hitler-Kulte, arische Mystiker, rassistische »Kshatriya-Gruppen« (unter Skinheads), Nazi-Satanisten und Nazi-Heavy-Metal-Musikgruppen in Europa ebenso wie in Nord- und Südamerika verbreitet haben – sie alle haben sich von den in diesem Buch vorgestellten NS-Visionären und ihren Erben inspirieren lassen. Hinzu kommt – unabhängig von diesem Milieu – ein eminent großes Leserpublikum, welches an Themen der »Nazi-Mysterien« interessiert ist und so dazu beigetragen hat, dass die entsprechende Literatur zu einem »Dauerrenner« wurde. Weil das »Nazi-Okkultmilieu« von seinen Inhalten her »phantasmatisch« ist, kann sein Einfluss auf die »realpolitische« Seite des Rechtsextremismus nur indirekt sein. Aber das macht es nicht weniger gefährlich:

Ein sehr ähnliches »Phantasma« lieferte am Anfang des 20. Jahrhunderts auch bei der Ideologiebildung des historischen Nationalsozialismus den geistigen Nährboden. »Solche Menschen«, so Goodrick-Clarke über die ariosophischen Sektenführer, Okkultisten und Schwärmer, von denen sich Nazi-Größen bis hinauf zu Hitler und Himmler vor der Machtübernahme beeinflussen ließen, »besaßen oft die Vorstellungskraft und Fähigkeit, eine Traumwelt zu beschreiben, die den Gefühlen und Handlungen der realitätsnäher eingestellten Männer, die sich in Positionen der Macht und Verantwortung befanden, zugrunde lag. Tatsächlich haben ihre abstrusen Ideen und seltsamen Kulte die politischen Doktrinen und Institutionen des Dritten Reiches vorweggenommen.«[1] Umgekehrt findet der weltweit feststellbare Aufstieg des realpolitischen Rechtsextremismus in den subkulturellen Milieus der »Nazi-Okkultisten« eine ideologisch stark motivierte Anhängerschaft, die sich in ihrem »Glauben« gerade durch die offensichtlichen Erfolge der rechtsextremen Parteien bestätigt fühlt und darin die unaufhaltsame Entstehung eines »Vierten Reiches« sieht.

Die phantasmatische Mischung aus »Dichtung und Wahrheit« in der Nazi-Okkultliteratur der Nachkriegszeit ist keinesfalls eine Schwachstelle im Prozess der Mythenbildung, sondern umgekehrt, sie führt erst zu deren vollen Entfaltung: Das Mysteriöse, das Geheimnisvolle, das Schreckliche, das Irrationale, das Verborgene und das Religiöse erweisen sich als äußerst fruchtbarer Humus für einen neuen »Hitler-Kult«. Dennoch kann das Phänomen »Hitler« erst dann zu einem »Mythos« im eigentlichen Sinne werden, wenn es in der »Transzendenz«, jenseits der Geschichte, verankert ist, d. h. wenn es eine archetypische Qualität erlangt hat; um es direkt auszusprechen, wenn Hitler zur Inkarnation eines »Gottes« oder eines »Dämons« erklärt wird oder wenn er als Held »vergöttlicht« wird. Die »Apotheose« des deutschen Diktators irgendwie zu bewerkstelligen, dem galt und gilt die Anstrengung der NS-Mythenmacher, angefangen vom SS-Ahnenerbe bis hin zum »esoterischen Hitlerismus«.

Bei der Entwicklung und Verankerung einer internationalen, faschistischen »Kshatriya-Philosophie« spielen die Ideen Julius Evolas und seiner Schüler eine Königsrolle. Der italienische Faschist lehnt zwar eine Mythisierung Hitlers strikt ab, betont aber wie kein anderer die machtpolitische und metaphysische Bedeutung einer »sakralen Kriegerkaste« als gesellschaftspolitisches Zukunftsmodell. Seine Philosophie ist weitgehend vom »Phantasma« des eigentlichen Nazi-Okkultismus befreit und erlaubt es deswegen, als weltanschauliches Fundament einer viel breiteren, internationalen »Neuen Rechten« zu dienen. Obgleich Evola selbst ein Okkultist und ein Ritualist war, hat sein Ideengebäude eine in den östlichen Religionen verankerte metaphysische Klarheit und professionelle Stringenz. Es ist gerade dieses geisteswissenschaftliche Niveau, das es erlaubt, die »Krieger-Philosophie« des »höchstgeachteten faschistischen Gurus« (Umberto Eco) an staatlichen Universitäten, in rechtsextremen Akademien und in hochkarätigen Intellektuellenkreisen der Neuen Rechten zu diskutieren und zu befürworten.

Der unkritische Import von östlichen Religionssystemen in den Westen

Für ein System wie den religiösen Faschismus, das sich dogmatisch aus »urarischen« Wurzeln abzuleiten versucht, musste der »Hitler-Mythos« folgerichtig mit »urarischen« Mythen aus »grauer Vorzeit«, was immer man darunter verstand, verknüpft werden. Dazu zählten für die Nazi-Visionäre und ihre Erben neben der *Edda* und dem Grals-Zyklus der Vishnu/Kalki-Mythos, der Krishna-Mythos und der Shambhala-Mythos. Es sind vor allem indische Texte (die *Bhagavadgita*, der *Vishnu Purana* und die *Shambhala-Vision* des *Kalachakra-Tantra*), die das hochexplosive philosophische und visionäre Material von aggressiven, morbiden und menschenverachtenden Kriegs- und Zerstörungsmustern beinhalten und die es entsprechend motivierten, rechtsextremen Schriftstellern leicht machen, den »Hitler-Mythos« aus dieser Bilder- und Ideenwelt heraus abzuleiten.[2]

Alte Mythen können, das zeigt die Geschichte, immer aufs Neue aktiviert werden, um dann als Instrumente der Machtpolitik zu dienen. Das entbindet sie letzten Endes von konkreten Personen oder von rassistischen Fixierungen. Der »historische« Hitler gilt unter dem Aspekt der auf ihn von den Nazi-Visionären und ihren Erben angewandten östlichen Ursprungsmythen (*Vishnu/Kalki/Krishna*) nur als der »Erscheinungskörper« oder, wie es das *Kalachakra-Tantra* ausdrücken würde, als das »Gefäß« einer dahinter stehenden »Gottheit«. Deswegen bilden die mit den asiatischen Religionen in den Westen importierten Kriegermythen – ganz unabhängig davon, ob sie innere Affinitäten zum »religiösen Faschismus« im eigentlichen Sinne aufweisen – an sich schon ein kulturelles Problemfeld. Denn sie aktivieren Bilder und legitimieren gesellschaftliche Ordnungssysteme, die mit den humanistischen, demokratischen und freiheitlichen Idealen des Westens nicht ohne weiteres kompatibel sind. Eine besonders hohe Aufmerksamkeit sollte in diesem Zusammenhang dem *Shambhala-Mythos* des *Kalachakra-Tantra* zukommen:

weil sich dieser Mythos von einem »heiligen Shambhala-Reich« und einem »heiligen Shambhala-Krieg« schon weltweit verbreitet hat;
weil in diesem Mythos die kriegerische Auseinandersetzung mit dem Islam im Zentrum steht und dadurch ein möglicher Kulturkampf zwischen der islamischen und der westlichen Welt forciert wird;
weil der kriegerische *Shambhala-Mythos* des *Kalachakra-Tantra* durch die expansive Ritualpolitik des XIV. Dalai Lama als vorgebliche Friedensaktivität das Vertrauen friedfertig und ökumenisch eingestellter Menschen missbraucht; und
weil der *Shambhala-Mythos* eine hohe Akzeptanz in Kreisen des religiösen Faschismus genießt.

Die globale Aktivierung aggressiver Kriegermythen und Kriegerlehren

Der israelische Militärhistoriker Martin van Creveld schrieb 1991 in seinem Buch *Die Zukunft des Krieges*: »Die Konventionen für die Kriegsführung werden sich ganz offenkundig noch auf andere Weise verändern, weil die Religion als Grund für einen bewaffneten Konflikt wieder an Attraktivität gewinnt. Sollte die hohe Militanz einer Religion anhalten, dann werden die anderen höchstwahrscheinlich gezwungen sein nachzufolgen. Die Menschen werden dazu getrieben, ihre Ideale, ihre Lebensweise und ihre nackte Existenz zu verteidigen, und das werden sie unter dem Banner einer großen und mächtigen Idee tun können.«[3]

Tatsächlich hat sich in den letzten zehn Jahren die Weltlage rasant in diese Richtung hin entwickelt. Alles begann mit der Radikalisierung islamistischer Gruppen. Die von ihnen propagierte und durchgeführte Idee des *Djihad* (heiliger Krieg) machte die »Sakralisierung des Krieges und des Kriegers« zu einem hochbrisanten Thema, mit dem sich die gesamte westliche Intelligenzija und Politik auseinander setzen musste und muss. Durch den mit dem Blut der islamischen »Märtyrer« besiegelten Begriff des »Gotteskriegers« wurde der Keim gesetzt, der nach van Creveld die Gefahr in sich birgt, dass es zu einer christlich-fundamentalistischen Gegenreaktion kommt: »Folglich kann das gegenwärtige Wiederaufleben von Mohammed ein Wiederaufleben des Gottes der Christen nach sich ziehen; das wird dann kein Gott der Liebe sein, sondern ein Gott der Schlachten«, so der israelische Militärexperte.[4]

Ebenso wie der Buddhismus und Hinduismus, so haben alle drei monotheistischen Religionen ihre Friedens- und Liebesbotschaften: »Schalom« – »Pax« – »as-Salam 'alaykum« – »Der Friede sei mit Euch«. Ob jedoch mit diesem Gruß auch Andersgläubige gemeint sind, ist für einige Anhänger der jeweiligen Glaubensrichtung nicht immer selbstverständlich.[5] Auch haben alle drei abrahamitischen Religionen – ebenso wie der Buddhismus und Hinduismus – ihre »Schwertverse«, die es den »Extremisten« unter ihnen jahrhundertelang erlaubt hat und noch immer erlaubt, »Kshatriya-Philosophien«, »Kshatriya-Leitbilder« und »Kshatriya-Organisationen« zu entwickeln. Immer wieder sind es die »heiligen Texte« und die »uralten Mythen«, aus denen die »Gotteskrieger« ihre Handlungen legitimieren:

Im »heiligen Buch« des Islam, dem *Koran*, und in den *Hadiths*[6] lassen sich eine beachtliche Anzahl von Zitaten finden, die unmissverständlich zum »heiligen Krieg« gegen die Ungläubigen aufrufen. Auch wenn der Islam als eine friedfertige Religion begonnen hat, so änderte sich das nach der *Hidjra*, der Auswanderung des Propheten nach Medina im Jahre 622 n. Chr. Mohammed nahm jetzt gegen seine Feinde, die ihn verfolgt, ihn seit Jahren gedemütigt und ihm den Zugang in die heilige Stadt Mekka verwehrt hatten, eine aggressive Haltung ein. Der erste militante Vers aus dieser Zeit findet sich in der 22. Sure des *Korans*: »Den Gläubigen wurde erlaubt, die Ungläubigen, welche sie ungerechterweise verfolgen, zu bekämpfen, und Allah ist wahrlich mächtig genug, ihnen beizustehen«, heißt es dort[7] (Sure 22:40). Von nun an werden immer mehr kriegerische »Offenbarungen Allahs« in den *Koran* aufgenommen. Diese steigern sich dann bis zu der martialischen Auforderung, den totalen Krieg gegen alle Ungläubigen zu entfesseln, in dem berüchtigten »Schwertvers« aus der neunten Sure: »Sind aber die heiligen Monate, in welchen jeder Kampf verboten ist, verflossen, dann tötet die Götzendiener, wo ihr sie auch finden möget; oder nehmt sie gefangen und belagert sie und lauert ihnen auf allen Wegen auf.« (Sure 9:5) Die Geschichte des Islams ist derart häufig von religiös begründeten Eroberungskriegen geprägt, dass man den Eindruck hat, in dieser Glaubensrichtung würden Religion und Krieg zu einer Einheit verschmelzen. In der ganzen Welt gibt es heute wieder zahlreiche islamistische Gruppierungen, für die der *Djihad* zur ersten aller religiösen Pflichten geworden ist. Da mehrere davon mit exzessiver Gewalt den gesamten Westen angreifen, führen – zumindest seit den Ereignissen vom 11. September 2001 – einige glaubwürdige Kulturologen und Journalisten eine offene Debatte über die problematischen Textinhalte in den islamischen Schriften.[8]

Wenn wir von bestimmten, prägnanten Textstellen des *Neuen Testaments* ausgehen, dann müsste das Christentum eigentlich als die friedlichste aller monotheistischen Religionen angesehen werden. Die *Bergpredigt* und die Aufforderung »Liebe deinen Nächsten wie dich selbst!« beinhalten bemerkenswerte humanistische Wertvorstellungen. Aber bedauerlicherweise ist auch in den »heiligen Büchern« der Christen jener verhängnisvolle »Schwertspruch« zu finden, der Ritterorden, brutalen Kreuzzüglern, Konquistadoren, Inquisitoren, Katholiken wie Protestanten als »Kshatriya-Philosophie« gedient hat: »Glaubet nicht, ich sei gekommen, Frieden auf die Erde zu bringen. Ich bin nicht gekommen, Frieden zu bringen, sondern das Schwert«, verkündet Christus seinen Anhängern (Matthäus 10, 34). Katastrophale Folgen in der Glaubensgeschichte des Christentums hatte auch die *Offenbarung des Johannes*, in deren Namen zahlreiche Religionskriege des Abendlandes bis hin zu den jüngsten Balkanmassakern geführt wurden. Das apokalyptische Szenario vom »Kampf des Guten gegen das Böse«, vom gewaltsamen »Untergang der alten verkommenen Welt«, von der »Vernichtung der Andersgläubigen« und der anschließenden Wiederauferstehung in einem »Tausendjährigen Reich« forderte Hekatomben von Toten im »Namen Gottes«. Auch in der *Johannes-Offenbarung* ist jener verhängnisvolle »Schwertvers« zu lesen: »Aus seinem Mund kam ein scharfes Schwert; mit ihm wird er die Völker schlagen«, heißt es dort von dem Reiter auf dem weißen Pferd, dessen Name das *Wort Gottes* ist. »Und er herrscht über sie mit eisernem Szepter und er tritt dic Kelter des Weines, des rächenden Zornes Gottes, des Herrschers über die ganze Schöpfung.« (Ap. 19, 15)

Wenn der zutiefst an christlichen Wertvorstellungen orientierte amerikanische Präsident George W. Bush seine aktuelle Antiterrorpolitik zu einem »Krieg der Guten gegen die Achse des Bösen« erklärt, dann gerät er verbal in gefährliche apokalyptische Fahrwasser, ganz besonders durch die Verwendung des Wortes »Kreuzzug«. Dennoch ist heute von den drei monotheistischen Religionen das Christentum am sichtbarsten bereit, mit Kritik umzugehen und sich einer öffentlichen Debatte über seine Religionsinhalte und über seine Geschichte zu stellen. In diesem Sinne sind die Entschuldigungen Papst Johannes Pauls II. für Formen des katholischen

Fanatismus in der Vergangenheit menschlich und theologisch gesehen ein bemerkenswerter und würdevoller Akt, bei allen Vorbehalten, die man diesem Kirchenfürst gegenüber haben mag.

Auch der jüdische Fundamentalismus beruft sich auf ein »heiliges Buch«, das *Alte Testament*. Yahwe ist fürwahr kein mildtätiger Gott. »Auge um Auge, Zahn um Zahn« lautet der wohl berühmteste Racheспruch der Welt aus dem *Buch Exodus* (2. Moses 21, 24), der heute wesentlich die israelische Nahost-Politik unter Ariel Sharon mitbestimmt. Im *Buch Josua* steht geschrieben, wie Yahwe seinen »Schwertboten« sendet. Als sich Josua in der Nähe von Jericho aufhielt, »sah er plötzlich einen Mann mit einem gezückten Schwert vor sich stehen«. Auf seine Frage, wer er sei, antwortete der Fremde: »Ich bin der Anführer des Heeres des Herrn.« (Josua 5, 14) Zwar werden die Mauern Jerichos nicht durch Waffengewalt, sondern durch lautes »Kriegsgeschrei« und mit Hilfe der Bundeslade zum Einsturz gebracht. Aber danach beginnt ein abstoßendes Gemetzel: »Mit scharfem Schwert weihten sie [die Israeliten] alles, was in der Stadt war, dem Untergang, Männer und Frauen, Kinder und Greise, Rinder, Schafe und Esel.« (Josua 6, 21) Auch bei der anschließenden Eroberung der Stadt Ai ließ Josua »seine Hand mit dem Sichelschwert nicht sinken, bis er alle Einwohner von Ai dem Untergang geweiht hatte« – »Es gab an jenem Tag insgesamt zwölftausend Gefallene, Männer und Frauen, alle Einwohner von Ai.« (Josua 8, 26/25) Zeloten, Makkabäer, Konvertiten – die aus den anderen Religionen bekannten Kriegszenarien von rivalisierenden religiösen Gruppen, »Gotteskriegern« und Suizid-Märtyrern (*Masada*) entdeckt man ebenfalls in der Historie Israels. »Schon seit den Königen David und Salomon strotzt die Geschichte der Israeliten von Krieg, Mord und Totschlag«, lesen wir am Ende des Jahres 2001 in einem Leitartikel des Nachrichtenmagazins *Der Spiegel* mit dem Titel »Der religiöse Wahn – Die Rückkehr des Mittelalters«.

Der Terror jüdischer Fundamentalisten erreichte seinen vorläufigen Höhepunkt im Mord an Yitzhak Rabin durch den Fanatiker Jigal Amin, der vorgab, in Namen Jahwes als Scharfrichter über den zum Friedensdialog bereiten Exgeneral zu handeln. Militante Gruppen wie *Gusch Emunim* (»Block der Getreuen«) und *Machteret* (»Untergrund«) orientieren sich an einer aus dem *Alten Testament* abgeleiteten Kriegerphilosophie »mit Gewehr und Thora« in der Hand.[9] Das Ziel dieser israelischen Fundamentalisten ist die Rückeroberung des gesamten »Heiligen Landes«, die Restauration des alten jüdischen Tempels auf dem Moira-Berg in Jerusalem und (in manchen Gruppen) die Errichtung eines theokratischen Großisraels (*Erez Israel*) – womöglich vom Mittelmeer bis zum Euphrat und Tigris.[10] Dieser Eroberungsprozess soll das »Kommen des Messias« auslösen. Es ist eine Tatsache, dass solche religiös-fundamentalistischen Vorstellungen heute schon in der »Realpolitik« des Landes Einfluss gewonnen haben. Eingedenk der grauenhaften Vernichtungsstrategien der Nazis gegen das gesamte jüdische Volk stößt eine öffentliche und freimütige Debatte über die problematischen Religionsinhalte des Judentums hierzulande bedauerlicher-, aber verständlicherweise auf größte Zurückhaltung.

Fundamentalisten aus allen drei monotheistischen Religionen beschwören die

»Rache Gottes« und träumen von einem Staatswesen, in dem ihr jeweiliger Gott das absolute Sagen hat.[11] Das ist weitgehend bekannt. Dagegen hat sich der »liberale« Westen im Falle der östlichen Lehren, speziell des Buddhismus, der Illusion hingegeben, es handele sich hierbei um die friedlichste und menschenfreundlichste aller Weltreligionen. Selbst Atheisten und Agnostiker pflegen heute – bar jeglicher Geschichtskenntnis – die Buddha-Lehre als »sanfte Religion« den »aggressiven« monotheistischen Glaubensrichtungen gegenüberzustellen. So kann sich der Buddhismus im Schatten der drei abrahamitischen Bekenntnisse, die – zumindest aus der Sicht der Fundamentalisten und einiger laizistischer Kulturologen wie Samuel P. Huntington – in gegenseitige Kriege verwickelt sind, voll entfalten. Weitgehend unbehelligt bietet er sich unter hochgehaltener »Friedensflagge« als die bessere Alternative an.

Aber der Buddhismus war und ist keineswegs nur eine »sanfte Religion«. Auch *Der Spiegel*, der ihm noch 1998 euphorisch »zweieinhalbtausend Jahre Friedfertigkeit« zugestand,[12] hat jetzt seine Meinung geändert. Weit zurückhaltender heißt es in dem Politmagazin nach den Ereignissen vom 11. September 2001 und angesichts des Kaschmir-Konflikts: »Solcher [religiöser] Wahn, der sich meist in Gewalt gegen Andersdenkende austobt, grassiert selbst in so ›sanften‹ Religionen wie dem Hinduismus und dem Buddhismus.«[13]

Wenn der Buddhismus nach dem Zweiten Weltkrieg (im Gegensatz zum Hinduismus) kaum als »Kriegerreligion« in Erscheinung getreten ist, so beinhaltet er doch zusammen mit der *Bhagavadgita* die klarsten, konsequentesten und »coolsten« ideologischen und praktischen Lehrsätze für eine postmoderne »Kshatriya-Philosophie«. Die aus den monotheistischen Religionen abgeleiteten »Krieger-Ideologien« sind allesamt »gefühlsbetont« und zielen auf eine militante »Heroisierung der Seele«. Dagegen kann aus dem Buddhismus ein martialischer Existenzstil abgeleitet werden, der sich besonders gut mit der »emotionslosen« Welt des Faschismus kombinieren lässt. Ebenso bedrohlich ist auch seine mögliche Synthetisierung und Wahlverwandtschaft mit dem »seelenlosen« Universum von High-Tech-Systemen und Intelligenzmaschinen. Die buddhistische Auflösung des Ichs, die Leugnung einer Seele, die absolute Gefühlskontrolle, die zynischen Konsequenzen aus der Karmalehre, der Erleuchtungsweg jenseits von Gut und Böse, Vorstellungen von absoluter Macht und das Übermenschentum (*Maha Siddha*) aus dem tantrischen Buddhismus und dazu noch das magische Weltbild des Lamaismus – all das könnte attraktive Dogmen für eine weltweite »Kshatriya-Kultur« liefern. Ein ganzes Paket von sakralen Techniken ließe sich aus bestimmten Lehrinhalten der östlichen Religionen ableiten, um einen gewöhnlichen Soldaten in eine »heilige Tötungsmaschine« zu verwandeln. Das ist auch der eigentliche Grund dafür, weshalb sich das SS-Ahnenerbe, der »SS-Mystizismus« und Julius Evola so nahe an buddhistische Vorstellungen anzulehnen versuchten.

Doch der »Kriegsbuddhismus« liefert nicht nur martialische Verhaltenscodices wie im *Hagakure*, dem Katechismus der Samurai-Krieger, sondern ebenso seine eigenen Welteroberungsvisionen wie im *Shambhala-Mythos* des *Kalachakra-Tantra*.

Das Schlachtenbild der Shambhala-Prophezeiung reduziert den kommenden religiösen Weltenkrieg auf zwei Hauptgegner: Buddhisten und Moslems, den Shambhala-Krieger und den Mujaheddin. Danach stehen sich in ca. 300 Jahren das »Schwert Allahs« und das »Schwert Buddhas« gegenüber, während das Christen- und Judentum als Glaubensbekenntnisse verschwunden sind. Solche Imaginationen sind angesichts der gegenwärtigen Weltenlage ein äußerst gefährliches, dualistisches Zukunftsszenario, welches hier im Westen durch die ständigen Aufführungen des Kalachakra-Rituals ideologisch und »magisch« verankert wird.

Gehört die Zukunft der westlichen Welt den buddhistischen Shambhala-Kriegern? Jedenfalls lässt sich so eine Spekulation aus dem Science-Fiction-Film *Krieg der Sterne* rückschließen. Die in diesem Kassenschlager auftretenden Protagonisten sind allesamt Repräsentanten sakraler Kriegerclans. Es dürfte jedoch nur wenigen Besuchern und Besucherinnen aufgefallen sein, dass die in einer Filmszene benutzte Sakralsprache »Tibetisch« ist – ein weiteres Indiz dafür, wie tief sich der kriegerische *Shambhala-Mythos* schon Zugang in die Populärkultur des Westens verschafft hat.[14]

Die Abenteuer des in den östlichen Kriegskünsten geschulten »Kämpfers« dürfte neben dem »Liebesfilm« eines der häufigsten Genres der amerikanischen Filmindustrie sein und hat den »Western« weit hinter sich gelassen. Auch wenn diese Filmhelden meist als Verteidiger von Freiheit, Recht und Menschlichkeit auftreten, verherrlichen sie dennoch eine auf der totalen Gefühlskontrolle basierende Tötungskunst und gehen in fast allen Fällen davon aus, dass Konflikte nur durch Gewalt gelöst werden können. In Fernsehserien wie *Nikita* und *Mortal Combat* und in Erfolgsfilmen wie *Die Matrix* oder *Ghost Dog* wird die Gefühlskälte des Samurai und die innere Unbeteiligtheit des Shaolin-Kämpfers zu einem faszinierenden, eiskalten Stilmittel. Es ist leicht festzustellen, dass sich die populäre »Kriegertypologie« des Westens zunehmend an asiatischen Vorbildern orientiert, in denen Meditation und die Disziplin des Geistes ebenso viel zählen wie der Umgang mit der Waffe. So ist in Hollywood die imaginäre Bühne für den im *Kalachakra-Tantra* vorausgesagten Shambhala-Krieg schon vorbereitet: Nicht christliche »Kreuzzügler« oder jüdische »Makkabäer« bekämpfen auf der amerikanischen Filmbühne islamistische Terroristen, sondern in den asiatischen Kampfkünsten geschulte Geheimdienstagenten und *Special Troops* jagen fanatisierte muslimische Gotteskrieger und Suizid-Attentäter. Wenn es in der Zukunft des Westens zu einer »Kshatriya-Kultur« kommen sollte, dann wird sich diese nach östlichen Vorbildern und nach traditionellen asiatischen Texten wie dem *Hagakure*, der *Bhagavadgita* und dem *Shambhala-Mythos* richten.

In Anbetracht der »Kshatriya-Schriften« und »Kshatriya-Mythen« aus dem Osten erinnert man sich an einige Sätze Heinrich Heines, in denen er die gesellschaftlichen und politischen Explosionen voraussah, die hundert Jahre später im Dritten Reich Europa und die Welt verändern sollten. Eingedenk der deutschen Romantik und des deutschen Idealismus »erträumte« er damals, dass sich bestimmte deutsche Gedanken Zugang zur geschichtlichen Wirklichkeit verschaffen werden: »Lächelt nicht über meinen Rat, den Rat eines Träumers, der euch vor Kantianern, Fichteanern und Naturphilosophen warnt«, so Heine um das Jahr 1830. »Lächelt nicht über den Phantasten, der im Reiche der Erscheinungen dieselbe Revolution erwartet, die im Gebiete des Geistes stattgefunden. Der Gedanke geht der Tat voraus wie der Blitz dem Donner. Der deutsche Donner ist freilich auch ein Deutscher und ist nicht sehr gelenkig, und kommt etwas langsam herbeigerollt; aber kommen wird er, und wenn ihr es einst krachen hört, wie es noch niemals in der Weltgeschichte gekracht hat, so wisst: der deutsche Donner hat endlich sein Ziel erreicht … Es wird ein Stück aufgeführt werden, wogegen die Französische Revolution nur als eine harmlose Idylle erscheinen möchte.«

Der deutsch-jüdische Dichter war der Ansicht, dass auf dem Gebiet der Gedanken, der Kunst und der Phantasie zuerst die »Schlachten« geschlagen werden, die sich dann später in der realen Welt als machtpolitische Kämpfe zeigen. Damit sich Heines Zukunftsvision im 21. Jahrhundert nicht noch einmal bewahrheitet, wo dann der »östliche« Donner, der langsam herbeigerollt kommt, zusammen mit dem Donner des internationalen Rechtsextremismus noch lauter kracht als der »deutsche« Donner im 20. Jahrhundert – damit das nicht passiert, ist eine offene und fundierte Kulturdebatte innerhalb und außerhalb der verschiedenen Religionen und Glaubensrichtungen, insbesondere aber eine freimütige und differenzierende Diskussion über die importierten asiatischen Religionsinhalte ein Gebot der Stunde.

Anhang

Die religionspolitische Debatte über den Nationalsozialismus

Versuche, den Nationalsozialismus bzw. den Faschismus insgesamt als eine »politische Religion« darzustellen, stießen bis in 1980er-Jahre hinein bei einem Großteil der Historiker und Kulturforscher auf Ablehnung. Das ist erstaunlich, denn schon während der NS-Zeit erschienen mehrere Schriften und Äußerungen, welche die religiöse Seite des Nazi-Regimes bereits hervorhoben. Thomas Mann zum Beispiel notierte 1933 in sein Tagebuch über Hitler: »Dieser vergötzte Popanz, der Millionen eine Religion bedeutet.«[1] Eric Voegelins Standardwerk *Die politischen Religionen*, womit er den Faschismus und den Kommunismus gleichermaßen ansprach, wurde 1938 zum ersten Mal aufgelegt. Einer der spektakulärsten Beiträge zum Thema »Nationalsozialismus als Religionsgründung« war zweifelsohne der Bestseller *Gespräche mit Hitler* von Hermann Rauschning (dt. 1940). Obgleich die Quellenlage dieses Buches mit Recht bestritten ist, liefert es tiefe Einsichten in die religiösen Spekulationen, die bis zu Beginn des Zweiten Weltkrieges in einschlägigen Nazi-Kreisen betrieben wurden. Der französische Soziologe Raymond Aron schrieb im Jahre 1944 im Hinblick auf den Nationalsozialismus: »Ich schlage vor, jene Doktrinen, die in den Herzen unserer Zeitgenossen den Platz des abhanden gekommenen Glaubens annehmen und die das Heil der Menschheit in der Gestalt einer neu zu schaffenden, sozialen Ordnung im Diesseits und in einer fernen Zukunft sehen, ›säkulare Religion‹ zu nennen.«[2]

Nach dem Kriege sprach Albert Camus in seinem Essay *L'homme révolté* von einer »nationalsozialistischen Mystik«, die eine »Vergöttlichung des Irrationalen« betreibe. Der französische Kulturologe Denis de Rougemont (in: *Der Anteil des Teufels* – dt. 1948) und der italienische Philosoph Romano Guardini (in: *Der Heilbringer in Mythos, Offenbarung und Politik* – dt. 1946) behandelten das Thema aus theologischer Sicht. Der Österreicher Friedrich Heer war davon überzeugt, im Nationalsozialismus eine verzerrte Imitation der Katholischen Kirche vor sich zu haben (*Der Glaube des Adolf Hitler – Anatomie einer politischen Religiosität*). Immer wieder wurden Arbeiten publiziert, welche die Nazi-Ideologie zum »Religionsersatz« erklärten – aber erst in den 1980er-Jahren begann sich die Debatte über die »politischen Religionen« zunehmend durchzusetzen.[3] Heute ist die Religionspolitologie zu einem anerkannten Wissenschaftszweig geworden. Ein klassischer Historiker wie der Brite Michael Burleigh steht dem Begriff offen und positiv gegenüber: »Politische Bewegungen, die man als Pseudo- oder Ersatzreligionen mit ihren je eigenen, zusammengestoppelten Liturgien, Ersatztheologien, Lastern und Tugenden definieren kann, haben eine Geschichte, die es wert ist, rekapituliert zu werden.«[4] Da wir unsere Studie als einen Beitrag zu der besagten Debatte sehen, wollen wir einige allgemeine Überlegungen über die Kriterien politischer Religionen erörtern.

Immanenz und Transzendenz als Kriterien nationalsozialistischer »Religionspolitik«

Eric Voegelin, der 1938 den Begriff der »politischen Religionen« prägte, sah in ihnen den sakralisierten, christlichen Glauben an Gott ersetzt durch den Glauben an ein *Realissimum*, sei dies nun der Staat, die Volksgemeinschaft, die Rasse oder die Klasse: »Wenn Gott hinter der Welt unsichtbar geworden ist, dann werden die Inhalte der Welt zu neuen Göttern; wenn die Symbole der überweltlichen Religiosität verbannt werden, treten neue, aus der innerweltlichen Wissenschaftssprache entwickelte Symbole an ihre Stelle.«[5] Angesichts dieser überpersönlichen *Realissima* habe der Mensch als Person keine Existenzberechtigung mehr. »Der Kontakt von Mensch zu Mensch ist unterbrochen, unmenschliche Geistgebilde stehen einander gegenüber und der Mensch ist gewandelt zu einem Maschinenmitglied, mechanisch im Getriebe mitspielend, abstrakt nach außen kämpfend und tötend. […] Die Existenz des Menschen verliert in seinem Erlebnis an Realität, der Staat zieht sie an sich …«[6]

Voegelin unterscheidet zwei Formen des Glaubens: »Überweltliche Religionen«, welche den Seinsgrund in der Transzendenz suchen, und »innerweltliche Religionen«, bei denen das Sein von der Göttlichkeit durchdrungen ist. Letzteres führt zu einer Sakralisierung der Wirklichkeit und auch des Staates. In den »transzendenten« Religionen wird die Kirche (*Ekklesia*) zwar vom Sakralen durchströmt, ist aber selber nicht das »Allerheiligste«. In den politischen, »immanenten Religionen« dagegen ist der Staat zum *summum sanctum* (höchsten Heiligtum) geworden.[7]

Ein Kriterium für eine immanente Religion ist die strikte Hierarchie, die von einer göttlichen Spitze ausstrahlt und über die Staatsämter zu den gehorchenden Untertanen reicht. In Thomas Hobbes Bild vom alles verschlingenden »Leviathan« findet – so Voegelin – diese »Vergottung« des Staates und seines sichtbaren Repräsentanten, des absoluten Herrschers, ihren allegorischen Ausdruck. Als weitere Charakteristika werden genannt: die Apokalypse, verstanden als die »Offenbarung des Reiches«, und die »heiligen Könige als Gottesmittler und Persönlichkeitsträger der Gemeinschaft«.[8] Alle diese Eigenschaften charakterisieren die drei großen totalitären Massenbewegungen des 20. Jahrhunderts mit ihren Diktatoren an der Spitze: den Nationalsozialismus mit Adolf Hitler, den Faschismus mit Benito Mussolini und den Kommunismus mit Josef Stalin.

Die politischen Religionen entwickeln einen funktionalen Wahrheitsbegriff: Erkenntnis und Kunst sind für das NS-Regime »wahr«, wenn sie im Dienste des rassegebundenen Volkstums stehen. »Von da«, schreibt Alfred Rosenberg im *Der Mythos des 20. Jahrhunderts*, »kommen sie her, da gehen sie wieder hin. Und ihr entscheidendes Kriterium finden sie alle daran, ob sie Gestalt und inneren Wert dieses Rassenvolkstums steigern, es wertmäßiger ausbilden, es kräftiger gestalten oder nicht.«[9] Führer, Volkswille und Gottheit verbinden sich zu einem Ganzen: »Der Führer formt die Gottesworte um zum Befehl an die engere Gefolgschaft und an das Volk.«[10] Hitler wird als ein wandelnder »Gottkönig« auf Erden verehrt. »In der innerweltlichen Symbolik sind Führer und Volk durchdrungen von derselben sakralen Substanz, die im einen wie im anderen lebt; der Gott steht nicht außerhalb, sondern lebt in den Menschen selbst.«[11] Bemerkenswert ist, dass Voegelin den »Mythos des Dritten Reichs«, den Millionen von Menschen als »Offenbarung« erlebten, als eine bewusste Konstruktion von Seiten führender Nazi-Ideologen ansieht, um die »Massen affektuell zu binden und in politisch wirksame Zustände der Heilserwartung zu versetzen«.[12]

Aus der Voegelin-Schule sind mehrere Gelehrte hervorgegangen (unter den Deutschen: Klaus Vondung, Hans Maier, Julius H. Schoeps, Michael Ley, Peter Berghoff und Claus Ekkehard Bärsch). Alle diese Autoren – schreibt der britische Historiker Michael Burleigh – weisen »einige Gemeinsamkeiten auf: Sie vertraten nicht die These, dass Faschismus, Nationalsozialismus oder Kommunismus regelrechte Gegenentwürfe zu den bestehenden Religionen gewesen seien – dazu fehlte es ihnen [den politischen Religionen] im Vergleich zu Buddhismus, Christentum, Islam oder Judentum an Tiefe und an der primären Ausrichtung auf Transzendentes.«[13]

Bei einer Lektüre von Schriften der Genannten muss man jedoch den Eindruck gewinnen, dass sie diese klare Trennung nicht immer aufrechterhalten haben, und zwar mit Recht, denn *archaische* Gesellschaften, an denen sich der Nationalsozialismus und der Faschismus orientierten, kannten den klaren Unterschied zwischen Transzendenz und Immanenz überhaupt nicht. Barrieren, welche die beiden »Ebenen« voneinander trennten, gab es nicht in den großen Theokratien der Vergangenheit: Die Hierarchie der Herrschaft reichte vom Himmel über die Erde bis hinein in die Unterwelt. Starb der »Gottkönig« in seiner irdischen Gestalt, dann war davon seine mythische Substanz, die in der Transzendenz weiter existierte, nicht berührt. Aus dieser Substanz heraus inkarnierte er sich erneut in die lebendige »Hülle« eines Menschen.[14]

Auch Claus Ekkehard Bärsch erwähnt – in Anbetracht des NS-Führerkultes – die »Konsubstanzialität von Gott und Mensch« beziehungsweise die »Immantisierung von Gott und dem Selbst«.[15] Hitler sei – so weist er in seinem Buch *Die politische Religion des Nationalsozialismus* nach – von vielen seiner Anhänger, ja von seiner unmittelbaren Entourage (Goebbels, Heß, Himmler, Göring) als »Gott-Mensch« erlebt, beschrieben und gefeiert worden. Da die gott-menschliche Durchdringung nicht nur ein Kriterium der theokratischen Staatsform ist, sondern eine Eigenschaft jeglicher Mystik überhaupt, kommt Bärsch zu dem Schluss, der Nationalsozialismus sei eine »in der Mystik wurzelnde« politische Religion.

Für den Voegelin-Schüler ist deswegen die Aufteilung von Transzendenz und Immanenz als ein Bestimmungsmerkmal, um »politische« von »echten« Religionen zu unterscheiden, nicht überzeugend. Hitler, Himmler und Heß wollten nicht auf die Transzendenz in ihrem »arischen Glauben« verzichten, auch wenn sie sich als »lebende Gottheiten« auf Erden erfuhren: »Die Transzendenz«, so Bärsch, »wurde teilweise, aber nicht umfassend immanentisiert: Die Religion wird also nicht ersetzt. Eine totale Immanentisierung liegt im Falle des Nationalsozialismus deshalb nicht vor, weil die Differenz von Transzendenz und Immanenz nicht vollständig negiert wird.«[16] Die Transzendenz als Ursprung der Lehre, als das Reich Gottes oder der Götter und als Rückzugsgebiet nach dem Tode war auch für die Gründungsväter des »Dritten Reiches« ein Glaubensdogma.

Gnostische und apokalyptische Strukturen in der NS-Ideologie

In seinem Buch *Die Gnosis und der Nationalsozialismus* zieht Harald Strohm einen Vergleich zwischen der gnostischen Weltsicht in ihren verschiedensten Ausprägungen (insbesondere aber in der Form des Manichäismus) und der NS-Ideologie. Hauptmerkmal der Gnosis ist der krasse, unversöhnliche Dualismus zwischen Licht und Finsternis, Gut und Böse, Mann und Frau. Diese beiden antagonistischen Widerkräfte wurden in der NS-Ideologie durch den lichten Arier und den dunklen Juden gespielt. »Hitler aber glaubt an den bösen Charakter des ewigen Juden. Für Hitler ist der Jude das schlechthin Böse. Er hat ihn zu dem Herrn seiner Gegenwelt emporgesteigert.«[17]

Der reine gegen den sündigen Mensch, der göttliche Führer in Menschengestalt gegen den Untermenschen, der Lichtträger im Kampf mit dem Dunkeldämon, dieses hinreichend bekannte gnostische Szenario wiederholt sich *con variatione* in den Reden, Schriften und Büchern Hitlers, Goebbels', Rosenbergs und Himmlers. Sie alle standen – nach eigenem Selbstverständnis – als arische Gralsritter an vorderster Front gegen die von Gier und Gold besessenen Mächte der jüdischen Finsternis (Klingsor).

Der Mensch – so glaubten die Gnostiker – werde durch den Eros und die Sexualität an das Dunkle gefesselt. Wenn die Welt zu tief gefallen sei, sich immer mehr in Lust und Materialismus verstrickt habe, dann muss sie wegen ihrer Korrumpiertheit zerstört werden, dann müssen die verruchten Dinge und bösen Menschen vernichtet werden, dann tritt aus der Transzendenz ein richtender Messias auf die Weltenbühne, der mit dem Schwert in der Hand sein blutiges Erlösungswerk beginnt und vollendet. Hitler wurde von seinen Gefolgsleuten, ja von der großen Masse, als solch ein Erlöser »erkannt« und entsprechend propagandistisch präsentiert. Das Hakenkreuz schwebte über ihm als ein Lichtsymbol, das den Menschen aus den »drang- und wahnhaften Strebungen tierischer Gebundenheit« emporziehen sollte. Das war inszenierte Apokalypse.

Schon 1939 hatte Eric Voegelin auf die Verbindung der Apokalyptik mit der Politik im 20. Jahrhundert hingewiesen: »Die christliche Reichsapokalypse und der Symbolismus des Spätmittelalters bilden den geschichtlichen Hintergrund der apokalyptischen Dynamik in den modernen politischen Religionen.«[18] Klaus Vondung führte diese Erkenntnis fort. Er betonte insbesondere die extreme Spannung zwischen »Defizienz und Fülle«, die das apokalyptische Denken beherrscht – Vernichtung und Paradies stehen dabei in einem unmittelbaren Bedingungszusammenhang.[19] Ausgangspunkt ist ein Klima der Verzweiflung und der Hoffnungslosigkeit. Darauf folgt durch einen Retter das Erlösungsversprechen aus dem Jammertal. Dieser führt nach einer Endschlacht zwischen Licht und Finsternis die Auserwählten in ein (arisches) Paradies.

Schon in *Mein Kampf* hatte Hitler ein apokalyptisches Szenario entworfen und dem Krieg zwischen Ariern und Juden eine kosmische Dimension gegeben: »Dadurch erhielt der Dualismus zwischen den beiden universalen, den Lauf der Weltgeschichte bestimmenden Mächten noch größere Schärfe und der erwartete Endkampf erschien noch grundsätzlicher und radikaler, denn die ›Macht des Bösen‹ verkörperte sich […] in Millionen von einzelnen Menschen in jedem Land rund um die Erde.«[20] 1941 verwies Rauschning auf die vorgeblich kosmische Bedeutung dieses Krieges: »Ein Gott schloss den anderen aus. Hinter dem Hitler'schen Antisemitismus wird wirklich ein Kampf der Götter sichtbar.«[21]

Bilder aus der Johannesapokalypse besaßen – wie Vondung nachweist – für viele NS-Ideologen eine große Attraktivität: »Der Jude ist wohl der Antichrist der Weltgeschichte«, hören wir beispielsweise Joseph Goebbels sagen. »Man kennt sich kaum noch aus in all dem Unrat von Lüge, Schmutz, Blut und viehischer Grausamkeit.«[22] Michael Ley übernimmt Vondungs These und spricht geradezu von der »nationalsozialistischen Apokalypse als Höhepunkt einer neuzeitlichen Gnosis«. In seinem Buch *Genozid und Heilserwartung* verweist er auf die christlichen Wurzeln des Holocaust: Der »Jude«, der Christus ans Kreuz schlug, galt im Mittelalter als der »Antichrist«, der vernichtet werden müsse. Dazu ist jedoch in letzter Instanz nur der christliche »Messias« in der Lage. Hitler steht – nach Ley – in dieser Tradition: Er »ist der ›heilige Schlächter‹, der die heilsgeschichtlich notwendige Tötung des jüdischen Volkes exekutiert, der neue Heiland«.[23]

Der Autor kommt zu dem Schluss, dass die Endlösung der Judenfrage für die Nazis ein »sakraler Akt« war und als kosmischer Auftrag aufgefasst wurde: »Die Juden müssen als Ganzbrandopfer [*Holocaust*] getötet werden, um die Erlösung der Welt zu erreichen.«[24]

Magie und Ritual als Mittel der Massenmanipulation

Der Voegelin-Schüler Klaus Vondung hatte schon 1971 eine interessante Arbeit vorgelegt, in der er den Nationalsozialismus unter Aspekten der Magie und Manipulation untersucht. »Manipulation« versteht er als »die inhaltliche Transformation von Gegebenheiten der Realität im Bewusstsein zu Entitäten, die es in der äußeren

Wirklichkeit gar nicht gibt, die also imaginative Konstrukte sind oder [...] Inhalte einer ›zweiten Realität‹. Nun wären solche Erscheinungen nicht besonders bemerkenswert, wenn sie im Rahmen einer privaten Weltanschauung verbleiben würden; sie haben aber die Tendenz, sozial wirksam zu sein, da die entsprechenden Personen geneigt sind, ihre Umwelt gemäß dem Bild zu behandeln, das sie in ihrem Bewusstsein von ihr entworfen haben. Signifikant wird das Problem, wenn der skizzierte Typus zur sozial dominanten Form aufsteigt und die Möglichkeit erhält, Macht auszuüben.«[25] Bei der Manipulation wird also der Versuch unternommen, fiktive und imaginative Vorstellungen (wie zum Beispiel der Jude als die Inkarnation des absolut Bösen) auf die Wirklichkeit zu übertragen. Nachdem eine solche Imagination das Bewusstsein von vielen Menschen ergriffen hat, kann sie die Welt nach ihrem Bilde formen, im Beispielsfalle eine Welt, die in ihrer Existenz vom Juden als dem Dämonischen bedroht ist.

Weil durch solche Manipulationen die Menschen an eine bestimmte Realitätskonstruktion »gefesselt« werden, sieht Vondung darin einen Akt der Magie. »Es spricht einiges dafür, das hier nur kurz umrissene Phänomen ›Magie‹ zu nennen, und zwar [...] als spezifisch inhaltliche Manipulation der Realität im Bewusstsein und entsprechend instrumentelle Manipulation der äußeren Wirklichkeit einschließlich der Gesellschaftsmitglieder. Sie aktualisiert sich bei so genannten ›primitiven‹ Kulturen in bestimmten Ritualen. Vergleicht man das bereits durchgearbeitete historische Material mit manchen modernen Erscheinungen, so kann man feststellen, dass es auch in ›zivilisierten‹ Industriegesellschaften Rituale gibt, die als magisch zu analysieren sind.«[26]

Die Magie hebt ihrem Selbstverständnis nach die Trennung von Bewusstsein und Natur auf, die Ordnungsmuster und Bilder der eigenen Subjektivität werden als Objektivität ausgegeben. Das beinhaltet unter anderem die Vorstellung, dass eine Kontrolle über die Natur durch Gedankenkraft möglich ist. Sigmund Freud äußerte, in der Magie würden psychologische Gesetze an die Stelle der natürlichen gesetzt: »Das Prinzip, welches die Magie, die Technik der animistischen Denkweise regiert, ist das der ›Allmacht der Gedanken‹.«[27] Die Realität soll sich dem Gedanken beugen, die Geschichte dem Mythos. Bilder der eigenen Phantasie bestimmen die Wirklichkeit. Das Mittel, welches die Magie zur Transformation der Realität einsetzt, ist das Ritual.

Vondung stellt nun eine Vielzahl von *quasi* religiösen Ritualen vor, mit denen die NS-Ideologen versuchten die soziale Wirklichkeit in ihrem Sinne zu verändern. An erster Stelle nennt er die Einteilung des Jahres in Feste und des Tages in Feierstunden. Neben den Jahres- gab es die Lebensfeiern (Geburt, Hochzeit, Tod) und die täglichen Morgenfeiern (Fahnenhissen). Als »liturgische« Formen zählt Vondung weiterhin auf: Bekenntnislieder, Sprechchöre, Thingspiele. Er zeigt, wie unter dem NS-Regime eine sakrale Sprache und sakrale Musik (Trommelwirbel) entwickelt wurden. Orte, die mit der Geschichte des Nationalsozialismus im Zusammenhang standen, wurden konsekriert (Feldherrnhalle in München, Hitlers Geburtshaus in Braunau). Auch die Architektur erhielt Sakralcharakter.

Nach Vondung gingen Magie und Technik im Nationalsozialismus eine Symbiose ein. Die rituellen Großveranstaltungen der Nazis waren auch technische Meisterwerke optischer und akustischer Effekte. Nicht nur die Reden Hitlers und Goebbels' bewirkten die Manipulation der Massen, sondern dahinter standen auch Beleuchtungsspezialisten, Tontechniker, Requisiteure und Bühnenarchitekten. Kunst, Magie und Realität flossen ineinander: »Träumt man oder ist es Wirklichkeit?«, fragte ein Berichterstatter angesichts einer der spektakulären Partei-Inszenierungen.[28]

Der »Wotan-Komplex« – C. G. Jungs archetypische Deutung des Nationalsozialismus

Der Tiefenpsychologe C. G. Jung hat in einem Aufsatz, der 1936 in der *Neuen Schweizer Rundschau* erschien, die NS-Bewegung als die Niedersenkung eines göttlichen Archetypen gedeutet. »Wotan«, der vom Christentum verdrängte germanischen Heidengott, sei in Deutschland mit brachialer Gewalt hervorgebrochen. Wotan »mit seinem abgründigen und niemals ausgeschöpften Charakter« ist nach Jung die mythische Substanz und Wirkkraft hinter den deutschen Ereignissen. Dabei handelt es sich weniger um eine Inkarnation des Gottes in der Person Adolf Hitlers, sondern um die Totalergreifung der deutschen »Massenseele« durch den gewalttätigen Sturmgott. Wotan erzeugt somit – nach Jung – kollektive Wirkungen. Er ist als Archetyp gesondert vom Einzelnen und kann deswegen in vielen Menschen geschichtsträchtig werden. »Wotan [ist] eine Grundeigenschaft der deutschen Seele, ein ›seelischer Faktor‹ irrationaler Natur, eine Zyklone, welche den kulturellen Hochdruck abbaut und wegreißt.«[29]

Charaktermerkmale des germanischen Stürmers sind Unruhestiftung, Streiterregung, Friedlosigkeit, Kampfgier, Entfesselung der Leidenschaften. Wotan ist ein übermächtiger Zauberer, ein Illusionskünstler, ein Kenner der okkulten Geheimnisse. Er dient Jung als »kausale Hypothese«, die mehr noch als die ökonomischen, politischen und psychologischen Faktoren den Nationalsozialismus erklären soll.

Der Sturmgott habe die Deutschen »ergriffen«. Mit diesem in seinem Artikel ständig wiederholten Ausdruck ist, nach Jung, »zunächst ein ›Ergriffener‹ gesetzt, sodann aber auch ein ›Ergreifer‹. Wenn man Hitler nicht geradezu deifizieren will, was ihm zwar schon passiert ist, so bleibt nur noch Wotan übrig, der ein Ergreifer der Männer ist.«[30] Wotan habe die Deutschen in einen Zustand des Wütens versetzt, habe den *furor teutonicis* entfesselt, Deutschland befinde sich im Berserkerrausch.

Obgleich Jungs These durchaus diskussionswürdig ist, wurde sie nach dem Krieg scharf angegriffen und als Erklärungsversuch weitgehend abgelehnt. Dies lag vor allem daran, dass der Tiefenpsychologe in den 1930er-Jahren seine Auseinandersetzungen mit Sigmund Freud durch rassistische Argumente führte und eine jüdisch-freudianische gegen eine germanisch-jungianische Doktrin der Psychoanalyse ausspielte. »Es fehlt nicht an verbürgten Handlungen und gedruckten Äußerungen

Jungs, die seine anfängliche Sympathie für die Nazis dokumentieren«, schreibt sein Biograf Paul J. Stern.[31]

Dennoch ist die Vorstellung, dass sich Archetypen in der Gestalt von Politikern und Massen »niedersenken« können, eine interessante Hypothese. Vielleicht würde sie zu einem umfassenderen Verständnis »politischer Religionen« beitragen. Höchst problematisch wird sie jedoch, wenn man ein solches Ereignis – wie es Jung macht – als unabwendbares Schicksal, als höhere Fügung, als gottgegebene Vorsehung oder als unabwendbares Karma legitimiert und dadurch die Verbrechen, die es zur Folge hat, billigt. So spricht der Tiefenpsychologe die von Wotan »Besessenen« (d. h. die Deutschen) von jeglicher Verantwortung frei: »Wir Außenstehende beurteilen den gegenwärtigen Deutschen viel zu sehr als verantwortlich zu machenden Handelnden; es wäre vielleicht richtiger, ihn zum mindesten auch als Erleidenden zu betrachten«, lesen wir in dem besagten Aufsatz aus dem Jahre 1936.[32]

Inhaltlich problematisch an Jungs These ist auch, weil er das chaotische, »dionysische« und emotionale Element im Nationalsozialismus völlig in den Vordergrund spielt, ja geradezu als das Hauptmerkmal dieser »politischen Religion« hinstellt. Viel charakteristischer dürfte jedoch die bedingungslose Unterwerfung unter das Führerprinzip, der absolute Gehorsam, die strikte Disziplin, die Totalisierung des Staates – also eine Überbetonung des »apollinischen« Prinzips gewesen sein. Hitler selber hat dies übrigens gewusst, als er 1941 erklärte: »Es erschiene mir unsagbar töricht, einen Wotanskult wieder erstehen zu lassen. Unsere alte Götter-Mythologie war überholt, war nicht mehr lebensfähig, als das Christentum kam.«[33]

Der NS-Okkultismus und der NS-Staat als »Geheimgesellschaft«

Das okkulte Element im Nationalsozialismus war jahrelang für die Geschichtswissenschaft ein noch größeres Tabuthema als das religiöse.[34] Die Mythen, Symbole, Rituale, Beschwörungen, Imaginationen und Phantastereien, die sich hinter den Kulissen des politischen Kampfes und der ideologischen Propaganda des Regimes verbargen, erschienen vielen Historikern als unbedeutende Randerscheinungen, als die »Marotten« einzelner NS-Führer. Ebenso wurden die okkulten Vorläufer des Systems, diese Mystiker, Seher, Visionäre, Propheten und Magier, die mit ihren Ideen zur Entstehung des reaktionären und rassistischen Denkens entscheidend beigetragen haben, kaum ernst genommen. Erst in den letzten Jahren hat man ihre »Hebammenrolle« deutlich erkannt: »Solche Menschen«, schreibt der Historiker Nicholas Goodrick-Clarke in seinem Buch *Die okkulten Wurzeln des Nationalsozialismus*, »besaßen oft die Vorstellungskraft und Fähigkeit, eine Traumwelt zu beschreiben, die den Gefühlen und Handlungen der realitätsnäher eingestellten Männer, die sich in Positionen der Macht und Verantwortung befanden, zugrunde lag. Tatsächlich haben ihre abstrusen Ideen und seltsamen Kulte die politischen Doktrinen und Institutionen des Dritten Reiches vorweggenommen.«[35]

Goodrick-Clarke bezieht sich vor allem auf die völkisch-ariosophisch-antisemitischen Esoterikkreise (Guido von List, Lanz von Liebenfels, Thule-Gesellschaft), die am Beginn des 20. Jahrhunderts das okkulte Milieu in Österreich und Deutschland bildeten und aus dem sich heraus die NS-Weltanschauung, insbesondere ihre Rassentheorie, entwickelte. Aber er zeigt auch, dass dieser okkulte Untergrundstrom später innerhalb des SS-Ahnenerbes durch Heinrich Himmler, Karl Maria Wiligut und andere weiter fließen konnte. Zwei Folgestudien des Historikers behandeln die Nachkriegszeit und liefern zahlreiche Hinweise darauf, dass der okkulte Nazi-Strom heute nicht versiegt ist, sondern im Gegenteil dabei ist, bedenklich anzuschwellen.[36]

Es war die deutschstämmige Soziologin Hannah Arendt (1906–1975), die in ihrem Klassiker *Elemente und Ursprünge totaler Herrschaft* auf die »okkulten« Strukturen des *gesamten* NS-Systems aufmerksam gemacht hat. Unter anderem wiesen die Ideen von der jüdischen Weltverschwörung und von der Auserwähltheit der arischen Rasse darauf hin, dass es sich im Falle des Nationalsozialismus um das paradoxe Phänomen einer »Geheimgesellschaft« handelte, die sich im vollen Licht der Öffentlichkeit etabliert hatte.[37] Charakteristisch hierfür sei der hierarchische Aufbau nach einem Stufensystem des »Eingeweihtseins«. Diejenigen, die sich in der Nähe des »Führers« befanden, galten als die höheren Ränge der Adepten. Der Kontakt zum »Zentrum« entschied, wie in jeder sonstigen Geheimgesellschaft auch, über den jeweiligen Stufengrad der Einweihung.

Alle Mitglieder einer *Secret Society* werden aus ihrer normalen Lebenswelt herausgelöst und in einer verschworenen Elite zusammengefasst. Diese funktioniert nach dem Prinzip, das jeder als Feind anzusehen ist, der nicht explizit dazugehört: »Um das esoterische Prinzip des ›ausgeschlossen ist, wer nicht ausdrücklich eingeschlossen ist‹ auf eine Massenorganisation zu übertragen«, so Hannah Arendt, »gingen die Nazis über den einfachen Ausschluss von Juden hinaus und errichteten eine komplizierte Bürokratie, deren einzige Aufgabe es war, achtzig Millionen Deutschen dabei behilflich zu sein, ihre Ahnen auf jüdisches Blut hin zu untersuchen. Als sich besagte achtzig Millionen auf die Suche nach dem jüdischen Großvater machten, war eine Art Einweihungsritual erreicht: Jedermann kam aus der Sache mit dem Gefühl heraus, zu einer Gruppe von ›Eingeschlossenen‹ zu gehören, denen eine imaginäre Masse von ›Ausgeschlossenen‹ gegenüberstand.«[38] Weitere Kriterien, die aus der Welt der Geheimgesellschaften übernommen wurden, waren die große Bedeutung des Rituals und der Symbole und das Gefühl, zu einer Gruppe von Verschworenen zu zählen: Auch wenn »das ›Geheimnis der totalitären Bewegungen in Wort und in Schrift tausendfach publiziert und propagiert wird«, so ändert das – nach Hannah Arendt – nichts daran dass sich die Menschen totalitärer Systeme als Geheimnisträger verstehen und davon überzeugt sind, Vollstrecker mysteriöser Handlungen zu sein.[39]

Hitler als »Gottmensch« – Hermann Rauschnings Deutung des Nationalsozialismus

Wer sich mit dem Nationalsozialismus als einer politischen Religion auseinander setzt, der wird an einem Buch nicht vorbeikommen, das den Titel *Gespräche mit Hitler* trägt, obgleich die Authentizität dieser »Gespräche« in Frage gestellt werden muss. Der Autor dieses Buches ist Hermann Rauschning, Doktor der Philosophie, seit 1931 Mitglied der NSDAP und später Mitglied der SS. 1933 wurde er zum Senatspräsidenten der freien Stadt Danzig gewählt. Später überwarf er sich mit der Partei und emigrierte. 1939/1940 erschien zuerst in französischer Sprache sein Buch *Hitler m'a dit* im Europa-Verlag Zürich. 1940 folgte die deutsche Auflage. Der Text wurde zu einem Bestseller der deutschen Emigrantenliteratur und hat entscheidend zum Hitlerbild des Auslandes beigetragen. Die »Hitlergespräche« erwiesen sich jedoch weitgehend als eine Fälschung.

Für einen aufmerksamen Leser ergibt sich das schon aus dem Vergleich mit Hitlers berühmten *Monologen aus dem Führerhauptquartier*, die einer Quellenprüfung standhalten. Die dogmatische Schlüssigkeit und die philosophisch-mystische Diktion, mit der Rauschning den Diktator argumentieren lässt, übersteigt bei weitem das intellektuelle Niveau von dessen ansonsten verbürgten Äußerungen. Man glaubt an vielen Stellen Friedrich Nietzsche zu hören. Während die *Gespräche* konzeptionell klar, stilistisch flüssig und philosophisch gekonnt sind, wirken die *Monologe* sprunghaft und philosophisch naiv. Rauschnings *Hitlerzitate* können deswegen nur als Primärquelle herangezogen werden, soweit sie seine Rolle als Senatspräsident von Danzig und die damalige Polenpolitik betreffen.[40] Alles andere ist weitgehend literarische Konstruktion, die aber als eine bemerkenswerte und geradezu entschleiernde Interpretation der religionspolitischen Absichten des Nationalsozialismus gelesen werden kann. Ihr Wert erhöht sich noch dadurch, dass die *Gespräche* schon vor Ausbruch des Zweiten Weltkrieges niedergeschrieben wurden. Viele von Rauschnings Ausführungen, die er dem Diktator in den Mund legte, erweisen sich als so treffend, dass bedeutende Hitlerbiografen wie H. R. Trevor-Roper, Alan Bullock und Joachim C. Fest den Danziger Senatspräsidenten mit Respekt zitieren.

»Wer den Nationalsozialismus nur als politische Bewegung versteht«, so Rauschning, »weiß fast nichts von ihm. Er ist mehr noch als Religion: er ist der Wille zur neuen Menschenschöpfung.«[41] Unter anderen arbeitet Rauschning folgende Charaktermerkmale der NS-Religion heraus: Das gnostische Weltbild mit den Ariern als den Vertretern des »Guten« und den Juden als den Vertretern des »Bösen«: »Zwei Welten stehen einander gegenüber!«, soll Hitler gesagt haben. »Der Gottesmensch und der Satansmensch! Der Jude ist der Gegenmensch, der Antimensch. Der Jude ist das Geschöpf eines anderen Gottes […] Der Arier und der Jude: Sie sind so weit voneinander wie das Tier vom Menschen.«[42] Weitere Punkte sind: Die Herausbildung einer religiösen Elite, die »Entwicklung zum Gottmenschen«,[43] die Züchtung des Übermenschen,[44] die Einplanung eines apokalyptischen Untergangs, die

Wiederauferstehung des »Führers«.[45] Dazu kommen die Sakralisierung des Krieges, die Zelebrierung des reinen Blutes, die Konsekrierung des Schreckens und des Terrors, die Verherrlichung der Gewalt. All das sind Einsichten, die zusammengenommen das Grundmuster einer Religion erkennen lassen.

Rauschning beschreibt auch sehr präzise das gesellschaftliche Milieu, das sich in den 1930er-Jahren nach einer neuen Religion sehnte und deswegen in die Partei einströmte. »Alle diese kleinen, verwachsenen Sehnsüchtigen, die keine rechte Erfüllung finden: Nacktkulturisten, Vegetarier, Edengärtner, Impfgegner, Gottlose, Biosophen, Lebensreformer, die ihre Einfälle verabsolutierten und eine Religion aus ihrer Marotte zu machen suchten, lassen heute ihre geheimen Wünsche in die vielen Gaszellen des Riesenluftballons der Partei einströmen, um mit diesem großen Schiff [...] einen noch höheren Flug zu wagen, als sie es bisher in ihren Konventikeln taten. Diese verkümmerte und verwachsene Romantik engbrüstiger Geister, dieser vor Gehässigkeit und Rechthaberei atemlose Fanatismus kleiner Sekten treibt den großen gemeinsamen Fanatismus der Partei und hält ihn lebendig als eine gemeinsame Traumbestätigung. Für alle Zukurzgekommenen ist der Nationalsozialismus der ›Traum von großer Magie‹. Und Hitler selbst ist der Erste unter den Zukurzgekommenen. So wird er selbst zum Meister der großen Magie und zum Priester der ›verkappten Religionen‹.«[46] Hitler war sich jedoch über dieses Milieu voll im Klaren und setzte es taktisch ein: »Die kleinen Sekten«, so der Diktator, »kriegen ein paar hunderttausend Mark, die kämpfen für uns, die machen alles.«[47]

Adolf Hitler – »Agnostiker« oder »Religionsgründer«?

Der »reale« Adolf Hitler versuchte es mehr oder weniger zu vermeiden, in seinen Reden und seinen Schriften religiöse Absichten auszudrücken, auch wenn er diesen Grundsatz hin und wieder durchbrochen hat. Äußerungen zu okkulten Themen bzw. eine intensivere und systematische Beschäftigung mit dem Okkultismus sind so gut wie nicht belegbar. Obgleich sich unzählige esoterische Hoffnungen und Visionen aus den verschiedensten Lagern und Zirkeln an die Person des »Führers« knüpften, obgleich er das absolute religiöse Zentrum einer möglichen »NS-Religion« war, so ist er an deren Aufbau und deren Ausformulierung weit weniger beteiligt gewesen als sein Umfeld. Er war – als ein »religiöses Phänomen« – vor allem das Produkt seiner Anhänger, seiner Kommentatoren und Interpreten.

Nach außen hin galt für den Diktator der absolute Primat der Politik. Hitler verhielt sich taktisch, opportunistisch, sprunghaft und unberechenbar. Er galt als ein Mann des Improvisierens, der Experimente und der Augenblickseingebung.[48] Früher teilweise noch aus Überzeugung, später aus rein zweckdienlichen Gründen ging er einer Konfrontation mit den Kirchen aus dem Weg. »Politische Parteien haben mit religiösen Problemen, solange sie nicht als volksfremd die Sitte und Moral der eigenen Rasse untergraben, nichts zu schaffen; genauso wie Religion nicht mit politischem Parteiunfug zu verquicken ist«, ist in *Mein Kampf* zu lesen.[49]

Jedenfalls hat er sich verschiedene Gedanken über die funktionale Einbindung der Religion in seine politische Vision gemacht: »Die Religion war primär eine Unterstützung des Baues einer menschlichen Gesellschaft, war Zweck, nicht Selbstzweck.«[50] Oder: »Eine Bewegung wie die unsere wird sich auf dieses metaphysische Gebiet ganz unkontrollierbarer Gedankengänge nie ziehen lassen dürfen. […] Wird damit nicht überhaupt der Gottesglaube beseitig werden? Das würde nicht gut sein! Der breiten Masse ist der Begriff der Gottheit nur eine Substantiierung: Diese Substantiierung ist wunderbar. Warum sollen wir den Sammelbegriff für das Unbegreifliche zerstören.«[51]

Okkulten Strömungen begegnete er mit Spott oder Ablehnung. Im September 1938 forderte er vor der »Kulturtagung« des Reichsparteitages: »Der Nationalsozialismus ist eine kühle Wirklichkeitslehre schärfster wissenschaftlicher Erkenntnisse und ihrer gedanklichen Ausprägung. Indem wir für diese Lehre das Herz unseres Volkes erschlossen haben und erschließen, wünschen wir nicht, es mit einem Mystizismus zu erfüllen, der außerhalb des Zweckes und des Zieles unserer Lehre liegt. Vor allem ist der Nationalsozialismus in seiner Organisation wohl eine Volksbewegung, aber unter keinen Umständen eine Kultbewegung. […] der Nationalsozialismus ist keine kultische Bewegung, sondern eine ausschließlich aus rassischen Erkenntnissen erwachsene völkisch-politische Lehre. In ihrem Sinne liegt kein mystischer Kult, sondern die Pflege und Führung des blutbestimmten Volkes.«[52] Einige Male machte er sich über Himmlers »skurrile Ordensmystik« lustig und sprach sich gegen die »religiösen Bestrebungen in der SS« aus.[53] Albert Speer gegenüber soll er gesagt haben: »Eine neue ›Parteireligion‹ würde nur den Rückfall in den Mystizismus des Mittelalters bringen. Das zeige die Schrift Rosenbergs [*Der Mythos des 20. Jahrhunderts*] und der SS-Mythos.«[54]

Es sind auch eine Anzahl rein agnostischer Äußerungen von ihm bekannt. Zum Beispiel: »Ich weiß nichts über das Jenseits und bin ehrlich genug, das zu bekennen.«[55] Im Dezember 1941 erklärte er: »Ich kümmere mich nicht um Glaubenssätze, aber ich dulde auch nicht, dass ein Pfaffe sich um irdische Sachen kümmert.«[56]

Hitlers Agnostizismus gilt jedoch nur graduell. Wenn man sich nämlich die Mühe macht, die einschlägigen Sätze und Gedanken aus den politischen und »privaten« Äußerungen des Diktators herauszudestillieren, dann zeichnet sich trotz aller Agnostik ein hintergründiges, von ihm tief empfundenes, metaphysisches Raster ab. Der Historiker Joachim C. Fest verweist unter anderem auf Hitlers feste Überzeugung, »auserwählt« zu sein und aus einem kosmischen Auftrag heraus zu handeln. Hitler, so Fest, »bezog die ›Sterne‹, die ›Planeten‹, den ›Weltäther‹, ›Jahrmillionen‹ in das dramatische Geschehen mit ein, und die ›Schöpfung‹, der ›Erdball‹, das ›Himmelreich‹ dienten ihm als Kulisse«.[57] Hinzu kam seine Faszination an apokalyptischen Untergängen. Einmal wagte er sich, wenn auch sehr vorsichtig, an die Rolle des »Messias« heran. So bekannte er nach dem Anschluss Österreichs am 9. April 1938: »Ich glaube, dass es Gottes Wille war, von hier [Österreich] einen Knaben in das Reich zu schicken, ihn groß werden zu lassen, ihn zum Führer der Nation zu erheben, um es ihm zu ermöglichen, seine Heimat in das Reich hineinzuführen. Es gibt eine höhere Bestimmung und wir sind nichts anderes als ihre Werkzeuge.«[58] Das »heilige Kind«, das von Gott geschickt wurde, um sein Volk aus dem Abgrund zu retten, das ist messianisch. Einen impliziten Selbstvergleich mit einem »antisemitischen« Christus wagte er auch 1922: »Mein christliches Gefühl weist mich hin auf meinen Herrn und Heiland als Kämpfer. Es weist mich hin auf den Mann, der einst einsam, nur von wenigen Anhängern umgeben, diese Juden erkannte und zum Kampf gegen sie aufrief, und der, wahrhaftiger Gott, nicht der Größte war als Dulder, sondern der Größte als Streiter.«[59] In einer Rede von 1926 ging er sogar so weit, Christus als den ersten Nationalsozialisten zu porträtieren: »Christus war der größte Pionier im Kampf gegen den jüdischen Weltfeind. Christus war die größte Kämpfernatur, die je auf Erden gelebt hat. [...] Der Kampf gegen die Macht des Kapitals war sein Lebenswerk und seine Lehre, für die er von seinem Erzfeind, dem Juden, ans Kreuz genagelt wurde. Die Aufgabe, mit der Christus begann, die er aber nicht zu Ende führte, werde ich vollenden.«[60] An anderer Stelle lehnte Hitler aber seine Messiasrolle explizit ab und will nur der Vorläufer eines »Kommenden« sein: »Aber ich bin nicht der Messias. Er wird nach mir kommen. Ich habe nur den Willen, dem deutschen Volk die Grundlage für die wahre Volksgemeinschaft zu schaffen«, soll er zu Otto Wagener gesagt haben.[61]

Wenn sich Hitler im Verbalen mit religiösen Anspielungen eher bedeckt hielt, so ist er auf der kultischen Ebene von Beginn seiner politischen Karriere an sehr aktiv gewesen. So gab er vor, die Hakenkreuzfahne selber entworfen zu haben. Auch der jährlich wiederholte Blutmarsch für die »Märtyrer« des 9. November in München entsprang seiner Idee und Regie und zeigt in düsterer, kriegerischer Ästhetik den Charakter einer höchst magischen Kulthandlung. Soweit sich Kult und Kunst miteinander verwoben, kannte dagegen die Phantasie des Diktators keine Grenzen mehr.[62] Seine Architekturpläne steigern sich in Sakralbauten von gigantischem Ausmaß. Das Werk Richard Wagners wird ihm zum Evangelium. Hier findet sich der Schlüssel zu Hitlers »Religion«. Joachim C. Fest kommt sogar zu dem Schluss, der Diktator habe »in seinen impulsiven Eingebungen [...] durchweg mythisch, ästhetisch, realitätsfern, kurzum unpolitisch gedacht«.[63] Das mag stimmen, es ist jedoch noch weit von der systematischen Darstellung eines Glaubens, wie wir ihn von anderen Religionsgründern her kennen, entfernt.

Die »Vergöttlichung« des »Führers« durch sein Umfeld

Wenn Hitler also selber die Konstruktion eines *religiösen* Führermythos für seine Person nicht systematisch und direkt betrieben hat, so war dieser aber umso mehr das »Produkt« seines unmittelbaren Umfeldes und der Massen, die ihn »vergöttlichten«. Der Religionspolitologe Claus-Ekkehard Bärsch zeigt ausführlich, wie sich die meisten NS-Größen an dem Aufbau eines übermenschlichen Führerbildes beteiligten. Oft lassen sich in diesem Zusammenhang religiöse Vorstellungen entdecken, die aus dem Christentum übernommen wurden.

Der katholisch erzogene Joseph Goebbels verfasste 1929 ein von Motiven aus der Johannes-Apokalypse geprägtes Buch mit dem Titel *Michael. Ein deutsches Schicksal in Tagebuchblättern*. Die dort angesprochenen christlichen Themen wie Drachenkampf, Untergang, Michael als Lichtkämpfer, Christus als Erlöser, der Jude als Antichrist, Sieg und Heil durch den Kampf gegen das Böse klingen später in seinen Propagandaschriften und Reden immer wieder an: »Adolf Hitler wird von Goebbels als Inkarnation einer spezifischen Christussymbolik betrachtet, nämlich als kämpfender und siegender Christus.«[64]

Rudolf Heß, der durch seine Schrift »Wie wird der Mann beschaffen sein, der Deutschland wieder zur Höhe führt?« den Führermythos vorbereitete, schenkte dem »Tribun«, wie er Hitler nannte, seine ganze religiöse Hingabe: »Ich bin ihm ergeben mehr denn je! Ich liebe ihn!«, schrieb er an seine Verlobte.[65] Julius Streicher glaubte nicht nur, dass Hitler von Gott gesegnet sei, sondern dass er als »Mittler zwischen Mensch und Gott« wirke.[66] Baldur von Schirach ließ den Diktator in einem Gedicht, das die *unio mystica* zwischen Volk und Führer suggeriert, sprechen: »Ihr seid Vieltausend hinter mir, und ihr seid ich und ich bin ihr. [...] Und forme ich Worte, so weiß ich keins, das nicht mit eurem Wollen eins.«[67] Selbst der als areligiös bekannte Hermann Göring glaubte an eine »besondere Beziehung zwischen Gott dem Allmächtigen und Adolf Hitler.«[68] Systematisch versuchte Alfred Rosenberg die Linie »Gott – Mystik – Mythos – Rassenseele – Erkenntnis – Kunst – Nationalsozialismus« mit dem »Führer« an der Spitze herauszuarbeiten.

Eine Sonderrolle nimmt Heinrich Himmler ein. Der Reichsführer-SS plante für eine ferne Zukunft und dachte in Jahrtausenden. Er betonte, dass sich SS-Männer für »weltanschauliche Fragen von einer Bedeutung für Jahrzehnte und Jahrhunderte« interessieren und dass sie einer »in zweitausend Jahren nur einmal vorkommenden Aufgabe dienten«.[69] Hitlers Schutzstaffel (SS) und innerhalb der Organisation das SS-Ahnenerbe bildeten den eigentlichen Kern einer möglichen NS-Religionsbildung. Hier wurde klar, bewusst und zielgerichtet an der Konstruktion eines arischen Glaubens gearbeitet. Die Religionsdebatte innerhalb und im Umfeld des SS-Ahnenerbes stand denn auch im Zentrum unserer Studie. Die in diesem Zusammenhang gewonnenen Erkenntnisse haben durchaus einen Aktualitätswert, denn der SS-Mythos konnte in den okkulten Milieus des Neofaschismus überleben und wurde dort weiterentwickelt.

Anmerkungen

Einleitung

[1] Bernd Wegner – *Hitlers politische Soldaten*, 43

[2] In der Nachkriegsdebatte über den Nationalsozialismus als politische Religion wird vor allem auf die Anleihen aus dem Christentum und dabei insbesondere auf die Johannes-Apokalypse rekurriert. Friedrich Heer, Klaus Vondung, Claus E. Bärsch, Michael Ley und andere zeigen auf, dass von bedeutenden NS-Ideologen der Antagonismus »Arier versus Jude« nach dem Muster »Christus versus Antichrist« abgehandelt wurde und dass die NS-Politik wie ein Religionskrieg nach dem Muster der Johannes-Offenbarung verstanden wurde: Kosmischer Kampf des Guten gegen das Böse, Erscheinen eines militanten Messias, totale Vernichtung der Gegner, Auferstehung in einem Paradies. Bärsch stellt sogar die Frage, ob es sich beim Nationalsozialismus nicht um eine christlichen »Häresie« gehandelt habe. (Claus E. Bärsch – *Die politische Religion des Nationalsozialismus*, 350 ff.) Eine solche These ist sicher diskussionswürdig, sie müsste aber mit den vielen heidnischen und explizit antichristlichen Strömungen der NS-Ideologie in Einklang gebracht werden, um schlüssig zu sein.

[3] Carl Gustav Jung – »Wotan – Sein Wiedererwachen im Dritten Reich« – in: C. G. Jung – *Gesammelte Werke* Bd. X, 211

[4] In: Peter Viereck – *Metapolitics*, 270

[5] Die älteste Vedenschrift ist der *Rig-Veda*, eine Sammlung von mehr als 1000 Hymnen, die um 1500 v. Chr. in Nordwest-Indien in einer archaischen Form des Sanskrit verfasst wurden. Noch Jahrhunderte später hat man die vedischen Mythen durch Kommentare, die als *Brahmanas* bekannt sind, ausgedeutet. Insbesondere in den Göttern aus dieser Zeit (Indra, Vishnu, Varuna) verehrten NS-Intellektuelle arische Urbilder.

[6] Die *Bhagavadgita* ist ein Teil des umfangreichen indischen Sanskritepos *Mahabharata* (etwa 500 v. Chr.). Die Texte beinhalten eine »Metaphysik des Krieges«.

[7] Die ältesten buddhistischen Schriften sind in Pâli verfasst. Sie bilden eine Textsammlung, den *Tripitaka* (»Dreikorb«), der drei Teile enthält: 1. Die Ordensregeln (*Vinaya-Pitaka*), 2. Die Lehrreden des Buddha (*Sutra-Pitaka*), 3. Die philosophischen Abhandlungen (*Abhidharma-Pitaka*). Im *Tripitaka* sind die Grundlehren des Theravada-Buddhismus (»Hinayana«) kodifiziert. Auch die folgenden buddhistischen Schulrichtungen des »Mahayana« (ab 100 n. Chr.) und »Tantrayana« (ab 500 n. Chr.) berufen sich auf den *Tripitaka*, weisen jedoch noch zahlreiche ergänzende und zum Teil konträre Lehrmeinungen aus.

[8] Tantrische Lehren verbreiten sich in Indien um 500 n. Chr. Sie sind in den so genannten Tantra-Texten aufgeschrieben und beinhalten sexualmagische Praktiken zur Machtgewinnung. Der Tantrismus etablierte sich seit dem 9. Jh. n. Chr. in Tibet und wird dort zum herrschenden Religionssystem (Lamaismus).

[9] Der Lamaismus ist die Religion Tibets (seit dem 9. Jh. n. Chr.) und der Mongolei. Er beruht im Kern auf einem buddhistisch-tantrischen Lehrgebäude und einer buddhokratischen Staatsdoktrin, die die Rolle des Dalai Lama als weltliches und geistiges Oberhaupt beinhaltet.

[10] Der Shintoismus ist die alte, einheimische japanische Staatsreligion, nach welcher der Kaiser (Tenno) ein direkter Nachfahre der Götter sein soll. Eine spezifische Variante stellt der Shinto-Faschismus der 1930er- und frühen 1940er-Jahre dar.

[11] Der Zen ist eine japanische Variante des Buddhismus. Er stammt aus dem chinesischen Chan-Buddhismus und entwickelt seit dem 7. Jh. n. Chr. spezifische Ausdrucksformen in Japan.

[12] Der Bushido ist auch als der »Weg des Samurai« bekannt. Diese aus der japanischen Ritterklasse stammende Lehre beinhaltet die enge Verbindung des Zen-Buddhismus mit Kriegs- und Kampfhandlungen. Der Bushido spielte im Selbstverständnis des faschistischen Japan eine zentrale Rolle.

Heinrich Himmler

[1] In: Richard Breitmann – *Heinrich Himmler*, 254
[2] In: Bernd Wegner – *Hitlers politische Soldaten*, 59
[3] Ebenda: 51
[4] Institut für Zeitgeschichte – München: Jacobsen – Z S 77 – 718/52 – 00020
[5] In: Josef Ackermann – *Heinrich Himmler als Ideologe*, 82
[6] Heinrich Himmler – *Die Schutzstaffel als antibolschewistische Kampforganisation*, 27
[7] Michael H. Kater – *Das Ahnenerbe der SS 1935–1945*, 51
[8] Auffallend an seiner Leseliste sind die zahlreichen Titel über die Freimaurer als gefährliche Verschwörerorganisation, welche die Anzahl der antisemitischer Schriften übersteigen. Himmler gehörte den Artamanen an, einer bündisch-völkischen Gemeinschaft, die sich die wehrbäuerliche Stärkung des deutschen Ostens zum Ziel gemacht hatte. Sie pflegte eine »Blut und Boden«- und »Volk und Rasse«-Ideologie, welche später in das SS-Ahnenerbe übernommen wurde.
[9] Bradley F. Smith – *Heinrich Himmler 1900–1926*, 194
[10] Bundesarchiv Koblenz: Himmler NL 126/9, Nr. 175
[11] In: Bernd Wegner – *Hitlers politische Soldaten*, 53
[12] Michael H. Kater – *Das Ahnenerbe der SS 1935–1945*, 50
[13] Walter Schellenberg – *Memoiren*, 301
[14] Heinz Höhne – *Der Orden unter dem Totenkopf*, 141
[15] Ebenda: 141 ff.
[16] Ebenda: 142
[17] Walter Schellenberg – *Memoiren*, 39 f.
[18] Michael H. Kater – *Das Ahnenerbe der SS 1935–1945*, 56
[19] Felix Kersten – *Totenkopf und Treue*, 29
[20] Bundesarchiv Berlin: Himmler – NS 19/320
[21] Darunter: Richard Schmitt – *Liebe und Ehe im alten und modernen Indien* – Berlin, 1904; Ernst zu Reventlow – *Indien seine Bedeutung für Großbritannien, Deutschland und die Zukunft der Welt* – Berlin 1917; Richard Voß – *Der heilige Hass* – o. O. u. J.
[22] Felix Kersten – *Totenkopf und Treue*, 189. Die verschiedenen indischen Texte werden in den Fußnoten der Einleitung kurz vorgestellt. Der *Visuddhimagga* »Weg der Reinheit« ist das bedeutendste in Pâli geschriebene Werk des Buddhagosa (5. Jh. n. Chr.), in dem dieser in der Form eines Handbuches eine systematische Darstellung der Lehren des Theravada-Buddhismus wiedergibt. Es stellt verschiedene Meditationsmethoden und Meditationsobjekte dar, welche die innere Sammlung fördern sollen.
[23] Ebenda: 189
[24] Heinz Höhne – *Der Orden unter dem Totenkopf*, 17
[25] Felix Kersten – *Totenkopf und Treue*, 189 f.
[26] Bundesarchiv Koblenz: Himmler NL 126/9, Nr. 235
[27] Franz Haiser – *Freimaurer und Gegenmaurer im Kampf um die Weltherrschaft*, III. Die Freimaurer sind zwar, neben den Juden, die Hauptgegner des »allarischen Bundes«. Sie gelten aber auch, was ihre Organisationsform und ihre Internationalisierung anbelangt, als ein Vorbild. Entsprechend bezeichnet Haiser seine rassistische Kshatriya-Organisation als »Gegenloge«. (126)
[28] Ebenda: 75
[29] Ebenda: 80
[30] Ebenda: 80
[31] Ebenda: 116/126
[32] Ebenda: 11
[33] Ebenda: 39
[34] Ebenda: 17
[35] Ebenda: 16
[36] Ebenda: 13
[37] Ebenda: 14
[38] Ebenda: 120

[39] Ebenda: 28
[40] Ebenda: 91
[41] Ebenda: 99 ff.
[42] Ebenda: 30
[43] Bundesarchiv Koblenz: Himmler NL 126/9, Nr. 121
[44] Gjellerup verarbeitet in seinem Roman die Buddhalegenden (*Jataka*), Karl E. Neumanns Übersetzungswerk *Die Reden des Buddhos*, Serge Oldenbergs Biografie *Buddha* und Paul Deussens *Die Sutras des Vedanta.* (Karl Gjellerup – *Der Pilger Kamanita*, 320)
[45] Bundesarchiv Koblenz: Himmler NL 126/9, Nr. 290
[46] Karl Gjellerup – *Der Pilger Kamanita*, 197
[47] Ebenda: 63
[48] Ebenda: 64 f.
[49] Ebenda: 63
[50] Bundesarchiv Koblenz: Himmler NL 126/9, Nr. 226
[51] In: Felix Kersten – *Totenkopf und Treue*, 197
[52] Heinz Höhne – *Der Orden unter dem Totenkopf*, 142
[53] Walter Schellenberg – *Memoiren*, 39
[54] Sven Hedin – *Ohne Auftrag in Berlin*, 197
[55] Sven Steenberg – *Wlassow*, 142. Sven Steenberg bezieht sich hier auf ein unveröffentlichtes Manuskript von F. Buchardt: »Die Behandlung des russischen Problems durch das nationalsozialistische Regime« – 1946
[56] In: Felix Kersten – *Totenkopf und Treue*, 189
[57] Ebenda: 187
[58] Ebenda: 189
[59] Ebenda: 146 f. Himmler teilte seinen Vegetarismus und seiner Tierliebe mit Adolf Hitler und stand damit ganz im Gegensatz zu solchen NS-Größen wie dem SS-Obergruppenführer und Leiter des Sicherheitsdienstes Reinhard Heydrich, dem Reichsmarschall Hermann Göring oder dem naturwissenschaftlichen Leiter des SS-Ahnenerbes Ernst Schäfer, die alle einer obsessiven Jagdpassion frönten.
[60] In: Josef Ackermann – *Heinrich Himmler als Ideologe*, 209
[61] Ebenda: 212
[62] Adolf Hitler – *Monologe im Führerhauptquartier*, 36
[63] Hermann Rauschning – *Gespräche mit Hitler*, 228

Das SS-Ahnenerbe

[1] In: Josef Ackermann – *Heinrich Himmler als Ideologe*, 44
[2] Heinrich Himmler (Hrsg. v. Bradley F. Smith und Agnes F. Peterson) – *Geheimreden 1933 bis 1945*, 29
[3] Zum naturwissenschaftlichen Zweig zählten die einzelnen Fachbereiche der »biologischen« Rassenforschung und der Grundlagenforschung zur Rassenzüchtung (»Lebensborn«). Aber auch alle anderen Naturwissenschaften waren willkommen, wenn sie von NS-Dozenten betrieben wurden und sich dem Satzungszweck unterordnen ließen (Geologie, Zoologie, Physik). Während des Krieges verlagerte sich das Schwergewicht auf medizinische und ernährungswissenschaftliche Fragen. Es ist die Zeit, in der innerhalb des Ahnenerbes Humanexperimente durchgeführt wurden. Dazu kam die Abteilung »Sicherstellung fremder Kulturgüter« in den besetzten Gebieten, die schlichtweg als der organisierte Raub von Kunstwerken zu bezeichnen ist. (Michael H. Kater – *Das Ahnenerbe der SS 1935–1945*, 155)
[4] Adolf Hitler – *Mein Kampf*, 323/324/318
[5] In: Josef Ackermann – *Heinrich Himmler als Ideologe*, 202
[6] Henry Ashby Turner (Hrsg.) – *Hitler aus nächster Nähe*, 164
[7] Michael H. Kater – *Das Ahnenerbe der SS 1935–1945*, 53 f.
[8] Ebenda: 354
[9] Felix Kersten – *Totenkopf und Treue*, 184
[10] Herman Wirth – *Der Aufgang der Menschheit*, 70 ff. und 77 ff.

[11] Bâl Gangadhar Tilak – *The Arctic Home in the Vedas*, 464
[12] *Germanien* – 1933, H. 6, 61
[13] Alfred Rosenberg – *Der Mythos des 20. Jahrhunderts*, 166
[14] *Völkischer Beobachter* – 6. 7. 1941
[15] Helmut Heiber – *Universität unterm Hakenkreuz – Teil 1*, 81
[16] Michael H. Kater – *Das Ahnenerbe der SS 1935–1945*, 62
[17] Ebenda: 53
[18] Walther Wüst – *Indogermanisches Bekenntnis*, 117
[19] Walther Wüst – *Deutsche Frühzeit und arische Geistesgeschichte*, 77
[20] Ebenda: 79
[21] Walther Wüst – *Indogermanisches Bekenntnis*, 83
[22] Ebenda: 68
[23] Ebenda: 65
[24] *Deutscher Wissenschaftlicher Dienst* – Nr. 13 – 23. 9. 1940
[25] Walther Wüst – *Indogermanisches Bekenntnis*, 66 f.
[26] Walther Wüst – *Deutsche Frühzeit und arische Geistesgeschichte*, 70
[27] Walther Wüst – »Deutsche Frühzeit und arische Geistesgeschichte« – in *Süddeutsche Monatshefte* 1934, 731
[28] Walther Wüst – *Deutsche Frühzeit und arische Geistesgeschichte*, 92. Dies entsprach auch Hitlers mehrmals artikulierter Germanenverachtung.
[29] *Germanien* – Jan. 1938 H. 1, 3
[30] *Völkischer Beobachter* – 6. 7. 1941
[31] *Orientalistische Literaturzeitung* – 1935, Nr. 8/9, 490
[32] Universitätsarchiv München O-N-10 (arische Philol.: Wüst)
[33] *Zeitschrift für Buddhismus und verwandte Gebiete* – 1928, erstes Heft
[34] Helmut Heiber – *Universität unterm Hakenkreuz – Teil 1*, 350
[35] Staatsarchiv München – Staatsanwaltschaften 34878/64 – »Des Führers Buch Mein Kampf als Spiegel arischer Weltanschauung« – 15
[36] Ebenda: 15
[37] Ebenda: 17/18
[38] Michael H. Kater – *Das Ahnenerbe der SS 1935–1945*, 54
[39] Walther Wüst – *Deutsche Frühzeit und arische Geistesgeschichte*, 102
[40] Michael H. Kater – *Das Ahnenerbe der SS 1935–1945*, 203
[41] Karl August Eckhardt – *Irdische Unsterblichkeit*, 1
[42] Ebenda: 2
[43] Der Orientalist Helmuth von Glasenapp veröffentlichte 1938 die Abhandlung *Unsterblichkeit und Erlösung in den indischen Religionen*.
[44] Jakob Wilhelm Hauer – *Eine indo-arische Metaphysik des Kampfes und der Tat*, 69
[45] Anlässlich eines Festvortrages wandte sich Wüst deswegen explizit gegen eine unwissenschaftliche, völkische Betreibung der Germanenkunde: »Wir wünschen, wie der Führer es will, dass diese Mannschaft mit ihrer Germanenkunde sich nicht selber schwächen lässt zu tatenloser Bewunderung, dass sie nicht entartet zu haltloser Träumerei und hohler Deutschtümelei.« (in: Jost Hermand – *Der alte Traum vom neuen Reich*, 232 f.)
[46] Bundesarchiv Berlin: Himmler – NS 19/441
[47] Walther Wüst und K. Schrötter – *Tod und Unsterblichkeit im Weltbild indogermanischer Denker*, 1
[48] Ebenda: 7
[49] Ebenda: 7
[50] Ebenda: 230
[51] Jakob Wilhelm Hauer – *Eine indo-arische Metaphysik des Kampfes und der Tat*, 63
[52] Helmut Heiber (Hrsg.) – *Reichführer!*, 46
[53] Institut für Zeitgeschichte – München: Wüst – MA 306 – 59 3360 – 66
[54] Ebenda
[55] Ebenda
[56] Bundesarchiv Koblenz: Himmler NL 126/9, Nr. 86
[57] In: Felix Kersten – *Totenkopf und Treue*, 192

[58] Ebenda: 192

[59] Siehe hierzu die Auflistung der einschlägigen Sanskrit-Texte in I. Armelin – *Le roi détenteur de la roue solaire en révolution (Cakravartin) selon le Brahmanisme et selon le bouddhisme* – Paris 1975

[60] Ananda K. Coomaraswamy – *Hinduism and Buddhism*, 73

[61] *Shri Kalachakra* I 167 – Die Übersetzung des *Shri Kalachakra* stammt von John Ronald Newman – *The outer wheel of time: Vajrayana buddhist cosmology in the Kalacakra Tantra* – Madison 1987

[62] Walther Wüst – *Indogermanisches Bekenntnis*, 19

[63] Der Dalai Lama erhält zum Beispiel bei seiner Inthronisation ein goldenes Rad überreicht, ein Symbol, das ihn als den potentiellen *Chakravartin* ausweisen soll.

[64] Die Rede wird später veröffentlicht unter dem Titel »Das Reich: Gedanke und Wirklichkeit bei den alten Ariern«.

[65] Walther Wüst – *Das Reich*, 9

[66] Ebenda: 6

[67] Walther Wüst – *Deutsche Frühzeit und arische Geistesgeschichte*, 97

[68] Walther Wüst – *Das Reich*, 4

[69] Ebenda: 5

[70] Ebenda: 3

[71] Ebenda: 7

[72] *Germanien* – Jan. 1938 H. 1, 3

[73] Walther Wüst – *Deutsche Frühzeit und arische Geistesgeschichte*, 82. Der noch zu behandelnde Rassentheoretiker Hans F. K. Günther hatte – ganz anders als Wüst – die »religiöse Toleranz« als ein Charaktermerkmal der arischen Rasse unterstellt.

[74] Henry Ashby Turner (Hrsg.) – *Hitler aus nächster Nähe*, 164.

[75] Im Lamaismus ist das achtspeichige Rad (*Dharmachakra*) sowohl ein Symbol der buddhistischen Lehre als auch ein Zeichen des Weltenherrschers.

[76] Walther Wüst – *Das Reich*, 4

[77] Walther Wüst – *Indogermanisches Bekenntnis*, 22

[78] Institut für Zeitgeschichte – München: Jacobsen – ZS 77 – 718/52 – 00018

[79] Walther Wüst – *Indogermanisches Bekenntnis*, 22

[80] Walther Wüst – *Das Reich*, 8

[81] Walther Wüst – *Indogermanisches Bekenntnis*, 23

[82] Walther Wüst – *Das Reich*, 5. Der buddhistische Kaiser Ashoka erweist sich nur der Legende nach als »Friedenskaiser«. In Realität blieb er auch nach seinen grausamen Feldzügen weiterhin ein Despot wie alle asiatischen Herrscher seiner Zeit. In einem Sanskritwerk mit dem Namen *Ashokavandana* heißt es, er habe 18.000 Nicht-Buddhisten umbringen lassen (vermutlich Jainas), weil einer von ihnen den Buddhismus beleidigt habe. Ashoka schaffte auch die Todesstrafe nicht ab. In Religionsfragen sprach er *ex cathedra* und überging konträre Ansichten aus der buddhistischen Mönchsgemeinde (Sangha). Siehe hierzu Brian Victoria: *Zen, Nationalismus und Krieg – Eine unheimliche Allianz* – Berlin 1999

[83] Heinrich Himmler – Hrsg. v. Bradley F. Smith und Agnes F. Peterson – *Geheimreden 1933 bis 1945 und andere Ansprachen*, 247

[84] Adolf Hitler – *Monologe im Führerhauptquartier*, 101

[85] Walther Wüst – *Indogermanisches Bekenntnis*, 37

[86] Ebenda: 37

[87] Ebenda: 37

[88] Ebenda: 90

[89] *Germanien* – Jan. 1938 H. 1, 5

[90] Wüst nennt unter den Philologen: Jacob Grimm, Rud. von Raumer, Adolph Holzmann, Adalbert Kuhn, Karl Verner, Friedrich Kluge, Leopold von Schroeder, Edward Sievers, Ludwig Sütterlin, C. C. Uhlenbeck, W. D. Whitney, Theodor Zachariae, Hermann Collitz, Bruno Liebisch, Georg Hüsing, Sten Konow, Gustav Theodor Fechner.

[91] Walther Wüst – *Deutsche Frühzeit und arische Geistesgeschichte*, 14

[92] Ebenda: 23

[93] Mit Bedauern stellte er fest, dass »auf 100 Alttestamentler nicht ein Vedist und überhaupt nur ein Sanskritkenner« komme. (Walther Wüst – *Deutsche Frühzeit und arische Geistesgeschichte*, 106)

[94] Walther Wüst – *Deutsche Frühzeit und arische Geistesgeschichte*, 28
[95] Walther Wüst – *Indogermanisches Bekenntnis*, 50
[96] Universitätsarchiv München O-N-10 (arische Philol.: Wüst) – Brief Geiger Okt. 1933. Geiger setzte sich für Walther Wüst gegen Helmuth von Glasenapp und Willibald Kirfel ein.
[97] *Zeitschrift der deutschen morgenländischen Gesellschaft* – Bd. 92, 1938, 2. Auf diesem Treffen war Walther Wüst nicht anwesend.
[98] Erich Frauwallner – »Der arische Anteil an der indischen Philosophie« – in Walther Wüst (Hrsg.) – *Wiener Zeitschrift für die Kunde des Morgenlandes* – XLVI. Band – 1. und 2. Heft, Wien 1939, 267
[99] Ebenda: 290 f.
[100] Staatsarchiv München – Staatsanwaltschaften – 34 878/ 52, 54
[101] Gustavo Benavides – »Giuseppe Tucci, or Buddhology in the Age of Fascism« – in Donald S Lopez jr. (Hrsg.) – *Curators of the Buddha – The study of Buddhism under colonialism* – Chicago 1995, 196. 1958 veröffentlichte Frauwallner eine in Fachkreisen viel beachtete *Philosophie des Buddhismus*.
[102] Der Königsberger Volkskundler und Dozent Harmjanz zählte zu den Veteranen der SS. Auch wenn er Mitte der 1930er-Jahre aus dem »Orden« ausgetreten war, so schloss er sich 1938 der Schutzstaffel erneut an. Wie Walther Wüst zählte er zu den wissenschaftlich ernst zu nehmenden »Spezialisten« und war wie dieser ein entschiedener Gegner des »einfallsreichen Phantasten« Herman Wirth.
[103] Walther Wüst – *Deutsche Frühzeit und arische Geistesgeschichte*, 104. Schon vor dem neuen SS-Herausgeber-Duo (Wüst – Harmjanz) hatte sich das *Archiv für Religionswissenschaft* häufig mit indogermanischen Fragestellungen beschäftigt. Unter den beiden Herausgebern Friedrich Pfister und Otto Weinreich, die ab 1936 das *Archiv* editierten, zeichnete sich eine »arische« Totalisierung der Religionswissenschaft schon ab. In Nummer 33 (1936) legte Pfister das zukünftige Programm fest: »Im Mittelpunkt der Forschungsarbeit des *Archivs für Religionswissenschaft* soll künftighin das Thema stehen: Religion und der Glaube der germanischen Völker und ihrer religiösen Führer.« (*Archiv für Religionswissenschaft* – Nr. 33, 1936, 1) In einem weiteren Beitrag erklärt er, dass der »Glaubensenergie« des deutschen Volkes »noch niemals seit anderthalb Jahrtausenden so reiche Möglichkeiten zur Entfaltung geboten waren wie in der Gegenwart.« (Ebenda: Nr. 33, 1936, 380) Ein weiterer Mitarbeiter, Herbert Grabert forderte 1936 als Dienst am Volk die Einbeziehung der Vor- und Frühgeschichte, der Volkskunde, der Rassenkunde und der Rassenseelenkunde in die Religionswissenschaft und kommt zu dem Schluss: »Wenn rassische und völkische Bedingtheit alles Lebens nachweisbar feststeht, so muss das auch für das Glaubensleben von Bedeutung sein.« (Ebenda: Nr. 33, 1936, 196) Bei Grabert wird deutlich, wie tief einige »Wissenschaftler« das Bewusstsein ergriffen hatte, an der Konstruktion einer neuen »NS-Religion« beteiligt zu sein. Er spricht von den »ewig quellenden Glaubenskräften [...], die gestaltende Aufbaukräfte eines Volkes sind.« Religionswissenschaft umfasse »das gesamte Glaubensleben eines artgesunden Volkes und kündet dessen Lebensart.« (Ebenda: Nr. 33, 1936, 199 f.)
[104] E. Benda – »Zur Mythologie des Vishnu« – in *Archiv für Religionswissenschaft* – 37. Bd., Leipzig u. a. 1941/42, 11 ff.
[105] Ebenda: 30
[106] Bundesarchiv Berlin: NS 021 / 000168
[107] In: George Leaman, Bowling Green, Gerd Simon – »Die Kant-Studien im Dritten Reich« – www.uni-mainz.de/~kant/kfs/ks/history/leaman.html
[108] Walther Wüst – *Deutsche Frühzeit und arische Geistesgeschichte*, 3
[109] Bundesarchiv Berlin: NS 21 / 721 (Tgb. Nr. AR/4273)
[110] Reinhard Bollmus – *Das Amt Rosenberg und seine Gegner*, 227
[111] Danach wurde er von Wolfram Sievers – was die Organisationsfragen anbelangt – verdrängt.
[112] www.aleph99.org/etusci/ks/t2a8.htm
[113] Michael H. Kater – *Das Ahnenerbe der SS 1935–1945*, 133
[114] Das SS-Ahnenerbe stand in Konkurrenz zur Hochschulpolitik des »Amtes Rosenberg«, das ähnliche Ziele verfolgte. Siehe hierzu Reinhard Bollmus – *Das Amt Rosenberg und seine Gegner,* 178 ff.
[115] Staatsarchiv München – Staatsanwaltschaften – 34878/ 50, 197
[116] *Neue Zeitung* – Nr. 162 vom 11. 7. 1950
[117] *Orientalistische Literaturzeitung* – 1935, Nr. 8/9, 488
[118] In: Walther Wüst – *Indogermanisches Bekenntnis*, 86
[119] Hans Friedrich Karl Günther – *Die nordische Rasse bei den Indogermanen Asiens*, Vorwort
[120] Die These vom mitteleuropäischen oder nordischen Ursprung der Arier galt unter dem NS-Regime als ein

Dogma. Die heute herrschende Lehre geht von einer asiatischen Urheimat der Indogermanen aus. Blutanalysen weisen auf Indien als das Ursprungsland, linguistische Recherchen nennen die Südhänge des Kaukasus, archäologische Funde zeigen auf Zentralasien.
[121] Hans Friedrich Karl Günther – *Die nordische Rasse bei den Indogermanen Asiens*, 27
[122] Ebenda: 27
[123] Ebenda: 35 f.
[124] Ebenda: 39
[125] Ebenda: 52
[126] Ebenda: 52
[127] Ebenda: 53
[128] Ebenda: 54
[129] Ebenda: 191 f.
[130] Die Askese ist für Günther nicht arisch, wenn sie in der Jugend oder im Mannesalter eines Menschen praktiziert wird. Aber als eine Übung im Alter, als Zurückgezogenheit der Waldasketen sei sie eine durchaus reinrassige Disziplin.
[131] Hans Friedrich Karl Günther – *Die nordische Rasse bei den Indogermanen Asiens*, 57
[132] *Orientalistische Literaturzeitung* – 1935, Nr. 8/9, 490. Zu den rassistisch eingestellten Indologen, die den Buddhismus als unarisch ablehnten, zählt auch Friedrich Cornelius. 1942 schrieb er: »Der Weg, auf welchem Buddha zum Erlöschen der Vorstellungen, zum Verwehen des Ich zu kommen sucht, die Predigt des Leidens und des Mitleidens, ist die gemeinsame Religion fast der ganzen mongolischen Rasse geworden. Diese Wahlverwandtschaft scheint mir beweiskräftig dafür zu sein, dass Buddha selbst die Seelenart der mongolischen Rasse hatte. Darum endet mit dem Sieg seiner Lehre die nordische Geschichte Indiens.« (Friedrich Cornelius – *Indogermanische Religionsgeschichte*, 103)
[133] Hans Friedrich Karl Günther – *Die nordische Rasse bei den Indogermanen Asiens*, 184
[134] Ebenda: 185
[135] Institut für Zeitgeschichte – München: Himmler – MA 312 – 12 796
[136] In: Richard Breitmann – *Heinrich Himmler*, 69
[137] Adolf Hitler – *Monologe im Führerhauptquartier*, 370
[138] In: Richard Breitmann – *Heinrich Himmler*, 67
[139] Ebenda: 64. Noch 1943 rekurrierte Himmler auf Michael Prawdins Bücher und wies den SS-Obergruppenführer Pohl an, die dort geschilderten Essgewohnheiten der Mongolen zu studieren, um die »Ernährungsschwierigkeiten unserer Truppen in Stalingrad« zu meistern. (Helmut Heiber – Hrsg. – *Reichführer!*, 184)
[140] Sven Hedin – *Ohne Auftrag in Berlin*, 16
[141] Institut für Zeitgeschichte – München: Himmler – MA 312 – 12 864
[142] Adolf Hitler – *Monologe im Führerhauptquartier*, 137
[143] Bundesarchiv Berlin: R 135 / 66 – 165980
[144] Michael H. Kater – *Das Ahnenerbe der SS 1935–1945*, 61
[145] Dr. Sigmund Rascher zählte zu den wahrhaften Horrorgestalten der KZ-Szenerie. Mit Himmlers Billigung benutzte er zahlreiche Häftlinge für seine Menschenexperimente. Neben Unterdruckreaktionen testete er Unterkühlungen des menschlichen Körpers. (In: Josef Ackermann – *Heinrich Himmler als Ideologe*, 51)
[146] Peter Bahn – »Die Hielscher-Legende – Eine panentheistische ›Kirchen‹-Gründung des 20. Jahrhunderts und ihre Fehldeutungen« – in: *Gnostika* Heft Nr. 19, Oktober 2001, 69
[147] Michael H. Kater – *Das Ahnenerbe der SS 1935–1945*, 33 f.
[148] Friedrich Hielscher – *Das Reich*, 374
[149] Ebenda: 375
[150] Ebenda: 376
[151] Friedrich Hielscher – »Die Heraufkunft der Kräfte« – in Stecowa – *Phantastisches und Übersinnliches aus dem Weltkrieg*, 202
[152] Friedrich Hielscher – *Das Reich*, 374
[153] Ebenda: 375
[154] Friedrich Hielscher – *Fünfzig Jahre unter Deutschen*, 185
[155] Friedrich Hielscher – *Das Reich*, 351
[156] Ebenda: 380. Das Leben eines Mannes beginnt nach Hielscher mit dem 18. Lebensjahr, dem »Jahr der Schwertleite: im achtzehnten Jahre wurden die germanischen Jünglinge in den Kreis der waffenfähigen Män-

ner aufgenommen.« (Ebenda: 50) 18 Jahre war auch das Eintrittsalter für einen SS-Junker.
[157] Ebenda: 354
[158] Friedrich Hielscher – *Fünfzig Jahre unter Deutschen*, 189
[159] Ebenda: 138
[160] Friedrich Hielscher – *Das Reich*, 281
[161] Friedrich Hielscher – *Fünfzig Jahre unter Deutschen*, 141
[162] Friedrich Hielscher – *Das Reich*, 247
[163] Kater, Michael – *Das Ahnenerbe der SS 1935–1945*, 324
[164] In den Jahren 1941 bis 1943 gab es zahlreiche Treffen zwischen Wolfram Sievers und Friedrich Hielscher. Aus den Tagebuchnotizen Sievers lässt sich nicht entnehmen, was dabei wirklich besprochen wurde. (Siehe Hielscher-Tagebücher: Staatsarchiv München – Staatsanwaltschaften – 34 878/50; 34 878/51; 34 878/52)
[165] Hannah Arendt – *Elemente und Ursprünge totaler Herrschaft*, 571
[166] In Michael H. Kater – *Das Ahnenerbe der SS 1935–1945*, 34
[167] Friedrich Hielscher – *Fünfzig Jahre unter Deutschen*, 448
[168] Ebenda: 454
[169] Peter Bahn – »Die Hielscher-Legende – Eine panentheistische ›Kirchen‹-Gründung des 20. Jahrhunderts und ihre Fehldeutungen« – in: *Gnostika* Heft Nr. 19, Oktober 2001, 70

Krieg als Religion

[1] Adolf Hitler – *Monologe im Führerhauptquartier*, 54 f.
[2] Bundesarchiv Koblenz: Himmler NL 126/9, Nr. 226 und Himmler NL 126/9, Nr. 111
[3] Bundesarchiv Koblenz: Himmler NL 126/9, S. 3
[4] Sie wurde von Max Müller in England vertreten, von Ernest Renan in Frankreich, von den Brüdern August Wilhelm und Friedrich Schlegel, Georg Wilhelm Friedrich Hegel und Jacob Grimm in Deutschland.
[5] Diese These vertrat Karl Penka in *Origines Ariacae* (1883) und in *Die Herkunft der Arier* (1886) ebenso wie Ernst Krause in *Tuisko-Land* (1891).
[6] Jakob Wilhelm Hauer – »Zum gegenwärtigen Stand der Indogermanenfrage« – in: *Archiv für Religionswissenschaft* – 36. Bd., Leipzig u. a. 1939 II, 60/61
[7] Walther Wüst – *Indogermanisches Bekenntnis*, 2
[8] In: Margarete Dierks – *Jakob Wilhelm Hauer*, 288
[9] Karl Rennstich – *Der deutsche Glaube*, 5
[10] Hans Buchheim – *Glaubenskrise im Dritten Reich*, 186
[11] In: Margarete Dierks – *Jakob Wilhelm Hauer*, 288
[12] Horst Junginger – *Von der philologischen zur völkischen Religionsgemeinschaft*, 279
[13] Jakob Wilhelm Hauer – *Die große Verpflichtung*, 10
[14] Auch als Universitätsprofessor war Hauer kein trockener Wissenschaftler, er hatte die Fähigkeit, seine Zuhörer zu begeistern. In seinen Vorlesungen über die archaischen Religionskulte Indiens gelang es ihm, längst totgeglaubtes Ideengut zu vitalisieren. Jedenfalls sieht das sein Kollege Friedrich Heiler aus Marburg so: »Hauers Charisma ist die geradezu geniale Fähigkeit, aus den wirren, unverständlichen und abstoßenden Formen primitiver Gebräuche und Vorstellungen den Herzschlag lebender Frömmigkeit herauszuhören – denselben Herzschlag, den wir klar und deutlich in den höchsten und reinsten Äußerungen der Religion vernehmen. […] Was Hauer über zauberisches Kraftdenken und Tabusuggestion, über Traumsymbolik und Hellsehen, über Divination und Ordal, über Besessenheit und Tanz, über Totemismus und Nagualismus ausführt, wirft neues helles Licht auf alle diese rätselhaften Erscheinungen und ihre besondere religiöse Bedeutung.« (In: Margarete Dierks – *Jakob Wilhelm Hauer*, 84) Hauer besaß demnach die Begabung, archaische Kulturmuster mit dem technisch hochmodernen NS-Staat in Symbiose zu bringen.
[15] In: Margarete Dierks – *Jakob Wilhelm Hauer*, 259
[16] Ebenda: 260. Dem stehen einige widersprechende Zitate gegenüber, in denen er religiöse Toleranz fordert, aber wahrscheinlich nur, weil er selber unter politischen Druck von Seiten anderer NS-Ideologen geriet. Hauers Toleranz-Forderungen waren eine Farce, da er in seinem 1934 veröffentlichten Buch *Deutsche Gottschau*

klarstellte: »Im Dritten Reich kann jeder nach seiner Fasson selig werden – aber nicht frei gibt der Nationalsozialismus die Haltung zu der Frage der unbedingten Forderung der Rasse (eigene Art), des Blutes (erbgesunder Nachwuchs), der Gemeinschaft des Volkes gegenüber dem Individuum.« (Jakob Wilhelm Hauer – *Deutsche Gottschau*, 272)

[17] »Außerdem fühlten die Kirchen sich von Hauer auf ihrem eigenen Gebiet direkt angegriffen, während der Staat ihnen zwar das Leben schwer machte, jedoch nach wie vor seine Kritik an der christlichen Lehre nicht grundsätzlich übte.« (Hans Buchheim – *Glaubenskrise im Dritten Reich*, 191)

[18] Dem Beirat gehörten an: Graf Reventlov, Hans F. K. Günther, Herman Wirth, Johann von Leers

[19] In: Margarete Dierks – *Jakob Wilhelm Hauer*, 262. Auch der General Ludendorff warf Hauer vor, er habe sich zum »Führer« der Deutschen Glaubensbewegung ernennen lassen.

[20] Hans Buchheim – *Glaubenskrise im Dritten Reich*, 185

[21] Helmut Heiber (Hrsg.) – *Reichführer!*, 59

[22] Das gilt jedoch nur für seine wissenschaftliche Arbeit, denn dem Versuch, direkt als Prediger der »Deutschen Glaubensbewegung« innerhalb der SS aktiv zu sein, war nur ein kurzer Erfolg beschieden. Jedenfalls sieht das der ehemalige Bataillons- und Regimentskommandeur in der Waffen-SS Rudolf Jacobsen so: »Ohne irgendwie von der Reichsführung-SS propagiert zu sein, hatte die ›Deutsche Glaubensbewegung‹ zuerst großen Anklang unter den SS-Männern gefunden, weil diese sie für das hielten, als was sie sich ausgab: als rein organisatorischer Zusammenschluss aller Nicht-Christen. Als man aber zum ersten Male Prof. Hauer erlebte, ihn von seiner Yogalehre und all diesen an sich beachtlichen, aber den SS-Männern fremdartig erscheinenden Dingen sprechen hörte und merkte, dass er dazu neigte, auch Glaubensvorschriften oder Richtlinien zu geben, wandten sich die SS-Männer, wieder ohne von oben her beeinflusst zu sein, sofort ab.« (Archiv: Institut für Zeitgeschichte – München: Jacobsen – ZS 77 – 718/52 – 00023)

[23] Universitätsarchiv München O-N-10 (arische Philol.: Wüst) Gutachten Hauer o. D.

[24] Universitätsarchiv München O-N-14 (Wüst) – Blätter 76 f.

[25] Ebenda: Blätter 76 f. – 1939 – 21. Juni

[26] Bundesarchiv: NS – 21 – 146 – Brief Sievers an Hauer vom 17. 3. 1945

[27] Carl Gustav Jung – »Wotan – Sein Wiedererwachen im Dritten Reich« – in: C. G. Jung – *Gesammelte Werke* Bd. X, 216

[28] Dagegen versucht Margarete Dierks in ihrer Monografie über Hauer eine gewisse Distanziertheit des Professors zum NS-Führerkult herauszuarbeiten. Ja sie spricht sogar davon, er habe sich »gegenüber der propagierten nationalsozialistischen Weltanschauung abgegrenzt.« (Margarete Dierks – *Jakob Wilhelm Hauer*, 256) Eine solche Behauptung ist völlig aus der Luft gegriffen, denn Hauer geriet nicht mit dem Regime in einen Konflikt, weil er dagegen war, sondern weil er mehr wollte: Der Nationalsozialismus erschien ihm zu säkular. Was der Indologe anstrebte, war nichts Geringeres als die Sakralisierung des NS-Regimes und die Restauration einer indo-arischen Ur-Religion. Hauer hatte sogar den Mut, seine Kritik an der Profanität der Nationalsozialisten auf seinen viel besuchten Versammlungen zur Sprache zu bringen. In einem Mitteilungsblatt der NSDAP München vom Juni 1935, welches sich gegen ihn richtet, fühlt sich die Parteisektion deswegen beleidigt, weil er dem Nationalsozialismus »zu wenig« Religiosität vorgehalten habe. Die Parteigenossen versuchten mit einem noch inbrünstigeren Glaubensbekenntnis zu kontern: »Tauchen dann falsche Propheten [wie Hauer] auf und rufen nach uns, so gibt es nur eines: Wir bleiben Revolutionäre des Führers, wir bleiben allein positive Nationalsozialisten. Die Weltanschauung des Nationalsozialismus ist wahrlich nicht so arm, als dass sie einen Ersatz von außen nötig hätte. Sie ist so groß und allumfassend, dass gerade durch sie der Weg zum Ewig-Göttlichen zu finden ist. Je mehr wir hineinfühlen in die biologischen Wahrheiten unseres Werdens und Seins, um so ehrfürchtiger erkennen wir jene göttliche Kraft, die dahinter steht und waltet.« (In: Margarete Dierks – *Jakob Wilhelm Hauer*, 257) Solche religiösen Bekenntnisse waren im Grunde ganz in Hauers Sinne, obgleich sie hier als eine Kritik an ihm formuliert wurden. Das Beispiel zeigt auch, dass sein Einfluss nicht allein an der Entwicklungsgeschichte der »Deutschen Glaubensbewegung« zu messen ist, sondern er trieb durch seinen Eifer auch andere NS-Institutionen dazu, sich an einem Wettlauf zu beteiligen, der die Sakralisierung des Systems zum Ziele hatte.

[29] Jakob Wilhelm Hauer – *Das religiöse Artbild der Indogermanen*, XII

[30] Geplant war ein umfassendes Opus mit mehreren Bänden. Die Serie sollte *Glaubensgeschichte der Indogermanen* heißen: »Das Ziel der Reihe ist eine umfassende Darstellung der indogermanischen Glaubensgeschichte im Sinne einer lebensnahen und volksverwurzelten, aber unbedingt strengen und unabhängigen Religionswissenschaft.« Das Zitat stammt aus dem ersten Band der geplanten Reihe: *Das religiöse Artbild der Indoger-*

manen und die Grundtypen der indo-arischen Religion, Stuttgart 1937.
[31] Jakob Wilhelm Hauer – *Religion und Rasse,* 211
[32] Jakob Wilhelm Hauer – *Das religiöse Artbild der Indogermanen,* 2 ff.
[33] Ebenda: 25
[34] Die Schrift, deren Erfindung er den semitischen Völkern zugestehen muss, ist seiner Meinung nach eine Verfallsform der mündlichen Tradition und deswegen kein Merkmal für eine hohe Kultur (Jakob Wilhelm Hauer – *Religion und Rasse,* 210)
[35] Jakob Wilhelm Hauer – *Eine indo-arische Metaphysik des Kampfes und der Tat,* 2
[36] Jakob Wilhelm Hauer – *Das religiöse Artbild der Indogermanen,* 165
[37] Ebenda: 242
[38] Siehe hierzu das Kapitel »Die anti-buddhistischen Fraktionen der extremen Rechten im Dritten Reich«
[39] Jakob Wilhelm Hauer – *Das religiöse Artbild der Indogermanen,* XI
[40] Ebenda: 26
[41] Ebenda: 240
[42] Ebenda: 64. Die Ablehnung des Geschlechtlichen und die absolute Enthaltsamkeit, die der Buddha predigte, tut Hauer als reine Zeiterscheinung ab und gesteht ihr weder etwas Grundsätzliches zu noch attackiert er sie als un-arisch. Sie sei eine Folge der sündigen Rassenvermischung zu Buddhas Zeiten: »Das orientalide Blut, das hier dem nordischen begegnete, steigt zu höchsten Wellen der Sinnlichkeit.« (268)
[43] Ebenda: 270
[44] Ebenda: 271
[45] Das Buch ist nach dem Kriege neu aufgelegt und erweitert worden. Es gilt unter Indologen als Standardwerk. Hauer legte mit *Der Yoga als Heilsweg* eine Geschichte des Yoga vor, ausgehend von den frühen Elementen aus der vedischen Zeit über den Yoga der *Upanishaden*, den Yoga des Buddhismus, des Jainismus bis hin zum Yoga in der *Mahabharata*. Der indische Yoga, so wie wir ihn aus dem Frühbuddhismus und den *Upanishaden* kennen, ist für ihn die geeignete Maßnahme gegen die Zerfaserung der Seele und die Zersplitterung des Geistes, die eine »hochgesteigerte Zivilisation« mit sich bringe. Die Zeit um 1930 entspräche der Zeit, in welcher der Buddha gelehrt habe, für ihn sei die Oberflächlichkeit der Gedankengänge eine der großen Verfehlungen gewesen. (Jakob Wilhelm Hauer – *Der Yoga als Heilsweg,* XIII f.) Yoga und Buddhismus sind für Hauer die Auswirkungen ein und derselben Geistesströmung. Sie lehren beide die Achtsamkeit gegenüber Handlungen, Gedanken und Gefühlen durch Konzentration und Versenkung. In der spätbuddhistischen Spekulation des Vasubandhu (4. Jh. n. Chr.) sei der Höhepunkt dieser Entwicklung erreicht. Hauer kommt auch auf tantrisch-buddhistische Techniken zu sprechen, in denen Okkultismus und Magie die Oberhand gewinnen und der Buddha zum Adi-Buddha, zum Ur-Buddha, und schließlich »zum Ur-Herrn und zum Ur-Gott« wird.
[46] Jakob Wilhelm Hauer – *Das religiöse Artbild der Indogermanen,* X
[47] Walther Wüst – »Deutsche Frühzeit und arische Geistesgeschichte« – in: *Süddeutsche Monatshefte* 1934, 734
[48] Jakob Wilhelm Hauer – *Der Yoga als Heilsweg,* 142. Walther Wüst bespricht *Yoga als Heilsweg* in der »Frankfurter Zeitung« vom 23. 4. 1933. Einiges Aufsehen machte die Entdeckung einer Statue der indischen Göttin Parvati auf der Lützelburg. Wüst glaubte wahrscheinlich hier einen Beweis für alt-indische Traditionen in Germanien vor sich zu haben. Jedenfalls ließ er sich über den Fund genauestens berichten. (Archiv: Bayerische Staatsbibliothek – München: Walther Wüst ANA 625 – Bericht SS-Hauptsturmführer Lützelburg vom 24. 6. 1940)
[49] Jakob Wilhelm Hauer – *Der Yoga als Heilsweg,* IX
[50] Ebenda: IX f.
[51] Jakob Wilhelm Hauer – *Das religiöse Artbild der Indogermanen,* 278
[52] Das Buch *Der Vrâtya* wurde von Walther Wüst unter der besonderen Anerkennung der Position Hauers als Indologe und seiner philosophischen Leistung rezensiert.
[53] Jakob Wilhelm Hauer – *Der Vrâtya,* 2
[54] Jakob Wilhelm Hauer – *Der Yoga als Heilsweg,* 11
[55] Jakob Wilhelm Hauer – *Der Vrâtya,* 2
[56] Alfred Rosenberg setzt sich in *Der Mythos des 20. Jahrhunderts* ausführlich mit diesem Konflikt zwischen Brahmanen und Kshatriya, Priestern und Kriegern in der Geschichte der Völker auseinander.
[57] Felix Kersten – *Totenkopf und Treue,* 189 f.

[58] Jakob Wilhelm Hauer – *Eine indo-arische Metaphysik des Kampfes und der Tat*, VI. Im selben Jahr publizierte sein berühmter Kollege Rudolf Otto *Die Urgestalt der Bhagavad-Gita*. 1935 folgten von diesem zwei weitere Texte: *Der Sang des Hehr-Erhabenen – Die Bhagavad-Gita* und *Die Lehrtraktate der Bhagavad-Gita*. Der Kurator des SS-Ahnenerbes Walther Wüst übernimmt 1938 Auszüge davon in seiner Anthologie *Tod und Unsterblichkeit im Weltbild indogermanischer Denker*. Auch an anderer Stelle lobt Wüst den beispielhaften Charakter der »beliebten und gefeierten Bhagavadgita«. (Walther Wüst – *Indogermanisches Bekenntnis*, 37)
[59] Jakob Wilhelm Hauer – *Der Yoga als Heilsweg*, 63
[60] Jakob Wilhelm Hauer – *Eine indo-arische Metaphysik des Kampfes und der Tat*, 1
[61] Jakob Wilhelm Hauer – *Der Yoga als Heilsweg*, 63
[62] Jakob Wilhelm Hauer – *Eine indo-arische Metaphysik des Kampfes und der Tat*, 3
[63] Ebenda: 4
[64] Ebenda: 11
[65] Ebenda: 4
[66] Ebenda: 6
[67] Ebenda: 9
[68] Ebenda: 10
[69] Ebenda: 12
[70] Ebenda: 15
[71] Ebenda: 18
[72] In der griechischen Tragödie (insbesondere im *Ödipus*) lädt der Held die Schuld unbewusst auf sich. Ödipus weiß nicht, dass er sich durch die Tötung des Vaters und durch den Inzest mit der Mutter schuldig gemacht hat. Das macht seine Tragik aus. Ödipus ist schuldig, aber er ist kein Verbrecher. In der *Bhagavadgita* dagegen schlachtet Arjuna seine Brüder und Verwandten aus freier Willensentscheidung ab. Er weiß, was er tut. Er macht sich bewusst schuldig. Da er – wenn auch mit großen Gewissensnöten – tötet um des Töten willens, wäre er nach heutigem Recht ein Kriegsverbrecher.
[73] Jakob Wilhelm Hauer – *Eine indo-arische Metaphysik des Kampfes und der Tat*, 21
[74] Ebenda: 53
[75] Ebenda: 54. Zu den begeisterten Anhängern der *Bhagavadgita* zählte auch der konservative Friedrich Hielscher, der zeitweise mit Walther Wüst im SS-Ahnenerbe zusammenarbeitete: »Und nicht anders leuchtet Brahman, die Allseele«, schreibt Hielscher, »durch Vishnu, den segnenden Gott, und er wiederum durch Krishna, den Menschen, hindurch, als dieser Arjuna begegnet, wie in der *Bhagavadgita* des *Mahabharata* nachzulesen ist. Und daraufhin beugt Arjuna vor dem Freunde huldigend das Knie: ›Gegrüßet seist du, mein Herr und mein Gott!‹ Nicht Krishna wird hier als Gott gegrüßt, sondern Vishnu, der in ihn Eingegangene und durch ihn dem Arjuna sich Offenbarende, und über Vishnu und in ihm Brahman selber.« (Friedrich Hielscher – *Fünfzig Jahre unter Deutschen*, 145)
[76] Bundesarchiv Koblenz: Himmler NL 126/9, Nr. 235
[77] Walther Wüst – *Indogermanisches Bekenntnis*, 97. Auch für Heinrich Himmler ist der Krieg ein ewiges Naturgesetz, ihm geht es jedoch immer noch um den Gegner: »Wir halten es für richtig demgegenüber festzustellen, dass, solange es Menschen auf der Erde gibt, der Kampf zwischen Menschen und Untermenschen geschichtliche Regel ist, dass dieser von Juden geführte Krieg gegen die Völker, solange wir zurückblicken können, zum natürlichen Ablauf des Lebens auf unserem Planeten gehört. Man kann beruhigt zu der Überzeugung kommen, dass dieses Ringen auf Leben und Tod wohl genau das Naturgesetz ist, wie der Kampf des Menschen gegen irgendeine Seuche, wie der Kampf des Pestbazillus gegen den gesunden Körper.« (Heinrich Himmler – *Die Schutzstaffel als antibolschewistische Kampforganisation*, 3)
[78] Heinz Höhne – *Der Orden unter dem Totenkopf*, 149
[79] Eugen Kogon – *Der SS-Staat*, 350
[80] *Germanien* Nr. 10/11 1939, 433
[81] Felix Kersten – *Totenkopf und Treue*, 150
[82] In: Josef Ackermann – *Heinrich Himmler als Ideologe*, 155
[83] Heinz Höhne – *Der Orden unter dem Totenkopf*, 337
[84] Hans Thomas Hakl – *Der verborgene Geist von Eranos*, 146
[85] Nicholas Goodrick-Clarke – *Hitler's priestess*, 122
[86] Eugen Kogon – *Der SS-Staat*, 35
[87] Heinrich Himmler (Hrsg. v. Bradley F. Smith und Agnes F. Peterson) – *Geheimreden 1933 bis 1945*, 32

[88] Heinz Höhne – *Der Orden unter dem Totenkopf*, 356

[89] Auch Heinz Höhne betont, dass der Sadist und der Lustmörder innerhalb der SS die Ausnahme waren und keineswegs die Regel. Himmler legte großen Wert darauf, dass es keine persönlichen Motive bei der Vernichtung der Juden geben dürfe. Im Herbst 1942 stellte ihm ein SS-Gericht die Frage, wie die durch keinerlei Befehle gedeckte Erschießung von Juden zu beurteilen sei. Die Antwort des Reichsführers-SS lautete: »1. Bei rein politischen Motiven erfolgt keine Bestrafung, es sei denn, dass die Aufrechterhaltung der Ordnung eine solche erfordert. 2. Bei eigensüchtigen oder sadistischen bzw. sexuellen Motiven erfolgt gerichtliche Ahnung, und zwar gegebenenfalls auch wegen Mordes bzw. Totschlages.« (Heinz Höhne – *Der Orden unter dem Totenkopf*, 351) Entsprechende Gerichtsurteile hat es gegeben.

[90] Hermann Rauschning – *Gespräche mit Hitler*, 237/22/78. An einer anderen Stelle lässt Rauschning Hitler sagen: »Ohne den Willen zur Grausamkeit geht es nicht. [...] Herrschaft wird nie durch Humanität begründet, sondern, vom bürgerlichen Winkel aus betrachtet, durch Verbrechen. Der Terror ist absolut unentbehrlich bei jeder Begründung der Macht.« (257) Zur Quellenlage von Rauschnings Hitlerzitaten siehe Anhang.

[91] Heinrich Himmler (Hrsg. v. Bradley F. Smith und Agnes F. Peterson) – *Geheimreden 1933 bis 1945*, 61

[92] Jakob Wilhelm Hauer – *Das religiöse Artbild der Indogermanen*, 319

[93] Felix Kersten – *Totenkopf und Treue*, 189

[94] Nicholas Goodrick-Clarke – *Hitler's priestess*, 119

[95] Ebenda: 119

[96] Jakob Wilhelm Hauer – *Der Yoga. Ein indischer Weg zum Selbst* – Stuttgart 1958. Bedeutende Orientalisten wie Gustav Menschig, Helmuth von Glasenapp, Georg Feuerstein und andere bestätigen Hauer ein großes Fachwissen.

[97] Herman Lommel – *Die alten Arier von Art und Adel ihrer Götter*, 8

[98] Ebenda: 9

[99] Ebenda: 10

[100] Ebenda: 43

[101] Ebenda: 12

[102] Herman Lommel – *Der arische Kriegsgott*, 17

[103] Ebenda

[104] Jakob Wilhelm Hauer – *Indiens Kampf ums Reich*, 5

[105] Ebenda: 44

[106] Bundesarchiv Koblenz: Himmler NL 126/9, Nr. 206

[107] Bundesarchiv Berlin: NS 021 – 927; Staatsarchiv München – Staatsanwaltschaften – 34 878/ 51, 332

[108] Nicholas Goodrick-Clarke – *Hitler's priestess*, 79

[109] M. S. Golwakar – *We or our Nationhood defined*, 35

[110] Hinzu kam die Errichtung einer Radiostation in Berlin, um die Ideen des *Indian Free Movement* zu verbreiten.

[111] M. S. Golwakar – *We or our Nationhood defined*, 85

[112] Ranjan Borra: Subhas Chandra Bose, The Indian National Army, and The War of India's Liberation http://netjunk.com/users/library/bose_1.htm (Rückübersetzung aus dem Englischen).

[113] Ebenda

[114] Bundesarchiv Berlin: NS – 19 – 3760

[115] Nicholas Goodrick-Clarke – *Hitler's priestess*, 90

[116] Miguel Serrano – *Memorias de Él y Yo* – Bd. III – *Misión en los Transhimalaya*, 5

Die »Runenokkultisten«

[1] Zu den Runenokkultisten der 1920er-Jahre zählten Rudolf John Gorsleben, Werner von Bülow, Friedrich Bernhard Marby, Herbert Reichstein und Frodi Ingolfson Wehrmann. »Obwohl ihre Anhänger in esoterischen Zirkeln arbeiteten und keine politische Betätigung suchten, genoss ein kleiner Kreis dieser Edda- und Runenokkultisten in der Mitte der dreißiger Jahren das Vertrauen von Heinrich Himmler und leistete seinen Beitrag zum Symbolismus und den Ritualen der SS.« (Nicholas Goodrick-Clarke – *Die okkulten Wurzeln des Nationalsozialismus*, 46)

[2] Ebenda: 34
[3] Blavatsky geht von der Existenz einer geheimen Weltregierung aus, deren Mitglieder, die *Mahatmas*, im 14. Jh. von dem Gründer des tibetischen Gelugpa-Ordens, Tsongkhapa, in einer esoterischen Gesellschaft zusammengefasst wurden. Die »Weiße Bruderschaft«, wie dieser Geheimbund genannt wird, existiert immer noch, wenn auch vor allen Blicken verborgen, in Tibet und wirkt auf die Geschicke der Menschheit ein. Sie besteht aus Übermenschen, welche die Evolution der Erdenbürger überwachen.
[4] Ein tibetisches Original dieses Buches (*Dzyan*) konnte nie festgestellt werden. Das soll aber keineswegs heißen, dass Madame Blavatsky nur ihre Phantasien in den Lamaismus hineinprojiziert hat. Geheimnisvolle Schriften gibt es auch in der tibetischen Kultur. Insbesondere ist das okkulte Ambiente, das die Blavatsky verbreitete, dem Lamaismus durchaus vertraut.
[5] Rudolf John Gorsleben – *Hoch-Zeit der Menschheit*, XXIII
[6] Ebenda: 13 f.
[7] Ebenda: 4. Auch hinter dem »Deutschen« soll sich nach Gorsleben die »Geheimsprache der arischen Priesterschaft« verbergen.
[8] Nicholas Goodrick-Clarke – *Die okkulten Wurzeln des Nationalsozialismus*, 142
[9] Rudolf John Gorsleben – *Hoch-Zeit der Menschheit*, 222
[10] Ebenda: 21
[11] Ebenda: 204
[12] Ebenda: 204. Den Vergleich, den Gorsleben zwischen Papsttum und Lamaismus macht, ist von seiner geringen Kenntnis der lamaistischen Symbolik geprägt und kolportiert einige Gedanken, welche sich in Madame Blavatskys *Secret Doctrine* wiederfinden. Er nennt unter anderem das Messopfer von Brot und Wein und die Tiara, welche er fälschlicherweise in beiden Kulturen entdeckt haben will: »Krummstab, Glocke, Vesper, Messe und Schlüssel gibt es auch in Tibet, in Lhasa thront als Stellvertreter Gottes unfehlbar und unnahbar der Dalai Lama wie in Rom der Papst.« (204) Für die Runengläubigen im SS-Ahnenerbe waren diese Vergleiche mit dem Vatikan nicht von großer Bedeutung. Sie erhofften sich vor allem Auskunft über das atlantische Urwissen, das die Lamas verwahren sollten.
[13] Aktive Mitglieder waren neben Rudolf John Gorsleben Frieda Dorenberg (Parteigenossin Nr. 6), Richard Anders (SS-Offizier), Friedrich Schiller, Werner von Bülow. (Rudolf J. Mund – *Fragmente einer verschollenen Religion*, 11)
[14] Die verschiedenen Namen, unter denen Wiligut auftrat, waren neben »Weisthor« »Uralter«, »Lobesam«, »Maja Wiligout« und »Jarl Widar«.
[15] Rudolf J. Mund – *Fragmente einer verschollenen Religion*, 10
[16] Nicholas Goodrick-Clarke – *Die okkulten Wurzeln des Nationalsozialismus*, 155
[17] E. Kirchhoff (Mitglied der ariosophischen Guido-v.-List-Gesellschaft), R. Anders und F. Schiller (Mitglieder des ONT des Lanz v. Liebenfels); Otto Rahn.
[18] Reinhard Greve – »Tibetforschung im SS-Ahnenerbe« – in: Thomas Hauschild – *Lebenslust und Fremdenfurcht*, 170
[19] Die Begriffe »Erb-Erinnern« und »Findung« stammen von Guido von List.
[20] Institut für Zeitgeschichte – München: Wiligut/Ahnenwissen – MA 320 – 62 0612 /13
[21] Klaus D. Patzwall – »Der SS-Totenkopfring« – in: *Archiv für Ordenskunde – Schriftenreihe zur Geschichte der Orden & Ehrenzeichen* – Hamburg 1983, 7
[22] Ebenda: 16
[23] Nicholas Goodrick-Clarke – *Die okkulten Wurzeln des Nationalsozialismus*, 164
[24] Was bei seinem Eintritt in die SS nicht bekannt war.
[25] Hans Jürgen Lange – *Weisthor*, 271
[26] Rudolf J. Mund – *Fragmente einer verschollenen Religion*, 20
[27] In: Eduard Gugenberger – *Hitlers Visionäre*, 38
[28] Rudolf J. Mund – *Fragmente einer verschollenen Religion*, 32 ff.
[29] Rudolf J. Mund – *Der Rasputin Himmlers*, 171 f.
[30] Rudolf J. Mund – *Fragmente einer verschollenen Religion*, 168
[31] Ebenda: 16
[32] Ebenda: 49 f.
[33] Ebenda: 139
[34] Institut für Zeitgeschichte – München: Wiligut – MA 320 – 62 0670

[35] Rudolf J. Mund – *Fragmente einer verschollenen Religion*, 151
[36] Helmut Heiber (Hrsg.) – *Reichführer!*, 282
[37] Institut für Zeitgeschichte – München: Vernehmung Ernst Schäfer A – 1948156 (2.4. 1947)
[38] In: Rüdiger Sünner – *Schwarze Sonne*, 50. Sünner nennt den Autor nicht mit Namen. Es kann sich dabei jedoch nur um Ernst Schäfer handeln. Dies ergibt sich aus dem folgenden Zitat von Hans Jürgen Lange: »Ernst Schäfer soll, nach seinen unveröffentlichten Memoiren, die noch immer in Berlin in den Händen seiner Witwe liegen, Zeuge gewesen sein, wie Wiligut in der Caspar-Theiyß-Str. mit verdrehten Augen in Trance fiel. Eine Trance, die Schäfer mit den entrückten Zuständen der Botenläufer im tibetanischen Hochland verglich, die er bereits bei seinen vorhergehenden Forschungsreisen (1930–32 und 1934–36) gesehen hatte.« (Hans Jürgen Lange – *Weisthor*, 68)
[39] Hans Jürgen Lange – *Weisthor*, 68
[40] In: Rüdiger Sünner – *Schwarze Sonne*, 50
[41] Ebenda: 50. Die von Wiligut angesprochene mysteriöse Beziehung des Dalai Lama mit NS-Deutschland wurde später von dem Chilenen Miguel Serrano übernommen. Sein »Geschick« – so der Gründer des »esoterischen Hitlerismus« über den XIV. Dalai Lama – ist »eng mit demjenigen Hitlerdeutschlands verbunden … aufgrund noch nicht entdeckter Verbindungen. Wenige Jahre nach Deutschland fällt auch Tibet.« (Miguel Serrano – *Das goldene Band*, 366) Wir kommen auf Serranos Spekulation noch zurück.
[42] Institut für Zeitgeschichte – München: Wililigut/Uiligotos – MA 320 – 62 0572 /73
[43] Institut für Zeitgeschichte – München: Wililigut/Uiligotos – MA 320 – 62 0572 /73. Das Mitleidsgebot lautet also: Lichtmenschen helfen Lichtmenschen, nicht aber Lichtmenschen helfen Dunkelmenschen.
[44] Rudolf J. Mund – *Fragmente einer verschollenen Religion*, 199
[45] Rudolf J. Mund – *Der Rasputin Himmlers*, 145. Rudolf J. Mund (1920–1985), von Beruf Automechaniker, trat der SA, der NSDAP und 1938 der Waffen-SS bei. 1943 besuchte er die SS-Junkerschule und erhielt die Ausbildung zum SS-Untersturmführer. Mund war bis zu seinem Tode in Wien Oberhaupt des ariosophischen Neutemplerordens. Er ist einer der Gründer des »SS-Mystizismus«. Siehe das Kapitel: Der »SS-Mystizismus« und seine Anleihen aus dem Lamaismus.
[46] Ebenda: 145
[47] Ebenda: 146
[48] Ebenda: 146
[49] Ebenda: 65
[50] Ebenda: 67
[51] Rudolf J. Mund – *Fragmente einer verschollenen Religion*, 8
[52] In Wiliguts rudimentäres Weltbild ist viel Theosophisches (und über diesen Kanal auch das Buddhistische und Lamaistische) eingeflossen. Die Theosophie hatte über den deutschen Arzt Franz Hartmann (1838–1912) einen nicht geringen Einfluss auf die ariosophische Bewegung ausgeübt, in der auch Wiligut vor dem Ersten Weltkrieg in Wien verkehrte. Hartmanns Arbeiten waren anfänglich den Rosenkreuzern, Paracelsus, Jakob Böhme und anderen abendländischen Mystikern verpflichtet. Nach seiner Begegnung mit Madame Blavatsky (1883 in Madras) begann er damit, östliche Weisheiten unter seinen Landsleuten zu verbreiten. Von 1892 bis 1900 wurden Übersetzungen von Sanskrit-Texten und Schriften der Blavatsky in seinem Monatsheft *Lotusblüten* veröffentlicht. Auf dem Coverblatt der Hefte war der theosophische Swastika abgedruckt. Hartmann selber verfasste eine Übersetzung des *Bhagavadgita*.
[53] Hans Jürgen Lange – *Weisthor*, 245
[54] Emil Rüdiger – *Die Kraft der zwei Sonnen*, 35
[55] Emil Rüdiger – *Eddische Eugenik*, 24
[56] Rudolf J. Mund – *Fragmente einer verschollenen Religion*, 132 f.
[57] *Sol Invictus* – Folge 2 – 1997
[58] Emil Rüdiger – *Die Kraft der zwei Sonnen*, 26 ff. Fragt sich, was nach der Umpolung aus dem alten, vorausgegangenen SANTUR geworden ist. Dieser kreist zuerst um die Gegensonne (SUN). Da auch er passiv geladen ist, potenziert er die passive neue Gegensonne (SUN), so dass diese aus der aktiven Hauptsonne (SOL) noch mehr Energiestrahlungen herausziehen kann. Wahrscheinlich fällt, nachdem die alte Sonne (SOL) zu SANTUR wurde, der alte SANTUR in sich zusammen. Für Rüdiger/Wiligut ist es kein Zufall, dass der »Santur« phonetisch dem Wort »Sanduhr« ähnelt. Denn so wie bei dieser Sand (Energie) von einem Segment in das andere fließt so herrscht zwischen den Sonnen ein ständiger Energieaustausch – wobei die eine verliert, was die andere gewinnt.

[59] Ebenda: 185
[60] Ebenda: 185
[61] Ebenda: 185
[62] Râma Prâsad – *Die feineren Naturkräfte und die Wissenschaft des Atems,* 211
[63] In: Hans Jürgen Lange – *Weisthor*, 227 f.
[64] Die »Schwarze Sonne« war im SS-Ahnenerbe ansonsten kein Diskussionsthema. Es gibt in diesem Zusammenhang allenfalls einen 1941 erschienenen Aufsatz in dem von Walther Wüst herausgegeben *Archiv für Religionswissenschaften*, wo der Gott Vishnu in den Kontext einer »Nachtsonne« gestellt wird. (E. Benda – »Zur Mythologie des Vishnu« – in: *Archiv für Religionswissenschaft* – 37. Bd., Leipzig u. a. 1941/42, 22 ff.)
[65] Michael H. Kater – *Das Ahnenerbe der SS*, 20
[66] Nicholas Goodrick-Clarke – *Die okkulten Wurzeln des Nationalsozialismus*, 162
[67] Ebenda: 160
[68] In: Rudolf J. Mund – *Der Rasputin Himmlers*, 107
[69] Nicholas Goodrick-Clarke – *Die okkulten Wurzeln des Nationalsozialismus*, 161
[70] In: Rudolf J. Mund – *Der Rasputin Himmlers*, 260
[71] Das entsprach nicht der offiziellen in SS-Ahnenerbe vertretenen Theorie, die von einem Ursprung der Arier im Norden bzw. in Mittel- oder Südosteuropa ausging.
[72] In: Rudolf J. Mund – *Der Rasputin Himmlers*, 264
[73] Rudolf J. Mund – *Fragmente einer verschollenen Religion*, 186
[74] In: Rudolf J. Mund – *Der Rasputin Himmlers*, 265
[75] In der weiter oben dargestellten Szene wollte Karl Maria Wiligut vor seinem Gespräch mit Ernst Schäfer mit Abessinien, Amerika, Japan und Tibet »telefoniert« haben. Wahrscheinlich bildete er sich ein, dass dort noch »Urarier« existierten. Kiss' Romantetralogie war dennoch nichts Originelles. Sie verarbeitet wesentlich Motive und Ideen, welche in der *Secret Doctrine* der Madame Blavatsky nachzulesen sind.
[76] *Germanien* – Heft 5, 1933, 144. Die rassistische Eroberung Südamerikas ist auch nach dem Kriege noch ein Bestseller-Thema und zwar in den Büchern des Franzosen Jacques de Mathieu. In einer »Sonnengott-Trilogie« erzählt der Autor die vorgebliche Eroberung des Kontinents durch die Wikinger, die sich dort als weiße Kulturgründer betätigten.
[77] Hermann Rauschning – *Gespräche mit Hitler*, 208
[78] Adolf Hitler – *Monologe im Führerhauptquartier*, 101
[79] Michael H. Kater – *Das Ahnenerbe der SS*, 51
[80] Bundesarchiv Berlin: NS 021 / 000166 – Brief vom 7. 3. 1938
[81] Hermann Rauschning – *Gespräche mit Hitler*, 230. Mit dem Münchner Gelehrten ist wahrscheinlich Edgar Dacqué gemeint, der in seinem Buch *Das verlorene Paradies. Zur Seelengeschichte des Menschen* (München 1938) für die Neubelebung eines magischen Weltbildes plädierte. Rauschning unterstellt Hitler auch, er habe sich nach einem evolutionären Modell gerichtet, das auf den »Wendepunkten der Sonne« basierte: »Die solare Periode des Menschen neige sich ihrem Ende zu. In ersten großen Menschengestalten einer neuen Art künde sich das Kommende heute schon an. Wie sich nach der unvergänglichen Weisheit der alten nordischen Völker die Welt immer mehr verjüngen müsse, indem das alte mit seinen Göttern untergehe, wie die Wendepunkte der Sonne ihnen als Sinnbild des Lebensrhythmus galten, […] so wende sich nun der Mensch scheinbar zurück, um sich wiederum eine Stufe höher zu entwickeln.« (Hermann Rauschning – *Gespräche mit Hitler*, 230)
[82] Bundesarchiv Koblenz: Himmler NL 126/9, Nr. 213
[83] Auch Bruno Beger, der Rassenspezialist der Tibetexpedition, traf, wie Ernst Schäfer, mit Wiligut/Weisthor vor der Reise zusammen: »Da gab er [Wiligut] mir Forschungstipps, über die ich nach meinem Vorstudium nur lachen konnte. Ich sollte besonders auf das Hochzeitsbrauchtum achten. Was er dazu äußerte, war mehr als abstrus.« (In: Hans Jürgen Lange – *Weisthor*, 68) Derartige okkulte Konstruktionen seien reines »Wunschdenken« und ein »menschliches Erbe aus animistischer Vorzeit«, sagte Beger nach dem Kriege (ebenda). In Wiliguts Interesse am »Hochzeitsbrauchtum« drückt sich eindeutig die Vorstellungswelt seines Mentors Rudolf John Gorsleben aus, der ausführlich im Zusammenhang mit der »Rassenzüchtung« auf die »arischen« Hochzeitsbräuche zu sprechen kommt.

Deutsche Hakenkreuze im Himalaja

[1] Michael H. Kater – *Das Ahnenerbe der SS*, 79
[2] Karl E. Meyer und Shareen Blair Brysac – *Tournaments of Shadow*, 509
[3] Detlef Brennecke – *Sven Hedin*, 10
[4] Karl E. Meyer und Shareen Blair Brysac – *Tournaments of Shadow*, 509
[5] Detlef Brennecke – *Sven Hedin*, 103
[6] Ebenda: 105
[7] Ebenda: 118
[8] Sven Hedin – *Ohne Auftrag in Berlin*, 17–37
[9] Ebenda: 140
[10] Ebenda: 283
[11] In: Detlef Brennecke – *Sven Hedin*, 107
[12] Sven Hedin – *Ohne Auftrag in Berlin*, 139
[13] Ebenda: 141
[14] In: Detlef Brennecke – *Sven Hedin*, 63
[15] Ebenda: 63
[16] Am 9. 5. 2000 brachte die Münchner *TZ* anlässlich eines Dalai-Lama-Besuches einen Artikel über den Tibetreisenden Bruno Baumann mit dem Titel: »Das Drama in der Todeswüste – Wassermangel, Hitze: Vier Kamele tot, ein Begleiter wahnsinnig«. Der Bericht beschreibt Baumanns beschwerliche Durchquerung der Takla-Makan-Wüste auf den Spuren Sven Hedins in den 1990er-Jahren. Mit keinem Wort wird in diesem Artikel auf die Nazi-Kooperation des Schweden eingegangen. Der Bericht verherrlicht denselben Mythos herber Männlichkeit, der auch die NS-Jugend an Sven Hedin so faszinierte.
[17] In: Detlef Brennecke – *Sven Hedin*, 37
[18] Karl E. Meyer und Shareen Blair Brysac – *Tournaments of Shadow*, 527
[19] Die Erlebnisse während dieser beiden Reisen hat er später (1952) in einem populistischen Buch mit dem Titel *Unter Räubern in Tibet – Gefahren und Freuden eines Forscherlebens* veröffentlicht.
[20] Teilnehmer der Tibetexpedition waren: der Leiter Ernst Schäfer (Zoologie, Botanik), der Geophysiker Karl Wienert (Geologie, Geografie), der Rassenkundler Bruno Beger (physische Anthropologie/Rassenkunde), der Kameramann Ernst Krause und der Rennfahrer Edmund Geer (Technischer Leiter). In den 1980er Jahren nannte Schäfer das SS-Unternehmen schlicht »Deutsche Tibetexpedition Ernst Schäfer 1938/39«.
[21] Rüdiger Sünner – *Schwarze Sonne*, 48. Nach Reinhard Greve soll sich Himmler über den Reisebericht von Alexandra David-Neel, Ferdinand D. Lessing und Ferdinand Ossendowski informiert haben. (Reinhard Greve – »Das Tibet-Bild der Nationalsozialisten« – in: Thierry Dodin und Heinz Räther – *Mythos Tibet*, 104)
[22] Institut für Zeitgeschichte – München: Vernehmung Ernst Schäfer A – 1948156 vom 2. 4. 1947
[23] Bundesarchiv Berlin: NS 021 / 000168
[24] Bundesarchiv Berlin: R 135 / 66 – Bruno Beger: »Rassenkundliche Verhältnisse in Tibet als Forschungsziel« – 15
[25] In seinem 1989 erschienenen Buch *Über den Himalaja ins Land der Götter*, welches die SS-Expedition schildert, kommt Schäfer überhaupt nicht auf die Schutzstaffel zu sprechen. Er führt dort seinen Erfolg auf die guten Kontakte zur Royal Central Asian Society, deren Mitglied er war, und zu Sir Francis Younghusband, dem »Eroberer Tibets aus dem Jahre 1904« zurück.
[26] Bundesarchiv Berlin: R 135 / 71 – 164933 ff.
[27] Bundesarchiv Berlin: R 135 / 71 – 164934
[28] Reinhard Greve – »Das Tibet-Bild der Nationalsozialisten« – in: Thierry Dodin und Heinz Räther – *Mythos Tibet*, 172 (Übersetzung aus dem Englischen). In einem Interview aus dem *Völkischen Beobachter* vom 11. 12. 1942 ist zu demselben Ereignis zu lesen: »Aus diesem Grunde trat ich 1936 an den Reichsführer-SS Heinrich Himmler heran und fand in ihm den größten und selbstlosesten Förderer meiner Ideen. Sicher nicht nur deshalb, weil er selbst Wissenschaftler ist, sondern weil der Expeditionsgedanke ein Pioniergedanke ist und dem Wesen der SS entspricht.«
[29] Karl E. Meyer und Shareen Blair Brysac – *Tournaments of Shadow*, 517
[30] Ebenda: 513
[31] Ebenda: 516

[32] Ernst Schäfer – *Geheimnis Tibet,* 1943, 89/162
[33] Bundesarchiv Berlin – R 135 / 71 – 164936
[34] Reinhard Greve – »Tibetforschung im SS-Ahnenerbe« – in: Thomas Hauschild – *Lebenslust und Fremdenfurcht*, 176
[35] Michael H. Kater – *Das Ahnenerbe der SS*, 212
[36] Bundesarchiv Berlin: NS 19 – 2709 – F. 1 – 15
[37] Sven Hedin – *Ohne Auftrag in Berlin*, 166
[38] Der amerikanische Schriftsteller und Erfolgsautor Colin Ross (Der *Brockhaus* bot 1940 16 verschiedene Titel von ihm an) war ein glühender Hitlerverehrer, der mit dem Diktator mehrmals zusammentraf und diese Treffen zu den erhabensten Glücksmomenten in seinem Leben zählte: »Wohl uns, dass aus unserer Mitte ein Führer entstand, der trotz des Adlerflugs seines Willens, trotz der Genialität seines Geistes ein einfacher schlichter Mann blieb. Wohl uns, dass wir in eine Zeit hineingeboren sind, in der so Großes sich vollendet.« (Colin Ross – *Das Neue Asien*, 17)
[39] Colin Ross – *Das Neue Asien*, 251
[40] Ebenda: 249 f.
[41] Sven Hedin – *Ohne Auftrag in Berlin*, 190
[42] Ebenda: 191
[43] Institut für Zeitgeschichte – München: Vernehmung Ernst Schäfer A – 1948156 vom 1. 4. 1947. Dr. Rascher führte an lebenden Personen Obduktionen durch und machte dabei die Erfahrung, dass nach Feststellung des Gehirntodes der »prall gefüllte Herzbeutel« wieder zu schlagen beginnt. Himmler war von dieser medizinischen Tatsache begeistert und forderte, mit weiteren zum Tode verurteilten Häftlingen entsprechend zu experimentieren. »Die Versuche sollen vor allem in der Richtung einmal ausgewertet werden, ob es nicht möglich ist, bei diesem langen Arbeiten des Herzens derartige Menschen wieder ins Leben zurückzurufen. Sollte ein solcher Versuch des Zurückrufens in das Leben gelingen, so ist selbstverständlich der zum Tode Verurteilte zu lebenslänglichem Konzentrationslager zu begnadigen«, ließ der Reichsführer-SS verlauten (in: Josef Ackermann – *Heinrich Himmler als Ideologe*, 51).
[44] Reinhard Greve – »Tibetforschung im SS-Ahnenerbe« – in: Thomas Hauschild – *Lebenslust und Fremdenfurcht*, 181
[45] Staatsarchiv München – Staatsanwaltschaften – 34 878/ 51, 272
[46] Universitätsarchiv München OC-XI-9 – Loseblatt. Die eigentliche Gründung des Instituts hatte schon ein halbes Jahr vorher (am 10. 6. 1942) stattgefunden, ebenfalls in Anwesenheit Sven Hedins. Walther Wüst, hielt die Einleitungsrede und verlas einen Brief des Reichsführers-SS, Heinrich Himmler.
[47] *Deutsche Allgemeine Zeitung* – 18. 1. 1943. Karl E. Meyer und Shareen Blair Brysac – *Tournaments of Shadow*, 519
[48] Mechtilde Rössler und Sabine Schleiermacher – »Himmlers Imperium auf dem Dach der Welt – Asienexpeditionen im Nationalsozialismus« – in: Hubenstorf (Hrsg.) u. a. – *Medizingeschichte und Gesellschaftskritik*, 446
[49] Michael H. Kater – *Das Ahnenerbe der SS*, 215
[50] Staatsarchiv München – Staatsanwaltschaften – 34 878/ 49, 10 – Anlage 2
[51] Michael H. Kater – *Das Ahnenerbe der SS*, 213
[52] Volker Ackermann – *Nationale Totenfeiern in Deutschland*, 114
[53] Institut für Zeitgeschichte – München: Vernehmung Ernst Schäfer A – 1948156 vom 2. 4. 1947
[54] Das aufwendige Buch, auf Glanzpapier gedruckt und mit vielen Fotos ausgestattet, trägt den pompösen Titel *Geheimnis Tibet – Erster Bericht der Deutschen Tibetexpedition Ernst Schäfer 1938/39 – Schirmherr Reichsführer-SS*. Obgleich Schäfer eindeutig der Verfasser des Textes ist (denn er schreibt in der Ich-Form), wurde das Buch ohne Autorenname publiziert. Wahrscheinlich um das Unternehmen noch schärfer als eine *kollektive* SS-Expedition zu kennzeichnen.
[55] Ernst Schäfer – *Geheimnis Tibet,* 1943, 178
[56] 1988 erschien hierzu im Windpferd-Verlag das Schäfer-Buch: *Das Fest der weißen Schleier – Begegnungen mit Mönchen und Magiern in Tibet.* Der Text ist eine sehr lehrreiche und detaillierte Schilderung tibetischer Ritualfeste. Historische und politische Fragen, die der Besuch aufgeworfen hat, kommen ebenso wenig zur Sprache wie die Rassenforschung oder mögliche okkulte Interessen Himmlers.
[57] Ebenda: 164
[58] Heinrich Himmler – *Die Schutzstaffel als antibolschewistische Kampforganisation*, 31

[59] Institut für Zeitgeschichte – München: Sprüche z. Julfeier – MA 306 – 59 3279 – 81
[60] Bundesarchiv Berlin: NS 021 / 000189 – Reichsführer-SS Persönlicher Stab
[61] Bundesarchiv Berlin: NS 021 / 000189 – Chef des SS-Hauptamtes – IA/O Az. 10 c10/31.5.37
[62] Bruno Beger – *Mit der deutschen Tibetexpedition Ernst Schäfer 1938/39 nach Lhasa*, 112
[63] Ernst Schäfer – *Über den Himalaya ins Land der Götter*, 1989, 155
[64] Reting Rinpoche hatte das Regierungsamt im Jahre 1933 übernommen. Obgleich er 1941 die Regierungsgeschäfte an seinen Nachfolger Taktra Rinpoche übertragen hatte, wollte er später die verlorene Macht für sich zurückgewinnen. Seit 1945 kam es deswegen zu immer schärfer werdenden Dissonanzen zwischen der tibetischen Regierung und dem Ex-Regenten. Man klagte Reting wegen Hochverrats an, erklärte ihn für schuldig und warf ihn in die berüchtigten Kerker des Potala. Er soll grausam gefoltert und später erdrosselt worden sein. Andere berichten, man habe ihn vergiftet.
[65] Ernst Schäfer – *Auf einsamen Wechseln und Wegen*, 1961, 37
[66] Ernst Schäfer – *Das Fest der weißen Schleier*, 1988, 32
[67] Ebenda: 34
[68] Ebenda: 36
[69] Ebenda: 37
[70] Ebenda: 37
[71] Bundesarchiv Berlin: R – 135 / 30 – »Gespräch bei der Geschenkübergabe«, 23. Im Schäfers Reisebericht nach dem Kriege ist der Satz nicht erwähnt. Da kommt das Swastika-Symbol unseres Wissens nur einmal vor, als er beobachtet, wie es von Menschen als Glückszeichen an ihren Türen befestigt wird. (Ernst Schäfer – *Das Fest der weißen Schleier*, 1988, 135)
[72] *Berliner Illustrierte* – 17. 12. 1942, 671
[73] Bruno Beger – *Mit der deutschen Tibetexpedition Ernst Schäfer 1938/39 nach Lhasa*, 158
[74] Bundesarchiv Berlin: R 135 / 65 – 165635. An mehreren Stellen in seinen Aufzeichnungen kommt Schäfer darauf zu sprechen, dass ihnen das deutsche Hakenkreuzsymbol die Tore geöffnet habe. Es sei ein »untrügliches Glückszeichen [...], welches immer von links nach rechts verläuft«, bestätigten tibetische Würdenträger (Bundesarchiv Berlin: R 135 / 57 – 151360). »Wie mir ein einflussreicher Tibeter trefflich sagte, war es das erste Mal in der Geschichte Tibets, dass sich das westliche und östliche Hakenkreuz unter dem Zeichen des Friedens auf der Basis kulturellen Austausches und wissenschaftlicher Erkenntnis treffen.« – schreibt Schäfer in einem Zeitschriftenartikel. (Bundesarchiv Berlin: R 135 / 75 – »Zum Film der deutschen Tibet-Expedition Ernst Schäfer – Schirmherr: Reichsführer-SS«)
[75] Bundesarchiv Berlin: R 135 / 75 – 166321
[76] In den Akten des Sven-Hedin-Instituts liegt auch eine andere, ungezeichnete Übersetzung vor, in welcher der Einleitungssatz folgendermaßen lautet: »An Herrn Hitler, den deutschen König, der auf der breiten Erde Macht erlangt hat« (Bundesarchiv Berlin: R 135 / 51 – 162385).
[77] Reinhard Greve – »Tibetforschung im SS-Ahnenerbe« – in: Thomas Hauschild – *Lebenslust und Fremdenfurcht*, 175, Übers. v. Schubert
[78] Ganz anders wie der chilenische Diplomat und Faschist Miguel Serrano, der Begründer des »esoterischen Hitlerismus«, der 20 Jahre später (1959) vom XIV. Dalai Lama eine Hündin derselben Rasse als Geschenk erhält und der das Tier als eine Inkarnation der Göttin Dolma (Tara) ansieht. Die kleinen Lhasa-Apso-Hunde galten als Wachhunde für die Gemächer tibetischer Lamas. Man erzählte, dass sie die Inkarnationen ehemals Verstorbener seien. Sie wurden von den Dalai Lamas als besonderes Geschenk für hohe Staatsträger überreicht.
[79] Bundesarchiv Berlin: R 135 / 71 – 164962
[80] Bundesarchiv Berlin: R 135 / 27 – 151105
[81] Bundesarchiv Berlin: R 135 / 75 – »Zum Film der deutschen Tibet-Expedition Ernst Schäfer – Schirmherr: Reichführer-SS«. Bei den Treffen mit lamaistischen Würdenträgern erzählte Schäfer immer wieder »von Deutschland, unserem Führer, unserem Reichsführer, unserer Politik, unserer weltpolitischen Lage im Vergleich zu Tibet und unseren großen deutschen Erfindungen.« (Bundesarchiv Berlin: R 135 / 75 – 166183)
[82] Edmund Fürholzer – *Arro! Arro!*, 320
[83] Ebenda: 344
[84] Ebenda: 346. Solche Aussagen sind sicher mit Vorsicht zu betrachten. Fürholzers Buch wurde im Jahre 1942 publiziert. Das trifft zeitlich mit dem Plan Himmlers zusammen, das Schneeland gegen die Engländer zu mobilisieren. Die Aussage des Panchen Lama könnte also als propagandistische Äußerung dem Buch spä-

ter beigefügt worden sein. (Die Szene muss im Jahre 1935 stattgefunden haben.) Aber sie kann ebenso der Wahrheit entsprechen, denn es ist bekannt, dass der Panchen Lama England feindlich gegenüber gesinnt war und deswegen in Hitler und den Deutschen eine politische Gegenkraft vermutete.

[85] Institut für Zeitgeschichte – München: Akte Beger ED – 358

[86] Ebenda

[87] Bundesarchiv Berlin: R 135 / 66 – 165978

[88] Bundesarchiv Berlin: R 135 / 66 – 165976

[89] In: Reinhard Greve – »Tibetforschung im SS-Ahnenerbe« – in: Thomas Hauschild – *Lebenslust und Fremdenfurcht*, 173

[90] »Das Hauptziel meiner dritten Tibet-Expedition war es«, lesen wir bei Schäfer, »ein im weitesten Sinne biologisches Bild dieses rätselhaften Landes in einer Gesamtschau zusammenzubringen. [...] Diese Zusammenarbeit der biologischen Richtungen mit denen ihnen verwandten geisteswissenschaftlichen Gebieten führte zu einem vollen Erfolg.« (Ernst Schäfer, Ernst – *Geheimnis Tibet*, 1943, 9)

[91] Hans Friedrich Karl Günther – *Die nordische Rasse bei den Indogermanen Asiens*, 1982, 212 ff. Es handelt sich dabei um Stücke, die er aus dem Museum für Völkerkunde in Berlin kannte. Die Sujets waren unter anderem von dem Orientalisten und Forscher Albert Grünwedel mitgebracht worden.

[92] Hans Friedrich Karl Günther – *Die nordische Rasse bei den Indogermanen Asiens*, 1982, 219

[93] In: Michael H. Kater – *Das Ahnenerbe der SS*, 51

[94] Schon 1935 hatte die deutsche Hindukusch-Expedition Schädelmessungen an einheimischen »Kafiren« durchgeführt und war – ihrer Meinung nach – auf eine nordische Gruppierung gestoßen: »Würde man einen Kafiren dieser Gruppe in andere Kleidung stecken und nach Deutschland bringen«, schreibt der Expeditionsarzt Albert Herrlich, »er fiele nicht im Geringsten auf. Ja man würde ihn vielleicht als typischen Tiroler oder Oberbayern ansehen. [...] In den Hochtälern des Hindukusch konnten sich diese Rassenelemente viel länger behaupten als im Völkergemisch der Ebenen Indiens. So vermittelt uns die ›Europäergruppe‹ der Kafiren ein Bild der ungefähren Körperbeschaffenheit dieser alten arischen Erobererervölker.« (Albert Herrlich – *Land des Lichts*, 169/171)

[95] In: Reinhard Greve – »Tibetforschung im SS-Ahnenerbe« – in: Thomas Hauschild – *Lebenslust und Fremdenfurcht*, 187

[96] Bundesarchiv Berlin: R 135 / 65 – 165540

[97] Reinhard Greve – »Tibetforschung im SS-Ahnenerbe« – in: Thomas Hauschild – *Lebenslust und Fremdenfurcht*, 187

[98] Ebenda: 188

[99] Bundesarchiv Berlin: R 135 / 66 – »Rassenkundliche Verhältnisse in Tibet als Forschungsziel«

[100] In: Michael H. Kater – *Das Ahnenerbe der SS*, 245

[101] Ebenda: 253

[102] In: Josef Ackermann – *Heinrich Himmler als Ideologe*, 214

[103] Institut für Zeitgeschichte – München: Ernst Schäfer MA – 292 – 54 8612. An der Ostfront diente eine Anzahl innerasiatischer SS-Männer, die aus Usbeken, Kasachen und anderen Kriegsgefangenen bestand.

[104] In: Michael H. Kater – *Das Ahnenerbe der SS*, 251

[105] Ebenda: 249/250

[106] Bundesarchiv Berlin: R 135 / 58 – 151974

[107] Bundesarchiv Berlin: R 135 / 65 – 165613

[108] Bundesarchiv Berlin: R 135 / 65 – 165614/165615

[109] Bundesarchiv Berlin: R 135 / 58 – 151670 – »Leichenverbrennung im Himalaya«

[110] Bundesarchiv Berlin: R 135 / 57 – 151504

[111] Bundesarchiv Berlin: R 135 / 71- 164969

[112] Institut für Zeitgeschichte – München: Ernst Schäfer MA – 292 – 54 8612

[113] Bruno Beger – *Mit der deutschen Tibetexpedition Ernst Schäfer 1938/39 nach Lhasa*, 1998, 5

[114] Gerald Lehner – »Der XIV. Dalai Lama und Dr. Bruno Beger« – www.trimondi.de/deba06.html

[115] In: Michael H. Kater – *Das Ahnenerbe der SS*, 254

[116] Über Begegnungsdaten des ehemaligen naturwissenschaftlichen Referenten des SS-Ahnenerbes Ernst Schäfer mit dem XIV. Dalai Lama sind wir nicht unterrichtet.

[117] Bruno Beger – *Mit der deutschen Tibetexpedition Ernst Schäfer 1938/39 nach Lhasa*, 1998, 110

[118] Bundesarchiv Berlin: R 135 / 58 – 151975

[119] Bundesarchiv Berlin: R 135 / 58 – 151986
[120] Bruno Beger – *Mit der deutschen Tibetexpedition Ernst Schäfer 1938/39 nach Lhasa,* 1998, 110
[121] Wenn Beger jedoch in einem offiziellen Dokument, das er der exiltibetischen Regierung zur Verfügung stellte, sagt: »Ich hatte neben vielen Kontakten in Lhasa eine besondere Freundschaft mit der Familie Seiner Heiligkeit des XIV. Dalai Lama«, so kann das nicht stimmen, denn die Familie des neu gefundenen Dalai Lama war noch nicht in Lhasa eingetroffen, als die SS-Tibetexpedition dort verweilte. (http://www.tibet.com/-Status/bruno.html)
[122] In: Michael H. Kater – *Das Ahnenerbe der SS,* 79
[123] Institut für Zeitgeschichte – München: Vernehmung Ernst Schäfer A – 1948156, 31. 3. 1947
[124] Ebenda
[125] Bundesarchiv Berlin: R 135 / 75 – 166281
[126] In: Reinhard Greve – »Tibetforschung im SS-Ahnenerbe« – in: Thomas Hauschild – *Lebenslust und Fremdenfurcht,* 185.
[127] Institut für Zeitgeschichte – München: Wüst – MA 305 – 59 1983
[128] Ernst Schäfer – *Geheimnis Tibet,* 1943, 15
[129] In: Reinhard Greve – »Tibetforschung im SS-Ahnenerbe« – in: Thomas Hauschild – *Lebenslust und Fremdenfurcht,* 171
[130] Ernst Schäfer – *Über den Himalaya ins Land der Götter,* 1989, 63
[131] Bundesarchiv Berlin: R 135 / 75 – 1662006
[132] Ernst Schäfer – *Das Fest der weißen Schleier,* 1988, 165–169
[133] Ebenda: 89
[134] Ebenda: 89
[135] Bundesarchiv Berlin: R 135 / 71 – 164949 – Dieses Zitat kann auch von Bruno Beger stammen. Es ist in den Archivunterlagen nicht mit einem Namen ausgezeichnet.
[136] Bundesarchiv Berlin: R 135 / 49 – 163562
[137] Bundesarchiv Berlin: R 135 / 49 – 163571
[138] Bundesarchiv Berlin: R 135 / 49 – 163563
[139] Im SS-Ahnenerbe trat Illion als italienischer Staatsbürger auf.
[140] Theodor Illion – *Tibet – Auf geheimnisvollen Pfaden zu geheimnisvollen Orten* – Peiting 1999 und *Tibet II – Brücke zwischen Innen und Außenwelt* – Peiting 2000. Beide Bände zusammen sollen 1936 unter dem Titel *Rätselhaftes Tibet* 1936 in Hamburg erschienen sein. Die englischen Ausgaben wurden von dem Londoner Verlag Ryder & Company unter den Titeln *In Secret Tibet* (1937) und *Darkness over Tibet* (1938) veröffentlicht.
[141] Bundesarchiv Berlin: R 135 / 46 – 164601 – Der Brief an Beger ist vom 14. 4. 1941.
[142] Theodor Illion – *Tibet,* 2000, 7
[143] Ebenda: 95
[144] Ebenda: 127
[145] Ebenda: 135
[146] Pundarika – *Vimalaprabhā* – in: John Ronald Newman – *The outer wheel of time,* 266 f. Besonders plastisch hat Alexandra David-Neel das angebliche Absaugen von Lebensenergien durch nekrophile Lamapraktiken in ihrem Buch – *Liebeszauber und Schwarze Magie* – Basel 1992 – beschrieben.
[147] Theodor Illion – *Tibet,* 108
[148] Ebenda: 151
[149] Ernst Schäfer – *Das Fest der weißen Schleier,* 1988, 16/18
[150] *Hannoversches Tageblatt* – 18. 6. 1937
[151] Ernst Schäfer – *Geheimnis Tibet,* 1943, 10
[152] Ebenda: 38
[153] Ebenda: 38. Mit voller Hingabe stürzt sich der Industriellensohn Schäfer in die *Dolce Vita* der tibetischen Oberklasse und vergaß zeitweise die Askesevorschriften des Schwarzen Ordens: »In keinem anderen Land der Welt habe ich geselligen Verkehr und offenherzige Gastfreundschaft so vorbehaltlos genießen können wie im alten Lhasa, diesem damals den Göttern noch so lieben Kultort, wo man sich mit wahrhaft abgründigem Behagen den Genüssen des Diesseits ergab. Es ging in Lhasa nicht mehr darum, wie man mit Buddhas Hilfe über dieses Leben hinaus gelange, sondern wie man es in angenehmster Weise genieße.« (Ernst Schäfer – *Tibet und Zentralasien mit einer Einleitung von Dr. Ernst Schäfer* – Stuttgart 1965, 21) Hier fühlt sich Schäfer

jenseits von Wissenschaft und Okkultismus »sauwohl«. Aber selbst die Prasserei des Adels erhält von ihm noch ihre kultische Weihe: »Beinahe achtlos werden alle metaphysischen Spekulationen zur Seite geschoben und eines jeden Streben richtet sich darauf, so intensiv und so glücklich zu leben wie nur irgend möglich, bis alles, fröhlich lallend, ohne Leid und Reue von der Tafel sinkt, um in Traum und Rausch alle jene geistige Ergriffenheit zu finden, die nur der erleben vermag, der Essen und Trinken in wahrhafter Feier zum kultischen Zweck erhob.« (Ernst Schäfer – *Das Fest der weißen Schleier,* 1988, 52)

[154] Bundesarchiv Berlin: R 135 / 57 – 151356

[155] Bundesarchiv Berlin: R 135 / 75 – 166238

[156] Heinrich Harrer – *Sieben Jahre in Tibet,* 1984, 71

[157] Ernst Schäfer – *Geheimnis Tibet,* 1943, 116

[158] Bundesarchiv Berlin: R 135/ 75 – 166206

[159] In: Reinhard Greve – »Tibetforschung im SS-Ahnenerbe« – in: Thomas Hauschild – *Lebenslust und Fremdenfurcht*, 109

[160] *Tibetan Review* vom Oktober 1990, 15

[161] Der V. Dalai Lama verfolgte eine Art von archaischer Sippenhaft, die ja auch den Nazis bekannt war. In einem Gedicht hat er zur totalen Feindvernichtung bis hinein ins dritte Glied aufgerufen: »Macht die männlichen Linien zu Bäumen, / deren Wurzeln abgeschnitten werden. / Macht die weiblichen Linien zu Bächen, / die im Winter versiegen. / Macht die Kinder und Enkelkinder zu Eiern, / die gegen Felsen geschleudert werden. / Macht die Diener und Gefolgsleute zu Heuhaufen, / die durch Feuer verzehrt werden. / Macht ihre Wohnsitze zu Lampen, / deren Öl verbraucht ist. / Kurz / vernichtet all ihre Spuren, / selbst ihre Namen.« (Zitiert bei E. Sperling – *›Orientalism‹ and aspects of violence in the tibetan tradition* – Manuskript 1997)

[162] Robert A. F. Thurman und Marylin M. Rhie – *Weisheit und Liebe*, 461 – Bild 216 (120a) – Begtse

[163] Ernst Schäfer – *Geheimnis Tibet,* 1943, 49

[164] Ebenda: 49

[165] Ernst Schäfer – *Auf einsamen Wechseln und Wegen,* 1961, 38. Die Mythisierung der rituellen Kriegsschauspiele ist ein wiederholtes literarisches Mittel, das Schäfer benutzt. Zum Beispiel wenn er die Soldatenparaden der tibetischen Armee am Ende des Neujahrsfestes (Mönlam) beschreibt: »Der kriegerischen Vorführung und des brodelnden Menschengetümmels ungeachtet wuchten stolze, heilige Schwarzhalskraniche laut trompetend über die kämpfenden ›Gottkrieger‹ dahin, und hinter dem Festplatz ragen die düsteren Felswände mit den hellen Einsiedeleien, über denen sich die zackigen Grate der nördlichen Ketten im schimmernden Kleid gleißenden Neuschnees erheben.« (Ernst Schäfer – *Das Fest der weißen Schleier,* 1988, 197)

[166] Ernst Schäfer – *Geheimnis Tibet,* 1943, 41

[167] Erich Fromm – »Anatomie der menschlichen Destruktivität« – in: Erich Fromm – *Gesamtausgabe Band VII*, 306

[168] Ebenda: 316

[169] Der niederländische Psychologe Fokke Sierksma hat ein ausführliches, sehr interessantes Werk über den aggressiv-morbiden Charakterzug in der lamaistischen Kultur verfasst: *Tibet's Terrifying Deities – Sex and aggression in religious acculturation* – The Hague 1966.

[170] Octavio Octavio – *Verbindungen. Trennungen*, 94

[171] Peter Gäng – *Das Tantra der Verborgenen Vereinigung*, 259

[172] Ebenda 220

[173] Doch solche Horrorvisionen begegnen nicht nur dem Schüler des buddhistischen Weges. Sie erscheinen – nach tibetisch-buddhistischer Tradition – auch jedem normalen Menschen, manchmal schon im irdischen Leben, immer aber nach dem Tode. Jeder Verstorbene, es sei denn, er ist schon erleuchtet, muss nach seinem Ableben einen Zwischenzustand (*Bardo*) durchlaufen, in dem ihn Scharen von Teufeln sadistisch quälen und hinters Licht führen wollen. Wie im europäischen Mittelalter so schwelgt heute noch die tibetische Mönchsphantasie in unerträglichen Höllenbildern.

[174] Israel Epstein – *Tibet Transformed*, 138

[175] Ernst Schäfer – *Das Fest der weißen Schleier,* 1988, 84/85

[176] Ebenda: 96. Fasziniert ist Schäfer auch von den Totentänzen, die im Palast des Dalai Lama aufgeführt werden: »Im Potala zu Lhasa, dem größten Tempelpalast Asiens und gleichzeitigem Sitz der Gottkönige Tibets, der Dalai Lamas, finden zur Neujahrsfeier mystische Tanzfeste statt. Da treten groteske Skelettänzer auf, die dem gläubigen Volk immer wieder die Vergänglichkeit des menschlichen Schicksals vor Augen führen sollen. Viele Totentänzer umkreisen in feierlichem Tanz ein auf dem Boden ausgebreitetes Symbol des menschlichen

Daseins.« (Bundesarchiv Berlin: R 135 / 72 – »Kampf der Dämonen«)
177 Ernst Schäfer – *Geheimnis Tibet*, 1943, 48
178 *Völkischer Beobachter* – 2. 2. 1939 – Beilage *Illustrierter Beobachter* Folge 5, 130 f.
179 Ebenda
180 *Schwarzes Korps* – 13. 3. 1935, 12. Der Totenkopf als Kopfschmuck hat eine europäische, insbesondere preußische Tradition. Im Befreiungskrieg (1813) gegen Napoleon finden wir ihn auf den Mützen der Schill'-schen- und Lützow'schen Jäger. Aber schon im 16. Jahrhundert wurden von ungarischen, polnischen und preußischen Reitertruppen Totenköpfe als Kopfschmuck getragen.
181 Erich Fromm – »Anatomie der menschlichen Destruktivität« – in: Erich Fromm – *Gesamtausgabe Band VII*, 306
182 Bruno Beger – *Mit der deutschen Tibetexpedition Ernst Schäfer 1938/39 nach Lhasa*, 1998, 216
183 Ebenda: 253
184 Ackermann, Josef – *Heinrich Himmler als Ideologe*, 72
185 Film: Guido Knopp, Andreas Schmidt, Holger Hillesheim – *Hitlers Helfer – Himmler der Vollstrecker* – ZDF Chronik
186 Ernst Schäfer – *Über den Himalaya ins Land der Götter,* 1989, 24
187 *Völkischer Beobachter* – 30. 8. 1938 Nr. 242, 3
188 *Wild und Hund* – 30. 7. 1937, 178
189 Bundesarchiv Berlin: R 135 / 27 – 150976
190 Karl E. Meyer und Shareen Blair Brysac – *Tournaments of Shadow*, 519
191 Ernst Schäfer – *Das Fest der weißen Schleier,* 1988, 96
192 Bundesarchiv Berlin: R – 135 / 30 – »Lha – sa – lo – Geheimnis Tibet – Ein Filmdokument der Deutschen Tibet-Expedition E. Schäfer« ff.
193 Bundesarchiv Berlin: R – 135 / 30 – »Taschilhünpo und Schigatse«
194 Bundesarchiv Berlin: R – 135 / 30 – »Das Neujahrsfest«
195 Bundesarchiv Berlin: R – 135 / 30 – »Militärparade«
196 Bundesarchiv Berlin: R – 135 / 30 – »Totenkomplex« ff.
197 Bundesarchiv Berlin: R – 135 / 30 – »Kulttänze«
198 Bundesarchiv Berlin: R – 135 / 30 – »Kulttänze«
199 *Leipziger Neueste Nachrichten* – 18. 1. 1943
200 Bundesarchiv Berlin: R 135 / 76 – 166351
201 Bundesarchiv Berlin: R 135 / 76
202 *Der Freiheitskampf* – 13. 12. 1942
203 Ernst Schäfer – *Berge, Buddhas und Bären,* 1933, Widmung
204 Ernst Schäfer – *Geheimnis Tibet*, 1943, 178
205 Die Yarlung-Dynastie beherrschte Tibet vom 6. bis 9. Jh. n. Chr. und wurde später durch die Herrschaft des Lamaismus abgelöst.
206 Ernst Schäfer – *Geheimnis Tibet,* 1943, 183
207 Die Doktorarbeit lautete: »Bruchstücke des Atannatikasutra aus dem zentralasiatischen Sanskritkanon der Buddhisten«
208 Staatsarchiv München – Staatsanwaltschaften – 34 878/ 65, Brief vom 20. 11. 1940
209 Universitätsarchiv München E – II – 1771 Helmut Hoffmann – Bayerisches Staatsministerium für Unterricht und Kultus Akt. Z. 1/5 – 5/106 726 Vom 30. 8. 1968
210 Bundesarchiv Berlin: R 135 / 65 – 165620
211 Bundesarchiv Berlin: R 135 / 57 – 151363
212 Bundesarchiv Berlin: R 135 / 57 – 151459 ff.
213 Siehe das Kapitel über den SS-Gral und die Rolle von Otto Rahn im Ahnenerbe. In der Zeitschrift der *Deutschen Morgenländischen Gesellschaft* von 1936 (Bd. 90) weist W. Henning-Berlin in einem Aufsatz »neue Materialien zur Geschichte des Manichäismus« darauf hin, dass die »Parzivalfabel« des Wolfram von Eschenbach manichäischen Ursprungs sein könnte.
214 Helmut Hoffmann – »Die Gräber der tibetischen Könige im Distrikt 'P'yons-rgyas« – in: *Nachrichten der Akademie der Wissenschaften in Göttingen – I Philologisch-historische Klasse* – Jahrgang 1950 Nr. 1
215 Der Feldherr und Stammeshäuptling Songtsen Gampo (617–650) soll ein Heer von 200.000 Mann befehligt haben. Seine Kriegsführung galt als äußerst barbarisch und die »Rotgesichtigen«, wie die Tibeter von den

umliegenden Völkern genannt wurden, verbreiteten Angst und Schrecken in ganz Zentralasien.
[216] *Filmwelt Berlin* – 23. 12. 1942. In einer anderen Fassung des Aufsatzes heißt es: »Hier, und nicht in dem allbekannten Lhasa, sollen die ältesten Könige der Vorzeit geherrscht haben, lange ehe die Priester des Lamaismus im Lande ihre Herrschaft errichteten. Auch uralter Sage Raunen weiß von manchen Stätten dieses Tales Kunde zu bringen.« (Bundesarchiv Berlin: R 135/ 65 – 165616) Hoffmann kommt hier auf den Mythos zu sprechen, dass im Yarlung-Tal der Bodhisattva Avalokiteshvara in der Gestalt eines Affen mit einer Felsdämonin die ersten Menschen erzeugt habe.
[217] Reinhard Greve – »Tibetforschung im SS-Ahnenerbe« – in: Thomas Hauschild – *Lebenslust und Fremdenfurcht,* 180. Der mysteriöse Bon-Kult führte in den 1930er-Jahren sowohl unter Orientalisten wie unter Okkultisten zu zahlreichen Spekulationen. Zum Beispiel leitete der faschistische Traditionalist Julius Evola, das Symbol des »mystischen Shambhala, der nördlichen Stadt, aus der vorbuddhistischen Bon Tradition« ab. (Bruno Zoratto (Hrsg.) – *Julius Evola nei Documenti Segreti dell'Ahnenerbe* – Roma 1997, 49 ff.)
[218] Bundesarchiv Berlin: R 135 / 57 151363. Padmasambhava gilt als der eigentliche Gründer des tibetischen Buddhismus. Er brachte die Buddha-Lehre zu Beginn des 9. Jahrhunderts von Indien nach Tibet.
[219] Helmut Hoffmann – *La Religione Bon Tibetana,* 16
[220] Ebenda: 22
[221] Helmut Hoffmann – *Die Religionen Tibets,* 1956, 40 und derselbe: »Probleme und Aufgaben der tibetischen Philologie« – in: *Zeitschrift der Deutschen Morgenländischen Gesellschaft* – Bd. 92 (Neue Folge Bd. 17), Leipzig 1938, 357/358
[222] Bundesarchiv Berlin: R 135 / 57 – 151363
[223] Helmut Hoffmann – *Die Religionen Tibets,* 1956, 41
[224] Ebenda: 41
[225] Die herrschende Meinung unter westlichen Historikern ist, dass das *Kalachakra-Tantra* aus Lehren zusammengesetzt wurde, die ursprünglich aus Indien stammen und die dann in Zentralasien ausformuliert wurden. Im 10. Jh. sei das *Kalachakra-Tantra* dann nach Indien »zurückgekehrt« und im 12. Jh. von dort nach Tibet gebracht worden. Die beiden russischen Geografiehistoriker B. I. Kuznetsov und Lev Gumilev sind der Auffassung, das Mythenreich Shambhala stehe mit dem Reich des Achämiden-Kaisers Kyros dem Großen (559–530 v. Chr) in einem Zusammenhang. Sie sprechen auch von einem in tibetischen Schriften erwähnten persischen Land, in dem das Hakenkreuz verehrt wurde. »Der iranische Swastika repräsentiert die Sonne und streckt seine Arme gegen den Uhrzeigersinn aus. Das ist ganz offensichtlich die Region des Mithras, des persischen Lichtgottes, dessen Kult später nach Tibet als Bon-Religion eindrang.« (B. I. Kuznetsov and Lev Gumilev »Two Traditions of Ancient Tibetan Cartography« – in: *New York Geographic Society* – Sep. 1970, 571)
[226] Universitätsarchiv München O-N-10 (arische Philol.: Wüst) – Brief Wolfgang Schultz – Philosophisches Seminar. Johannes Schubert hatte schon 1934 Arbeiten des Orientalisten Albert Grünwedel über Themen des *Kalachakra-Tantra* unter dem Titel »Vajrayana und Manichäismus« veröffentlicht. In: *Litterae Orientalis,* ed. Otto Harrassowitz, Heft 57, Jan. 1934, p. 5–8.
[227] Rückübersetzung aus dem Englischen. Es handelt sich dabei um einen Brief, den Unkrig 1954 verfasst hat und der in englischer Sprache abgedruckt ist in: Robert A. Rupen – *Mongols of the Twentieth Century* – Bloomington 1964, 106. Ekai Kawaguchi, ein buddhistischer Mönch aus Japan, der um die Jahrhundertwende Tibet besucht hatte, will von einem Pamphlet aus der damaligen Zeit gehört haben, in dem Dorzhiev schrieb: »*Shambhala* war Russland. Der Zar war darüber hinaus eine Inkarnation von *Tsongkhapa* [der Gründer der lamaistischen Gelbmützen, denen auch der Dalai Lama angehört] und wird früher oder später die ganze Welt unterwerfen und ein gigantisches buddhistisches Reich errichten.« (In: John Snelling – *Buddhism in Russia – The Story of Agvan Dorzhiev* – Shaftesbury u. a., 1993, 79)
[228] Ebenda: 148
[229] Bundesarchiv Berlin: R 135 / 46 – 164553
[230] Bundesarchiv Berlin: R 135 / 46 – 164548
[231] Johannes Schubert war ebenfalls sehr am *Kalachakra-Tantra* interessiert. 1936 veröffentlichte er in der Zeitschrift *Artibus Asiae* einen Nachruf mit dem Titel »Albert Grünwedel und sein Werk« (Volumen Sextum Fasc. 1, 2 – 1936, p. 124–142) Der Orientalist Albert Grünwedel (1856–1936) hatte in jahrelanger Arbeit die erste Gesamtübersetzung des *Kalachakra-Tantra* in deutscher Sprache vorgelegt. Diese Übersetzung war in Fachkreisen umstritten, fand jedoch weitgehend die Zustimmung von Johannes Schubert, wie aus dessen Korrespondenz mit dem Grünwedel-Nachlassverwalter Otto Ilzhöfer hervorgeht (Otto Ilzhöfer – *Zu Albert*

Grünwedels Kalacakra Manuskript – Aktenstücke und Glossen – Nachlass der Bayerischen Staatsbibliothek – München 1953). Auch in seinem Nachruf kommt Schubert mehrmals auf Grünwedels Kalachakra-Übersetzung zu sprechen. Er nennt das Tantra ein »äußerst schwieriges, aber hochwichtiges Buch«. (133) Schubert: »Grünwedel kannte das Buch genau; er hat es nach zwei nepalesischen Sanskrithandschriften und dem tibetischen Text bearbeitet und übersetzt. Es wird hoffentlich der Öffentlichkeit durch den Druck zugänglich gemacht werden.« (137, Fußnote 56) Schubert übersetzte nach dem Krieg einen tibetischen Text über »Shambhala«, das im *Kalachakra-Tantra* genannte mythische Königreich. (*Mitteilungen des Instituts für Orientforschung* 1 – 1953 – pp. 424–473)

[232] Unkrig legte 1912 sein Examen als russisch-orthodoxer Priester ab und hatte die Absicht, in der Mongolenmission Ostrusslands tätig zu werden. Wegen der bolschewistischen Revolution musste er nach Deutschland zurückkehren.

[233] *Zeitschrift für Buddhismus und verwandte Gebiete* – Nr. 7 – 1926, 135 – 151. Auch Walther Wüst publizierte in dieser Zeitschrift, die von dem Pâli-Forscher Wilhelm Geiger herausgegeben wurde.

[234] Wilhelm Filchner – *Kumbum Dschamba Ling – Das Buch der hunderttausend Bilder Maitreyas. Ein Ausschnitt aus Leben und Lehre des heutigen Lamaismus* – Leipzig 1933. Über das Kalachakra siehe S. 140 ff. Das Hauptsymbol des Kalachakra-Kultes nennt sich Namtschuwangdan (»Die zehn Mächtigen«).

[235] Hartmut Walravens – *Wilhelm Alexander Unkrig – Mongolist, Theologe und Kenner lamaistischer Heilkunde – Eine Bibliographie* – Hamburg 1982

[236] Bundesarchiv Berlin: R 135 – 24 – 163290. »Später, wenn Herr Prof. Unkrieg [sic!] zum Reichsinstitut übernommen ist, sollen RM 450. – netto gezahlt werden.« (163300) Bei Robert Arthur Rupen ist nachzulesen, die Nazis hätten Unkrig wegen seiner Zugehörigkeit zur Orthodoxen Kirche und seines »Interesses am Lamaismus« verfolgt, sie hätten seine Bibliothek zerstört. Aus diesem Grunde sei er sehr krank geworden. (Robert A. Rupen – *Mongols of the Twentieth Century* – Bloomington 1964, 112) Diese Behauptung deckt sich nicht mit der Tatsache, dass Unkrig seit 1942 Geldbezüge aus dem Sven Hedin-Institut, das eine Unterabteilung des SS-Ahnenerbes war, erhielt.

[237] Deutsche Himalaja-Stiftung München – *Nanga Parbat,* 1939, 5

[238] Mechtilde Rössler und Sabine Schleiermacher – »Himmlers Imperium auf dem Dach der Welt – Asienexpeditionen im Nationalsozialismus« – in: Hubenstorf (Hrsg.) u. a. – *Medizingeschichte und Gesellschaftskritik,* 440

[239] Deutsche Himalaja-Stiftung München – *Nanga Parbat,* 1939, 6

[240] Ebenda: 7

[241] Jakob Wilhelm Hauer – *Religion und Rasse,* 213

[242] Heckmair – Vörg – Kasparek – Harrer – *Um die Eiger-Nordwand* – München 1938, 95 f. Das Buch erschien im Zentralverlag der NSDAP. In einem Vorwort schrieb der »Reichsorganisationsleiter« Dr. Ley: »Ich wünsche und hoffe, dass insbesondere das politische Führungskorps dies Buch lesen und studieren möge, weil darin der Sinn des Bezwingens als Ausdruck unserer heroischen Zeit ein glänzendes Zeugnis erhalten hat.« (10) Heinrich Harrer bestreitet in seiner im Jahre 2002 erschienenen Biografie, dass er diese Hitler-Eloge selber verfasst habe. In Breslau sei ein Mann zu ihm gekommen und habe ihm das Angebot gemacht, für den Eher Verlag der NSDAP in München die Geschichte als Ghostwriter zu schreiben. Der Text sei dann unter seinem Namen »Heinrich Harrer« erschienen. Er habe das Manuskript nie vor Druck in die Hand bekommen, noch seien ihm Fahnen zur Korrektur vorgelegt, noch seien diese Worte von ihm autorisiert worden. Bei späteren Nachprüfungen im Nachlass des NSDAP-Verlages habe er jedoch weder den Namen des Ghostwriters noch eine Honorarabrechnung für diesen entdecken können (Heinrich Harrer – *Mein Leben,* 37/38). Die Geschichte hört sich nicht besonders überzeugend an. Dass Harrer nämlich sehr darum bemüht ist, die Vergangenheit zu beschönigen, ergibt sich unter anderem aus einem Passus zu Sven Hedin. Der schwedische Forscher habe, im Zusammenhang mit seinem Buch *Tyskland och Väldsfreden* (»Deutschland und der Weltfriede«) die Olympischen Spiele in Berlin besucht. Alle wissenschaftlichen Referenten hätten abgesagt, nur er habe einen Vortrag mit dem Titel »Die Rolle des Pferdes in der Geschichte Asiens« gehalten. Dann habe er sein Buch vorgelegt und dessen Übersetzung ins Deutsche sei dann wegen seiner Kritik an »führenden Männern des Dritten Reichs« abgelehnt worden. So Harrers Version. Tatsache dagegen ist, dass Sven Hedin auf Wunsch Hitlers die Einleitungsrede zu den spektakulären Olympiaspielen von 1936 gehalten hat und dass *Tyskland och Väldsfreden* neben einigen kritischen Bemerkungen höchst peinliche Aussagen über einen KZ-Besuch Hedins beinhaltet. Überhaupt kommt die NS-Gesinnung und die Hitlerverehrung, die der Schwede über den Zweiten Weltkrieg hinaus bewahrte, bei Harrer mit keinem Wort zur

Sprache. Hedin erscheint geradezu als ein gemäßigter Antifaschist (Heinrich Harrer – *Mein Leben*, 207).
[243] *Stern* – 23/1997, 29. Gerald Lehner und Tilman Müller: »Ein Held mit braunen Flecken«.
[244] Hellmuth Hecker – *Der erste deutsche Bhikkhu*, 234
[245] Ebenda: 234
[246] *Stern* – 41/1997, 24
[247] In: Mechtilde Rössler und Sabine Schleiermacher – »Himmlers Imperium auf dem Dach der Welt – Asienexpeditionen im Nationalsozialismus« – in: Hubenstorf (Hrsg.) u. a. – *Medizingeschichte und Gesellschaftskritik*, 452
[248] Heinrich Harrer – *Sieben Jahre in Tibet,* 1976, 229 f.
[249] Der Dalai Lama berichtet in seiner Biografie nur beiläufig über die gemeinsamen Sitzungen: »Das erste Mal traf ich ihn [Harrer], wie ich glaube, im Jahre 1948. Von da an sahen wir uns bis zu seiner Abreise regelmäßig, normalerweise einmal wöchentlich. Durch ihn erfuhr ich viel über die Welt außerhalb Tibets, besonders über Europa und den zweiten Weltkrieg.« (Dalai Lama XIV – *Buch der Freiheit*, 1990, 59)
[250] Heinrich Harrer – *Sieben Jahre in Tibet,* 1976, 247
[251] Mehrere Beispiele hierfür in: V. & V. Trimondi – *Der Schatten des Dalai Lama*, 587 ff.
[252] *Süddeutsche Zeitung Magazin* – 21. 3. 1997
[253] Claude B. Levenson – *Dalai Lama*, 291
[254] Heinrich Harrer – *Sieben Jahre in Tibet,* 1976, 7
[255] Ebenda: 40
[256] Heinrich Harrer – *Sieben Jahre in Tibet,* 1997 (23. Auflage), 103
[257] Ebenda: Klappentext
[258] *Frankfurter Zeitung* – 22. 7. 1939
[259] Heinrich Harrer – *Sieben Jahre in Tibet,* 1976, 167
[260] Heinrich Harrer – *Mein Leben,* 135
[261] Ebenda: 249 f.
[262] Ernst Schäfer – *Geheimnis Tibet,* 1943, 116
[263] Heinrich Harrer – *Sieben Jahre in Tibet,* 1976, 142. Dieser Pietätszene folgt ein Ausbruch frenetischer Massenekstase, die zeigt, wie atavistisch das tibetische System war: »Wie aus einer Hypnose erwacht, stürzen in diesem Augenblick Zehntausende aus der Ordnung ins Chaos. Der Übergang ist so plötzlich, dass man fassungslos ist. Geschrei, wilde Gesten … sie trampeln sich gegenseitig zu Boden, bringen sich fast um. Aus den eben noch weinend Betenden, ekstatisch Versunkenen sind Rasende geworden. Die Mönchsoldaten beginnen ihr Amt! Riesige Kerle mit ausgestopften Schultern und geschwärzten Gesichtern – damit die abschreckende Wirkung noch verstärkt wird. Rücksichtslos schlagen sie mit ihren Stöcken auf die Menge ein […] Heulend steckt man die Schläge ein, aber selbst die Geschlagenen kehren wieder zurück. Als ob sie alle von Dämonen besessen wären. Sind das noch dieselben Menschen, die sich erst demütig vor einem Kind beugten? Jetzt nehmen sie die Peitschenhiebe hin wie einen Segen. Rußende Pechfackeln über den Köpfen, Schmerzensschreie aus dem Toben der Masse, hier ein verbranntes Gesicht – dort das Stöhnen eines Niedergetrampelten.« (143)
[264] *Playboy* (deutsche Ausgabe) – 3/1998, 40
[265] Dr Bruno Beger's memoirs of Tibet – www.tibet.com/Status/bruno.html
[266] *Tibet Forum* – 2/2000, 6
[267] Ebenda: 6
[268] Brauen, Martin – *Traumbild Tibet*, 79
[269] Ebenda: 80
[270] Ebenda: 65. Den Brief des tibetischen Regenten Reting Rinpoche an den »trefflichen Herrn Hitler (König) der Deutschen, der erlangt hat die Macht über die weite Erde!« nennt Brauen ein schlichtes »Höflichkeitsschreiben«. (80)

»Der Weg des Samurai«

[1] Tsunetomo Yamamoto – *Hagakure II*, 151
[2] Jost Hermand – *Der alte Traum vom neuen Reich*, 301 f.
[3] Otto Mossdorf – »Der soldatische Charakter des deutschen und japanischen Volkes« – in: (Hrsg.) – *Das Reich und Japan*, 95
[4] Adolf Hitler – *Monologe im Führerhauptquartier*, 184
[5] Ebenda: 156
[6] Otto Mossdorf – »Der soldatische Charakter des deutschen und japanischen Volkes« – in: Walter Donat (Hrsg.) – *Das Reich und Japan*, 103
[7] Adolf Hitler – *Monologe im Führerhauptquartier*, 280
[8] Otto Mossdorf – »Der soldatische Charakter des deutschen und japanischen Volkes« – in: Walter Donat (Hrsg.) – *Das Reich und Japan*, 104
[9] In: Brian Daizen A. Victoria – *Zen, Nationalismus und Krieg*, 162
[10] Ebenda: 9. Das rege Interesse von Rudolf Heß an der japanischen Kultur ist auf seinen engen Kontakt zu General Karl Haushofer zurückzuführen. Siehe das übernächste Kapitel.
[11] Albert Speer – *Erinnerungen*, 110
[12] In: Brian Daizen A. Victoria – *Zen, Nationalismus und Krieg*, 162
[13] Günther Haasch (Hrsg.) – *Die deutsch-japanischen Gesellschaften von 1888 bis 1996*, 336 f.
[14] Shin Sákuma – *Bushido*, 23
[15] Peter Alles – »Zur Geschichte der Beziehungen zwischen Buddhismus, Nationalismus und Staat im modernen Japan (1868–1949)« – in: Peter Fischer (Hrsg.) – *Buddhismus und Nationalismus im modernen Japan*, 8
[16] Der Nichiren-Ideologe Tanaka Chigaku erklärte die Aggression zu einer natürlichen Verhaltensweise des Lebens. »Allerdings trennt Tanaka die Aggression in eine unterlegene, weltliche und eine überlegene, geistige. So sei die Lotus-Sutra-Aggression gut, überlegen, sei Medizin und kein Gift, sie sei die universale Gerechtigkeit und religiöse Aufrichtigkeit.« (Peter Alles – »Zur Geschichte der Beziehungen zwischen Buddhismus, Nationalismus und Staat im modernen Japan (1868–1949)« – in: Peter Fischer (Hrsg.) – *Buddhismus und Nationalismus im modernen Japan*, 12)
[17] Ebenda: 14
[18] Ebenda: 16
[19] Ebenda: 14
[20] Jakob Wilhelm Hauer – *Das religiöse Artbild der Indogermanen*, X
[21] Walther Wüst – *Japan und Wir*, 14
[22] Heinz Corazza – *Die Samurai*, Rückenseite
[23] Adolf Hitler – *Monologe im Führerhauptquartier*, 177
[24] Vor allem hatte sich General Karl Haushofer schon seit Beginn des 20. Jahrhunderts als Aufgabe gesetzt, den Samurai-Geist in Deutschland zu propagieren. In zwei deutschen Reiseberichten wird Anfang der 1930er-Jahre das hohe Militärethos der Japaner hervorgehoben. (Siehe: Jakob Fischer – *Mandschukuos Kampf und Sieg* – Hamburg 1933 und Roland Strunk/Martin Rikli – *Achtung! Asien marschiert! – Ein Tatsachenbericht* – Berlin 1934.) 1937 zog Edvard Spranger auf einer Vortragsreihe durch Japan Vergleiche zwischen dem Samurai und dem preußischen Offizier, zwischen japanischem Opfermut und deutschem Heroismus, zwischen der Ahnenverehrung der Japaner und der Rassentheorie der Deutschen. (Karl Löwith – *Mein Leben in Deutschland vor und nach 1933 – Ein Bericht* – Stuttgart 1986, 113) 1939 führte die DJG in Berlin den japanische Tonfilm *Der Heilige Krieg* auf. 1942 machte die japanische Armee Hitler den Kriegsfilm *Nippons wilde Adler* zum Geschenk. Ein weiterer Film, *Weg nach Hawaii*, glorifizierte das »fanatische Kämpfertum«, den »vorbehaltlosen Siegeswillen« und die »Todesverachtung« der japanischen Marineflieger. Alle drei Propagandastreifen wurden auf Deutsch synchronisiert und mehrmals aufgeführt. Arthur Schneider (Chefdramaturg der Städtischen Bühnen Freiburg) und Curt Langenbeck (Chefdramaturg der Bayerischen Staatstheaters) setzten Stücke in Szene, die den Bushido zum Inhalt hatten. Am 20. Dezember 1942 wurde mit Beteiligung der DJG-Zweigstelle Wien ein Schauspiel des Österreichers Mirko Jelusich mit dem Titel *Samurai* uraufgeführt.
[25] Heinz Corazza – *Die Samurai*, 3
[26] Institut für Zeitgeschichte – München: Jacobsen – ZS 77 – 718/52 – 00018

[27] Shin Sákuma – *Bushido*, 3
[28] Ebenda: 5
[29] Walter Donat (Hrsg.) – *Das Reich und Japan*, 10
[30] Shin Sákuma – *Bushido*, 10
[31] Ebenda: 17
[32] In: Otto Mossdorf – »Der soldatische Charakter des deutschen und japanischen Volkes« – in: Walter Donat (Hrsg.) – *Das Reich und Japan*, 100
[33] Erwin Bälz – *Über die Todesverachtung der Japaner*, 14
[34] In: Toshie Noishiki – *Harakiri*, 7
[35] Tsunetomo Yamamoto – *Hagakure*, 20
[36] Ebenda: 30
[37] Ebenda: 56
[38] Ebenda: 108
[39] Tsunetomo Yamamoto – *Hagakure II*, 24
[40] Ebenda: 44
[41] Tsunetomo Yamamoto – *Hagakure*, 122
[42] Tsunetomo Yamamoto – *Hagakure II*, 92
[43] Tsunetomo Yamamoto – *Hagakure*, 133
[44] Tsunetomo Yamamoto – *Hagakure II*, 35
[45] Ebenda: 37
[46] Ebenda: 172
[47] In: Toshie Noishiki – *Harakiri*, 7
[48] Ebenda: 8
[49] Ebenda: 13
[50] Ebenda: 32
[51] Erwin Bälz – *Über die Todesverachtung der Japaner*, 24 f. Anfang der 1930er-Jahre nahm Friedrich Hielscher gegenüber dem Harakiri eine kritische Haltung ein und stellte dem Selbstmord des japanischen Samurais das kriegerische deutsche »Siegesopfer« gegenüber: »Der Schritt, der hier getan werden muss«, forderte Hielscher, »und den das japanische Seelentum nicht tun kann, ist der Schritt vom Harakiri zum Siegesopfer. Beide Male wird der Sterbende Herr über den Tod: durch Verachtung, durch Mut und durch Heldentum. Nur die kriegerischsten Völker sind dieses Herrentums fähig, das keiner Erlösung bedarf, sondern in sich ruht wie das Licht. Aber Harakiri bedeute den Verzicht auf den Sieg; das Siegesopfer erzwingt den Sieg durch den eigenen Untergang. Wer Harakiri übt, vernichtet sich, um den Feind nicht siegen zu lassen. Wer das Siegesopfer bringt [...] vernichtet den Feind durch den eigenen Tod. Das Harakiri verteidigt; das Siegesopfer greift an.« (Friedrich Hielscher – »Die Heraufkunft der Kräfte« – in: – *Stecowa – Phantastisches und Übersinnliches aus dem Weltkrieg*, 288)
[52] Otto Mossdorf – »Der soldatische Charakter des deutschen und japanischen Volkes« – in: Walter Donat (Hrsg.) – *Das Reich und Japan*, 101
[53] Shin Sákuma – *Busido*, 9
[54] Ebenda: 16
[55] Erwin Bälz – *Über die Todesverachtung der Japaner*, 21
[56] Ebenda: 21
[57] Ebenda: 21
[58] Ebenda: 47
[59] Wilhelm Gundert – »Fremdvölkisches Kulturgut und Eigenleistung in Deutschland und Japan« – in: Walter Donat (Hrsg.) – *Das Reich und Japan*, 28. Noishiki berichtet, dass in früheren Zeiten die Mönche oft selber die Waffe in die Hand nahmen: »Auch Shinto-Schreine und Buddha-Tempel schufen sich eigene Schutztruppen. Im Ernstfall – und der Ernstfall trat oft genug ein – musste der Geistliche selbst zum Schwert oder zur Lanze greifen, und er war daher gezwungen, neben dem Studium der buddhistischen Lehre jederzeit auch die Kampftechnik zu pflegen.« (Toshie Noishiki – *Harakiri*, 27)
[60] Bryan Victoria sucht tiefer nach den Wurzeln des »Kriegs-Zen« und findet schon im frühen Buddhismus kriegerische Elemente. Er verweist auf die kämpferische Staatsführung des Kaisers Ashoka, der keineswegs – wie vielfach angenommen – ein erleuchteter »Friedensfürst« war. Weiterhin zitiert er mehrere aggressive Passagen aus verschiedenen Sutren (*Suvarnaprabhasa-Sutra; Upayakaushalya-Sutra; Mahaparinirvana-Sutra*). Aus-

gehend von einer konsequenten Kritik des historischen Buddhismus sieht er die bewusste Rückkehr zur ursprünglich pazifistischen Lehre des Buddha (die strikte Einhaltung des Tötungsverbotes), die klare Trennung von Sangha (buddhistische Gemeinschaft) und Staat und die soziale Orientierung des »engagierten Buddhismus« als Alternative zu einer kompromittierenden Übernahme von buddhistischen Ideen durch staatliche insbesondere militärische Institutionen. Zum Komplex Zen und Nationalismus siehe auch: Robert H. Sharf – »The Zen of Japanese Nationalism« – in: Lopez, Jr. Donald S. (Hrsg.) – *Curators of the Buddha – The study of Buddhism under colonialism*, 107–160

[61] Toshie Noishiki – *Harakiri*, 30

[62] Heinz Corazza – *Die Samurai*, 5

[63] Ebenda: 18

[64] Heinrich Himmler – *Die Schutzstaffel als antibolschewistische Kampforganisation*, 23

[65] Ebenda: 27

[66] Heinrich Himmler (Hrg. Bradley F. Smith und Agnes F. Peterson) – *Geheimreden 1933 bis 1945*, 220

[67] Heinrich Himmler – *Die Schutzstaffel als antibolschewistische Kampforganisation*, 24

[68] In: Josef Ackermann – *Heinrich Himmler als Ideologe*, 97

[69] Karl Haushofer – *Der nationalsozialistische Gedanke in der Welt*, 14

[70] Hermann Rauschning – *Gespräche mit Hitler*, 234

[71] Friedrich W. Doucet – *Im Banne des Mythos*, 107

[72] Tsunetomo Yamamoto – *Hagakure*, 73

[73] Heinz Corazza – *Die Samurai*, 16

[74] Hermann Rauschning – *Gespräche mit Hitler*, 237

[75] Heinrich Himmler (Hrg. Bradley F. Smith und Agnes F. Peterson) – *Geheimreden 1933 bis 1945*, 192

[76] Heinrich Himmler – *Die Schutzstaffel als antibolschewistische Kampforganisation*, 31

[77] J. O. Plassmann – *Der Jahresring. Ein Wegweiser zum deutschen Ahnenerbe*, 93

[78] In: Michael Burleigh – *Die Zeit des Nationalsozialismus*, 232

[79] Eric Voegelin – *Die politischen Religionen*, 61

[80] Heinrich Himmler (Hrg. Bradley F. Smith und Agnes F. Peterson) – *Geheimreden 1933 bis 1945*, 45

[81] Auch bei Hitler kann dieser »Wille zum Untergang« festgestellt werden. Zum Beispiel in dem folgenden Zitat: »Kurz gesagt ist es doch so, dass einer, der für sein Haus keinen Erben hat, sich am besten mit allem, was darin ist, verbrennen lässt – wie auf einem großartigen Scheiterhaufen.« (In: J. P. Stern – *Hitler – Der Führer und das Volk*, 34)

[82] Alfred Dieck – »Selbsttötung bei den Germanen« – in: *Archiv für Religionswissenschaft* – 36. Bd., Leipzig u. a. 1939, 397

[83] Ebenda: 397

[84] Heinrich Himmler (Hrg. Bradley F. Smith und Agnes F. Peterson) – *Geheimreden 1933 bis 1945*, 193

[85] Hitler nannte Himmler einmal seinen »Ignatius von Loyola«.

[86] Himmlers Orientierung am Jesuitenorden ist auch deswegen interessant, weil sie auf ein spirituelles Selbstverständnis der SS verweist. »So wurde die SS-Organisation von ihm nach den Grundsätzen des Jesuitenordens aufgebaut«, schreibt Walther Schellenberg. »Als Grundlagen dienten die Dienstordnungen des Ignatius von Loyola: das oberste Gesetz war das des absoluten Gehorsams, die Ausführung eines jeden Befehls ohne Widerspruch. Himmler selbst, als Reichsführer-SS, war der Ordensgeneral.« (Walther Schellenberg – *Memoiren*, 160) Als schwerwiegender Widerspruch bleibt jedoch, dass die Jesuiten keinen Kriegerorden bildeten. Deswegen ist die viel zitierte Ausrichtung Himmlers an Ignatius von Loyola nur mit Vorsicht zu akzeptieren.

[87] Gustavo Benavides – »Giuseppe Tucci, or Buddhology in the Age of Fascism« – in: Donald S. Lopez, Jr. (Hrsg.) – *Curators of the Buddha*, 169

[88] Giuseppe Tucci – *Il Buscidô* – Florenz 1942, 8

[89] Ebenda: 15

[90] Ebenda: 25/26

[91] Gustavo Benavides – »Giuseppe Tucci, or Buddhology in the Age of Fascism« – in: Donald S. Lopez, Jr. (Hrsg.) – *Curators of the Buddha*, 193

[92] Giuseppe Tucci und Walther Heissig – *Die Religionen Tibets*, 322.

[93] Gustavo Benavides – »Giuseppe Tucci, or Buddhology in the Age of Fascism« – in: Donald S. Lopez, Jr. (Hrsg.) – *Curators of the Buddha*, 182. Ein »Siddha« ist ein erleuchteter Großzauberer, dem übermenschliche Kräfte zukommen.

[94] Staatsarchiv München – Staatsanwaltschaften – 34878/50, 251
[95] *East and West* – 1957 Nr. 7, 319 – 326
[96] Siehe: Julius Evola – *Lo Zen* – Roma 1981; Evola hat Karlfried Dürckheims Buch *Hara – Die Erdmitte des Menschen* übersetzt (*Hara: il centro vitale dell'uomo secondo lo Zen* – Rom 1969) und zu einer italienischen Anthologie von Suzuki-Schriften das Vorwort geschrieben: Daisetz Teitaro Suzuki – *Saggi sul buddhismo Zen* – Bd. I u. II, Rom 1975 und 1977.
[97] Julius Evola – *The Doctrine of Awakening*, 223 ff.
[98] Ebenda: 235
[99] In: Jean-Paul Lippi – *Julius Evola*, 244
[100] Yamamoto, Tsunetomo – *Hagakure II*, 151

Zen-Buddhismus

[1] Arthur Koestler – *Von Heiligen und Automaten*, 344 f.
[2] In: Brian Daizen A. Victoria – *Zen, Nationalismus und Krieg*, 209
[3] Ebenda: 213
[4] Ebenda: 160
[5] Ebenda: 160
[6] Daisetz Teitaro Suzuki – *Zen und die Kultur Japans*, 49
[7] Ebenda: 50
[8] Ebenda: 34
[9] Ebenda: 49, 52. Wenn der deutsche Zen-Lehrer Karlfried Graf Dürckheim 1940 zu Suzukis *Einführung in den Zen-Buddhismus* vermerkt: »Zen ist allem zuvor eine Religion des Willens und der Willenskraft, als Philosophie dem Intellekt und dem diskursiven Denken zutiefst abgeneigt, dagegen vertrauend auf die Intuition als dem direkten und unmittelbaren Weg zur Wahrheit.« (In: Gerhard Wehr – *Karlfried Graf Dürkheim*, 96), so teilte auch er damit die Vorstellung der damaligen NS-Ideologen, die im Gefolge von Arthur Schopenhauer und Friedrich Nietzsche die Allmacht des Willens gegen den Diskurs stellten.
[10] Daisetz Teitaro Suzuki – *Zen und die Kultur Japans*, 60
[11] Ebenda: 60
[12] In: Brian Daizen A. Victoria – *Zen, Nationalismus und Krieg*, 155
[13] Ebenda: 161
[14] Daisetz Teitaro Suzuki – *Zen und die Kultur Japans*, 75
[15] Wenn man Suzuki gerecht werden will, dann muss man darauf hinweisen, dass er die Benutzung des Schwertes als letzte Konsequenz empfiehlt und betont, es handele sich hierbei um keine Mordwaffe, sondern um ein »Werkzeug der geistigen Selbstzucht«. Aber solche Bekenntnisse sind in den Kriegerkasten aller Kulturen üblich.
[16] Heinz Corazza – *Die Samurai*, 14. Die These vom Schwert als die Seele des Kriegers wird auch in dem 1943 erschienenen Aufsatz von Otto Kümmel mit dem Titel »Japan und sein Schwert« aufgenommen. (Martin Schwind (Hrsg.) – *Japan von Deutschen gesehen*, 96)
[17] Otto Mossdorf – »Der soldatische Charakter des deutschen und japanischen Volkes« – in: Walter Donat (Hrsg.) – *Das Reich und Japan*, 103
[18] *Germanien* – Nr. 10/37, 291 – Ernst Schäfer bringt ein Schwertlied aus dem Himalaja mit: »Diese blutgetränkte Klinge ist das Schwert des Lebens«, heißt es dort. »Tausend Dämonen haben dich aus dem Metall des Donnerkeils geschlagen und tausend Götter haben dich heilig gesprochen. [....] In wundersame Gifte bist du getaucht und an menschlichen Schädeln geschliffen.« (Bundesarchiv Berlin R 135 / 30 – »Kriegstanz der Götter«)
[19] Bundesarchiv: NS – 21 – 290 – A/101/81 – »Wiking Schwert«
[20] Adolf Hitler – *Mein Kampf*, 689
[21] Daisetz Teitaro Suzuki – *Zen und die Kultur Japans*, 259
[22] Ebenda: 73
[23] Ebenda: 51. Suzukis Schrift *Zen und die Kultur Japans*, die 1941 im faschistischen Deutschland erschien, wurde drei Jahre vorher (1938) in englischer Sprache mit dem Titel *Zen Buddhism and its Influence on Japane-*

se Culture in den demokratischen Ländern vertrieben. Mit dem oben zitierten Satz sicherte sich Suzuki die internationale Verbreitung seines Textes in allen damaligen Gesellschaftssystemen einschließlich dem kommunistischen ab. Nach dem Kriege veröffentlichte er zusammen mit dem Antifaschisten Erich Fromm ein Buch mit dem Titel *Psychoanalysis and Zen Buddhism* – New York 1960.

[24] In: Brian Daizen A. Victoria – *Zen, Nationalismus und Krieg*, 210

[25] In: Willfred Hartig – *Die Lehre des Buddha und Heidegger*, 29

[26] Graham Parkes – »The putative fascism of the Kyoto School and the political« – in: *Philosophy East and West* – Vol. 47 No. 3, 1997, 305–336

[27] Karl Löwith – *Mein Leben in Deutschland vor und nach 1933*, 117

[28] August Faust und Shuej Ohasama – *Zen*, IV

[29] Ebenda: V

[30] Ernst Benz – *Zen in westlicher Sicht*, 8

[31] DBU (Deutsche Buddhistische Union) – *Chronik des Buddhismus in Deutschland*, 108

[32] Manfred Bergler – *Die Anthropologie des Grafen Karlfried von Dürckheim*, 8

[33] Ebenda: 8

[34] Eugen Herrigel – *Zen in der Kunst des Bogenschießens*, 41

[35] Ebenda: 81

[36] Ebenda: 88

[37] Ebenda: 90

[38] Ebenda: 90

[39] Ebenda: 90 f.

[40] *The Center Magazine* – März/April – www.friesian.com/poly-2.htm

[41] Eugen Herrigel – *Zen in der Kunst des Bogenschießens*, 90

[42] Arthur Koestler – »Neither Lotus nor Robot« – in: *Encounter*, Vol. XVI, London 1961, 59

[43] Karlfried Dürckheim – *Erlebnis und Wandlung*, 29

[44] Nach dem Eichhörnchengemetzel empfand Dürckheim »Entsetzen und Grauen« – ein Schreckensgefühl, von dem niemals im Zusammenhang mit der Nazi-Geschichte, an der er ideologisch beteiligt war, die Rede ist.

[45] Karlfried Dürckheim – *Erlebnis und Wandlung*, 29

[46] Ebenda: 37

[47] Ebenda: 36

[48] In: Gerhard Wehr – *Karlfried Graf Dürkheim*, 75

[49] Der *Evening Standard* stand der Entwicklung in Deutschland sehr kritisch gegenüber. Hitler versuchte Beaverbrook von seiner »Europa-Vision« zu überzeugen: »Der Lord war begeistert«, so Dürckheim. »Er sagte: ›Ich schreibe nie mehr einen schlechten Aufsatz über Hitler! Das ist ja großartig diese Konzeption, die er von Europa hat!‹ [....] Nach acht Tagen war Lord Beaverbrook natürlich wieder auf der alten Linie.« (Karlfried Dürckheim – *Der Weg ist das Ziel*, 39 f.)

[50] In: Gerhard Wehr – *Karlfried Graf Dürkheim*, 76

[51] Ebenda: 77

[52] Ebenda: 78

[53] Karlfried Dürckheim – *Erlebnis und Wandlung*, 42

[54] Diese Mission stand im Zusammenhang mit dem am 25. November 1938 abgeschlossenen »Abkommen über kulturelle Zusammenarbeit zwischen dem Deutschen Reich und Japan«. Darin werden 12 Punkte genannt: 1. – Die Errichtung von kulturellen Arbeitsausschüssen. 2. – Die Erhaltung einer Erweiterung der Kultureinrichtungen. 3. – Die Empfehlung von Lehrkräften. 4. – Die Erleichterung für amtliche Studienreisen. – 5. – Austausch von Studenten und Professoren. 6. – Die Förderung des freundschaftlichen Verkehrs zwischen den Jugendorganisationen beider Länder. 7. – Wohlwollende Behandlung der Schulen. 8. – Austausch von Büchern und Zeitschriften. 9. – Austausch auf den Gebieten der Kunst. 10. – Austausch auf dem Gebiet des Films. 11. – Austausch auf dem Gebiet des Funks. 12. – Austausch auf dem Gebiet des Sports und der Volksgesundheit.

[55] In: Günther Haasch (Hrsg.) – *Die deutsch-japanischen Gesellschaften*, 228

[56] Ebenda: 322

[57] Ebenda: 233

[58] Manfred Bergler – *Die Anthropologie des Grafen Karlfried von Dürckheim*, 106

[59] In: Gerhard Wehr – *Karlfried Graf Dürkheim*, 111
[60] Rückübersetzung aus dem Japanischen. Karlfried von Dürckheim-Montmartin – *Neues Deutschland – Deutscher Geist* – Tokio 1942
[61] In: Gerhard Wehr – *Karlfried Graf Dürkheim*, 114
[62] Ebenda: 116
[63] Ebenda: 118 f.
[64] Franziska Ehmke und Peter Pantzer – *Gelebte Zeitgeschichte*, 51
[65] In: Gerhard Wehr – *Karlfried Graf Dürkheim*, 120
[66] Karlfried Dürckheim – *Erlebnis und Wandlung*, 83
[67] In: Gerhard Wehr – *Karlfried Graf Dürkheim*, 66
[68] Ebenda: 106. Der aus Deutschland importierte Antisemitismus fand sogar in japanischen Zen-Kreisen Eingang. Obgleich in Japan bis Ende des Zweiten Weltkrieges keine Juden gelebt hatten, übernahm der Soto-Zen-Meister Yasutani Hakuun die Nazi-Idee von der Weltverschwörung der Juden: »Wir müssen uns der Existenz der dämonischen Lehren bewusst sein«, schrieb er 1943, »die behaupten, in der Welt der Phänomene gebe es Gleichheit, und die dadurch die öffentliche Ordnung in der Gesellschaft stören und die Kontrolle zunichte machen. [....] Infolgedessen haben sie [die Juden] einen heimtückischen Plan entwickelt, um die ganze Welt unter ihre Kontrolle und Herrschaft zu bringen. Dies ist der eigentliche Grund für die großen Umwälzungen, die wir in unserer Zeit erleben.« (In: Brian Daizen A. Victoria – *Zen, Nationalismus und Krieg*, 164)
[69] In: Gerhard Wehr – *Karlfried Graf Dürkheim*, 81
[70] *Berlin – Rom – Tokyo* – Heft 3, 15. Juli 1939, 23
[71] Ebenda: Heft 3, 15. Juli 1939, 23
[72] Ebenda: Heft 6, 15. Okt. 1939, 28. Auch in diesem Heft kommt er erneut auf den Samurai-Kult im faschistischen Japan zu sprechen: »Die Wehrmacht, die wahre Trägerin der Samuraitradition, gewinnt immer wachsende Bedeutung auch für die geistige Führung des Volkes.« (ebenda)
[73] In: Brian Daizen A. Victoria – *Zen, Nationalismus und Krieg*, 160
[74] In: Gerhard Wehr – *Karlfried Graf Dürkheim*, 110
[75] Karlfried Dürckheim – *Hara*, 92 ff.
[76] Ebenda: 30
[77] Ebenda: 30
[78] Ebenda: 176
[79] Ebenda: 62
[80] Ebenda: 63
[81] Julius Evola – »Über das Initiatische« – in: *Antaios* hrsg. v. Mircea Eliade und Ernst Jünger, Bd. VI, Nr. 2, Stuttgart, Juli 1964, 193 f.
[82] In: Gerhard Wehr – *Karlfried Graf Dürkheim*, 180
[83] Julius Evola – »Über das Initiatische« – in: *Antaios* hrsg. v. Mircea Eliade und Ernst Jünger, Bd. VI, Nr. 2, Stuttgart, Juli 1964, 152
[84] Julius Evola – *Über das Initiatische*, 53
[85] In: Gerhard Wehr – *Karlfried Graf Dürkheim*, 180
[86] Ebenda: 158
[87] Ebenda: 229
[88] Ebenda: 159
[89] Ebenda: 195
[90] Siehe hierzu das Buch von Ralph Metzner – *The Well of Remembrance Rediscovering the Earth Wisdom Myths of Northern Europe* – mit Beiträgen von Bärbel Kreidt, Norbert Mayer and Christian Rätsch.

Shinto-Faschismus

1 Walter Donat (Hrsg.) – *Das Reich und Japan*, 119
2 Karl Haushofer – *Mutsuhito*, 4
3 Ebenda: 3
4 Karl Haushofer – »Die geographischen Grundlagen der japanischen Wehrkraft« – in: *Mitteilungen der Geographischen Gesellschaft in München – Bd. 6* – 1911, 170
5 Karl Haushofer – *Mutsuhito*, 6
6 Karl Haushofer – *Dai Nihon*, 361
7 Ebenda: 36
8 Wie tief sich das Tenno-Bild auch bei anderen konservativen Deutschen einprägte, zeigt das Beispiel Friedrich Hielscher. Der Publizist, der zeitweise mit dem SS-Ahnenerbe zusammenarbeitete, auch wenn er innerlich dem System gegenüber auf Distanz ging, war ebenfalls ein großer Verehrer Hirohitos. Auch für ihn verdichtete sich in der Gestalt des japanischen Kaisers der sakrale Staatsgedanke, den er in seinem Buch *Das Reich* (1931) als politisches Modell gefordert hatte. Obgleich Hirohito nach dem Krieg auf Druck der Amerikaner auf seine Göttlichkeit verzichten musste, will Hielscher dies nicht wahrhaben. Der Kaiser habe zwar sein Versagen zugegeben (»wie der Sieg des Feindes ausweise«) und die Schuld auf sich geladen, aber dem Amt, das er verwalte, habe er die Sakralität niemals abgesprochen. Er habe sich auch »kein Recht mehr zugestanden, nach einem letzten Kampf Harakiri zu üben, und durfte es auch nicht von seinem Volke verlangen«. (Friedrich Hielscher – *Fünfzig Jahre unter Deutschen*, 140) Durch sein Schuldbekenntnis sei das Land gereinigt worden und die Menschen seien ihrem Herrscher nachgeeifert: »Wie tapfer, wie groß muss unser Tenno sein, dass er nach jener Glaubenserklärung seine Schuld so ohne jede Rücksicht vor aller Welt zu bekennen und zu tragen wagt«, sollen die Leute gesagt haben. (141) Hirohito gestand zu, einen Fehler gemacht zu haben, aber dieses Schuldbekenntnis habe seine Heiligkeit noch erhöht. Letztlich – so Hielscher – sei Hitler für diesen Fehler verantwortlich zu machen. »Ich habe den Worten eines Deutschen vertraut!«, soll Hirohito seinen Göttern geklagt haben. (141) Auch das von Hitler und Himmler geschätzte Buch des amerikanischen Autors Colin Ross *Das neue Asien* verherrlicht das Gottesgnadentum des japanischen Kaisers: »Man kann ohne Übertreibung sagen, dass der Tenno in Japan heute nicht nur letzte geistige und weltliche Autorität ist, sondern dass alle Autorität und Macht überhaupt auf ihn zurückgeht. Das japanische Reich ist nicht nur eine Theokratie, in der der Hohepriester gleichzeitig die höchste weltliche Macht innehat, es ist nach japanischer Auffassung in Wahrheit ›Shinkoku‹, das ›Gottes-Reich‹.« (Colin Ross – *Das Neue Asien*, 58)
9 Institut für Zeitgeschichte – München: Jacobsen – Z S 77 – 718/52 – 00018
10 Adolf Hitler – *Monologe im Führerhauptquartier*, 174
11 Der Japanologe Wilhelm Gundert (1880–1971) war in den 1930er-Jahren Leiter des deutsch-japanischen Kulturinstituts in Tokio.
12 In der Shogun-Herrschaft war der Kaiser zwar immer noch offiziell das sakrale Staatsoberhaupt, aber realpolitisch hatte er nicht viel zu sagen. Das Shogunat führte über ein halbes Jahrtausend lang die Staatsgeschäfte. Im 19. Jahrhundert brach dann die archaische Form der Theokratie wieder hervor: »Man erfuhr«, schrieb Toshie Noishiki, »dass nicht die Shogune, sondern die Erlauchten Personen der Kaiser die angestammten Herrscher des japanischen Volkes seien.« (Toshie Noishiki – *Harakiri*, 56)
13 Karl Haushofer – in: *Zeitschrift der deutschen morgenländischen Gesellschaft* - Bd. 96, H. 1, 1942, 39
14 Ebenda: 39
15 Ebenda: 40
16 Ebenda: 40
17 In: Walter Donat (Hrsg.) – *Das Reich und Japan*, 123
18 Umgekehrt ließen sich japanische Intellektuelle wie Keiji Nishitani und politisierte Militärs seit Mitte der 1930er-Jahre vom deutschen Führermythos inspirieren. Jedoch sollte für sie die Idee von der diktatorischen Macht des Volkstribuns (Hitler) nicht der Idee vom göttlichen Kaiser (Hirohito) widersprechen. Das faschistische Modell für Japan verlangte ausschließlich eine Neuinterpretation und Erweiterung der Tenno-Ideologie und keinen persönlichen Machtwechsel: Hirohito (1901–1989) wurde jetzt nicht nur mit den Göttern, sondern ebenso mit dem Volk als solchem identifiziert. Diese Kombination von Sakralität und Populismus machte den »kaiserlichen Weg« Japans – der Theorie nach – zur totalitärsten aller faschistischen Richtungen.
19 Stefan Zweig – *Die Welt von Gestern*, 176

[20] Bruno Hipler – *Hitlers Lehrmeister*, 70/73
[21] In: Hans-Adolf Jacobsen – *Karl Haushofer – Leben und Werk – Bd. I*, 489
[22] Ebenda: XI
[23] Ebenda: 336
[24] In: Frank Ebeling – *Geopolitik*, 214
[25] Staatsarchiv München – Staatsanwaltschaften – 34 878/ 52, 116
[26] Universitätsarchiv München O-N-14 (Wüst) – 97 f. – Postkarte vom 27. 3. 1939 an Wüst
[27] In: Hans-Adolf Jacobsen – *Karl Haushofer – Leben und Werk – Bd. I*, 132
[28] Karl Haushofer – *Japan baut sein Reich*, 318
[29] Ebenda: 320
[30] Ebenda: 394
[31] Albrecht Haushofer – *Moabiter Sonette*, 46
[32] Karl Haushofer – *Dai Nihon*, 150
[33] »Lasst uns unsere Meister erziehen!« – in: Bruno Hipler – *Hitlers Lehrmeister*, 15
[34] Karl Haushofer – *Das japanische Reich in seiner geographischen Entwicklung*, 169
[35] Karl Haushofer – »Die geographischen Grundlagen der japanischen Wehrkraft« – in: *Mitteilungen der Geographischen Gesellschaft in München* – Bd. 6 – 1911, 170
[36] Karl Haushofer – *Dai Nihon*, 31
[37] Ebenda: 58
[38] In: Frank Ebeling – *Geopolitik*, 171
[39] Karl Haushofer – *Das japanische Reich in seiner geographischen Entwicklung*, 93 f.
[40] Karl Haushofer – *Der nationalsozialistische Gedanke in der Welt*, 14
[41] Ebenda: 14
[42] Karl Haushofer – *Japan baut sein Reich*, 314
[43] *Berlin – Rom – Tokyo* – Heft 3, 1939, 30
[44] Ebenda: 32
[45] Ebenda: 31
[46] Karl Haushofer – *Japan baut sein Reich*, 316
[47] Ebenda: 269
[48] Ebenda: 316
[49] Rudolf Heß – *Briefe 1908–1933*, 156
[50] Adolf Hitler – *Mein Kampf*, 459
[51] Die DAP (die Vorläuferin der NSDAP) wurde keineswegs als eine Führerpartei gegründet. Als solche kristallisierte sie sich erst mit der Person Hitlers heraus. Aber auch hierfür bedurfte es ideologischer Vorbereitungen. Eine davon war sicher ein Pamphlet, das 1922 von der Münchner Ludwig-Maximilian-Universität preisgekrönt wurde und das den Titel trug: »Wie wird der Mann beschaffen sein, der Deutschland wieder zur Höhe führt?« Als Autor zeichnete Rudolf Heß, der Souffleur soll Karl Haushofer gewesen sein. Jedenfalls ist der Text wie maßgeschneidert auf Hitler angepasst, ohne dass dessen Name genannt wird. Heß beschwört die Niederlage der Deutschen nach dem Ersten Weltkrieg und verhöhnt die Demokratie der Weimarer Republik. »Das Chaos der kranken Volksherrschaft gebiert den Diktator. So wird es auch in Deutschland kommen. […] Er wird Deutschland wieder zur Vernunft bringen wie der Arzt einen Halbirren, wenn nötig mit brutaler Gewalt.« Das Gesamte ist eine antisemitische und machiavellistische Hetzschrift. Heß selber hat sich eindeutig als »Königsmacher« gesehen, das geht aus seinen Briefen hervor. »Dass dieser Mann die Führerpersönlichkeit ist, die allein den Kampf durchzuführen vermag«, war für ihn klar. (*Völkischer Beobachter* vom 11. 8. 1921, 3) Auch aus seinen Landsberger Briefen geht hervor, dass Heß als Spiegel dienen wollte, der Hitler seine Auserwähltheit unermüdlich bestätigte, um dadurch dessen Selbstbewusstsein zu stärken. Die ständige Nähe des späteren Führer-Stellvertreters zu dem Diktator gab ihm in der Tat die Möglichkeit größter Einflussnahme. »Hinter diesem Programm zum Aufbau des wahren Diktators [gemeint ist das Heß-Pamphlet], der nicht egoistisch sich selbst sucht, sondern einzig und allein das Wohl des Volkes will, steht Haushofer. Die weltanschauliche Idee, die in diesem Programm zum Ausdruck kommt, ist von Haushofers Geist geprägt, wie er schon 1913 in seinem Japan-Buch *Dai Nihon* zum Ausdruck kommt«, meint Hipler. (Bruno Hipler – *Hitlers Lehrmeister*, 105) Wir können dieser These nur sehr begrenzt zustimmen.
[52] In: Bruno Hipler – *Hitlers Lehrmeister – Karl Haushofer als Vater der NS-Ideologie* – St. Ottilien 1996, 34
[53] Karl Haushofer – *Mutsuhito. Kaiser von Japan* – Lübeck 1933, 42.

[54] Karl Haushofer – »Aus den Erinnerungen des ersten Bayerischen Japan-Kommandos 1908–1910 im Ausklang der Meiji-Zeit« – in: M. Schwind (Hrsg.) – *Japan von Deutschen gesehen*, 266

[55] »Was sagt Sie denn zu unserm Tribun [gemeint ist Hitler], zur Entdeckung dieses Tribunen!«, schreibt Heß an seine Verlobte. »Das Gesicht vom General [Haushofer] möchte ich sehen bei Erhalt meines Briefes. Bin neugierig, ob ich es noch erreiche, den General zu einem Tribunenanhänger, zumindest zur Anerkennung der Persönlichkeit als solcher zu bringen ...« (Rudolf Heß – *Briefe 1908–1933*, 332) Dies lässt vermuten, dass Haushofer 1924 Hitler noch nicht als den »Führer« anerkannte.

[56] In: Hans-Adolf Jacobsen – *Karl Haushofer – Leben und Werk – Bd. I*, 149

[57] Ebenda: 170

[58] Ebenda: 311

[59] *Berlin – Rom – Tokyo* – Heft 3, 1939, 32

[60] Karl Haushofer – »Die Kraft der ungebrochenen Linie: Reichserziehung in Japan auf geopolitischem und geopsychischem Grunde – in: *Zeitschrift für Geopolitik*, Jg. 20, H. 9, Nov./Dez. 1943, 335

Julius Evola

[1] In Frankreich zitiert ihn der neurechte Philosoph Alain de Benoist. Jean Parvulesco, katholischer Faschist, verehrt ihn wie einen Heiligen. Auch in Russland, Polen, Ungarn und Rumänien gibt es eine blühende Evola-Bewegung. In den 1980er-Jahren regten italienische Terroristen, die in London im Exil lebten, eine Fraktion der rechtsextremen *National Front* (NF) an, sich mit Evola zu beschäftigen. Nick Griffin und Derek Holland, damals die Führer der NF, gründeten später die *International Third Position* (ITP), eine Gruppe, die ebenfalls stark von den Lehren des Barons beeinflusst ist. Heute begleiten seine Ideen in Großbritannien die Aktivitäten der ITP, den *Third Way* von Patrick Harrington, die *National Revolutionary Faction* und die *British National Party*. In Deutschland liefert Evola die wichtigsten Inspirationen für das von Pierre Krebs geleitete »Thule-Seminar«. Krebs hat einige Hymnen auf Evola in der Zeitschrift *Criticón* veröffentlicht. In Österreich sind es Randbereiche der FPÖ (Jürgen Hatzenbichler), die sich auf Evolas »konservative Revolution« berufen. (Siehe hierzu: Eduard Gugenberger – *Hitlers Visionäre*, 187 f.) 1997 erschien in der rechten Untergrundmusikszene eine musikalische *Hommage an Evola,* an der insgesamt 10 Gruppen teilnahmen. (Ebenda)

[2] Julius Evola – *Menschen inmitten von Ruinen*, 397

[3] Zur Gruppe UR zählte unter anderen Guiliano Kremmerz (1861–1939), der sehr an sexualmagischen Riten interessiert war, und ein indischer Alchemist namens C. S. Narayana Ariar Shiyali. (T. H. Hansen – »Einführung in Julius Evolas politisches Wirken« – in: Julius Evola – *Menschen inmitten von Ruinen*, 45 f.)

[4] Julius Evola – *Heidnischer Imperialismus*, 2

[5] Eduard Gugenberger – *Hitlers Visionäre*, 178

[6] Julius Evola – *Heidnischer Imperialismus*, 8

[7] Eduard Gugenberger – *Hitlers Visionäre*, 179

[8] Gottfried Benn – »Sein und Werden – Zu: Julius Evola, Erhebung wider die moderne Welt« – in: *Gesammelte Werke Bd. IV*, 251–261

[9] Julius Evola – *Erhebung wider die moderne Welt*, 360

[10] Evola hatte jedoch schon vorher in mehreren Aufsätzen sein großes Interesse an der NS-Bewegung kundgetan. 1930 erschien *Aspetti del movimento culturale nella Germania contemporanea* (»Aspekte der Kulturbewegung im zeitgenössischen Deutschland«). 1932 folgte *La mistica del sangue nel nuovo nazionalismo tedesco* (»Die Blutmystik des neuen deutschen Nationalsozialismus«). Im gleichen Jahr veröffentlichte er *Il nuovo mito germanico del »Terzo Regno«* (»Der neue germanische Mythos des ›Dritten Reichs‹«). Siehe: Philippe Baillet – »Les rapport de Julius Evola avec le fascisme et le national-socialisme« – in: *Politica Hermetica* Nr. 1 – Paris 1987, 53

[11] Umberto Eco – *Vier moralische Schriften*, 49

[12] In: Jean-Paul Lippi – *Julius Evola*, 222. Direkt spricht er die Kritik an Hitler nie aus. Es lassen sich jedoch zahlreiche indirekte Anspielungen auf die Unvollkommenheit des Dritten Reiches und seines Führers ausfindig machen. Nach dem Krieg ist das anders. Evola stellt jetzt bei Hitler eine »fundamentale Abneigung gegen die Monarchie« fest. (Julius Evola – *Il Fascismo visto della Destra*, 163)

[13] In: Jean-Paul Lippi – *Julius Evola*, 222

[14] In: Bruno Zoratto (Hrsg.) – *Julius Evola nei Documenti Segreti dell'Ahnenerbe*, 49 ff.
[15] In: Jean-Paul Lippi – *Julius Evola*, 248
[16] Anhänger der konservativen Revolution waren Friedrich Hielscher, Edgar Julius Jung, Christoph Steding, Wilhelm Stapel, A. E. Günter und Ernst Niekisch. Die Zeitschriften der Gruppierung, in denen auch Evola publizierte, hießen *Der Ring, Europäische Revue, Deutsches Volkstum, Widerstand.*
[17] Es erscheint uns wichtig, hier eine ausführliche Publikationsliste von Evolas Aufsätzen, die seit den 1920er-Jahren bis 1944 in deutscher Sprache und in deutschen Publikationsorganen erschienen sind, aufzuführen. Diese Liste zeigt einmal sehr plastisch die Themen an, mit denen der Baron im NS-Deutschland für seine arische Vision missionierte. Die Titel der Artikel können deswegen als eine Art metapolitisches Programm gelesen werden. Anderseits annonciert die Fülle der Aufsätze den Einfluss des Barons auf die Formierung der NS-Ideologie, der weit unterschätzt wird. In der Zeitschrift *Die Eiche* (16/1928, 172 ff.) erschien 1928 von ihm »Der Faschismus als Wille zur Weltherrschaft und das Christentum«; die *Nationalsozialistischen Monatshefte* publizierten »Die Bedeutung des faschistischen ›Antieuropa‹ für die außeritalienischen Länder« (Vol. 1, n. 9, 12, 1930, 424 f.) und »Die Juden und die Mathematik« (Vol. 11, n. 119, 2. 1940, 81 ff.); die *Europäische Revue* veröffentlichte: »Das Doppelantlitz des Nationalsozialismus« (VII, 1932, 618 ff.) – »Die Unterwelt des christlichen Mittelalters« (IX, 7, 1933, 409 ff.; 8. 1933, 549 ff.) – »Kultur der Zeit und Kultur des Raumes« (XII, 7, 1936, 564 ff.) – »Über die metaphysische Begründung des Rassegedankens« (XVI, 3. 1940, 140 ff.) – »Reich und Imperium als Elemente einer neuen europäischen Ordnung« (XVIII, 2. 1942, 140 ff.) – »Ist das römische Recht römisch?« (XIX, 4./5./6. 1943, 181 ff.). In *Paneuropa* werden von ihm »Die geistigen Voraussetzungen einer europäischen Einheit« diskutiert. (Vol. 8, 1932, 301 ff.) *Der Ring* publizierte fünf Aufsätze: »Faschismus und aristokratischer Gedanke« (Vol. 5, 1932, 383 ff.) – »Über die Voraussetzungen einer deutsch-italienischen Verständigung« (Vol. 6, n. 10, 1933, 156 ff.) – »Feminismus und heroische Tat« (Vol. 6, n. 24, 1933, 383 ff.) – »Die rote Fahne« (Vol. 6, n. 52, 1933, 837 ff.) – »Unsere antibürgerliche Front« (Vol. 7, n. 27, 426 ff.); in *Deutsches Volkstum*: »Überwindung des Aktivismus« (Vol. 15, n. 11, 1933, 929 ff.) – »Überwindung des Übermenschen« (Vol. 18, n. 3, 1936, 185 ff.) – »Über das Geheimnis des Verfalls« (Vol. 20, n. 11, 1938, 742 ff.); in *Deutsches Adelsblatt*: »Der sakrale Charakter des Königtums« (Vol. 51, n. 10, 1933, 133 ff.); in *Widerstand*: »Rasse und Kultur« (n. 6, 1933, 105 ff.); in *Die Sonne*: »Heidnischer Imperialismus« (1934, 18 ff.); in *Berliner Börsenzeitung*: »Über den nordischen Gedanken der Klarheit« (n. 112 ?, 1934); in *Hochschule und Ausland*: »Das Hakenkreuz als polares Symbol« (n. 35, 1934, 37 ff.); in *Ständisches Leben*: »Die Lehre von den Kasten« (Vol. 5, n. 2, 1935, 90 ff.); in *Stuttgarter Neues Tagesblatt*: »Überwindung des Humanismus« (8. 8., 1936); in *Berliner Tageblatt*: »Capri – ›heidnische Insel‹« (13. 11. 1938) – »Das ›Nordische‹ in der italienischen Mittelmeerkultur« (18. 12. 1938); in *Die Tat*: »Die Waffen des geheimen Krieges« (Vol. 30, n. 11, 1939, 745 ff.); in *Geist der Zeit*: »Gralsmysterium und Kaisergedanke« (Vol. 17, 1939, 145 ff.) – »Über die altarische Auffassung des Sieges und des ›Heiligen Kampfes‹« (Vol. 17, 1939, 698 ff.); in *Die Auslese*: »Totaler Rassismus« (n. 5, 1939, 433 ff.); in *Völkischer Wille*: »Juden und Freimaurerei in Italien (VII, n. 32-33, 1940); in *Zeitschrift für die gesamte Naturwissenschaft*: »Über das Problem der arischen Naturwissenschaft« (Vol. 6, Folge 7-8, 1940, 161 ff.); in *Der Vierteljahresplan*: »Bürokratie und führende Schicht« (n. 24, 1940, 1080 ff.); in *Italien-Beobachter*: »Deutschlands und Italiens Verbundenheit in Kultur und Geschichte« (1941, 12 ff.); in *Die Aktion*: »England von heute – von Juden geformt« (n. 1, 1941, 171 ff.) – »Das Zeitalter des soldatischen Ethos« (n. 3, 1941, 239 ff.) – »Gedanken über europäische Führung« (n. 7, 1941, 401 ff.); in *Die Achse*: »Die Juden und die italienische Geschichte« (n. 6, 1941, p. 96 ff.); in *Das Reich*: »Das römische Italien wählt seine Tradition« (n. 29, 1941); in *Wir und die Welt*: »Arisch-römische Entscheidung« (n. 9, 1941, 353 ff.); in *Deutsche Zeitung in den Niederlanden*: »Dante der Ghibelline« (n. 162, 1941); in *Italien*: »Das Mysterium der ›Vita Nuova‹« (n. 9, 1942, 260 ff.); in *Brüsseler Zeitung*: »Reichgedanke und Universalismus« (5. 10. 1942); in *Die neue Rundschau*: »Über den adeligen Geist« (1942, p. 53 ff.); in *Forschungen zur Judenfrage*: »Über die Entstehung des Judentums als zerstörerische Kraft« (Bd. IX, 1944). Das scheint der letzte von Evola vor Ende des Krieges in Deutsch veröffentlichte Aufsatz zu sein. Er entstand demnach zu einem Zeitpunkt, als schon Millionen von Juden in den KZ umgebracht waren.
[18] In: Jean-Paul Lippi – *Julius Evola*, 245
[19] Institut für Zeitgeschichte – München: Evola – MA 297 – 57 3427-28
[20] Institut für Zeitgeschichte – München: Evola – MA 297 – 57 3456-67, 1
[21] Evola, Julius – *Erhebung wider die moderne Welt*, 120
[22] Institut für Zeitgeschichte – München: Evola – MA 297 – 57 3456-67, 10
[23] Ebenda: 3. 1943 hat er, in *Grundrisse der faschistischen Rassenlehre*, seine Vorstellung vom Orden »im

Sinne der alten asketisch-kriegerischen Bünde« noch einmal zusammengefasst: »Das ›klassische‹ [Ordens] Ideal erheischt als höchste Verwirklichung ein Führertum, in dem der Adel und die Reinheit der Rasse nicht geringer seien als ihre geistige Eignung und Autorität. Der alte Ordensgedanke steht gewiss höher, als der moderne der ›Partei‹: Er entspricht einer Elite und einem freiwilligen vereideten Bund, der auch den Begriff einer gewissen physischen Vollkommenheit voraussetzt und sowohl ›asketische‹ wie kämpferische Züge hatte.« (Julius Evola – *Grundrisse der faschistischen Rassenlehre*, 218 f.)

[24] Gianfranco de Turris und Bruno Zoratto (Hrsg.) – *Julius Evola nei rapporti delle SS*, 12

[25] Institut für Zeitgeschichte – München: Evola – MA 297 – 57 3456-67, 3

[26] Ebenda: 5

[27] Ebenda: 4

[28] In: T. H. Hansen – »Einführung in Julius Evolas politisches Wirken« – in: Julius Evola – *Menschen inmitten von Ruinen*, 85

[29] Gottfried Benn – »Sein und Werden – Zu: Julius Evola, Erhebung wider die moderne Welt« – in: *Gesammelte Werke Bd. IV*, 256

[30] Eine Erweiterung dieses Vortrages erschien 1941 in Wien – Titel: *Die arische Lehre vom Kampf und Sieg.*

[31] Julius Evola – *Erhebung wider die moderne Welt*, 115 ~ Siehe dazu: Bundesarchiv: NS – 19 – 1848 – 33

[32] Bundesarchiv Berlin: NS – 19 – 1848 – 19

[33] In: Guyot-Jeannine Arnaud – *Julius Evola*, 43

[34] Gianfranco de Turris und Bruno Zoratto (Hrsg.) – *Julius Evola nei rapporti delle SS*, 41 f.

[35] Institut für Zeitgeschichte – München: Evola – MA 297 – 57 3417

[36] Institut für Zeitgeschichte – München: Evola – MA 297 – 57 3450-54

[37] Auf Himmlers Veranlassung wurde 1935 innerhalb des Sicherheitsdienstes der SS ein »Hexen-Sonderauftrag« eingerichtet, der dann ab 1939 im Reichssicherheitshauptamt Amt II und ab 1941 Amt VII (»Weltanschauliche Forschung und Auswertung«) eine eigene Dienststelle bildete. Dort wurden ca. 33.000 Fälle von Hexenverfolgungen dokumentiert.

[38] Bundesarchiv Berlin: NS – 19 – 1848 – 36

[39] Julius Evola – *Heidnischer Imperialismus*, 98

[40] Ebenda: 98 f.

[41] Institut für Zeitgeschichte – München: Evola – MA 297 – 57 4440-42

[42] Bundesarchiv Berlin NS – 19 – 1848 – 27

[43] Universitätsarchiv München O-N-14 (Wüst) – 28

[44] In: T. H. Hansen – »Einführung in Julius Evolas politisches Wirken« – in: Julius Evola – *Menschen inmitten von Ruinen*, 79

[45] Julius Evola – *Menschen inmitten von Ruinen*, 271

[46] Ebenda: 167

[47] Julius Evola – *Il Fascismo visto della Destra*, 209

[48] Bundesarchiv Berlin NS – 19 – 1848 – 27

[49] In: Jean-Paul Lippi – *Julius Evola*, 121

[50] In: T. H. Hansen – »Einführung in Julius Evolas politisches Wirken« – in: Julius Evola – *Menschen inmitten von Ruinen*, 65

[51] Julius Evola – *Il Cammino del Cinabro*, 177

[52] Das Vorwort zu *Menschen inmitten von Ruinen* stammt von Prinz Valerio Borghese, ehemaliger Kommandant der faschistischen Todesschwadronen zur Partisanenbekämpfung, die von der SS zwischen 1943 und 1945 eingesetzt wurden. Borghese arbeitete nach dem Krieg für US-amerikanische und britische Geheimdienste. Er soll später eine zentrale Rolle bei verschiedenen rechten Putschversuchen in Italien gespielt haben.

[53] Julius Evola – *Menschen inmitten von Ruinen,* 1991, 340

[54] Julius Evola – *Calvacara la Tigre*, 78

[55] Ebenda: 191

[56] Siehe hierzu: Gianfranco de Turris (Hrg.) – *Elogio e difesa di Julius Evola – Il Baroni e i Terroristi* – Roma 1997

[57] Julius Evola – *Calvacara la Tigre*, 94

[58] Es zeigt die enge Verflechtung zwischen den traditionalistischen Kreisen der 1930er-Jahre, dass Evola unter dem Einfluss von Herman Wirth und des Inders Bâl Gangadha Tilak das »Goldene Zeitalter« in die Arktis

verlegt. Der hohe Norden, das Reich der Hyperboreer und Ultima Thule sind auch für den Italiener die Ursprungsheimat der arischen Hochrassen, die sich von dort aus als Kulturgründer über die ganze Welt verstreut haben.

[59] In: T. H. Hansen – »Einführung in Julius Evolas politisches Wirken« – in: Julius Evola – *Menschen inmitten von Ruinen,* 1991, 117

[60] Julius Evola – *Erhebung wider die moderne Welt,* 1935, 379

[61] Ebenda: 380

[62] Die niederen Rassen entsprächen in der indischen Guna-Lehre den so genannten *Tamas*, d. h. den niederen Energieformen wie Trägheit, Gier, Hass usw., die von höherrassigen Energieformen, den *Rajas* (Mut) und *Sattvas* (Geist), beherrscht werden müssen. (Julius Evola – *Sintesi di Dottrina della Razza*, 178)

[63] Julius Evola – *The Doctrine of Awakening*, 32 f.

[64] Julius Evola – *Erhebung wider die moderne Welt,* 1935, 111

[65] Julius Evola – *The Doctrine of Awakening*, 16

[66] Ebenda: 16 f.

[67] Julius Evola – *Über das Initiatische,* 1998, 200

[68] Julius Evola – *The Doctrine of Awakening*, 220

[69] Julius Evola – *Erhebung wider die moderne Welt*, 1935, 111

[70] Julius Evola – *Metaphysik des Sexus*, 1983, 185

[71] Ebenda: 185

[72] Julius Evola – *Metaphysik des Sexus*, 1983, 185

[73] In: Sandro Consolato – *Julius Evola e il Buddhismo*, 131

[74] Die Stelle lautete: »Derjenige, der glaubt, dass Erlöschen Erlöschen sei, dann das Erlöschen als Erlöschen begreift, ans Erlöschen denkt, ja glaubt, sein sei das Erlöschen und sich des Erlöschens erfreut, das Erlöschen nicht kennt.« (Vorwort in: Julius Evola – *Revolte gegen die moderne Welt*, 1982, 14

[75] Julius Evola – *The Doctrine of Awakening*, XII

[76] In: Jean-Paul Lippi – *Julius Evola*, 68

[77] Ebenda: 69

[78] In: T. H. Hansen – »Einführung in Julius Evolas politisches Wirken« – in: Julius Evola – *Menschen inmitten von Ruinen*, 1991, 95

[79] Julius Evola – *The Doctrine of Awakening*, 14

[80] Sandro Consolato – *Julius Evola e il Buddhismo*, 19

[81] Die von Evola zitierten Pâli-Texte sind der *Majjhima-nikaya, Digha-nikaya, Mahaparinibbana-sutta, Samyautta-nikaya, Anguttara-nikaya* und der *Dhammapada.*

[82] Hier ist eine der ganz wenigen Stellen in den Werken Evolas, wo das Wort »modern« positiv besetzt ist.

[83] Sandro Consolato – *Julius Evola e il Buddhismo*, 217

[84] In: Jean-Paul Lippi – *Julius Evola*, 91

[85] Julius Evola – *The Doctrine of Awakening*, 7

[86] Ebenda: 118 f.

[87] Ebenda: 222

[88] In: Jean-Paul Lippi – *Julius Evola*, 91

[89] So wird zum Beispiel der Inzest als tantrische Übung empfohlen. Auch andere Grenzüberschreitungen werden von den Tantrikern »praktiziert« wie das Essen unreiner Speisen und in manchen Sekten sogar der Ritualmord.

[90] Julius Evola – *The Yoga of Power,* 1992, 188

[91] Gottfried Benn – »Sein und Werden – Zu: Julius Evola, Erhebung wider die moderne Welt« – in: *Gesammelte Werke Bd. IV*, 256

[92] Julius Evola – *The Doctrine of Awakening*, 96

[93] In: Jean-Paul Lippi – *Julius Evola*, 82

[94] Julius Evola – *The Doctrine of Awakening*, 96

[95] Ebenda: 96 f.

[96] Ebenda: 98

[97] Ebenda: 124

[98] Das Grundlagenwerk Woodroffs/Avalons ist *Die Schlangenkraft – Die Entfaltung der schöpferischen Kräfte im Menschen* – Bern u. a. 1975. Evola selber zitiert in *L'uomo come potenza* aus den folgenden Tantras: *Mahâ-*

nirvâna-Tantra, Kulârnava-Tantra, Tantrarâja, Jnânârnava-Tantra, Kubjikâ-Tantra, Prapanchasâra-Tantra, Shrîchakrasambhâra-Tantra, Nitya-Tantra, Gandharva-Tantra, Kailâsa-Tantra, Vâmakeshvara-Tantra, Tantrarâja, Sammohana-Tantra, Tantratattva. Inâna-Sankalinî-Tantra, Prapancasâra-Tantra. Die Tantras, die er behandelt, stammen vornehmlich von der hinduistischen Kularnava-Sekte und wurden von John Woodroff (Avalon) übersetzt. Später bezieht sich Evola in seinen zahlreichen Schriften auch auf tibetisch-buddhistische Tantra-Texte.

[99] Julius Evola – *L'uomo come potenza,* 1926, 178

[100] Julius Evola, Julius – *The Yoga of Power*, 1992, 2

[101] Ebenda: 21

[102] Ebenda: 21

[103] Julius Evola – *Erhebung wider die moderne Welt*, 1935, 150

[104] Julius Evola – *Metaphysik des Sexus*, 1983, 407

[105] Ebenda: 389. Als *Vajrayana* oder »Diamantenpfad« wird der tantrische Buddhismus bezeichnet.

[106] Julius Evola – *The Yoga of Power*, 1992, 29

[107] Julius Evola – *L'uomo come potenza,* 1926, 54

[108] Julius Evola – »What Tantrism means to modern western civilization« – in: *East and West I* – No. 1, 29

[109] Julius Evola – *The Yoga of Power*, 1992, 188

[110] *Critica Fascista,* 10. 10. 1927. Der tibetische Tantrismus war im SS-Ahnenerbe nichts Unbekanntes. Man hatte dort den 1937 im Otto Wilhelm Barth Verlag (München) in deutscher Übersetzung erschienenen Klassiker von W. Evans-Wentz *Yoga und Geheimlehren Tibets* gelesen, ebenso wie die hervorragende Studie des deutschen Orientalisten Helmuth von Glasenapp *Buddhistische Mysterien – Die geheimen Lehren und Riten des Diamant-Fahrzeuges* aus dem Jahre 1940. Jakob Wilhelm Hauer schrieb schon 1932 in *Der Yoga als Heilsweg* über die tantrischen Schulen Indiens und Tibets. Vom 3. bis 8. Oktober desselben Jahres referierte er in C. G. Jungs Psychologischem Club (Zürich) über Tantra-Yoga. Sogar Ernst Schäfer erweist sich als ein guter Kenner besagter »Mysterien« und spricht sehr fachkundig vom Absaugen weiblicher Energie (»Gynergie«) in den sexualmagischen Ritualen der tibetischen Lamas: »Unter Missachtung aller Gebote des Erleuchteten [Buddhas] erlauben sie ihren Priestern jene mystische Brautschaft, die anzeigt, dass alles Irdische einschließlich der Gesetze der Moral nur bedingte Gültigkeit und relativen Wert besitzt. Wie in keinem anderen Lande kam es unter den Tantrapriestern Tibets zu einer Ekstasis wollüstiger Liebe, die die wunderlichsten Ausschweifungen in sich einschlossen. So geben sich die Meister der Geheimlehren sexuellen Exzessen hin und lehren ihre Schüler, dass es gemäß der Alleinheitslehre ein heilfördernder Akt sei, dem verehrten Guru die Gattin, die Geliebte oder die Tochter anzubieten. Allgemein ist der Glaube verbreitet, dass die Adepten des Shakti-Kultes imstande seien, ihre ›Erleuchtungsgedanken‹ – so nennen sie den Zeugungssaft [i. e. das Sperma] – nach Umarmung ihrer Shakti wieder in sich aufzunehmen, um der darin enthaltenen geistigen Energien nicht verlustig zu gehen und um sich gleichzeitig durch die aufgenommenen weiblichen Energien zu vervollkommnen. Um ihre Nachfolge zu sichern, erteilen die Shakti-Adepten ihren Schülern Befehl, nach ›Mädchen mit heiligem Wissen‹ Ausschau zu halten. Diese werden an bestimmten Körpermalen, Formen des Busens und anderer physischer Zeichen erkannt. Um die magischen Kräfte des Gurus auf das zu zeugende Kind zu übertragen, geschieht die heilige Handlung unter ganz besonderem Zeremoniell, in Gegenwart des Gurus.« (Ernst Schäfer – *Das Fest der weißen Schleier*, 94)

[111] Julius Evola und Gruppe von Ur – *Magie als Wissenschaft vom Ich,* 1985, 181

[112] Ebenda: 180

[113] Ebenda: 181

[114] Julius Evola – *Erhebung wider die moderne Welt*, 1935, 151

[115] Ebenda: 153

[116] Julius Evola – *L'uomo come potenza,* 1926, 295, 304. An einer anderen Stelle schreibt Evola, dass ein »reiner« Import hinduistischer und tibetischer Traditionen nicht sinnvoll sei, sondern es müsse zu einer Anpassung an westliche Konzepte kommen, um eine »neue und wertständige Synthese« zu erreichen.« (Julius Evola – *The Yoga of Power,* 1992, 189) »Westliche Konzepte«, das hat für Evola nicht das Geringste mit dem Christentum zu tun: »Man muss absolut mit dem Christentum aufhören«, forderte er. (Julius Evola – *L'uomo come potenza,* 1926, 303) Synthetisiert mit dem Tantrismus werden also Ideen aus Evolas faschistisch-heidnischen Weltbild.

[117] Julius Evola – *Über das Initiatische*, 1998, 183

[118] Die Siddha »sind große, wundermächtige Zauberwesen, [...] sind gewaltigen Wirkens fähig, sie genießen

das magische *aisvaryam*, das ›Herrentum‹ über die Welt der Elemente.« (Rudolf Otto – *Der Sang des Hehr-Erhabenen*, 15)
[119] Julius Evola – *L'uomo come potenza*, 1926, 304
[120] Nach Rauschning hat Hitler die Herrschaft des »Gottmenschen« herbeibeschworen. »Der Mensch wird Gott, das ist der einfache Sinn. Der Mensch ist der werdende Gott. Der Mensch muss über seine Grenzen ewig hinausstreben«, lässt er den Diktator sagen. (Hermann Rauschning – *Gespräche mit Hitler*, 232)
[121] Julius Evola – *The Doctrine of Awakening*, 237
[122] Julius Evola – *Heidnischer Imperialismus*, 1933, 32
[123] Ebenda: 4
[124] Ebenda: 77
[125] Ebenda: 78
[126] Ebenda: 78
[127] Ein Tantriker, der die höchste Erleuchtungsstufe erklommen hat, erfährt »die Würde eines *Chakravartin*, eines ›Weltherrschers‹ und auch die Freiheit, die nirgendwo sonst erfahren werden kann. Die Tantras geben deswegen vor, dass es keinen Yoga gibt, der so machtvoll ist, wie der Kundalini Yoga.« (Evola, Julius – *The Yoga of Power*, 1992, 185) Ziel der tantrischen Aktion ist die »Vergöttlichung des Menschen«.
[128] Julius Evola – *Erhebung wider die moderne Welt*, 1935, 19
[129] Ebenda: 51
[130] Emil Abegg – *Der Messiasglaube in Indien und Iran*, 1928, 58 f.
[131] Julius Evola – *Erhebung wider die moderne Welt*, 1935, 390
[132] Ebenda: 25
[133] Ebenda: 390
[134] Arnold Keyserling (Hrsg.) – *Das Erbe der Schule der Weisheit*, 701
[135] Gottfried Benn – »Sein und Werden – Zu: Julius Evola, Erhebung wider die moderne Welt« – in: *Gesammelte Werke Bd. IV*, 261

Der SS-Gral

[1] Joachim Köhler – *Wagners Hitler*, 341
[2] Hermann Rauschning – *Gespräche mit Hitler*, 216 ff., 236
[3] Joachim Köhler – *Wagners Hitler*, 413
[4] In: Eric Voegelin – *Die politischen Religionen*, 1993, 61
[5] Julius Evola – *Erhebung wider die moderne Welt*, 1935, 377
[6] *Geist der Zeit – Wesen und Gestalt der Völker* – März 1939. Diese Beschreibung des *Chakravartin* als »kosmischer Raddreher« und als »unbewegter Beweger« entspricht weitgehend indischen Vorstellungen, so wie sie auch im *Kalachakra-Tantra* des tibetischen Buddhismus kodifiziert sind. Die Windmetapher ist mehr als eine Allegorie. Im *Kalachakra-Tantra* zum Beispiel kontrolliert der »Weltenherrscher« das Universum durch die Steuerung seiner inneren Energieströme, die als »Winde« bezeichnet werden. Eine entsprechende Technik beschreibt Evola in seinem Buch *U'omo della potenza*.
[7] Bundesarchiv: NS – 19 – 1848 – 34
[8] Julius Evola – *Erhebung wider die moderne Welt*, 1935, 386
[9] Ebenda: 374
[10] Julius Evola – *Das Mysterium des Grals*, 1955, 114. Auf Gralsmetaphern im Zusammenhang mit dem Dalai Lama greift auch Ernst Schäfer, der wissenschaftliche Leiter des SS-Ahnenerbes, zurück, der angesichts des Potala (der Residenz der Dalai Lama in Lhasa) eine Gralsvision erfährt: »Wie eine Gralsburg links der Potala und rechts, jäh und zur Festung sich erhebend, der ›eiserne Hügel‹ [...] Über den goldstrahlenden Zinnen des Tempelpalastes, den die Götter selbst sich schufen, weht dumpf das Mysterium. [...] Der Potala ist atemberaubende, ist fehlerlos gesteigerte Idee.« (Ernst Schäfer – *Das Fest der weißen Schleier*, 1988, 23 ff.)
[11] Julius Evola – *Erhebung wider die moderne Welt*, 1935, 90
[12] Bruno Zoratto (Hrsg.) – *Julius Evola nei Documenti Segreti dell'Ahnenerbe*, 24
[13] Julius Evola – *Erhebung wider die moderne Welt*, 1935, 394
[14] Bruno Zoratto (Hrsg.) – *Julius Evola nei Documenti Segreti dell'Ahnenerbe*, 20

[15] Julius Evola – *Erhebung wider die moderne Welt*, 1935, 87
[16] Bruno Zoratto (Hrsg.) – *Julius Evola nei Documenti Segreti dell'Ahnenerbe*, 25 – Rückübersetzung aus dem Italienischen
[17] Julius Evola – *Das Mysterium des Grals*, 1955, 111. Der *Vajra* (Diamantzepter) ist neben der Lotusblume das wichtigste Symbol des Lamaismus. Er ist ein Ritualinstrument, dem so gut wie alle magischen Kräfte zugestanden werden.
[18] Ebenda: 178
[19] Ebenda: 248 f.
[20] Ebenda: 249 f.
[21] Ebenda: 280
[22] Bruno Zoratto (Hrsg.) – *Julius Evola nei Documenti Segreti dell'Ahnenerbe*, 25 – Rückübersetzung aus dem Italienischen
[23] Ebenda: 22
[24] Julius Evola – *Das Mysterium des Grals*, 1955, 32
[25] Ebenda: 195
[26] Parashu Rama ist der Lehrer des Kalki Avatara, des in Shambhala geborenen Weltenrichters, den Evola an anderer Stelle mit dem Gralskönig in eins setzt.
[27] Julius Evola – *Das Mysterium des Grals*, 1955, 55
[28] Ebenda: 268
[29] Ebenda: 220
[30] Gianfranco de Turris und Bruno Zoratto (Hrsg.) – *Julius Evola nei rapporti delle SS*, 40
[31] Ebenda: 41
[32] Julius Evola – *Das Mysterium des Grals*, 1955, 247
[33] Otto Rahn – *Luzifers Hofgesind*, 1985, 42
[34] Ebenda: 32
[35] Ebenda: 32
[36] Otto Rahn – *Kreuzzug gegen den Gral*, 1989, Klappentext
[37] Ebenda: 136
[38] Ebenda: siehe z. B. S. 91
[39] Richard Wagners *Parsifal* und *Lohengrin*, Höhepunkte der damaligen NS-Kultur, haben Otto Rahn weniger interessiert. Er dachte und philosophierte »romanisch« und nicht »völkisch-germanisch«. So suchte er, wie Wolfram von Eschenbach, die ursprüngliche Grals-Lehre in Aquitanien, den Pyrenäen und dem Languedoc und nicht in deutschen Wäldern.
[40] Hans Jürgen Lange – *Otto Rahn und die Suche nach dem Gral*, 1999, 61
[41] Rüdiger Sünner – *Schwarze Sonne*, 1999, 97
[42] Adolf Hitler – *Monologe im Führerhauptquartier*, 167
[43] In: Hans Jürgen Lange – *Otto Rahn und die Suche nach dem Gral*, 1999, 56 f.
[44] Institut für Zeitgeschichte – München: Rahn – MA 320 – 62 0653
[45] Otto Rahn – *Luzifers Hofgesind*, 1937, Geleitwort
[46] In: Hans Jürgen Lange – *Otto Rahn und die Suche nach dem Gral*, 1999, 65/66
[47] Otto Rahn – *Luzifers Hofgesind*, 1985, 64
[48] Ebenda: 159
[49] In: Heinz Höhne – *Der Orden unter dem Totenkopf*, 134
[50] In: Hans Jürgen Lange – *Otto Rahn und die Suche nach dem Gral*, 1999, 76
[51] Ebenda: 82
[52] Josef Ackermann – *Heinrich Himmler als Ideologe*, 58
[53] Otto Rahn – *Kreuzzug gegen den Gral*, 1989, 13
[54] Ebenda: 85
[55] Ebenda: 107. Auch Julius Evola sieht in der *Mani* der Katherer ein vom Buddhismus übernommenes Symbol. (Julius Evola – *Das Mysterium des Grals*, 1955, 190) Der Gründer des »esoterischen Hitlerismus«, Miguel Serrano, stellt das Wort in eine Reihe von phonetisch ähnlich klingenden Vokabeln, um ihre gemeinsame Herkunft zu unterstellen, so z.B. käme *Manisola* von *Mani* (Manichäismus) und dem Sanskritwort *manas* (Mensch/Geist), später würde daraus *mente*, ferner ›*Minne*‹. An anderer Stelle spricht er direkt die phonetische Kette *Minne-Manas-Mani-Mente-Mens-Manisola* an. (Miguel Serrano – *Das goldene Band*, 1987, 85)

[56] L. S. Dagyab Rinpoche – *Buddhistische Glückssymbole im tibetischen Buddhismus*, 99
[57] Ebenda: 100
[58] Otto Rahn – *Kreuzzug gegen den Gral,* 1989, 265
[59] Otto Rahn – *Luzifers Hofgesind,* 1985, 173

Les Polaires

[1] Eine detaillierte Interpretation des *Shambhala/Agarthi-Mythos* liefern wir im zweiten Teil unseres Buches. Zu den Mitgliedern der Gruppe zählten unter anderen die beiden Italiener Mario Fille und Zam Bhotiva (Cesar Accomani) sowie Arturo Reghini, die Franzosen Jean Marquès-Rivière, Maurice Magre, einige Zeit auch René Guénon, Fernand Divoire, Jean Dorsenne, Victor Blanchard und Jeanne Canudo.
[2] Joscelyn Godwin – *Arktos, das Buch der Hohlen Erde*, 164
[3] Ebenda: 164
[4] Zam Bhotiva – *Lumière de Shambhala*, 31
[5] Ebenda: 120
[6] In: Joscelyn Godwin – *Arktos, das Buch der Hohlen Erde*, 162
[7] Zam Bhotiva – *Lumière de Shambhala*, 75 f.
[8] Ebenda: 32
[9] Ebenda: 93 f.
[10] Ebenda: 94 f.
[11] Christian Bernadac – *Montségur et le Gral*, 47
[12] Ebenda: 248
[13] Bruno Hapel – *René Guénon & le Roi du Monde*, 204
[14] Ebenda: 59
[15] René Guénon – *Die Krisis der Neuzeit*, 10
[16] Die französischen Titel lauten: *Introduction Génerale à l'ètude des doctrines hindous – Orient et Occident – L'Homme et son devenir selon le Védanta*
[17] René Guénon – *Le Roi du Monde,* 1958, 35
[18] Ebenda: 16. Guénon spricht in seiner Schrift noch von zwei weiteren Beziehungen zwischen der Mythengestalt des Weltkönigs und der Person des Dalai Lama. Entsprechend dem Zodiak aus zwölf Tierkreiszeichen hätten beide einen zwölfköpfigen Beraterstab. Dann erwähnt Guénon die Sage, dass der Weltkönig dem Dalai Lama einen schwarzen Stein geschickt habe, der dann nach Urga in die Mongolei transportiert wurde. Guénon vergleicht diesen mystischen Stein mit der islamischen Kaaba. (10)
[19] Ebenda: 11
[20] Ebenda: 83
[21] In einem Text über den Symbolismus des Kreuzes schreibt René Guénon 1931: »Wir wollen den völlig künstlichen, jeglicher traditionellen Basis entbehrenden Gebrauch, der zur Zeit mit dem Swastika vor allem von bestimmten deutschen Politgruppen, die als rassistisch zu bezeichnen sind, betrieben wird, nicht in Betracht ziehen. Diese haben daraus sehr willkürlich ein Zeichen den Antisemitismus gemacht, unter der Behauptung, dass dieses Emblem ursprünglich der ›arischen Rasse‹ zugehöre.« (In: Bruno Hapel – *René Guénon & le Roi du Monde*, 223)
[22] Maurice Magre – *La clef des choses cachées*, 27 f.
[23] Ebenda: 33
[24] Ebenda: 37
[25] Ebenda: 39
[26] Ebenda: 145
[27] Ebenda: 140
[28] Ebenda: 201
[29] René Nelli – *Les Cathares*, 201
[30] A. A. soll sich nach Nelli mit den Gralsvisionen Otto Rahns beschäftigt haben.
[31] René Nelli – *Les Cathares*, 201
[32] Jean Marquès-Rivière – *À l'ombre des monastères tibétains* – Paris 1956 (Erste Auflage 1929), XI f.

[33] Ebenda: 51
[34] Ebenda: 51
[35] Ebenda: 145 f.
[36] Ebenda: 146
[37] Ebenda: 148
[38] Ebenda: 88
[39] Ebenda: 142
[40] Ebenda: 75
[41] Ebenda: 116
[42] Ebenda: 155
[43] Ebenda: 84
[44] Ebenda: 157
[45] Ebenda: 53 f.
[46] In: Joscelyn Godwin – *Arktos, das Buch der Hohlen Erde*, 161 f.
[47] Jean Marquès-Rivière – *À l'ombre des monastères tibétains*, 198
[48] Zam Bhotiva – *Lumière de Shambhala*, 78 f.
[49] Ebenda: 76
[50] Mariane Kohler – *La caverne du cœur*, 32
[51] Jean Robin – *René Guénon*, 325
[52] Ebenda: 326
[53] Später – unter der Nazi-Besetzung – wird der Titel verändert in *La Trahison sanglante des la Franc-Maçonnerie* (»Der blutige Verrat der Freimaurerei«).
[54] Siehe hierzu: Helmut Neuberger – *Winkelmaß und Hakenkreuz – Die Freimaurer und das Dritte Reich* – München 2001
[55] Felix Kersten – *Totenkopf und Treue*, 30. Nach Hermann Rauschning soll sich auch Hitler über gewisse »Vorzüge« der Freimaurerei positiv geäußert haben: »Der hierarchische Aufbau und die Erziehung durch Symbole und Riten, das heißt auch ohne den Verstand zu behelligen, sondern durch Befruchtung der Phantasie, durch magische Einwirkung von kultischen Symbolen: das ist das Gefährliche und Große und von mir Übernommene. Sehen Sie nicht, dass unsere Partei etwas ganz Ähnliches sein muss? Ein Orden, die hierarchische Ordnung eines weltlichen Priestertums.« (Hermann Rauschning – *Gespräche mit Hitler*, 226 f.)
[56] Verhör von Marie Alexandrine, Chefsekretärin des S.S.S. vom 18. 1. 1945: »Marquès-Rivière verdeckte nicht, dass er faschistische Meinungen hatte, er zeigte eine gewisse Bewunderung für das Nazi-Regime.« (In: Lucien Sabah – *Une police politique de Vichy: le Service des Sociétés Secrètes*, 150)
[57] Als solchen hatte ihn Maurice Magre bezeichnet. (Jean Marquès-Rivière – *À l'ombre des monastères tibétains*, XI f.)
[58] Jean Marquès-Rivière – *Les ouvriers et Hitler*, 17
[59] Ebenda: 19
[60] Ebenda: 29/21
[61] Um Archive der Freimaurer ausfindig zu machen, unterzog der Okkultist Marquès-Rivière verschiedene Städte einer radiästhetischen Untersuchung. (Lucien Sabah – *Une police politique de Vichy. le Service des Sociétés Secrètes*, 28)
[62] Dominique Rossignol – »Les Ultras de la Collaboration Parisiennes« – in: Laurent Gervereau und Denis Peschanski – *La Propaganda sous Vichy*, 103
[63] Lucien Sabah – *Une police politique de Vichy*, 180
[64] Ebenda: 302
[65] Dominique Rossignol – »Les Ultras de la Collaboration Parisiennes« – in: Laurent Gervereau und Denis Peschanski – *La Propaganda sous Vichy*, 102
[66] Lucien Sabah – *Une police politique de Vichy*, 253/256/266
[67] Dominique Rossignol – »Les Ultras de la Collaboration Parisiennes« – in: Laurent Gervereau und Denis Peschanski – *La Propagande sous Vichy*, 106
[68] Lucien Sabah – *Une police politique de Vichy*, 85
[69] Ebenda: 312
[70] Jean Pierre Bertin-Maghit – »Le Cinema et les Actualités film« – in: Laurent Gervereau und Denis Peschanski – *La Propaganda sous Vichy*, 203 f.

71 Lucien Sabah – *Une police politique de Vichy*, 176
72 André Combes – *La Franc-Maçonnerie sous l'Occupation* – Paris 2001
73 In: Serge Hutin – *Unsichtbare Herrscher und geheime Gesellschaften*, 25
74 In: Zam Bhotiva – *Lumière de Shambhala*, 79
75 In: Jean Paul Lippi – *Julius Evola*, 151
76 *Mariane Kohler – La caverne du cœur, 10*
77 André Combes– *La Franc-Maçonnerie sous l'Occupation*, 124

Die anti-buddhistischen Fraktionen

1 In: Claus E. Bärsch – *Die politische Religion des Nationalsozialismus*, 140
2 Ebenda: 142
3 Houston Stewart Chamberlain – *Arische Weltanschauung*, 34
4 Houston Stewart Chamberlain – *Die Grundlagen des neunzehnten Jahrhunderts*, 213
5 Ebenda: 227
6 Houston Stewart Chamberlain – *Arische Weltanschauung*, 34
7 Ebenda: 35
8 Houston Stewart Chamberlain – *Die Grundlagen des neunzehnten Jahrhunderts*, 215. Im Gegensatz zu Chamberlain wird der buddhistische Rückzug ins Nirwana von Jakob Wilhelm Hauer durchaus als eine »germanische« Tugend hingestellt. Der Indologe konstruiert ein »arisches« Spannungsfeld zwischen ernsthafter Weltbejahung und innerer Seelenmystik, und wendet sich damit gegen jegliche Verunglimpfung des Buddhismus als unarisch: »Auch das Germanentum kann man nicht darum weltverneinend nennen, weil es eine Mystik, einen philosophischen Idealismus und eine Schopenhauersche Philosophie und den *Parsifal* Wagners hervorgebracht hat.« (Jakob Wilhelm Hauer – *Das religiöse Artbild der Indogermanen und die Grundtypen der indo-arischen Religion* – Stuttgart 1937, XIII)
9 Houston Stewart Chamberlain – *Arische Weltanschauung*, 38
10 Volker Zotz – *Auf den glückseligen Inseln*, 136
11 Rosenberg, Alfred – *Nationalsozialismus, Religion und Kultur*, 4
12 Alfred Rosenberg – *Der Mythos des 20. Jahrhunderts*, 49 f.
13 Alfred Rosenberg – *Letzte Aufzeichnungen*, 35 f.
14 Alfred Rosenberg – *Der Mythos des 20. Jahrhunderts*, 143 f.
15 Ebenda: 538
16 Ebenda: 52 f.
17 Ebenda: 722
18 Ebenda: 382
19 Ebenda: 303
20 Ebenda: 91
21 Ebenda: 217
22 Ebenda: 178
23 In: Harald Strohm – *Die Gnosis und der Nationalsozialismus*, 39
24 In: Eduard Gugenberger – *Hitlers Visionäre*, 164
25 Erich und Mathilde Ludendorff – *Europa den Asiatenpriestern?*, 9
26 Mathilde Ludendorff – *Die Volksseele und ihre Machtgestalter*, 453 f.
27 In: Uta Göllner – »Der Buddhismus – keine ›sanfte‹ Religion« www.hohewarte.de/MuM/Jahr2000/-Buddhismus000810.html
28 In: Arnold Cronberg – »Ende der sichtbaren, Aufstieg der unsichtbaren Priesterreiche« – www.hohewarte.de/MuM/Jahr2000/Priesterreiche00004.html
29 Erich und Mathilde Ludendorff – *Europa den Asiatenpriestern?*, 7
30 Ebenda: 17
31 Ebenda: 20
32 Ebenda: 14
33 Ebenda: 15

[34] In: Uta Göllner – »Der Buddhismus – keine ›sanfte‹ Religion« www.hohewarte.de/MuM/Jahr2000/-Buddhismus000810.html
[35] Erich und Mathilde Ludendorff – *Europa den Asiatenpriestern?*, 27 f.
[36] Ebenda: 16
[37] Ebenda: 12
[38] Mathilde Ludendorff – *Die Volksseele und ihre Machtgestalter*, 455
[39] Erich und Mathilde Ludendorff – *Europa den Asiatenpriestern?*, 3
[40] Ebenda: 42
[41] Margarete Dierks – *Jakob Wilhelm Hauer*, 231
[42] Erich Ludendorff – *Vom Feldherrn zum Weltrevolutionär und Wegbereiter Deutscher Volksschöpfung*, Bd. III, 34
[43] Ebenda: 7
[44] Erich und Mathilde Ludendorff – *Europa den Asiatenpriestern?*, 32
[45] *Am heiligen Quell deutscher Kraft* – L. – »Glaubensbewegung: Hinein ins Irrenhaus« – 1935, 6. Jgg., 599–607
[46] Erich und Mathilde Ludendorff – *Europa den Asiatenpriestern?*, 30
[47] Ebenda: 4. Jakob Wilhelm Hauers Stellungnahme zum tibetischen Lamaismus ist keineswegs rein positiv, sondern geprägt von dem Antagonismus, den er zwischen der Krieger- und Priesterkaste wahrnimmt. Der tibetische Buddhismus habe im Himalaja die Priester an die Macht gebracht: »Wie die Staatsform in Tibet despotisch-imperialistisch war, so entwickelte sich der Lamaismus zu einer streng gegliederten, festgefügten Kirche. Was die indischen Buddhisten nie ertrugen, das nahmen die Tibeter willig auf sich: das Joch eines buddhistischen Papstes, des Dalai Lama, der zu Lhasa herrscht.« (Jakob Wilhelm Hauer – *Das religiöse Artbild der Indogermanen und die Grundtypen der indo-arischen Religion*, 342) Rassistisch gesehen deutet Hauer den Lamaismus als ein Vordringen des mongolischen Elements. Dies betreffe jedoch nur die soziale Struktur, nicht jedoch die Lehre als solche. Hauer erhofft sich deswegen insbesondere aus den tantrischen Schriften, die in Tibet gesammelt wurden und die sehr ernst zu nehmen seien, neue Erkenntnisse. Unter diesen erwähnt er auch das *Kalachakra-Tantra*, mit dem wir uns noch beschäftigen werden. (342 u. 344)
[48] Erich und Mathilde Ludendorff – *Europa den Asiatenpriestern?*, 35
[49] *Komm mit Kamerad* – 25. 2. 1938
[50] Erich und Mathilde Ludendorff – *Europa den Asiatenpriestern?*, 40. Auch in den Memoiren des Generals lesen wir, dass okkulte Kräfte »Hitlerdeutschland begünstigten, um das Rasseerwachen des deutschen Volkes in verschwommenen pan-arischen Weltherrschaftszielen untergehen zu lassen, auf diese Weise den Menschenbrei zu vollenden und diesen in den Dienst der okkulten Priesterkaste des Panchen- und Dalai Lama auf der Hochfläche von Tibet, dem ›Dach der Welt‹, zu stellen.« (Erich Ludendorff – *Vom Feldherrn zum Weltrevolutionär und Wegbereiter Deutscher Volksschöpfung*, Bd. III, 40)
[51] S. Ipares. – *Geheime Weltmächte*, 46
[52] J. Strunk – *Zu Juda und Rom.*, 6
[53] Ebenda: 19
[54] Fritz Wilhelmy – *Asekha*, 17
[55] J. Strunk – *Zu Juda und Rom*, 39
[56] Hermann Rehwaldt – *Vom Dach der Welt*, 5
[57] Ebenda: 40
[58] J. Strunk – *Zu Juda und Rom*, 49
[59] Fritz Wilhelmy – *Asekha*, 16
[60] Hermann Rehwaldt – *Vom Dach der Welt*, 25
[61] Ebenda: 54
[62] Ebenda: 42–52
[63] In seinem 1940 publizierten Buch *Indien – die schönste Perle der Krone Britanniens* nimmt der Lamakritiker Rehwaldt eine geradezu positive Haltung gegenüber dem historischen Buddha ein. Er stellt ihn als Kämpfer gegen die brahmanische Priesterkaste heraus, der seine ganze Verachtung gilt: »Buddhas Revolution richtete sich in der Hauptsache gegen die den Brahmanismus überwuchernde Vielgötterei, gegen das unheilvolle Kastenwesen, gegen die irrsinnigen Zauber- und Sakramentenlehren und gegen die Vorherrschaft der korrupten, unwissenden, geld- und machtgierigen Brahmanenkaste. Sie war ein Protest gegen diese volkstötenden Auswüchse des öffentlichen Lebens Indiens, sozusagen der indische Protestantismus. […] Die neue Lehre

gewann sehr schnell Boden. [...] Besonders die Kshatriya-Kaste bekannte sich in immer steigerndem Maße zu ihr, witterte sie doch darin endlich Befreiung von der Macht der sie aussaugenden und tyrannisierenden Brahmanen ...« (29/31)

[64] Hermann Rehwaldt – *Vom Dach der Welt*, 7

[65] Ebenda: 7

[66] Sven Hedin wird zum Beispiel von der Ludendorff-Sekte angegriffen, weil er vorgeschlagen hatte, die alte Seidenstraße wiederherzustellen, und zwar als Autobahn, um den Westen und Osten miteinander zu verbinden. Wilhelmy deutet das als ein Einfallstor für asiatische Seuchen. (Fritz Wilhelmy – *Asekha*, 19 f.)

[67] Adolf Hitler – *Monologe im Führerhauptquartier*, 113

[68] In: Helmut Heiber (Hrsg.) – *Reichführer!*, 44

[69] Ebenda: 44 f.

[70] Die Ludendorffs hatten sich im Dritten Reich mehr oder weniger mit jedem verkracht, der Rang und Namen hatte. Zum Beispiel schrieb General Karl Haushofer über die beiden: »Ludendorff und namentlich seiner zweiten Frau lag viel am Schein; darüber zerrann ihnen das Sein.« (Hans-Adolf Jacobsen – *Karl Haushofer*, Bd. I, 213)

Buddhisten in der Nazi-Zeit

[1] Das gilt nur für die »traditionellen« Buddhisten. Die zahlreichen von der Theosophie inspirierten »buddhisierenden« Gruppen, von denen einige einen bestimmenden Einfluss auf die rassistische Ariosophie ausübten, sind hier nicht angesprochen.

[2] In: Volker Zotz – *Auf den glückseligen Inseln*, 182

[3] Eine sehr gute Übersicht zur fachlichen und literarischen Buddhismusrezeption der 1920er-Jahre findet man in dem Aufsatz von Wolfgang Geiger – »Spärlich ist die Zahl der Meister – Zur Buddha-Rezeption in Deutschland im ersten Drittel des 20. Jahrhunderts« – in: *minima sinica* – Zeitschrift zum chinesischen Geist, herausgegeben von Wolfgang Kubin und Suizi Zhang-Kubin (Bonn), 2/1994, 62–107.

[4] In: Volker Zotz – *Auf den glückseligen Inseln*, 136

[5] Ebenda: 205/207

[6] Ebenda: 35

[7] Ebenda: 206

[8] Ebenda: 205

[9] Das Reichsministerium für kirchliche Angelegenheiten beobachtete in den 1930er-Jahren die Aktivitäten der Kirchen. Wenn es Widersprüche von Personen mit dem Regime gab oder wenn solche vermutet wurden, meldete man diese an die Gestapo. Die Buddhisten spielen hierbei nur eine geringe Rolle. Im Jahr 1939 interessierte sich das Ministerium für die Reinkarnation des XIV. Dalai Lama und ließ sich hierzu eine Sammlung internationaler Presseberichte anlegen. (Bundesarchiv Berlin: R 5101/23400 – 00201 ff.)

[10] Bundesarchiv Berlin: R 5101/23400 – 00101

[11] Karl August Eckhardt – *Irdische Unsterblichkeit*, 1

[12] Helmut Klar – *Buddhismus zur Nazizeit in Deutschland und Frankreich*, 8. Die Zitatquelle stammt aus Martin Baumann – *Helmut Klar – Zeitzeuge des Buddhismus in Deutschland* – Konstanz 1995, da das Original nicht aufzufinden war.

[13] Außerhalb von Deutschland waren es die Buddhisten Bruno Petzold in Japan und Anagarika Govinda (Ernst Lothar Hoffmann) in Indien, die – nach Volker Zotz – eine anti-nationalsozialistische Haltung vertraten. Walter Tausk, ein Literat und Buddhist jüdischer Abkunft, wurde 1941 von den Nazis ermordet. Verfolgungen musste auch das ehemalige KPD-Mitglied Eberhard Köbel, der in Berlin eine Gruppe von Zen-Buddhisten leitete, erleiden.

[14] Martin Baumann – *Helmut Klar*, 105

[15] Ebenda: 87

[16] Dazu zählt noch, außer den Genannten, der Cellist Johannes Hannemann, Mitglied der NSDAP.

[17] DBU (Deutsche Buddhistische Union) – *Chronik des Buddhismus in Deutschland*, 65

[18] Ebenda: XLVII

[19] Georg Grimm – *Die Lehre des Buddho*, XXIX f.

[20] Ebenda: 159
[21] Ebenda: XLVI
[22] In: Volker Zotz – *Auf den glückseligen Inseln*, 218
[23] Hellmuth Hecker – *Der erste deutsche Bhikkhu*, 241
[24] Bundesarchiv Berlin: R 5101/23400 – 00071
[25] Bundesarchiv Berlin: R 5101/23400 – 00074
[26] *Wiedergeburt und Wirken* Heft 1, 1933, 21
[27] Ebenda: Heft 3, 1933, 4
[28] Ebenda: 7
[29] Ebenda: 8
[30] Ebenda: 9
[31] Ebenda: 4
[32] Wolfgang Schumacher – *Arische Religion*, 11
[33] Ebenda: 9 f.
[34] Als Organ der »Gemeinde um Buddha« erschienen zunächst die *Briefe über die Buddhalehre* und dann, ab 1927, die Vierteljahresschrift *Der Buddhaweg und wir Buddhisten.*
[35] Markus Hieber – Buddhismus in der Zeit des Nationalsozialismus – http://mitglied.tripod.de/MarkusHieber/skript.htm
[36] Ebenda
[37] Bundesarchiv Berlin: R 5101/23400 – 00078
[38] Markus Hieber – Seminararbeit für das Seminar »Buddha in Berlin« –http://mitglied.tripod.de/MakusHieber/recherch.htm
[39] Bundesarchiv Berlin: R 5101/23400 – 00112
[40] Bundesarchiv Berlin: R 5101/23400 – 00117 – 00120
[41] Er korrespondierte mit Georg Grimm, Walter Persian (Gründer einer buddhistischen Gesellschaft in Hamburg). Martin Steinke sah sich als sein Schüler. Persian und Steinke sagten sich später von Trebitsch-Lincoln los.
[42] Holmes Welch – *The Buddhist Revival in China*, 188
[43] *Süddeutsche Zeitung* – 5. 1. 1990 – Nr. 6, 19 – Carlos Widmann – »Schnorrer, Schwindler, Mönch, Putschist«
[44] In: Bernard Wasserstein – *The secret lives of Trebitsch Lincoln*, 287
[45] Ebenda: 241
[46] Bundesarchiv Berlin: R 5101/ 23400 – 00073
[47] Bernard Wasserstein – *The secret lives of Trebitsch Lincoln*, 286
[48] Trebitsch-Lincoln behauptete (ohne weitere Belege) schon 1916 nach Zentralasien gereist zu sein, verkleidet als buddhistischer Mönch. Dort habe er ein großes »religiöses Revival« vorbereitet, das zum Ziel gehabt habe, das britische Empire zu zerstören. (Ebenda: 222)
[49] Ebenda: 252
[50] Ebenda: 287
[51] Ebenda: 271
[52] Ebenda: 271
[53] Ebenda: 253 – Rückübersetzung aus dem Englischen ins Deutsche
[54] Ebenda: 243
[55] Ebenda: 262
[56] Ebenda: 258
[57] Ebenda: 274
[58] Michael H. Kater – *Das Ahnenerbe der SS*, 212
[59] Bernard Wasserstein – *The secret lives of Trebitsch Lincoln*, 275/276. Das deutsche Original befindet sich im politischen Archiv des Auswärtigen Amtes (AA PA): Martin Fischer (Shanghai) an das deutsche Außenministerium 5. 2. 1941 – AA PA Pol. IM, Mil. Po. 15g, Band 18.
[60] Bernard Wasserstein – *The secret lives of Trebitsch Lincoln*, 276 f.
[61] Ebenda: 280
[62] *Das Reich* – 14. 11. 1943 – Nr. 46
[63] Bernard Wasserstein – *The secret lives of Trebitsch Lincoln*, 290

[64] Holmes Welch – *The Buddhist Revival in China* – Cambridge, 69
[65] Bundesarchiv Berlin: R 5101/ 23400 – 00098/00099
[66] Bundesarchiv Berlin: R 5101/ 23400 – 00101
[67] Bundesarchiv Berlin: R 5101/ 23400 – 00096
[68] Volker Zotz – *Auf den glückseligen Inseln*, 210
[69] Ebenda: 216
[70] Anja Klabunde – *Magda Goebbels*, 35
[71] Hans Wolfgang Schumann – *Buddhismus und Buddhismusforschung in Deutschland*, 56
[72] Franz-Johannes Litsch – »Engagierter Budhismus im deutschsprachigen Raum« http://buddhanetz.net/-texte/engbuddh.htm
[73] Volker Zotz – *Auf den glückseligen Inseln*, 213 ff.

Die drei Säulen der »NS-Religion«

[1] Die SS war in sich kein geschlossener Block, sondern eine Ansammlung verschiedener Interessen und Menschengruppen, darunter viele, wahrscheinlich die meisten, die an religiösen Themen so gut wie nicht interessiert waren. Zu beachten ist auch, dass der Reichsführer-SS Heinrich Himmler auch Chef der deutschen Polizei und deutscher Innenminister war. Der religiöse »Ordens- und Elitegedanke« der SS wurde dadurch mit polizeilichen Aufgaben »belastet«. Das habe – nach Jacobson – dazu geführt, dass Personen mit subalternem Beamtengeist die Organisation bevölkerten. Mit dem Krieg sei zudem der »Prozess der Auslese« gestoppt worden: Die »Elite kam aber noch nicht entscheidend zur Auswirkung, da sie wegen des Ausbruchs des Krieges keine Gelegenheit mehr hatte, allmählich in die mittleren und höheren Führerstellen der SS hineinzuwachsen.« (Institut für Zeitgeschichte – München: Jacobsen – ZS 77 – 718/52 – 00015)
[2] Julius Evola führt aus, dass die Demokratien den Krieg »theoretisch« ablehnen, ihn nur als »Verteidigung« und als »Aggression« ansehen, und dass sie deswegen den »Militarismus« verabscheuen. Der »Krieger« werde in den kapitalistisch-demokratischen Staaten von der dritten Kaste (den Händlern oder *Vaishas*), welche die Waffen, die Gelder und die Propaganda liefert, funktionalisiert. Ein Verfall des kriegerischen Ethos und das »Aussterben des kriegerischen und heroischen Menschentypus« seien die Folge.
[3] Adolf Hitler – *Monologe im Führerhauptquartier*, 71
[4] Hermann Rauschning – *Gespräche mit Hitler*, 12
[5] Otto Rahn – *Kreuzzug gegen den Gral*, 1989, 39
[6] J. O. Plassmann – *Der Jahresring*, 1939, 93
[7] Swami Vivekananda – »The future of India« – in: *Complete Works of Swami Vivekananda* – Vol. III – Delhi 1922, 300 f.) Der in faschistischen Kreisen Indiens hoch angesehene Vivekananda (1863–1902) sah es als eine seiner Hauptaufgaben an, das »Kshatriya-Bewusstsein« erneut in der indischen Psyche zu verankern. Er war davon überzeugt, dass die Inder in spirituellen Fragen die Lehrer der menschlichen Rasse seien.
[8] Himmlers eigenes Schicksal zeigt, wie jämmerlich »sakrale Krieger« enden können, wenn es um die eigene Haut geht. Der Mann, der jeden Zweifel an einem Endsieg der Nazis abtötete, der mit Standgerichten, Durchhalteappellen und Kamikaze-Unternehmungen das Letzte aus seinen SS-Männern herausholte, glaubte am Schluss des Krieges durch ein geheimes Paktieren mit dem Gegner die eigene Existenz retten zu können. Der »Architekt des Massenmordes« hatte alle »Samurai-Ideale« über Bord geworfen: die Treue zu seinem Führer, den Heldentod in der Schlacht, die Ehre gegenüber seinem Orden. Sein Suizid geschah aus purer Feigheit und nicht als ein heroisches Finale. Mit falschem Pass und glatt rasierter Oberlippe irrte er noch einige Tage durch das zerbombte Nachkriegsdeutschland, bis er aufgegriffen und erkannt wurde. (Heinz Höhne – *Der Orden unter dem Totenkopf*, 535)
[9] Heinz Höhne – *Der Orden unter dem Totenkopf*, 433
[10] Hermann Rauschning – *Gespräche mit Hitler*, 118
[11] Der Ordensgedanke wurde im Übrigen nicht nur von Himmler, sondern auch von seinem Konkurrenten Alfred Rosenberg vertreten. Schon 1934 zieht Rosenberg in einer Rede (»Der deutsche Ordensstaat – Ein neuer Abschnitt in der Entwicklung des nationalsozialistischen Staatsgedankens«) den Vergleich zwischen dem Deutschritter-Orden und dem Nationalsozialismus.
[12] Lanz von Liebenfels, ein ehemaliger Zisterzienser-Mönch aus dem niederösterreichischen Kloster Heiligen-

kreuz, entfaltete am Beginn des 20. Jahrhunderts eine rege all-deutsche und rassenpolitische Aktivität. In seinem 1905 veröffentlichtes Standardwerk mit dem erstaunlichen Titel *Die Theozoologie oder die Kunde von den Sodoms-Äfflingen und dem Götter-Elektron* fordert er die radikale Durchsetzung der Rasse-Reinheit. Zur arischen Rasse zählen für ihn: »Menschen mit goldblonden Haaren, blauen (oder graublauen) Augen, rosiger Gesichtsfarbe, mit länglichem Schädel und länglichem Gesicht, mit länglichen, anliegenden Ohren, hochsatteliger, schmaler gerader Nase, proportioniertem Mund, gesunden weißen Zähnen, vollem Kinn, mit ebenmäßiger, hoher Körpergestalt, schmalen Händen [und] schmalen Füßen.« (In: Wilfried Daim – *Der Mann, der Hitler die Ideen gab,* 1994, 66)

[13] In: Wilfried Daim – *Der Mann, der Hitler die Ideen gab,* 1994, 136 f.

[14] Ebenda: 176

[15] Ebenda: 203

[16] Ebenda: 300

[17] Siehe hierzu: Wendy Doniger und Brian K. Smith – *The Laws of Manu* – London 1991. Der indische Gesetzgeber Manu wird auch nach dem Zweiten Weltkrieg im so genannten »esoterischen Hitlerismus« eine zentrale Rolle spielen.

[18] Colin Ross – *Das Neue Asien*, 56

[19] *Das Schwarze Korps* – 30. 1. 1941, 4

[20] Jakob Wilhelm Hauer – *Der Vrâtya,* 1927, 317

[21] Siehe dazu die Beispiele und Zitate in Jochen Thies – *Architekt der Weltherrschaft – Die »Endziele Hitlers«* – Düsseldorf 1976

[22] Adolf Hitler – *Mein Kampf,* 1933, 438

[23] Ebenda: 381

[24] Adolf Hitler – *Monologe im Führerhauptquartier*, 101.

[25] René Girard – *Das Heilige und die Gewalt* – Zürich 1987. Girard sieht in der Tötung Abels durch Kain und der versuchten Tötung Isaaks durch Abraham, wie sie im *Alten Testament* beschrieben werden, versteckte kulturstiftende Opferhandlungen. Er verweist auf die Bedeutung des Menschenopfers in der griechischen Kultur (Medea, Ödipus, Iphigenie, Dionysos), ebenfalls auf die soziale Rolle des Sündenbocks bei den Griechen (*pharmakos*), Hebräern und Tibetern. Die Opferung des Remus durch Romulus habe zur Gründung Roms geführt und die Opferung Christi sei das Gründungsopfer für die Erstehung der christlichen Kultur gewesen. Auch werden Opferriten mehrere Urvölker (Chukchi, Mossi, Dinka) von Girard vorgestellt.

[26] René Girard – *Das Heilige und die Gewalt*, 27

[27] Sigmund Freud versucht in seinem Essay *Totem und Tabu*, die hinterhältige und gemeinsam begangene Tötung des omnipotenten Patriarchenvaters durch die jungen Männchen einer Affenhorde als den Gründungsakt der »menschlichen« Kultur darzustellen, und sieht in jedem historischen Königsmord eine Wiederholung dieser Urtat.

[28] René Girard – *Das Heilige und die Gewalt*, 10

[29] In: *Der Spiegel* – 33/2001, 132

[30] Ebenda: 137

[31] Siehe hierzu die beiden Artikel im *Spiegel* – 33/2001 von Peter Lognerich »Der ungeschriebene Befehl« und von Klaus Wiegrefe »Die große Gier«. Claus-Ekkehard Bärsch schreibt zur Mittäterschaft: »Auschwitz ist kein Rätsel. Hitler hatte aufgrund seiner politischen Religion keine andere Wahl als den Entschluss zu fassen, die Juden zu ermorden. Das alle Nationalsozialisten vereinigende und verpflichtende Band ist ihre politische Religion. Die Nationalsozialisten hatten keine andere Wahl als dem Entschluss Hitlers zuzustimmen und ihn zu vollstrecken oder aufzuhören, Nationalsozialisten zu sein. Da im 20. Jahrhundert jeder für die Wahl seiner Ideologie selbst verantwortlich ist, waren alle Nationalsozialisten Mittäter des Massenmordes.« (Claus E. Bärsch – *Die politische Religion des Nationalsozialismus*, 382)

[32] In: *Der Spiegel* – 33/2001, 139

[33] Ebenda: 133

[34] Ebenda: 208/211

[35] Claus E. Bärsch – *Die politische Religion des Nationalsozialismus*, 377

[36] Helmut Heiber (Hrsg.) – *Reichführer!*, 212

[37] Claus E. Bärsch – *Die politische Religion des Nationalsozialismus*, 381

[38] Heino Gehrts – *Mahabharata*, 235

[39] Ebenda: 236

[40] Ebenda: 236
[41] Ebenda: 77
[42] Gehrts bezeichnet das Schlachtenopfer als eine indogermanische Opferform, »die sich auch außerhalb Indiens, bei Thrakern und Germanen, belegen lasse, eine Form des von den Göttern selbst dargebrachten mythischen Opfers.« (Heino Gehrts – *Mahabharata*, 238)
[43] Neben das Schlachtenopfer tritt das Altaropfer, bei dem in der Zeit der frühen *Veden* Menschen dargebracht wurden. Auch in diesem Falle ernährten sich die Götter aus dem Blut der Geschlachteten. Deswegen rät eine kritisch-rationale Stelle aus den *Upanishaden* von solchen Menschenopfern ab, da sie nicht der eigenen Erleuchtung, sondern nur den nach Menschenblut hungrigen Überirdischen zugute kämen.
[44] Friedrich Hielscher – »Die Heraufkunft der Kräfte« – in: *Stecowa – Phantastisches und Übersinnliches aus dem Weltkrieg* – Berlin 1932, 195.
[45] In: Wilfried Daim – *Der Mann, der Hitler die Ideen gab,* 1994, 166
[46] Alfred Rosenberg – *Der Mythos des 20. Jahrhunderts,* 1940, 23
[47] Albert Speer berichtet von einem Gespräch mit Hitler am Ende des Krieges, in dem der Diktator gesagt haben soll, das deutsche Volk habe sich als das schwächere erwiesen und dem stärkeren Ostvolk gehöre ausschließlich die Zukunft. Was nach dem Kampfe übrig bliebe, seien ohnehin nur die Minderwertigen, denn die Guten seien gefallen. (In: Joachim C. Fest – *Hitler – Eine Biographie* – Bd. 1 und Bd. 2, Frankfurt u. a. 1976, 999)
[48] Es gibt Architekturzeichnungen von geplanten Mausoleen für die Gefallenen des Krieges, die gigantische, düstere Denkmäler zeigen und die auf allen Kriegsschauplätzen, insbesondere aber im Osten errichtet werden sollten.

Das Phantasma des religiösen Neofaschismus

[1] Nicholas Goodrick-Clarke – *Die okkulten Wurzeln des Nationalsozialismus*, 10
[2] Jan van Helsing – *Geheimgesellschaften – Teil 2,* I. E., Dateien/Heilung
[3] Miguel Serrano – *Das goldene Band – Esoterischer Hitlerismus,* 1987, 248
[4] Wilhelm Landig – *Götzen gegen Thule*, 196

Savitri Devi

[1] Nicholas Goodrick-Clarke – *Hitler's priestess*, 6
[2] Disidencias – Online-Press – *Enviados de Hitler en el Tibet* – http://members.es.tripod.de/disidentes/arti74.html
[3] Nicholas Goodrick-Clarke – *Hitler's priestess*, 2
[4] Ebenda: 9
[5] Savitri Devi – *The Lightning and the Sun*, 105
[6] Nicholas Goodrick-Clarke – *Hitler's priestess*, 21
[7] Disidencias – Online-Press – *Enviados de Hitler en el Tibet* – http://members.es.tripod.de/disidentes/arti74.html
[8] Nicholas Goodrick-Clarke – *Hitler's priestess*, 27
[9] Savitri Devi – A Warning to the Hindus, 34
[10] Savitri Devi – *L'Étang aux lotus*, 25
[11] Heinrich Zimmer – *Philosophie und Religion Indiens*, 148
[12] Schon 1928 schrieb Emil Abegg: »Bekanntlich werden heute noch beliebige Sektenstifter und religiöse Lehrer in Indien gerne als Avataras Vishnus bezeichnet [...] Vishnu hat somit auch heute noch nicht aufgehört, auf Erden zu erscheinen, und noch in der Gegenwart bilden sich, zumal in der Bevölkerung ländlicher Gegenden, religiöse Gemeinden um Sektenstifter, die dann als Avataras betrachtet werden.« (Emil Abegg – *Der Messiasglaube in Indien und Iran*, 142)
[13] In: Milan Hauner – *India in Axis Stategy*, 66

[14] Mitglieder der RSS waren 1948 wesentlich an der Ermordung Mahatma Gandhis beteiligt. 1992 demolierten RSS Extremisten die große Babri-Masjid-Moschee in der indischen Stadt Ayodhya.
[15] Nicholas Goodrick-Clarke – *Hitler's priestess*, 60
[16] Jean Robin – *Hitler l'élu du dragon*, 108
[17] Nicholas Goodrick-Clarke – *Hitler's priestess*, 107
[18] Ebenda: 131
[19] Ebenda: 137
[20] In London hatte Savitri Devi einen bemerkenswerten Traum, in dem sie Hermann Göring die Giftkapsel gab, mit der sich der Reichsmarschall das Leben nahm und sich so der Hand seines Henkers entziehen konnte. Am anderen Morgen las sie in der Presse: »Göring fand den Tod in seiner Zelle um 2.30 in der Nacht. Keiner weiß, wer ihm das Gift gab. *Potassium Cyanid*.« (Ebenda: 128) Das Beispiel zeigt, dass sich Devi schon zu Lebzeiten als NS-Priesterin einbrachte, die durch übernatürliche Kräfte das Nazi-Revival vorantreibt.
[21] Savitri Devi – *Defiance*, 188 f.
[22] Savitri Devi – *Gold im Schmelztiegel*, 126
[23] Savitri Devi – *Pilgrimage*, 16
[24] Ebenda: 17
[25] Ebenda: 42
[26] In: Nicholas Goodrick-Clarke – *Hitler's priestess*, 159
[27] Savitri Devi – *Pilgrimage*, 217
[28] Ebenda: 32
[29] In: Nicholas Goodrick-Clarke – *Hitler's priestess*, 167. Nach dem Kriege publizierte Walther Wüst eine kleine Schrift, in der er ethymologisch und kulturgeschichtlich dem Namen des indischen Gottes Rudra nachgeht. Rudra, dessen Ursprünge sich bis in die vedische Zeit zurückverfolgen lassen, taucht im Hinduismus als Beiname des Gottes Shiva auf und annonciert dessen aggressiven Aspekte. Er wird deswegen auch mit der »Brüller« oder der »Zornentbrannte« übersetzt. Wüst betont den »arischen« Ursprung des Rudra und verteidigt seine These gegen andere Schulmeinungen in der Orientalistik. Als Referenzen führt er seine ehemaligen NS-Kollegen Friedrich Cornelius, Hermann Lommel und Jakob Wilhelm Hauer an. Insbesondere aber verweist er auf das Buch *Gottheit und Gottheiten der Arier* des berühmten Religionswissenschaftlers Rudolf Otto, in dem eine Wesensgleichheit zwischen Rudra und Wotan unterstellt wird. (Walther Wüst – *Wortkundliche Beiträge zur arischen (indo-iranischen) Kulturgeschichte und Welt-Anschauung III*, 37)
[30] Nicholas Goodrick-Clarke – *Hitler's priestess*, 220
[31] Ebenda: 212
[32] Savitri Devi – *The Lightning and the Sun*, IV
[33] Emil Abegg – *Der Messiasglaube in Indien und Iran*, 21. »Kala« bedeutet sowohl »schwarz« als auch »Zeit«. Kali bedeutet auch die inkarnierte Zeit, als Inbegriff der Vergänglichkeit schlechthin.
[34] Ebenda: 15
[35] Ebenda: 58 f.
[36] Ebenda: 140. Der Kalki-Mythos des *Vishnu Purana* bildet auch die Grundlage für den Shambhala-Mythos im tibetisch-buddhistischen *Kalachakra-Tantra*. Dort wird der Endzeiträcher als Kalki oder als Rudra Chakrin bezeichnet, was der »zornige Raddreher« bedeutet. In einem anderen Text, dem *Kalki Purana*, stehen sich die Anhänger Vishnus und die Anhänger Buddhas als erbitterte Feinde gegenüber.
[37] In: Nicholas Goodrick-Clarke – *Hitler's priestess*, 113
[38] Savitri Devi – *The Lightning and the Sun*, 17
[39] Ebenda: 17 f.
[40] Ebenda: 36
[41] Ebenda: 37
[42] Mahakala ist eine im tantrischen Buddhismus weit verehrte Gottheit. Dschingis Khan wird in der Mongolei als Bodhisattva verehrt. Auf seiner Russlandreise wurde der XIV. Dalai Lama von Mongolen gebeten, diesen Kult offiziell anzuerkennen. Der tibetische »Gottkönig« reagierte weder bejahend noch verneinend auf dieses Anliegen.
[43] Savitri Devi – *A Son of God*, 215
[44] Savitri Devi – *The Lightning and the Sun*, 52
[45] Heroische Sonnenmythen waren auch Thema in der Zeitschrift *Germanien*, die seit 1936 als offizielles Organ des SS-Ahnenerbes erschien. J. O. Plassmann sprach vom arischen Sonnenhelden, »der alljährlich die

große Fahrt in die Unterwelt antritt, zum Kampf mit dem großen Drachen und den anderen Ungetümen. [...] Dem Herandrängen einer unbekannten und feindseligen Umwelt gegenüber ist die eigene Sonnenhaftigkeit die einzige Waffe: das wüste Chaos wird durch die blitzenden Strahlen des siegreichen Sonnenhelden von selbst besiegt...« (*Germanien* Nr. 1/42, 2–4) Sogar für Hitler war der strahlende Sonnenheld ein Orientierungsbild: »Die Idee, dass die Sonne als eine Gottheit dargestellt wird, die mit feurigen Rossen auf einem Wagen um die Erde herumfährt, kann nur aus dem Norden stammen.« (Henry Ashby Turner (Hrg.) – *Hitler aus nächster Nähe*, 164)

[46] In *The Pilgrimage* werden die Verse 7 und 8 aus dem IV. Gesang der *Bhagavadgita* gleich siebenmal mit Hitler in Beziehung gebracht. (Siehe die Seiten 7, 28, 31, 52, 173, 188-189, 261). In: *The Lightning and the Sun* zitiert Savitri Devi diese Passage auf der Seite 416.

[47] Savitri Devi – *The Lightning and the Sun*, 322

[48] Ebenda: 330

[49] Ebenda: 346

[50] Ebenda: 345

[51] Ebenda: 395 f.

[52] Ebenda: 392 f.

[53] Ebenda. 392. Devi übersteigert das Hitler-Zitat aus *Mein Kampf* in der englischen Übersetzung noch, indem sie schreibt: »Tyranny can only be broken by tyranny, and terror through greater terror.« Auf Seite 507 von *Mein Kampf* (Ausgabe 1933) ist etwas abgeschwächter zu lesen: »... dass man Zwang nur wieder durch Zwang bricht und Terror durch Terror.« Himmler wird von Devi auch als Kontrapunkt zu Rudolf Heß herausgearbeitet, der ebenfalls zuviel »Sonne« und zu wenig »Blitz« gezeigt habe, wie es sein »Friedensflug« nach England beweise.

[54] Ebenda: 401

[55] Ebenda: 323

[56] Ebenda: 374

[57] Ebenda: 382 f.

[58] Ebenda: 386

[59] Nicholas Goodrick-Clarke – *Hitler's priestess*, 164. Ohlendorf ließ die Juden grundsätzlich durch Erschießung ermorden und lehnte den Einsatz von Gaswagen strikt ab, weil er darin »eine unzumutbare seelische Belastung« für seine Männer sah: »Nach der Exekution mussten die verzerrten, oft mit Kot verschmierten Leichen aus dem Gaswagen gehoben werden – damit aber sah sich der Exekutor wieder der eigenen Tat konfrontiert, jener Sekunde der Wahrheit, die ihm Ohlendorf ersparen wollte.« (Heinz Höhne – *Der Orden unter dem Totenkopf*, 336)

[60] Savitri Devi – *The Lightning and the Sun*, 375/76

[61] Ebenda: 403

[62] Ebenda: 406. An einer Stelle, wo Savitri Devi auf eine tollkühne Übung zu sprechen kommt, bei der SS-Männer stramm stehen und sich dabei eine Granate auf den Helm legen, interpretiert sie dieses lebensgefährliche Spiel als das »Training westlicher Karma Yogis«. (376)

[63] Ebenda: 408

[64] Ebenda: 409

[65] Ebenda: 429

[66] Ebenda: 431

[67] In: Margarete Dierks – *Jakob Wilhelm Hauer*, 117

[68] Julius Evola – *Erhebung wider die moderne Welt*, 1935, 379

[69] Savitri Devi – *The Lightning and the Sun*, 431 f.

[70] Dem widerspricht nicht unbedingt das demokratische System des heutigen Indiens. Auch Jawaharlal Nehru (1889–1964) und seine Tochter Indira Gandhi (1917–1984) wurden zuweilen als Avatare verehrt.

[71] Nicholas Goodrick-Clarke – *Hitler's priestess*, 110. Agehananda Bharati, der als der bedeutendste deutschsprachige Tantra-Forscher gilt, weiß, wovon er redet. Er wurde 1923 mit dem bürgerlichen Namen Leopold Fischer geboren, verbrachte seine Jugend in Wien und ging später nach Indien. Während des Krieges war er Mitglied der Indischen Legion des Faschisten Subhas Chandra Bose. Er wurde Mönch des von Shankara gegründeten Dshanami-Ordens. Nach dem Kriege machte er eine akademische Karriere an der Benares-Hindu-Universität.

[72] H. Kurzke zit. n. K. Weißmann – *Druiden, Goden, weise Frauen*, 143

Die »Nazi-Mysterien«

1 Hermann Rauschning – *Gespräche mit Hitler*, 274
2 Wir haben uns erlaubt, die Schreibweise für Shambhala und Agarthi, die bei den zahlreichen Autoren unterschiedlich auftaucht (Shampullah, Kambala, Sambhala, Agarttha u. ä.) in einigen Fällen zu vereinheitlichen.
3 Es gibt auch eine Variante des Shambhala-Mythos in der Bon-Kultur. Dort heißt das entsprechende Königreich Olmolungring.
4 Siehe hierzu: Martin Brauen – *Traumwelt Tibet*, 15–28
5 Helena Petrowna Blavatsky – *Die Geheimlehre* – Bd. III, 348
6 Annie Besant und Charles Leadbeater – *Man: Whence, How and Whither*, 249 f.
7 Alice A. Bailey – *Initiation, Human and Solar*, 33
8 *Novalis – Zeitschrift für spirituelles Denken* – Nr. 7/8 1995, 4
9 In: Alec Maclellan – Die verlorene Welt von Agarthi, 55
10 Goodrick-Clarke, Nicholas – *Die okkulten Wurzeln des Nationalsozialismus*, 187
11 Ferdinand Ossendowski – *Tiere Menschen und Götter*, 346
12 Ebenda: 353
13 Ebenda: 346/47
14 Ebenda: 360
15 Ebenda: 348
16 Ebenda: 360 f.
17 Bundesarchiv – Koblenz: Himmler NL 126/9, Nr. 213
18 Peter Viereck – *Metapolitics*, 270
19 Sven Hedin – *Ossendowski und die Wahrheit*, 79
20 Ebenda: 38. Zur Quellenfragen zu Ossendowskis Buch siehe auch Marco Pallis – »Ossendowski's Sources« – in: *Studies in Comperative Religion* – Volume 15, Nr. 1 and 2, Winter-Spring 1983.
21 Siehe Filmdokument in: UFO – *Geheimnisse des Dritten Reichs* – Sternentorverlag.
22 Graf Hermann Keyserling, der dem Werk Ossendowski ansonsten distanziert gegenüberstand, hielt dessen Ausführungen über von Ungern-Sternberg jedoch für korrekt. In: James Webb – *The Occult Establishment*, 200.
23 James Webb – *The Occult Establishment*, 198
24 Ferdinand Ossendowski – *Tiere Menschen und Götter*, 276
25 Ebenda: 202
26 Ebenda: 304
27 James Webb – *The Occult Establishment*, 200
28 Ebenda: 202 f.
29 Ferdinand Ossendowski – *Tiere Menschen und Götter*, 272
30 Berndt Krauthoff – *Ich befehle*, 6/365
31 *Storia del XX Secolo* – Nr. 5, September 1995, 35/36 – Claudio Mutti »Ungern Khan: Il sogno della Restaurazione dell'impero mongolo«
32 Schon 1929 veröffentlichte er seine Reistagebücher – *Altai Himalaya – A Travel Diary* (dt. *Shambhala – das geheimnisvolle Weltzentrum im Herzen Asiens* – Breisgau 1988).
33 Sein Sohn, George N. Roerich, ein hervorragender Kenner des Tibetischen und der Übersetzer von lamaistischen Standardwerken, hat die Bilderwelt seines Vaters niemals in Frage gestellt, sondern im Gegenteil mehrfach bestätigt.
34 Wilhelm Augustat – *Das Geheimnis des Nicholas Roerich*, 11
35 Ebenda: 149
36 Nicholas Roerich – *Shambhala*, 216
37 Louis Pauwels und Jacques Bergier – *Aufbruch ins dritte Jahrtausend*, 338
38 Ebenda: 340
39 Ebenda: 342
40 Ebenda: 348
41 Ebenda: 349
42 Ebenda: 358

[43] Ebenda: 366 f.
[44] Ebenda: 367
[45] Walter Johannes Stein veröffentlichte 1928 die Ergebnisse seiner Recherchen in einem Buch mit dem Titel *Das neunte Jahrhundert – Weltgeschichte im Lichte des Heiligen Gral.*
[46] Trevor Ravenscroft – *Der Speer des Schicksals*, 10
[47] Ebenda: 295
[48] Im Folgenden führen wir einige der Autoren und Titel auf, die sich von den »Nazi-Mysterien« der beiden Autoren Louis Pauwels und Jacques Bergier haben inspirieren lassen. Diese beachtliche, wenn auch keineswegs vollständige Liste zeigt den bedeutenden Einfluss, den *Le Matin des Magiciens* (1960) gehabt hat: Französische Literatur zu den Nazi-Mysterien: Pierre Mariel – *L'Europe païenne du XXe siècle* – Paris 1964; Alain Decaux – *Dossiers secrets de l'Histoire* – Paris 1966; René Alleau – *Hitler et les sociétés secrètes* – Paris 1969; Jean Hugli – *Hitler mal connu* – Paris 1968; Robert Charroux – *Le livre des secrets trahis* – Paris 1965; Jean-Michel Angebert – *Hitler et les Religions de Swastika* – Paris 1969; Werner Gerson – *Le Nazisme, société secrète* Paris 1969; Jean-Michel Angebert – *Les mystiques du soleil* – Paris 1971; Jean-Claude Frère – *Nazisme et sociétés secrètes* – Paris 1974; Francois Ribadeau Dumas – *Hitler et la Sorcellerie* – Paris 1975; Christian Bernardac – *Le mystère Otto Rahn: du catharisme au nazisme* – Paris 1978. Angelsächsische Literatur zu den Nazi-Mysterien: Francis King – *Satan and Swastika* – St. Albans 1976; J. H. Brennan – *The Occult Reich* – New York 1974; Nigel Pennick – *Hitler's Secret Sciences – His quest for the hidden knowledge of the ancients* – Suffolk 1981. Deutsche Literatur zu den Nazi-Mysterien: Dietrich Bronder – *Bevor Hitler kam. Eine historische Studie* – Hannover 1964; E. R. Carmin – »Guru« Hitler – Die Geburt des Nationalsozialismus aus dem Geiste von Mystik und Magie – Zürich 1985; Derselbe: *Das Schwarze Reich – Geheimgesellschaften und Politik im 20. Jahrhundert* – 1994.
[49] Trevor Ravenscroft – *Der Speer des Schicksals*, 102
[50] Ebenda: 189
[51] Ebenda: 190
[52] Nigel Pennick – *Hitler's Secret Sciences,* 116 f.
[53] Louis Pauwels und Jacques Bergier – *Aufbruch ins dritte Jahrtausend*, 376
[54] Die Thule-Gesellschaft war in Realität weder so okkult noch ganz so blutrünstig, wie sie in den »Nazi-Mysterien« beschrieben wird. Selbst ihr politischer Einfluss muss als ziemlich gering angesehen werden. Es ist nicht nachgewiesen, dass Adolf Hitler jemals eine Versammlung der Gesellschaft besucht hat, geschweige denn, dass er deren Mitglied gewesen ist. Siehe dazu: Friedrich Paul Heller und Anton Maegerle – *Thule – Vom völkischen Okkultismus bis zur Neuen Rechten* – Stuttgart 1998.
[55] Jean-Claude Frère – *Nazisme et sociétés secrètes* – Paris 1974
[56] Louis Pauwels und Jacques Bergier – *Aufbruch ins dritte Jahrtausend*, 377
[57] Ebenda: 385
[58] Ebenda: 385
[59] Ebenda: 377
[60] Ebenda: 389
[61] Ebenda: 389 f.
[62] Ebenda: 392 f.
[63] Ebenda: 302
[64] Trevor Ravenscroft – *Der Speer des Schicksals*, 262 f.
[65] Ebenda: 263
[66] Ebenda: 263
[67] Ebenda: 263
[68] Ebenda: 263
[69] Dabei handelt es sich sehr wahrscheinlich um eine Einheit von Kalmücken, die auf Seiten der Nazis gekämpft hatten. »Hätte nur einer aus dieser Gruppe überlebt«, sinniert Alec Maclellan, ein Nachfolgeautor Ravenscrofts, »dann wüssten wir heute, was sich wirklich hinter Hitlers Suche nach Agarthi verbarg.« (Alec Maclellan – *Die verlorene Welt von Agarthi*, 143)
[70] Hermann Rauschning – *Gespräche mit Hitler*, 274/202
[71] Ebenda: 276
[72] Louis Pauwels und Jacques Bergier – *Aufbruch ins dritte Jahrtausend*, 370/37. Ein anderer Franzose, der Okkultschriftsteller Serge Hutin, schrieb Anfang der 1970er-Jahre: »Man urteilt zu rasch, wenn man meint,

dass unsere Epoche nicht mehr magischen Befehlen unterworfen ist. Es wäre viel richtiger, zu sagen, dass die Form, das Ritual und sogar der Anschein der Magie sich geändert haben. War es nicht eine ausgesprochene kollektive Behexung, wenn Hitler, selber ein Besessener, zu den fanatischen Massen sprach.« (Serge Hutin – *Unsichtbare Herrscher und geheime Gesellschaften*, 179) Für manche Christen war es eindeutig, dass hinter dem deutschen Diktator der Teufel wirkte bzw. das apokalyptische Tier oder der Antichrist. Selbst so intellektuelle Kulturphilosophen wie Denis des Rougemont vertraten diese theologische These: »Manche, die in seiner Gegenwart den Schauder heiligen Schreckens empfunden haben, halten ihn für den Sitz einer Herrschaft, eines ›Throns‹ oder einer ›Macht‹ in dem Sinne, wie der heilige Paulus von den Geistern zweiter Ordnung spricht, die den Körper irgendeines Menschen befallen und ihn besetzen können wie eine Festung. Ich habe ihn bei einer seiner großen Reden erlebt. Woher kommt ihm die übermenschliche Kraft, die von ihm ausgeht? Man spürt deutlich, dass eine Energie dieser Art nicht die Energie eines Einzelmenschen sein kann und dass sie sich sogar umso wirksamer kundtut, je unbedeutender dieser Einzelmensch selber ist. Er ist nur der Träger einer Kraft, die sich unserer psychologischen Definition entzieht. Was ich hier sagte, wäre Romantik simpelster Art, wenn nicht das Werk, das dieser Mann – oder vielmehr die in ihm wirkende Kraft – vollbracht hat, eine Realität wäre, die unser ganzes Jahrhundert in Staunen versetzt hat.« (In: Louis Pauwels und Jacques Bergier – *Aufbruch ins dritte Jahrtausend*, 381 f.)

[73] Jean Robin – *Hitler l'élu du dragon*, 227

[74] Die viel zitierte »Drahtzieherrolle« Haushofers hinter Hitler ist jedoch nicht nur eine Fiktion des Nachkriegs-Okkultismus, sondern sie war auch ein Thema der damaligen ausländischen Presse. Nach der Unterzeichnung des deutsch-russischen Nichtangriffspaktes vom 23. 8. 1939 erschienen in der internationalen Presse Artikel, in denen die Haushofer-Legende aufgebaut wurde. So publizierte Mitte Dezember 1939 der *Daily Express* einen Beitrag mit dem Titel »Der Mann, der hinter Hitlers Kriegszielen steht« – gemeint war Haushofer. In der *Zürcher Weltwoche* vom 4. 10. 1940 wird er als der »richtungsgebende Theoretiker der NS-Außenpolitik« bezeichnet. Es waren also die liberalen Medien, die den General zuerst als *Hitler's Idea-Man* einführten.

[75] Louis Pauwels und Jacques Bergier – *Aufbruch ins dritte Jahrtausend*, 368/369/373

[76] Ebenda: 372

[77] Gerald Suster – *Hitler – The occult Messiah*, 57. Für die Tatsache, dass Haushofer in Tibet war oder Georg Iwanowitch Gurdjieff getroffen habe, gibt es keinerlei Beweise. Gurdjieff wird in den verschiedenen Haushofer-Legenden häufig mit dem Russen Agvan Dorzhiev gleichgesetzt, was die Angelegenheit noch mysteriöser macht. Der Burjate Dorzhiev war ein Vertrauter des XIII. Dalai Lama und ein fanatischer Vertreter des *Kalachakra-Tantra* und des *Shambhala-Mythos*. Er gründete den berühmten Kalachakra-Tempel in St. Petersburg, der – von den Bolschewiki stillgelegt – nach der Wende wieder eröffnet wurde.

[78] Gerald Suster – *Hitler – The occult Messiah*, 57

[79] Dietrich Bronder – *Bevor Hitler kam*, 248

[80] Jean-Claude Frère – *Nazisme et sociétés secrètes*, 104

[81] Trevor Ravenscroft – *Der Speer des Schicksals*, 233

[82] Ebenda: 242

[83] Ebenda: 245

[84] Jan van Helsing – *Geheimgesellschaften und ihre Macht im 20. Jahrhundert*, 28g

[85] Albrecht Haushofer – *Moabiter Sonette*, 46. © 1999 Langewiesche – Brandt, Ebenhausen bei München.

[86] Ebenda: 11

[87] Dietrich Bronder – *Bevor Hitler kam*, 250

[88] Gerald Suster – *Hitler – The occult Messiah*, 123

[89] Der Originaltext von »Teddy Legrand« hat uns nicht vorgelegen. Wir zitieren aus: Jean Robin – *Hitler l'élu du dragon* – Paris o. J.

[90] Jean Robin – *Hitler l'élu du dragon*, 142

[91] Gerals Suster – *Hitler – The occult Messiah*, 123

[92] *Innere Erde Gemeinschaft* – Mai 1996, 9

[93] Serge Hutin – *Unsichtbare Herrscher und geheime Gesellschaften*, 182

[94] Ebenda: 181 f. Das Dokument, sollte es von Serge Hutin erfunden worden sein, stammt zeitlich spätestens aus den Anfängen der 1970er-Jahre, da es zu dieser Zeit veröffentlicht wurde.

[95] Eduard Gugenberger, Franko Petri, Roman Schweidlenka – *Weltverschwörungstheorien*, 167

[96] Dieter Rüggeberg – *Geheimpolitik*, 63

[97] Ebenda: 64
[98] Ebenda: 64
[99] Ebenda: 60 f.
[100] Siehe hierzu: Gerhardt W. Schuster – *Das alte Tibet*, 47
[101] Ernst Schäfer – *Das Fest der weißen Schleier,* 1988, 209. Schäfers Beschreibung ist durchaus korrekt und vielfach belegt. Siehe hierzu: Gerhardt W. Schuster – *Das alte Tibet*, 47 ff.
[102] Ernst Schäfer – *Das Fest der weißen Schleier,* 1988, 89
[103] Adolf Hitler – *Mein Kampf*, 1933, 557
[104] Nicholas Goodrick-Clarke – *Hitler's priestess*, 34
[105] Der Wiener Ariosoph Lanz von Liebenfels ist später sehr stolz darauf, dass er zu Weihnachten 1907 die »erste Hakenkreuzfahne« auf Burg Werfenstein an der Donau hisste. Er sah im Swastika ein sich drehendes Feuerrad (»Fyrfos«), das am Beginn der kosmischen Entwicklung unseres Universums wirksam geworden sei.
[106] Jean Marquès-Rivière – *À l' ombre des monastères tibétains*, 146
[107] Nicholas Goodrick-Clarke – Die okkulten Wurzeln des Nationalsozialismus, 133
[108] *Germanien* – Heft 6, 1933, 164
[109] *Germanien* – Heft 3, 1943, 92
[110] Ebenda: 93
[111] Reinhard Greve – »Tibetforschung im SS-Ahnenerbe« – in: Thomas Hauschild – *Lebenslust und Fremdenfurcht*, 187
[112] Ernst Schäfer – *Über den Himalaya ins Land der Götter,* 1989, 171
[113] Helmut Uhlig – *Tibet*, 75
[114] Dietrich Bronder – *Bevor Hitler kam*, 250
[115] Schon im Jahre 1909 diskutierte die *Theosophical Review* in einem Artikel von H. S. Green die verschiedenen »Richtungen« des Swastika: »Wie immer man glaubt, dass das Symbol in seiner richtigen Form gezeichnet ist, die gegenteilige Darstellung wird für die Gegenseite der göttlichen Ordnung stehen, für das Böse im Allgemeinen und für schwarze Magie insbesondere. [...] Wenn sich das Kreuz im Gegensatz zum Uhrzeigersinn dreht, wird dies die korrekte Präsentation sein [...] Die meisten Schriftsteller waren bisher der Meinung, dass dies die richtige Methode ist, den Swastika zu zeichnen, und das ist auch die Art und Weise, wie er in der *Geheimlehre* [Madame Balvatskys Hauptwerk] abgebildet ist.« (In: Nigel Pennick – *Hitler's Secret Sciences*, 34) Dabei ist interessant, dass das theosophische Hakenkreuz und dasjenige Hitlerdeutschlands identisch sind. Für die Theosophen wurde dies schließlich zu einem Problem. Annie Besant, Madame Blavatskys Nachfolgerin, fand die Lösung. Nicht die Zeichnung des Hakenkreuzes und die Ausrichtung der Querbalken ist von Bedeutung, sondern seine Drehrichtung. Dreht es sich nach rechts wie die Sonne, dann ist es gut. »Das ist der Swastika des rechten Pfades.« Dreht es sich nach links, dann ist es böse. (34)
[116] Wilfried Daim – *Der Mann, der Hitler die Ideen gab,* 1994, 89
[117] Friedrich W. Doucet – *Im Banne des Mythos*, 81
[118] Ein weiterer Autor der »Nazi-Mysterien«, Dietrich Bronder, kommt deswegen zu dem Schluss: »Das Hakenkreuz als mongolisches Zeichen wird heute noch vom tibetanischen Dalai Lama benutzt.« (Dietrich Bronder – *Bevor Hitler kam*, 229)
[119] Jochen Kirchhoff – *Nietzsche, Hitler und die Deutschen*, 243. Auch Kirchhoff vergleicht das Hakenkreuz mit dem Hammer des germanischen Kriegsgottes Thor und diesen wiederum mit dem tibetischen Vajra (Donnerkeil). Er behauptet ohne Quellenangabe, dass bei den Bon der Vajra durch ein Swastika-Zepter ersetzt werde. (243)
[120] Wilhelm Landig – *Wolfzeit um Thule*, 1980, 469
[121] Miguel Serrano – *Manu – por el hombre que vendra*, 302

Der »SS-Mystizismus«

[1] Claude Schweikhart (Erich Halik) – »Um Krone und Gipfel der Welt« – in: *Mensch und Schicksal* 6, No. 10 August 1952, 4 f.
[2] Rudolf J. Mund – *Fragmente einer verschollenen Religion*, 1
[3] Ebenda: 2

[4] Mund, Rudolf J. – *Der Rasputin Himmlers*, 266
[5] Ebenda: 272 f.
[6] Wilhelm Landig – *Wolfzeit um Thule*, 137
[7] Eduard Gugenberger, Franko Petri, Roman Schweidlenka – *Weltverschwörungstheorien*, 170
[8] Ebenda: 193
[9] Wilhelm Landig – *Götzen gegen Thule*, 585
[10] Wilhelm Landig – *Wolfzeit um Thule*, 471
[11] Wilhelm Landig – *Götzen gegen Thule*, 721
[12] Jan van Helsing – *Geheimgesellschaften und ihre Macht im 20. Jahrhundert*, 54g
[13] Rudolf John Gorsleben – *Hoch-Zeit der Menschheit*, 1930, 204
[14] Peter Moon – *Die Schwarze Sonne*, 233
[15] Ebenda: 211
[16] Wilhelm Landig – *Götzen gegen Thule*, 139
[17] Ebenda: 140
[18] Nigel Pennick – *Hitler's Secret Sciences*, 117
[19] Disidencias – Online-Press – *Enviados de Hitler en el Tibet* – http://members.es.tripod.de/disidentes/arti74.html
[20] W. Grimwald – »Germany and Tibet« – in: *NEXUS* – 4. 5. 1996
[21] Jan van Helsing – *Geheimgesellschaften und ihre Macht im 20. Jahrhundert*, 28g
[22] Rudolf J. Mund – *Jörg Lanz v. Liebenfels und der Neue Templer Orden*, 98
[23] Wilhelm Landig – *Götzen gegen Thule*, 629
[24] Ebenda: 693
[25] Ebenda: 164
[26] Ebenda: 629
[27] Ebenda: 630
[28] Nach Jan van Helsing war es ein ausgesprochenes Anliegen Hitlers, sich ein Entrée zu dem unterirdischen Reich Agarthi zu verschaffen, um dort Kontakte zu den Nachfahren der arischen »Gottmenschen« herzustellen. Aus diesem Grunde seien mehrere [!] SS-Expeditionen in den Himalaja geschickt worden. Doch der »Führer« hatte keinen Erfolg, im Gegensatz zum okkulten SS-Untergrund, der zumindest nach dem Krieg im Himalaja Unterschlupf fand und dort einen gigantischen Stützpunkt aufbaute: »Der einzige Grund, warum die Chinesen Tibet angriffen, die Mönche gefoltert und getötet [haben ist] die Tatsache«, so van Helsing, »dass diese im Auftrag der Illuminati die Reichsdeutschen aufspüren und abschlachten sollten, um die Erfüllung der Prophezeiung zu vereiteln, welcher zufolge das neue Lichtreich auf Erden aus Deutschland entstehen soll – etabliert durch die ›Schwarze Sonne‹«. Aber die chinesischen Kommunisten versuchten vergeblich, der Himalaja-Deutschen habhaft zu werden: Denn »die Reichsdeutschen stehen […] unter dem Schutz der höchsten tibetanischen Loge, den ›Gelugpa‹, den Gelbkappen und auch der Ariannis, den Bewohnern des unterirdischen Reiches unterhalb des Himalaja.« (Jan van Helsing – *Geheimgesellschaften – Teil 2*, 26)
[29] Wilhelm Landig – *Wolfzeit um Thule*, 385/392
[30] Ebenda: 389
[31] Ebenda: 389. Einer mystischen Verklärung des Untersbergs begegnet man immer wieder in den SS-Mysterien. Sie ist nicht so ganz aus der Luft gegriffen, denn der Mythenberg erregte tatsächlich Hitlers Imagination. Ein Beispiel hierfür findet sich in den *Erinnerungen* Albert Speers: »In der Nacht standen wir mit Hitler auf der Terrasse und bestaunten ein seltsames Naturschauspiel«, schreibt der Architekt. »Ein überaus starkes Polarlicht überflutete den gegenüberliegenden, sagenumwobenen Untersberg für eine lange Stunde mit rotem Licht, während der Himmel darüber in den verschiedensten Regenbogenfarben spielte. Gesichter eines jeden von uns waren unnatürlich rot gefärbt. Unvermittelt sagte Hitler zu einem seiner militärischen Adjutanten gewandt: ›Das sieht nach viel Blut aus. Dieses Mal wird es nicht ohne Gewalt abgehen.« (Albert Speer – *Erinnerungen*, 177) Es war 21. August 1939, wenige Tage vor Beginn des Zweiten Weltkrieges.
[32] Wilhelm Landig – *Götzen gegen Thule*, 517
[33] Ebenda: 257
[34] Ebenda: 646
[35] Amithaba ist ein Meditationsbuddha, der sich hier auf Erden in der Gestalt des Panchen Lama inkarniert.
[36] Wilhelm Landig – *Götzen gegen Thule*, 697. Tsongkhapa ist der Gründer der tibetischen Gelbmützensekte (Gelugpa), die im alten Tibet die Staatsmacht innehatte und die den Dalai Lama stellt.

[37] Ebenda: 631
[38] Ebenda: 631
[39] Rudolf J. Mund – *Jörg Lanz v. Liebenfels und der Neue Templer Orden*, 196
[40] Landig rekurriert hier explizit auf die Internationalisierung der SS gegen Ende des Krieges in Moslems, Franzosen, Holländer, Flamen, Italiener (Monte Rossa Division), Belgier, Kroaten (Ustascha-Leute), Norweger, Slowaken (Tiso-Leute). Er sieht in ihnen die Nachfahren der abendländischen Ketzer: der Albigenser, der Katharer, der Templer, der Waldenser und der Bogumilen. (Wilhelm Landig – *Götzen gegen Thule*, 165)
[41] Jan Udo Holey (Jan van Helsing) – *Die innere Welt*, 49
[42] Wilhelm Landig – *Rebellen für Thule*, 345
[43] Wilhelm Landig – *Götzen gegen Thule*, 263
[44] Solche übernatürlichen Fähigkeiten werden tatsächlich in den tibetischen Originaltexten beschrieben. Siehe hierzu: Gerhardt W. Schuster – *Das alte Tibet – Geheimnisse und Mysterien* – St. Pölten u. a. 2000
[45] Wilhelm Landig – *Wolfzeit um Thule*, 390
[46] Ebenda: 391
[47] Ebenda: 391/393
[48] Rüdiger Sünner – *Schwarze Sonne*, 50
[49] Rudolf J. Mund – *Fragmente einer verschollenen Religion*, 199
[50] Jan van Helsing – *Geheimgesellschaften und ihre Macht im 20. Jahrhundert*, 28g
[51] Ebenda: 28g
[52] Wilhelm Landig – *Götzen gegen Thule*, 517
[53] Ebenda: 618
[54] Maclellan zählt nicht zu den Autoren des SS-Mystizismus, wird jedoch von diesen mit Vorliebe zitiert.
[55] Alec Maclellan – *Die verlorene Welt von Agarthi*, 267
[56] Heiner Gehring – *Abenteuer Innere Erde*, 17. Die These von einem Zugang nach Shambhala im Potala-Palast hat sich mittlerweile im okkulten Faschismus verbreitet. So heißt es in einem Aufsatz in der Zeitschrift *Innere Erde Gemeinschaft*: »Andere Zugänge in die Innere Erde befinden sich in den Pyrenäen, unter den Pyramiden von Gizeh oder in Lhasa. So gehen vom Potala, dem Palast des Dalai Lama, unterirdische Gänge mit offiziell nicht bekannten Zielen aus. In seinem Buch über die Innere Erde schreibt Bernard, diese Gänge seien die Verbindung zu Agarthi einerseits und anderseits Teil des weltweit, die Erdkruste durchziehenden Tunnelsystems.« (*I. E. G.* – Mai 1996, 5)
[57] Wilhelm Landig – *Götzen gegen Thule*, 619
[58] Ebenda: 685 f.
[59] *Playboy* (deutsche Ausgabe) 3/1998, 40
[60] Wilhelm Landig – *Götzen gegen Thule*, 171
[61] Ebenda: 690/691
[62] Wilhelm Landig – *Rebellen für Thule*, 396
[63] Russel McCloud – *Die Schwarze Sonne von Tashi Lhunpo*, 168/170
[64] Ebenda: 247
[65] Wilhelm Landig – *Götzen gegen Thule*, 171
[66] Jan van Helsing – *Geheimgesellschaften – Teil 2*, 26 (Diskettenfassung). Was die von einem strikten Antisemitismus geprägten »Herren vom Schwarzen Stein« und die »Marcioniten«, bezweckten, erfahren wir schon aus Helsings erstem Buch. Die Herren vom Schwarzen Stein seien 1221 aus der marcionitischen Templergesellschaft hervorgegangen und von einem Hubertus Koch geführt wurden. Sie hatten sich zum Ziel gesetzt, das Böse auf der Welt zu bekämpfen und das Lichtreich Christi aufzubauen. Diese zu bekämpfende finstere Macht habe sich im ›Alten Testament‹ als Jahwe offenbart. Hebräisch – so van Helsing – spreche er von sich: ›Ani ha El Schaddai‹, übersetzt: Ich bin der El Schaddai – der ›Verworfene Großengel (Schaddai El) – der Satan‹«. (Jan van Helsing – *Geheimgesellschaften und ihre Macht im 20. Jahrhundert*, 28g – Diskettenfassung) Die Marcioniten waren ein gnostischer Orden des frühchristlichen Theologen Markion Marcion (85–160). Im Jahre 144 wurde er wegen Häresie exkommuniziert. Marcion sah in Jahwe einen bösartigen Demiurgen, der die Menschheit mit Zorn und Eifersucht verfolgt. Die beiden Österreicher Norbert Jürgen-Ratthofer und Ralf Ettl verbinden in ihrer Schrift *Das Vril Projekt* in einem hemmungslosen Kombinationsrausch die Marcioniten mit den Babyloniern, den außerirdischen Aldebaranern, der Thule-Gesellschaft und SS-Forscherteams, die an der Entwicklung von Ufos beteiligt waren. Schon in den französischen »Nazi-Mysterien« war die Idee aufgekommen, dass die Mitglieder der Thule-Gesellschaft nach indisch-tibetischen Initiationsriten eingeweiht

worden waren: »Man führte asketische Untersuchungen durch, die sehr an die Yogapraktiken bestimmter Kriegerschulen im vedischen Indien erinnerten, die vergleichbar sind den Opferhandlungen, die den germanischen Kriegern in den *Männerbünden* auferlegt wurden: Blut-Zeugnisse, kontrolliertes Atemtraining, parapsychologische Übungen, all das und noch mehr: eine Synthese all dieser Disziplinen. Die Quellen hierfür sind sowohl in den germanischen und nordischen Ritualen wie in den heiligen tibetischen Texten zu suchen. [...] Nach dieser ersten Etappe wird der Initiant einem regelrechten Examen in okkulter Philosophie unterworfen. Mündlich und während mehrer Stunden werden ihm Fragen seine Kenntnis der unteren Geheimrituale und sein Wissen in Mythologie und legendärer Geschichte betreffend, gestellt. Man ist angehalten, die großen hyperboreischen Theorien, die Doktrin Hörbigers und die Legende von Agarthi und Shambhala zu kennen.« (Jean-Claude Frère – *Nazisme et sociétés secrètes*, 237)

[67] Jan Udo Holey (van Helsing) – *Die innere Welt*, 38

[68] Ebenda: 38

[69] Otto Rahn – *Luzifers Hofgesind*, 1985, 52

[70] *Sol Invictus – Schriftenreihe des Freundeskreises für Brauchtum und Kultur* – Folge 2 – »Mitternacht« – o. J., 27

[71] Ebenda: 27

[72] Ebenda: 26

[73] Wilhelm Landig – *Rebellen für Thule*, 570. Diese Stelle wird später von Jan van Helsing übernommen: »Bemerkenswert ist auch die Tatsache«, kolportiert er seinen Altmeister Landig, »dass Heinrich Himmler, selbst Reichsführer-SS, über die Schwarze Sonne informiert war und ihr seinen Schutz gab, ihr selbst aber nicht angehörte. Die Schwarze Sonne war und ist sozusagen eine Zusammensetzung aus Magiern und Eingeweihten, die auf der Seite des Lichts gegen die Finsterkräfte kämpfen, die die Erde zu zerstören drohen.« (Jan van Helsing – *Die innere Welt*, 48)

[74] Wilhelm Landig – *Rebellen für Thule*, 570

[75] Rudolf J. Mund – »Vom Mythos der Schwarzen Sonne« – in: *Das andere Kreuz – Schriften für esoterische Forschung* – Wien o. J., 49

[76] Wilhelm Landig – *Götzen gegen Thule*, 137. Auch der Tiefenpsychologe Friedrich Doucet bringt die Hakenkreuzfahne mit der Alchemie und der Schwarzen Sonne in einen Zusammenhang: »Bei der Farbgestaltung der Hakenkreuzfahne mögen die Farben Schwarz-Weiß-Rot des deutschen Kaiserreichs als Vorlage gedient haben. Diese Kombination entspricht der Farbsymbolik des alchemistischen Opus: *Nigredo-Albedo-Rubedo*. So gesehen würde allerdings das schwarze Hakenkreuz auf weißem Grund eine schwarze Sonne symbolisieren. Den Begriff des *Sol Niger* kennt auch die mittelalterliche Alchemie [...] wenn der *Sol Niger* im Unbewussten von Menschen des 20. Jahrhunderts als Symbol erscheint, dann deutet das auf jeden Fall auf eine historische Regression hin.« (Friedrich W. Doucet – *Im Banne des Mythos*, 82)

[77] Wilhelm Landig – *Wolfzeit um Thule*, 65

[78] Ebenda: 355

[79] Ebenda: 355

[80] Jan van Helsing – *Die innere Welt*, 49

[81] Wilhelm Landig – *Rebellen für Thule*, 569. Aber nicht nur die »Schwarze Sonne«, sondern auch die »Weiße Sonne« wird von den SS-Untergrundkämpfern Mund und Landig als arisches Symbol in Beschlag genommen. »In *sol niger*«, so Mund, »ist *sol alba* [sprich: *albus*], die weiße Sonne, enthalten.« (Rudolf J. Mund – »Vom Mythos der Schwarzen Sonne« – in: *Das andere Kreuz – Schriften für esoterische Forschung* – Wien o. J., 50)

[82] Wilhelm Landig – *Wolfzeit um Thule*, 31

[83] Gerhard Heß – »Schwarze Sonne – Ein Beitrag zur zahlenmythologischen Deutung der Schwarzen Sonne nach dem Oding-Schlüssel« – in: *Sonnenwacht – Briefe für Heiden und Ketzer*/Mitteilungen des FBK, Brief 8, Nebelmond 1998, 2

[84] Rüdiger Sünner – *Schwarze Sonne*, 144

[85] Jan van Helsing – *Die innere Welt*, 244

[86] Wilhelm Landig – *Götzen gegen Thule*, 373

[87] Otto Rahn – *Kreuzzug gegen den Gral*, 1989, 185/107

[88] Hans Jürgen Lange – *Otto Rahn und die Suche nach dem Gral*, 228

[89] Wilhelm Landig – *Götzen gegen Thule*, 303

[90] Ebenda: 316 f.

[91] Ebenda: 317
[92] Er unterscheidet drei Unterarten: die Matrica Vimanas, die Tantrica Vimanas und die Kritaka Vimanas.
[93] Wilhelm Landig – *Wolfzeit um Thule*, 278
[94] Ebenda: 278
[95] Axel Stoll (Hrsg.) – *Mahashri Bharadwaaja*, V. 1/3
[96] Ebenda: V, 4
[97] Ebenda: 1
[98] Ebenda: 103 ff.
[99] Ebenda: 143
[100] Edward Bulwer-Lytton – *Vril oder eine Menschheit der Zukunft*, 91
[101] Jean-Claude Frère – *Nazisme et sociétés secrètes*, 98
[102] Alec Maclellan – *Die verlorene Welt von Agarthi*, 134
[103] Jean-Claude Frère – *Nazisme et sociétés secrètes*, 229
[104] Johannes Täufer – *»Vril«*, 54 f.
[105] Ebenda: 6
[106] Trevor Ravenscroft – *Der Speer des Schicksals*, 51
[107] Ebenda: 251
[108] Nigel Pennick – *Hitler's Secret Sciences*, 28. Das Thema wird *con variatione* ständig wiederholt: »Auch das Dritte Reich hat Briefe aus Shambhala bekommen«, heißt es in der Zeitschrift *Innere Erde Gemeinschaft,* »und das Wissen um Agarthi war Bestandteil der Lehren des Vril-Ordens. [!] Anstatt einer schriftlichen Antwort nach Shambhala aber schickte das deutsche Reich lieber Expeditionen nach Tibet, um direkt mit dem König der Welt Kontakt aufzunehmen. Die SS suchte einerseits in Europa in Bergwerken und Höhlen Verbindungen zum Tunnelsystem, anderseits direkt in Tibet und der Mongolei nach dem Zugang nach Agarthi. Es gab von 1926 bis 1942 jedes Jahr [sic!] eine Expedition, teilweise unter der Leitung bekannter deutscher Tibet-Experten.« (*Innere Erde Gemeinschaft* – 1996, 8)
[109] Norbert Jürgen-Rattenhofer und Ralf Ettl – *Das Vril Projekt*, 33–39
[110] Wilhelm Landig – *Götzen gegen Thule*, 318. Die SS-Elite von der »Schwarzen Sonne«, so erfahren wir bei Jan van Helsing, sei eine Nebenloge der Vril-Gesellschaft gewesen. Eine weitere Untergruppe waren die »Herren vom Schwarzen Stein« (HvSS), die – nach Helsing – zusammen mit tibetischen Lamas das Projekt »Nazi-Deutschland« veranlassten. Aber schon die Hyperboreer sollen die »Vril-Kraft als Energiepotential bzw. Treibstoff benutzt haben (Vril = Aether, Od, Prana, Chi, kosmische Kraft, Orgon... aber auch vom akkadischen ›viril‹ = ›wie die höchste Gottheit‹ = gottgleich).« (Jan van Helsing – *Geheimgesellschaften und ihre Macht im 20. Jahrhundert*, 29g, 28g)
[111] Johannes Täufer – *»Vril«*, 15/35
[112] Ebenda: 26 f.
[113] Ebenda: 46
[114] Gopi Krishna – *Die biologische Basis der religiösen Erfahrung*, 112
[115] Friedrich Paul Heller und Anton Maegerle – *Thule*, 103

Miguel Serrano

[1] Miguel Serrano – *Die Besuche der Königin von Saba,* 1980, 7
[2] Isidro Palacio – »Interview mit Miguel Serrano« – in: *Reportaja* Aug. 1990, 11
[3] Miguel Serrano – *Adolf Hitler el Ultimo Avatara*, 1983, 497
[4] Serrano behauptet, er habe die deutscher Übersetzung von *El Cordón Dorado* (»Das Goldene Band – Esoterischer Hitlerismus«) an den damaligen österreichischen Außenminister Kurt Waldheim geschenkt, der das Buch mit Freuden entgegengenommen habe. (Miguel Serrano – *Memorias de Él y Yo* – Bd. IV, 1999, 193)
[5] *Epoca* – 21. 4. 1989
[6] Miguel Serrano – *Memorias de Él y Yo* – Bd. III, 1998, 12
[7] Miguel Serrano – *Manu,* 1991, 49
[8] Miguel Serrano – *Adolf Hitler el Ultimo Avatara*, 1983, 98
[9] Miguel Serrano – *Das goldene Band,* 1987, 276 f.

[10] Miguel Serrano – *Manu,* 1991, 50
[11] Miguel Serrano – *Das goldene Band,* 1987, 174
[12] Miguel Serrano – *Memorias de Él y Yo* – Bd. III, 1998, 71
[13] Miguel Serrano – *Manu,* 1991, 21
[14] Miguel Serrano – *Adolf Hitler el Ultimo Avatara*, 1983, 124
[15] Ebenda: 117
[16] Ebenda: 125
[17] Ebenda: 119
[18] Miguel Serrano – *Memorias de Él y Yo* – Bd. IV, 1999, 288
[19] Miguel Serrano – *Adolf Hitler el Ultimo Avatara*, 1983, 178/115
[20] Ebenda: 290
[21] Ebenda: 110
[22] Miguel Serrano – *Memorias de Él y Yo* – Bd. III, 1998, 288 f.
[23] Ebenda: 163
[24] Ebenda: 37
[25] Ebenda: 281
[26] Miguel Serrano – *Das goldene Band,* 1987, 31
[27] Miguel Serrano – *Memorias de Él y Yo* – Bd. III, 1998, 37
[28] Ebenda: 163
[29] Ebenda: 281
[30] Ebenda: 281
[31] Ebenda: 69
[32] Ebenda: 71
[33] Ebenda: 83
[34] Ebenda: 281
[35] Ebenda: 285
[36] Ebenda: 285 Nach Serranos Auffassung war die SS-Schäferexpedition keineswegs so erfolglos wie er. Schäfer und Beger hätten ihre Aufgaben erfüllen können, die Spuren der Hyperboreer auf dem Dach der Welt nachzuweisen sowie deren Beziehungen zu Außerirdischen (den »Erzengeln«). Sie hätten die Höhlen, in denen die geheimen Hierarchien leben, erforscht. Sensationelles Material von den SS-Männern sei in Archiven Washingtons verschlossen und der Öffentlichkeit nicht zugänglich. (Miguel Serrano – *Memorias de Él y Yo* – Bd. IV, 1999, 125)
[37] Miguel Serrano – *Memorias de Él y Yo* – Bd. III, 1998, 237
[38] Ebenda: 249
[39] Ebenda: 163
[40] Miguel Serrano – *Das goldene Band,* 1987, 28
[41] Ebenda: 37
[42] Ebenda: 21
[43] Ebenda: 24/25
[44] Ebenda: 269/270
[45] Miguel Serrano – *Manu,* 1991, 39
[46] Ebenda: 39
[47] Ebenda: 157
[48] Ebenda: 40
[49] Miguel Serrano – *Das goldene Band,* 1987, 178
[50] Schon Ende des 18. Jahrhunderts übersetzte der Engländer Sir William Jones den *Manu-Smrti* (Das Gesetzbuch des Manu) ins Englische. In diesem Ereignis sieht der Inder Mukesh Naidu den Ursprung »für die Verbreitung des Hindu-Giftes ›Rassismus‹ in Europa, das letztendlich die Entstehung des Nazismus im 20. Jahrhundert zur Folge hatte.« (Mukesh Naidu – »Creation of Hinduism and Sanatana Dharma by the English« – http://free.freespeech.org/delhi/teling/a-h/crt_heng.html) Im Geiste Manus versammelten und versammeln sich noch immer indische und abendländische Rassisten. 1939 erschien das Buch *We or our Nationhood defined* des Inders M. S. Golwakar, in dem er den NS-Rassismus zu einer Renaissance der indo-arischen Tradition erklärt. »Der alte Rassengeist, der die germanischen Stämme antrieb, ganz Europa zu überrennen, ist im modernen Deutschland wiedererstanden«, schreibt Golwakar. »Ebenso bei uns: Unser Rassengeist hat sich

erneut erhoben, wie es deutlich wird durch die Rasse spiritueller Riesen, die wir hervorgebracht haben und die heute in erhabener Majestät durch die Welt wandeln.« (Golwakar, M. S. – *We or our Nationhood defined*, 32) Golwakar preist Manu als den »ersten und ältesten Gesetzgeber der Welt«. Sein Buch galt lange Zeit als die »Bibel« der rechtsextremen RSS.

[51] Miguel Serrano – *Adolf Hitler el Ultimo Avatara*, 1983, 141

[52] Miguel Serrano – *Das goldene Band*, 1987, 36

[53] Miguel Serrano – *Manu*, 23

[54] Miguel Serrano – *Das goldene Band*, 1987, 270

[55] Miguel Serrano – *Manu*, 1991, 20

[56] Ebenda: 154

[57] Shifu Nagaboshi Tomio – *The Bodhisattva Warriors – The Origin, Inner Philosophy and Symbolism of the Buddhist Martial Art within India and China* – Delhi 2000

[58] Ebenda: Miguel Serrano – *Manu*, 1991, 154; siehe auch: 64

[59] Miguel Serrano – *Adolf Hitler el Ultimo Avatara*, 1983, 242

[60] Ebenda: 119

[61] Miguel Serrano – *Das goldene Band*, 1987, 270

[62] Miguel Serrano – *Manu*, 1991, 154

[63] Miguel Serrano – *Das goldene Band*, 1987, 354

[64] Ebenda: 268

[65] Miguel Serrano – *Adolf Hitler el Ultimo Avatara*, 1983, 119

[66] Ebenda: 250

[67] Miguel Serrano – *Memorias de Él y Yo* – Bd. III, 289

[68] Auch für Serrano ist die europäische Zusammensetzung der Waffen-SS von großer Bedeutung, sodass er immer wieder darauf zurückkommt. Wie Julius Evola träumt auch er von einem unabhängigen Ordenstaat der Schutzstaffel, mit eigenen Hauptstädten, mit Initiationsburgen, mit einem eigenen Geld, eigenen Universitäten und einer eigenen Gerichtsbarkeit, das ein »Europa von 500 Millionen Menschen beschützen« sollte. (Miguel Serrano – *Das goldene Band*, 1987, 117)

[69] Ebenda: 264

[70] Miguel Serrano – *Adolf Hitler el Ultimo Avatara*, 1983, 96

[71] Miguel Serrano – *Das goldene Band*, 1987, 171/172

[72] Ebenda: 245

[73] Ebenda: 268

[74] Miguel Serrano – *Manu*, 1991, 37

[75] Ebenda: 38

[76] Miguel Serrano – *Das goldene Band*, 1987, 168

[77] Ebenda: 125

[78] Ebenda: 257/258

[79] Ebenda: 278

[80] Ebenda: 264

[81] Miguel Serrano – *Adolf Hitler el Ultimo Avatara*, 1983, 488/489

[82] Miguel Serrano – *Das goldene Band*, 1987, 257/258

[83] Miguel Serrano – *Manu*, 1991, 43

[84] Miguel Serrano – *Das goldene Band*, 1987, 342/343

[85] Ebenda: 101

[86] Miguel Serrano – *El/Ella*, 1982, 10

[87] Miguel Serrano – *Memorias de Él y Yo* – Bd. III, 279

[88] Gemeint ist hier der unzerstörbare Vajra-Kaya (Diamantkörper) des tibetischen Buddhismus.

[89] Miguel Serrano – *Manu*, 1991, 106 f.

[90] Miguel Serrano – *Das goldene Band*, 1987, 34

[91] In *Adolf Hitler el Ultimo Avatara* bezieht sich Serrano auf Siegfried Adolf Kummer (geb. 1899), der einen arische Runen-Yoga gelehrt habe. Es wäre interessant, ob nicht Serranos System von Kummer beeinflusst wurde, der 1927 eine Runenschule (»Runa«) in Dresden gründete. Kummers Runenmagie fand nicht die Billigung von Karl Maria Wiligut. (Nicholas Goodrick-Clarke – *Die okkulten Wurzeln des Nationalsozialismus*, 143)

[92] Miguel Serrano – *Das goldene Band,* 1987, 366
[93] Rüdiger Sünner – *Schwarze Sonne*, 50
[94] Miguel Serrano – *Das goldene Band,* 1987, 32
[95] Ebenda: 32
[96] Miguel Serrano – *Memorias de Él y Yo* – Bd. IV, 192
[97] Miguel Serrano – *Adolf Hitler el Ultimo Avatara*, 1983, 110. Nach Serrano teilt der Kaula-Tantrismus die Menschheit in drei Gruppen ein: »Den *pashu* (Untermensch), den *virya* (heldischen Mensch) und *divja* (Gottmensch) oder aber Tiermensch, Held und göttlicher Siddha (unterblich Gewordener).« (Miguel Serrano – *Das goldene Band,* 1987, 101)
[98] Narendra Nath Bhattacharyya – *History of the Tantric Religion*, 296 f.
[99] Miguel Serrano – *Das goldene Band,* 1987, 330
[100] Ebenda: 327
[101] Ebenda: 296
[102] Ebenda: 328
[103] Die Kundalini-Energie wird von Serrano auch mit der Vril-Kraft gleichgesetzt.
[104] Miguel Serrano – *El/Ella,* 1982, 11 f.
[105] Miguel Serrano – *Manu,* 1991, 145
[106] Miguel Serrano – *Das goldene Band,* 1987, 289. Dadurch, dass der Mann sein Sperma beim Sexualakt nicht verliert, kann er die *Gynergien* der Frau gänzlich in sich hineinsaugen. »Wenn die Frau nicht empfängt«, so Serrano, »dann gibt sie! Aus ihrer Haut gibt sie Stoffe ab, eine geballte Energie, die dich sättigt und in dein Blut und Herz eindringt.« (Miguel Serrano – *El/Ella,* 1982, 15) Verliert der Mann jedoch beim Sexualakt sein Sperma, dann wird er durch das Weibliche verschlungen: »Die Spinne verschlingt das Männchen, das sie befruchtet, die Bienen bringen die Drohnen um, die furchterregende Mutter trägt das männliche Fortpflanzungsorgan an ihren Hals gebunden. Alles Weibliche verschlingt, jede Stute, Mutter, Göttin oder Frau. Auf die eine oder andere Art wird der Mann verzehrt.« (13) Die Illusionswelt (*maya*) hat dann weiter ihre Geltung: »Solange sich der Samen wie ein Fluss sich nach außen ergießt, wird das Spiel der trügerischen Erscheinungen fortgesetzt.« (13) Der männliche Samen ist *Bodhicitta* – zu Materie gewordener Erleuchtungsgeist: »Der Samen ist der sichtbare Aspekt der großen Kraft, an der auch du teilhast. Er ist Stoff gewordene OM. Er ist der Klang und die Bewegung der Sonne in deinem Blut. Er ist auch Wort, worüber du verfügst, um mit den Göttern zu verkehren. Du musst ihn aufbewahren, wenn du in Agarthi eintreten und das Ewige Leben finden willst.« (14)
[107] Miguel Serrano – *El/Ella,* 1982, 13
[108] Miguel Serrano – *NOS,* 1984, 11
[109] Ebenda: 147 f.
[110] Ebenda: 140
[111] Miguel Serrano – *El/Ella,* 1982, 54
[112] Ebenda: 87
[113] Miguel Serrano – *Adolf Hitler el Ultimo Avatara*, 1983, 111
[114] Während Serrano seine mystische Physiologie aus der Tantrismus ableitet, baut er sich die verschiedenen magischen Handzeichen (*mudras*), Körperhaltungen und Körperstellungen, mit denen er seine inneren Energieströme leitet, aus dem Runenalphabet auf. Er orientiert sich also an einem Runen-Yoga, der – in welcher Form auch immer – schon unter den Okkultisten im Umkreis des SS-Ahnenerbes praktiziert wurde. »Wotan«, so Serrano, »ist der Meister des Runen-Yoga, während Shiva der Meister des Tantra-Yoga ist.« (Miguel Serrano – *Manu,* 1991, 81)
[115] Miguel Serrano – *Das goldene Band,* 1987, 110
[116] Ebenda: 294
[117] Ebenda: 298
[118] Ebenda: 299
[119] Ebenda: 299/300
[120] Ebenda: 331
[121] Ebenda: 366
[122] Ebenda: 336
[123] Ebenda: 25
[124] Isidro Palacio – »Interview mit Miguel Serrano« – in: *Reportaja* Aug. 1990, 4

[125] Miguel Serrano – *Memorias de Él y Yo* – Bd. III, 269
[126] Ebenda: 269
[127] Ebenda: 269
[128] Ebenda: 269
[129] Ebenda: 269
[130] In dem Hundebuch von Toyoharu Kojima und Tetsu Yamazaki (*Hunde* – Berlin 1998) ist zu lesen, dass der Lhasa-Apso-Hund von den Dalai Lamas traditionsgemäß als ganz besonderes Geschenk an »Herrscher«, insbesondere an die chinesischen Kaiser überreicht wurde. Man glaubte auch, dass sich in ihnen die Seelen verstorbener Menschen reinkarnieren würden.
[131] Karl E. Meyer und Shareen Blair Brysac – *Tournaments of Shadow*, 520
[132] Miguel Serrano – *Memorias de Él y Yo* – Bd. IV, 301
[133] Miguel Serrano – *Memorias de Él y Yo* – Bd. III, 275
[134] Ebenda: 280
[135] Ebenda: 277
[136] Ebenda: 281
[137] Ebenda: 277
[138] Ebenda: 281
[139] Ebenda: 277
[140] Ebenda: 278
[141] Miguel Serrano – *Das goldene Band,* 1987, 31. In Amerika übernahmen diese Rolle die Indianer: »Die Rothäute wie die Tibeter wurden damit beauftragt, die Eingänge der geheimen Städte der Weißen Götter und des Inneren der Erde zu bewachen.« (Miguel Serrano – *Adolf Hitler el Ultimo Avatara*, 1983, 369)
[142] Miguel Serrano – Das goldene Band, 1987, 32
[143] Miguel Serrano – *Manu,* 1991, 87
[144] Nicholas Goodrick-Clarke – *Hitler's priestess*, 221 f.
[145] Hoffmann, Dirk – »Interview with David Tibet« – in: *Zillo* – Apr/May/Jun 1994
[146] David Tibet and CURRENT 93 – Album »Swastikas for Noddy« – 1987
[147] David Tibet and CURRENT 93 – Album »I have a spezial plan for the world«
[148] Siehe hierzu: Victor und Victoria Trimondi – *Der Schatten des Dalai Lama*, 222 ff.
[149] David Tibet and CURRENT 93 – Album »I have a special plan for the world«

Das Ideengebäude der Nazi-Visionäre und das Kalachakra-Tantra

[1] Heinrich Harrer – *Sieben Jahre in Tibet,* 1976, 249 f.
[2] Dalai Lama XIV. – *Gewagte Denkwege*, 204 f.
[3] Volker Zotz – *Auf den glückseligen Inseln*, 220
[4] Die »Ethik« des Mahayana-Buddhismus, die das »Mitgefühl für alle leidenden Wesen« fordert, ist ebenfalls nicht auf eine »Sozialethik« hin ausgerichtet, sondern setzt sich für die »Erleuchtung aller Menschen« ein, d. h. für ihre Loslösung aus der Realität, die als Scheinwelt (*Samsara*) angesehen wird. Ethik würde im abendländischen Sinne jedoch die normative Strukturierung des Samsara bedeuten. Erst im so genannten »engagierten Buddhismus« der letzten 30 Jahre werden solche gesellschaftlich-orientierten Postulate zum Ausdruck gebracht.
[5] Volker Zotz – *Auf den glückseligen Inseln*, 225
[6] Ebenda: 227
[7] Ebenda: 227/228
[8] Ebenda: 228
[9] Kimberley Cornish – *Der Jude aus Linz*, 188, 189, 194, 340
[10] Volker Zotz – *Auf den glückseligen Inseln*, 223/224
[11] Ebenda: 224
[12] Stephen T. Butterfield – *The Double Mirror*, II
[13] Dalai Lama XIV. – *Kâlachakra-Tantra*, 251
[14] Miguel Serrano – *Das goldene Band,* 1987, 299 f.

[15] Gerhardt W. Schuster – *Das alte Tibet*, 6 (Vorwort)
[16] Ebenda: 120
[17] Geoffrey Samuel – *Civilized Shamans – Buddhism in Tibetan Societies* – Washington u. a. 1993
[18] Sigmund Freud – »Animismus, Magie und Allmacht der Gedanken« – in: Derselbe – *Totem und Tabu*, 90
[19] Edgar Dacqué – *Das verlorene Paradies*, 1953, 11 (Erstauflage 1938)
[20] Ebenda: 13
[21] Ebenda: 48
[22] Klaus Vondung – *Magie und Manipulation*, 7
[23] Trevor Ravenscroft – *Der Kelch des Schicksals*, 11
[24] www.kalachakra-graz.at (10. 5. 2001)
[25] www.bmwa.gv.at/news/2001/10/2fla.htm
[26] Edwin Bernbaum – *Der Weg nach Shambhala*, 129
[27] John Ronald Newman – *The outer wheel of time: Vajrayana buddhist cosmology in the Kalacakra Tantra* – Madison 1987 – Übersetzungen des Shri Kalachakra und Pundarika – *Vimalaprabhā – nāmamūlatantrānusāriṇi-dvādasasāhasrikālagukālacakratantrarājaṭikā*
[28] Einige Literaturangaben zum *Kalachakra-Tantra* in westlicher Sprache: Biswanath Banerjee – *Über das Lokadhatu Patala – I. Kapitel des Laghu-Kalacakra-Tantra-Raja* – München 1959; Alexander Berzin – *Kalachakra Tantra – Das Rad der Zeit – Geschichte, Wesen und Praxis des bedeutendsten tantrischen Initiationsrituale des tibetischen Buddhismus* – Bern, München, Wien 2002; Martin Brauen – *Das Mandala – Der heilige Kreis im tantrischen Buddhismus* – Köln 1992; Barry Bryant – *The wheel of Time Sand Mandala: Visual Scripture of Tibetan Buddhism* – New York 1992; Dalai Lama I – *Selected Works – Bridging the Sutras and the Tantras* – (Hrsg. Glenn H. Mulliñ) – Ithaka 1985; Dalai Lama XIV. – *Kâlachakra-Tantra – Der Einweihungsritus – Der Ritualtext von Kädrup Geleg Pälsangpo mit detaillierten Erläuterungen des Vierzehnten Dalai Lama Tenzin Gyatso* – Herausgegeben, aus dem Tibetischen übersetzt und mit einer Einführung versehen von Jeffrey Hopkins – Berlin 2002; Lharampa Ngawang Dhargyey – *A Commentary on the Kalachakra Tantra* – New Delhi 1985; Lhundop Sopa (Geshe), Roger Jackson und John Newman – *The wheel of time, the Kalachakra in context* – Madison 1998; Gen Lamrimpa (Lobsang Jampal Tenzin) – *Transcending Time, an Explanation of the Kalachakra Six-Session Guru Yoga* – 1999; Michael Henss – *Kalachakra – Ein tibetisches Einweihungsritual* – Zürich 1985; Helmut Hoffmann – *Religionen Tibets – Bon und Lamaismus in ihrer geschichtlichen Entwicklung* – Freiburg u. a. 1956; Naropa (a cura di Ranieri Gnoli e Giacomella Orofino) – *Iniziazione – Kalacakra* – o. O. 1994; Jamgön Kongtrul Lodrö Tayé – *Myriads Worlds – Buddhist Cosmology in Abhidharma, Kalacakra and Dzog-chen* – Ithaca u. a. 1995; Victor und Victoria Trimondi – *Der Schatten des Dalai Lama – Sexualität, Magie und Politik im tibetischen Buddhismus* – Düsseldorf 1999
[29] www.berzinarchives.com
[30] Die englische Übersetzung des *Shri Kalachakra* stammt aus John Ronald Newman – *The outer wheel of time,* Madison 1987. Wenn wir den Originaltext zitieren, folgen wir seiner Arbeit.
[31] Michael Henss – *Kalachakra*, 32
[32] In: Edwin Bernbaum – *Der Weg nach Shambhala*, 255
[33] Jean Marquès-Rivière (Rivière) – *Kalachakra*, 10 f.
[34] Martin Brauen – *Das Mandala*, 21
[35] Eine detaillierte Darstellung der Kalachakra-Kosmografie und seiner unterschiedlichen Bedeutungsgehalte, versehen mit vielen graphischen Darstellungen, findet sich in: Martin Brauen – *Das Mandala.*
[36] Die *stella polaris*, metaphysisches Orientierungsgestirn für die nach Norden blickenden *Les Polaires*, für Julius Evola und für die »SS-Mystiker« stand für sie symbolisch im Zentrum eines sich drehenden Hakenkreuzes, welches die Himmelsbewegungen nachvollzog.
[37] Miguel Serrano – *NOS,* 1984. Siehe Abbildungen auf den Seiten 14, 48, 82, 106, 134, 144.
[38] Martin Brauen – *Das Mandala*, 22
[39] John Ronald Newman – *The outer wheel of time*, 472/475 f.
[40] »Kalachakra and Western Science« – in: www.berzinarchives.com/kala_hh_2.html
[41] Louis Pauwels und Jacques Bergier – *Aufbruch ins dritte Jahrtausend*, 362
[42] Ebenda: 364. Das Zitat ist nicht durch eine Quelle belegt.
[43] Heinrich Harrer – *Sieben Jahre in Tibet,* 1984, 190
[44] Jean Marquès-Rivière (Rivière) – *Kalachakra*, 18. »Die Beschwörung des Königreichs Shambhala hatte und hat immer noch einen außergewöhnlichen Widerhall im buddhistischen Asien, soweit es unter tibetischem

Einfluss stand. Hier erscheint das Bild eines mysteriösen Landes, ein ganz besonderes Zentrum der Spiritualität, ein mystisches Heiligtum, dessen Priesterkönig einer äußerst geheimen Initiation zuzurechnen ist. [...] Geschützt durch kreisförmig angeordnete hohe Bergketten, für Menschen unzugänglich, so bleibt das heilige Königreich Shambhala verborgen und unberührbar für die degenerierten und dekadenten Völker, die zur Zeit die Erde bewohnen. Es ist der gesegnete und privilegierte Sitz, den einige wenige Auserwählte innerhalb und außerhalb ihres Körpers erreichen können.« (9)

[45] Ebenda: 13

[46] Ebenda: 36

[47] Ebenda: 89. Zu den übernormalen Kräften: »Die 24 Herrscher der Königreiche, welche Shambhala umgeben, besitzen nach einer Tradition einen Zauberstab, der sie befähigt unmittelbar Botschaften dorthin zu senden, wohin sie es wünschen.« (215)

[48] Ebenda: 77 Jean Marquès-Rivière weiß: »Millionen von Asiaten haben an die Existenz und die Realität von Shambhala geglaubt und glauben immer noch daran; dieser Glaube rechtfertigt, erklärt und integriert ihre menschlichen Aktivitäten und Bedingungen.« (11) Auf Seite 16 heißt es: »In diesen verlassenen Teil Zentralasiens, trotz des industriellen Eindringens des kommunistischen Chinas noch einer der geheimnisvollsten unseres Planeten, haben die asiatischen Traditionen ihre Legenden und ihre Träume festgemacht. Für eine gewisse Anzahl von Lamas residiert dort das geheimnisvolle Königreich Shambhala.«

[49] Dabei handelt es sich um einen aus feinem Sand zusammengesetzten magischen Kreis, mit dem die buddhistischen Zeitgötter evoziert werden sollen.

[50] Dalai Lama XIV. – *Sehnsucht nach dem Wesentlichen*, 117 f. An einer anderen Stelle führt der Kirchenfürst aus: »Gleichgültig, ob Shambhala ein Ort auf diesem Planeten ist, oder nicht, so kann er dennoch nur von denen gesehen werden, deren Geist und karmische Tendenzen rein sind.« (Dalai Lama in: Philippe Cornu – *Handbuch der tibetischen Astrologie*, 41)

[51] Edwin Bernbaum – *Der Weg nach Shambhala*, 158

[52] Julius Evola – *Erhebung wider die moderne Welt*, 1935, 380

[53] In: Jean-Paul Lippi – *Julius Evola*, 91

[54] Michael Henss – *Kalachakra*, 29

[55] John Ronald Newman – *The outer wheel of time*, 57

[56] Michael Henss – *Kalachakra*, 31 Für die Nazi-Visionäre Wüst, Evola, Serrano und für die *Les Polaires* hatte dieses »Rad der Lehre« die Form eines Hakenkreuzes, im Lamaismus dagegen trägt es acht Speichen.

[57] Edwin Bernbaum – *Der Weg nach Shambhala*, 53

[58] Robert A. Thurman – *Revolution von Innen*, 160, F. 11

[59] Robert A. Thurman – »Tibet Konferenz Bonn 1996« – (Tonbandaufnahme)

[60] Robert A. Thurman – *Revolution von Innen*, 31

[61] Wilhelm Landig – *Götzen gegen Thule*, 697

[62] Rudolf J. Mund – *Jörg Lanz v. Liebenfels und der Neue Templer Orden*, 1976, 196

[63] John Ronald Newman – *The outer wheel of time*, 633–638

[64] Michael Henss – *Kalachakra*, 31

[65] Edwin Bernbaum – *Der Weg nach Shambhala*, 253. Sogar schon in den unteren sieben Einweihungen des *Kalachakra-Tantras* wird die Rolle des Chakravartins angesprochen. »In Entsprechung zu einem König der Welt«, heißt es in einem Kommentar, »der alle vier Kontinente durch ein mit Juwelen besetztes Rad beherrscht, erhält der Schüler anschließend ein Rad.« (Dalai Lama XIV. – *Kâlachakra-Tantra*, 131)

[66] In: Edwin Bernbaum – *Der Weg nach Shambhala*, 30

[67] Nicholas Roerich – *Shambhala*, 218. Solche martialischen Shambhala-Phantasien von Endzeitmassakern mögen dazu beigetragen haben, dass Nicholas Roerich von der rechtsextremen Szene für sich in Anspruch genommen wird: »Auf der Welt gibt es cirka 10.000 Eingeweihte, die wissen, wie man nach Shambhala kommt. Einer von ihnen war der Wolgadeutsche [?!] Nicholas Roerich«, heißt es in der Zeitschrift *Innere Erde Gemeinschaft*. (*Innere Erde Gemeinschaft* – I. E. G. – Mai 1996, 7)

[68] Jean Marquès-Rivière – *Kalachakra*, 37/ 53

[69] Ebenda: 9

[70] Alexander Berzin – *Kalachakra*, 6

[71] Michael Henss – *Kalachakra*, 33

[72] Miguel Serrano – *Das goldene Band*, 1987, 269 f.

[73] Heiner Gehring – *Abenteuer Innere Erde*, 169

[74] John Ronald Newman – *The outer wheel of time*, 164. Siehe auch: Edwin Bernbaum – *Der Weg nach Shambhala*, 89
[75] In: John Ronald Newman – *The outer wheel of time*, 587.
[76] Die Namen sind: Matsya, Kûrma, Varâha, Narahari (Narasimha), Vâmana, Yâmadagni (Parasurama), Rama und Krishna. (Shri Kalachakra I. 153)
[77] Edwin Bernbaum – *Der Weg nach Shambhala*, 90
[78] Khamtrul Rinpoche – www.kalachakra.com/Shambhala/Vision/Vision.htm
[79] Edwin Bernbaum – *Der Weg nach Shambhala*, 90
[80] Wilhelm Landig – *Götzen gegen Thule*, 631
[81] Edwin Bernbaum – *Der Weg nach Shambhala*, 52 f.
[82] John Ronald Newman – *The outer wheel of time*, 634
[83] Edwin Bernbaum – *Der Weg nach Shambhala*, 252. Der 35. Reting Rinpoche war der Regent, der 1939 Ernst Schäfer ein oben zitiertes Schreiben an Hitler mitgab.
[84] Institut für Zeitgeschichte – München: Jacobsen – ZS 77 – 718/52 – 00018
[85] Bundesarchiv Koblenz: Himmler NL 126/9, Nr. 235
[86] Pundarika – *Vimalaprabhā* – in: John Ronald Newman – *The outer wheel of time*, 543
[87] Edwin Bernbaum – *Der Weg nach Shambhala*, 251 f.
[88] Ebenda: 253
[89] Alexander Berzin – *Kalachakra*, 72. Siehe hierzu auch die Buddhistin Sally Sheridan: »Tibet, Shambhala and Ufo's« – unter: www.termisoc.org/~moosie/ufo/txt/civ/143.htm
[90] Jean Marquès-Rivière (Rivière) – *Kalachakra*, 53
[91] Claude B. Levenson – *Dalai Lama*, 305
[92] Jan van Helsing – *Geheimgesellschaften – Teil 2*, 26
[93] www.berzinarchives.com/holy_war_long.html »Holy Wars in Buddhism and Islam: The Myth of Shambhala«. Siehe dort auch die Zuordnung der verschiedenen Kriegsteilnehmer zu Bewusstseinsformen.
[94] Ebenda
[95] Olivier Carré – *Mystique et Politique*, 141
[96] www.berzinarchives.com/holy_war_long.html
[97] Julius Evola – *Erhebung wider die moderne Welt*, 1935, 115; Siehe dazu: Bundesarchiv: NS – 19 – 1848 – 33
[98] Newman ist der Meinung, mit »der im weißen Gewand« sei ein Sufi gemeint oder vielleicht auch der Erzengel Gabriel. (John Ronald Newman – *The outer wheel of time*, 608 f.)
[99] Ebenda: *Shri Kalachakra* I 154. Strittig ist die Frage, ob mit »die Familie der dämonischen Schlangen« nur der Islam gemeint ist, da alle genannte Religionshalter auch im Koran genannt werden, oder ob jede einzelne Religion (Judentum, Christentum, Islam, Manichäismus, Ismaeliten) gemeint sind.
[100] Ebenda: *Shri Kalachakra* I 160/161/162
[101] Winfried Petri – *Indo-tibetische Astronomie*, 107
[102] Biswanath Banerjee – *Über das Lokadhatu Patala*, 52
[103] Agehananda Bharati – *Die Tantra-Tradition*, 23
[104] Sandro Consolato – *Julius Evola e il Buddhismo*, 214
[105] Hugo Stamm – *Im Bann der Apokalypse*, 106 ff.
[106] John Ronald Newman – *The outer wheel of time*, 595. Padmini bezeichnet Adam, Henoch, Abraham als Dämonen und die anderen (Jesus usw.) als Angehörige der Schlangenfamilien. Der Mahdi wird von ihm als eine Emanation Mohammeds bezeichnet. (595) Buston spricht vom Land Mohammeds als der Wohnstätte der »Dämonenhorden«. (597)
[107] Ebenda: 619. John Ronald Newman erwähnt als Stellen: *Shri Kalachakra* I. 156 und V. 49 sowie Pundarika – *Vimalaprabhā* I. 4. 1.
[108] Ebenda: 623/630. Hari wird von einigen Kommentatoren des *Kalachakra-Tantra* auch mit dem Gott Indra gleichgesetzt. (631)
[109] Edwin Bernbaum – *Der Weg nach Shambhala*, 89
[110] »Prayer of Shambhala« – in: www.berzinarchives.com/kala_shambh_pr.htm – und »Method for Actualizing the Complete Symbolic World of Enlightening Body, Speech an Mind of an All-Around Perfect Kalacakra , Cycles of Time« – in: www.berzinarchives.com/KC_b_s_m.html
[111] Wahrscheinlich sahen die Kalachakra-Buddhisten die Lehren der *Veden* nur für eine bestimmte historische Epoche als gültig an und konnten deswegen behaupten, dass der Buddha sie gelehrt habe. Gemeint sein kann

hier auch nicht der historische Buddha, sondern eine seiner Vorinkarnationen.
112 Indien wird im Kalachakra-Kommentar Pundarikas als das »Land der Arier« angesprochen. (John Ronald Newman – *The outer wheel of time*, 359)
113 Ebenda: 311
114 Ebenda: 299
115 www.berzinarchives.com/holy_war_long.html
116 Die periodische Rückkehr des Grals »in das irdische Zentrum der Bruderschaft – nach Shambhala, der ›Stadt des Glücks‹« – ist ein in den letzten Jahren immer wieder auftretendes Motiv in pro-lamaistischen Kreisen. (Wilhelm Augustat – *Das Geheimnis des Nicholas Roerich*, 114)
117 Edwin Bernbaum – *Der Weg nach Shambhala*, 100
118 Ebenda: 101 f.
119 Ebenda: 101
120 Ebenda. Für Anhänger von Nicholas Roerich offenbart sich der Shambhala-Herrscher als der westliche Gralskönig, der den heiligen Stein in Besitz hat und der vor Jahrhunderten in die Verdeckung nach Tibet ausgewandert ist. Jetzt kehrt er zurück, Boten kündigen ihn an. Echte Gralsritter seien bereits unerkannt auf der ganzen Erde inkarniert. Man ist in diesen Kreisen sogar der Meinung, Roerich selber habe zeitweise den Gral gehütet und ihn dann auf seiner Asienreise nach *Shambhala* zurückgebracht, von wo er ursprünglich herstamme. (Wilhelm Augustat – *Das Geheimnis des Nicholas Roerich*, 114)
121 Wolfgang Storch (Hrsg.) – *Auf der Suche nach dem Gral*, 107
122 Ebenda: 5
123 Bruno Zoratto (Hrsg.) – *Julius Evola nei Documenti Segreti dell'Ahnenerbe*, 25 – Rückübersetzung aus dem Italienischen.
124 Edwin Bernbaum – *Der Weg nach Shambhala*, 161
125 Heiner Gehring – *Abenteuer Innere Erde*, 21. Die rechtsextreme Zeitschrift *Innere Erde Gemeinschaft* glaubt Ähnliches: »Der Dalai Lama gilt als Abbild des Priesters Johannes in der äußeren Welt. Das kann nur bedeuten, der Dalai Lama ist der Stellvertreter des Königs der Welt auf der äußeren Erde.« (*Innere Erde Gemeinschaft* – Mai 1996, 8)
126 Diese betreffen unter anderem die im *Vinayapitaka* aufgeschriebenen Mönchsregeln.
127 Dalai Lama XIV. – *Kâlachakra-Tantra*, 363/364
128 Victor und Victoria Trimondi – *Der Schatten des Dalai Lama*, 111 ff.
129 Dalai Lama XIV. – *Kâlachakra-Tantra*, 364 f. Stellt sich ein Schüler gegen die »amoralischen« Handlungen, die das Kalachakra-Ritual fordert, dann verletzt er seine Grundgelübde. (Lharampa Ngawang Dhargyey – *A Commentary on the Kalachakra Tantra*, 25)
130 Robert A. Paul – *The Tibetan Symbolic World*, 169
131 David E. Kaplan und Andrew Mashall – *AUM*, 62
132 Volker Zotz – *Auf den glückseligen Inseln*, 224
133 Dalai Lama XIV. – *Kâlachakra-Tantra*, 366
134 Ebenda: 365
135 In: Jean-Paul Lippi – *Julius Evola*, 91
136 Gen Lamrimpa (Lobsang Jampal Tenzin) – *Transcending Time*, 180
137 Dalai Lama XIV. – *Kâlachakra-Tantra*, 151
138 Pundarika – *Vimalaprabhā* – in: John Ronald Newman – *The outer wheel of time*, 266 f.
139 Sofia Stril-Rever – *Tantra de Kâlachakra*, 368
140 Gen Lamrimpa (Lobsang Jampal Tenzin) – *Transcending Time*, 68
141 Wir haben uns in *Der Schatten des Dalai Lama* ausführlich mit diesen Praktiken auseinander gesetzt und konnten zeigen, dass sich dort die Sexualsymbolik auf allen Ebenen des Rituals widerspiegelt: In der Architektur der Mandalas, in den sakralen Bildern, in der Kosmologie, in der inneren Physiologie des ausführenden Kalachakra-Meisters und so weiter.
142 Pundarika – *Vimalaprabhā* – in: John Ronald Newman – *The outer wheel of time*, 315. Zur Übergabe des »geheimen Opfers« (eines Mädchens) siehe: Gen Lamrimpa (Lobsang Jampal Tenzin) – *Transcending Time*, 69 und Naropa – *Iniziazione*, 190.
143 Lharampa Ngawang Dhargyey – *A Commentary on the Kalachakra Tantra*, 8–12
144 Ebenda: 25/27
145 Gen Lamrimpa (Lobsang Jampal Tenzin) – *Transcending Time*, 129

[146] Dalai Lama XIV. – *Kâlachakra-Tantra*, 35. Ausführliche und sehr konkrete Darstellung der Sexualriten im *Kalachkra-Tantra* siehe: Naropa – *Iniziazione*, 187 ff.
[147] Lharampa Ngawang Dhargyey – *A Commentary on the Kalachakra Tantra*, 8–10/27. Ngawang Dargyey behauptet, dass es auch Frauen möglich sei, die höheren Einweihungen zu erhalten. Sie müssen sich aber dann in der »männlichen« Form der Kalachakra-Gottheit imaginieren.(10) – Gen Lamrimpa (Lobsang Jampal Tenzin) – *Transcending Time*, 131 ff. Nach Naropa legt der Guru seinen Phallus in den Mund des Schülers. (Naropa – *Iniziazione*, 188) Dalai Lama XIV. – *Kâlachakra-Tantra*, 36 f.: Dort wird auf die Benutzung eines »implosiven« Orgasmus eingegangen: »Bei einer dieser Methoden macht man sich die Glücksempfindungen des Orgasmus zunutze (ohne allerdings einen Samenerguss zuzulassen), um die gröberen Bewusstseinsebenen aufzulösen und so eine Manifestation der subtilsten Bewusstseinsebenen zu ermöglichen.«
[148] Gen Lamrimpa (Lobsang Jampal Tenzin) – *Transcending Time*, 135 ff. Manchmal ist auch von acht Frauen die Rede plus einer zentralen Frau, die jedoch die eigentliche Zeitgöttin Vishvamata in zwei Aspekten darstellt, sodass wiederum die Zahl 10 gewährleistet ist.
[149] Naropa (a cura di Ranieri Gnoli e Giacomella Orofino) – *Iniziazione*, 189. Siehe auch: Alex Wayman – *The Buddhist Tantras*, 196
[150] John Ronald Newman – *The outer wheel of time*, 267
[151] Michael von Brück – *Religion und Politik im tibetischen Buddhismus*, 152 F. 216
[152] Gen Lamrimpa (Lobsang Jampal Tenzin) – *Transcending Time*, 185. Der »Zentralkanal« ist nach tantrischer Sicht der Hauptenergieleiter im Körper des Menschen.
[153] Naropa (a cura di Ranieri Gnoli e Giacomella Orofino) – *Iniziazione*, 82
[154] Ebenda: 204
[155] Dalai Lama XIV. – *Kâlachakra-Tantra*, 308
[156] In: John Ronald Newman – *The outer wheel of time*, 431
[157] Kongtrul Lodrö Tayé – *Myriads Worlds*, 177
[158] Barry Bryant – *The wheel of Time Sand Mandala*, 157
[159] Glenn H. Mullin – *The Practice of Kalachakra* – Ithaca 1991, 243
[160] Dalai Lama XIV. – *Kâlachakra-Tantra*, 182
[161] Julius Evola – *Metaphysik des Sexus*, 1983, 409
[162] Miguel Serrano – *Das goldene Band*, 1987, 338 und *El/Ella*, 1982, 10
[163] In: John Ronald Newman – *The outer wheel of time*, 382 f. Siehe auch: 247
[164] Ebenda: 237
[165] David Snellgrove – *Indo-Tibetan Buddhism* – Bd. I, 143
[166] Julius Evola – *L'uomo come potenza*, 1926, 304
[167] Miguel Serrano - *Memorias de Él y Yo* - Bd. III, 163
[168] Dalai Lama XIV. – *Kâlachakra-Tantra*, 74
[169] Michael Henss – *Kalachakra*, 74
[170] Alexander Berzin – *Kalachakra*, 37
[171] Ebenda: 78
[172] Dalai Lama XIV. – *Kâlachakra-Tantra*, 41/90 ff., 112 ff.
[173] Miguel Serrano – *Manu*, 1991, 91. Serrano nennt diesen Yoga »Crucifixión de Baldur-Wotan«
[174] Louis Pauwels und Jacques Bergier – *Aufbruch ins dritte Jahrtausend*, 1979, 342
[175] Miguel Serrano – *Das goldene Band*, 1987, 342
[176] Jean Robin – *Hitler l'élu du dragon*, 227
[177] In: John Ronald Newman – *The outer wheel of time*, 471
[178] Kongtrul Lodrö Tayé – *Myriads Worlds*, 41
[179] Gen Lamrimpa (Lobsang Jampal Tenzin) – *Transcending Time*, 150
[180] Miguel Serrano – *NOS*, 1984. Siehe Abbildungen auf den Seiten 14, 48, 82, 106, 134, 144.
[181] Naropa (a cura di Ranieri Gnoli e Giacomella Orofino) – *Iniziazione*, 272
[182] Günter Grönbold – *Sad-Anga-Yoga – Ravisrijnana's Gunabarani nama Sadangayogatippani mit Text, Übersetzung und literaturhistorischem Kommentar* – München 1969, 74
[183] Helmut Hoffmann – »Das Kalacakra, die letzte Phase des Buddhismus in Indien« – in: *Saeculum* – Bd. 15 – Freiburg 1964, 128
[184] Albert Grünwedel (Originalmanuskript) – *Kalacakra-Tantra Raja – Der König der Magie des Zeitrades (rotae fatalis)* – in Sanskrit und Tibetisch hrsg. und mit deutscher Analyse und Wortindex versehen von A.

Grünwedel – München, Nachlass in der Bayer. Staatsbibliothek, o. J.. Kalacakra I, 37.

[185] Ende der 1920er-Jahre kam Jean Marquès-Rivière, damals noch Mitglied der *Les Polaires*, ebenfalls auf einen tibetischen Finsternisgott, der den Namen Kala-Nag trug, zu sprechen und der von ihm sowohl der »Zeit« als auch der »Sonne« zugeordnet wird. In René de Nebesky-Wojkowitz' ausführlicher Monografie tibetischer Orakel und Dämonen ist der Name Kala-Nag nicht zu finden. (René de Nebesky-Wojkowitz – *Oracles and Demons of Tibet – The Cult and Iconography of the Tibetan Protective Deities* – Kathmandu 1993). Es ist deswegen nicht auszuschließen, dass mit Kala-Nag der Zeitgott des *Kalachakra-Tantra* in seinem Aspekt als Rahu angesprochen wird: »Kala-Nag«, so Marquès-Rivière, »ist ein Sanskrit-Wort, das sich aus Kala und Nag zusammensetzt. […] Kala, oder vielmehr Kal, bedeutet der höchste Geist unter dem Aspekt als Zerstörer des Universums […] Nag hat eine vielfache Bedeutung: das ist die Schlange, die Sonne, die Zahl 7, das Gebirge; das ist der Meister, der Weise, der Mensch, der über eine schreckliche Erkenntnis des Esoterischen verfügt. In sich hat es keine bösartigen Bedeutung, aber verbunden mit Kala, dem Zeichen der Finsternis, wird der Sinn fürchterlich. Das ist der Schwarze König, der Satan, der Prinzip der Differenzierung *par excellence*.« (In: Zam Bhotiva – *Lumière de Shambhala*, 118)

[186] Peryt Shou – *Das Mysterium der Zentralsonne,* 1910, 9 f. Peryt Shou mit bürgerlichem Namen Albert Schultz beschäftigte sich auch mit Buddhismusthemen und veröffentlichte 1921 *Kwah-non-seh. Die Weltreligion des Neubuddhismus* – Berlin-Pankow.

[187] Shashi Bhusan Dasgupta – *An Introduction to Tantric Buddhism*, 65

[188] In seinem 1999 erschienenen Buch *Abenteuer der inneren Erde* übernimmt Heiner Gehring Zahlen über das Mythenreich Shambhala, die aus den tibetischen Vorlagen stammen. Dieses soll 120 Millionen Städte, 12 Königreiche, 800.000 Grafschaften aufweisen. (Heiner Gehring – *Abenteuer Innere Erde*, 169)

[189] Bundesarchiv Berlin: R 135 / 57 – 151363

[190] Bundesarchiv Berlin: R 135 / 46 – 164553

[191] Peter Moon – *Die Schwarze Sonne*, 194. Das Buch erschien in einer Serie von ähnlichen Montauk-Texten. Sie alle berichten über psycho-technische Experimente, welche während des Zweiten Weltkrieges auf Long Island vor New York in einem unterirdischen Labor, das den Namen Montauk trug, durchgeführt wurden. Mittlerweile seien verschiedene Zeugen mit der Behauptung an die Öffentlichkeit getreten, sie würden die in Montauk organisierten wissenschaftliche Versuche aus eigener Anschauung kennen, da sie selber deren Objekte gewesen seien. Es habe sich dabei um Gen- und Psychomanipulationen gehandelt, verbunden mit mörderischen Zeitreisen und Menschenopfern. Die *Nazi-Tibet-Connection* spielt in mehreren dieser Texte eine bedeutende Rolle.

[192] Ebenda: 195: »Hinter dem ›Rad der Zeit‹ ist Kali oder die scharlachrote Frau, deren Menstruation die Blutmagie ist, die die gesamte Schöpfung reguliert oder ihr entspricht. Dies sind die spezifischen Sympathien, Synchronizitäten oder Formeln der Natur. Ihre Repräsentation in der weiblichen menschlichen Anatomie entspricht präzise dem überall wirkenden kreativen Prinzip des Kosmos.«

[193] Peter Moon – *Die Schwarze Sonne*, 192

[194] Moon hat offensichtlich ein kritisches Verhältnis gegenüber dem XIV. Dalai Lama: »Unter berühmten Persönlichkeiten und in bestimmten Bereichen der politischen Gesellschaft ist es in Mode gekommen, den tibetischen Buddhismus zu verehren und auf die traurige Lage des Dalai Lama zu verweisen. Obwohl daran oder am Ausdruck seines eigenen religiösen Glaubens nichts falsch ist, würde es vielen Leuten gut tun, weniger ignorant dafür zu werden, womit sie sich befassen. Viele nehmen den tibetischen Buddhismus einfach an, da er anders ist und als exotische Religion angesehen wird. Jene, die nun schnell dabei sind, den Papst abzulehnen, finden sich beim Umarmen des Dalai Lama wieder, einem Wesen, das von der gleichen zeremoniellen Pracht und Autorität umgeben ist wie der Papst.« (Ebenda: 199)

[195] Ebenda: 126

[196] Ebenda: 201

[197] Disidencias – Online Press – *Enviados de Hitler en el Tibet* – http://members.es.tripod.de/disidentes/arti74.html

[198] www.iigm.galeon.com/mas-cosas/guerra-magica.htm und www.geocities.com/Pentagon/3559/htmls/magica.htm

[199] Sandro Consolato – *Julius Evola e il Buddhismo*, 214

[200] Barry Bryant – *The wheel of Time Sand Mandala*, 27 f.

[201] Ebenda: 173

[202] www.buddhapia.com/tibet/tibetcen/sand/sand.html

[203] www.berzinarchives.com/holy_war_long.html
[204] In: Bleichsteiner – *Die Gelbe Kirche,* 1937, 104
[205] Edwin Bernbaum – *Der Weg nach Shambhala*, 26
[206] C. R. Bawden – *The Modern History of Mongolia*, 198
[207] www.berzinarchives.com/holy_war_long.html
[208] John Snelling – *Buddhism in Russia*, 96
[209] www.berzinarchives.com/holy_war_long.html
[210] John Snelling – *Buddhism in Russia*, XII
[211] Jeremy Hayward – *Heilige Welt*, 306 f.
[212] Stephen T. Butterfield – *The Double Mirror*, 93
[213] Jeremy Hayward – *Heilige Welt*, 247
[214] Kidder Smith – »Transmuting Blood and Guts: My Experiences in the Buddhist Military« – in: *Tricycle – The Buddhist Review* – Summer 2001, 74
[215] Ebenda: 73 – Bild
[216] In: Peter Bishop – *Dreams of Power*, 101
[217] *Innere Erde Gemeinschaft* (I. E. G.) – Mai 1996, 16 f.
[218] Stephen T. Butterfield – *The Double Mirror*, 4–7
[219] David E. Kaplan u. Andrew Mashall – *AUM*, 30
[220] *Tibetan Review* – Mai 1995, 9. Siehe hierzu: Victor und Victoria Trimondi – *Der Schatten des Dalai Lama*, 675 ff.
[221] Siehe hierzu: Victor und Victoria Trimondi – *Der Schatten des Dalai Lama*, 675 ff.
[222] www.webaxs.net/~noelz/lostlink/esoteric.html
[223] Martin Repp – *Aum Shinrikyo*, 30
[224] D. W. Brackett – *Holy Terror*, 66
[225] David E. Kaplan u. Andrew Mashall – *AUM*, 25
[226] D. W. Brackett – *Holy Terror*, 66
[227] David E. Kaplan u. Andrew Mashall – *AUM*, 34
[228] Ebenda: 70
[229] Ebenda: 41 / 93 / 92
[230] Martin Repp – *Aum Shinrikyo*, 35
[231] David E. Kaplan u. Andrew Mashall – *AUM*, 41
[232] Ebenda: 217
[233] Ebenda: 217
[234] Ebenda: 63 / 157
[235] David E. Kaplan und Andrew Marshall – *The Cult at the End of the World*, 218 f.
[236] http://www.unet.univie.ac.at/~a7502210/geheimb4.html
[237] Martin Repp – *Aum Shinrikyo*, 33
[238] Dalai Lama XIV. – *Kâlachakra-Tantra*, 364 f. Stellt sich ein Schüler gegen die »amoralischen« Handlungen, die das Kalachakra-Ritual fordert, dann verletzt er seine Grundgelübde. (Lharampa Ngawang Dhargyey – *A Commentary on the Kalachakra Tantra*, 25)
[239] D. W. Brackett – *Holy Terror*, 96 f.
[240] Martin Repp – *Aum Shinrikyo*, 33
[241] www.aum-shinrikyo.org/deutsch/guru/sants01.html An dem Text, der in einem sehr schlechten Deutsch im Internet steht, haben wir, ohne den Inhalt zu verändern, eine Korrektur einzelner Worte durchgeführt. Unklar ist, ob es sich bei Khamtul Rinpoche um den oben genannten Khamtrul Rinpoche handelt, der Empfänger einer Kalachakra-Vision war, wo der Dalai Lama als Rudra Chakrin auftritt.
[242] David E. Kaplan u. Andrew Mashall – *AUM*, 27 f.
[243] *Stern* – 36/1995, 126
[244] Georg Grimm – *Die Lehre des Buddho,* 1957, XLVI f.
[245] Hans Wolfgang Schumann– *Der historische Buddha*, 219
[246] Ebenda: 219
[247] Werner Gerson – *Le nazisme, société secrète*, 156
[248] www.diamondway.org/bt/unusual.htm und www.meditationclub.com/LamaOle.htm
[249] www.geocities.com/cultwatch2002/index.html - Dort sind zahlreiche Links zu finden, die auf entsprechen-

de Zitatstellen verweisen. Eine heftige Diskussion pro und contra findet in verschiedenen *Newsgroups* des Internets statt. Zu suchen unter www.google.com und dann Groups anklicken und »Ole Nydahl« eingeben.

[250] »Nydahlismus Heute Teil 3. ON's Karma Rede« – Newsgroups: de.soc.weltanschauung.buddhismus – Datum 1999/02/03. (Zu finden unter www.google.com dann Groups anklicken und eingeben »Nydahlismus Heute Teil 3.«) In diesem Dokument wird Nydahl die Frage gestellt: »Du sagst, Hass und Gier seien schlechte Eigenschaften. Soviel ich gelesen habe, ist Mitgefühl im Buddhismus sehr wichtig, wie verträgt es sich mit deinen Aussagen über die Leute in Afrika? Buddha war ja auch ein Inder, ein Ausländer. Was sind die karmischen Ursachen, wenn man als Ausländer wiedergeboren wird?« Nydahl antwortet darauf in gebrochenem Deutsch: »Tatsächlich ist es möglich, dass der Buddha aus der Ukraine kam. [...] Die Arier, wie sie genannt wurden, diese Familie, der er angehörte, kam aus der Ukraine, sind durch die alpinen Länder gezogen, wurden da zu den Kelten, ihr habt alle Blut von denen dabei, ihr habt Erbmasse von denen dabei, und dann zogen sie weiter [...] nach Nordindien, und er wird beschrieben, nicht weil es besonders viel bedeutet, wie die Leute aussehen usw., aber er wird tatsächlich beschrieben als mit blauen Augen und groß und stark. [...] Meistens denkt man, man müsse sich so etwas sehr Asiatisches, mit ausgeprägten asiatischen Zügen vorstellen, aber das scheint nicht der Fall gewesen zu sein.« - Siehe auch: Is it possible that Buddha was a Nazi? Unter: www.geocities.com/cultwatch2002/nazibuddha.html

[251] www.diamondway-buddhism.org/magazine/kl-d2304.htm - »Der Heiße Thron« - Eines von Nydahls Büchern *Riding the Tiger* (»Den Tiger reiten«) trägt den selben Titel wie Julius Evolas *Calvacare la tigre*.

[252] Ebenda

[253] ZDF-Reporter vom 10. April 2002-07-22

[254] www.diamondway.org/bt/unusual.htm

[255] www.geocities.com/cultwatch2002/idaho.html – Hier finden sich mehrere Links mit entsprechenden Zitatstellen und Querverweisen, die Ole Nydahls Verhältnis zum Islam und zur Dritten Welt behandeln.

[256] Staatsarchiv München – Staatsanwaltschaften 34878/64 – »Des Führers Buch Mein Kampf als Spiegel arischer Weltanschauung« – 17/18

[257] Ernst Schäfer – *Geheimnis Tibet,* 1943, 48

[258] *Völkischer Beobachter* – 2. 2. 1939 – Beilage *Illustrierter Beobachter* Folge 5, 130 f.

[259] Kashi Nath Upadhyaya – *Early Buddhism and the Bhagavadgita*, 531

[260] Ebenda: 529

[261] Ebenda: 532

[262] Ebenda: 532 An den frühen Reden des Buddha fällt jedoch auf, dass dort zahlreiche militärische Bilder wie »Sieger«, »Löwe« und »Schlachtenheld« benutzt werden, um die spirituelle Entwicklung eines Initianten zu beschreiben.

[263] *Spiegel* – 16/1998, 109

[264] www.berzinarchives.com/holy_war_long.html

[265] *GEO* – Nr. 5, Mai 1986, 116

[266] Edward Conze – *Eine kurze Geschichte des Buddhismus*, 90

[267] Giuseppe Tucci und Walther Heissig – *Die Religionen Tibets*, 1970, 322.

[268] A. Tom Grunfeld – *The Making of Modern Tibet*, 24

[269] F. Spencer Chapman – *Lhasa*, 1940, 192

[270] Julius Evola – *Erhebung wider die moderne Welt*, 1935, 386

[271] Otto Rahn – *Kreuzzug gegen den Gral,* 1989, 107

[272] Wilhelm Landig – *Götzen gegen Thule*, 631

[273] Jan van Helsing – *Geheimgesellschaften und ihre Macht im 20. Jahrhundert*, 28g

[274] Miguel Serrano – *Das goldene Band,* 1987, 366

[275] *Stern* – 36/1995, 126

[276] Erstaunlich ist, dass Marquès-Rivière in seinem Kalachakra-Buch erneut auf Szenarien zu sprechen kommt, die er schon 1929, als ein Mitglied der *Les Polaires*, in *A l'ombre des monastères thibétains* (»Im Schatten tibetanischer Klöster«) ausführlich und mit mystischem Schauder beschrieben hat.

[277] Jean Marquès-Rivière – *Kalachakra*, 14

[278] Mariane Kohler – *La caverne du cœur*, 35

[279] 1981 nimmt Marquès-Rivière an einer äußeren Kalachakra Einweihung im Namgyal-Kloster (Dharamsala) teil, die er in seinem Buch beschreibt. (Jean Marquès-Rivière – *Kalachakra*, 189 ff.)

[280] Ebenda: 14

[281] Ebenda: 130 (Bild)
[282] Ebenda: 15
[283] Ebenda: 63
[284] Ebenda: 64. An die Tage der *Les Polaires* erinnert auch die Kritik, die Marquès-Rivière in seinem Kalachakra-Buch an dem französischen Traditionalisten René Guénon macht. Dieser habe in *Le Roi du Monde* (1927) die Idee vom »Weltenkönig« nicht fundiert genug behandelt, da er die tibetischen Originaltexte, insbesondere aber das *Kalachakra-Tantra* nicht gekannt habe. Schwerwiegender sei jedoch die Tatsache, dass Guénon schon sehr früh unter dem Namen Abdel Wahid Yabria von einem strikten Sufi-Meister initiiert worden sei. Das habe ihn in eine Gegenstellung zum Buddhismus, insbesondere zum *Kalachakra-Tantra* gebracht, denn dieses stehe »in Opposition zum muselmanischen Denken, das als ›barbarisch‹ angesehen wird«. Man habe zwar in den 1920er-Jahren gemunkelt – so Marquès-Rivière – Guénon sei ein okkulter Bote Shambhalas gewesen. Aber unter Berufung auf die Meinung tibetischer Lamas, die er in dieser Frage konsultiert habe, könne man dem nicht zustimmen, da ohne eine Einweihung in das *Kalachakra-Tantra* keiner legitimiert sei, als äußerer Vertreter Shambhalas in Erscheinung zu treten. (Ebenda: 76)
[285] Unklar bleibt, ob Heinrich Harrer den tibetischen Buddhismus wirklich als eine »Geheimlehre« angesehen hat.
[286] *The Daily Telegraph* – 15. 8. 1998
[287] Dalai Lama XIV. – *Kâlachakra-Tantra*, 249
[288] Ebenda: 251
[289] Ludmilla Tüting – Dossier: Der Tibet-Mythos – www.tourism-watch.de/dt/16.dossier/content.html
[290] Peter Bishop – *Dreams of Power – Tibetan Buddhism in the Western Imagination* – London 1993; Thierry Dodin und Heinz Räther (Hrsg.) – *Mythos Tibet – Wahrnehmungen, Projektionen, Phantasien* – Köln 1997; Martin Brauen -*Traumbild Tibet – westliche Trugbilder* – Bern 2000
[291] Siehe hierzu speziell: Ludmilla Tüting – Dossier: Der Tibet-Mythos – Die okkulten Wurzeln der alten und neuen Nazis. Was fasziniert Rechte an Hinduismus und Buddhismus – www.tourism-watch.de/dt/16.dossier/content.html
[292] Unsere ausführliche Kritik am pro-lamaitischen Umgang mit dem »Mythos Tibet« finden Sie unter www.trimondi.de/med19 und www.trimondi.de/deba02
[293] XIV Dalai Lama – *Das Buch der Freiheit*, 312
[294] *Tagesanzeiger* (Schweiz) – 23. 3. 1998
[295] Slavo Žižek – *Das fragile Absolute*, 110 f.
[296] Miguel Serrano – *Adolf Hitler el Ultimo Avatara*, 1986, 15
[297] Jan van Helsing – *Geheimgesellschaften – Teil 2*, 1995 – Segment »Heilung«
[298] Louis Pauwels und Jacques Bergier – *Aufbruch ins dritte Jahrtausend*, 389
[299] Wilhelm Landig – *Götzen gegen Thule*, 171

Epilog

[1] Nicholas Goodrick-Clarke – *Die okkulten Wurzeln des Nationalsozialismus*, 10
[2] Es hat zudem durchaus seine eigene Logik, wenn der Reichsführer-SS Heinrich Himmler den Diktator Adolf Hitler mit dem Gott Krishna/Vishnu vergleicht, von dem es in der *Bhagavadgita* heißt: »Wie Schmetterlinge in ein flammend' Feuer / In voller Hast zum Untergange eilen, / so eilen auch zum Untergang die Menschen / in voller Hast in deine Rachen. / Du leckst und züngelst rings umher, verschlingend / die Menschen alle mit dem Flammenrachen; / die ganze Welt mit ihrem Glanz erfüllend / glühn deine fürchterlichen Strahlen Vishnu.« (XI Gesang, 29–30)
[3] Martin van Creveld – *Die Zukunft des Krieges*, 1998, 313 (engl. Ausgabe 1991)
[4] Ebenda: 314
[5] Das »as-Salam 'alaykum« kann nur zwischen gläubigen Muslimen gewechselt werden. Bei Begegnungen mit anderen Glaubensrichtungen muss erst eine Friedensvereinbarung getroffen werden.
[6] Erzählungen aus dem Leben Mohammeds
[7] Als Koranübersetzung wurde verwendet: *Der Koran – Das Heilige Buch des Islam* übertragen von Ludwig Ullmann neu bearbeitet und erläutert von L. W. Winter – München 1986.

[8] Bernard Lewis, Bassam Tibi, Peter Scholl-Latour, Hans-Peter Raddatz
[9] *Der Spiegel* – 41/2001, 163 f.
[10] Ebenda
[11] Es sind keineswegs die Unterprivilegierten, die zur Waffe im Namen ihres höchsten Gottes greifen. Der französische Soziologe Gilles Keppel hat schon Anfang der 1990er-Jahre darauf aufmerksam gemacht: »Die meisten Anhänger und Aktivisten der zeitgenössischen religiösen Bewegungen entstammen keineswegs ungebildeten Bevölkerungsschichten, sondern verfügen häufig über ein staatliches Diplom in vorwiegend technischen Studienrichtungen. Sie sehen keinen Widerspruch zwischen ihrer wissenschaftlich-technischen Ausbildung und ihrer Unterwerfung unter einen Glauben, der sich den Gesetzen der Vernunft entzieht.« (*Der Spiegel* – 41/2001, 161 f.)
[12] *Der Spiegel* – 16/1998, 109
[13] *Der Spiegel* – 41/2001, 160
[14] Es handelt sich dabei um die buddhistische Bekenntnisformel, nach der ein Schüler Zuflucht nimmt zu Buddha, Sangha (Gemeinschaft) und Dharma (Lehrer).

Die religionspolitische Debatte über den Nationalsozialismus

[1] Michael Ley und Julius H. Schoeps (Hrsg.) – *Der Nationalsozialismus als politische Religion*, 158
[2] Ebenda: 172
[3] Hier eine Literaturliste zum Thema »politische Religionen« seit den 1980er-Jahren: James Rhodes – *The Hitler Mouvement. A modern Millenarian Revolution* – Stanford 1980; Jean-Pierre Sironneau – *Sécularisation et religions politiques* – La Haye 1982; Robert Pois – *National Socialism and the Religion of Nature* – Beckenham 1986; Klaus Vondung – *Die Apokalypse in Deutschland* – München 1988; Michael Ley – *Genozid und Heilserwartung – Zum nationalsozialistischen Mord am europäischen Judentum* – Wien 1995; Hans Maier – *Politische Religionen. Die totalitären Regime und das Christentum* – Freiburg/Breisgau 1995; Emilio Gentile – *The Sacralisation of Politics in Fascist Italy* – Cambridge, Mass. 1996; Michael Ley und Julius H. Schoeps (Hrsg.) – *Der Nationalsozialismus als politische Religion* – Bodenheim 1997; Nicholas Goodrick-Clarke – *Die okkulten Wurzeln des Nationalsozialismus* – Graz 1997; Peter Berghoff, Peter – *Der Tod des politischen Kollektivs – Politische Religionen und das Sterben und Töten für Volk, Nation und Rasse* – Berlin 1997; Claus E. Bärsch – *Die politische Religion des Nationalsozialismus – Die religiöse Dimension der NS-Ideologen in den Schriften von Dietrich Eckart, Joseph Goebbels, Alfred Rosenberg und Adolf Hitler* – München 1998; Arthur P. Mendel – *Vision and Violence* – Ann Arbor 1999.
[4] Michael Burleigh – *Die Zeit des Nationalsozialismus*, 19
[5] Voegelin, Eric – *Die politischen Religionen*, 1993, 50
[6] Ebenda: 14
[7] Aber die paulinische Lehre von der *Ekklesia* als dem Leib Christi – so Voegelin – deute eine solche Verbindung zwischen Sakralität und Weltmacht auch im Christentum an: »Die Herrscherfunktion bekommt dadurch ihren Status im *corpus mysticum* und ist artmäßig nicht mehr von den Priester- und Lehrfunktionen unterschieden. Es gibt keine Grenze zwischen dem religiösen und politischen Bereich.« (Ebenda: 33)
[8] Ebenda: 64
[9] Ebenda: 53
[10] Ebenda: 57
[11] Ebenda: 57
[12] Ebenda: 53
[13] Michael Burleigh – *Die Zeit des Nationalsozialismus*, 24
[14] Eine solche transzendent-immanente Staatsform hat zum Beispiel in der Institution des Dalai Lama bis heute überlebt. Dieser ist, als das Oberhaupt eines irdischen buddhokratischen Staates, die Ausstrahlung des in der Transzendenz weilenden Bodhisattva Avalokiteshvara.
[15] Claus E. Bärsch – *Die politische Religion des Nationalsozialismus*, 375
[16] Ebenda: 370
[17] Hermann Rauschning – *Gespräche mit Hitler*, 221
[18] In: Michael Ley – *Genozid und Heilserwartung*, 196

[19] Klaus Vondung – *Die Apokalypse in Deutschland*, 87
[20] Ebenda: 208
[21] Hermann Rauschning – *Gespräche mit Hitler*, 221 f.
[22] In: Klaus Vondung – *Die Apokalypse in Deutschland*, 87
[23] In: Michael Ley – *Genozid und Heilserwartung*, 188
[24] Ebenda: 197
[25] Klaus Vondung – *Magie und Manipulation*, 7
[26] Ebenda: 7. Hitlers religiöse Motivation zeigt sich vor allem darin, dass er an erster Stelle einen Krieg gegen das »Weltjudentum« und nicht gegen die Westmächte oder den Bolschewismus führt. Er selber nimmt die Realität, wie sie ist, nicht mehr zur Kenntnis. Das hatte eine Verzerrung seiner Wahrnehmungsfähigkeiten zur Folge, wie dies General Guderian genau beobachtete: »Er [Hitler] hatte ein besonderes Bild von der Welt, und jede Tatsache hatte in dieses Phantasiebild zu passen. Die Welt hatte so zu sein, wie er sie sich vorstellte: aber in Wirklichkeit war es das Bild einer anderen Welt.« (211)
[27] Sigmund Freud – »Animismus, Magie und Allmacht der Gedanken« – in: ders. – *Totem und Tabu*, 90
[28] Klaus Vondung – *Magie und Manipulation*, 192
[29] Carl Gustav Jung – »Wotan – Sein Wiedererwachen im Dritten Reich« – in: C. G. Jung – *Gesammelte Werke* Bd. X, 210
[30] Ebenda: 209
[31] Paul J. Stern – *C. G. Jung*, 221. In der Berliner Sendung *Funkstunde* trug Jung in einem Statement zur Machtübernahme Mussolinis selber zur Deifizierung moderner Diktatoren bei. Als Beispiele für die Vergöttlichung historischer Gestalten nennt er unter anderem den Buddha und er verweist auf die »ungeheure Wertschätzung, welche die Menschheit diesen Helden und damit dem Ideal der Persönlichkeitswerdung« entgegenbringt. Er erinnert an den »Jubelruf der italienischen Nation« zur »Persönlichkeit des Duce« und fügte hinzu: »Und die Klagelieder anderer Nationen beweisen die Abwesenheit der großen Führer.« Zu dieser Aussage wurde bei einem späteren Drucklegung folgende Fußnote hinzugefügt: »Seitdem dieser Satz geschrieben wurde, hat auch Deutschland seinen Führer gefunden.« (In: Margarete Dierks – *Jakob Wilhelm Hauer*, 284)
[32] Carl Gustav Jung – »Wotan – Sein Wiedererwachen im Dritten Reich« – in: C. G. Jung – *Gesammelte Werke* Bd. X, 217. Jungs starre Archetypenlehre geht auch in anderen Fällen davon aus, dass der Mensch den Göttern (sprich: den Archetypen) nicht entrinnen kann. Diese Vorstellung macht ihn zu einem bloßen Spielball transzendenter Kräfte, zu einer Marionette und nicht etwa zu einem Partner des Göttlichen.
[33] Adolf Hitler – *Monologe im Führerhauptquartier*, 84
[34] Dies gilt selbstverständlich nicht für die mittlerweile nicht mehr überschaubare Masse von Okkultliteratur, die sich mit Nazi-Themen auseinander setzt.
[35] Nicholas Goodrick-Clarke – *Die okkulten Wurzeln des Nationalsozialismus*, 10. Eine gute Übersicht über die mehr oder weniger okkult eingestellten Ideenlieferanten der NS-Bewegung geben die beiden Bücher von Eduard Gugenberger – *Hitlers Visionäre – Die okkulten Wegbereiter des Dritten Reichs* – Wien, 2001 und *Boten der Apokalypse – Visionäre und Vollstrecker des Dritten Reichs* – Wien 2002.
[36] Nicholas Goodrick-Clarke – *Hitler's priestess: Savitri Devi, the Hindu-Aryan myth, and neo-Nazism* – New York 1998 und *Black Sun – Aryan Cults, Esoteric Nazism and the Politics of Identity* – New York, London 2002.
[37] Hannah Arendt – *Elemente und Ursprünge totaler Herrschaft*, 1955, 597
[38] Ebenda: 600
[39] Ebenda: 600
[40] Theodor Schieder – *Hermann Rauschnings »Gespräche mit Hitler« als Geschichtsquelle* – Opladen 1972
[41] Hermann Rauschning – *Gespräche mit Hitler*, 232
[42] Ebenda: 227 f.
[43] Ebenda: 230
[44] Ebenda: 232
[45] Ebenda: 262/264
[46] Ebenda: 209
[47] Adolf Hitler – *Monologe im Führerhauptquartier*, 273
[48] Nur in einer einzigen Frage machte Hitler keine Kompromisse: Die »Entmachtung« der Juden war für ihn von Beginn an Programm. Aber auch hier wird nach außen hin nicht von »Ausrottung« gesprochen.
[49] Adolf Hitler – *Mein Kampf*, 1933, 127

[50] Adolf Hitler – *Monologe im Führerhauptquartier*, 83
[51] Ebenda: 85
[52] Michael Burleigh – *Die Zeit des Nationalsozialismus*, 296
[53] Albert Speer – *»Alles, was ich weiß«*, 153
[54] Ebenda: 154. Speer meint aber auch: »Es würde sich lohnen, gerade diesen Teil intensiv zu studieren, da er für die Geisteshaltung vieler SS-Männer zweifellos Aufschluss gibt.« (153)
[55] Adolf Hitler – *Monologe im Führerhauptquartier*, 135
[56] Werner Maser – *Adolf Hitler*, 280
[57] Joachim C. Fest – *Hitler*, Bd. I, 1976, 297 f.
[58] William L. Shirer – *Aufstieg und Fall des Dritten Reichs*, 333/334
[59] Robert Wistrich – *Der antisemitische Wahn*, 252
[60] Ebenda: 252
[61] Henry Ashby Turner (Hrsg.) – *Hitler aus nächster Nähe*, 295
[62] Aber auch dieses große Interesse am Kultischen will er *verbal* nicht zugeben: »Ich möchte jedoch nicht, dass wir auf das kirchliche Gebiet gehen, eine kultische Handlung vornehmen. Das würde mir grauenhaft sein, mein ganzes Leben möchte ich nicht gelebt haben, wenn ich eines Tages wie ein Buddha dasitzen müsste!« (Adolf Hitler – *Monologe im Führerhauptquartier*, 85)
[63] Joachim C. Fest – *Hitler*, 1976, Bd. I, 525
[64] Claus E. Bärsch – *Die politische Religion des Nationalsozialismus*, 134
[65] Ebenda: 157
[66] Ebenda: 161
[67] Ebenda: 166
[68] Ebenda: 172
[69] In: Hannah Arendt – *Elemente und Ursprünge totaler Herrschaft*, 1955, 650

Allgemeine Anmerkung:
Wir haben in den meisten Fällen die Umschreibung der tibetischen, japanischen und Sanskrit-Namen und Begriffe ohne diakritische Zeichen wiedergegeben. Was die *Bhagvadgita* anbelangt, so haben wir die in der deutschen Literatur übliche weibliche Geschlechtsform gewählt, während wir bei dem *Mahabharata* und *Vishnu Purana* die originäre männliche Geschlechtsform beibehalten haben.

Literatur

Abegg, Emil – *Der Messiasglaube in Indien und Iran* – Berlin, Leipzig 1928

Ach, Manfred und Pentrop, Clemens – *Hitlers »Religion« – Pseudoreligiöse Elemente im nationalsozialistischen Sprachgebrauch* – München 1996

Ackermann, Josef – *Heinrich Himmler als Ideologe* – Göttingen u. a. 1970

Ackermann, Volker – *Nationale Totenfeiern in Deutschland: Von Wilhelm I. bis Franz Joseph Strauß. Eine Studie zur politischen Semiotik* – Stuttgart 1990

Alles, Peter – »Zur Geschichte der Beziehungen zwischen Buddhismus, Nationalismus und Staat im modernen Japan (1868-1949)« – in Peter Fischer (Hrsg.) – *Buddhismus und Nationalismus im modernen Japan* – Bochum 1979

Alveydre, Yves de – *Mission de l'Inde en Europe – Mission de l'Europe en Asie* – Paris 1886

Angebert, Jean-Michel – *Hitler et la Tradition Cathare* – Paris 1971

Arendt, Hannah – *Elemente und Ursprünge totaler Herrschaft* – Frankfurt a. M. 1955

Arnaud, Guyot-Jeannine – *Julius Evola* – Lausanne 1997

Asahara, Shoko – *Supreme Initiation. An Empirical Science for Supreme Truth* – New York 1988

Asahara, Shoko – *The Teachings of the Truth* – (5 Bände) – Fujinomiya 1991–1993

Augustat, Wilhelm – *Das Geheimnis des Nicholas Roerich – Agni Yoga und die Geheimen Lehrer* – München 1993

Bahn, Peter und Gehring, Heiner – *Der Vril Mythos – Eine geheimnisvolle Energieform in Esoterik, Technik und Therapie* – Düsseldorf 1997

Bahn, Peter – »Die Hielscher Legende – Eine panentheistische »Kirchen«-Gründung des 20. Jahrhunderts und ihre Fehldeutungen« – in: *Gnostika* Heft Nr. 19, Oktober 2001, S. 63–73

Baillet, Philippe – »Les rapport de Julius Evola avec le fascisme et le national-socialisme« – in: *Politica Hermetica* Nr. 1 – 1987, Paris, pp 49–71

Bailey, Alice A. – *Initiation, Human and Solar* – New York 1974

Bälz, Erwin – *Über die Todesverachtung der Japaner* – Stuttgart 1936

Banerjee, Biswanath – *Über das Lokadhatu Patala – I. Kapitel des Laghu-Kalacakra-Tantra-Raja* – München 1959

Bardon, Franz – *Frabato – autobiographischer Roman* – Wuppertal 1997

Bärsch, Claus E. – *Die politische Religion des Nationalsozialismus – Die religiöse Dimension der NS-Ideologen in den Schriften von Dietrich Eckart, Joseph Goebbels, Alfred Rosenberg und Adolf Hitler* – München 1998

Baumann, Martin – *Deutsche Buddhisten* – Marburg 1993

Baumann, Martin – *Helmut Klar – Zeitzeuge des Buddhismus in Deutschland* – Konstanz 1995

Bawden, C. R. – *The Modern History of Mongolia* – London 1969

Beger, Bruno – *Es war in Tibet. Erlebtes im Himalaja und in Tibet. Fotos von Ernst Krause und Heinrich Harrer* – München 1966

Beger, Bruno – *Mit der deutschen Tibetexpedition Ernst Schäfer 1938/39 nach Lhasa* – Wiesbaden 1998

Bellinger, Gerhard J. – *Im Himmel wie auf Erden – Sexualität in den Religionen der Welt* – München 1993

Benavides, Gustavo – »Giuseppe Tucci, or Buddhology in the Age of Fascism« – in Lopez, Jr.

Donald S. (Hrsg.) – *Curators of the Buddha – The study of Buddhism under colonialism* – Chicago 1995

Benda, E. – »Zur Mythologie des Vishnu« – in *Archiv für Religionswissenschaft* – 37. Bd., Leipzig u. a. 1941/42

Benn, Gottfried – »Sein und Werden – Zu: Julius Evola, Erhebung wider die moderne Welt« – in: *Gesammelte Werke Bd. IV*, Stuttgart 1981, 251–261

Benz, Ernst – *Zen in westlicher Sicht – Zen-Buddhismus – Zen-Snobismus* – Weilheim 1962

Berghoff, Peter – *Der Tod des politischen Kollektivs – Politische Religionen und das Sterben und Töten für Volk, Nation und Rasse* – Berlin 1997

Bergier, Jacques/Pauwels, Louis – *Aufbruch ins dritte Jahrtausend. Von der Zukunft der phantastischen Vernunft* – Bern u. a. 1962

Bergler, Manfred – *Die Anthropologie des Grafen Karlfried von Dürckheim im Rahmen der Rezeptionsgeschichte des Zen-Buddhismus in Deutschland – Ein Beitrag zur Begegnung von Christentum und Buddhismus* – Fürth 1981

Bergmann, Ernst – *Erkenntnisgeist und Muttergeist. Eine Soziosophie der Geschlechter* – Breslau 1932
Bernadac, Christian – *Montségur et le Gral – Le Mystère Otto Rahn* – Paris 1994
Bernard, Raymond – *The Subterranean World* – o. O. 1960
Bernbaum, Edwin – *Der Weg nach Shambhala – auf der Suche nach dem sagenhaften Königreich* – Hamburg 1982
Bertin-Maghit, Jean Pièrre – »Le Cinema et les Actualités film« – in: Gervereau, Laurent und Peschanski, Denis – *La Propaganda sous Vichy – 1940-1944* – Paris 1990
Berzin, Alexander – *Kalachakra* – München 1985
Besant, Annie und Leadbeater, Charles – *Man: Whence, How and Whither: A Record of Clairvoyant Investigation* – Adyar 1913
Bharati, Agehananda – *Die Tantra-Tradition* – Freiburg 1977
Bhattacharyya, Narendra Nath – *History of the Tantric Religion* – New Delhi 1999
Bishop, Peter – *Dreams of Power – Tibetan Buddhism in the Western Imagination* – London 1993
Blavatsky, Helena Petrovna – *Die Geheimlehre* – Bd. I – III – Den Haag o. J.
Bleichsteiner – *Die Gelbe Kirche – Mysterien der buddhistischen Klöster in Indien, Mongolei und China* – Wien 1937
Bollmus, Reinhard – *Das Amt Rosenberg und seine Gegner – Zum Machtkampf im nationalsozialistischen Herrschaftssystem* – Stuttgart 1970
Brackett, D. W. – *Holy Terror: Armageddon in Tokyo* – New York, 1996
Brandt, Karl – »Frauen um Hitler« in: Albert Speer – *»Alles, was ich weiß« – Aus unbekannten Geheimdienstprotokollen vom Sommer 1945* – München 1999
Brauen, Martin – *Das Mandala – Der heilige Kreis im tantrischen Buddhismus* – Köln 1992
Brauen, Martin – *Traumbild Tibet – westliche Trugbilder* – Bern 2000
Breitmann, Richard – *Heinrich Himmler – Der Architekt der Endlösung* – Zürich u. a. 2000
Brennecke, Detlef – *Sven Hedin* – Reinbek 1991
Bronder, Dietrich – *Bevor Hitler kam – Eine historische Studie* – Genf 1975
Brück, Michael von – *Religion und Politik im tibetischen Buddhismus* – München 1999
Bruno, Giordano – »Über fesselnde Kräfte im Allgemeinen« (*De vinculis in genere* – 1591)« – in: Elisabeth von Samsonow (Hrsg.) – *Giordano Bruno* – München 1995, p. 166–228)
Bryant, Barry – *The wheel of Time Sand Mandala: Visual Scripture of Tibetan Buddhism* – New York 1992
Buchheim, Hans – *Glaubenskrise im Dritten Reich – Drei Kapitel nationalsozialistischer Religionspolitik* – Stuttgart 1953
Bullock, Alan – *Hitler – Eine Studie über Tyrannei* – Düsseldorf 1953
Bulwer-Lytton, Edward – *Vril oder eine Menschheit der Zukunft* – Dornach 1981
Burleigh, Michael – *Die Zeit des Nationalsozialismus – Eine Gesamtdarstellung* – Frankfurt a. M. 2000
Butterfield, Stephen T. – *The Double Mirror – A Sceptical Journey into Buddhist Tantra* – Berkeley 1994

Carmin, E. R. – *»Guru« Hitler – Die Geburt des Nationalsozialismus aus dem Geist der Mystik und Magie* – Zürich 1985
Carmin, E. R. – *Das Schwarze Reich – Geheimgesellschaften und Politik im 20. Jahrhundert* – München 1997
Chamberlain, Houston Stewart – *Arische Weltanschauung* – München 1912
Chamberlain, Houston Stewart – *Die Grundlagen des neunzehnten Jahrhunderts* – München 1922
Chapman, F. Spencer – *Lhasa: The holy City* – London 1940
Charroux, Robert – *Verratene Geheimnisse, Atomsintflut und Raketenarche* – München 1970
Combes, André – *La Franc-Maçonnerie sous l'Occupation* – Paris 2001
Consolato, Sandro – *Julius Evola e il Buddhismo* – Borzano 1995
Coomaraswamy, Ananada K. – *Hinduism and Buddhism* – New Delhi 1986
Corazza, Heinz – *Die Samurai – Ritter des Reiches in Ehre und Treue* – Berlin 1942
Cornelius, Friedrich – *Indogermanische Religionsgeschichte – Die Entwicklung der indogermanischen Religion und Grundlinien ihrer Fortbildung bei den indogermanischen Einzelvölkern* – München 1942
Cornish, Kimberley – *Der Jude aus Linz – Hitler und Wittgenstein* – Berlin 1998
Couliano, Joan P. – *Eros and Magic in the Renaissance* – Chicago u. a. 1987
Creveld, Martin van – *Die Zukunft des Krieges* – München 1998

Dacqué, Edgar – *Das verlorene Paradies. Zur Seelengeschichte des Menschen* – München 1938 (zit. 4. Auflage – München 1953)
Dagyab Rinpoche, L. S. – *Buddhistische Glückssymbole im tibetischen Buddhismus* – München 1992
Dahlke, Paul – *Buddhismus als Weltanschauung* – Breslau 1912
Daim, Wilfried – *Der Mann, der Hitler die Ideen gab – Jörg Lanz von Liebenfels* – Wien 1994
Dalai Lama XIV. – *Sehnsucht nach dem Wesentlichen – Die Gespräche in Bodhgaya* – Grafing 1988
Dalai Lama XIV. – *Buch der Freiheit* – Bergisch Gladbach 1990 (1993)
Dalai Lama XIV. – *Gewagte Denkwege – Wissenschaftler im Gespräch mit dem Dalai Lama* – München 1996
Dalai Lama XIV. – *Kâlachakra-Tantra – Der Einweihungsritus – Der Ritualtext von Kädrup Geleg Pälsangpo mit detaillierten Erläuterungen des Vierzehnten Dalai Lama Tenzin Gyatso* – Herausgegeben, aus dem Tibetischen übersetzt und mit einer Einführung versehen von Jeffrey Hopkins – Berlin 2002
Dasgupta, Shashi Bhusan – *An Introduction to Tantric Buddhism* – London 1974
DBU (Deutsche Buddhistische Union) – *Chronik des Buddhismus in Deutschland* – Plochingen 1985
Deutsche Himalaja Stiftung München – *Nanga Parbat – Berg der Kameraden* – Berlin 1939
Devi, Savitri – *A Warning to the Hindus* – Calcutta 1939
Devi, Savitri – *L'Etang aux lotus* – Calcutta 1940
Devi, Savitri – *A Son of God* – London 1946
Devi, Savitri – *Defiance* – Calcutta 1950
Devi, Savitri – *The Lightning and the Sun* – New York 1958
Devi, Savitri – *Pilgrimage* – Calcutta 1958
Devi, Savitri – *Gold im Schmelztiegel* – Padua 1982
Dhargyey, Lharampa Ngawang – *A Commentary on the Kalachakra Tantra* – New Delhi 1985
Dieck, Alfred – »Selbsttötung bei den Germanen« – in *Archiv für Religionswissenschaft* – 36. Bd., Leipzig u. a. 1939
Dierks, Margarete – *Jakob Wilhelm Hauer 1881–1962 – Leben Werk Wirkung mit einer Personalbibliographie* – Heidelberg 1986
Domarus, Max – *Hitler – Reden und Proklamationen 1932–1945* – 2. Bd. Würzburg 1962/1963
Donat, Walter (Hrsg.) – *Das Reich und Japan* – Berlin 1943
Doniger, Wendy und Smith, Brian K. – *The Laws of Manu* – London 1991
Doucet, Friedrich W. – *Im Banne des Mythos – Die Psychologie des Dritten Reichs* – Esslingen 1979
Dürckheim (-Montmartin), Karlfried – *Neues Deutschland – Deutscher Geist* – Tokio 1942 (Der Text ist auf Japanisch)
Dürckheim (-Montmartin), Karlfried – *Im Zeichen der großen Erfahrung* – München 1958
Dürckheim, Karlfried – *Meditieren – wozu und wie. Die Wende zum Initiatischen* – Freiburg, Basel, Wien 1977
Dürckheim, Karlfried – *Erlebnis und Wandlung* – Bern u. a. 1982
Dürckheim, Karlfried – *Hara – Die Erdmitte des Menschen* – Bern, München, Wien 1991 (Erstauflage 1954)
Dürckheim, Karlfried – *Der Weg ist das Ziel* – Göttingen 1995

Ebeling, Frank – *Geopolitik – Karl Haushofer und seine Raumwissenschaft 1919–1945* – Berlin 1994
Ebermayer, Erich und Roos, Hans – *Gefährtin des Teufels – Leben und Tod der Magda Goebbels* – Hamburg 1952
Eckhardt, Karl August – *Irdische Unsterblichkeit – Germanischer Glaube an die Wiederverkörperung in der Sippe* – Weimar 1937
Eco, Umberto – *Vier moralische Schriften* – München 1998
Eersel, Patrice van und Grosrey, Alain – *Der Kreis der Alten – Die Vereinten Traditionen: Schamananen, Medizinmänner und Weise Frauen um den Dalai Lama* – Engerda 1998
Ehmke, Franziska und Pantzer, Peter – *Gelebte Zeitgeschichte – Alltag von Deutschen in Japan 1923–1947* – München 2000
Evans-Wentz, W. – *Yoga und Geheimlehren Tibets* – München 1937
Evola, Julius – *L'uomo come potenza – I Tantra nella loro metafisica e nei loro metodi di autorealizzazione magica* – Roma 1926 (Überarbeitete Neuausgabe *Lo Yoga della Potenza: Saggio sui Tantra* – Rom 1968)
Evola, Julius – *Heidnischer Imperialismus* – Leipzig 1933
Evola, Julius – *Erhebung wider die moderne Welt* – Stuttgart, Berlin 1935

Evola, Julius – *Die arische Lehre von Kampf und Sieg* – Wien 1941
Evola, Julius – *Grundrisse der faschistischen Rassenlehre* – Berlin 1943
Evola, Julius – *Das Mysterium des Grals* – München 1955
Evola, Julius – *Il Cammino del Cinabro* – Milano 1963
Evola, Julius – »Über das Initiatische« – in: *Antaios* hrsg. v. Mircea Eliade und Ernst Jünger, Bd. VI, Nr. 2, Stuttgart Juli 1964
Evola, Julius – *Il Fascismo visto della Destra – Note sul Terzo Reich* – Rom 1974
Evola, Julius – *Sintesi di Dottrina della Razza* – Padua 1978 (erste Auflage 1941)
Evola, Julius – *Revolte gegen die moderne Welt* – Interlaken 1982
Evola, Julius – *Metaphysik des Sexus* – Frankfurt u. a. 1983
Evola, Julius und Gruppe von Ur – *Magie als Wissenschaft vom Ich – Praktische Grundlegung der Initiation* – Interlaken 1985
Evola, Julius – *Die Hermetische Tradition – Von der alchemistischen Umwandlung der Metalle und des Menschen in Gold – Entschlüsselung einer verborgenen Symbolsprache* – Interlaken 1989
Evola, Julius – *Menschen inmitten von Ruinen* – Tübingen 1991
Evola, Julius – *The Yoga of Power – Tantra, Shakti, and the secret way* – Rochester, 1992 (Amerikanische Übersetzung von *Lo Yoga della Potenza: Saggio sui Tantra* – Rom 1968)
Evola, Julius – *The Doctrine of Awakening – The Attainment of Self-Mastery according to the earliest Buddhist Texts* – Rochester 1996 (ital. Erstauflage – *La dottrina del risveglio* – 1943)
Evola, Julius – *Calvacare la Tigre – Den Tiger reiten* – Engerda 1997 (ital. Erstauflage, 1961)
Evola, Julius – *Über das Initiatische* – Sinzheim 1998
Evola, Julius – *What Tantrism means to modern western civilization* – in – *East and West I* – No. 1, p. 307 – 317

Faure, Bernard – *Sexualité Bouddhique – Entre désirs et réalités* – Aix en Provence 1994
Faust, August und Ohasama, Schuej – *Zen – der lebendige Buddhismus in Japan* – Stuttgart 1925
Fest, Joachim C. – *Hitler – Eine Biographie* – Bd. 1 und Bd. 2, Frankfurt u. a. 1976
Filchner, Wilhelm – *Kumbum Dschamba Ling – Das Buch der hunderttausend Bilder Maitreyas. Ein Ausschnitt aus Leben und Lehre des heutigen Lamaismus* – Leipzig 1933
Fischer, Peter (Hrsg.) – *Buddhismus und Nationalismus im modernen Japan* – Bochum 1979
Flasche, Rainer – »Gab es Versuche einer Ideologisierung der Religionswissenschaft während des Dritten Reiches?« – in Holger Preißler und Hubert Seiwert (Hrg.) – *Gnosisforschung und Religionsgeschichte – Festschrift für Kurt Rudolph zum 65. Geburtstag* – Marburg 1994, S. 413 ff.
Fraenkel, Heinrich und Manvell, Roger – *Himmler – Kleinbürger und Massenmörder* – Berlin, Frankfurt/M, Wien 1965
Frauwallner, E. – »Der arische Anteil an der indischen Philosophie« – in Walter Wüst (Hrsg.) – *Wiener Zeitschrift für die Kunde des Morgenlandes* – XLVI. Band – 1. und 2. Heft, Wien 1939
Frère, Jean-Claude – *Nazisme et sociétés secrètes* – Paris 1974
Freud, Sigmund – »Animismus, Magie und Allmacht der Gedanken« – in: Derselbe – *Totem und Tabu* – Frankfurt a. M. 1956
Fromm, Bella – *Als Hitler mir die Hand küsste* – Reinbek 1994
Fromm, Erich – »Anatomie der menschlichen Destruktivität« – in: Erich Fromm – *Gesamtausgabe Band VII* – München 1989
Fürholzer, Edmund – *Arro! Arro! – So sah ich Tibet* – Berlin 1942

Gäng, Peter – *Das Tantra der Verborgenen Vereinigung – Guhyasamâja-Tantra* – München 1988
Gehring, Heiner – *Abenteuer Innere Erde – Über die Theorie, dass unsere Erde innen hohl sei* – Suhl 1999
Gehrts, Heino – *Mahabharata – Das Geschehen und seine Bedeutung* – Bonn 1975
Gerson, Werner – *Le nazisme, société secrète* – Paris 1976
Gervereau, Laurent und Peschanski, Denis (Hrsg.) – *La Propaganda sous Vichy – 1940–1944* – Paris 1990
Girard, René – *Das Heilige und die Gewalt* – Zürich 1987
Gisevius, Hans Bernd – *Adolf Hitler – Eine Biographie – Versuch einer Deutung* – München u. a. 1967
Gjellerup, Karl – *Der Pilger Kamanita – Ein Legendenroman* – Frankfurt a. M. 1913
Glasenapp, Helmuth v. – *Buddhistische Mysterien – Die geheimen Lehren und Riten des Diamant-Fahrzeuges* – Stuttgart 1940

Glasenapp, Helmut v. – *Unsterblichkeit und Erlösung in den indischen Religionen* – Halle 1938
Glasenapp, Helmuth v. – *Meine Lebensreise – Menschen, Länder Dinge, die ich sah* – Wiesbaden 1964
Godwin, Joscelyn – *Arktos, das Buch der Hohlen Erde* – Peiting 1997
Goodrick-Clarke, Nicholas – *Die okkulten Wurzeln des Nationalsozialismus* – Graz 1997 (2. Aufl. 2000)
Goodrick-Clarke, Nicholas – *Hitler's priestess: Savitri Devi, the Hindu-Aryan myth, and neo-Nazism* – New York 1998
Goodrick-Clarke, Nicholas – *Black Sun – Aryan Cults, Esoteric Fascism, and the Politics of Identity* – New York 2002

Golwakar, M. S. – *We or our Nationhood defined* – Nagpur 1938
Gopi Krishna – *Die biologische Basis der religiösen Erfahrung* – Frankfurt 1988
Gorsleben, Rudolf John – *Hoch-Zeit der Menschheit* – Leipzig 1930
Greve, Reinhard – »Tibetforschung im SS-Ahnenerbe« in: Thomas Hauschild – *Lebenslust und Fremdenfurcht – Ethnologie im Dritten Reich* – Frankfurt 1995
Greve, Reinhard – »Das Tibet-Bild der Nationalsozialisten« – in Thierry Dodin und Heinz Räther – *Mythos Tibet – Wahrnehmungen, Projektionen Phantasien* – Köln 1997
Grimm, Georg – *Die Lehre des Buddho – Die Religion der Vernunft und der Meditation* – Baden-Baden 1957
Grimwald, W. – »Germany and Tibet« in: *NEXUS* – 4. Mai 1996
Grönbold, Günter – *Sad-Anga-Yoga – Ravisrijnana's Gunabarani nama Sadangayogatippani mit Text, Übersetzung und literaturhistorischem Kommentar* – München 1969
Grünwedel, Albert (Originalmanuskript) – *Kalacakra-Tantra Raja – Der König der Magie des Zeitrades (rotae fatalis)* – in Sanskrit und Tibetisch hrsg. und mit deutscher Analyse und Wortindex versehen von A. Grünwedel – München, Nachlass in der Bayer. Staatsbibliothek, o. J.
Guénon, René – *Die Krisis der Neuzeit* – Köln o. J.
Guénon, René – *Le Roi du Monde* – Paris 1958 (Erstauflage 1927)
Gugenberger, Eduard – *Hitlers Visionäre – Die okkulten Wegbereiter des Dritten Reichs* – Wien 2001
Gugenberger, Eduard – *Boten der Apokalypse – Visionäre und Vollstrecker des Dritten Reichs* – Wien 2002
Gugenberger, Eduard und Schweidlenka, Roman – *Mutter Erde – Magie und Politik – Zwischen Faschismus und neuer Gesellschaft* – Wien 1989
Gugenberger, Eduard und Schweidlenka, Roman – *Die Fäden der Nornen. Zur Macht der Mythen in politischen Bewegungen* – Wien 1993
Gugenberger, Eduard und Petri, Franko und Schweidlenka, Roman – *Weltverschwörungstheorien – Die neuen Gefahren von rechts* – München 1998
Gundert, Wilhelm – »Fremdvölkisches Kulturgut und Eigenleistung in Deutschland und Japan« – in Donat, Walter (Hrsg.) – *Das Reich und Japan* – Berlin 1943
Günther, Hans Friedrich Karl – *Ritter, Tod und Teufel* – München 1928
Günther, Hans Friedrich Karl – *Die nordische Rasse bei den Indogermanen Asiens* – München 1934 (Neudruck: Pähl 1982)
Günther, Hans Friedrich Karl – *Frömmigkeit nordischer Artung* – Leipzig, Berlin 1943

Haasch, Günther (Hrsg.) – *Die deutsch-japanischen Gesellschaften von 1888 bis 1996* – Berlin 1996
Haiser, Franz – *Freimaurer und Gegenmaurer im Kampf um die Weltherrschaft* – München 1924
Hakl, Hans Thomas – *Der verborgene Geist von Eranos – Unbekannte Begegnungen von Wissenschaft und Esoterik – Eine alternative Geistesgeschichte des 20. Jahrhunderts* – Bretten 2001
Hamann, Brigitte – *Hitlers Wien – Lehrjahre eines Diktators* – München u. a. 1997
Hanfstaengl, Ernst – *Zwischen Weißem und Braunem Haus. Memoiren eines politischen Außenseiters* – München 1970 (1980)
Hansen, T. H. – »Einführung in Julius Evolas politisches Wirken« – in Julius Evola – *Menschen inmitten von Ruinen* – Tübingen 1991
Hapel, Bruno – *René Guénon & le Roi du Monde* – Paris 2000
Harrer, Heinrich – *Sieben Jahre in Tibet – Mein Leben am Hofe des Dalai Lama* – Frankfurt 1976, 1984 und 1997 (23. Auflage)
Harrer, Heinrich – *Geister und Dämonen – Magische Abenteuer in fernen Ländern* – Berlin 1977
Harrer, Heinrich – *Ladakh – Götter und Menschen hinterm Himalaja* – Innsbruck 1978

Harrer, Heinrich – *Mein Leben* – München 2002
Hartig, Willfred – *Die Lehre des Buddha und Heidegger – Beiträge zum Ost-West-Dialog des Denkens im 20. Jahrhundert* – Konstanz 1997
Hauer, Jakob Wilhelm – *Die Anfänge der Yogapraxis im alten Indien. Eine Untersuchung über die Wurzeln der indischen Mystik nach Rgveda und Atharvaveda* – Stuttgart 1921
Hauer, Jakob Wilhelm – *Der Vrâtya – Untersuchungen über die nichtbrahmanische Religion Altindiens* – Stuttgart 1927
Hauer, Jakob Wilhelm – *Das Dhârani im nördlichen Buddhismus und ihre Parallelen in der sogenannten Mithrasliturgie* – Stuttgart 1927
Hauer, Jakob Wilhelm – *Der Yoga als Heilsweg – Nach den indischen Quellen dargestellt* – Stuttgart 1932
Hauer, Jakob Wilhelm – *Indiens Kampf ums Reich* – Stuttgart 1932
Hauer, Jakob Wilhelm – *Eine indo-arische Metaphysik des Kampfes und der Tat – Die Bhagavadgita in neuer Sicht mit Übersetzungen* – Stuttgart 1934
Hauer, Jakob Wilhelm – *Deutsche Gottschau. Grundzüge eines deutschen Glaubens* – Stuttgart 1935
Hauer, Jakob Wilhelm – *Das religiöse Artbild der Indogermanen und die Grundtypen der indo-arischen Religion* – Stuttgart 1937
Hauer, Jakob Wilhelm – *Die große Verpflichtung – Gedanken zur weltanschaulich-religiösen Bildung des deutschen Volkes* – Karlsruhe 1939
Hauer, Jakob Wilhelm – *Ein arischer Christus? Besinnung für deutsches Wesen und Christentum* – Karlsruhe 1939
Hauer, Jakob Wilhelm – »Zum gegenwärtigen Stand der Indogermanenfrage« – in: *Archiv für Religionswissenschaft* – 36. Bd., Leipzig u. a. 1939
Hauer, Jakob Wilhelm – *Urkunden und Gestalten der germanisch-deutschen Glaubensgeschichte* – Stuttgart 1940
Hauer, Jakob Wilhelm – *Religion und Rasse* – Tübingen 1941
Hauer, Jakob Wilhelm – *Der Yoga. Ein indischer Weg zum Selbst* – Stuttgart 1958
Hauner, Milan – *India in Axis Strategy: Germany, Japan, and Indian Nationalists in the Second World War* – Stuttgart 1981
Haushofer, Albrecht – *Moabiter Sonette* – München 1976
Haushofer, Karl – »Die geographischen Grundlagen der japanischen Wehrkraft« – in *Mitteilungen der Geographischen Gesellschaft in München – Bd. 6 (1911)*, S. 166-188
Haushofer, Karl – *Dai Nihon* – Berlin 1913
Haushofer, Karl – *Das japanische Reich in seiner geographischen Entwicklung* – Wien 1921
Haushofer, Karl – *Japans Werdegang als Weltmacht und Empire* – Berlin 1933
Haushofer, Karl – *Mutsuhito. Kaiser von Japan* – Lübeck 1933
Haushofer, Karl – *Der nationalsozialistische Gedanke in der Welt* – München 1933
Haushofer, Karl – *Japan baut sein Reich* – Berlin 1941
Haushofer, Karl – »Der Kontinentalblock Mitteleuropa-Eurasie-Japan« in *Kriegsschriften der Reichsstudentenführung* Heft 7, München 1941
Haushofer, Karl – »Aus den Erinnerungen des ersten Bayrischen Japan-Kommandos 1908-1910 im Ausklang der Meiji-Zeit« – in M. Schwind (Hrsg.) – *Japan von Deutschen gesehen* – Leipzig, Berlin 1943
Haushofer, Karl – »Die Kraft der ungebrochenen Linie: Reichserziehung in Japan auf geopolitischem und geopsychischem Grunde« – in: *Zeitschrift für Geopolitik* – Jg. 20, H. 9, Nov./Dez. 1943
Hayward, Jeremy – *Heilige Welt – Die Shambhala-Krieger im Alltag* – München 1997
Hecker, Hellmuth – *Der erste deutsche Bhikkhu – Das bewegte Leben des ehrwürdigen Nyanatiloka (1878–1957) und seine Schüler* – Konstanz 1995
Heckmair – Vörg – Kasparek – Harrer – *Um die Eiger-Nordwand* – München 1938
Hedin, Sven – *Ossendowski und die Wahrheit* – Leipzig 1925
Hedin, Sven – *Die Flucht des Grossen Pferdes* – Leipzig 1936
Hedin, Sven – *Ohne Auftrag in Berlin* – Buenos Aires 1950 (Erstauflage 1949)
Hedin, Sven – *Durch Asiens Wüsten. Drei Jahre auf neuen Wegen in Pamir, Lop-nor, Tibet und China* – 2 Bde, Wiesbaden 1981
Heiber, Helmut (Hrsg.) – *Reichführer!... Briefe an und von Himmler* – Stuttgart 1968
Heiber, Helmut – *Universität unterm Hakenkreuz – Teil 1 – Der Professor im Dritten Reich – Bilder aus der akademischen Provinz* – München u. a. 1991

Heiber, Helmut – *Universität unterm Hakenkreuz – Teil 2 – Die Kapitulation der Hohen Schulen – Das Jahr 1933 und seine Themen* – München u. a. 1992
Heller, Friedrich Paul und Maegerle, Anton – *Thule – Vom völkischen Okkultismus bis zur Neuen Rechten* – Stuttgart 1998
Helsing, Jan van – *Geheimgesellschaften und ihre Macht im 20. Jahrhundert oder wie man die Welt nicht regiert* – Rhede 1993 (Das Original des verbotenen Buches war uns nicht zugänglich. Wir zitieren deswegen aus einer uns vorliegenden Diskettenfassung, die auch im Internet abgedruckt war. Der Gesamttext ist dort in 57 Segmente aufgeteilt, die mit 1g–57g gekennzeichnet sind. Als Zitatstelle geben wir das jeweilige Segment an.)
Helsing, Jan van – *Geheimgesellschaften – Teil 2* – Rhede 1995 (Das Original des verbotenen Buches war uns nicht zugänglich. Wir zitieren deswegen aus einer uns vorliegenden Diskettenfassung, die auch im Internet abgedruckt war. Der Gesamttext ist dort in 33 Segmente aufgeteilt, die mit 1–33 gekennzeichnet sind. Als Zitatstelle geben wir das jeweilige Segment an.)
Helsing, Jan van – *Buch 3 – Der Dritte Weltkrieg* – Lathen 1996
Helsing, Jan van – *Unternehmen Aldebaran – Kontakte mit Menschen aus einem anderen Sonnensystem* – Fichtenau 2000 (Erstauflage 1997)
Henning, W. – »Neue Materialien zur Geschichte des Manichäismus« – in *Zeitschrift der Deutschen Morgenländischen Gesellschaft* – Bd. 90 (neue Folge Bd. 15) – Leipzig 1936
Henss, Michael – *Kalachakra – Ein tibetisches Einweihungsritual* – Zürich 1985 (zweite Auflage 1992)
Hermand, Jost – *Der alte Traum vom neuen Reich – Völkische Utopien und Nationalsozialismus* – Frankfurt a. M. 1988
Herrigel, Eugen – *Zen in der Kunst des Bogenschießens* – Bern/München/Wien 1999
Herrlich, Albert – *Land des Lichts – Deutsche Kundfahrt zu unbekannten Völkern im Hindukusch* – München 1938
Heß, Rudolf – *Briefe 1908–1933* – München, Wien 1987
Heß, Gerhard – »Schwarze Sonne – Ein Beitrag zur zahlenmythologischen Deutung der Schwarzen Sonne nach dem Oding-Schlüssel« – in: *Sonnenwacht – Briefe für Heiden und Ketzer* – Mitteilungen des FBK, Brief 8, Nebelmond 1998
Hielscher, Friedrich – *Das Reich* – Berlin 1931
Hielscher, Friedrich – »Die Heraufkunft der Kräfte« – in: *Stecowa, – Phantastisches und Übersinnliches aus dem Weltkrieg* – Berlin 1932
Hielscher, Friedrich – *Fünfzig Jahre unter Deutschen* – Hamburg 1954
Himmler, Heinrich – *Die Schutzstaffel als antibolschewistische Kampforganisation* – München 1936
Himmler, Heinrich (Hrsg. v. Bradley F. Smith und Agnes F. Peterson) – *Geheimreden 1933 bis 1945 und andere Ansprachen* – Frankfurt am Main, Berlin, Wien 1974
Hipler, Bruno – *Hitlers Lehrmeister – Karl Haushofer als Vater der NS-Ideologie* – St. Ottilien 1996
Hitler, Adolf – *Mein Kampf* – München 1933 (32. Auflage)
Hitler, Adolf – *Monologe im Führerhauptquartier* – (Hrsg. Werner Jochmann) – München 2000
Höhne, Heinz – *Der Orden unter dem Totenkopf. Die Geschichte der SS* – Augsburg 1995
Hoffmann, Dirk – »Interview with David Tibet« – in: *Zillo* – Apr/May/Jun 1994
Hoffmann, Helmut – »Probleme und Aufgaben der tibetischen Philologie« – in *Zeitschrift der Deutschen Morgenländischen Gesellschaft* – Bd. 92 (Neue Folge Bd. 17), Leipzig 1938
Hoffmann, Helmut – *La Religione Bon Tibetana* – Rom 1943
Hoffmann, Helmut – »Die Gräber der tibetischen Könige im Distrikt 'P'yons-rgyas« in *Nachrichten der Akademie der Wissenschaften in Göttingen – I Philologisch-historische Klasse* – Jahrgang 1950 Nr. 1
Hoffmann, Helmut – *Die Religionen Tibets – Bon und Lamaismus in ihrer geschichtlichen Entwicklung* – München 1956
Hoffmann, Helmut – »Das Kalacakra, die letzte Phase des Buddhismus in Indien« – in: *Saeculum* – Bd. 15 – Freiburg 1964
Holey, Jan Udo – *Die innere Welt – das Geheimnis der Schwarzen Sonne* – Fichtenau 1998
Hutin, Serge – *Unsichtbare Herrscher und geheime Gesellschaften* – Bonn 1973

Illion, Theodor – Tibet – *Auf geheimnisvollen Pfaden zu geheimnisvollen Orten* – Peiting 1999
Illion, Theodor – Tibet II – *Brücke zwischen Innen- und Außenwelt* – Peiting 2000

Ilzhöfer, Otto – *Zu Albert Grünwedels Kalacakra Manuskript – Aktenstücke und Glossen* – Nachlass der Bayerischen Staatsbibliothek, München 1953
Ipares, S. – *Geheime Weltmächte* – München 1937

Jacobsen, Hans-Adolf – *Karl Haushofer – Leben und Werk* – Bd. I: *Lebensweg 1869–1946 und ausgewählte Texte zur Geopolitik* ~ Bd. II: *Ausgewählter Schriftwechsel 1917–1946*, Boppard am Rhein 1979
Jochmann, Werner – *Adolf Hitler – Monologe im Führerhauptquartier 1941–1944* – München 2000
Jung, Carl Gustav – »Wotan – Sein Wiedererwachen im Dritten Reich« – in: C. G. Jung – *Gesammelte Werke* Bd. X, Düsseldorf 1995, p. 203–218
Junginger, Horst – *Von der philologischen zur völkischen Religionsgemeinschaft. Das Fach Religionswissenschaft an der Universität Tübingen von der Mitte des 19. Jh. bis zum Ende des Dritten Reiches* – Stuttgart 1999
Jürgen-Rattenhofer, Norbert und Ettl, Ralf – *Das Vril Projekt* – o. O. 1992

Kaplan, David E. und Marshall, Andrew – *AUM. Eine Sekte greift nach der Welt* – Düsseldorf 1996
Kater, Michael H. – *Das Ahnenerbe der SS 1935–1945 – Ein Beitrag zur Kulturpolitik des Dritten Reiches* – München 1997
Keyserling, Arnold – *Das Erbe der Schule der Weisheit – Unveröffentlichte Essays und Buchbesprechungen 1920–1946 aus dem Mitteilungsblatt der Schule der Weisheit – Der Weg zur Vollendung* – Wien 1981
Kersten, Felix – *Totenkopf und Treue – Heinrich Himmler ohne Uniform* – Hamburg 1952
Kesting, Hanjo (Hrsg.) – *Franz Liszt – Richard Wagner. Briefwechsel* – Frankfurt a. M. 1988
Kircher, Bertram (Hrsg.) – *Das Buch vom Gral. Mythen, Legenden und Dichtungen um das größte Geheimnis des mittelalterlichen Abendlandes* – München 1989
Kirchhoff, Jochen – *Klang und Verwandlung. Klassische Musik als Weg der Bewusstseinsentwicklung* – München 1989
Kirchhoff, Jochen – *Nietzsche, Hitler und die Deutschen – Die Perversion des Neuen Zeitalters – Vom unerlösten Schatten des Dritten Reiches* – Berlin 1990
Klar, Helmut – *Buddhismus zur Nazizeit in Deutschland und Frankreich* – München 1991
Koestler, Arthur – »Neither Lotus nor Robot« – in: *Encounter*, Vol. XVI, London 1961 I
Koestler, Arthur – *Von Heiligen und Automaten* – Bern 1961 II
Kogon, Eugen – *Der SS-Staat – Das System der deutschen Konzentrationslager* – Reinbek 1974
Köhler, Joachim – *Wagners Hitler – Der Prophet und sein Vollstrecker* – München 1997
Kohler, Mariane – *La caverne du cœur – Lettres de l'ami spirituel* – Paris 2000
Knopp, Guido – *Hitler – Eine Bilanz* – Berlin 1995
Krauthoff, Berndt – *Ich befehle – Kampf und Tragödie des Barons Ungern-Sternberg* – Bremen 1938
Krebs, Pierre – *Das Thule Seminar: Geistesgegenwart der Zukunft in der Morgenröte des Ethnos* – Kassel, Horn, Wien 1994
Kubizek, August – *Adolf Hitler, mein Jugendfreund* – Graz, Göttingen 1953

Lamrimpa, Gen (Lobsang Jampal Tenzin) – *Transcending Time, an Explanation of the Kalachakra Six-Session Guru Yoga* – Boston 1999
Landig, Wilhelm – *Götzen gegen Thule – Ein Roman voller Wirklichkeit* – Wien 1971
Landig, Wilhelm – *Wolfzeit um Thule* – Wien 1980
Landig, Wilhelm – *Rebellen für Thule. Das Erbe von Atlantis* – Wien 1991
Lange, Hans Jürgen – *Weisthor – Karl Maria Wiligut – Himmlers Rasputin und seine Erben* – Engerda 1998
Lange, Hans Jürgen – *Otto Rahn und die Suche nach dem Gral* – Engerda 1999
Leadbeater, Charles – *Man: Whence, How and Wither: A Record of Clairvoyant Investigation* – Adyar 1913
Levenson, Claude B. – *Dalai Lama – Die autorisierte Biographie des Nobelpreisträgers* – Zürich 1990
Ley, Michael – *Genozid und Heilserwartung – Zum nationalsozialistischen Mord am europäischen Judentum* – Wien 1995
Ley, Michael und Schoeps, Julius H. (Hrsg.) – *Der Nationalsozialismus als politische Religion* – Bodenheim 1997
Lifton, Robert J. – *Der Verlust des Todes. Über die Sterblichkeit des Menschen und die Fortdauer des Lebens* – München, Wien 1986
Lippi, Jean-Paul – *Julius Evola – métaphysicien et penseur politique* – Lausanne 1998

Lommel, Herman – *Die alten Arier von Art und Adel ihrer Götter* – Frankfurt a. M. 1935
Lommel, Herman – *Der arische Kriegsgott* – Frankfurt 1939
Lopez, Jr. Donald S. (Hrsg.) – *Curators of the Buddha – The study of Buddhism under colonialism* – Chicago 1995
Löwith, Karl – *Mein Leben in Deutschland vor und nach 1933 – Ein Bericht* – Stuttgart 1986
Ludendorff, Erich und Mathilde – *Europa den Asiatenpriestern?* – München 1938
Ludendorff, (Erich) General – *Vom Feldherrn zum Weltrevolutionär und Wegbereiter Deutscher Volksschöpfung – (Meine Lebenserinnerungen von 1933 bis 1937)* – Bd. III, Pähl 1955
Ludendorff, Mathilde – *Die Volksseele und ihre Machtgestalter* – Pähl 1955

Maclellan, Alec – *Die verlorene Welt von Agarthi – Auf der Suche nach der Macht des Vril* – Rottenburg 1998
Magre, Maurice – *La clef des choses cachées* – Paris 1953
Marquès-Rivière, Jean – *L'Organisation secrète de la Franc-Maçonnerie* – Paris 1935
Marquès-Rivière, Jean – *Le bouddhisme au Thibet* – Paris 1936
Marquès-Rivière, Jean – *Le Yoga tantrique hindou et thibétain* – Paris 1939
Marquès-Rivière, Jean – *Les ouvriers et Hitler* – Paris 1941
Marquès-Rivière, Jean – *À l' ombre des monastères tibétains* – Paris 1956 (Erste Auflage 1929)
Marquès-Rivière, Jean – *Histoire des Doctrine Ésoterique* – Paris 1971
Marquès-Rivière, Jean und Needham, Joseph – *Asien und der Westen – Traditionen des Ostens in der Berührung mit Europa* – Reinbek 1978 (Der Text nennt als Autor Jean R. Rivière.)
Marquès-Rivière, Jean – *Kalachakra – Initiation tantrique du Dalai Lama* – Paris 1985 (Das Buch nennt als Autor Jean M. Rivière.)
Maser, Werner – *Adolf Hitler – Legende Mythos Wirklichkeit* – München 2001
McCloud, Russel – *Die Schwarze Sonne von Tashi Lhunpo* – Engerda 1997
Meyer, Karl E. und Brysac, Shareen Blair – *Tournaments of Shadow – The great game and the race for Empire in Central Asia* – Washington 1999
Mierau, Peter – *Die deutsche Himalaja-Stiftung – Ihre Geschichte und ihre Expeditionen* – München 1999
Moon, Peter – *Die Schwarze Sonne – Montauk's Nazi-Tibet-Verbindung* – Peiting 1999
Mossdorf, Otto – »Der soldatische Charakter des deutschen und japanischen Volkes« – in Donat, Walter (Hrsg.) – *Das Reich und Japan* – Berlin 1943
Müllern-Schönhausen, Johannes v. – *Die Lösung de Rätsels Adolf Hitler* – Wien o. J.
Mullin, Glenn H. – *The Practice of Kalachakra* – Ithaca 1991
Mund, Rudolf J. – *Jörg Lanz v. Liebenfels und der Neue Templer Orden – Die Esoterik des Christentums* – Stuttgart 1976
Mund, Rudolf J. – *Der Rasputin Himmlers – Die Wiligut Saga* – Wien 1982
Mund, Rudolf J. – *Fragmente einer verschollenen Religion* – o. O. – o. J. (Druck Andromeda)
Mund, Rudolf J. – »Vom Mythos der Schwarzen Sonne« – in: *Das andere Kreuz – Schriften für esoterische Forschung* – Wien o. J.
Mutti, Claudio – *La Tragedia della Guardia di Ferro* – Roma 1996

Naropa (a cura di Ranieri Gnoli e Giacomella Orofino) – *Iniziazione – Kalacakra* – o. O. 1994
Nelli, René – *Les Cathares* – Paris 1972
Neuberger, Helmut – *Winkelmaß und Hakenkreuz – Die Freimaurer und das Dritte Reich* – München 2001
Newman, John Ronald – *The outer wheel of time: Vajrayana buddhist cosmology in the Kalacakra Tantra* – Madison 1987
Nitobe, Inazo – *Bushido – die Seele Japans – Eine Darstellung des japanischen Geistes* – Magdeburg 1937
Noishiki, Toshie – *Harakiri – Die siebenundvierzig Ronin* – Berlin 1938
Notz, Klaus-Josef – *Der Buddhismus in Deutschland in seinen Selbstdarstellungen* – Frankfurt a. M., Bern, New York 1984

Orzechowski, Peter – *Schwarze Magie – Braune Macht* – Ravensburg o. J.
Ossendowski, Ferdinand – *Tiere Menschen und Götter* – Frankfurt 1924
Otto, Rudolf – *Die Urgestalt der Bhagavad-Gita* – Tübingen 1934
Otto, Rudolf – *Der Sang des Hehr-Erhabenen – Die Bhagavad-Gita* – Stuttgart 1935

Otto, Rudolf – *Das Heilige – Über das Irrationale in der Idee des Göttlichen und sein Verhältnis zum Rationalen* – München 1979 (Erste Auflage 1917)

Palacio, Isidro – »Interview mit Miguel Serrano« – in: *Reportaja* Aug. 1990
Parkes, Graham – »The putative fascism of the Kyoto School and the political« in: *Philosophy East and West – Vol.47 No. 3, 1997,* p. 305–336
Parvulesco, Jean – *Le retour des grands temps* – Paris 1997
Patzwall, Klaus D. – »Der SS-Totenkopfring« in *Archiv für Ordenskunde – Schriftenreihe zur Geschichte der Orden & Ehrenzeichen* – Hamburg 1983
Paul, Robert A. – *The Tibetan Symbolic World* – Chicago 1982
Pauwels, Louis und Bergier, Jacques – *Aufbruch ins dritte Jahrtausend – Von der Zukunft der phantastischen Vernunft* – Bern, München 1962
Paz, Octavio – *Verbindungen. Trennungen* – Frankfurt am Main 1984
Pennick, Nigel – *Hitler's Secret Sciences – His quest for the hidden knowledge of the ancients* – Suffolk 1981
Picker, Henry – *Hitlers Tischgespräche im Führerhauptquartier 1941/42* – Stuttgart 1965
Plassmann, J. O. – *Der Jahresring. Ein Wegweiser zum deutschen Ahnenerbe* – Berlin 1939
Plewnia, Margarete – *Auf dem Weg zu Hitler – Der völkische Publizist Dietrich Eckart* – Bremen 1970
Prâsad, Râma – *Die feineren Naturkräfte und die Wissenschaft des Atems* – Leipzig 1920
Prawdin, Michal – *Tschinghis-Chan – der Sturm aus Asien* – Stuttgart 1934
Prawdin, Michael – *Das Erbe Tschingis-Chans* – Stuttgart 1935
Pundarika – *Vimalaprabhā – nāmamūlatantrānusāriṇi-dvādasasāhasrikālagukālacakratantrarājaṭikā* – in: John Ronald Newman – *The outer wheel of time: Vajrayana buddhist cosmology in the Kalacakra Tantra* – Madison 1987

Rahn, Otto – *Luzifers Hofgesind – Eine Reise zu den guten Geistern Europas* – Stuttgart 1985
Rahn, Otto – *Kreuzzug gegen den Gral – Die Geschichte der Albigenser* – Stuttgart 1989
Rauschning, Hermann – *Gespräche mit Hitler* – Wien u. a. 1940
Ravenscroft, Trevor – *Der Kelch des Schicksals – Die Suche nach dem Gral* – Basel 1982
Ravenscroft, Trevor – *Der Speer des Schicksals. Die Geschichte der Heiligen Lanze* – München 1988
Rehwaldt, Hermann – *Vom Dach der Welt – Über die »Synthese aller Geisteskultur« in Ost und West* – München 1938
Rehwaldt, Hermann – »Götter, Priester, Politik. Der Buddhismus als weltpolitische Frage« – in: *Am heiligen Quell deutscher Kraft* (21) – 1938, 831–839
Rehwaldt, Hermann – *Indien – Die schönste Perle der Krone Britanniens* – München 1940
Repp, Martin – *Aum Shinrikyo – Ein Kapitel krimineller Religionsgeschichte* – Marburg 1997
Rennstich, Karl – *Der deutsche Glaube. Jakob Wilhelm Hauer (1881–1962). Ein Ideologe des Nationalsozialismus* – Stuttgart 1992
Rhodes, Richard – *Die Atombombe oder die Geschichte des achten Schöpfungstages* – Nördlingen 1988
Rivière, Jean R. oder Rivière, Jean M. siehe: Marquès-Rivière, Jean
Robin, Jean – *Hitler l'élu du dragon* – Paris o. J.
Robin, Jean – *René Guénon – Témoin de la Tradition* – Paris 1978
Roerich, Nicholas – *Shambhala – Das geheime Weltzentrum im Herzen Asien* – Breisgau 1988
Rosenberg, Alfred – *Nationalsozialismus, Religion und Kultur* – Berlin 1934
Rosenberg, Alfred – *Der deutsche Ordensstaat – Ein neuer Abschnitt in der Entwicklung des nationalsozialistischen Staatsgedankens* – München 1934
Rosenberg, Alfred – *Der Mythos des 20. Jahrhunderts. Eine Wertung der seelisch-geistigen Gestaltenkämpfe unserer Zeit* – München 1940
Rosenberg, Alfred – *Letzte Aufzeichnungen. Ideale und Idole der nationalsozialistischen Revolution* – Göttingen 1955
Ross, Colin – *Das Neue Asien* – Leipzig 1941
Rössler, Mechtilde u. Schleiermacher, Sabine – »Himmlers Imperium auf dem Dach der Welt – Asienexpeditionen im Nationalsozialismus« – in Hubenstorf (Hrsg.) u. a. – *Medizingeschichte und Gesellschaftskritik – Festschrift für Gerhard Baader* – Husum 1997
Rossignol, Dominique – *Vichy et les francs-maçons, la liquidation des sociétés secrètes* – Paris 1981

Rossignol, Dominique – »Les Ultras de la Collaboration Parisiennes« – in Gervereau, Laurent und Peschanski, Denis – *La Propaganda sous Vichy – 1940–1944* – Paris 1990
Rüdiger, Emil – *Die Kraft der zwei Sonnen – Vergangenheit? oder Gegenwart!* – Ingelheim 1994
Rüdiger, Emil – *Eddische Eugenik – Das Skirnismal – Sehen wir die Überlieferung der Edda richtig* – Ingelheim o. J. (Loseblattsammlung)
Rüggeberg, Dieter – *Geheimpolitik – Der Fahrplan zur Weltherrschaft* – Wuppertal 1996
Rupen, Robert A. – *Mongols of the Twentieth Century* – Bloomington 1964

Sabah, Lucien – *Une police politique de Vichy: le Service des Sociétés Secrètes* – Paris 1996
Sákuma, Shin – *Bushido – Soldatengeist von Japan* – Leipzig 1944
Samuel, Geoffrey – *Civilized Shamans – Buddhism in Tibetan Societies* – Washington u.a. 1993
Schäfer, Ernst – *Berge Buddhas und Bären – Forschung und Jagd im geheimnisvollen Tibet* – Berlin 1933
Schäfer, Ernst – *Dach der Erde – Durch das Wunderland Hochtibet* – Berlin 1938
Schäfer, Ernst – *Geheimnis Tibet – Erster Bericht der Deutschen Tibet-Expedition Ernst Schäfer 1938/39 – Schirmherr Reichsführer SS* – München 1943
Schäfer, Ernst – *Unter Räubern in Tibet – Gefahren und Freuden eines Forscherlebens* – Braunschweig 1952
Schäfer, Ernst – *Auf einsamen Wechseln und Wegen – Jagd und Forschung in drei Erdteilen* – Hamburg 1961
Schäfer, Ernst – *Tibet und Zentralasien mit einer Einleitung von Dr. Ernst Schäfer* – Stuttgart 1965
Schäfer, Ernst – *Das Fest der weißen Schleier – Begegnungen mit Menschen, Mönchen und Magiern in Tibet* – Durach 1988
Schäfer, Ernst – *Über den Himalaya ins Land der Götter – Tibetexpedition in den dreißiger Jahren von Indien nach Lhasa, in die »verbotene Stadt«* – Durach 1989
Schellenberg, Walther – *Memoiren* – Köln 1956
Schieder, Theodor – *Hermann Rauschnings »Gespräche mit Hitler« als Geschichtsquelle* – Opladen 1972
Schrötter, Kurt und Wüst, Walther – *Tod und Unsterblichkeit im Weltbild indogermanischer Denker* – Berlin 1942
Schumacher, Wolfgang – *Arische Religion* – Berlin o. J.
Schumann, Hans Wolfgang – *Buddhismus und Buddhismusforschung in Deutschland* – Wien o. J.
Schumann, Hans Wolfgang – *Der historische Buddha – Leben und Lehre des Gotama* – München 1999
Schuster, Gerhardt W. – *Das alte Tibet – Geheimnisse und Mysterien* – St. Pölten u. a. 2000
Schweikhart, Claude (Erich Halik) – »Um Krone und Gipfel der Welt« in: *Mensch und Schicksal* 6, No. 10 (August 1952)
Schwind, Martin (Hrsg.) – *Japan von Deutschen gesehen* – Leipzig, Berlin 1943
Scott, Cyrill – *Musik – Ihr geheimer Einfluss durch die Jahrhunderte* – München 1985
Serrano, Miguel – *Meine Begegnungen mit C.G. Jung und Hermann Hesse in visionärer Schau* – Zürich 1968
Serrano, Miguel – *Die Besuche der Königin von Saba* – Freiburg 1980
Serrano, Miguel – *Adolf Hitler el Ultimo Avatara* – Santiago de Chile 1982 (zitierte Ausgabe Bogota 1983)
Serrano, Miguel – *El/Ella – Das Buch der magischen Liebe* – Zürich 1982 I
Serrano, Miguel – *NOS – Book of the Resurrection* – London 1984
Serrano, Miguel – *Die Suche nach der verborgenen Blume – eine südamerikanische Legende* – Basel 1984 I
Serrano, Miguel – *Das goldene Band – Esoterischer Hitlerismus* – Wetter 1987
Serrano, Miguel – *Manu – por el hombre que vendra* – Santiago-Chile 1991
Serrano, Miguel – *Memorias de Él y Yo* – Bd. I – *Aparición del »Yo«, Alejamiento de »El«* – Santiago-Chile 1996
Serrano, Miguel – *Memorias de Él y Yo* – Bd. II – *Adolf Hitler y la Gran Guerra* – Santiago-Chile 1997
Serrano, Miguel – *Memorias de Él y Yo* – Bd. III – *Misión en los Transhimalaya* – Santiago-Chile 1998
Serrano, Miguel – *Memorias de Él y Yo* – Bd. IV – *El Regreso* – Santiago-Chile 1999
Shou, Peryt – *Das Mysterium der Zentralsonne vom wissenschaftlichen und geheimwissenschaftlichen Standpunkt* – Osiris Bücher Band XII – Leipzig 1910
Shirer, William L. – *Berliner Tagebuch. Aufzeichnungen 1934–1941* – Leipzig, Weimar 1991
Shirer, William L. – *Aufstieg und Fall des Dritten Reichs* – Frechen o. J. (Lizenzausgabe – Komet)
Shri Kalachakra – Die Übersetzung des »Shri Kalachakra« stammt von John Ronald Newman – *The outer wheel of time: Vajrayana buddhist cosmology in the Kalacakra Tantra* – Madison 1987
Siebarth, Werner – *Hitlers Wollen. Nach Kernsätzen aus seinen Schriften und Reden* – München 1936

Sierksma, Fokke – *Tibet's Terrifying Deities – Sex and aggression in religious acculturation* – The Hague 1966
Smith, Bradley F. – *Heinrich Himmler 1900-1926 – Sein Weg in den deutschen Faschismus* – München 1979
Smith, Kidder – »Transmuting Blood and Guts: My Experiences in the Buddhist Military« – in *Tricycle – The Buddhist Review* – Summer 2001, S. 72–77
Snellgrove, David – *Indo-Tibetan Buddhism – Indian Buddhist and their Tibetan Successors* – Bd. 1 und Bd. 2, Boston 1987
Snelling, John – *Buddhism in Russia – The Story of Agvan Dorzhiev* – Shaftesbury u. a. 1993
Sol Invictus – »Mitternacht – Texte zum Mythenkomplex Mitternachtsberg – Schwarze Sonne – Lichtbringer« – Folge 2 – o. O. u. J.
Speer, Albert – *Erinnerungen* – Berlin 1996 (1969)
Speer, Albert – *»Alles, was ich weiß« – Aus unbekannten Geheimdienstprotokollen vom Sommer 1945* – München 1999
Stamm, Hugo – *Im Bann der Apokalypse – Endzeitvorstellungen in Kirchen, Sekten und Kulten* – Zürich, München 1998
Steiner, John M. – »Über das Glaubensbekenntnis der SS« – in *Tradition und Neubeginn – Internationale Forschungen zur deutschen Geschichte im 20. Jahrhundert* – Hrsg. von Joachim Hütter/Reinhard Meyers/Dietrich Papenfuß – Köln u. a. 1975
Steenberg, Sven – *Wlassow – Verräter oder Patriot?* – Köln 1968
Stern, Paul J. – *C. G. Jung Prophet des Unbewussten* – München, Zürich 1976
Stern, J. P. – *Hitler – Der Führer und das Volk* – München 1981
Stoll, Axel (Hrsg.) – Mahashri Bharadwaaja: *Vymaanika-Shaastra oder Wissenschaft über die Flugkünste – Teil seiner unbekannten Arbeit Yantra-Savasva oder alles über Maschinen – Über die Enthüllungen des Geheimnisses des verehrungswürdigen Pandit Subnaraya Sastry* – Berlin 1994
Storch, Wolfgang (Hrsg.) – *Auf der Suche nach dem Gral* – Berlin 1990
Stril-Rever, Sofia – *Tantra de Kâlachakra – Le livre du Corps subtil* – Paris 2000
Strohm, Harald – *Die Gnosis und der Nationalsozialismus* – Frankfurt 1997
Strunk, J. – *Zu Juda und Rom. Tibet, Ihr Ringen um die Weltherrschaft* – München 1941
Strunk, Roland und Rikli, Martin – *Achtung! Asien marschiert! – Ein Tatsachenbericht* – Berlin 1934
Sünner, Rüdiger – *Schwarze Sonne – Entfesselung und Missbrauch der Mythen in Nationalsozialismus und rechter Esoterik* – Freiburg 1999
Suster, Gerald – *Hitler – The occult Messiah* – New York 1981
Suzuki, Daisetz Teitaro – *Zen und die Kultur Japans* – Berlin 1941
Suzuki, Daisetz Teitaro – *Zen und die Kultur Japans* – München 1959

Täufer, Johannes – *»Vril« – Die kosmische Urkraft – Wiedergeburt von Atlantis* – Berlin 1930
Tayé, Kongtrul Lodrö – *Myriads Worlds – Buddhist Cosmology in Abhidharma, Kalacakra and Dzogchen* – Ithaca u.a. 1995
Thies, Jochen – *Architekt der Weltherrschaft – Die »Endziele Hitlers«* – Düsseldorf 1976
Thurman, Robert A. – »Buddha's Mother Saving Tibet« – in *Turning Wheel – Journal of the Buddhist Peace Fellowship*, Winter 1992
Thurman, Robert A. – Tibet Konferenz Bonn 1996 – (Tonbandaufnahme)
Thurman, Robert A. F. und Rhie, Marylin M. – *Weisheit und Liebe – 1000 Jahre Kunst des tibetischen Buddhismus* – Bonn 1996
Thurman, Robert – *Revolution von Innen – Die Lehren des Buddhismus oder das vollkommene Glück* – München 1999
Tilak, Bâl Gangadhar – *The Arctic Home in the Vedas* – Poona 1903
Tolischus, Otto D. – *Tokyo Record* – London 1943
Trimondi, Victor und Trimondi, Victoria – *Der Schatten des Dalai Lama – Sexualität, Magie und Politik im tibetischen Buddhismus* – Düsseldorf 1999
Trungpa, Chögyam – *Shambhala – The sacred path of the warrior – A guide to enlightened living from the founder of the Naropa Institute* – New York u. a. 1986
Tucci, Giuseppe – *Il Buscidô* – Florenz 1942
Tucci, Giuseppe und Heissig, Walther – *Die Religionen Tibets* – Stuttgart 1970
Turner, Henry Ashby (Hrsg.) – *Hitler aus nächster Nähe. Aufzeichnungen eines Vertrauten 1929–1932* – Berlin 1978

Turris, Gianfranco de (Hrsg.) – *Elogio e difesa di Julius Evola – Il Baroni e i Terroristi* – Roma 1997
Turris, Gianfranco de und Zoratto, Bruno (Hrsg.) – *Julius Evola nei rapporti delle SS* – Roma 2000

Uhlig, Helmut – *Tibet. Ein verbotenes Land öffnet seine Tore* – Bergisch Gladbach 1986
Upadhyaya, Kashi Nath – *Early Buddhism and the Bhagavadgita* – Delhi 1998

Verhagen, Britta – *Kam Odin-Wodan aus dem Osten? – Zur Religion der germanischen Frühzeit* – Tübingen 1994
Victoria, Brian Daizen A. – *Zen, Nationalismus und Krieg, eine unheimliche Allianz* – Berlin 1999
Viereck, Peter – *Metapolitics – The Roots of the Nazi Mind* – New York 1961 (erste Auflage 1941 – *Metapolitics – From the Romantics to Hitler*)
Vivekananda, Swami – »The future of India« – in: *Complete Works of Swami Vivekananda* – Vol. III – Delhi 1922
Voegelin, Eric – *Anamnesis – Zur Theorie der Geschichte und Politik* – München 1966
Voegelin, Eric – *Die Neue Wissenschaft der Politik* – München 1991
Voegelin, Eric – *Die politischen Religionen* – München 1993 (Erste Auflage 1938)
Vondung, Klaus – *Magie und Manipulation – Ideologischer Kult und politische Religion des Nationalsozialismus* – Göttingen 1971
Vondung, Klaus – *Die Apokalypse in Deutschland* – München 1988

Waddel, L. Austine – *The Buddhism of Tibet or Lamaism – With its Mystic Cults, Symbolism and Mythology and in its Relation to Indian Buddhism* – New Delhi, Madras 1991 (Erstauflage 1899)
Walravens, Hartmut (Hrsg.) – *Wilhelm Alexander Unkrig – Mongolist, Theologe und Kenner lamaistischer Heilkunde* – Hamburg 1982
Wasserstein, Bernard – *The secret lives of Trebitsch Lincoln* – New Haven u. a. 1988
Webb, James – *The Occult Establishment* – La Salle 1976
Wegner, Bernd – *Hitlers politische Soldaten – Die Waffen-SS 1933–1945* – Paderborn 1982
Wehr, Gerhard – *Karlfried Graf Dürkheim – Leben im Zeichen der Wandlung* – Freiburg u. a. 1996
Weißmann, K. – *Druiden, Goden, weise Frauen* – Freiburg 1991
Welch, Holmes – *The Buddhist Revival in China* – Cambridge 1968
Wilhelmy, Fritz – *Asekha. Der 'Kreuzzug der Bettelmönche* – Düsseldorf 1937
Wirth, Herman – *Der Aufgang der Menschheit – Untersuchungen zur Geschichte der Religion, Symbolik und Schrift der atlantisch-nordischen Rasse* – Jena 1928
Wistrich, Robert – *Der antisemitische Wahn* – Ismaning 1987
Wüst, Walter – »Das Leibesproblem in der buddhistischen Pâlilyrik« – in *Zeitschrift für Buddhismus und verwandte Gebiete, VIII Jahrgang*, erstes Heft, München 1928
Wüst, Walther – »Deutsche Frühzeit und arische Geistesgeschichte« – in *Süddeutsche Monatshefte* 1934, p. 731–739
Wüst, Walther – *Das Reich – Gedanke und Wirklichkeit bei den alten Ariern* – München 1937
Wüst, Walther und Schrötter, K. – *Tod und Unsterblichkeit im Weltbild indogermanischer Denker* – Berlin 1938
Wüst, Walther – *Deutsche Frühzeit und arische Geistesgeschichte* – München 1939
Wüst, Walther – *Japan und Wir – Ansprache, gehalten bei der Gründungsfeier der deutsch-japanischen Gesellschaft München am 30. April 1942* – Berlin 1942
Wüst, Walther – *Indogermanisches Bekenntnis – Sieben Reden* – Berlin 1943 (Erstauflage 1942)
Wüst, Walther – »Von indogermanischer Religiosität: Sinn und Sendung« – in: *Sonderdrucke aus Archiv für Religionswissenschaft XXXVI. Band . Heft 1 und Heft 2*, o. O. 1949
Wüst, Walther – *Wortkundliche Beiträge zur arischen (indo-iranischen) Kulturgeschichte und Welt-Anschauung III* – München 1955

Yamamoto, Tsunetomo – *Hagakure – Der Weg des Samurai* – München 2000
Yamamoto, Tsunetomo – *Hagakure II – Der Weg des Samurai* – München 2001

Zam Bhotiva – *Lumière de Shambhala – La Fraternité Blanche Universelle et l'Instructeur du monde* – Hérouville St. Claire o. J. (Erstauflage 1929)

Zimmer, Heinrich – *Philosophie und Religion Indiens* – Frankfurt 1973
Žižek, Slavo – *Das fragile Absolute – Warum es sich lohnt, das christliche Erbe zu verteidigen* – Berlin 2000
Zoratto, Bruno (Hrsg.) – *Julius Evola nei Documenti Segreti dell'Ahnenerbe* – Roma 1997
Zotz, Volker – *Auf den glückseligen Inseln – Buddhismus in der deutschen Kultur* – Berlin 2000
Zweig, Stefan – *Die Welt von Gestern. Erinnerungen eines Europäers* – Wien 1952

Archive

Bayerische Staatsbibliothek München
Bundesarchiv Berlin
Bundesarchiv Koblenz
Institut für Zeitgeschichte – München
Staatsarchiv München
Universitätsarchiv München

Filme

Knopp, Guido – Hitlers Helfer – Himmler der Vollstrecker – ZDF Chronik
Knopp, Guido – Hitlers Frauen – Eva Braun – Die Freundin – ZDF Video
Jürgen-Rattenhofer, Norbert und Ettl, Ralf – Ufo – Geheimnisse des dritten Reichs – Video 1998

Tonträger

Tibet, David and CURRENT 93 – Album »Swastikas for Noddy« – 1987
Tibet, David and CURRENT 93 – Album »I have a spezial plan for the world« –

Zeitschriften

Am heiligen Quell deutscher Kraft
Antaios
Archiv für Religionswissenschaft
Berlin – Rom – Tokyo
Das Schwarze Korps
Deutscher Wissenschaftlicher Dienst
Die buddhistische Frage
Geist der Zeit – Wesen und Gestalt der Völker
Germanien
Innere Erde Gemeinschaft
Inside Andromeda
Kshatriya – Tradition und Philosophie – Rundbriefe
Novalis – Zeitschrift für spirituelles Denken
Orientalistische Literaturzeitung
Süddeutsche Zeitung, Magazin
Sol Invictus
The Center Magazine
Tibetan Review
Tibet Forum
Völkischer Beobachter
Wiedergeburt und Wirken
Wiener Zeitschrift für die Kunde des Morgenlandes
Zeitschrift der deutschen morgenländischen Gesellschaft
Zeitschrift für Buddhismus
Zeitschrift für Buddhismus und verwandte Gebiete
Zeitschrift für Geopolitik

Personenregister

Das Personenregister umfasst nicht die Fußnoten. Adolf Hitler und Heinrich Himmler wurden der Häufigkeit wegen nicht aufgenommen.